한·중 민간설화 비교 연구

李愼成·顧希佳 編

보고사

『한·중 민간설화 비교 연구』 출간에 즈음하여

金文圭(釜山教育大學校 總長)

『한·중 민간설화 비교 연구』는 大韓民國 釜山教育大學校와 中華人民共和國 杭州師範學院에서 각각 自國語로 출판하게 되었으니 양대학 모두 경사스러운 일이 아닐 수 없습니다.

『한·중 민간설화 비교 연구』는 양대학이 2003년 10월에 "韓·中 民間說話 比較研究"라는 주제로 3년간(2003년 9월~2006년 8월) 공동연구하기로 협정을 체결한 연구과제의 성과물입니다. 이런 성과물이 나오기까지 양대학에서는 "韓·中 民間說話 比較研究"라는 주제로 2004년 10월 30일에는 부산교육대학교에서, 2005년 10월 28일에는 항주사범학원에서 한 차례씩 한·중 국제학술회의를 개최했습니다.

양대학은 1995년에 교류의 물꼬를 튼 뒤, 1996년부터 본격적인 상호교류를 진행해왔으며 올해는 양교 교류 10주년이 되는 해입니다. 그 사이 양대학은 다양한 교류를 해왔습니다. 1999년부터는 미술전람회를 개최하는 등 상호교류의 폭을 넓혀 왔고, 양대학 교수와 학생들이 상호 교환 방문하여 연구와 강연회를 갖기도 했습니다. 또한 2005년 7월 5일~12일(7박 8일)까지 杭州師範學院 학생 연수단 16명(인솔자 1명 포함)이 釜山教育大學校에 와서 한국문화에 대한 다양한 견문과 친교 시간을 가져 양대학 간 명실상부한 교류성과를 얻기도 했습니다.

한국과 중국은 유구한 역사와 전통을 자랑하고 상호 善隣友好의 교류를 이어 왔습니다. 그래서 문화나 학문 등 여러 분야는 서로 커다란 영향관계에 있습니다. 이에 대한 연구의 구체적인 성과물 중의 하나가 바로 단행본으로 엮어진 『한·중 민간설화 비교 연구』입니다. 부산교육대학교는 올해 개교 60주년을 맞이합니다. 이 시점에 양국 학자들의 연구 성과물이 단행본으로 출판된 일은 매우 의의 있는 일이라고 생각됩니다.

　　이번 연구 성과는 양대학 학문 발전뿐 아니라 한국과 중국의 학문 발전에도 크게 기여하리라 믿습니다. 이를 계기로 해서 양대학은 공동연구와 인적 교류 등이 더욱 활성화되리라 봅니다. 연구 성과물이 나오기까지 수고하신 모든 분들의 건강과 학문적 성취를 기원합니다.

　　감사합니다.

2006년 2월　일

『中・韓 民間說話 比較 研究』序文

林正范(中國 杭州師範學院 校長)

　『中・韓 民間說話 比較 研究』논문집이 조만간 독자들과 만나게 된다
고 하니, 이는 中・韓 文化交流 歷史上에 慶賀할 만한 일이라 할 수 있겠
습니다. 이 자리를 빌려 본인의 감회를 적을까 합니다.

　"中・韓 民間說話 比較 研究"는 2003년 중국의 杭州師範學院과 한국의
釜山敎育大學校가 공동으로 시작한 社會科學 연구 사업입니다. 그동안
한국 부산과 중국 항저우에서 두 번에 걸쳐 국제학술회의를 성공적으로 거
행하였습니다. 중국과 한국의 학자들이 이 共同硏究 사업에 참여하여 두
번의 학술회의를 개최하고 동일 연구기간 동안에 상당히 영향력 있는 학술
논문을 발표하였습니다. 그 가운데 일부 논문은 이미 중국과 한국의 관련
논문집에 발표되어 학술계의 중시와 호평을 받았습니다. 이제 그동안의 공
동 사회과학연구의 주요한 성과를 結集하여 중국어와 한국어로 번역하여
중국과 한국에서 각각 출판하게 되었습니다.

　우리들은 중국과 한국의 交流가 오랜 역사를 가지고 있음을 잘 압니다.
오랜 기간에 걸쳐 두 나라는 文化交流를 빈번히 해왔으며, 또 두 나라의 역
사와 문화의 진행과정이 비슷한 까닭에 民間說話 분야에서도 유사한 說話
들이 많이 나타나는 현상이 있었습니다. 이 점이야말로 比較 硏究의 중요

한 내용이라 하겠습니다. 中·韓 民間說話에 대한 比較 研究의 추진은 비단 연구 성과를 기대할 수 있을 뿐만 아니라 지극히 가치 있는 일이라 하겠습니다. 이러한 學術研究는 中韓 양국의 友好를 증진하고 문화 교류를 발전시키는 데 도움이 되고, 동시에 두 나라의 民間文學 분야를 발전시키는 데 분명 큰 觸媒劑가 될 것입니다.

『中·韓 民間說話 比較 研究』논문집은 그동안 진행해왔던 뜻 깊은 학술활동에 대한 충실한 기록이자 전반적인 성과물입니다. 우리들은 이와 같은 연구 활동이 앞으로 이 방면의 발전에 일종의 단계적인 성과로 보아도 무방할 것입니다. 앞으로 중국의 杭州師範學院과 한국의 釜山敎育大學校 사이의 共同硏究와 學術交流가 계속되고 더욱 심화될 것을 믿으며, 또 더욱 뛰어난 많은 성과가 세상에 나오리라 확신합니다. 우리들은 이에 대한 빛나는 미래를 깊이 확신하는 바입니다.

이 글로 서문을 대신하고자 합니다.

2006년 2월   일

책을 내면서

李愼成(釜山教育大學校 教授)

　　筆者는『韓・中 民間說話 比較 研究』를 편집하고 출판하는 책임을 맡으면서, 그동안 韓・中 共同 研究課題를 순탄하게 진행해온 점에 대해 고맙고 기쁜 마음 가득한 가운데 그 來歷에 대해 기술하고자 한다.

　　筆者는 2003년 9월부터 2004년 8월까지 1년 동안 중국 杭州師範學院에 研究教授로 파견되었다. 杭州師範學院에 도착하자마자 중국 民間說話 관련 研究教授를 소개받기 위해 당시 外事處 허꽝자오(何光釗)處長의 안내로 人文學院 院長인 위안청이(袁成毅) 博士의 執務室로 갔다. 며칠 뒤 필자는 중국 학계에서 주목하고 있는 著名한 民間說話 研究者인 杭州師範學院 구시자(顧希佳) 교수와 대학 내에 있는 필자의 숙소에서 對面하게 되었다. 구 교수는 서가에 꽂혀있는 필자의 著作物을 보는 순간 斑色을 하면서, 韓・中 民間說話에 대해 共同研究를 하자고 제안했고 둘은 주저 없이 동의했다.

　　우리는 바로 공동연구를 위한 계획서 작업에 돌입했는데 구 교수가 전적으로 草案 작성의 일을 맡았다. 몇 차례 초안을 손질하여 前文과 6개 細則으로 된「부산교육대학교와 항저우사범학원이 공동으로 연구하는 "韓・中 民間說話 比較研究" 계획에 관한 意見書 : 杭州師範學院與釜山教育大

學校關于合作硏究 "中·韓 民間故事比較硏究" 項目 意向書」가 작성되었다. 연구기간은 3년(2003.9∼2006.8)이고 兩大學이 한 차례씩 "韓·中 民間說話 比較硏究"를 위한 국제학술회의를 개최하며 그 성과물을 『韓·中 民間說話 比較 硏究』란 冊名으로 兩大學에서 각기 自國語으로 출판하기로 했다. 이 연구계획서는 兩大學 총장(당시 부산교육대학교는 朴成澤 총장)의 전폭적인 지지를 받아 순조롭게 수행될 수 있었다.

우리는 2004년 10월 30일에 한국 부산교육대학교에서 제1차 "韓·中 民間說話 比較 硏究" 국제학술회의를 개최(10명이 주제 발표)했고, 2005년 10월 28일에 중국 항저우사범학원에서 제2차 韓·中 국제학술회의를 개최(11명이 주제 발표)한 바 있었다. 2차례 국제학술회의에서 발표한 논문은 한국의 『어문학교육』과 『東洋漢文學硏究』 및 중국의 『杭州師範學院學報』와 『民間文化論壇』 등의 학술지에 발표된 바 있다.

구 교수는 2005년 봄 3개월간 부산교육대학교에 연구교수로 와서 한국 민간설화에 관한 자료 수집과 한국 학술지에 논문을 揭載했으며 東洋漢文學會에서 개최한 학술 연구대회에서 "韓·中 梁祝說話 比較 硏究"란 주제 논문을 발표하는 등 왕성한 연구 활동을 보였다. 그리고 구 교수는 "韓·中 民間說話 比較 硏究" 영역은 說話類型, 根源說話, 主題, 題材, 人物形象, 言語藝術, 文化心理, 民族精神 등 연구해야 될 과제가 아직 많이 남아 있기 때문에 계속적으로 韓國과 中國 學者의 共同硏究가 필요하다고 力說했다. 이 점에 대해서는 앞으로 연구하고 노력해야 할 과제로 인식하고 있다.

이제 부산교육대학교와 항저우사범학원이 3년간 共同硏究한 성과물인 『韓·中 民間說話 比較 硏究』가 독자들 앞에 선을 보이게 되었다. 여러 가지로 부족한 점은 많이 깨우쳐 주시기를 바란다. 이 책에는 22편(한국 11편, 중국 11편)의 논문을 실었다. 중국학자의 논문은 열린사이버대학교 徐

盛 교수가 번역했다. 이 자리를 빌려 서 교수의 勞苦에 감사드린다.

또 鄭明基·徐盛·金埈亨 등 諸氏는 교정 및 편집에 참여하였다. 세 선생께도 감사의 말씀을 드린다.

논문집은 크게 세 부분으로 나누어지는데, 제1부는 총론에 해당하고, 제2부는 설화의 유형에 관한 논문들이며, 제3부는 개별 설화와 관련된 사례 연구 혹은 문헌 연구 등이다.

이 책이 나오기까지 한국의 부산교육대학교와 중국의 항저우사범학원의 총장 및 양 대학 관련 부서 교직원들의 많은 관심과 도움에 힘입어 이 과제가 순조롭게 이루어졌다. 수고하신 모든 분들께 감사드린다.

2006년 2월   일

序 文

顧希佳(中國 杭州師範學院 敎授)

『中韓 民間說話 比較 硏究』논문집의 출간에 즈음하여, 본인은 이 과제를 진행해온 과정을 기쁘고 즐거운 마음으로 기록하고자 한다.

2003년 9월, 한국의 釜山敎育大學校 이신성 교수가 본인이 재직하고 있는 杭州師範學院에 1년간의 기간으로 學術硏究차 방문하였다. 이 교수는 본교의 관련부서에 民間說話에 관한 硏究敎授와 연락을 취하고 싶다고 하였다. 이리하여 이 교수와 본인 사이에 흔쾌히 共同硏究가 시작되었다. 우리는 일정 기간 동안 民間說話 共同硏究에 대한 논의 끝에 "中韓 民間說話 比較 硏究"라는 주제로 공동연구를 진행하기로 합의하여 구체적인 실행계획서를 제출하였다. 이 硏究課題는 양대학 총장으로부터 전폭적인 지지를 받았다. 오래지 않아 양대학 총장이 서명함으로써, 중국 항저우사범학원과 한국 부산교육대학교 사이의 공동연구 과제인 "中韓 民間說話 比較硏究"는 정식으로 연구 활동을 시작했다. 이 과제는 나중에 저장성(浙江省) 哲學社會科學計劃의 課題로 承認되었다(과제번호: NX04WX03).

합의서에는 양 대학이 共同硏究를 후원하고, 적절한 시기에 국제학술회의를 개최하며, 학술논문집을 출판하기로 하는 등의 事業計劃이 포함되어 있었다. 나중에 양 대학 총장의 후원 아래 이런 硏究計劃들을 순조롭게 진행할 수 있었다.

2004년 10월, 제1차 "中韓 民間說話 比較研究" 國際學術會議가 한국 부산교육대학교에서 거행되었고, 中·韓 두 나라에서 10명의 학자가 學術論文을 발표하였다. 중국 측에서는 둥베이사범대학(東北師範大學) 교수 왕빈링(汪玢玲), 베이징사범대학(北京師範大學) 교수 완젠중(萬建中), 옌볜대학(延邊大學) 교수 김동훈(金東勛), 그리고 본인이 참여하였다. 이 가운데 80세 고령인 왕빈링 교수는 健康 상의 이유로 참석하지 못했지만 熱意에 찬 祝賀 書信을 보내왔으며, 學術會議에서 본인이 논문을 代讀하길 부탁하였다. 한국 측의 학자는 前 東義大學校 교수 千斗鉉, 부산교육대학교 교수 李愼成, 慶星大學校 교수 鄭景柱, 草邑初等學校 權孝湞, 蓮堤初等學校 石康永, 東天高等學校 辛源琪 선생 등이다.

2005년 10월, 제2차 "中韓 民間說話 比較研究" 국제학술회의가 중국 항저우사범학원에서 거행되었고, 中·韓 兩國에서 11명의 학자가 회의에 참가하여 논문을 발표하였다. 중국 측 학자로는 화중사범대학(華中師範大學) 교수 류서우화(劉守華), 푸단대학(復但大學) 부교수 정투여우(鄭土有), 상하이공상외국어학원(上海工商外國語學院) 교수 김동훈(金東勛), 타이완 화롄교육대학(臺灣 花蓮教育大學) 교수 양전량(楊振良), 항저우사범학원(杭州師範學院) 자오단(趙丹), 그리고 본인이었다. 한국 측 학자로는 부산교육대학교 교수 李愼成, 圓光大學校 교수 鄭明基, 열린사이버대학교 교수 徐盛, 高麗大學校 金埈亨, 東天高等學校 辛源琪 선생 등이다. 그밖에 중국 大學院生들과 한국 留學生들이 회의에 참여하였다.

본 과제에 참여한 학자들의 논문은 그동안 중국의『民間文化論壇』,『杭州師範學院學報』, 한국의『어문학교육』,『東洋漢文學研究』등의 刊行物에 발표되었다.

본인은 2005년 봄 한국 부산교육대학교의 초청을 받아 學術訪問하였다.

學術訪問 기간에 東洋漢文學會 學術研究發表大會에서 "中韓 梁祝說話 比較研究"를 발표하였다.

최근 본인과 이신성 교수가 합의하여 이상의 學術 研究成果 가운데 일부를 골라 논문집으로 만들고 번역한 후, 중국어판과 한국어판으로 두 나라에서 출판하기로 하였다. 독자들이 보는 『中韓 民間說話 比較研究』 논문집의 중국어판은 이러한 과정의 산물이다. 이 가운데 한국학자의 논문은 대부분 자오단(趙丹) 선생이 중국어로 번역하였다.

중국의 항저우사범학원과 한국의 부산교육대학교 총장과 양 대학 관련 부서 교직원들의 관심과 도움을 받았기에 이 과제가 순조롭게 이루어졌으므로 이들에게 감사드린다. 또 中韓 兩國의 民間文學界의 여러 선배학자들과 동료들이 참가하였기에 이 共同課題의 遂行能力이 크게 增大되었고 學術的 成果가 풍부하게 되었으므로, 이들의 적극적인 참여와 뜨거운 지지에도 감사드린다. 논문집 출판에 積極的으로 도와준 모든 책임자, 선배, 동료들에게 "감사합니다!"는 말을 하고자 한다.

마지막으로 본인은 다음과 같은 생각을 덧붙이고자 한다.

본인과 이신성 교수 두 사람이 처음 제의했던 과제는 논문집의 출판으로 마침표를 찍은 셈이다. 이는 참으로 기쁘고 자부할 만한 일이다. 그러나 學術研究의 道程에서 이는 결코 終着點이 될 수 없으며, 이제 막 첫발을 내디딘 것이라 할 수 있다. 우리들이 한 일이란 사람들이 말하는 "졸렬한 의견으로 남의 고견(高見)을 끌어들이는 일(抛磚引玉)"로, 부족한 점이 없을 수 없다. 지난 몇 년간 경험에서 볼 때, "中韓 民間說話 比較 研究" 영역에는 우리들이 한발 더 나아가 연구할 만한 과제는 최소한 몇 백 개는 되리라 본다. 說話類型, 根源說話, 主題, 題材, 人物形象, 言語藝術, 文化心理, 民族精神 등 여러 방면에서 다양한 작업이 이루어질 수 있다. 이 논문집에서 언급된 내용 가운데서도 더욱 심화 발전시킬 주제가 있으리라 본다. 물론 논문집에서 언급되지 않은 내용은 더욱 많다. 그러므로 본인은 이 자리에서 진심으로 호소한다. 앞으로 더욱 많은 학술계의 동료들이 이 隊列에 참가하여 이 방면의 작업을 계속해주기를 바라며, 더욱 뛰어난 성과를 이루어주기를 희망한다.

우리 함께 노력하자!

2006년 2월   일

❈ 차 례 ❈

제1부

한·중 설화연구의 전망

천두현*

　이제 한(韓)·중(中)의 설화연구(說話研究)는 구승설화(口承說話) 집대성(集大成)의 토태 위에 구조분석의 비교연구 차원에서 그 특수성과 보편성이 아울러 중시되는 고구(考究)가 지속되어 나가야 할 것이다.

Ⅰ. 한국의 설화

　한국에서 근대적(近代的) 의미의 설화연구(說話研究)는 1920년대 이후 최남선(崔南善)·이능화(李能和)의 활동에서 발단하여 1930년대에 들어와 손진태(孫晉泰)·송석하(宋錫夏)에 의하여 학문으로 정립되었다. 그 이후 설화연구는 문헌사학적(文獻史學的), 국문학적(國文學的), 민족학적(民族學的), 민속학적(民俗學的) 등 여러 방면에서 이루어져 왔으나 그 핵심은 국문학자에 의한 연구였다. 그것은 설화(說話)를 구비문학(口碑文學)으로서 문예학적(文藝學的) 관점에서 국문학의 대상으로 다루었기 때문이다.(고대소설과의 관계는 밀접하다.)

　설화 자체의 본질적 연구는 6·25 전란이 수습되어 사회가 안정되는 1960년대 이후에 본격적으로 가동되어, 채집·분류·구조분석으로 연구의

---

* 전 한국어문교육학회장, 전 동의대 교수

단계가 발전되어 오늘에 이르고 있다.

우리의 설화연구의 과정을 뒤돌아 보면 (1926년까지의 계몽기에 외국인으로부터 받은 자극에 의하여) 1940년까지의 태동기(胎動期)에 민속학(民俗學) 전반에 걸쳐 개척자의 역할을 한 최남선(崔南善)·이능화(李能和)·정인섭(鄭寅燮)·송석하(宋錫夏)·임석재(任晳宰)의 활약은 특기할 만하고, 그 중에서도 설화연구로는 손진태(孫晉泰)를 필두로 임석재(任晳宰)·정인섭(鄭寅燮)을 꼽아야 하는데, 특히 손진태의 업적은 높이 평가되어야 한다. 그는 1927년 이래 잡지 『신민(新民)』에 15회에 걸쳐 『조선민간설화(朝鮮民間說話)의 연구』를 발표하는 한편, 『향토연구(鄕土硏究)』, 『민족(民族)』, 『여행(旅行)과 전설(傳說)』 등에도 논문을 발표했다. 그는 한국의 역사와 문화의 연구를 통해서 민족의 주체적인 발전 과정을 체계화하고자 민족사의 주체(인 민중의 민속문화에 관심을 두었던 것이다. 1940년 이후 제2차 세계대전이 가열함에 따라 일제의 탄압이 심해졌고, 1950년대까지는 전란으로 말미암은 사회적 불안으로 연구는 장기적 침체를 면하지 못했다. 그러나 이 기간에도 전설연구(傳說硏究)에 열정을 기울였던 최상수(崔常壽)의 독보적(獨步的)인 활약이 거둔 성과는 높이 평가된다. 1960년대에 들면서 안정되는 사회 분위기와 함께 국문학계에서 설화의 국문학적 연구가 왕성하여 문헌설화(文獻說話)의 분류도 시도되었다. 최근에는 젊은 학자들의 열기가 뜨거워 문화인류학(文化人類學)·민속학(民俗學)과 함께 민속학적(民俗學的) 설화연구가 이루어지고 있다. 1970년대에는 민속학(民俗學) 영역 중에서 구비문학(口碑文學)에 많은 관심이 기울여졌다. 특히 1976년 관동대학(關東大學)에서 열린 "한·중·일 설화의 비교연구" 학술 토론회는 설화연구가 어느 수준의 궤도에 올라선 것을 의미하겠다. 한국의 설화에서 특히 지적할 만한 것을 든다면 다음과 같은 점이다.

(1) 등장 동물로는 호랑이가 가장 많은데, 산신(山神)과 결부된 흔적이 두드러지

게 보인다. 효행(孝行)과 연관되는 경우가 많다. (보은담의 경우 한국·중국에는 호랑이·개, 일본에는 늑대, 유럽에는 곰·사자가 널리 분포되어 있다.)

(2) 식물로는 인삼(人蔘)이 테마가 된 이야기가 많다. 신비적인 식물로서 산신(山神)과 결부되어 있다.

(3) 효행(孝行)을 다룬 것이 많다. 문헌적으로는 『삼국유사(三國遺事)』, 『삼국사기(三國史記)』에도 효행(孝行) 이야기가 많다.

(4) 열녀(烈女) 이야기가 많다.

(5) 풍수(風水)·점복(占卜)·주술(呪術)·고승(高僧)·도사(道士)·선인(仙人)의 출현, 죽음과 재생(再生), 영혼(靈魂) 등을 다룬 이야기가 많다. 이는 민간신앙과 관련이 있다.

(6) 암석(岩石)·불사(佛寺)·용천(湧泉) 전설이 많다.

(7) 제도적(制度的) 영향으로 과거(科擧)를 소재로 한 이야기가 많다.

(8) 아직 문헌에 수록되지 않은 신화적 그루터기(濟州道의 '선문대 할망' 이야기 같은)가 구전되고 있다.

II. 중국의 설화

중국에서 설화(說話)·전설(傳說)(합쳐서 민간고사)의 기재(記載)는 옛날로 거슬러 올라가면 육조시대(六朝時代)의 '지괴서(志怪書)', 그 뒤로는 '필기소설(筆記小說)'이라 불리는 수필류(隨筆類)에 여기저기 보이지마는 모두 호사가(好事家)에 의한 문서(聞書)이다. 그 소재도 유귀(幽鬼)·요괴(妖怪)·호리(狐狸)에 관한 괴이담(怪異談)이 많고 근대적(近代的)인 실지채집(實地採集)(fieldwork)의 기록(記錄)이 아니었다. 민국연대(民國年代)에 들어와 1918년 북경대학(北京大學)에 가요연구회(歌謠硏究會)가 발족(發足)하여 각지(各地)에서 보내져 온 민요(民謠)를 채기(採記)하는 중에 맹강녀곡장성(孟姜女哭長城)의 옛 전설이 연구되면서 (1924年에 「孟姜女故事的轉變」 발표) 전국적인 반향을 불러 연구자의 전설(傳說)·설화(說話)에 대한 관심을

고조시켰다. 그 이후 각지의 동호자(同好者) 사이에 향토전설(鄕土傳說)의
채집(採集)이 활발해지면서 민속학(民俗學) 관계의 잡지(雜誌)에 이 방면의
자료가 게재되고 단행본도 연이어져 나왔다. 이와 함께 아동(兒童) 대상의
통속(通俗) 읽을거리와 서양전설(西洋傳說)의 번역물 출간도 붐을 이루었
다. 1949년 중화인민공화국 수립 후에도 채집은 지속적 조직적으로 진행되
어, 『민간문학(民間文學)』, 『민간문예선집(民間文藝選集)』, 『민간문학집간
(民間文學集刊)』 등의 간행물에 채록되었으나, 차츰 이데올로기 색채가 농
후하게 되었다. 이렇게 되자 민국년대(民國年代)에 간행된 고사집(故事集)
은 산일(散逸)하여 입수곤난(入手困難)으로 내외(內外)의 연구자를 괴롭혔
으나, 대만(台灣)에서는 이전에 항주설립(杭州設立)의 중국민속학회(中國民
俗學會)에 속했던 루자광(婁子匡)에 의하여 중산대학(中山大學)의 민속총서
(民俗叢書)가 32책으로 복간(覆刊)된 것을 시작으로 더욱 유루(遺漏)를 찾
아 『국립북경대학중국민속학회민속총서』 4집 80책이 복인(覆印)되어 이바
지하는 바가 컸다. 루자광(婁子匡)은 『아주민속(亞洲民俗)·사회생활전간
(社會生活專刊)』이라는 총서(叢書)를 기획하여 내외학자(內外學者)의 저술
을 중·영·일문으로 간행 또는 영인간행하였다.

중국에는 티베트족·몽골족·묘족(苗族)·이족(彝族)·태족(傣族)·요족
(傜族) 등 50여의 종족(種族)이 국토의 60퍼센트를 점하는 지역에 살고 있
다. 광대한 대지에 복잡한 지형과 자연 조건 속에서 사람들은 민간설화를
육성해 왔다. 소수민족의 상당한 수는 문자를 가지지 않아 민간고사는 주
로 구승되어 왔다. 1950년에 재빨리 민간문예연구회(民間文藝研究會)가 발
족되어 이들 여러 종족(種族)에 전승되는 민간설화가 채집되는 일대사업이
추진되었다. 채집된 엄청난 양의 설화는 1955년부터 『민간문학(民間文學)』
으로 체재를 갖추어 순차 간행되었다. 이어서 1958년에는 전국민간문학공
작자대회(全國民間文學工作者大會)가 열려 전국적 채집의 추진 방침이 재
확인되고, 그 결과 1962년까지 『중국민간고사선(中國民間故事選)』 제 1, 2

집이 나왔으며 또 민간문학총서(民間文學叢書) 시리즈가 시작되어 『운남각족민간고사선(雲南各族民間故事選)』(17종족 97편), 『묘족민간고사선(苗族民間故事選)』(53편), 화동민간고사집(華東民間故事集)인 『용등(龍燈)』(53편)과 티베트족의 민간고사집인 『택마희(澤瑪姬)』(32편)가 간행되었다. 문화대혁명 이후 민간설화의 채집과 연구는 중단되어 왔다가 1980년대부터 중앙민족학원을 중심으로 활동이 재개되어 앞으로의 수확이 기대된다.

중국은 신화(神話)가 빈곤한 나라라고들 일컬어 왔다. 신화의 빈곤 원인으로는 한민족이 공상력이 결여되어 오직 사회와 생활을 형성하려는 실천 도덕적 이념만이 작용했다고 보는 견해가 지금까지 설득력을 가져 온 것이 사실이다. 주말문화의 대표자인 공자(孔子)는 귀신(鬼神)을 경원(敬遠)하였다. 그래서 중국의 신화는 필시 주대(周代)에 와해하였을 것이라는 가설도 가능할 것이다. 그렇다면 그 이전에는 어떤 신화가 있었을까 하는 것이 궁금한 것이다. 속단할 수 없는 일이지마는 '와해 이전에 무엇인가 있었을 것이다.'하는 점이다. 신화이어야 할 것을 사실의 역사에 혼교(混交)하여 실재화 시킴으로써 오로지 신화의 합리화에 힘쓴 사서(史書)에서조차 완전한 합리화를 못하고 신화적 잔재를 남기고 있고, 그 밖의 잡서(雜書)에는 그 잔재가 더욱 두드러지다는 것이다. 이것은 단편적인 신화라 하겠다. Stith Tompson은 "신화의 파편은 풀과 꽃이 무생(茂生)한 대지에 산산조각으로 깨져 흩뿌려진 보석의 단편과 같은 것이다. 그것을 발견하는 것은 매우 먼 곳을 꿰뚫어 보는 안목을 지닌 사람만이 할 수 있다."고 하였다. 중국신화의 파편들은 그들만의 소유물이 아니고 우리 모두(人間)가 공유할 보석이다. 더욱이 소수민족 사이에는 구전을 업(業)으로 삼는 사람도 있어 생생하게 구승되고 있다고 하니 기대가 크다.

중국의 민간고사(民間故事)에 대한 연구는 1980년대의 '신화열(神話熱)'의 시기를 거쳐 자료적 측면이나 방법론적 측면에서 보아 이제 본격적인 단계에 접어들어 있다고 본다. 굴지(屈指)의 신화학자 원가(袁珂)가 이룩한

『중국신화전설(上·下)』은 양적인 면에서 그리스·로마 신화집을 능가하였으며, 연구자들의 채록·정리·분석의 연구 활동이 지속되고 있는 것으로 본다. 아직 이념편파의 단선적(單線的) 연구에 얽매여 있는 학자들도 있지마는 개방화 이후 '먼 곳을 꿰뚫어보는 안목을 지닌' 신진학자들의 '보석 캐기'의 성과가 기대되는 바 크다.

Ⅲ. 전망과 과제

한국은 오랜 세월에 걸쳐 한자와 유교 불교를 중심으로 중국문명을 수용해 왔다. 심지어 세시풍속(歲時風俗)도 중국적인 것이 많다. 그런데 종래의 우리 민족설화의 연구에서는 중국설화와의 비교연구가 서승(書承) 문헌기재설화(文獻記載說話)의 단편적 피상적 비교에 머물러 상대적으로 본질적 연구가 미흡한 상태로 끝나는 예가 많았다. 그래서 고유·독창의 자위(自慰) 자존적(自尊的) 단정을 내리는 일도 있었다. 이것은 근대적 학문의 원리에도 어긋나는 일이다. 각민족의 설화는 저마다의 역사의 소산물이고 그 역사는 저마다의 조건에 의한 민족생활을 통해서 자생하는 것이기에 민족설화의 비교연구에 있어서는 민족적 특수성에 입각하되 그 설화 속에 내재하는 보편적 법칙의 발견을 위한 노력을 소홀히 해서는 안 될 것이다. 이것은 모든 근대과학의 성립을 위한 필수조건이다. 연구자의 입지적 사정으로 말미암아 학문 본래의 원칙이 흔들리는 일이 없어야 할 것이다.

中文抄錄

韓中民間故事研究現狀與展望

韓中兩國目前都已經出版了大型故事集成. 在這個基礎上, 民間故事研究則應該進一步深化, 從分析結構、比較研究等多個層面, 旣要考究其特殊性又要闡釋其普遍性. 而且, 這種研究今後還要持續下去. 現將兩國近百年來的基本研究情況分述於後.

一、韓國民間故事的研究

在韓國, 近代意義上的民間故事研究肇始于1920年代崔南善、李能和的早期學術活動. 進入1930年代, 經孫晉泰、宋錫夏的努力, 它才得以學術定位. 從此以後, 民間故事研究從文獻史學、國文學、民族學、民俗學等各個方面深入進行, 但其核心問題的研究, 仍由國文學學者來承擔. 這是因爲多數學者是把民間故事作爲民間文學的一個分支, 從文藝學的觀點當作國文學的對象來進行研究的. (它與古代小說的關係甚爲密切)

對民間故事本質的正規研究, 啓動於1960年代以後卽國家收拾六·二五戰亂的後果, 社會剛剛進入安定局面的時期. 從那時到現在, 故事研究主要經歷了搜集、分類、結構分析等幾個發展階段.

回瞻韓國民間故事研究的近百年歷程, 將1926年前可劃爲啓蒙時期, 這個時期的研究主要受外國人的影響而進行的 ; 將1940年前可劃爲孕育時期, 這個時期崔南善、李能和、鄭寅燮、宋錫夏、任晳宰等人相當活躍, 在整個民俗學領域起了開拓作用. 其中, 在故事研究方面首屈一指的應該是孫晉泰, 其次是任哲宰、鄭寅燮等. 尤其孫晉泰的研究業績應受到高度評價. 他自1927年以來, 在『新民』雜誌上分15回連續發表『朝鮮民間故事研究』的同時, 又在『鄉土研究』、『民族』、『旅行與傳說』等雜誌上發表了多篇論文. 他想借助韓國歷史與文化的研究將民族主體形成的過程加以系統化, 爲此特別地關注作爲民族歷史主體的民衆的民俗文化. 1940年以後, 隨着第二次世界大戰日趨緊張, 日本帝國主義對朝鮮的暴力統治也日益加深, 因此直到1950年內戰爆發之前, 社會形勢動蕩不安, 研究工作長期處於停滯狀態. 但在這樣的不利條件下, 唯獨崔南善仍傾注於傳說的研究, 取得了令人折服的學術成就. 到了1960年代, 社會漸趨安定, 在國文學研究領域中民間故事的文藝學研究顯得十分活躍, 有的學者試圖對文獻故事進行分類. 年輕學者的熱情也高漲起來, 他們從文化人類學、民俗學等不同學科對民間故事進行了多方面的研究. 1970年代民俗學領域對民間文學的關心日漸增多. 1976年關東大學擧辦的"韓中日民間故事比較研究"學術會議標誌着民間故事研究已走上軌道, 而且達到了一定水平.

在韓國民間故事研究中, 有以下幾點特別值得注意:

(一) 在故事裏出現的動物中, 最常見的是老虎, 而且大都與山神結合起來. 此類故事多半與人的孝行有關聯. (在動物報恩型故事中, 韓國和中國最常見的是老虎和狗, 日本最常見的是豺狼, 歐洲則是熊和獅子.)

(二) 故事裏出現的植物, 以人蔘爲主題的居多. 它常有神靈, 與山神結合起來.

(三) 談孝行的故事多. 早期的文獻『三國遺事』、『三國史記』中, 有不少這方面的故事.

(四) 關於烈女的故事多.

(五) 關於風水、占卜、咒術的故事, 高僧、道士、仙人的出生、死亡、再生、靈魂等的故事比較多. 這與民間信仰有一定關係.

(六) 關於岩石、佛寺、湧泉的傳說多.

(七) 由於古代教育制度的影響, 有關科擧方面的故事比較多.

(八)　尙未被文獻記錄的部分神話的原形如濟州道‘先門台老嫗’等故事
　　　至今仍以口頭形式流傳着.

二、中國民間故事的研究

中國將‘故事’和‘傳說’合稱爲“民間故事”.　民間故事的記錄可上溯到六朝
時代的‘志怪書’,　以後的則散見於素稱‘筆記小說’的諸多隨筆類的作品中,
大都是好事家的逸聞逸事.　其素材多半是有關幽鬼、妖怪、狐狸的奇談怪
事, 並非近代意義上的經實地調查得來的.

到了民國初期, 1918年北京大學成立歌謠硏究會. 在採錄全國各地送來
的民謠的過程中, ‘孟姜女哭倒長城’的傳說尤其引人注目. 1924年「孟姜
女故事的演變」一文發表, 在全國引起巨大反響, 激發了廣大學者對傳說
、故事的關心. 此後, 各地的同仁開展了對鄕土傳說的採集, 並將有關資料
發表於民俗學雜誌, 同時陸續出版了單行本. 與此同時, 以兒童爲對象的
通俗讀物和西方故事的翻譯本也大量出現.　1949年中華人民共和國成立
後, 民間故事的採集工作有組織、有計劃地持續進行,『民間文學』、『民間
文藝選集』、『民間文學集刊』等多種雜誌刊登了所採錄的作品, 但是意識
形態的色彩逐漸地濃厚起來, 而民國年間出刊的故事集有不少已散失, 因
此查閱早年的故事資料非常困難, 令國外學者感到困惑. 就在這時, 臺灣復
刊了原中國民俗學會(早年在杭州成立)主辦、由婁子匡先生編輯的『中山
大學民俗叢書』32冊, 以此爲起點, 補苴罅漏, 又重刊『國立北京大學中
國民俗學會民俗叢書』4輯80冊, 這對中國民間故事的硏究提供了基礎資
料. 婁子匡還策劃出版了『民俗社會生活專刊』叢書, 用中、英、日三種文
字系統刊行或影印中外學者的民俗學着作.

中國有藏族、蒙古族、苗族、異族、傣族、瑤族等50多個少數民族共同
生活着. 它們分佈在占全國土地60％的廣闊地域. 在地大物博、地形複雜
的自然環境中生息繁衍的中華民族孕育出了豐富的民間故事.　相當多的

少數民族沒有本民族的文字, 他們的民間故事主要以口頭形式流傳. 1950年民間文藝研究會成立伊始, 就把採集少數民族民間故事作爲一項大事來抓, 並加以推廣. 所採錄的故事浩如煙海, 從1955年起陸續發表在『民間文學』雜誌上. 1958年召開全國民間文學工作者大會, 再次確定了加强全國民間文學採集工作的方針, 其結果到1962年先後出版了『中國民間故事選』第一、 第二集, 還陸續出版民間文學系列叢書, 如『雲南各族民間故事選』(17個民族97篇),『苗族民間故事選』(53篇)、 華東民間故事集『龍燈』(53篇)、 藏族民間故事集 『澤瑪姬』(32篇) 等. 文化大革命爆發後, 民間故事的收集工作暫時被中斷, 到了1980年代以中央民族學院中心, 這項活動又重新開展起來.

中國一向被視爲神話貧困的國家. 神話貧困的原因, 有人認爲是由於漢民族向來過分重視實踐道德觀念, 只追求現實社會和生活環境的改造, 因此缺乏藝術想象力. 毋庸諱言, 這種看法至今仍得到學界同仁的認同. 孔子是周代後期文化的代表者, 對於鬼神則敬而遠之. 因此, 有人假設中國神話一定是在周代被瓦解了. 那麼, 周朝以前又有過怎樣的神話呢？ 現在不得而知. 雖然不能斷定這件事實, 但可以推想"在瓦解之前一定有過什麼東西"了. 神話被歷史與史實交混, 所以一股勁兒地追求"完全合理化"的正統史書也只留下神話的殘滓, 而在野史雜書裏其殘滓卻保存得更爲明顯. 這就是所謂神話的斷片. 斯蒂·湯普森說, "神話的碎片有如寶石被粉碎後散落在花草茂盛的大地上. 要解釋這個碎片的秘密, 只有那些具有慧眼能夠看穿遠方的人才能做到." 中國神話的碎片絕不僅僅是中國人的私有財産, 而是人類共有的 "寶石". 據說, 中國少數民族中至今還幸存以口傳故事爲職業的民間藝人, 我們對這些藝人給予厚望.

中國民間故事研究經過1980年代的"神話熱"時期, 無論從資料的積累或是方法論的改善, 都已經進入了正規化的階段. 着名神話學者袁珂編寫的『中國神話傳說』上下兩冊不僅在數量上大大超過了希臘、羅馬的神話總集, 而且也顯示了中國神話研究者採集、整理、分析工作正在持續不斷地加快進行. 尚有少數學者至今仍偏重於意識形態、拘泥於單線研究, 但在進入改革開放的新時期, "具有慧眼能夠看穿遠方的"新一代學者正茁壯成長, 我相信他們的"采寶"工作將會托出豐碩的果實.

三、今後的展望

韓國在漫長的史程中, 通過漢字, 以儒教和佛教爲媒介接受了中國文明, 甚至歲時風俗也有不少是從中國搬過來的. 可是, 從前的民族民間故事研究或者說和中國民間故事的比較研究, 一般都停滯在文獻故事的表層比較. 相對來說, 深層的本體的研究微乎其微. 所作的結論, 也往往是主觀的, 孤芳自賞. 這些都違背近代學者作學問的基本原則.

各民族的故事都是歷史的産物, 它們都依據各民族不同的生存條件, 通過多樣的民族生活不斷地自生自滅, 因此民族民間故事地研究必須注意立足於民族的特殊性而努力發現其內在的普遍規律. 這是建立近代科學的必要條件. 學術研究的根本原則不能因個別研究者的個人嗜好而動搖.

한·중·일 삼국이 공동 제작한 설화집 출판의 의의

유수화(劉守華, Liu Shouhua)[*]

Ⅰ.

2003년 5월 일본의 저명한 민속학자 오자와 도시오(小澤俊夫)가 발기하고, 한·중·일 삼국의 민간문학 연구가들이 정선한, 아동용 한중일 민간설화집이 1여 년의 공동 노력 끝에 출판되었다. 미려한 인쇄로 23편의 작품이 실린 『중국 한국 일본 민간설화집』(전 3책)이 2004년 10월에 일본 올림픽기념청소년종합센터에서 출판하여, 세 나라의 도서관에 무상으로 발송되었다.

일본 측에서는 오자와 도시오(小澤俊夫) 교수(전 쯔구바 대학 부총장, 현 국제 구전문예협회 부회장)가 이 일을 주도하고 바바 에이코(馬場英子) 교수가 협조하였다. 오자와 도시오(小澤俊夫) 선생은 중국의 화중사범대학 유수화(劉守華) 교수와 한국의 영남대학교 김화경(金和經) 교수에게 각각 중국과 한국의 이야기 선정을 요청하였다. 삼자의 논의를 통해 만들어진 이야기 선택의 기준은 다음과 같다. 1) 각 나라의 대표적이고 그 나라의 풍토와 인정을 느낄 수 있는 이야기, 2) 국제적으로 널리 알려졌고 보편성이 있는 민간 이야기, 3) 청소년의 건전한 성장에 도움을 주는 이야기. 일본 측 학자는 관련 문건에서 특히 다음과 같이 강조하였다. "21세기에 살고 있는

* 中國 華中師範大學 文學院 敎授

아시아 각국의 아동은 여러 나라의 민간에서 전해지고 있는 이야기를 통하여 고유문화가 지닌 세계성을 체험할 수 있으며, 이는 이후 각국의 우호적인 발전을 촉진하는데 유리하리라고 믿는다." 세 나라의 학자는 또 이 책은 창작 작품이 아니므로 될 수 있는 대로 원래의 모습에 따르도록 하며 구전문학의 특징을 보존하여 아이들이 읽고 감상할 수 있도록 해야 한다고 의견을 같이 하였다.

중국 이야기로 선정된 목록은 다음과 같다. 〈물길을 잡은 고량(高亮)〉(북경), 〈견우성과 직녀성〉(호북성 『오가구촌(五家溝村) 설화집』), 〈나무새(木鳥)〉(티베트족 『시어(屍語) 설화』), 〈대추씨〉(산동성), 〈곰 할머니〉(사천성), 〈누가 더 실력 있나?〉(귀주성 요족), 〈고양이는 어디 갔나?〉(신강 위구르족 『아판티 이야기』) 등이다.

일본 이야기는 〈떡 굴리기〉, 〈돌배 따기〉, 〈하느님의 쇠줄〉, 〈쥐 시집보내기〉, 〈선녀(天女) 며느리〉, 〈일촌법사〉, 〈홍당무, 우엉, 무〉 등이다.

한국 이야기는 〈선녀와 나무꾼〉, 〈해와 달이 된 오누이〉, 〈두꺼비의 보은〉, 〈불효한 청개구리〉, 〈도깨비 이야기〉, 〈거울이야기〉, 〈사슴, 토끼, 두꺼비의 나이자랑〉 등이 선정되었다.

설화집은 각각의 이야기를 세 나라의 문자로 번역하여 대조판으로 편집하였다. 이야기는 세 나라의 화가가 내용에 따라 천연색 삽화를 그려 넣었으며, 그림과 글이 모두 다채롭고 정교하고 아름다운 작품으로 제작되어 세 나라의 어린이에게 선물하였다. 선정과 편집 과정에서 특히 내용의 전형성과 읽기 쉬움을 중시하였고, 학자의 쉬운 해설을 통하여 문화적 특징과 가치를 이해하는데 도움이 되도록 하였다.

우리는 특히 한중일 삼국의 민간설화집에서 동아시아 세 나라에 공통으로 전래된 두 이야기를 뽑았다. 하나는 '날개옷 선녀(羽衣仙女)'로 중국의 〈견우성과 직녀성〉, 한국의 〈선녀와 나무꾼〉, 일본의 〈선녀 며느리〉이다.[1] 다른 하나는 '이리 할머니(狼外婆)'로 중국의 〈곰 할머니〉, 한국의 〈해와 달이 된 오누이〉, 일본의 〈하느님의 쇠줄〉이다.[2] 편집자는 이에 대해 "한중일 세 나라에 공통으로 전래되는 민간설화는 이외에도 많지만 그중 가장 대표적인 두 이야기를 선정한다."고 밝혔다. 필자를 포함하여 김화경(金和經), 오자와 도시오(小澤俊夫)는 설화집에 청소년 독자를 위한 간략한 해설을 붙였으므로, 여기서는 비교 분석을 생략한다.

II.

중국의 〈견우성과 직녀성〉은 호북성 서북의 유명한 오가구(伍家溝) 설화 마을에서 나온 것으로, 구술자 풍명문(馮明文, 1930~)은 설창(說唱) 예술가 집안에서 태어났다. 본문은 현지의 민속학자 이정강(李征康)이 채록한 것으로 중국의 수많은 견우직녀 이야기의 이문(異文, 변이형) 가운데 이것의 줄거리가 비교적 단순하고 서술이 소박하며 또 생동적이고 완정하다.

날개옷 선녀(羽衣仙女) 혹은 백조 소녀(天鵝處女)라는 세계성을 가진 이 유형의 이야기에서 중국의 〈견우 직녀〉는 역사적으로 가장 오래되었다. 일찍이 『시경』〈대동(大東)〉 속에 '견우'와 '직녀'라는 두 별이 밤하늘 속에 멀리 마주보는 웅혼한 이미지가 나왔다. 한대(漢代)의 『고시십구수(古詩十九首)』 중의 〈멀고먼 견우성(迢迢牽牛星)〉에서도 두 별은 의인화되어 연인의 정감을 표현하기 시작하였다. 이로부터 당시에 이미 민간에서 견우와 직녀의 사랑 이야기가 만들어졌음을 추측할 수 있다. 진(晉)의 간보(干寶)가 편찬한 『수신기(搜神記)』에서는 『현중기(玄中記)』의 〈모의녀(毛衣女)〉를 인용

---

1) 〈견우성과 직녀성〉, 풍명문(馮明文) 구술, 이정강(李征康) 기록. 원래 『伍家溝村民間故事集』에 실렸다. 中國民間文藝出版社, 1989年. 〈선녀와 나무꾼〉, 김화경 개편. 〈선녀 며느리〉, 오자와 도시오(小澤俊夫) 개편.

2) 〈곰 할머니〉, 유술명(劉述明) 구술, 양유림(楊蕤林)과 왕순오(王純五) 채록. 원래 『中國民間故事集成·四川卷』에 실렸다. 中國ISBN中心, 1998年. 〈해와 달이 된 오누이〉, 김화경 개편. 〈하느님의 쇠줄〉, 오자와 도시오(小澤俊夫) 개편.

하고 있는데 바로 이 설화의 초기 형태이다. 이 설화는 중국 국내외 학술 계에서 '백조 소녀'형 원형 설화 혹은 기원으로 공인되어 있으므로 본문에 서는 자세한 언급은 피하겠다. 본인이 이 유형의 설화를 연구하는 과정에 서 일찍이 광대한 시공간에 걸쳐 분포한 여러 이문(異文)들을 하나의 설화 군으로 관찰하였는데, 서사 형태에 따라 서로 연관되고 계승된 4대로 분류 하였다.

제1대는 사람과 새가 결합된 내용 속에 나는 새의 형상은 강렬한 새 토 템 숭배의 색채를 띤다.

제2대의 이문(異文, 변이형)은 사람과 새의 결합에 사람의 사랑이 개제되 어 내용이 풍부해지고 감동적으로 변한다. 남자는 인간 세상에 와 목욕하 는 선녀의 날개옷을 훔쳐 나중에 결혼하는데 이는 사실 고대의 보쌈과 같 이 약탈혼의 습속이 간접적으로 반영된 것이다. 날개옷을 찾은 선녀가 고 향으로 날아 돌아간다는 것은 여성이 모권제에서 부권제로 변하는데 대한 저항 심리를 표현한 것으로 볼 수 있다. 허구의 이야기 속에 고대 혼인제 도와 습속의 대변혁이란 역사적 기억이 박혀 있는 것이다.

제3대 이문은 선녀가 날개옷을 찾아 돌아간 후, 남편이 아내 혹은 선녀 의 아들을 찾으러 하늘로 오르는 곡절 많고 감동적인 이야기로 나타난다. 인류의 사랑과 혈육의 정이 넘치는 대목이어서 깊은 매력이 있다.

제4대 이문은 태족(傣族)의 장시(長詩) 〈소수둔(召樹屯)〉이 대표한다. 남 녀 주인공의 사랑과 이별의 우여곡절 속에서 민족 전쟁과 종교 충돌 등이 끼어들고, 사회적 투쟁이라는 거대한 배경 속에 개인의 운명이 놓이는 이 야기로, 사상과 예술에서 모두 새로운 경지에 오른 작품이다.[3]

한·중·일 세 나라의 설화집에선 날개옷 선녀 이야기가 세 편 있는데 '백조 소녀'형 이야기의 제2대, 제3대 이문으로 볼 수 있다. 이들 이야기의

---

3) 劉守華, 『比較故事學』, 404쪽, 上海文藝出版社, 1995年에 자세하다.

기원은 중국의 〈견우 직녀〉와 〈모의녀(毛衣女)〉로 천년을 거쳐 변화되어
왔지만 그 기본 형태는 여전히 유사한 점이 많다. 하늘에서 내려온 여자의
원형은 사실 새 혹은 새 토템을 믿는 먼 이역 민족의 여인으로, 중국의 도
교 문화의 영향을 받아 그녀는 나중에 천궁의 선녀가 된다. 선녀가 인간
세계에 와서 목욕하다가 날개옷을 잃고 결혼하며, 나중에 날개옷을 찾은
후에는 하늘에 돌아간다. 남자는 천신만고를 무릅쓰고 아내와 아들을 찾다
가 마침내 다 함께 모이게 된다. 이들 고대 문화의 깊은 뜻을 가진 모티프
는 세 나라의 이야기 속에 끊이지 않고 내려오면서 오늘에 이르기까지 사
람의 마음을 흔드는 매력을 가지고 있다.

비록 위에서 말한 세 편의 이야기가 같은 기원에서 나와 무척 유사하다
고 하더라도, 오랜 기간 동안 전래되면서 각 나라의 민중의 지혜와 감정,
그리고 언어의 부단한 연마를 받아 왔기 때문에 각기 다른 민족문화의 특
색을 보인다. 마침 오자와 도시오(小澤俊夫) 선생이 해설에서 말한 바와
같다.

독자들은 분명 이 책에 수록된 이야기의 구조가 동일함에 주의할 것이다. 이
구조는 고대부터 지금까지 입에 오르내리는 과정에서 기본적으로 달라진 게 없
다. 비록 말이 다른 나라에 전해져도 크게 달라진 바 없다. 그러나 만약 이야기
의 세부를 보면 여러 가지 서로 다른 점을 발견할 수 있을 것이다. 이야기 속 인
물의 복장과 가옥의 모습, 대화, 각종 각양의 도구 등이 각 나라마다 조금씩 다르
다. 이는 구전되는 과정에서 사람들이 자기 주위의 사물을 이야기 속에 끌어들
였기 때문이다. 이들 다른 점은 각 민족의 풍속, 사상, 인간관계 등을 반영한 것
이라고 할 수 있다. 독자들은 이 책의 민간설화를 통해 한·중·일 세 나라가 유
구한 역사 속에 형제와 같은 관계임을 이해하기 바라며, 동시에 이 세 나라가 또
각기 다른 점이 있음을 이해하기 바란다.

먼저 중국의 〈견우성과 직녀성〉에 대해 말하자면, 여기엔 중국문화의
특징 두 가지가 뚜렷하게 반영되어 있다. 하나는 농업문명이다. 설화의 주

인공 이름이 '견우'와 '직녀'로 그들이 추구하는 이상적인 생활은 곧 남자는 농사짓고 여자는 베를 짜며, 작은 가정을 이루는 일이다. 농경 생활에서 소는 농민의 명줄로 호북성에는 다음과 같은 속담이 전해진다. "소는 농부의 말없는 아버지이다", "장군에게 말이 있다면 농부에겐 소가 있다", "부자가 되려면 소가 있어야한다", "씨 뿌리는데 소 없으면 쌀 구하는데 길이 없다" 등이다. 송대 구양수(歐陽修)는 〈우부(牛賦)〉에서 소는 "가난을 부로 만들고 허기를 배부름으로 만들지만 공을 누리지 않고", "세상에 이로움을 가득 주어", "사물 가운데 더 나은 자가 없다"고 크게 칭찬하였다. 중국 이야기에서 주인공을 돕는 조수로 나오며 살아서나 죽어서나 견우를 도와 인간 생활의 기적을 만드는 것은, 농경생활에서 출발한 상상에서 나온 의취(意趣)이다.

다른 하나는 견우 직녀의 사랑에 대한 추구이다. 견우 직녀의 사랑과 혼인에의 자유에 대한 추구는 자연히 중국의 봉건 예교에서 용납되지 못하였다. 중국의 도교는 천상과 지상의 일을 통관하는 신으로 옥황대제(玉皇大帝)와 왕모낭낭(王母娘娘)을 정점으로 하는 천신의 족보를 만들었는데, 그들의 압제로 견우와 직녀의 사랑과 결혼은 크나큰 좌절을 맛보게 된다. 사람들은 구두 서술 중에 남녀 주인공의 굽힐 줄 모르는 정신을 찬양했을 뿐만 아니라, 천상의 까치가 칠석날 밤에 그들을 위해 다리를 놓는다는 낭만적인 상상을 만들어 견우 직녀에 깊은 동정을 표시하였다.

한국의 〈선녀와 나무꾼〉은 남주인공이 산속의 나무꾼인데, 나무꾼은 사냥꾼이 추격하는 사슴을 구해주고, 사슴이 은혜를 갚는 내용을 발단으로 하고 있다. 여기서는 비단 자연환경과 인간의 생산방식의 변화를 보일 뿐만 아니라, 사슴은 불경 설화에서 자주 등장한다는 점에서 불교문화의 영향을 보이고 있다. 특히 언급할 만한 것은 이야기 중의 남주인공의 형상이 특히 잘 그려진 점이다. 김화경 선생의 해설을 보자.

선녀를 쫓아 하늘나라에 온 나무꾼은 하늘나라에서 편안히 세월을 보내고 있었다. 그러나 그는 하계에 두고 온 어머니를 잊을 수가 없어 결국 지상에 다시 내려온다. 여기에서 한국인은 어머니를 지극히 존중하며 정과 의리를 중시함을 알 수 있다.

이야기는 또 인간 세상에 다시 온 나무꾼이 땅을 밟았기 때문에 다시 하늘나라에 올라갈 수 없다고 말하고 있다. 그는 하늘나라에 두고 온 아내와 아이를 무척이나 그리워하다가 근심 속에서 죽었지만 그의 영혼은 수탁으로 변하였다. 한국인은 수탁이 지붕 위에 올라가 하늘을 향해 훼치는 모습에서 나무꾼의 영혼이 여전히 하늘나라에 두고 온 가족들을 생각한다고 연상하였다. 이는 한국인이 풍부한 상상력을 가지고 있음을 나타낸다.

한국 설화는 비록 나무꾼과 선녀의 사랑과 결혼이 줄거리이지만, 적극적으로 묘사한 내용은 오히려 어머니에 대한 효도였다. 어머니 곁에 돌아와서는 다시 하늘나라의 아내와 아이를 걱정하였고 결국에는 영혼이 수탁이 되어 하늘을 향해 자신의 끝없는 그리움을 표현하였다. 이야기는 인정이 넘치고 사람을 감동시킨다. 이야기 말미에 나무꾼이 가족을 그리워하다가 죽는데서 이야기는 끝나지만, 사람들은 불멸의 영혼을 하늘을 향해 훼치는 수탁으로 변신시킴으로써, 마치 『조한(朝漢) 민간설화 비교 연구(朝漢民間故事比較硏究)』의 필자가 밝힌 것처럼 이 이야기는 "비록 비극적인 결말이지만 죽음의 의미는 그리 강하지 않다."[4] 이러한 예술 구상도 비범하고 뛰어나다.

이제 일본의 〈선녀 며느리〉를 보자. 이 이야기 역시 인간세상의 젊은이와 천상 선녀의 만남과 갈등을 다루었지만 그 의취(意趣)는 전혀 다르다. 젊은이가 선녀를 쫓아가는 방식은 천 켤레의 게다와 짚신을 땅속에 묻고, 그 위에 하늘을 향해 자라난 대나무를 타고 올라가는 것이었다. 그는 결국 가족과 함께 살지 못하는데, 갈라진 과일에서 흘러나온 물로 부부는 천상

---

4) 金東勛 主編, 『朝漢民間故事比較硏究』, 287쪽, 遼寧民族出版社, 2001年.

의 강 양쪽으로 나뉘어졌고, 매년 오직 한 번만 만날 수 있는 두 개의 별이 되었다. 이러한 기이한 이야기로 우리는 금방 일본 민족 특유의 생활을 느끼게 된다. 게다가 언급할 만한 것은 이야기 속의 선녀는 특히 지혜롭고 재주가 뛰어나, 젊은이가 위험에 빠질 때마다 모두 해결해준다. 반대로 젊은이는 경솔하여 자꾸 실수를 한다. 먼저 그가 구백구십구 켤레의 게다와 짚신을 찾아 땅속에 묻었기에 자라난 대나무가 하늘에 조금 닿지 못했는데, 다행히 선녀가 베틀의 북을 던져주었기에 젊은이는 비로소 하늘로 올라갈 수 있었다. 두 번째로 하늘나라에서 선녀 아버지의 시험을 통과해야 할 때, 원래 선녀가 지상에서 수확한 과일을 가로로 자르라고 했는데, 그는 세로로 잘라 하늘의 강이 용솟음쳐 올라 부부가 나뉘게 되었다. 〈선녀 며느리〉는 본래 신기한 결혼 이야기이지만, 일본에 전래될 때는 '꾀 많은 며느리'나 '어리석은 사위' 등 생활 이야기의 형태가 섞여들어 신비한 신앙의 요소는 퇴색되고 해학적인 정취가 크게 증가되었다. 이로써 일본의 이야기는 같은 유형의 한·중 양국의 이야기와 무척 다른 특수한 의취(意趣)를 가지게 되었다.

Ⅲ.

한중일 설화집에 수록된 세 편의 '이리 할머니(狼外婆)' 이야기는 공통점이 있는 반면 각 나라대로의 특색도 있어 무척 흥미롭다.

중국의 '이리 할머니' 이야기는 전국에 유포되어 있는데 현존하는 가장 이른 구술 채록본은 청대 사람 황지준(黃之雋)의 〈호온전(虎媼傳)〉으로 『광우초신지(廣虞初新志)』에 보인다. 그중에 부정적인 역할은 호랑이와 이리가 가장 흔한데, 〈호온전〉은 호랑이 할머니 이야기이다. 이번에 출판된 한중일 설화집에서 수록된 것은 사천성의 〈곰 할머니(熊外婆)〉로 원래 『중국민간설화집성·사천권』에 있는 이야기이다. 이야기는 두 아이가 가짜 할머니를 알아차리고는 여동생이 꾀로써 이기는 긴장되고 아슬아슬한 줄거리로 이루어져 있다. 그 주제는 공인된 것처럼 여자 아이의 자기 보호, 거짓과 진실의 식별, 사악을 이기는 기지와 용기 등이다. 이 이야기는 중국의 남방에 특히 널리 퍼져있는데, 이리 대신에 호랑이, 곰, 야만인 등으로 바꾸어질 수 있다. 다만 이들은 모두 인격화된 동물로 나타나며 비록 흉악하지만 결국 용감하고 총명한 소녀를 이기지 못한다.

한국과 일본의 이야기는 각각 〈해와 달이 된 오누이〉와 〈하느님의 쇠줄〉로 공통점과 함께 다른 점이 있다. 두드러지게 표현된 것은 일정 정도의 신비한 신앙 성분이 섞여들어 줄거리가 더욱 복잡하고 의미도 더욱 깊어진 점이다. 한국 이야기 중의 남매는 호랑이의 위협을 받아 막다른 길에 이르자 하늘에 기도할 수밖에 없었다. "하느님, 우리들을 살리시려거든 튼튼한 밧줄을 내려주시고, 우리를 죽이시려거든 썩은 밧줄을 내려주십시오!" 이때 하늘에서는 튼튼한 밧줄을 내려주어 남매는 밧줄을 타고 하늘로 올라갔다. 호랑이는 나중에 내려온 썩은 밧줄을 타고 올라가다가 밧줄이 끊어져 떨어져 죽었다. 하늘에 올라간 남매는 해와 달이 되었는데, 누이는 밤이 무서워 해가 되고 오빠는 달이 되었다.

일본 이야기 중의 악역은 '산 할머니'이다. 오자와 도시오(小澤俊夫) 선생의 해설에 의하면 원래 산속의 신이 살았는데, 나중에 시대가 발전되면서 "이러한 자연신을 신으로 모시는 신앙이 약화되거나 소실되어 신선은 '산 할머니'로 바꾸어졌다." 그러나 '산 할머니'에도 신앙의 요소가 깃들어 있다. 남매는 싸울 수 없는 긴박한 상황에 오로지 하늘을 향해 "하느님, 우리에게 쇠줄을 내려 주세요!"라고 기도하였다. 결국 남매는 쇠줄을 잡고 하늘에 올라갔지만, 산 할머니는 그 다음에 내려온 얽은 줄을 타고 올라가다가 떨어져 죽었다.

일본 도쿄도립대학교의 이구라 쇼이(飯倉照平) 교수는 1980년대 초에 화중(華中)사범대학의 초청을 받아 강의하였는데, 「일본과 중국의 민간설화

교류」라는 보고에서 일본과 한국의 '이리 할머니' 이야기에서 하늘에서 내
려온 쇠줄과 밧줄의 모티프가 지닌 일치성에 주목하였다. 그런데 이 모티
프는 일찍이 1950년대에 손검빙(孫劍冰)이 진지녀(秦地女)의 구술 내용을
채록한 설화 〈문 탕탕, 문 똑똑, 솥 쓱쓱〉에서 나온 적이 있다. 진지녀(秦地
女)는 원적이 산동성으로 나중에는 예능인으로 지내다가 내몽골로 이사 갔
다. 이를 통해 이구라 쇼이(飯倉照平) 선생은 추측하여 말하였다. "아마도
중국의 이런 유형의 이야기가 한국에선 〈해와 달이 된 오누이〉로 변하였
고, 다시 일본에 전해져 〈하느님이 내려주신 금쇠줄〉로 바꾸어졌으리라 본
다."[5] 여기서 필자가 간단히 보충하고 싶은 것은 진지녀(秦地女)가 구술한
이야기 가운데 하늘에서 내려온 쇠줄과 풀줄의 줄거리는 결코 아무렇게 만
들어진 허구가 아니라는 점이다. 이는 중국 고대에 '천인감응'설이 성행하
고, 도교가 흥기하여 천계의 신성성이 크게 과장되고, 선량한 사람을 천신
이 보호한다는 신앙이 사람들에게 널리 퍼진 이후에 이 이야기가 전해졌
다. '이리 할머니' 이야기에서 아이들이 천신 혹은 하늘의 새에게 구해달라
고 기도하는 대목은 이러한 배경에서 이루어졌다. 그러나 중국 남방의 '이
리 할머니' 이야기에서는 이 모티프가 약화되거나 소멸되었고, 다만 일부
지역에서만 잔존한다. 이에 반해 이웃나라의 민간 구두문학에서 오히려 다
른 문화적 배경을 가지고 발전하였고 새로운 의취를 표현하였다.

중국의 〈곰 할머니〉와 한일 두 나라의 같은 유형의 설화 텍스트는 아이
들이 사악한 세력에 대해 싸우는 용기와 지혜 그리고 주동성에서 일정 정
도의 차이가 있지만, 유사한 줄거리로 위험한 처지 속에서 낙관적인 정신
을 표현한 점에서는 완전히 일치한다. 오자와 도시오(小澤俊夫) 선생의 해
설은 이를 잘 말하고 있다. "민간 이야기를 보면 이야기 중간에 주인공인
아이들은 종종 여러 가지 무서운 상황을 겪는다. 그러나 결말에선 대부분

---

5) 飯倉照平, 「日本和中國的民間故事交流」, 『民間文學硏究動態』, 1984년 4기.

구원받거나 행복을 얻는다. 이러한 점에서 보면 민간설화는 본래 인생에 대해 낙관적이라고 할 수 있다."

'이리 할머니'는 세계적인 설화 유형으로, 줄거리가 대동소이한 유럽 이야기로는 〈붉은 모자〉가 있다. 서양의 심리학자가 확인하였듯이, 동화는 할머니, 엄마, 소녀의 세 세대의 여자가 남성(이리)을 이기는 이야기이다.[6] 그들은 이야기 속에서 성적 상징을 찾는데 이는 확실히 프로이트의 범성주의(泛性主意) 학설의 영향을 받았다. 이러한 이해는 동서양 문화의 차이에서 오는 것으로 동아시아 지역에서는 인정받기 힘들다.

IV.

중국에서는 2003년 시작된 민간전통문화보호 프로젝트가 전국 범위 내에서 순리적으로 진행되고 있다. 중국 정부는 2004년 연말에 유네스코가 제정한 '비물질 문화유산 보호 공약'에 가입하였다. 이 조약은 "지구촌의 형성과 사회변혁의 진전으로 각 지역 사이의 새로운 교류가 형성됨과 동시에 비물질 문화유산은 파괴 혹은 소실되는 엄중한 위협에 직면하였다."고 지적하고 있다. 이러한 형세 판단은 중국의 실제와 완전히 부합한다. 중국은 본래 풍부하고 다채로운 민간 구두문학 유산을 가지고 있었다. 개혁개방이 시작된 후 1980년대 중엽 본인은 화중사범대학에서 민간문학 과정을 공부하는 수십 명의 학생을 데리고 여름방학 기간을 이용하여 농촌에서 실제 조사를 진행하였다. 우리들은 향촌문화의 상황을 대략 전통문학 우세, 신문화생활 우세, 신구 문화 혼잡 등 세 가지 유형으로 분류하였는데, 당시는 대체로 각각 삼분의 일씩 점하고 있었다. 이제 20년이 지난 지금 중국의 사회주의 현대화 건설과 대외개방의 교류는 무척 빠르게 발전하였다. 그러나

---

6) 에리히 프롬, 『夢的精神分析』, 中文版, 172~176쪽. 葉頌壽 譯, 光明日報出版社, 1988年.

민간 전통문화가 처한 파손은 놀랄 정도로 엄중하다. 본인과 본인의 학생들이 호북성에서 느끼는 민간 구두문학 전승의 상황을 가지고 말하면, 자생력과 활기를 가진 민간설화 구술 활동은 이제 보기 어렵게 되었다. 그 주요한 원인은 세 가지이다. 첫째는 상당수의 농민들이 외지로 장사하거나 일하러 나가, 농업생산에 의지하던 구두문학 활동이 계속 줄어들었다. 둘째는 강력한 경제 체제에 의존한 새로운 양식의 외래문화(예컨대 전자 게임)가 중국의 향촌에 신속히 침투하였다. 셋째는 사람들이 민족의 민간문화를 보호하려는 의식이 부족하고 유효한 수단도 적다. 그리하여 최근 정부의 주도 아래 민족의 민간전통문화보호 프로젝트가 시행된 점은 지극히 중요한 의의를 지닌다 하겠다. 자생적인 민간 구두문학은 특정한 경제문화의 환경에서 존재하고 발전하는 것으로, 극소수 지구에 특별한 문화생태구역을 건설하여 보호하는 일 이외에 우리들이 할 수 있는 바가 거의 없음은 안타까운 일이다. 그러나 민간 구두문학을 여러 가지 형식으로 조사하고 채록하며, 이를 문서 텍스트 혹은 시청각 자료로 만들어 보호하는 일은 충분히 가능하며, 이는 또 인류 문화의 다양한 발전을 위해서도 적극적이고 장기적인 효용이 있다. 중국은 1980년대부터 세 가지 시리즈의 '민간문학집성'을 편찬하여왔으며, 몇 년 안에 전부 출판될 것이다. 이는 중국 민간문학을 재현하는 거대한 프로젝트이다. 필자가 이번에 한중일 삼국의 학자와 합작하여 아동들이 읽을 민간설화집을 편찬한데 참여한 일도 이 방면의 새로운 시도이다. 이들 기나긴 역사와 광대한 배경 위에서 유행했던 민간설화의 뛰어난 작품들은 인류 정신의 창이자 민족 지혜의 결정이라 할 수 있다. 설화들은 쉬워서 옹알옹알하며 말을 배우는 아이들도 좋아하지만, 또 깊고도 미묘해서 여러 민족 혹은 전인류의 생존 발전의 귀중한 경험과 탁월한 지혜가 깃들어있어 유구한 생명력을 가지고 있기도 하다. 과연 일부 일본 학자들은 21세기 새로운 인간형의 배출에 대해 언급할 때 의미심장하게 지적하였다. 민간설화는 "세대차를 뛰어넘고 정신적 연대를 유지하는 연결체"로써, 사회가 급변할수록 이들 설화는 "더욱 전해져야하는 중대한 의의가 있다." 다시 말해 본 책자에서 편집한, 세 나라 사람들의 입에 자주 오르내리는 '날개옷 선녀' 이야기를 두고 말하면, 새와 짐승, 인간 세계의 남녀, 머나먼 하늘나라 등이 하나로 융합하여 예술적으로 구상되었는데, 그 속에 담긴 지혜와 감정은 시공을 초월한 영원한 매력과 불후의 가치가 있다. 일본의 전 수상 모리 요시로(森喜郎)는 특히 이 한중일 삼국의 설화집의 출판에 대해 의미 깊은 말을 썼다. "우리들은 일본, 중국, 한국의 민간 설화를 편집하면서, 이들 설화를 세 나라의 말로 번역하여 그림이야기책으로 출판하였는데, 아이들이 다른 나라의 문화적 특징과 자기 나라와의 공통점을 이해함으로써 우호를 증진하는 것이 이 시리즈의 책을 처음 만들 때의 마음이었다. 이 시리즈의 책이 아시아 아동의 마음속에 큰 다리를 만들기를 희망한다."

　민간설화는 대대로 전승되어 온 고박(古朴)하고 신기한 언어 예술작품임과 동시에, 그중 상당 부분은 인류와 민족의 생활과 민족 생활의 토대이어서 오늘날에도 여전히 현대적 가치를 지닌다. 우리들은 민간 구두문학을 보호하고 나라간의 민간문화 교류를 촉진하는 이러한 국제적 협력이 우리들의 문화적 시야를 더 넓히고 풍성한 열매를 맺을 것임을 굳게 믿는다.

제2부

한·중 감호설화(感虎說話) 비교 연구

이신성*

Ⅰ. 머리말

본고는 한국과 중국에 전하는 민간설화(民間說話) 중 감호설화(感虎說話)를 비교 연구하는 작업 중의 하나이다.1)

호랑이는 우리 민족설화(民族說話)의 선편을 잡은 〈단군신화(檀君神話)〉를 비롯하여 전래설화(傳來說話)에 유난히 많이 등장하는데 매우 다양하게 표현되고 있다. 즉 ① 신령(神靈)하고 신통(神通)한 능력을 지닌 영물(靈物)2) ② 호랑이가 자유자재로 인간으로 변신(變身)하여 인간과 교유(交遊)3) ③ 인간의 행위에 감동된 호랑이가 인간을 도와주거나4) 호랑이가 인간에

---

* 부산교육대학교 교수

1) 필자는 1년간(2003.9~2004.8) 부산교육대학교의 자매대학인 중국 항주사범학원에 연구교수로 있으면서, 부산교육대학교와 항주사범학원 간에 "韓·中 民間說話 比較研究"란 논제로 3년간(2003.9~2006.8) 공동연구하기로 합의했다. 책임 연구교수는 필자와 顧希佳(杭州師範學院) 교수이다.

2) ①한국은 옛날부터 지금까지 土俗信仰에서 호랑이를 山君, 山神靈, 山神, 神靈 등으로 神格化하여 神堂에 모시고 있다. ②高麗 太祖 王建의 先祖는 壓死당할 뻔한 곳에서 호랑이의 啓示에 힘입어 기적적으로 살아난다.『虎薈』에도 ②와 비슷한 이야기가 실려 있다.

3)『三國遺事』所載, 〈金現感虎說話〉와 中國의 〈申屠澄說話〉[原典은『太平廣記』] 등을 들 수 있다.

4) 본고에서 다룰 〈虎背渡江說話〉, 〈吳孝子感泉虎說話〉 등을 들 수 있다.

게 도움을 받고 그 은혜를 갚는 경우5) 등이다.

이와 같이 한국인이 가지는 호랑이의 이미지는 단순히 야수적(野獸的)인 짐승으로서의 호랑이라는 일반적 범주를 벗어나서 보다 특수화되고 성격화되며 전통적인 민족 감정과 관련되어 나타난다. 호랑이는 한국이라는 풍토 속에서 다양하고도 심오한 이미지를 형성해 왔다. 이를테면, 호랑이는 우리의 일상사(日常事)(友情, 報恩, 義理, 背恩, 慾心 등)와 밀접한 관련을 가지는 의인화(擬人化)의 주인공으로 등장할 때가 많다.6)

이와 같이 설화 속의 호랑이는 비단 한국적인 현상만은 아니다.

세계 민간설화 중에서 사람과 동물 관련 설화가 대량으로 생산되었는데, 이런 설화는 동물과의 충돌관계를 나타내거나 사람과 동물의 和諧를 표현하는 동시에 일정한 文化心理와 審美的 理想的인 생활을 추구하는 것에 붙여지기도 한다. 중국 義虎型 虎說話 중 한 예로 土家族에 傳乘되어오는 '人虎緣'은 이런 류의 대표적인 설화이다.7)

'사람과 호랑이의 인연[人虎情緣]' 설화의 줄거리는 대략 이러하다. 토가족 청년 염효가 나무하러 갔다가 벼랑에 떨어졌다. 이를 본 호랑이가 청년의 생명을 구해주었고, 날마다 청년 집에 야생동물을 던져 주었을 뿐만 아니라 청년에게 현관(縣官)의 딸까지 물어다 주어 짝을 짓게 했다. 호랑이는 계속해서 염효네를 도와주어 생활 형편이 좋아졌고, 현관의 딸도 부친을

---

5) <호랑이 목에 걸린 가시>가 대표적인 이야기이다.

6) 이신성, 『우리 고전문학 교재의 이해』, 보고사, 1999, 65쪽.
　　　, 『韓國古典文學敎材硏究』, 寶庫社, 2004, 73쪽.

7) 世界民間故事中有大量反映人與動物關係的故事 這些故事有的展示人與動物的衝突關係 有的表現人與動物的和諧關係 同時寄寓一定的文化心理 審美追求和生活理想. 中國義虎型 虎故事卽爲一例 土家族傳承的人虎緣是這類故事的代表.(孫正國, "人虎情緣 義虎說話 解釋", 劉守華 主編, 『中國民間故事類型硏究』, 華中師範大學出版社, 2002, 131~132쪽 참조).
　　原文에 故事로 표현된 것은 우리의 說話와 비슷한 개념으로 쓰였기 때문에 '故事'는 설화로 번역했다.

만나게 되어 함께 성 안으로 이사하여 행복하게 살았다.[8]

이런 류의 설화를 중국에서는 '의호설화(義虎說話)[義虎型 虎故事]'라고 한다. 필자는 이를 감호전설(感虎傳說)로 불러왔으나[9] 본고에서는 감호설화(感虎說話)로 통칭하기로 한다. 감호설화는 앞에서 언급한 바 있는 ③인간의 행위에 감동된 호랑이가 인간을 도와주거나 호랑이가 인간에게 도움을 받고 그 은혜를 갚는 설화이다.

본고에서는 한국의 여러 문헌이나 현장(現場)에 전하는 호설화(虎說話)와 중국의 호랑이 설화집인 『호회(虎薈)』에 전하는 호설화(虎說話)를 연구 대상으로 하기로 한다.

우리나라에는 전통적으로 충(忠)·효(孝)·열행(烈行)에 관한 이야기가 무수히 많고, 충효열각(忠孝烈閣)은 고을마다 여러 곳에 세워져 있다. 우리는 전국에 산재하고 있는 충·효·열행의 구체적 현장인 충효열각(忠孝烈閣)이나 설화들을 목도하면서, 그 존재 의미가 무엇인지 찾아내는 노력이 필요하다. 이런 노력의 결과는 많지 않는 일부 인물의 행적이 오늘날 인구에 회자(膾炙)되거나 교과서에 교재화되고 있는 사례에서 확인할 수가 있다. 그러나 앞으로도 우리는 무수한 충효열각군(忠孝烈閣群) 속에 무의미

---

8) 土家族靑年冉孝與母親相依爲命, 靠打柴維持生計, 有一次, 冉孝不幸摔懸崖, 却有幸得到 雌雄二虎的救助, 把他從死亡線上拯救出來. 從此, 冉孝母子與虎結下不解之緣, 兩只虎經 常給冉孝家投送野物, 還搶來縣官的女兒做冉孝的妻子. 由于虎的鼎力相助, 冉孝的家境一 天天好起來. 最後, 冉孝的妻子與其父重逢, 冉孝一家就隨同進城居住, 過上了幸福生活.
(劉守華·陳麗梅 編,『寶刀和 魔笛』, 중국 湖北人民出版社, 1994, 161~165쪽. 劉守華 主編,『中國民間故事類型硏究』, 華中師範大學出版社, 2002. 10, 132쪽에서 재인용)

9) 이신성, 「국민학교 교과서에 실린 <효자리의 세 무덤>에 대하여」, 『어문학교육』 제13집, 한국어문교육학회, 1991 참조.
_____, 「국민학교 교과서에 실린 傳說敎材에 관한 연구」, 『어문학교육』 제14집, 한국어문교육학회, 1992 참조.
_____, 「국민학교 교과서에 실린 兄弟美談과 感虎傳說에 관한 연구」, 『한국초등국어교육』 제9집, 한국초등국어교육학회, 1993 참조.
_____, 「吳孝子感虎傳說에 대하여」, 『陽河鄭尙卦博士華甲紀念論叢』, 1995 참조.

하게 빠져들고 있는 인물들 중, 오늘날 우리의 삶의 지표로 삼을 만한 인물의 행적을 계속적으로 발굴하고 선양해야 한다[10]. 이러한 작업은 본고의 궁극적인 연구 목적이기도 하다.

Ⅱ. 한·중 감호설화의 자료적 성격

본고에서 논의의 대상으로 삼고 있는 호설화(虎說話) 관련 자료는 극히 제한적이다. 한국의 자료는 각종 문헌 설화집과 개인 문집과 『구비문학대계(口碑文學大系)』 및 묘갈명(墓碣銘) 등에서 관련 자료를 뽑아내었고, 중국의 자료는 진계유(陳繼儒) 찬(撰), 『호회(虎薈)』(中華書局, 1985)[11]를 연구 대상으로 했다.[12] 먼저 『호회』에 대해 살펴보기로 한다.

『호회』는 '호랑이 이야기집'이라는 뜻인데 보안당비급본(寶顔堂秘笈本)을 영인하여 출판한 자료이다. 『호회』를 편찬한 진계유(陳繼儒, 1558-1639)는 중국 명대(明代)의 인물로 자(字)는 중순(仲醇)이고, 호(號)는 미공(眉公) 또는 미공(麋公)으로 송강(松江) 화정(華亭) 사람이다. 『호회』는 6권 1책으로로 목차 없이 서문과 본문(85쪽)으로 되어 있고 각 면마다 15행 40자로 짜여진 활판 인쇄본이다. 각 이야기는 제목이 없고[13] 이야기와 이야기 사이의

---

10) 李愼成, 「국민학교 교과서에 실린 兄弟美談과 感虎傳說에 관한 연구」, 『한국초등국어교육』 제9집, 1993, 186쪽에서 다시 인용함.

11) 『호회』는 중국 항주사범학원 顧希佳 교수의 배려로 복사본을 求得했다. 『호회』에 대한 언급은 일찍이 李家源 교수가 한 바 있다. 「중국의 호랑이 이야기는 眉公 陳繼儒(1558~1639)의 名著 『호회』가 하나의 방대한 專著로서 등장된 지 벌써 오래되었다. 그러나, 대체로 유사한 것들이어서 그다지 다양. 다채롭진 못하였음이 사실이다. 그에 비하면 우리나라 호랑 이야기들은 뜻밖에 너무나 기이함을 깨달았다」(李家源, 『한국 호랑이 이야기』, 民潮社, 1977, 「序」, 2쪽 참조)

12) 필자는 1년간 중국에 체류하면서 明代의 『호회』 이후, 호랑이事를 집대성한 자료를 求得하지 못했기 때문에, 연구 대상 자료는 『호회』로 만족할 수밖에 없었다.

13) 앞으로 『호회』 所載 이야기를 인용할 때는 필자가 임의로 붙인 제목을 쓰기로 한다.

구분이 불명확하지만 한 이야기가 끝난 행이 40자로 채워지지 않을 경우에
는 육안(肉眼)으로 다음 이야기와 구분할 수 있다.

『호회』소재 호설화(虎說話)는 모두 346편[1권 70, 2권 46, 3권 51, 4권 58,
5권 67, 6권 54]이지만, 이는 5자로 된 '호설대어장(虎舌大於掌)[호랑이 혀는
손바닥보다 크다]'을 비롯해서 20자 미만의 이야기들도 포함한 편수(篇數)이
다. 『호회』에 실린 이야기들로 출전(出典)을 밝힌 것은 모두 17편[14]이고,
출전은 1편으로 그친다. 그러므로『호회』소재 이야기 중 출전을 밝힌 것
은 17편이 된다. 16편은 이야기 말미(末尾)에 출전을 기록했고, 1편은 서두
(序頭)에 '후청록운(侯鯖錄云)'으로 이야기를 시작하고 있다.

『호회』〈서(序)〉를 보기로 한다.

　　나는 丁酉年(1597) 6월 23일에 瘧疾을 앓기 시작하여 戊戌年(1598) 6월 22일
이 되어서 병이 나아 몸을 제대로 움직일 수 있게 되기까지 1년이나 걸렸다. 이
에 앞서 백곡왕장이 보안당으로 나를 방문하여『虎苑』을 주면서 학질을 물리칠
수 있으리라 하여 읽었지만 학질은 그대로였다. 그러나 그 책은 호랑이 이야기
를 다 모은 게 아니었다. 나는 여러 가지 세상에 전하지 않는 책[逸籍]과 山林과
호수가나 海邊에 전하는 옛이야기를 수집하여 책을 엮어서 虎薈라 이름했다.
　　옛날 范文穆이 자신의 書齋를 說虎軒이라 이름했는데 나는 그 노인이 어떤
것이 그리도 즐거워 홀로 부지런히 쉬지 않고 말하기를 좋아하나 해서 웃었다.
　　손님이 말했다.
　　"호랑이는 말할 것도 못 됩니다. 神仙과 高僧과 같이 도를 행하는 이[仙釋]는
호랑이를 길들일 수 있고, 품행이 단정하고 도덕적인 사람은 호랑이를 내몰 수
있고, 孝道하고 義理있는 사람은 호랑이를 감동시킬 수 있고, 용맹하고 사나운
사람은 호랑이를 죽일 수 있습니다. 사람들은 괴이한 이야기를 즐겨하여 많이
기억하고 폐하지 않으려 합니다. 그래서 호랑이를 말하기는 부족합니다."

---

14)『호회』所載 설화의 출전은 다음과 같다. 1권(侯鯖錄:南宋 趙德麟 撰), 4권(啞眷國, 語林,
　　唐國史譜, 水經注, 淸波雜志), 5권(華夷珍玩考, 滿喇加國), 6권(庚巳編, 夷堅志, 水東日記,
　　二說七修類考, 七修類考, 華夷續考, 芸心聞見, 近峰聞略, 海語)

나는 바로 문서를 맡은 벼슬아치[典籤]에게 이 내용들을 쓰게 하여 갈무리했다.15)

진계유는 지인(知人)이 준『호원(虎苑)』을 읽고『호원』은 일부의 호랑이 이야기만 담았다고 생각하고 여러 문적(文籍)이나 구전(口傳)되는 호랑이 이야기를 모아서『호회』를 편찬했다고 했지만,『호회』도 호랑이사(事)를 담기에는 부족했다고 했다.

　　호랑이는 大寒 때 처음 교미하여 7월에 새끼를 낳는데 성질이 사납다. 비록 쫓기더라도 오히려 다시 배회하며 돌아보곤 한다. 호랑이는 상처가 심하면 울부짖으면서 가는데 그 소리가 크고 작음에 따라 호랑이가 멀리 갔는지 가까이 갔는지를 알 수 있다. 우는 소리가 一里 밖까지 들린다. 바위에 기대어 앉고 나무에 몸을 의지하여 끝내 넘어져서 죽지는 않는다. 호랑이는 대상을 세 번 공격해서 넘어뜨리지 못하면 그만 둔다.16)

『호회』의 서문에 이은 본문의 첫 이야기는 호랑이의 습성과 성질에 관한 내용인데, 특히 호랑이의 성질 중 영맹성(獰猛性)에 대해서 서술했다. 『한국 호랑이 이야기』에 실린 〈호랑이의 성격〉을 요약해서 제시하면 다음과 같다.17)

　　① 호랑이는 나무에 올라갈 줄 모르고18) 꼬리를 감출 줄 모른다.

---

15) 余丁酉六月二十三日始困瘧 垂戊戌之六月二十二日而瘧良已 蓋首尾屈指凡一朞焉 先是 百穀王丈訪余於寶顔堂 授以虎苑 可以辟瘧 讀之而魔鬼如故 然其書所徵不及百事 余乃搜 諸逸籍 及山林湖海之故聞 薈撮成卷 題曰虎薈 昔范文穆榜其軒爲說虎 余嘗笑此老何所專 嗜 而獨亹亹好談不休 客曰虎不足談 而仙釋可以馴虎 循良可以驅虎 孝義可以格虎 猛悍 可以殺虎 虎不足談 而其人故多識喜怪者之所不廢也 乃書而命典籤者藏之

16) 虎大寒之日始交 七月而生 性之猛烈 雖遭逐猶復徘徊顧步 其傷重者輒咆哮作聲而去 聽 其聲之多少 以知去之遠近 率鳴一聲者爲一里 靠岩坐 倚木而死 終不僵仆 其搏物不過三 躍 不中則捨之(『虎薈』卷之一, 1쪽)

17) 이가원,『한국 호랑이 이야기』, 18~21쪽 참조.

18) 〈해와 달이 된 오누이〉 참조.

② 의심 많은 호랑이는 자기 굴 속에 들어갈 때는 언제나 엉덩이를 먼저 들이대고
침입한 자가 있는가를 확인하기 위해 꼬리로 굴 속을 더듬으면서 들어간다.[19]

③ 허리를 만지면 허리 기운을 쓰지 못해 기운을 못 쓴다[20]

④ 사람의 뒤에 따라오는 호랑이는 사람을 보호해 주고 길을 안내해주기 위함이
고, 호랑이가 앞질러 가면 사람을 해치려고 하는 행위이다.

⑤ 사람이 길을 잃었을 때 호랑이의 밝은 두 눈은 앞 길을 밝혀 사람을 인도해준
다.[21]

⑥ 호랑이가 사람을 마을까지 데려다 주면 사람은 산언덕에서 마을을 내려다보
면서 큰 소리로 귀한 손님을 대접하라고 외치고 호랑이는 마을로 내려와서
개나 돼지 등을 물어다 놓고 자취를 감춘다.

⑦ 밤길을 갈 때 쑥을 말린 쑥뭉치에 불을 붙여 가는데, 이는 호랑이가 털에 불
이 붙을까 두려워하여 감히 사람을 해치지 못하기 때문이다.

⑧ 호랑이는 창호지를 보지 못하기 때문에 험한 길을 가는 사람은 창호지로 옷
을 지어 입고 간다.

⑨ 호랑이가 새끼를 낳았을 때는 사방 삼십 리 안에서는 어떤 짐승도 잡아먹지
않는다.

⑩ 죽은 짐승은 먹지 않고 생 짐승만 먹는다.

⑪ 소가 호랑이를 만나면 주인은 소의 목에 있는 장식을 풀어주고, 소는 주인을
보호하면서 호랑이와 싸우는데 소는 주인의 응원 소리에 힘을 내어 호랑이를
뿔로 받아 죽인다.[22] 주인이 무서워 떨거나 도망가면 소는 호랑이를 죽인 다
음 주인을 죽인다.[23]

---

19) 『호회』, <부인을 물고 온 호랑이를 죽이다>에서 호랑이가 거꾸로 호랑이굴에 들어오는
내용이 있다.(頃之虎至 初大吼叫 然後倒入孔…吼叫愈甚 自爾後倒入), 6~7쪽 참조.

20) <新婦抃虎救丈夫>(『靑邱野談』)에서는 여인이 남편을 물고가는 호랑이의 뒷다리를 잡고
는 놓아주지 않아, 힘이 빠진 호랑이는 남편을 버리고 달아났다. <楊香이 호랑이 목을 잡
다>에서 양향은 아비가 호랑이에게 잡아먹힐 위기에 놓이자, 호랑이 목을 잡고 놓아주지
않자 호랑이는 도망 가서 아비를 구했다(『호회』, 遽搤虎頸 虎奔逸得免, 4쪽 참조)

21) <原州 골무내기 感虎傳說>의 '四燈先生' 참조.

22) <善山義牛傳>, <善山義牛圖>(이신성, 『한국고전문학교재연구』, 보고사, 2004, 284~293
쪽 참조)

23) 「소를 저버린 주인의 죽음」(이신성, 위의 책, 295~296쪽 참조).

위에서 보면 호랑이의 영맹성(獰猛性)은 ⑪을 제외하고는 보이지 않고, 정의형(情義型)과 우직한 성질만 나타난다. 민담 속의 호랑이라고 할 수 있다.

장덕순(張德順)은 호설화(虎說話)를 ①효열전설(孝烈傳說)(㉠虎患 ㉡孝感) ②보은(報恩)(㉠虎報恩 ㉡義馬·義牛) ③신이전설(神異傳說) 등으로[24], 손동인(孫東仁)은 전래동화 속의 호랑이 성격을 ①영맹형(獰猛型) ②정의형(情義型) ③우직형(愚直型) ④중성형(中性型) ⑤둔갑형(遁甲型) ⑥보은형(報恩型) 등으로 나누고 있다.[25] 필자는 이를 정리하여 ①감호형(感虎型) ②보은형(報恩型) ③정의형(情義型) ④영맹형(獰猛型) ⑤둔갑형(遁甲型) ⑥우직형(愚直型) 등으로 나누고자 한다.

한국 감호설화는 필자가 이미 다룬 바 있는 감호설화로 21편[감호형4, 보은형8, 정의형1, 둔갑형1, 영맹형2, 우직형5]을 연구 대상으로 했다.[26] 이 자료들은 거의 대부분 충·효·열행 감호설화들이고, 구체적인 인물과 설화의 현장이 남아 있고 초등학교 국어 교과서에 교재로 나오기도 한다.

『호회(虎薈)』 소재 346편 중 위의 유형 분류에 들어갈 수 있는 이야기로 27편[감호형4, 보은형 7, 정의형7, 둔갑형2, 영맹형5, 우직형2]을 뽑았다. 6가지 유형 분류에 속하는 이야기들은 직·간접적으로 감호설화와 관련성을 가지는 이야기들이다.

『호회』 소재 이야기들은 거의 대부분 당송(唐宋) 간(618~1279)에 이루어졌다. 한국 감호설화는 〈김현감호(金現感虎)〉를 제외하고는 모두 15세기에서 20세기에 걸친 인물들이나 전래설화(傳來說話)[27]들이라서 중국 감호설화보다 훨씬 후대에 생성되었다.

---

24) 장덕순, 『한국설화문학연구』, 서울대학교출판부, 1981, 93~104쪽 참조.
25) 손동인, 『한국전래동화연구』, 정음문화사, 346~373쪽 참조.
26) 이신성, 『우리 고전문학 교재의 이해』, 『韓國古典文學敎材硏究』, 보고사, (1999, 2004) 참조.
27) 傳來童話나 傳來說話 등의 '傳來'를, 중국에서는 '傳統'으로 쓰고 있다.

Ⅲ. 한·중 감호설화 비교

본고에서는 한·중 감호설화의 유사성(類似性)과 상이점(相異點)을 고찰하여 한국 감호설화의 위상이 어떠한지 살펴보고자 한다. 이런 작업은 한국과 중국 감호설화에 나타난 유사성과 독창성의 일면을 들여다 볼 수 있게 되리라 본다. 또한 한·중 감호설화의 영향 관계나 양국(兩國) 감호설화의 성립, 전파 등에 관한 궤적을 드러내어 주리라 본다.

연구 대상 호설화(虎說話)는 여러 가지 유형이 나타나므로 이를 '감호설화'라는 하나의 이름으로 묶기가 어려웠다. 따라서 이를 6가지 유형으로 분류해서 논의의 폭을 좁혀 나가기로 한다.

1. 한국 감호설화

호설화(虎說話)에 관한 연구자는 장덕순(張德順)과 황패강(黃浿江) 외에 유증선(柳增善)[28], 최래옥(崔來沃)[29], 이호주[30], 라인정[31], 최운식(崔雲植)[32] 등을 들 수 있다. 최래옥은 한국효행설화(韓國孝行說話)의 성격을 규명하고 효행설화 중에서 비극적으로 끝나는 효자 호설화(虎說話)를 화소(話素)에 따라 분석하여 비극의 원인이 어디에 있는지 고찰했고, 이호주는 한국 호랑이 설화의 유형과 설화 속에 나타난 호랑이의 양상을 분류하여 여기에 나타난 한국인의 의식 구조가 어떠한지 살폈다. 라인정은 충남지역 구비설화에 나타난 호랑이의 성격을 유형 분류하고, 그 유형적 성격을 토대로 호

---

28) 柳增善, 「說話에 나타난 孝行思想」, 『藏菴池憲英先生回甲紀念論叢』, 1971. 孝行說話에 관한 전반적인 면을 다루는 가운데 感虎說話를 예시·고찰했다.
29) 崔來沃, 「韓國孝行說話의 性格研究」, 『韓國民俗學』 제10호, 民俗學會, 1977.
30) 이호주, 「호랑이 설화에 나타난 한국인의 의식 고찰」, 고려대 대학원, 석사학위논문, 1982.
31) 라인정, 「口碑說話에 나타난 호랑이의 성격 고찰」, 『語文研究』 제18집, 1988 참조.
32) 崔雲植, 『韓國說話研究』, 集文堂, 1991, 「孝行說話에 나타난 傳承集團의 意識」, 139~175쪽 참조.

랑이의 행동 관계를 유추했다. 최운식은 효지상주의적(孝至上主義的) 사고
(思考)와 효행이적(孝行異蹟)과 효관념(孝觀念)의 형성 과정을 살펴서 이런
설화를 전승하는 집단의 의식이 무엇인지 고찰했다. 필자는 「국민학교 교
과서에 실린 전설교재(傳說敎材)에 관한 연구」 등에서 감호설화33)에 관해
서 살펴 본 바가 있다.

초등학교 교과서에는 제5차 교육과정에 의해 편찬된 국어 5-1『읽기』교
과서에 <효자리의 세 무덤>이 실린 바 있고, 제6차와 제7차 교육과정에 의
해 편찬된 초등학교 국어 교과서에는 24편과 16편의 '호랑이 관련 교재'가
실려 있다.

<표1> 제6차 교육과정기 교과서에 실린 호랑이 관련 교재 일람표

차례	학년	단원	제재	내 용	분류
1	1-1 <말하기·듣기> 63~65쪽	11.이야기나라	곶감과호랑이	아기가 호랑이가 왔다고 해도 그냥 울었다. 마침 그때 문 밖에 호랑이가 와 있었다. 아기에게 곶감을 주겠다고 하니 아기는 울음을 뚝 그쳤다. 호랑이는 곶감이 자기보다 무서운 것인 줄 알고 도망쳤다.	愚直型
2	<쓰기>65쪽			호랑이가 놀라는 삽화를 제시하고, 짧은글을 짓도록 한다.	獰猛性
3	1-2 <말하기·듣기>61쪽	12. 옛날이야기	돌이와호랑이	돌이라는 아이가 떡을 먹고 있는데 호랑이가 떡을 먹고 싶어했다. 돌이는 호랑이에게 떡 대신 돌멩이를 던져 주었다. 호랑이는 이가 아파서 먹을 수 없었다. 떡과 돌멩이를 동일시한 호랑이는 돌이가 무서워서 도망가 버렸다.	愚直型

---

33) 설화 속에 나타난 호랑이의 모습을 라인정은 報恩的, 感孝的, 痴愚的, 加害的, 被害的 성
격으로, 이호주는 山神虎, 孝感虎, 報恩虎, 被害虎, 加害虎, 痴愚虎 등으로 유형 분류했다.
본고에서 말하는 感虎說話는 호랑이가 인간의 忠, 孝, 烈行에 감동하여 인간을 도우고, 호
랑이가 위기에 처했을 때 사람으로부터 구원되는 이야기이다. 따라서 '感虎'는 孝感虎에 忠
과 烈의 의미가 더 포함된다.

차례	학년	단원	제재	내 용	분류
4	<읽기> 85~87쪽			호랑이 삽화 2개를 제시하여 이야기를 꾸미게 한다.	愚直型
5	<쓰기> 74~75쪽			삽화 4개를 장면별로 제시하여 낱말과 문장을 적게 한다.	
6	2-1 <말하기·듣기> 50~51쪽	교과서 표지화		추운 겨울날 토끼는 호랑이가 잡아먹으려고 하자, 호랑이를 연못가에 데리고 가서 꼬리를 담그게 했다.	愚直型 情義型 報恩型
7	2-1 <읽기> 42~43쪽	9.마음의 선물	호랑이의 선물	길 잃은 아기구름을 호랑이 등이 부모를 찾아주고, 구름은 그 보답으로 무더위를 식혀 준다.	
8		6.옛날 옛적에		인정 많은 의원이 호랑이를 치료해 주어 호랑이는 그 보답으로 의원 집에 멧돼지를 물어다 놓는다.	
9	2-2 <읽기> 81~83쪽	11. 재미있는 이야기	장난꾸러기 토끼	경솔하고 깔보기를 잘하는 토끼가 다른 짐승에게 하던 수법으로 호랑이를 속이려다가 도리어 호랑이에게 잡힌다.	獰猛性
10	3-2 <말하기·듣기> 52~53쪽	10.이야기 샘	소년과 호랑이	삽화 교재이다. 피리를 잘 부는 소년이 나무 하러 산 속에 갔다가 호랑이를 만났다. 소년은 호랑이를 피해 나무에 올라가니, 호랑이는 여러 마리의 호랑이를 데리고 와서, 포개어 올라서서 소년을 잡아 먹으려고 했다. 소년이 피리를 부니, 호랑이가 덩실덩실 춤을 추다가 떨어져 바위에 부딪혀 죽었다.	獰猛性 愚直型
11	<읽기> 64~70쪽	8.이야기를 나누어요	쓴약 단약	극본이다. 배경은 숲 속의 동물나라이다. 쓴약은 입에 쓰나 몸에 이롭다는 사실을 알게 한다. 호랑이, 사슴, 여우 등의 성격을 알아보도록 한다.	獰猛性
12	4-1 <말하기·듣기> 40쪽	7.책과의 만남		호랑이기 어리둥절한 표정으로 있고, 선비는 부들부들 떨며 넙죽 엎드려서 뭔가 열심히 설명하고 있다.	情義型 獰猛性 愚直型

차례	학년	단원	제재	내 용	분류
13	<읽기> 23쪽	4.개미처럼 부지런히	토끼의 재판	호랑이를 만난 여우가 도망가는 삽화를 제시하여 그림 내용을 말하게 한다.	情義型 獰猛性 愚直型
14	<쓰기> 15쪽	3.이야기 세계		함정에 빠진 호랑이가 나그네의 도움으로 구출되었으나, 오히려 나그네를 잡아 먹으려고 했다. 그러나 호랑이는 토끼 꾀에 넘어가 제발로 다시 함정에 들어갔다.	
15	4-2<읽기> 55~57쪽	7.아니 땐 굴뚝에 연기날까	목숨보다 귀한 호랑이 가죽	지독한 구두쇠가 호랑이에게 물려 가자 아들이 쫓아가 호랑이를 겨냥하여 활 시위를 당기려 하는데, 구두쇠가 이마에 맞으면 가죽이 상하니 겨냥을 밑으로 하라고 하다.	獰猛性
16	60~61쪽		귀여운 새끼 호랑이	나물 캐던 산골 처녀가 짐승 새끼가 귀엽게 노는 것을 보고 어루만지고 있는데 커다란 호랑이가 나타나 처녀는 혼비백산 달아났다. 호랑이는 처녀의 나물 바구니를 처녀 집 밖에 운반해 놓았다.	情義型
17	5-1 <말하기·듣기> 18쪽	2.언어생활을 풍부하게	호랑이 잡기	호랑이 굴에 무기를 들고 호랑이를 잡으러 들어가는 사람의 삽화를 제시했다. 호랑이 굴에 들어가야 호랑이를 잡지.	
18	64~65쪽	8.말과 글의 힘1		호랑이와 고양이의 사진을 제시하고 두 대상의 공통점과 차이점을 찾아본다.	獰猛性
19	106쪽	3.아이들의 노래	동물이름 동요	여러 동물을 제시해놓고 동물의 이름으로 재미있는 동요를 만든다.	
20	6-1 <말하기·듣기·쓰기> 16~17쪽	2.고전의 향기	해와 달이 된 오누이	호랑이가 도끼로 나무에 자국을 내어 나무 위에 올라 오는데 오누이는 하늘에서 밧줄이 내려와 밧줄 타고 올라가고 호랑이는 낭패해 하는 모습의 삽화를 보고 실감나게 묘사해 본다.	
21	93쪽		며느리의 효성	잔칫집에 간 시아버지가 돌아오지 않아 며느리가 등불 들고 찾아 나섰더니 시아버지는 길에 술이 취해 잠들어 있고 옆에 호랑이가 쭈그리고 앉아 있다.	情義型

차례	학년	단원	제재	내 용	분류
22	<읽기> 128~133쪽	12. 주제를 생각하며	단군의 건국 이야기	곰과 호랑이가 환웅에게 사람되기를 원했으나 호랑이는 금기 사항을 지키지 않아 소원을 이루지 못하다.	
23	6-2 <말하기·듣기·쓰기> 72~73쪽	9. 늘푸른 나무처럼	토끼의 재판을 읽고	나그네가 함정에 빠진 호랑이를 구해주니 호랑이가 도리어 잡아 먹으려 하자 소, 소나무는 사람을 잡아먹어야 한다고 하고 토끼는 상황을 알아야 한다면서 다시 함정에 들어가 보라고 한다. 삽화는 나그네가 토끼를 안고 있고 호랑이와 소, 소나무가 한편이 되어 있는 사이에 학생이 호랑이의 背恩 행위를 질책하는 모습이다.	愚直型
24	109쪽	14. 상상 속의 인물		호랑이가 갑자기 사람에게 덤벼들어 사람이 뒤로 넘어지는 모습의 삽화를 제시하여, 알맞은 몸짓과 표정으로 말하도록 한다.	獰猛性

〈표1〉에 의하면 호랑이 관련 교재는 전부 24편이며, 각 학년별로 2~3편씩 수록되어 있다. 그러나 양적으로는 많지만 인간과 호랑이와의 관계를 완전한 이야기로 전하는 편 수는 몇 편에 지나지 않는다. 9, 10, 12, 15, 20, 24 등에서 처음에는 호랑이의 영맹성(獰猛性)이 나타나 위협적이었으나 그것이 우직형(愚直型)으로 바뀌고 직접적으로 호환(虎患)으로 이어지지 않는다. 7, 12, 16, 21 등은 정의형(情義型)이고 8은 보은형(報恩型)의 호랑이로서 영맹성(獰猛性)은 전혀 나타나지 않는다. 유일하게 〈호랑이의 선물〉은 보은형(報恩型) 교재이기는 하나 호랑이의 감응이 마음에 와닿는 이야기가 아니다.

제6차 교육과정에 의해 편찬된 교과서에는 인간의 행동에 호랑이가 감응(感應)한 교재가 실리지 않은 것은 문제성이 있다. 왜냐하면 우리나라에는 인간의 충·효·열행에 대한 감호설화(感虎說話)가 많이 전해 오고 있다는 사실과 충효·열·행과 같은 덕목(德目)은 교육 현장에서 마땅히 교육되어져야 할 필요성이 있고, 감호설화 교재는 교재로서의 흥미성과 교육성을 풍부히 지니고 있기 때문이다.

<표2> 제7차 교육과정기 교과서에 실린 호랑이 관련 교재 일람표

차례	교과서	대단원(단원)	제재	내용	분류
1	1-2<말하기·듣기>	표지 그림	곶감과 호랑이	방안에서 할머니가 우는 아기에게 곶감을 주자 울음을 그치는 광경에, 방밖에서 동정을 살피고 있던 호랑이가 크게 놀라는 표정을 제시했다.	愚直型
2	1-2<읽기> 104~105쪽	넷째마당 바르게 전해요 (살펴보고 정리하여:쉼터)	꾀돌이와 호랑이	호랑이 출몰로 양들이 무서워하고 있는데, 꾀돌이가 양들에게 사자울음 소리를 내게 하여 호랑이가 접근하지 못하게 하다.	獰猛性
3	1-2 <읽기> 75~79쪽	셋째마당 내가 만들었어요(즐거운 하루:더나아가기)	떡시루잡기	호랑이가 찐 떡을 두꺼비에게 주지 않고 혼자 먹으려고 꾀를 부리다가 도리어 자기 꾀에 자기가 넘어가버렸다는 이야기이다. 이야기 全文과 삽화 4개로 되어 있다.	愚直型
4	2-1<말하기·듣기> 92~93쪽	다섯째 마당 상상의 나라로 떠나요(꿈을 가꾸는 동산:되돌아보기)	곶감과 호랑이 (삽화)	내가 가장 좋아하는 이야기를 친구에게 들려주는 내용이다. 삽화로 제시했다. 아기는 곶감을 주겠다고 하자 울음을 뚝 그쳤다. 호랑이는 곶감이 자기보다 무서운 것인 줄 알고 도망쳤다.	愚直型
5	2-1<말하기·듣기> 94~95쪽	다섯째 마당 상상의 나라로 떠나요(꿈을 가꾸는 동산:더 나아가기)	해와 달이 된 오누이	<해와 달이 된 오누이> 이야기를 듣고 기억에 남는 장면을 말하고 친구하고 비교하도록 한다. 삽화를 제시하고 이야기는 들려준다.	獰猛性
6	2-1<쓰기> 79쪽	다섯째마당 상상의 나라로 떠나요(대단원 개관)	나그네와 호랑이	나그네가 다리를 다친 새끼호랑이를 치료해주었다. 뒤에 호랑이는 나그네집에 사슴 등을 물어다 놓고 갔다.	情義型
7	2-2<말하기·듣기> 38~39쪽	둘째마당 이야기가 재미있어요(상상의 나라:더 나아가기)	은혜 갚은 호랑이	<은혜 갚은 호랑이>를 듣고 생각이나 느낌을 말하게 한다. 4개의 삽화를 장면별로 제시하여 그림을 보면서 이야기를 듣는다.	情義型

차례	교과서	대단원(단원)	제재	내용	분류
8	2-2<읽기> 52~53쪽	둘째마당 이야기가 재미있어요(상상의 나라:되돌아보기)	소금장수와 기름장수	소금장수와 기름장수가 호랑이에게 먹혀 뱃속에서 등잔불을 켜 놓고 빠져나갈 궁리를 하는데 호랑이가 움직여 등잔불이 엎어져 호랑이가 죽을 지경이 되었다. 이어질 내용 상상하게 한다.	獰猛性
9	2-2<쓰기> 68~69쪽	넷째마당 아름다운 꿈을 가꾸어요 (간직하고 싶은 이야기)	토끼의 재판	호랑이가 은혜를 베푼 사람을 잡아먹으려다가 도리어 토끼의 지혜로 다시 함정에 빠지게 된다. 삽화(4개)를 보면서 이야기를 듣고 생각과 느낌을 말하게 한다.	愚直型
10	3-1<말하기·듣기>	표지그림		민화 <호랑이와 까치>	愚直型
11	3-1<말하기·듣기> 98~101쪽	다섯째마당 앎의 즐거움 (알면 힘이 솟아요: 재미있게 꾸며 보아요)	토끼의 재판	호랑이가 은혜를 베푼 사람을 잡아먹으려다가 도리어 토끼의 지혜로 다시 궤짝에 들어가게 된다. 연극으로 꾸며보게 한다. 실감나게 연극으로 꾸미게 한다. 함정이 아닌 궤짝으로 바뀌었다.	愚直型
12	3-1<읽기> 148~157쪽	다섯째마당 앎의 즐거움 (알면 힘이 솟아요: 실감게 읽어 보아요)	토끼의 재판	호랑이가 은혜를 베푼 사람을 잡아먹으려다가 도리어 토끼의 지혜로 다시 궤짝에 들어가게 된다. 인물의 성격을 생각하며 극본을 읽어보게 한다. 함정이 아닌 궤짝으로 바뀌었다.	愚直型
13	3-1<쓰기> 106~109쪽	다섯째마당 앎의 즐거움 (알면 힘이 솟아요: 실감게 읽어 보아요)	토끼의 재판	호랑이가 은혜를 베푼 사람을 잡아먹으려다가 도리어 토끼의 지혜로 다시 궤짝에 들어가게 된다. 그림(6개)을 보고 줄거리를 말하게 한다. 함정이 아닌 궤짝으로 바뀌었다.	愚直型
14	4-2<말하기·듣기> 42~43쪽	둘째마당 책속의 길을 따라(이야기세계:기억에 남는 이야기)	해와 달이 된 오누이	<해와 달이 된 오누이>는 <미운 오리새끼>, <토끼와 자라>, <신데렐라> 삽화와 함께 실려 있다. 장에 갔다가 집으로 돌아오는 길에 호랑이를 만난다. 쓰기 학습의 도입을 위한 삽화이다.	獰猛性

차례	교과서	대단원(단원)	제재	내 용	분류
15	5-2<읽기> 178~179쪽	넷째마당 말과 실천(곧은 생각 좋은 세상: 쉼터)	의로운 소	기년이라는 사람이 소로 밭을 갈고 있는데 호랑이가 소를 덮치자, 기년이 호랑이를 쫓으려했다. 호랑이가 기년 에게 덤벼들자 소는 호랑이와 싸워 호 랑이를 죽였다. 기년이 죽자 소는 울 부짖다가 죽었다. 의로운 소의 무덤을 만들어 주었다. 8폭 義牛圖이다.	獰猛性
16	6-2<읽기> 88~93쪽	둘째마당 살며 배우며(여 러 갈래의 길:더 나아가기)	단군의 건 국 이야기	곰과 호랑이가 환웅에게 사람되기를 원했으나 호랑이는 禁忌사항을 지키 지 않아 소원을 이루지 못하다.	

〈표2〉에 의하면 호랑이 관련 교재는 전부 16편이다. 제6차 교육과정에 의해 편찬된 교과서에 실린 24편에 비해 8편이나 줄었다. 호랑이 관련 교 재는 각 학년별로 1편씩은 실려 있으나, 제6차 교육과정에 의해 편찬된 교 과서와 마찬가지로 인간과 호랑이와의 관계를 완전한 이야기로 전하는 편 수는 많지 않다.

호랑이 관련 교재의 분포는 2학년 교과서에 6편으로 가장 많이 실려 있 다. 3학년 교과서에는 3편이 실려 있으나 3편 다 〈토끼의 재판〉이다. 〈토끼 의 재판〉은 2학년 교과서에도 1편 실려 있다. 그런데 같은 〈토끼의 재판〉을 제재로 실었으면서도 교과서에 따라 호랑이가 함정에 빠지거나(2학년) 궤짝 에 갇힌 것(3학년)으로 되어 있다. 이는 '함정'으로 해야 마땅하다.[34]

2, 5, 8, 14, 15 등에서 호랑이의 영맹성(獰猛性)이 드러난다. 이중 실화 (實話)라고 할 수 있는 〈선산의우도(善山義牛圖)〉(15)에서만 맹수 본래의 영맹성이 존재한다. 〈토끼의 재판〉(9, 11, 12, 13)에서 호랑이는 약자적(弱者 的)인 처지에서는 가면을 덮어 쓴 정의형(情義型)이었다가 강자적(強者的)

인 위치로 바뀌자 위협적인 영맹성(獰猛性)을 드러내지만 결국 우직형(愚直型)으로 전락하고 만다. 〈단군의 건국 이야기〉 속의 호랑이는 분류의 대상에서 제외시켰다. 우직형(愚直型) 호랑이 이야기는 호랑이 본래의 영맹성(獰猛性)을 우직형으로 만들어 인간생활로 끌어들여 호환(虎患) 아닌 친밀한 사이로 변모시켜 삶을 즐기고 위로하고자 했다. 즉 대상적만족(代償的滿足, compensation)[35]을 얻고자 했다고 볼 수 있다.

정의형(情義型)과 보은형(報恩型) 호랑이 이야기는 〈수정절최효부감호(守貞節崔孝婦感虎)〉[36], 〈안협효부(安峽孝婦)〉[37], 〈려묘측감천호(廬墓側感泉虎)〉[38], 〈문소인삼대효행(聞詔人三代孝行)〉[39], 〈효자와 호랑이〉[40], 〈강효자(康孝子)와 호랑이〉[41] 등을 들 수 있다.

이 밖에도 효자의 효성에 감동한 호랑이 이야기는 인물의 '효행기(孝行記)'나 '행장(行狀)' 및 '효행정려상서(孝行旌閭上書)' 등에 단편적으로 언급되는 경우가 있다.[42]

---

35) 이신성, 『한국고전문학교재연구』, (87, 330, 454)쪽 참조.

36) 東國大學校 附設 韓國文學硏究所 編, 『韓國文獻說話全集』 二卷, 1981, 108~110쪽 참조, 『東野彙輯』(『한국문헌설화전집』 4卷)의 〈郭氏烈女旌閭〉는 烈婦內容이고, 報恩構造로 되어 있다.

37) 南秉吉(1826~1869)이 1866년에 편찬한 『熙朝軼事』에 실려 있다. 『破睡錄』(古今笑叢 所收)에도 〈安峽孝婦〉와 비슷한 이야기가 제목 없이 수록되어 있다.

38) 『韓國文獻說話全集』 二卷, 313~315쪽 참조.

39) 『靑邱野談(下)』(栖碧外史海外蒐佚本), 亞細亞文化社, 1985, 89~91쪽 참조.

40) 민족문화추진회편, 『효자와 호랑이』, 1984, 9~60쪽 참조.

41) 徐有英 著, 金種權 校註, 『錦溪筆談』, 明文堂, 323~324쪽, 참고. 원래 제목이 없다. 校註者가 〈호랑이와 무덤을 지킨 강효자〉로 제목을 붙였으나, 본고에서는 제목을 〈康孝子와 호랑이〉로 했다.

42) 이에 관한 자료는 〈城南處士公孝行記〉(盧俊相 撰), 〈莊南處士公孝行記〉(鄭學源 撰), 〈連栗堂李公行狀後識〉(李邁久 撰), 〈李時檜孝行旌閭上書〉(金海儒林 撰) 등이 있다.
   〈城南處士公孝行記〉(盧俊相 撰) …깊은 산 속에 들어가 밤낮으로 목욕재계하여 100일 동안 치성을 드렸는데, 밤에 호랑이가 곁에 와서 지켜주어 개처럼 순하게 길들여졌다…(… 入深山 晝宵齋沐 百日致誠其祭 夜每有虎來衛馴之如家狗…)
   〈莊南處士公孝行記〉(鄭學源 撰) …3년 동안 한결같이 시묘살이를 했다…. 밤에는 호랑이제 호설화(虎說話)를 유형별로 살펴보기로 한다. 여기에서 다루는 보은형(報恩型) 호설화(虎說話)는 호랑이가 인간의 행위에 감응한 보은 행위가 이루어진다. 따라서 보은형 호설화로 분류된 8편 중 (1)(2)(3)(4)를 제외한 4편은 감호형(感虎型) 호설화(虎說話)라 할 수 있다. 여기서 다루는 감호형(感虎型) 호설화(虎說話)는 보은(報恩) 내용이 나타나지 않는 작품으로 한정했다.

1) 감호형

(1) 〈효자리의 세 무덤〉(『高陽郡誌』, 〈朴泰星墓碣銘〉)

여기서는 ①호설화(虎說話) 「효자리의 세 무덤」 ②박태성전(朴泰星傳) ③박태성묘비문(朴泰星墓碑文)의 차례로 소개하기로 한다.

① 호설화(虎說話) - 〈효자리(孝子里)의 박효자(朴孝子)〉
(『高陽郡誌』 1430~1431쪽)

㉠ 옛날 四大門 안에 사는 朴氏는 鐘路通에서 큰 점방을 했다. 朴氏는 부친상을 당하여 門 밖에 묘소를 마련하여 눈, 비바람에도 불구하고 날마다 묘소를 참배했다.

묘소 참배길에 나선 어느 날 호랑이가 나타나 朴氏의 갈 길을 방해했다. 朴氏는 두려웠으나, 호랑이의 참뜻을 알아차리고 호랑이 등에 탔다. 이 이후는 날마다 호랑이를 타고 묘소를 참배할 수 있어서 가게 일과 집안 일에 지장이 생기지 않았다.

이가 공의 곁에 와서 지켜 주었으니, 이는 호랑이가 효성에 감동한 일이 아니겠는가?…(…侍墓三霜恒如…夜虎來衛亦非孝感所致耶…)

<連栗堂李公行狀後識>(李邁久 撰) …약을 구하여 눈내린 밤을 무릅쓰고 돌아오는데 호랑이가 집까지 인도해주고는 갔다… (…求藥衝雪夜歸 有虎前導 及門而逝…)

<李時檜孝行旌閭上書>(金海儒林 撰) …고개를 넘어 갈 때는 사나운 호랑이가 먼저 산모퉁이를 지고 물러나 보호하였사옵니다… 사나운 저 호랑이도 시험이라도 하듯 감화했으니…(…越嶺之際 猛虎初負嵎而退護…暴彼猛虎若有試而化焉…)

朴氏가 죽고 묘소에서 자녀들이 제사를 지내려는데 호랑이가 이리저리 날뛰다가 朴氏墓 앞에 넘어져 죽었다. 사람들이 탄복하여 호랑이를 朴氏墓 옆에 묻어 주었다. 그때부터 이 부근을 효자리라고 불렀다.

ⓒ 수백년 전 漢城判尹 朴昌先의 先代 중 효성이 지극한 사람이 있었다. 효자는 부친상을 당한 뒤 날마다 부친묘를 참배했다.

묘소 참배길에 나선 어느 날, 호랑이를 만났는데 박씨는 참배길을 방해한다고 호랑이를 꾸짖었으나, 타라는 시늉을 하여 호랑이 등에 탔더니 묘소까지 태워 주었다. 날마다 호랑이는 효자를 태워 주었다. 효자가 죽자 박씨는 효자리 뒷산에 묻혔다. 다음 날 호랑이가 묘 옆에 죽어 있었다. 호랑이를 박씨 무덤 옆에 묻어 주었다.

이 사실이 대궐에 전해져 王은 朴氏를 出天之孝라 하여 하사금을 내리고 묘옆에 사당을 짓고 효자문을 세우게 했다. 그리고 마을 이름을 효자리라 했다.[43]

『고양군지(高陽郡誌)』의 발행년(1987)으로 본다면, ⓒ은 ㉠보다 50년 이상 먼저 채록된 설화라고 할 수 있다. 박태성과 관련된 효자리(孝子里) 설화는 ㉠ⓒ과 〈효자리의 세 무덤〉 등 3편이다. ②〈박태성전(朴泰星傳)〉[44]과 ③〈박태성묘비문(朴泰星墓碑文)〉 등도 후론하게 된다. 5편 중 전자 3편은 설화이고 후자 2편은 사실에 가까운 자료이다.

설화 ㉠과 ⓒ은 구술자의 구술의식(口述意識)이 담겨 있다. ㉠은 생업에 타격을 입어가면서까지 묘 참배를 가는 박씨(朴氏)의 효행(孝行)에 짐승까지 감동하여 효자를 도와 생업에 순조롭게 종사할 수 있게 했다는 점을 역설했고, ⓒ에는 없는 내용이다. 상인(商人)은 다른 계층에 비해 이익 추구 욕구가 강하다. 큰 가게를 경영하는 박씨가 가게 일을 팽개치고[이익을 거의 포기하고] 효도하는 일에만 몰두했다는 사실에서 보통 사람에게는 있기 어려운 면을 부각시키려고 했다.

---

43) 崔常壽, 『韓國民間傳說集』, 通文館, 1958, 58쪽~60쪽 참조. 이 설화는 1935년 10월에 채록했다고 밝혔다.

44) 뒤에서 인용할 趙熙龍, 『壺山外記』와 張志淵, 『逸士遺事』 所載 자료 참조.

㉠은 막연한 박씨임에 비해 ㉡은 한성판윤 박창선(朴昌先)의 선조라고 했다. 효자의 후손이 높은 벼슬을 하고 있음을 내세웠고, 후손의 이름[45]까지 밝혔다는 점에서 사실에 일보 접근한 설화라 할 수 있다. 또한 ㉡의 하사금과 효자문은 ㉠에는 없는 내용이다. 실제로 정려비(旌閭碑)가 남아 있으니 ㉡의 이 내용도 사실에 접근한 것이라 할 수 있다.

〈효자리의 세 무덤〉은 제5차 초등학교 국어과 교육 과정에 의해 편찬된 5학년 1학기 『읽기』 교과서(122~129쪽)에 실려 있다. 〈효자리의 세 무덤〉은 김한룡이 엮은 〈동굴 속의 금돼지〉[46]에 실린 22편의 설화 중 9번째 수록된 작품을 손질하여 교재화했다. 효자리(孝子里)는 경기도 고양군(高陽郡) 신도읍(神道邑)[현 경기도 고양시 덕양구 효자동]에 있는 지명이다.

효자리는 이름 난 효자를 배출했기 때문에 붙여진 지명이므로 이 이야기는 지명유래담에 속한다. 박태성(朴泰星, 1679~1758)의 효성(孝誠)은 호랑이까지도 감동시킬 수 있는 것이어서 신도읍 효자1리에는 박태성의 묘와 함께 정조(正祖) 2년(1778)에 건립한 〈유명조선효자통덕랑밀양박공태성자경숙지묘(有明朝鮮孝子通德郎密陽朴公泰星字景淑之墓)〉라는 묘표(墓表)와 헌종(憲宗) 2년(1836)에 건립한 〈조선효자박공태성정려지비(朝鮮孝子朴公泰星旌閭之碑)〉가 남아 있다. 〈효자리의 세 무덤〉은 '박태성의 효성-출천지효(出天之孝)에 호랑이가 감동함-호랑이가 박태성의 시묘살이 도움-박태성 죽음-호랑이 죽음-박태성의 무덤 옆에 호랑이의 무덤이 생김'으로 짜여져 있다.

② 〈박태성전〉

㉠ 〈박태성수천전〉(趙熙龍, 『壺山外記』, 1844)

3살 때 아버지를 여읜 박태성은 아버지 얼굴 알지 못함을 한으로 여겼다. 아버

---

45) 실제로 박태성의 후손인지는 확인하지 못했다.
46) 김한룡 엮음, 『동굴 속의 금돼지』, 대일출판사, 1987.

지 死後, 그의 나이 63세 때 3년 追服했다. 異鳥가 3년 동안 효자와 같이 울었고, 맹수 출몰이 잦은 곳이었으나 여묘살이하는 동안 맹수들은 자취를 감추었다. 조정에서 효행을 알아 旌閭를 세웠다. 추복은 孔子 이후의 예라서 널리 알려지지 못함이 애석하다. 아들도 효성이 지극했다.[47]

위의 내용에 의하면 무덤 주위는 인명(人命)을 해치는 맹수가 자주 출몰했으나 박효자가 묘소 참배를 시작한 이후에는 맹수가 출몰하지 않았다고 했다. 맹수로 대표되는 호랑이의 직접적인 언급은 없으나 맹수를 바로 호랑이로 인식하면 된다. 효자의 묘소 참배 시각에 맞추어 묘 곁에 사는 새가 3년 동안 빠지지 않고 울었다는 내용은 미물(微物)인 새를 등장시켜 박효자의 지극한 효심을 돋보이게 했다고 할 수 있다.

　ⓛ 〈박태성전(朴泰星傳)〉(『熙朝軼事』)[48]

『희조질사(熙朝軼事)』에는 『호산외기(壺山外記)』에 나타나지 않는 박효자와 편모(偏母)와의 관계를 상세히 기술해 놓았다. 즉 박효자가 3살 때 아버지를 여의어서 아버지의 얼굴도 모르고 집상(執喪)하지 못했음을 늘 한스럽게 여기다가 장성하여 어머니께 추복(追服)을 청하는 내용이다. 그리고 묘 근처로 이사를 와서 추복(追服)의 예(禮)를 지극 정성으로 하여 맹수나 이조(異鳥)도 감응을 일으키는 과정이 구체적으로 묘사되어 있다. 특히 일반적인 새가 異鳥로 바뀌었고 '이조시(異鳥詩)'까지 지어졌다고 했다. 깊은 산골은 박효자의 효심으로 사람들이 모여들어 마을을 이루었다고 했다.

장지연(張志淵, 1864~1921)의 『일사유사(逸士遺事)』에도 〈박효자태성전(朴孝子泰星傳)〉이 있다. 장지연은 〈박효자태성전〉에서, 홍낙명(洪樂命, 1722~1784)과 성호(星湖) 이익(李瀷, 1681~1763)의 장남인 이맹휴(李孟休, 1713~1752)와 조희룡(趙熙龍, 1797~?) 등이 〈박태성전〉을 지었고 이병연(李

---

47) 原文과 國譯文은 『한국고전문학교재연구』, 2004, 93~96쪽 참조.
48) 원문과 국역문은 『한국고전문학교재연구』, 97~99쪽 참조.

秉淵, 1675~1735)이 박효자(朴孝子)와 행동을 같이 한 이조(異鳥)에 대한 시를 지었다고 했다.

이런 기록을 통해서 우리는 당시 박태성의 효행(孝行)이 얼마나 세인(世人)의 관심을 끈 감동적인 요소였는지 짐작할 수 있다. 홍낙명(洪樂命)의 〈박태성전〉은 지금까지 전해지는지 알 수 없다.

③ 〈박태성묘갈명(朴泰星墓碣銘)〉
〈〈有明朝鮮孝子通德郎密陽朴公泰星字景淑之墓〉〉[49]

〈박태성묘갈명(朴泰星墓碣銘)〉에도 이조(異鳥)가 나온다. 그리고 이조(異鳥)가 서식하던 나무가 말라 죽었다는 내용이 보인다. 또 비문에는 이조시(異鳥詩)를 지은 사람이 이병연(李秉淵)과 『일사유사(逸士遺事)』의 「박태성전(朴泰星傳)」에는 없는 귀록(歸鹿) 조현명(趙顯命, 1690~1752)을 들었다. 비문에는 박태성의 효행뿐만 아니고 성품이 검소하고 깨끗했다는 점도 예를 들어서 나타내 보였다.

'살아서 정려받고 죽어서 증직 받았으며, 자손이 계속 이어졌으니 선한 이에게 복을 내린다고 함은 징험이 있도다[生而旌 歿而贈 子孫繩繩 福善其有徵 .'라고 한 비명(碑銘)은 바로 '孝는 百行之本'이라는 덕목(德目)의 효행권유문(孝行勸誘文)이라고 할 수 있다.

〈효자리의 세 무덤〉과 관련하여 ① 호설화(虎說話) 〈효자리의 세 무덤〉 ② 〈박태성전(朴泰星傳)〉 ③ 〈박태성묘비문(朴泰星墓碑文)〉 등을 중심으로 살펴보았다. 박태성의 행적과 가깝다고 생각되는 차례는 ①~③의 역순인 ③②①이 된다.

3편의 〈박태성전〉과 1편의 묘비문에는 호랑이가 효자를 도왔다는 내용은 없으나, 이조(異鳥)에 관한 이야기가 공통적으로 나온다. 산에 사는 새

---

49) 원문과 국역문은 『한국고전문학교재연구』, 100~103쪽 참조.

는 어느 곳에서나 흔히 볼 수 있는 것이고, 새가 앉아 있던 나무가 말라버렸다는 것도 있을 수 있는 일이다. 그러나 이 3편의 글에서는 일상성을 특수성으로 나타내 보였다. 그 표현도 이조(異鳥)라고 했다. 박태성의 효성은 남다른 면이 있기에 특이한 장치를 해둘 필요가 있다. 그것은 듣는 이로 하여금 재미를 느낄 수 있게 한다. 이러한 심리가 이조(異鳥)에서 효자를 돕는 호랑이로 바꾸어 등장하게 했을 법하다.

호환(虎患)에서 벗어나고자 하는 민중들의 심리는 호랑이를 우직한 것으로 만들어 대상적 만족(compensation)을 취했다고 본다. 이는 우직, 정의, 보은형 호설화로 나타난다. 〈효자리의 세 무덤〉은 무섭기만 한 호랑이가 효자의 효성에 감동하여 영맹성은 자취를 감추고 정의형 호랑이가 되어 버렸다. '호랑이를 타고 간다'고 하는 것은 거짓말인 줄 알면서도 거짓말로 여기지 않고 흥미와 감동을 불러일으킬 수 있게 한다.

〈효자리의 세 무덤〉은 사실을 담은 문헌과 풍부한 설화 및 설화의 현장이 완벽하게 남아 있을 뿐만 아니라 '효자동(孝子洞)'이라는 지명이 널리 인구에 회자되고 있으므로, 앞으로 편찬되는 교과서에 〈효자리의 세 무덤〉이 다시 교재로 채택되기를 바란다. 또한 효자 박태성의 부친 박세걸(朴世傑)의 묘에도 묘갈명(墓碣銘)과 망주석(望柱石) 및 석인상(石人像) 등이 남아 있다. 부친 세걸(世傑)의 묘갈명(墓碣銘)을 탁본해서 면밀히 살펴보면 박태성의 드러나지 않은 효행을 건질 수 있을지도 모른다. 이러한 작업은 과제로 남겨두고자 한다.

(2) 〈호랑이 등에 앉아 강을 건너다[虎背渡江]〉(『寧越邑誌』)

노산군을 영월에 안치시키고 청령포 나루에 배를 금지시켜 사람들이 다니지 못하게 했다. 어계 조려는 함안에 살면서 오백여 리나 되는 영월 땅을 매월 세 번씩 찾아가서 단종께 문안드렸다. 그는 관란 원호의 초막에서 유숙하며 매일 밤 하늘에 端宗의 만수무강을 기원했다.

정축년 10월 24일 노산군[端宗, 1441~1457]이 승하하셨다는 이야기를 듣고 밤낮을 가리지 않고 달려가 밤에 청령포에 당도했는데, 역시 배가 없었다. 이에 동서로 방황하며 나루를 건너지 못하고 있다가 날이 밝아오려 하므로 하늘을 우러러 통곡하니 강물도 따라 울었다. 조려가 衣冠을 벗어 등에 지고 물을 건너려 할 때, 문득 누가 등에 진 옷을 당겨서 뒤를 돌아보니 큰 호랑이 한 마리가 있었다. 공이 말했다.

"상을 당하여 천리 먼 길을 달려 왔는데, 이 강을 건널 수가 없구나. 내가 무사히 이 강을 건너 임금의 시신을 염습하면 다행이지만, 만약 건너지 못하면 푸른 물에 빠져 귀신이 될 것인데 너는 어찌 나를 잡아당기는고."

이 때 호랑이가 머리를 숙이고 포구에 엎드리므로 공이 그 뜻을 짐작하고 등에 업혔더니 과연 나루를 건네주었다.

屍所에 들어가 보니 다만 수직하는 사람 둘 뿐이었다. 痛哭 四拜한 후 옥체를 수렴하고 문을 나오니, 호랑이가 다시 강을 건네주었다.[50]

어계(漁溪) 조려(趙旅, 1420~1489)는 생육신(生六臣) 중의 한 사람이다. 『영월읍지(寧越邑誌)』와 『대동기문(大東奇聞)』[51] 및 『한국구비문학대계』에는 조려와 관련한 〈호배도강설화(虎背渡江說話)〉가 전해지고 있다. 『영월읍지』와 『대동기문』에는 기록전승이, 『한국구비문학대계』에는 구비전승이 한 편씩 전해지고 있는데, 그 내용은 대동소이하다.[52] 즉, 어계가 단종(端

---

50) 魯山君安置於寧越也 淸泠浦禁津船 使人不通 漁溪趙公旅 居咸安 去寧越五百餘里 一月三次往探玉候 而留宿於元觀瀾昊家 每夜禱天聖壽萬歲矣 丁丑十月二十四日 聞君之昇遐 晝夜倍道 夜當淸泠浦 亦無船 東西彷徨 莫能渡津 天欲將曙 仰天痛哭 江水嗚咽 裹負衣冠而欲赴水 忽挽負物 後顧 乃一大虎也 公曰 千里奔喪 一江不渡 爲渡此江 收斂王身 則幸矣 不然 欲作滄海之鬼 爾何挽我 虎傘首浦伏 公知其意 卽負其背 虎果渡浦 公直入屍所 只有守直者二人 痛哭四拜 收斂玉體而出戶 虎又渡江(『寧越邑誌』)

51) 姜斅錫 撰, 『大東奇聞』, 漢陽書院, 1926.

52) 記錄傳承은 '人間의 禁止, 超自然의 위반'이고, 口碑傳承은 '自然의 禁止, 超自然의 위반'으로 볼 수 있다. 『大東奇聞』에는 「조려는 왕왕 채미시를 지어 뜻을 남기다 [趙旅作詩往往採薇遺旨]」라는 제목으로 실려 있다. 이는 『莊陵誌』에 실린 漁溪 履歷과 『寧越邑誌』 所載 〈虎背渡江說話〉와 秋江 南孝溫의 讚詩로 되어 있다.(南秋江詩曰 虎渡淸泠浦하여 趙翁斂魯山이라 하다.)

宗)의 승하(昇遐) 소식을 듣고 청령포(清泠浦)를 찾았으나 배가 없어 강을 건너지 못해 애태우고 있을 때, 호랑이가 어계를 건네주었다는 이야기이다. 호랑이에 얽힌 전설은 많이 있지만 '호랑이 등에 앉아 강을 건너다'란 화소(話素)는 아주 희귀한 경우라고 할 수 있다.

노산군[端宗]을 영월에 안치(安置)시키고 청령포 나루에 사람들의 통행을 금지한 주체는 세조(世祖)임을 추측할 수 있다. 조려는 임금의 금지에도 불구하고 이를 어기고 있다.[53] 경상도 함안에서 강원도 영월까지 매월 세 번, 임금의 금지를 위반함으로 해서 사건의 긴장은 고조된다. 즉, 임금의 금지에도 불구하고 조려는 한 달에 세 번씩 단종을 찾아뵈었는데, 이는 임금의 금지가 있을지라도 어길 수 있음을 보였다. 여기서 조려는 세조를 수양대군으로 볼 뿐이지, 임금으로는 보지 않았다는 가정을 할 수 있다.

조려가 청령포 나루를 건너지 못했다는 내용은 또 다른 '접근금지(接近禁止)'로 볼 수 있다. 조려가 나루를 건너지 못한 표면적인 이유는 '배가 없어서'이다. 그러면 사람을 실어 나르는 나루에 당연히 있어야 할 배가 왜 없었는가? 다른 이유보다도 청령포에 배가 없는 이유는 '사람들을 다니지 못하게 했기' 때문이다. 임금이 왕래를 금지했기에 배가 있을 리 없다. 이것은 '임금의 금지'가 이어짐을 알 수 있다. 조려는 금지에 대한 연속적인 위반을 보여주고 있다. 사람의 통행을 금지했는데도 불구하고 강을 건너고, 게다가 옥체(玉體)까지 수렴하는 위반을 행하고 한 술 더 떠서 이러한 위반 행위를 칭송하는 시가 있음을 밝히고 있다.

---

53) 단종의 영월 유배 이후, 단종과의 접촉은 엄격히 금지되고 접촉이 있을 경우 죄로 다스려 졌는데, 이와 관련된 기록이 『朝鮮王朝實錄』에 보인다.(『조선왕조실록 CD』 1)
   '세조 009 03/10/22(임자) / 수박·호도를 가지고 노산군을 알현하려 한 종 독동·윤생 등에게 장 1백 대를 때리다.' 형조에서 아뢰기를, "本官의 종[奴] 독동(禿同)과 전농시(典農寺)의 종 尹生 등이 수박[西瓜]과 胡桃를 가지고, 魯山君을 알현하기를 요구하였으니, 그 죄가 능지 처사(凌遲處死)하고, 籍沒하는 데 해당하니, 緣坐를 律과 같이 하소서." 하니, 임금이 다만 杖 1백 대를 때리도록 명하였다.

강을 건네준 존재가 사람이 아닌 '호랑이'라서 금지에 대한 위반을 정당하게 만들고 위반에 대한 죄를 묻기 어렵게 만들고 있다. 사람이 금지한 사안을 초자연적인 행위[虎背渡江]로 어김으로 인해 그 정당함이 훨씬 강해진다. 물론 여기서 호랑이는 자연적인 존재지만 그 행위는 초자연적인 것이라 볼 수밖에 없다. 호랑이가 사람을 해치지 않고 강을 건네준 것은 자연적인 행위로 보기 어렵다. 따라서 '호배도강'은 세조가 내린 금지를 호랑이가 위반하는 내용인데, 이는 바로 인간의 금지를 초자연이 위반하는 구도로 볼 수 있다.

인간과 초자연은 함께 대결할 수 없고, 설사 대결한다손 치더라도 그 승패가 명약관화(明若觀火)하기 때문에 지존(至尊)인 임금이 내린 금지라도 초자연 앞에서는 한없이 초라해지고 만다. 따라서 '세조(世祖)의 금지(禁止)'는 한없이 초라해지고 '호배도강(虎背渡江)'을 통한 조려의 위반은 아주 위대해지는 효과를 준다. '호랑이가 강을 건네주었다는 이야기'의 의미는 유교윤리의 선창(先唱), 단종(端宗)의 점층적(漸層的) 강조와 세조(世祖)에 대한 은밀한 저항, 파괴된 현실의 우회적 치유 등으로 집약할 수 있다.54)

(3) 〈여묘살이 하는 곁에 샘물과 호랑이가 효에 감응하다 [廬墓側感泉虎]〉(『靑邱野談』)

① 성종 때 湖南 興德縣 化龍里에 사는 吳浚은 효성이 지극했다. 부친이 돌아가신 후, 영취산 묘소에서 시묘살이를 했다. 오준의 곡소리는 너무 애통해서 사람들은 눈물을 흘릴 정도였다. 오준은 날마다 여막에서 5里 되는 거리에 있는 골짜기에서 날마다 샘물을 길러와서 제사를 지냈다.

어느 날 저녁 산을 흔드는 뇌성이 있고 나서 여막 옆에 샘물이 솟아났다. 오준은 먼 곳에 가서 물을 길러 오는 수고를 덜 수 있었다. 고을 사람들은 이 샘을 孝感泉이라 했다.

---

54) 『한국고전문학교재연구』, 344~353쪽, 「<虎背渡江傳說>의 意味」 참조.

여막은 깊은 산속이어서 맹수와 도적들이 자주 나타나는 곳이었다. 소상을 지낸 어느 날, 큰 호랑이 한 마리가 여막 앞에 나타나더니 가지 않고 여막을 지켜주었다. 호랑이는 초하루와 보름 때마다 짐승을 물고와서 朔望의 제수로 바치게 했다. 오준이 복을 마치자 호랑이도 가 버렸다.

임금은 旌閭를 명했다. 오준은 65세에 죽은 뒤 司僕正에 추증되었고, 鄕賢祠에서 祭享했다.55)

『청구야담(靑邱野談)』(1843)에 실려 있고, 신돈복(辛敦復, ?~?)이 편찬한 『학산한언(鶴山閑言)』에 제목 없이 실려 있는데『청구야담』에는 후반부 내용[서원 훼철과 중국 효자의 예를 들어가면서 吳孝子 孝感泉 찬탄은 없다.『학산한언』의 편찬연대는『청구야담』보다 앞서기 때문에 〈여묘측감천호(廬墓側感泉虎)〉는『학산한언』에 실린 전반부의 내용을 옮겨 실었음을 알 수 있다.『동야휘집(東野彙輯)』(1869)56)에 실려 있는 〈효자환소설명부(孝子還甦說冥府)〉도 〈여묘측감천호(廬墓側感泉虎)〉의 내용과 거의 같다. 다만『청구야담』에 없는 환생설화(還生說話)[還生·저승순례가 이어지는데 이를 오준사(吳浚事)에 결부시켰다. 즉 오준이 죽었다가 蘇生하여 저승에 다녀 온 이야기가 첨가되어 있다.『감천선생실기(感泉先生實記)』권3(續集)에도『동야휘집(東野彙輯)』의 〈효자환소설명부(孝子還甦說冥府)〉를 그대로 옮겨 놓았다.

오준(吳浚, 1444~1494)에 관한 사실은『중종실록(中宗實錄)』과『해동잡록(海東雜錄)』및『읍지(邑誌, 興德縣)』등에 기록되어 있고, 동복오씨감천공파문중(同福吳氏感泉公派門中)에서 편찬한『감천오선생사실문집(感泉吳先生事實文集)』과『동복오씨감천공파보(同福吳氏感泉公派譜)』등에도 전한다.『동복오씨감천공파보(同福吳氏感泉公派譜)』권1에는 〈감천선생묘갈명(感泉先生墓碣銘)〉과 〈구호전설(救虎傳說)〉 등이 실려 있다.『감천오선생

---

55) 원문과 국역문은『한국고전문학교재연구』, 147~150쪽 참조.
56) 鄭明基 編, 原本『東野彙輯』(상) 권3, 寶庫社, 1992.

사실문집(感泉吳先生事實文集)』은 3종이다. 즉 ㉠『감천집(感泉集)』[연세대
도서관본] ㉡『감천오선생효감도(感泉吳先生孝感圖)』 ㉢『감천오선생실기(感
泉吳先生實記)』 등이다.

②… 하루는 갑자기 하늘에서 뇌성이 울리고 비가 쏟아져, 벼락을 맞은 곳에
땅이 갈라지며 근원이 깊고 흐름이 긴 샘이 솟았는데, 물맛이 달고 淸冽했다. 대
개 공의 효성에 감동하여 개가 여묘를 피하여 젖을 먹이며 호랑이가 사슴을 물
고 오는 異蹟들이 있었는데 孝感泉은 더욱 卓異한 것이었다. 그때 감사와 어사
가 그 일을 올려 정려를 내리고 복호를 했으며, 특별히 관직을 주었으나 취임하
지 않았다…57)

③오준은 한림 자귀의 후손이다. 효행으로 직장에 제수되었다. 부친이 종기를
앓아 입으로 환부를 빨았으며 병환을 고치려고 대변을 맛보았다. 부친이 돌아가
시자 애훼하는 예를 다했다. 여묘살이를 할 때 맹호가 사슴을 잡아와 제전에 보
탰다. 어미개를 길렀는데 고개를 넘어가서 젖을 먹이고 여막에는 접근하지 않았
다. 더욱이 곁에 잔을 드릴 물이 없어서 제사지낼 때마다 멀리 산 밖에 가서 물
을 길러 왔다. 어느 날 갑자기 우레 소리 진동하고 땅이 갈라지더니 맑은 물이
솟았다. 사람들은 이 샘을 효감천이라고 했다. 고을원이 와서 보고는 이 일을 계
문하여 정려가 내려졌다. 영조 정묘년(1747)에 유생이 상소하니 임금은 오준의
사당을 세우라고 허락했다. 이것이 彰孝祠이다. 무신년(1728)에 훼철되었다.58)

②는『감천집(感泉集)』에, ③은『읍지(邑誌)』에 실려 있다. 이 기록은『감
천집(感泉集)』에 실린 〈감천호도(感泉虎圖)〉 7폭이나 서발문(序跋文)과 시
문찬(詩文讚), 그리고 야담(野談) 등에 표현되어 있는 효행이적(孝行異蹟)과

---

57) …親喪廬墓 墓側無淸泉 公必自躬挈壺 遠汲于數里外 以供祭 …忽一日天大雷雨 當霆而
坼地 根源深流長 味甘且洌 蓋公之孝感 有乳狗避廬 大蟲啣鹿之異 感泉尤其卓異者也 伊
時道伯繡衣 上其事 旌閭復戶特授官不就…(『感泉集』, '記', 許汲 지음)

58) 翰林自貴孫 以孝行除直長 父患腫吮之 病革嘗糞 及歿 哀毀盡禮 居廬時 猛虎舍鹿以助奠
所 畜雌狗越峴而乳 不近廬 況又旁無勺水 每祭時 遠汲山外 忽天雷震地坼 淸流湧出 人之
謂孝感泉 主倅來見 事聞旌閭 英廟丁卯儒生上言 許令立祠 是爲彰孝祠 戊辰毀撤(『邑誌』
四 全羅道①, 아세아문화사(影印), 1983, 275쪽.)

비슷하다.

　11대손 세철(世喆)이 1910년에 쓴 발문의 일부를 보기로 한다.

　　이 실기의 편집은 孝感圖, 祠宇圖와 작가들의 序, 記, 銘, 跋, 歌, 贊, 題詠과
　아울러 한 묶음을 만들어 '感泉集'이라 하여 간행한 지가 오래되었다. 지난 때
　上皇(高宗) 을미년(1895)에 嗣孫 漢益 [改名 전 漢奎] 이 간혹 글자가 잘못 되고
　글이 다 수록되지 않음을 한탄하여 문중의 의논을 수습하여 중간했다.59)

　위의 기록에 의하면 1895년 이전에 『감천집(感泉集)』이 발간되었음을 말
해 준다. 서발문(序跋文)을 쓴 연대를 차례대로 나열하면, ①1742년[跋] ②
1748년[序] ③1749년 [跋] ④1785년[序] ⑤1895년[跋] ⑥1910년 [跋] ⑦1967년
[跋] 등이다. 『감천집(感泉集)』은 최소한 4차례는 간행된 것으로 추산된다.
즉 1회[①~④], 2회 [⑤], 3회[⑥], 4회[⑦] 등이니, 1회 : 1742~1785년 사이, 2
회 : 1895년, 3회 : 1910년, 4회: 1967년 등으로 정리할 수 있다.
　『감천집(感泉集)』은 오준(吳浚)의 6대손 시정(時挺, 1696~1758)의 노력으
로 간행될 수 있었다.

　　時挺 : 자는 사수이고 숙종 병자년(1696)생이다. 영조 병인년(1746)에 급제했
　다. 나이 47살에 서울에 올라가 대신들과 사귀고 시문을 받아 왔다. 무인년(1758)
　10월 22일에 졸했다.(『同福吳氏感泉公波譜』권1 참조.)60)

　1741년에 조정에서 향현사(鄕賢祠) 영당(影堂) 폐쇄와 향사(享祀)를 금지
하는 조처가 내려졌다. 그래서 오준의 6대손 시정(時挺)은 1742년에 상경하
여 진신(縉紳)들에게 오준감천호사(吳浚感泉虎事)에 관한 글을 청탁하기에
이르렀다. 이는 시정(時挺)이 『예기(禮記)』에 '선조(先祖)의 미덕(美德)이 있

는데도 일컫지 않으면 불인(不仁)이 된다[先祖有美 而不稱不仁也].'고 한 말을 염두에 두지 않더라도, 향현사 복원은 시급한 문제로 생각했기 때문일 것이다.

시정의 나이 47세는 바로 1742년이 된다. 『감천집(感泉集)』 소재 시문찬(詩文讚) 일람표'[61]에 나타난 글의 지은 연대를 보면 1742년이 가장 많다. 이는 시정이 상경하여 진신(縉紳)들과 교유한 연대와 일치한다. 時挺 이후에도 오준의 후손들은 『감천집(感泉集)』을 중간(重刊)할 때마다 문사(文士)들에게 꾸준히 글을 청탁했음을 알 수 있다. 결국 시정의 노력은 주효하여 오준감천호사(吳浚感泉虎事)는 널리 알려지게 되었고 오준을 향사(享祀)하는 향현사(鄕賢祠) 복원(復元)을 위한 유림(儒林)들의 통문(通文)이 빗발쳤고, 이는 유림들의 상소(上訴)로 이어졌다.[62] 급기야 폐쇄되었던 향현사(鄕賢祠)는 다시 복원되었다.

④ …오공의 효성은 본디부터 가능한 것이었지 이름을 얻기 위하여 샘물이나 호랑이가 있었던 것이 아니니 오공의 효성에는 미심쩍은 것이 없다. 아깝구나! 그 사당을 이름한 자가 '吳公祠'라 하지 않고 '感泉祠'라고 했으며, 지금 사당의 기문을 쓰는 사람들이 오공의 지극한 성품과 실제의 행동은 줄이고 샘물과 호랑이에 관해서만 誇張했으니, 어찌 오공의 孝를 참되게 알았다고 말할 수 있겠는가?…오공의 후손이 나를 찾아와 感泉에 대한 사실을 말하며 한 마디 말을 구함이 매우 부지런하기에 드디어 이 말을 써서 그를 돌아가게 했다. 壬戌年(1742) 초겨울에 藏密病夫 宋寅明(1689~1746) 謹識 左相[63]

---

61) 『한국고전문학교재연구』, 135~136쪽 참조.

62) 『感泉集』에는 많은 분량의 통문과 상소문이 실려 있다.

63) …吳公之孝固可也 而籍令無泉與虎 亦無嫌於吳公之孝矣 惜乎 名其祠者 不曰吳公而曰 感泉 而今之爲祠記者 又或略之於吳公之至誠實行 而乃就泉與虎而張大之 則尙可謂眞知 吳公之孝者也耶 …吳公後孫謁余 誦感泉事求一言 甚勤 遂書此以歸之 壬戌初冬 藏密病 夫 宋寅明謹識 左相(『감천집』, '記', 宋寅明 지음)

위의 글은 오준의 효행(孝行) 사실에 대한 감응이 너무 이적적(異蹟的)인 면으로 흘러 효자 오준의 진면목이 가려질 우려가 있음을 경계하고 있다. 이는 한필수(韓必壽)가 '…공의 효감은 샘물에 있지 않고 공 자신의 인품에 있다. 감천(感泉)이나 호랑이를 길들인 것은 다 공의 성효(誠孝) 중의 한 가지 일이다. 내가 걱정하는 것은 세상에 효도를 일컫는 사람들이 평소 효도에 대한 실행이 어떠한가는 살펴보지 않고 반드시 그 이적(異蹟)만 전파하며, 남에게 알려지기를 요구하는 일이다…'[64]고 한 말도 송인명(宋寅明)의 견해와 같다고 할 수 있다.

〈오효자(吳孝子) 감천호설화(感泉虎說話)〉는 자료가 풍부하게 남아 있을 뿐만 아니라 그 현장[孝感泉, 孝感泉詩碑[65], 孝感泉碑, 旌閭閣, 吳孝子居廬遺墟碑, 感泉吳先生追慕碑, 彰孝祠, 感泉吳先生의 墓, 吳孝子兩親의 墓]이 잘 보존·관리되고 있다. 〈오효자(吳孝子) 감천호설화(感泉虎說話)〉는 설화의 흥미성과 교훈성을 아울러 보여주는 교재일 뿐만 아니라, 〈오효자 감천호설화〉의 현장이 거의 완벽하게 보존·관리되고 있고 또한 앞으로 이 일대는 동복오씨감천공파종중(同福吳氏感泉公派宗中)에서 대대적으로 정화할 계획을 세우고 있는 등의 사안을 생각할 때, 초등학교 교과서에 수록하여 교재화할 가치가 충분히 있다고 본다.[66]

---

64) …公之孝感 不在泉在人也 感泉與馴虎 皆公誠孝中一事也 余病世之稱孝者 不究其平日 實行之如何 而必傅會其異蹟 求之於人也…(『感泉集』, '記', 韓必壽 지음)

65) <효감천시비>의 비문은 전북대 최승범 교수가 지었고 1978년 5월에 세웠다. 『동복오씨감천공파보』 권1에도 실려 있는데, 全文은 다음과 같다.
　여기 청렬한 샘물이/내내 솟고 있다/겨레의 숨결과 더불어/또한 이어 흐르리라/어버이 살아 계실젠/섬기는 일 다 하셨고/돌아가신 후도/반드시는 마음 생시 같으셨다//아아 吳浚선생/아름다운 이 효행을/하늘도 끝내 느껴워/이 샘물을 내셨거니/효감천 나라에 들려/창효사를 이룩했고/오백년 선비들은/효의 본을 삼아 왔다.//취령산 솔 바람 소리/어제런 듯 맑혀 주고/산짐승 미물들도/삼가 비켜 우러르네/이제야 사람들을 효심을/어찌 아니 깨칠건가.

66) <吳孝子 感泉虎說話>의 현장은 부지가 일만여 평이나 되고 문중에서 이 일대를 진입로 포장 등 대대적으로 정화하여 聖域化하겠다는 의지를 표명하고 있으니, 교재화하기에 쉬운 입지 조건을 갖추고 있다고 할 수 있다. 이에 관한 사항은 同福吳氏感泉公派宗中에서

(4) 〈효자는 호랑이 도움으로 감홍시를 구하다〉

(『明心寶鑑』, 『也溪都始復旌閭碑』)

도씨는 집이 가난했으나 효성이 지극했다. 숯을 팔아 고기를 사서 어머니 진지상에 고기 반찬이 빠질 때가 없었다. 어느 날 시장에서 볼일을 보다가 늦어버렸다. 그래서 바삐 집으로 돌아오는데 문득 솔개가 도씨가 가지고 가는 고기를 낚아채 가버렸다. 도씨는 슬피 부르짖으면서 집에 왔는데 솔개가 이미 고기를 뜰에 던져 놓았다.

어느 날 편찮으신 어머니가 때 아닌 감홍시를 찾았다. 도씨는 감나무 숲에서 방황하다가 날이 저문 줄도 몰랐다. 그때 어떤 호랑이가 여러 번 도씨의 앞길을 막으며 타라는 뜻을 보였다. 도씨는 호랑이를 타고 백여 리 떨어진 산골 마을에 도착하여 인가를 찾아 묵게 되었다. 조금 있으니 주인이 제삿밥을 대접했는데 홍시가 있었다. 도씨는 기뻐서 주인에게 홍시의 내력에 대해서 묻고 또 자기의 심정을 말했다. 주인은 도씨의 말에 대답했다.

"돌아가신 아버지가 홍시를 즐겨 잡수셨기 때문에 해마다 가을에 홍시 2백 개를 골라 굴 속에 갈무리했습니다. 지금과 같은 5월에 보면 완전하게 갈무리된 홍시는 7, 8개에 지나지 않는데 올해는 온전하게 갈무리된 홍시가 50개나 되었습니다. 그래서 마음으로 이상하게 생각했더니 하늘이 그대의 효성에 감동한 일이었군요."

주인은 도씨에게 홍시 20개를 주었다. 도씨가 주인에게 사례하고 문밖을 나오니 호랑이가 아직 엎드려 도씨를 기다리고 있었다. 호랑이를 타고 집에 오니 새벽닭이 울었다. 뒤에 어머니가 천명으로 돌아가시니 도씨는 피눈물을 흘렸다.[67]

솔개는 도시복이 사들고 가는 고기를 낚아 채갔다. 육식동물(肉食動物)인 솔개가 고기를 먹기 위해 낚아 채간 게 아니었다. 효자를 울리긴 했지

발간한 『感泉吳先生略史』(1989.5.7.)를 참조했다.

67) 都氏家貧至孝 賣炭買肉 無闕母饌 一日 於市 晚而忙歸 鳶忽攫肉 都悲號至家 鳶旣投肉
於庭 一日 母病索非時之紅柿 都彷徨柿林 不覺日昏 有虎屢遮前路 以示乘意 都乘至百餘里
山村 訪人家投宿 俄而主人 饋祭飯而有紅柿 都喜 問柿之來歷 且述己意 答曰 亡父嗜柿 故
每秋 擇柿二百箇 藏諸窟中 而至此五月 則完者不過七八 今得五十箇完者 故 心異之 是天
感君孝 遺以二十顆 都謝出門外 虎尙俟伏 乘至家 曉鷄喔喔 後 母以天命 終 都有血淚

만 솔개는 도시복을 돕기 위해 그런 일을 했다. 도시복이 늦게 집에 돌아가다가 짐승이나 도적의 피해를 당하지 않도록 하겠다는 것과 귀가 시간이 늦은 아들을 걱정하게 될 효자 어머니에게 효자가 무사히 집에 온다는 사실을 알리기 위해서 한 일이라고 말할 수 있다. 석빙고(石氷庫)는 여름에 쓰기 위한 얼음 저장 창고였다. 망부(亡父)가 생시(生時)에 홍시를 좋아했다고 해서 효자는 가을에 홍시를 굴 속에 저장했다가 5월 제사에 홍시를 제수(祭需)로 썼다. 석빙고와 같은 원리로 때 아닌 철에 홍시를 쓸 수 있었다. 홍시를 구하기 위한 도효자의 절규(絶叫)는 지나가는 사람들에게 알려졌고 홍시가 있는 집을 알게 해주었음직하다. 그리하여 마침내는 미물인 호랑이까지 도효자의 효성에 감동하여 효자를 도운 것으로 볼 수 있다. 호랑이는 효자를 태워 홍시 있는 집에 데려다 주었다. '얼마나 효성이 지극했길래 미물인 호랑이까지 효자를 도왔을까?'라는 의문이 들 정도로 효성에 대한 생각을 다시금 가다듬게 해 주는 이야기이다.

경북 예천군 상리면(上里面) 용두리(龍頭里) 야목마을에 살았던 야계(也溪) 도시복(都始復, 1817~1891)의 효행(孝行)에서 호랑이와 새가 효성에 감응한 감호조(感虎鳥) 화소(話素)를 살필 수 있었다. 이 이야기는 『명심보감(明心寶鑑)』에 실려 있다. 『명심보감』에 실려 있는 도시복(都始復) 관련 감호조사(感虎鳥事)는 3편이다. 3편 중에서 홍시집 주인의 감효사(感孝事)는 1편이다. 그리고 경북 예천 야목마을에는 「야계도시복정려비(也溪都始復旌閭碑)」가 세워져 있다.

이 세 이야기는 도시복↔솔개, 도시복↔호랑이, 도시복↔홍시집 주인, 도시복↔호랑이 등의 역학관계(力學關係)로 인해, 학습자에게 흥미를 불러 일으키게 하고, 그러는 가운데서 자연스럽게 효의 의미를 떠올리게 한다. 즉 이러한 이야기는 흥미성과 교훈성, 즉 문학의 기능을 충실히 드러내고 있는 것으로 볼 수 있다. 도시복의 이야기는 『명심보감』의 기록 이외에 구비문학의 형태로 약 24편이 채록되어 있는데,[68] 그 형태가 아주 다양하다.

2) 보은형

(1) 〈차씨 선조는 호랑이 목에 걸린 비녀를 뽑아주고 보답 받다〉

咸從車氏의 선조는 醫者였다. 어느 날 산을 넘다가 호랑이를 만났더니 호랑이가 땅에 엎드려 타라는 시늉을 하였다. 호랑이는 그를 雌虎의 곁으로 데려 갔다. 雌虎는 비녀가 목에 걸려 앓고 있었다. 빼 주었더니 虎가 擇地하여 주고 그 結果 車氏의 後孫은 번영하였다.[69]

비녀가 목에 걸려 신음하는 호랑이를 구해준 것과 같은 류는 〈차씨 선조(車氏先祖)〉 이야기가 널리 알려져 있다.

(2) 〈호랑이 목에 걸린 비녀를 빼주고 보답 받다〉(喜方寺 창건설화)

두운이 천연 동굴에서 수도하는데 목에 비녀가 꽂힌 호랑이가 찾아 들어와서 이를 뽑아 주었다. 그 뒤 호랑이는 정신 잃은 여인을 물고 왔다. 新房에 들이닥친 호랑이에게 물려온 여인이었다. 두운은 처녀를 간호하여 원기를 회복시켜 여인의 집으로 보내졌고, 여인의 아비는 두운에게 절과 농토를 마련 및 水鐵橋를 놓아 주었다.[70]

경북 영주시 풍기읍 수철리 소백산 연화봉(蓮花峰) 아래에 희방사(喜方寺)가 있다. 이 절은 643년(선덕여왕 12)에 두운(杜雲)이 창건했다. 창건설화는 청량사지 쌍탑과 비슷하다.

(3) 〈호랑이의 선물〉(제5차 교육과정기 3학년 2학기 『읽기』 교과서, 42쪽)

아기 호랑이가 의원을 찾아와 어미 호랑이의 '목에 걸린 가시'를 빼내달라고 했다. 의원이 호랑이굴에 가서 치료해주었더니 호랑이가 집에 멧돼지

---

68) '한국정신문화연구원, 『한국구비문학대계』, 고려원, 1989.'에 채록된 도시복 관련 설화는 24편다. 구체적인 내용은 『한국고전문학교재연구』, 368~369쪽 참조.
69) 장덕순, 『한국설화문학연구』, 97쪽.
70) 全文은 『한국고전문학교재연구』, 301쪽 참조

를 물어다 놓았다.[71]

젊은 의원의 의술은 귀천이나 물질이나 거리 등에 관계없이 베풀어진다. 젊은 의원의 착한 마음씨는 칭송받게 되었고, 호랑이까지도 그 마음씨를 헤아리기에 이르렀다. 상처 입은 호랑이를 치료해 주었더니 호랑이는 '은혜 갚음'으로 의원 집 마당에 멧돼지를 물어다 놓았다. 어린이들은 은혜를 입은 호랑이가 젊은 의원에게 보답했다는 이야기를 통해 보은(報恩)의 의미를 알게 된다. 「차씨(車氏)의 선조(先祖)」 이야기도 비슷하지만, 〈차씨의 선조〉에서는 '멧돼지' 대신 '택지(擇地)'로 바뀌었다.

(4) 〈호랑이 목에 걸린 뼈를 빼주고 보답 받다〉(『公州郡誌』, 1988, 453쪽)

어느날 上願和尙은 큰 바위를 지고 산을 오르는데 호랑이가 뒤에서 떠받쳐 주었다. 며칠 후 나타난 호랑이의 목구멍에 걸린 뼈를 제거해주었다. 호랑이는 묘령의 처녀를 업고 왔으나 상원화상은 그 처녀를 고향으로 돌려 보냈다. 처녀의 부모는 상원화상과 부부연을 원했으나 화상은 남매의 義를 맺었다. 이들이 죽은 뒤 처녀 친정에서 둘이 수도하던 장소에 탑 두 개를 건립한 것이 오뉘탑[男妹塔]이다.[72]

충남 공주시 반포면 계룡산(鷄龍山) 청량사지(淸涼寺址) 쌍탑(雙塔)[남매탑 또는 오뉘탑][73]에 전하는 설화인데, 호랑이 목에 걸린 '뼈' 대신 '비녀'로

---

71) 옛날 옛적 어느 산골 마을에, 인정 많은 의원 한 분이 살았습니다. 하루는 아기호랑이 한 마리가 의원을 찾아 왔습니다. "의원님, 저의 아버지 좀 살려 주세요." "뭐? 네 아버지를?" "네, 저의 아버지 목구멍에 뼈가 걸렸어요." 의원은 아기호랑이와 함께 호랑이 굴로 갔습니다. 호랑이는 몹시 아픈 표정을 지으며 말하였습니다. "의원님, 빨리 이 뼈를……" 의원은 호랑이 목구멍에 걸린 뼈를 빼내고 치료해 주었습니다. 호랑이 가족이 모두 인사를 하였습니다. "의원님, 정말 고맙습니다." 다음날 새벽, 호랑이는 의원 집 마당에 황소만한 멧돼지를 물어다 놓았습니다. 아침 일찍 일어나 이것을 본 의원은 깜짝 놀랐습니다. "아니! 이게 웬 멧돼지야?" 호랑이는 사립문 뒤에 숨어서 지켜 보고 있었습니다.

72) 전문은 『한국고전문학교재연구』, 302쪽 참조.

73) 청량사지 쌍탑은 5층 석탑과 7층 석탑인데, 1998년 9월 15일자로 5층 석탑은 보물 1284호,

전하는 것도 있다.

우리나라에 전해 오는 〈호랑이 목에 걸린 가시〉 이야기는 내용에 따라 다음과 같이 분류된다.

① 의원이 호랑이 목에 걸린 비녀를 빼 주고 그 보답으로 황금을 얻게 된다.
② 서울 가던 나그네가 호랑이 목에 걸린 뼈[人體]를 빼주고 그 보답으로 호랑이 등에 올라 타고 순식간에 서울까지 도착한다.
③ 가난한 총각이 호랑이 목에 걸린 뼈를 빼주고 그 보답으로 배우자를 얻는다.
④ 어떤 사람이 호랑이의 목에 걸린 뼈를 빼주고, 죽은 뒤 호랑이의 지시로 명당에 묻히게 된다.
⑤ 주인공이 호랑이 앞발에 박힌 못을 빼주었는데, 후일 그가 반역죄로 호랑이 굴에 던져지는 형벌을 받았으나 호랑이의 보은으로 목숨을 구한다.
⑥ 주인공이 늙은 호랑이의 목에 걸린 비녀를 빼주고 종종 호랑이의 보답을 받았다.
⑦ 어느 절의 대사가 호랑이 목에 걸린 가시를 빼주었더니 호랑이가 그 보답으로 미녀를 물어다 주었다. 대사는 여자와 의남매가 되어 두 사람 다 불도에 정진했다.
⑧ 효자가 호랑이 목에 걸린 가시를 빼주었다. 병든 노모가 한 겨울에 홍시를 먹고 싶다고 하자 호랑이를 타고 홍시를 구하게 된다.[74]

8개 이야기 중 ⑤만 '앞발에 박힌 못'으로 나오고 7개는 모두 '목에 걸린 가시[비녀, 뼈]'로 나온다. 뒤에서 살필 중국 〈호랑이 목에 걸린 가시〉는 모두 발에 박힌 가시나 대꼬챙이로 나온다.

(5) 〈정절을 지킨 최효부가 호랑이를 감동시키다[守貞節崔孝婦感虎]〉(『靑邱野談』)

최씨는 남편이 일찍 죽었으나 개가하지 않고 눈 먼 시아버지를 봉양했다. 친

7층 석탑은 보물 1285호로 지정되었다.

74) 國語國文學 編纂委員會 編, 『國語國文學資料辭典』, 한국사전연구사, 1994, 3287쪽 참조.

정 부모는 병을 핑계로 해서 딸을 오게 하여 개가시키려고 했다. 최씨는 거짓 승낙을 하고 한밤중에 몰래 친정을 나와 시가로 향하는데 호랑이를 만나 타고 시가로 돌아왔다. 그 뒤 호랑이는 함정에 빠졌고 최씨는 사람들을 설득해서 호랑이를 놓아 주게 했다.[75]

『청구야담(靑邱野談)』 소재 〈수정절최효부감호(守貞節崔孝婦感虎)〉에 나오는 홍주(洪州)땅 청상과부는 자식도 없이 남편을 여의고 사고무친(四顧無親)의 불구자인 시아버지를 지성껏 봉양하는 치열하고도 애틋한 삶을 보여 주고 있다.

위와 비슷한 이야기는 〈안협효부(安峽孝婦)〉[南秉吉 撰,『熙朝軼事』所載]와 제목 없이 『파수록(罷睡錄)』[古今笑叢 所載] 등에 실려 있다.[76] 특히 『한국의 민담』에 실린 〈효부와 호랑이〉는 뒷부분에 효부가 호랑이를 타고 관가(官家)에 나타나는 내용이 첨가되어 있다.[77]

(6) 〈남편 시묘(侍墓)살이에 호랑이가 호위(護衛)하다〉
(『太宗實錄』, 『新增東國輿地勝覽』)

事實 : 柳惠至(1387~1412)의 아내 東萊鄭氏(1387~1415)는 남편이 죽자 집에다 빈소를 차리고 아침 저녁으로 제를 올렸고, 이듬해 11월에 장사를 지내자 묘 곁에 여묘살이를 하는데, 계집종 둘과 세 살 난 어린 딸을 데리고 무덤을 지키면서 복제를 마쳤다. 나라에서는 정려를 명했다.[78]

說話:烈女鄭氏와 虎墓(金錫保,『蔚山遺事』, 昭文出版社, 1979.12 등)[79]

---

75) 원문과 국역문은 『한국고전문학교재연구』, 109~112쪽 참조.

76) 구체적인 내용은 이신성, 「국민학교 교과서에 실린 傳說敎材에 관한 연구」, 『어문학 교육』 제14집 , 한국어문교육학회, 1992, 125쪽~126쪽 참조.

77) 任東權 編著, 『韓國의 民譚』, 瑞文堂, 1972, 213쪽~214쪽 참조.

78) 命旌表 孝子節婦之間 慶尙道觀察使報 …新寧監務柳惠至妻鄭氏 壬辰冬其夫死 殯于家 晨夕奠祭 翌年仲冬 乃葬廬于墓側 率二婢子女三歲幼女 守墳終制(『太宗實錄』제29권 15년 1월). 新寧縣監務柳惠至妻也 惠至死廬墓三年 太宗朝 旌表門閭(『新增東國輿地勝覽』제23권 '彦陽縣 人物條')

울산광역시 울주군 상북면 향산리[80]에 전해 오는 열부숙인문화류혜지
(烈婦淑人文化柳惠至, 1386~1415)처 동래정씨(東萊鄭氏, 1390~1417)의 설화
이다. 이곳에는 신령현감문화류공휘혜지처열부숙인동래정씨정려비(新寧縣
監文化柳公諱惠至妻烈婦淑人東萊鄭氏旌閭碑)와 열부숙인동래정씨(烈婦淑
人東萊鄭氏)의 열행과 관련한 영호묘(靈虎墓)가 남아 있다. 이에 대해 전하
는 기록을 정리하면 다음과 같다.

事實【① 太宗實錄(1415)→② 新增東國輿地勝覽(1530)】 ⇒ 說話【③ 旌閭碑
④ 旌閭重修記(1975) → ⑤ 柳惠至墓碑 ⑥ 靈虎永世不忘碑(1977) ⑦ 烈女鄭氏
와 虎墓(1979) → ⑧ 鄭氏 ⑨ 烈女鄭氏와 虎墓(1985)】

이를 다시 연대만 순서대로 표시해 보면 다음과 같다.

事實【1415 → 1530】 ⇒ 傳說【1975 → 1977 → 1979 → 1985】

위에서 보면, 1530년 이후 동래정씨의 열행 사실은 오랜 세월 동안 구전되
어 오다가 1920년에 지금과 같은 정려각이 세워지고[81] 1975년에 정려각을
중수(重修)할 때 ④와 ⑤를 찬(撰)했다. 정려각은 1920년에 세웠고 52년 뒤인
1977년에 류혜지묘비(柳惠至墓碑)와 영호영세불망비(靈虎永世不忘碑)가 세

---

79) 全文은『한국고전문학교재연구』, 118~120쪽 참조.

80) 香山里는 향산과 陵山의 두 행정 마을로 갈라져 있다.(蔚山文化院刊,『蔚山地名史』1986,
589쪽.). 필자가 현지 답사한 결과 旌閭閣이 위치해 있는 곳은 陵山里였다. 울주군수 명의
로 정려각에 부착한 기록물도 능산리로 되어 있으나, 香山里 능산부락이 정식 명칭이다.
뒤에서 언급하겠지만, 원래 설화의 현장은 상북면 吉川里 소목골(牛牧谷)이라고 한다. 說
話記錄은 다 향산리이다.

81) 앞에서 1920년에 열부동래정씨 정려각이 세워졌다는 언급이 있었다.
柳大善(71, 上北面 巨里 澗蒼부락 거주) 氏의 증언(1993.5.3.)에 의하면, 東萊鄭氏旌閭閣
안의 自然石에 새겨진 東萊鄭氏의 旌閭記錄(東萊鄭氏烈行記錄)은 아주 먼 옛날 것이고,
호랑이묘는 언제 지금의 위치에 있었는지 모른다고 했다.
[鄭寅泰(61,상북면 능산 거주)氏도 같은 증언을 했다(1993.5.3.)]. 이 증언으로 보아 虎墓와
旌閭閣은 1920년 이전에 마련되었고, 현 정려각은 1920년에 改築한 것을 1975년에 重修했
다고 본다.

위졌다. 열부를 도운 호랑이는 '가호보조형(加護補助型)'이라 할 수 있다. 설화를 축약하면 다음과 같다.

① 남편 시묘살이 ································· 열행
② 호랑이의 보호받음 ·························· 열행 감동
③ 함정에 빠진 호랑이 구함 ············· 열녀의 보은
④ 시묘살이 끝내고 남편과 합장됨 ····· 열녀의 귀의[열행의 마침]
⑤ 호랑이 죽음, 호묘(虎墓) ··············· 죽음과 갚음
⑥ 정려각 세움 ································· 열행 표창

우리는 여기서 설화의 흥미성과 교훈성을 찾아낼 수 있다. 호랑이가 열부(烈婦)를 불한당으로부터 보호해 주고 있었다는 사실은 열부의 열행이 얼마나 지극했길래 미물인 호랑이까지 감동시킬 수 있었나 하는 심정을 불러 일으켜, 지성감천(至誠感天)과 끈끈한 정을 음미하게 한다. 열부 또한 함정에 빠진 호랑이를 구출해주었다. 호랑이는 여인이 죽자, 슬퍼한 나머지 무덤을 찾아가서 울부짖다가 죽었다. 이는 호기심을 자극할 만한 흥미를 유발시킨다.

(7) 〈효자가 호랑이를 구출하다〉(『同福吳氏感泉公派譜』 1冊)

感泉 吳浚(1444~1494)이 侍墓살이 할 때 호랑이가 매일 와서 지켜주었고 朔望마다 생사슴을 잡아왔다. 어느 날 밤 非夢似夢 간에 호랑이가 함정에 빠졌음을 알고 호랑이가 빠진 함정으로 가서 사람들에게 사정 이야기를 해서 호랑이를 구출했다. 함정에서 나온 호랑이는 오준에게 등에 타라는 시늉을 해서 호랑이를 탔더니 호랑이는 고창 장날 인파 속으로 들어갔다. 사람들은 혼비백산했지만, 오준의 참효행은 널리 알려지게 되었다.[82]

위의 〈구호설화(救虎說話)〉 내용은 호랑이의 특이한 보은행위(報恩行爲)

---

82) 원문과 국역문은 『한국고전문학교재연구』, 154~155쪽 참조.

를 보여 주고 있다. 호랑이는 효자를 등에 태우고 일부러 사람들이 많이 모인 시장(市場)[高敝 장날]을 지나간다. 사람들은 하나 같이 호랑이를 보고는 혼비백산했지만, 범의 이런 행위는 오효자의 효성을 널리 선양(宣揚)시키기 위한 행위로 볼 수 있다.

(8) 〈사등선생(四燈先生) 행차하다〉(『北原의 자취』, 1987, 27~30쪽)

忠孝子 黃戊辰(1568~1652)은 편모를 지극한 효성으로 봉양했다. 그는 江原監營에서 일했는데 집에서 50리였다. 점심과 저녁은 감영에서 먹는데 저녁밥은 먹지 않고 식지 않게 품속에 품고 집에 와서 노모께 드렸으나 식어버린 음식을 안타깝게 생각했다.

어느날 호랑이가 나타나 등에 타고 출근했는데 그 이후 효자는 호랑이를 타고 출퇴근했다. 퇴근 때는 빨리 노모께 음식을 드려야 된다는 일념으로 빠르게 달리니 효자와 호랑이의 모습은 보이지 않고 양 눈에서 발하는 형형한 4개의 눈빛이 어찌나 밝은지 사람들은 '四燈先生 行次'라고 했다.

그러던 중 호랑이가 나타나지 않았는데 함정에 빠진 호랑이가 울부짖는 꿈을 꾸었다. 황효자는 호랑이가 함정에 빠진 곳을 찾아가서 사람들에게 전후사정을 말하여 호랑이를 구출했다.[83]

17세기 정표정책(旌表政策)에서 충신은 전장에서 국가를 위해 싸우다가 순절하는 경우가 대부분이지만,[84] 충효(忠孝)를 겸비한 인물의 행적도 보인다. 즉 황무진은 임진왜란 때 군에 응모하여 적장(敵將)을 사로잡는 공을 세우고, 국상(國喪)에는 부모상(父母喪)과 같이 상복을 입으며, 지극정성으로 효성을 다하는 생활을 하여 나라로부터 충효(忠孝)라는 시호(諡號)와 자룡(子龍)이라는 이름을 하사받았다. 강원도 원주시 문막면 반계리 골무내기 마을에는 충효자 황무진을 향사(享祀)하는 충효사(忠孝祠)와 묘소 및 충

---

83) 全文은 『한국고전문학교재연구』, 166~167쪽,참조.
84) 송철호, 「17세기 旌表政策의 强化와 壬·丙兩亂 人物傳」, 東洋漢文學會 제51차 연구 발표회(1996.3.28, 부산교육대학교) 발표 요지, 2쪽 참조.

호비각(忠虎碑閣) 등이 있다.

〈표2〉에서 보인 초등학교 국어 교과서에는 보은담(報恩談)과 관련한 교재[배은담(背恩談) 4편 포함]가 7편이 실려 있는데 이중 5편이 호랑이 관련 설화이다. 5편 중에는 배은담(背恩談)인 〈토끼의 재판〉이 4편이다. 배은(背恩)을 통해 보은(報恩)의 의미를 새기게 하는 교재이다.

3) 정의형

정의형(情義型)은 호랑이가 인간과 같이 따뜻한 정을 베풀면서 의리(義理)를 지킬 줄 아는 유형이다. 앞에서 살핀 감호형과 보은형이 다 정의형에 속한다고 할 수 있다. 〈표1〉에서 보인 〈귀여운 새끼 호랑이〉에서는 영맹형(獰猛型)에서 정의형(情義型)으로 바뀐다.[85]

4) 둔갑형

『삼국유사』 소재 〈김현감호설화(金現感虎說話)〉는 〈호원설화(虎願說話)〉라고도 한다. 이는 〈김현설화(金現說話)〉와 중국의 〈신도징설화(申屠澄說話)〉 두 편으로 나누어 구성되어 있다. 일연(一然, 1206~1289)의 편찬의도(編纂意圖)는 전자에 나타나는 호랑이의 좋은 구실과 후자에 보이는 호랑이의 나쁜 구실을 대비하여, 호랑이의 좋은 구실을 내세우려는 데 있는 것으로 본다.

〈김현설화(金現說話)〉는 호랑이가 처녀로 변신하여 김현과 부부의 인연을 맺은 뒤, 자기의 세 형[호랑이]을 살리고 국가의 어지러움을 없애며, 김현을 출세시키기 위하여 스스로 죽음을 택하는 살신성인(殺身成仁)을 보여준다. 이에 비해 〈신도징설화(申屠澄說話)〉는 호랑이가 처녀로 변신하여

---

85) 나물 캐던 산골 처녀가 짐승 새끼가 귀엽게 노는 것을 보고 어루만지고 있는데 커다란 호랑이가 나타나 처녀는 혼비백산 달아났다. 호랑이는 처녀의 나물 바구니를 처녀집 밖에 운반해 놓았다.

신도징과 부부의 인연을 맺고 자식까지 낳아 가정을 이루었으나, 다시 호
랑이로 되돌아가 신도징을 배반함으로써 가정을 버린다는 좋지 않은 구실
을 한다.[86]

5) 영맹형

(1) 〈이징옥의 무용(武勇)이 절륜(絶倫)하다[李澄玉 武勇絶倫]〉
  (『大東奇聞』)

이징옥은 길에서 한 젊은 아낙이 통곡하고 있는 것을 보고 까닭을 물었더니,
남편이 호랑이에게 잡아먹혔는데 그 놈이 지금 대숲에 있다고 대답했다. 징옥은
팔을 걷어붙이고 대숲에 들어가더니 손으로 호랑이를 눌러 끌고 나와서는 칼로
배를 갈라 사람 살점을 다 들어내었는데 살은 아직 소화도 되지 않은 채였다. 아
낙더러 그것을 거두게 하고는 호랑이 가죽을 벗겨 아낙에게 주었다. 아낙이 좇
아가며 사례했으나 징옥은 뒤도 돌아보지 않고 가버렸다.[87]

위의 설화에는 이징옥의 무용담이 두 편 더 있다. 하나는 어머니가 살
아있는 멧돼지를 보고 싶다고 하자 형 징석(澄石)과 같이 멧돼지 사냥을
갔는데, 형은 멧돼지를 쏘아 잡아왔으나 징옥은 이틀 뒤에 산 멧돼지를 잡
아왔다. 살아있는 멧돼지를 잡기 위해 밤낮 쫓다가 기진맥진(氣盡脈盡)한
산 멧돼지를 잡아온 것이다. 또 영남절도사(嶺南節度使) 징옥은 오래 전에
자신을 버리고 개가(改嫁)한 전처(前妻)가 있었다. 징옥은 여러 고을을 합
하여 크게 사냥판을 벌여 사냥한 짐승 수백 마리를 전처 남편을 불러 주
었다. 세 개의 이야기는 모두 이징옥의 무용담이며 의리의 사나이임을 보
여준다.

---

86) 國語國文學編纂委員會 編, 『國語國文學資料辭典』(上卷), 한국사전연구사, 1994, 599~600
  쪽 참조.
87) 澄玉이 嘗途見一少婦哭甚哀하고 問其故하니 婦曰 吾夫爲虎所噉하여 見在篁竹中이로라.
  澄玉攘臂入竹林하여 手扼虎而出하여 劍剖其腹하고 盡出其人之肉하니 肉尙未消라. 使婦
  裹之하고 剝其皮하여 遺其婦하니 婦追謝之하되 澄玉이 不顧而去라.

(2) 〈의로운 소가 호랑이를 물리치다[義牛傳]〉

선산부사(善山府使) 조찬한(趙纘韓)이 1630년에 지은 〈의우전(義牛傳)〉과 1745년에 작성된 〈선산의우도(善山義牛圖)〉가 전한다.

선산부 동쪽 문수점에 사는 김기년이 암소 한 마리를 길렀는데 밭을 갈고 있을 때였다. 갑자기 숲 속에서 호랑이가 뛰어나와 소에게 달려 들었다. 기년은 호랑이를 치려 하니 호랑이는 소를 버리고 사람에게 덤벼들었다. 소가 사납게 울부짖으면서 호랑이를 떠 받았다. 호랑이는 마침내 기진맥진하여 기년을 버리고 달아났는데 몇 리 가지 못해서 죽었다.

김기년은 이로부터 호랑이에게 물린 상처가 깊어져 죽게 되었을 때 유언하기를, '소를 절대로 팔지 말고, 소가 늙어 죽더라도 그 고기를 먹지 말며, 반드시 내 무덤 옆에 묻도록 해라.' 했다.

그런데 주인이 죽던 날, 소는 갑자기 큰 소리로 울부짖으며 미친 듯이 날뛰더니 물과 쇠죽을 끊은 지 삼일 되는 날 밤에 드디어 죽었다.[88]

조찬한(趙纘韓)은 1629년에 의우(義牛)의 무덤에 비를 세웠고, 1630년에 〈의우전(義牛傳)〉을 지었다. 그 뒤 선산부사(善山府使) 조구상(趙龜詳)은 1703년에 수암(遂菴) 권상하(權尙夏, 1641~1721)에게 요청하여 발문을 짓게 했다. 의우도(義牛圖)는 1745년에 선산부사 민백남의 요청으로 읍인(邑人) 박익령(朴益齡)이 그렸다.[89] '의로운 소의 이야기'와 관련하여 〈의우전(義牛傳)〉과 〈의우도(義牛圖)〉가 전하는 것은 선산(善山) 의우(義牛)밖에 없을 것이다. 〈의우전(義牛傳)〉은 김수기(金樹基)(1991년 당시 71세, 경북 구미시 형곡동 풍림 아파트 202동 702호)씨가 소장하고 있다.[90]

88) 〈善山 義牛傳〉 原文과 국역문은 『한국고전문학교재연구』, 285~287쪽 참조.
89) 『義烈圖』 및 『龜尾新聞』 117호, 1993.11.22 참조.
90) 필자는 1991년 2월 24일에 金樹基氏宅을 방문하여 『義烈圖』를 복사해 왔다. 이 자료에 관한 것은 필자의 논문 「국민학교 교과서에 실린 傳說教材에 관한 연구」, 『어문학교육』 제14집, 한국어문교육학회, 1992.에서 밝힌 바 있다.

황소가 아닌 암소가 영맹(獰猛)한 호랑이와 싸워 호랑이를 이긴 감동적인 설화이다. 〈선산의우도(善山義牛圖)〉 8폭[91]에는 사람↔호랑이, 암소↔호랑이의 격투 장면이 생동감 있게 나타나 있다.

(3) 〈의로운 소가 호랑이로부터 소년을 구하다〉
(『尙州誌』, 尙州文化公報室, 1989, 1180쪽)

백여 년 전 洛東江邊 외아들[상복]을 둔 權氏가 살고 있었다. 어느날 암소가 새끼를 낳았다. 그후 상복이는 매일 송아지와 노는 게 큰 즐거움이었다.

송아지는 황소로 변했고, 상복이는 서당에 갈 때마다 소를 타고 다녔다. 어느날 상복이는 늦게 황소를 타고 귀가하는데, 홀연 호랑이의 습격으로 상복이는 소 등에서 땅에 떨어지고 말았다.

상복이가 정신을 차렸을 때는 大虎는 죽어 있었고, 황소는 명이 경각에 달려 있었으나 이내 죽고 말았다.

소식을 듣고 달려온 동민들과 권씨 부부는 소를 묻어주고 그 앞에 '義牛塚'이란 비석을 세웠다.[92]

'상주(尙州)의 의로운 소'도 (1)과 같이 호랑이의 기습(奇襲)으로 빚어진 불상사이다. (1)과 (2)는 호랑이의 영맹성(獰猛性)이 잘 드러나 있지만, 호랑이는 이징옥과 의우(義牛)와의 격투에서 각기 죽음을 맞이한다. 의우(義牛)는 (2)에서는 자진(自盡)을 하고 (3)에서는 싸움에서 죽는다. 〈표2〉에 보인 〈해와 달이 된 오누이〉의 호랑이도 영맹형(獰猛型)에 속한다.

---

91) 〈善山義牛圖〉의 내용은 이러하다. ①起年이란 사람이 밭을 갈다[起年耕田] ②호랑이가 소에게 덤비다[虎搏牛] ③호랑이가 기년에게 덤비다[虎搏起年] ④소가 호랑이에게 덤비다[牛搏虎] ⑤소가 호랑이를 죽였다 ⑥起年이 그로 인해 병상에 누웠다. ⑦사람이 죽자 소도 죽었다[人亡牛斃] [기년이 죽자 소는 3일 간 울부짖다 따라서 죽다] ⑧의로운 소의 무덤[義牛塚]을 써 주었다

92) 全文은 『한국고전문학교재연구』, 294~295쪽 참조.

6) 우직형

〈표1〉에 보인 〈돌이와 호랑이〉, 〈소년과 호랑이〉와 〈표2〉의 〈곶감과 호랑이〉, 〈떡시루잡기〉, 〈토기의 재판〉 등이 우직형(愚直型)에 속한다. 이 작품들은 일시적으로 영맹성이 나타나지만, 이 영맹성은 지속되지 못하고 우직한 호랑이로 떨어지고 만다. 〈토끼의 재판〉에서 호랑이는 우직성(愚直性)→영맹성(獰猛性)→우직성(愚直性)의 과정을 밟으면서 파멸하고 만다.

2. 중국감호설화

『호회(虎薈)』소재 346편 중 연구 대상으로 뽑은 28편을 6가지 유형 별로 나누어 제시하기로 한다. 각 편마다 국역(國譯) 요약문과 원문(原文)을 보이기로 한다.

1) 감호형

(1) 〈덕정(德政)에 감화되어 호랑이가 사라지다〉(『호회』卷之一, 3쪽)

장사 안성사람들은 虎患이 심해서 다른 고을로 이사를 했다. 劉陵이라는 사람이 관장으로 취임하여 德政을 베풀었더니 호랑이는 사라져버렸다.[93]

(2) 〈호랑이 꼬리 잡고 애원하다〉(『호회』卷之一, 5쪽)

景定 間(南宋, 1260~1264)에 남매가 땔나무 팔아 어미를 봉양했다. 남동생이 땔나무를 지고 돌아오는 길에 호랑이를 만나자 나무 위에 올라갔다. 호랑이는 남동생의 옷자락을 할퀴었고, 누나는 호랑이 꼬리를 잡고는 자신을 잡아먹고 남동생은 부모 봉양 위해 살려달라고 애원하자 호랑이는 가 버렸다.[94]

---

93) 劉陵爲長沙安成長 先時多虎 百姓患之 皆徙他縣 陵之官 修德政 踰月虎皆出境 百姓復還
94) 景定間 郢州村民一姉一弟偕樵 常日姉樵歸爨 弟樵鬻薪養母 一日負薪歸 虎逐弟登木 爪
　　其裾 姉擎虎尾呼曰 虎食我 無食弟 弟死母誰養 虎回視置之而去

(3) 〈주인묘(主人墓) 여묘살이에, 호랑이가 제물을 물어다 주다〉

(『호회』卷之二, 25쪽)

五代 때 (907~960) 歐寶라는 사람은 주인이 죽자, 어린 주인을 지극 정성으로 보살피고 자식 팔아 주인 장례 치르고는 삼년 시묘살이를 했다. 이에 感應한 호랑이가 祭物을 물어다 주었다.[95]

(4) 〈효자가 호구(虎口)에서 벗어나다〉(『호회』卷之四, 45쪽)

章惠仲이 과거 시험 길에 배가 뒤집혀 일행이 죽고 귀가 길에 아우가 죽었다는 소식을 접했는데, 호랑이가 나타나 해치려고 했다. 자신이 죽으면 모친 봉양을 못한다는 간절한 호소에 호랑이가 물러갔다.[96]

(1)은 단순하게 덕정(德政)에 감응(感應)한 호랑이 이야기이고 (2)와 (4)는 孝子에 대한 이야기이다. (3)은 주인이 죽은 뒤 자식 팔아 주인의 장례를 치루고 주인묘(主人墓) 곁에서 여묘살이하는 충복(忠僕)의 행위에 호랑이가 감응한 이야기이다.

『성사록(聖師錄)』에 양위(楊威)의 효성에 감응한 호랑이 이야기가 있다. 이는 〈인호(仁虎)〉라는 제목 아래 도구보 이야기 다음에 실려 있다.[97]

---

95) 五代時歐寶主死 寶妻事紡織供幼主極恭 貧不能葬 寶鬻己子以築墓 構茅屋墓傍 獨守三年 旦暮號泣 後寶四時祭墓 每有虎啣時物及麞鹿來助其祭 時人咸謂孝義格獸之報

96) 成都章惠仲與妹壻邱生偕赴試 出峽舟覆 邱死焉 章登第 調并研主簿 還及峽 聞弟死 舍舟乘馬疾行 過萬州日黑 馬仆墜厓下 虎來銜章髮 章謂虎曰 汝靈物 當聽吾語 吾母八十 生子二人 女一人 往年妹壻死於江 今年弟死於室 獨吾一身存 將竊升斗祿養母 汝食我 奈母老何 虎聞遽捨之 天明章攀木而上 酒得歸 章赴官 母卒未幾亦卒 乃知一念之善 脫於虎口 爲母故也

97) 又云上虞楊威少失父 事母至孝 常與母入山採薪 爲虎所逼 自計不能禦 于是抱母且號且行 虎見其情 遂弭耳去(『古今小說精華』下冊(북경출판사, 1992, 1740쪽).

2) 보은형

(1) 〈할머니가 호랑이 발바닥에 박힌 가시를 뽑아주다〉

　　(『호회』卷之二, 22쪽)

劉夢得의 편지글에 있는 내용이다. 할머니가 산길을 가다가 호랑이를 만났는데 호랑이가 발을 들어 보이며 발바닥에 박힌 못을 뽑아 달라고 해서 뽑아 주었다. 호랑이는 할머니 집에 짐승들을 물어다 주었다. 어느날 호랑이가 죽은 사람을 물어다 놓아서 할머니는 사람을 죽였다고 고발당했다가 풀려났다.[98]

(2) 〈호랑이 발바닥에 박힌 가시를 뽑아주어 보답받다〉

　　(『호회』卷之三, 35~36쪽)

唐 建中 初(780~783)에 漁父가 자고 있는데 갑자기 호랑이가 뛰쳐 들어왔다. 놀란 어부에게 호랑이는 발을 내밀었는데 발바닥에 가시가 박혀 있었다. 어부는 이를 뽑아 주었다. 그 뒤 호랑이는 매일 밤마다 짐승을 물어다 주었다. 마을 사람들이 요망한 일이라 하여 현령에게 고발했으나 사실 확인으로 풀려났다.[99]

(3) 〈호랑이 몸에 박힌 가시를 뽑아주다〉(『호회』卷之四, 54쪽)

晉나라(265~317) 곽문거(郭文擧)는 호랑이 발에 박힌 가시를 뽑아주어 보답을 받았다.[100]

---

98) 劉夢得守連州替高霞寅 高後入爲羽林將軍 承眷顧 附書夢得 欲請自代 劉答書曰 昔有嫗 行山中遇虎 虎擧足示嫗 見有芒刺 爲拔去之 虎感奮而去 及歸 擲麋鹿狐兎於嫗家 日無虛 焉 日旦忽擲死人入 村人執嫗爲殺人 嫗說前事得釋 乃登垣語虎曰 感則感矣 叩首大王 更 不抛人來也

99) 唐建中初 靑州北海縣北有秦始皇望海台 台側有別瀘泊 泊邊有取魚人張魚舟 早夜庵止其 中 常有一虎夜突入庵中 値魚舟方睡 至欲曉魚舟乃覺有人 初不知是虎 纔至明方見是虎 魚舟惶恐不敢動 虎徐以手捫魚舟 魚舟甚疑有疾 因起坐 虎擧前左足示魚舟觀之 見掌有刺 可長五六寸 乃爲除之 虎躍然出庵 若拜伏之狀 因以身劘魚舟良久 迴顧而去 至半夜忽聞 庵前墜一大物 魚舟走出見一野豕脂甚 幾三百斤在庵前 其虎見魚舟 以身劘之 良久乃去 自後每夜送物來 或豕或鹿 村人以爲妖送縣 魚舟陳始末 縣使一吏隨而伺之 至二更又送麋 來 魚舟遂釋罪 魚舟爲虎設一百一齋功德 其夜又嘯絹一疋而來 一日其庵忽被虎折之 意者 不欲魚舟居此 魚舟遂別卜居焉 自後其虎亦不復來

100) 晉郭文擧與虎探去鯁 虎送鹿來報以爲異

(4) 〈호랑이 발톱에 박힌 대꼬챙이를 뽑아주다〉(『호회』卷之四, 54쪽)

노파가 뽕을 따다가 호랑이에게 물려 갔다. 호랑이의 발톱에 박힌 대고챙이를 뽑아주었더니 호랑이는 노파를 집까지 물어다 주었고, 밤에 문 앞에 사슴을 두고 갔다.[101]

(5) 〈은인(恩人)을 죽인 호랑이는 스스로 죽음을 택하다〉
(『호회』卷之一, 1~2쪽)

이대상은 호랑이 발에 꽂혀 있는 대꼬챙이를 뽑아주었다. 이대상은 호랑이의 보답으로 생활이 풍족하게 되어 좋은 옷을 입고 다녔다. 호랑이는 이대상을 알아보지 못하고 이대상을 잡아 먹었다. 이대상의 어미로부터 배은망덕했다는 꾸중을 듣고는 이대상을 찾아다니던 호랑이는 이대상을 죽였음을 알고는 이대상 집 뜰에 나타나 날뛰다가 척추가 부러져 죽었다.[102]

(6) 〈어미 잃은 새끼 호랑이를 길러서 뒤에 보답을 받다〉
(『호회』卷之三, 32쪽)

마을 사람들이 새끼 낳은 어미 호랑이를 죽였다. 鄭思遠은 새끼 호랑이를 거두어 길러 아비 호랑이에게 넘겼다. 그 뒤 새끼 호랑이는 정사원을 도왔다.[103]

---

101) 今長興縣有邸嫗採桑次 被虎銜入深谷中 虎蹲嫗前 自旦至午不食 嫗告曰 某之年邁 莫有宿業否 今困於此 乞大聖念之 遂伸一脚於嫗前看之 有一竹籤在爪下 嫗又曰 莫要去邪否 掉尾點頭似想感之狀 嫗乃爲拔之 迅躍數四 卻銜至舊所 並無損 至夜置一鹿於門首去

102) 宗正卿李可大常至滄州 州之饒安縣有人野行 爲虎所逐 既及 伸其左手視之 有大竹刺貫其臂 虎俯伏貼耳 若請去之者 其人爲拔之 虎甚悅 宛轉搖尾 隨其人至家乃去 是夜投一鹿於庭 如此歲餘 投野豕麕月月不絶 或野外逢之則隨行 其人家漸豊 因潔其衣服 虎後見改服不識 遂齧殺之 家人收葬已 虎復來其家 母罵之曰 吾子爲汝去刺 不知報德 反見殺傷 今更來吾舍 豈不愧乎 虎羞慚而出 然數日常傍其人旣不見 後知其誤殺 乃號呼甚悲 因入至庭前 奮躍折脊而死 見者咸異之

103) 鄭思遠所住虎生二子 山下人格得虎母 虎父驚逸 虎子未能得食 思遠見之 將還山舍養飼虎父尋還依思遠 後思遠每出行 棄此虎父 二虎子負經書依藥以從 永康橫江橋逢相識許隱具煖藥酒 虎卽拾柴然火

(7) 〈새끼 낳는 호랑이를 도와 황금을 얻다〉(『호회』卷之六, 77쪽)

乳醫 趙媼은 호랑이 등에 업혀가서 새끼 낳는 호랑이를 도왔다. 조온은 호랑이가 말한 곳에 가서 황금을 얻게 되었다.[104]

7편 중 5편이 〈호랑이 목에 걸린 가시〉와 관련된 이야기이다.[105] (5)는 '호랑이의 시혜(施惠)받음-보은(報恩)'으로 끝나지 않고 '시혜인(施惠人) 잡아먹음-호랑이의 자진(自盡)'으로 이어진다. 정의형(情義型), 보은형(報恩型), 영맹형(獰猛型), 정의형(情義型) 등이 순차적으로 나타난다.

후한인(後漢人) 도구보(都區寶)가 부친상(父親喪)에 시묘살이를 하는데 호랑이가 사람한테 쫓기어 들어오는 것을 숨겨주었다. 뒤에 호랑이가 짐승을 물어다 주었다. 이는 우직형(愚直型)에 속하기도 한다. 〈인호(仁虎)〉[어진 호랑이]라는 제목으로 『고금소설정화(古今小說精華)』에 수록되어 있다.[106]

3) 정의형

(1) 〈부인을 물고 온 호랑이를 죽이다〉(『호회』卷之一, 6~7쪽)

天寶 末(唐, 742~756)에 근자려가 군인으로 징발되어 십년이 되어도 돌아오지 않자, 자려의 부인 임씨는 친정 부모의 强勸으로 改嫁하게 되었다. 그런데 혼인날 저녁에 근자려가 돌아와 아내의 소식을 듣고는 분노를 이길 수 없었다. 비바람 치는 밤 길에 칼을 품고 임씨 집으로 향하는 중 비를 피해 호랑이굴에 들어갔다. 굴 속의 호랑이 새끼 세 마리를 죽였으나 호랑이는 자살 직전의 근자려 부인을 구해 물고 와 극적 상봉을 했다.

---

104) 資州趙媼業乳醫 夜聞扣門 方出應 爲人負去 行如風 至石厓下 語趙曰 爾無畏 吾虎也
 吾妻方産 能全吾妻 當謝爾黃金 入穴見牝虎坐蓐 趙爲收得虎子 卽負趙歸 明夜聞人呼曰
 謝捄妻子 五里外虎殺一僧 衣下黃金汝取之 平旦如言往 果得金

105) 주)47 참조.

106) 聖師錄云 後漢人都區寶者 居父喪 隣人格虎 走趨其廬中 卽籑衣覆藏之 隣人尋跡問寶
 曰 虎豈可有念而藏之乎 後此 虎送禽獸至若助祭 然寶由是知名(『古今小說精華』下冊,북
 경출판사, 1992, 1740쪽)

그러나 근자려는 몸을 거꾸로 해서 굴 속으로 들어오는 호랑이 두 마리를 죽여 버렸다. 施惠者를 죽여 버렸는데도 아무 일 없이 잘 살았다고 했다.107)

(2) 〈호랑이가 결혼일을 넘기지 않게 하다〉(『호회』 卷之三, 30~31쪽)

唐 乾元 初(758~760)에 張鎬貶 딸의 婚事障碍 이야기이다. 결혼식을 앞 둔 신부의 아버지가 멀리 좌천되어 결혼식을 연기하였는데, 결혼 당일 신랑이 미처 당도하지 못하자 호랑이가 나타나 신부를 물고 신랑 앞에 데려다 주었다. 이를 기념해서 虎媒祠가 생겼다.108)

---

107) 漳浦人勤自勵者 以天寶末充健兒 隨軍安南 及擊吐蕃 十年不還 自勵妻林氏爲父母奪志 將改嫁同縣陳氏其婚夕而自勵還 父母俱言其婦重嫁始未 自勵聞之不勝忿怒 宅去家十餘 里 常破吐蕃得利劍 會日暮 因仗劍而行 以詣林氏家 八九里屬暮雨天晦進退不可 忽而電 明 見道左大樹有旁孔 自勵避雨孔中 有三虎子 自勵並殺之 久之 大虎將一物入孔中 須臾 復去 自勵聞其人呻吟 徑前捫之 卽婦人也 自勵問其爲誰 婦人云 己是都家女 先嫁勤自勵 爲妻 自勵從軍未還 父母無狀見逼 改嫁六合和會 以今夕成親 我心念舊 不能再見 適持手 巾宅後桑林自縊 爲虎所取 幸而遇君 今猶未捐 倘能相救 當有後報 自勵謂曰 我卽自勵也 曉還主舍 父母言君適人 故仗劍以來相訪 何期於此相遇 乃相持而泣 頃之虎至 初大吼叫 然後倒入孔 自勵以翻揮之 虎腰中斷 有一虎故未敢出 尋而月明 後虎亦至 覘其偶斃 吼叫 愈甚 自爾後倒入 又爲自勵所殺 乃負妻還家 今尙無恙

108) 唐乾元初 吏部尙書張鎬貶辰州司戶 先是鎬在京以次女德容 與僕射裴冕第三子前監田尉 越客 結婚焉 已剋(정하다)迎日 而鎬左遷 遂改期歲之春季 其年越客則速裝南邁 以鎬嘉 禮 春仲拒辰百里 鎬知其將至矣 張斥在遠 方抱憂惕 深喜越客遵約而至 因命家族宴於花 園 而德容亦隨姑妹姊遊焉 山郡蕭條 竹樹荒密 日暮衆將歸 或後或先 紛繽笑語 忽有猛虎 出自竹間 遂櫼德容跳入翳薈 衆皆驚駭奔告張 夜色已昏 計力俱盡 擧家號哭 莫知所爲 及 曉則大發人徒 求骸骨山野 周圍遠近 曾無蹤由 是夕之明夜 越客行舟去郡三十二里 尙未 知擬妻之爲虎暴 則召僕夫十數輩登岸徐行 其航亦隨焉 不二三里 遇水次板屋 屋內有榻 因拂榻卽之憇焉 僕從羅列於前後 俄聞有物來自林木之間 衆則靜伺 微月之下 忽見猛虎負 一物至 衆皆惶撓 則共鬪噪之 乃大擊屋板以驚逐之 其虎徐行 俯於板屋側 留下所負物遂 山間 共窺看 皆云是人 尙有餘喘 越客卽令昇之登肛 因促解纏 然於肛中列燭熟視 乃見十 六七美女也 容貌衣服非村中之所有 越客深異之 則遣群婢看診之 雖鬐髮披散 衣服破裂 而身膚無少損 群婢以湯飮灌之 卽微微入口 久之神爽安集 俄復開目 與之言語莫有應 夜 久卽有自郡至者 皆云 張尙書次女 昨夜春園爲暴虎所食 至今求其殘骸未獲 聞者遽以之告 於越客 卽遣群婢具詢 然而德容因啼號不止 越客卽上岸具以其事告於鎬 鎬凌晨躍馬而至 旣悲且喜 則與同歸 而婚媾果剋其期 自是黔峽往往建立虎媒之祠焉 今尙有存者

(3) 〈호랑이가 약혼자를 물어오다〉(『호회』卷之五, 59~60쪽)

大曆 中(766~779) 盧造라는 이의 딸 이야기이다. 약혼자끼리 연락 두절로 婚事障碍가 일어나다. 여자가 다른 곳에 시집가게 되는 날에 남자는 약혼녀가 사는 고을에 도착했으나 古刹 부근 호랑이굴에 있게 되었다. 그곳에는 눈을 뜨지 않은 새끼 호랑이 세 마리가 있었다. 굴 출입구를 굳게 막았기에 어미 호랑이는 굴에 들어오지 못한 상태에서 출입구를 사이에 두고 호랑이와 대결 끝에 호랑이를 죽였다. 그 호랑이는 다른 곳으로 시집가는 행렬을 덮쳐서 약혼녀를 물고 온 호랑이였다. 호랑이를 관청에 옮겨 관장의 허락을 받아 결혼하게 되다.109)

(4) 〈호랑이가 중매하다〉(『호회』卷之六, 78쪽)

호랑이가 밤에 크게 울부짖어서 문을 열어보니 한 소녀가 있었다. 소녀는 寒食날 성묘하다가 호랑이에게 잡혀 이곳에 왔다고 했다. 그 집 아들과 결혼했다.110)

(5) 〈호랑이와 결혼하다〉(『호회』卷之六, 76~77쪽)

丘大本이 동료들과 배를 타고 가다가 학질에 걸려 혼자 버려지게 되었다. 호랑이가 구대본을 호랑이굴에 데리고 갔다. 호랑이와 결혼하여 아들 虎孫을 낳았

---

109) 汝州葉縣令盧造者 有幼女 大曆中 許邑客鄭楚曰 及長 以嫁君之子元方 楚拜之 俄而楚
錄潭州軍事 造亦辭之寓葉 後楚卒 元方護喪居江陵 數年間音問兩絶 縣令韋計爲子娶焉
其吉辰元方適到 會武昌戍邊亦止其縣 縣隘天雨甚 元方無所容 徑往縣東十餘里佛舍 舍西
北隅有若小獸號鳴者 出火視之 乃見三虎 雖目未開 以其小未能害人 且不忍殺 閉門堅拒
而已 約三更初 虎來觸其門 不得入 其西有窗亦甚堅 虎怒搏之 檻折陷頭於中 爲左右所轄
進退不得 元方取佛塔博擊之 虎吼怒拏攫 終莫能去 連擊之 俄頃而死 旣而聞門外若女子
呻吟 氣甚困 元方徐問曰 門外呻吟者人耶鬼耶 曰人也 曰何以到此 曰妾前盧令女也 夕將
適韋氏 親迎方登車 爲虎所執 負荷而來投此 今則無損 雨甚畏其復來 能救乎 元方奇之 執
觸出視 眞衣纓也 年十七八 禮服儼然 泥水皆徹 旣扶入 復固其門 拾佛塔毁像以繼其明 女
曰 此何處也 曰縣東佛舍耳 元方言姓名 且話舊諾 女亦前記之曰 親父曾許妻君 一旦以君
之絶耗也 將嫁韋氏 天命難改 虎送歸君 莊去此甚近 君能送歸 請絶韋氏而奉巾櫛 及明送
歸 其家以虎擾而去 方坐且制服禮 見其來喜若天降 元方致虎於縣 具言其事 縣宰異之 以
盧氏歸於鄭焉 汝州葉 縣令

110) 陳氏家義興山中 夜聞虎當門大虓 開門視之 乃一少艾 雖衣襦凋損 而姸姿不傷 問知是
商女 隨母上塚作寒食 爲虎所搏至此 陳婦見其端麗 諷之曰 能爲吾子婦乎 女謝惟命 乃遂
配其季子 踰月其父母蹤蹟得之 喜甚 遂爲婚姻 目曰虎媒

고 호랑이가 죽자 人禮로 장사 지냈다.111)

호손(虎孫)은 아비가 죽자 아비를 호랑이묘에 합장(合葬)했다.

(6) 〈호랑이의 인도(引導)로 살아나다〉(『호회』 卷之一, 10쪽)

大德 年間(元, 1297~1307)에 어떤 일행 9명이 비를 피해 흙동굴 속에 들어갔는데 굴 밖에서 호랑이가 노리고 있었다. 여덟 명이 의논하여 愚者 한 명을 호랑이 밥으로 내보냈다. 호랑이는 그 사람을 다른 곳에 물어 놓아 주었다. 그 뒤 동굴은 무너져 8명은 壓死했다.112)

(7) 〈호랑이가 사람을 호위해주다〉(『호회』 卷之三, 37쪽)

劉牧이 자연을 벗하면서 사는데 야인들이 유목을 속여 자연을 함부로 훼손했다. 호랑이가 유목을 호위해주어 야인들이 침범치 못했다. 유목이 죽자 호랑이도 사라졌다.113)

7편 중 (1)에서 (5)까지 5편은 부인이나 약혼녀와 관련한 이야기이다.

---

111) 蕭山木匠丘大本 造海船 因帶器械趁海船欲往海東 忽下船病瘖且急 舟人懼其傳染 裹以草薦 並斧鋸投之荒山 半響有虎來嗅大本不食之 大本曰 虎哥哥 我久病之人 身無飢肉 饒我罷 虎去 榜晚將大本銜入虎穴 並其斧鋸銜歸 日銜生獸與大本食 大本以石擊火 掇朽枝煨食得活 且强健 一日虎忽以後示大本 如欲其交媾者 大本思曰 我命賴虎救 何惜一死 只索與之交 不意此乃雌虎 有娠十月生一孩人也 非虎也 大本謂虎曰 虎妻虎妻 我與汝逗此荒山 汝以寡而得我人 雖生而猶死 海外遠遠望見 想是舟山 此地可居 但無船可渡 汝識水性否 虎躍入海如履地 尾如檣 已而登岸 大本左挾子 右持斧鋸 騎虎入海 尾後風生 俄頃間已到舟山 衆皆奔竄 本曰 不必遁避 此虎不傷人 本伐木 結茆屋 囑其虎曰 汝勿晝出 虎聽其語 夜拖獸鹿還 本畫賣獸肉 人呼爲邱虎肉 居三四年虎死 本以人禮葬之 遺其子名虎孫 七八齡力持數百斤重 虎頂獨臂骨 十四歲聞胡督府從軍爲親兵 父大本死 亦與虎合葬 梅林知其事 欲爲表揚 會胡以讒去 遂寢 此李惕庵曾効勞軍門 親所見知 拾爲奇談

112) 大德中 荊南九人山行 避雨入土洞中 虎來踞洞口 視耽耽 八人密議排一人愚者出啖虎 虎當去 虎得人銜置他所 坐如故 須臾洞崩 八人死 愚者竟生.

113) 成應元事統云 劉牧字子仁 常居南沙野中 樂山鳥之啼 愛風松之韻 植菓種疏 野人欺之多伐樹踐圍 牧曰 我不負人 人何負我 有一虎近其居作穴 見牧則搖尾 牧曰 汝護我也 虎輒俛首 歷數年 野人不敢侵 後牧卒 虎乃去. '宬應元事統云'이라 했으나, 未詳이다.

특히 (2)와 (3)은 혼사장애(婚事障碍)에 처했으나 호랑이가 이를 해결해주는 역할을 한다. (1)은 호랑이의 영맹성(獰猛性)에만 집착하여 부인을 구해준 호랑이와 그 가족을 다 죽여 버렸다. 특히 새끼 호랑이 세 마리만 있는 호랑이굴에서 새끼들은 위협적인 대상이 아닌데도 죽였다. 호랑이는 정의형이지만 인간은 결과적으로 배은행위(背恩行爲)를 일삼았다.

(4)는 호랑이가 물어다 준 소녀와 결혼하게 된다. 이는 한국의 계룡산 청량사지쌍탑(淸凉寺址雙塔)에 전해오는 남매탑 설화와 유사하다. 그러나 전자는 부부연(夫婦緣)이었지만, 후자는 의남매(義男妹)를 맺어 불도(佛道)에 정진한다.

(6)은 동료로부터 따돌림을 받던 사람이 호랑이의 도움을 입어 사지(死地)에서 구출되었고, 따돌림을 행사했던 사람들은 압사(壓死)했다. 한국의 왕건(王建)[高麗 太祖] 선조설화(先祖說話)와 줄거리가 비슷하다.

4) 둔갑형

(1) 〈호랑이가 사람으로 변신하다〉(『호회』卷之一, 10~11쪽)

患難을 잘 해결하는 周義라는 사람 집에 몸을 숨겨야 되겠다는 맹주에 사는 어떤 사람이 찾아왔다. 주의는 그 청을 들어 주었다. 이 사람은 맹주 경내의 호랑이였고, 사람을 많이 상하게 해서 신변에 위험을 느껴 변신해서 의탁하게 되었다고 했다. 은혜를 갚겠다고 말하고는 호랑이로 변해 달아났다. 그뒤 다시 소년이 주의에게 金枕을 주고는 또 호랑이로 변해 가버렸다.114)

---

114) 周義者鄭人也 性偶儻 好急人之患難 忽有一人年可弱冠已未 衣故錦衣 策杖而詣周義 謂義曰 我是孟州使君之子也 偶出獵於郊坰 旣獲兎後 其鷹犬與所從我十餘少年 與所乘馬 皆無故而死 我亦有一流矢 不知自何至 傷我右足 我是以不敢返歸 恐少年家父母不捨我 今聞君急人之患難 故特來投君 幸且容我 我他日必厚報君之惠也 義遂臧之於家 經百餘日 義旣不聞孟州有此事 乃夜與少年對酌問之曰 君子始投我 言是使君之子 因出獵有損傷 不 敢返歸 今何不傳聞此事 我疑君子 君子必以實告我 我必無二 少年沈吟移時 方起拜而言 曰 我始設此異詞 蓋欲憫念納我 今若必問我實 我不敢更設詐也 君當不移急人之心 我卽 以實告君 義曰 義終無二 但言之 少年曰 我孟州境內虎也 傷人多矣 刺史發州兵搜求我 欲 殺我 聞君廣義 因變形質以投君 君憐恤我 待之如賓 但我以誓報 君之惠不忘 今夜旣言誠

(2) 〈호랑이가 사람으로 변신하다〉(『호회』卷之二, 17쪽)

侯鯖錄(南宋, 趙德麟 撰)에 전하는 이야기이다. 호랑이가 사람으로 변했는데 꼬리는 변하지 않았다. 꼬리를 불로 태웠더니 완전한 사람이 되었다.115)

(1)은 정의형, 둔갑형, 보은형 등이 나타난다. (2)는 단순히 호랑이가 사람으로 변신한 내용의 서술이다.

『고금소설정화(古今小說精華)』하책(북경출판사, 1992.7, 1725쪽)에 〈호부(虎婦)〉[호랑이 아내]라는 작품이 실려 있는데 둔갑형(遁甲型), 영맹형(獰猛型), 정의형(情義型), 우직형(愚直型) 등이 나타난다.116)

5) 영맹형

(1) 〈호랑이가 불효자를 잡아먹다〉(『호회』卷之五, 68쪽)

乾道 中(南宋, 1165~1173)에 어떤 농부가 물난리로 다른 곳으로 이사를 가다가 시내를 건너게 되었다. 남편이 아내에게 늙은 어미를 버리고 가자고 했으나 아내는 그럴 수 없다고 했다. 아내는 백금을 주웠으나 그 사이 남편은 호랑이의 밥이 되어 버렸다.117)

實事 我不可住 遂叫吼數聲 化爲一虎走去 後月餘 夜有一少年踰垣入義家 抛下一金枕 高聲告周義 我是昔受恩人也 今將此枕答君之惠 言訖復化一虎去

115) 侯鯖錄云 虎變爲人 惟尾不化 須爲焚除 乃得成人

116) 廣異記云 唐開元中 有虎取人家女爲妻 於深山結室而居 經二載 其婦不之覺 後忽二客携酒而至 便於室中群飮 戒其婦云 此客稍異 愼無窺覰 須臾皆醉眠 婦女往視 悉互也 心大驚駭而不敢言 久之虎復爲人形 還謂婦曰 得無窺乎 婦言初不敢離此 後忽云思家 願一歸覲 經十日 夫將酒肉與婦偕行 漸到妻家遇深水 婦人先渡 虎方褰 婦戲之 卿背後何得有虎尾出 虎大慚 遂不渡水 引爾疾馳不返

117) 乾道中 江西水災 豊城農夫挈其母及妻子就食他所 過小溪 密語妻曰 穀貴艱食 豈能俱生 我襁兒先渡 母老不能來 可棄之 婦不忍 掫姑以行 足陷泥淖 方取履 見白金爛然在水中 拾得之 語姑曰 本爲貧徙 今幸天賜 可歸矣 登岸望其夫不見 兒戲沙上 問之云 被黑牛銜入林中 入林視之 流血丹地 已爲虎食矣

(2) 〈楊香이 호랑이 목을 잡다〉(『호회』 卷之一, 4쪽)

楊香은 楊豊의 딸인데 아비가 호랑이에게 잡아먹힐 위기에 놓이자, 호랑이 목을 잡고 놓아주지 않자 호랑이는 뛰쳐 달아나 아비를 구하게 되었다.118)

(3) 〈소년이 호랑이를 물리쳐서 아비를 구하다〉(『호회』 卷之二, 21쪽)

許坦의 나이 10살이다. 아비와 같이 산에서 약초를 캐다가 아비가 호랑이에게 잡아먹힐 지경에 놓이자 바로 소리 지르며 막대기로 호랑이를 공격하여 아비를 구했다.119)

(4) 〈호랑이와 대결하여 호랑이를 제압하다〉(『호회』 卷之六, 76쪽)

孔文詔가 전하는 이야기이다. 어떤 힘센 병졸이 호랑이를 만나 나무 위에 올랐다가 뛰어내려 호랑이를 잡고 놓아주지 않았다. 호랑이가 잡아먹지 않겠다는 마음을 보여 호랑이를 놓아주었더니 호랑이는 꼬리를 흔들면서 가 버렸다.120)

(5) 〈불효자는 세 번 변하다〉(『호회』 卷之四, 55쪽)

唐 咸通 年間(860~873)에 唐五經이라는 사람의 말이다. 불효자는 거머리로 변하여 집을 팔아먹고 좀벌레로 변하여 책을 팔아먹고 호랑이로 변하여 노비를 팔아먹는다.121)

(1)은 불효자를 맹수의 밥이 되게 하고 효부(孝婦)에게는 살림 밑천을

---

118) 楊香 楊豊女也 隨父田間刈稻 豊爲虎所噬 香年纔十四 身無寸兵 遽搤虎頸 虎奔逸得免 太守孟肇之上其事 詔旌門閭

119) 許坦十歲 隨父入山採藥 父爲虎所噬 卽號叫以杖擊之 虎走父得全 唐太宗聞之 謂侍臣 曰 坦雖幼童 能致命救親 至孝可嘉 授文林郎 賜帛五十疋

120) 孔公文詔宰都昌時 一卒長身多力 夜行遇虎 乃登木 木無巨幹 虎怒齧之欲仆 卒躍下持 虎 久不解 道無行人 語虎曰 吾與若俱力盡 捨之恐見食 卽不食我當三號 虎便三號 卒縱之 掉尾而去

121) 唐咸通中 荊州有書生號唐五經者 常謂人曰 不肖子弟有三變 第一變爲蟥蟲 謂售莊而食 也 第二變爲蠹魚 謂鬻書而食也 第三變爲大蟲 謂賣奴婢而食也

마련케 한다. (2)와 (3)은 어린 나이에 사나운 호랑이와 대적해서 호랑이를 물리치고 아비를 구하는 효행담(孝行談)이다. 『효행록(孝行錄)』122)에는 〈양향이 호랑이를 타대[楊香跨虎]〉라는 제목으로 (2)과 같은 이야기가 전하는데 '양향이 호랑이 등에 올라 타고 귀를 잡고 크게 소리를 질렀다. 호랑이는 놀라 달아나다가 힘이 빠져 죽었다.'라는 내용이 『호회』 내용과 상이(相異)하다. 〈양향과호(楊香跨虎)〉가 더 치열하고 극적(劇的)이다. (3)은 힘센 사람이 사나운 호랑이와 대적하여 호랑이를 제압하는 내용이다. 처음에는 영맹형이던 호랑이가 끝에는 우직형으로 되어버린다. (5)는 불효자의 폐해(弊害)가 극심(極甚)함을 보인 내용이다.

6) 우직형

(1) 〈재채기로 호랑이를 물리치다〉(『호회』 卷之二, 24쪽)

唐나라 諸暨縣令 黃中이 전하는 이야기이다. 어떤 술 취한 사람이 산 길을 가다가 벼랑 위에서 잠을 잤다. 호랑이가 사람 냄새를 맡다가 술 취한 사람의 코 속에 수염이 들어가자 그 사람은 재채기를 크게 했다. 호랑이는 크게 놀라 벼랑에 떨어져 버렸다.123)

(2) 〈여우가 호랑이의 위세를 빌리다[狐假虎威]〉
(『호회』 卷之三, 29쪽)124)

狐假虎威로 널리 알려진 故事이다.

---

122) 『孝行錄』은 中國 孝子 64명에 관한 내용인데, 고려 때 菊齋 權溥(1262~1346)와 松齋 權準(1280~1352)이 편찬하고, 益齋 李齊賢(1287~1367)이 讚詩를 썼으며 陽村 權近(1352~1409)이 註를 단 책이다. 木版本으로 전한다.

123) 唐傳黃中爲越州諸暨令 有部人飮大醉 夜中山行 臨崖而睡 忽有虎臨其上而嗅之 虎鬚入醉人鼻中 遂噴嚏聲振 虎遂驚躍 便卽落崖腰胯下 遂爲人所得

124) 楚宣王問群臣曰 吾聞北方之民畏昭奚恤 亦誠何如 江乙對曰 虎求百獸而食之 得狐 狐曰 子無噉我 天帝令我嘗百獸 子若食我 是逆天帝之命 子以我爲不信 我爲子先行 隨我後 觀百獸 其能無走乎 虎以爲然 隨狐而行 百獸見皆走 虎不知獸畏己 反以爲畏狐也 今王地方五千里 帶甲五萬 而甚之於昭奚恤 然北方非畏奚恤 實畏王之甲兵耳

(1)은 『고금소설정화(古今小說精華)』 하책(북경출판사, 1992.7, 1725쪽)에 〈취인경호(醉人驚虎)〉라는 제목으로 실려 있고, 출전은 『조야첨재(朝野僉載)』(唐나라 張鷟이 撰함, 中華書局, 1979)라고 했다.[125]

(1)과 (2) 같은 우직형은 타 문헌에도 보인다. 즉 후한인(後漢人) 도구보(都區寶)가 부친상(父親喪)에 시묘살이를 하는데 호랑이가 사람한테 쫓겨 들어오는 것을 숨겨주었는데 뒤에 호랑이가 짐승을 물어다 주었다. 〈인호(仁虎)〉[어진 호랑이]라는 제목으로 『고금소설정화(古今小說精華)』 하책(북경출판사, 1992, 1740쪽)에 나온다.[126] 보은형에 속하기도 한다.

IV. 한·중 감호설화의 유사성과 독창성

앞에서 살펴본 내용을 바탕으로 해서 한·중 감호설화(感虎說話)에 보이는 유사성과 독창성에 대해서 살펴보기로 한다.

먼저 한국 감호설화를 정리해보기로 한다.

감호설화는 감호형 4편과 보은형 8편 중 〈호랑이 목에 걸린 가시〉 4편을 제외하면, 4편이 되어 모두 8편이다. 둔갑형에서 다룬 〈김현감호설화〉에 감호(感虎)라는 말이 있지만 김현의 행위에 대한 호랑이의 능동적인 감응이 나타나지 않는다. 이는 둔갑형이면서 정의형에 속한다고 할 수 있다. 감호설화 8편은 정의형의 〈귀여운 새끼 호랑이〉와 같이 정의형에 속하기도 한다. 그리고 충(忠)(2편)·효(孝)(6편)·열(烈)(1편) 중 효행(孝行)이 6편으로

---

125) 〈醉人驚虎〉-술 취한 사람이 호랑이를 놀라게 하다
朝野僉載云 唐傳 黃中爲越州諸暨縣令 有部人飮大醉 夜中山行 臨崖而睡 忽有虎臨其上而嗅 之 虎鬚入醉人鼻中 遂噴嚔聲震 虎遂驚躍 便落崖 腰胯不遂 爲人所得
126) 聖師錄云 後漢人都區寶者 居父喪 隣人格虎 走趨其廬中 卽簀衣覆藏之 隣人尋跡問寶 曰 虎豈可有念而藏之乎 後此 虎送禽獸至若助祭 然寶由是知名

가장 많다. 〈호랑이 목에 걸린 가시〉는 보은형과 정의형에 속하고, 영맹형과 우직형은 영맹성과 우직성(愚直性)에만 머물 뿐이다.

(1)박태성(朴泰星, 1679~1758)의 효행(孝行)이 설화화(說話化)한 〈효자리의 세 무덤〉은 초등학교 국어교과서에 교재화된 바 있는 설화로, 사실(事實)을 담은 문헌과 풍부한 설화 및 설화의 현장이 완벽하게 남아 있을 뿐만 아니라 '효자동(孝子洞)'이라는 지명이 인구에 회자되고 있는 설화이다. 효자 박태성의 부친 세걸(世傑)의 묘에도 묘갈명(墓碣銘)과 망주석(望柱石) 및 석인상(石人像) 등이 남아 있다.

(2) 어계(漁溪) 조려(趙旅, 1420~1489)는 단종(端宗)에 대한 일편단심(一片丹心)과 불의(不義)에 대한 저항정신을 언행(言行)으로 보여준 인물이다. 그러한 언행은 '호랑이가 강을 건네주었다는 이야기'로 형상화되었다. 인간의 금지를 초자연의 위반으로 행동화하여 유교윤리를 선창(先唱)하고 단종의 점층적 강조와 세조(世祖)에 대한 은밀한 저항을 보여 파괴된 현실을 우회적으로 치유하고자 했다.

(3) 〈여묘측감천호(廬墓側感泉虎)〉의 주인공인 오준(吳浚, 1444~1494)은 효행(孝行)에 관한 사실(事實)과 풍부한 설화가 전한다. 이는 40여 편의 시문찬(詩文讚)과 〈구호전설(救虎傳說)〉, 〈려묘측감천호(廬墓側感泉虎)〉, 〈효자환소설명부(孝子還甦說冥府)〉 등의 설화 및 8폭 〈감천호도(感泉虎圖)〉로 나타난다. 설화의 현장 [孝感泉, 孝感泉詩碑, 孝感泉碑, 旌閭閣, 吳孝子居廬遺墟碑, 感泉吳先生追慕碑, 彰孝祠, 感泉吳先生의 墓, 吳孝子兩親의 墓]도 잘 보존·관리되고 있다.

(4)경북 예천군 상리면 용두리 야목마을에 살았던 야계(也溪) 도시복(都始復, 1817~1891)의 孝行은 〈야계도시복정려비(也溪都始復旌閭碑)〉에 나타나 있고, 『명심보감』에 도시부(都始復) 관련 감호조사(感虎鳥事)가 3편 실려 있다.

여기에 나오는 세 편의 이야기는 도시복↔솔개, 도시복↔호랑이, 도시복↔홍시집 주인, 도시복↔호랑이 등의 역학관계(力學關係)로 인해, 학습자에게 흥미를 불러일으키게 하여 자연스럽게 효(孝)의 의미를 떠올리게 한다. 이 설화는 흥미성과 교훈성, 즉 문학의 기능을 충실히 드러내고 있는 것으로 볼 수 있다. 도시복 효행 관련 설화는 구비문학의 형태로 수십 편이 채록되어 있고 그 형태도 다양하다.127)

(5) 〈수정절최효부감호(守貞節崔孝婦感虎)〉에 나오는 홍주(洪州)땅 청상과부(靑霜寡婦)는 자식도 없이 남편을 여의고 사고무친(四顧無親)의 불구자인 시아버지를 지성껏 봉양하는 치열하고도 애틋한 삶을 보여 주고 있다.

(6) 〈동래정씨열행(東萊鄭氏烈行) 감호설화(感虎說話)〉는 동래정씨(1387 ~1415)가 남편 유혜지(柳惠至, 1387~1412)묘에서 3년간 시묘살이를 한다. 설화는 ①남편시묘(男便侍墓)[烈行]→②호랑이 가호보조(加護補助)[烈行 感應]→③함정에 빠진 호랑이 구제(救濟)[烈女의 報恩]→④시묘(侍墓)살이 마침과 죽음[烈女의 歸依]→⑤호랑이 죽음[虎墓와 靈虎永世不忘碑]→⑥정려각(旌閭閣) 세움[烈行 表彰] 등으로 요약된다.

열부동래정씨(烈婦東萊鄭氏)와 관련한 기록은 사실【①태종실록(太宗實錄)(1415) → ②신증동국여지승람(新增東國輿地勝覽)(1530)】과 풍부한 설화【③정려비(旌閭碑)④정려중수기(旌閭重修記)(1975) → ⑤류혜지묘비(柳惠至墓碑)⑥영호영세불망비(靈虎永世不忘碑)(1977)⑦열녀정씨(烈女鄭氏)와 호묘(虎墓)(1979) → ⑧정씨(鄭氏) ⑨열녀정씨(烈女鄭氏)와 호묘(虎墓)(1985)】가 전한다.

(7) 오준은 〈구호설화(救虎說話)〉의 주인공이기도 하다. 오준의 시묘살이를 호위하고 제수(祭需)를 물어다놓곤 하던 호랑이가 함정에 빠지자, 오준은 호랑이를 구제해주었다. 호랑이는 인파 속으로 효자를 태우고 지나

---

127) 『한국고전문학교재연구』, 368~369쪽의 주30) 참조.

가면서 특이하게 효자(孝子)의 효행(孝行)을 선양(宣揚)하는 행위를 한다.

(8) '사등선생(四燈先生) 행차(行次)'로 인구에 회자된 충효자(忠孝子) 황무진(黃戊辰, 1568~1652)은 임진왜란 때 군에 응모하여 적장(敵將)을 사로잡는 공을 세우고, 국상(國喪)에는 부모상(父母喪)과 같이 상복을 입으며, 지극정성으로 효성을 다하는 생활을 하여 나라로부터 충효(忠孝)라는 시호(諡號)와 자룡(子龍)이라는 이름을 하사받았다. 강원도 원주시 문막면 반계리 골무내기 마을에는 충효자(忠孝子) 황무진을 향사(享祀)하는 충효사(忠孝祠)와 묘소 및 충호비각(忠虎碑閣)이 있다.

〈표2〉에서 보인 초등학교 국어 교과서에는 보은담(報恩談)과 관련한 교재[背恩談 4편 포함]가 7편이 실려 있는데 이중 5편이 호랑이 관련 설화이다. 5편 중에는 배은담(背恩談)인 〈토끼의 재판〉이 4편이다. 배은(背恩)을 통해 보은(報恩)의 의미를 새기게 하는 교재이다.

중국 감호설화에 대해서 정리하면 다음과 같다.

중국 호설화(虎說話)는 『호회(虎薈)』에서 27편을 선정했는데, 그 중 감호설화는 감호형 4편과 보은형 7편 중 1편[128] 및 영맹형의 〈호랑이가 불효자(不孝子)를 잡아먹다〉 등 6편이다.

감호형에서 (1)은 덕정(德政)에 감응했고 (2)와 (4)는 효자(孝子)에 대한 이야기이다. (2)는 효성이 지극한 남매가 위기에 처한 순간 보여준 돈독한 우애(友愛)가 호랑이를 감응케 한 이야기이다. (3)은 주인묘에서 시묘살이 하는 충복(忠僕)의 행위에 호랑이가 감응한 이야기이다. (4)는 호랑이가 사람을 잡아먹으려다가 사고무친(四顧無親)의 모친을 봉양해야 된다는 간절한 호소에 감응한 이야기이다.

보은형에서 (5)는 '호랑이가 인간의 시혜(施惠)를 받고 보은(報恩)하지만

---

128) 〈호랑이 목에 걸린 가시〉 5편과 〈새끼 낳는 호랑이를 도와 황금을 얻다〉 등 6편은 감호설화에서 제외했다.

도리어 '시혜인(施惠人)을 잡아먹고는 호랑이도 자진(自盡)'해버린다. 정의형(情義型), 보은형(報恩型), 영맹형(獰猛型), 정의형(情義型) 등이 순차적으로 나타난다. 7편 중 5편이 「호랑이 목에 걸린 가시」와 관련된 이야기이다.

영맹형에서 (1)효부(孝婦)의 효행(孝行)에 효부(孝婦)에게는 살림 밑천이 내려지고, 호랑이의 감응(感應)은 불효자(不孝子)인 효부의 남편을 잡아먹어 버린다. (2)와 (3)은 감호설화가 아니다. 기지(機智)를 발휘한 소년소녀가 호랑이와 대적(對敵)해서 호랑이를 물리치고 아비를 구하는 효행담(孝行談)이다. 『효행록(孝行錄)』의 〈양향이 호랑이를 타다[楊香跨虎])와 비슷한 내용이나 〈양향과호(楊香跨虎)〉가 더 치열하고 극적이다.

이상에서, 살펴본 한·중 호설화 중에서 한국 감호설화 8편과 중국 감호설화 6편을 개괄적으로 정리해보았다.

감호설화만 놓고 볼 때, 한·중 감호설화는 상이점보다 유사성이 더 많이 나타났다. 한국 감호설화는 인간의 충·효·열행에 호랑이가 감응하여 인간을 도운다. 중국 감호설화도 호랑이가 감응하여 인간을 도우는 이야기가 있지만, 비중이 많지 않고 열행은 없다.

한·중 감호설화의 주제는 인간의 충·효·열행에 대한 호랑이의 感應이라 하더라도 내용면에서 보면 제각기 독창성이 돋보이는 설화를 찾을 수 있다. 한국 감호설화 중 〈구호설화(救虎說話)〉에서 효자를 태운 호랑이는 장날 인파 속으로 뛰어들었고, 〈사등선생(四燈先生) 행차(行次)〉에서 밤길에 효자를 태운 호랑이는 효자의 양 눈을 합해 4개의 눈빛이 어두움을 형형하게 밝혔기에 '사등선생 행차'라는 별명이 붙어졌다. 이는 효자의 효행을 널리 선양하기 하기 위한 행위로 보여진다.

중국 감호설화 중 (2)는 효성이 우애(友愛)로 이어져 호랑이를 감응시킨 감동적인 이야기이다. (3)은 자식 팔아 주인 장례를 치루고 시묘(侍墓)살이까지 하는 충복(忠僕)의 끈끈한 순정(純情)과 의리(義理)를 접하게 된다. 그러나 (5)는 충격적(衝擊的)인 설화이다. 시혜자(施惠者)를 인지하지 못해 시혜자를 잡아먹었다고 하더라도 이는 배은행위(背恩行爲)이다. 결국 호랑이는 뒤늦게 시혜자를 죽였음을 깨닫고 울부짖다가 척추가 부러져 죽었다. '배은(背恩)의 값'을 지불했다고 할 수 있다.

한·중 호설화(虎說話) 중 감호설화 이외의 호설화에 대해서 정리하기로 한다.

보은형(報恩型)에서 '〈호랑이 목에 걸린 가시〉 이야기'는 보은형으로 분류된 설화 중에서 한국은 8편 중 5편이고, 중국은 7편 중 5편이다. 양국이 다 〈호랑이 목에 걸린 가시〉 이야기'의 비중은 절대적이다. 한국은 '호랑이 목에 걸린 가시[비녀·뼈]'로 나타나는데 중국은 '호랑이 발[발바닥·발톱·몸]에 박힌 가시[대꼬챙이]'로 되어 있다. 설화의 개연성이나 신빙성 면에서 보면 중국의 '발에 박힌 가시'는 설득력이 약하다.

중국은 정의형(情義型)에서 독특한 설화를 접할 수 있다. 7편 중 5편이 혼인(婚姻)과 관련한 내용인데 혼사장애(婚事障碍)[改嫁]가 3편이다. 1편은 호처(虎妻)인데 자식 낳고 수명이 다할 때까지 같이 산다. 한국의 〈김현감호설화(金現感虎說話)〉와 중국의 〈신도징설화(申屠澄說話)〉도 호처(虎妻)에 속하지만, 중도에 호랑이로 돌아가버린다. 정의형 (6)은 동료로부터 멸시받던 인물이 호랑이의 인도로 살아나고 동료는 굴이 무너져서 압사당한다. 이는 한국의 〈고려 태조 왕건의 선조설화〉와 내용이 비슷하다.

정의형(1)은 호랑이가 개가(改嫁) 압박 위기에 처한 부인을 남편에게 물고 왔는데, 호랑이와 그 새끼들을 몰살시키는 잔인한 배은(背恩)행위를 저지른다. 처한 상황이 급박했다고 하더라도 금수(禽獸)보다 못한 행태이다.

우직형에서 한국은 〈호랑이와 곶감〉, 〈돌이와 호랑이〉 등에서 호랑이를 겁쟁이로 만들어 도망치게 하지만, 중국은 '재채기'를 하여 호랑이가 놀라 절벽에 떨어지게 했다. 전자는 지혜의 총화로 볼 수 있지만, 후자는 우직(愚直)과 영맹(獰猛)의 대결에서 영맹(獰猛)이 우직(愚直)하게 위험의 수령으로 빠져버렸다.

한국 초등학교 『국어』 교과서에는 〈표1〉과 〈표2〉에서 보는 바와 같이 호랑이 관련 교재가 많이 실려 있다. 중국 소학(小學) 『어문(語文)』 교과서에는 호설화(虎說話)를 찾기 어렵다. ① 중국 강소성 신화서점에서 발행한 소학교 교과서 『어문(語文)』(第九冊, 1994, 20～23쪽 참조)에 〈당타호(唐打虎)〉라는 글이 실려 있기는 하지만, 이는 호환(虎患)을 없애기 위한 '호랑이 잡는' 내용이다. ② 중국 동북조선민족교육출판사에서 발간한 소학교 교과서 『조선어문』(제5권, 1993, 113～125쪽 참조)에는 〈함정에 빠진 호랑이〉가, ③ 『조선어문』(제10권, 1992, 24～33쪽 참조)에는 〈무송이 범을 때려잡다〉가 실려 있다. ②는 한국 초등 국어교과서에 〈토끼의 재판〉〈표2 참조〉으로 실려 있는데 이 교재는 배은(背恩)을 통한 보은(報恩)의 의미를 일깨우는 교재의 가치가 있다. ①과 ③은 아동의 교재로서는 적합하지 않다.

중국 소학(小學) 『어문(語文)』 교과서에 민간설화(民間說話)가 거의 실리지 않은 이유는, 사실성(事實性)에 입각한 교과서 편찬의 결과이다. 그러므로 환상적이고 비현실적인 내용은 교과서 편찬에서 제외된다고 했다.[129]

Ⅳ. 맺음말

한국에서 호랑이는 〈단군신화(檀君神話)〉를 비롯하여 전래설화(傳來說話)에 유난히 많이 등장한다. 한국인이 가지는 호랑이의 이미지는 단순히 야수적인 짐승으로서의 호랑이라는 일반적 범주를 벗어나서 보다 특수화되고 성격화되며 전통적인 민족 감정과 관련되어 나타난다. 호랑이는 한국이라는 풍토 속에서 한국인의 일상사(友情, 報恩, 義理, 背恩, 慾心 등)와

---

129) 필자가 중국 杭州師範學院에 머물 때(2003.9.～2004.8), 항주사범학원 顧希佳 교수는 중국 小學 『語文』 교과서에 民間說話가 거의 실리지 않은 의문점을 풀어 주었다.

밀접한 관련을 가지는 의인화의 주인공으로 등장하기도 하면서 다양하고 도 심오한 이미지를 형성해 왔다.

설화 속의 호랑이는 비단 한국적인 현상만은 아니다. 중국 또한 다양한 내용의 호설화가 전승되고 있다. 본고에서는 한국과 중국에 전하는 민간설 화 중 감호설화에 대해서 비교해 보았다. 한국의 여러 문헌에 전하거나 구 비전승되고 있는 호설화와 중국의 호설화집(虎說話集)인『호회(虎薈)』(陳繼 儒, 1558~1639)를 연구 대상으로 했다. 먼저 연구 대상 호설화로 한국은 21 편, 중국은 27편을 선정하여 이들 호설화를 ① 감호형(感虎型) ② 보은형(報 恩型) ③ 정의형(情義型) ④ 둔갑형(遁甲型) ⑤ 영맹형(獰猛型) ⑥ 우직형(愚 直型) 등 6가지 유형으로 나누었다.

감호설화만 놓고 볼 때, 한·중 감호설화는 상이점보다 유사성이 더 많 이 나타났다.

한국 감호설화는 사실적인 기록과 설화가 풍부하게 전하며 설화의 현 장이 남아 있고 관리·보존이 잘 되고 있으나 중국 감호설화는 그렇지 못 하다. 이는 한정된 자료와 선택한 자료의 설화 생성 연대가 현격하게 차이 가 있고, 현장이 있다 하더라도 확인이나 방문의 어려움이 내재하기 때문 이다.

한·중 감호설화의 주제는 인간의 충·효·열행에 대한 호랑이의 감응 이라 하더라도 내용면에서 보면 제각기 독창성이 돋보이는 설화를 찾을 수 있다. 한국 감호설화 중 〈구호설화(救虎說話)〉와 〈사등선생(四燈先生) 행차(行次)〉에서 보이는 호랑이는 효자의 효행을 널리 선양하기 위해 특이 한 행위를 표출한다.

중국 감호설화 중에는 효성이 우애로 이어져 호랑이를 감응시킨다거나 자식 팔아 주인 장례를 치르고 나서 시묘(侍墓)살이까지 하는 행위에서 충 복(忠僕)의 끈끈한 순정(純情)과 의리(義理)를 접하게 된다. 시혜자(施惠者) 를 잡아먹는 충격적인 설화도 있는데 이는 배은행위(背恩行爲)이다. 호랑이는 뒤늦게 시혜자를 잘못 죽였음을 깨닫고 울부짖다가 척추가 부러져 죽었다.

한·중 감호형(感虎型) 설화 이외의 호설화(虎說話)에 대해서 정리하기로 한다.

보은형(報恩型)에서 '〈호랑이 목에 걸린 가시〉 이야기'의 비중은 양국이 절대적(絶對的)이다. 한국은 '호랑이 목에 걸린 가시[비녀·뼈]'이고 중국은 '호랑이 발[발바닥·발톱·몸]에 박힌 가시[대꼬챙이]'이다. 전자는 설화의 개연성이나 신빙성이 높지만, 후자는 설득력이 약하다.

중국은 정의형(情義型)에서 혼인과 관련한 내용이 많다. 그 중 혼사장애(婚事障碍)[改嫁]가 3편이다. 호처(虎妻)와 자식까지 낳고 해로한다. 한국의 〈김현감호설화(金現感虎說話)〉와 중국의 〈신도징설화(申屠澄說話)〉도 호처(虎妻)에 속하지만, 중도에 호랑이로 돌아가버린다. 동료로부터 멸시받던 인물이 호랑이의 인도로 살아나고 동료는 굴이 무너져서 압사당하는 설화도 있는데, 한국의 「고려 태조 왕건의 선조설화」와 내용이 비슷하다. 호랑이가 개가 압박 위기에 처한 부인을 남편에게 물고 왔는데, 새끼 호랑이 세 마리와 암수 호랑이를 몰살시켰다. 이는 잔인한 배은(背恩)행위로 금수보다 못한 행태이다.

우직형(愚直型)에서 한국은 〈호랑이와 곶감〉, 〈돌이와 호랑이〉 등에서 호랑이를 겁쟁이로 만들어 도망치게 하지만, 중국은 '재채기'를 하여 호랑이가 놀라 절벽에 떨어지게 했다. 전자는 지혜의 총화로 볼 수 있지만, 후자는 우직(愚直)과 영맹(獰猛)의 대결에서 영맹(獰猛)이 우직(愚直)하게 위험의 수렁으로 빠져 버렸다.

한국 초등학교 『국어』 교과서에는 〈표1〉과 〈표2〉에서 보는 바와 같이 호랑이 관련 교재가 많이 실려 있다. 중국 소학(小學) 『어문(語文)』 교과서에는 호설화를 찾기 어렵다. ① 소학(小學) 『어문(語文)』에 〈당타호(唐打虎)〉와 ②『조선어문』에 〈함정에 빠진 호랑이〉 및 ③『조선어문』에 〈무송

이 범을 때려 잡다)가 실려 있다. ②는 배은(背恩)을 통한 보은(報恩)의 의
미를 일깨우는 타당한 교재이지만, ①과 ③은 초등학교 국어 교과서의 교
재로서는 적합하지 않다. 이는 중국 소학『어문』교과서는 환상적이고 비
현실적인 내용은 교과서 편찬에서 제외되기 때문이다.

中文抄錄

韓·中 感虎故事 比較硏究

　韓國的虎故事始見於 <檀君神話>，在傳統故事中也是最常見的. 韓國人心目中的虎的意象，不是一個單純的野獸，它已擺脫一般的動物範疇而已被特殊化、性格化，被賦予了一種傳統的民族情感. 虎在韓國的民間風俗裏，常常作爲與韓國人的友誼、報恩、義理、忘恩、貪婪等倫理意識密切相關的擬人化的主人公而出現，從而形成了一種旣多樣又深奧的原始表像.

　故事中的老虎，並不是韓國人獨具的欣賞物件，中國也有內容豐富的多種虎故事流傳着. 本文從諸多民間故事中擬選取感虎故事來進行比較. 本文的主要硏究對象是韓國的各種文獻記錄、口頭流傳的虎故事和中國虎故事集成—陳繼儒(1558－1639)編寫的『虎薈』(中華書局，1985). 首批選入本文硏究對象的，有韓國21篇、中國27篇. 將這些故事分爲感虎型、報恩型、情義型、變形型、獰猛型、愚直型等六類.

　先說感虎故事. 韓中感虎故事相似性多於差異性.

　韓國感虎故事不僅對事實有記錄，故事內容豐富多彩，而且至今仍完好保存並安善管理故事發生時的現場. 但是中國的感虎故事不具備這些條件. 這大槪是由於採集的資料尙不完整或被選取的資料的産生年代離現在太遙遠，卽使有事發現場也難以探訪或確認等多種原因所致.

　韓中感虎故事的主題一般都是老虎對人的忠孝節義的感應，但從具體內容看，各自有不同的、獨創的一面：韓國的感虎故事如<救虎的故事>和<四燈先生的出訪>中出現的老虎是被用來廣泛宣揚兒子孝敬父母的美好行爲；而在中國的感虎故事中我們所能看到的則是另一番景象—或是孝誠轉爲友愛感動老虎, 或是忠仆賣兒爲主人治喪守墓, 其純情和義理甚爲感人. 也有老虎吃掉施惠者的, 這是屬忘恩負義的行爲. 後來老虎知道自己誤殺了施惠者, 但爲時已晚, 在慚愧的呼叫中斷了背骨而死去.

再看看其他的虎故事.

報恩型故事中最典型的是<紮進老虎喉嚨的刺>. 這個故事兩個國家共有. 韓國的≪紮進老虎喉嚨的刺≫是簪子或骨頭, 中國的<紮進老虎脚掌(脚甲、身體其部位)裏的刺>是竹簽. 前者的合理性和可信性比後者大, 後者的說服力比前者弱一些.

中國的情義型故事多半與婚姻有關. 其中以"改嫁"爲主題的故事有三篇. 虎妻不僅生了兒子, 而且還與丈夫偕老. 韓國的<金現感虎故事>也同中國的<申屠澄故事>一樣也屬虎妻故事, 但中途她又變回去, 依然作老虎. 被同伴欺視的人因得到老虎的幫助起死回生, 而那個同伴卻因洞穴坍塌而被壓死. 這個故事與韓國的≪高麗太祖王建先祖傳說≫的內容有些相似. 老虎吊起瀕於改嫁危機的婦人送到其大夫那裏, 而那個丈夫卻把雄虎母虎和虎仔統統殺掉了, 這是連禽獸都不如的殘忍的背信行爲.

愚直型故事, 韓國有<老虎與柿餠>、<乭伊與老虎>等, 這些故事中的老虎是膽小鬼, 誤以爲柿餠是可怕的東西便倉惶逃走 ; 而中國同類故事中的老虎是聽人的噴嚏聲嚇跑, 結果摔死在懸崖, 前者可被視爲智慧的總和, 後者是"獰猛"與"愚直"的較量, "獰猛"因"愚直"而墜入陷井.

韓國小學『國語』教科書中, 有不少關於老虎的課文. 但在中國小學『語文』教科書裏, 很難找到老虎的故事. 筆者見到的只有以下幾篇 : 1.江蘇省新華書店發行的小學『語文』第9冊(1994) 裏收有<唐打虎>一篇, 是人打老虎消除隱患的故事;2. 東北朝鮮民族教育出版社出版的小學『朝鮮語文』第5卷(1993) 收有<掉進陷阱的老虎>, 第10卷(1992) 收有<武松打虎>.

韓國小學『國語』教科書中收有<兎子的裁判>, 這篇故事通過忘恩負義者的教訓, 反過來揭示報恩的意義, 因此有一定的教育價值. 表二所列①和③兩篇則不適合作小學國語課文.

한·중 의구설화(義狗說話) 비교 연구

이신성[*]

Ⅰ. 머리말

일찍이 손진태(孫晉泰)는 『한국민족설화의 연구』에서 한국에 유포되어 있는 의구설화(義狗說話)[1]는 중국으로부터 영향을 받았다고 주장했다.[2] 이 책에서는 한국 자료보다 앞선 중국의 자료에 실린 의구설화(義狗說話)를 예시했기 때문에 그 영향관계를 무시할 수 없다.[3] 한국문학과 중국문학과의 영향관계는 비단 의구설화에만 한정된 것은 아니다. 한국문학과 중국문학 전반에 걸쳐 수수(授受)관계가 있어왔음은 여러 논자들의 논증에 의해서 계속 언급되어 왔다.

---

* 부산교육대학교 교수

1) 說話는 通說的으로 神話·傳說·分類하지만 總體的으로 凡稱하기도 하고 部分的인 名稱으로 使用하기도 하는 等 그 範疇가 明確하지 못하다. 여기서는 義狗에 관한 神話·傳說·民譚 뿐만 아니라 傳도 나타나기 때문에 이를 묶어서 說話로 凡稱하기로 한다.

2) 孫晉泰, 『韓國民族說話의 硏究』, 乙酉文化社, 1981, 參照.

3) 孫晉泰는 東晉의 干寶가 撰한 『搜神記』에 실린 <殺身救主型 義狗說話> 等을 引用하면서 中國 義狗說話의 韓國 影響說을 提起했다. 『搜神記』는 原本이 傳하지 않고 所載作品들은 後代의 『法苑珠林』, 『太平御覽』 等에 再構成되어 傳한다. 『搜神記』의 義狗說話는 '昔 吳王孫權時 有李信純者…'로 시작된다. (『韓國民族說話의 硏究』, 乙酉文化社, 1947, 19~31쪽, 參照.)

崔滋(1188~1260)의 『補閑集』에 傳하는 金蓋仁의 <襲樹 義狗說話>와 『搜神記』所載 義狗說話는 <滅火殺身救主型 義狗說話>이다.

한국 의구설화(義狗說話)의 효시(嚆矢)는 최자(崔滋, 1188~1260)의 『보한집(補閑集)』에 실려 있는 〈오수의구설화(獒樹義狗說話)〉이다. 이후 의구[4] 설화는 『신증동국여지승람』(1530)을 비롯하여 이수광(李睟光, 1563~1628)의 『지봉유설(芝峯類說)』(1614), 이유홍(李惟弘, 1567~1619)의 『간정집(艮庭集)』, 유몽인(柳夢寅, 1559~1623)의 『어우야담(於于野譚)』(1621), 선산부사(善山府使) 안흥창(安興昌)이 1665년에 찬(撰)한 〈의구전(義狗傳)〉,[5] 김약련(金若鍊, 1730~1802)의 『두암선생문집(斗庵先生文集)』, 『조선읍지(朝鮮邑誌)』, 『청구야담(靑邱野談)』, 이원명(李源命, 1807~1887)의 『동야휘집(東野彙輯)』(1869), 『증보문헌비고(增補文獻備考)』(1908) 등의 문헌에서 찾을 수 있다. 또한 『한국구비문학대계』[6]는 수십편의 의구설화를 채집·수록하고 있다.

손진태가 『한국민족설화의 연구』에서 의구전설(其一, 其二)에 관해서 언급한 이후, 의구설화의 연구 성과를 들면 다음과 같다.

김현룡(金鉉龍)은 『어우야담』에 전하는 영변교생(寧邊校生) 곽태허(郭太虛)의 의견설화가 중국의 문헌인 『태평광기(太平廣記)』 소재 장연(張然)의 의견설화가 영향을 끼쳤다고 하는 등 한국 의구설화의 중국 영향설을 제기했다.[7] 그러나 필자는 중국의 영향 관계 이전에 한국에서도 의구설화가 자연발생적으로 나타났으리라 생각한다.

최인학(崔仁鶴)은 「구경전담(狗耕田譚)의 민속학적 연구」[8]에서 개가 밭을 가는 모티브가 있는 민담을 민속학적으로 고찰했다. 그는 구경전담(狗

---

4) 개를 지칭하는 漢字語는 '狗', '獒', '尨', '犬' 등이 있다. '獒'는 中國記錄인 『書經』 「旅獒篇」에 나오기 始作해서 李漁(1611~1679)가 지은 「瘞犬文」 등에 보이고, 韓國記錄에는 崔滋의 『補閑集』 以後 쓰인 例는 찾기 어렵다. 本稿에서는 '狗'로 統一하되 原典 引用 때는 그 原典에 使用된 말을 쓰기로 한다.

5) 金樹基氏 所藏 『義烈圖』(1869)에 收錄되어 있다.

6) 韓國精神文化研究院 編, 『韓國口碑文學大系』, 韓國精神文化研究院.

7) 金鉉龍, 『韓中小說說話比較研究』, 一志社, 1976, 134~140쪽 參照.

8) 崔仁鶴, 「狗耕田譚의 民俗學的 研究」, 『關東大學 論文集』 第4輯, 1976, 183~200쪽 參照.

耕田譚)은 인과응보의 교훈적인 테마가 중심이 되어 있다고 할 수 있지만, '개'라고 하는 동물이 부(富) 혹은 행복(幸福)을 초래하는 것을 주제로 하여 '선인(善人)과 악인(惡人)의 대립'을 근본이념으로 해서 선인(善人)의 승리를 가져오게 하는 줄거리로 되어 있다고 했다.9)

이상익(李相翊)은 「시화집(詩話集)에 정착된 설화들」에서 최자(崔滋)의 『보한집(補閑集)』 소재 의구설화와 『증보문헌비고』의 기록 및 보통학교 『조선어독본(朝鮮語讀本)(卷四)』(1921)에 실린 '의구(義狗)' 기록 전문을 소개했다.10)

최래옥(崔來沃)은 「오수형의견설화(獒樹型義犬說話)의 연구」에서 〈오수의구설화(獒樹義狗說話)」〉를 논제로 삼아 '오수형(獒樹型) 설화의 분포', '오수설화의 사적(史的) 고찰' 등 〈오수형 의구설화〉에 관한 폭넓은 자료 제시와 본격적인 학적 고찰을 했다.11) 또한 최래옥은 「한중 설화의 동물담 연구」에서 한·중 의구설화를 간략히 비교했으며,12) 필자도 「한중 의구설화의 비교 연구」를 발표한 바 있다.13)

본고에서는 한국의구설화와 중국의구설화를 비교해보기로 한다. 한국에는 '멸화살신구주형(滅火殺身救主型)'을 비롯하여 다양한 내용을 담은 의구설화가 많이 전한다. 중국도 마찬가지로 풍부한 의구설화가 전한다. 이와 같이 한국과 중국의 의구설화 자료를 가지고 한·중 의구설화의 독자성과 상사성을 살펴보고자 한다.

---

9) 崔仁鶴, 前揭書, 187쪽 參照.
10) 李相翊, 「詩話集에 定着된 說話들 - 麗朝散文學小考④ - 」, 『國語敎育』第31輯, 韓國國語敎育硏究會, 1977.12, 31～144쪽 參照.
11) 崔來沃, 「獒樹型 義犬說話의 硏究」, 『韓國文學論』, 日月書閣, 1981.3 參照.
12) 崔來沃, 「韓·中 說話의 動物譚 硏究」, 『說話硏究』, 國語國文學會, 1998, 205～225쪽 參照.
13) 李愼成, 「韓·中 義狗說話의 比較硏究」, 『東洋漢文學硏究』第11輯, 東洋漢文學會, 1998, 275～357쪽 參照.

Ⅱ. 한·중 의구설화 비교

본고에서는 한·중 의구설화(義狗說話)의 유사성과 상이점을 고찰하여 한국 의구설화의 위상이 어떠한지 살펴보고자 한다. 이러한 작업은 중국 의구설화의 영향이나 한국 의구설화의 독창성과 성립, 전파 등에 관한 궤적을 드러내어 주리라 본다. 지면 사정으로 한국 의구설화는 각편마다 원문 전문을 제시하지만, 중국 의구설화는 원문의 일부분만 보이기로 한다.

1. 의구설화의 분류

최래옥은 의구설화의 유형을 14가지로 분류했다. 다음은 최래옥이 분류한 유형 ①~⑪에다가 나타나지 않는 유형을 첨가하여 정리한 것이다.14)

①멸화살신구주(滅火殺身救主)15) ②순사보은(殉死報恩) ③폐관보주(吠官報主) ④수시부고(守屍訃告) ⑤투호구주(鬪虎救主)-투악한(鬪惡漢)[殺身]구주(救主)16) ⑥맹인인도(盲人引導) ⑦수주해난(守主解難) ⑧흑구경전(黑狗耕田)17) ⑨수유구아(授乳救兒) ⑩명당점지(明堂點指) ⑪요괴퇴치(妖怪退治)18) ⑫시묘(侍墓)살이 ⑬귀소(歸巢) ⑭구환생(狗還生) ⑮첩실기아구제(妾室棄兒救濟)

강범(江帆)은 「위난지제현충의(危難之際顯忠義)-'의견구주(義犬救主)' 고사(故事) 해석(解析)」에서 의구설화 유형을 ①사명구주형(舍命救主型) ②위주복구형(衛主復仇型) ③구호영아형(救護嬰兒型) ④구주반조오살형(救主反

---

14) 崔來沃의 義狗 類型 分類 中 ⑫~⑭까지의 類型은 다음과 같다.
   遠路傳書, 山路開拓, 防毒救主<崔來沃, 前揭論文, 285~287쪽 參照.>
15) 崔來沃은 '鎭火救主'라고 했으나 '滅火殺身救主'로 바꾸었다.
16) 崔來沃의 '鬪虎救主'에 '鬪惡漢(殺身)救主'를 添加했다. '鬪惡漢(殺身)救主'에서 개가 죽는 경우와 죽지 않는 경우가 있다. 前者는 '鬪惡漢殺身救主'로 하고 後者는 '鬪惡漢救主'로 한다.
17) 崔來沃은 '耕田寶樹'라고 했으나 '黑狗耕田'으로 했다.
18) 崔來沃은 '變身除去'라고 했으나 '妖怪退治'로 했다.

遭誤殺型) 등으로 분류하여 고찰했다.[19] 여기서 ①은 최래옥의 ①, ③은 최래옥의 ⑨와 같은 유형이고 ②와 ④는 최래옥의 유형과는 좀 이질적인 유형이다. 본고에서는 위에 제시한 15개 유형에 따라 의구설화을 고찰하기로 한다.

의구설화유형에서 보면 의구(義狗)는 바로 충견(忠犬)이다.

> 犬吠堯 堯非不仁 狗固吠其非主 當是時 臣惟知韓信 非知陛下[20]

위 내용은 한고조(漢高祖)가 한신(韓信)의 반란을 도운 괴철(蒯徹)을 처벌(處罰)하려고 하자 괴철이 한고조에게 한 말이다. 개의 속성은 오로지 주인만을 위해 충성을 바침을 직시한 말이다.

1) 한국 의구설화

우선 한국 의구설화의 효시라 할 수 있는 〈오수의구설화(獒樹義狗說話)〉와 한국의구설화에서 유일하게 의구에 관한 전기와 의구도(義狗圖)가 남아 있는 〈선산의구설화(善山義狗說話)〉에 대해서 살펴보고자 한다.

> 金蓋仁居寧縣人也 畜一狗甚怜 嘗一日出行 狗亦隨之 蓋仁醉臥道周而睡 野燒將及 狗乃濡身于傍川 來往環繞以潤著草茅 令絶火道 氣盡乃斃 蓋仁旣醒 見狗迹悲感 作歌寫哀 起墳以葬 植杖以誌之 杖成樹 因名其地爲獒樹 樂譜中有犬墳曲是也 後有人作詩云 人恥呼爲畜 公然負大恩 主危身不死 安足犬同論 晉陽公命門客作傳記行於世 意慾使世之受恩者 知有以報也

최자의 『보한집(補閑集)』에 전하는 〈오수의구설화(獒樹義狗說話)〉이다. 이 설화는 지명(地名)유래담이며 살신구주(殺身救主)한 충견의 정리(情理)

---

19) 劉守華 主編, 『中國民間故事類型研究』, 華中師範大學出版社, 2002, 141~152쪽 參照.
20) 江贄 撰, 『少微資治通鑑節要』「漢紀, 太祖高皇帝(下)」.

를 담고 있다. 거령현(居寧縣)은 한국 전라북도 임실군 오수면에 속한다. 꽂은 지팡이가 살아서 나무가 되어 '오수(獒樹)'라는 지명을 얻게 되었으니, 이 설화는 진양공(晋陽公) 최이(崔怡)가 생존했던 시대보다 훨씬 전에 발생하여[21] 최이(?~1258)와 동시대에 살았던 최자(1188~1260)의 『보한집(補閑集)』에 실려 전하게 되었다고 하겠다. 〈오수의구설화〉는 최이가 의구의 전기(傳記)를 짓게 했으니, 최이에 의해 전승되게 되었다고 볼 수 있다. 최이는 살신구주(殺身救主)한 개의 감동적인 정리(情理)를 빌어 수혜자(受惠者)의 보은(報恩)을 강조했다. 『신증동국여지승람』 권39, [남원(南原) 역원조(驛院條) 오수역(獒樹驛)]에도 〈오수의구설화〉가 실려 있다. 『보한집』에 실린 시와 최이의 기록이 없는 대신 이규보(李奎報)가 오수에 머문 적이 있음을 나타낸 시가 수록되어 있다.

한국에서 〈오수의구설화〉는 부분적으로나마 소학(小學) 교과서에 교재화되었고, 〈오수의구설화〉의 현장인 오수원동산(獒樹園東山)에서는 임실군민(任實郡民)의 참여와 관심 속에 오수의견제(獒樹義犬祭)가 해마다 열리고 있다. '희생과 충성이 담긴 충직한 의견(義犬)의 넋을 위로하고 의로운 정신을 길이 보전시키자.'는 오수의견제에는 지역민의 향토애와 긍지가 흠뻑 나타나 있다.

〈오수의구설화〉는 비슷한 줄거리를 지닌 설화가 한국 전역에 분포되어 있다. 이를 '오수형의구설화(獒樹型義狗說話)'로 부르기로 한다. 〈오수의구설화〉는 그것이 지닌 교훈성, 감화력 등과 그 학적(學的)인 성과 및 잘 보존된 현장, 설화가 담고 있는 정신을 오늘에 되살리려는 지역민들의 향토애, 자긍심 등으로 해서 지역성을 초월하여 '오수형의구설화'로 정착했다고 할 수 있다.

---

21) 『新增東國輿地勝覽』 第39卷, 南原 驛院條 獒樹驛에 보면, 李奎報(1168~1241)가 지은 詩 '鳥原侵午出 獒樹時留……'에 '獒樹'라는 地名이 나온다. 따라서, 崔怡보다 半世紀 以上 앞에 살았던 李奎報 生存 그 以前부터 「獒樹 義狗說話」가 있었다고 생각된다.

선산의구(善山義狗)[22]에 대해서는 선산부사(善山府使) 안응창(安應昌)이 1665년에 지은 〈의구전(義狗傳)〉이 전한다. 한국에서 의구(義狗)에 관한 전기(傳記)인 〈의구전〉이 전하는 것은 선산의구밖에 없다. 〈의구전〉은 김수기(金樹基, 경상북도 구미시 거주)씨가 소장하고 있는 『의열도(義烈圖)』 속에 1745년에 작성된 〈선산의구도(善山義狗圖)〉와 함께 실려 있다.

필자는 1991년 2월 24일에 김수기(당시 68세)씨 댁을 방문하여 『의열도』를 복사해 왔다. 〈선산의구전(善山義狗傳)〉을 보기로 한다.

余忝是邑 據舊聞參地志 上下數千年 忠孝者 義烈者 踵相接而炳炳 是固取靈 之 或可能也 而至如蠢蠕低微物 亦有取義而效異者 前而有義狗 後而有義牛 義牛之死 距今纔三十餘載 伊時趙使君立石 而旌其墓 作傳而記其實 獨義狗有其塚 而無其表 豈非樹風聲 著義烈之一欠事乎 余惧其久而無傳 招耆舊詢其故 則曰府東延香郵吏家 畜一黃狗 性馴而善 機警能通人意 服使惟命隨 其主動靜而未嘗離主 於一日出鄕隣 被酒而廻 墮馬於月波亭北大道上 野火起藪林 將及於主 狗以尾濡江水撲滅之 自燎原至洛江遠可數百步許遷又傾險 狗竭心力往復力盡而竟至斃 主於酒醒後 視之側 狗死其傍而沾其體焦其尾 怪而周覽之 火熄有痕濕爐四圍 於是始認狗之救己 而殞其命 心竊感念而追悼 其櫬而收瘞 後之人 義而愛之 名其地曰 狗墳 坊一坏荒塋 到于今宛然猶存 行路莫不指點而嗟歎之 此烏可以時移事遠而沒其迹也哉 乃斲小石而竪其墓 題之曰 義狗塚 要其不朽地也 噫 一端純剛之氣 充塞於宇宙間 鍾於人而爲忠孝節義 賦於物而爲義狗義牛 於此可見 山川毓秀之不可誣 而王化積累之所致者 益彰明較著矣 吁亦異哉 世之人面獸心而吠主反噬者 獨不愧於心乎 狗之主 卽郵吏盧聲遠云

崇禎 乙巳 季夏 善山府使 順興 安應昌 謹撰

崇禎後 再乙丑 初夏 邑人 朴益齡 謹書

舊本 字劃多落 令仍義狗之傳 添補於義烈圖 改書而刻之

---

22) 慶尙北道 善山郡은 行政改編으로 인해 龜尾市로 바뀌었으나, 本稿에서는 龜尾義狗說話로 하지 않고 善山義狗說話로 부르기로 한다.

〈의구전〉이 전하는 선산(善山, 현 구미시 해평면 낙산동)에는 의구총(義狗塚)이 남아있다. 의구총 비석(碑石)에는 '의구총(義狗塚)'이라고 새겼으나 '총(塚)'자는 떨어져 나가버렸다.

구미시에서는 1993년 해평면 낙산동산 148-3번지 387평 부지에 의구(義狗)의 봉분을 쌓아 비석을 세우고, 봉분 후면에는 대리석으로 석벽을 조성하여 4폭의 〈의구도(義狗圖)〉를 새겨 놓았다. 선산의구총(善山義狗塚)은 1994년 9월 29일자로 경상북도 민속자료 제105호로 지정되었다.

또한 선산의구는 하동(河東)23)의구(義狗)와 함께 『청구야담』에 〈폐관정의구보주(吠官庭義狗報主)〉라는 제목으로 실려 있다. 『의열도(義烈圖)』소재 〈의구전(義狗傳)〉과 〈폐관정의구보주(吠官庭義狗報主)〉 등의 기록과 의구총(義狗塚)의 현존 및 지역민들이 의구담(義狗談)을 실화로 인식하고 있는 점 등은 선산의구의 사실성을 뒷받침해 주는 근거가 된다.

〈선산의구설화〉도 '오수형의구설화'이다. 그러나, 〈선산의구설화〉가 '오수형의구설화'라고 해서, 그 독자성이 손상되어서는 안 된다. 〈의구전〉, 〈의구도〉, 〈폐관정의구보주(吠官庭義狗報主)〉, 의구총의 현존 등 선산의구의 사실성을 입증할 만한 풍부한 자료는 선산의구가 독자적인 생명력을 가지고 전승되어 왔다는 것을 의미한다.

의구설화에는 주인을 위해 의로운 행위를 하다가 개가 죽는 경우가 있는가 하면 개의 죽음이 따르지 않는 결구도 있다. 이를 구분해서 논하기로 한다. 이는 중국의구설화에서도 마찬가지이다.

(1) 개의 죽음이 따르는 결구

(1)-1 멸화살신구주(滅火殺身救主)

주인이 술에 취해 쓰러져 자고 있는 주위에 불이 일어나자 개가 주인을

---

23) 河東:韓國 慶尙南道 河東郡

구하기 위해 불을 끄고는 지쳐서 죽게 되는 설화(說話)이다. 여기에 해당하는 설화(說話)는 ①〈오수의구설화(獒樹義狗說話)〉②〈선산의구설화(善山義狗說話)〉③〈오은동의구설화(吾隱洞義狗說話)〉 등이 있다. ①과 ②는 앞에서 살펴보았으므로, 여기서는 ③만 보이기로 한다.

① 오은동(吾隱洞) 15지구(只狗)

평안도『삼화읍지(三和邑誌)』「고적조(古蹟條)」에 실린 의구총(義狗塚)에 관한 기록이다.

> 義狗塚在吾隱洞圓山西大路傍 諺傳 古有一人 義狗十五頭 一日被酒倒野 野火漸近臥處 狗以尾洒水 滅火得專其主 而狗則力盡斃死 主人憐之埋于此 狗塚十五至今纍纍然

15마리의 개가 주인을 구하고 다 죽어서 개무덤 15기(基)가 연이어 있다고 한 점이 특이하다.

이밖에 멸화살신구주형(滅火殺身救主型) 의구설화는 황해도『송화읍지(松禾邑誌)』, 평안도『중화읍지(中和邑誌)』, 충청도『목천읍지(木川邑誌)』등에도 보인다. 전라북도 김제시 오운회기념림(奧運會紀念林)에 의견비(義犬碑)가 있는데 이는 연대미상의 김득추(金得秋)라는 이가 세운 견비(犬碑)이다.[24]

(1)-2 순사보은(殉死報恩)

주인이 병이나 사고로 죽었을 때 주인의 시체를 보호하거나 무덤을 지키다가 자결하는 개다.

---

24) 金堤市史編纂委員會 編,『金堤市史』, 1995, 1593~1596쪽 참조.

① 갈산촌(葛山村) 충구전(忠狗傳)

김약련(金若鍊, 1730~1802)의 『두암선생문집(斗庵先生文集)』 5권에 실려 있는 〈충구전(忠狗傳)〉이다. 편의상 내용 앞에 ⓐ~ⓔ의 기호를 붙였다.

ⓐ吾郡葛山村 有宋生者 吾友人子也 娶同郡金氏女爲婦 金氏未笄時 畜一狗 及嫁狗隨之 每金氏歸寧 狗從而至半程而歸 金氏返 必往迎于半程 其平日效忠 于主多異事焉 及金氏病 狗不離 門外若候人之氣色者 疾漸篤 狗不食者累日 及屬纊 隨人哭甚哀毀 旣殮 狗忽不見 家人蹤之狗 穴堂下小墻 纔容其項挾而 垂之而死 異哉 忠矣 人或有食人之祿 而不以忠報者 何哉
ⓑ古有義狗出於一善 爲其主死於火 余過洛江 江有義狗塚焉
ⓒ近者基木郡有狗畜於女子 女子不容於後母 將往依其姑 誤陷雪坑而死 其地 在深山 山多猛獸 狗守其屍 終夜不去 及明群鴉望屍而會 狗奔走逐之 逐東則 西集 逐西則東逼 狗竭力護屍 從朝至夕 群鴉終不敢啄其屍 屍得不毁而殮焉
ⓓ余幼時 見一老婢畜狗 婢死而葬 狗晝則守其塚 夜則歸于家 久而不廢
ⓔ蓋狗能知其主 自古稱犬馬之忠 然其主生而能知其主 無足異也 而或不憚水 火以救主難 或不避豺虎以護主屍 或主死葬而不忘 其恩守其塚以報之 乃至有 自扼其項以殉其主人 若此者類 狗之出乎 其類者也 不傳而沒之 非義也 遂作 忠狗傳 一善之狗 古也必已有傳之者

위의 〈충구전(忠狗傳)〉은 ⓐ갈산촌(葛山村) 의로운 개뿐만이 아니고 ⓑ ~ⓓ의 충성스런 개 이야기로 되어 있다. ⓐ의 갈산촌(葛山村) 송생처(宋生妻)의 개는 주인이 죽자 주인을 따라 죽는다. 지은이는 서두에서 송생(宋生)은 친구의 아들이라고 밝혀 실화임을 뒷받침해 주고 있다. ⓑ는 널리 알려진 선산의구로 멸화살신구주형(滅火殺身救主型)이고 지은이는 개무덤을 직접 보았다고 했다. ⓒ의 기목군(基木郡) 여인의 개는 주인이 죽자 그 시체를 맹금으로부터 온전히 보호하여 장사지내게 했다. 『어우야담』(一簑本, 서울大 所藏)에도 이와 비슷한 설화가 전하는데[25] 수시부고형(守屍訃告型)

---

25) 丁酉再亂 때 扶安人이 敵兵을 피해 개 한 마리와 같이 숲 속에 숨어 있었다. 그러나 그는

이다. ⓓ의 늙은 종이 기르던 개는 주인이 죽자 시묘(侍墓)살이를 했다. 지은이는 4편의 설화가 다 실화라는 점을 문맥 속에서 내비치고 있다. ⓒ과 ⓔ에는 개의 죽음은 나타나지 않는다.

(1)-3 폐관보주(吠官報主)

개가 관청에 나타나거나 죽음의 현장에서 관장에게 주인의 죽음을 알리고 주인을 살해한 범인을 체포하도록 한다.

① 연일의구(延日義狗)

이 〈의구전(義狗傳)〉은 김약련(金若鍊, 1730~1802)의 『두암선생문집(斗庵先生文集)』 5권 〈충구전(忠狗傳)〉 바로 뒤에 실려 있다.

> 延日倅當衙而坐 有狗突入于門 官吏逐而出之 纔逐于東復反于西 俄出于彼 輒入于此 逐之不息而入之未已 倅見而怪之 曰勿逐也 任其爲也 於是 狗伏于庭 仰視倅而嘷 若有欲訴而不能言者 倅曰狗乎狗乎 爾若有訴者 而吾未能通其意 吾給爾二卒 爾可偕往 指示爾所欲言者否 狗起而伏無數也 若致謝者 遂命軍校二人 使隨狗往狗 乃出門先之人 不及則反顧而搖其尾 行數十里 有大村百餘戶 直往村後 一小屋有一婦人剖其腹而死 軍校曰 狗乎狗乎 爾知殺爾主者乎 爾其指之 狗搖尾而去 編入村家仰察人面 旣盡其村 而復走他村 見一童男踴躍而入 齧其衣而嘷 軍校縛其童至官 狗隨入官庭 怒目瞪視 且齧且嘷 倅鞫其童 童不敢隱 盡吐其實 盖婦人有班名而少寡無親戚 童欲奪其志 怯之以刃 婦人抵死不屈 童畏人之知而剚之 以泯其跡 倅卽使吏擊殺其童 具衣棺以葬 婦人葬訖 狗從而死 埋于塚傍
>
> 嗚呼異哉 誰謂蠢然者能是哉 雖然是必由主人平日之行有能感於物而然也 嗟乎悲夫 其主人旣早寡而又遭其變以歿也

적병에게 發覺되어 죽음을 당했다. 개는 슬피 울면서 屍體를 지켰는데 가마귀나 솔개가 접근하면 짖어서 쫓아내었다. 그 후 사람들이 와서 주인의 屍身을 거두었다. (徐大錫 編著, 『朝鮮朝文獻說話輯要』(Ⅰ), 集文堂, 1991, 223쪽, 「於于 540 丁酉之難扶安民」 參照.)

이 〈의구전(義狗傳)〉은『청구야담(靑邱野談)』의 〈폐관정의구보주(吠官庭義狗報主)〉와 내용이 거의 같다. 그 배경이 전자는 연일(延日)이고 후자는 하동(河東)으로 설정되어 있다. 지은이는 개가 주인을 지극히 섬기는 것은 평소 주인이 개를 잘 보살핀 결과라고 했다.

② 하동여선산의구(河東與善山義狗)

『청구야담』에는 하동과 선산의구설화가 실려 있다. 하동군 옥종면 법대리에는 구현(狗峴)이 있는데 이는 하동의구의 현장으로 추정된다.

ⓐ 〈폐관정의구보주(吠官庭義狗報主)〉

嶺南河東地有一守節寡婦女 只與一幼女 一童婢同居矣 一日夜隣居某甲踰墻入寢內 欲强劫之 寡女抵死牢拒 某甲一釰刺殺之 幷殺其女與婢而去 其家無他人人無知者 三屍在房至寃莫暴 官門外忽有一狗來往躑躅 閣者逐之則乍去旋來 終不避走 如是者屢 官家知之怪其狀 使之任其所之 狗直入官門至東軒前仰首叫嘷 若有所訴 官家命一校隨狗往見之 狗卽出官門行至一小屋 房門深閉寂無人聲 狗牽校衣向房門去 校疑之開戶視之 則房中有三箇屍流血滿席 校大驚 歸告其由 官欲爲檢屍 火速馳往 依幕於比隣 適某甲之家也 某甲見官家臨其家 蒼黃趨避 狗直走某甲之前咬嚙某甲 官家怪之問曰此是汝之讐人乎 狗點頭 官家遂捉下某甲 嚴加盤問 不下一杖箇箇首實 卽報營杖殺之 厚埋其屍 狗走至墓旁 一場悲叫而斃 村人埋其狗於墓前 題其碑曰義狗塚

ⓑ 昔善山義狗 隨其主往于田 其主侵暮醉歸僵臥於田中 適野火起 將延燒於臥處 狗以川水濡尾潰其旁 得滅火 力盡而斃 其主覺而知之 此地至今有義狗塚

ⓒ 噫 善山狗之救主死 而不恤自死 誠得報主之義 而河東狗則初旣訴寃於官家 末又逞憤於讐人 賴以報其仇 而償其命 孰謂禽獸之無知而乃若是乎 比諸善山狗亦勝矣 嶺南雖是士夫之冀北而 亦何多義狗也

ⓐ의 〈하동의구설화〉는『어우야담』에 실린 의구담과 같이 부류에 대한 치죄담(治罪譚)이다. 의구(義狗)가 관청에 송사(訟事)를 제기하여 살인사건이 드러나게 되고 범인도 체포할 수 있었다. ⓑ의 〈선산의구설화〉는 '오수

형의구설화'이다. 두 이야기[하동, 선산의구]가 다 개의 죽음으로 끝난다. 선
산의구(善山義狗)는 주인을 구하다가 기진(氣盡)해서 죽었고 하동의구는
비참한 주인의 죽음을 관청에 알려 범인을 체포하도록 한 뒤 주인의 무덤
곁에서 자결한다. 따라서 지은이는 ⓒ의 평언(評言)에서 선산 개보다 하동
개가 훌륭하다고 했다.

하동 개의 끈질긴 범인 체포 노력은 감동적이다. 주인의 무덤에 가서 죽
는 광경도 충견(忠犬) 그대로의 모습이다. 또 평언(評言)에서 지은이는 의
구(義狗)가 많다는 사실을 자랑스럽게 생각하고 있다. 영남에 토대부가 많
기 때문에 의구(義狗)도 많다고 말하고 있다. 사람의 행실 따라 짐승도 그
러한 본을 받게 되기 때문이라는 인식이다.

> 有畜犬百餘 共一牢食江州陳氏宗族七百口 每食設廣席 長幼以次坐而共食之
> 一犬不至 諸犬爲不食

위의 글은 사람 행실 따라 짐승도 본받는다는 내용인데, 『소학(小學)』
「선행편(善行篇)」에 보이는 강주진씨(江州陳氏) 종족(宗族)과 강주진씨(江
州陳氏) 종족들이 키우는 개들의 일화이다.

(1)-4 수시부고(守屍訃告)

개가 주인의 부음(訃音)을 알리고 죽는 설화이다.

① 주인 부음 알린 연풍현의 개

『증보문헌비고(增補文獻備考)』 12권 「수이(獸異)[狗異]조」에 실려 있다.

> 延豊縣道邊斷麓上有二塚 累累若路埃 土人相傳 昔有慶州吏 獨與一家狗 負
> 笈徒步將赴擧于京師 道病至此而死 其狗還家 出入悲鳴 若有哀訴之狀 其子怪
> 之隨狗而去 疾走先到死所 乃長嘷氣竭而死 其子力不能歸葬 擧父屍厝于麓上
> 并瘞狗其傍云

위의 내용은 병들어 죽은 주인의 부음을 알리고 기진하여 죽은 의견(義犬)의 애틋한 이야기이다. 멸화살신구주형(滅火殺身救主型)의 설화와는 다르지만, 주인을 위해 생명을 바친 의구담(義狗談)이다. 결국 생명이 다하여 주인 곁에 묻히고야 마는 의견(義犬)의 비장미(悲壯美)가 넘친다.

② 천리길 내기 시합한 초산읍의 개

『초산읍지(楚山邑誌)』「고적조(古蹟條)」에 실려 있다.

> 土塚在府南一百六十里板幕嶺底 狗塚在士塚下二十里 諺傳云 古有一士與
> 狗相睹云 千里西京一日之內能往還云云 而狗則先還 士則力竭死于此地 狗怪
> 其士不來 返而視之則士已死矣 狗亦從死於其下 因埋其處 至今兩處 石塚宛然
> 尙存行路 指謂狗塚士塚云

특이한 설화이다. 개에게 인격을 부여하여 사람과 개와의 친밀성을 부각시켰다. 식자(識者)인 선비가 무모하게 짐승과 경주 내기를 했다는 자체가 흥미를 불러일으키지만 주인 따라 목숨을 다하는 충견(忠犬)의 모습은 숙연한 정서를 불러일으킨다.

(1)-5 투악한구주(鬪惡漢救主)

주인을 해치는 악한과 격투하여 주인을 구하는 설화이다.

① 작산(鵲山) 마을의 개

산청군(山淸郡) 신등면 법물리 작산촌(鵲山村) 후산(後山)에 고려 때 것으로 보이는 의구비(義狗碑)가 각자(刻字) 없이 세워져 있다. 의로운 개의 무덤을 표시한 비석으로 각자(刻字) 없이 길이 1.5m, 너비 80cm가 되며 고려 때의 무덤으로 추정되고 있다. 지금까지 구전되어 오는 사연은 상세하지 않고 다만 단편적으로 남아 있다.

現在 鵲山村에 一村을 이루고 있는 商山 金氏들이 고려가 망하여 입주할 당시, 이곳에 진양 류씨들이 거주하고 있었는데 그중에는 만석꾼이 살고 있었다고 한다. 지금도 그 만석꾼 집터에서 기와, 石片 등이 나오고 있다.

그 집에는 영리한 개가 한 마리 있었다. 평소에 일반인과 도적을 잘 구별하여 일반인이 찾아오면 꼬리를 흔들면서 반기지만 도적이나 심술궂은 사람이 찾아오면 사납게 짖으며 달려들어 귀신 잡는 개라고 소문이 나 있었으므로 그 집에는 도적이 범접하지 못했다.

어느 여름철 밤에 그 집 과부가 마을 앞산에 있는 도장골 약수터에서 약수를 길러오던 중 괴승에게 붙들려 납치되었다. 마침 이를 발견한 개가 달려가서 그 괴승과 혈투 끝에 물어 눕히고 과부를 구하게 되었는데 이때 그 개는 큰 부상을 입고 사흘 만에 죽었다. 주인은 개의 죽음을 애통해 하여 음식을 갖추어 이곳에 장사를 지내고 비를 세웠다.26)

이 의구설화는 하동의구설화와 『어우야담』에 실린 의구담과 같이 비인륜적인 행위를 치죄하는 설화이다. 주인을 악한으로부터 보호하기 위한 치열한 격투와 그로 인한 개의 죽음은 충견(忠犬)의 모습을 생생하게 전달해 준다.

(2) 개의 죽음이 따르지 않는 결구

(2)-1 투호(鬪虎)[惡漢]구주(救主)

호랑이나 악한으로부터 주인을 구한 설화이다.

① 석주 사람 김씨의 네 마리 개

이유홍(李惟弘, 1567~1619)의 『간정집(艮庭集)』에 실려 있는 〈의구전(義狗傳)〉이다.

---

26) 山淸郡 문화공보실 편,『내 고장 傳統』, 1986, 147~148쪽, <義狗碑> 참조. 문맥은 필자가 좀 다듬었다.

六畜之中 狗最賤 食以糞 養至穢也 不登俎 用至陋也 尺童使之拜 則不然怒 下賤與之比 則痛於箠 豈非養至穢用至陋也

萬歷丁巳(1605) 石州人金姓者 以獵爲業 一日行獵遇虎 發矢不中命 虎乃猖 而剔牙而齧 幾爲食 有四田犬隨其後 悶其主之不可救 嘷唬躑躅 賈勇趨前 二 犬噉虎之腋後 二犬搏虎之肱 虎旣噬其主 捨之則恐反噬 不捨則恐四犬之害 勢 蹙氣迫 棄而遁 金乃得全

噫 狗之職司 吠人而睡於簷鈴之下 吠非其主 斯亦盡矣 孰責其救主命哉 然 四狗者 能救主於猛虎之口 誠異矣 如使金姓人 早知四狗之能救其死命 則其不 以養之至穢而以梁肉 下賤不曾羞與之比 而尺童亦甘心於傴僂矣 可謂狗中人 也矣 人君倍臣下養以祿 榮以爵 恩至厚 寵至極矣 一有禍亂委而去之者 人中 狗也 當此時 草莽輿臺之臣 養至穢用至陋者 乃反收功 紀信之於漢 雷海淸之 於 唐豈非金姓人之狗乎

余義是狗爲書以識

위의 〈의구전(義狗傳)〉은 사건보다는 현실을 우의(寓意) · 풍자하고자 하 는 데 더 비중을 두었다고 볼 수 있다. 즉 개에 비유되는 초야(草野)의 인 물들, 그들 가운데 진정한 의인 · 인재가 숨어 있다는 사실[27]을 드러내기 위한 입전자(立傳者)의 의도가 깔려 있는 것이다.

② 영변 교생 곽태허의 개

유몽인(柳夢寅)의 『어우야담』에 실려 있다.

寧邊校生郭太虛 定虜衛金無良之甥也 喜佛事多與釋徒交 太虛出外而其妻 私於僧 太虛自外至 壓太虛而踞其胸 太虛力弱而不能轉 僧拔劍 太虛手批至擲 劍於地 僧指其妻曰 將此劍來 妻不忍於手 而以足漸近於前 於是 犬臥其側 太 虛慨然而言曰 犬呼犬呼 爾若有知 富去此劍 犬乃聞言 輒起咬劍棄於外 復入 咬僧喉 僧遂斃 太虛說其事於妻黨 牽犬而去 已渡野陜嶺 其家疾呼邀之 太虛 不應而顧之 妻黨繫頸於樹 以巨椎椎其胸矣

---

27) 尹勝俊, 前揭 論文, 358쪽 參照.

개가 주인인 곽태허(郭太虛)의 말을 알아 듣고 태허처(太虛妻)와 사통한 중을 물어 죽여 주인을 죽음으로부터 구출했다. 태허처는 패륜적 행위로 인해 친정 식구들에 의해 비참한 죽음을 당했다. 애욕(愛慾)에만 눈이 어두운 인간[태허 처, 중]을 충견(忠犬)과 대비시켰다. 개에게 사리(事理) 판단력을 부여하여 인간의 비도덕성을 엄하게 다스리고 있다. 사람은 변심을 하지만, 짐승인 개는 끝까지 충견으로 남게 하여 인정과 의리의 의미를 되새기게 한다.

『동야휘집(東野彙輯)』 소재 〈의구구인차복수(義狗救人且復讐)〉에도 위와 같은 이야기 뒤에 또다른 곽태허의 의구담 2편과 하동의구 1편이 이어진다. 〈의구구인차복수(義狗救人且復讐)〉에는 의구(義狗)가 3차례나 주인 곽태허의 생명을 구한다. 맹호를 죽이고 주인을 살린 의구는 병들어 죽었다고 했다.[28] 그러나 의구의 사망 원인은 맹호와의 격투로 입은 상처 때문으로 보인다. 의구는 맹호만 물리친 것이 아니고 중상을 입은 주인을 혀로 핥아서 치료하다가 주인의 생명이 위급하자 울부짖어서 사람들에게 알려 마지막까지 주인의 생명을 구하기 위한 충견의 직분을 다했다.

(2)-2 맹인인도(盲人引導)

앞 못 보는 주인을 위해 지팡이 구실을 해주는 개다.

① 개성 이참의 개

『증보문헌비고(增補文獻備考)』 12권 「수이(獸異)[狗異]조」에 실려 있다.

忠烈王時(1296~1308) 京城大疫 泥站有盲兒 父母皆疫死 獨與一白狗居 兒執狗尾出 人施以飯 狗不敢先舐 兒言渴 狗引至井飯 兒賴狗以活 觀者憐之 號義犬

---

28) …然狗亦病矣 月餘而死 太虛哀之 瘞而塡之 因名義狗墓(…그러나 개도 병들어 한 달여만에 죽었다. 태허는 슬퍼하여 개를 묻어 주고 이름하여 '의구묘'라 했다.)
    〈鄭明基 編, 『原本 東野彙輯』(下), 1992, 寶庫社, 755쪽 참조〉

맹아(盲兒)의 지팡이 역할을 성실히 수행하는 의구(義狗)의 끈끈한 정(情)을 접할 수 있다. 이와 같은 개의 역할은 오늘날에도 종종 나타난다. 구비전승 의구담(義狗譚)은『한국구비문학대계』등에서 다양하게 찾을 수 있다.

(2)-3 의구(義狗) 현장 유적

한국에는 멸화살신구주형(滅火殺身救主型)을 비롯하여 여러 곳에 의구(義狗) 유적이 남아 있다. 경상남도 산청군 작산촌 후산(後山)에 글자가 없는 의구총(義狗塚)이 전한다. 작산촌 의구(義狗)는 주인을 해치려는 악한(惡漢)과 격투하여 주인을 구하고 개는 죽는 설화인데, 오랜 세월을 거치는 동안 비문이 마멸된 것인지 아니면 처음부터 새기지 않은 것인지 비문은 전하지 않는다.

〈멸화살신구주형 의구설화(滅火殺身救主型義狗說話)〉의 현장은 전라북도 임실군 오수, 경상북도구미시 해평, 전라북도 김제시, 경상남도 밀양시 부북(府北) 등지에 있다. 의견상(義犬像)이 세워진 곳은 임실군 오수의 오수의견상과 밀양시 부북 등 두 곳뿐이다.

2) 중국 의구설화

중국 의구설화 관련 참고 자료는 다음과 같다.

○『搜神記』○『太平廣記』
○ 丁乃通,『中國民間故事類型索引』, 春風文藝出版社, 1983, 瀋陽.
○ 吉星 編,『中國民俗傳說故事』, 中國民間文藝出版社, 1985, 北京.
○ 任大霖 主編,『中國神怪故事大觀』, 少年兒童出版社, 1990, 上海.
○『古今滑稽文選』(영인본), 北京出版社, 1993, 北京.
○ 中國民間文學集成編輯委員會 編,『中國民間故事集成』(吉林卷), 中國文聯出版公司, 1992, 北京.
○ 中國社會科學院文學研究所 編,『中國傳說故事大辭典』, 中國文聯出版公司, 1991, 北京.
○ 顔邦逸 主編, 『白話野史』, 大連出版社, 1993, 吉林省 長春.
○ 袁枚 著, 古曄 譯, 『子不語』, 中國國際廣播出版社, 1992, 北京.
○『古今滑稽文選』(영인본), 北京出版社, 1993, 北京.
○『中國民間故事類型硏究』, 華中師範大學出版社, 2002, 湖北 武昌.

위 자료는 일부분에 지나지 않기 때문에 중국 의구설화의 전반적인 접근이나 성격 규명에는 한계가 있다.

의구설화 유형분류에 앞서 〈황구연파(黃狗戀坡)〉를 소개하기로 한다.

〈黃狗戀坡〉

相傳屈原居玉笥山時 宅院裏養了一隻黃狗. 閒時 狗常常跟主人到後山坡裏嬉戲. 農曆五月初五日 屈原得悉秦軍攻陷郢都 知道救國無望 遂佩劍跨馬 昂首直奔河泊潭 黃狗見狀 似有所悟 緊跟主人身後 依戀不捨.

到了河泊潭 屈原翻身下馬 繫好繮繩後 坐在一塊磨盤大的石頭上 眼見風浪急流 望江興嘆. 黃狗見主人神情異常 便蹲在主人身邊 並悄悄咬住主人長衫 突然 屈原猛地站起身來 雙手將墊坐的盤石摟入懷中 縱身跳進了汨羅江. 黃狗急撲水裏 尋找主人 屈原沈入深潭 黃狗無力救助 祇得咬下主人一隻鞋子游上江岸 飛奔到玉笥山上 狂吠不止. 鄉親見狀 紛紛划小船到河泊潭搭救屈原 黃狗則一直叼含着鞋子守在曾經與主人嬉戲過的山坡上 一連幾天 不吃也不喝 兩眼直流淚 數天後餓死在山坡的草叢裏.

因爲人們傳說黃狗十分懷念主人 便將屈原與黃狗曾經依戀嬉戲的山坡稱爲黃狗戀坡.

위의 설화는 필자가 중국 문화유적 탐방 차 내중한 한국인 8명과 함께 2004년 1월 14일에 호남성 멱라시(汨羅市) 옥사산(玉笥山)의 굴자사(屈子祠)에서 굴원 관련 의구설화인 〈황구연파(黃狗戀坡)〉를 수집했다. 이 설화는 굴자사 대면에 조성된 부용원 언덕 위 비석에 비문으로 남아있다. 비석 옆에는 울부짖는 황구와 굴원의 신발 한 짝을 새긴 구체물이 세워져 있다.

필자는 문헌상으로 전해오는 굴원 관련 전적(典籍)에서 〈황구연파(黃狗戀坡)〉과 같은 충견설화를 아직 구득하지 못했다.

이 설화에는 충견(忠犬)의 모습이 생동감 있게 표현되어 있다. 충견은 굴원이 멱라강에 투신할 때 한사코 주인의 투신을 막았지만, 무거운 돌을 몸에 묶어 깊은 물속에 침잠해버린 주인을 구할 수 없었다. 충견은 멱라강 상에 떠오른 주인의 신발 한 짝만 물고 굴원과 노닐던 부용원 언덕 위에 와서 먹지도 마시지도 않고 울부짖다가 굶주려 죽었다.

(1) 개의 죽음이 따르는 결구

(1)-1 멸화살신구주(滅火殺身救主)

① 오나라 이신순(李信純)의 개

동진(東晉)의 간보(干寶)가 찬한 『수신기(搜神記)』에 실려 있는 의구설화이다.

　　昔吳王孫權時 有李信純者 襄陽紀南人也 家養一犬 字曰墨龍 愛之惟甚 行坐相隨 飮饌之間 皆分與食 忽一日 於城外 飮酒大醉 歸家不及 臥草中 時過太守鄧瑕出獵 見田草深 不知人在草中醉眠 遣人縱火爇之 信純臥處 恰當順風 犬見火來 乃以口拽純衣 純亦不動 臥處比有一溪 相去三五十步 犬卽奔往 入水濕身走來臥處 週廻以身濕之 火至濕處卽滅 獲免主人大難 犬運水困乏 致斃於側 俄爾 信純醒來 見犬已死 遍身毛濕 甚訝其事 因觀四廻 覩火蹤蹟 因爾慟哭 聞於太守 太守憫之 曰犬之報恩 甚於人 人不知恩 豈如犬乎 卽命具棺槨衣衾 葬之 今紀南有義犬塚 高十餘丈

위 내용은 손진태(孫晉泰) 저 『한국민족설화의 연구』에서 재인용했다. 『수신기(搜神記)』에는 개의 이름이 묵룡(墨龍)이 아닌 흑룡, 견(犬) 아닌 구(狗)로 되어 있고, '불지인재초중취면(不知人在草中醉眠)'이라는 말은 없다.[29]

---

29) 林東錫 譯註, 『搜神記』下, 東文選, 1997, 737쪽 參照.

최자(崔滋)의 『보한집(補閑集)』에 전하는 의구설화와 줄거리가 비슷하다. 『수신기』는 『보한집』보다 훨씬 앞선 연대이니 중국의구설화가 한국의 구설화 형성에 영향을 끼쳤다는 말은 설득력을 가질 수 있다. 그러나 그 내용을 보면 한국의구설화의 창의성이 뚜렷하게 드러난다. 즉 『보한집』에는 의구로 인해서 생긴 지명유래담과 〈견분곡(犬墳曲)〉 및 이를 기리는 시 등이 있는 데 비해 『수신기(搜神記)』는 개가 불을 꺼서 주인을 살리고 죽은 일을 기려 개무덤을 만든 사건 이외의 것은 보이지 않는다. 그리고 '오수 (獒樹)'라는 지명은 〈오수의구설화〉가 정착되기 훨씬 전에 존재했다는 사실도 간과해서는 안 된다.

② 산서(山西) 구원(九原)의 〈견탑적전설(犬塔的傳說)〉

漢族動物傳說 見淸雍正十二年 『山西通志』卷六十 相傳在山西九原故墟張家煙梁 有人喝醉酒 倒在山上睡着了 突然起了大火 草地燃燒起來 跟隨他的一只狗 見此情景 便跑到附近的水裏 把身上濕透來 用身上的水滅火 一次又一次狂奔 狗被累死了 但主人却得免燒死 主人在這裏築塔 埋葬了狗[30]

『수신기』소재 의구설화를 『중국전설고사대사전』에 재수록했지만 전자는 목격자가 있으나 후자는 목격자가 없고 사건만 간략히 제시했다.

(1)-2 투악한구주(鬪惡漢救主)

① 한왕야(罕王爺)의 〈의견의 이야기(義犬的故事)(滿族)〉

罕王爺領着八旗人馬 在薩爾滸那個地方打了勝仗以後 軍威大振 名聲也大了 又有許多部落歸附到他的手下 罕王爺有個叔叔叫龍敦 這個人性情凶惡陰險 又有萬夫不當之勇 平時仗着是罕王爺的叔叔 在營中橫冲直撞 連罕王爺都不放在眼裏 他看到罕王爺的勢力越來越大 心裏很不服氣 就想害死罕王爺 簒權奪位…

---

30) 『中國傳說故事大辭典』, 1992, 240쪽.

是義犬 滿族人吃狗肉的習俗 就是罕王爺在那時後立下的規矩[31]

용돈(龍敦)의 정권탈취(政權奪取) 야욕(野慾)이 일으킨 한왕야 개와 용돈
(龍敦)의 격투는 처절하기까지 하다. 처절한 격투는 발단－전개－위기－절
정－결말의 서사구조로 이루어져 있다.

② 상공(常公) 아들 아무개의 〈의견부혼(義犬附魂)〉

원매(遠枚)가 지은 『자불어(子不語)』에 〈의견부혼(義犬附魂)〉이라는 제
목으로 실려 있다.

　　京中常公子某 少年貌美 愛一犬 名花兒 出則相隨 春日丰臺看花 歸遲人散
遇三惡少 方坐地轟飲 見公子美 以邪語調之 初而牽衣 繼而親嘴 公子羞沮遮
攔 力不能拒 花兒咆哮 奮前咬噬 惡少怒 取巨石擊之 中花兒之頭 胸漿迸裂 死
于樹下 惡少无忌 遂解帶縛公子手足 剝去下衣 兩惡少踏其背 一惡少褪其褲
按其腎將淫之
　　忽有癩狗從樹林中突出背後 咬其腎囊 兩子齊落 血流滿地 兩惡少大駭 擁傷
者歸 隨後有行人過 解公子縛 以下衣與之 始得歸家 心感花兒之義 次日往收
其骨 爲之立塚
　　夜夢花兒來 作人語曰 犬受主人恩 正欲圖報 而被凶人打死 一靈不昧 附魂
于豆腐店癩狗身上 終殺此賊 犬雖死 犬心安矣 言畢 哀號而去
　　公子明日訪至賣腐家 果有癩狗 店主云 此狗奄奄 既病且老 從不咬人 昨日
歸家 滿口是血 不解何故
　　遣人訪之 惡少到家死矣[32]

(1)-3 폐관보주(吠官報主)

① 조갑(趙甲)의 〈의견기(義犬記)〉

趙甲五十歲了 娶了個美貌的妻子…就與趙妻合謀把趙甲毒死了 把屍體埋到

---

31) 吉星 編, 『中國民俗傳說故事』, 中國民間文藝出版社, 1985, 532~533쪽 參照.
32) 遠牧 著, 『子不語』, 中國國際廣播出版社, 1992.11. 258쪽, 「義犬附魂」 參照

了荒山中 隣居們誰都不知道 趙家有一條狗 自從趙甲死後 它就不吃家里的食
了 跑到了山中 守着趙甲的坟 卽使刮風下雨也不離開 每當有人經過此處 這狗
就號叫起來 幷且搖着尾巴作乞怜狀 而人們都不注意
　…宣判後 那狗就觸柱而死 人們爲那狗的忠義所感動 就爲它穿戴上衣帽 埋
葬在趙甲的墓傍 幷且爲它立了碑 上書趙家義犬之墓 在碑的背面還記下了它
的事迹 33)

위의 〈義犬記〉는 관에 알려 주인을 죽인 범인을 잡게 하고 개는 자결하
여 주인 무덤 곁에 묻혔다. 守屍訃告, 殉死報主型이기도 하다.

　　② 진방(秦邦)의 〈의견신원(義犬伸寃)〉
안방일(顔邦逸) 주편(主編)의 『백화야사(白話野史)』에 〈義犬伸寃〉이라
는 제목으로 실려 있다.

　　明朝有個叫秦邦 家境丰饒 年過四十 仍然喜好經商 永樂初年 秦邦想到京
城去
　　…船停靠在張灣的時候 突然有一群强盜登上貨船 船上所有的人都慘遭刺殺
白犬從後艙跌出 咬住一個强盜的手 几乎把他咬死 其余的强盜擧刀要殺死白
犬 白犬跌入水中 泅水而逃
　　…那位幸存的仆人安排人擡回秦邦的屍體 白犬也跟着回到主人家裏 晝夜伏
在靈柩房邊 不停地慘叫 秦邦葬禮剛結束 白犬便一頭撞在樹上死去了 許氏讓
爲白犬重義 把它葬在丈夫墓傍

개가 주인의 시신을 수습하고 범인을 체포하게 한 후 주인의 장례가 끝
나자 따라 죽는다. 수시부고(守屍訃告), 순사보주형(殉死報主型)에 속하기
도 한다.

---

33) 顔邦逸 主編, 『白話野史』, 大連出版社, 1993, 吉林 長春, 「義犬伸寃」, 75〜76쪽 參照.

(1)-4 순사보주(殉死報主)

① 심항길(沈恒吉)의 〈의견(義犬)〉

相城人沈恒吉養了一條金絲狗… 沈恒吉死了… 棺材放了一年 狗日夜趴在棺材傍 到了下葬的時候 就一頭撞死了[34]

주인이 병들어 죽자 관을 지키다가 주인의 장례가 끝난 후 개는 스스로 머리를 부딪쳐 죽는다.

(2) 개의 죽음이 따르지 않는 결구

(2)-1 요괴퇴치(妖怪退治)

① 보미족(普米族)의 〈구구주인적고사(狗救主人的故事)〉 -1

普米族聚居的地方 放羊處見狗 放牛馬處見狗 人們做活路的地方也見狗 總之 三里五鄉 南村北寨 家家戶戶都有一條或几條狗 爲什麽普米族人民愛養狗 這裏有這樣一則故事

在很早很早的時候 有一戶住在大森林中的普米族人家 老兩口有五男二女 家裏很富裕 鷄猪滿院 牛羊成群 可是好景不長 几年後 災難降臨 家境破敗 人員死亡 牧畜減少 最後只剩小兒子一人 還有几頭牲畜和一只黑狗

小兒子白天出去放牧 夜間就在火塘邊蒙頭睡覺 可是每晚上黑狗總是汪汪汪 咬個不停 久而久之 他對黑狗就厭惡起來 一天晚上 小兒子正飢腸轆轆 飜來復去 難以入睡 黑狗又汪汪汪 地蹦跳狂咬 他起來一看 不見什麽動靜 于是就動手打了一臺黑狗 而黑狗照樣狂咬 這可把小兒子氣壞了 第二天一早 他把狗賣給了過路的商人 賣了大黑狗 晚上家裏顯得淸靜極了 小兒子吃過晚飯 抱了一堆松柴往火塘裏一添 就睡了 正當他睡得迷迷糊糊的時候 突然有人敲門 他不介意地問道 誰呀 我是過路的窮人 到這裏天晚了 讓我借宿一夜吧 一個沙啞的聲音回答 當小兒子開了門 只見一位頭髮花白 衣着褸襤 拄着拐棍的老太婆站在門檻外 怪可憐的 就動手給老太婆安排了睡處 待老太婆睡後 他往火塘裏加了几根柴 也睡了

---

34) 『白話野史』, 大連出版社, 1993, 吉林 長春, 52쪽, 「義犬」 參照.

一覺醒來 火塘裏的火漸漸熄下去了 這時 只見老火婆的雙眼發出凶光 嘴變成血盆大口 牙齒磨得 喀吃吃 怪響 這老太婆原來是一個妖怪 小兒子一見這情景 趕緊起來往火塘裏加了几根柴 火光一亮 老太婆又恢復了可怜相 這時候 小兒子想起了黑狗的狂咬也許和眼前的老太婆有關 于是 他埋怨自己不該賣掉黑狗 要是大黑狗在家 這奇怪的老太婆就不敢進家門來了 後來屋裏的柴禾燒完了 出去抱麽 又怕碰上更可怕的妖怪 不出去抱麽 眼前的老太婆又漸漸現出妖形 似乎就要生吞活剝他 這究竟怎麼辦啊 他長嘆一聲 凄然泪下 正在這時 只聽見遠處傳來汪汪汪的狗吠聲 小兒子仔細一聽 這聲音正是黑狗的吠聲啊 他心裏一喜 感到有救了 急忙把門打開 老太婆也聽見狗咬 知道不妙 剛要逃走 黑狗已竄上來將她脖子咬住 小兒子趁機也拿起砍刀跑過來 照着老妖怪的頭狠狠地砍了几刀 老太婆被砍死了

從此 小兒子與大黑狗同吃同睡 把它當成了自己的救命恩人看待 從此 普米人也就愛養狗 并特別愛護狗了[35]

요괴로부터 주인을 구한 설화이다.

② 보미족(普米族)의 〈구구주인(狗救主人)〉 - 2

普米族風俗傳說 流傳雲南省 蘭坪 寧蒗 永勝

普米族有崇拜狗的古代遺風 各地普米族都有不吃狗肉的習慣 過年家人團聚吃酥油糯米飯時 要以三個飯團喂狗 永勝普米族父母死後 孝子于當天先見人見狗都要磕頭 相傳 一個妖怪要吃狗的主人 但因狗保護着主人 妖怪最怕狗 無法下手 後來主人把狗賣了 妖怪便大膽地來吃主人 在最緊急的時候 狗突然跑回來咬死妖怪 救了主人 所以主人對狗非常感激 視它爲自己的救命恩人 從此普米人也就愛養狗 崇拜狗[36]

보미족의 풍속 전설이 ①-1은 지역을 한정하지 않았으나 ①-2는 지역을 한정했다.

---

35) 吉星 編, 『中國民族傳說故事』, 530~531쪽, 「狗救主人的故事」 參照.

36) 『中國傳說故事大辭典』, 中國文聯出版公司, 1992, 556쪽, 「狗救主人」 參照.

③ 악륜춘(鄂倫春)의 〈엽인위십마양구불양랑(獵人爲什麽養狗不養狼)〉

從前 獵人養狗也養狼 以後爲什麽光養狗不養狼了呢? 這裏頭有麽一個故事
早先年間 有個鄂倫春獵人 他經常帶着自己養的狗和狼進山打獵 有一回 轉
悠了好几天什麽也沒打着 把帶來的肉乾兒也吃光了 沒有辦法 只好空着手往
回走獵人又餓又累 天黑的時候在林木裏露宿 這時 狼餓急眼了 步步靠近獵人
想趁他垂覺的時候吃掉他 狗見到這個情況 就汪汪吠着跟狼干起架來 獵人
聽到狗咬就醒了 狼馬上裝成沒事的樣子規規矩矩地趴在一旁 狗想把剛才的事
告訴獵人 却不會說話 上前親熱地舔舔獵人的手 獵人說 你吵啥 快到一邊歇會
兒吧 等獵人又躺下睡着的時候 狼又一步一步地往獵人跟前挪 狗又汪汪叫着
跟狼打起架來 獵人又被吵醒了 狼又裝作沒事的樣子趴在那裏 狗又想把剛才
的事告訴主人 却不會說話 更加親熱地去舔獵人的手 獵人說 快歇歇吧 別吵啦
說完 又躺下睡了 這次 獵人根本就沒睡 他用手捂着眼睛 他起唿嚕來 假裝睡
着了 透過手指縫兒 看得清清楚楚 明明白白 狼張開血口一步步逼近他 狗寸步
不離地守着他 和狼干起架來 獵人緊握獵刀 一骨碌爬起來就把狼捅死了 從那
以後 鄂倫春獵人光養狗 不再養狼了 出獵的時候 只要見到狼 就一槍撂倒它
獵狗見了狼 不拼個你死我活 也絶不罷休[37]

주인을 잡아먹으려는 승냥이를 물리친 내용이지만 요괴 퇴치와 비슷하
기 때문에 여기에 분류해 놓았다.

④ 오국(吳國) 화융(華隆)의 〈구(狗)〉

晉泰興二年 吳人華隆 好弋獵 畜一犬 號曰的尾 每將自隨 隆後至江邊 被一
大蛇圍繞周身 犬遂咋蛇死焉 而華隆僵仆無所知矣 犬彷徨嘷吠 往復路間 家人
怪其如此 因隨犬往 隆悶絶委地 載歸家 二日乃蘇 隆未蘇之間 犬終不食 自此
愛惜 如同於親戚焉 出幽明錄[38]

주인을 해치려는 뱀을 죽였으나 기절해 버린 주인을 살리기 위해 가족

---

37) 吉星 編, 『中國民俗傳說故事』, 528~529쪽, 「獵人爲什麽養狗不養狼」 參照.
38) 『太平廣記』 卷437(畜獸 四, 犬上), 「華隆」

에게 알려졌으며 주인이 소생할 때까지 먹지 않고 기다리는 개의 모습이
잘 나타나 있다.

⑤ 납서족(納西族)의 〈방구교요괴(放狗咬妖怪)〉
『중국전설고사대사전』에 〈개를 놓아 요괴를 물다[放狗咬妖怪]〉라는 제
목으로 실려 있다.

　　納西族靈怪故事　流傳于雲南麗江一帶　寫麗江塔城地方有個老奶奶　養着名
叫奪闍的惡狗　這狗一到夜裏就吠個不停　使他無法安心績麻　心一煩就把狗赶
走了　誰料狗一走　妖怪就裝成老太婆進來閑聊　聊着聊着就露出一對獠牙　老奶
奶一眼識破　用個緩兵計　把磨刀石煮在大鍋裏　對妖怪說　我去揀柴　你來添火
餓了先吃鍋裏肉　說罷出門去把狗喊回來　妖怪一見惡狗　忙躱在床下　狗撲上去
狼咬　老奶奶就勢提着一盆滾水來燙　狡猾的妖怪立刻被燙死了[39]

개는 주인을 요괴의 침입으로부터 막기 위해 짖었는데 그 이유를 모르
는 개 주인은 시끄럽다고 개를 쫓아내었으나 주인은 결국 개의 도움으로
요괴를 퇴치할 수 있었다.

(2)-2 투악한보주(鬪惡漢報主)
① 이통현 남매의 개
길성 편의『중국민속전설고사』에 〈흰 개가 신방에서 소란을 피우다[白狗
鬧洞房]〉라는 제목으로 실려 있다.

　　早年　有一戶姓劉的老兩口　死後撇下了一雙未婚嫁的兒女　兒子爲人憨厚老
實　女兒能說會道　長得俊俏　心靈手巧　又畵一手好畵　她畵出的花鳥魚虫就像活
的一樣　拿到街上去賣　一哄就賣光了　自從父母死後　兄妹二人就靠賣畵過日子

---

39)『中國傳說故事大辭典』, 729쪽,「放狗咬妖怪」.

有一天 哥哥拿着妹妹畵的畵到街上去賣 石並巧被朝中的鎭海侯看見了 這鎭海侯年過花甲 有少心 依仗權勢欺男孀女 無惡不做 京城百姓個個咬牙切齒 恨之入骨 鎭海侯見畵動心 便刨根問底地打聽是什麽人畵的 小伙子是個老實人 就實打實鑿地說了 誰知這鎭海侯一聽是姑娘所畵 立卽起了邪念 轉彎抹角地就把姑娘家的住址打聽明白了

第二天一大早 一伙兒扛拾銀 肩挑綢緞的差官衙役來到劉家 兄妹倆見此情景 一時丈二和尚摸不着頭腦 一個差官對他們兄妹說 這是我家侯爺送來的訂親彩禮 三日之後就來娶親 差官說完 命衙役們放下東西就回府去了 兄妹二人聽了這話 如同晴天打了霹靂 驚呆了 隨後二人抱頭痛哭 他們從早一直哭到晚 泪水哭干了 嗓子哭啞了 也想不出個主意來 妹妹怨自己的命苦 哥哥怨自己的眼兒實 不該把實話說給鎭海侯聽

倆人越想越傷心 越想越覺得沒法活 最後一起想到了死 他們買肉包餃子 裏面放進了毒藥 餃子煮好還沒等吃 一個老和尚敲着木魚闖進屋來 二話沒說 拿起餃子就要吃 兄妹二人慌忙往下奪 含泪說道 師父啊 不是我們捨不得給你吃 這餃子裏有毒藥啊 老和尚看了看兄妹二人 放下餃子 問道 這是爲什麽 兄妹二人便把鎭海侯還是覺着沒底

娶親這天 老和尚給大白狗吹了口法氣 把鎭海侯送來的嫁衣綉鞋給它穿上 臉上蒙塊紅布 裝扮得一絲不露 差官衙役抬着花轎娶親來了 老和尚把姑娘藏好 讓小伙子把白狗扶進轎去 小伙子站在花轎外 對轎中的白狗假裝囑說 妹妹呀 從今以後你就是侯爺的人了 千萬別惹侯爺生氣 好好服侍侯爺 過三過五哥哥再去看你…花轎裏的白狗 "哼哼嘰嘰" 眞像姑娘在哭 又像姑娘在答話 差官衙役們聽了 一個個得意洋洋 抬起轎就走了 花轎走後 老和尚給兄妹二人吹了口法氣 口中念道 妹妹哥哥過江河 只見兄妹二人騰空駕雲遠去了 老和尚也眨眼不見了

鎭海侯府中上下一派喜氣 吹吹打打 熱熱鬧鬧 溜須拍馬前來賀喜的人不斷溜兒 花轎一到 鎭海侯命人把姑娘子扶進洞房 衆人嚷着要看新娘子 鎭海侯也等不及了 他們走進洞房 鎭海侯也不打開蓋頭 扳過白狗就要親嘴 只聽 噯喲一聲 鎭海侯昏倒在地 一個血淋淋的鼻子被白狗咬去了 衆人一見 以爲妖怪 各自四散逃命去了 白狗用掉嫁衣綉鞋 奔進大廳把一桌飯菜吃個精光 搖搖尾巴追主人去了[40)]

권력을 이용해 여색을 탐하는 악한을 개를 이용해 치죄한다. 노스님을 등장시켜 신통력을 써서 개로 하여금 악한을 치죄(治罪)하는 역할을 부여했다. 역할을 끝낸 개는 주인을 찾아 나선다.

　② 몽고족(蒙古族)의 〈엽구적홍영(獵狗的紅纓)〉

『중국전설고사대사전』에 〈사냥개의 붉은 끈[獵狗的紅纓]〉이라는 제목으로 실려 있다.

　　〈獵狗的紅纓〉
　　蒙古族風俗傳說. 廣泛流傳于內蒙古東部地區 相傳鐵木眞十五歲時 曾遭一獨眼諾諺的毒打 幷被諾諺的黑 狗咬傷了腿 十年後孛兒只斤部落强大起來 鐵木眞已成爲英雄的首領 一次獨眼諾諺被抓獲 那只大黑狗不 畏衆威撲上來企圖咬斷梱綁諾諺的皮繩 有人欲殺死它被鐵木眞喝住 他感歎地說 主之貴賤不變其報主之心 主之榮辱不移其護主之誠 狗是有良心的動物 不該殺他 說罷解下皮帶 扎上帽頂的紅纓諾諺給狗帶上 從此 蒙古族的獵狗就有了戴紅纓的習俗41)

충견(忠犬)을 통해 철목진(鐵木眞)의 인품이 부각된 설화이다.

　(2)-3 폐관보주(吠官報主)

　① 〈황구란교(黃狗攔轎)〉

　　很早很早以前 有這麽一家子 哥兒倆都娶了媳婦 只有老大生有一子 五口之家和和氣氣 歡天喜地 日子過得倒也富裕 不曾想 人有朝夕禍福 老大突然得了個暴病死了 扔下了媳婦和一個剛滿六個月的兒子 老二和媳婦見剩他們娘兒倆光吃飯不能干活兒 就起了壞心 想分家 可是那娘兒倆也算一戶人家 財産得對半兒分 不合算 怎麽辦呢 媳婦讓老二把老大孩子弄死 好讓寡婦淨身出戶
　　這天 大嫂要去隣屯兒娘家取點兒針線活兒 讓老二媳婦給看半天孩子 兩口

---

40) 吉星 編,『中國民俗傳說故事』, 539쪽,「白狗鬧洞房」參照.
41)『中國傳說故事大辭典』, 448쪽,「獵狗的紅纓」參照.

子答應了 嫂子一走 倆人就把家裏的大烟土給孩子灌進去了 不一會兒 孩子嘴
冒白沫兒 臉色發靑 腿一登 就沒氣了 大嫂回來 一見孩子臉色不對 以爲也是
他爹得的那種暴病 就沒有想什麽 大哭一場 只怪自己的命不好 老二兩口子假
裝傷心了一陳子 就把孩子給扔在村東邊的一個大荒草甸子上了 沒過幾天 狼
心的兩口子就把大嫂攆回娘家去了 只給拿點兒她能帶動的破爛東西

　此地有個縣太爺 姓程 外號叫程大屠夫 殺人不眨眼睛 但他是個淸官 專門殺
那些不忠不孝 不仁不義的壞家伙 一天 他出衙私訪 体察民情 爲了抄近道兒
轎夫們拾着他走這個荒草甸子 突然 迎面來了一條大黃狗 上前叼住了轎簾子
轎夫們感到奇怪 便停住脚步落了轎 縣官靈機一動 知道其中必有緣故 就對黃
狗說 黃狗呀 你有寃喊寃 有狀告狀 老爺我一定秉公辦事 待了一會兒 黃狗還
是一動不動地望着他 縣官又說 如若不然你給我們帶個路也行 這時 大黃狗點
點頭 顚兒顚兒地領着他們向前跑去 來到一個枯草垛前 黃狗停住脚步 用鼻子
朝一個圓洞裏聞着 然後又回過頭看着他們 縣官走出轎去往裏一看 立時驚獃
了 原來一個腰系荷花兜肚的小男孩兒躺在裏面 揷進嘴裏的手指被嘬嚕得"吱
嘍吱嘍"直響 身旁躺着四只死了的小狗崽兒 縣官和轎夫們一看就明白了八九
分 大黃狗一定是爲了救活孩子才把四只狗崽兒餓死的 縣官很受感動 命轎夫
抱着孩子領着黃狗回到縣衙 要弄它個水落石出

　第二天 縣官把住在草甸子東西南北屯兒的人們都聚在一起 叫衙役抱出小男
孩兒讓人們來認 人們都說誰也沒見過 這時候 老大媳婦突然從人群裏冲出來
一把奪過孩子大放悲聲 這不是我的兒子嗎! 怎麽又活啦? 嗚嗚…

　縣官見此情景 覺得本案有了點兒頭緒 便把她拉到身邊細細盤問 她見老爺
很是和氣 就抽抽搭搭地把孩子死的前後經過說了一遍 老二兩口子一見大事不
好 剛想脚底下抹油溜掉 就被縣官派差人把他倆提了過來 沒等黑紅棍下落 就
全招認了 眞相大白 縣官爲了殺一儆百 以平民憤 把老二兩口子判了死刑 命差
人送大嫂和孩子回家度日 過時候 人們都想再看一看這條救活孩子的大黃狗
可是左尋右找 連它的影子都不見了[42]

정체불명의 황구가 가족 간의 갈등으로 독약을 먹여 내버린 아기를 소

---

42)『中國民俗傳說故事』(吉林卷), 446~447쪽, <黃狗攔轎>.

생시켜 젖을 먹여 키웠다. 정작 황구의 새끼는 아기에게 젖을 빼앗겨 굶어 죽고 말았다. 황구는 관리에게 알려 아기를 독살하려 한 범인을 잡게 했다.

(2)-4 수시부고(守屍訃告)

① 이명도(李明道)의 〈의견(義犬)〉

李明道 元末丰城人 乘亂起兵 先歸附徐壽輝 後附陳友諒 曾被朱元璋部下胡 大海擒獲 朱元璋任其爲行省參政守吉安 後又叛歸陳友諒 友諒敗亡 李明道剪 鬍鬚逃匿武寧山中 被一茶商發現 因而被擒 朱元璋數落他反復無常之罪 將其 殺死在鮎魚口沙灘之上 李明道曾蒙養一犬 見明道被殺 悽慘地叫個不停 幷用 嘴吻起明道零散的屍體聚在一起 創起沙土來埋葬 朱元璋爲此犬之義擧所感動 命將李明道之屍體重新好好埋葬[43]

사람은 이익이나 목숨을 부지하기 위해서 여러 차례 변심하지만 개는 한결같이 주인을 따른다. 의리를 저버린 주인이 잡혀 죽임을 당하자 개는 주인의 시신을 한 곳에 모아 묻으니 주인을 처형한 사람이 감동하여 시체 를 다시 거두어 장례를 치루어 주었다.

② 최중문(崔仲文)의 〈구(狗)〉

安帝義熙年 譙縣崔仲文與會稽石和俱爲劉府君撫吏 仲文養一犬 以獵麋鹿 無不得也 和甚愛之 乃以丁奴易之 仲文不與 和及仲文入山獵 至草中 殺仲文 欲取其犬 犬齧和 守其主尸 爬地覆之 後諸軍出獵 見犬守尸 人識其主 因還啓 劉撫軍 石和假還 至府門 犬便往牽衣號吠 人復白撫軍 曰 此人必殺犬主 因錄 之 撫軍拷問 果得其實 遂殺石和 出廣古今五行記[44]

탐욕이 지나쳐서 사람을 죽이자, 개는 주인의 시체를 지켰고 관가에서 범인을 잡도록 했다.

---

43) 『白話野史』, 61~62쪽, 「義犬」.
44) 『太平廣記』(出典:『廣古今五行記』)

(2)-5 흑구경전(黑狗耕田)

① 납서족(納西族)의 〈흑구경전(黑狗耕田)〉

納西族狗耕田型故事 流傳于滇西北

寫兩兄弟分家時 老大占了好田 好屋 只給老二一塊山地和一只黑狗 春播時 老二使狗耕地 一過路的生意人

不信狗能犁田 拿一百兩銀子來睹 輸給老二

老大知道了 把狗借去 狗不肯拉犁 被打死 老二把狗埋在屋后

長出一顆金竹子 老二一搖就搖下許多銀錢 老大却搖下狗屎 就把金竹燒成灰 老二把灰埋在地裏 種上南瓜籽 結了很多大南瓜 猴來像摘 老二把最大的南瓜掏空 躲進裏面像看 猴群恰好把這個大瓜抬到山洞里 等猴群開宴時 老二猛地跳出 驚散猴群 撿回許多銀盞玉碗

老大得知 也學老二那樣做 猴群把躲着老大的大瓜抬上山了 老大放了個屁 猴子聞到臭味 以爲是爛瓜 投出洞外 老大隨大瓜滾落到千丈懸崖下去了[45]

개가 죽어서 착한 주인에게는 복을 주고 나쁜 마음을 가진 이에게는 액운을 가져다 주는 인과응보적인 설화이다.

② 〈금구(金狗)〉의 단죄(斷罪)

『중국민간고사집성』(吉林卷)에 〈금구(金狗)〉, 〈모구금(母狗金)〉 등의 제목으로 실려 있는 이 설화는 황금[물질]이 의로운 형제 사이를 이간질 시킴을 보여주고 있다.

〈금구(金狗)〉[46]는 주제가 선인선과(善因善果)요 악인악과(惡因惡果)이다. 〈흑구경전(黑狗耕田)〉의 유형에 포괄될 수 있는 내용이다. 〈모구금(母狗金)〉[47]도 〈금구(金狗)〉와 비슷한 주제를 지닌다. 의형제를 맺은 사람이 〈금구(金狗)〉 때문에 의로 맺은 형제에게 등을 돌렸고, 나쁜 마음을 먹은

45) 『中國傳說故事辭典』, 731쪽, 「黑狗耕田」.
46) 『中國民間故事集成』(吉林卷), 743~746쪽, 「金狗」 참조.
47) 『中國民間故事集成』(吉林卷), 746~750, 「母狗金」 참조.

형은 그 응보(應報)로 패가(敗家)한다는 줄거리이다. 이들 설화는 의구설화라기 보다는 우애(友愛)와 신의(信義)의 중요성 및 배은(背恩)은 엄하게 단죄(斷罪)됨을 황금으로 분장시킨 개를 통해 나타내는 것이라 할 수 있다.

(2)-6 기타

① 〈신모구부(神母狗父)(一)〉 - 곡식 종자를 가져 온 개

傳說 神農時代 西方的恩國有穀種 神農張出皇榜 布告天下 誰能去恩國取來穀種 愿把親生女兒伽价公主嫁給他 伽价公主是神農七女兒中最美的一個 比花花減色 比月月無光 誰不想配成雙 只因西方的恩國太遙遠 山重水復 路途艱難 去了就回不來 卽使回得來 也是七老八十的人啦 哪裏還能配公主 所以無人敢揭皇榜 叫神農很失望

一天 突然有只黃狗叼着榜文跑進宮來 神農一看 原來是宮中御狗翼洛 神農問道你能去恩國取穀種嗎 翼洛點頭搖尾 表示能去 神農微笑說 那很好 明天就啓程 第二天 天剛亮 翼洛就出發了 它爬過九百九十九座山 涉過九百九十條河 歷盡千辛萬苦 終于到了恩國 那時 恩國秋收已過 皇倉裏堆滿了金黃的稻穀 翼洛悄悄爬進倉裏 滾了又滾 沾了一身稻穀 爬出來就往回跑 不料被國王發現了 帶着人騎馬追來 國王的馬跑得很快 翼洛眼看就要被抓住了 它急中生智 猛地回身一蹦 跳上馬去 一口咬住了國王的喉嚨 國王被咬死了 再也沒人敢來追 翼洛才安全回到宮中

神農得到了穀種 心中高興 對翼洛又是夸奬又是安慰 却只字不提許配伽价公主的事 他見翼洛悶悶不樂 就問 你敢回穀種 功勞很大 我把你永遠養在宮中好嗎 翼洛站着不動 頭不點 尾不搖 神農又問 我封你爲少公好嗎 翼洛站着不動 頭不點 尾不搖 神農大怒 要殺死翼洛 老臣在一旁奏道 太公息怒 不可殺翼洛 你張過皇榜 布告天下 有言在先 失信于翼洛 便是失信又天下 何以服人 神農聽了 覺得有理 便對翼洛說 等問過公主 她若愿意 就許配你爲妻 翼洛聽了一雙前腿跪下來 又是點頭 又是搖尾 表示謝恩

神農去問公主 誰知公主滿口答應說 翼洛奉父王之命 經歷千辛萬苦取來穀種 造福于民 立萬世之功 女兒愿意嫁給它 于是 神農便叫公主和翼洛擧行了婚禮[48]

중국 남방의 소수민족 중에는 개를 숭배대상으로 하는 민족이 적지 않다. 위의 설화는 묘족(苗族)의 민간신앙적인 측면을 살필 수 있다. 〈신모구부(神母狗父)(二)〉는 신농(神農)의 딸[공주]이 익락(翼洛)[개]과 결혼한 지 2년 만에 7명의 아들[苗族]과 7명의 딸[漢族]을 낳았다는 내용으로 이어진다.

　여기까지 한·중 의구설화를 일부나마 소개해 보았다. 선편(先鞭)을 잡는 의구설화는 '멸화살신구주형 의구설화(滅火殺身救主型義狗說話)'라고 볼 수 있다. 이는 중국의『수신기(搜神記)』와 한국의『보한집』에 등장하여 의구설화의 장(章)을 열었다. 모든 의구설화는 충견의 이야기로 집약된다. 충견의 이야기는 멸화살신구주형(滅火殺身救主型)에서부터 시작하여 여러 가지 유형으로 나타나고 있다.

2. 한·중 의구설화의 유사성

　한·중 의구설화는 설화마다 줄거리는 달라도 주제는 똑같이 충견적(忠犬的)인 내용이다. 본고에서는 주인 위해 충견(忠犬)이 죽는 결구와 죽지 않는 결구로 구분해서 살폈다. 이제 한·중 의구설화의 유사성을 표로 나타내보기로 한다.

　〈표 1〉 한·중 유사한 의구설화 일람표

의구설화유형	한 국	중 국	비 고
滅火殺身救主	① 獒樹的 義狗 ② 善山的 義狗 ③ 吾隱洞 15只的狗 ④ 金堤 金得秋的狗	① 吳國李信純的義狗 ② 山西九原的狗塔	『韓國口碑文學大系』所載 10篇
吠官報主	① 延日的義狗 ② 河東的義狗	① 趙甲的義狗 ② 明 秦邦的狗 ③ 梨樹縣的義狗	

---

48)『中國神話故事』下卷, 吉林北方婦女兒童出版社, 1992. 109～110쪽,「神母狗父(一)」.

의구설화유형	한 국	중 국	비 고
殉死報恩	① 葛山村的忠犬	① 相城人 沈恒吉的狗	
鬪惡漢 救主	① 鵲山村 寡婦的義狗 ②寧邊校生 郭太虛的義狗	① 罕王爺的狗 ② 常氏 兒子的狗 ③ 伊通縣 兄妹的狗	
鬪虎救主	① 石州人 金氏的4只狗		
守屍訃告	① 延豊縣 過擧路的狗 ② 楚山邑的狗 ③ 基木郡 女人的狗 ④ 金若鍊 下女的狗	① 李明道的狗	③과 ④는金若鍊의 『斗庵先生文集』所 載 「忠狗傳」에 함께 실려 있음.
妖怪退治	① <慶州 義狗塚的崔富 者> 外 3篇	① 普米族的 狗 ② 鄂倫春族 獵人的狗 개 ③ 納西族的狗	韓國은『韓國口碑文 學大系』에 실려 있는 資料임.

〈표 1〉에서 보면 한국과 중국에서 유사의구설화가 나타난다. 유형이 같
은 설화를 유형별로 묶었지만 내면을 들여다보면 독창적인 면을 찾아낼 수
있기 때문에 다음 항목에서 구체적으로 살피고자 한다.

3. 한·중 의구설화의 독창성

멸화살신구주형(滅火殺身救主型) 의구설화는 의구설화의 장(章)을 열었
다고 본다. 멸화살신구주형(滅火殺身救主型) 의구설화는 한국이 14편[『한국
구비문학대계』소재 10편 포함][49)이고 중국은 2편이다. 전자는 후자에 비해
편수가 많고 후자에는 나타나지 않는 내용이 있어서 독창성을 띤 의구담이
보인다.

『보한집』에 전하는 〈오수의구설화〉는 의구의 행위로 '오수(獒樹)'라는 지
명이 생겼다는 지명유래담과 〈견분곡(犬墳曲)〉 및 이를 기리는 시 등이 있
다. 선산(善山)의구설화는 〈의구전(義狗傳)〉과 〈의구도(義狗圖)〉까지 전한

---

49) 李亨雨의 논문에는 滅火殺身救主型이 22편으로 되어 있다.

다. 이 두 편에는 구(狗)의 의로운 행위를 끌어와 인간(人間)의 도리(道理)를 깨닫게 하려는 편찬자(編纂者)의 편찬의도를 짙게 드러내었다. 이는 후대의 여러 의구설화에 영향을 미친다. 〈오은동(吾隱洞)15지의구(只義狗)〉는 집단적이다. 한 마리가 15마리로 변한 의미는 그만큼 의구가 많았거나 의구설화가 보편화되었고, 의구설화의 속화된 면에 흥미성을 더할 수 있다.

중국『수신기(搜神記)』의 의구설화는 의구의 행위를 목격한 목격자[太守와 官員]가 등장하고 의구를 장사지내는 이는 의구의 주인인 이신순(李信純)이 아닌 목격자이다. 멸화살신구주(滅火殺身救主)한 일을 기려 의구총(개무덤)을 만든 사건 외의 일은 보이지 않는다. 〈산서(山西) 구원(九原)의 구탑(狗塔)〉도 마찬가지이다.

악한이나 맹수로부터 위급한 상태에 놓인 주인을 구하는 의구설화는 다양하다. 폐관보주형(吠官報主型), 순사보은형(殉死報恩型), 투악한(鬪惡漢)[虎]구주형(救主型) 등이 이에 속한다. 이들 유형은 한국보다 중국의 의구설화가 훨씬 독창적이고 다양하다.

한국의 '폐관보주형 의구설화(吠官報主型義狗說話)'는 연일(延日)과 하동(河東)의 의구(義狗) 2편인데 주인공과 배경이 다를 뿐이지 과부를 죽인 남자는 과부가 기르던 의구(義狗)의 고발로 잡혀 처형되는 줄거리는 같다. 고발(告發) 장소는 관청이다. 중국은 ①조갑적의구(趙甲的義狗) ②진방적(秦邦的) 의구(義狗) ③이수현적의구(梨樹縣的義狗) 등 3편이다.

①은 조갑처(趙甲妻)가 젊은 정부(情夫)와 짜고 남편(男便)을 독살하자 조갑(趙甲)의 개는 아무 것도 먹지 않고 울부짖으면서 주인묘(主人墓)를 지켜 그곳을 지나는 사람들에게 주인의 억울한 죽음을 알리기에 여념이 없다. 그렇게 해도 별 효과가 없자 개는 큰길까지 나와 그곳을 지나가는 현관(縣官)에게 짖어서[고발하여] 사건을 해결한다. 조갑의 개는 끝까지 충견(忠犬)으로서의 소임을 다하고는 기둥에 부딪쳐 죽는다.

②는 개를 데리고 장삿길에 나선 진방(秦邦)이 도적들의 습격을 받아 죽

게 되자, 개는 도적들의 은신처를 은밀히 탐지하여 알아내고 주인의 시신을 지키면서 울부짖어 관에 고발한다. 그로 인해 도적이 체포되게 하고 주인을 반장(返葬)하여 장례를 치른 후, 개는 나무에 머리를 부딪쳐 죽는다.

③은 정체불명의 황구가 독약을 먹여 버려진 아기를 소생시켜 젖을 먹여 키우고 현관에게 알려 범인을 체포하게 한다. 그러나 황개의 새끼는 젖을 얻어먹지 못하여 굶어 죽는다. 소임을 다한 황개는 자취를 감춘다. 정체불명의 개는 주종관계(主從關係)가 아니어서 다른 의구설화에 비해 색다른 점이 있다. 인간의 일을 개를 통해서 해결하게 한 것은, 반인륜적인 행위는 반드시 치죄(治罪)된다는 점을 보인 것이며 역설적(逆說的)으로 우애(友愛)의 의미도 일깨우고 있다.

이상에서 살핀 '폐관보주형 의구설화(吠官報主型義狗說話)'에서 한국의 구설화는 소재와 배경이 고정적이지만, 중국의구설화는 각기 다른 소재와 배경 및 구성적인 면에서 독창성을 찾을 수 있다.

'순사보은형 의구설화(殉死報恩型義狗說話)'에서 한국은 송생처(宋生妻) 김씨(金氏)의 개가 있고 중국은 심항길(沈恒吉)의 개가 있다. 둘 다 주인이 병들어 죽게 되자 울부짖다가 자결하는데 죽는 방법이 각기 다르다. 즉 김씨 개는 구멍에 목을 넣어 질식하여 죽고 심항길의 개는 머리를 부딪쳐 죽는다. 주인의 관을 1년 동안이나 지킨 심항길의 개는 충견(忠犬)의 이미지를 더욱 부각시키기 위한 의도적인 장치로 보인다.

'투악한(鬪惡漢)[虎]구주형(救主型) 의구설화'는 투악한구주형(鬪惡漢救主型)과 투호구주형(鬪虎救主型)으로 나뉜다. 투호구주형은 한국의 석주인 김씨의 4마리 개[한국] 1편뿐이다. 만력(萬曆) 정사년(丁巳年)(1617)에 개 4마리가 호랑이 습격을 당한 주인을 구한 설화이다. 호랑이와 싸우는 의구(義狗)의 분투기(奮鬪記)가 선명하게 와 닿는다.

'투악한구주형(鬪惡漢救主型) 의구설화'에 해당하는 한국의구설화는 ① 작산촌(鵲山村) 과부적(寡婦的)의구 ②영변교생(寧邊校生) 곽태허적구(郭太

虛的狗)가 있고, 중국의구설화는 ①한왕야적구(罕王爺的狗) ②상씨 아자적구(常氏 兒子的狗) ③이통현(梨通縣) 형남매적구(兄男妹的狗) 등이 있다. 전자의 ①과 ②는 다 같이 애욕(愛慾)이 빚은 사건으로 인심(人心)의 무상함과 충견의 항심(恒心)을 보여주고 있다.

후자의 ①②③은 각기 다른 주제와 줄거리를 가지고 있다. ①은 권력암투와 권력탈취(權力奪取) 작전을 여실히 보여준다. 한왕야(罕王爺)의 개는 죽은 후에도 주인에게 도전한 세력을 끝까지 거세할 수 있도록 역할한다. 대담하고도 치열하게 주인을 위해 멸신한 충견의 모습이 진한 감동을 불러일으킨다. ②도 ①과 비슷한 충견의 면을 보여준다. 악한에게 당하고 있는 주인을 구하려다가 죽은 개는 다른 개에 혼을 부쳐 나타나 악한으로부터 주인을 구한다. ③은 주인 대신 개가 신통력을 빌어 신부(新婦)로 가장(假裝)하여 사건을 해결한다. 권력을 마음대로 행사하여 양민(良民)의 희생을 강요하는 무리들에게 경종을 울린다. 이 세 편은 발단-전개-위기-절정-결말의 구조여서 한 편의 단편[소설]을 읽는 느낌을 준다.

'수시부고형(守屍訃告型) 의구설화'는 한국이 4편(①연풍현 과거길의 개[延豊縣科擧路的狗] ②초산읍의 개[楚山邑的狗] ③기목군(基木郡) 여인의 개[女人的狗] ④김약련(金若鍊) 하녀의 개[下女的狗])이고 중국은 1편(①이명도의 개[李明道的狗])이다.

전자의 ①과 ②는 개가 주인을 따라 길을 가다가 중도에서 주인이 죽자 주인의 죽음을 알리고 주인 따라 죽는 줄거리로 되어 있다. 사람과 개라는 느낌이 들지 않을 정도로 개에게 인격을 부여하여 사람과 개와의 친화력을 생생하게 묘사하고 그로 인해 숙연한 정서를 불러일으키게 한다. ③과 ④는 개의 죽음은 나타나지 않으나 주인의 시신을 맹금(猛禽)으로부터 지켜 시신을 온전하게 했다거나 오랫동안·주인의 무덤을 지키는 줄거리로 되어 있는데, 짤막하게 사건의 개요를 기록한 것에 지나지 않는다.

후자는 이익이나 목숨을 부지하기 위해 변심을 다반사로 하는 주인과 한결같이 주인을 섬기는 충견의 모습에서 사람과 개의 처신이 선명하게 대비된다.

'요괴퇴치형(妖怪退治型) 의구설화'는 중국 쪽에서 훨씬 많이 보인다.[자료 조사한 것을 여기서 다 언급하지 않았음] 그렇다고 해서 중국의 '요괴퇴치형 의구설화'가 다양한 줄거리나 독창성을 지니고 있는 것은 아니다.

〈의구구인차복수(義狗救人且復讐)〉[『東野彙輯』所載] 중 세 개의 사건으로 이어진 곽태허(郭太虛)의 의구(義狗)는 한국 의구설화가 윤리 도덕적인 덕목을 의도적으로 표출하는 틀에서 벗어나 풍부한 문학성을 지닌 설화이다.

한국에만 나타나는 의구설화는 맹인인도형을 비롯하여 귀소형(歸巢型), 지관형(地官型), 구환생형(狗還生型) 등을 들 수 있다.

중국은 〈곡식종자를 가져 온 개〉가 있다. 이는 씨족창조(氏族創造)와 결부된 신화(神話)의 영역에 들 수 있는 의구설화라고 할 수 있다.

중국은 광대한 국토에 56개 민족[漢族包含]이 고유의 문화와 생활 습속을 지니고 있기에 의구설화의 경우, 수적으로도 많아 다양한 유형의 의구설화를 접할 수 있었다.

〈오수의구설화〉는 오수라는 지역성을 초월하여 한국 전역에 유포되어 '오수형의구설화'를 뿌리내리게 했다. '오수형의구설화' 중에서도 〈선산의구설화〉는 〈의구전(義狗傳)〉과 〈의구도(義狗圖)〉 및 그 의구총(義狗塚)이 현존하고 있기에 〈선산의구설화〉의 독자적인 가치가 인정된다.

Ⅲ. 맺음말

한·중 의구설화는 비슷한 유형으로 묶을 수 있는 설화가 많았다. 그러나 같은 유형으로 나타나는 의구설화도 내용을 들여다보면 제각기 독창성을 지니고 있다.

한국 의구설화는 의구의 유적이 전라북도 오수면 오수리와 경상북도 구미시 해평면 및 경상남도 밀양시 부북면 등에 남아 있다. 〈오수의구설화〉는 오수라는 지역성을 초월하여 한국 전역에 유포되어 '오수형의구설화'를 뿌리내리게 했다. '오수형의구설화' 중에서도 〈선산의구설화〉는 〈선산의구전〉과 〈선산의구도〉 및 의구총이 현존하고 있기에 〈선산의구설화〉의 독자적인 가치가 인정된다.

중국 의구설화는 그 유적이 호남성 멱라시 옥사산 굴자사에 의구비(義狗碑)와 의구동상(義狗銅像)이 남아있다. 이 유적은 언제 누가 세웠는지는 밝혀져 있지 않다. 그런데 굴원관련 자료에 의구설화의 존재여부는 확인하지 못했다.

한국과 중국은 의구설화의 현장을 보존하여 의구의 의미를 전파시킬 필요성이 있으며, 의구설화를 교육현장에 적극 활용해야 된다고 본다. 가치관의 혼돈 속에 방황하고 있는 현대인들은 의구설화에 등장하는 충견들을 통해 충직한 가치관의 의미를 새겨볼 수 있으리라 보기 때문이다.

中文抄錄

韓中 "義狗說話" 比較硏究

韓中兩國的"義狗說話"確實有着許多相似之處. 十分清楚, 這些故事都把狗對主人的忠義作爲主題. 故事的情節結構, 也大同小的行爲則是狗向人學習的結果.

在這樣一種文化背景下面, 韓國各地出現一大批"義狗說話"其實是十分自然的事. 因此我們特別重視"樊樹義狗說話". 這個故事的出現, 以及佗所呈現出來的敍事個性,對于韓國各地陸續出現的一大批"義狗說話"曾經有過很大影響. 後來又出現了"吾隱洞義狗說話", 義狗從只發展爲15只, 似乎意味着, 當時確實有那麼多的"義狗", 或者說, "義狗說話"已經在韓國相當普遍化了.

至于在每一則"義狗說話"的細節處理方面,我們就更加會發現兩國之間的差異. 同樣是說義狗自殺, 自殺的方式往往是不同的. 說義狗向官府報案,每一個故事異文又都會有各自的獨特處理. 凡此種種,無不表現出兩國民衆在講述故事時的聰明才智,以及不同的敍事藝術風格.

我們還發現, 其中有一些故事類型的分布, 在韓中兩國也幷不均衡. 這正是民間故事在流播過程中必然會出現的生動情景.

在中國, 我們還發現了不少講述"狗爲人類盜取各種"的神話,同樣表現出早期人類與狗之間的深厚感情. 中國是個多民族的國家, 一些少數民族和漢族相比, 歷史文化進程幷不完全一致, 這也造成了中國各民族的"義狗說話"顯得更加多彩多姿.

在結束本文時, 我們有必要呼吁, 在韓國和中國,都十分有必要保護義

狗說話的有關遺蹟,充分注意到"義狗說話的文化價値,　積極意義以及宅
對人們的敎育作用. 這是因爲, 當價値發現生動播至困惑的時候, 今天的
人們仍然可以"義狗說話"中得到某種啓迪,　重新思考應該提倡這樣的價
値判斷.

한·중 의우설화(義牛說話) 비교 연구

이신성[*]

Ⅰ. 서론

본고는 부산교육대학교와 항주사범학원이 공동으로 연구하고 있는 "한·중 민간설화 비교연구"의 일환으로 이루어진다. 이에 따라 필자는 이미 「한·중 의구설화 비교연구」와 「한·중 감호설화 비교연구」 및 「한·중 〈효자리〉와 〈의호정〉 설화의 비교연구」[1)]를 발표한 바 있다.

한국의 대표적인 의우설화는 경북 선산군 산동면 인덕동 문수촌(文殊村, 현 구미시 산동면 인덕동 문수촌)에 전하는 〈의우전(義牛傳)〉이다. 여기서 〈선산 문수촌 의우설화〉란 〈선산 의우도(義牛圖)〉 8폭과 〈의우전(義牛傳)〉에 나타난 의우의 행위를 말한다. 〈선산 문수촌 의우설화〉 이후, 의우총 설화 4편을 비롯하여 여러 자료 속에 〈선산 문수촌 의우설화〉 관련 유사설화와 병서나 논찬 등이 전하고 있다. 〈선산 문수촌 의우설화〉는 맹호로부터 소가 위험에 처했을 때, 주인이 소를 보호하기 위해 맹호와 대적하자 소는

---

* 부산교육대학교 교수

1) ① 「韓·中 義狗說話 比較研究」,『杭州師範學院學報』 제145집, 中國 杭州, 2004.7.30, 77 ~82쪽. ② 「韓·中 感虎說話 比較研究」,『語文學教育』 제29집, 韓國語文教育學會, 2004. 11.30, 25~88쪽. ③ 「韓·中 〈孝子里〉와 〈義虎亭〉 說話의 比較研究」,『東南語文學』 제 19집, 東南語文學會, 2005.3.30, 215~232쪽. ④ 「韓國孝子里和中國義虎記故事比較研究」,『民間文化論壇』(통권 145호, 2005년 제5호), 中國北京 學苑出版社, 2005.10.20, 51~55쪽.

주인을 구하기 위해 사력을 다해 분투하여 맹호를 침몰시켰고, 그 뒤 주인이 죽자 소는 울부짖으며 스스로 생명을 다했다. 또한 〈선산 의우도〉는 현행 한국 초등학교 국어 교과서에 교재화되어 있다.[2]

한국 고전산문 제재 중에서 동물의 의로운 행위가 그림으로 그려졌다는 희소성은 감동과 함께 홍미로울 뿐만 아니라 생명에 대한 존엄과 충성 및 신의와 같은 덕목을 내재하고 있어서 교육적으로 시사하는 바가 크다.

한국 경북 상주에도 의우설화가 전한다. 이와는 상반되는 설화인 〈소를 저버린 주인의 죽음〉 1편이 한국 울산광역시에 전한다.

중국 의우설화는 ① 〈목동과 암소가 서로 보호해주다[犢牧相衛]〉와 ② 〈소가 사람의 원한을 대신하여 고소하다[牛訴冤]〉와 ③장조(張潮) 편 『우초신지(虞初新志)』의 〈의우전(義牛傳)〉과 ④『중국신괴고사대관(中國神怪故事大觀)』에 ③을 번역하여 수록한 〈의우전(義牛傳)〉 등이 전한다. ④는 ③에 있는 논찬(論贊)(外史氏曰, 張山來曰)이 없고 ③의 내용에 장면과 행위 등을 구체적으로 묘사하여 ③보다 분량이 배 이상 늘었다. 그리고 필자는 2005년 7월 22일부터 8월 12일까지 중국여행 중이었는데 8월 9일 운남성 곤명 서산공원 삼청각에서 효우천(孝牛泉)과 효우천(孝牛泉) 관련 설화를 발견했으며, 곤명 출발 북경행 열차 속에서 8월 10일에 만난 중국인 승객 양원(女, 1964年生, 雲南省 開遠市宣傳部 勤務)씨로부터 효우설화를 채취했다.

본고에서는 여러 문헌과 구전으로 전하는 한 · 중 의우설화의 자료적 성격과 의미를 살펴보고, 양국 의우설화의 유형 및 유사성과 독창성에 대해서 고찰해보기로 한다.

---

2) 국어 5학년 2학기 『읽기』, 넷째 마당 '쉼터', 〈의로운 소의 그림〉, 178~179쪽 참조.

Ⅱ. 의우설화의 자료적 성격과 의미

1. 한국 의우설화

1) 〈선산 문수촌 의우설화〉

한국 의우설화의 효시는 〈선산 문수촌 의우설화〉이다. 1630년 경북 선산 문수촌에 의우사(義牛事)가 발생했다. 당시 선산부사(善山府使)는 조찬한(趙纘韓, 1572~1631)[3]이었는데 그는 1629년에 선산부사로 부임했고, 부임한 이듬해 의우사(義牛事)가 발생했다. 그는 사건 직후 바로 의우총을 조성했고 의우의 그림 8폭과 함께 〈의우전(義牛傳)〉을 찬했다.

文殊店(지금의 구미시 산동면 인덕동 문수촌)은 善山府 동쪽에 있으며 삼면이 모두 산으로 둘러싸여 있다. 이 마을에 사는 김기년이 암소 한 마리를 길렀다.

올해 여름, 주인이 농기구를 갖추어 소와 함께 산 밑에 있는 밭을 갈고 있을 때였다. 미처 밭을 다 갈기도 전인데 갑자기 숲 속에서 호랑이가 뛰어나와 소에게 달려들었다. 기년은 너무나 놀라 쟁기를 들고 고함을 지르며 호랑이를 치려하니 이에 호랑이는 소를 버리고 사람에게 덤벼들었다. 기년은 급하여 어찌할 수 없어서 창졸간에 다만 양손으로 호랑이와 싸웠다. 창황히 자빠지고 넘어지면서 어찌할 줄 모를 때, 소가 사납게 울부짖으면서 호랑이를 떠받았다. 두 세번 만에 호랑이의 허리와 등이 그 뿔에 꿰뚫어져서 피가 흘러 상처가 깊게 되었다. 호랑이는 마침내 기진맥진하여 기년을 버리고 달아났는데 몇 리를 못 가서 죽었다.

기년은 비록 호랑이에게 장단지와 넓적다리를 물렸으나, 얼마 뒤 정신을 차려 절름거리며 소를 몰고 집으로 돌아왔다. 김기년은 이로부터 호랑이에게 물린 상처가 깊어 이십일만에 죽게 되었다.

그는 죽을 때 가족에게 유언했다.

"내가 호랑이의 밥이 되지 않고 지금까지 숨을 이어 온 것이 누구의 힘인지 너희들도 알겠지. 내가 죽은 뒤에 이 소를 절대로 팔지 말고, 비록 소가 늙어 저

---

3) 趙纘韓(1572~1631):字는 善述이고 號는 玄洲이다. 1629년에 선산부사로 부임했고, 1630년에 〈義牛傳〉과 〈義牛圖〉를 남겼다. 저서로 『玄洲集』이 있다.

절로 죽더라도 그 고기를 먹지 말며, 반드시 내 무덤 옆에 묻도록 해라."

기년은 말을 마치자 숨을 거두었다.

소는 비록 사나운 호랑이와 치고받고 싸웠으나 조금도 물린 곳이 없었으며 주인이 상처를 입어 누워 있을 때도 전과 다름없이 논밭을 갈았고 평소와 다름없이 먹었다.

그런데, 주인이 죽던 날에 소는 갑자기 큰 소리로 울부짖으며 미친 듯이 날뛰더니 물과 쇠죽을 끊은 지 삼일 되는 날 밤에 마침내 죽었다.

오호라, 나는 뿔을 가진 동물이 잘 치받는 줄 알고 있는데 소 가운데 건장한 것이 그것을 해낸다. 그러므로 몸은 매우 투박하지만 힘은 세고, 뿔은 매우 무디지만 받으면 상처가 심하게 된다. 비록 호랑이와 표범 사이에 있더라도 그 뿔과 힘으로 위기를 벗어날 수 있다. 또한 아직까지 소가 호랑이나 표범을 받아서 호랑이와 표범을 죽였다는 말은 듣지 못했다. 이제 우리의 소는 암소여서 힘과 뿔이 견실하지 못하지만 다만 주인을 지켜 죽음에서 구하려는 정성만으로 제 힘과 뿔의 모자람은 잊어버린 채 죽음을 무릅쓰고 떠받아서 호랑이를 죽이고 주인을 살렸으니 이것만으로도 이미 기특하다. 그 주인이 죽던 날에는 미친 듯이 울부짖으면서 먹지도 않고 삼일만에 죽었으니 어찌 이렇게도 열렬함이 忠義의 선비보다 못하지 아니할까! 사람은 도덕을 천성으로 가지고 있어 충의는 고유한 것이지만 드문드문 서책에 실린 것이 백년에 겨우 수십에 지나지 않는다. 그런데도 무지한 짐승에게 이러한 이치가 있었던가? 저 가축이나 금수가 은혜를 갚은 것이 어찌 한정되리오마는 이와 같은 것은 들어보지 못했다. 이는 겉으로만 소이지 안으로는 사람이요, 또 안으로 보통 사람의 마음에 그치는 게 아니라 곧 사람 중에서도 충의의 선비이다. 내 그 충의를 보니 그것을 소로 여기지 못하겠다. 비록 그렇지만 미물이 이렇게까지 할 수 있는 것은 미물 스스로의 성질이 아니다. 곧 지극한 성덕의 교화에서 이루어진 것이로다. 3대 성인의 시대에도 듣지 못했던 것을 이제 와서 홀연히 생기니 비단 義牛가 가상할 뿐만 아니라 임금의 교화에도 감응이 있다.

숭정 경오년(1630, 인조 8) 맹추 부사 현주 조찬한 서4)

---

4) <善山 義牛傳>

　文殊店在善山治之東 三面皆山也 店民金起年畜曰牸牛 今年夏載耒耜而田之田未了有猛
　虎突林中 而搏其牛 起年惶惑手耒具而號逐之 虎迺捨牛而攫人 起年急無以應 猝徒以兩手

위의 내용은 크게 두 부분으로 나눌 수 있다. 앞부분은 소의 의로운 행위와 죽음에 관한 내용이고, 뒷부분은 의우사(義牛事)에 관한 부사 조찬한의 논평(論評)이다.

이를 서사단락별로 축약하면 다음과 같다.

① 기년이 소와 함께 밭을 갈고 있다.
② 호랑이가 소에게 덤비다.
③ 기년이 호랑이를 쫓으려 하다.
④ 호랑이가 기년에게 덤비다.
⑤ 소가 호랑이에게 덤비다.
⑥ 소가 호랑이를 죽였다.
⑦ 기년은 호랑이와의 奮鬪로 인해 병상에 누웠고, 소에 대해 遺言했다.
⑧ 기년이 죽자 소가 울부짖다가 따라서 죽었다.
⑨ '의로운 소'의 무덤을 써 주었다.
⑩ 文殊村 義牛는 암소인데도 호랑이와 대결하여 호랑이를 죽이고 주인을 구했다.
⑪ 힘이 호랑이에 비해 열세인데도 불구하고 호랑이를 물리칠 수 있었던 것은 주인을 구하려는 일념과 정성이 맹렬하게 작용한 결과이다.
⑫ 주인이 죽자 울부짖다 죽은 義牛는, 그 열렬함이 충의의 선비와 비견할 수 있다.

捍虎 而蒼黃顚錯之際 牛已叫躍觸其虎 不數虎之腰背通受其角也 血射而瘡緊 虎逐氣窘勢奪 釋起年而走 不數里而外斃 起年雖腿脚被齒移時定氣然後 蹣跚牽牛而還 自此痛益儞 凡二十日而死 將死願家人曰 得免於虎腹 延息到今 誰之力耶 吾死後 勿賣此牛 牛雖老自斃 勿食其肉 必葬吾墓傍言訖而逝 牛則雖經虎搏 而曾無所被齒也 自起年臥病連服耕載之役 猶自如也飮齕亦自如也 及其主殞之日 卽狂叫騰突 絶水蛬而違遑者 凡三日夜而竟死焉 嗚呼 角者吾知其能觸 而牛之牡者任其責 故體甚朴而力甚劫 角甚琤而觸甚瘡雖處於虎豹之間 以其角與力而免焉 亦未聞觸虎豹而能殪者 今我之牛 牝而不力與角 徒以衛主 救死之誠 忘其力與角 殊死觗觸之 能使虎殪 而主活 斯已奇矣逮其主死之日 狂奔呼吼不食 三日而死 是何忠義之烈烈 不下於忠義之士耶 人之有秉彝之天者 忠義猶所固有 而班班載籍者百歲而董數十 迺以冥然迷畜 而有是理耶 彼畜物禽虫之報恩者 終古有限 而未聞有如此 此特外平牛而內人 又不特內人而已 迺人之忠義之士也 吾見其忠義而未見其爲牛也 雖然物之能是者 非物之自性耶 迺至德之化有以致之者也 三代聖世之所未聞 而乃今忽有之 非惟以義牛爲可尙 而竊有感於王化焉耳 崇禎庚牛孟秋府使玄州趙續韓序

⑬ 충의의 선비는 드물다. 의우는 짐승이 아니고 사람이며 사람 중 충의의 선비
이다.

⑭ 의우의 출현은 지극한 성덕의 교화이다.

앞부분(①~⑨)에서는 먼저 인물과 배경이 소개된다. 그리고 사람과 맹
호, 소와 맹호의 양보없는 싸움이 벌어진다. 호랑이는 단순한 습격이었지
만 기년은 소를 구하기 위해 위험을 불사(不辭)했고, 소는 위기상황의 주인
을 구출하기 위해 사력(死力)을 다해 분투(奮鬪)하여 호랑이를 침몰시킨다.
분투와 습격은 차원이 다르기에 연약한 암소가 맹호를 죽일 수 있었다. 맹
호는 죽었지만 소는 아무런 상처없이 평소와 다름없이 밭 갈기를 했으나
기년은 그 상처로 인해 죽게 되자, 소는 단식(斷食)하고 울부짖다가 죽는
다. 이 이야기에는 설화와 전래동화에서 보여지는 반복의 구조가 나타나고
있다.

뒷부분은 이야기에 대한 논평(⑩~⑭)이다. ⑩, ⑪, ⑫는 의우(義牛)의 행
위를 극찬했다. ⑬, ⑭는 소를 너무 인격화시키고 충(忠)을 강조하여 오히
려 의우(義牛)의 의기(義氣)를 퇴색시킨 감이 있다.

<표1> 반복과 대립의 구조

反復	덤빔	쫓음	덤빔	쫓음(죽임)
對立	호랑이→소	사람→ 호랑이	호랑이→사람	소→호랑이(죽음)
反復	起年의 죽음		소의 죽음	

위의 표에서 보면 호랑이가 소에게 덤빔, 호랑이가 사람에게 덤빔, 사람
이 호랑이를 쫓으려고 함, 소가 호랑이와 분투(奮鬪)함, 기년의 죽음과 소
의 죽음으로 이어진다. 그리고 소와 사람이 호랑이와 대립하고 있는 점이
전형적인 반복과 대립의 구조로 나타난다.

<표2> <선산 문수촌 의우설화>의 구조

義牛의 행위와 죽음							
밭갈기	호랑이가 소에게 덤빔	사람이 호랑이를 쫓음	호랑이가 기년에게 덤빔	소가 호랑이를 죽임	기년의 죽음	소의 죽음	소무덤
論 評							
암소가 호랑이와 대결		一念과 精誠		義牛는 忠義의 선비와 比肩		聖德의 敎化	

소에 대한 일차적 평가는 소 주인인 김기년이 가족에게 남긴 유언(遺言)에 잘 나타나 있다. 그는 호랑이로부터 자신의 목숨을 건진 것은 소의 의로운 행위로 인한 것이니 소의 생명이 다할 때까지 소를 각별하게 대하고, 자신이 죽은 뒤에 소가 죽으면 자신의 무덤 곁에 함께 묻어 달라고 했다.

의로운 소에 대한 평가는 가족들을 통해서 마을 사람들에게 전해지고 널리 퍼지게 된다. 의우총(義牛塚)이 만들어지고, 선산부사 조찬한은 마을 사람들을 통하여 의로운 소에 관한 이야기를 접하게 된다.

마침내 조찬한은 〈의우전(義牛傳)〉을 남겼다. 작자는 투우(鬪牛)로서의 조건을 전혀 갖추지 못한 암소인데도 불구하고, 맹호(猛虎)와의 대결에서 맹호(猛虎)를 침몰시킬 수 있었던 저력은 의우(義牛)의 주인에 대한 지극한 충의(忠義)의 발로로 보았다. 이는 확고한 주종관계의 확립이고, 주종관계를 외연적으로 확대하여 바람직한 군신관계(君臣關係)의 한 모델을 제시하려고 했다. 사람에게도 드문 일이 미물(微物)인 짐승에게서 나타난 것은 왕의 덕화(德化)에 힘입은 바가 많았음을 강조하기 위한 수법으로 보인다.

그리고 소와 인간의 끈끈한 정과 함께 이야기의 구조가 짜임새 있게 나타난다. 주인은 호랑이로부터 소가 위태롭게 되자 소를 구하겠다는 마음이 촉발되었는데, 그 순간 자신의 안위보다 소를 구해야 한다는 생각이 더 강했다. 농경생활에서 소가 절대적으로 필요했으므로, 주인은 목숨을 걸고 소를 지킬 수밖에 없다. 동물을 아끼는 의미도 들어 있다. 그러나 인간과 동물 사이에서 인간의 보호와 안전을 위해 동물의 희생을 요구하는 경우가 보통인데, 자신의 소를 지키기 위해 인간이 목숨을 거는 내용을 넣어 독자로 하여금 독특한 이야기로 인식할 수 있게 한다.

〈선산(善山) 문수촌 의우설화〉에서 의우(義牛)의 행위는 〈선산(善山) 의우도(義牛圖)〉 8폭에 잘 나타나 있다. 〈선산(善山) 문수촌 의우설화〉는 앞에서 살핀 바와 같이 두 부분으로 나누어지지만, 〈선산(善山) 의우도(義牛圖)〉는 이야기 앞 부분인 소의 의로운 행위에 대한 내용만 그림에 담았다. 급박한 장면을 8장면으로 그림화한 것을 보면, 박진감 있는 선산 의우의 분투정신(奮鬪精神)을 실감할 수 있다.

(1) 〈선산 의우총설화(善山 義牛塚說話)〉

〈선산(善山) 의우총설화(義牛塚說話)〉는 〈선산 문수촌 의우설화〉의 내용을 축약한 형태인데 2편이 전한다.

(1) 〈義牛塚〉

문수산 아래 길 가에 있다. 이곳은 수목이 울창하여 예로부터 호랑이의 憂患이 있었다. 숭정 경오년(1630, 인조8) 4월에 점인 김기연이 그 아래에서 밭을 갈고 있었다. 이 때 포악한 호랑이가 갑자기 뛰어들어 소를 공격했다. 기연은 창황히 쟁기를 호랑이에게 던졌다. 호랑이는 이에 소를 놓아두고 도리어 기연을 물었다. 소는 이미 범에게 상처를 입었지만 그 주인이 호랑이로부터 화를 당하는 것을 보고 크게 포효하면서 뛰어들어 무수히 부딪쳤다. 호랑이는 곧 땅에 넘어져서 피를 흘리다가 마침내 골짜기에서 죽었다.

기연은 기어서 집으로 돌아왔는데, 병으로 누운 지 달포만에 세상을 떠났다. 소 또한 주인이 세상을 떠난 뒤 몇 일만에 죽었다. 마을 사람들이 이를 경이로운 일로 여겨서 그 소를 묻어주고 관청에 알렸다.

부사 조찬한공이 그 사실을 증험하여 무덤 곁에 비석을 세우라고 명하고 "義牛塚" 세 글자를 새기게 했다. 인하여 전을 지어서 그 기이한 일을 드러내었다.5)

(2) 義牛塚

　善山府 동쪽 사십 리의 문수산 아래에 사는 김기년이 산 아래에서 밭을 갈고 있었다. 이때 호랑이가 기년에게 달려 들었다. 소는 그 주인이 호랑이에게 눌려 있음을 보고 크게 부르짖고는 憤激하여 호랑이에게 뛰쳐 들어가 무수히 뿔로 받았더니 호랑이는 땅에 거꾸러져 뻐드러졌다. 며칠 뒤 소도 죽었다. 고을 원이 이를 기특하게 여겨 소를 묻어주고 비석을 세웠다.6)

　위의 (1)은 김기년(金起年)이 김기연(金起連)으로 되고, (1)과 (2) 모두 김기년(金起年)의 유언(遺言)과 논찬(論贊)이 생략되었다. (2)는 김기년의 생사(生死)에 관한 언급이 없다. (1)을 서사단락별로 요약하면 다음과 같다.

　　① 문수산 아래 기년이라는 사람이 밭을 갈다.
　　② 호랑이가 기년에게 달려들었다.
　　③ 소는 주인이 호랑이에게 눌려 있음을 보고 분격하였다.
　　④ 소는 호랑이에게 달려들어 뿔로 받았다.
　　⑤ 호랑이는 땅에 거꾸러져 뻐드러졌다.
　　⑥ 기년이 죽자, 며칠 뒤 소도 죽었다.
　　⑦ 고을원이 소를 묻어주고 비석을 세우고 <義牛傳>을 지었다.

　<의우총>에서는 소가 암소인지 황소인지 밝혀져 있지 않다. 그래서 <선산의우도(善山義牛圖)>처럼 암소가 대적하기 힘든 호랑이를 단심(丹心)으

---

5) 「義牛塚」
　文殊山下路傍 樹木蔥鬱 自古有虎患 崇禎庚午四月 店人金起連耕其下 惡虎突至搏其牛 起連蒼黃而未具擲之 虎乃舍牛而反噬起連 牛旣傷於虎 而見其主爲虎所扼 大吼奮躍牴觸 無數 虎乃仆地 流血竟死谷中 起連匍匐歸家 臥病月餘 因傷而死 牛亦於主死之後 數日而 死 里人驚異之 瘞其牛 申報於官 府使趙公讚韓 驗其實 命立石塚傍 鐫義牛塚三字 回作傳 以表其異 元傳見下(訒齋 崔晛 著,『一善誌』卷之1)

6) 「義牛塚」
　在府東四十里 文殊山下 金起年耕田于山下 有虎搏起年 牛見其主爲虎所扼 大吼 奮躍觸 無數 虎仆 地而斃 數日 牛亦死 府官異之 埋而立碑(『邑誌』, 慶尙道①, 亞細亞文化社, 1982, 「善山府邑誌」, 400쪽)

로 덤빌 수 있었던 용기나 정성은 보기 힘들다.

〈선산 의우총설화〉는 〈선산(善山) 문수촌 의우설화〉를 축약했지만 내용상 다른 점이 보인다. 즉 ②에서 호랑이는 사람에게 먼저 달려들었으나, 〈선산(善山) 문수촌 의우설화〉에서는 호랑이가 먼저 소를 습격했고 ③에서 호랑이에게 눌려 위기에 놓인 주인을 본 소는 맹호와 분투(奮鬪)하지만 〈선산(善山) 문수촌 의우설화〉에서는 소한테 덤벼든 호랑이를 기년이 쫓으려고 하자, 호랑이가 기년에게 덤벼들어 소가 호랑이와 분투하게 된다. ③④⑤에서 소가 호랑이와 싸우는 장면은 극적인 긴장감을 불러일으킨다. ⑤에서 소와의 격투로 호랑이가 죽었고, ⑥에서 사람과 소가 죽는다.

(2)에서는 사람의 죽음이 없이 소가 죽는다. 이는 호랑이와의 분투로 인한 상처 때문에 죽었으리라 본다. 이 표현에서 기년이 사망했을 가능성을 유추해 볼 수 있으나, 기년의 생사(生死)에 대해서는 분명하게 밝혀져 있지 않다.

(2) 이민환(李民寏)의 〈의우총 병서(義牛塚 並序)〉

이민환(李民寏, 1573~1649)은 선산 지방을 지나면서 직접 의우총(義牛塚)을 보고 촌로로부터 의우사를 전해 듣고 〈의우총병서(義牛塚並序)〉[7]를 지었다. 그의 문집인 『자암선생문집(紫巖先生文集)』에 전한다.

<義牛塚並序>
　내가 일찍이 서쪽으로 낙동강을 유람하면서 一善[8]을 지난 적이 있었는데 길 옆에 무덤 하나가 있었다. 무덤 앞에는 비석이 세워져 있고 비석 뒤에는 그 비석을 세우게 된 일을 기록하였는데 義牛塚이라 이름하였다. 소는 의롭다고 일컬어지기는 하지만 무덤이 있고 비석이 있는 것은 어찌 이상하지 않겠는가? 나는 이를 이상하게 여겨 시골의 늙은이들에게 물어 그 자세함을 듣게 되었다.

---

7) 並書:'辭에다가 序文을 쓴다.'는 뜻이다.
8) 一善:善山의 옛 地名

'어떤 백성이 소 한 마리를 키우고 있었다. 그는 소를 몰아 밭을 갈고 있었는데 호랑이가 소를 물었다. 백성이 이를 제지하자 호랑이는 곧바로 소를 놓아두고 사람을 위협했다. 소는 이에 울부짖으며 뿔을 드러내어 호랑이와 싸워 할퀴고 물려 죽을 지경이 되었는데 싸움은 끝나지 않았다. 소와 호랑이는 둘 다 죽을 지경이 되자 그 백성은 이를 틈 타 벗어날 수 있었다. 고을 사람들은 이를 의롭다고 여겼고 태수도 기이하게 여겨 무덤을 만들어 비석을 세우고 정려문을 만들어 표창했다.'고 했다.

내가 듣고 탄복했다.

"은혜를 품고서 죽음으로 보답하는 것은 사람도 어렵게 여기는 바인데 소가 능히 이를 하였고 비분강개하여 위급함에 달려가 분발하여 몸을 돌아보지 않음은 사람도 어렵게 여기는 바인데 소가 능히 이를 해내었다. 의롭도다. 소여."

선비가 하늘과 땅 사이에서 나서 누군들 충효로 자신의 임무로 삼지 않겠는가? 그런데 큰 절개에 임하고 혼란한 일을 만났을 때, 자신을 돌아보지 않고 용맹스럽게 가는 자는 보지 못했다. 저 짐승은 능히 하는데 사람이 할 수 없음은 아! 이것은 의롭지 않음이로다.

옛날 烏龍(개의 이름)이 능히 종을 깨물고 大寧(짐승의 이름)이 원수를 죽였으니 짐승 중에도 특이함이 있는 것이 옛날부터 그러하였다. 내가 의로운 소에 대하여 어찌 괴상하게 여기겠는가? 傳에 말하기를 '국가가 장차 흥하려면 반드시 상스러움이 있어야 한다.'라고 하였으니, 동물이 의리를 아니 상스러움 중에 무엇이 이보다 크겠는가? 한 마리 소의 죽음으로 성인의 교화가 널리 미친 것을 볼 수가 있으니 훌륭하고 아름답도다.

아! 하늘로부터 타고난 본성은 사람이나 동물이 모두 받았지만 사람은 그 온전함을 얻고 동물은 그 편벽됨을 받았는데 그 편벽됨을 받은 것도 오히려 이와 같고 그 온전함을 받은 자가 의리를 알지 못하여 임금의 녹을 먹고 관복을 입으면서도 자신의 長上을 질시하고 죽어도 구해주지 않는 자가 세상에 넘쳐나니 어찌 한 마리 소에게도 죄인이 아니겠는가? 드디어 느낌이 있어 辭를 지어 다음과 같이 말한다.

특이한 한 마리 소여! 목숨을 버리고 위급함에 처했을 땐 주인에게 보답하는 의리보다 큰 것은 없도다. 누가 짐승을 무지하다고 말하는가? 옛날 머리에 굴레를 하고 풀을 먹던 한 개 보통의 뿔을 가진 소여! 몇 년 동안 주인에게 길러져 농사에 힘을 다했네. 서쪽 밭에서 일하다가 虎視耽耽 노리는 호랑이를 만났네. 주인이 막아줌에 힘입어 소는 다행히 먹힘을 면했네. 호랑이는 재빠르게 사람을 위협하니 이에 소는 뿔과 힘이 있어 어찌 죽음을 두려워하여 벌벌 떨고 있으랴! 마침내 분연히 일어나 뿔로 받았네. 호랑이는 사납게 울부짖었지만 끝내 소와 함께 죽었도다. 의롭도다. 소여! 짐승이지만 본받을 만하도다. 고을 사람들은 아름다이 여겨 묻어주고 정려를 하였네. 조그만 무덤 하나 영원히 의로운 소를 전하리.

아! 소가 無知하다면 어찌 주인을 위해 목숨바치기를 한결같이 했겠는가? 소가 지혜롭다면 짐승의 본성은 의를 좋아한다고 누가 말하겠는가? 진실로 감동이 있으면 반드시 통하고 짐승은 완악한데도 善에 이르지 않음이 없도다. 성인의 교화가 크게 행해지면 나라에 신령한 조짐이 나타나도다. 사람은 천지 만물 중에 가장 신령하다. 물고기(生)를 버리고 곰의 발바닥(義)을 취하는 사람은 고금에 몇이나 있겠는가? 밥먹듯 어려움을 피하는 사람들이 세상에 넘쳐나는데 사람 중에도 짐승 같은 놈이 있고 짐승 가운데 사람 같은 것이 있도다. 이 어찌 소와 말이 다르다고 생각하겠는가? 경계하라. 자식 되고 신하된 자여.9)

---

9) <義牛塚 並書>

余嘗西遊洛江之右 過一善 道傍有塚 塚前立碑 碑後記其事 名之曰義牛塚 牛以義稱 塚而碑 何其異哉 余怪而詢諸村翁得其詳 有一民畜一牛駕而耕 虎來嚼牛 民力禦之 虎乃捨牛迫人 牛於是號鳴奮角 與虎力鬪 被攫噬 至死不已 牛虎俱斃 民因是得免焉 鄉人義之 太守異之 空而碑 旌而表 余聞而歎曰 含恩懷惠 以死報之 人所難也 牛能之 慷慨赴亂 奮不顧身 人所難也 牛能之 義哉牛也 士生天地間 孰不以忠孝自任哉 及臨大節遇盤錯 未見夫勇往而不顧 則彼毛蟲之能 人之所不能者 鄂非義邪 昔 烏龍噬奴 大獖殺讐 物之有異 自古而然 吾於義牛 何怪焉 傳曰 國家將興 必有禎祥 物之知義 祥孰大焉 以一牛之死 可以觀聖化之普及 猗歟美哉 嗚呼 天賦是性 人物幷受 而人得其全 物受其偏 得其偏者 尚如此 得其全者 可不知義 食君祿 衣君衣 疾視其長上 死而不救者滔滔皆是 則豈非一牛之罪人也 遂感而爲之辭曰

夫何一牛之有異兮 能舍命而臨急 義莫大於報主 孰云畜物之無識 昔勒首而吃草 一尋常之角者 幾年荷主之餋養 筋力殫於耕稼 屬有事於西疇 値眈眈之來攫 賴主人之捍禦 身幸免於餒肉 旋又急於迫人 牛也於是乎角力 豈畏死而穀乭 期奮然而觝觸 虎雖猛而咆哮 終曁牛而俱死 義哉斯牛 其可以禽獸視之 鄉人美之 空之以旌 一片馬鬣 永流義聲 噫 以牛無知也 則爲主舍生而不二 以牛有知也 則孰云獸性而好義 苟有感則必通 物無頑而不格 仰聖化之大行 表靈瑞於王國 人於天地 最靈於物 舍魚取熊 今古有幾 食焉避難 滔滔皆是 人中有獸 獸中有人 是何異牛焉而襟兮 戒哉 爲子爲臣

위의 글은 크게 세 부분으로 나눌 수 있다. 즉 작가가 직접 의우총을 목격한 내용10)과 촌로(村老)로부터 들은 의우총설화 및 논찬(論贊)[辭와 論贊]인데 논찬이 글의 대부분을 차지한다. 의우총설화를 요약하면 다음과 같다.

① 밭을 갈고 있는 소를 호랑이가 물었다.
② 주인이 이를 제지하자 호랑이는 주인을 위협했다.
③ 소는 호랑이와 血鬪했고, 주인은 위기를 벗어났다.
④ 의우총을 만들고 정려문을 세워 표창했다.

위에서 보면 사람과 소와 호랑이가 죽었다는 내용은 없으나 사(辭)에는 사람과 소와 호랑이의 혈투(血鬪) 장면이 생생하게 묘사되어 있다. 소와 호랑이는 혈투(血鬪)타가 같이 죽었으나 사람의 생사(生死)에 대해서는 언급이 없다. 마지막으로 작가는 성덕(聖德)[임금]의 교화가 퍼지면 나라에 신령한 조짐이 나타나는데, 이를 의우(義牛)의 출현으로 연결시키고 있다.

(3) 김응조의 〈제의우도(題義牛圖)〉와 〈서의우도후(書義牛圖後)〉

김응조(金應祖, 1587~1667)의 『학사집(鶴沙集)』에 전한다. 그는 1633년에 선산부사(善山府使)와 1640년에 인동부사(仁同府使)를 역임했는데, 〈선산 의우도(義牛圖)〉를 보고 시문(詩文)을 지었다.

(1) <題義牛圖>

호랑이 뼈는 피 범벅이 되고	山君髑髏血糢糊
보잘 것 없는 용기로 한번 싸워 공을 세웠네.	一戰功成膽氣麤
약한 힘은 강해지고 겁은 다시 용기로 바뀌어	弱轉爲强怯轉勇
주인의 은혜 깊어 자신의 몸도 잊었네.	主恩深處便忘軀

---

10) 작가가 본 의우총 비석에는 義牛塚에 관한 내력이 적혀 있다고 했으나 현존하는 義牛塚 비석에는 ' 義牛塚' 석자 중 ' 義牛'만 남아 있고 비문은 보이지 않는다.

의로운 소 그림에 붙인 시인데, 주인을 호랑이로부터 구하기 위한 의우
(義牛)의 분투정신(奮鬪精神)을 강하게 부각시켰다.

(2) <書義牛圖後> 의우도 뒤에 쓰다

성현의 일로 가르침을 삼은 것은 내가 진실로 논할 수가 없다. 어진 사람이 스
스로를 계획하는 자 열에 여덟.아홉이다. 짐승의 일로서 가르침을 삼은 것은 비
록 매우 어리석은 사람이라고 하더라도 못마땅히 여기고 흥분을 하며 스스로를
떨치지 않을 사람이 있겠는가? 이것이 그림이 그려진 까닭이다.

속담에 여러 동물 중 사리에 어둡고 완악하여 영특하지 않은 것은 반드시 소
라고 말할 수 있다. 그렇지만 지금 의로운 소는 그렇지 않다. 호랑이가 소를 놓
아두고 사람을 움켜잡자 날뛰고 포효하니 계곡이 진동하고 모든 짐승들이 숨을
죽였다. 소는 진실로 발톱이나 이빨을 가진 짐승들의 용기도 없으면서 대항했다.
그러나 매우 순한 본성으로 성난 호랑이의 찢어죽일 것 같은 기세를 당하여 호
랑이를 한번에 치받아 죽였다. 마치 자신을 구해준 주인에게 보답하는 듯하였으
니 또한 기이한 일이다. 호랑이가 죽고 소는 아무렇지도 않은 듯 평상시처럼 수
십 일을 지내다가 하루 아침에 주인이 죽는 것을 보고는 갑자기 미친 듯이 울어
대고 먹이를 먹지 않고 죽었다. 마치 주인의 죽음을 애통히 여겨 삶을 버린 것
같았다. 이 어찌 짐승이 할 수 있는 일이겠는가? 소가 죽고 나자 집안 사람들은
차마 도살하여 팔지 못하고 그 주인의 무덤 옆에 묻어주었다.

그 주인은 바로 선산 사람으로 고을에서 어진 사람이었다. 이 때문에 감사 풍
천선생 최현이 부사 조찬한에게 이 일을 알리자 부사가 명을 내려 무덤 가에 비
석을 세우도록 했다. 의우총이라고 이름을 짓고는 화공에게 그 일을 그리도록
명을 내리고 그 그림을 의우도라고 하였다. 이어 자신이 그 일을 기록하고는 의
우전이라고 하였다.

그러나 그림과 전이 오랫동안 세상에 알려지지 않았다. 지금의 안동 제독 이
복이 이에 홀로 개연히 여겨 판각을 하여 찍고는 두루마리를 만들어 보관하여
나에게 보여주니 그 뜻이 깊다. 아! 시속이 떨어지고 무너지지만 그대가 뒷사람
에게 남겨주신 친한 풍모는 친절하기도 하다.

사도의 직분으로 사람을 가르치는 방법이 성현들의 훌륭한 법에서 나와 소를
하찮은 짐승이라고 여기지 않고 반드시 아련히 상상하여 그림을 그렸다. 내 생

각으로는 현명한 이군은 낮은 지위에 오래 있지 않고 훗날 조정에 설 것이다. 위로는 임금께 알리고 아래로는 조정에 알려 간행해서 온 나라에 반포한다면 이 그림을 보는 사람은 짐승만도 못함을 달게 여겨 스스로 힘쓰지 않겠는가? 장차 사람 마음과 더러운 시속이 변화하여 온 세상 다 의로운 사람이 되는 것을 볼 수 있을 것이다. 이를 가르침으로 삼아 거기에 가깝기를 바란다. 이공이 말하기를 "그대는 이를 기록하라."고 하여 드디어 쓴다.11)

위의 내용은 의우도(義牛圖)가 생성된 까닭에 이어 의우사(義牛事)를 서술했다. 소 주인이 죽을 때 유언(遺言)한 내용은 없고 가족이 의로운 소의 행위를 기려 주인의 무덤 곁에 묻어주었다고 했다. (1)과 (2)는 의우도(義牛圖)와 의우전(義牛傳)이 오래도록 세상에 알려지지 않음을 안타깝게 여겨 이를 다시 판각하여 간행할 때 붙인 시문(詩文)이다. 이 시문(詩文)의 찬술 연대(撰述年代)는 작가가 1633년에 선산부사(善山府使)를 역임한 때보다 훨씬 뒤에 지어진 것으로 보인다.

(4) 〈향랑전(香娘傳)〉 소재 의우설화(義牛說話)

다음은 〈향랑전(香娘傳)〉에 부기되어 전하는 〈선산 문수촌 의우설화〉이

---

11) 「書義牛圖後」

以聖賢事爲敎 愚者固不論 賢者而自畫者 居十之八九焉 以畜物事爲敎 雖至愚之人 其有不感然感動而思所以自奮者乎 此圖之所以作也 諺 數物之冥頑不靈者 必曰牛 今義牛則不然 方虎之舍牛而攫人也 跳踉焉咆哮焉 險谷爲之震蕩 百獸爲之屛息 而牛固無爪牙之勇以牟 然至順之性 當彪怒決裂之勢 一蹴而觝斃之 有若報其主救己之恩者然 亦異矣 及其虎斃而牛無恙 飮齕自若者殆數十日 而一朝見其主之死 忽然狂叫不食而死 有若痛其主之死而舍生者然 此豈畜物所能 牛旣死 其家人不忍屠販 埋之于其主之塚傍焉 其主卽善山人 鄕之賢 故監司楓川先生崔公晛 言其事于府使趙公纘韓 府使命立石于塚上 名之曰義牛塚 命工圖其事曰義牛圖 仍自記其事曰義牛傳 而圖與傳 久未行於世 今安東提督李公馥 乃獨慨然印出而帖藏之 以示余 其意深矣 嗚呼 世降矣 俗壞矣 遺君後親之風 比比矣 司徒之職敎人之方 出於聖賢良法 而不視以爲芻狗 必朦然而自畫焉 余意李君之賢 非久於下位 他日立朝 倘以是上聞于楓宸 下告于廟堂 而刊布之于八路 則人之見此圖者 其誰自甘於禽獸不若而不爲之自勵乎 將見人心變而汙俗化 擧一世皆爲義人 以此爲敎 其庶幾乎 李公曰子其識之 遂書之

다. 향랑사(香娘事)[12]는 의우사(義牛事)보다 1세기 가량 뒤에 발생했다. 선산(善山)은 고려말 야은 길재(吉再, 1353~1419)의 절의(節義) 유풍(遺風)에 힘입어 의우(義牛)가 나오고 향랑의 정절로 이어지는 고을임을 부각시킨다. 의우설화는 구체적으로 의우의 행위를 나타낸 것과 의우사(義牛事)와 관련해서 단편적으로 언급한 내용이 있다.

① 조귀상의 〈열녀향낭도기(烈女香娘圖記)〉

조귀상(趙龜祥, 1645~1712)[13]은 1701년에 〈열녀향랑도기(烈女香娘圖記)〉를 써서 남겼다.

> … 아이의 말은 여기까지였다. 내가 듣고 슬퍼하며 방백에게 다음과 같이 보고하였다.
>
> "일선부는 예로부터 忠孝節義의 인사가 대대로 알려져 家畜까지도 의롭게 죽었다는 기림이 있고, 예상치 못한 무식한 촌 아낙도 이와 같은 뛰어난 節行이 있습니다. 비록 옛 열녀라 하더라도 어찌 이보다 낫겠습니까? 그 일 처리함을 명백히 함과 조용히 죽음에 나아간 일은 묻혀버리게 해서는 안 됩니다. 그래서 제가 감히 보고를 올리니 엎드려 바라옵기는 조종에 알려 그 무덤에 정려를 내림으로써 의열한 풍속을 고취시켜 주십시오."
>
> 방백이 즉시 장계를 올려 알렸으나 해당 관청에 놓아두고 아직 정려를 내리라

---

12) 韓國 慶北 善山府 上荊谷에 傳하는 朴自甲의 딸인 香娘 관련 說話[傳]이다. 香娘은 容貌 方正하고 性情이 貞淑했으나 繼母가 향랑을 薄待했다. 17세 때 같은 마을 林順天의 아들 七奉의 아내가 되었다. 칠봉은 성질이 暴惡하여 향랑을 원수처럼 미워했다. 견디지 못해 친정으로 갔으나 繼母의 薄待로 머물지 못해 叔父宅으로 가니 改嫁를 종용했다. 향랑은 一夫從事하겠다는 決然한 의지로 이를 거부했다. 친정과 시가에서 향랑을 받아들이지 않자 洛東江에 가서 〈山有花歌〉를 남기고 강물에 投身했다. 그뒤 향랑설화는 傳의 形式으로 李安中의 〈香娘傳〉, 李光庭의 〈林烈婦薌娘傳〉, 李鈺의 〈尙娘傳〉 등과 申維翰의 〈山有花曲〉, 李學逵의 〈山有花 序〉 등으로 전한다.

13) 趙龜祥:조선 후기 문신으로, 趙續韓의 손자이다. 조찬한의 문집 『玄洲集』을 간행했다. 1687년 처음 출사하였으나 己巳換局 때 여주에 은거했다가 갑술년(1694) 이후에야 다시 조정에 나왔다. 만년에 그의 조부가 부임해서 다스리던 곳인 선산부사에 부임했다. 저서로 『猶賢集』이 있다.

는 명이 없으니 어찌 안타깝지 않으랴. 내가 그 이름이 없어져 기림받지 못하게
될까 염려하여 이에 『三綱行實圖』를 만든 방법대로 그 모양을 그리고 그 일을
서술하여 『義牛圖』의 아래에 붙여 후에 보는 사람으로 하여금 향랑의 죽음이 烈
하였음을 알게 하련다. 아! 조부께서 이곳에 부임하셨을 때 義牛가 있었는데, 내
가 부임했을 때 향랑의 일이 생겼으니 이 고장 사람들이 모두 기이한 일이라고
돌 한다.

숭정 경오 후 74년 辛巳(1701년) 5月 어느 날에 부사 조귀상이 쓴다.[14]

작자는 향랑사(香娘事)를 듣고 방백(方伯)한테 보고하여 정려를 내리도
록 요청했으나 소식이 없자 〈의우도(義牛圖)〉 밑에 향랑사(香娘事)에 관해
서 손수 그림을 그리고 글로 써서 붙였다고 했다. 조부가 선산부사였을 때
는 의우사(義牛事)가 있었고 자신이 선사부사 재직 시에는 향랑사(香娘事)
가 있어서 모두 기이한 일로 여기고 있다고 했다. 선산(善山)은 충효절의
(忠孝節義)의 고장이기 때문에 짐승의 의로움과 사람의 절의(節義)가 이어
졌다고 한 것은 작자가 그의 조부 조찬한과 마찬가지로 선산에서의 유교
교화의 힘을 널리 세상에 알리려고 했다. 그는 야은 길재의 절의와 향랑의
정절(貞節)을 선산 의우(義牛)를 매개체로 내세워 애써 연결시키려고 했다.

② 이광정(李光庭)의 〈임열부향낭전(林烈婦薌娘傳)〉

이광정(李光庭, 1674~1754)[15]은 〈임열부향낭전(林烈婦薌娘傳)〉에서 〈선
산(善山) 문수촌(文殊村) 의우설화〉를 거의 그대로 인용했고, 〈향랑요(薌娘

---

14) …兒之言止於此. 余聞而惻愴 報於方伯曰: "唯善爲邑 自古忠孝節義之士 代有閒人 至於畜
　物 亦有義死之稱 而不料無識村氓之女 有此卓絶之行也 雖比於古之烈女 何以加此. 其處事
　之明白 就死之從容 有不可泯滅者 故敢此牧報 伏望轉報于朝 旌表其塚 以樹烈義之風云."
　　方伯卽爲啓聞 則該曹置之 尙無旌表之擧 豈不慨然矣 余惜其名湮滅而無稱 玆以三綱行
　實之例 圖其形而敍其事 以附義牛圖之下 俾後之覽者 知有香娘而其死也烈焉
噫! 王考之莅此府也 有義牛焉 下肖之莅此府也 有香娘焉 鄕人皆稱爲異事云爾
　崇禎庚午後七十四年 辛巳五月日 府使趙龜祥記.(『猶賢集』)
15) 李光庭: 本貫은 原州. 號는 訥隱이고 字는 天祥이다.

謠))에서는 이를 간접적으로 짤막하게 언급했다.

> 기이하도다! 이 때 조귀상의 祖父인 조찬한이 선산부사였는데 이를 기이하게
> 여겨 그 소의 일을 그림으로 그리고 이를 의우라 하여 그것을 위해 서문을 지었
> 다. 그로부터 73년 후에 손자 조귀상이 이어서 이곳에 태수가 되었을 때 임열부
> 의 일이 생겼으니 사람들은 이를 기이하게 여긴다.16)

의우사(義牛事)에 이은 논찬이다. 이 논찬은 조부(祖父)[趙纘韓]와 손자
[趙龜祥]가 선산부사로 재임했을 때, 각각 의우사(義牛事)와 향랑사(香娘事)
가 생겼으니 경이로운 일이 아닐 수 없다고 했다.

③ 권상하(權尙夏)의 〈의열도발(義烈圖跋)〉

권상하(權尙夏, 1641~1721)17)는 〈의열도(義烈圖)〉에 붙이는 발문(跋文)
에서 짐승의 의로운 행위에 대해서 가상히 여기고, 조찬한(趙纘韓)이 선산
부사로 재임 때는 의우(義牛)가 있었고, 조찬한의 손자인 조귀상(趙龜祥)이
선산부사로 있을 때는 향랑의 정절사(貞節事)가 있었음을 선양시켰다. 권상
하의 〈의열도발(義烈圖跋)〉은 조찬한이 남긴 〈의우전(義牛傳)〉과 〈의우도
(義牛圖)〉 뒤에 조귀상이 〈열녀향낭도기(烈女香娘圖記)〉를 첨가하여 〈의열
도(義烈圖)〉를 편찬할 때 쓴 발문이다.

④ 이안중(李安中)의 〈향랑전(香娘傳)〉

이안중(李安中, 1752~1791)은 〈향랑전(香娘傳)〉 논찬에서 간접적으로 의

---

16) 異哉!時龜祥祖纘韓爲府使 奇之畵其牛 號曰義牛 爲之序. 其後七十有三年 龜祥繼爲守
有林烈婦事 人奇之.

17) 權尙夏:本貫은 安東, 字는 致道, 호는 遂菴 또는 寒水齋이며 諡號는 文純이다. 宋浚吉.
宋時烈의 門人이다. 朋黨 싸움이 치열하던 시기에 살면서 16세기에 정립된 李滉.李珥의
이론 중 李珥.宋時烈로 이어지는 畿湖學派의 학통을 계승하고 그의 문인들에 의해 전개되
는 湖洛論辨을 학파적 성격으로 발전시키는데 크게 기여했다. 저서로 『寒水齋集』, 『三書
輯疑』 등이 있다.

우(義牛) 등 짐승들의 의로운 행위에 대해서 거론했다.

> 태사공은 말한다… 내가 들으니 선산에는 절개가 있고 의로운 사람이 많다고
> 한다. 남자에는 야은 길재가 있고 여자에는 향랑이 있으며 길짐승 중에는 의마,
> 의우, 의구가 있으며 날짐승으로는 義鷄가 있다. 그렇다면 향랑은 천성이 그렇다
> 고 할 것인가. 또 사람은 절의가 있다고 하나 오히려 짐승은 이것을 알지 못한다고
> 하였으니 의마 등은 더욱 기이하도다. 선산의 산천이 영험해서 이 같은 것을 불러
> 온 것인가. 혹자는 말하기를 "그러니까 선한 산이라는 게지."라고 한다.[18]

위의 내용에서 보면 선산은 절의를 지킨 인물의 배출에 힘입어 짐승까
지도 감화를 받아 의로운 짐승들이 생기고 지명 자체에서도 선산은 명실상
부한 절의(節義)의 고장임을 보이고 있다고 찬양했다.

2) 〈상주 의우설화〉

경북 상주(尙州)에 전해오는 의우설화는 『상주지(尙州誌)』에 실려 있다.

> 지금으로부터 약 백여 년 전 낙동강 변에 권씨 집안이 살고 있었다. 부유한 편
> 은 아니었으나 슬하에 자식(상복) 하나를 둔 단란한 가정이었다.
> 어느 날 밤이었다. 집에서 부리던 암소가 새끼를 낳았다. 송아지를 낳은 일이
> 권씨 내외에게도 기뻤지만 열 살이 넘은 외아들에게는 더욱 기뻤다. 그 후, 송아
> 지를 몰고 밖에 나가 노는 것이 아들에게는 커다란 즐거움이었다. 송아지에게
> 정신이 팔린 아들한테 부모는 우선 공부를 해서 가문을 빛내는 일이 급선무라고
> 타일렀으나, 아들의 정신은 송아지한테 더 있었다. 부모는 외동아들이라 또한 강
> 경하게 윽박지르지는 않았다.
> 송아지는 어느 덧 자라서 황소로 변했고, 상복이는 서당에 갈 때마다 소를 타고
> 다녔다. 서당이 파할 시간이 되면 황소는 미리 서당 앞으로 나올 정도가 되었다.

---

18) 太史公曰…吾聞善山多節義在人 男有吉冶隱 女有香娘 在獸有義馬義牛義狗 在鳥有義
鷄. 然則香娘其天性乎 且人節義 猶鳥獸無知尤 異也 豈善山山川之靈而致之耶 或曰:"是
故曰善山也."

어느 날 상복이는 서당에서 늦게 귀가하게 되었다. 물론 상복이는 그 황소를 타고 있었다. 어둠이 깔린 들판을 지나고 있는데 난데없이 대호가 한 마리가 나타났다. 상복이는 너무나 놀란 나머지 그만 소 잔등에서 떨어지고 말았다. 그 순간 호랑이가 돌진해 왔고 황소 역시 호랑이에게 달려들었다. 얼마나 지났는지 모른다.

정신을 잃었던 상복이가 눈을 떴을 때는 두 짐승의 격렬했던 싸움은 끝나 있었다. 대호는 황소 뿔에 찔려 죽어 있었고 황소 역시 심한 상처를 입어 숨이 경각의 지경에 있었다. 상복이는 눈물을 흘리며 피투성이가 된 황소를 한동안 쓰다듬다가 집으로 달려갔다. 이 사실을 들은 부모와 동민들이 현장에 달려갔다. 모여 든 사람들은 이구동성으로 탄성을 질렀다.

"보통 소가 아니구만!"

권씨 부부는 '의로운 소'를 그냥 둘 수 없다고 생각하고는 소를 묻어 주고 그 앞에 '의우총'이라는 비석을 세웠다.

위의 이야기를 요약하면 다음과 같다.

① 洛東江邊 권씨 집안에 자식[상복]을 하나 둔 단란한 가정이 있었다.
② 아들은 송아지를 몰고 밖에 나가 노는 것이 큰 즐거움이었다.
③ 송아지는 황소로 변했고, 아들은 서당에 갈 때마다 소를 타고 다녔다.
④ 어느 날, 서당에서 늦게 귀가하는데, 大虎가 한 마리 나타났다.
⑤ 상복이는 놀라서 소잔등에서 떨어지고, 호랑이와 소가 서로 싸움을 벌였다.
⑥ 大虎는 뿔에 찔려 죽었고, 황소도 상처를 입어 피투성이가 된 채 죽었다.
⑦ 상복이는 목숨을 건졌고, 마음 사람들이 소를 묻어주고 의우총이라는 비석을 세웠다.

상복이와 소의 다정한 관계가 잘 나타나 있다. 이 이야기도 〈선산 문수 촌 의우설화〉처럼 불의의 맹호(猛虎) 습격으로 빚어진 사건이었다. 인간과 짐승과의 훈훈한 연결 고리는 개인의 일이 확대되어 널리 공인을 받는다. 즉 〈의우총〉으로 이어진다.

3) 〈선산 봉곡동 의우총설화〉

〈선산 봉곡동 의우총(善山 蓬谷洞 義牛塚)〉 관련 이야기는 두 개가 전한다.

(1) 善山府의 남쪽 봉곡리에 할미가 늘 소를 길렀다. 할미가 죽자 소는 개령 땅에 팔렸다. 소는 옛 주인에게서 떨어져 있게 되자 밤낮 슬피 울었다. 할미의 장사날에 소는 우리를 뛰어 넘어 분연히 삼십 리를 돌진하여 곧장 장사 지내는 곳에 다달아서는 슬피 울부짖으며 비실비실 몇 걸음 치다가 오래지 않아 죽었다. 마을 사람은 이 사실을 관에 보고 하고 소를 묻어 주었다.[19]

이를 간추려 보면 아래와 같다.

① 善山府 남쪽 봉곡리에 할미가 소를 길렀다.
② 할미가 죽자 소는 개령 땅에 팔렸다.
③ 소는 옛 주인과 떨어져 있게 되자 밤낮 슬피 울었다.
④ 할미의 장사날에 달려와 울부짖다가 죽었다.
⑤ 마을 사람들은 이 사실을 관에 보고하고 소를 묻어 주었다.

위의 이야기에서는 주인의 길러 준 은혜가 나타나 있지 않다. 소의 죽음이 주인의 은혜 때문인지, 아니면 단순히 주인에 대한 그리움 때문인지에 대해 자세히 나타나 있지 않다. 따라서 소가 무엇 때문에 의로운 행위를 했는지에 대한 내용이 제시되어 있지 않아 의우(義牛)로서의 설득력이 약하다.

(2) 龜尾市[20] 봉곡동에 의우총이 있다. 驪陽人 陳洙發의 부인 밀양 박씨는

---

19) 〈義牛塚〉

在府南 蓬谷里 嫗常畜牛 嫗死 賣牛開寧地 自離舊主 晝夜悲鳴 及嫗葬日 超越圈牢 奔突三十里 直低葬所 哀叫行 未幾牛死 里人報官 埋之 (『邑誌』, 慶尙道①, 亞細亞文化社, 1982, 善山府邑誌, 400쪽)

20) 善山郡은 행정개편으로 龜尾市로 改名되었다.

가세가 가난한 처지에 또한 일찍 과부가 되었다. 이러한 형편에 암소 한 마리를 길렀는데, 이 소는 새끼를 낳은 지 사흘만에 죽었다. 어미 소를 잃은 갓난 송아지의 처연한 정경은 차마 볼 수 없었으며 이대로는 도저히 살기 어려워 죽고 말 것만 같았다.

박부인은 나물죽을 끓여 자기 손에 발라 가지고 송아지가 핥게 하기도 하고 간혹 보리죽도 먹여가며 근근히 어린 송아지의 생명을 살리기에 정성을 다했다. 송아지는 차차 먹는 것이 길들어 갔는데 어느 덧 2년이라는 세월이 지나갔다. 소가 제법 숙성하게 되자 박씨는 개녕에 가서 소를 팔아버렸다.

그 뒤 몇 해가 지났는데 박씨는 병이 들어 세상을 떠났다. 박씨의 장례를 지내는 날, 상여가 곧 출발하려 할 때였다. 한 누런 암소가 난데없이 달려와서는 상여 앞에서 눈물을 흘리면서 미친 듯이 부르짖고 날뛰는 것이 아닌가. 그러기를 몇 번이나 하다가 드디어 소는 죽고 말았다. 이를 바라본 동네 사람들은 모두 기특하고 이상한 일에 놀라지 않는 이가 없었다. 소의 의열은 인간의 충의에 못지않은 것이다. 죽은 소는 박씨의 무덤 아래 장사 지내 주었다.[21]

위의 내용을 요약하면 다음과 같다.

① 구미시 봉곡동에 의우총이 있다.
② 여양인 진수발의 부인 밀양박씨는 가난한 처지에 과부가 되었다.
③ 소를 한 마리 길렀는데, 새끼를 낳고 죽었다.
④ 박부인은 지극 정성을 다해 어미 잃은 송아지를 길렀다.
⑤ 박씨는 소를 팔았다.
⑥ 박씨의 장례식 날 암소가 상여 앞에 나타나서 울부짖다가 죽고 말았다.
⑦ 동네 사람들은 소를 박씨의 무덤 아래에 장사 지내주었다.

인간미 넘치는 이야기이다. 어미 잃은 새끼를 갓난아기처럼 지극 정성으로 돌보아 길렀다. 소는 농가의 재산이기에 소를 타인에게 파는 일은 흔히

---

21) 金樹基氏 口述(1994.1.16, 當時 74歲, 慶北 龜尾市), 李愼成, 『韓國古典文學敎材硏究』, 2004, 寶庫社, 292쪽에서 再引用.

있는 일이다. 그런데 박씨가 숨을 거둔 뒤 박씨의 상여 앞에 그 소가 나타
났다. 그리고는 울부짖던 소는 죽고 말았다. 그 소는 팔려간 게 아니었다.
시혜에 대한 은혜 갚음의 구조로 짜여 있어 감동적이다.

4) 〈소를 저버린 주인의 죽음〉

이 이야기는 울산광역시에 전해오는데, 소가 비겁한 주인을 치죄하는 내
용이다.

> 옛날에 그 울산군 강동면 후유리라 카는데 내가 살았는데, 그 때는 인자 참 어
> 릴 때 거든. 한 열살 안쪽이나 이래댔는가 싶네. 지금 생각하이까네. 그런데 할아
> 버지가 하루는 이야기를 하시는데, 그 동네 사램이, 그래. 할아버지도 젊을 때겠
> 지. 그래 그 동네 사램이 나무로, 소를 몰고 나무로 하로 갔는데, 그래 한창 나무
> 를 하다가 보이까네 범이 한 마리 나오더래. 그래 가지고 마 겁이 나가 탁 이래
> 가 있는데, 마 그 소캉, 범캉 마 눈이 맞아 가지고 마 막 싸우는기라. 인자, 소도
> 안되겠다 싶으니까 쌈하는데, 그래 이, 사람이 마 같이 지도 짝대기로 가이고 마
> 호랑이로 같이 때릴라 카고, 마 이랬시문 이소캉 마 힘이 나가지고 그 호랑이로
> 제치고 왔을낀데. 그래 안하고 마 이 할배가 마 겁이 나가지고 마 도망을 왔어.
> 와 가지고 저거 집에 떠억 문을 닫고 인자 앉아 가이고 간이 펄럭펄럭 하이 해가
> 앉아 있으니까네, 한참 앉아 있으니까네 마 소가 마 썽을 내 가이고 마 꼬리를
> 치키들고, 마 어찌 썽이 나가지고, 그래 꼬리를 치키들고 들어오디마는 마 막 씩
> 씩거리더니 문을 콱(강조) 받아뿌는기라. 놀래가 보이까, 마 쫓아 방에 들어오디
> 마 그 할배를 마 뿔로 가지고, 마 배로 콱 받아가이고, 그래가 마 할배가 그 자리
> 서 마 죽었어예. 그러니까네, 그 소가 지 편을 안 들고 갔다, 인데 이런 마음을
> 가이고 그래 하는 모양이라. 그 마 죽었는데. 놀래가주고 그 산에 나무하러 인자
> 도저히 다 몬갔다는데, 겁이 나가, 호랑이 때문에. 그러이까네 옛날에는 그 좀 짚
> 은 산에 가모, 호랑이가 많이 있었는데, 요새는 없어. 죽은 사람, 할배, 모르지. 모
> 르지. 나는 마 그냥 이 얘기를 들었지. 옛날에 그랬다고 이야기하시네.[22]

---

22) 이신성, 앞의 책, 264-265에서 재인용.

이를 요약하면 다음과 같다.

① 울산군 강동면 후유리에 어떤 사람이 살았다.
② 소를 몰고 나무하러 갔다.
③ 호랑이 한 마리가 나와서 소와 싸웠다.
④ 소의 주인은 겁이 나서 도망쳐서 집에 와 있었다.
⑤ 호랑이를 물리친 소는 집으로 찾아와 주인을 뿔로 쳐받아 죽였다.

이 이야기는 주인이 자신의 생명을 지켜 주지 않고, 도망을 가서(④) 도리어 주인에게 덤벼, 주인의 목숨을 앗아간(⑤) 이야기이다. 〈선산 문수촌 의우설화〉에서는 소가 호랑이에게 공격을 당하자 주인이 호랑이를 쫓아주었으나, 위의 이야기에서는 비겁하게 도망친 주인을 치죄한다. 이 이야기는 동물에게 감정이나 사리분별이 없다는 식의 인간 중심적 사고가 얼마나 어리석고 위험한 일인가를 일깨워주고 있다.

이상에서 한국 의우설화에 대해서 살폈다. 한국 의우설화는 주인을 위해 목숨을 바친다. 한국 의우설화의 주류는 〈선산 문수촌 의우설화〉인데 1)에서 우리는 이에 대한 다양한 시문을 접할 수 있었다. 2)는 경북 〈상주 의우설화〉이고 3)은 〈선산 봉곡동 의우설화〉이다. 1)과 2)는 소가 주인의 목숨을 구하기 위해 호랑이와 혈투 끝에 죽거나 그 상처로 주인이 죽자 굶어서 자진해버린다. 3)은 팔려간 소가 옛 주인이 죽었다는 소문을 듣고 옛 주인의 출상일에 찾아와 죽는다. 1)2)3) 모두 의우총이 전한다. 4)는 1)2)3) 과는 전혀 다른 설화이다. 호랑이가 출현해서 소가 혈투하는데 주인은 도망해버린다. 호랑이를 물리친 소는 주인을 찾아와 주인을 죽여버린다. 전자는 보은인 반면 후자는 배은의 구조이다.

2. 중국 의우설화

중국 의우설화는 많이 있으리라 보지만, 본고에서는 필자가 수집한 자료

에 한정한다.[23]

1) 〈자목상위(牸牧相衛)〉: 목동과 암소가 서로 보호해주다

먼저 중국 의우설화는 가정 계유년(1213)의 〈자목상위(牸牧相衛)〉(송나라 岳珂 撰,『桯史』卷八)를 들 수 있다.

선영이 있는 여전원 북쪽 2리 쯤의 산골짜기는 숫돌처럼 생겼는데 토속인들이 초고라고 했다. 주씨묘가 있었는데 대나무 숲 그늘에 단 샘물과 풀이 무성했는데 목동이 이곳을 다녔다.

嘉定 癸酉年(1213) 4월 갑오일 한낮이었다. 19살인 첨씨의 아들이 묘 곁에 암소를 풀어 놓아서 암소는 풀을 뜯어먹고, 그는 그 뒤에 누워 있었으며 이웃집 7-8세 되는 아이 둘이 곁에서 놀고 있었다. 그때 호랑이 한 마리가 숲속에서 어슬렁거리면서 나타나더니 곧장 암소한테 달려들었다. 두 아이는 어려서 호랑이를 알지 못하고 돌멩이를 던지며 소리쳐 호랑이를 쫓았다. 호랑이는 암소를 돌아보면서 가려고 하지 않았다. 두 아이는 호랑이를 힐끔 보며 조금씩 앞으로 가서 나무에 올라갔다.

가난한 집의 목동은 오직 이 소를 믿고 농사를 짓고 있다고 생각하니 분함을 참을 수 없었다. 그는 지름길로 집에 가서 도끼를 들고 와서 호랑이를 죽이려고 했다. 그의 아버지는 있었으나 이를 알지 못했다. 그의 어머니는 그가 온 것을 보고 급히 온 까닭을 물어서 온 이유를 말했다. 돌아보니 봄농사가 한창이라서 집에는 남자가 없었다. 그래서 마을의 부녀자 수십 명을 모아 조잘대며 따라갔다.

그곳에 이르니 두 아이는 즐겨 바라보며 태연하게 히히덕거리고 있었다. 암소는 뿔로 대항하고 호랑이는 발톱과 이빨로 할퀴서 소의 가죽은 성한 데가 없었다. 목동은 암소가 궁지에 빠진 것을 보고 크게 도끼를 휘두르며 크게 소리치면서 호랑이에게 다가갔다. 호랑이는 암소를 버리고 그에게로 왔다. 때는 나무 그늘 사이로 햇볕이 흘러내리는데 도끼날이 춤을 추며 번쩍거렸다. 호랑이는 절로 옴추려들었고 목동은 힘주어 재빠르게 분발하여 후리치고자 했다. 암소는 좀 쉬

---

23) 中國 義牛說話 蒐集에 杭州師範學院 顧希佳 敎授의 도움이 컸다. 이 자리를 빌려 고마운 뜻을 전한다.

어서 힘을 회복하여 앞으로 나서니 호랑이는 목동을 버리고 서로 버티었다. 목동은 기운을 안정시켜 다시 나아갔다. 호랑이는 또 암소를 버렸다. 목동과 암소가 호랑이를 공격했다. 이와같이 하기를 반나절쯤 되었다. 부인들은 어찌 할 바를 모르고 있는데 산 아래 사람들이 소식을 듣고는 몽둥이를 들고 함성을 지르면서 점점 많이 모여드니 호랑이는 마침내 버리고 가버려서 목동과 암소는 마침내 무사했다.

나는 그때 무덤 아래에 있었는데 종들이 직접 그 광경을 보고 와서, "가 보았더니 백성들은 둘러서서 보고 있었는데, 호랑이는 아직 벗어나지 못했습니다."라고 보고했다.[24]

위의 내용을 요약하면 다음과 같다.

① 샘물과 많은 풀이 있는 주씨묘 곁에 소를 놓아두었다. 목동은 묘 뒤에 누워있고 아이들이 주위에서 놀고 있었다.
② 호랑이가 나타나 암소에게 달려들었으나 아이들은 호랑이를 알지 못해 돌멩이를 던지며 소리쳐 호랑이를 쫓다가 나무에 올라갔다.
③ 목동은 지름길로 집에 가서 도끼를 들고 와서 호랑이를 죽이려고 했다.
④ 호랑이와 소의 혈투에서 소의 가죽은 성한 데가 없었다.
⑤ 목동은 도끼를 휘두르며 호랑이와 대적하니 호랑이는 소를 버리고 목동을 공격했다.

---

24) 先塋呂田原之北二里許, 山峽焉, 不合如礪, 土名曰焦庫. 有周氏墳, 其間篁木蔽翳, 泉甘草茂, 牧者趨之.
　嘉定癸酉四月甲午正晝, 有詹氏子十九歲, 牧一牸墳側, 方偃于背, 鄰之二兒甫齔, 戲于旁. 有虎出于薄, 直前搏牸. 二兒痴, 不識爲虎, 擲瓦礫, 噪而逐之. 虎顧牸, 不肯去, 二兒倚徙觀, 稍前, 乃緣登木.
　牧子念其家貧, 惟恃此以耕, 不勝憤, 徑歸取斧, 將以殺虎. 其父在田, 不之知: 母視其來也, 遽問而告其故, 顧東作方股, 家無男子, 乃集裡婦數人, 噪而從.
　旣至, 二兒觀酣, 嬉笑自若, 牸以角拒, 虎爪嚙無完革矣. 牧子視牸且困, 揮斧大呼, 欲以致虎, 虎果舍牸來. 時木影漏日, 刃環舞, 翁霍有光, 虎益自縮, 作勢奮迅, 欲以攫取. 牸少憩力蘇, 乃前頭, 虎舍牧子, 與之相持. 牧子氣定更進, 虎又舍牸. 牸與牧迭抗虎, 如此者彌半日頃, 群婦莫之孰何. 旣而山下民聞者, 持梃歡呼, 來漸多, 虎遂棄而去, 牸牧竟全.
　余時倚塋冢下, 仆輩親見之, 來告: 遣視, 民方環睨, 虎猶未逸也.(卷八)

⑥ 암소와 목동이 교대로 기운을 차려 호랑이를 공격했다.
⑦ 호랑이와의 대결 반나절에 마을 사람들이 몰려오니 호랑이는 도망쳐버려서
   목동과 소는 무사했다.

암소와 목동(牧童)이 힘을 합해 덤벼드는 호랑이를 쫓아 생명을 보존했
다. 악가(岳珂)는 목동과 암소가 힘을 합해 호랑이와 사투(死鬪)한 장면을
목격자로부터 듣고 채록했다. 순진무구한 아이들의 등장은 급박한 상황 속
에서도 긴장감을 해소해주며, 사람과 암소와 호랑이의 혈투 장면을 보면서
안절부절못하는 아낙네들의 모습이 생생히 다가온다. 암소를 구하기 위해
분격(奮擊)한 목동과 주인을 구하기 위한 암소의 혈투 장면이 역동적이고
신선한 느낌을 던져준다.

2) 〈우소원(牛訴寃)〉: 소가 사람의 원한을 대신하여 고소(告訴)하다

〈우소원(牛訴寃)〉은 명(明)나라 주국정(朱國禎)의 『용당소품(涌幢小品)』
(卷31)에 실려 있다.[25]

제하현 홍점에 도둑이 있었는데 왕진의 집 앞에서 사람을 죽였다. 사람들이
왕진을 잡아서 왕진에게 누명을 씌운 지도 오래 되었다. 현령 조청이 홍점을 지
나가는데 소 한 마리가 조현령 앞에 달려와 꿇어앉아 슬피 울면서 호소함이 있
는 듯했다. 조현령이 말했다. "누구의 소인가?" 사람들이 말했다. "왕진의 소입니
다." 조현령이 말했다. "진은 무슨 원통한 일이 있는가?" 읍에 와서 곧 왕진 부자
를 변론했다. 뒤에 큰 도적 왕산을 심문해서 사람을 죽인 증거를 얻었다. 제하인
은 神明하다고 칭송했고, 의우기를 지었다. 조현령은 대주 사람이고 성화 계묘
년(1483)에 천거되었다.[26]

25) <牛訴寃>(明,朱國禎, 『涌幢小品』卷31, 文化藝術出版社, 1998, 745쪽)
26) 齊河縣洪店有盜殺人于王臻戶前, 衆執臻, 已誣服久矣. 知縣趙淸過洪店, 一牛奔淸前, 跪
   而悲鳴, 若有所訴. 淸曰: "誰氏之牛?" 衆曰: "王臻也." 淸曰: "臻其有寃乎?"抵邑, 卽辯
   釋臻父子. 後鞫大盜王山, 得其殺人狀, 齊河人稱神明, 作「義牛記」. 淸, 代州人, 成化癸卯

명나라 성화 계묘년(1483)에 있었던 〈우소원(牛訴冤)〉은 살인 누명을 쓴 주인을 구하기 위해 소가 현령(縣令)에게 원통함을 고소(告訴)하여 진범(眞犯)을 체포할 수 있었다.

3) 진정(陳鼎)의 〈의우전(義牛傳)〉

진정(陳鼎, ?~?)이 지은 〈의우전(義牛傳)〉은 청(淸)나라 장조(張潮, 1650 ~?)[27]가 찬한 『우초신지(虞初新志)』(卷十一)에 실려 있다.[28]

의로운 소는 의흥현 동관산 농민 오효선 집 숫물소이다. 물소는 힘이 세고 순하여 하루에 산전 20두렁을 갈았고, 비록 심하게 배고파도 밭의 묘목은 먹지 않았으므로 오씨는 물소를 보배처럼 여겼다. 오효선은 13살 되는 희년이라는 아들이 있었는데 희년에게 물소를 먹이게 했다. 희년은 소등에 걸터앉아 소가 가는 대로 갔다.

소가 막 시냇가에 풀을 뜯어먹고 있는데 갑자기 호랑이가 소 뒤쪽 수풀 속에서 나타났는데 희년을 잡아가려는 모양이었다. 소는 이를 알고 곧 몸을 돌려 호랑이쪽으로 향하여 천천히 풀을 뜯어 먹었다. 희년은 두려워서 소등에 엎드려서 꼼짝하지 않았다. 호랑이는 소를 보고는 와서 쭈그리고 앉아서 기다렸다가 서로 가까워지면 바로 소등에 있는 아이를 잡아갈 뜻을 가지고 있었다. 소는 호랑이에게 접근하여 곧장 급히 앞으로 돌진하여 힘을 다해 호랑이를 공격했다. 호랑이는 소등에 있는 아이에게 침을 흘리고 있다가 피하지 못하고 발이 위로 넘어져[29] 시내를 막아 몸을 돌릴 수 없었고 머리가 처박혀 호랑이는 죽어버렸다. 희년은 소를 몰고 돌아가 아버지한테 말씀드렸고, 사람들을 모아 호랑이를 지고 와서 삶아 먹었다.

鄕薦.

27) 張潮(1650~?): 淸나라 文學家. 字는 山來이고 號는 心齋이며 安徽人이다. 詞에 能하고, 벼슬은 翰林院孔目을 歷任했다. 『虞初新志』를 편찬했고, 저서로는 『新齋聊復集』, 『華影詞』, 『幽夢影』 등이 있다.

28) 張潮 撰, 『虞初新志』卷十一(河北人民出版社, 1985, 211~212쪽)

29) 蹼而仰偃隘澗中에서 蹼은 蹶의 誤記인 듯하다.

어느날 효선과 이웃사람 왕불생이 물을 다투었다. 불생은 부자이면서 사나웠
다. 불생은 본디 마을 사람들의 원성을 사서 모두 그를 옳지 못하다고 했는데 효
선이 웃통을 벗어재꼈다. 불생은 더욱 화를 내어 그 아들을 데리고 와서 효선을
구타하여 죽였다. 희년은 관청에 고소를 했다. 불생은 현령에게 뇌물을 많이 주
어 도리어 희년은 곤장을 맞았다. 희년은 杖殺당했으나 다른 형제가 없어서 원
통함을 말할 수 없었다.

효선의 처 주씨는 날마다 소 앞에서 통곡하고 소에게 말했다. "저번에는 다행
히 너의 힘을 빌려 우리 아들이 호랑이밥이 되는 일을 면했다. 지금 또 父子가
원수놈에게 다 죽었구나! 하늘이여 땅이시여, 누가 나를 위해 원한을 씻어주겠
나?" 소는 이 말을 듣고 크게 노해서 머리를 흔들면서 크게 울면서 날렵하게 왕
불생의 집에 갔다. 왕불생 부자 3사람은 손님을 청해 잔치를 베풀어 즐겁게 마시
고 있었다. 소는 곧장 마루에 올라가 마침내 불생을 쳐받아 불생은 죽고 다시 두
아들을 쳐받아서 두 아들도 죽었다. 손들이 막대기를 쥐고 소와 싸웠으나 모두
다쳤다. 이웃사람이 달려가 현령에게 보고하자, 현령은 이를 듣고는 겁을 내어
죽었다.

외사씨가 말했다. 세상에서 사람의 아들은 불초하여 아비의 원수를 갚지 못한
자가 즐비하다. 소는 결국 오씨를 위해 오씨부자를 살해한 원수를 갚았다. 아! 소
또한 용감하도다. 현령이 소문을 듣고 겁이 나서 죽은 것은 마땅하다.

장산래가 말했다. 소라는 동물은 비록 몸이 우뚝하나 그 형상을 보면 미련하
고 신통하지 못하다. 지금 이 소는 홀로 주인을 위해 父子의 원수를 갚았고, 다
시 탐관오리를 겁내게 하여 죽게 했으니 마땅히 그 의로움을 기릴만[犁牛之子
騂且角]한30) 일이다.31)

---

30) '犁牛之子騂且角'은 『論語』 「雍也篇」에 나오는 다음 구절에서 인용했다.
　　子謂仲弓曰 犁牛之子騂且角 雖欲勿用 山川其舍諸

31) 義牛者, 宜興桐棺山農人吳孝先家水牯牛也. 力而有德, 日耕山田二十畝, 雖飢甚, 不食田
中苗. 吳寶之, 令其十三歲子希年牧之. 希年跨牛背, 隨牛所之.牛方食草澗邊, 忽一虎從牛
後林中出, 意慾攫希年. 牛知之, 卽旋身轉向虎, 徐行嚙草. 希年懼, 伏牛背不敢動. 虎見牛
來, 且踞以俟, 意相近卽攫牛背兒也. 牛將迫虎, 卽遽奔以前, 猛力觸虎. 虎方垂涎牛背兒,
不及避, 蹼而仰僵隘澗中, 不能輾. 水壅沈虎首, 虎斃. 希年驅牛返, 白父, 集衆舁虎歸, 烹之.
他日孝先與鄰人王佛生爭水. 佛生富而暴, 素爲鄕里所怨, 皆不直之, 而袒孝先. 佛生益怒,
率其子毆死孝先. 希年訟于官. 佛生重賂邑令, 反杖希年. 希年斃杖下, 無他昆季可白寃者.
孝先妻周氏, 日號哭于牛之前,且告牛曰:"曩幸借汝, 吾兒得免果虎腹. 今且父子俱死于仇人

위의 〈의우전(義牛傳)〉은 2개의 이야기로 되어 있다. 즉 (1)물소가 호랑이를 죽여 주인을 구한 내용과 (2)물소가 주인의 원수를 갚는 내용이다. 이를 간추리면 다음과 같다.

　(1) <물소가 호랑이를 죽여 주인을 구하다.>
① 오효선은 힘이 세고 경우가 바른 숫물소를 한 마리 길렀다.
② 그의 아들 희년이 물소에게 풀을 뜯어 먹이러 갔는데, 호랑이가 물소 등에 탄 희년에게 달려들려고 했다.
③ 물소는 갑자기 힘을 다해 호랑이를 공격했다.
④ 희년을 노리던 호랑이는 불의의 습격을 받아 넘어져 시내에 머리가 박혀 죽었다.
⑤ 사람들이 와서 호랑이를 운반하여 삶아 먹었다.

　(2) <물소가 주인의 원수를 갚다.>
① 물대는 일로 오효선이 왕불생과 다투다가 왕불생의 두 아들에게 구타당하여 죽었다.
② 희년은 관가에 고소했으나 왕불생은 현령을 매수하여 殺人事를 迷宮에 빠뜨렸고 희년은 도리어 곤장을 맞아 죽었다.
③ 오효선의 부인이 소에게 원수를 갚아달라고 하소연했다.
④ 물소는 왕불생의 집에 찾아가 왕불생의 삼부자를 죽였고, 물소를 제압하려는 사람들에게 상처를 입혔다.
⑤ 縣令은 그 소식을 듣고 衝擊死하다.
　外史氏와 張山來의 論贊

矣! 皇天后土, 誰爲我雪恨耶"? 牛聞之, 大怒, 抖搜長鳴, 飛奔至佛生家. 佛生父子三人, 方延客歡飮, 牛直登其堂, 竟觝佛生, 佛生斃; 復觝二子, 二子斃. 客有持杆與牛鬪者, 皆傷. 鄰里趨白令, 令聞之 怖死.
　外史氏曰: 世之人子不肖, 父仇不能報者比比矣. 乃是牛竟能爲吳氏報兩世殺身仇. 噫, 牛亦勇矣哉! 宜乎令聞之怖死也.
　張山來曰: 牛之爲物, 雖巍然一軀, 然觀其狀, 大抵頑而不靈. 今此牛獨能爲主報兩世之仇, 復怖死一貪墨吏, 殆所謂 "犁牛之子騂且角"者也.

위 설화는 『중국신괴고사대관(中國神怪故事大觀)』에 번역하여 수록[32]했으나 『우초신지(虞初新志)』에 실려 있는 논찬(論贊)(外史氏曰, 張山來曰)이 없고 내용도 차이점이 있다. 내용적 차이는 『중국신괴고사대관』 소재 〈의우전(義牛傳)〉(앞으로 3)-1이라 약칭함)이 『우초신지(虞初新志)』 소재 〈의우전(義牛傳)〉보다 장면 묘사가 상세하다는 점이다.

외사씨(外史氏)와 장산래(張山來)는 모두 장조(張潮)의 딴 이름이다. 그의 의우(義牛)에 대한 논평(論評)은 소와 맹호와의 혈투에 대한 언급은 없고 소가 주인[吳氏 父子]의 원수를 갚고 탐관오리(貪官汚吏)를 치죄(治罪)한 일은 사람도 하기 어려운 일이라고 의우(義牛)의 행위를 격찬(激讚)했다.

호랑이가 나타나 소와 격투하고 호랑이가 죽게 되는 장면을 3)-1(물소가 호랑이를 죽여 주인을 구하다)에서 보이면 다음과 같다.

어느 날 희년은 또 물소 치러 갔고, 물소는 마침 산골짜기 옆에서 풀을 뜯고 있었는데, 갑자기 물소 등 뒤로 호랑이 한 마리가 살며시 수풀을 뚫고 나왔다. 호랑이는 대단히 사납고 힘이 헤아릴 수 없이 세지만 어쩔 수 없는 상황이 아닌 한, 큰 동물을 공격하지 않는다. 특히 물소와 같이 두 뿔이 크고 뾰족한 큰 동물은 쉽게 공격하지 않는다. 그래서 호랑이가 수풀에서 나왔을 때도 호랑이는 물소를 노려본 것이 아니라 물소 등에 있는 아동이었다. 이때 물소는 (호랑이가 나타난 사실에 대해서) 거의 깨닫지 못한 듯이 천천히 여유롭게 몸을 호랑이 쪽으로 돌리면서 전과 다름없이 自由自在로 풀을 뜯으며 앞으로 나아갔다. 오히려 희년은 털이 곤두서고 식은 땀이 흐를 정도로 놀라 물소 등 위에 엎드려 소리를 지르지도 움직이지도 못했다. 호랑이는 자기 쪽으로 움직이는 물소를 보고, 곧 엎드려서, 물소가 가까이 접근하면 달려들어 물소 등 위에 있는 꼬마를 잡으려는 태세였다.

뜻밖에 물소는 호랑이 몸 가까이 접근했을 때, 갑자기 네 다리로 땅을 박차고 앞을 향해 돌진하여, 길고 뾰족한 굽은 뿔로 호랑이의 몸을 향해 곧장 찔러 들어갔다. 호랑이는 어떻게 든 아이를 먹고 뜻대로 되기만을 바라는 심산으로 정면

---

32) 任大霖 主編, 『中國神怪故事大觀』, 上海. 少年兒童出版社, 1990.4.

돌진했는데, 생각지도 못하게 물소가 덤벼들자 호랑이는 형편이 불리하다고 여
겨 몸을 피하려고 했으나 이미 늦어버렸다. 단지 쾅하는 소리가 천둥소리처럼
들렸는데, 그 소리는 물소 뿔이 호랑이의 몸에서 뽑히는 소리였다. 연이어 '쿵 와
르르'하는 소리와 호랑이의 기진맥진한 포효가 아주 높고도 크게 들렸다. 알고
보니 공교롭게도 그 호랑이는 네 발이 하늘을 향해 산골짜기로 떨어졌고 게다가
몸은 마침 두 바위 사이에 끼워져서 발악을 해도 빠져나오지 못했다. 山澗은 아
주 거대한 물건에 의해 물 흐름이 막혀, 뜻밖에 수위가 올라, 호랑이의 머리를
넘었다. 얼마 지나지 아니해서 산 속의 대왕을 익사시키고야 말았다.
　　그 물소는 처음엔 머리를 숙이고 있다가, 큰 뿔을 드러내고, 陣地를 확고하게
정비하여 적을 기다리다가, 外面하여 적을 곁눈질로 보기도 하면서 여유롭고 즐
거운 모습으로 풀을 뜯어먹었다.[33]

호랑이의 성질을 서술하고 호랑이의 공격 대상은 아이임을 연결시켰다.
호랑이는 공격 대상에만 관심을 집중하고 물소에 대한 방비를 하지 않았다
가 물소의 공격으로 비참하게 침몰해버렸다. 즉 물소 뿔이 호랑이 몸에서
뽑히는 소리가 천둥소리 같았고, 기진맥진한 호랑이의 포호(咆號)와 몸이
바위 사이에 끼여 빠져나오지 못하다가 냇물이 차 올라 익사했다는 내용들
이 박진감 있고 통쾌하게 묘사되어 있다.

---

33) 『中國神怪故事大觀』, 中國少年兒童出版社, 1990, 879~882쪽.
　　…有一天希年又去放牛, 水牛剛在一條山澗旁吃草, 忽然水牛背后有一隻老虎偸偸從樹林
里鑽出來。老虎這種動物雖說凶猛异常力大无究, 却不到万不得已, 决不隨便進攻大動物,
特別像水牛這種大動物, 兩只角又大又尖, 還有一股蛮力。因此它從樹林里鑽出來, 看中的
不是水牛, 而是水牛背上的小孩。這時水牛似乎一点也沒有覺察, 慢悠悠轉了一個身面對
老虎, 依然自由自在一邊吃草一邊向前移動。倒是希年嚇得直冒冷汗, 伏在牛背上不敢叫
也不敢動。老虎看到牛在向自己這邊移動, 便蹲了下來, 准備讓牛再走近些撲上去攫取牛
背上的孩子。不料水牛將近老虎身邊, 忽然四蹄刨土, 向前猛冲, 一對又長又尖的彎角朝老
虎身上直刺過去。那老虎正打看如意算盤如何吃孩子, 沒有料到水牛來這一下, 它見勢不
妙, 想要躲閃, 哪里還來得及! 只聽得轟的一聲猶如悶雷, 那是牛角牴在老虎身上发出來的
聲音, 緊接是好不響亮的撲通嘩啦一聲和老虎聲斯力竭的吼叫。原來事有湊巧, 那老虎四
脚朝天摔在山澗里, 而且身子正好嵌在兩塊山石之間, 掙扎不脫。山澗讓這龐然大物堵住
水流, 陡然上漲起來, 漫過老虎的頭, 沒多大一會儿就淹死了這個山大王! 那水牛起先低着
頭, 亮出一對大角, 嚴陣以待, 后來側過頭像觀一眼, 又悠然自得吃起草來。…

이와 반대로 혈투(血鬪) 끝인데도 물소는 너무나 태연하게 풀을 뜯고 있
는 모습이 인상적이다. 맹수에 대한 두려움으로 벌벌 떨고 있는 아이의 모
습도 잘 나타내었다.

두 번째 이야기에서도 이야기는 상황을 자세히 설명하고 있다. 3)-1(물소
가 주인의 원수를 갚다)에서 보이면 다음과 같다.

··· 그 해 그의 부친은 밭에 물대는 일 때문에 이웃사람인 왕불생과 의견충돌
이 발생했다. 왕씨는 자기가 돈이 있다고 거만하게 굴었고, 줄곧 매우 포악했으
니, 마을사람들은 모두 그와 응어리가 있었고, 이로 인해 이 일은 모두 효선이
짊어지게 되었다. 왕불생은 부끄럽고 분하다고 여긴 나머지 성이 나서, 두 아들
을 시켜 오효선을 구타하게 했는데, 결국 때려 죽였다.

희년은 현청에 고소를 했지만, 왕불생은 일찍이 현태수를 뇌물로 구워 삶아
놓은 상태였고, 이로 인해 희년의 고소장은 누구도 알지 못했을 뿐만 아니라, 현
령에게 말대꾸했다는 책임을 물어 곤장 백대 형벌을 받았다. 하급 관리 역시 뇌
물을 받은 상태여서, 죽기 살기로 때려, 결국 채 오십대도 맞지 않아, 가련한 희
년은 무참하게 맞아 죽었다. 오효선에겐 희년이란 아들 하나밖에 없었고 부자
두 사람이 다 맞아 죽었으니, 설령 어느 날 큰 누명을 썼더라도, 다시금 고소할
사람이 없었다. 당시 부녀들은 지위가 없었기 때문에, 고소를 한다손 치더라도
십중팔구는 실패했다.

오효선의 부인은 억울하여도 하소연 할 때가 없어서, 부득이 주야로 물소 앞
에서 울부짖으면서 물소에게 말했다.

"예전에 네 덕분에, 내 아들이 호랑이 뱃속에 매장 당하지 않았는데, 지금 부
자 두 사람이 오히려 저들의 손에 죽임을 당하였으니, 하느님 하느님, 누가 나의
원수를 갚고 원한을 풀어 주겠니?"

그 물소는 말을 듣고 나서 크게 노하여, 네 발로 땅을 박차고, 몸을 떨고, 목을
길게 뻗어 하늘을 우러러 보며 큰 소리로 울부짖더니 나는 듯이 왕불생의 집으
로 갔다.

왕씨 삼부자는 때마침 집에 손님을 불러 밥을 먹고 있었는데, 손님들이 많아
서 아주 벅적벅적했다. 갑자기 밖이 시끄러웠고, 사람들이 잇달아 도망다녔는데,

한바탕 북을 치는 것과 같은 소리를 따라, 얼핏 보니 흑소 한 마리가 산을 밀어 치우고 바다를 뒤집어엎을 기세로 땅을 지치며 응접실을 향해 돌진해왔다. 이상한 일이었지만, 이 많은 손님들은 전혀 관여하지 않고, 오로지 왕불생만을 향해 돌진했다. 왕불생은 이미 약간 취해 있었고 놀라는 바람에 몸을 일으켜서 달아나려고 했지만, 두 다리가 부들부들 떨리며 '사람 살려라'는 말이 나오기도 전에 몸은 기둥 위에 부딪혔고, 기둥은 부러져, 일시에 나무파편과 진흙기와가 달그락거렸다. 다시 보니 왕불생은 두 눈이 튀어나왔고, 앞가슴은 피와 살이 뒤범벅이 되었으며 두 다리는 몇 번이나 억지로 버티다가 일순간 죽어버렸다.

손님들은 모두 날카롭고 큰 소리를 내며 밖으로 도망쳤고, 왕불생의 두 아들은 처음에는 놀라 어리둥절하며 제정신이 들어서야 목숨을 내걸고 내원을 향해 도망쳤다. 물소가 바로 쫓아오는 것을 보고 한 사람은 동으로 한 사람은 서쪽으로 피해 달아났지만, 그 물소가 가로질러 갈지를 누가 알았겠는가? 물소의 뿔질 한번 발길질 한번에, 큰아들은 복도 난간 위에서 비명을 지르며 죽었고, 작은 아들은 벽에 부딪혀서 머리가 터져 죽었다.

이 때 손님 중에 약간 담력이 큰 사람은 사람이 많은 걸 믿고 호미와 삽을 들고, 물소를 제압하려고 했지만, 그 물소는 원기가 왕성하여, 좌충우돌하였고, 그 사람들은 모두 상처를 입고, 패하여 내려갔다. 소는 그제야 몸을 길게 뽑아 하늘을 향해 길게 울부짖고, 집으로 돌아갔다.

이웃 중에 몇 사람들이 몹시 허둥거리며 관청에 가서 보고했다. 현령은 처음엔 목소리를 벌벌 떨면서 듣더니 나중에 다시는 소리를 내지 못하고 책상에 엎드렸다. 하급관리가 앞으로 나가 보니, 이미 놀라서 숨진 뒤였다.[34]

---

34) …那年他父親因爲田里放水的事情與鄰人王佛生發生了爭執。那個姓王的自恃有錢, 一向十分霸道, 鄉里的人都跟他有疙瘩, 因此都偏袒孝先。王佛生見狀惱羞成怒, 帶了兩個儿子毆打吳孝先, 竟把人打死了。希年到縣衙告狀,誰知王佛生早已重金賄賂了縣太爺, 因此希年的狀子非但沒有告准, 而且因爲頂撞縣令, 被責令受刑一百大板。那些公差也受了賄賂, 都狠命地打, 結果不到五十大板, 可怜的希年就被活活打死。吳孝先就生希年一個儿子, 父子双双被打死, 縱然有天大的冤枉, 也无人再去告狀。因爲當時婦女沒有地位, 卽使告狀十有八九是要失敗的。吳孝先的老婆有冤无處訴, 只得日夜在水牛面前号哭, 跟水牛說: "從前虧了你, 我儿子才沒有葬身在老虎肚子里, 如今父子双双卻死在仇人手下, 天哪天哪, 誰爲我報仇雪恨呢?"那水牛聽了大怒, 四蹄刨地, 抖抖身子, 伸長脖子仰天大叫一聲, 接着就飛奔到王佛生家里去。王家父子三人正在家中請客吃飯。客人濟濟一堂, 好不熱鬧。忽然外面亂起來, 人群紛紛逃避, 隨着一陣擂鼓般的巨響, 只見一頭黑牛排山倒海似地衝進了客

물싸움의 원인과 살인사건으로 확대된 사정이 구체적으로 표현되어 있다. 가해자(살인재)는 관청과 결탁하여 적반하장격(賊反荷杖格)으로 피해자에게 죄를 뒤집어 씌워 피해자는 장살(杖殺)당한다. 관리들의 부패상이 상세히 서술되어 있다. 물소가 주인의 원수를 갚기 위해 왕불생을 공격하는 내용도 현장감을 실은 박진감 있고 통쾌한 필치(筆致)로 그리고 있다. 물소의 공격을 받은 왕불생은 '두 눈이 튀어나오고 앞가슴은 피와 살이 뒤범벅이 되어' 비참한 최후를 맞이한다. 동(東)과 서(西)로 도망가던 왕불생의 두 아들도 물소의 공격을 벗어나지 못하고 '물소의 뿔질 한번 발길질 한번에, 큰아들은 복도 난간 위에서 비명을 지르며 죽었고, 작은 아들은 벽에 부딪혀서 머리가 터져 죽는' 참변을 당했다. 죄과(罪過)의 엄중(嚴重)한 응징이다.

위에서 살핀 바와 같이 이 〈의우전(義牛傳)〉은 인물의 관계가 복잡하게 구성되어 있고, 내용은 두 부분으로 나눌 수 있다. (1)은 힘센 물소가 어린 아이를 향해 달려든 호랑이를 무찌른 이야기이다. 물소는 접근한 호랑이를 물리침으로써 주인 아들의 목숨을 구하게 된다.

(2)는 (1)과는 전혀 별개의 사건이 벌어지고 일은 복잡하게 얽힌다. 농경사회 특히 벼농사와 관련한 내용이다. 가뭄이 계속되면 벼논에 물대기 전쟁이 벌어진다. 공급되는 물은 태부족일 경우, 이웃간에 다툼이 벌어지고 격렬한 싸움으로까지 확대된다. 이런 상황은 한국이나 중국이나 마찬가지

堂。說也怪, 這么多賓客它都不管, 單單朝着王佛生一頭撞去。王佛生先已有些醉, 這下一驚, 想站起身來逃走, 兩條腿篩糠似的, 哪里肯聽使喚, 救命兩字還沒出口, 身子早飛出去, 撞在柱子上, 柱子折了, 一時木片泥瓦稀里嘩啦。再看那王佛生, 双眼暴出, 胸前一片血肉模糊, 双腿挺起几挺便一命嗚呼了。賓客們都尖聲大叫着往外逃, 王佛生的兩個儿子先是驚呆了, 等到明白過來, 抻命往內院逃, 恨不得爹娘多生兩條腿, 眼看水牛追趕上來, 兩人一人往東一人往西想躲閃開去, 誰知那水牛橫過身來, 角一挑腿一, 大儿子上了廊房頂上, 一命嗚呼, 小儿子一頭撞在牆上腦袋開花。這時賓客中有些膽子大的仗着人多, 拿了鋤頭鐵鏟, 想來制服那水牛, 那水牛精神抖擻, 左衝右突, 那些人全都受傷, 敗下陣來。水牛這才伸長脖子仰天長鳴, 返回家去。鄰里中有几個人氣急敗坏奔到衙門里去報告。那縣令起先還聲音發抖地聽着, 后來就再不吱聲, 伏在桌子上。公差上前一看, 原來已經嚇得氣絶身亡!

현상이다. 오효선가(家)와 왕불생가(家)의 물대기 전쟁에서의 다툼은 급기
야 살인이라는 엄청난 사태를 야기하고 말았다. 왕불생은 금력을 동원하여
이 사실을 은폐시킨 데 문제의 심각성은 더해진다. 즉 마을 사람들의 입을
막고 관리들을 매수하여 살인 사건을 미궁(迷宮) 속으로 빠뜨려 버렸다. 금
력도 권력도 없는 오효선가(家)에서는 이 억울함을 해결해 줄 구원자(救援
者)는 전무(全無)한 상태였다.

그러나 사건 해결의 실마리는 사람이 아닌 짐승에게서 찾을 수 있었다.
극적(劇的) 반전(反轉)은 오효선의 아내가 맺힌 원한을 주야(晝夜)로 물소
에게 하소연하므로 해서 찾게 된다. 그것도 물소의 능동적인 원수가(怨讐
家)에의 돌입(突入)으로 살인자(殺人者)를 처단한다. 왕불생한테 매수되어
살인사(殺人事)를 은폐(隱蔽)시킨 현령은 물소의 저돌적(猪突的)인 공격을
두려워 한 나머지 충격사(衝擊死)하고 만다.

이 〈의우전(義牛傳)〉은 각기 성질이 다른 별개의 이야기가 하나의 이야
기 속에 포함되어 있다. 이 이야기 속에서 당시 청나라 관리들의 부패상을
읽을 수 있고, 약자들이 겪는 고단하고 억울한 삶의 일면을 들여다 볼 수
있다.

선량한 오효선가(家)가 비참하게 몰락해버리는 이야기로서는 민생(民生)
을 바탕으로 한 진정한 백성들의 교화는 어렵다. 따라서 이 〈의우전(義牛
傳)〉은 살벌한 살육과 그 살육을 공공연하게 은폐시키려는 무리들이 도사
리고 있는 극도의 혼란한 인치(人治) 부재(不在)의 사회상을 고발하고 있
다. 이때 물소가 등장하여 '人治 不在의 救濟不能 社會'를 엎어버린다. 물
소는 사회정의를 실현하는 선구자적인 역할을 수행했다고 볼 수 있다.

4) 효우천설화

중국 운남성 곤명 서산공원 삼청각(三淸閣)의 효우천(孝牛泉)과 효우천

설화는 1988년 서산공원 조성사업의 일환으로 복원했다. 효우천에는 효우상(孝牛像)과 효우천설화(孝牛泉說話)를 새긴 비석 곁에 〈효우도(孝牛圖)〉 4폭이 있다. 의우도는 2폭씩 (1)과 (2)설화 내용을 그림화했다.

<孝牛泉>

(1) 효우천은 소우물[牛泉]이라고도 한다. 『昆明縣志』에 실려 있다.

명나라 嘉靖(1522~1566) 초에 進士 조연은이 이곳에서 살았다. 그는 물이 없어서 고통스러웠으나 소를 이용해서 물을 길러 날랐다. 이런 생활을 이십 여년 했다. 하루는 소가 갑자기 죽었는데 그 자리는 바로 땅이 꺼져서 우물이 되었다. 물 맛이 달고 차가웠고 비록 여름철에도 마르지 않았다.

(2) 民間傳說이 있다.

명나라 때 곤명에 소 白丁 趙五가 살았는데 어미소와 송아지를 샀다. 어느날 좋은 칼을 갈아 어미소를 넘어뜨려 묶어 죽이려고 했다. 갑자기 문밖에서 사람의 부르짖는 소리가 들렸다. 그는 칼을 내려놓고 문을 열고 나갔으나 사람 그림자도 보지 못했다. 몸을 돌려 들어오니 도살칼이 보이지 않았다. 다만 송아지가 어미소를 대하고 눈물을 흘리고 있었다. 백정은 의아해서 송아지를 때렸더니 과연 칼이 송아지 배 밑에 감추어져 있었다. 조오가 도살칼을 쥐니, 송아지는 샘물이 솟아오르는 것과 같은 눈물을 흘리며 어미소를 바라보면서 슬피 울었다. 이 情景은 조오로 하여금 마음과 손이 벌벌 떨리게 했고 갑자기 불쌍하고 가련한 마음이 생기게 했다. 조오는 백정으로 생활하는 자신은 송아지의 孝心과 같지 못하다고 여겼다. 조오는 이에 도살칼을 버리고 어미소와 송아지를 끌고 삼청각에 이르러 출가하여 수도했다.

삼청각에 도착한 어미소는 목이 말랐다. 송아지는 벼랑을 뿔로 들이받고 혀로 핥아서 돌을 뚫어 우물을 만들었다. 우물은 물이 콸콸 솟아 올랐고 어미소는 단 샘물을 마셨다. 이 샘은 효우천으로 불려졌다.

무인년(1988) 여름 西山森林公園이 세우다.[35]

---

35) <孝牛泉>
　孝牛泉, 又名牛井. 昆明縣志記載: 明朝嘉靖初年, 進士趙煉隱居于此, "苦無水, 以牛載汲, 垂二十餘年矣. 一日牛忽死, 其處卽陷爲井, 水味殊甘冽, 雖盛暑不渴."

(1)과 (2)에서 효우천(孝牛泉)의 유래를 접할 수 있다.

(1)은 기르던 소가 갑자기 죽었고 죽은 곳의 땅이 꺼져 우물이 생겼는데 물맛이 좋고 가뭄에도 마르지 않았다. 소는 주인을 위해 우물로 화신(化身)했으니 의우설화(義牛說話)라 할 수 있다.

(2)는 두 개의 이야기가 내재되어 있다.

①백정(白丁)이 어미소와 송아지를 샀다→백정(白丁)이 어미소를 죽이려 했다→백정은 어미소의 도살을 모면시킨 송아지의 효심에 감동하다→백정생활을 청산한 백정은 삼청각(三淸閣)에서 수도(修道)에 전념하다.

②삼청각에 도착한 어미소가 목말라 하자 송아지가 벼랑의 돌을 뚫어 샘을 만들어 어미소의 갈증을 풀게 했다.

①은 송아지의 효심이 인간을 감화시켜 어미소의 목숨을 건지도록 했고 ②는 일관된 어미소에 대한 송아지의 효심으로 마르지 않는 샘이 생기게 되었다.

4)-1 효우천설화(孝牛泉說話)

필자는 중국 현지인 양원(楊媛)씨로부터 효우(孝牛)[義牛]설화를 채취했다.[36]

내가 들은 두 개의 효우설화는 어떤 것이 원래 이야기인지 모른다.

첫 번째 이야기이다. 어미소는 새끼를 위해 千辛萬苦를 다했다. 새끼가 장성

民間傳說: 明朝昆明牛屠趙五, 買了母牛及牛犢. 一日磨好刀, 綁翻母牛欲殺, 忽聽門外有人叫, 他放下刀開門, 未見人影. 返身不見屠刀, 只見牛犢跪對母牛垂泪. 屠夫疑惑, 打起小牛, 果然刀藏于小牛腹下. 趙五拾起屠刀, 牛犢泪如泉涌, 望着母牛哀鳴. 此情景令趙五心顫手抖, 頓生怜憫之心, 自愧以屠爲生, 不知牛犢有孝心, 于是放下屠刀, 牽母牛和小牛到三淸閣出家修道. 到了三淸閣, 母牛渴了, 小牛犢以角抵舌舐石崖, 穿石成井, 井成泉涌, 母牛喝上甘泉. 此泉稱爲孝牛泉.

戊寅仲夏西山森林公園立

36) 中國 雲南省 昆明驛 출발 北京行 列車 속에서 운남성 開遠市宣傳部에 근무하는 楊媛 (1964년생, 女)씨로부터 採錄했음(2005년 8월 10일)

한 뒤에 새끼는 맑은 샘으로 변해서 어미소의 은혜에 보답했다.

　두 번째 이야기이다. 목동은 소를 매우 사랑했고, 소를 위해 아주 많이 보살폈다. 소는 주인을 위해 맑은 샘으로 변했다.[37)

　첫째 이야기는 어미소와 새끼소 관련 효우설화이고, 둘째 이야기는 목동과 소[牛] 관련 의우설화이다. 두 이야기 모두 화신(化身)하여 우물이 되었다.

Ⅲ. 의우설화의 유형

　의우설화의 유형은 소가 맹호와 격투하여 주인을 구하고, 뒤에 주인이 죽자 따라 죽는 투호구주자진형(鬪虎救主自盡型)과 소가 몸을 바쳐 맹호와 격투하여 주인을 구한 투호살신구주형과 소가 맹호와 격투하여 주인을 구하고 주인을 해친 무리들을 죽여 주인의 원수를 갚는 투호구주보수형, 호랑이의 공격에 목동과 암소가 서로 보호하여 호랑이를 물리친 투호목자상위형, 관청에 원통함을 호소하여 주인을 구한 소원관정구주형(訴冤官庭救主型), 몸이 변해 샘물이 되어 보은하는 화신위천보은형(化身爲泉報恩型) 및 소가 옛집에 찾아와 주인의 죽음을 애도하다가 죽는 귀소조문자진형(歸巢弔問自盡型) 등이 있다. 그리고 주인이 소를 저버리게 되어 소로부터 죽임을 당하는 배은패망형(背恩敗亡型)이 있다.

1. 의우설화의 유형

　의우설화는 앞에서 말한 바와 같이 한국 경북 선산과 상주에 여러 편 전하고 이와는 상반되는 이야기인 〈소를 저버린 주인의 죽음〉 1편이 울산에

---

37) 我聽說過的有兩個孝牛故事不知誰是正版的.
　一是牛媽媽爲了孩子歷盡千辛萬苦 孩子長大後化作淸泉報答母親.
　二是牧童很愛牛, 爲牛作出很多犧牲, 牛爲了主人而化作淸泉.

전한다. 그리고 중국에서 전해오는 의우설화 여러 편이 있다. 이들 이야기의 의미에 대해서는 전술한 바 있으므로 여기서는 의우설화의 유형만 제시하기로 한다.

1) 투호구주자진형(鬪虎救主自盡型)

투호구주자진형(鬪虎救主自盡型)은 '호랑이와 분투하여 호랑이를 격멸(擊滅)시켜 주인을 구하고 그 상처로 주인이 죽자 따라 죽는 형'이다. 〈선산 문수촌 의우설화〉가 있고, 이를 그림화한 〈선산 의우도〉 및 〈선산 문수촌 의우설화〉의 내용을 축약한 〈의우총(義牛塚)〉이 있다. 이들 이야기와 그림은 〈선산 문수촌 의우설화〉에서 파생된 것들이지만, 이야기나 그림에서 각기 색다른 모습을 보이고 있다.

2) 투호살신구주형(鬪虎殺身救主型)

소는 주인의 어린 아들이 위기에 처하자, 맹호로부터 그를 보호하여 위기극복의 분투정신을 발휘한다. 『상주지(尙州誌)』에 실린 〈상주 의우설화〉를 들 수 있다.

3) 투호목자상위형(鬪虎牧牸相衛型)

중국 송나라 1213년에 발생한 〈자목상위(牸牧相衛)〉이다. 호랑이의 공격에 목동과 암소가 서로 보호하여 호랑이를 물리친 이야기이다. 이 설화는 목동과 암소가 힘을 합해 호랑이와 혈투하는 긴박한 상황 아래 어린애 등을 목격자로 등장시켜 위기상황 속에서도 긴장감을 이완시키는 동화적인 풍경을 내보여 설화가 이채롭게 다가온다.

4) 소원관정구주형(訴冤官庭救主型)

〈우소원(牛訴冤)〉은 명(明)나라 주국정(朱國禎)의 『용당소품(涌幢小品)』

(卷31)에 실려 있다. 주인이 엉뚱하게도 살인자로 몰리자 소가 관청에 원통함을 호소하여 주인을 구하는 이야기이다. 이 설화에는 모함한 이에 대한 징벌은 나타나지 않는다. 개가 주인의 원수를 갚기 위해 관청에 나타나 부르짖어서 관리로 하여금 관리가 범인을 찾아내어 원수를 갚아주는 〈폐관정의구보주(吠官庭義狗報主)〉도 이 설화와 비슷한 유형이다.

5) 투호구주보수형(鬪虎救主報讐型)

투호구주보수형(鬪虎救主報讐型)은 맹호와 격투하여 주인을 구하고, 주인의 원수를 갚는 이야기로 중국 청대(淸代)에 전하는 〈의우전(義牛傳)〉이다. 이야기에 등장하는 물소는 주인 아들의 목숨을 구한다. 호랑이가 주인 아들을 향해 습격했을 때 물소는 호랑이와 격투하여 이를 물리침으로써 자신을 스스로 보호함은 물론 주인 아들의 목숨을 구하게 된다. 그리고 뒤에 물소는 주인의 억울한 죽음을 듣고, 주인의 원수를 갚는다.

6) 귀소조문자진형(歸巢弔問自盡型)

소 이야기의 또 다른 유형은 귀소조문자진형(歸巢弔問自盡型)이다. 〈할미가 키운 의로운 소의 무덤〉 이야기는 정성스레 키워 준 소가 남의 집에 팔려 갔다가 원래 주인이 죽자 돌아와서 주인의 죽음을 애도한 뒤에 함께 죽는다. 구미시 봉곡동(옛 지명은 善山군 구미면 봉곡리)에 현존하는 의우총에 얽힌 이야기이다. 의우총의 사실 기록은 『선산부(善山府) 읍지』에 실려 있다. 또 하나는 구미시에 거주하는 김수기씨로부터 들은 설화이다. 두 설화는 귀소조문자진형(歸巢弔問自盡型)이지만 내용에 차이가 있다. 전자는 주인과 소의 관계에서 시혜(施惠)와 보은(報恩)이 불분명한데 반해 후자는 시혜와 보은의 의미가 분명하게 드러난다.

7) 화신위천보은형(化身爲泉報恩型)

몸이 변해 샘이 되거나 바위를 뚫어 샘을 만들어 은혜에 보답하는 이야기이다. 여기는 효우설화(孝牛說話)와 의우설화(義牛說話)가 있다. 전자는 송아지가 어미소를 위해 효심(孝心)을 발휘하여 인간白丁까지 감동시켜 백정이 어미소의 도살 포기와 동시에 백정일을 청산하고 수도인(修道人)의 생활을 하게 되었으니, 인간이 짐승에게 감화를 받은 특이한 설화이다. 또 송아지는 목말라 하는 어미소를 위해 뿔과 이빨로 바위에 구멍을 뚫어 샘이 솟게 하여 어미소의 갈증을 풀도록 했다. 후자는 소가 화신(化身)하여 샘이 되어 주인의 은혜에 보답한다. 화신의 과정은 생략되고 샘이 되었다고 서술했지만, 이는 몸을 희생했다는 의미로 볼 수 있다.

8) 배은패망형(背恩敗亡型)

배은패망형(背恩敗亡型)은 사람과 소가 맹호를 만나 위기 상황에 처하자, 주인은 이에 대처하지 않고 살길을 찾아 도망해 버리자, 호랑이를 물리친 소는 도리어 주인집에서 주인을 쳐받아 죽였다는 이야기이다. 소가 주인의 은혜에 보답하는 것과는 상반되는 설화이다. 이 이야기는 비겁한 주인을 치죄하는 〈소를 저버린 주인의 죽음〉이다.

이상에서 의우설화의 유형에 대해서 살폈다. 의우(義牛)와 맹호(猛虎)의 대결 양상을 보이는 이야기는 1)투호구주자진형(鬪虎救主自盡型) 2)투호살신구주형(鬪虎殺身救主型) 3)투호구주보수형(鬪虎救主報讐型) 4)투호목자상위형(鬪虎牧牸相衛型) 등이었다. 호랑이와 소의 격투 양상은 없으나 주인의 은혜에 보답하는 이야기는 5)귀소조문자진형(歸巢弔問自盡型)이었고, 6)몸이 변해 샘이 되어 은혜에 보답하는 효우(孝牛)와 의우설화는 화신위천보은형(化身爲泉報恩型)이었고, 인간의 배은(背恩)에 소가 인간을 치죄(治罪)하는 이야기는 7)배은패망형(背恩敗亡型)이었다.

1)은 주인의 죽음 후에 의우(義牛)가 따라 죽는 유형이고 2)는 몸을 바쳐 주인의 목숨을 구하고 장렬히 죽는 유형이며 3)은 호랑이로부터 주인을 구하고 주인을 해친 무리들의 원수를 갚는 유형이며 4)는 목동과 소가 힘을 합해 호랑이를 물리쳤다.

6)는 앞의 유형과는 성격이 다르지만 '의우총(義牛塚)'이 현존하고 있는 점은 1)과 2)와 같다. 7)은 효우천(孝牛泉)과 효우석상(孝牛石像) 등이 남아 있다. 이는 의우총과 같은 구체적인 증거물이다. 8)은 한국 초등학교 국어 교과서에 교재화되어 있는 「토끼의 재판」과 같이 배은(背恩)을 통해 보은(報恩)의 의미를 부각시킬 수 있는 이야기이다.

2. 의우설화의 문학 교육적 가치

문학 교재는 어떤 사실이나 개념, 원리 등을 설명하거나 주장이나 생각을 펴는 인지적(認知的)인 단계에만 머무는 비문학적(非文學的)인 교재와는 달리, 독자에게 감동을 주어 정서순화와 가치관의 고양에 의해 인격도야를 꾀하려는 내면화 과정의 매체역할을 한다. 즉, 문학작품을 보거나 듣거나 읽음으로써 감동을 얻게 되고, 부지불식간에 그 인생관에 동화되어 새로운 인격을 형성하기도 한다.

의우설화는 인간과 짐승인 소 사이의 따뜻한 정이 나타나 있고, 소의 생명을 살려준 인간에 대한 고마움으로 인해 소가 순간의 초능력을 발휘하여 주인의 목숨을 살려낸다든가 소가 옛집에 찾아와 주인의 죽음을 애도하다가 죽기도 한다. 반면에 주인이 소를 저버리게 되어 소로부터 죽임을 당하는 배은패망형(背恩敗亡型)도 있다. 의우설화의 이런 점은 흥미성과 은혜를 입으면 그것에 보답해야 한다는 교훈성을 지니고 있다.

특히 한국 〈선산 문수촌 의우설화〉는 구조(構造)면에서 반복과 대립의 형식이 나타나고 있다. 사람과 소의 행동을 시간의 흐름에 따라 계속 이야기하는 단선적(單線的)인 진행 형식을 띠고 있다. 구성면(構成面)에서 복잡성을 피하는 아동(兒童)에게는 알맞게 사건 중심으로 되어 있다.[38] 미적(美的)인 면에서 〈선산 문수촌 의우설화〉를 〈선산 의우도〉에서 그 내용을 그림으로 수용했다. 이렇게 함으로써 농경사회의 생활과 심리적인 정화로 수용되고, 동물우화로써 인간의 현실적 문제를 효과적으로 다루고 있다.

우직한 소가 위기의 상황을 피하지 않고 호랑이와 싸웠고, 결과적으로 목숨을 건진 주인은 소가 자신을 위해서 의롭게 싸웠다고 평가하였다. 조선 조 후기 당시의 문화적 경험이 공감되어 있었으므로, 이는 정서적 공감을 얻어 수용된다. 사회 경제적인 급격한 변화의 시대에는 충·효, 군신윤리는 절실하게 다가오기 어렵지만, 주인공으로 등장한 가축은 교화의 수단으로 설득력을 지닌다. 동물우화를 통해 인간의 현실적 문제를 효과적으로 다룰 수 있게 된다.

이러한 교육적 가치가 담겨 있는 작품들은 풍부한 문학적 체험을 하게 한다. 이러한 경험의 확대는 아동들에게 생활에 대한 올바른 인식을 가지게 하여, 가치 있고 보람 있는 삶의 방향을 추구하도록 한다. 즉, 아동들에게 전통 윤리관을 통해 정의감을 환기시키고 인간과 동물의 교감 기회를 주어 보다 더 동식물에 대한 관심과 애정을 진작시켜 풍부한 인간성을 함양시킬 수 있다.

그리고 의우설화는 미적인 면에서 볼 때, 다른 문학 장르와 마찬가지로 사랑이나 미움, 슬픔과 기쁨, 공포와 경이로움, 노여움과 반가움 등 문학의 보편적 정서가 잘 나타나 있기에 정서 순화에 이바지할 수 있다. 또 의우설화는 상상과 창조적인 면에서 보면, 일상적 시공을 초월한 배경에서 인물과 동물이 현실 초월적인 사건을 전개하고 있어서 창의성을 자극하기에 알맞은 교육적 소재가 된다.

---

38) '反復과 對立의 構造'는 그 구조 속에 登場人物의 心理描寫를 했다거나 사건이 복잡하게 얽혀 있다거나 하지 않고 '單線的인 進行 形式'을 보이고 있음을 뜻한다.

Ⅳ. 의우설화의 유사성과 독창성

본고에서 고찰한 한·중 의우설화의 큰 줄기는 인간과 의우가 맹호의 습격을 받아 인간과 의우가 서로를 보호하고 구제하기 위해 맹호와 혈투하여 맹호를 격퇴하거나 침몰시킨다. 의우는 맹호와의 혈투로만 끝나지 않고 주인과 운명을 같이 하거나 주인의 원수를 갚는다든지 억울하게 사건에 연루된 주인을 구한다.

이제 한국과 중국 의우설화의 독창성[相異點]에 대해서 언급하기로 한다.

앞에서 의우설화의 유형은 모두 8개로 분류할 수 있었다. 그중 4개(①투호구주자진형(鬪虎救主自盡型) ②투호살신구주형(鬪虎殺身救主型) ③귀소조문자진형(歸巢弔問自盡型) ④배은패망형(背恩敗亡型))는 한국 의우설화이고, 4개(⑤투호목자상위형(鬪虎牧牸相衛型) ⑥투호구주보수형(鬪虎救主報讐型) ⑦소원관정구주형(訴冤官庭救主型) ⑧화신위천보은형(化身爲泉報恩型))는 중국 의우설화이다.

한국 의우설화는 의우의 죽음이 있다. ②는 맹호와의 대결에서 주인을 구하고 죽고, ①은 맹호의 대결에서 의우는 살았으나 주인의 죽음을 보고 자진(自盡)해버린다. ③은 팔려간 의우가 옛주인이 죽었다는 소문을 듣고 옛주인의 출상일(出喪日)에 찾아와 옛주인의 상여(喪輿) 곁에서 죽는다. ①②③ 모두 의우총(義牛塚)이 현존한다. ④는 맹호가 습격하자 소주인은 겁을 내어 도망하고 소는 분격하여 맹호를 물리친 뒤 주인을 찾아서 뿔로 주인을 받아 죽인다. 배은(背恩)에 대한 징벌(懲罰)이다. 한국 〈선산 문수촌 의우설화〉는 의우도(義牛圖) 8폭이 전한다. 이 의우도는 한국 초등학교 국어 교과서에 실려 아동들에게 교육되고 있다. 그리고 한국 의우설화는 이와 관련한 논찬(論贊)이 풍부하다.

한국 선산에는 〈의우전(義牛傳)〉과 〈의우도(義牛圖)〉 및 〈의구전(義狗傳)〉과 〈의구도(義狗圖)〉가 전할 뿐만 아니라 의우총(義牛塚)과 의구총(義

狗塚)도 현존한다. 그리고 정절녀(貞節女) 향랑사(香娘事)가 전하는데 이 모두를 〈의열도(義烈圖)〉에 담았다. 따라서 선산(善山)에 대해 논하는 자들은 선산은 충효절의(忠孝節義)의 고장이기 때문에 짐승의 의로움과 사람의 절의(節義)가 이어졌다고 했다. 이는 선산에서의 유교 교화의 힘을 널리 세상에 알리려고 한 것으로 보인다. 고려말 야은(冶隱) 길재(吉再)의 절의(節義)와 향낭(香娘)의 정절(貞節)을 선산 의우와 의구를 매개체로 내세워 연결시키려고 한 것으로 보인다.

중국 의우설화는 의우의 죽음이 나타나지 않는다. ⑤와 ⑥은 소와 맹호의 혈투로 ⑤는 맹호를 물리쳤고, ⑥은 맹호를 죽였으나 의우는 무사했다. ⑤⑥은 설화에 유적에 관한 언급이 없고 현존하는 유적이 없는 것으로 보인다. ⑦은 ⑤⑥과는 성격이 다른 설화이다. 의우는 관의 힘을 빌려서 억울하게 살인자로 몰린 주인을 구제한다. ⑧은 몸이 변해 샘이 되고, 뿔과 혀를 써서 돌을 뚫어 샘을 만들었다는 효우와 의우설화인데 그 현장과 증거물이 남아있다.

<韓國 慶北 善山 義牛圖>

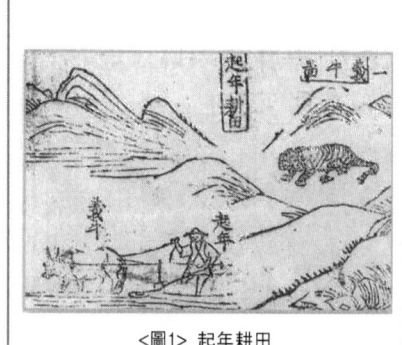 

<圖1> 起年耕田   <圖2> 虎搏牛

<圖3> 虎搏起年

<圖4> 牛搏虎

<圖5> 鬪牛與虎斃虎

<圖6> 起年臥病床 牛耕田

<圖7> 人亡牛斃

<圖8> 義牛塚

<中國 雲南省 昆明의 西山公園 三淸閣裏 孝牛泉>

V. 결론

본고는 부산교육대학교와 항주사범학원(杭州師範學院)이 공동으로 연구하고 있는 "한·중 민간설화 비교연구"의 일환으로 이루어진다. 이에 따라 필자는 이미 「한·중 의구설화 비교연구」와 「한·중 감호설화 비교연구」 및 「한·중 〈효자리〉와 〈의호정〉 설화의 비교연구」를 발표한 바 있다.

한국의 대표적인 의우설화는 경북 선산군 산동면 인덕동 문수촌(현 구미시 산동면 인덕동 문수촌)에 전하는 〈의우전〉이다. 여기서 〈선산 문수촌 의우설화〉란 〈선산 문수촌 의우도〉 8폭과 〈의우전〉에 나타난 의우의 행위를 말한다. 〈선산 문수촌 의우설화〉 이후, 의우총설화 4편을 비롯하여 여러 자료 속에 〈선산 문수촌 의우설화〉 관련 유사설화와 병서나 논찬 등이 전하고 있다. 〈선산 문수촌 의우설화〉는 맹호로부터 소가 위험에 처했을 때, 주인이 소를 보호하기 위해 맹호와 대적하자 소는 주인을 구하기 위해 사력을 다해 분투하여 맹호를 침몰시켰고, 그 뒤 주인이 죽자 소는 울부짖으며 스스로 생명을 다했다.

한국 경북 상주에도 의우설화가 전한다. 이와는 상반되는 설화인 〈소를 저버린 주인의 죽음〉 1편이 한국 울산광역시에 전한다.

중국 의우설화는 ①〈자목상위(牸牧相衛)〉와 ②〈우소원(牛訴冤)〉과 ③장조(張潮) 편『우초신지(虞初新志)』의 〈의우전(義牛傳)〉과 ④『중국신괴고사대관(中國神怪故事大觀)』에 ③을 번역하여 수록한 〈의우전(義牛傳)〉 등이 전한다. ④는 ③에 있는 논찬(論贊)(外史氏曰, 張山來曰)이 없고 ③의 내용에 장면과 행위 등을 구체적으로 묘사하여 ③보다 분량이 배 이상 늘었다. 그리고 운남성 곤명시의 서산공원 삼청각에 효우천과 효우천 關聯 설화가 있는 효우(孝牛)와 의우설화이다.

본고에서는 여러 문헌과 구전으로 전하는 한·중 의우설화의 자료적 성격과 의미를 살펴보고, 양국 의우설화의 유형 및 유사성과 독창성에 대해서 고찰했다.

한·중 의우설화의 유형은 모두 8개로 분류할 수 있었다. 그중 4개-① 투호구주자진형(鬪虎救主自盡型) ②투호살신구주형(鬪虎殺身救主型) ③귀소조문자진형(歸巢弔問自盡型) ④배은패망형(背恩敗亡型)-는 한국 의우설화이고, 4개-⑤투호목자상위형(鬪虎牧牸相衛型) ⑥투호구주보수형(鬪虎救主報讐型) ⑦소원관정구주형(訴冤官庭救主型) ⑧화신위천보은형(化身爲泉報恩型)-는 중국 의우설화이다.

한국 의우설화는 의우(義牛)의 죽음이 있다. ②는 맹호(猛虎)와의 혈투에서 몸을 죽여 주인을 구했고, ①은 맹호(猛虎)의 대결에서 의우는 살았으나 주인의 죽음을 보고 자진해버린다. ③은 팔려간 의우가 옛주인이 죽었다는 소문을 듣고 옛주인의 출상일(出喪日)에 찾아와 옛주인의 상여(喪輿) 곁에서 죽는다. ①②③ 모두 의우총(義牛塚)이 현존한다. ④는 맹호가 습격하자 소주인은 겁을 내어 도망하고 소는 분격(奮擊)하여 맹호(猛虎)를 물리친 뒤 주인을 찾아서 뿔로 주인을 받아 죽인다. 배은(背恩)에 대한 징벌(懲罰)이다.

〈선산 문수촌 의우도〉는 현행 한국 초등학교 국어 교과서에 교재화되어 아동들에게 교육되고 있다. 한국 고전산문 제재 중에서 동물의 의로운 행위가 그림으로 그려졌다는 희소성은 감동과 함께 흥미로울 뿐만 아니라 생명에 대한 존엄과 충성 및 신의와 같은 덕목을 내재하고 있어서 교육적으로 시사하는 바가 크다. 그리고 한국 의우설화는 이와 관련한 논찬이 풍부하다.

한국 선산에는 〈의우전(義牛傳)〉과 〈의우도(義牛圖)〉 및 〈의구전(義狗傳)〉과 〈의구도(義狗圖)〉가 전할 뿐만 아니라 의우총(義牛塚)과 의구총(義狗塚)도 현존한다. 정절녀(貞節女) 향랑사(香娘事)도 전하는데 이 모두를 〈의열도(義烈圖)〉에 담았다. 선산에 대해 논하는 자들은 선산은 충효절의의 고장이기 때문에 짐승의 의로움과 사람의 절의가 이어졌다고 했다. 이는 고려말 야은(冶隱) 길재(吉再)의 절의와 향낭(香娘)의 정절을 선산 의우와 의

구를 매개체로 내세워 선산에서의 유교 교화의 힘을 널리 세상에 알리려고
한 것으로 보인다.

중국 의우설화는 의우의 죽음이 나타나지 않는다. ⑤와 ⑥은 소와 맹호
의 혈투로 ⑤는 맹호를 물리쳤고, ⑥은 맹호를 죽였으나 의우는 무사했다.
⑤⑥은 설화에 유적에 관한 언급이 없고 현존하는 유적이 없는 것으로 보
인다. ⑦은 ⑤⑥과는 성격이 다른 설화이다. 의우는 관청의 힘을 빌려서
억울하게 살인자로 몰린 주인을 구제한다. 관청에 호소하여 사건을 해결한
다는 면에서는 한국의 의구설화인 〈폐관정의구보주(吠官庭義狗報主)〉와
비슷하다. ⑧은 몸이 변해 샘이 되고, 뿔과 혀를 써서 돌을 뚫어 샘을 만들
었다는 효우(孝牛)와 의우설화(義牛說話)인데 그 현장(現場)과 증거물(證據
物)이 남아있다.

中文抄錄

韓中義牛說話比較研究

<義牛傳>流傳在韓國慶北善山郡山東面仁德洞文殊村(現 龜尾市山東面仁德洞文殊村). <善山文殊村義牛說話>是指8幅<善山文殊村義牛圖>和<義牛傳>出現的義牛行爲. <善山文殊村>以後, 4篇義牛冢說話爲首, 相傳各個資料冢相關<善山文殊村義牛說話>類似說話和幷書和論贊等. <善山文殊村義牛說話>講述牛瀕臨危机, 主人不顧一切爲了保護牛, 與猛虎爲敵, 牛爲了救主人以死相拼, 主人死後, 牛也自盡.

在韓國慶北尙州也有流傳. 與此相反, 有一篇<辜負牛的主人之死>說話, 相傳與韓國蔚山廣域市.

中國義牛說話①<牸牧相衛>, ②<牛訴冤>, ③張潮編『虞初新志』的<義牛傳>, ④『中國神怪故事大觀』中翻譯 ③<義牛傳>. ④ 無 ③的論贊(外史氏曰, 張山來曰), 具體描寫 ③內容的場面和行爲, 分量比 ③更多. 雲南省昆明市西山公園三清閣的孝牛泉和與孝牛泉相關的說話中的孝牛也是義牛說話.

本文探討各揰文獻和口傳的韓中義牛說話的性格和意義, 考察兩國義牛說話類型及其類似性和獨特性.

韓中義牛說話的類型可分爲8种. 其中4個是韓國義牛說話(①鬪虎救主自盡型②鬪虎殺身救主型③歸巢吊問自盡型④背恩敗亡型), 4個是中國義牛說話(⑤鬪虎牧牸相衛型⑥鬪虎救主報讐型⑦訴冤官庭救主型⑧化身爲泉報恩型).

韓國義牛說話提到義牛的死亡. ②說牛與猛虎血鬪時, 救了主人. ①則說雖然與猛虎的決鬪中, 義牛生存了下來, 但是看到主人死而自盡. ③說被買掉的義牛, 得知主人的噩耗之後, 在主人出殯時, 在主人喪車旁死去. ①②③都有現存的義牛冢. ④則說在猛虎襲擊時, 牛主人逃掉, 等到牛擊退猛虎後, 找到主人用牛角刺死主人. 這是背恩的懲罰.

<善山文殊村義牛圖>已成爲教育兒童的韓國國語教材. 韓國古典散文體裁中的動物講義氣的行爲被圖式化, 是少有的感動與對生命的尊敬、忠誠、信義等道德的融合體, 有着很好的教育的作用. 關于韓國義牛說話的論贊很豐富.

韓國善山有<義牛傳>和<義牛圖>, <義狗傳>和<義狗圖>, 還有義牛冢和義狗冢. 廣爲流傳的貞節女香娘故事也收錄了<義烈圖>. 很多學者認爲, 善山是忠孝節義的地方, 充滿着動物的義和人的節義. 這是因爲高麗末期的冶隱吉再的節義和香娘的貞節成爲了善山義牛和義狗的媒介, 力圖告知天下人善山的儒教教化的力量.

中國義牛說話中沒有義牛的死亡. ⑤和 ⑥是牛和猛虎的血鬪. ⑤是擊退了猛虎, ⑥則說殺死了猛虎, 義牛相安無事, ⑤⑥沒有關于說話的遺迹, 也沒有現存的遺迹. ⑦是與⑤⑥性格不同的說話. 義牛通過官廳的力量, 救了被誣爲殺人犯的主人. 這與韓國的義狗說話<吠官庭義狗報主>很相似. ⑧現存有身體變成的泉, 用牛角和舌鉆石頭, 做了泉的孝牛和義牛說話的現場.

한·중·일 '나이자랑'형 설화 비교 연구

고희가(顧希佳, Gu Xijia)[*]

　일반적으로 '나이자랑'형 이야기는 소화(笑話)에 속하며, 그것도 '허풍 치기' 소화라는 큰 범주 속의 주요 항목으로 간주되고 있다. 이 설화 유형은 줄거리와 구조가 비교적 간단하여, 보통 몇 사람 혹은 동물이 함께 모여 누구의 나이가 많은지 서로 최대한으로 허풍을 늘어놓는데, 하나씩 이야기할 때마다 그 정도가 더욱 과장된다. 결말에선 종종 허풍을 가장 잘 친 사람이 이기는 것으로 끝난다. 그러나 일부 이문(異文, 변이형)도 있는데 허풍 치는 사람 가운데 한 사람은 속임수가 폭로되어 패배를 인정할 수밖에 없게 된다. 이들 소화는 한담(閑談)의 요소가 강하며 상상력이 기발하고 자유로워 청중들이 좋아하였음을 쉽게 알 수 있다. 만약 좀 더 자세히 헤아려 보면, 하하하 웃는 웃음 뒤에는 어떤 철학적 의미도 배어있어 쉽게 잊을 수 없는 강렬한 풍자가 있기도 한다.

　이 유형의 설화에서 주인공은 사람이 될 수도 있고 동물이 될 수도 있기 때문에 이야기 분류에 있어서 이견(異見)이 나타난다. 어떤 사람은 이를 소화에 포함시키지만 어떤 사람은 동물 이야기로 보기도 한다.

　이 유형의 설화는 또 세계적인 분포를 가지고 있어 국제 통용의 'AT 유형 분류법'이나 각 나라의 유형 분류법에 따라 상응하는 분류 번호를 주고

＊ 中國 杭州師範學院 敎授

있다. 설화의 역사는 무척 오래되었기에 학자들의 관심을 받고 있다. 이제 이 설화에 대한 중국, 한국, 일본 세 나라의 이문(異文)의 유포에 대해 토론함으로써, 민간설화의 비교 연구에 대해 더 깊이 생각해보는 기회로 삼고자 한다.

Ⅰ.

한국의 민간에서 이런 유형의 설화는 대개 동물 이야기의 형태로 나타난다. 비교적 이른 시기에 이 구두 서사에 주목한 사람은 손진태(孫晉泰)이다. 그는 1930년 일본 동경에서 일본어로 『조선민담집(朝鮮民譚集)』을 출판하였는데. 여기에 1923년에 채록한 텍스트를 수록하고 있다. 제목은 〈사슴과 토끼와 두꺼비의 나이〉로 줄거리는 다음과 같다.

옛날 사슴과 토끼와 두꺼비가 한 곳에서 생활하고 있었다. 어느 날 잔치를 베풀고 상을 받게 되었는데 누가 먼저 그것을 받겠느냐는 문제가 일어났다. 사슴이 하는 말이 "나는 천기가 개벽되어 하늘에 별들이 박혔을 때에 그 일을 거들어 준 일이 있었으니 내가 제일 연장일 것이다." 하였다. 토끼가 하는 말이 "나는 하늘에 별을 박을 때에 쓴 사닥다리를 만든 나무를 내 손으로 심었으므로 내가 연장자이다." 하였다. 두꺼비는 양자의 말을 듣고 훌쩍훌쩍 울기 시작하였다. 왜 우느냐고 하니 두꺼비는 이렇게 대답하였다. "내게는 자식이 셋이 있었더니라. 그들은 각각 나무를 한 주씩 심었는데, 장자는 그 나무로써 하늘의 별을 박을 때에 쓴 몽치 자루를 만들고, 둘째는 제 심은 나무로 은하수를 팔 때에 쓴 삽자루를 만들고 셋째는 제 나무로 해와 달을 박을 때 쓴 몽치 자루를 만들어서 일을 하였으니 불행히 세 자식이 모두 그 역사(役事) 때문에 죽게 되었다. 지금 자네들의 말을 들으니 죽은 자식들 생각이 나서 우는 것이다." 그렇게 해서 두꺼비가 최연장자인 것이 제정되어 첫 상을 두꺼비가가 받게 되었다고 한다.[1]

---

1) 손진태,『朝鮮民譚集』, 195-196쪽, 東京, 鄕土硏究社, 1930. 『孫晉泰先生全集』(三)에 수록, 太學社, 1981.

이 이야기는 도상록(都相祿)이란 사람의 모친이 구술한 것으로 함경남도 함흥군 서호진(西湖津) 내호(內湖)에서 채록하였으며, 시기는 1923년 8월 17일이다. 이는 우리들이 볼 수 있는 비교적 이른 시기에 기록된 한국의 '나이자랑'형 민간설화의 텍스트이다. 1946년 손진태가 내놓은 『조선 민족 설화의 연구』에서 이 이야기의 연원에 대해 고증하면서, 이는 불교 경전의 영향을 받아 한국에서 이루어진 '민족설화'의 하나라고 보았다. 그가 저서에서 인용한 불교 경전은 후진(後秦)의 북인도 승려인 불야다라(佛若多羅)가 번역한 『십송률(十誦律)』(高麗大藏經) 권34의 내용이다.

> 과거세(過去世)에 설산 아래 세 마리의 짐승이 함께 살았다. 하나는 사막새요, 둘은 원숭이요, 셋은 코끼리였다. 이 세 마리 짐승은 서로를 공경하지 않고 무시하며 가벼이 대했다. 이 세 마리의 짐승은 같은 생각을 하였다. "우리들은 왜 서로를 공경하지 못하는 걸까? 만약 먼저 태어난 자가 있다면 응당 공양과 존중을 받고 우리들을 교화할 것이다." 이때 사막새와 원숭이가 코끼리에게 물었다. "너는 과거의 어떤 일을 기억하느냐?" 이때 큰 비바(葦茇) 나무 아래에 있던 코끼리가 말했다. "내가 어려서 여기를 지나갈 땐 이 나무가 내 배 아래 있었어." 코끼리와 사막새가 원숭이에게 물었다. "넌 과거의 어떤 일을 기억해?" 원숭이가 답했다. "내가 어렸을 때 땅에 앉아 이 나무 꼭대기를 잡아 누르면 땅에 닿았어." 코끼리가 원숭이에게 말했다. "너의 나이가 나보다 많으니 내가 응당 너를 공경하고 존중해야겠어. 너는 나에게 설법을 해줘." 원숭이가 사막새에게 말했다."넌 과거의 어떤 일을 기억해?" 사막새가 답했다. "내가 어렸을 때 씨를 먹고 여기 똥을 누었는데 그게 자라 지금 이 큰 비바 나무가 된 거야." 원숭이가 사막새에게 말했다. "너의 나이가 나보다 많으니 내가 응당 너를 공경하고 존중하겠어. 너는 나에게 설법을 해줘."[2]

위의 두 텍스트를 비교해 보면 서로 간에 유사한 점을 쉽게 발견할 수 있다. 이 불경 설화에서는 종교적 설교의 흔적이 상당히 분명하다. 세 동물

---

2) 손진태, 『朝鮮 民族說話의 硏究』, 182~183쪽, 乙酉文化社, 1946.

이 서로 다투는 게 뜻밖에도 설법을 위한 것이니 어찌 우습지 않은가? 그러나 한국 민중의 구두 서사 속에서는 이미 이러한 설교적 성분은 깨끗이 씻겨 없어졌고, 거의 동화 같이 재미가 가득한 동물 이야기로 바꾸어졌다. 이로부터 우리는 대담하게 추측을 해 볼 수 있다. 혹시 고대 인도에서 당시의 민중들이 이야기하던 이 설화는 원래 동화였는데, 종교가들이 이를 개조하여 오늘날 우리들이 보는 이러한 모습이 된 것은 아닐까?

역사적으로 불경이라는 매체를 통해 대량의 고대 인도의 민간설화들이 아시아와 세계 각 지역으로 전해졌으며, 각지의 구두 서사에 깊은 영향을 미쳤다. 중국도 그러하며, 한국과 일본도 그러하다. 이 방면의 생생한 과정은 학계에서 이미 열띤 토론을 전개한 바 있는데, '나이자랑'형 설화도 생생한 예증이라 할 것이다.

1980년대에 한국에서는 전국적인 범위에서 민간문학에 대한 조사가 있었는데, 그 성과는 거질의 『한국구비문학대계』로 체현되었다. 이 책의 색인에서 우리는 최소한 5가지 '나이자랑'형 설화를 눈여겨 볼 수 있다. 그것은 충청남도 부여군 은산면의 〈토끼·늑대·거북이의 지혜겨루기〉[3], 전라남도 승주군 주암면의 〈두꺼비 여우 그리고 토끼의 내기〉[4], 전라남도 해남군 해남읍의 〈두꺼비의 나이자랑〉[5], 경상북도 성주군 초전면의 〈두더지의 나이자랑〉[6], 경상남도 진양군 일반성면의 〈두꺼비 배가 부른 연유〉 등이다.[7]

우리는 이들 이야기에서 시간과 공간이 달라지면서 각기 다른 지역의 민중들이 모두 이 이야기의 틀 속에 각자의 공동체의 지혜를 보태었고, 그

---

3) 朴桂弘, 『한국구비문학대계』(4-5), 326-327쪽, 한국정신문화원.
4) 朴順浩, 『한국구비문학대계』(6-4), 490-492쪽, 同上.
5) 李鉉洙, 『한국구비문학대계』(6-5), 45-48쪽, 同上.
6) 崔正如·姜恩海, 『한국구비문학대계』(7-5), 182쪽, 同上.
7) 鄭尙卦·柳鐘穆, 『한국구비문학대계』(8-4), 497-500쪽, 同上.

결과 이 이야기에는 현란하고 다양한 이문(異文)이 만들어졌음을 어렵지 않게 상상할 수 있다. 현대에 채록된 이 5개의 이문은 한결같이 동물들의 나이자랑이다. 동물들이 시합을 하는 동기는 여전히 음식 먹기인데, 많은 경우 음식을 똑같이 나누든지 아니면 그중 하나가 모두 먹든지 한다. 그러나 일부 이문(異文)에서 이러한 시합은 한 번으로 끝나지 않는다. 예컨대 전라남도 승주군에서 채록한 이문에서는 두꺼비, 여우, 토끼가 떡 하나를 놓고 세 번 시합한다. 첫 번째는 누가 술을 못 마시는가이다. 여우는 자신은 술 냄새만 마셔도 취한다고 했고, 토끼는 술집이 십리 밖에 있어도 술에 취한다고 했고, 두꺼비는 한 걸음 더 나아가 너희 둘이 하는 술 이야기를 듣기만 해도 벌써 취해온다고 했다. 두 번째는 누구 키가 큰가 겨루었다. 여우는 여기에 서서 먼 곳의 산꼭대기를 볼 수 있다고 했고, 토끼는 하늘의 먹구름을 만질 수 있다고 했고, 두꺼비는 토끼에게 말하길 네가 만진 검은 구름이란 게 바로 나의 생식기라고 말했다. 이렇게 해서 두꺼비가 다시 한 번 키가 가장 큰 셈이 되었다. 세 번째는 나이자랑이었다. 여우는 자신은 태고적에 태어났다고 말했고, 토끼는 자신은 당고(唐古) 시대에 태어났다고 했다. 이에 대해 두꺼비는 자신에게 두 아들이 있는데, 큰 놈은 당고 시대에 죽었고, 둘째는 태고 시대에 죽었다고 했다. 역시 두꺼비가 연장자가 되었다.[8] 다른 이문들도 각각 장점이 있지만 여기서 일일이 인용하지 않겠다.

II.

일본 민간에도 이 방면의 구두 서사가 상당히 많다. 세키 게이오(關敬吾)의 『일본 석화 대성(日本昔話大成)』 9권에는 이 방면에 자세한 자료를 싣고

---

8) 4)와 같음.

있다. 이 책에는 나가사키(長崎)현 난고래(南高來)군에서 채록한 〈누구 나이 많은지 겨루기〉가 있는데 대강의 뜻은 다음과 같다.

> 원숭이 세 마리가 산에 올라 밤을 줍는데, 하나밖에 줍지 못했다. 어떻게 나누어 먹어야 할지 몰라 나이가 많은 자가 먹기로 하였다. 첫 번째 원숭이가 말했다. "저 강의 물이 차 종지의 바닥만큼 적었을 때 내가 태어났어." 두 번째 원숭이가 말했다. "후지산이 불상 앞에 놓인 공물(供物) 같았을 때 내가 태어났어." 이 말을 듣고 세 번째 원숭이가 갑자기 울면서 말했다. "네가 그럴 때 내가 낳은 새끼가 죽었어. 지금 너희들 말에 당시 일이 생각나 슬픔에 나도 모르게 울었어." 그리하여 모두 세 번째 원숭이의 나이가 가장 많다고 보고 그에게 밤을 양보하였다.[9]

이 기록 다음에는 이 유형의 설화에 관한 일본 내의 이문(異文) 분포상황에 대해 자세히 소개하고 있다. 책에서는 적어도 가고시마(鹿兒島), 미야자키(宮崎), 구마모토(熊本), 나가사키(長崎), 고치(高知), 도쿠시마(德島), 히로시마(廣島), 오카야마(岡山), 시마네(島根), 돗토리(鳥取), 야마가타(山形), 아오모리(靑森) 등의 현(縣)에서 모두 이 방면의 기록을 발표하였다고 말하고 있다. 동시에 그중 몇 가지 중요한 이문의 서사 구조상의 차이도 개술하고 있다. 예컨대, 시마네(島根)현 니타(仁多郡)군의 설화는 인도의 원숭이, 당의 원숭이, 일본의 원숭이가 산에 올라 밤을 줍는 것으로 되어 있다. 이는 마치 이 이야기의 전파 경로를 암시하는 듯 해, 고대에 인도, 중국, 일본의 문화가 대개 이 세 마리 원숭이처럼 자주 만나 어울렸음을 느끼게 해준다. 이어서 전개되는 '나이자랑' 부분은 앞에서 말한 나가사키(長崎)현의 텍스트와 대체로 일치하며, 한국의 동류(同類)의 설화와도 큰 차이가 없다. 다만 세부 처리에 있어 일본의 민간설화는 일본의 민속과 풍정을 나타내고 있음은 쉽게 알 수 있을 뿐이다.

오히려 오카야마(岡山)현의 텍스트는 비교적 큰 차이를 나타내고 있다.

---

9) [日]關敬吾, 『日本昔話大成』(9), 194쪽, 角川書店, 1979.

여기서는 두 사람이 나이자랑을 하는데, 한 사람은 자신이 103살이라 하고, 다른 한 사람은 자신이 300세라고 하였다. 이때 또 한 노파가 걸어와서 더 크게 허풍을 쳐 두 사람이 입을 다물지 못한다.[10] 이렇게 사람 사이에 나이자랑을 하는 서사 패턴은 적어도 현재까지 한국에서는 발견되지 않았다.

III.

중국의 민간에서 전해오는 이 유형의 설화 기록은 이미 많이 발표되었다. 정내통(丁乃通)의『중국 민간설화 유형 색인』은 이를 "AT1920J 누가 가장 나이 많나?"로 분류하면서 고금의 이문(異文) 12개를 수록하고 있다. 정내통은 이 유형의 이야기를 "허풍 치는 이야기"라는 대분류 아래에 "AT1920 거짓말 시합"이라는 중분류를 두었고, 이 유형 아래 11개의 소분류를 두었다. "누가 가장 나이 많나?"는 이 11개의 소분류 가운데 하나일 뿐이다.[11] 이러한 분류는 대체로 적절하다. 그러나 정내통이 이렇게 분류한 이후의 결과를 보면 좀 부적절한 면이 나타난다. 즉, 그는 '동물 이야기'와 '소화(笑話)'라는 두 체제를 함께 놓고 봄으로써, AT분류법의 분류가 약간 들쭉날쭉하게 되었다는 점이다. 여기에 대해서는 뒤에서 논의하기로 한다.

정내통이 말한 것처럼 중국의 이 유형의 이야기는 나이자랑의 주인공이 동물이 될 수도 있고, 사람이 될 수도 있다.

먼저 동물이 주인공으로 나오는 텍스트를 보자. 몽골족의 이야기 〈여우, 고슴도치, 개구리〉를 예로 든다.

　　여우, 고슴도치, 개구리가 길에서 버터 한 조각을 보았다. 개구리가 세 조각으로 나누자고 했다. 여우가 혼자 먹을 속셈으로 내기를 하자고 했다. 구덩이에 먼

---

10) 위의 책, 194~196쪽.
11) 丁乃通,『中國民間故事類型索引』, 501－508쪽, 中國民間文藝出版社, 1996.

저 들어갔다가 먼저 나오는 자가 이기는 것으로 하였다. 시합할 때 개구리가 여우의 꼬리를 물고 뛰었기에 여우보다 더 빨랐다. 다시 누가 나이가 많나 시합하였다. 고슴도치는 백년을 살았다고 말했고, 여우는 천년을 살았다고 말했다. 이말을 듣고 개구리가 울면서 말했다. 만일 자신의 큰 아들이 살아 있다면 여우처럼 나이 먹었을 것이고, 둘째 아들이 살아 있다면 고슴도치처럼 컸을 것이라고 했다. 세 번째는 누가 가장 먼저 취하는가 내기하였다. 고슴도치는 술 한 잔만 마셔도 취한다고 했고, 여우는 술이라는 말만 들어도 취한다고 했다. 그러자 개구리는 몸을 휘청거리면서 너희들이 술에 대해 말하는 걸 들어도 취한다고 했다. 그리하여 버터는 개구리에게 돌아갔다.12)

주목할 만한 설화는 1988년 절강성 반안현(磐安縣)에서 채록한 〈늑대, 여우, 두꺼비〉로 이야기 줄거리는 역시 동물 사이에 전개된다. 그들이 의형제를 맺으려 하다가 누가 나이가 많은지 싸우다가 결국 4번에 걸쳐 시합을 하게 된다. 첫 번째는 나이시합이다. 늑대가 먼저 자신은 30살로 수염이 하얗다고 말하자, 여우는 자신은 50세로 온몸의 털이 하얗다고 말했다. 그러자 두꺼비가 자신은 90세로 온몸의 털마저 모두 빠졌다고 말했다. 두 번째는 누구의 머리가 크냐고 다투었다. 늑대는 자신의 머리가 제일 크다고 했고, 여우는 자신이 늙어서 등이 굽어졌다고 말했고, 두꺼비는 자신이 아주 늙어 둥글게 축소되었다고 말했다. 세 번째는 주량이 적은가에 대한 시합인데 또 두꺼비가 이겼다. 그의 말솜씨는 앞에서 서술한 한국의 민간설화 〈두꺼비 여우 그리고 토끼의 내기〉와 놀랍게도 유사하다. 네 번째는 누가 멀리 뛰나 시합했다. 두꺼비는 여우의 꼬리를 물고 뛰어 이번에도 또 이겼다. 그 내용은 몽골족의 이야기와 무척 비슷하다. 그리하여 두꺼비가 형이 되었다.13) 이로부터 우리는 동물이 주인공으로 나오는 '나이자랑'형 이야기는 중국 민간에도 아주 널리 유포되어 있음을 알 수 있다.

---

12) 『中國動物故事集』, 48-49쪽, 上海文藝出版社, 1978.
13) 『中國民間故事集成·浙江卷』, 578쪽, 中國ISBN中心, 1997.

그런데, 상대적으로 보면 사람이 주인공으로 나오는 '나이자랑'형 이야기
는 중국에서 더 넓게 분포되어 있는 듯하다. 이에 관한 기록도 많아 사람
들의 주목을 끈다. 더욱이 역대 서적 속의 기록은 이러한 우세를 더욱 뚜
렷이 드러낸다. 우리는 먼저 현대에 채록한 텍스트를 몇 가지 보자.

사천성 덕창현(德昌縣)의 리쑤족(傈僳族)에 전해오는 이야기 〈천관사(天
管師)와 장고로(張古老)〉는 하늘을 만들고 땅을 만들고 아홉 개의 강을 뚫
은 데서 이야기가 시작된다. 그래서 편자는 이를 리쑤족의 신화에 포함시
켰다. 그러나 천지개벽 신화를 말한 다음, 구술자는 말을 돌려 두 신화 인
물이 마누라를 뺏기 위해 다투는 '소화(笑話)'를 이야기한다. 그 대강은 다
음과 같다.

> 천관사(天管師)의 마누라 노모주왕(老母猪王)은 아주 예뻤다. 그의 외종사촌
> 장고로(張古老)가 그녀를 빼앗으려고 꾀를 내어, 천관사와 누가 더 나이가 많은
> 지 겨루었다. 천관사는 자신은 천이백 살 먹었다고 하자, 장고로는 졸음에서 깨
> 어나니 이천 오백년이 지났다고 했다. 천관사가 져서 어쩔 수 없이 자신의 마누
> 라를 장고로에게 주어야 했다. 천관사가 집에 돌아와 마누라에게 말하자, 마누라
> 는 자신이 맞서보겠다고 말했다. 그녀는 먼저 머리에 콩비지를 잔뜩 발라 훨씬
> 늙어 보이게 하였다. 장고로가 와서 그녀에게 몇 살이냐고 물었다. 그녀는 "네가
> 태어날 때 내가 해산을 도왔고, 네가 결혼할 때 부조금을 주었지."라고 말했다.
> 장고로는 놀라자빠지도록 황망히 달아났다.[14]

이는 상당히 특수한 설화 텍스트이다. 민간설화의 유형 연구는 보통 협
의의 민간설화에서 이루어진다. 물론 전설의 유형을 분석해야한다고 주장
한 학자도 있지만, 일반적으로 신화 범주에서 설화의 유형을 연구하지는
않는다. 사실 신화의 서사 풍모와 협의의 민간설화는 큰 차이가 있다. 예컨
대 일부 소화(笑話)의 서사 구조는 일반적으로 신화에서는 나타나지 않는

---

14) 『中國民間故事集成·四川卷』, 1437~1438쪽, 中國ISBN中心, 1998.

다. 그러나 유독 리쑤족의 이 설화 텍스트에서는 예외가 나타난 것이다. 이것은 신화이면서도 소화이다. 학자라면 이러한 종류의 구두 서사의 발생과 그 변화의 규칙을 연구해볼만한 할 것이다. 이는 리쑤족의 역사와 문화의 발전과 관련이 있을지도 모른다. 그들이 신화를 만들어 전파하고 있을 때 마침 외부로부터 소화가 그들의 구두 서사 영역에 끼어들어왔을지도 모른다. 그리하여 그들은 신화와 소화를 융합시켜 위와 같이 독특한 서사 구조를 만들었을 것이다.

우리는 이 텍스트에서 이전에 출현하지 않은 서사 패턴을 발견할 수 있다. 즉 어떤 사람이 나이 시합에서 졌을 때 그의 아내가 나서서 상대방의 방식으로 상대방을 이기는 것이다. 이러한 서사 패턴은 무척 흥미롭다. 물론 우리들이 이전에 출현하지 않았다고 하는 것은 본 논문의 순서에서 나온 말이지, 리쑤족의 이 텍스트가 가장 오래되었다는 뜻은 아니다. 사실 이러한 패턴은 다른 곳에서는 오래 전에 널리 유포되고 있었을지도 모른다. 예컨대, 북경시와 길림성에서 채록된 텍스트는 이점에서 리쑤족의 기록본과 무척 유사하다. 북경시 문두구구(門頭溝區)에서 전해오는 〈팽조(彭祖)가 아내를 내기로 걸다〉를 보자.

나이가 많은 팽조(彭祖)는 허풍 치기를 좋아하였다. 한 번은 자기보다 나이가 많은 사람이 있으면 그에게 마누라를 주겠다고 내기를 걸었다. 한 스님이 말했다. "나는 천상의 노승(老僧)으로 옥황상제가 인간세상으로 파견 보내어 내려왔소. 그동안 사라수(娑羅樹)가 아홉 번 잎을 떨구고, 황하가 아홉 번 맑아졌소." 팽조가 지고선 집에 돌아와 마누라에게 말했다. 마누라가 말하기를 자신이 한 번 해보겠다고 했다. 그녀가 스님에게 말했다. "나는 상계의 선녀로 옥황상제가 나를 내려보냈소. 달 속의 사라수는 내가 심었고, 땅 위의 황하는 내가 물길을 텄소. 네 어미가 시집갈 때 내가 중매를 섰는데, 지금 이처럼 까까머리 아이를 낳았네 그려."[15]

---

15) 『中國民間故事集成·北京卷』, 905~906쪽, 中國ISBN中心, 1998.

위 글 다음에는 북경시 서성구(西城區)와 회유구(懷柔區)에도 유사한 텍스트가 채록되었다고 부기하고 있다. 북경 일대에는 이러한 이야기가 상당히 많이 퍼져 있음을 알 수 있다. 이 이야기는 순구류(順口溜)라는 말놀이 형식을 채용하고 있어 불필요한 말이 한 마디도 없으면서 오히려 깊은 인상을 준다.

길림성 이수현(梨樹縣)에 전해오는 이야기 〈나이 시합〉도 유사한 내용이다. 대강의 내용은 다음과 같다.

> 마을의 두 노인이 나이 시합을 벌였다. 마씨(馬氏)가 말했다. 만일 자네의 나이가 나보다 많다면 내 마누라를 자네에게 주겠네. 마씨가 말했다. "남산에 핀 꽃 한 송이, 난 팔백팔 년 살았네." 우씨(牛氏)가 말했다. "북산에 버드나무 한 그루, 난 구백구 년 살았네." 마씨가 졌다. 집에 돌아와 아내에게 말하니 그 아내가 우씨를 만나러 갔다. 그녀가 말했다. 높은 산 위의 회화나무 한 그루, 천지개벽 때 내가 왔네. 네 어미가 시집갈 때 내가 신부 맞는 손님이었고, 네 어미가 널 낳을 때 내가 탯줄 잘라 주었지." 우씨는 얼굴이 빨개져 달아나고 말았다.16)

물론 이 두 텍스트가 역사적으로 리쑤족의 설화보다 더 일찍 나왔는지 현재로서는 단언할 수가 없다. 우리들은 이들 내용이 기록되기 이전에 유사한 내용이 각 민족 혹은 지역 사람들에게 비교적 긴 시기 동안 유포되었으리라 대강 추측할 수 있을 뿐이다. 민간설화가 전통문화의 하나란 점은 의심할 나위가 없다. 그러나 어떤 구체적인 이야기를 가지고 그 역사적 내용을 연구한다는 것은 반드시 사료(史料)에 의거하여 신중하게 판단하여야 함은 이미 상식이 되었다. 우리들은 현대에 중국 민간에서 채록한 기록물의 성과에서 사람이 주인공으로 나오는 나이자랑의 서사 패턴이 이처럼 많음을 발견할 수 있어, 자연 이에 대한 역사적 근원에 관심을 가지지 않을 수 없다. 때문에 우리들은 역사 서적 속에서 그 근원을 찾을 필요가 있다.

---

16) 『中國民間故事集成·吉林卷』, 961~962쪽, 中國文聯出版公司, 1992.

IV.

서적은 수없이 많아 혹여 자료를 빠뜨릴 가능성이 있다. 그러나 필자의 능력으로 현재 파악할 수 있는 자료를 보면, 중국 고대에 사람과 사람 사이의 '나이자랑' 이야기는 비교적 이른 시기에 나타났으며, 게다가 그 전파도 상당히 활발했다고 판단할 수 있다.

일찍이 춘추전국 시기에 이러한 내용이 이미 전적에 보인다. 『한비자』 「외저설좌상(外儲說左上)」 중의 「설이(說二)」에는 〈나이를 다투는 정나라 사람(鄭人爭年)〉 이야기가 있다.

> 정나라 사람 가운데 나이를 다투는 사람이 있었다. 한 사람이 말했다. "나는 요(堯)와 나이가 같아." 다른 사람이 말했다. "나는 황제(黃帝)의 형과 동갑이야." 다투어도 결판이 나지 않자 마지막으로 멈춘 사람이 이겼다.[17]

이 텍스트는 비교적 간단하지만 그래도 얼마간 정취가 있다. 결말에서 두 사람이 끝없이 다투다가 맨 나중에 다투기를 그만둔 사람이 이겼다. 이 이야기로부터 우리는 '나이자랑'형 소화가 대개 당시에 이미 중원 일대에 유포되어 있었음을 증명할 수 있다. 이는 사람과 사람의 '나이자랑'이지 동물 사이의 '나이자랑'이 아니다. 앞에서 우리는 한국 학자 손진태의 관점을 언급했는데, 동물 사이 '나이자랑'의 초기 문헌은 후진(後秦) 시기에 중국에 전래된 불경 설화였다. 만약 이를 『한비자』의 저술 연대와 비교한다면, 한역(漢譯) 불경의 중국 진입 및 한반도와 일본 등지의 전래는 이와 비교해보면 훨씬 나중의 일이다.

이로부터 우리는 사람과 사람 사이의 '나이자랑'의 서사 구조는 중국 민간에서 자생하였으며 불경 설화의 영향을 받지 않았다고 말할 수 있다. 물론, 동물 사이의 '나이자랑'의 서사 구조는 중국과 한국과 일본을 막론하고

---

17) 『韓非子校注』, 375~376쪽, 江蘇人民出版社, 1982.

모두 불경 설화의 영향을 받았음은 의심할 여지가 없을 것이다.

만약 전적 가운데『한비자』속의 한 예만 찾았다면 우리의 토론은 상당히 힘들었을 것이다. 다행히 유사한 예증이 이후의 전적 속에서도 찾을 수 있었다. 여기서는 먼저 송대 문호 소동파(蘇東坡)가 기록한 내용을 소개한다.

세 노인이 만났다. 어떤 사람이 나이를 물었다. 한 사람이 말했다. "내 나이는 나도 잘 몰라. 다만 어렸을 때 반고(盤古)와 친했다는 게 기억 나." 다른 한 사람이 말했다. "바다가 뽕밭이 되었을 때, 난 산가지(算枝) 하나를 놓았는데, 네가 왔을 땐 내가 놓은 산가지가 열 칸 집을 다 채웠어." 남은 한 사람이 말했다. "번도 복숭아(蟠桃)를 먹고 버린 씨가 곤륜산 아래서 자라더니 지금은 산만큼 높아졌어." (『동파지림』권2 <세 노인의 말>)[18]

송대에 소화에서 허풍 치는 정도는 이미 춘추시대보다 더욱 높아졌음을 어렵지 않게 알 수 있다.

명대 육작(陸灼)의『애자후어(艾子后語)』「대언(大言)」은『동파지림(東坡志林)』의 <세 노인의 말>의 번안 같다. 그러나 그 줄거리는 더욱 풍부해져 웃지 않을 수 없다.

조(趙)나라의 방사(方士)는 큰 소리 하기를 좋아해서 애자(艾子)가 장난삼아 물었다. "선생은 나이가 얼마이신지요?" 방사가 멍한 표정으로 말했다. "나도 잊어버렸소. 어렸을 때 아이들과 함께 복희(宓羲)가 팔괘를 그린다고 해서 보러 갔는데, 그가 뱀 몸에 사람 머리인 걸 보고 놀라 기절했소. 다행히 복희가 약초로 치료해 주어서 나는 죽지 않을 수 있었소. 여와(女媧) 시대 때는 하늘이 서북으로 기울고 땅이 동남쪽으로 기울었지만 난 가운데 있었기에 해를 입지 않았소. 신농(神農)이 곡식을 뿌릴 때 나는 곡식을 먹지 않은 지 오래 되어서 한 톨도 먹지 않았다오. 치우(蚩尤)가 오병(五兵)을 이끌고 나를 침범할 때 손가락 하나를 들어 그의 이마를 치니 온 얼굴에 피를 흘리며 달아났소. 창힐(蒼頡)이 글자를

18)『東坡志林·仇池筆記』, 83쪽, 華東師範大學出版社, 1983.

몰라 나에게 와서 가르쳐 달라고 하기에 어리석다고 여기고 하찮게 보았지. 경도(慶都)가 열네 달 만에 요(堯)를 낳더니 나를 불러 탕병회(湯餠會)를 열어달라고 하였소. 순(舜)이 부모에게 학대를 당하고 하늘을 향해 울기에 내가 손으로 눈물을 닦아주며 여러 차례 권면하니 마침내 효도로 유명해졌지. 우(禹)가 치수를 하다가 내 집 앞을 지나가기에 노고를 위로하며 술잔을 권했더니 애써 사양하고는 가버리더군……."

이후도 계속 허풍이야기라 세상에 '부끄러움'이란 말이 있는 줄 모르는 듯하다. 우리들은 일일이 인용할 필요가 없으리라. 이어서 그는 또 말했다.

"……줄곧 취해 있어 아직도 완전히 못 깨 오늘이 어느 갑자(甲子)인지 모르겠소." 애자가 그저 예예 대답하고 물러나왔다. 조금 후 조왕(趙王)이 말에서 떨어져 옆구리를 다쳤다. 의사가 말했다. "천년 묵은 혈갈(血竭)을 먹어야 나을 것이오." 이에 혈갈을 구하라 명령을 내렸건만 얻을 수 없었다. 애자가 왕에게 말했다. "이곳에 방사(方士)가 있는데 수천 년 이상 살았다 하오. 그를 죽여 피를 구한다면 그 효과가 더욱 빠를 것이오." 왕이 듣고 기뻐하며, 몰래 사람을 보내 잡아와 죽이려고 했다. 방사는 엎드려 절하며 울면서 말했다. "어제 저의 부모님이 모두 쉰 살이 되셨기에 동쪽 이웃 할머니가 술을 가져와 축하해주셨습니다. 제가 마시고 취해 언사가 지나친지도 모르고 한 말입니다. 천 년을 살 수 없습지요. 애자 선생이야말로 거짓말을 가장 잘 하니 왕께서는 듣지 마십시오." 이에 조왕이 꾸짖고 사면하였다.[19)

사람과 사람 사이의 '나이자랑'의 서사 패턴의 발전은 명대에 이르러 새로운 발전이 이루어졌음을 알 수 있다. 이전의 설화에서 주인공의 허풍은 결코 그 실체가 탄로 나지 않았다. 물론, 이러한 '탄로 나지 않음'은 이야기하는 사람이 허풍을 잘한다는 뜻이 아니다. 듣는 사람은 이미 그들이 허풍을 치고 있음을 알고 있다. 어떤 때는 이야기하는 사람이 구체적으로 밝히

---

19) 王利器가 輯錄한 『歷代笑話集』, 154-155쪽에서 재인용, 上海古籍出版社, 1981.

지 않고 그저 지적만 하여도 사람들은 속으로 다 알고 있다. 이는 일종의 함축의 예술이라고 할 수 있다. 그런데 만약 소화 속의 주인공이 스스로 자신의 추태를 보여서 사람들이 모두 크게 웃는다면 이는 일종의 높은 수준의 '조롱'이 될 것이므로 상당히 뛰어난 경지라 할 것이다. 일반적으로 후자의 경우가 청중들에게 더욱 깊은 인상을 남긴다.

명청(明淸) 소화 가운데 '거짓말 시합'이나 '큰 소리 치기' 종류의 이야기는 사실 아주 많지만 본고에서 더 논의할 필요는 없으리라. 만약 '나이자랑'과 같은 소분류를 고찰한다면 최소한 『애자후어(艾子后語)』「대언」이 중요한 예가 된다고 할 수 있다. 여기서 지적해야 할 점은 한역(漢譯) 불경 이외에 중국의 역대 전적에서 지금까지 동물 사이의 '나이자랑'을 기록한 텍스트가 없다는 점이다. 오히려 현대의 채록본에서 일부 발견할 수 있다. 예를 들어 앞에서 인용한 몽골족의 이야기 〈여우, 고슴도치, 개구리〉와 절강성의 민간 이야기 〈늑대, 여우, 두꺼비〉가 그러하다.

V.

이상과 같은 논의 끝에 우리들은 다음과 같은 소감을 가질 있을 것이다.

첫째, 동물 사이의 '나이자랑' 서사 패턴은 중국, 한국, 일본 세 나라의 민간에서 모두 광범위하게 전래되어 왔다. 각국의 기록 사이에는 유사한 부분이 많지만, 한편 각 민족의 문화적 특징도 가지고 있으며, 세부에 있어서 종종 다른 부분도 있다. 그 연원을 따지면 응당 불경 설화 〈사막새, 원숭이, 코끼리의 나이자랑〉이 이러한 구두 서사에 영향을 주었다고 인정해야 할 것이다. 역사적으로 한역 불경이 한·중·일 세 나라에 전래되었기 때문에 이 고대 인도의 민간설화도 세 나라 민중의 구두 서사 영역에 옮겨지게 되었고, 그리하여 일군의 동물 이야기가 만들어지게 되었다.

둘째, 사람과 사람 사이의 '나이자랑' 소화(笑話)는 대략 춘추전국시기에 중국에서 자생하였음을 지적할 수 있다. 이 시기에는 한역 불경이 아직 나오지 않았기 때문에 이 소화의 서사 구조는 불경 설화에서 영향을 받지 않았다. 그러나 이러한 소화의 서사 구조와 나중에 전래된 불경 속의 동물 이야기, 즉 동물 사이의 '나이자랑'은 뜻밖에도 무척 유사한 것도 사실이다. 이후 오랜 세월을 거쳐 이 두 서사 패턴은 끊임없이 병존하여 왔다. 오늘날에도 중국의 여러 민족의 구두 서사 영역에서 사람과 사람 사이의 '나이자랑' 소화와 동물 사이의 '나이자랑' 이야기는 장족의 발전을 이루었다. 이중 특히 전자의 전파가 더욱 활발하다. 그러나 한국의 민간에서는 이러한 사람과 사람 사이의 '나이자랑' 소화는 아직까지 발견되지 않았거나, 최소한 있다고 해도 극히 적을 것이다. 반대로 동물 사이의 '나이자랑' 서사 패턴은 비교적 성행하고 있다. 일본 민간에서의 상황은 기본적으로 한국과 비슷하지만, 현재에 채록한 텍스트 가운데 최소한 한 편, 즉 앞에서 인용한 오카야마 현의 기록은 사람과 사람 사이의 '나이자랑'을 이야기하고 있다. 이 또한 한국과 일본 두 나라의 민간 이야기와 중국 민간 이야기의 차이점이다. 이는 아마도 중국 역사에서 '사관 문화(史官文化)'가 특히 발달한 점과 관련이 있는 것으로 보인다. 우리들이 알다시피, 중국에서는 민중들조차 중국의 유구한 역사에 대해 이야기하는 것을 흥미진진해 하고 자부심을 가진다. 이러한 문화 환경 속에서 일부 허풍을 좋아하는 사람들은 재미를 더하기 위해, 남에 대해 아랑곳하지 않고 자신의 '넓은 지식'을 자랑하는 소화를 만들어내었다고 상상할 수 있다.

우리들은 이 두 종류의 서사 패턴에 대해서 그 우열을 논의할 필요는 없을 것이다. 동물 이야기는 민간설화라는 큰 범주 안에서 비교적 이른 시기에 출현하였으며 동화(童話)의 정취도 가득하다. 이는 후세에 나타난 민간설화가 대신할 수 없는 예술적인 매력이 있다. 이점에 있어서 우리들은 중국의 민간설화 중에 동물 이야기가 상대적으로 적음을 인정해야 할 것이다. 원래 동물 설화로 이야기할 수 있는 서사 구조가 종종 사람과 사람, 사람과 귀신, 사람과 요정 사이의 모순과 충돌로 바꾸어졌다. 이 부분과 관련된 논의는 별도의 글에서 다시 토론할 예정이다.

셋째, 민간설화 분류학과 관련된 문제를 논의해 보자. 본문에서 논의한 '나이자랑'형 설화를 예로 들면, 만약 일반적으로 통용되는 분류에 따르면, 우리들은 동물 사이의 '나이자랑' 유형의 설화는 '동물 이야기'로 귀속될 것이고, 사람과 사람 사이의 '나이자랑'은 '소화(笑話)'로 편입될 것이다. 그러나 다시 생각해보면, 이러한 방식은 적절하지 않은 듯하다. 왜냐하면 두 종류의 이야기는 그 서사 구조가 대체로 같기 때문이다. 만일 오직 구두 서사 중의 주인공의 신분이 변하였다고 해서 새로운 설화 유형으로 본다면 설화의 유형은 아주 복잡하고 번다할 것이며, 이는 학술 연구에 결코 도움이 되지 않을 것이다. 생동적이고 활발한 민간설화라는 이 문학 활동에 걸맞게 우리들의 연구 방법도 개선되어야 할 것이다. 본문은 여전히 정내통의 『중국 민간설화 유형 색인』의 방식을 따랐지만, 상술한 두 종류는 두 부류의 민간설화로 나누고 (심지어 신화까지 포함한다) 이를 다시 더 큰 설화 유형 속에 같이 귀속시켜야 할 것이다. 게다가 이러한 판단에서 우리들은 기본적으로 이들을 소화(笑話)로 인정해야 할 것이다.

한 · 중 '백조 선녀'형 설화 비교 연구

정토유(鄭土有, Zheng Tuyou)[*] · 연경숙[**]

'백조 선녀'형 설화는 전세계적으로 널리 분포되어 전래되고 있는 민간 설화의 하나로 한국과 중국에서도 그 모습을 찾아볼 수 있다. 현재까지 채록된 작품을 보면 중국과 한국 두 나라의 동류(同類) 설화는 유사성과 함께 차이점도 존재한다.

I. 중한 '백조 선녀'형 설화의 역사적 발전

중국의 '백조 선녀'형 설화는 오랜 역사를 지니고 있으며, 현존하는 중국 역사상 최초이며 가장 완성(完整)된 모습을 지닌 문헌 기록은 진(晉)나라 간보(干寶)의 『수신기(搜神記)』 권14의 〈모의녀(毛衣女)〉로 거슬러 올라간다.

예장(豫章) 신유현(新喩縣)의 한 남자가 밭에서 여섯 일곱 명의 여인들을 보았는데, 모두 날개옷을 입고 있었다. 남자는 그녀들이 새인지 몰랐다. 남자는 기어가서 한 여인이 벗어둔 날개옷을 가져와 감추었다. 새들이 모두 날아갔는데 한 마리만이 홀로 날아갈 수 없었다. 남자는 데려와 부인으로 삼았다. 세 딸을 낳았는데, 여인이 나중에 딸을 시켜 남편에게 물어보았더니 날개옷은 노적가리

* 中國 復旦大學 敎授
** 中國 復旦大學 大學院 碩士課程

아래 숨겨놓았다고 했다. 여인이 옷을 찾아 입고 날아가버렸다. 나중에 여인이
다시 와 세 딸을 데리고 함께 날아가버렸다.

종경문(鍾敬文) 선생은 중국과 외국의 동류의 설화를 연구한 후 〈모의
녀〉는 비단 동일 유형의 설화 가운데 세계에서 가장 이르고 완정한 문헌
기록일 뿐만 아니라 "가장 원형"이거나 혹은 적어도 "비교적 원형에 가까
운" 기록이라고 했다.[1] 이후 적지 않은 중국과 해외 학자들이 이 설화에 대
해 연구를 진행한 후 기본적으로 종경문 선생의 관점에 찬동하였다.

중국에서 '백조 선녀'형 설화는 지극히 광범위하게 분포되어 있으며, 나
시족(納西族), 다이족(傣族), 이족(彝族), 묘족(苗族), 장족(壯族), 몽골족(蒙
古族), 티베트족(藏族), 조선족(朝鮮族), 다월족(達斡爾族), 허쩌족(赫哲族),
한족(漢族) 등 이십여 개의 민족에 유포되며, 수집된 이문(異文, 변이형)도
아주 많다. 이 설화는 오랜 기간 동안 전래되면서 다른 설화 유형과 결합
된 경우도 많아, 수많은 변이형과 혼합형이 나타났다. 종경문 선생은 이를
세 종류로 귀납하였다. 즉 견우직녀 형, 칠성 선녀 형, 백조의(百鳥衣, 孔雀
衣) 형이 그것이다. 왕분령(汪玢玲)은 「백조 선녀형 설화 연구 개관」[2]에서
다섯 종류로 귀납하였다. 즉 창세시조(創世始祖)형, 공작공주(孔雀公主)형,
백조의(百鳥衣)형, 견우직녀형, 천우금(千羽錦)형 등이다. 진건헌(陳建憲)은
「중국 백조 선녀형 설화의 유형」[3]에서 일곱 가지로 분류하였다. 즉 모의녀
형(원형), 조자심모(鳥子尋母)형, 난제 구혼(難題求婚)형, 처미조해(妻美遭
害)형, 족원 전설(族源傳說)형, 동물보은형 등이다.

비록 중국의 '백조 선녀'형 설화의 종류가 많다고 하더라도 설화의 기본
줄거리를 보면 〈모의녀〉가 의심할 나위 없이 가장 기본적인 형식이다. 그

---

1) 鍾敬文, 「中國的天鵝處女型故事」, 『鍾敬文民間文學論集』下冊, 36~73쪽 수록.
2) 『民間文學論壇』, 1983년 제1기에 수록.
3) 『中國民間文化』, 제15집, 學林出版社, 1994년 10月版에 수록.

밖의 이야기는 이의 기초 위에서 발전되었으며, 그중 가장 흔히 보이는 경우는 다른 설화 유형과의 복합 혹은 접목이다. 당대 구도흥(句道興)이 편찬한 『수신기(搜神記)』의 〈전곤륜(田昆侖)〉 속에 이미 이러한 현상이 나타났다.

> 전곤륜(田昆侖)이란 사람이 있었는데, 세 아가씨가 연못에서 목욕하는 걸 보고 그 중 한 사람의 '날개옷(羽毛天衣)'을 감추었다. 목욕을 마친 후 두 아가씨는 옷을 입자 백학이 되어 날아갔는데, 가장 어린 아가씨는 날개옷이 없어 날아가지 못하였다. 그녀는 전곤륜에게 자신은 본래 천상의 선녀인데 그와 결혼하여 부부가 되고 싶다고 하였다. 나중에 남자 아이 하나를 낳았는데 이름을 전장(田章)이라 하였다. 아이가 세 살 때 선녀는 날개옷을 찾아 입고는 하늘로 돌아갔다. 엄마를 잃은 아들은 하루 종일 울었다. 나중에 동중(董仲)의 지시에 따라 연못가에서 다시 인간세계로 내려온 엄마를 만날 수 있었고, 엄마는 아이를 데리고 천상으로 날아가 신기한 지식을 가르쳐 준 후 다시 인간세상에 보냈다. 그는 '총명하고 지식이 많아' 천자의 기괴한 문제에 답할 수 있었다. 사람들은 그가 선녀의 아들임을 알았고, 그 역시 높은 관리로 봉해졌다.

〈전곤륜〉 이야기에서 확실히 전반부는 전형적인 '백조 선녀'형 설화이며, 후반부는 한위(漢魏) 이래 광범위하게 유포된 '적선(謫仙)'형 이야기가 접목된 형식이다. ('적선'형 이야기에서 주인공은 원래 천상의 신선인데 천규(天規)를 어겨 인간 세계에 귀양 왔기에 보통 사람들이 모르는 지식을 알고 있다. 동방삭(東方朔), 귀곡자(鬼谷子), 동중서(董仲舒) 등이 모두 이 유형 설화의 주인공으로 나온다.)

이후의 발전 과정에서 이러한 복합은 아주 풍부하게 나타난다. 가장 흔히 보이는 경우가 양형제(兩兄弟)형, 난제구혼(難題求婚)형, 동물보은(動物報恩)형, 백조의(百鳥衣)형, 심행복(尋幸福)형, 우렁각시형, 노인득자(老人得子)형 등 설화 유형과의 복합이다. 설화 전래 과정 속에서 이루어진 이러한 복합으로 중국의 '백조 선녀'형 설화는 방대한 설화군을 이루었다.

한국의 동일 유형의 설화로는 〈선녀와 나무꾼〉, 〈금강산 선녀 설화〉, 〈노루와 나무꾼〉, 〈선녀의 날개옷〉, 〈수탉의 유래〉 등의 명칭으로 전해 왔다. 하지만 그 중 〈선녀와 나무꾼〉이 가장 보편적인 명칭으로 알려져 있다.

동일 유형의 한국에서의 전승 관계에 대해서는 저명한 학자 손진태(孫晉泰) 선생이 『조선 민족설화의 연구』[4]에서 지적했듯이, 〈선녀와 나무꾼〉 중에 "선녀가 날개옷을 얻자 이를 입고 아이들을 안고 천장을 뚫고 하늘로 날아 올라갔다"는 대목은 분명 시베리아 설화 중의 "백조녀가 연통을 통해 날아서 달아났다"는 줄거리와 관련이 있다. 손진태 선생은 "연통을 통해서"의 대목이 한국에 들어온 후 전래되는 과정에서 "천장을 뚫고"로 바꾸어졌다고 보았는데, 당시 한국의 주거 환경과 부합된다 하겠다. 그는 상술한 내용에 근거하여, 비록 〈선녀와 나무꾼〉과 시베리아의 몽골족 거주 지역에 유포된 설화와 직접적인 관계가 있지만, 그러나 근거가 완전하지 않기 때문에 추측할 수 있을 뿐이라고 하였다. 현존하는 가장 오래된 문헌 기록에 근거하면, 한국의 〈선녀와 나무꾼〉은 중국에서 전래되어왔을 가능성도 있다. 아쉽게도 한국의 고대 문헌에서는 명확한 기록이 없어, 한국의 〈선녀와 나무꾼〉 설화의 형성 시기 및 다른 나라 설화와의 전승 관계에 대해서는 아직도 명확히 확정지을 수 없다.

Ⅱ. 중한 '백조 선녀'형 설화의 기본 줄거리와 유사성

한국 〈선녀와 나무꾼〉 설화의 기본 줄거리는 다음과 같다.

1. 가난하지만 부지런하고 심성 고운 나무꾼이 어머니와 함께 살고 있었다.
2. 어느 날 사냥꾼에게 쫓기는 노루(사슴이라 하기도 한다)를 숨겨 구해 주었다.
3. 위험에서 벗어난 노루는 나무꾼에 대한 보답으로 선녀들이 내려와 목욕하

---

4) 乙酉文化社, 1954年.

는 연못을 알려준다. 또 선녀가 벗은 날개옷(羽衣)을 감추면 그녀와 혼인할 수 있다고 말한다. 덧붙여 노루가 주의를 주었다. "선녀가 아이 셋을 낳기 전에 (넷 이라는 설도 있다) 절대 날개옷을 보여주지 마세요."

　4. 나무꾼은 노루의 말대로 연못에 가서 날개옷을 감추어 선녀와 결혼하며, 두 아이를 낳는다.

　5. 몇 년이 지난 후 고향 생각이 간절한 선녀가 날개옷을 보고 싶다고 하자, 나무꾼은 노루의 경고를 잊고, 선녀에게 옷을 보여 준다. 날개옷을 입은 선녀는 양팔에 아이를 하나씩 끼고는 하늘로 날아 올라간다.

이는 한국에 유포된 〈선녀와 나무꾼〉 설화의 기본 형식이다. 각종의 이 문(異文, 변이형)을 수집하여 보면, 변형은 이야기의 말미에서 나타난다. 변 이형은 크게 세 가지 유형으로 나눌 수 있다.

첫 번째 이문(異文, 변이형)은 다음과 같다.

　6. 아내와 아이를 잃은 나무꾼은 깊은 슬픔에 빠진다. 하루는 자신이 구해준 노루가 다시 나타나 예전의 연못에 가서 선녀가 목욕물을 길어 올리려고 하늘에 서 내리는 두레박에 들어가 앉으라고 하였다. 나무꾼은 노루의 말대로 하여 두 레박 속에 들어가 하늘로 올라갔다. 그는 아내와 아이들을 만나 행복한 생활을 하였다.

두 번째 이문은 다음과 같다.

　7. 나무꾼은 비록 천궁에서 행복한 날을 보내고 있었지만, 마음속으로는 줄곧 지상의 어머니를 염려하였고, 이로 인해 병이 났다.

　8. 선녀는 천마 한 필을 주면서 나무꾼에게 어머님을 뵙고 오라고 했다. 이때 선녀가 주의를 주었다. "말에서 내려 땅에 발을 디디면 안돼요."

　9. 노모는 아들을 보자 기뻐서 아들이 좋아하는 호박죽(팥죽이라는 데도 있다) 을 끓여 먹으라고 주었다. 나무꾼은 어머니의 마음을 거절하지 못해 말에 탄 채 호박죽을 먹었다. 그런데 죽을 담은 그릇이 너무 뜨거워 그릇을 말등에 떨어뜨

렸다. 이에 천마가 놀라 날뛰고 나무꾼은 말에서 떨어져 땅을 밟고 말았다. 천마가 혼자서 하늘로 올라가자 나무꾼은 다시는 선녀 곁으로 돌아갈 수 없었다. 그는 매일 하늘을 보고 울다가 죽어서 수탉이 되었다.

세 번째 이문은 다음과 같다.

　　7. 나무꾼이 하늘에 올라가자 선녀의 부모와 형제자매는 두 사람의 결혼을 반대하여 어려운 문제를 주어 나무꾼더러 풀게 하였다.
　　8. 나무꾼은 선녀와 이전에 그의 도움을 받았던 쥐의 도움으로 어려운 문제를 풀어 결국 선녀와 아이와 행복하게 지냈다.

위 세 가지 중 가장 보편적으로 전래되는 것은 두 번째 이문이다.
앞에서 언급했듯이 중국의 '백조 선녀'형 설화의 이문과 유형은 상당히 많다. 한국의 〈선녀와 나무꾼〉 설화와 중국의 '백조 선녀'형 설화를 비교하면 우리는 대체로 아래와 같은 상황을 발견할 수 있다.
첫째, 한국의 〈선녀와 나무꾼〉 설화의 기본형식과 중국의 기본형식 〈모의녀〉 설화는 줄거리에 있어서 기본적으로 같다. 내용에 있어 모두 가난한 사람이 예쁜 아내에게 장가들고 싶은 바람과 소원을 표현하였다. 차이가 있다면, 한국 설화는 '동물의 보은'이라는 대목이 증가되었는데, 중국에서는 후기에 나온 설화 속에 자주 등장한다. 민간설화의 발전 규칙에서 보면, 〈모의녀〉 설화가 〈선녀와 나무꾼〉 설화보다 먼저 나왔다.
둘째, 한국의 〈선녀와 나무꾼〉 설화의 첫 번째 이문과 세 번째 이문의 줄거리는 중국의 〈견우직녀〉 설화와 기본적으로 동일하다. 예컨대 진지녀(秦地女)가 구술하고 손검빙(孫劍冰)이 채록한 산동성 지역의 전래 설화 〈천우랑배부처(天牛郎配夫妻)〉의 기본 줄거리는 다음과 같다. 형제가 유산을 나누게 되었는데 착한 동생은 소 한 마리를 받았을 뿐이다. 소는 견우에게 칠월 초이레 날 하늘에서 일곱 선녀가 비둘기로 변하여 지상에 내려와 목욕을 한다고 말했다. 견우는 소의 지시에 따라 날개옷을 감추었고 날아가지 못한 일곱째 선녀와 결혼하였다. 나중에 날개옷을 찾은 일곱째 선녀는 하늘로 날아갔다. 견우는 소의 말에 따라 소를 죽여 그 가죽을 입고 하늘로 올라갔다. 장인의 집에 도착하자 장인은 어려운 문제를 내었다. 첫째 문제는 장인이 빈대로 변하더니 견우더러 찾아내라고 했다. 둘째 문제는 장인이 산사자(山楂子)로 변하더니 견우더러 찾으라고 했다. 셋째 문제는 견우가 숨으면 장인이 찾아낸다고 하였다. 이 세 가지 시합에서 견우는 선녀의 도움으로 이길 수 있었다. 마지막 달리기 경주에서 견우는 마음이 바빠 선녀가 준 금비녀로 바닥을 잘못 그었더니 은하수가 되었다. 이리하여 부부는 은하수를 사이에 두고 서로 바라보다가 두 개의 별이 되었다. 매년 칠월 초이레가 되면 까치가 하늘로 올라가 오작교를 만들어 견우와 직녀가 만나게 되었다.5)

이 설화는 시작 대목에서 '두 형제'형 이야기를 빌려온 것 외에 그 밖의 부분은 모두 〈선녀와 나무꾼〉과 유사하다. 남주인공이 동물의 도움으로 하늘에 올라가고 여러 가지 시험을 거쳐 마침내 선녀와 결합한다. 물론 결말에도 약간의 차이가 있다.

셋째, 〈선녀와 나무꾼〉의 두 번째 이문 줄거리는 지금까지 중국에서는 아직 발견되지 않았다.

넷째, 〈선녀와 나무꾼〉의 세 번째 이문 줄거리와 유사한 작품은 중국에 상당히 많다. 위에서 예를 든 '견우직녀'형 이외에 나시족(納西族)의 〈창세기(創世紀)〉중의 시조 설화와 태족(傣族)의 〈공작공주(孔雀公主)〉 등이 그러하다.

이상에서 살펴본 바와 같이 한·중 두 나라의 '백조 선녀'형 설화는 표현된 내용에 있어서나 줄거리와 구조 방면에 있어서나 모두 유사한 점을 발견할 수 있다.

---

5) 『民間文學』, 1957년 第6期에 수록.

Ⅲ. 중한 '백조 선녀'형 설화의 차이점

저명한 민간설화 연구자 유수화(劉守華) 선생은 중국의 '백조 선녀'형 설화에 대해서 전면적으로 연구를 진행한 후, 이 유형의 설화가 네 단계의 발전을 거쳐왔다고 보았다. 제1대는 사람과 새가 결합되어 특정 새를 시조로서 숭배하였다. 제2대는 사람과 새가 결합된 줄거리로, 옷을 감추어 결혼하고 날개옷을 찾은 선녀가 고향에 돌아간다는 내용이 추가된다. 제3대 이문에서는 남편이 아내를 찾는 대목이 추가된다. 제4대 이문에서는 남녀주인공의 신분이 왕자와 공주로 상승되고 그들의 결혼과 이별 과정에 전쟁이나 종교적 충돌 등이 끼어들어 더욱 복잡한 줄거리를 이룬다.[6] 그러나 한국에서 채록된 〈선녀와 나무꾼〉과 그 이문을 살펴보면 대체로 중국의 제2, 제3단계의 작품으로, 제1, 제4단계의 작품은 없다. 같은 제2, 제3단계의 작품이 비록 큰 줄거리 구조와 사상 내용방면에서 아주 유사한 점이 있다고 하더라도, 그들이 각자의 문화배경에서 발전되었기 때문에, 문화의 차이가 곧 그들 사이의 차이를 만들어내었다. 구체적으로 다음의 세 방면으로 나타난다.

1. 여주인공의 모습

중국의 '백조 선녀'형 설화에서는 '새가 사람으로 변하기(鳥人轉化)' 혹은 '선녀가 새로 변하기(天女化身爲鳥)' 대목이 보편적으로 많이 나타나지만, 〈선녀와 나무꾼〉에서는 전혀 찾아볼 수 없다. '새가 사람 되기'이든 '사람이 새 되기'이든 중국의 '백조 선녀'형 설화에서 '새가 사람으로 변하기'는 없어서는 안 되는 요소이다. 초기의 〈모의녀〉와 〈전곤륜〉에서 오늘날 유행하는 작품에 이르기까지 이 대목이 없는 작품은 없다. 여주인공이 선녀의 신

---

6) 劉守華, 「縱橫交錯的文化交流網絡中的<召樹屯>」, 『民族文學硏究』, 1990년 제1기에 수록.

분으로 점점 정형화된 후라 할지라도, 선녀가 세상에 내려와 목욕할 때는 여전히 백조로 변하며, 승천할 때는 날개옷을 입고 새로 변해야 날아갈 수 있다. '백조 선녀'형 설화의 '새가 사람으로 변하기' 문제에 대하여 진건헌 (陳建憲)은 다음과 같이 말하였다. "이는 중국 고대에 새에 대한 원시숭배 에서 그 뿌리를 두고 있다. …중국의 신화에는 조신(鳥神)의 형상이 적지 않는데… 새 숭배, 새와 사람이 결합된 신, 사람과 새의 상호 변신, 여인이 목욕할 때 새알을 먹고 임신하는 등 원시문화의 요소가 장기간에 걸쳐 발 전하고 융합하면서 자연스럽게 '백조 선녀'의 모티프가 만들어졌다."[7]

'새가 여인으로 변하기(鳥化爲女人)' 혹은 '선녀가 새로 변하기(天女化身 爲鳥)'는 중국, 일본, 시베리아의 동일 유형의 설화에서 자주 등장한다. 다 만 한국의 동일 유형의 설화에서는 여주인공의 새 변신 대목이 없다. 비록 설화에서도 남주인공이 여주인공의 날개옷(대부분 옷이라고만 나온다)을 감 춘다고 하지만, 설화 속에서 선녀는 원래 새가 변해 되었다거나 날개옷을 입은 후 새가 되어 하늘로 올라갔다는 서술은 시종 나오지 않는다.

여주인공의 모습 이외에 남주인공의 신분에 있어서 한국에서는 일률적 으로 나무꾼으로 나온다. 그러나 중국, 일본, 시베리아의 설화에서는 남주 인공의 신분은 다양하다. 소몰이꾼, 사냥꾼, 나무꾼, 농부, 어부 등이다. 지 리적으로 그처럼 가까운 국가 가운데 왜 한국에서만 나무꾼이라 했는가? 이 역시 해결을 기다리는 문제이다.

2. 동물의 역할

한국의 〈선녀와 나무꾼〉 설화에서 나무꾼에게 선녀들이 연못에서 목욕 하고 있으며 또 날개옷을 감추라고 한 것은 노루(어떤 것은 사슴)였는데, 생 명을 구해준 은인에게 보답하기 위해서였다. 나무꾼이 아내와 아이들을 잃

---

7) 陳建憲, 「論中國天鵝仙女故事的類型」, 『中國民間文化』, 제15집에 수록.

었을 때도 다시 나타나 나무꾼에게 하늘로 올라가는 묘책을 알려준다. 은혜를 알고 보답하는 동물은 작품에서 '지자(智者)'의 역할을 한다.

중국의 '백조 선녀'형 설화에서도 이런 동물들이 있지만, 한국 설화의 경우와 상황은 크게 다르다.

하북성 창주(滄州) 지역에 전해오는 〈백조의 눈물(天鵝淚)〉은 다음과 같다. 한 젊은 어부가 다리에 상처를 입은 어린 백조를 구해주자 백조는 아가씨로 변신하여 길을 잃은 채 하여 어부의 집에 갔고, 그와 결혼하였다. 나중에 어부는 이 아내가 짠 옷감이 특히 뛰어난 걸 알게 되었고, 많은 돈을 받고 팔 수 있자 더 이상 고기잡이를 하지 않았다. 재물을 벌기 위해 그는 아내에게 더 많은 베를 짜라고 하였다. 나중에 그는 아내가 백조가 되어 자신의 깃털을 뽑아 베를 짜는 것을 몰래 바라보고는 그 이유를 알게 되었다. 그러나 이미 마음에 상처를 입은 백조 여인은 한 번 날아가더니 다시 돌아오지 않았다. 중국학자들은 통상 이 유형의 동물보은 설화도 '백조 선녀'형 설화의 소분류로 포함시킨다. 엄격하게 말하면 양자는 큰 차이가 있는데, 여기에는 가장 중요한 요소인 '천상을 오가기' 부분이 빠져 있다. 한국에서는 일반적으로 이들을 〈학의 보은〉과 같이 다른 종류의 설화 유형으로 분류한다. 비록 이를 '백조 선녀'형으로 포함시키더라도 '동물'의 역할은 다르다. 〈백조의 눈물〉 속의 백조는 자신이 직접 여인으로 변하여 은인에게 시집갔지만, 〈선녀와 나무꾼〉 속의 노루는 '제삼자'의 신분으로 나타난다.

오히려 '견우직녀'형 설화에서 소는 노루와 같은 역할을 했다. 소는 견우에게 선녀들이 목욕하는 곳과 선녀에게 장가드는 방법을 알려주었고, 자신을 희생하여 견우가 하늘에 아내를 찾으러 가도록 했다. 그러나 소의 행위는 보은을 위한 것이 아니었고 사심 없는 도움이었다. 혹자는 주종관계에 기초를 둔 충심의 표현이라고 보았다.

3. 금기의 설정

'백조 선녀'형 설화는 환상의 요소가 강한 남녀 사랑 이야기일 뿐만 아니라 전통 가족 관념을 근본으로 하는 이야기이다. 아들에 대한 어머니의 사랑, 부모에 대한 효심, 부부의 사랑 등 사람의 감정을 설화 속에 융합하였다. 그러나 이러한 인생의 아름다운 이상을 실현하기 위해서는 '금기'를 준수해야 하며, '금기'의 위반은 곧 비극의 발생을 의미했다. 이 유형의 설화는 '금기'의 '설정'과 '위반'을 통해 줄거리를 진행한다고 할 수 있으며, 또 이러한 면에서 작품의 매력이 생기기도 한다.

중국의 '백조 선녀'형 설화에 나타나는 금기는 단지 "아내에게 날개옷을 보여주지 말라." 하나뿐이다. 세계 기타 지역에 전래되는 동류 설화에서도 금기는 대체적으로 중국의 것과 마찬가지로 한가지다. 오직 한국의 〈선녀와 나무꾼〉만이 두 가지 금기를 가지고 있다. 이는 한국 설화의 가장 특징적인 면이라 할 수 있다.

〈선녀와 나무꾼〉에서 설정된 첫 번째 금기는 "선녀가 아이 셋을 낳기 전에 절대 날개옷을 보여주지 마세요."였다. 이는 중국의 설화와 기본적으로 동일하다. 다른 점이 있다면 아이의 숫자를 셋 혹은 넷으로 뚜렷이 강조한다는 점이다. 왜냐하면 선녀가 아이를 셋(혹은 넷) 낳는다면 아이를 전부 데려갈 수 없다고 생각하기 때문에 (셋이라면 팔 좌우 하나씩 껴안으면 하나가 남고, 넷이라면 팔 좌우에 하나씩 안고 등에 하나를 업어도 역시 하나가 남는다), 비록 날개옷이 있다고 해도 선녀는 떠날 수 없기 때문이다. 이 대목에서 한국 설화 중에 표현된 깊은 모성애를 볼 수 있다. 게다가, 날개옷을 찾은 선녀가 아이를 데리고 갈지 아닐지에 대해서 다른 국가(중국을 포함하여)의 동일 유형의 설화에서는 무척 모호하게 처리되었고, 한국 설화처럼 강조되지 않았다. 이 역시 한민족의 모성애에 대한 중시를 체현한 것이다.

두 번째 금기는 한국 설화에만 존재한다. 아내와 아이를 잃은 나무꾼은 노루의 도움 아래 하늘에 올라 아내와 아이들과 행복한 날을 보낸다. 그러나 그는 줄곧 지상의 어머니가 염려되었다. 아내는 남편의 마음을 이해하고는 천마를 타고 어머니를 뵙고 오라고 한다. 이때 두 번째 금기가 설정된다. "땅에 발을 디디면 안돼요." 그러나 결국 의외의 일이 일어나고 금기는 '위반'되며, 나무꾼은 다시는 하늘에 오르지 못하게 된다. 이 금기가 있음으로써 설화는 더욱 깊은 곡절이 생기고 감동적일 뿐만 아니라, 한민족 전통문화 속의 깊은 '모성애'와 '효도' 관념이 작품 속에 충분히 각인된다.

위와 같은 간단한 분석과 비교를 통해 우리들은 다음과 사실을 알게 되었다. '백조 선녀'형 설화의 역사, 수량, 유형에 있어 중국이 한국보다 더 풍부하고 복잡하지만, 한국에 전래되는 작품은 나름대로 특징이 있다. 작품의 내용에 있어 한·중 양국의 작품 모두 "가난한 자가 아름다운 아내를 얻는다"는 이상을 표현하였지만, 한국의 작품은 모성애와 효도 등 전통적 가족관을 바탕으로 한 윤리 의식에 주안점을 두고 있는 반면, 중국의 설화는 남녀 주인공의 부부애와 사회적 의의(특히 후기 작품)에 초점을 맞추고 있다. 작품의 풍격에 대해 논하자면, 중국의 설화는 환상적인 요소가 강하며 비교적 원시적 사유방식이 많이 남아있지만, 한국 설화는 사실적이며 삶의 숨결이 더 강하게 느껴진다 하겠다. 양국에 전래되는 작품은 기본 형식 및 주요 줄거리 방면에서 여러 가지 유사점이 존재하며, 동시에 적지 않은 차이점이 있는데, 이러한 유사점과 차이점이 어떻게 일어났는지, 그들 사이에 어떠한 계승관계가 있는지 등에 대해서는 앞으로 더 연구해야 할 것이다.

한·중 〈견우직녀설화(牽牛織女說話)〉의 비교 연구

신원기[*]

Ⅰ. 서론

이 글은 한국과 중국의 〈견우직녀설화(牽牛織女說話)〉를 비교, 분석하는 것을 목적으로 한다. 논자는 한국의 〈견우직녀설화〉에 나타난 의미와 문학적 가치, 문학교육적 가치 등을 고찰한 바 있다.[1] 이 고찰을 기초로 하여 본고에서는, 한국과 중국의 〈견우직녀설화〉를 비교해 볼 것이다. 한국과 중국의 〈견우직녀설화〉는 장르, 형식, 주제, 소재 등에 공통되는 요소가 있어, 여러 면으로 비교, 분석이 가능하리라 보여진다.

문학에서 '비교(比較)'는 크게 두 가지로 전개된다.[2] 하나는 서로 언어가 다른 문학들 사이의 영향 관계를 실증적으로 규명하는 것이다. 이 단계에서는 문학의 가치 평가가 외면되고 객관적 사실들의 발견이 주안점이 된다. 다른 하나는 비슷한 이야기의 전파 과정과 그 전파 과정에서 각국 문학의 특수성으로 말미암아 생기게 된 변모를 밝히는 것이다. 이 단계에서는 어떤 작품이, 전파의 과정에서 문화적 차이로 인해, 얼마만큼 원형을 유

---

* 동천고등학교 교사

1) 辛源琪, 「<牽牛織女 이야기>의 文學敎育的 價値 分析」, 『어문학교육』 제29집, 韓國어문교육학회, 2004.

2) 比較文學(比較文學, comparative literature)에 관한 논의는 ①이상섭, 『文學비평 용어 사전』, 민음사, 2001, 124~126쪽, ②윤호병, 『比較文學』, 민음사, 2000, 25~56쪽을 참조했음.

지하고 또 얼마만큼 변모했는지를 밝히는 것이 주안점이 된다.

이 글에서는 후자의 과정을 택하기로 한다. 비교 문학은 우선 구승문학, 특히 민간 전설의 주제와 그 전파의 연구를 의미한다.3) 중국의 〈우랑직녀설화〉가 한국의 〈견우직녀설화〉로 전파되었을 것이고, 중국과 한국의 두 이야기는 각국 문학의 특수성으로 말미암아, 전파의 과정에서 어떤 변모를 겪게 되었을 것이다. 그리고 이 변모는 두 이야기의 공통점과 차이점을 살핌으로써 잘 드러날 것이다. 이런 관점에서, 본고에서는 한국과 중국의 〈견우직녀설화〉에 나타난 공통점과 차이점을 살펴보고, 그것이 어떤 의의와 가치를 지니는가를 고구(考究)할 것이다.

이 비교의 궁극적 목적은 〈견우직녀설화〉의 올바른 감상을 위한 것이다. 문학도 일종의 문화적 소통이라 할 수 있는데, 소통을 상정할 때는 작자, 독자, 텍스트를 전제로 해야 한다.4) 작자는 텍스트를 생산하고, 독자는 텍스트를 수용한다. 텍스트의 수용이 되어야 일차적인 문학적 소통이 이루어진 셈인데, 텍스트의 수용은 바로 '감상'이다. 그래서 감상 또는 평가는 문학 활동의 최종적 단계라 할 수 있는데, 이를 위해서는 작품에 대한 다양하고 정확한 이해가 필수적이다.5) 즉 다른 언어로 된 두 작품의 비교는, 각 작품의 고유한 성질을 더욱 명확히 드러나게 하고, 그에 따라 평가의 근거를 더 확실히 할 수 있어서, 〈견우직녀설화〉의 올바른 감상에 많은 도움을 줄 수 있을 것이다.

이러한 비교를 위해 먼저, 한국과 중국의 〈견우직녀설화〉의 개요를 뽑아, 두 나라 이야기에 공통되는 개요와 차이나는 개요를 살펴볼 것이다. 두 번째로 각 이야기의 구성 요소를, 공통 개요를 중심으로 비교해 볼 것이다. 구성 요소는 이야기 문면에 직접적으로 드러나는 부분이므로 '표면적(表面

---

3) R. 웰렉 · A. 워렌, 김병철 譯, 『文學의 理論』, 을유문화사, 1988, 68쪽.

4) 허창운, 『현대문예학개론』, 서울대출판부, 1993, 7~12쪽.

5) James Gribble 著, 나병철 譯, 『文學教育論』, 문예출판사, 1987, 74쪽.

的) 비교(比較)'라 할 수 있을 것이다. 세 번째는 이렇게 비교한 구성에서, 차이점을 중심으로 그 의미와 가치를 고구할 것이다. 구성의 차이가 결국 무슨 의미를 지니며, 그것이 어떤 중요성을 지니는지 살피는 것이다. 이 과정은 이야기 문면에 직접 드러나지 않는 부분의 비교이므로 '이면적(裏面的) 비교(比較)'라 할 수 있을 것이다.

〈견우직녀설화〉는 '이야기'이다. 이야기는 그 형식과 내용을 통해 암암리에 청자들에게 세계 발견의 단초를 제공하고,[6] 인간의 내면 문제에 대해서 많은 가르침을 주기도 한다.[7] 또한 이야기는 글보다는 말로 전해지고, 말로 전해지는 문학은 구비문학(口碑文學)이다. 구비문학은 구연(口演)되는 문학이며 공동작(共同作)의 문학이다.[8] 구연은 들어서 기억하고 있는 것을 말로 나타내는 행위라는 뜻이고, 공동작이란 여러 사람에 의해 창작되었다는 뜻이다. 이러한 구비문학의 특성상, 의미 없고 가치 없는 이야기가 기억의 마멸을 극복하며, 많은 사람들에게 오랜 시간동안 전해질 가능성은 거의 없다. 따라서, 한국과 중국에서 예로부터 회자(膾炙)되어 온 〈견우직녀설화〉는 나름대로 그 의미와 가치가[9] 있다고 볼 수 있다. 본고에서는 그 의미와 가치가 두 나라에서 각각 어떻게 나타나고 있는지를 살피고자 한다.

위의 고찰을 통해, 한국과 중국 두 나라에서 향유되는 〈견우직녀설화〉의 공통점과 차이점을 알 수 있을 것이고, 그 차이점이 어떤 의미와 가치가 있는가를 밝힘으로써 〈견우직녀설화〉의 이해와 감상을 더욱 넓고 깊게 할 수 있을 것이다.

---

6) 우한용, 「서사의 위상과 서사교육의 지향」, 우한용 외, 『서사교육론』, 동아시아, 2001, 31쪽.

7) Bruno Bettelheim 지음, 김옥순·주옥 옮김, 『옛이야기의 매력 1』, 시공주니어, 2004, 16쪽.

8) 장덕순 외, 『口碑文學槪說』, 일조각, 1995, 3~6쪽.

9) 전래동화가 주는 意味와 價値는, ①손동인, 『韓國 전래 동화 硏究』, 정음문화사, 1984, 385~393쪽, ②최운식 외, 『전래동화 교육의 이론과 실제』, 집문당, 1998, 52~53쪽, ③조두영, 『프로이트와 韓國文學』, 일조각, 1999, 103~104쪽을 참조할 수 있음.

Ⅱ. 〈견우직녀설화〉의 개요

1. 한국의 개요

한국의 〈견우직녀설화〉 텍스트는 이원수·손동인이 엮은 '견우와 직녀'[10]로 한다. 구비로 전승되는 채록물이 아니라, 문자로 기록되어 발간된 출판물이어서 구술성이 약화되었다는 비판이 있을 수 있다. 하지만 이 책 자체가 한국전래동화를 집대성한 대표적 저작물이고, 기록물이지만 구술성이 충분히 반영되었다고 여겨 텍스트로 삼는다.

① 직녀는 하늘 나라 임금님의 딸이다.
② 직녀는 예쁘고 착하고 영리하고 베를 잘 짜다.
③ 직녀는 견우와 혼인하다.
④ 직녀는 결혼 후 아버지의 말보다 견우의 말을 더 따르다.
⑤ 견우와 직녀는 임금의 명령을 어기고 놀기만 하다.
⑥ 임금은 분노하여 견우와 직녀를 동쪽 하늘과 서쪽 하늘로 귀향보내다.
⑦ 임금은 견우와 직녀를, 1년에 한번 칠석날 밤에, 은하수를 사이에 두고 만날 수 있게 하다.
⑧ 견우와 직녀는 일년 후, 은하수에서 만났지만 강이 넓어 서로 바라만 보다 눈물 흘리다.
⑨ 견우와 직녀의 눈물이 비가 되어 땅에 홍수가 일어나다.
⑩ 땅위의 짐승들이, 까치와 까마귀로 하여금 은하수에 올라가 다리를 놓게 하다.
⑪ 견우와 직녀는 까치 까마귀 다리를 밟고 가서 만나다.
⑫ 견우와 직녀는 다시 동쪽과 서쪽으로 헤어지다.
⑬ 까치와 까마귀들은 해마다 칠석날에 은하수에 올라가서 견우와 직녀를 위해 다리를 놓다.
⑭ 세상 사람들은 물난리를 면하게 되다.

---

10) 이원수·손동인 엮음, 〈牽牛와 織女〉,『이무기가 살려 준 친구』韓國전래동화집 2, 창작과비평사, 2003, 215~222쪽.

⑮ 칠석날 이후, 까치와 까마귀의 머리가 벗겨지는 것은, 머리 위로 견우와 직녀
를 걸어다니게 하기 때문이라고 전해오다.

개요 ①, ②, ③은 직녀의 행복을 말하고 있다. 하늘나라 임금님의 딸이
기에 행복했고, 예쁘고 착하고 영리하고 베를 잘 짰기 때문에 행복했고, 사
랑하는 견우와 혼인했기에 더 행복했다. 하지만 이런 행복은 결혼 후 아버
지인 임금님의 말보다, 남편인 견우의 말을 더 따름으로 인해 위기를 겪게
된다.

개요 ④, ⑤, ⑥, ⑦은 임금의 분노를 말하고 있다. 임금은 자신의 말보다
남편의 말을 더 잘 따르는 딸에 대해 화가 났고, 말보다 강제력이 더 있는
명령마저 어기는 딸에 대해 분노한다. 직녀는 베를 짜고 견우는 소를 먹여
야 하는데, 견우와 직녀는 임금의 명령을 받고서도 이 과업을 시행하지 않
는다. 임금의 입장에서, 베를 짜고 소를 먹이는 것은 하늘의 법칙을 지키는
것이다. 이 하늘의 법칙, 천상적 질서를 유지하라고 명령까지 내리지만, 견
우와 직녀는 이를 무시한다. 이에 분노한 임금은 견우와 직녀를 귀향(歸鄕)
보내고, 1년에 한번, 그것도 은하수를 사이에 두고 만나라는 가혹한 처벌을
내린다.

개요 ⑧은 견우와 직녀의 만남과 이별을 말하고 있다. 일년을 꼬박 기다
린 끝에, 견우와 직녀는 만나지만, 은하수가 너무 넓어 바라만 볼 수밖에
없다. 만남은 만남이되 이별 같은 만남이 된 것이다. 그래서 견우와 직녀는
슬픔의 눈물을 흘린다. 천상(天上)의 눈물은 지상(地上)의 홍수로 변하게
된다.

개요 ⑨는 지상의 혼란을 말하고 있다. 견우와 직녀가 1년의 기다림 끝
에 얻은 결과는 슬픔의 눈물이었다. 천상에 있는 견우와 직녀의 슬픔이, 홍
수라는 지상의 혼란으로 연결된다.

개요 ⑩은 홍수의 방지책, 혼란의 방지책을 말하고 있다. 짐승들이 의논

하여 은하수에 다리를 놓기로 한다. 이는 지상적 질서의 유지를 위한 노력
으로 볼 수 있다. 홍수 이전에는 평화롭고 행복한 지상이었는데, 홍수 이후
에는 혼란과 파괴의 징후가 엿보이므로 이를 막기 위한 노력이 시도된다.
높이 오를 수 있는 까치와 까마귀로 하여금 은하수에 다리를 놓아 견우직
녀를 만나게 한다. 그래야만 지상의 홍수를 막을 수 있기 때문이다.

개요 ⑪, ⑫는 다시 견우와 직녀의 만남과 이별을 말하고 있다. 지상적
존재의 도움으로 은하수에서 만남을 이루지만, 이는 일시적인 만남에 불
과하다. 하룻밤의 만남 후에는 또다시 1년이란 이별과 기다림을 예비해야
한다.

개요 ⑬, ⑭, ⑮는 이러한 견우와 직녀의 만남과 이별이 반복됨을 말하
고 있다. 어떤 변화도 없이 1년을 기다리고, 하룻밤을 만나고, 해마다 칠석
날이 되면 까치와 까마귀의 머리가 벗겨진다는 것이다.

    (1) 직녀의 행복 (①②③)
    (2) 임금의 분노 (④⑤⑥⑦)
    (3) 견우와 직녀의 만남과 이별 (⑧)
    (4) 지상의 혼란(홍수) (⑨)
    (5) 혼란(홍수)의 방지책 (⑩)
    (6) 견우와 직녀의 만남과 이별 (⑪⑫)
    (7) 만남과 이별의 반복 (⑬⑭⑮)

(1), (2), (3)은 직녀의 행복(견우의 행복)이 불행으로 바뀌고 있다. (4), (5),
(6)은 지상의 불행(견우와 직녀의 불행)이 행복으로 바뀌고 있다. (7)은 이러
한 과정이 반복된다는 것을 나타낸다. 이를 범박하게 이름 붙인다면 '행복
과 불행의 순환론적(循環論的) 구조'라고 할 수 있다. 천상적 공간과 지상
적 공간을 배경으로, 행복이 불행으로 불행이 행복으로 바뀌는 과정을 쉼
없이 되풀이하고 있다.

2. 중국의 개요

중국의 〈견우직녀설화〉 텍스트는 위앤커(袁珂)가 짓고 전인초와 김선자가 옮긴, 한국어 번역본 『중국신화전설(中國神話傳說) 1』[11]로 한다. 번역본이라는 한계가 있지만, 중국의 대표적 학자가 지은 저작을, 한국의 검증된 학자가 충실히 번역한 책이므로, 이를 분석 텍스트로 한다.

1) 직녀(織女)는 뛰어난 길쌈 솜씨를 지닌, 천제(天帝)의 손녀[王母 外孫女]이다.
2) 우랑(牛郞)이 은하를 사이에 두고 인간 세상에서 소를 치며 살다.
3) 우랑은 부모를 여의고 형수 집에서 학대를 받다.
4) 우랑은 늙은 소 한 마리를 받고, 형수에게 쫓겨나다.
5) 우랑은 늙은 소와 함께 농사를 짓고 집을 짓다.
6) 의식주가 해결된 우랑은 무척 쓸쓸해하다.
7) 우랑이 기르는 소가 사람의 말을 하다.
8) 소는 직녀가 은하에서 목욕할 때, 옷을 감추어 그녀를 아내로 만들라고 일러주다.
9) 우랑은 직녀의 옷을 감추어 그녀를 아내로 삼다.
10) 우랑은 농사를 짓고, 직녀는 옷감을 짜며 살다.
11) 우랑과 직녀는 아들과 딸은 하나씩 낳다.
12) 천제와 왕모는 우랑과 직녀의 일을 알고 노하다.
13) 천제와 왕모는 천신에게 직녀를 잡아오라고 하다.
14) 직녀는 천신에게 잡혀 하늘나라로 돌아가다.
15) 우랑은 바구니에 아이들을 태워 직녀를 뒤쫓다.
16) 왕모가 은하를 하늘로 옮겨, 우랑은 집으로 돌아오다.
17) 소가 자신이 곧 죽을 테니, 그 가죽을 뒤집어쓰면 하늘나라로 갈 수 있다고 하다.
18) 늙은 소는 말을 마치자마자 죽다.
19) 우랑은 (소 가죽을 뒤집어쓰고) 아들과 딸을 한쪽에, 거름바가지를 바구니 한쪽에 넣고 하늘나라로 가다.

---

11) 위앤커(袁珂) 지음, 전인초 · 김선자 옮김, 『中國神話傳說 1』, 민음사, 1999.

20) 우랑이 은하를 건너려 할 때, 왕모가 야트막한 은하를 물결이 험한 천하(天河)로 바꾸다.

21) 우랑의 딸이 거름 바가지로 천하의 물을 퍼내기로 제의하다.

22) 우랑과 아이들이 천하의 물을 퍼내다.

23) 우랑과 아이들의 강하고 끈질긴 애정이 천제와 왕모의 차가운 심장을 녹이다.

24) 천제와 왕모는 7월 7일 저녁에 강물 위에 까치들로 하여금 다리를 놓게 하여 우랑과 직녀를 만날 수 있게 하다.

25) 우랑과 직녀가 만날 때, 직녀는 눈물을 흘리다.

26) 이 눈물은 대지에 가랑비가 되어 내리다.

27) 우랑과 아이들은 하늘나라에 살게 되나, 직녀와는 천하를 사이에 두고 떨어지다.

28) 우랑과 직녀는 서신을 교환하여 소식을 전하다.

다소 산만하게 보이는 개요지만 인물 중심으로 전체적인 흐름을 보면, 두 축이 성립함을 볼 수 있다. 우랑(牛郞)과 직녀(織女) 부부가 한 축이고 천제(天帝)와 왕모(王母) 부부가 한 축이다. 우랑과 직녀는 서로 이해하며 합해지려 하고, 천제와 왕모는 우랑과 직녀의 결합을 인정하지 않으려 한다. 우리가 살피는 이야기가 〈견우직녀설화〉이므로, 천제와 왕모보다는 우랑과 직녀를 기준으로 상황이 좋은가[+] 나쁜가[-]를 살피도록 하겠다.

개요 1)은 직녀가 천상(天上)의 여인임을 밝히고 있다. 아무런 갈등이 없는 상태이므로 상황은 +이다. 공간은 천상이다.

개요 2)~6)은 지상의 우랑에 관한 내용이다. 우랑은 소를 치며, 형수에게 학대 받으며 결국에는 쫓겨난다. 쫓겨난 우랑은 더 이상 소를 치지 않고 농사를 짓고 집을 짓는다. 의식주가 해결되지만 쓸쓸해한다. 소 치는 일, 목축은 떠돌이 생활이지만, 농사는 붙박이 생활이다. 농사는 많은 노동력을 필요로 하고, 다산을 위해 '인간의 자손'이 필요하다. 목축은 한 사람이 많은 동물들을 돌볼 수 있기에, 인간의 자손보다는 '가축의 번성'이 더 필요하다. 우랑이 쓸쓸해하는 것은 농사를 짓기 때문이다. 자손의 번성을

함께 할 여인이 없기에 쓸쓸한 것이다. 우랑의 상황은 -이고, 공간은 지상
이다.

개요 7)~11)은 우랑과 직녀의 결혼 과정이다. 소가 말을 하고 조력자 역
할을 한다. 지상적 존재인 우랑은, 천상적 존재인 직녀의 옷을 숨겨 혼인에
성공한다. 이 결혼으로 천상적 존재인 직녀는 지상적 존재가 되었다. 우랑
과 직녀는 혼인하여 행복하게 지내고 아들과 딸을 낳는다. 우랑과 직녀의
상황은 +이고, 공간은 지상이다.

개요 12)~16)은 천제(天帝)와 왕모(王母)의 노여움을 말하고 있다. 노여
움의 구체적인 이유는 나타나 있지 않지만, 천상(天上)의 존재가 지상(地
上)의 존재로 되었음에 분노함을 알 수 있다. 일반적으로 천상(天上)은 고
귀하고 신성하고 존숭(尊崇)한 무한대의 공간이고, 지상(地上)은 광명과 암
흑이 명멸하고 시작과 종말의 순환이 거듭되는 유한성의 공간이다.[12] 천
상(天上)과 지상(地上)은 이질적으로 분화된 수직 공간이어서, 천상이 지상
(地上)으로 간다는 것은 질서를 어지럽히는 행동으로 볼 수 있다. 천상은
신들이 거처하는 신성한 공간이기에,[13] 천제(天帝)와 왕모(王母)는 우랑과
직녀의 동거를, 특히 직녀의 하강과 출산을 용납하지 않는다. 직녀는 천신
(天神)에게 잡혀 하늘나라로 돌아가게 되고, 우랑은 아이들과 함께 직녀를
쫓는다. 하지만 왕모(王母)가 지상(地上)의 은하를 하늘로 옮겨, 지상의 수
평 공간이던 은하가 천상의 수직 공간이 된다. 은하가 천상에 위치하기에
지상적 존재인 우랑은 절망한다. 우랑과 직녀의 상황은 -이고, 공간은 천
상과 지상에 걸쳐있다.

개요 17)~22)에서 우랑은 소의 두 번째 도움으로 직녀에게 다가간다.
이젠 소 역시 말로 조력할 단계가 아니기에, 천상과 지상의 갈등이 그만큼
고조되었기에, 소는 죽음으로 희생함으로써 우랑을 하늘에 오를 수 있게

---

12) 조희웅, 『說話學綱要』, 새문사, 1989, 91쪽.
13) 韓國문화상징사전편찬위원회, 『韓國文化象徵辭典』, 동아출판사, 1992, 623쪽.

한다. 우랑은 소의 가죽을 뒤집어 쓰고,[14] 천신만고 끝에 하늘로 올라 하늘의 수평 공간인 은하를 건너려 한다. 하지만 지상적 존재가 천상적 존재로 되는 것을 용납하지 않으려는 왕모(王母)는, 은하를 물결이 험한 천하로 만들고 만다. 물결이 험하다는 것은 수직 공간을 뜻한다. 수직은 상승을 동반해야만 이를 수 있다. 소 덕분에 1차 상승은 성공했지만, 하늘에서 또 다시 상승이 필요한 시점에 이르자 우랑은 절망하고 만다. 왕모(王母)는, 지상적 존재이자 수평적 존재인 우랑의 상승을 한사코 거부하고 있다. 수평적 존재가 수직적 존재로 되는 것을 용납하지 않고 있다. 여기에 맞서는 우랑의 저항은 너무도 처량하다. 겨우 거름 바가지로 천하의 물을 퍼낼 뿐이다. 그야말로 창해일속(滄海一粟) 같은 이야기이다. 우랑과 직녀의 상황은 -이고, 공간은 천상과 지상에 걸쳐있다.

개요 23), 24)는 반전이다. 그렇게도 냉혈했던 왕모(王母)의 마음이, 마치 우공이산(愚公移山)의 하느님처럼 감동하게 된다.[15] 우랑의 끈질긴 애정에 천제(天帝)와 왕모(王母)의 차가운 심장이 녹게 된다. 천제(天帝)와 왕모(王母)는, 일년에 한번 7월 7일에, 천하에 놓인 까치 다리 위에서 우랑과 직녀를 만나게 한다. 우랑과 직녀는 일단 만나게 되므로, 상황은 +이다. 공간은 천상이다.

개요 25)~27)은 미완의 만남에 대해 말하고 있다. 우랑과 직녀는 강 위의 흔들리는 다리 위에서 일년에 한 번 만날 뿐이다. 우랑과 만날 때 흘리는 직녀의 눈물은 기쁨이기도 하지만, 아쉬움이기도 하고 안타까움이기도 하다. 지나친 슬픔이 아니기에 지상에서는 홍수가 아니라 가랑비가 내릴 뿐이다. 왕모(王母)는 여전히 천상적 존재와 지상적 존재의 완전한 만남을

---

14) 소의 신성함을 엿볼 수 있다. 여기서 소는, 신령에게 소를 바쳐 소원을 빈다는 '告'라는 한자와 통한다. 위의 책, 423쪽.

15) '…이에 하느님은 우공의 끈질긴 정신에 감동하여 天神 誇娥氏의 두 아들을 내려보내 각기 산 하나씩 메어다가 옹조 남부에 옮겨 놓게 하였다는 것이다.' 임종욱 엮음, 『고사성어대사전』, 고려원, 1997, 566쪽.

허용하지 않는다. 견우와 아이들이 상승을 허락했지만, 원래부터 천상적 존재였던 직녀와 함께 살게 하지 않는다. 1년 중 하루 외에는, 364일을 천하를 사이에 두고 떨어져 살아야 한다. 우랑과 직녀의 상황은 −이고, 공간은 천상이다.

개요 28)은 이러한 왕모(王母)의 횡포를 서신 교환으로 극복하는 우랑과 직녀의 모습을 이야기하고 있다. 우랑과 직녀는 상승한 수직 공간에서 이별의 상태에 있지만, 서신이라는 수평적 교환을 통해 364일의 이별을 만남으로 치환하고 있다. 우랑과 직녀의 상황은 +이고, 공간은 천상이다.

이를 간략히 하면 다음과 같다.

(1) 직녀의 행복(1, +)
(2) 牛郞의 不幸(2~6, −)
(3) 牛郞과 織女의 幸福(7~11, +)
(4) 牛郞과 織女의 不幸(12~16, −)
(5) 牛郞의 不幸(17~22, −)
(6) 牛郞과 織女의 幸福(23,24, +)
(7) 牛郞과 織女의 不幸(25~27, −)
(8) 牛郞과 織女의 幸福(28, +)

전체 구조로 보아 +에서 시작하여 +로 끝나는 이야기이므로 해피엔딩(happy ending)의 흐름을 보이고 있다. 시작은 직녀의 행복이고, 끝은 우랑과 직녀의 행복이다. 이 행복 사이사이에 불행과 행복이 삽입되어 있다. 겉은 확실한 행복이고, 그 속에 불행과 행복이 교차되어 있는 구조이다. 이를 범박하게 이름 붙인다면 '행복의 중층론적(重層論的) 구조'라고 할 수 있다. 처음의 행복과 끝의 행복 사이에서, 불행과 행복의 중간 과정이 진행되고 있는 구조이다.

3. 공통 개요와 전개 개요

위에서 한국과 중국의 〈견우직녀설화〉를 개요를 중심으로 살펴 보았다. 다소 산만한 고찰이었지만, 한국은 '행복과 불행의 순환론적(循環論的) 구조'이고, 중국은 '행복의 중층론적(重層論的) 구조'라는 것을 알 수 있었다.

여기서는 두 이야기의 개요를 공통 개요와 전개 개요로 나누어 살펴 보겠다. 공통 개요는 두 이야기에 공통되는 요소를 묶은 것인데, 대개요(大概要), 큰 개요, 보편 개요의 의미이다. 전개 개요는 이 공통 개요가 구체적인 이야기로 전개되면서 보이는 요소인데, 소개요(小概要), 작은 개요, 개별 개요의 의미이다. 앞에서 살핀 개요를 염두에 두면서 두 이야기의 공통 개요를 살피면 다음과 같다.

가) 견우와 직녀의 혼인
나) 천제의 분노
다) 견우와 직녀의 이별
라) 견우와 직녀의 만남
마) 견우와 직녀의 이별과 만남

위의 가)~마)는 두 가지 이유에서 '공통 개요'라고 이름 붙였다. 첫째, 위의 개요 가)~마)는 고정적인 줄거리 체계를 이루는 필수적인 개요이다.16) 우선 이 개요들은 두 이야기에 공통적으로 나타난다. 그리고 하나라도 빠지게 되면, 이야기의 흐름이 매끄럽지 못하다. 아무리 짧은 〈견우직녀설화〉라도 가)~마)의 개요는 이야기되어야 〈견우직녀설화〉로 성립할 수 있다. 따라서 한국과 중국의 〈견우직녀설화〉는 어떤 시대에, 어떤 장소에서, 누가 이야기했더라도 가)~마)의 개요는 반드시 지녔을 것이다.

---

16) ①이것은 판소리 구조의 固定體系面과 유사하다. 조동일, 「〈興夫傳〉의 兩面性」, 印權煥 編著, 『興夫傳 研究』, 집문당, 1991, 263쪽. ②또한 러시아 형식주의자들의 근간화소(根幹話素)와도 유사하다. 오탁번·이남호, 『서사文學의 이해』, 고려대학교 출판부, 1999, 49쪽.

둘째, 위의 개요 가)~마)는 인과 관계에 의해 긴밀히 맺어져 있다. 각 개요들은 허구적 서사물의 서사 구조와 같이, 유기적이고 긴밀한 연관을 맺는 가운데 하나의 효과를 이룬다.17) 즉, 가)는 나)의 원인이고, 나)는 가)의 결과이면서 다)의 원인이 되고, 다)는 나)의 결과이면서 라)의 원인이 되고, 라)는 다)의 결과이면서 마)의 원인이 되고, 마)는 라)의 원인으로 인한 결과가 된다. 견우와 직녀의 혼인으로 천제와 왕모(王母)는 분노하고, 이 분노 때문에 견우와 직녀는 이별하고, 이 이별이 원인이 되어 만남이란 결과를 이루게 된다. 이 중 하나라도 빠지게 되면, 인과 관계가 모호하여 전체적인 흐름이 매끄럽지 못하다.

이처럼 공통 개요는 이야기 전개에 필수적이고, 인과 관계에 의해 전후가 밀접한 관련을 맺고 있는 개요이다. 공통 개요 중 하나라도 빠지게 되면, 이야기의 전체적인 흐름이 매끄럽지 못하다. 이 공통 개요에 따라 두 이야기의 전개 개요가 나타난다. '가) 견우와 직녀의 혼인'이라는 공통 개요에 속하는 한국의 전개 개요는 ①~③이고, 중국의 전개 개요는 1)~11)이다. '나) 천제(天帝)의 분노'라는 공통 개요에 속하는 한국의 전개 개요는 ④~⑥이고, 중국의 전개 개요는 12)~14)이다. '다) 견우와 직녀의 이별'이라는 공통 개요에 속하는 한국의 전개 개요는 ⑦~⑨이고, 중국의 전개 개요는 15)~22)이다. '라) 견우와 직녀의 만남'이라는 공통 개요에 속하는 한국의 전개 개요는 ⑩~⑪이고, 중국의 전개 개요는 23)~25)이다. '마) 견우와 직녀의 이별과 만남'이라는 공통 개요에 속하는 한국의 전개 개요는 ⑫~⑮이고, 중국의 전개 개요는 26)~28)이다.

이를 표로 간단히 하면 다음과 같다.

---

17) 구인환·구창환, 『文學槪論』, 삼영사, 2002, 246쪽.

공통 개요	전개 개요	
	한국	중국
가) 견우와 직녀의 혼인	①~③	1)~11)
나) 천제의 분노	④~⑥	12)~14)
다) 견우와 직녀의 이별	⑦~⑨	15)~22)
라) 견우와 직녀의 만남	⑩~⑪	23)~25)
마) 견우와 직녀의 이별과 만남	⑫~⑮	26)~28)

다음 장의 구성 요소 비교는 위에서 살핀 공통 개요와 전개 개요를 중심으로 알아 볼 것이다. 공통되는 부분은 비교의 대상에서 제외하고, 차이가 나는 부분의 비교에 치중하기로 한다. 따라서 두 나라 이야기에 공통되는 공통 개요의 구성 요소를 중심으로 하여, 차이나는 전개 개요의 구성 요소를 비교할 것이다.

Ⅲ. 〈견우직녀설화〉의 구성 요소 비교

1. 견우와 직녀의 혼인

'견우와 직녀의 혼인'은 한국의 이야기에서 개요 ①~③, 중국의 이야기에서 개요 1)~11)로 나타난다. 한국은 개요나 내용이 짧고, 중국은 개요나 내용이 길다.

직녀가 천상인이고 베를 잘 짰다는 점은 두 이야기에서 일치한다. 한국의 이야기에서 직녀는, 천제(天帝)의 딸이고 예쁘고 착하고 영리하고 베를 잘 짜는 존재이다. 그리고 중국의 이야기에서 직녀는, 뛰어난 길쌈 솜씨를 지닌 천제의 손녀[王母의 外孫女]이다. 단지 차이나는 것은, 한국에서는 직녀가 천제의 딸로 설정되어 있는데, 중국에서는 천제의 손녀 또는 왕모(王

母)의 외손녀로 설정되어 있다는 것이다. 어찌 되었던, 한국과 중국의 이야기에서, 직녀가 천상인이고 베를 잘 짰다는 점은 공통적으로 드러난다.

하지만 견우(牽牛)는 경우가 좀 다르다. 한국의 이야기에서 견우는 직녀(織女)와 마찬가지로 천상적 존재이지만, 중국의 이야기에서 우랑(牛郎)은 지상인으로 되어 있다. 천상인 견우는 행복에서 상황이 시작되고 있고, 지상인 우랑은 불행에서 상황이 시작되고 있다. 천상인 견우는 어릴 때부터 소를 좋아하여 소를 '몰고' 다닌다. 결혼 후에는 직녀와 함께 소를 타고 즐기며 놀기도 한다. 그런데 지상인 우랑은 어려운 여건 속에서, 삶을 유지하기 위해 소를 '치고' 있다. 스스로 좋아해서 '몰고' 다니는 것과, 싫든 좋든 생활을 위해서 '치는' 것은 엄연한 차이가 있다. 자유 의지로 소를 몰고 다니는 견우는 천상에서 행복했고, 살아가기 위해서 소를 치는 우랑은 지상에서 불행했다.

한국의 이야기에서, 천제는 직녀의 신랑을 구하기 위해 나라 안은 물론 멀리 '다른 별나라'[18]에까지 널리 사윗감을 찾는다. 그러다가 찾은 이가 견우인데, 견우 역시 별나라 또는 천제의 나라 사람이므로, 천상적 존재임을 알 수 있다.

중국의 이야기에서 우랑은 인간 세상에 사는 젊은이로 설정되어 있다. 직녀가 사는 은하를 사이에 두고 인간 세상이 있다.[19] 이 인간 세상에 소를 치는 지상적 존재인 '인간 우랑'이 살고 있다. 뛰어난 인간도 아니고, 부모를 여의고 형수 집에서 갖은 학대를 감내하며 살고 있는 별 볼일 없는 '인간 우랑'이다.

견우와 직녀의 혼인이라는 결과는 한국, 중국 모두 같지만 그 과정은 달리 나타난다. 한국 이야기에서는 견우와 직녀의 혼인에 별다른 혼사(婚事)

18) 이원수·손동인 엮음, <牽牛와 織女>, 『이무기가 살려 준 친구』 한국전래동화집 2, 창작과비평사, 2003, 215쪽.
19) 위앤커(袁珂) 지음, 전인초·김선자 옮김, 『中國神話傳說 1』, 민음사, 1999, 198쪽.

장애가 나타나지 않는다. 오히려 천제는 견우와 직녀의 혼인을 기뻐한다. 사위를 얻은 것이 너무 기뻐, 두 젊은이를 대궐 안에 가까이 두고 귀여워할 정도이다.

중국의 이야기에서 우랑은 직녀와 혼인 전에, 또는 혼인을 위해서 많은 고난을 겪는다. 우랑은 부모가 없고, 형이 없고, 형수에게 학대받으며 살고 있다. 그러다가 젊은 소도 아니고, 보잘 것 없는 늙은 소 한 마리와 함께 형수에게서 쫓겨난다. 쫓겨난 우랑은 늙은 소와 자신의 노력으로 농사를 짓고 집을 짓는다. 열심히 일하지만 형편은 겨우 입에 풀칠을 할 정도이다.

우랑이 쓸쓸해 할 때, 소가 사람의 말을 하여, 은하에서 목욕하는 직녀의 옷을 감추어 아내로 삼으라고 한다. 우랑은 소의 말대로 하여 직녀와 결혼하고 아이를 낳는다. 이 과정에서 직녀는 천상적 존재에서 지상적 존재로 하강하게 된다. 지상의 남자가 천상 선녀의 옷을 감추어 그와 결혼하는 사건을 '배우자 기만(欺瞞) 결혼 삽화'[20]라 할 수 있는데, 이런 배우자 기만 결혼 삽화와 결혼 전의 우랑이 겪는 고난이 한국의 이야기에는 나타나지 않는다.

위에서 한국과 중국의 〈견우직녀설화〉에는 '견우와 직녀의 혼인'이라는 공통 개요가 나타남을 볼 수 있었다. '견우와 직녀의 혼인'이라는 관점에서는 두 나라 이야기가 일치를 보였지만, 이 공통 개요가 두 나라에서 전개되면서 각 구성 요소가 달리 나타남을 알 수 있었다. 즉, 한국에서는 견우의 신분이 천상인(天上人)이었고, 직녀의 신분도 천상인(天帝의 孫女)이었다. 그리고 견우의 시작 상황은 행복이었고, 견우의 혼사 장애나 결혼을 위한 배우자 기만 삽화는 나타나지 않았다.

하지만 중국에서는 견우의 신분이 지상인이었고, 직녀의 신분은 천상인(天上人, 天帝의 外孫女)이었다. 그리고 견우의 시작 상황은 불행이었고, 직

---

20) 배원룡, 「〈나무꾼과 선녀 說話〉 구조와 意味의 교육적 考察」, 최운식 외, 『說話·고소설 교육론』, 민속원, 2002, 203쪽.

녀와의 결혼을 위한 견우의 혼사 장애와 배우자 기만 결혼 삽화가 나타나고
있었다.

2. 천제의 분노

천제(天帝)의 분노는 한국의 이야기에서는 개요 ④~⑥, 중국의 이야기
에서는 개요 12)~14)로 나타난다. 이 부분은 두 이야기 모두 개요가 간단
하고 내용도 짧다. 천제가 분노했다는 것은 한국, 중국 모두 같지만, 분노
의 당사자, 분노의 원인과 결과가 각각 달리 나타난다.

우선 분노의 당사자가 한국의 이야기에서는 천제로 나온다. 왕모(王母)
의 등장이나 역할은 없다. 견우와 직녀의 행위에 분노하는 존재는 천제뿐
이다. 천제가 분노한 원인은, 자신의 명령을 견우와 직녀가 어겼기 때문이
다.[21] 견우가 소를 몰고 천제의 꽃밭을 밟고 다니는 것, 베를 짜야할 직녀
를 데리고 놀러만 다니는 것이 천제를 약간 분노하게 한다. 어느날 천제는
직접 견우와 직녀에게 일을 시키지만, 둘은 소를 타고 놀기만 한다. 이 명
령의 어김은 천제를 불같이 분노하게 한다. 분노의 결과로, 천제는 견우와
직녀를 동쪽 하늘과 서쪽 하늘로 헤어져 있게 한다.

중국에서는 천제(天帝)와 왕모(王母)가 직녀의 행위에 분노한다.[22] 우랑
의 행위에는 분노하지 않는다. 분노의 당사자는 천제와 왕모이다. 한국과
달리, 천제보다 왕모가 더 분노하고, 직녀의 징계에 더 적극적이다. 천제와
왕모가 분노한 원인은, 천상인(天上人) 직녀가 지상인(地上人)이 되었기 때
문이다. 천상인(天上人)이 지상인(地上人)이 되었다고 분노했다는 것은 천
상과 지상의 질서를 교란한 사실에 분노한 것으로 볼 수 있다. 천상인(天上

---

21) 이원수·손동인 엮음, <牽牛와 織女>, 『이무기가 살려 준 친구』 韓國전래동화집 2, 창작
  과비평사, 2003, 216~217쪽.
22) 위앤커(袁珂) 지음, 전인초·김선자 옮김, 『中國神話傳說 1』, 민음사, 1999, 200쪽.

人) 직녀는 지상으로 하강했고, 지상인(地上人)과 결혼했고, 지상인의 아들과 딸을 낳는다. 천상적 존재의 하강, 천상인과 지상인의 결혼, 천상인의 지상인 자녀 출산 등 이 모두가 천상과 지상의 질서를 어지럽힌 것으로, 천제와 왕모는 판단한다. 천상인의 하강은 있을 수 없는 일이고, 천상인과 지상인의 결혼은 더욱 있을 수 없는 일이고, 천상인에 의한 지상인의 자녀 출산은 더더욱 있을 수 없는 일이다.

그래서 분노한 천제와 왕모는 천상적 존재인 직녀를 잡아오라고 천신(天神)에게 명령하는데, 지상적 존재인 우랑에게는 아무런 제재를 가하지 않는다. 왕모는 천신이 못 미더워 직접 천신을 따라 나서기까지 한다. 왕모는 지상인 우랑에게는 아무런 죄책을 묻지 않고, 지상인 우랑의 아내가 된 직녀만 잡아오라고 한다. 여기서 우리는, 왕모가 천상과 지상의 질서를 혼란시킨 책임을 직녀에게만 지우고 있고, 우랑과 직녀를 원래의 위치대로 복귀시킴으로써 그 혼란을 해결하고자 한다는 것을 알 수 있다.[23]

직녀의 하강과 결혼, 출산은 우랑의 '배우자 기만(欺瞞)'이 그 원인이다. 천제와 왕모는 원인 제공자인 우랑에게는 아무런 잘못을 묻지 않고, 어찌 보면 피해자인 직녀에게만 잘못을 따지고 있다. 이는 지상인 우랑은 지상인(地上人)이므로 천상이 관여할 바가 아니라는 것으로 보인다. 즉, 천상적 존재는 천상으로, 지상적 존재는 지상으로 돌아가게 하는 것이, 천제와 왕모의 뜻인 것을 알 수 있다.

위에서 한국과 중국의 〈견우직녀설화〉에는 '천제(天帝)의 분노'라는 공통 개요가 나타남을 볼 수 있었다. '천제의 분노'라는 관점에서는 두 나라 이야기가 일치를 보였지만, 이 공통 개요가 두 나라에서 전개되면서 각 구성 요소가 달리 나타남을 알 수 있었다. 즉, 한국에서는 견우와 직녀에 대해 분노한 당사자가 천제였고, 분노의 원인은 견우와 직녀가 천제의 명령

---

23) '織女의 復歸'에는 '牛郎의 復歸'도 암시된다. 織女는 '復歸'에 順應하지만, 牛郎은 '復歸'에 抵抗한다.

을 어긴 것이었고, 그 결과는 견우와 직녀가 동쪽, 서쪽 하늘로 귀향 간 것
이었다. 이 과정에서 왕모의 등장이나 역할은 없었다.

하지만 중국에서는 견우와 직녀에 대해 분노한 당사자가 천제와 왕모였
고, 분노의 원인은 직녀가 천상과 지상의 질서를 어지럽힌 것이었고, 그 결
과는 직녀의 체포, 승천이었다. 이 과정에서 왕모의 역할은 주도적이고 능
동적이었다.

3. 견우와 직녀의 이별과 만남

이후의 공통 개요는 견우와 직녀의 이별, 만남, 이별과 만남으로 이루어
진다. 견우와 직녀의 이별과 만남이 개요의 중심을 이루므로, 이후의 공통
개요를 '견우와 직녀의 이별과 만남'으로 묶어서 한국과 중국의 이야기를
비교해 보기로 하겠다.

견우와 직녀의 이별은 한국의 이야기에서는 개요 ⑦~⑨, 중국의 이야기
에서는 개요 15)~22)로 나타난다. 한국의 경우, 동쪽과 서쪽으로 이별한
견우와 직녀가 1년에 한 번 만나지만, 강이 넓어 바라만 보고 눈물 흘릴 뿐
이고, 이 눈물이 지상의 홍수가 된다는 내용이다. 이처럼 한국의 이야기에
서는, 천상의 견우와 직녀 사이의 사건이 지상에까지 연결된다. 견우와 직
녀는 일년에 한 번 만나지만, 손 한번 잡아 볼 수 없는, 눈으로 바라만 보아
야 하는 만남 같지 않은 만남이다. 보고도 다가갈 수 없는 슬픔에, 견우와
직녀는 지상에 홍수가 나도록 눈물을 흘린다. 홍수는 인류의 소멸[24]과 죽
음[25]을 뜻한다. 홍수는 물이 많다고 하는 점에서는 과잉을 나타내지만, 그
와 동시에 육지나 토지의 상실은 결핍을 의미한다.[26]

---

24) ① 韓國문화상징사전편찬위원회, 『韓國문화상징사전』, 동아출판사, 1992, 635쪽. ②
   Mircea Eliade, 이재실 옮김, 『종교사 개론』, 까치, 1993, 205쪽.

25) J. C. Cooper, 이윤기 옮김, 『世界문화상징사전』, 까치, 1994, 140쪽.

26) Dundes A., The morphology of North American Indian folktales, Helsinki : Academica

중국의 경우, 하늘나라로 올라 간 직녀를 우랑이 쫓아간다. 하지만 왕모가 은하를 하늘로 옮기는 바람에, 우랑은 집으로 돌아오고 만다. 다시 늙은 소의 도움으로, 우랑은 하늘로 올라가 은하를 건너려 하지만, 이번에는 왕모(王母)가 은하를 물결이 험한 천하(天河)로 바꾸는 바람에 속수무책(束手無策)이다. 그러나, 우랑과 딸은 이에 포기하지 않고, 균형을 맞추기 위해 가지고 간 거름 바가지로 천하의 물을 퍼내기 시작한다는 내용이다. 중국의 이야기에서는, 한국이 이야기에서 찾아볼 수 없는 우랑(牛郎)의 승천(昇天)과 좌절(挫折), 극복(克服)이 두드러지게 나타난다. 우랑은 사랑하는 아내가 떠나자, 밤을 도와 직녀를 쫓아간다. 은하를 건너 하늘나라에까지 갈 작정이었는데, 왕모는 은하를 하늘로 옮겨 버린다. 우랑은 소의 가죽을 뒤집어쓰면서까지 하늘로 올라가 직녀를 뒤쫓아 왕모(王母)의 심술을 이겨내려 하지만, 왕모는 잔잔한 은하를 물결이 험한 천하로 만들고 만다. 우랑은 이에 굴하지 않고 묵묵히 천하의 물을, 우공이 산을 옮기듯[愚公移山], 한 바가지씩 퍼내기 시작함으로 왕모의 횡포를 이겨내려 한다. 우랑은 직녀와의 만남을 이루기 위해 필사적이고, 왕모는 어떻게든 우랑의 시도를 막기 위해 적극적이다.

다음 개요는 견우와 직녀의 만남이다. 견우와 직녀의 만남은 한국의 이야기에서는 개요 ⑩~⑪, 중국의 이야기에서는 개요 23)~25)로 나타난다. 한국의 경우, 땅 위의 짐승들이 까치와 까마귀로 하여금 은하수에 올라가 다리를 놓게 한다. 하늘나라나 천제는 견우와 직녀의 만남에 더 이상 개입하지 않는다.[27] 견우와 직녀는 땅 위의 짐승들이 놓아 준 오작교 위에서 만나게 된다.

Scientinrun Fennica, 1980, 61쪽. 김화경, 『韓國의 說話』, 지식산업사, 2002, 122쪽에서 재인용.

27) 이원수·손동인 엮음, <牽牛와 織女>, 『이무기가 살려 준 친구』韓國전래동화집 2, 창작과비평사, 2003, 220~222쪽.

중국의 경우, 우랑과 아이들의 끈질긴 애정과 집념에 감동한 천제(天帝)와 왕모(王母)가 까치로 하여금 다리를 놓게 한다. 지상(地上)의 존재와는 아무 관계없이, 천상적(天上的) 존재인 천제와 왕모가 다리를 놓게 한다.28)

마지막 개요는 견우와 직녀의 이별과 만남이다. 견우와 직녀의 이별과 만남은 한국의 이야기에서는 개요 ⑫~⑮, 중국의 이야기에서는 개요 26)~28)로 나타난다. 한국의 경우, 견우와 직녀의 헤어짐과 해마다 칠석날에 까치와 까마귀 다리를 놓는다는 것과, 이로 인해 세상 사람들은 물난리를 면하게 되었다는 내용이다.

중국의 경우, 우랑과 직녀가 천신만고 끝에 만나게 되자 직녀가 눈물을 흘리고, 이 직녀의 눈물이 가랑비가 되어 내리는 것과, 우랑과 아이들이 한쪽이고 직녀가 한쪽이 되어 천하를 사이에 두고 떨어지게 되어, 1년 중 하루를 뺀 364일 동안의 그리움을 서신 교환으로 극복한다는 내용이다.

위에서 한국과 중국의 〈견우직녀설화〉에는 '견우와 직녀의 이별과 만남'이라는 공통 개요가 나타남을 볼 수 있었다. '견우와 직녀의 만남'이라는 관점에서는 두 나라 이야기가 일치를 보였지만, 이 공통 개요가 두 나라에서 전개되면서 각 구성 요소가 달리 나타남을 알 수 있었다. 즉, 한국에서는 직녀의 눈물이 지상의 홍수가 되자, 땅 위 짐승들이 오작교를 놓아 주었다. 이 과정에서 견우의 승천, 좌절, 극복이라든가, 왕모의 횡포, 이별 극복 방법 등은 나타나지 않았다.

하지만 중국에서는 왕모의 거대한 횡포와 이에 맞서는 우랑의 승천, 좌절, 극복이 두드러졌다. 그리고 천제와 왕모가 오작교를 놓아 주자, 직녀가 눈물을 흘렸고 이 눈물이 대지에 가랑비가 되어 내렸다. 또한 우랑과 직녀는 364일 이별해 있는 동안 서신을 교환함으로써 이별을 극복하고자 했다.

위에서 살핀 공통 개요 중심의 구성 요소 비교를 간단히 나타내면 다음과 같다.

---

28) 위앤커(袁珂) 지음, 전인초·김선자 옮김, 『中國神話傳說 1』, 민음사, 1999, 201~202쪽.

공통 개요	구성 요소	한국	중국
견우와 직녀의 혼인	견우의 신분	천상인	지상인
	직녀의 신분	천상인(천제의 딸)	천상인(천제의 손녀)
	견우의 시작 상황	행복	불행
	견우의 혼사 장애	×	○
	배우자 기만 결혼 삽화	×	○
천제의 분노	분노 당사자	천제	천제와 왕모(王母)
	분노의 원인	천제의 명령 어김 (견우와 직녀)	천상과 지상의 질서 교란 (직녀)
	분노의 결과	동서쪽 하늘로 귀향	직녀의 체포, 승천
	왕모의 등장 및 역할	×	○
견우와 직녀의 이별과 만남	우랑의 승천, 좌절, 극복	×	○
	왕모의 횡포	×	○
	직녀의 눈물	홍수	가랑비
	오작교 설립 주체	땅 위 짐승[지]	천제와 왕모[천]
	이별의 극복 방법	×	서신 교환

Ⅳ. 구성 요소의 상이에 따른 의미와 가치

1. 일원적 세계의 조화와 이원적 세계의 갈등

한국과 중국의 〈견우직녀설화〉는 '견우와 직녀의 혼인'이라는 공통 개요
를 보이고 있었다. 하지만 전개 개요나 구성 요소에서는 몇 가지 차이점이
있었다. 이 차이는 '견우와 직녀의 혼인'이라는 비슷한 내용이, 구체적으로
표현되면서 다양하게 변모되었다고 할 수 있다. 내용은 같지만 표현이 다
르다는 말인데, 채트먼(S. Chatman)의 견해를 따르면 이야기와 담론(談論,
discourse)으로 볼 수 있다. 내용은 서사물(敍事物) 속의 '무엇'이므로 '이야

기'적인 측면이고, 형식 또는 표현은 서사물 속의 '어떻게'에 해당되므로 '담론(談論)'적인 측면이다.29) 즉 모든 서사물은 이야기와 담론의 두 부분으로 나누어 질 수 있는데,30) 이야기 차원에서는 같은 내용이 담론 차원에서는 차이가 드러나게 된다는 말이다. 한국과 중국의 〈견우직녀설화〉에서 '견우와 직녀의 혼인'이라는 공통 개요가 내용에서는 같다. 하지만 이 '내용'이 '표현'되면서 다른 양상을 띠게 된다. 한국에서는 하늘에서 천상인 견우와 직녀가 활동하는 모습으로 되었고, 중국에서는 불행한 지상인 우랑이 천상인 직녀와 혼인하기 위해 배우자 기만으로 혼사 장애를 극복한다는 모습으로 되었다. 그러면 두 이야기의 '차이'는 어떤 의미를 지니고 있는지 알아보도록 하자.

우선 한국의 경우를 중국과 비교해 보면, 견우는 천상인으로, 직녀도 천상인(天帝의 딸)으로 등장하고, 견우의 시작 상황이 행복한 상태에서 출발하고 있다. 견우는 직녀와의 결혼을 위해 어떤 장애도 겪지 않고, 또한 배우자를 기만하는 수단도 쓰지 않는다.

등장인물들이 활동하는 공간도 천상이라는 수평 공간에서만 이루어지고 있다. 일반적으로 하늘이라는 공간은 고귀하고 신성한 공간으로 상정된다. 하늘은 높이 있다는 사실만으로도 강하고, 신성성을 지닌 존재로서의 가치를 지니며, 인간의 생활 공간과는 전혀 다른 것이다.31) 천제(天帝)는 당연히 천상인(天上人)이고, 직녀도 천제(天帝)의 딸로 천상인이고, 직녀의 배필인 견우 역시 천상인으로 등장해서 활동하고 있다. 모든 것이 원만하고 행복(幸福)해서 어떤 갈등도 보이지 않는다. 루카치의 표현을 빌리면, 세계와 자아, 천공(天空)의 불빛과 내면의 불꽃이 서로에 대해 결코 낯설어지는 법

---

29) ① S. Chatman 지음, 한용환 옮김, 『이야기와 談論』, 고려원, 1991, 29쪽. ② 구인환·구창환, 『文學槪論』, 삼영사, 2002, 248~249쪽.

30) 오탁번·이남호, 『서사文學의 이해』, 고려대학교 출판부, 1999, 63쪽.

31) Mircea Eliade, 이재실 옮김, 『종교사 개론』, 까치, 1993, 56쪽.

이 없는 상태이다.[32]

중국과 비교해 볼 때, 한국 〈견우직녀설화〉의 '견우와 직녀의 혼인'이라는 공통 개요에서 두드러지는 특징은, 갈등이 없다는 것이다. 천상이라는 공간에서 천상적 인물이 아름다운 혼인을 하여 행복한 생활을 한다는 것이다. 갈등의 싹조차 보이지 않는 모든 것이 원만하고 행복한 모습을, 한국의 이야기에서 읽을 수 있다. 공간이 오직 천상으로만 나타나 성속(聖俗)으로 분리되지 않은 신성한 상태이고, 등장 인물 역시 아무런 갈등 없는 조화로운 상황에 있다. 이를 우리는 '일원적(一元的) 세계의 조화'라고 부를 수 있을 것이다.[33]

중국의 경우는, 한국과 이야기 전개가 달리 나타난다. '견우와 직녀의 혼인'이라는 공통 개요는 같지만, 우랑은 지상인으로, 직녀는 천상인으로 등장한다. 직녀도 천제의 손녀 또는 왕모(王母)의 외손녀로 등장해서, 한국의 천제의 딸보다는 천성(天性), 신성성(神聖性)이 좀 모자란다. 그리고 우랑의 시작 상황은 불행이고, 우랑은 직녀와의 결혼을 위해 혼사 장애를 겪고 배우자를 기만하는 수단을 부리기도 한다.

한국과 비교했을 때 가장 두드러진 차이는, 우랑이 지상인(地上人)으로 등장하는 것이다. 지상인 우랑이 천상인 직녀와 혼인하게 된다. 직녀는 천상인 중에서도 아주 고귀한 신분(天帝의 孫女, 王母의 外孫女)인 데 비해, 지상인(地上人) 우랑(牛郞)은 지상에서조차 그리 뛰어난 존재가 아니다. 지상인 우랑은 아버지가 없고, 형이 없다. 아버지와 형은 자녀나 동생의 양육하며 가정을 책임지는 존재이다. 이런 책임자의 존재, 부성(父性)의 존재를, 우랑은 상실하고 있다. 아버지도 형도 없는 부성의 상실이 심각한 상황이다.[34]

---

32) 게오르그 루카치 저, 반성완 역,『소설의 이론』, 심설당, 1998, 25쪽.

33) 자아와 世界는 오직 상호보완적이고 동질적인 關係에 있기 때문에 '神話的 秩序'를 나타내고 있다고도 볼 수 있다. 조동일,『韓國文學의 갈래 이론』, 집문당, 1992, 217쪽.

부성의 상실 못지 않게, 남성성(男性性)의 상실도 위험한 상태이다. 건장한 남성과 성장한 여성은 서로서로 짝을 맺어야 한다. 하지만 우랑은 형수와 동거하고 있는데, 우랑은 형수를 대상으로 자신의 남성성의 짝을 맞출수 없고, 형수 역시 우랑을 대상으로 자신의 여성성(女性性)의 짝을 맞출 수없다. 둘은 메울 수 없는 심각한 상실을 겪고 있고, 이 심각한 상실에서 오는 고난의 대부분을 우랑이 짊어지고 있다.

이런 부족하고 불쌍한 지상인(地上人) 우랑이기에, 천상인 직녀와의 혼인이 어렵기 마련이다. 우랑은 모종의 혼사 장애를 당연히 겪게 된다. 이장애-하늘과 땅 차이, 그야말로 천양지차(天壤之差)의 장애는 보통 수단으로 극복될 수 없다. 그래서 특이한 일이 일어난다.[35] 소가 말을 하게 되고, 배우자의 옷을 감추는 수단을 통해 장애를 극복하고 결혼에 이르게 된다.

우랑이 지상인이기에, 천상인 직녀와의 결합은 애초에 갈등을 내포하고있다. 천상인 직녀는 하늘에서 활동하고 있고, 지상인 우랑은 지상에서 활동하고 있다. 등장인물의 활동 공간이 천(天)-지(地)에 이르는 수직 공간을나타낸다. 천상(天上)은 성(聖)의 드러남[顯現]이고 지상은 속(俗)의 드러남이므로,[36] 천상과 지상의 결합은 성과 속의 결합으로 볼 수 있다. 따라서우랑과 직녀의 결합은 갈등이 내재된 결합이라 할 수 있다. 수직 공간(天地)이 수평 공간(地地)으로 하강하고자 하는 시도이기에 많은 갈등이 내포될수밖에 없는 것이다.

---

34) 부성 또는 남성성은 지배성, 공격성, 통제성 등의 심리적 특성을 나타낸다. A.G. 카플란·M.A. 세드니 공저, 김태련 외 공역, 『性의 心理學』, 이화여자대학교 출판부, 1990, 352~353쪽.

35) 소가 말을 하는 특이한 일은 우연적이고 초자연적 要素라기보다는, 환상적 가능성(possibility)을 위해 현실적 개연성(probability)을 희생하는 說話(tale)의 서사관습(narrative convention)으로 보아야 한다. 오탁번·이남호, 『서사文學의 이해』, 고려대학교출판부, 1999, 18쪽, 58~60쪽.

36) 신적인 인간, 왕이나 왕비는 땅을 밟으면 神聖性을 더럽히고 타락한다고 보았다. 프레이저 지음, 장병길 역, 『황금 가지Ⅱ』, 삼성출판사, 1990, 284쪽.

한국과 비교해 볼 때, 중국 〈견우직녀설화〉의 '견우와 직녀의 혼인'이라는 공통 개요에서 두드러지는 특징은, 우랑이 지상인으로 등장한다는 것이다. 지상인 우랑이 천상인 직녀와 혼인하고자 하므로, 한국과 달리 여러 가지 갈등이 나타난 것을 읽을 수 있었다. 공간이 천상과 지상으로 분리되어 갈등이 잠재되어 있었고, 등장 인물 역시 천상과 지상에서 분리되어 이질적인 결합을 시도하고 있어서 갈등을 내포한 상태였다. 이를 우리는 '이원적(二元的) 세계의 갈등'이라고 부를 수 있을 것이다.

한국과 중국의 〈견우직녀설화〉는 공통 개요로 '견우와 직녀의 혼인'을 말하고 있다. 이 공통 개요는 한국과 중국에서 각기 달리 발산되고 있었다. 즉 이야기 차원의 내용은 동일하지만, 담론 차원의 표현에서는 차이나는 부분이 있음을 볼 수 있었다. 한국과 중국의 〈견우직녀설화〉는, '견우와 직녀의 혼인'이라는 공통 개요 속에, 견우의 신분, 직녀의 신분, 견우의 시작 상황, 견우의 혼사 장애, 배우자 기만 결혼 삽화 등에서 차이를 보이고 있었다. 이런 차이의 의미를 살핀 결과, 한국에서는 '일원적(一元的) 세계(世界)의 조화(調和)'라는 의미를, 중국에서는 '이원적(二元的) 세계의 갈등'이라는 의미를 읽을 수 있었다.

2. 수평 공간의 남남(男男) 갈등과 수직 공간의 여여(女女) 갈등

한국과 중국의 〈견우직녀설화〉에서 '천제(天帝)의 분노'라는 공통 개요 역시, 이야기 차원에서는 같지만 담론 차원에서는 차이가 나타난다.

우선 한국의 경우를 중국과 비교해 보면, 견우와 직녀에 대해 분노하는 당사자가 천제이고, 그 분노의 원인은 견우와 직녀가 천제의 명령을 어겼기 때문이고, 천제가 분노한 결과로 견우는 동쪽 하늘로, 직녀는 서쪽 하늘로 귀향가게 된다.[37] 이 과정에서 왕모(王母)의 등장이나 역할을 없다. 중

---

37) 이원수·손동인 엮음, 〈牽牛와 織女〉, 『이무기가 살려 준 친구』 韓國전래동화집 2, 창작

국과 비교해 볼 때, 한국 〈견우직녀설화〉의 '천제의 분노'라는 공통 개요에
서 드러나는 특징은 천제와 견우의 갈등이 하늘이라는 공간에서 벌어지고
있다는 것이다. 갈등의 두 축이 천제와 견우이고, 갈등의 공간은 천상이다.

천제는 자신의 명령을 어기는 견우와 직녀에 대해 분노한다. 하지만 엄
밀히 따지면 이 분노의 원인 제공자는 '견우'이다. 대궐 안의 꽃밭을 함부로
밟고 다니는 소도 '견우'의 것이고, 베를 짜야 할 직녀를 데리고 놀러만 다
니는 것도 '견우'이다. 천제의 말을 잘 듣던 직녀를 천제의 말을 잘 듣지 않
게 한 것도 '견우'이다. 겉으로 드러난 분노의 원인은 견우와 직녀가 천제의
명령을 어긴 것이지만, 속에 감추어진 분노의 모든 원인은 견우에게 있다.
그래서 '천제의 분노'에 나타난 갈등의 양축은 '천제 : 견우와 직녀'가 아니
라 '천제 : 견우'로 보아야 한다. 천제는 겉으로 보기에 견우와 직녀의 행위
에 분노하고 있지만, 사실은 견우의 행위에 더 분노하고 있다.

이를 달리 보면 한 여성을 둘러 싼 두 남성의 갈등으로도 볼 수 있다.
직녀라는 여성에 대해, 천제는 딸로서 생각하고 견우는 아내로서 생각하고
있다.[38] 천제는 직녀에게 딸의 역할을 요구하지만, 직녀는 견우의 아내라
는 역할에 더 충실하다. 직녀는 이전과 달리 자신의 행동 방식을 스스로
결정하는 자유를 추구한다.[39] 이 사실에 천제(天帝)는 더욱 분노하게 된다.
소가 꽃밭을 밟는 것보다도, 직녀가 베를 짜지 않고 노는 것보다도, 자신의
말을 듣지 않고 남편 말을 더 따르는 딸 직녀의 행위에 아주 분노하게 된
다. 천제는 이러한 갈등의 원인이 견우에게 있다고 생각한다.

그리고 이 갈등이 이루어지는 공간은 천상이다. 지상과의 관련은 없고

과비평사, 2003, 216~217쪽.

38) 직녀의 입장에서 보면 아버지와 남편 사이의 갈등으로 볼 수 있다. 신원기, 「〈견우직녀
이야기〉의 문학교육적 가치 분석」, 『어문학교육』 제29집, 한국어문교육학회, 2004, 403~
405쪽.

39) 이것은 문학적 인간상의 특징이기도 하다. 문학과문학교육연구소 편, 『문학교육의 탐구』,
국학자료원, 1996, 146쪽.

천상이라는 수평 공간, 평면 공간에서 명령의 수행과 어김을 둘러싼 갈등이 일어나고 있다.

중국과 비교할 때, 한국의 '천제의 분노'라는 공통 개요에서 드러나는 특징은, 천상이라는 공간에서 직녀라는 대상을 놓고 천제와 견우, 두 남자가 갈등의 날을 세우고 있다는 것이다. 즉, 천제와 견우라는 '두 남자'가 명령의 수행과 어김을 둘러싸고 '천상의 공간'에서 갈등을 보이고 있다. 갈등의 두 당사자는 남-남(男男)이고, 갈등의 공간은 수평적, 평면적이다. 그래서 이 갈등을 '수평 공간의 남-남(男男) 갈등'이라 할 수 있다.

중국의 경우, '천제의 분노'라는 이야기 차원의 공통 개요가 한국과 달리 전개된다. 분노의 당사자는 천제와 왕모이고, 천제와 왕모가 분노한 원인은 천상과 지상의 질서 교란이고, 천제와 왕모가 분노한 결과는 직녀가 하늘로 잡혀 올라가게 된다는 것이다. 이 과정에서 주도적 역할을 하는 존재는 왕모인데, 그녀는 한국의 이야기에서는 등장하지도 않는 인물이다.

우랑과 직녀의 혼인에 대해 천제와 왕모는 분노한다. 분노의 원인은 우랑과 직녀가 천상과 지상의 질서를 어지럽혔기 때문이다. 우주(宇宙)를 천(天)과 지표(地表)와 지하(地下)로 나눌 때, 그것이 상(上)·중(中)·하(下)로 전환될 수 있고, 나아가 신(神)·인간(人間)·마(魔) 또는 영원·제한된 생명·죽음 등으로 전환되는 것은 누구나 알고 있다.[40] 천상이 거룩하고 강력하고 뜻 있는 공간이라면, 지상은 거룩하지 않고 구조나 일관성도 없으며 형태를 갖추지 못한 공간이다.[41] 천제와 왕모는, 우랑과 직녀의 혼인이 천상과 지상의 질서, 또는 신과 인간의 구분을 깨뜨렸다고 여긴다. 그래서 천제와 왕모는 분노하는데, 천제보다 왕모의 분노가 더하다. 천신이 직녀를 잡아오라는 명령을 잘 수행하는지 어떤지 지켜보기 위해, 왕모(王母)는 직접 지상으로 내려와 상황을 살필 정도이다.

---

40) 김열규, 『한국문학사』, 탐구당, 1983, 20쪽.
41) Mircea Eliade, 이동하 역, 『성과 속』, 학민사, 1992, 17쪽.

여기서 나타나는 갈등의 두 축은 왕모와 직녀이다. 천제와 견우의 갈등은 직접적으로 나타나지 않는다. 지상의 우랑과 천상의 천제는 갈등을 보조하고 있다. 중국의 '천제의 분노'에서는 특히 왕모의 역할이 두드러진다.[42] 이 왕모는 천상적 질서를 사이에 두고 직녀와 직접적 갈등을 빚고 있다. 왕모와 직녀는 천상에 함께 있을 때 갈등이 없었다. 직녀가 지상으로 내려가자 왕모와 직녀의 갈등이 생겼다. 직녀가 우랑의 아이를 낳자 왕모와 직녀의 갈등은 극에 달해, 왕모가 직접 지상으로 내려오기까지 한다.[43] 천상에서 둘은 갈등이 없었고, 지상으로 내려오면 둘의 갈등은 심화된다. 왕모와 직녀, 두 여인은 천상과 지상을 오르내리며 심화되는 갈등을 드러내고 있다. 즉, 왕모와 직녀라는 '두 여자'가 천상적 질서를 둘러싸고 '천상과 지상의 공간'에서 갈등을 보이고 있다. 갈등의 두 당사자는 여-여(女女)이고, 갈등의 공간은 수직적, 입체적이다. 그래서 이 갈등을 '수직 공간의 여-여(女女) 갈등'이라 할 수 있다.

한국과 중국의 〈견우직녀설화〉에는 '천제의 분노'라는 공통 개요가 있다. 이 공통 개요는 한국과 중국에서 각각 다르게 펼쳐지고 있었다. 즉 이야기 차원의 공통 개요는 동일하지만, 담론 차원의 구성 요소에서는 차이나는 부분이 있었다. 한국과 중국의 〈견우직녀설화〉는, '천제의 분노'라는 공통 개요가 펼쳐지면서, 분노 당사자, 분노의 원인, 분노의 결과, 왕모(王母)의 등장 및 역할 등에서 차이가 있었다. 이런 차이의 의미를 살핀 결과, 한국에서는 '수평 공간의 남-남(男男) 갈등'이라는 의미를, 중국에서는 '수직 공간의 여-여(女女) 갈등'이라는 의미를 찾을 수 있었다.

---

42) 天帝의 역할이 미미하고 王母의 역할이 두드러진다는 것은, 중국 신화의 여와, 義和, 서왕모(서왕모)처럼, 모계 혈통 사회의 구조적 특징을 반영한 것으로 볼 수도 있다. 빙심·동내빈·전리군 지음, 김태만 외 옮김, 『그림으로 읽는 중국문학 오천년』, 예담, 2000, 31쪽.
43) 위앤커(원가) 지음, 전인초·김선자 옮김, 『중국신화전설 1』, 민음사, 1999, 199~200쪽.

3. 이별 지향적 결말과 만남 지향적 결말

한국과 중국의 〈견우직녀설화〉에 나타나는 공통 개요 '견우와 직녀의 만남과 이별'은, 다섯 개의 구성 요소로 전개된다. ①우랑의 승천, 좌절, 극복, ②왕모(王母)의 횡포, ③직녀의 눈물, ④오작교 설립 주체, ⑤이별의 극복 방법 등이다. 이야기 차원의 공통 개요 '견우와 직녀의 만남과 이별' 역시 담론 차원에서는 한국과 중국에서 각각 달리 전개된다.

한국의 경우를 중국과 비교해 보면, 우랑의 승천, 좌절, 극복이나 왕모의 횡포 등이 드러나지 않는다. 그리고 견우와 직녀는 동서쪽 하늘로 떨어져 있는 이별의 고통을 묵묵히 받아들인다. 364일의 이별을 극복하기 위한 별다른 방법을 사용하지 않는다. 머나먼 은하수를 사이에 두고서 견우를 만난 직녀는 슬픔의 눈물을 흘리고, 이 눈물은 지상의 홍수가 된다. 이 홍수를 방지하기 위해, 견우와 직녀를 은하수에서 만나게 함으로써 직녀가 눈물 흘리지 않게 하기 위해, 땅 위의 짐승들이 오작교를 놓게 된다.[44]

공통 개요 '견우와 직녀의 이별과 만남'이 한국의 이야기에서 전개되는 내용에서 우선 눈에 띄는 것은, 등장 인물의 활동 공간이 하늘과 땅에 걸쳐 있다는 것이다. 은하수를 사이에 두고 견우를 만난 직녀는 눈물을 흘리게 되고, 이 눈물은 지상의 홍수가 된다. 천상의 슬픔이 지상의 재난으로 이어지게 되는 것이다. 땅 위의 짐승들은 까치와 까마귀를 날려[45] 은하수에 오작교를 만들어 지상의 재난을 막아내고 천상의 슬픔을 극복하게 한다.

이전까지의 공간 전개는 하늘에서만 이루어졌는데, 결말 부분에 오면 공

---

44) 이원수·손동인 엮음, 〈牽牛와 織女〉, 『이무기가 살려 준 친구』 韓國전래동화집 2, 창작과비평사, 2003, 219~222쪽.

45) 까마귀는 태양을 뜻하고,(①韓國문화상징사전편찬위원회, 『韓國문화상징사전』, 동아출판사, 1992, 113쪽. ②J. C. Cooper, 이윤기 옮김, 『世界문화상징사전』, 까치, 1994, 92쪽.) 까치는 기쁨을 가져다주는 존재를 뜻한다.(①韓國문화상징사전편찬위원회, 『韓國문화상징사전』, 동아출판사, 1992, 115~118쪽. ②구미래, 『韓國인의 상징世界』, 교보문고, 1993, 169쪽. ③J. C. Cooper, 이윤기 옮김, 『世界문화상징사전』, 까치, 1994, 206쪽.)

간 전개가 하늘과 땅으로 분화된다. 즉 공통 개요 '견우와 직녀의 혼인'의 공간도 하늘이었고, 공통 개요 '천제(天帝)의 분노'의 공간도 하늘이었다. 그런데 결말 부분인 '견우와 직녀의 이별과 만남'에 오면 공간이 하늘과 땅으로 분화되어 전개된다. 즉 이야기 전체의 공간 구조가 '하늘[천]-하늘[천]-하늘과 땅[천지]'의 흐름을 보인다. 하늘은 신성 공간을 상징하고 땅은 세속 공간을 상징한다.[46] 그래서 공간의 전개로 보면, 견우와 직녀는 신성의 상태에서 세속의 상태로 하락했다고 볼 수 있다. 물론 견우와 직녀는 천상에서만 행동하지만, 오작교를 만든 주체가 지상적 존재인 까치와 까마귀이므로, 전체 공간 전개는 천상과 지상이라 할 수 있다. 이러한 공간 전개는 하나의 공간에서 두 개의 공간으로 펼쳐지는 공간 전개이므로, 확산형 공간 구조, 분리형 공간 구조, 이별 지향성 공간 구조, 천지분리(天地分離)형 구조라고 부를 수 있을 것이다.

공간 전개의 확산, 분리뿐 아니라, 견우와 직녀의 상태 또한 통합이 아니라 분리에 가깝게 된다. 즉 견우와 직녀는 1년 365일 중 단 하루를 은하수 위의 흔들리는 오작교 위에서 만난다. 1년 중 단 하루를 만나고 나머지 364일은 이별의 상태로 있게 된다. 그 이별을 극복하기 위한 아무런 장치도 보이지 않는다. 1년 중 하루를 만나고 364일을 떨어져 있다는 것은, 전체적으로 보아 만남이라기보다는 이별에 가깝다.

이렇게 한국의 견우와 직녀가 364일의 이별을 감내해야만 하는 이유는, 자신들 앞에 놓여진 고난을 수동적으로 극복한데서 찾을 수 있다. 은하수를 사이에 두고 울고만 있는 견우와 직녀는, 그 상황을 타개할 어떤 능력도 없다. 땅 위의 짐승들이 도와 주지 않았다면, 둘은 은하수를 사이에 두고 하루 종일 눈물만 흘리다가, 바라만 보다가 헤어졌을 것이다. 그만큼 한국의 견우와 직녀는 이별이라는 고난의 극복에 수동적이다. 이러한 고난의

---

46) ①김열규,『韓國文學史』, 탐구당, 1983, 20쪽. ②Mircea Eliade, 이동하 譯,『聖과 俗』, 학민사, 1992, 17쪽. ③Mircea Eliade, 이재실 옮김,『종교사 개론』, 까치, 1993, 56쪽.

수동적 극복은 천제의 분노에 수동적으로 저항함을 뜻한다. 견우와 직녀는
천제에게 감히 저항하지 못하고, 자신들의 운명을 탓할 뿐이다. 천제에게
향한 저항은 밖으로 드러나지 않고 안으로 감추어질 수밖에 없다. 적극적
저항은 없고 저항의 내재화(內在化)만 있을 뿐이다. 그래서 견우와 직녀는
364일의 이별을 안으로 감내하고 있는 것이다. 공통 개요 '견우와 직녀의
이별과 만남'에 나타난 이런 특징을 이런 결말을 '이별 지향적 결말'이라 할
수 있다.

이러한 '이별 지향적 결말'은 한국 문학의 전개에서도 익히 확인되는 바
이다. 견우와 직녀를 소재로 한 한국의 문학 작품은 대부분, 견우와 직녀의
'이별'에 초점을 맞추고 있다. 〈칠석요(七夕謠)〉라는 민요,[47] 김종직(金宗
直, 1431~1492)의 〈칠석(七夕)〉이라는 한시(漢詩),[48] 허난설헌(許蘭雪軒,
1563~1589)의 〈규원가(閨怨歌)〉라는 가사(歌辭),[49] 서정주(1913~2000)의 시
(詩) 〈견우(牽牛)의 노래〉,[50] 문병란(1935~)의 시 〈직녀(織女)에게〉[51], 도

---

47) '… 원수로다 원수로다 銀河水가 원수로다 기다리는 님을맞나 슬픈정회 못다풀고 다시離
別 하자하니 눈물가리어 못가겠네 어찌타 오늘밤에 닭울지 못하게하라 …' 임동권 편,『韓
國民謠集 Ⅰ』, 집문당, 1961, 162쪽.

48) '牽牛의 사는 곳 銀河가 관문이 되니, 한줄기 물을 사이에 두고 바라만 보는구나, 1년 3백
60일, 이 밤을 치워버리면 길이 홀아비[鰥] 되리로다. (河鼓之居河爲關 相望脉脉一水間 一
年三百六十日 除却此宵長爲鰥)' 민족문화추진회,『대동야승 Ⅴ』, 민족문화추진회, 1971,
196쪽.

49) '…天上의 牽牛織女 銀河水 막혀서도, 七月七夕 一年一度 失期치 아니커든, 우리 님 가
신 후는 무슴 弱水 가렸관듸, 오거나 가거나 消息조차 끄쳣는고…' 허난설헌,『原文 歌辭
文學集成』, 大提閣, 1986, 158쪽.

50) '…織女여, 여기 번쩍이는 모래밭에/ 돋아나는 풀싹을 나는 세이고……// 허이언 허이언
구름 속에서/ 그대는 베틀에 북을 놀리게.// 눈섭같은 반달이 중천에 걸리는/ 七月 七夕이
도라오기까지는// 검은 암소를 나는 먹이고/ 織女여, 그대는 비단을 짜ㅎ세.' 徐廷柱,『徐廷
柱 全集』, 민음사, 1984, 64쪽.

51) '…烏鵲橋가 없어도 노둣돌이 없어도/ 가슴을 딛고 건너가 다시 만나야 할 우리,/ 칼날 위
라도 딛고 건너가 만나야 할 우리,/ 離別은 離別은 끝나야 한다/ 말라붙은 銀河水 눈물로
녹이고/ 가슴과 가슴을 노둣돌 놓아/ 슬픔은 슬픔은 끝나야 한다, 연인아./ 文炳蘭,『땅의
戀歌』, 창작과비평사, 1981, 27쪽.

종환(1954~)의 시 〈옥수수밭 옆에 당신을 묻고〉[52] 등이 그 예이다.[53]

공통 개요 '견우와 직녀의 이별과 만남'은 중국에서 한국과 달리 전개된다. 중국의 경우는 한국에 비해, 우랑과 왕모(王母)의 역할이 두드러진다. 왕모(王母)가 직녀를 하늘로 잡아가자, 우랑은 바구니에 아이를 태워 뒤쫓고, 왕모(王母)는 우랑이 쫓아 오지 못하도록 지상의 은하를 하늘로 옮겨 버린다. 다시 우랑은 소 가죽을 뒤집어쓰고 하늘로 오르지만,[54] 왕모는 야트막한 은하를 물결이 심한 천하로 바꾸어 버린다. 이에 굴하지 않고 우랑은 거름 바가지로 천하의 물을 퍼낸다. 이처럼 우랑의 행동은 더없이 의지적이고, 왕모의 횡포도 더없이 거대하다. 왕모의 거대한 횡포에 우랑은 그야말로 온몸으로 맞서고 있다.

온몸으로 맞서는 우랑에 감동한 천체와 왕모는, 드디어 우랑을 천상적 존재로 상승시켜 천하 사이에 오작교를 놓아 둘을 만날 수 있게 한다. 오작교를 놓는 주체는 천제와 왕모인데, 한국과 달리 지상적 존재와는 아무런 관계가 없다.

마침내 우랑을 만난 직녀는 눈물을 흘리고, 이 눈물은 가랑비가 되어 대지에 내린다. 직녀의 눈물은 기쁨의 눈물이기에, 지상의 홍수가 아니라 가랑비가 된다. 하루를 만나고 364일을 천하를 사이에 두고 이별해야 하는 우랑과 직녀는, 그 이별 기간 동안에 서신을 교환함으로써 이별 속에서도

---

52) '牽牛 織女도 이날만은 만나게 하는 칠석날/ 나는 당신을 땅에 묻고 돌아오네/ 안개꽃 몇 송이 땅에 묻고 돌아오네/ … 銀河 건너 구름 건너 한 해 한 번 만나게 하는 이 밤/ 은핫물 東쪽 西쪽 그 멀고 먼 거리가/ 하늘과 땅의 거리인 걸 알게 하네…' 도종환, 『접시꽃 당신』, 실천문학사, 1987, 16쪽.

53) 〈牽牛織女說話〉를 주제와 소재로 한 다른 작품의 예시는 '신선희, 『우리 고전 다시 쓰기』, 삼영사, 2005, 154~176쪽.'를 참조할 수 있음.

54) 늙은 소는 곡물 정령과 관련이 있을 것 같다. 형수에게 쫓겨난 후, 우랑은 늙은 소와 함께 농사를 지었고, 늙은 소의 죽음으로 우랑은 하늘에 오르게 된다. 늙은 소의 죽음으로 우랑은 많은 것을 얻게 되는데, 이는 소를 죽임으로 수확을 비는 모습과 유사하다. 프레이저 지음, 장병길 역, 『황금 가지Ⅱ』, 삼성출판사, 1990, 120~123쪽.

만남을 이어가고 있다.[55]

공통 개요 '견우와 직녀의 이별과 만남'은 중국에서 전개되면서, 공간 전개 또한 만남을 예비한 구조를 보이고 있다. 결말 부분인 '견우와 직녀의 이별과 만남'의 공간 전개는 주로 천상에서 이루어지고 있다. 공통 개요 '견우와 직녀의 혼인'에서는 공간 전개가 하늘과 땅[천+지]서 이루어졌고, 공통 개요 '천제의 분노'에서도 공간 전개가 하늘과 땅[천+지]이었는데, 결말에서는 하늘[천]로 공간이 통합된다. 공간 전개가 하늘과 땅에서 이루어질 때 갈등이 심하고, 공간 전개가 하늘에서 이루어질 때 갈등이 없는 상태이다. 하늘은 신성 공간을, 땅은 세속 공간을 나타내기 때문이다.[56] 중국의 공간 구조는 '하늘과 땅[천+지] - 하늘과 땅[천+지] - 하늘[천]'로 전개되는데, 이를 우리는 수렴형 공간 구조, 통합형 공간 구조, 만남 지향성 공간 구조, 천지합일(天地合一)형 구조라고 부를 수 있을 것이다.

공간 전개의 수렴, 통합뿐 아니라, 우랑과 직녀의 상황 또한 분리가 아니라 통합에 가깝게 된다. 중국의 우랑은 왕모에 적극적으로 저항함으로써 직녀와의 이별을 능동적으로 극복하고 있다. 왕모의 거듭되는 횡포에도 우랑은 좌절하지 않고 자신의 목적을 이루려 한다. 왕모에 대한 우랑의 저항은 내재화되지 않고 외현화(外現化)된다. 그래서 364일의 이별도 받아들이지 않고, 천제와 왕모에 맞서서, '서신 교환'이란 은밀한 저항을 계속하고 있다. 364일의 이별을 서신 교환을 통해 만남으로 치환하고 있는 것이다. 공통 개요 '견우와 직녀의 이별과 만남'에 나타난 이런 특징을 '만남 지향적 결말'이라 할 수 있다.

한국과 중국의 〈견우직녀설화〉에는 '견우와 직녀의 이별과 만남'이라는 공통 개요가 있다. 이 공통 개요는 한국과 중국에서 각각 다르게 펼쳐지고

---

55) 위앤커(원가) 지음, 전인초·김선자 옮김, 『中國神話傳說 1』, 민음사, 1999, 199~202쪽.
56) ①김열규, 『韓國文學史』, 탐구당, 1983, 20쪽. ②Mircea Eliade, 이동하 譯, 『聖과 俗』, 학민사, 1992, 17쪽. ③Mircea Eliade, 이재실 옮김, 『종교사 개론』, 까치, 1993, 56쪽.

있었다. 즉 이야기 차원의 공통 개요는 동일하지만, 담론 차원의 구성 요소
에서는 차이나는 부분이 있었다. 한국과 중국의 〈견우직녀설화〉는, '견우
와 직녀의 만남과 이별'이라는 공통 개요가 펼쳐지면서, ①우랑의 승천, 좌
절, 극복, ②왕모(王母)의 횡포, ③직녀의 눈물, ④오작교 설립 주체, ⑤이별
의 극복 방법 등에서 차이가 있었다. 이런 차이의 의미를 살핀 결과, 한국
에서는 '이별 지향적 결말'이라는 의미를, 중국에서는 '만남 지향적 결말'이
라는 의미를 찾을 수 있었다. 이는 달리 말하면 한국의 이야기는 천지분리
(天地分離)를 나타내고, 중국의 이야기는 천지합일(天地合一)을 나타낸다고
볼 수 있다. 동양에서 하늘은 인간을 장악하고 있는 존재로 생각했는데,[57]
하늘과 함께 하면 만남을 예비하는 것이고, 하늘과 분리되면 이별을 예비
하는 것임을 알 수 있다.

Ⅳ장에서 밝힌 결과를 간략히 표로 나타내면 다음과 같다.

공통 개요	구성 요소	한국(공간)		중국(공간)		의미와 가치	
						한국	중국
견우 직녀 혼인	견우의 신분	천상인	天	지상인	天 + 地	일원적 세계의 조화	이원적 세계의 갈등
	직녀의 신분	천상인 (천제의 딸)		천상인 (천제의 손녀)			
	견우의 시작 상황	행복		불행			
	견우의 혼사 장애	×		○			
	배우자 기만 결혼 삽화	×		○			
천제 분노	분노 당사자	천제	天	천제와 왕모	天 + 地	수평 공간의 남남 갈등	수직 공간의 여여 갈등
	분노의 원인	천제의 명령 어김(견우와 직녀)		천상과 지상의 질서 교란(직녀)			
	분노의 결과	동서쪽 하늘로 귀향		직녀의 체포, 승천			
	왕모의 등장 및 역할	×		○			

57) 韓國문화상징사전편찬위원회, 『韓國문화상징사전』, 동아출판사, 1992, 626쪽.

공통 개요	구성 요소	한국(공간)		중국(공간)		의미와 가치	
						한국	중국
견우 직녀 이별 만남	우랑의 승천, 좌절, 극복	×	天 + 地	○	天	이별 지향적 결말	만남 지향적 결말
	왕모의 횡포	×		○			
	직녀의 눈물	홍수		가랑비			
	오작교 설립 주체	땅 위 짐승[地]		천제와 왕모[天]			
	이별의 극복 방법	×		서신 교환			

V. 결론

위에서 한국과 중국의 〈견우·직녀설화〉를 비교, 분석해 보았다. 이러한 비교를 위해 먼저 양국의 〈견우·직녀설화〉의 개요를 비교해 보았다. 개요 비교를 통해 양국의 작품에 두루 나타나는 공통 개요와 그렇지 않은 전개 개요를 찾아 보았다. 그 다음 개요 비교를 바탕으로 구성 요소를 비교해 보았다. 구성 요소의 비교를 통해 같은 점과 다른 점을 알아 보았다. 마지막으로 구성 요소의 같고 다름이 어떤 의미와 가치가 있는지를 고구(考究)해 보았다.

한국 〈견우·직녀설화〉의 개요를 간단히 구조화하면 다음과 같았다.

(1) 직녀의 행복 (①②③)
(2) 임금의 분노 (④⑤⑥⑦)
(3) 견우와 직녀의 만남과 이별 (⑧)
(4) 지상의 혼란(홍수) (⑨)
(5) 혼란(홍수)의 방지책 (⑩)
(6) 견우와 직녀의 만남과 이별 (⑪⑫)
(7) 만남과 이별의 반복 (⑬⑭⑮)

(1), (2), (3)은 직녀의 행복(견우의 행복)이 불행으로 바뀌고 있었다. (4), (5), (6)은 지상의 불행(견우와 직녀의 불행)이 행복으로 바뀌고 있었다. (7) 은 이러한 과정이 반복된다는 것을 나타낸다고 보았다. 이를 '행복과 불행의 순환론적(循環論的) 구조'라고 했다.

중국 〈견우직녀설화〉의 개요를 간단히 구조화하면 다음과 같았다.

(1) 직녀의 행복(1, +)
(2) 우랑의 불행(2~6, -)
(3) 우랑과 직녀의 행복(7~11, +)
(4) 우랑과 직녀의 불행(12~16, -)
(5) 우랑의 불행(17~22, -)
(6) 우랑과 직녀의 행복(23, 24, +)
(7) 우랑과 직녀의 불행(25~27, -)
(8) 우랑과 직녀의 행복(28, +)

전체 구조로 보아 +에서 시작하여 +로 끝나는 이야기이므로 해피엔딩 (happy ending)의 흐름을 보이고 있었다. 시작은 직녀의 행복이었고, 끝은 우랑과 직녀의 행복이었다. 이 행복 사이사이에 불행과 행복이 삽입되어 있었다. 겉은 확실한 행복이었고, 그 속에 불행과 행복이 교차되어 있는 구조였다. 이를 '행복의 중층론적(重層論的) 구조'라고 했다.

한국과 중국의 공통 개요와 전개 개요를 살핀 결과는 다음과 같았다.

공통 개요	전개 개요	
	한국	중국
가) 견우와 직녀의 혼인	①~③	1)~11)
나) 천제의 분노	④~⑥	12)~14)
다) 견우와 직녀의 이별	⑦~⑨	15)~22)
라) 견우와 직녀의 만남	⑩~⑪	23)~25)
마) 견우와 직녀의 이별과 만남	⑫~⑮	26)~28)

두 나라 이야기에 공통되는 공통 개요의 구성 요소를 중심으로 하여, 차이나는 전개 개요의 구성 요소를 비교한 결과는 다음과 같았다.

1. 한국과 중국의 〈견우직녀설화〉에는 '견우와 직녀의 혼인'이라는 공통 개요가 나타남을 볼 수 있었다. '견우와 직녀의 혼인'이라는 관점에서는 두 나라 이야기가 일치를 보였지만, 이 공통 개요가 두 나라에서 전개되면서 각 구성 요소가 달리 나타남을 알 수 있었다. 즉, 한국에서는 견우의 신분이 천상인이었고, 직녀의 신분도 천상인(천제의 딸)이었다. 그리고 견우의 시작 상황은 행복이었고, 견우의 혼사 장애나 결혼을 위한 배우자 기만 삽화는 나타나지 않았다. 하지만 중국에서는 견우의 신분이 지상인이었고, 직녀의 신분은 천상인(천제의 손녀)이었다. 그리고 견우의 시작 상황은 불행이었고, 직녀와의 결혼을 위한 견우의 혼사 장애와 배우자 기만 결혼 삽화가 나타나고 있었다.

2. 한국과 중국의 〈견우직녀설화〉에는 '천제의 분노'라는 공통 개요가 나타남을 볼 수 있었다. '천제의 분노'라는 관점에서는 두 나라 이야기가 일치를 보였지만, 이 공통 개요가 두 나라에서 전개되면서 각 구성 요소가 달리 나타남을 알 수 있었다. 즉, 한국에서는 견우와 직녀에 대해 분노한 당사자가 천제였고, 분노의 원인은 견우와 직녀가 천제의 명령을 어긴 것이었고, 그 결과는 견우와 직녀가 동쪽, 서쪽 하늘로 귀향 간 것이었다. 이 과정에서 왕모의 등장이나 역할은 없었다. 하지만 중국에서는 견우와 직녀에 대해 분노한 당사자가 천제와 왕모였고, 분노의 원인은 직녀가 천상과 지상의 질서를 어지럽힌 것이었고, 그 결과는 직녀의 체포, 승천이었다. 이 과정에서 왕모의 역할은 주도적이고 능동적이었다.

3. 한국과 중국의 〈견우직녀설화〉에는 '견우와 직녀의 이별과 만남'이라는 공통 개요가 나타남을 볼 수 있었다. '견우와 직녀의 만남'이라는 관점에서는 두 나라 이야기가 일치를 보였지만, 이 공통 개요가 두 나라에서 전개되면서 각 구성 요소가 달리 나타남을 알 수 있었다. 즉, 한국에서는 직녀

의 눈물이 지상의 홍수가 되자, 땅 위 짐승들이 오작교를 놓아 주었다. 이 과정에서 견우의 승천, 좌절, 극복이라든가, 왕모의 횡포, 이별 극복 방법 등은 나타나지 않았다. 하지만 중국에서는 왕모의 거대한 횡포와 이에 맞서는 우랑의 승천, 좌절, 극복이 두드러졌다. 그리고 천제와 왕모가 오작교를 놓아 주자, 직녀가 눈물을 흘렸고 이 눈물이 대지에 가랑비가 되어 내렸다. 또한 우랑과 직녀는 364일 이별해 있는 동안 서신을 교환함으로써 이별을 극복하고자 했다.

구성 요소의 같고 다름이 어떤 의미와 가치가 있는지를 고구한 결과는 다음과 같았다.

1. 한국과 중국의 〈견우직녀설화〉는 공통 개요로 '견우와 직녀의 혼인'을 말하고 있었다. 이 공통 개요는 한국과 중국에서 각기 달리 발산되고 있었다. 즉 이야기 차원의 내용은 동일하지만, 담론 차원의 표현에서는 차이나는 부분이 있음을 볼 수 있었다. 한국과 중국의 〈견우직녀설화〉는, '견우와 직녀의 혼인'이라는 공통 개요 속에, 견우의 신분, 직녀의 신분, 견우의 시작 상황, 견우의 혼사 장애, 배우자 기만 결혼 삽화 등에서 차이를 보이고 있었다. 이런 차이의 의미를 살핀 결과, 한국에서는 '일원적 세계의 조화'라는 의미를, 중국에서는 '이원적 세계의 갈등'이라는 의미를 읽을 수 있었다.

2. 한국과 중국의 〈견우직녀설화〉에는 '천제의 분노'라는 공통 개요가 있었다. 이 공통 개요는 한국과 중국에서 각각 다르게 펼쳐지고 있었다. 즉 이야기 차원의 공통 개요는 동일하지만, 담론 차원의 구성 요소에서는 차이나는 부분이 있었다. 한국과 중국의 〈견우직녀설화〉는, '천제의 분노'라는 공통 개요가 펼쳐지면서, 분노 당사자, 분노의 원인, 분노의 결과, 왕모(王母)의 등장 및 역할 등에서 차이가 있었다. 이런 차이의 의미를 살핀 결과, 한국에서는 '수평 공간의 남-남(男南) 갈등'이라는 의미를, 중국에서는 '수직 공간의 여-여(女女) 갈등'이라는 의미를 찾을 수 있었다.

3. 한국과 중국의 〈견우직녀설화〉에는 '견우와 직녀의 이별과 만남'이라

는 공통 개요가 있었다. 이 공통 개요는 한국과 중국에서 각각 다르게 펼쳐
지고 있었다. 즉 이야기 차원의 공통 개요는 동일하지만, 담론 차원의 구성
요소에서는 차이나는 부분이 있었다. 한국과 중국의 〈견우·직녀설화〉는, '견
우와 직녀의 만남과 이별'이라는 공통 개요가 펼쳐지면서, ①우랑의 승천,
좌절, 극복, ②왕모의 횡포, ③직녀의 눈물, ④오작교 설립 주체, ⑤이별의
극복 방법 등에서 차이가 있었다. 이런 차이의 의미를 살핀 결과, 한국에서
는 '이별 지향적 결말'이라는 의미를, 중국에서는 '만남 지향적 결말'이라는
의미를 찾을 수 있었다. 즉, 한국의 이야기는 천지분리(天地分離)를 말하고,
중국의 이야기는 천지합일(天地合一)을 말하고 있는 것으로 보았다.

　　본고는 채록물이나, 연변58), 월남59) 등 다른 중국 문화권의 텍스트를 연
구 자료로 삼지 않은 한계가 있다. 보다 더 넓은 자료를 바탕으로, 보다 더
세밀한 분석은 후일을 기약하기로 한다.

---

58) ①연변 민간文學硏究회 편,『연변의 牽牛織女』, 敎養社, 1988. ②정재호 외,『白頭山 說話
　　硏究』, 고려대학교 민족문화연구소, 1992. ③최인학,『백두산 說話』, 밀알, 1994.
59) 엄서사범학원 편,『월남전설고사여민속풍정』, 엄서인민출판사, 1998.

中文抄錄

韓中牛郎織女說話比較硏究

　　本文比較、分析了韓中牛郎織女說話. 首先, 通過兩國牛郎織女說話摘要的比較, 找出了共同點和不同點. 其次, 比較了結構因素. 最後, 考究了結構因素共同點和不同點所具有的意義和价値.

　　韓國牛郎織女說話的槪要結構可歸納爲"幸福與不幸的循环結構".

　　1) 織女的幸福, 2) 玉帝的憤怒, 3) 牛郎織女的相逢和離別, 4) 地上混亂(洪水), 5) 防止混亂(洪水)的策略, 6) 牛郎織女的相逢和離別, 7) 相逢和離別的反復.

　　中國"牛郎織女說話"的槪要結構可歸納爲"幸福的重疊結構".

　　1) 織女的幸福, 2) 牛郎的不幸, 3) 牛郎織女的幸福, 4) 牛郎織女的不幸, 5) 牛郎的不幸, 6) 牛郎織女的幸福, 7) 牛郎織女的不幸, 8) 牛郎織女的幸福.

　　以下就兩國故事的共同槪要結構因素爲中心, 比較其不同點.

　　1. 在"牛郎織女婚姻"觀點上, 雖然兩國故事的發展情節相同, 但在兩國展開的結構因素不同. 卽韓國牛郎與織女(玉帝孫女)是神仙. 幷且, 故事是從牛郎幸福開始的, 沒有阻碍牛郎婚事和欺瞞伴侶的揷曲. 但是, 中國牛郎是凡人, 織女(玉帝外孫女)是神仙. 故事是牛郎的不幸開始的, 存在着阻碍牛郎婚事和欺瞞伴侶的揷曲.

　　2. 在"玉帝的憤怒"這一觀點上, 雖然兩國故事相同, 但情節展開時, 結構因素却不同. 卽韓國的憤怒者是玉帝, 原因是牛郎織女違背了玉帝命令, 其結局是讓他們各奔天空的東、西, 其中沒有王母的登場和作用. 中國的憤怒者是玉帝和王母, 因爲織女擾亂了天地秩序, 結局是織女被逮捕、升天. 其中王母的作用是主導的、主動的.

3. 在"牛郎織女相逢"這一點上, 雖然兩國故事相同, 但情節展開時, 結構因素也不同. 卽韓國的織女淚水變成地上洪水後, 地上動物給造了一座鵲橋. 沒有出現牛郎的升天、挫折、克服, 王母的蛮橫、離別、克服等情節. 但在中國出現了面對王母的蛮橫, 并與之抗衡的牛郎的升天、挫折、克服等情節. 玉帝與王母都助造了一座鵲橋, 織女的淚水變成了毛毛細雨. 并且, 牛郎織女約定在離別的364天裏, 以書信來往克服離別.

共通概要	構成 要素	韓國(空間)		中國(空間)		意味와 價値	
						韓國	中國
牽牛와 織女의 婚姻	牽牛의 身分	天上人	天	地上人	天+地	一元的 世界의 調和	二元的 世界의 葛藤
	織女의 身分	天上人 (天帝의 딸)		天上人(天帝의 孫女)			
	牽牛의 始作 狀況	幸福		不幸			
	牽牛의 婚事 障碍	×		○			
	配偶者 欺瞞 結婚 揷話	×		○			
天帝의 憤怒	憤怒 當事者	天帝	天	天帝와 王母	天+地	水平 空間의 男男 葛藤	垂直 空間의 女女 葛藤
	憤怒의 原因	天帝의 命令 어김(牽牛와 織女)		天上과 地上의 秩序 攪亂(織女)			
	憤怒의 結果	東西쪽 하늘로 歸鄕		織女의 逮捕, 昇天			
	王母의 登場 및 役割	×		○			
牽牛와 織女의 離別과 만남	牛郎의 昇天, 挫折, 克服	×	天+地	○	天	離別 指向的 結末	만남 指向的 結末
	王母의 橫暴	×		○			
	織女의 눈물	洪水		가랑비			
	烏鵲橋 設立 主體	땅 위 짐승[地]		天帝와 王母[天]			
	離別의 克服 方法	×		書信 交換			

考究了結構因素所具有的意義和價値, 參照下列表格.

本文局限在收集資料時, 沒有把延邊、越南的資料作爲研究對象. 詳細的分析, 期待日後的研究.

칠석 전설에서의 '다리'의 문화적 의의

양진량(楊振良, Yang Zhenliang)*

중국의 전통 세시 명절의 형성과 발전은 농업문명과 지극히 밀접한 관계가 있다. 비단 춘경(春耕), 하운(夏耘), 추수(秋收), 동장(冬藏)의 규율과 상응할 뿐만 아니라, 세시의 습속도 고대의 금기, 미신, 무술(巫術)과 일정 정도 관련이 있다. 시대의 변화에 따라 새로운 내용이 부단히 늘어나고, 독특하고 선명한 시대적 특색이 덧붙여졌으며, 합리적인 문화적 의의도 여전히 내재해있다.

이러한 대표적인 예로 칠석 전설이 있다. 장기간 계승되고 전해지면서 사람들이 잘 아는 줄거리가 만들어졌고, 민속 문화 속에서 지극히 안정된 형식으로 전파되었다. 농경문화 속에 남경여직(男耕女織)의 가정 패턴이 바꾸어졌기 때문에, '칠석'은 농경적인 색채에서 역대 문헌이 기록한 여인의 '걸교(乞巧)'라는 오락 활동으로 바꾸어졌다. 게다가 후대에는 당송(唐宋) 시대의 풍부하고 다양한 모습은 상당히 축소되었다. 그러므로 이에 대한 문화적인 해석은 결코 공허한 문학적인 언설로 설명되지 않는다. 만약 칠석 전설을 문화연구의 각도에서 고찰한다면, 문화적 해석은 문학적 해석을 압도한다고 말할 수 있을 것이다. 왜냐하면 문화는 활발한 정신현상임과 동시에 시대의 축적을 통해 독특한 형식과 기호적 특징으로 존재하기

---

* 臺灣 花蓮教育大學 教授

때문이다. 더구나 신화전설 혹은 신화전설 사유는 '사물의 기원'과 무척 밀접한 정신적 관계를 유지하고 있다. "우리들은 호머 시대와 마찬가지로 오늘도 여전히 신화가 존재한다고 굳게 믿는다. 다만 우리들은 그것을 보면서도 보지 못할 뿐인데, 이는 우리들 자신이 그 그늘 속에서 생활하고 있고 또 진리가 내뿜는 빛 아래서 그것이 너무도 작게 보이기 때문이다."[1] 신화전설의 줄거리도 문학적 해석을 통해 그 문학적 내용이 깊이 있게 이해될 수 있을 것이다. 그러나 문화적 해석은 더욱 깊이 있고 다방면의 융합을 추구한다.

I. 견우직녀 이야기의 유행

견우직녀 이야기가 중국 민간에 전래된 지 2천년의 역사를 가지고 있다. 최초의 기록은 『시경』 「소아」 〈대동(大東)〉에 보인다. "하늘에 은하수가 있다 해도, 하릴없이 거울처럼 비추기만 하네. 직녀성이 발돋움하여, 하루에 일곱 번 옮기네. 비록 일곱 번을 움직여도, 좋은 옷감 만들지 못하네. 견우성이 빛나도 수레를 끌지 못하네." 시에서 직녀성은 하룻밤에 일곱 번 움직이지만, 서쪽으로 갈 뿐 돌아오지 않으니 베틀이 오고가며 비단을 만드는 것과 다르고, 견우성은 이름이 '소를 끈다'고 하지만 수레를 끌지 못한다고 묘사하고 있다. 또 『대대례(大戴禮)』 「하소정(夏小正)」에서는 "칠월에는 은하수가 정남북에 서고, 초저녁에 직녀성이 정동향을 한다"고 기록했다. 청대 유정섭(兪正燮)은 『계사존고(癸巳存稿)』 「칠석고(七夕考)」에서 다음과 같이 풀이하였다. "대개 칠월이 되면 해가 각성(角星) 자리에 있게 되고, 초저녁에 은하수가 곧바르게 세워지므로, 견우성이 동쪽에 있고, 직녀성이 바르게 있으므로 반드시 동향을 하게 된다." 두 기록은 모두 천문현상으로

---

1) [독] 카시이러, 『語言與神話』에서 재인용, 于曉 등 역, (北京: 三聯書店, 1987년), 33쪽.

견우성과 직녀성, 그리고 은하수와의 관계를 설명하였다.[2]

고대인들은 왜 은하수 양쪽의 두 큰 별을 '견우'와 '직녀'라 명명했는가? 일반적으로 학자들은 모두 별이름이 붙기 전의 원래 의미와 농경 신앙이 연관된다고 생각한다. 왕효렴(王孝廉)의 「견우직녀 전설의 연구」와 요보선(姚寶瑄)의 「견우직녀 전설의 곤륜 전설 기원고」는 모두 직녀와 잠상신(蠶桑神)이 절대적으로 관련된다고 보았다.[3] 왕효렴은 또 견우는 곡물신의 화신(化神)으로 대지에 제사지내는데, 이는 지금도 여전히 잔존한 '타춘(打春)' 의식(설날 전후에 걸인들이 소 죽판을 치면서 구걸하는 행위) 혹은 '영춘(迎春)' 의식으로 증명할 수 있다고 보았다.

이러한 원시 농경 문명의 신앙이 천문 성좌에 반영되었는데, 한 대(漢代)에 이르러 인간의 형상으로 발전하였다. 『회남자』「숙진훈(俶眞訓)」을 보자.

　　진인(眞人)은 ……뇌공(雷公)을 신하로 삼고, 과보(夸父)를 부리며, 복비(宓妃)로 첩으로 삼고, 직녀(織女)를 처로 삼는다.

동한 말기에 이르러 문인들이 지은 『고시십구수(古詩十九首)』에서 의인화의 방식으로 애절한 이야기가 나왔다.

　　迢迢牽牛星,　　멀고 먼 견우성
　　皎皎河漢女.　　교교히 빛나는 직녀성
　　纖纖擢素手,　　하이얀 섬섬옥수를 들어

---

2) 견우성과 직녀성의 석각상은 孫作雲, <漢昆明池畔牛郎織女雕像>에 서술되었으며, 산동성 비성현(肥城縣)의 효당산(孝堂山) 화상석(畫像石)을 증거로 삼았다. 베틀 위의 직녀 머리에 직녀성 세 별이 새겨져 있어 『시경』에서 말하는 "직녀성이 발돋움하여"라는 형상과 부합한다. 직녀의 왼쪽에 새겨진 별 세 개는 견우를 나타내는데 사람을 그리진 않았다. 위의 저자가 쓴 『美術考古與民俗研究』(開封: 河南大學出版社, 2003年), 278~281쪽 참조.
3) 王孝廉은 직녀는 농경 신앙 중의 신성한 나무인 뽕나무의 뽕신이라고 보았다. 저자의 <織女與帝女之桑>(古添洪·陳慧樺 編, 『從比較神話到文』(臺北: 東大圖書公司, 1983年, 194쪽에 수록) 참조. 姚寶瑄의 글은 『民間文學論壇』, 1985年 4期 참조.

札札弄機杼.	찰칵찰칵 베틀 북을 다루네
終日不成章,	온종일 있어도 옷감을 짜지 못하고
泣涕零如雨.	눈물만 비처럼 흘리고 있네
河漢淸且淺,	은하는 맑고도 얕으며
相去復幾許?	두 별 사이는 멀지도 않은데
盈盈一水間,	찰랑이는 강을 사이에 두고
脈脈不得語.	사무치는 눈빛으로 서로 보고만 있네

위진 시기에는 견우직녀 이야기가 점차 형성되어, "견우가 남편이고 직녀가 아내이다. 직녀성과 견우성은 은하수 가에 각각 있으면서 7월 7일에야 만날 수 있었다"(曹植『九詠』注)는 이야기가 나왔다. 양(梁)의 종름(宗懍)은『형초세시기(荊楚歲時記)』에서 견우와 직녀를 사람 이름으로 사용하였다.4)

『춘추운투추(春秋運鬥樞)』: "견우 신의 이름은 약(略)이다."『석씨성경(石氏星經)』: "견우의 이름은 천관(天關)이다."『우조기(佑助期)』: "직녀 신의 이름은 수음(收陰)이다."『사기』「천관서(天官書)」: "천제의 외손(外孫)이다." 부현(傅玄)「의천문(擬天問)」: "칠월 칠일 견우와 직녀가 은하수에서 만난다.……일찍이 도서(道書)에 이런 말을 보았다. '견우가 직녀에 장가들면서, 천제에게 이만 전(錢)을 빌려 예를 치루었다. 오랫동안 갚지 않자 영실(營室) 성좌로 추방되었다.'"

또 이때 후대의 '칠석 걸교'의 풍속이 나타났다.

이날 저녁, 민간의 부녀자들은 채색 실을 묶고 칠공침(七孔針)을 찌르거나, 혹은 금, 은, 놋쇠, 돌로 바늘을 만든다. 술, 포, 과일로 마당에 자리를 만들어 걸교(乞巧)하는데, 거미가 과일 위에 거미줄을 치면 기원이 효험을 보인 것으로 알았다.5)

---

4) 王毓,『荊楚歲時記校』'七月'條 (臺北: 文津出版社, 1992年), 190쪽.
5) 위의 책, 194쪽.

그 후 이야기는 "까치가 은하수에 다리를 놓아 직녀가 건너가"거나 "칠
석 날 직녀가 은하를 건널 때 까치를 시켜 다리를 만들게 했다"는 대목이
늘어났다. 대략 당송(唐宋) 시기에 이러한 이야기가 크게 유행했는데, 예컨
대 "뗏목이 흘러와 사람이 바다를 건너가고, 까치가 은하를 메워 다리를 건
넜네"(槎來人浮海, 橋渡鵲塡河. —唐, 李嶠 〈奉和七夕晏兩儀殿應制〉)나 "용
이 내달아 달로 건너가고, 까치가 날아 은하수를 메웠네"(奔龍爭渡月, 飛鵲
巧塡河. —唐, 宋之問 〈牛女〉), 혹은 "오늘밤 은하를 두고 떨어져 있으니, 까
치가 돌을 메워 다리를 만들어 용이 수레를 끌리라"(今夜河水隔, 龍駕車轅
鵲塡石. —唐, 王建 〈七夕曲〉) 등이 그러하다. 송대 나원(羅願)의 『이아익(爾
雅翼)』「석조(釋鳥)」에서는 다음과 같이 말하고 있다.

　　음력 7월 7일이 지나면 까치의 머리가 이유도 없이 벗겨진다. 전하는 바에 따
　　르면 이날 하고(河鼓)와 직녀가 은하수의 동쪽에서 만나는데, 까치를 다리 삼아
　　건너므로 털이 모두 벗겨졌다.

II. '까치'의 민속적 의미

'오작교'의 출현은 민속 연구에 있어서 무척 주목할 만한 현상이다. '까치
가 은하를 메운다'는 이야기가 나온 후, 나중에는 '까치가 스스로 다리가 되
었다'는 말이 나왔다. 이는 사람들에게 신화에 나오는 '바다를 메운 정위(精
衛塡海)'를 연상시킨다. 본인이 생각하기에, 까치는 희작(喜鵲)으로 '보희조
(報喜鳥)'라고도 칭한다. 일찍이 선진(先秦) 시대에 사람들은 까치는 감응을
하고 즐거운 소식을 알리는 신기한 능력이 있다고 믿었다. 『역괘(易卦)』에
는 "까치는 양조(陽鳥)로 사물의 변화에 앞서 움직이고, 일이 일어나기 전
에 감응한다"고 하였다. 또 『개원천보유사(開元天寶遺事)』「영작보희(靈鵲

報喜)」에는 "당시 사람들이 집에서 까마귀 울음소리를 들으면 모두 길조로 여겼으므로 신령스런 까치를 청하여 즐거운 소식을 알렸다."고 기록하고 있다.

여기서 빠뜨릴 수 없는 한 가지는 고대인들은 여러 가지 조류의 출현과 계절의 변화는 밀접한 관계가 있음을 알았다는 점이다. 과학이 아직 발달하기 전에 사람들은 각종 '철새'들이 사계의 순환에 반응하여 나타남을 보았고, 인류는 철새를 통해 일정 정도 알게 되었다. 전체 농업생산도 새와 밀접한 관련이 있다. 『수경주(水經注)』 권40에서는 조류가 "봄에는 풀뿌리를 뽑고, 가을에는 잡초를 쫀다"고 하였으며, 조류가 해충을 제거한다고 하였다. 고대인들은 새들이 농업생산에 유익함을 일찍부터 알아, 일부러 보호하고 심지어는 숭배하는 마음까지 생겨났다. 7천년 전의 하모도(河姆渡) 문화 유적지에서 대량으로 발굴된 기물에서 알 수 있듯이 인류는 조류와 도작(稻作)이 관련 있다고 생각했었고, 한 걸음 더 나아가 조신(鳥神)이 벼를 보호하고 성장시킨다는 신앙이 있었다.6) 예컨대, 〈두 새가 태양을 받치다(雙鳥昇日)〉는 상아 조각은 두 새가 태양을 받쳐 들고 있는데, 고대인은 태양이 뜨고 지는 것은 새들이 이를 들고 운행한다고 보았기 때문이다. 다른 하나는 두 새가 일체가 된 뼈칼로, 태양이 새 몸체 위에 붙어 있어, 새는 곧 태양이라는 관념을 나타내었다. 그밖에 민간의 풍습 가운데 새에 대한 숭배는 생활에 반영되어 있는데, 예컨대 오월(吳越) 지역의 여러 곳에 '백조등회(百鳥燈會)'가 유행하는데, 이를 통해 비바람이 고르고 오곡이 풍성하기를 기원하였다.7)

중국의 사대(四大) 전설은 모두 농경 신앙과 관련이 있다. 즉, 양산백과

---

6) 姜彬 主編, 『稻作文化與江南民俗』(上海: 上海文藝出版社, 1996年), 제4절 「稻作生産與鳥崇拜」, 531~534쪽 참조.

7) 이 부분도 『稻作文化與江南民俗』 「鳥崇拜在江南地區民間習俗上的遺留」를 참고할 수 있다. 위의 책 주석, 539~542쪽.

축영대 설화는 봄철의 죽음과 재생 관념과 관련이 있고, 백사(白蛇) 설화는
여름철의 약(藥)에 대한 풍속과 관련이 있고, 견우·직녀 설화는 가을의 축제
관념과 관련이 있고, 맹강녀(孟姜女) 이야기는 겨울의 옷 보내기와 관련 있
다. 이에 대해선 학계에서 논의한 바 있다.[8] 까치가 다리가 되어 견우와
직녀가 만난다는 것은 남녀의 축제가 시작되었음을 상징한다. 칠석을 '걸
교(乞巧)' 활동이라고 말한다면, 여러 지방지(地方誌)에서 기록한 내용은 일
종의 '걸자(乞子)'이며, 건강을 기원하고 아들이 많기를 희원하였다. 그러므
로 "칠석에 여인이 달을 보고 절을 하며 두 별을 바라보며 솜씨를 기원한다
(乞巧)"[9]는 것은 생식 숭배이다. 활동은 두 종류가 보편적이다. 하나는 싹
이 난 콩 삼키기이고, 다른 하나는 바느질로 걸교하기이다. 칠석 때 여인들
은 콩싹이 자라난 것을 보고 콩싹을 배속에 삼키는데, 이는 일종의 임신을
비유한 행위로, 아들을 바라는 규중의 처녀가 직녀에게 성(性)과 생식의 능
력을 바라는 뜻을 나타낸다. 그러므로 칠석 날 견우와 직녀가 만나고 까치
가 다리를 놓는 것은 나름대로 특수한 의미가 있는 것이다.

Ⅲ. '다리'의 생식 기능

'오작교'는 비단 새 숭배의 흔적일 뿐만 아니라, '다리' 자체가 사실 생식
과 번식의 의미를 갖고 있다. 강남 수향(水鄕)에서의 신부맞이 방식은 아직
도 이러한 의미를 가지고 있다. 보통 신부를 맞이할 때 가마를 사용하지
않고 물길로 배를 타고 가며, 신부가 도중에 세 개의 다리를 지난 후 신랑

---

8) 張銘遠는『生殖崇拜與死亡抗拒』에서 1년 사계는 각기 다른 의의가 있다고 했다. 예컨대
   봄은 생식 숭배, 여름은 생명 전환, 가을은 사망에 대한 항거, 겨울은 생명의 회귀 등이다.
   (北京: 中國華僑出版公司, 1991年), 99쪽 참조.
9)『浦江縣志』에 보인다.『中國地方志民俗資料彙編・華東卷』(北京: 書目文獻出版社, 1995
   年), 883쪽.

의 집안으로 들어간다. 북방 민간에서도 다리가 있는 습속이 있는데, 하남성(河南省)과 섬서성(陝西省)의 일부 농촌에서는 신부가 문에 들어서면 신랑은 정원에서 걸상으로 '다리'를 만들어 신부가 그 위에 기어가도록 한다.[10] 이 습속은 변형되어 각지에서 '말 안장 넘기(跨馬鞍)', '마대 밟기(踩麻袋)' 등으로 바꾸어졌는데, 이는 '평평안안(平平安安)', '일대접일대(一代接一代)'와 '해음(諧音)'으로 통하며, 오늘날 가장 흔히 보는 붉은 카펫을 걸어 예식장으로 들어가는 것도 모두 이러한 민속적인 의의가 있다.

민간에서 정월 15일에 '다리 셋 건너기', '온갖 병 몰아내기'의 습속이 보편적으로 시행되는데, 일반적으로 다리를 지나면 위험을 건너고, 성에 올라 병을 몰아내며, 문고리를 만지면 아들을 희원하는데 영험이 있다고 생각하였다. 원대 주용(周用)은 〈온갖 병 몰아내기(走百病)〉란 시를 썼다.

都城燈市由來盛,　　도시의 등불놀이 오래 전부터 성했는데
大家小家同節令.　　부잣집 가난한 집 명절을 함께 하네
諸姨新婦及小姑,　　여인들 신부들 어린 아가씨들
相約梳妝走百病.　　약속한 듯 화장하고 걸어서 온갖 병 몰아내네

"정월 대보름 때는 등을 걸고, 잡극(雜劇)을 공연하는데, 14일 밤부터 시작하여 16일 밤까지이다. 원소(元宵)를 만들어 제사에 올리고 사방을 유람하는데 '온갖 병 몰아내기(走百病)'라고 말한다."(『寧津縣誌』)[11] 이는 산동성 지역의 풍속이다. 강남의 수향(水鄕)에서도 널리 '세 다리 건너기(走三橋)'가 유행하는데, 이렇게 하면 백병(百病)을 물리칠 수 있다고 한다. 늙음과 병을 물리치고 장수를 구할 뿐만 아니라, 자신의 생식력과 생명력이 늘어나기를 기원하며, '온갖 병 몰아내기' 과정에서 일부 지역에서는 다리, 성문, 패방(牌坊)과 같이 중요한 곳에서는 반드시 문고리를 만지거나 다리 벽

---

10) 張銘遠, 『生殖崇拜與死亡抗拒』, 204쪽 참조.
11) 위의 책 주석 9번, 149쪽.

돌을 맞추어보게 하여 이를 통해 생식력이 느껴진다고 믿었다.12)

강남의 다리는 뚜렷한 특색이 있다. 속담에 "마을마다 강이 있고, 강마다 다리가 있고, 다리마다 묘당(廟堂)이 있고, 묘당마다 노래가 있다"는 말이 있다. 다리가 많음은 고서(古書)에도 기록되어 있는데, 당대 백거이(白居易)는 "푸른 물결의 동서남북 사방의 강물에, 붉은 난간의 삼백구십 개의 다리"(綠浪東西南北水, 紅欄三百九十橋)라고 노래했다. 명대 막단(莫旦)의 〈소주부(蘇州賦)〉에서도 소주는 "집과 저자가 바둑판같이 벌려 있고, 다리가 빗살처럼 나란히 놓여 있다."(坊市棋列, 橋梁櫛比)고 하였다. 소주, 무석(無錫), 상주(常州) 세 곳의 여러 명진(名鎭)의 이름도 다리 이름을 쓰고 있다. 예컨대 풍교(楓橋), 장교(長橋), 묘교(妙橋), 당교(塘橋), 화교(花橋), 전교(錢橋), 사교(查橋), 후교(厚橋), 별교(別橋) 등이다. 절강성도 마찬가지로, 예컨대 영교(靈橋), 장락교(長樂橋), 정교(丁橋), 횡도교(橫渡橋), 선인교(仙人橋), 두하교(杜下橋), 노교(路橋), 홍교(虹橋), 장교(莊橋) 등이다. 다리를 건설하는 일은 천년대계(千年大計)로 간주하여 반드시 주술(呪術)을 쓰는데, 맞아 죽은 개 혹 지전을 가진 사람을 물속에 빠뜨린다. 용문석(龍門石)을 올릴 때는 사방에 볏짚을 싸서 삿됨을 진압한다. 다리가 완성된 후 첫 번째 다리를 걷는 사람은 화를 피하고 복을 받는다 하며, 그 뒤를 따라가는 사람은 '복이 따라온다(趁福)'고 하였다.13)

Ⅳ. 신앙 관념의 일치성

풍속문화는 사회 집단의 심리상태에 따라 나타난 것이다. 각지의 풍속은 다른 지역의 풍속을 흡수하여 점점 융합되어 이루어졌다. 예컨대 날짜

의 선정은 나름대로 관습이 있다. 명대 이후(李詡)는 『계암노인만필(戒庵老人漫筆)』에서 다음과 같이 말하였다.

고인(古人)들의 절기는 아마도 속뜻이 있는 듯하다. 예컨대 원단(元旦), 상사(上巳), 단오, 칠석, 중양 등은 모두 양수(陽數)로 절기를 세우고 짝수 달에는 세우지 않았는데, 이 역시 양을 올리고 음을 누르는(扶陽抑陰) 뜻이다.[14]

이 역시 『용재수필(容齋隨筆)』 「칠석을 6일에 쇠다(七夕用六日)」에 대응되는 말이다.

태평흥국(太平興國) 3년 7월 조칙이 내려졌다. "칠석은 아름다운 날로 가장 중요한 절기이다. 지금의 풍속에서는 6일을 많이 쇠는데 이는 옛 제도가 아니니 의당 7일로 쇠도록 해야 할 것이다." 칠석이라고 하면서 6일을 쇠는 것은 어느 때 시작되었는지 모르겠지만, 당대에는 이 설이 없었으니 분명 오대(五代)에 시작되었을 것이다.[15]

칠석에 대한 전설도 그러하다. 절강성 구현(衢縣)의 민속은 다음과 같다.[16]

칠석에는 여인들이 달을 보고 마당 가운데 과일을 진열하고 늘어서 절을 하며, 칠공침(七孔針)을 꽂아 걸교(乞巧)를 한다. 아이는 다섯(五는 午의 뜻을 사용했다) 가닥의 채색 실로 끈을 만들어 여기에 밥을 싸서 지붕 위에 올려둔다. 이는 곧 까치가 이를 가지고 다리를 놓아 견우와 직녀가 만나게 하는 것이니 이름 하여 '오작교 돕기(助鵲橋)'라 한다.

같은 내용은 강소성 『육합현속지고(六合縣續志稿)』와 절강성 『서안현지(西安縣誌)』, 『서안현지(瑞安縣誌)』, 『평양현지(平陽縣誌)』, 그리고 복건성

---

14) 『元明史料筆記叢刊』(北京: 中華書局, 1997年), 卷七 <佳節月忌忌月>, 305~306쪽 참조.
15) [宋]洪邁, 『容齋三筆』, 권1. (上海: 上海古籍出版社, 1996年), 428쪽.
16) 위의 책 주석 9번. 896쪽.

『복정현지(福鼎縣誌)』에도 보인다.17) 또 절강성『노교지략(路橋志略)』에서
는 "칠석에는 여인들이 각종 꽃으로 수반에 이슬을 받는데, 견우와 직녀의
눈물을 받아 눈을 씻고 머리에 묻히면 눈이 맑아지고 머리카락이 윤기가
난다고 한다."고 기록했다.18) 이는『황암현지(黃岩縣誌)』와『태평현지(太平
縣誌)』에도 보인다.19) 또 사천성 소수민족도 유사한 풍속이 있는데『계암
노인만필』 권2에는 다음과 같이 기록했다. "사천성 무주(茂州)에 있는 세 관
리는 포각만(布佫蠻) 종족인데, 그 부인은 양젖을 몸에 발라 윤이 나게 한
다. 매년 칠석이 되면 강에서 머리를 감고 땋아 올린 후 다시 빗지 않는다.
일년에 한 번 그렇게 한다. 남자는 삭발하나 정수리 머리카락은 남긴다.20)

이상에서 알 수 있듯이, 중국 전통 농업문화지역은 일종의 '동일 문화지
대'에서 비교해도 신앙 관념이 일치하고, 역사상의 연관이나 문화상의 접
촉 더 나아가 다른 혈연관계의 각 민족의 민속과 비교해 보아도 신앙 관념
이 일치함을 알게 된다. 칠석 전설에서 '다리'의 민속적 의의는 문학적 해석
으로 파악할 수 없는 깊은 의미를 가지고 있다. 왜냐하면 원시숭배의 내용
은 문학 전적에 기술된 이후 점점 '예속(禮俗)'으로 상승되어갔지만, 이러한
문학기록이 지닌 기초적인 가치를 결코 부정할 순 없지만, 민속학의 연구
입장에서 보면 비교적 낮은 층차의 실제 생활에 대한 사유는 분명 민속학
의 첫 번째 연구 활동 대상이라 할 것이다.

---

17) 위의 책 주석. 367, 886, 910, 912, 1284쪽.

18) 위의 책 주석. 859쪽.

19) 위의 책 주석. 851, 852쪽. 또 절강성『승현지(嵊縣志)』,『임해현지고(臨海縣志稿)』,『신창
현지(新昌縣志)』에는 "槿木을 달인 물로 머리를 감는다."고 하였다. 같은 책 843, 845, 848
쪽에 각각 보인다.

20) 위의 책 주석 14번. 44쪽.

한·중 '신데렐라'형 민담의 문화형태학적 해석

조단(趙丹, Zhao Dan)[*]

신데렐라는 유럽의 '신데렐라'형 설화의 여주인공이다. 이야기의 여주인공은 계모 또는 잔인한 아버지에게 학대를 받지만 초자연적인 존재의 도움으로 어려움을 벗어나며 왕자와 사랑을 나누고 결혼하게 되어 운명이 뒤바뀐다는 내용을 담고 있다. 설화 분류학자들은 이러한 유형의 설화를 '신데렐라'형 설화라고 통칭한다. '신데렐라'형 설화는 남권 사회에서 신분상승을 이루고자하는 억압받는 여성들의 백일몽을 담고 있는 전형적인 민담의 하나이다.

이탈리아 설화집, 프랑스의 설화집 등의 17세기 문헌[1]과 독일의 그림 형제의 동화집에도 이런 유형의 설화가 수록되어 있다. 게다가 중국, 한국, 일본 등의 동북아시아, 인도, 파키스탄을 비롯한 서남아시아, 베트남, 미얀마, 캄보디아, 라오스, 태국 등 동남아시아의 여러 나라에서도 광범위하게 유포되어 있다. 문헌의 기록으로 본다면 톰슨이 지적했듯이 9세기에 단성식(段成式)이 기록한 『유양잡조(酉陽雜俎)』[2] 속집의 〈섭한 이야기(葉限故事)〉가 세계에서 가장 이른 '신데렐라'형 설화이다.[3] 본고에서 비교하고자

* 中國 杭州師範學院 研究員

1) 崔錫路, 『世界百科大詞典』, 西文堂, 1975, 336쪽.

2) 段成式, 『酉陽雜俎』, 浙江古籍出版社, 1999, 79쪽.

3) 劉曉春, 『多民族文化結晶 ─中國灰姑娘故事研究』, 民族文學研究, 1995. 29쪽.

하는 한국의 〈콩쥐팥쥐〉 설화도 이 유형에 속한다.

　비록 이 설화가 세계적으로 광범위하게 분포되어 있다고 하더라도 그 형성 계기나 전래 경로가 동일한 것은 아니다. 발생론의 각도에서 보면, 전래 지역, 전승 형식, 문화의 다양성과 복잡성으로 수많은 유사한 설화가 나타날 것이다. 즉, 설화가 형성되는 과정에서 각 지역의 '집단 기억'(collective memory) 또는 '공동 신앙'(shared belief)과 '정감의 습관'(Habits of the Heart)이 설화의 구조를 체현했을 것이다.4) 본고는 '신데렐라'형 설화5)의 모티프6)를 분석함과 동시에, 한 걸음 더 나아가 '정감의 습관'의 작용과 한·중 '신데렐라'형 설화의 문화 유형을 분석하고자 한다.

　본인이 파악한 서구 방면의 자료가 부족한 관계로 본고는 서구의 2편 및 중국과 한국의 대표적인 설화 38편을 주요 연구대상으로는 삼았다. 본고는 세 방면으로 논의를 진행하고자 한다. 첫째, 내용에 있어 서구와 동북아시아의 한·중 '신데렐라'형 설화의 모티프, 둘째, 동북아시아 지역의 '정감의 습관'으로 한·중 '신데렐라'형 설화에 대한 비교, 셋째, 각 문화에 있어서 '신데렐라'형 설화의 차이점 등이다.

I.

　먼저 '신데렐라'형 모티프를 개괄하기 위하여 본인은 프로프의 민담 형태론을 인용하여 설화의 모티프를 분석하고자 한다. 왜냐하면 프로프는 가

---

4) 미국의 사회학자 로버트 벨라(Robert N. Bellah)는 공동 신앙 속에 형성된 집단의 가치체계를 '정감의 습관'이라고 하였다.

5) 서술의 편의를 위하여 이 유형의 설화를 서구형, 중국형, 한국형 세 종류로 나누고, 각각 '신데렐라'형, '섭한'형, '콩쥐팥쥐'형이라고 부른다.

6) 일반적으로 학자들은 설화의 최소 서사단위를 '모티프'(motif)라고 정의한다. 그러나 稲田浩二는 '줄거리 근간(情節基幹)'이라 하고, 金榮華는 '줄거리 단원(情節單元)'이라 하였다. 본문에서는 金榮華의 정의를 따른다.

장 작은 서사 단위의 모티프에서 출발하였기 때문이다. 그는 모티프와 모
티프 기능론은 큰 차이가 있다고 생각했다.

일반적으로 민간문학 연구자들이 강조하는 것은 서사 구조를 구성할 때
필요한 인물의 기능이다. 이에 반해 프로프가 강조하는 것은 서사구조의
틀을 구성하는 인물 기능의 특수한 작용이다. 프로프의 관점에 따르면, 인
물 기능에는 어떤 사람인가가 중요한 게 아니라 인물 기능이 맡는 작용이
무엇인가이다. 만약 인물 기능이 작용을 한다면 설화의 서사구조 틀은 계
속 유지될 것이다. 다시 말해, 인물 기능은 가변적인 요소인데 반해 인물
기능의 작용은 불변의 요소이다.[7] 프로프의 이론과 구조주의 이론은 상당
히 가깝다. 그는 설화의 인물 역할을 1) 반면(反面) 역할, 2) 증여자, 3) 주
술적 조수, 4) 공주(찾는 대상), 5) 파견자, 6) 주인공, 7) 가짜 주인공 등으로
나누었다.[8] 게다가 그들의 맡은 기능에 따라 다시 31개로 나누었다.

다른 설화의 모티프와 구별하기 위해 본인은 프로프의 모티프를 줄거리
단원(情節單元)으로 확대하였다. 본인은 프로프 기능론의 성과를 인정함과
동시에 결점이 있다고 생각한다.[9] 예컨대, '신데렐라'형 설화에서 신분이
다른 남주인공이 나올 수 있다. 남주인공은 여성의 백일몽을 실현시킬 수
있기 때문에 본인은 프로프의 기능론을 확장하여 'S'라고 정의한다.

1. 프랑스와 독일의 '신데렐라'형 설화의 서사 구조 및 모티프 성질

세계적으로 권위있는 민간설화 분류집은 핀란드 학자 아르네와 미국 학

---

7) 문화인류학에서도 유사한 문화를 찾을 수 있다. 예컨대, 레비 스트로스의 구조주의는 일치
   법(一致法)과 아주 유사한데, 즉 "모든 문화는 표면적으로 어떻든 간에 모두 양분법(兩分
   法)의 구조를 갖는다." 또 프란 바오츠의 역사구조주의는 차이법(差異法)과 아주 유사한데,
   즉 "사회와 역사적 경험의 차이에 근거한 문화는 각각의 특수한 내용을 가진다." 민간설화
   분석에 있어 전자는 구조주의 경향을 가지고, 후자는 역사지리학파의 경향을 갖는다.

8) 프로프 저, 황인덕 역, 『민담형태론』, 예림기획, 1998, 129쪽.

9) 프로프의 기능론은 부록1 참조. 본인이 규정한 모티프는 부록2, 3 참조.

자 톰슨이 공저한 『민간설화 유형 색인』이다. AT분류법에서 '신데렐라'형 설화는 510A형, 510B형, 511B형으로 분류된다. 쉽게 알 수 있듯이 '신데렐라'형 설화는 전형적인 세계적으로 유포된 이야기로 그 기원도 인도차이나, 중국, 중동 등에 기원한다는 여러 설이 있다.[10] 우리들이 익숙한 '신데렐라'형 설화는 이미 서양화되었다. 그 대표작은 샤를 페로의 동화집 『파지리』(1697)[11]와 그림 형제의 『동화집』[12]에 실려 있다. 본고에서 다루는 '신데렐라'형 설화는 17세기와 19세기 초의 이야기로 제한된다. 비록 프랑스와 독일에 차이가 있다 할지라도 기본 모티프는 변화가 없는데 이야기의 줄거리도 아래와 같이 귀납할 수 있다.

　1) 신데렐라는 계모의 학대를 받는다.
　2) 계모는 두 딸을 데리고 무도회에 가면서 신데렐라에게 집안일을 하라고 시킨다.
　3) 요정 대모(代母)는 마술지팡이로 신데렐라를 도와 마부, 마차, 옷, 구두를 준비한다. 그러나 밤 12시 이전에 돌아와야지 그렇지 않으면 원래의 모습으로 돌아간다고 말한다.
　4) 신데렐라는 왕자와 사랑에 빠지지만 사흘 째 급히 나오면서 유리 구두 한 짝을 잃어버린다.
　5) 왕자는 구두의 주인을 찾고, 신데렐라는 마침내 왕자와 결혼하여 왕비가 된다.

민간설화 구조에서 두 편은 모두 아래와 같은 인과 관계의 한정 모티프를 가지고 있다.[13]

---

10) 톰슨, 『世界民間故事分類法』, 上海文藝出版社, 1991, 151쪽.
11) 페로, 『貝洛童話』, 上海少年兒童出版社, 1989, 34쪽.
12) 그림, 『格林童話』, 上海少年兒童出版社, 1989, 142쪽.
13) 趙丹, 「孔姬葩姬'型故事結構及民族特色的比較硏究」, 延邊大學校 2005. '신데렐라'형 설화를 분석하기 위해 모티프를 한정 모티프, 자유 모티프, 확장 모티프로 분류하였다.

학대를 받음 → 매개 사건 → 초자연의 도움 → 전환점 → 운명 변화

많은 학자들은 페미니즘의 각도에서 '신데렐라'형 설화의 의의를 분석하여, 남성이 여성을 지배하는 남권사회에서만이 '신데렐라'형 설화가 나올수 있다고 한다. '신데렐라'형 설화의 틀은 주인공이 계모의 학대를 받고 초자연의 도움으로 운명이 바꾸어지지만, 공통적으로 남성(왕자)의 최종 선택에 의해 여성의 신분과 운명이 바뀐다.

남권사회에서의 여성의 백일몽이 주제이지만 모티프를 전개하는 과정에서 페로와 그림 동화는 큰 차이를 보인다. 가장 뚜렷한 것은 "어려운 과제(難題)의 존재 여부"이다. 먼저 페로 동화에서 대모(代母)는 신데렐라를 도와주지만 난제(難題)는 없다. 이에 비해 그림 동화에서는 난제가 나온다. 신데렐라는 아빠가 준 나뭇가지를 엄마의 무덤 위에 심자 그곳에서 나무한 그루가 자라고 비둘기(엄마의 화신)가 모여들었으며, 신데렐라를 도와 난제를 해결할 수 있었다.

서사의 결말도 약간 다르다. 페로 동화의 서사 틀은 훨씬 간단하지만, 이에 비해 그림 동화에서는 언니와 동생은 신데렐라가 잃어버린 구두를 차지하기 위해 각각 발가락과 뒤꿈치를 잘라낸다. 이들 음모는 비둘기에 의해 진상이 폭로되고, 신데렐라는 아름다운 구두를 신고 왕자와 결혼한다.

두 편의 이야기를 비교하면 아래와 같은 표 1)로 귀납할 수 있다. '부재'는 부모의 사망을 나타내며, 표 1)에서 기호는 'β2'로 정의된다. 어른의 부재는 불행의 시작을 암시하며, 계모의 작용은 정상적인 가정을 혼란시키는 것으로 곧 불행의 조성자이다. 게다가 계모는 남주인공과 만나는 중개조건 'B'에 참가하러 간다. 그러나 신데렐라를 데려가지 않고 집에서 어려운 일을 하라고 한다.

표 1) 서양의 신데렐라 설화의 서사 구조

기호	페로 동화(A)	그림 동화(B)
여주인공	신데렐라	신데렐라
β2(부모)	귀족(엄마는 부재)	부자(엄마는 부재)
B	무도회	연회
F3	대모(代母)	엄마 무덤-나뭇가지-비둘기
M		1. 재 속의 완두 2. 반시간, 한 시간 안에 골라냄
N		해결
T	1. 호박-황금마차 2. 6마리 쥐-준마 3. 수염달린 쥐-마부 4. 6마리 도룡뇽-하인	무덤 앞에서 울 때 비둘기가 옷과 구두를 가져온다.
S	왕자	왕자
ɤ		12시 이전
Q	유리 구두	황금 구두
W*	결혼	결혼

그러나 조력자 'F3'은 대모(代母) 혹은 비둘기로 마법을 사용하여 신데렐라가 변신'T'하여 무도회에 참가할 수 있도록 돕고, 왕자'S'를 만난다.[14] 그림 동화에서 계모가 무도회에 가기 전에 신데렐라에게 많은 과제를 부여했는데, 이들 난제'M'도 모두 조력자가 해결'N'하는 대목이 이야기 중간에 삽입되며, 게다가 12시 전에 반드시 돌아와야 한다는 금기'ɤ'가 있다.

두 편의 설화에서 사흘째 신데렐라가 궁전을 나올 때 부주의하여 유리 구두'Q' 한 짝을 잃어버린다. 왕자는 구두 주인과 결혼하겠노라고 선포하고 구두 주인을 찾기 시작하였다. 결국 신데렐라와 왕자는 결혼'W*'하게 되고 행복하게 살았다.

---

14) 프로프는 기능설에서 남주인공이 구두를 찾는 과정을 'Q'라 규정했지만, 남주인공이 신데렐라의 지위를 바꾸는 작용은 'S' 때문이라고 하였다.

페로 동화와 그림 동화의 연속된 과정은 각각 "β2 B F3 T S Q W*"와 "β2 B F3 M N T S ɣ Q W*"로 표시할 수 있다. 비록 그 인과 구조는 "β2 B F3 Q W*"이지만 그림 동화에서는 "M N" 모티프가 추가되었다.

양헌익(楊憲益)은 주인공의 이름을 고증하면서[15] 중국은 서양의 영향을 받았다고 했다. 그림 형제가 수집하고 정리한 신데렐라 설화의 주인공 이름은 'Aschenbröde'인데, 'Aschenl'는 '재'라는 뜻이다. 이것과 영어의 'Ashes', 고대 영어의 'Aescen', 인도어 'Asan'는 같은 의미이다. 그중 흥미로운 것은 중국의 '신데렐라'형 설화 중의 '섭한(葉限)'(지금 중국어로 '예셴'이다. ─ 역자 주)과 서양 주인공 이름의 발음이 유사하므로 '섭한'은 'Aschen' 혹은 'Asan'의 음역(音譯)이라고 단정할 수 있다. 이는 양헌익의 주관적인 관점이지만 배척하기 어렵다. 또 다른 학자는 동아시아가 서양에 영향을 주었다고 주장한다. 예컨대 장중재(張中載)의 「신데렐라, 여인의 발로 문장을 쓰다」와 곡언빈(曲彦斌)의 「십촌(十寸) 금련(金蓮), 유리 구두, 전족(纏足)」은 중국의 전족이 신데렐라 설화의 중요한 요소가 되었다고 한다.

다양한 요소가 융합된 문화는 원래의 문화를 유지하는 동시에 다른 문화 요소도 수용하여 이루어진다고 본인은 생각한다. 그러므로 중국의 윤회와 환생 등 동양적인 요소는 서양의 '신데렐라'형 설화의 발생에 일정한 영향을 주었다.

19세기 초 그림 동화가 출판될 때, 중국과 인도 등 아시아의 종교 서적과 세계관이 반영된 설화는 이미 상당 부분 서양어로 번역되었다. 게다가 불교 등 동양의 신비주의는 독일을 중심으로 한 서양의 낭만주의에 영향을 주었고,[16] 페로 동화 중의 '잿더미' 등 자유 모티프는 동양의 윤회와 환생의

---

15) 楊憲益, 『譯餘偶拾·生活·讀書』, 三聯書店, 1983, 79쪽.
16) 서양의 신데렐라 설화의 모티프는 각기 다른 시간의 영향을 받았다고 생각하며, 서양의 신데렐라 설화도 아시아의 '신데렐라'형 설화의 영향을 받았다고 본다. 동양과 서양의 문화 흡수에 대해서는 한국의 朴希가 쓴 「'世界'與'他者'」, 『知識教育系報』, 談論 2001, 13號 (2002)를 참조하였다.

세계관을 반영하였다. 문화 교류 과정에서 동아시아는 단순히 피동적으로 문화의 수용자로만 있지 않았다.

2. 동아시아 '신데렐라'형 설화의 서사 구조 및 모티프 특징[17]

동아시아의 신데렐라 설화는 서양의 신데렐라 설화에 비해 비록 그 서사 구조는 유사하나 독특한 특징이 있다. '섭한'형 설화와 '콩쥐팥쥐'형 설화는 '신데렐라'형 설화의 전형적인 예이다. '섭한 이야기(葉限故事)'는 서두에서 이미 진한(秦漢) 이전의 이야기라고 명확히 밝히고 있다. 지금 이 이야기의 진위를 단정할 길이 없지만, 단성식(段成式)은 당 말기의 시인으로 덕종(德宗) 숭원(崇元) 연간인 803년에 태어나 익종(益宗) 함통(咸通) 4년인 863년 사망했다. 결국 『유양잡조(酉陽雜俎)』는 9세기의 작품이다. 그러므로 가장 이른 '신데렐라'형 설화로 '섭한 설화'를 드는 것은 크게 비난할 수 없다.

중국의 많은 문헌은 고조선 시대부터 이미 한국에 전래되었다. 중국의 『산해경(山海經)』(18권)은 최소한 기원전 284년에 이미 백제에 전래된 것으로 추정된다. 『산해경』 속의 곤륜산(昆侖山)과 서왕모(西王母) 등에 관한 이야기는 한국의 설화문학에 큰 영향을 끼쳤다. 중국의 『설원(說苑)』, 『태평광기(太平廣記)』, 『열녀전(列女傳)』 등이 전래되었고, "바보 사위와 똑똑한 사위", "'아랑(阿郞)'형 설화", "지네와 두꺼비의 싸움", "콩쥐팥쥐", "흥부와 놀부", "금방망이 은방망이" 등의 이야기가 만들어지는데 영향을 끼쳤다.

'섭한'형 설화의 줄거리는 다음과 같다.

1. 섭한(葉限)은 어려서 엄마를 잃고 물고기 한 마리를 얻었다.(엄마의 화신)
2. 어느 날 계모가 극(劇)을 보러 나가면서 집을 보라고 했다.
3. 비록 어려운 과제(難題)가 있었지만 그녀는 물고기의 도움을 받아 해결하였다.

---

17) 주 13)과 같다.

4. 사실의 진상을 안 계모는 물고기를 죽여버렸다.

5. 섭한은 물고기의 뼈를 숨겼다.

6. 또 명절이 되자 계모는 나가면서 어려운 과제를 주고 갔다.

7. 물고기 뼈가 모든 어려움을 해결해주었다.

8. 섭한은 신발 한 짝을 잃었다.

9. 신발을 얻은 타한왕(陀汗王)은 신발 주인을 찾는다고 선포하였고, 결국 섭한은 타한왕과 결혼하였다.

'섭한 설화'가 '신데렐라'형 설화와 다른 점은 중간에 2번에 걸쳐 중개 사건이 나타난다는 점이다. 초자연적인 조수'A ii' 모티프가 나타난다. 이후 섭한은 신 한 짝을 잃고, 타한왕이 신의 주인을 찾아내고 그녀와 결혼한다. 프로프의 기능이론을 사용하여 개괄하면 "β2 M N1 B F3(1) I A ii F3(2) M N2 F3(3) T F3(4) S ɣ Q W*"가 될 것이다.

이에 비해 한국의 설화는 좀 복잡한 면이 있다. 『구비문학대계』, 『임석재전집』, 『고대설화집성』 속의 '콩쥐팥쥐'[18] 설화의 줄거리는 다음과 같이 요약할 수 있다.

콩쥐의 아빠는 계모의 딸을 팥쥐라고 이름 짓는다.

1. 계모의 학대를 받지만 하늘에서 내려온 조수의 도움을 받는다.

2. 남주인공과 만나는 기회를 갖는다.

3. 그녀는 조수의 도움으로 옷과 신발을 얻는다. 잔치에 가는 도중 신발 한 짝을 잃는다.

4. 신발을 주은 남주인공이 신발 주인을 찾으라고 명령을 내린다. 여주인공은 남주인공과 결혼한다.

한국의 경우 난제와 조수가 2번 혹은 3번 나온다. 운명을 바꾸는 일은 쉬운 일이 아니며, 또 이복 여동생이 주인공을 모방하다가 참패당하는 모

---

18) 이영덕, 『한국민족문화대백과사전』(22), 한국정신문화연구원, 1997, 845쪽.

티프'I'가 추가되었다. 금기(禁忌) 모티프가 없으므로 결국 "β2 M N1 B
F3(1) I M N2 F3(2) T F3(3) S Q W*"로 정리할 수 없다.

표 2) 동북아시아 '신데렐라'형 설화의 서사 구조

기호	중국 '신데렐라'형 설화	한국 '신데렐라'형 설화
여주인공	섭한, 달가(達稼), 싸라기 아가씨(米碎姐), 천초화(天草花) 등	콩쥐, 콩데기, 콩남, 콩조기, 콩각시, 콩조지
β2	엄마 부재, 엄마의 화신(소), 계모가 살해하거나 혹은 엄마를 소로 변신시킴	엄마 부재
B	동절(侗節),창합(唱哈), 도화장(跳花場), 혼례, 희극(戲劇), 노래시합, 백룡왕회(白龍王會), 비단 짜기, 낭회(浪會)	혼례, 무술(巫術), 연회(외할머니 집, 국가)
F3	물고기. 새, 소 (엄마의 화신 혹은 엄마나 물려준 것), 노파	소, 노인, 사슴, 까치, 노승(老僧), 두꺼비, 새들, 선녀, 할머니, 까치, 구렁이
M	녹두(잿더미), 새옷 짓기, 마(麻), 시합, 상한 음식 주기, 콩(흙과 섞임), 녹두와 깨 고르기, 물항아리, 검정콩과 흰콩, 쌀(흙르과 섞임), 꿀물	쇠호미, 나무호미, 야채 따기, 마(麻) 삶기, 밑 빠진 독, 쌀겨 등
N	해결	해결
Aii	가해	
I	참패	참패
T	장식품, 치마, 두건, 준마, 옷, 신발	말, 이불, 가마, 하인, 옷, 신발
S	천자, 타한왕, 동주(侗主) 아들, 사냥꾼, 뛰어난 사내	왕자(지식인, 수령 등)
ɤ	닭 울기 전	
Q	새틸 처럼 가벼운 신발, 은팔찌, 꽃신, 금신	비단신, 짚신, 꽃신
W*	결혼	결혼

한정 모티프 방면에서는 서양과 별다른 차이가 없다. 그러나 자유 모티
프와 확장 모티프에서는 서양과 동아시아 설화는 큰 차이가 나며, 한국과
중국도 차이점이 적지 않다. 상술한 내용을 개괄하면 다음과 같다.

페로의 경우: β2 B F3 T S Q W*

독일의 경우: β2 B F3 M N T ɣ S Q W*

한국의 경우: β2 M N1 B F3(1) I M N2 F3(2) T F3(3) S Q W*

중국의 경우: β2 M N1 B F3(1) I A ii F3(2) M N2 F3(3) T F3(4) S ɣ Q W*

동아시아 '신데렐라'형 설화의 모티프 구조가 서양과 다른 점은 두 가지로 귀납할 수 있다. 1. 동아시아 설화는 서양 설화에 비해 더욱 많은 난제(難題)가 있다. 서양은 시간의 제한이 있는데 특히 유리 구두로 긴장감을 강조한다. 이점은 중국의 경우와 상당히 유사하다. 2. 서양과 동양의 '신데렐라'형 설화에서 조수의 성격이 크게 다르다. 동아시아 설화에서는 환생, 윤회 등의 세계관을 드러내는데, 서양의 경우 이들 세계관이 없이 아주 담백하다. 또 하나는 다른 점은 동아시아 설화에서는 이복 여동생의 참패가 있다는 점이다. 한국 설화의 결말 부분에서 돌에 묻히는 대목으로 징벌하는 것은 중앙아시아의 일부 징벌 습속을 연상시킨다.[19]

Ⅱ.

중국과 한국의 '신데렐라'형 설화는 여러 차이점이 있으며, '섭한'형 설화도 차이점이 많다. 세계 각지의 생활방식은 현지의 문화적 내용을 반영한다. 여기에서 본인은 '정감의 습관'에 기초하여 중국과 한국의 '신데렐라'형 설화를 비교해보고자 한다.

1. '신데렐라'형 설화와 '정감의 습관'

동북아시아 '신데렐라'형 설화에서는 주인공이 겪는 과정을 무척 자세하

---

19) 金寬雄, 「古代朝鮮西方說話的傳播與影響」은 설화 결말을 언급하면서, 계모와 딸이 돌에 맞고 죽는 장면은 아랍의 악녀나 기녀(妓女)를 징벌하는 습속과 유사하다고 하였다. 그리고 중앙아랍의 '신데렐라'형 설화는 중국의 남해를 통해 남방에 전파되었고, 한국에 영향을 주었다고 보았다.

게 서술하였다. 이는 서양의 설화보다 긴박감이 더하다. 우리들은 표 1)에서 서양 설화의 줄거리가 동양 설화의 줄거리보다 간단함을 볼 수 있었다. 그러나 가장 주요한 것은 동서양의 서사 구조가 다른 점으로, 이는 형식상의 차이를 반영할 뿐만 아니라 문화와 형태 등의 원인이 야기한 '정감의 습관'이 다름을 반영하고 있다.

동서양 설화의 공통점은 여주인공이 이루기 어려운 백일몽을 성취한 점이다. 그러나 '신데렐라'형 설화의 주인공 이름이 다르다. 서양 이야기의 여주인공은 매일 잿더미 속에서 일하므로 이름 속에 '재가 있는 부엌'이란 뜻이 들어가 있다. 중국의 설화에서 '섭한' 이야기 이외에 '달가(達稼)'는 고아라는 뜻이 들어가 있고, '싸라기아가씨와 겨아가씨(米碎姐和糠妹)'는 '쌀'과 '겨'로 이름을 지었다. 이들 이름은 여주인공의 비천한 신분과 지위를 충분히 나타내고 있다. 중국의 동북지방과 한국 설화 중의 '콩쥐'도 많은 지역에서 나는 '콩'과 조심하는 '쥐'를 결합한 이름이다. '콩쥐팥쥐'형 설화의 여주인공의 이름에 '콩지', '콩조지', '콩조시' 등이 있다. 농촌의 풍속 가운데 콩을 볶을 때 "쥐 주둥이를 볶아라"라고 주문을 외우면 풍년이 든다고 한다. 게다가 어려서 아명을 천박한 뜻으로 지으면 재난을 입지 않는다고 생각하였다. 이들 문화적 관행20)과 습속이 점점 고유명사로 만들어졌다. '신데렐라'형 설화는 비천한 신분에서 벗어나 부귀영화를 얻고자하는 민중의 의식을 반영하고 있다.

아시아 지역의 여러 가지 농경문화가 근대 사회에 진입하면서, 막스 웨버(Max Weber) 등 19세기 서양의 사회학자들은 동양의 국가를 해석할 때 한 나라의 통치자는 수리 관개 시설을 장악하는 권력이 가장 주요하다고 언급하였다. 이는 20세기 초 비트포겔(K.wittfogel)의『동양적 전제주의』(Oriental Despotism)에서도 논의하였다.21) 그러므로 여러 가지 설화에는 농경문화와

---

20) 이어령,『문화상징사전』(Ⅰ), 서울, 동아출판사, 1992, 539쪽.
21) 그들은 수리 관개 시설을 장악하면 왕의 지배권을 장악한다고 생각하였다. 생산 과정에서

관련 있는 대목이 들어가 있을 수 있다. 수리 관개에서 가장 주요한 역할을 하는 것은 소이다.

우리들은 표 2)에서 '신데렐라'형 설화의 자유 모티프의 기본 틀을 알 수 있다. 비록 서양의 '신데렐라'형 설화에서 '소' 모티프를 찾을 수는 없지만, 동북아시아의 '신데렐라'형 설화에서 마력을 지닌 소의 출현은 보편적이다. 농경문화의 생활에서 절대적인 생산력을 가진 소는 적극적인 의의가 있으며, '소'는 '신성한 동물'로 알려져 있다. 중국 동북의 조선족과 한국의 '신데렐라'형 설화에서 소는 엄마의 화신은 아니지만 조수의 역할을 한다. 그러나 중국의 청해-티베트 고원 부근의 이족(彝族)과 장족(壯族), 그리고 운남성 등지의 묘족(苗族)과 태족(傣族) 설화 속에서는 살해된 소는 엄마의 화신으로 나온다.

'소' 모티프 이외에 '신데렐라'형 설화에는 농경문화에 관련된 대목이 여럿 있다. 현대의 상품생산방식과 달리 농작은 생산 시간이 비교적 길며 생산과정도 세분되지 않았다. 농작은 농경방식에 비교적 적합하며, 남권 위주의 아시아 농경사회에서 여성 노동은 남성에 부속해있었다. 표) 2의 아시아 '신데렐라'형 설화에서 여주인공의 노동형태는 콩이나 녹두 또는 깨를 골라내거나, 헝클어진 실을 정리하거나, 물 긷기 등이다. 일상생활에서 반드시 해야 할 일부 일을 난제(難題)로 삼았다.[22] 남방권에 속하는 경족(京族)의 경우 '신데렐라'형 설화의 인물 역할의 명칭은 사실 농경문화를 체현한다. 이는 마치 '싸라기아가씨'와 '겨아가씨', 그리고 '콩쥐'와 '팥쥐'와 마찬가지로 여주인공에게 부여한 노동은 신발이나 옷 만들기 혹은 실 정리, 녹

사회조직의 서로 다른 형태, 혹은 농경문화 중의 문화적 조건과 민속에 대해서는 고려하지 않았다. 동양 사회의 편견에 대해서는 朴希의 논문을 참고할 수 있다.

22) 동북아시아에서 남성 위주의 '신데렐라'형 설화를 분석하면 여주인공의 성격이 설화의 주요 줄거리가 된다. 張中載는 「灰姑娘、拿女人的脚作文章」에서 신은 남성사회의 문화 관행을 대표한다고 보았으며, 「三寸金蓮、玻璃鞋、纏足」에서는 여성의 전족이 지닌 '양강음유(陽剛陰柔)' 의식과 신데렐라의 유리 구두가 지닌 의미의 차이에 대해 언급하였다.

두 고르기 등의 일이다.

중국과 한국의 여주인공이 어려운 과제 가운데 동아시아 농경문화 특징이 지역과 환경적 특징에 반영되었다. 예컨대, 남방 지역의 장족, 묘족, 이족에 전승되어온 '신데렐라'형 설화에서 마(麻)나 실(線) 등은 여인공의 난제가 무엇인지 확정한다. 게다가 한국과 중국 동북 지역의 이야기들에 나오는 호미나 솥 등은 여성의 노동과 상관이 있다. 생활 혹은 노동수단으로서의 도구로 이미 관례가 되었고, 생활에 없어서는 안 될 일부분들이다. 그러므로 솥과 호미는 농촌 여성 및 주인공 이름의 원형을 분할할 수 없는 일부분으로 작용한다.

솥은 부엌의 도구로 생활의 일부를 상징한다. 새로 집을 짓거나 이사할 때 먼저 솥을 거는데 이는 새로운 생활의 시작을 표시한다. 게다가 신부가 처음 시집의 문을 들어갈 때 가마를 방문턱에 가까이 붙인 다음 중간에 솥을 엎어두고 신부가 왼발로 밟고 지나가게 한다. 이는 신랑과의 첫 대면이라 할 수 있다. 동시에 '쇠처럼 강하고 진실하게 생활하라'는 의미일 것이다. 솥은 가사 일을 대표하며, 여성 전용의 노동형태를 상징한다. 서양에는 호미에 해당하는 농경 도구가 없다. 그러나 한국과 조선족이 사용하는 쟁기는 농경, 부유, 근로 등을 상징한다. 괭이와 칼날은 등가(等價)로 농경에 대한 사람들의 의무와 권리를 상징한다. 게다가 호미는 주로 여성이 사용하는 도구로 남성이 사용하는 쟁기나 괭이와 큰 차이가 있다.

농경문화의 민속적 문화 요소가 비록 '신데렐라'형 설화의 서사 구조를 결정할 순 없지만, 서사 전개 과정에 모티프의 내용을 규정하는데 큰 작용을 한다. 하나의 설화가 형성되는 데는 지역 문화와 생태학적 요소가 결정지으며, 이는 곧 민속의 결과이다. 이는 이미 하나의 '정감의 습관'으로 변한다.

2. '신데렐라'형 설화의 유형

지역과 환경의 차이가 만드는 전통과 문화적 관행이 설화에 반영되고, 이는 곧 지역적 차이를 만들어낸다. 게다가 '침묵의 언어'로 전환된 것은 '정감의 습관'이라는 문화전통 속에 고정되어, 생활의 구조를 만드는 세계관을 형성한다. 광범위하게 수집한 자료를 보면, 중국의 '신데렐라'형 설화는 초자연적 조수의 등장, 초자연적 조수의 지원, 구두 확인 등 3가지 모티프로 이루어져 있음을 나타낸다.

본인이 파악한 자료에 따라 아래와 같이 '콩쥐팥쥐'형 설화 유형의 특징을 분석하였다.

중국 '신데렐라'형 설화 중의 '섭한 설화'에서는 귀주성, 호남성, 광서성 등지의 동족(侗族)에 전해오는 동절(侗節)이 나온다. 이곳은 다른 지역과 달리 물고기가 초자연적 조수로 등장한다. 운남성 남부의 다이족(傣族)의 단향수(檀香樹) 설화에서도 물고기가 조수로 나온다. '섭한 설화'와 단향수 설화에서 엄마는 모두 살해되지만 이들이 엄마의 화신이 되진 않는다. 다이족의 경우와 달리 동족의 경우는 물고기가 초자연적 조수이므로, '섭한 설화'는 북방의 초자연적 세계관의 영향을 받았다고 할 수 있다.

남방문화권과 북방문화권에서 '신데렐라'형 설화의 모티프는 큰 차이를 보인다. 남방문화권의 경우 엄마의 화신은 '새'일 수 있다. 소로 환생한다는 기본 모티프를 보면 남방 지역의 '신데렐라'형 설화는 인도의 윤회설의 영향을 받았다.[23] 북방문화권에서 초자연적 세계에 대한 관념은 있었겠지만 엄마의 화신에 대한 묘사는 거의 없다. 동북 지역 혹은 한국의 '콩쥐팥쥐'에서도 소 모티프는 있지만 화신이라고 직접적으로 말하는 경우는 없다. 더구나 여기에 물고기 혹은 새우 할머니 등 물과 관련된 조수는 출현하기 어려울 것이다. 남방문화권과 다른 이들 존재는 출현할 가능성이 거의 없다.

---

23) 두 형태를 결합한 예로 운남성 묘족(苗族)의 <喜朗和羅禮> 설화에서는 엄마의 화신으로 소 혹은 새가 나온다.

물고기를 뜻하는 '어(魚)'의 음과 잉여의 '여(餘)'의 음이 같고 중국에서 물고
기는 부유와 영화를 상징한다고 해도 말이다. 다산력도 재생을 상징한다.
물고기와 새는 난생(卵生) 동물로, 중국인들은 물고기와 새는 본성이 같을
것이라 생각하였다. 남방 지역의 설화에서 물고기가 자주 등장하는데 반해
북방문화권에서 나오지 않는 사실은 양자 사이에 근본적으로 다른 문화형
태학의 차이가 있음을 말해준다.

문화 교류와 수용에 따라 설화의 구조도 다를 수 있다. 북방의 경우와
동부 혹은 서북부의 경우는 전혀 다를 수 있다. 중앙아시아와 가까운 서북
지역의 경우 타타얼족(塔塔爾族)의 〈엄마 잃은 여자아이〉와 위구르족(維吾
爾族)의 〈아조(阿祖)〉는 여주인공이 주술(呪術)을 아는 할머니를 도와준다.
나중에는 할머니의 도움을 받아 뱀과 결합한다. 이 지역의 설화에는 주술
의 성질이 있다. 433D형과 흡사하며, AT510형과 일정한 차이가 있다. 더구
나 회족(回族)의 〈흰 토끼〉 혹은 감숙성 동향족(東鄉族)의 〈백학의 날개옷〉
은 남자와의 불행한 결합을 피하기 위해 100살 된 토끼와 백학의 도움을
얻는다. 기본적인 주술 내용은 북방의 특징을 가지고 있지만, 서사 구조는
동북아시아 '신데렐라'형 설화와 다르다. 회족의 경우 〈천초화(川草花)와
마련화(馬蓮花)〉는 중국의 '신데렐라'형 설화와 구조상 유사하여, 소뼈의 도
움 혹은 죽은 엄마의 화신이 비둘기, 참새, 벌 등의 동물로 변한다는 점에
서 비현실적인 주술의 서술 구조를 갖는 경향이 있다.

중국 동북 삼성(東北三省)에 사는 조선족과 한국의 '콩쥐팥쥐'형 설화는
유사한 점이 많지만, 서북부와 중국의 여타 지역 사이에는 큰 차이가 있다.
먼저 조선족의 '콩쥐팥쥐'에서 엄마가 죽은 후 소가 주인공을 도와줄 수는
있지만, 소는 엄마의 화신은 아니다. 소 이외에 두꺼비가 있다. 〈콩쥐팥쥐〉
와 유사한 조선족의 또 다른 이야기 〈금분 옥분〉에서 두꺼비와 참새가 등
장하는데, 북부의 수렵문화의 흔적을 가지고 있다. 한국의 〈콩쥐팥쥐〉는
조선의 설화와 마찬가지로 소, 사슴, 두꺼비, 참새 등의 동물이 등장하기도

한다. 귀주성, 운남성, 광서성 등 남방의 일부 지역에서는 까마귀가 등장하여, 남방 농경문화의 영향을 발견할 수 있다. 그러나 한국에서는 이들 요소의 결합된 현상이 나타난다. 먼저 중국의 여타 지역에서는 소가 등장할 수 있지만, 엄마의 화신이 아니며 소뼈의 환생도 아니다. 평소에 자주 보는 황소도 아니며 대신 검은 소이다. 남방에서 까마귀를 대신 등장하는 두꺼비는 여성과 관련이 있다. 북방의 설화는 한국의 '신데렐라'형 설화와 중국 여타 지방의 차이를 나타내고 있다.

Ⅲ.

본고는 본인의 학위 논문 「'콩쥐팥쥐'형 설화의 서사구조 및 민족적 특색 비교 연구('孔姬葩姬'型故事的叙事結構及民族特色比較研究)」의 모티프 분석과 긴밀히 연관되어 있다. 모티프 분석을 통하여 한국과 중국의 각기 다른 민속적 특징을 분석하였다. 본고는 학위 논문과 다른 각도에서 작성하였는데, '신데렐라'형 설화를 중심으로 '정감의 습관'이 다른 점에 착안하여 그 서사 구조도 다르다는 점에서 분석하였다. 또 한·중 '신데렐라'형 설화의 유형과 의의를 분석하였다.

먼저 동서양 '신데렐라'형 설화의 모티프를 분석하여 차이점을 찾아내었다. 게다가 한 걸음 더 나아가 문화적 생태학적 요소를 분석하였다. 본인은 유효춘(劉曉春)의 연구가 '정감의 습관'이 지닌 세계관과 가치체계를 구현하지 못했다고 보았다. 북방의 수렵문화 전통이 동아시아에 영향을 주었고, 동시에 중국과 한국의 설화 문화지형도를 결정하였다.

본고는 비록 부족한 점이 있지만, '신데렐라'형 설화 자료의 수집, 설화 유형의 색인과 분류를 시도하였고, 문화형태 요소를 분석한 점에서 의의가 있다고 본다. 본고는 비록 하나의 관점에 불과하지만, 또한 새로운 시작일수 있다고 본다.

부록 1) 모티프 기능론을 기초로 한 '신데렐라'형 설화의 서사 구조

번호	모티프 기능	기능 개요	기호
1	가족의 성원 가운데 한 사람이 부재중이다.	부재	β
2	금지의 말이 부과된다.	금지	γ
3	금지는 위반된다.	위반	δ
4	악한은 정찰을 시도한다.	정찰	ε
5	악한이 그의 희생자에 대한 정보를 입수한다.	정보 전달	ζ
6	악한은 희생자나 그의 재산을 점유하기 위하여 그를 속이려 든다.	책략	η
7	희생자는 속임수를 당하여 무심결에 그의 적을 돕게 된다.	연루	θ
8	악한이 가족 중의 한 사람에게 해를 끼치거나 상처를 입힌다.	가해	A
	가족 중의 한 사람이 어떤 것을 갖기를 원한다.	결여	a
9	불운이나 결여가 알려지게 된다. 주인공에게 요청이나 명령이 주어지게 된다.	중재 사건	B
10	탐색자는 대항 행동에 동의하거나 그것을 결정한다.	대항 행동개시	C
11	주인공이 집을 떠난다.	출발	↑
12	주인공은 시험되고 심문받고, 공격받는데, 그로해서 주인공에게 작용물이나 조수를 얻는 방법을 준비시킨다.	증여자의 첫 기능	D
13	주인공이 미래의 증여자의 행동에 반응한다.	주인공의 반응	E
14	주인공이 주술적 작용물을 사용할 수 있게 된다.	주술적작용물의 준비나 수령	F
15	주인공은 탐색의 대상이 있는 곳으로 옮겨지거나 인도된다.	두 왕국사이로의 공간이동	G
16	주인공과 악한이 직접 싸운다.	투쟁	H
17	주인공이 표식을 받는다.	표식	J
18	악한이 퇴치된다.	승리	I
19	최초의 불행이나 결여가 해소된다.	해소	K
20	주인공이 귀환한다.	귀환	↓
21	주인공이 추격당한다.	추적	Pr
22	주인공이 추적으로부터 구출된다.	구조	Rs
23	주인공이 아무도 모르게 집이나 다른 나라에 도착한다.	몰래 도착	O
24	가짜 주인공이 근거없는 요구를 한다.	근거 없는 요구	L
25	주인공에게 어려운 과제가 제안된다.	어려운 과제	M
26	과제가 해결된다.	해결	N
27	주인공이 인지된다.	인지	Q
28	가짜 주인공 혹은 악한의 정체가 폭로된다.	폭로	Ex

번호	모티프 기능	기능 개요	기호
29	주인공에게 새로운 모습이 주어진다.	변신	T
30	악한이 처벌된다.	처벌	U
31	주인공은 결혼하고 왕좌에 오른다.	결혼	W

부록 2) 한국의 '신데렐라'형 설화 모티프 분석표

기호	1	2	3	4	5	6	7
名字	콩조지 팥조지	콩조시 팥조시	콩쥐 팥쥐	콩쥐 팥쥐	콩쥐 팥쥐	콩쥐 팥쥐	콩쥐 팥쥐
β_2	엄마부재		多妻	엄마부재	엄마부재		
M_1	쇠호미 나무호미		쇠호미 나무호미	쇠호미 나무호미	쇠호미 나무호미	쇠호미 나무호미	
N_1	해결		해결	해결	해결	해결	
F_3 (1)	소		소 송아지	노인 사슴	꺼먹소	검은황소	
I			패배				
B	굿	공진이굿	외갓집 잔치	나라 잔치	잔치집	외갓집 잔치	
M_2	삼삶기 밑 없는 항아리 밑 없는 솥 나락	삼삶기 밑 없는 가마 솥 서숙	삼베짜기 쌀겨 겨말리기	강피 밑 빠진 가마	밑 빠진 두멍 베 서말 짜기 밑 빠진 절구	조 석섬 베 석섬 밑 빠진 독 밑 빠진 솥	밑 빠진 솥
N_2	해결	해결	해결	해결	해결	해결	해결
F_3 (2)	소 두꺼비1 두꺼비2 새떼	검은소 소	선녀 새	새 두꺼비	두꺼비 새들 할머니	까치 새 구렁이 두꺼비	두꺼비
T	옷 신발 조랑말		옷 신발 이불	옷 꽃신	꽃신 옷	신발 가마 하인	
F_3 (3)	할머니		선녀	암소	할머니	검은황소	
S	총각	황제	수령	왕자		선비	
Q	총각 신발주기	신발	신발	가죽신		신발	
W*	결혼	결혼	결혼	결혼		결혼	

기호	8	10	11	12	13	14
名字	콩남 팥남	콩각시 퐅각시	콩쥐 퐅쥐	콩쥐 팥쥐	콩데기 퐅데기	콩쥐 팥쥐
β_2		엄마부재	엄마부재	엄마부재	多妻	엄마부재
M_1	삼 삶기	상추뜯기	쇠호미 나무호미	쇠호맹이 나무호맹이		쇠호무 나무호미
N_1	해결	해결	해결	해결		해결
F_3 (1)	검은소 암소	노승 (老僧)	검은소	암소		소
I	패배			패배		패배
B			잔치	잔치	큰 굿	잔치
M_2			베짜기 겉피찌기밑 깨진 항아리	삼 모시 밑없는독 나락	삼 나락 밑 없 는 항 아리 밑 없 는 가 마솥	베 겉피
N_2			해결	해결	해결	해결
F_3 (2)			선녀 새 뚜껍이	새 뚜꺼비	소 뛰꺼비	선녀 새
T			비단옷 비단신	옷 짚신	옷	옷 신발
F_3 (3)			선녀	암소	송아지	선녀
S		수재 (秀才)	원님	평양감사		사또
Q			비단신	짚신		신발
W*		결혼	결혼	결혼		결혼

부록 3) 중국의 '신데렐라'형 설화 모티프 분석표

기호	1	2	3	4, 5	6	7
이름	葉限	達稼 達侖	達稼 達侖	米碎姐 糠妹	歐樂 召納	喜朗 羅礼
β_2	엄마 부재	계모가 엄마를 소 만듦	엄마 부재	엄마 부재	엄마 부재	엄마는 소가 됨
M_1		마 (麻)		녹두 신 옷		쌓인 마(麻)
N_1		해결		해결		해결
F_3 (1)	물고기	소(엄마의 화신)		새(엄마의 화신)		소(엄마의 화신)
I		패배				패배
A_{ii}	가해	가해				가해
F_3 (2)	물고기뼈	소뼈				
B	侗族	연회 演劇 노래	결혼 술	唱哈	跳花場	跳花場
M_2		3포대 깨와 녹두 고르기 물항아리3개	5포대깨와 6포대 콩	헝클어진 선 정리		콩(흙과섞임)
N_2		해결	해결	해결		해결
F_3 (3)		까마귀	까마귀	새		새 (엄마의 화신)
T	옷 신발	옷 두건 장식품 금신	옷 금신 귀걸이 팔찌	비단옷꽃신	옷 장식품	치마 장식품
F_3 (4)	물고기뼈	까마귀	까마귀	새	할머니	새 (엄마의 화신)
S	타한왕	侗主 아들	족장 아들	천자	召納 (芦笙手)	멋진 남자
ɤ						
Q	깃털보다가벼움	금신	금신	꽃신		
W*	결혼	결혼	결혼	결혼	결혼	결혼

기호	8	9	10	11	12	13	14
이름	帕咸 帕山	吉命 魯命	阿茨	跑齒 跑撒	朵莎 朵坡	腊妹 月香	衣 月
β_2	계모가 (엄마) 죽임	물소로 변함	엄마가 소를 남김	엄마 부재	엄마는 소가 됨	엄마는 소가 됨	엄마 부재
M_1		마	마- 선(線)		선 정리	300개 마	시합 콩과쌀고르기
N_1		해결	해결		해결	해결	이김
F_3 (1)	물고기	물소 (엄마의 화신)	소		소	소 (엄마의 화신)	할머니
I			패배		패배	패배	
Aii	가해	가해	가해		가해	가해	가해
F_3 (2)	뼈 묻은 곳에서 檀香樹 자람		소뼈		소머리 소뼈 소꼬리	소뼈	소뼈
B	왕자가 나무 심으려 함		비단 만들기	신부 고르기	煙花	白龍 王會	
M_2			유채 따기 물긷기	물긷기		물긷기 흰콩 검은콩고르기	
N_2			해결	해결		해결	
F_3 (3)			까치	까마귀		참새	
T			준마 옷			옷 꽃신	옷 꽃신
F_3 (4)			까치			참새	할머니
S	召喊		吉木 阿基	족장 아들	부자 아들	사냥꾼	達稼農
γ			닭 울기 전				
Q			은팔찌	신발		꽃신	꽃신
$W*$	결혼		결혼	결혼	결혼	결혼	결혼

기호	15	16, 17	18	19, 20	21, 22	23	24
이름	川草花 馬蓮花	콩쥐 팥쥐	콩니 팥니	玉粉 金粉	白花 紅花	僕女	美女
β_2	엄마 부재	엄마 부재	엄마 부재			僕人	엄마 부재
M_1	川草華에게 상한 음식줌	나무 호미, 철호미	마삶기	물항아리, 벼, 밭경작	시합 실짜기 고사리		
N_1	해결	해결	해결	해결	해결		
F_3 (1)	암소	소	소	두꺼비 참새 호랑이	엄마		
I	패배		패배	패배			
Aii	가해		가해				
F_3 (2)	소심장						
B	朗會		演劇		단오	단오	단오
M_2	쌀고르기 (흙과 섞임) 꿀물로 변함	물긷기 마삶기 쌀겨	벼 물항아리 외양간		물항아리 좁쌀 300근	3포대 차조 외양간 물항아리	고사리 따기
N_2	해결	해결	해결		해결	해결	해결
F_3 (3)	엄마(비둘기참새,벌)	두꺼비암소 참새	참새 개구리 젊은이		개구리 靑鳥	봉황 두청년의 결투	암사승 수사슴
T		옷 신발	옷 신발		옷 신발	옷 꽃신	
F_3 (4)		선녀	할머니		선녀	여섯 선녀	
S		국왕	국왕		청년	황제	수령
γ							
Q		신발	신발		흰신		
W*		결혼	결혼		결혼	결혼	

부록 4) 한국과 중국의 '신데렐라'형 설화 자료 출처

1. 한국 '신데렐라'형 설화 분석 대상 자료

1) <콩조지 팥조지>, 『한국구비문학대계』(5-2), 한국정신문화연구원, 1981年. 538~
   543
2) <콩쥐팥쥐>, 『한국구비문학대계』(5-1), 한국정신문화연구원, 1980年. 268~273
3) <콩쥐팥쥐>, 『한국구비문학대계』(8-8), 한국정신문화연구원, 1983年. 102~111
4) <콩쥐팥쥐>, 『한국구비문학대계』(1-4), 한국정신문화연구원, 1981年. 785~789
5) <콩쥐팥쥐>, 『한국구비문학대계』(1-9), 한국정신문화연구원, 1984年. 246~252
6) <콩쥐팥쥐>, 『한국구비문학대계』(1-9), 한국정신문화연구원, 1984年. 460~466
7) <콩쥐팥쥐>, 『한국구비문학대계』(5-1), 한국정신문화연구원, 1980年. 361~363
8) <콩남이와 팥남이>, 『한국구비문학대계』(7-16), 한국정신문화연구원, 1981年.
9) <콩대기와 팥대기>(1),(2), 『한국구비문학대계』(6-10), 한국정신문화연구원, 1981年.
10) <콩쥐팥쥐>, 『임석재전집』(慶尙南道篇 I), 1993年. 298~300
11) <콩쥐팥쥐>, 『임석재전집』(慶尙南道篇 I), 1993年. 301~304
12) <콩쥐팥쥐>, 『임석재전집』(全羅北道篇 I), 1993年. 263~269
13) <콩쥐팥쥐>, 『임석재전집』(慶尙南道篇 II), 1993年. 57~60
14) <콩쥐팥쥐>, 『임석재전집』(全羅南道篇), 1994年. 71~72

2. 중국 '신데렐라'형 설화 분석 대상 자료

1) <葉限故事>, 段成式, 『酉陽雜俎』, 浙江古籍出版社, 1999年. 79~84
2) <達架的故事>(壯族), 『中華民族故事大系』第三卷, 上海文藝出版社, 1995年. 473
   ~486
3) <達稼和達侖>(壯族), 『中國民間故事集成·廣西卷』, 中國ISBN中心, 2001年. 591
   ~595
4) <米碎姐和糠妹>(京族), 『毛南族京族民間故事選』, 上海文藝出版社, 1987年. 41
   8~423
5) <米碎姐和糠妹>(京族), 『中國民間故事集成·廣西卷』, 中國ISBN中心, 2001年.
   601~603

6) <歐樂與召納>(苗族), 『苗族民間故事選』, 上海文藝出版社, 1981年. 174~186

7) <喜朗和羅禮>(苗族), 『苗族民間故事』, 四川民族出版社, 1987年. 149~157

8) <檀香樹>(傣族), 『傣族民間故事選』, 上海文藝出版社, 1985年. 87~95

9) <寶妹>(納西族), 『納西族民間故事選』, 上海文藝出版社, 1981年. 246~250

10) <阿茨姑娘>(彝族), 『中華民族故事大系』第三卷, 上海文藝出版社, 1995年. 167~186

11) <跑齒和跑撒>(彝族), 『中國民間故事集成·四川卷』, 中國ISBN中心, 1998年. 856~858

12) <朵莎和朵坡>(彝族), 『中國民間故事集成·廣西卷』, 中國ISBN中心, 2001年. 596~601

13) <金剪子姑娘>(白族), 『中華民族故事大系』第五卷, 上海文藝出版社, 1995年. 422~428

14) <兩姐妹>(佤族), 『中華民族故事大系』第七卷, 上海文藝出版社, 1995年. 767~779

15) <川草花和馬蓮花>(回族), 『回族民間故事選』, 上海文藝出版社, 1985年. 191~195

16) <孔姬和葩姬>(朝鮮族), 『金德順故事集』, 上海文藝出版社, 1983年. 121~125

17) <孔姬和葩姬>(朝鮮族), 『中國民間故事集成·遼寧卷』, 中國ISBN中心, 1994年. 485~488

18) <孔妮和潘妮>(朝鮮族), 『中國民間故事集成·吉林卷』, 中國文聯出版公司, 1992年. 542~545

19) 異文一(篇) (朝鮮族), 『中國民間故事集成·吉林卷』, 中國文聯出版公司, 1992年. 545~546

20) <金粉和玉粉>(朝鮮族), 『朝鮮族故事集』, 遼寧省寬甸縣民族事務委員會, 1987年. 215~217

21) <白花姑娘>(朝鮮族), 『朝鮮族故事集』, 遼寧省寬甸縣民族事務委員會, 1987年. 15~19

22) <穿白衣服的原因>, 『高山將軍』, 延邊人民出版社, 1989年. 67~73

23) <僕女>(朝鮮族), 『三泰星』, 延邊人民出版社, 1983年. 1~8

24) <白鹿>(朝鮮族), 『高山將軍』, 延邊人民出版社, 1989年. 20~38

한·중 민간설화 중의 금기(禁忌) 모티프에 대한 문화적 해석

만건중(萬建中, Wan Jianzhong)*

본문의 논제는 중국 민간문학 분야를 창시한 종경문(鍾敬文) 선생이 1930년대에 이미 관심을 가졌던 주제이다. 선생은 "미개화된 사람의 금기 (Taboo)와 점복(Divination) 등 종교적 행위는 지방의 설화 속에 자주 나타 난다."고 하였다.[1] 그는 또 "원시 사회에서 금지된 풍습은 매우 큰 세력을 가지고 있었으며, 그렇기 때문에 신화 및 설화 속에 그 흔적이 깊이 반영되 어 있다. …… 예컨대 중국 민간설화 중 〈서남으로 곧장 가다(直往西南)〉의 남주인공은 부인의 경고를 무시하고 도중에 우산을 폈고, 이로 인해 그의 부인이 위험에 직면하게 되었다. (원문의 주석은 곡만천(谷萬川)군 편저의 〈검은 이리 이야기〉를 인용.) 이것 또한 일종의 금기이다."라고 하였다.[2]

중국과 한국의 민간에 전해 내려오는 이야기는 서로 밀접한 관련성이 있으며, 같은 유형의 민간설화가 매우 많다. 필자는 한국의 민간설화집을 읽어 보면서 한국 설화에도 마찬가지로 금기에 대한 많은 내용들이 존재함 을 알았다. 예컨대 양국의 '날개옷(羽衣)'형 민간설화, '밀실(密室)'형 민간설 화, '훔쳐보기(偸窺)'형 민간설화 등이 그러하며, 모두 동일한 성질의 금기

---

* 中國 北京師範大學 中文系 敎授
1) 「中國的地方傳說」, 『鍾敬文民間文學論集』(下), 上海文藝出版社, 1985년 6월, 97쪽.
2) 鍾敬文, 「中國的天鵝處女型故事獻給西村眞次和顧頡剛兩先生」, 『鍾敬文學術論著·自 選集』, 首都師範大學出版社, 1994년 9월, 354~355쪽.

내용을 뚜렷이 가지고 있다. 본문은 한·중 민간설화 중에 나타난 금기를 구체적인 작품을 통해 제시하며, 모티프로써 검토하고자 한다. 유형 분석을 통하여 금기 모티프의 내부로 깊이 들어가고자 하며, 각 유형의 금기 모티프 저변에 깔려있는 문화적 의의를 탐구하고자 한다.

Ⅰ. '날개옷'형 : 인간과 금수(禽獸)의 모순과 대립

'날개옷'형은 곧 '백조 처녀'형(Swan-maiden type) 설화로 전 세계에 매우 광범위하게 퍼져있으며, 역대로 민속학자들이 중시하였다. 영국의 번(Burne Charlortte Sophia) 여사의 『민속학 수첩』(The Handbook of Folklore)의 부록에는 조셉 야콥스(Joseph Jacabs)가 수정한 브링 골드(S. Bring Gould)의 『인도 민간설화 형식표』3)가 있는데, 세 번째 형식이 곧 날개옷 설화(모티프 D361.1)이다. 미국의 정내통(丁乃通) 교수의 『중국 민간설화 유형 색인』에서 313A형의 "영웅과 선녀"만을 놓고 보더라도 날개옷 모티프가 있다고 제시한 이문(異文, 변이형)이 40여 편에 이른다. 한국의 동일 유형의 설화는 '선녀 승천'형으로, 한국의 배원룡(裵元龍)의 『나무꾼과 선녀 이야기 연구』에 22편이 제시되어 있다.4)

한국에서 광범위하게 전해지는 것은 〈선녀와 나무꾼(仙女物語)〉 설화5)로 전반부는 다음과 같다.

아주 오랜 옛날, 어느 마을에 한 청년이 늙은 모친과 함께 살고 있었다. 집이 매우 가난하였고 또한 산 속에 살고 있었기 때문에 아직까지 아내를 얻지 못하

---

3) 영문은 Some types of Indo-European Folktales. 이 글은 楊成志와 鍾敬文이 공역하였으며, 中山大學語言歷史研究所에서 1928년 단행본으로 출판하였다.

4) 배원룡, 『나무꾼과 선녀 이야기 연구』, 집문당, 1993년, 125쪽. 중국에는 이런 유형의 설화에 대한 세계 최초의 문헌기록이 있다.

5) 苑利, 『韓民族文化源流』, 學苑出版社, 2000년 3월, 236쪽.

였다. 어느 날 청년이 산에서 나무를 하고 있을 때, 한 사냥꾼이 마침 노루 한 마리를 쫓고 있었다. 청년은 노루를 숨겨주었고, 목숨을 건진 노루는 청년에게 말하였다. "저의 생명을 구해주셔서 정말 고맙습니다. 며칠이 지난 후 산속으로 들어가 바로 금강산 아래의 호숫가로 가십시오. 그 날은 천상의 선녀들이 호수로 내려와 목욕을 하는 날입니다. 당신이 가장 마음에 드는 선녀의 옷을 숨겨 두십시오. 옷이 없으면 선녀는 다시는 하늘로 올라갈 수 없고, 당신은 그 선녀를 아내로 맞을 수 있을 겁니다. 그러나 절대로 선녀에게 날개옷을 보여줘서는 안 됩니다."

청년은 노루의 말에 따라 호숫가로 갔고, 얼마 지나지 않아 호수 가운데에 무지개가 생기더니, 그 무지개는 하늘까지 닿았다. 그리고는 아리따운 천상의 선녀들이 무지개를 타고 내려와서는 옷을 벗고 목욕을 하였다. 청년은 가장 아름다운 선녀의 옷을 몰래 숨겨두었고, 목욕을 다 마친 선녀들은 옷을 입고 천상으로 돌아갈 준비를 하였다. 그때 가장 아름다운 선녀가 갑자기 자신의 옷이 없어진 것을 발견하자, 다른 선녀들도 모두 그 선녀의 옷을 찾아보았으나 찾을 수가 없었다. 그러자 무지개가 곧 없어지기 시작하였다. 무지개다리가 없어지면 누구도 하늘로 돌아갈 수 없기에 다른 선녀들은 어쩔 수 없이 그 선녀만을 남겨두고 하늘로 올라갔다.

홀로 남겨진 선녀가 울고 있자, 청년은 선녀를 집으로 데리고 와서 같이 살게 되었다. 얼마 되지 않아 선녀는 두 아이를 낳았고, 그들은 행복하게 살았다. 그러던 어느 날 선녀는 청년에게 자신의 옷을 어디에 숨겼는지 보고자 하였다. 청년은 비록 노루가 했던 충고를 기억하고 있었지만, 이미 두 아이를 낳았으니 별 일 없을 것이라 생각하였다. 청년은 곡식 창고에서 날개옷을 찾아내어 선녀에게 보여주었다. 단지 날개옷을 보기만 하였을 때엔 아무 일이 없었으나, 선녀가 옷을 입자마자 두 팔로 두 아이를 안고 연기처럼 하늘로 올라갔다. 청년은 또다시 혼자가 되었다.

이러한 유형의 설화를 세계에서 가장 먼저 기록한 문헌이 중국에 있다. 『수신기(搜神記)』에 있는 〈모의녀(毛衣女)〉 설화이다.

예장(豫章) 신유현(新喩縣)의 한 남자는 여섯 일곱 명의 여인들을 보았는데,

모두 날개옷을 입고 있건만 그녀들이 새인지 몰랐다. 남자는 기어가서 한 여인이 벗어둔 날개옷을 가져와 감추었다. 새들이 모두 날아갔는데 한 마리만이 홀로 날아갈 수 없었다. 남자는 데려와 아내로 삼았다. 세 딸을 낳았는데, 여인이 나중에 딸을 시켜 남편에게 물어보았더니 날개옷은 노적가리 아래 숨겨놓았다고 했다. 여인이 옷을 얻자 날아 가버렸다. 나중에 여인이 다시 와서는 세 딸을 데리고 함께 날아 가버렸다.6)

종경문(鍾敬文) 선생의 관점에 따르면 〈모의녀(毛衣女)〉는 "문헌이 이루어진 시대가 지극히 오래되었을 뿐만 아니라, 설화의 줄거리도 '가장 원형에 가까'우며, 적어도 '원형에 근접한다'고 할 수 있다."7)『고려사(高麗史)』의 기록에 따르면『수신기(搜神記)』는 고려 선통(宣統) 8년(1091년)에 이미 한반도에 전해졌다. "중국의 〈모의녀〉가 한반도에 전해지기 전에 한반도에는 '백조 처녀' 설화가 없었으며, 〈모의녀〉 설화가 한반도에 전해진 이후 ······'노루 보은'형의 설화와 접목되면서 새롭게 한국식의 '백조 처녀'형의 설화가 만들어졌다."8) 〈선녀와 나무꾼(仙女物語)〉은 〈모의녀〉의 번안(翻案)으로, 두 작품은 구조, 줄거리, 구체적인 모티프에 있어서 모두 지극히 유사하다.

이러한 유형의 설화는 인간과 동물이 혼인하는 '인수혼(人獸婚)'형이지만, 다만 '동물'은 그 본래 모습을 일부 바꾸어 인성(人性)적인 측면을 상당히 융합하고 있다. 이 설화는 원시(原始)의 '인수혼(人獸婚)'형 설화의 변형이라 할 수 있을 것이다. 일찍이 1929년 세계서국(世界書局)에서 출간된 『동화학ABC』에서 중국 학자 조경심(趙景深) 선생은 영국 학자 하트랜드(E. S. Hartland)의 연구 성과에 의거하여 "백조 처녀의 동화는 금기(禁忌)를 표

---

6) 干寶,『搜神記』, 권14.

7) 鍾敬文,「中國的天鵝處女故事」,『鍾敬文民間文學論集』(下), 上海文藝出版社, 1985년 6월, 36쪽.

8) 金東勛,『朝漢民間故事比較研究』, 遼寧民族出版社, 2001년 7월, 283쪽.

현하였다."고 명확하게 지적하였다. 중국 현대 민간문학 연구가 역시 금기 모티프의 시각에서 이러한 유형의 설화를 깊이 살펴보았다. 왕분령(汪玢玲)선생이 다음과 같이 말하였다. "이야기에서 학(鶴) 여인이 자신의 깃털을 뽑아 비단을 짤 때 그 모습을 다른 사람이 보지 못하게 했는데, 이것이 바로 금기(禁忌)이다. 만약 누군가가 이러한 금기를 어긴다면 여인은 다시는 사람의 모습으로 인간 세계에 남을 수 없게 된다. 기러기 여인도 남편이 금기를 여겼기 때문에 다시 기러기의 모습으로 변하게 되었고, 그렇게 자식을 그리워함에도 불구하고 돌아갈 수 없게 되었다. 여인은 자식이 보고 싶은 걸 참지 못하고 결국 자신의 생명을 대가로 찾아갔으며, 결국 땅에 떨어져 죽고 말았다."9) 중국과 한국에서 수집된 이러한 유형의 모든 설화들을 면밀히 분석해 보면, 두 가지 금기 모티프를 가지고 있음을 발견할 수 있다.

금기 모티프 가운데 하나는 선녀가 입고 있는 옷은 인간이 만져서는 안 된다는 것이다. 선녀가 옷을 벗고 목욕을 하는 것은 건강과 위생적인 필요 뿐만 아니라, 후대의 종교적 씻김의 의의와도 상통한다고 할 수 있다.

종경문(鍾敬文) 선생은 일찍이 1932년 선녀 탈의(脫衣)의 근원에 대하여 자세하게 분석하였다. "본인이 생각하기에 새나 짐승이 깃털 혹은 외피를 벗고 인간이 된다는 원시 사상은 어쩌면 곤충이 허물을 벗는 사실로부터 연역하여 얻은 관념인 듯하다. 우리 고향에서는 '인간은 왜 죽는가'에 대한 해석적인 신화가 있다. 그 대략의 내용은 인류는 본래 '죽음'이 없었고 노년에 이르러 벌레처럼 허물을 벗기만 하면 다시 소년으로 되돌아갈 수 있었다. 후에 어떤 이가 마침 외피를 벗을 때에 며느리가 이것을 훔쳐보게 되었다(금기의 위반). 이로부터 사람에게는 영원이 '죽음'이 존재하게 되었다. 이것은 분명 곤충류가 허물을 벗는 현상을 인간에게 응용한 관념이다."10)

---

9) 汪玢玲, 「"天鵝處女型故事"研究槪況」, 『民間文學論壇』, 1983년 1기, 40쪽.
10) 鍾敬文, 「中國的天鵝處女故事」, 『鍾敬文民間文學論集』(下), 上海文藝出版社, 1985년 6

탈의(脫衣)는 곤충의 탈피(脫皮)와 유사한 것으로 신체의 변형이 '현재 진행 중'임을 의미한다. 날개옷을 벗는다는 것은 곤충류의 탈피를 초월하는 새로운 차원의 '진화'이며, 이는 하나의 생명의 형식에서 다른 생명의 형식으로의 전환이다. 이러한 행위는 모두 자유롭게 이루어지는 것이며, 또한 엄격한 금기 네트워크의 엄호를 받는다. 어떠한 소란이라 하더라도 '신성한 새(仙鳥)'의 새로운 생명 형식의 출현에는 방해가 될 수 있다. 그러므로 남성의 모든 행위는 '몰래' 하게 된다. 만약 남성이 자신의 눈앞에 전개되는 아름답고 환상적인 장면을 보고 그 원인을 잊게 된다면, 이야기에 있어 언어의 흐름이 정체되고 한순간 멈춰 버린다.

그렇다면 왜 날개옷은 인간이 접촉하면(혹은 가지고 가면), 선녀는 다시 하늘로 돌아 갈 수 없는 것일까? 선녀의 옷은 하늘로 가는 '날개'로 이것을 잃게 되면 하늘로 날아갈 수 없다. ─이것은 이야기의 표층 의미이자 일반적인 논리이다. "여기에서의 옷은 분명 마력(魔力)이 붙어 변형된 일종의 상징이다."11) "남 슬라브인 중에서 아이를 갖지 못하는 부인이 아이를 갖고 싶어 한다면, 세인트 조지스(St. Georges)일 전날 밤, 새 속옷을 열매가 가득 달린 나무위에 놓아둔다. 이튿날 아침 해가 뜨기 전에 다시 이 속옷을 보고 만약 어떠한 생물체가 그 위에 기어간 흔적이 있으면(생물의 번식력이 속옷에 흡수) 아이를 가지고자 하는 소원은 1년 내에 이루어 질 가능성이 있다. 즉 그 속옷을 입으면 그 여인은 과일나무처럼 자손을 많이 낳을 수 있다고 믿는 것이다."12) 선녀의 옷은 그들의 몸을 가리는 것이자, 하늘로 올라 갈 수 있게 하는 매개체이며, 동시에 애정의 싹(萌芽)을 억누르는 긴 고주(緊箍呪, 손오공의 머리에 씌운 금테를 조일 때 사용하는 주문─역자주)이다. 영국의 문화인류학자 프레이저(Sir James George Frazer)의 접촉 무술(巫

월, 36쪽. 중국에서 가장 일찍 이 유형의 설화에 대해 체계적으로 연구한 문장이다.

11) 王霄兵·張銘遠, 「脫衣主題與成年儀式」, 『民間文學論壇』, 1989년 3기.

12) [영] Frazer, 『金枝』(上冊), 中國民間文藝出版社, 1987년, 181쪽.

術)의 원리에 따르면, 속세의 남성이 선녀의 속옷에 접촉하면 선녀에게 마법이 베풀어져 남성의 강렬한 성애의 욕망이 순결한 선녀에게 전해지게 되며, 선녀는 견우와 마찬가지로 열렬한 애정 속으로 빠져들게 된다. 이성과의 사랑을 겪어보지 않은 선녀(왜냐하면 설화의 제목이 백조 선녀가 아니라 백조 처녀이므로)는 한순간 남녀 사이의 애정을 깨닫게 된다. 이는 곧 에덴동산에서 아담과 이브가 뱀의 유혹을 받고서 금단의 사과를 먹은 것과 일맥상통한다.

중국의 이러한 유형의 설화 중에서 남자가 선녀에게 "옷은 노적가리 아래 있다"고 말하여 선녀가 날아가는 금기 대목은 후대의 백조 처녀 설화에서 더욱 뚜렷이 강조된다. "어떤 여인이 어떻게 변한다는 사실을 누구에게도 말해서는 안 되며, 보아서도 안 되며, 어떠한 사물을 만져서도 안 된다. 말했거나 보았거나 만진 사람은 반드시 재난을 당할 것이다."13)라는 구조로 발전하게 된다. 스티스 톰슨 역시 다음과 같이 말했다. "설화 가운데 남성이 선녀를 아내로 맞이하는 내용이 많다. 어떤 경우 남성이 선녀의 세계에 들어가 그녀와 함께 생활하거나, 또는 남성이 선녀를 자신의 집으로 데리고 와 사는 경우도 있다. 후자의 경우에 남성들은 매번 엄격히 금기시되는 상황(모티프 C31)에 처해있다. 예를 들면 그녀의 이름을 부르면 안 된다거나, 특수한 시간대에는 그녀를 보아서는 안 된다든지, 혹은 어떤 사사로운 일에 있어서 그녀에게 잘못을 해서는 안 된다."14) 미국의 당대의 저명한 민속학자인 제임슨(R. D. Jameson)은 이러한 금기가 진행되는 과정이 이 유형의 설화가 전개되는 주요 단락이 된다고 하였다. 이러한 유형의 설화는 "한 선녀가 속세의 사람을 사랑하게 되고, 선녀가 요구한 금기를 지키

---

13) 張福三·付光宇, 『原始人心目中的世界—西南少數民族古代文學探索』, 제18장, 雲南民族出版社, 1986년 6월.

14) [미] Thompson, 『世界民間故事分類學』, 鄭凡 校譯, 上海文藝出版社, 1991년 2월, 269~297쪽.

겠다는 조건 하에 함께 생활하게 된다. 그렇지만 남자는 이러한 금기를 위반하게 되고, 선녀는 곧 그를 떠나게 된다. 남자는 매우 오랫동안 찾아다닌 끝에 선녀를 다시 만나게 된다."[15]

한·중 양국의 이러한 유형의 설화는 세 가지 고정불변한 모티프를 포함하고 있는데 곧, 금기의 설정, 금기의 위반, 징벌 등이다. 인간 세상의 남자들은 이류(異類)가 정해놓은 금기를 범하는 것을 통해서, 즉 그들의 '외의(外衣)'를 감추어 상대가 다시 '본체(本體)'로 회복하는 길을 막음으로써 결합을 한다. 이와 동시에 또 다른 방면으로 더욱 엄격한 금기를 설정하는데 '외의(外衣)'는 절대로 이류(異類)가 얻을 수 없도록 한다는 점이다. '외의(外衣)'는 금수(禽獸)를 인간으로 변화하거나, 인간을 금수로 바꾸게 하는 유일한 매개체이다. '외의'를 벗게 되면, 이류(異類)는 인성(人性)으로 충만하게 되지만, 일단 다시 '외의(外衣)'를 둘러쓰게 되면, 신선의 기질을 가진 금수(禽獸)로 변하게 된다. 다시 이러한 유형의 설화를 살펴보도록 하자.

> 한 사냥꾼이 아름다운 새를 쫓아 연못가에 갔을 때, 천상의 여인이 목욕을 하는 것을 보게 되었다. 그리하여 그는 선녀의 옷을 숨겼고, 그 둘은 부부가 되었다. 몇 년이 흘러, 어느 날 천상의 여인이 빨래하러 가면서 문을 나설 때, 남편에게 절대로 솥을 열지 말라고 말했다. 그것은 매우 신기한 솥으로 뚜껑을 열어보자 안에는 쌀이 들어 있었다. 여인은 천상의 힘으로 이 솥에 매일같이 밥을 지어내고 있었다. 그러나 남편이 몰래 훔쳐보았기에 그 후에는 쌀이 늘지 않고 계속해서 줄어만 갔다. 쌀이 계속 줄어들어 솥이 비게 되자 그 속에 감추어 두었던 날개옷이 나타나게 되었고, 천상의 여인은 날개옷을 입고 하늘로 날아가 버렸다.[16]

중국과 한국의 설화에서 금기의 설정, 금기의 위반, 징벌 이 세 단계는

---

15) [美] R.D. Jameson, 『一個外國人眼中的中國民俗』, 田小杭·閻苹 譯, 上海文藝出版社, 1996년 11월, 72쪽.

16) [日] 君島久子, 「羽衣故事的背景」, 『民間文藝集刊』, 제8집, 上海文藝出版社, 1986년, 561쪽.

매우 분명하다. "솥을 열어 보지 말라"는 금기는 선녀에게서 나왔지만, 한 국의 〈선녀와 나무꾼(仙女物語)〉 설화에서 금기는 노루로부터 나온다. 러 시아의 민속학자 블라디미르 프로프(Vladimir Jakovlevic Propp)는 금기의 설정과 위반은 상호 연관된 한 쌍의 기능이라고 하였다. 전자가 없으면 후 자도 절대로 나타날 수 없다.

미국의 민속학자 알란 던디스(Alan Dundes)는 "신화는 대립(對立)을 조 성하는 것과 대립(對立)을 소멸하는 양자로 구성되었을 뿐 아니라, 모든 민 간설화 또한 이렇게 구성되어있다."고 하였다.17) 금기의 설정, 금기의 위 반, 징벌 이 세 가지 단락은 대립에서부터 대립의 완화까지의 과정을 분명 하게 보여주고 있다. 금기의 설정은 대립의 시작이고, 금기의 위반은 대립 의 연속이며, 징벌은 금기의 위반이 가져오는 필연적인 결과이다. ―오직 선녀가 인간 세상을 떠나야 대립은 비로소 없어진다.

이러한 모티프의 형성은 이러한 유형의 설화 속에 원래 내재한 '이원 대 립'(binary oppositions) 구조 패턴의 기초 위에 건립되었다. 우선 설화 속의 두 인물은 서로 다른 세계로부터 왔다. 하나는 인류(人類)이고 다른 하나는 이류(異類)이다. 둘째로 그들의 성별이 다르다. 셋째로 그들은 결국 서로 다른 생존 공간에서 살게 된다. 이 세 가지의 대립적 요소들은 인류 발전 사상 가장 기본적이며 결코 회피할 수 없는 2가지 모순, 즉 인간과 자연, 남성과 여성을 포함하고 있다. 현실 세계의 이 두 가지 모순은 (당연히 또 다른 모순들이 있지만) 인류의 사유인 '이원 대립' 구조의 형성을 자극하였 다. 이러한 형식은 분명 인류의 집단적 사유와 지혜의 결정체인 민간 구술 문학 중에 깊은 흔적을 남겼을 것이다. 이러한 점들은 신화 속에서 이미 증명되었다. '날개옷'형의 설화는 신화 이후에 나오는 텍스트로 나타났으므 로 더욱더 '이원 대립'을 설화의 기본 구조로 채용하고 있다.

---

17) [美] Alan Dundes, 「結構主義與民俗學」, 『民俗學講演集』, 書目文獻出版社, 1986년, 296쪽.

이러한 설화 유형 중의 금기는 예외 없이 모두 이류(異類)에서 시작되었다. 금기의 대상은 이류의 본성을 드러내도록 되어 있다. 이류인 새 혹은 짐승의 신분은 폭로해선 안 되며, 그들에게 '외의'(外衣, 가죽이나 껍질 혹은 깃털 등)가 어디에 있는지 알게 해서도 안 된다. 신분과 '외의'(外衣, 사실 이류의 표징이다)야말로 그들 혹은 초자연력 혹은 천계(天界)의 상징적 의미임은 쉽게 알 수 있다. 사람의 모습으로 변한 이류는 바로 호칭과 외모로서 자신과 인간을 구별한다. 표면적으로는 금기의 설정으로 이류는 자신의 약점을 감추지만, 동시에 그들의 '신'성(神性)을 유지하면서 인간 세상에 오래 머물면서도 세속의 '속'성(俗性)에 감염되지 않게 한다. 더 깊은 차원에서 금기의 설정을 생각해 보면, 이류(異類)는 초자연의 힘을 빌어 인류를 통제하려는 의도를 가지고 있으며, 또 그들은 인류와 이류 사이의 조화할 수 없는 모순을 분명히 인식하고 있다. (실제로는 인류 자신의 인식수준을 반영한다) 여기서 금기의 설정은 사실 초자연적인 힘으로 인류의 언행을 통제한다는 은유이고, 금기 대상은 쌍방이 모두 이해하고 있는 상징적 부호이다.

Ⅱ. '밀실'형: 신성한 공간의 구축과 관통

'밀실'형(forbidden chamber type) 설화는 세계적으로 유포된 이야기이다 (313B).[18] 영국 학자 하트랜드(E.S Hartland)는 『동화학』(The Science of Fair Tale, London, 1891)에서 금기의 주제가 동화 속에 대량으로 존재해 있으며, 금기의 주제를 가지고 있는 동화는 두 분류로 나눌 수 있는데 하나는 큐피트와 푸쉬케형, 다른 하나는 밀실형임을 밝혔다. 조경심(趙景深) 선생은 1929년 출판한 『동화학ABC』에서 'Hartland가 논한 밀실'이라는 한 장(章)을

---

18) [美] Thompson, 『世界民間故事分類學』, 鄭凡 譯校, 上海文藝出版社, 1991년 2월, 111쪽.

두어 설명하였다.[19] 그는 하트랜드가 이러한 유형의 동화를 지극히 세밀하게 분석하여 일곱 개의 형태로 분류하였다고 하였다. 앞의 네 개는 여성이 호기심을 일으키고, 뒤의 세 개는 남성이 호기심을 일으키는 형태이다. 그 중 첫 번째의 형식은 '푸른 수염'형인데, 대략적인 내용은 다음과 같다. 여성이 요괴에게 시집을 갔는데, 요괴 남편이 여행을 떠나면서 한 당부를 듣지 않고 금지된 방을 열자, 이전에 남편에게 해를 당한 여성들의 시체가 방안 가득 있는 것을 발견한다. 그녀의 남편이 이를 알고 그녀를 죽이려할 때 그녀의 형제와 친구들이 와서 구해준다. 세 번째 형식은 '마리아의 아이' 형이다. 한 나무꾼이 성모(聖母)를 본 후 자신의 외동딸을 그녀에게 주고 싶다고 하자 성모가 이를 허락하였다. 외동딸은 성모가 열어서는 안 된다고 한 방문을 열었다. 그녀는 부인하였고, 성모에 의해 인간세계로 다시 쫓겨 오게 된다. 일곱 번째 형식은 '움직이는 그림'형이다. 이러한 형식은 인도의 설화가 대표적이라 할 수 있다. 한 소년이 바다 속의 여인을 사랑하게 되어 바다 속에 뛰어들었다. 그녀가 사는 궁전에 간 소년은 그녀와 결혼하였다. 그녀는 그에게 그림을 보지 못하게 하였으나, 그는 그림을 보겠다고 고집을 부렸고, 그림을 보자 그림 속의 사람이 그를 발로 차서 육지로 되돌려 보내지고 말았다. 한국 학자 최인학(崔仁鶴)선생의 소개에 의하면 톰슨(Thompson)은 이러한 유형의 설화를 "뛰어난 독수리가 절대로 열어서는 안 되는 상자를 건넴"이라는 제목으로 달았으며, "민간설화 유형 색인 537호"에 귀속시켰다고 한다.

〈열어서는 안 되는 상자〉 설화의 줄거리는 다음과 같다.

　　한 남자가 독수리를 쏘려고 하자 독수리가 말을 하며 그에게 살려달라고 간청하였다. 그리하여 그는 독수리를 구해 주었으나 독수리는 날개에 이미 큰 상처

---

19) 영문은 Some types of Indo—European Folktales. 이 문장은 楊成志와 鍾敬文이 공역하였으며, 中山大學語言歷史硏究所에서 1928년 단행본으로 출간하였다.

를 입고 있었다. 그 남자가 독수리를 치료하는데 삼 년이나 걸렸으며, 이를 위해 그는 가산을 모두 탕진하고 말았다. 독수리는 자신의 날개가 완전히 치유되자 그에게 은혜를 갚기로 결심하였다.

독수리는 그를 태우고 독수리 왕국으로 날아갔다. 이전에 그는 세 번이나 독수리를 쏘아 죽이려 하였다. 그 때문에 독수리는 그를 일부러 바다에 떨어뜨리는 척 하며 그를 놀라게 하였다.

어미독수리는 그가 자식을 구해준 것을 알고 그에게 상자를 선물로 주었다. 상자를 건네면서 어미 독수리는 집에 도착하기 전에 절대로 상자를 열어서는 안 된다고 말하였다.

집으로 돌아가는 도중 그는 호기심을 억누르지 못하고 마침내 상자를 열고 말았다. 그의 눈앞에 갑자기 커다란 성(城)이 나타났으며, 그는 이 성채를 다시 상자에 담기 위해 어쩔 수 없이 아들을 악마에게 주기로 하였다.[20]

이 설화에서 남자가 금기를 위반하고 상자를 열어 얻은 징벌은 단지 성채의 소실에 불과할 수 있다. 그러나 다른 동류(同類)의 금기 모티프에서는 오히려 더욱 풍부한 문화적 의미를 담고 있다.

한국의 손진태(孫晉泰) 선생은 저서『한국 민족설화의 연구』에서 아래와 같이 기술하고 있다.

漁夫 或은 行人이 異常한 잉어를 海中에 放還하였다가 龍王에게 "子息 或은 女息을 救한 恩人"이라 하여 많은 款待를 받다가 畢竟 집안 생각이 나서 돌아올 때에 龍子 或 龍女의 計巧로 龍宮의 寶物(寶珠 寶硯滴 寶函 三色瓶藥 等)을 얻어 가지고 와서 或은 잘 먹고 잘 살았다 하며 或은 "열어 보면 다시 龍宮에 올 수 없다"고 信信 付託하던 것을 열어 보았으므로 煙氣만 풀쑥 나고 다시 龍女에게 갈 수 없게 되었다고 하는 "龍宮說話" 型式은 許多하게 說話 中에 混入되어 있으며 그것만이 獨立하여 있는 說話도 적지 않게 있다.[21]

---

20) 高麗大學校民族文化硏究所 編纂,『韓國民族大觀』, (6)『口碑傳承·其他』, 218쪽.
21) 손진태,『朝鮮 民族說話의 硏究』, 乙酉文化社, 1957년 4월, 225쪽.

　시간이 현실의 모든 것을 변화시킨다는 사실에서, 사람들은 시간을 정복하거나 시간의 통제에서 벗어나고자 갈망하기 시작하였을 것이다. 사람들은 시간이 없거나 시간이 극도로 느린 자유세계를 상상하고 갈망하였는데, 이렇게 하여 천상과 인간세계의 '시간차(時間差)'가 나타나게 되었다. 중국 고대문헌에 기록되어 있는 이러한 유형의 설화 중에서 가장 잘 알려진 것은 진(晉)나라 때 왕질(王質)의 이야기이다. 왕질이 어느 날 땔나무를 구하러 산에 들어갔을 때 두 동자가 바둑을 두고 있는 것을 보았다. 바둑이 다 끝날 때 그의 도끼자루는 이미 썩어 있었다. 그가 집에 돌아왔을 때는 이미 조대가 바꾸어져 있었다.[22] "이것은 '설화학(說話學)'에서 소위 '신선세계의 초자연적인 시간의 경과'라고 일컬어지는 전설로, 중국에 여러 가지 대동소이한 형식이 존재할 뿐 아니라, 전세계에 널리 분포되어 있는 민간전승 설화 중의 하나이다."[23]

　시간은 곧 생명이며, 생명은 곧 시간으로, 서로 다른 시간의 세계는 실질적으로 서로 다른 생명의 체험을 낳게 한다. 또한 이 두 세계는 서로 단절되어 있으며 일단 양자의 경계가 관통되면 '시간차(時間差)'는 즉시 소멸한다. 『수신후기(搜神後記)』에 기록된 원상(袁相)과 근석(根碩)에 대한 이야기를 살펴보자.

　　회계(會稽) 섬현(剡縣)의 원상(袁相)과 근석(根碩) 두 사람은 사냥을 하러 갔다. 깊은 산과 여러 험준한 봉우리를 지나던 중 여섯 일곱 마리의 산양무리를 보고 곧 뒤를 쫓아갔다. 돌다리를 지나가니 길이 대단히 비좁고 가팔랐다. 달아나는 양들은 두 사람은 따라갔다.……문과 같이 생긴 동굴이 나타나고, 계속 가니 평탄한 곳이 나왔으며, 그곳은 초목이 마치 봄날처럼 푸른데 작은 집 한 채가 있었다. 그곳에는 두 여인이 살고 있었고, 두 여인 모두 열다섯 여섯 살 정도로 매

---

22) [梁]任昉, 『述異記』 등의 책.
23) 鍾敬文, 「古傳雜鈔之一(八則)」, 『鍾敬文民間文學論集』(下), 上海文藝出版社, 1986년 6월, 508쪽.

우 아름다웠다. 두 사람이 이르자 기뻐하며 말하였다. "오랫동안 당신들이 오기를 기다렸습니다." 그리하여 두 사람은 가정을 이루었다.…… 두 사람은 집이 그리워 몰래 떠났다. 두 여인은 이 사실을 알고 뒤쫓아 와서 말하였다. "가셔도 괜찮아요." 이어서 팔목에 차는 주머니를 그들에게 주며 "절대로 이 주머니를 열어 보아서는 안 됩니다."라고 말하였다. 그리하여 집으로 돌아왔다. 후에 그가 밖으로 나간 사이에 가족들이 주머니를 열어 보았다. 그 주머니는 연꽃처럼 겹겹이 쌓여 있어서 한층한층 다섯 번을 벗겨내자 그 속에 있던 푸른 새가 날아가 버렸다. ……근석이 밭에서 일하고 있을 때, 가족들은 평소와 다름없이 밥을 가져갔는데 그가 밭에서 움직이지 않았다. 가까이 가서 살펴보니 단지 매미의 허물과 같은 껍질만이 있을 뿐이었다.

설화에서 금기의 대상인 '방(室)'은 층층으로 쌓여 마치 연꽃 모양의 팔목 주머니와 같다. 그 안과 바깥에는 '시간차'가 존재한다. 원상과 근석의 영혼은 푸른 새가 되어 주머니 속에서 신선 세계의 영원한 생명을 누리고 있었으나, 그의 가족들이 알지 못하여 선녀가 당부한 '절대로 열어서는 안 된다'는 금기를 어기고 주머니 속을 보게 되었기에 마치 암실 속의 필름이 빛에 노출되게 되면서 멈춰져 있던 시간의 흐름이 갑자기 움직이게 된 것과 같다. 불사의 영혼인 푸른 새는 날아가 버리고 남은 것은 육신의 껍질 뿐이었다.

중국의 이악남(李岳南) 선생은 1957년 호남성 동정호(洞庭湖) 일대에서 〈어부와 선어(仙魚) 이야기〉[24]를 수집하였다. 이야기의 내용은 원상과 근석의 설화와 비슷한데 줄거리는 다음과 같다.

한 어부가 풍랑이 크게 이는 동정호에서 물에 빠진 한 소녀를 구했다. 그녀는 원래 용녀가 변한 것으로 어부는 용궁에 가서 그녀와 결혼을 하였다. 얼마동안 용궁에 산 어부는 고향에 계신 어머니가 그리워 용궁을 떠나기로 결심하였다.

---

24) 李岳南,「關于魚龍王與龍女故事的分析」,『神話故事、歌謠、戲曲散論』, 新文藝出版社, 1967년, 27~28쪽.

용궁을 떠날 때 여인은 그에게 보물 상자를 주며 말하였다. "이 상자를 잘 보관하시고, 제가 그립거나 나타나길 바라실 때는 이 상자에 물을 끼얹고 저의 이름을 부르면 소원이 이루어질 겁니다. 그러나 절대로 상자를 열어서는 안 됩니다." 호숫가에 도착한 어부는 용궁에서의 하루가 인간세계의 10년과도 같다는 것을 알게 되었다. 그의 고향마을은 너무나도 변해 있었고, 마을사람들 역시 모르는 사람들뿐이었다. 이때 그는 여인을 불러 어떻게 된 일인지 묻고 싶었는데, 자신도 모르게 그만 보물 상자를 열고 말았다. 그가 상자를 열자마자 짙은 연기가 치솟았으며 어부는 그 즉시 젊은 날의 모습은 온데간데없이 사라지고 80세의 노인이 되었다. 그는 호숫가에서 늙어 죽었다.

한국에서 전해 내려오는 〈잉어를 놓아주고 용녀를 얻다〉는 이야기[25]의 대략적인 줄거리는 한 청년이 잉어를 놓아주었는데, 이 잉어는 원래 용녀(龍女)였다. 여인은 청년을 데리고 용궁으로 가서 결혼을 하였다. 후에 청년은 집이 그리워서 용궁을 떠나고자 하였고, 그녀도 그를 만류할 수 없었다. 청년이 떠나기 전에 여인은 그에게 옥으로 된 상자를 하나 주었고, 절대로 열지 말라고 신신당부하였다. 청년이 강 언덕에 도착한 후 옥 상자를 열자 그는 다시는 용궁으로 돌아갈 수 없었다. 모든 것이 이야기가 처음 시작했을 때와 똑같아져 버렸다.

이러한 설화는 일본에도 전해 내려온다. 『만엽집(萬葉集)』 권9의 「영영강포도자(詠永江蒲島子)」에는 다음과 같은 이야기가 있다.

묵길(墨吉)이라고 불리는 젊은 어부가 바다에서 낚시를 한지 칠일이 지나도 집에 돌아가지 않았는데 사실 그는 바다에서 나와서 용궁(海宮)에 간 것이었다. 용궁에서 그는 선녀와 결혼하였고 선녀는 그에게 용궁에서 인간은 영원히 늙지도 죽지도 않는다고 하였다. 그렇기 때문에 그녀는 그가 영원히 용궁에서 살기를 바랐지만 그는 집으로 돌아가서 부모님에게 고한 뒤, 이튿날 바로 용궁으로 돌아오겠다고 약속하였다. 그가 떠날 때 선녀는 그에게 작은 상자를 건네주면서 인간

---

25) 『孫晉泰先生全集』, 제3권 『朝鮮民譚集』, 太學社, 1981년 10월, 251쪽.

세계로 돌아간 후에는 절대로 그 상자를 열어보지 말 것을 신신당부하였다. 묵길이 집에 돌아와 보니 그의 집은 이미 다 쓰러졌고, 논밭 역시 황폐해졌으며, 모든 것이 예전과 같지 않음을 발견하였다. 그는 단지 용궁에서 3년을 살았을 뿐인데 어찌하여 모든 것이 이렇게 빨리 바꾸어졌는가? 곰곰이 생각해 보았지만 생각하면 할수록 기이하여, 궁금함을 참지 못하고 선녀가 준 상자를 열었다. 상자를 열자마자 흰 연기가 솟아오르고 묵길은 금세 백발의 노인으로 변해버렸다.26)

흰 구름, 짙은 연기, 푸른 새는 주인공의 영혼(생명)이며, 선인(仙人)이 밀봉하여 주었던 상자, 보석함, 옥 상자와 팔목주머니는 천상세계의 시간이 인간세계로 연장됨을 말한다. 지상세계로 돌아온 후의 생명은 사실 천상세계 시간의 자연적 연속에 속해 있다. 이들 신성한 용기(容器) 안에서 평범한 인간의 생명은 절대적 자유의 시간 속으로 승화된다. 금기(禁忌)는 세계를 '격식화(格式化)'하는 가장 원시적이며, 가장 기본적인 형식이다. 무릇 신성과 세속의 경계가 나타나는 곳에서는 언제나 금기가 생겨나게 되며, 이는 공간영역에서도 예외가 아니다. 금기가 깨어진 후 청춘(시간과 생명)을 상징하는 흰 구름, 짙은 연기, 푸른 새는 날아가 버리고 상자의 신비로운 힘 역시 사라져 버려 시간이 지날수록 낡아가는 보통 물건이 되어버린다. 그리하여 묵길, 어부, 젊은 청년, 원상과 근석 또한 보통 사람의 시간 속으로 돌아와 모든 인간과 똑같이 시간의 통제를 받게 되며, 새것과 헌것이 교체되는 자연법칙의 지배하에 놓이게 되는 것이다. 금기의 대상이 되는 신비로운 상자는 그리스 신화의 판도라(Pandora)의 상자와도 같아서 만약 이 상자를 열지 않는다면 세상은 매우 평화스럽지만, 금기를 깨뜨렸기에 상자 속에서 여러 가지 질병, 재난, 불행, 고통이 나오게 된다. 판도라의 상자를 열자 활기가 넘치던 세상은 일시에 변해버린다. 같은 이치로 인류 생명의 유한함으로 시간과 생명을 상징하는 신성한 상자를 영원히 봉쇄할

---

26) [臺湾]王孝廉,『中國的神話世界』, 作家出版社, 1991년 3월, 88쪽에서 재인용.

수 없다. 이는 영원히 늙지도 죽지도 않는다는 환상은 인간세계에서 실현될 수 없기 때문이다. 마찬가지로 항아(嫦娥)27)는 불로장생의 약을 복용하였지만 인간세계에서는 자신의 영생을 실현할 수 없었으므로(이는 인간의 능력을 벗어나므로) 오직 다른 별세계로 찾아가 그곳에서 새로운 생명체(두꺼비)로 변하여 자신의 영원한 생명을 증명하였다.

금기의 위반을 통해서 이러한 설화는 인류의 불로장생의 꿈을 철저하게 부수어 버린다. 금기 모티프는 도가(道家)적 의미가 농후한 '신선세계(仙鄕)'를 소재로 하고 있으나, 도가에서 강력히 부르짖고 있는 불로장생의 관념을 철저히 부정하고 있다. 여기에서 죽음에 대한 높은 이성을 지닌 민중과 신선술을 신봉하고 몽상하는 사람 사이에 강한 대조도 볼 수 있다.

Ⅲ. '훔쳐보기'형: 신선 및 속세의 융합과 분리

한국의 『고려사(高麗史)』 중의 「고려세계(高麗世系)」에는 아래와 같은 이야기가 기록되어 있다.

작제건(作帝建)은 고려의 건국 후 국조(國祖) 원덕대왕(元德大王)의 외손으로 추앙 받았으며, 또한 정화왕후(貞和王后)인 진의(辰義)의 아들로서 추존되었다. 그의 부친은 당나라의 천자로서 그는 어려서부터 문무를 겸비하였고 특히 활쏘기와 서예에 정통하였다.

작제건이 16살이 되던 해 부친을 찾아 서쪽으로 떠났다. 그가 탄 배는 바다 한가운데서 짙은 안개로 온통 어두워져 3일 동안 나아가질 못하였다. 뱃사람들은 점을 쳤고, 그 결과 함께 탄 고려인을 배에서 떠나보내야만 무사히 갈 수 있다고

---

27) 항아 : 중국 신화속의 인물이다. 그녀의 남편 예가 피할 수 없는 죽음이라는 인간의 한계를 극복하기 위해 서왕모에게서 불사약을 구해 왔다. 그러나 항아가 이 약을 남편 몰래 혼자 모두 먹고 신이 되어 하늘로 올라가다가, 이를 스스로 부끄럽게 여겨 달에 피해 있으려고 하였으나 달에 이르는 순간 두꺼비로 변하여 버렸다. (역자 주)

하였다. 작제건은 아무 말도 하지 않고 자신의 활과 화살을 가지고 바다 가운데 있는 바위 위에 내렸다.

그 순간 서해의 용왕이 작제건에게 와서 부탁하였다. "근래에 늙은 여우가 매일 밤 보살 형상을 하고서는 불경을 외는데 머리를 쥐어짜듯이 아프게 합니다. 듣자하니 당신의 활 솜씨가 대단하다고 하는데 나를 위해 그 늙은 여우를 없애 주길 바랍니다." 작제건은 뛰어난 활 솜씨로 한방에 늙은 여우를 쓰러뜨렸다. 용왕은 매우 기뻐하며 그를 용궁으로 데리고 가서 성대한 잔치를 베풀었다.

작제건은 자신이 동토(東土) 삼한(三韓)의 왕이 되고 싶다고 소원을 말하자, 용왕은 그 소원이 이루어지려면 3대를 거쳐야만 한다고 하며 그 외의 다른 소원은 모두 들어 준다고 하였다. 작제건이 마침 주저하고 있을 때 그 뒤에 서 있던 나이든 여인이 그에게 용왕의 큰 딸을 아내로 맞이하고 싶다 하라고 일러주었다. 작제건이 사위가 되기를 청하자 용왕은 매우 기뻐하며 허락하였다. 그리고 작제건은 아내의 뜻에 따라 장인이 준 돼지 한 마리와 함께 용궁을 떠나 창릉(昌陵) 굴 앞의 강가에 도착하였다.

작제건은 용녀, 돼지와 함께 개주(開州) 동북 산기슭에 터전을 잡고 1년을 살았다. 그 이후에 돼지를 따라 부친이 살았던 송악산 옛터로 옮겨 30년을 살았다. 송악산 기슭에 삶의 터전을 잡은 후 그의 아내는 침실 창문 바깥에 우물을 하나 팠다. 그 우물의 밑바닥은 서해 용궁으로 통하는 길이었다. 그녀는 작제건에게 자신이 용궁으로 돌아가는 모습을 보지 못하게 하며 말하였다. "만약 당신이 이 말을 어긴다면 나는 다시 돌아오지 않을 것예요." 어느 날 호기심이 발동한 작제건은 몰래 그녀와 딸아이가 황룡과 오색구름으로 변하여 우물 속으로 들어가는 것을 보았다.

용궁에서 돌아온 그녀는 매우 화를 내며 그의 불신을 탓하였고, 딸과 함께 용궁으로 돌아가 버렸다. 그리고는 다시는 그의 곁으로 돌아오지 않았다. 후에 작제건은 추리산(秋梨山) 장갑사(長岬寺)로 들어가 중이 되어 매일 불경을 외며 남을 여생을 보냈다.[28]

서양의 '훔쳐보기'형 설화 중에는 메루지나(Melusina) 설화(모티프 C31.1.2)

---

28) 金東勛, 『朝漢民間故事比較研究』, 遼寧民族出版社, 2001년 7월, 196~197쪽.

가 가장 잘 알려져 있다. 이 여인은 항상 선녀의 형상을 하는 것도 아니어서, 때로는 물의 정령 혹은 이것과 상관된 어떤 동물로 변한다. 그녀가 이렇게 변할 때 그녀는 남편이 보지 못하게 하였으나, 그녀의 비밀을 남편이 훔쳐본 후 그녀는 영원히 사라져버렸다.[29]

일본의 『고사기(古事記)』에서 화원리명(火遠理命)과 풍옥희(豊玉姫)의 이야기는 신의 결혼에 관한 가장 오래된 전설 중의 하나이다. 바다신의 딸인 풍옥희는 해산 전에 파도가 치는 해안가에서 가마우지의 털을 뽑아 깔개를 만들고 산실을 지었다. 거의 분만할 무렵 그의 남편에게 보지 말 것을 당부하였다. 그녀의 남편인 화원리명은 호기심이 발동하여 약속을 어기고 그녀를 훔쳐보다가 그녀가 거대한 악어로 변하는 것을 보고는 놀라 도망가 버렸고, 그의 아내는 수치심에 낳은 아이를 버려두고 바다로 돌아가 버렸다.

동서양에 전해 내려오는 사람과 짐승의 혼인을 내용으로 하는 인수혼(人獸婚) 설화는 대체로 유사하며, 크게 두 가지 유형을 이룬다. 하나는 위에 나온 두 전설과 같이 이류(異類)인 줄 모르고 결혼하였다가 진상을 안 후 결혼이 깨어지는 경우이다. 다른 하나는 처음부터 이류임을 알고 있었기에 여러 방법을 강구하여 결혼을 회피하려는 경우이다. 아내가 금수(禽獸)로 나오는 설화는 대부분이 전자에 속하고, 남편이 금수로 나오는 설화는 대부분 후자에 속한다. 설화 중의 인수혼(人獸婚)은 금기의 장애를 뛰어넘어 행복한 결말로 끝나는 경우가 결코 없다. 금기는 인간과 금수의 본질적 차이를 드러내는 표지이자 은유이다. 설화의 비극적인 결말은 인류가 자신과 자연의 관계에 대하여 분명하고 명확하게 인식하고 있음을 의미한다.

중국의 유명한 〈우렁이 각시(白水素女)〉 설화[30] 역시 인수혼(人獸婚) 설화이다. 대강의 줄거리는 다음과 같다. 사단(謝端)이 주운 우렁이는 그를

---

29) [美] Thopmson : 『世界民間故事分類學』, 鄭凡 譯校, 上海文藝出版社, 1991년 2월, 297쪽.
30) [晉]陶淵明, 『搜神後記』, 卷五; [梁]任昉, 『述異記』; [宋]洪邁, 『夷堅志』; [明]『錦繡萬花谷』 前集 卷五에서 인용한 「坡詩注」 등에 모두 기록되어 있다. 문장은 대략 비슷하다.

위해 매일 밥을 지어 주었다. 우렁이 각시가 아궁이에 불을 땔 때 사단은
금기를 어기고 그녀를 몰래 훔쳐보았다. 우렁이 각시는 본 모습을 드러내
며 다시는 머무를 수 없다 하였다. 그녀가 떠나면서 남긴 껍질에 미곡을
채우면 언제나 부족함이 없을 것이라 하였다. 우렁이 각시는 언제나 집에
있으면서 사단이 풍족한 생활을 하게 하였지만 결국에는 본 모습을 드러내
며 떠나지 않을 수 없었다. 이 설화는 인수혼(人獸婚) 중의 금기 모티프 3
단계를 완정하게 연출해 내었다. 금기 모티프는 "설화의 전환과 절정의 중
요 지점에 자리한다."31) 스티스 톰슨은 『민간문학 모티프 색인』에 C312.1.2
호로 분류하였다. 서양의 저명한 역사 이야기인 〈코딜바(Codilva) 부인과
훔쳐본 사람 톰〉은 앵글로 색슨 시대의 커번트리(Coventry)시에서 일어났
다. 도시 주민들의 무거운 세금 부담을 줄이기 위하여 코딜바 부인은 단지
그녀의 긴 머리를 옷 삼아 나체로 성안을 지나가는 것에 동의하였고(모티
프 F555.3.1), 모든 주민들은 금령을 받아 문을 굳게 닫고 집안에만 있었다.
사람들은 모두 명령에 따랐으나 오직 톰만이 이러한 금기를 어기고 몰래
훔쳐보았고, 이에 두 눈을 잃는 징벌을 받았다(모티프 C943).32)

아내가 금수(禽獸)로 나오는 설화에서 비극적 결말의 원인은 '천기(天機)'
의 누설에 있으며, 위반자는 속세의 남성이다. 소위 '천기'는 역시 금기라고
할 수 있으며 이것은 짙은 신비감을 나타낸다. 그러나 중요한 것은 역시
'천기'는 누설되어서는 안 된다는 신비감 그 자체에 있는 게 아니라 신비한
결말에 있다. 만약 어떤 사람의 의견과 같이, 인간과 금수의 사랑을 부잣
집 여인과 평범한 남자 사이의 사통(私通)으로 치부해버린다면,33) '천기'의
신비감은 지극히 쉽게 깨져버린다. 이렇게 되면 사람과 금수에 관한 아름
답고 감동적인 많은 민간설화는 통속적으로 변해버린다. 우리들은 여전히

---

31) 陳建憲, 「'白水素女'—性禁忌與偸窺心理」, 『民間文化』1999년 1기, 36쪽.
32) [美] Thompson, 『世界民間故事分類學』, 鄭凡 譯校, 上海文藝出版社, 1991년 2월, 318쪽.
33) 『太平廣記·序』, 齊魯書社.

금수 여인을 대자연의 모든 아름다운 사물의 상징으로 여긴다. 한편으로는, 세상 사람들은 이러한 금수에 대하여 그저 찾아내고 점유하려고만 할 뿐 보상하거나 보답하려 하지 않는다. 심지어는 대자연의 규율이 객관적으로 존재함을 무시한다. (금수 아내를 이류로 대하지 않음) 언젠가는 대자연의 자기 방어 체계인 '천기' 혹은 금기가 인간에 의해서 파괴되면, 금수인 아내는 자신의 아름다운 '외의'(外衣, 실제로 사람이 점유했던 대자연의 아름다운 사물의 상징)를 되찾고 다시 대자연으로 돌아갈 것이다. 다른 한편으로는, 금수 여인은 대자연의 일부분으로서 돌연히 인간세계에 내려왔으므로 그 자연속성이 완전히 사라지지는 않는다.(이것이 금기가 생겨나는 근원이다) 그와 동시에 인류는 당연히 아무런 의심 없이 이를 받아들이게 되며, 순전히 사회 성원의 일부로서 대우하게 된다.(이는 금기 위반이 나타나는 원인이다) 인간과 자연의 이러한 조화롭지 못한 관계는 슬프고 애절한 이야기로 우리에게 감동을 주는 인간과 금수 아내의 금기 모티프를 통해서 나타나게 되며, 우리는 그 속에서 민간설화의 독특하고 세심한 예술적 매력을 느낄 수 있다.

중국의 뱀 인간 이야기의 이문(異文, 변이형)은 매우 많다. 정내통(丁乃通) 선생이 편찬한『중국 민간설화 유형 색인』에는 "뱀 인간"을 433D 유형에 포함시키고 있는데, 거의 백여 편이 수록되었지만 모두 금기와는 별다른 관련이 없다. 고대 유럽의 유명한 뱀 인간 이야기인 〈큐피트와 푸쉬케〉에는 오히려 훔쳐보기 모티프가 남아있다. 종경문(鍾敬文) 선생은 일찍이 이 이야기에 대해 다음과 같이 기술하였다.[34]

그녀는 상복(喪服)을 입고 무서운 뱀에게 시집을 가게 되었다. 나중에 여주인공의 두 언니는 시집 간 집이 매우 부유하다는 사실을 알았고 그녀를 시기하여

---

34) 鍾敬文,「蛇郎故事試探」,『鍾敬文民間文學論集』, 下冊, 上海文藝出版社, 1986년 6월, 205쪽.

해하려고 그녀에게 남편의 얼굴을 몰래 훔쳐보도록 시켰다. 남편의 얼굴을 훔쳐
본다는 것은 남편이 당부한 금기였다. 그녀는 이러한 금기를 깨뜨렸고, 그녀의
남편은 곧 그녀를 떠나가 버렸다. 그 후 그녀는 많은 어려움을 겪고서야 그녀의
남편을 다시 찾게 되었다. 이 이야기에서 그녀는 비록 뱀에게 시집을 가게 되었
다고 하였지만, 실제로 그의 남편은 아름다운 사랑의 신인 큐피트였던 것이다.
이 이야기가 만들어졌을 초기에는 그 내용이 아마도 그녀의 남편이 정말로 아주
무서운 큰 뱀이었을지도 모를 일이다.

종경문 선생의 이러한 추론은 가히 정확한 견해라 할 수 있다. 설화에서
금기의 설정－금기의 위반－징벌이 여전히 핵심적인 기능을 하는 자리에
놓여 있다. 뱀 인간은 이미 허물을 벗고 아름다운 사랑의 신으로 변해 있
었음에도 불구하고, 오히려 아내가 그의 얼굴을 보지 못하게 하였다. 인류
(人類)와 이류(異類)의 간격은 뚜렷이 차이가 난다. 이는 분명히 보수적이
면서도 동시에 혁신적인, 과도기적 특징을 가지고 있다.

"한국의 뱀 인간에 대한 이야기는 비록 넓은 지역에 걸쳐 광범위하게 분
포하지만 임석재(任晳宰) 선생의『한국 구전 설화』(평민사, 1993)에서만 해
도 11편의 사선(蛇仙)에 관한 설화가 수록되어 있다. 그중 가장 대표적인
것이 사선(蛇仙)이다."[35] 이 유형의 설화의 세 번째 부분은 '남편 잃음' 대
목으로 훔쳐보기 금기 모티프가 작용하고 있지만, 위반자의 금기 위반 방
식은 〈큐피트와 푸쉬케〉 이야기와는 사뭇 다르다. "대개는 이무기가 자신
의 껍질을 조금이라도 상하지 않게 하기 위하여 (조금이라도 손상을 입으면
수족을 잃어 함께 생활할 수 없으므로) 다른 사람에게 절대로 보여주어서는
안 되며 잘 보관해야 한다고 신신당부한다. 그러나 언니와 장모가 이를 본
후 그 흉악한 생김새를 싫어하여 불구덩이에 던져버렸고, 뱀 인간은 그 냄
새를 맡고는 영원히 떠나 버린다."[36]

---

35) 金東勛,『朝漢民間故事比較研究』, 遼寧民族出版社, 2001년 7월, 58쪽.
36) 金東勛,『朝漢民間故事比較研究』, 遼寧民族出版社, 2001년 7월, 70쪽.

'훔쳐보기'형 설화에서 금기 모티프의 핵심적인 줄거리는 금수가 자신이 금수에서 변하는 것과 그 사실을 전심전력 숨기는데 있다. (이는 '날개옷'형의 설화와는 다른데, 이 경우 백조 처녀 역시 사람으로 변하였지만, 이러한 변화를 사람들이 아는 데 개의치 않으므로 금기가 되지 않는다.)

이야기 중의 금기 모티프의 주인공은 금수이며 그들은 금기를 설정한 당사자이기도 하지만 그 금기의 대상이기도 하다. 사람이면서 금수이기도 한 이 '예술적인 형상'은 사람으로 하여금 자연히 원시 종교 중의 반인반수(半人半獸) 신(神)을 연상하게 한다. 문화인류학의 연구결과에 따르면 반인반수(半人半獸) 신은 원시 인류의 동물숭배에서 사회 신(社會神) 숭배로 이행되는 과도기에 나타났다고 한다. 문물과 문헌의 기록에 따르면 반인반수 신은 세계각지에 존재한다. 고대 이집트에는 사자의 몸과 사람의 머리를 하고 있는 스핑크스, 말의 얼굴과 인간의 몸을 하고 있는 하마 여신, 독수리의 머리와 인간의 몸을 하고 있는 학문의 신 등이 있었다. 중국의 고적 『산해경(山海經)』 중 반인반수 신은 일일이 다 열거할 수 없을 정도로 많다. 복희(伏羲), 여와(女蛙), 공공(共工), 뇌택(雷澤) 등도 모두가 잘 알고 있는 반인반수의 신이다. 〈백사전(白蛇傳)〉의 뱀 역시 반인반수이다. 아직까지 자신을 동물의 세계로부터 떨어져 생각할 수 없었던 원시인의 마음속에는 인간과 금수의 결합은 결코 불가능한 것이 아니었다. 비록 세월이 흘러 시대가 변했다고 할지라도 금수는 반드시 인간의 형상으로 완전히 변모한 후에야 인간의 남성과 결합할 수 있으며, 특정한 조건 하에서는 다시 금수의 모습으로 되돌아간다. 이는 그녀가 그녀의 조상인 반인반수 신과 끊을 수 없는 혈연관계를 가지고 있음을 나타낸다. 바로 이러한 뿌리 깊은 관계가 설화 속의 금수에게 영원히 씻길 수 없는 치명적인 금기로 이어지게 된다. 프랑스의 뱀 여인은 토요일만 되면 인간의 머리와 뱀의 몸을 한 반인반수로 변한다. 중국의 백낭자(白娘子)와 소청(小靑)은 단오절을 견디기 어렵다.37) 인도의 뱀의 정령(蛇精)은 짠 음식을 먹을 수 없다. 그리스의 라미

아(Lamia)는 사람들이 자신의 이름을 부르는 것을 두려워한다. 이들 금수는 그들의 조상들이 가졌던 위엄과 영예보다 훨씬 낙후되었다. 그들은 등장하자마자 금기를 가지고 있어, 어떻게 해서든지 반드시 자신의 본래 신분을 감추려고 하며, 일단 그들의 원래 모습이 노출되면 언제나 그렇듯이 인간세계에서 떠나야만 하는 액운이 뒤따른다.

위에 서술한 세 가지 금기 모티프는 필자가 많은 연구와 수집 끝에 분류하고 정리한 것으로 비교적 대표적 의의를 가진다고 할 수 있다. 이 세 가지에 국한하여 서술한 것은 현재에 이르기까지 필자는 네 번째 종류의 양국이 공통으로 가지고 있으며 동시에 깊이 분석할 만한 가치 있는 금기 모티프를 찾지 못하였기 때문이다. 필자는 이 세 가지 금기 모티프의 경중을 따지지 않고 하나로 묶어서 상세히 분석하였다. 특정한 시각으로부터 한·중 양국 민간설화의 일치성, 유사성, 근원 관계를 알아보았으며, 개별 사례 분석을 통하여 이 세 가지 금기 모티프 구조와 그 속에 포함되어 있는 의의에 대하여 구체적으로 전개하였다.

---

37) 중국의 <백사전(白蛇傳)>은 단오절 백낭자는 웅황주(雄黃酒)를 마시고 원래의 뱀의 모습으로 돌아간 내용이 있다. 고래(古來)로부터 사람들은 황주가 뱀과 같은 요물을 물리쳐 준다 하여 단오절 날 황주를 마시는 풍속이 있으며, 현재까지 전해 내려오고 있다.(역자 주)

제3부

한·중 〈효자리(孝子里)〉와 〈의호정(義虎亭)〉 설화의 비교 연구

이신성*

I. 머리말

본고는 한국과 중국에 전하는 민간설화 중 감호설화(感虎說話)를 비교 연구하는 작업 중의 하나인데, 한·중 감호설화 중에서 지명유래(地名由來)와 관련한 설화를 각 한 편씩 뽑아 연구 대상으로 했다.1)

호랑이는 우리 민족설화의 선편을 잡은 〈단군신화〉를 비롯하여 전래설화에 유난히 많이 등장한다. 한국인이 가지는 호랑이의 이미지는 단순히 야수적인 짐승으로서의 호랑이라는 일반적 범주를 벗어나서 보다 특수화되고 성격화되며 전통적인 민족 감정과 관련되어 나타난다. 호랑이는 한국이라는 풍토 속에서 다양하고도 심오한 이미지를 형성해 왔다. 이를테면, 호랑이는 우리의 일상사 [友情, 報恩, 義理, 背恩, 慾心 등]와 밀접한 관련을 가지는 의인화의 주인공으로 등장할 때가 많다.2)

이와 같이 사람과 밀접한 관련을 가지는 설화 속의 호랑이는 비단 한국적인 현상만은 아니다.

---

* 부산교육대학교 교수

1) 본고는 「韓國孝子里和中國義虎記故事比較硏究」라는 제목으로 『民間文化論壇』(통권 145호, 2005년 제5호), 中國北京 學苑出版社(2005.10.20, 51~55쪽)에 실린 바 있다.

2) 이신성, 『우리 고전문학 교재의 이해』, 보고사, 1999, 65쪽.

세계 민간설화 중에서 사람과 동물 관련 설화가 대량으로 생산되었는데, 이런 설화는 동물과의 충돌관계를 나타내거나 사람과 동물의 和諧를 표현하는 동시에 일정한 文化心理와 審美的 理想的인 생활을 추구하는 것에 붙여지기도 한다. 중국 義虎型 虎說話 중 한 예로 土家族에 전승되어오는 '人虎緣'은 이런 류의 대표적인 설화이다.[3]

'사람과 호랑이의 인연[人虎情緣]' 설화의 줄거리는 대략 이러하다. 토가족 청년이 나무하러 갔다가 벼랑에 떨어졌다. 이를 본 호랑이가 청년의 생명을 구해주었고, 날마다 청년 집에 야생동물을 던져 주었을 뿐만 아니라 청년에게 현관(縣官)의 딸까지 물어다 주어 짝을 짓게 했다.[4]

이런 류의 설화를 중국에서는 '의호설화(義虎說話)[義虎型 虎故事]'라고 한다. 필자는 이를 감호전설(感虎傳說)로 불러왔으나[5] 본고에서는 감호설

---

3) 世界民間故事中有大量反映人與動物關係的故事 這些故事有的展示人與動物的衝突關係 有的表現人與動物的和諧關係 同時寄寓一定的文化心理 審美追求和生理理想. 中國義虎型虎故事卽爲一例 土家族傳承的人虎緣是這類故事的代表.(孫正國, "人虎情緣 義虎說話 解釋", 劉守華 主編, 『中國民間故事類型研究』, 華中師範大學出版社, 2002, 131~132쪽 참조).

　　原文에 故事로 표현된 것은 우리의 說話와 비슷한 개념으로 쓰였기 때문에 '故事'는 설화로 번역했다.

4) 土家族青年冉孝與母親相依爲命, 靠打柴維持生計, 有一次, 冉孝不幸摔懸崖, 却有幸得到 雌雄二虎的救助, 把他從死亡線上拯救出來. 從此, 冉孝母子與虎結下不解之緣, 兩只虎經常給冉孝家投送野物, 還搶來縣官的女兒做冉孝的妻子. 由于虎的鼎力相助, 冉孝的家境一天天好起來. 最後, 冉孝的妻子與其父重逢, 冉孝一家就隨同進城居住, 過上了幸福生活.
　　(劉守華·陳麗梅 編, 『寶刀和 魔笛』, 중국 湖北人民出版社, 1994, 161~165쪽. 劉守華 主編, 『中國民間故事類型研究』, 華中師範大學出版社, 2002.10, 132쪽에서 재인용)

5) 이신성, 「국민학교 교과서에 실린 <효자리의 세 무덤>에 대하여」, 『어문학교육』 제13집, 한국어문교육학회, 1991 참조
　　_____, 「국민학교 교과서에 실린 傳說敎材에 관한 연구」, 『어문학교육』 제14집, 한국어문교육학회, 1992 참조
　　_____, 「국민학교 교과서에 실린 兄弟美談과 感虎傳說에 관한 연구」, 『한국초등국어교육』 제9집, 한국초등국어교육학회, 1993 참조
　　_____, 「吳孝子感虎傳說에 대하여」, 『陽河鄭尙朴博士華甲紀念論叢』, 1995 참조

화로 통칭하기로 한다.

'효자리(孝子里)'는 경기도 고양군 신도읍 효자1리[현 고양시 덕양구 효자동]의 지명이며, '의호정(義虎亭)'은 중국 산서성 효의현[현 산서성 여양지구 효의시]에 전하는 정자명(亭子名)이다. 전자는 실제 지명과 설화의 주인공 유적이 남아 있다. 후자는 설화의 구체적인 물증 여부는 확인하지 못했지만, '효의(孝義)'라는 지명에서 감호(感虎) 관련 유적의 존재 가능성을 짐작케 한다.

본고에서는 〈효자리(孝子里)〉와 〈의호정(義虎亭)〉에 나타난 감호사(感虎事)에서 이 두 편에 전하는 감호설화의 유사성과 독창성을 살펴보기로 한다. 이런 작업은 한국과 중국 감호설화에 나타난 유사성과 독창성의 일면을 드려다 볼 수 있게 되리라 본다.

Ⅱ. 〈효자리〉와 〈의호정〉 설화의 서지(書誌)

〈효자리〉는 효자 박태성(朴泰星, 1679~1758)의 '출천지효(出天之孝)'로 생겨난 지명이므로, 이 이야기는 지명유래담에 속한다. 〈효자리〉의 구체적인 유적으로는 박태성과 그의 부친 박세걸(朴世傑)의 무덤이 있다. 박태성 묘역(墓域)에는 나란히 무덤 3기에 1778년에 찬한 「有明朝鮮孝子通德郎密陽朴公泰星字景淑之墓」라 새긴 묘표(墓表)[墓碣銘]와 망주석(望柱石) 2기 및 석인상(石人像) 2기가 있다. 묘의 주인공은 왼쪽으로부터 박태성과 전처 완산이씨(完山李氏) 및 후처 김해김씨(金海金氏)이다. 또한 묘역 입구에는 1836년에 건립한 〈朝鮮孝子朴公泰星旌閭碑〉가 있다.

김한룡은 박태성 묘역의 특이한 배열에 착안하여 박태성의 효행(孝行)과 세 무덤을 결부시켜 전래동화 형식으로 〈효자리의 세 무덤〉을 발표했다.[6]

---

6) 김한룡 엮음, 『동굴 속의 금돼지』, 대일출판사, 1987 참조

그 뒤 『동굴 속의 금돼지』에 실린 〈효자리의 세 무덤〉은 부분 손질을 하여 제5차 초등학교 국어과 교육과정에 의해 편찬된 5학년 1학기 『읽기』교과서(122~129쪽)에 제목을 바꾸지 않고 〈효자리의 세 무덤〉으로 실려 초등교육 현장에서 널리 교육하게 되었다. 그런데 전래동화 속 세 무덤의 주인공은 박태성 부친과 박태성 및 호랑이로 설정되어 있다. 이런 설정은 실제와 허구(虛構)의 차이점이지만, 단순히 다른 점만으로 끝나지 않는다. 나란히 놓여진 설화 속의 세 무덤은 재미와 호기심을 불러 일으켜 문학의 쾌락적 기능[흥미성]을 수행하고 있다고 할 수 있다.

〈의호정(義虎亭)〉은 호랑이의 의로운 행위로 해서 붙여진 정자명(亭子名)인데, 이는 기존의 정자에 새롭게 붙여진 이름이다. 〈의호정〉은 독립해서 드러나 있는 이름이 아니고, 감호설화(感虎說話) 중의 하나인 〈의호기(義虎記)〉[7]에 나타난다.

〈의호기〉는 명대(明代) 왕유정(王猷定)이 지었는데 청대(淸代) 장조(張潮)[字는 山來]가 찬한 『우초신지(虞初新志)』 권4에 실려 있다. 본고에서는 왕유정(王猷定)의 〈의호기〉를 여청(余靑)이 현대 독자에게 맞게 개사(改寫)한 〈의호기〉를 자료로 썼다. 개사(改寫)한 〈의호기〉는 〈의호기〉 앞과 뒤에 있는 작자[王猷定]의 〈의호기〉 찬술 동기[8]와 찬자[張潮]의 〈의호기〉에 대한 논찬(論贊)[9]을 생략했다.

---

7) 任大霖 主編, 『中國神怪故事大觀』, 少年兒童出版社, 上海, 1990, 908~911쪽 참조.
8) 辛丑春 余客會稽 集宋公蘇裳之署齋 有客談虎 公因言其同鄕明經孫某 嘉靖時爲山西孝義知縣 見義虎甚奇 屬余作記
9) 張山來曰 人往往以虎爲凶暴之獸 今現此記 乃知世間尙有義虎 人而不如 此余所以有「義虎行」之作也

Ⅲ. 〈효자리〉와 〈의호정〉 설화의 특징 비교

〈효자리(孝子里)〉 관련 자료는 다양하게 남아있다. 이에 대해서는 『우리 고전문학 교재의 이해』에서 상세히 언급했다. 본고에서는 논의를 전개하기 위해 이미 언급한 내용에서 효자 박태성 관련 전설과 인물전(人物傳) 및 묘갈명(墓碣銘)에 대해서 간략하게 살펴보기로 한다.[10]

먼저 전설 두 편을 보기로 한다.

(1) 옛날 四大門 안에 사는 박씨는 鐘路通에서 큰 점방을 했다. 박씨는 부친 상을 당하여 사대문 밖에 묘소를 마련하여 눈, 비바람에도 불구하고 날마다 묘소를 참배했다.

묘소 참배길에 호랑이를 만난 이후, 호랑이를 타고 다닐 수 있어서 가게 일 등에 지장이 없었다.

박씨가 죽은 뒤, 호랑이가 박씨묘 주위를 날뛰다가 죽었다. 사람들이 탄복하여 박씨 옆에 호랑이를 묻어 주었다. 그때부터 그 부근을 孝子里라고 불렀다.(『高陽郡誌』,1987)

(2) 漢城判尹 朴昌先의 先代 중 효성이 지극한 사람이 있었다. 효자는 부친상 후 매일 부친묘를 참배했다.

효자는 참배길에 만난 호랑이를 타고 묘소를 참배하게 되었다.

효자가 죽고 난 뒤, 호랑이도 묘 옆에 죽어 있었다.

사람들은 호랑이를 효자 묘 옆에 묻어 주었다.

이 사실이 대궐에 알려져 임금은 出天之孝라 하여 下賜金을 내리고 祠堂과 孝子門을 세우게 했다. 그리고 마을 이름을 효자리라고 했다.(崔常壽, 『韓國民間傳說集』,1958)

위의 (1)과 (2)에는 구술자(口述者)의 구술의식(口述意識)이 담겨 있다.

---

10) 이신성, 『우리 고전문학 교재의 이해』, "효자리의 세 무덤-朴孝子 感虎傳說", 보고사, 1999, 69~93쪽 참조.

(1)은 생업에 타격을 입어가면서까지 날마다 묘 참배를 가는 박씨의 효행 (孝行)에 짐승까지 감동하여 효자를 도와 생업에 순로롭게 종사할 수 있게 했다는 점을 역설했다. (2)에는 없는 내용이다. 상인은 다른 계층에 비해 이윤 추구 욕구가 강하다. 큰 가게를 경영하는 박씨가 가게 일을 팽개치고 [이익을 거의 포기하고] 효도하는 일에만 몰두했다는 사실에서 보통 사람은 생심(生心)키 어려운 점이 있음을 부각시키려고 했다.

(1)은 막연한 박씨임에 비해 (2)는 한성판윤 박창선(朴昌先)의 선조라고 했다. 효자의 후손이 높은 벼슬을 하고 있음을 내세웠고, 이름까지 밝혔다 는 점에서 사실에 일보 접근한 전설이라 할 수 있다. (2)의 하사금과 효자 문은 (1)에는 없는 내용이다. 실제로 정려비(旌閭碑)가 남아 있으니 (2)의 이 내용도 사실에 접근한 것이라 할 수 있다.

(3)교과서에 실린 〈효자리의 세 무덤〉은 조선 중엽 박태성으로 시작된 다. 실존인물 박태성을 밝히고 막연하지만 시대를 설정했다.

〈효자리의 세 무덤〉은 다음과 같은 순서로 짜여져 있다.

박태성의 효성-'출천지효(出天之孝)'에 호랑이가 감동함-호랑이가 박태 성의 시묘(侍墓)살이 도움—박태성 죽음—호랑이 죽음-박태성의 무덤 옆에 호랑이 무덤이 생김.

박태성의 효심에 감동한 호랑이는 박태성을 지성으로 모신다. 박태성의 죽음은 호랑이로 하여금 '지성으로 모실 상대자'를 상실하게 했다. 김한룡 은 박태성이 죽은 뒤의 호랑이 동정을 다음과 같이 나타내고 있다.

　　박태성이 죽은 뒤였습니다. 호랑이는 숲속에 숨어서 박태성의 상여 행렬을 지 켜보며 눈물을 지었습니다. 그 호랑이는 마침내 박태성의 무덤을 찾아가 스스로 목숨을 끊었던 것입니다.

김한룡은 호랑이를 더욱 인격화시켜 호랑이의 사인(死因)을 밝혀 놓았다. 이 내용은 교과서에는 실리지 않았다. 이 부분의 생략은 교육적으로 타당성이 있다. 아동으로 하여금 고정화시킨 호랑이의 사인(死因)에 구애받지 않고 '호랑이는 왜 죽었을까?' 하는 호랑이의 사인에 대한 상상의 폭을 다양하게 펼칠 수 있도록 하기 때문이다.

〈효자리의 세 무덤〉은 호랑이의 일방적인 행위[효자 박태성을 위한 희생]로 끝난다. 시묘살이 등을 도와준 호랑이가 함정에 빠졌을 때, 적극적으로 호랑이를 구출해주는 것과 같은 보은(報恩)의 관계 설정이 되어 있지 않다. 〈효자리의 세 무덤〉에서와 같이 호랑이의 일방적인 희생으로 마감하는 이야기는 그 동기가 어디서 나왔든지 간에 설득력이 약하다. 그렇지만 〈효자리의 세 무덤〉은 여타 감호설화에 보이는 상투적 보은 메시지 전달과는 달리 '상실감(喪失感)의 비장미(悲壯美)'를 더해준다.

박태성 인물전을 보기로 한다.

먼저 조희룡(趙熙龍, 1797~?)이 1844년에 지은 『호산외기(壺山外記)』에 첫 번째로 실려있는 〈박태성수천전(朴泰星受天傳)〉을 살펴보기로 한다. 수천은 태성의 아들이다. 이 전(傳)에는 아들 수천도 아버지의 성효(誠孝)에 이어서 효성이 지극했다는 내용을 함께 실었다. 그리고 태성의 증손이 되고 〈조선효자박공태성정려지비(朝鮮孝子朴公泰星旌閭之碑)〉의 글씨를 직접 쓴 윤묵(允默)은 명필로 널리 알려져 있다고 부기하고 있다.

〈박태성수천전(朴泰星受天傳)〉을 요약하여 제시한다.

① 박태성은 영조 때 사람인데 세 살 때 아버지를 여의었다. 어머니를 효성으로 섬겨서 조정으로부터 內醫에 보직되었다. 그러나 '아버지의 얼굴도 알지 못하면서 어떻게 의관을 갖추고 세상에 나설 수 있겠는가?' 하고는 보직을 기어코 사양했다.
② 아버지 死後, 그의 나이 63살인데, 상복 차림으로 여막을 지어 초상당한 것 같이 했다.

③ 새 한 마리가 정해진 나무 위에서 울기를 3년 동안 하루같이 했다.

④ 무덤이 있는 청담 위에는 숲이 우거져 맹수의 출몰이 잦았다. 박효자가 여막에 있게 된 뒤로는 밤에도 마을 사람들이 다닐 수 있었고, 가축의 피해도 없게 되었다.

⑤ 고양 군민이 뜻을 모아 도지사에게 박효자를 효자로 추천하고 도지사는 조정에 啓聞했다. 조정에서는 박효자에게 벼슬을 주자는 의논이 있었으나, 이는 효자의 본의가 아니라 하여 旌閭를 세우라고 명했다.

⑥ 洪樂命은 贊에서 박효자의 追服은 공자 이후의 예이기 때문에 널리 알아주지 못함을 애석히 여겼다. 아들 受天도 지극히 효자였고 손자 允默은 글로 세상에 이름이 났다.

위의 내용에서 보면 무덤 주위는 인명을 해치는 맹수가 자주 출몰했으나 박효자가 묘소 참배를 시작한 이후에는 맹수가 출몰하지 않았다고 했다. 맹수로 대표되는 호랑이에 대한 직접적인 언급은 없으나 여기서는 맹수를 바로 호랑이로 생각할 수 있다. 효자의 묘소 참배 시각에 맞추어 묘곁에 둥지를 틀고 사는 새가 3년 동안 빠지지 않고 울었다는 내용은 미물인 새를 등장시켜 박효자의 지극한 효심을 돋보이게 했다고 할 수 있다. 박효자는 부친 별세 후 60년 되는 해에 추복(追服)을 입고는 3년 동안 상주(喪主)의 예를 다했다. 홍낙명(洪樂命, 1722~1784)은 논찬(論贊)에서 예법(禮法)에 없는 추복을 감행한 박효자(朴孝子)의 출천지효(出天之孝)를 극찬했다.

이맹휴(李孟休, 1713~1752)가 지은 〈박태성전〉[南秉吉 撰 『熙朝軼事』 所載]에는 『호산외기』에 나타나지 않는 박효자와 편모(偏母)와의 관계를 상세히 기술해 놓았다. 즉 세 살 때 부친을 여의어서 아버지의 얼굴도 모르고 집상(執喪)하지 못했음을 늘 한스럽게 여기던 박효자는 장성하여 모친께 간곡하게 추복을 청했으나, 어머니 또한 이를 말리는 자정(慈情)이 구구절절 나타나 있다. 결국 박효자는 모친 별세 후에야 추복을 입는다.

박효자는 묘 근처로 이사해서 지극정성(至極精誠)으로 추복(追服)하니 맹수나 이조(異鳥)까지 감응하게 된다. 특히 일반적인 새가 이조(異鳥)로 바뀌고 〈이조시(異鳥詩)〉까지 지어졌다고 했다. 깊은 산골에 지나지 않았던 그곳에는 박효자의 효심으로 사람들이 모여들어 마을을 이루었다고 했다.

장지연(張志淵)의 『일사유사(逸士遺事)』에도 〈박효자태성전〉이 있다. 여기서는 홍낙명(洪樂命)과 성호(星湖) 이익(李瀷, 1681~1763)의 장남인 이맹휴와 조희룡 등이 「박태성전」을 지었고 이병연(李秉淵, 1675~1735)이 박효자와 행동을 같이 한 〈이조시〉를 지었다고 했다.

이상에서 살펴본 기록을 통해서 우리는 당시 박태성의 효행(孝行)이 얼마나 세인(世人)들의 심금(心襟)에 큰 감동소가 되었는지 짐작케 한다.

박태성 묘에는 〈有明朝鮮孝子通德郎朴公泰星字景淑之墓〉라 묘표(墓表)한 묘갈명(墓碣銘)이 있다. 이 묘갈명은 『고양군지(高陽郡誌)』 등 어느 곳에도 소개되지 않았다. 필자는 1990년 5월 7일, 박효자 묘소에서 묘갈명을 탁본했고, 앞에서 밝힌 논문과 저서 등에 이를 발표했다.

"고양군 동쪽 청담리 신좌에 넉 자 정도 되는 묘가 있는데, 나무꾼과 목동들도 밟지 않고 지나가는 이도 반드시 경건히 하니, 이것이 고(故) 효자 박태성의 묘이다.'11)로 시작하고 명(銘)에 '살아서는 정표(旌表)되고 죽어서는 증직(贈職)되어 자손 계속 이어졌으니 선(善)한 이에게 복 내림은 증거가 있도다."12)라고 한 비문은, 1778년 이성중(李聖中)이 짓고 박효자의 손자인 홍재(弘梓)가 글씨를 썼다.

박효자의 비문에도 이조(異鳥)가 나온다. 이조(異鳥)가 서식(棲息)하던 나무가 말라 죽었다는 내용도 있는데, 앞의 글들에서는 나타나지 않는다. 또 비문에는 이조시(異鳥詩)를 지은 사람이 이병연(李秉淵)과 귀록(歸鹿) 조현명(趙顯命, 1690~1752)13)을 들었고, 박태성의 출중한 효행뿐만 아니고

---

11) 高陽治東清潭里 直辛之原 有四尺之墳 樵牧不敢踐 過者必式 此故孝子朴公諱泰星之藏也
12) 銘曰 生而旌 歿而贈 子孫繩繩 福善其有徵

성품이 깨끗하고 검소했다는 점도 예시해놓았다.

　이제까지 ①박태성설화(朴泰星說話)②박태성전③박태성묘비문(朴泰星墓碑文) 등을 중심으로 거기에 담긴 의미를 살펴 보았다. 박태성의 행적과 가깝다고 생각되는 차례는 ①~③의 역순인 ③②①이 된다. 3편의 〈박태성전〉과 1편의 묘비문에는 호랑이가Ⅲ. 〈효자리(孝子里)〉와 〈의호정(義虎亭)〉 설화의 특징 비교 효자를 도왔다는 내용은 없으나, 이조(異鳥)에 관한 내용이 공통적으로 나온다. 산에 사는 새는 산 어느 곳에서나 흔히 볼 수 있고, 새가 앉아 있던 나무가 말라버렸다는 현상도 있을 수 있는 일이다. 그러나 이 글들에서는 일상성을 특수화시켰다. 그 표현도 이조(異鳥)라고 했다. 박태성의 효성은 남다른 면이 있기에 특이한 장치를 해둘 필요가 있었다. 그것은 듣는 이로 하여금 재미를 느낄 수 있게 한다. 이러한 심리가 이조(異鳥)에서 효자를 돕는 호랑이로 바꾸어 등장하게 했을 법하다.

　호환(虎患)에서 벗어나고자 하는 민중들의 심리는 호랑이를 우직(愚直)한 것으로 만들어 대상적 만족(compensation)을 취했다고 본다. 이는 우직(愚直), 정의(情義), 보은형(報恩型) 호설화(虎說話)로 나타난다. 〈효자리의 세 무덤〉은 무섭기만 한 호랑이가 효자의 효성에 감동하여 영맹성(獰猛性)은 자취를 감추고 정의형 호랑이로 변했다. 설화에서 '호랑이를 타고 간다'고 하는 행위는 거짓말인 줄 알면서도 거짓말로 여기지 않고 흥미와 감동을 불러일으킬 수 있게 한다.

　〈효자리의 세 무덤〉은 제5차 교육과정에 의해 편찬된 초등학교 국어 교과서에 실린 적이 있으나, 제6차와 제7차 교육과정에 의해 편찬된 국어 교과서에는 수록되지 못했다.

　이제 〈의호기(義虎記)〉의 전문(全文)을 보기로 한다. 편의상 내용에 번호를 붙여서, 상황서술 단위를 설정한다.

---

13) 『逸士遺事』의 <박태성전>에는 조현명에 대한 언급은 없다.

(1) 청나라 때 산서성 효의현 교외 고당산과 고파산 등지에 호랑이가 자주 나타났다.

(2) 어느날 새벽 나무꾼이 빽빽한 숲 사이로 가는데 홀연 발을 헛디디어 호랑이굴에 빠졌다. 굴속에는 두 마리의 새끼 호랑이가 누워 있었는데 크기가 작은 개만했다. 그 호랑이굴은 모양이 솥처럼 생겼는데 삼면이 다 뾰쪽한 돌로 되어 있는데 코끼리 어금니 같이 쭈뼛쭈뼛했고 한 면은 비교적 평평했으나 다 한 길이 넘는 높이였다. 위에는 이끼가 꽉 끼어 있었다. 나무꾼은 호랑이굴을 몇 차례 올라가려고 시도해보았으나 매번 미끄러져 곤두박질쳤다. 그는 뜨거운 솥 위의 개미와 같이 호랑이 굴 벽을 맴돌다가 올라갈 방법이 없어서 하마터면 울 뻔했다.

(3) 점심 때 쯤 되어 윗쪽에서 밥그릇 모양의 큰 뱀이 내려오는 게 보였다. 그 뱀은 시뻘건 혀를 날름거리고 사아 소리를 내면서 달게 자는 새끼 호랑이에게 달려가고 있었다. 나무꾼은 급히 도끼를 들어 뱀을 두동강 내어버렸다.

(4) 오후에 새끼 호랑이 두 마리가 잠을 깼는데 나무꾼을 보고도 낯을 가리지 않고 나무꾼의 신과 버선을 이리저리 씹고 휘저으면서 장난치다가 뒤쪽에 죽은 뱀을 보고는 서로 당기고 빼앗으면서 한 덩어리가 되어 놀았다. 나무꾼은 죽을 준비를 하면서 한 쪽 구석에 웅크리고 앉아서 아무 생각 없이 그들을 보고 있었다.

(5) 해가 막 졌을 무렵 홀연 세차게 바람이 불더니 수풀 속 나뭇잎들이 어지러이 동굴 속으로 굴러들어왔고 뒤따라 긴 표호 소리와 함께 큰 눈에 이마가 흰[巾睛白額] 호랑이 한 마리가 사슴을 물고 뛰어 들어왔다. 새끼 호랑이는 꼬리를 흔들면서 어미 앞에 가서 사슴을 물고 한 쪽에서 나누어 먹었다.

(6) 이때 호랑이는 나무꾼을 보고는 어금니를 벌리고 발톱으로 덮치려다가 우연히 땅에 죽은 뱀이 나무꾼 곁에 있는 것을 보았다. 호랑이는 죽은 뱀 주위를 빙빙 돌다가 앞 발로 죽은 뱀을 밀어냈다. 그런 뒤 호랑이는 땅에 웅크리고 앉아 머리를 이리저리 돌리더니 마치 무슨 생각을 한 것 같았다. 호랑이는 새끼호랑이가 다 먹고 남은 사슴고기를 나무꾼 앞에다 물어다 놓았다. 호랑이가 돌아보니 새끼 호랑이는 이미 잠들어 있었다.

(7) 나무꾼은 호랑이가 지금은 배가 불러 자기를 잡아먹지 않고 다음날 먹이로 자신을 남겨 두었다고 생각했다. 지금은 호랑이에게 먹히지 않았지만 내일은 살아날 가망이 없다고 생각하니, 마음이 몹시 괴로웠다. 그러나 배가 고파 견딜 수 없어서 우선 고픈 배부터 채우자는 생각으로 앞에 있는 사슴고기를 생것으로

먹었다.

(8) 다음날 날이 곧 밝을 무렵 호랑이는 굴 밖으로 뛰어나갔다. 호랑이는 정오에 노루 한 마리를 물고와서 새끼 호랑이를 불러 먹이더니 또 나머지 고기를 나무꾼에게 먹어라고 주었다. 나무꾼은 배 고플 때는 노루고기를 먹으면 되지만 목이 마른데도 마실 물이 없었다. 다행히 푸른 이끼가 나 있는 돌에 물방울이 맺혀 있어서 빨아먹었는데 없는 것보다 나았다. 이런 생활 1개월 여에 호랑이와 친해졌다. 새끼 호랑이는 늘 나무꾼과 같이 장난치고 호랑이도 간혹 나무꾼을 땅에 눕혀 놓고 장난쳤다. 새끼 호랑이는 성장 속도가 매우 빨랐다. 오래지 않아 작은 소만큼 자랐다.

(9) 어느 날 호랑이는 새끼 호랑이를 데리고 굴을 나가더니 이사하는 것처럼 보였다. 나무꾼은 이를 보고는 급히 일어나 "산대왕, 산대왕! 나를 구해주시오"라고 크게 외쳤다. 오래지 않아 과연 호랑이가 돌아왔다. 호랑이는 몸을 구부리고 양 앞발을 펴고 머리를 수그려서 나무꾼 앞에 와서 타라는 시늉을 했다. 나무꾼이 호랑이등에 올라타자 호랑이는 굴 속을 벗어나 한참 달리다가 나무꾼을 내려놓았다. 나무꾼이 호랑이등에서 내려와 보니 새끼 호랑이들도 그곳에 있었다.

(10) 호랑이는 나무꾼을 그곳에 두고 새끼 호랑이를 데리고 곧 그곳을 떠나려고 준비했다. 나무꾼이 보니 그곳은 울창한 나무로 빼곡하게 둘러싸여 있어서 하늘을 볼 수 없고 땅에는 두텁게 낙엽이 쌓여 있었으며 산새들의 울음조차 들리지 않았다. 다만 사방에서 음침한 바람소리만 들려왔다. 나무꾼은 또 황급히 큰 소리로 호랑이를 불렀다. 호랑이가 머리를 돌리자 나무꾼은 곧 꿇어앉아 간절하게 말했다.

"산대왕, 산대왕! 나를 구하고 여기서 나를 버리고 가면 나는 이 숲 어디로 해서 가야할지 몰라 도로 야수에게 잡아먹힐 일을 면키 어려워 살 수 없습니다. 당신은 끝까지 좋은 일을 한다고 생각하고 나를 인적 있는 곳까지 데려다 주면, 나는 당신의 은덕을 평생 잊지 않겠습니다."

호랑이는 그의 말을 알아들은 듯이 머리를 끄떡이더니 과연 나무꾼을 데리고 나무꾼이 잘 아는 숲 속으로 데려다 주었다.

(11) 나무꾼은 매우 기뻐서 호랑이에게 말했다.

"나는 西城 관문에 사는 궁핍한 백성입니다. 오늘 이별하면 아마 다시 만나기 어려울 것입니다. 나는 돌아가 돼지 한 마리를 섣달 초하루까지 길러서 서관 3리

밖에 있는 정자 아래에 둘 것이니, 와서 물고 가기를 바랍니다. 이렇게 하는 것은 내 작은 성의지만 당신의 고마움에 보답할 수 있는 길이라고 생각합니다."

호랑이는 고개를 끄떡였다. 나무꾼은 자기도 모르게 흐르는 눈물을 금할 수가 없었다. 그때 놀랍게도 호랑이도 눈물을 흘리고 있었다.

(12) 나무꾼이 집에 돌아오니 집안사람들이 모두 大驚失色했다. 알고 보니 집안 식구들은 나무꾼이 이미 숲속에서 야수들에게 잡아먹혔다고 생각했다. 그들은 이때까지 겪었던 나무꾼의 일을 듣고 나더니 모두 기이하게 여기면서도 매우 기뻐했다.

(13) 집안 사람들은 호랑이의 고마움에 보답하기 위해 약속대로 돼지를 길렀다. 섣달 초하루가 되는 날 그들은 돼지를 동여매어 잡아서 서관 정자로 향했다. 그런데 호랑이가 먼저 도착해서 나무꾼을 기다리다가 나무꾼이 보이지 않자 서성 관내로 들어갔다.

(14) 사람들은 호랑이를 보자 사람들을 모아 호랑이를 생포해서 현감한테 바치려고 했다. 이 소식을 들은 나무꾼은 급히 뛰어가서 사람들을 가로막고 애걸했다.

"이 호랑이는 나에게 큰 은혜를 베풀어서 내가 오늘 호랑이에게 돼지를 가져가기로 약속했습니다. 호랑이는 돼지를 가지러 왔으니 호랑이를 상하게 하지 마십시오."

그러나 사람들은 나무꾼의 말을 믿기 어렵다고 들어주지 않았다. 그들을 설복하지 못하자 다급해진 나무꾼은 바로 縣廳으로 달려가 북을 쳐서 억울함을 호소했다. 현령은 호랑이 때문이라는 말을 듣고는 매우 화를 내어 바로 당에 올라 나무꾼을 문책했다. 나무꾼은 자신이 겪었던 일을 말했으나 현령은 도통 믿으려하지 않았다. 나무꾼은 직접 맞대면하여 증명해서 사실이 아닐 때는 형벌을 달게 받겠다고 했다.

(15) 현령은 직접 광장에 가서 보았다. 이 때 성 안팎 사람들이 소식을 듣고 몰려와 광장에는 人山人海였다. 모두 이런 괴이한 일을 눈으로 직접 보려는 생각이었다. 다만 나무꾼은 앞으로 넘어지듯 호랑이 앞으로 달려가서 호랑이를 안고 통곡하면서 말했다.

"당신은 나를 구해준 산대왕이 아닙니까?"

호랑이는 고개를 끄떡끄떡했다.

"당신은 우리가 한 약속 때문에 바로 성 관문으로 왔지요?"

호랑이는 또 고개를 끄떡였다.

"그 약속 때문에 내가 당신을 해치게 되었습니다. 지금 나는 그들에게 당신을 놓아주라고 했는데, 만약 그들이 놓아주지 않는다면 나는 당신과 함께 죽겠습니다."

호랑이는 또 고개를 끄떡였다.

나무꾼의 말이 다 끝나기도 전에 호랑이의 눈에서는 비오듯 눈물이 흘러 내렸다.

(16) 둘러서서 보고 있던 수많은 사람들은 경탄을 금치 못했고 현령은 바삐 호랑이를 놓아주도록 명했다.

(17) 호랑이는 바로 성밖의 정자로 달려갔다. 그곳에 기다리고 있던 나무꾼 가족들은 돼지를 호랑이에게 주었다. 호랑이는 곧 발돋움하고 꼬리를 일으켜 돼지를 먹었다. 호랑이는 돼지를 다 먹은 뒤, 나무꾼을 오랫동안 보더니 마지못해 가 버렸다. 멀리서 이 광경을 보던 사람들은 기이하다고 칭찬이 자자했다.

(18) 뒤에 이곳 사람들은 그 정자를 義虎亭이라고 불렀다.[14]

---

14) 淸朝時候 山西孝義縣郊外 高唐山 孤岐山等處 老虎經常出沒.

　　一天早晨有個樵夫在密林中行走 忽然失足掉在老虎穴中 穴中躺兩只小小老虎 只有小狗一般大小. 那虎穴像是一口鍋 三面都是尖利的石頭像牙齒一樣 一面比較平 都有一丈多高 上面生滿了蘚苔 樵夫試了好幾次 想爬出虎穴 每次都滑下來摔個大跟頭 急得他像熱鍋上的螞蟻 盡繞着虎穴的四壁走 差点沒哭出來

　　快到中午的時候 只見從上面游下來一條碗口粗的大蛇 那蛇嚇嚇有聲吐着信子 眼看就要竄向酣睡的小老虎 樵夫急忙擧起斧子 破能砍成了兩段

　　下午兩只小老虎醒來 見了樵夫也不認生 抓呀撓呀嗅呀咬呀玩兒他的鞋子和山袜 後來看見死蛇 又去玩兒死蛇 你搶我奪 打成一團 樵夫準備等死 蹲在一個角落里無心去觀看它們.

　　太陽剛下山 忽然一陣狂風 林子裏樹葉紛紛落入穴中 隨着一聲長嘯 一只吊睛白額的猛虎跳了下來 嘴裏銜着一只小鹿 小老虎搖搖擺擺迎上前去 叼了小鹿到一旁分食去了

　　這時老虎看見了樵夫 張牙舞爪就要扑上去 但無意中看見了地上的死蛇 便把樵夫丟在一旁 繞着死蛇轉起圈來 還用爪子撥了撥死蛇. 後來它蹲在地上轉動着頭 似乎若有所思. 過了一會兒小老虎吃飽了 老虎把殘留下來的鹿叼到樵夫面前 放在地上 便自顧自回去抱着小老虎睡起覺來.

　　樵夫以爲老虎這時肚子吃飽了 所以不來惹他 第二天自己的性命還是難保 因此心裏非常難過 只是肚子餓得更是難受 因此顧不得許多 吃了些生肉.

　　第二天天快亮的時候老虎又跳出穴去 中午銜了一只麂子來喂小老虎 又把剩肉給樵夫吃. 樵夫餓了倒有吃的 只是渴了沒有水喝 好在靑苔下面石頭縫裏有些水滴 舔舔聊勝于無. 這

위에서 〈의호정(義虎亭)〉의 전체 내용을 옮기고, 그 내용을 (1)~(18)의 상황서술(狀況敍述) 단위로 설정했다. 이를 순차적으로 요약하면 다음과 같다.

　(1) 산서성 효의현 교외 고당산과 고파산에 호랑이가 자주 나타났다.

樣一個多月 和老虎混熟了 不僅小老虎時常跟他打鬧 老虎也有時把他扑倒在地玩耍一陣. 小老虎長得很快 不久就有小牛那麼大了

　一天老虎把小老虎背出了虎穴 似乎打算搬家. 樵夫一看着了急 仰起頭來大聲呼叫山大王山大王救救我. 不多一會兒 那老虎果然又回來了 蜷曲起兩只前爪低着頭爬到樵夫面前讓樵夫騎上去 然後背着他跳上壁去. 跑了好一陣 這才把他放下來 原來那兩只小老虎也在那裏

　老虎帶着它們正預備離去 樵夫一看那是一座莽莽的森林 不見天日 地下盡是厚厚的落葉 連禽鳥的啼鳴都聽不見 只有鳴鳴的冷風在肆虐. 樵夫又急忙大聲呼叫 老虎回過頭來 樵夫馬上跪下苦苦哀求, "山大王 山大王 你救了我 可把我丟在這兒 我不知如何走出林子去 難免還要落在其他野獸口中 還是活不了命. 你做好事做到底 引我到有人迹的地方 我終生不忘你的恩德." 老虎似乎憧得他的話 點點頭 果然把樵夫帶到他熟悉的林子裏去.

　樵夫十分高興 對老虎說: "我是西城關一個窮苦百姓 今天一別恐怕再難相見. 我回去以後養一頭猪 到臘月初一我把猪放在西關三里外亭子下面 你來取吧 這也算我謝你的一片心意." 老虎點了點頭 樵夫情不自禁流下眼泪 誰知那老虎居然也留下了泪來.

　樵夫回到家裏 家裏人全都大驚失色 原來他們以爲樵夫早在森林裏讓野獸吃掉了. 等到樵夫把經過情形一說 他們都又奇怪又高興

　說一定要養頭猪 謝謝那頭老虎. 到了臘月初一那天 他們把猪綁起來 動手宰殺 不料老虎先已到了 不見樵夫便闖入西關.

　居民見了 連忙召集了一群打獵的人 把老虎生擒活捉 歡天喜地準備去獻給縣老爺.

　樵夫得知這件事情 連忙奔去哀求衆人 說這頭老虎有恩于他 是他約來取一頭猪 請大家無論如何不要傷害. 衆人哪裏肯聽 以爲樵夫不是胡說八道便是腦子出了毛病. 樵夫見不能說服他們 便跟到縣衙門擊敲叫寃. 縣老爺聽說爲了一頭老虎 十分生氣 馬上升堂責問樵夫. 樵夫講了自己的遭遇 縣老爺根本不信. 樵夫說可以當面試驗 如果不是事實 甘願受刑.

　縣老爺親自來到廣場觀看 這時城裏城外的人聞訊趨來 廣場上人山人海 都想親眼看看這件怪事. 只見樵夫扑上前去抱住老虎痛哭流涕地說, "救我的不就是你山大王嗎?" 老虎點了點頭. "你是按照我們的約定于到城關來的?" 老虎又點點頭. "現在我反而害了你 我去求他們放掉你 要是他們不肯放 我情愿跟你一起去死." 樵夫話沒有說完 老虎的眼泪像下雨一樣滴瀝嗒啦. 圍觀的數千人人人驚歎 縣老爺連忙下令把老虎放掉.

　老虎直奔城外的亭子 樵夫家的人早守候在那裏 把猪扔給它 它立卽蹺起尾巴大嚼起來. 吃完以後又看了樵夫很久很久 這才離去. 站在遠處觀看的人都連連稱奇.

　後來當地人便把這個亭子叫作"義虎亭".

(2) 나무꾼이 발을 헛디디어 호랑이굴에 빠졌는데, 굴 속에는 새끼 호랑이 두 마리가 있었다.

(3) 나무꾼은 큰 뱀이 내려와 호랑이 새끼를 해치려 하자, 도끼로 큰 뱀을 죽였다.

(4) 굴에 들어온 어미 호랑이가 나무꾼을 덮치려다가 죽은 뱀을 보고는 사태를 파악한 듯했다.

(5) 나무꾼은 호랑이밥이 될 것이라 생각했는데 호랑이가 사슴 고기를 나무꾼에게 물어다 주었다.

(6) 1개월여 호랑이굴에서 생활하는 동안 나무꾼은 호랑이와 친하게 되었다.

(7) 나무꾼은 호랑이의 도움으로 굴 속을 빠져 나왔다.

(8) 나무꾼은 호랑이에게 섣달 초하룻날 관문 밖 정자 밑에 돼지 한 마리를 놓아두겠다고 약속했다.

(9) 나무꾼은 돼지를 잡아 호랑이와 약속한 장소로 갔다.

(10) 정자에 나타난 호랑이는 사람들에게 생포되어버렸다.

(11) 나무꾼은 군중들과 현령에게 은혜 입은 호랑이라고 호소했으나 소용이 없었다.

(12) 나무꾼은 호랑이에게 끈끈하고 생동감 있는 정황 대화를 시도하여 군중들과 현령을 감복시켰다.

(13) 풀려난 호랑이는 돼지를 먹은 뒤 오랫동안 나무꾼을 보다가 마지못해 가버렸다.

(14) 사람들은 그 정자를 의호정이라고 불렀다.

위의 줄거리를 서사단락별로 축약하면 다음과 같다.

(1) 산서성 효의현 교외 산에 빈번한 호랑이 출몰
(2) 나무꾼의 위기 극복과 호랑이와의 인연
　　① 호랑이굴에 빠진 나무꾼과 굴 속의 새끼 호랑이
　　② 큰 뱀을 죽여 새끼 호랑이 보호
　　③ 어미 호랑이는 새끼 호랑이를 살린 나무꾼과 친하게 지냄
(3) 나무꾼의 생환과 호랑이와의 약속

　　①호랑이의 도움으로 굴 속을 빠져 나옴
　　②관문 밖 정자에 돼지 한 마리를 놓아두겠다고 약속함
　(4) 나무꾼과 호랑이의 재회와 위기 극복
　　①약속 장소에 간 호랑이는 사람들에게 생포됨
　　②군중들과 현령에게 은혜 입은 호랑이라 호소했으나 소용없게 됨
　　③호랑이와의 감동적인 대화로 위기 극복
　(5) 호랑이와의 헤어짐과 의호정의 탄생
　　①돼지를 먹고 난 호랑이는 제 갈 길로 가 버림
　　②호랑이의 의로운 행위로 인해 의호정으로 불리게 됨

　〈의호정(義虎亭)〉은 두 개의 위기 극복 구조로 되어 있다. 즉 ①위기(危機) 봉착→시혜(施惠)→위기 극복과 ②보은(報恩)→위기(危機)→위기의 극대화→감화→위기 극복이다.

　①은 나무꾼이 봉착한 위기이고 ②는 호랑이가 겪게 되는 위기이다. ①에서 나무꾼이 호랑이에게 베푼 시혜는 나무꾼이 뱀을 퇴치하여 자신을 방어하면서 호랑이 새끼의 생명까지 보호해주었다. 따라서 호랑이는 새끼를 살려준 은인(恩人)인 나무꾼을 끝까지 보호하여 생환(生還)케 했다. ②에서 나무꾼은 자신을 살려준 호랑이의 은혜에 보답코자 했는데도 불구하고 호랑이가 생포되는 극한 상황을 초래했다. 나무꾼은 위기를 극복하기 위해 노력했으나 오히려 위기는 극대화되어 버린다. 사람과 미물인 동물과의 이심전심적(以心傳心的)인 교감은 세계에 대한 감동소(感動素)로 작용하여 마침내 위기는 해소되고 만다. 감동의 파고(波高)는 〈의호정〉의 탄생으로 이어졌다. 〈의호정〉은 자타(自他)[나무꾼과 호랑이]가 주고받는 완전한 보은 미담(報恩美談)의 결실이라 할 수 있다.

Ⅳ. 맺음말

손동인은 전래동화 속의 호랑이 성격을 ㉠영맹형(獰猛型)㉡정의형(情義型)㉢우직형(愚直型)㉣중성형(中性型)㉤둔갑형(遁甲型)㉥보은형(報恩型) 등으로 나누고 있다.[15] 〈효자리(孝子里)〉와 〈의호정(義虎亭)〉에 등장하는 호랑이는 정의형(情義型)에 속한다고 할 수 있다. 그러나 〈효자리〉에서는 효자의 정성에 감동한 호랑이가 인간을 가호(加護)하는 일방적인 행위에 그치는 데 반하여 〈의호정〉에서는 인간과 호랑이 사이에 은혜의 수수(授受)라는 행위가 나타난다. 장덕순은 전자를 효감전설(孝感傳說)로, 후자를 호보은전설(虎報恩傳說)로 분류했다.[16] 그러나 〈효자리〉와 〈의호정〉에 등장하는 호랑이는 정황은 다르지만, 다 같이 인간의 행위에 감응한 감호설화(感虎說話)이다.

〈효자리〉는 풍부한 문헌 자료와 설화의 현장이 완벽하게 남아 있다. 자료가 풍부하다는 것은 그만큼 〈효자리〉가 인구에 널리 회자되었음을 의미한다. 〈효자리〉는 설화의 현장이 현존하고 설화의 교육성[교훈성, 흥미성]이 인정되어 초등학교 국어 교과서에 교재로 실려 널리 교육된 내용이다.

〈의호정〉의 감호사(感虎事)는 명나라 때 왕유정(王猷定, ?～?)이 들었던 이야기를 기록했고, 그것을 청(淸) 나라 때 장조(張潮, ?～?)가 편찬한 『우초신지(虞初新志)』 권4에 실었고, 『중국신괴고사대관(中國神怪故事大觀)』(1990)에 게재되어 널리 읽혀진 설화이다. 여기서 우리는 왕유정의 〈의호정〉 편찬 동기를 살펴볼 필요가 있다. 주)8은 너무 축약된 내용이어서 현대 중국어로 고쳐서 보이면 다음과 같다.

명 나라 가정년간((1522～1566)에 산서성 효의현령 손모는 효의현에서 한 편

---

15) 孫東仁, 『한국전래동화연구』, 정음문화사, 346～373쪽 참조.
16) 張德順, 『韓國說話文學硏究』, 서울대학교 출판부, 94～97쪽 참조.

의 호랑이 이야기를 들었다. 그는 고향에 돌아와서 고향 사람들에게 그 이야기를 들려 주었다. 뒤에 효의현령으로 부임한 송소상이 이야기를 듣고 또 왕유정에게 이 이야기를 했다. 왕유정은 들은 이야기[義虎事]를 글로 써서 남겼는데, 그것이 의호기이다.17)

위의 글에서 우리는 〈의호기(義虎記)〉의 구전과 기록하기까지의 과정을 읽을 수 있다. 손모는 송소상과는 전혀 연결 관계가 형성되어 있지 않지만 의호사(義虎事)를 널리 퍼뜨린 사람이고 송소상은 자신이 들었던 의호사(義虎事)를 내방객(來訪客)에게 이야기하고 왕유정에게 글로 남기게 했다.

〈효자리〉는 실존인물의 행적을 설화와 전과 묘갈명(墓碣銘) 등 다양한 형식으로 전하고 있다. 이는 실화(實話)이면서도 설화적(說話的) 흥미를 불러일으킨다. 이에 비해 〈의호정〉은 유전(流傳)하는 동안 개변(改變)을 많이 거치게 되어, 호랑이를 지나치게 작의적(作意的)으로 인격화시켜서 설화적인 감동소(感動素)를 감(減)해버린 면이 있다.

---

17) 明代嘉靖年間 山西孝義縣知孫某 在孝義聽到一個義虎故事 他回到家鄉 論給家鄉的人聽 後來宋蘇 裳聽到了 又講給王猷定聽 王猷定寫成這一篇 義虎記(이 글은 杭州師範學院 顧希佳 교수가 改寫했다.)

中文抄錄

韓國的〈孝子里〉和中國的〈義虎亭〉故事 比較研究

本文是在韓中兩國流傳的民間故事中, 各選一篇與地名的由來相關聯的感虎故事, 做爲比較和硏究的課題之一.

〈孝子里〉是韓國京畿道高陽市德陽區孝子洞的地名, 〈義虎亭〉是中國山西省呂梁地區孝義市的亭子名. 前者有實際地名和故事主人公的遺蹟. 後者雖然尙未確認故事的具體物證, 但從'孝義'地名中可以感虎故事有關的遺蹟存在的可能性.

〈孝子里〉和〈義虎亭〉中登場的老虎可謂情義型. 但在〈孝子里〉被孝子精誠感動的老虎, 僅僅是加護于人間的單方面行爲, 與此相比〈義虎亭〉中却出現了人與虎之間恩惠授受的行爲.

〈孝子里〉留下了豊富的文獻資料和完璧的故事現場. 所謂資料豊富, 意味着〈孝子里〉是那樣膾炙人口. 由于〈孝子里〉有其故事現場以及敎育性而被認定爲小學國語課本的敎材內容而廣爲人知.

〈義虎亭〉在流傳過程中有了比較多的改動, 而且過分着意于人格化, 有損于故事的感動因素.

한·중 호랑이 설화 비교 연구

왕분령(汪玢玲, Wang Binling)[*]

중국과 한국 두 나라는 예부터 이웃나라로 우호적인 관계를 유지해왔고 비슷한 문화를 만들어 오면서 아시아 문명을 만드는 데 큰 공헌을 하였다. 중국이 원산지인 호랑이도 한반도까지 번식하면서 사람과 함께 더불어 살아왔다. 사람들은 대자연이 창조한 기적으로부터 신비한 신앙을 갖게 되었고 수많은 기이한 호랑이 설화를 만들었으며, 이로부터 인류의 기나긴 역사 속에서 풍부한 호랑이 문화를 창조하였다. 이는 인류의 고귀한 재산이라 할 것이다.

'문화'란 인류가 사물을 가지고 창조해낸 물질적, 정신적 자산의 총화이다. 이 가운데 호랑이 문화란 거대한 문화의 바다 가운데서도 '인간과 자연'에 관련된 일부이다. 호랑이처럼 용맹하면서도 아름다우며 위엄 있는 동물은 인간에게 거대한 정신적, 물질적 에너지를 주는 한편, 한없는 놀라움을 주기도 한다. 하남성(河南省) 복양현(濮陽縣) 서수파(西水坡)에서 6, 7천 년 전 무덤에서 출토된, 조개껍질로 만든 '중국에서 가장 오래된 용과 호랑이'는, 삼황(三皇)의 하나이자 중화민족의 시조인 복희(伏羲)의 무덤에 부장품으로 묻힌 신령스런 짐승이었다. 중국의 이족(彝族) 신화에는 암컷 호랑이,

---

* 中國 東北師範大學 敎授, 吉林省民俗學會 名譽理事長

수컷 호랑이, 새끼 호랑이가 해, 달, 별을 움직이며 또 우주와 사람을 창조하였다고 한다. 한국에서도 5천 년 전에 호랑이를 숭배했다는 전설이 전해온다. 몇 천 년 전부터 지금까지 "호랑이처럼 생기 있고(虎虎有生氣)", "호랑이처럼 위엄 있으며(虎虎生威)", "날아오르는 용과 뛰는 호랑이(龍騰虎躍)"의 정신은 중국과 한국 사람들이 지향하고, 따르고, 고무되는, 민족 전진의 동력이 되어왔다. 이러한 사실들이 본인이 호랑이 연구를 하게 된 동기였다. 하남성 복양현 서수파에서 발굴된 '중국에서 가장 오래된 용과 호랑이' 조개껍질 형상은 학술계의 주목을 받았고, '용' 연구의 열풍을 일으켰으며, '용의 후손'이라 생각하는 중국인에게 자부심을 주었다. 그러나 중국인들은 왜 자신을 '용과 호랑이의 후손'이라 하지 않으며 또 호랑이에 대해선 연구하지 않는 것일까? 이들 문제에 관하여 본인은 10여 년 간 주의해오면서 지난 호랑이해에 『중국 호랑이 문화 연구』(장춘 동북사범대학출판사 1998년 출판, 북경 중화서국에서 증보판 출간 예정)를 집필하였다.[1] 본 논문은 위 연구서 집필 후 작성했으며 본 국제 학술회의의 논문으로 제출한다. 논문의 부족을 메우기 위해 양국 학자들에게 가르침을 구하니 부디 많은 의견을 내주시기 바란다. 삼가 감사의 말씀을 드린다.

I.

먼저 호랑이의 기원과 분포 및 문화사에서의 위치에 대해 서술해보자. 인류에게 있어서 경이의 대상이자 맹수의 왕인 호랑이는 아시아에서만

---

1) 최근 張滿飈이 편집한 『伏羲時代的社會畵卷』(中央文獻出版社, 2003년 12월) 에는 고고학에 관한 논문 46편이 수록되어 있다. 기본적인 논점은 복양현(濮陽縣) 古墓가 伏羲陵이자 중국의 가장 오래된 皇陵이고 中華民族의 祖庭이자 聖地라는 점이다. 그중 지금까지 용을 중시하고 호랑이를 경시하는 현상에 대해, 필자가 쓴 2편의 논문「崇山耀武虎虎萬年」과 「虎圖騰崇拜與虎神話」는 이 연구집이 이룬 "중국의 첫 번째 용 연구"와 더불어 "중국의 첫 번째 호랑이 연구"가 될 만하니 참고하기 바란다.

자라며, 그 원산지도 중국이며, 지금에 있어서도 아시아 대륙에서만 생존하고 번식하고 있다. 고생물 고고학자들은 중국 호랑이 화석을 통해, 호랑이는 육식동물 중의 고양이류가 진화한 것으로서 이미 250만 년 전부터 살아왔다고 밝히고 있다. 비교해부학의 관점에서 보면 호랑이는 최초에 중국의 중부 산악지대에서 살기 시작하였다. 1920년에 하남성 민지현(澠池縣) 난구(蘭溝)에서 호랑이의 머리뼈와 하악골 화석이 발견되었다. 1924년 스웨덴의 고생물학자인 즈탄스키(Zdansky)는 이것이 200만 년 전의 중국 호랑이 화석이라고 감정하면서 '고대 중국 호랑이(古中華虎)'라고 명명하였다. (Panthera tigris palaeosinensis)[2]

그 후 한국의 평양 흑우리(黑隅里)에서 발굴된 구석기시대 유물에서 60만 년 전 호랑이 화석이 출토되었다.[3] 이들로부터 고대에 호랑이가 중국 대륙과 한반도에 두루 존재하고 있었음을 알 수 있다.

호랑이는 고양이과 동물 가운데 가장 큰 맹수로 학명은 Panthera Tigris Linnaeus이다. 전 세계에 호랑이는 한 가지 류(類)만 있지만, 호랑이의 신체적 특징, 생존 지역, 생활 습성, 털빛의 농도 등에 의하여 여덟 가지 아종(亞種)으로 나눌 수 있다. 즉, 중국 동북 호랑이(시베리아 호랑이), 중국 화남(華南) 호랑이, 뱅갈 호랑이(인도 호랑이), 인도차이나 호랑이(동남아 호랑이), 수마트라 호랑이, 자바 호랑이, 카스피 호랑이, 발리 호랑이이다. (아홉 아종설도 있는데 그중 신강 호랑이는 바로 카스피 호랑이이다.) 현재에 이르러 뒤의 세 아종은 이미 멸종된 상태이며, 앞의 다섯 아종 호랑이 역시 일정한 수량이 야생으로는 살고 있지만, 이것도 거의 멸종 상태이다. 최근의 보도에 따르면 동북 호랑이는 세계에 모두 250마리가 채 되지 않으며, 중국 내에는 약 20마리가 있다. 화남 호랑이도 20마리가 채 안 되며 최근 20년 동안 야생으로 사는 화남 호랑이를 직접 본 사람은 한 사람도 없다고 한다.

---

2) 邱占祥의 「虎年談虎的起源」(『大自然』, 1998년 제1기) 참조.
3) 『朝鮮全史』 (1997년, 한글판) 제1권, 14쪽.

뱅갈 호랑이와 인도차이나 호랑이는 중국엔 야생으로 존재하지 않는다. '고대 중국 호랑이'(古中華虎)는 고대부터 사방으로 퍼져 중국의 서북, 동북, 서남, 동남, 그리고 동남아시아 일부 섬까지 퍼졌다. 그러나 호랑이 전문가에 따르면 동북 호랑이는 북쪽으로 러시아와 한반도까지 퍼졌다고 하나, 가장 북쪽으론 외흥안령(外興安嶺)에 미치지 못하는, 흑룡강 연안까지 이르렀다고 한다. 비록 시베리아 호랑이라고 이름 붙여졌지만 외흥안령을 넘어 시베리아에 도달하지는 못하였다. 서쪽으론 코카서스 산맥에서 막혀 유럽으로 가지 못하였고, 서남으론 히말라야 산맥을 넘지는 못하였다. 남쪽으로 미얀마와 뱅갈(방글라데시)을 지나 인도의 남단까지 이르렀으나 스리랑카엔 가지 못하였다. 서쪽으론 아라비아 사막에 막혀 아프리카로 가지 못하였다. 호랑이는 수영을 잘하여 짧은 거리의 바다를 건널 수 있으므로 자바와 수마트라 등 섬에도 호랑이가 살게 되었다. 호랑이는 유럽까지 가지 못하였고, 태평양을 건너 일본이나 미국에 갈 수 없었다. 과학자들은 아메리카 호랑이란 몸에 줄무늬가 없고 호랑이보다 작은, 아메리카 흑표범이라고 말한다. 청대(淸代) 지방지(地方誌)의 기록을 보면, "일본인 사카모토(坂本)씨의 만주(동북) 호랑이 조사에 따르면 그 형태가 북미 로키 산맥의 호랑이와는 다르지 않다"[4]고 기록되어 있는데, 이는 아마 오해일 것이다. 고양이과의 동물로 몸집이 큰 호랑이와 표범은 원래 그 골격에 있어서 큰 차이가 없다. 호랑이와 표범은 다 같이 고양이과 표범속에 속하지만, 이 가운데 아메리카 표범은 아마도 고양이가 네 종의 표범속 동물(호랑이, 표범, 사자, 아메리카 표범)로 분화되기 전에 아메리카로 건너갔을 것이다. 다시 말해 아메리카와 아시아가 아직 나누어지기 이전에 베링 해협의 겨울 빙산을 지나 아메리카로 이동하여 독자적으로 진화했을 것이다. 그러므로 현재 생물학자들은 호랑이의 원산지는 중국이며, 아시아에만 있는 용맹스럽고

---

4) [淸]魏聲龢, 『鷄林舊聞錄』(二), 『長白山叢書』, 初集 (吉林文史出版社, 1986년) 60쪽.

아름다운 동물이라고 한다.

호랑이는 자연계의 걸작이다. 몸집과 자태는 웅장하고 얼룩무늬는 장려하고 아름답다. 황색 바탕에 검은 줄무늬가 나 있고, 울음은 우레 소리 같다. 이마에는 '왕(王)'자 문양이 있으며, 머리를 들고 활보하는 기세가 비범하다. 고대에는 호랑이를 '산군(山君)', '성수(聖獸)'라 칭했으며, '백수의 왕(百獸之王)'으로 존중하였다.

동북 호랑이와 화남(華南) 호랑이는 고대 중국 호랑이의 직계 후손으로, 체격이 가장 크고 강한 호랑이다. 특히 동북 호랑이는 중국 동북 지역과 시베리아 극한 지대의 자연 조건 하에 생활하며 환경에 적응한 결과 건장하고 크고 털이 두텁다. 호랑이의 체중은 약 200~420킬로그램이며, 무거운 호랑이는 500킬로그램 이상이며, 암컷은 수컷보다 약간 작다. 보도에 따르면, 북방에선 겨울이 되면 먹을 것을 구하기가 어려운데, 러시아의 벌판에서 사는 동북 호랑이가 한 무리의 야생 돼지를 쫓으며 1천여 킬로미터를 뛰었다고 한다. 호랑이의 생명력은 매우 강하며, 꾀가 많고, 인내력이 강하며, 잘 숨는다. 또 충격적이고 폭발적으로 강력한 힘을 분출할 수 있어, 단번에 20피트를 뛰어오를 수 있고 한 손으로 사람이나 집짐승을 때려죽일 수 있다. 그러나 굶주렸거나 혹은 적을 만나 노했을 때를 제외하면 일반적인 상황에서는 사람을 해치지 않으며, 이러한 여러 가지 기이한 일로 해서 사람들은 호랑이를 경외한다. 그러므로 사람들은 호랑이를 무서워하고 때려잡는 한편, 어진 성수(聖獸)로 여기고 정의의 재판관이라 생각하기도 하였다. 중국과 세계의 여러 민족들은 호랑이를 토템으로 숭배하고 제사했으며, 여러 가지 신화나 전설을 만들어냈으며, 호랑이와 관련된 여러 가지 신앙, 풍속, 문학, 예술 등을 만들었다. 또 몇 천 년 전부터 다양하고 깊이 있는 용호(龍虎)문화를 이루면서, 생기발랄한 민족정신과 세계 문화의 귀중한 재산이 되었다.

II.

호랑이의 생태적 특징과 대자연에서 '왕자(王者)'의 지위는 사람의 의식 중에 인문적 가치로 반영된 결과, 호랑이는 거령(巨靈)과 권력(權力)의 상징이 되었다. 원시 시대의 여러 민족들은 외경심에서 호랑이를 토템으로 숭배했으며, 자신과 무적의 맹수를 동일시하여 호랑이를 조상으로 삼았다. 이로써 씨족의 전투력을 높일 수 있었다.

중국의 호랑이 토템 숭배는 약 만 년 전 서강(西羌) 지역의 수렵 민족에서 시작되었다. 학술계에선 '호랑이 복희(虎伏羲)'란 설이 있는데 사람의 조상으로 치는 복희(伏羲)가 있던 시대에 이미 호랑이를 토템으로 삼았던 흔적이 뚜렷하다는 것이다. 더구나 동창룡(東蒼龍), 서백호(西白虎)를 위시한 이십팔수(二十八宿) 천문도, 좌청룡과 우백호 등의 사방(四方) 관념도 있었다. 하남성 복양현 서수파 45호분에서 발견된 '중국에서 가장 오래된 용과 호랑이'는 칠팔천 년 전에 이미 용과 호랑이 숭배가 있었음을 알려준다.

서남으로 발전한 복희(伏羲)와 강융(羌戎)의 후예 가운데 흰 호랑이를 숭상했던 종족은 파인(巴人), 토가족(土家族), 백족(白族) 등이 있으며, 검은 호랑이를 숭배했던 민족으로는 이족(彝族), 나시족(納西族) 등이 있다. 『후한서(後漢書)』「서남이 열전(西南夷列傳)」을 보면 늠군(廩君)이 다른 사성(四姓)과 염수(鹽水) 여신을 정복하고 왕이 된 후, 파족(巴族)의 족장이 되었는데, "늠군(廩君)이 죽은 후 혼백은 대대로 흰 호랑이가 되었기에, 파족 사람들은 호랑이가 사람의 피를 먹는 것을 보고는 마침내 사람을 제물로 하여 제사지냈다."고 기록하고 있다.

동북의 흑룡강(黑龍江) 북쪽 연안에도 기원전 7000년 전 호랑이 암각화가 발견된 것으로 보아[5], 중국의 서북, 중원, 동북에 이르기까지 모두 호랑이 토템 숭배의 유적이 발견되었다. 중원에서 황제(黃帝)와 염제(炎帝)가

---

5) 董萬崑, 「黑龍江流域岩畫藝術」, 臺灣, 『故宮學術季刊』 제13권 제4기.

싸울 때 황제는 "곰, 큰곰, 표범, 승냥이, 이리, 호랑이" 등 여덟 개의 토템 부족을 동원하여 염제를 이겼다는 기록이 있다. 황제를 '유웅씨(有熊氏)'라 고도 칭하는 것으로 보아 황제는 곰과 호랑이를 숭배하는 부족임을 알 수 있다. 본 논문은 호랑이 설화를 비교 연구한 것이므로 주제 밖으로 벗어나 지 않기 위해서 신화부터 서술하겠다.

중국 문헌에서 가장 먼저 기록된 호랑이 신화는 '서왕모(西王母) 이야기' 에 속한다. 『산해경(山海經)』 「대황서경(大荒西經)」을 보자.

> "서해(西海)의 남쪽, 유사(流沙)의 가, 적수(赤水)의 뒤편, 흑수(黑水)의 앞쪽 에 큰 산이 있는데 곤륜구(昆侖之丘)라고 한다. 여기에 신이 사는데, 사람 얼굴 에 호랑이 몸이며, 몸에 무늬가 있고 꼬리가 있으며, 모두가 희다. …… 한 사람 이 머리꾸미개를 꽂고 호랑이 이빨에 표범의 꼬리를 하고 동굴에 사는데 서왕모 (西王母)라고 한다."

또한 「서차삼경(西次三經)」에는 다음과 같이 기록되어 있다.

> "다시 서쪽으로 350리를 가면 옥산(玉山)이라 하는데 서왕모(西王母)가 사는 곳이다. 서왕모는 사람 같지만 표범의 꼬리에 호랑이 이빨을 하고 휘파람을 잘 불며 더부룩한 머리에 머리꾸미개를 꽂고 있다. 그녀는 하늘의 재앙과 오형(五 刑)을 주관하고 있다."

이들 자료는 서왕모가 암호랑이로 된 여신이자 얼굴은 호랑이임을 말하 고 있다. 또한 서왕모는 하늘을 대신하여 사람의 생사와 형벌을 주관하는 최고의 권위를 가지고 있다. 이러한 자료에서 그녀는 호랑이를 토템으로 하는 서북 지방의 모계 씨족 사회의 여족장이었음을 연상할 수 있으며, 일 처리와 성격이 호랑이 같고, 호랑이 가죽옷을 입었으며 이빨로 무장한 여 왕임을 상상할 수 있다.

최근 서북 지역의 학자들 (이효위(李曉偉), 장충효(張忠孝) 등 교수)의 조사와 연구 결과에 따르면 서왕모는 역사적으로 존재했던 인물이라고 한다. 지금부터 3000~5000년 전 청해호(靑海湖) 서쪽의 유목 부락의 여족장으로, 그곳에는 서왕모국(西王母國)과 서왕모 여왕이 있었다.

한국의 호랑이 숭배도 5000년의 역사를 가진다. 최초의 곰과 호랑이 토템 신화는 한국의 유명한 고서(古書)인『삼국유사』권1의「기이(紀異)」제2, 고조선 조에 보인다.

『위서(魏書)』에 이렇게 말했다. "지금부터 2,000년 전에 단군왕검이 아사달(阿斯達)에 도읍을 정하고 나라를 세워 조선(朝鮮)이라고 불렀으니 이는 요(堯)와 같은 시기였다."『고기(古記)』에는 이렇게 말했다. "옛날에 환인(桓因, 제석帝釋을 말한다)의 서자 환웅(桓雄)이 자주 천하에 뜻을 두고 인간 세상을 탐내고 있었다. 아버지가 아들의 뜻을 알고 삼위 태백(三危太伯)을 내려다보니 인간을 널리 이롭게 해줄 만했다. 이에 환인은 천부인(天符印) 세 개를 환웅(桓雄)에게 주어 인간(人間)의 세계를 다스리게 했다. 환웅(桓雄)이 무리 3,000명을 거느리고 태백산(太伯山) 꼭대기(곧 지금의 묘향산妙香山) 신단수(神檀樹) 아래로 내려왔다. 이곳을 신시(神市)라 하고, 이 분을 환웅천왕(桓雄天王)이라고 한다. 그는 풍백(風伯)·우사(雨師)·운사(雲師)를 거느리고 곡식, 생명(壽命), 질병(疾病), 형벌(刑罰), 선악(善惡) 등 인간세상의 360여 가지 일을 주관하여 세상을 다스려 교화(敎化)했다. 그 당시 곰 한 마리와 호랑이 한 마리가 같은 굴속에서 살고 있었는데 항상 환웅에게 사람이 되기를 기원했다. 이에 환웅이 신령스러운 쑥 한 다발과 마늘 스무 개를 주면서 말하였다. '너희가 이것을 먹되 백일 동안 햇빛을 보지 않으면 곧 사람의 형상을 얻으리라.' 곰과 호랑이는 이것을 받아먹으면서 삼칠일(21일) 동안 금기했는데, 곰은 여자의 몸으로 변했으나 호랑이는 금기를 지키지 못해서 사람의 몸이 되지 못하였다. 웅녀(熊女)는 혼인할 상대가 없으므로 날마다 단수(壇樹) 밑에서 아이를 가질 수 있게 해달라고 빌었다. 환웅이 잠시 사람으로 변해 그녀와 혼인하여 아들을 낳았으니 단군왕검(檀君王儉)이라 불렀다. 단군왕검은 당요(唐堯)가 즉위한 지 50년인 경인년(기원전 2311년)에 평양성(平壤城)에 도읍하여 비로소 조선(朝鮮)이라고 불렀다. 또 도읍을 백악산

(白岳山) 아사달(阿斯達)로 옮기니, 그곳을 궁홀산(弓忽山) 혹은 금미달(今彌
達)이라고도 한다. 그는 1,500년 동안 여기에서 나라를 다스렸다. 주(周)나라 무
왕(武王)이 즉위한 기묘(己卯)년(기원전 1122년)에 기자(箕子)를 조선(朝鮮)에
봉했다. 이에 단군(檀君)은 장당경(藏唐京)으로 옮겼다가 뒤에 아사달(阿斯達)
로 돌아와 살다가 산신(山神)이 되었는데, 나이 1908세였다." 당 「배구전(裵矩
傳)」에는 이렇게 적혀있다. "고구려는 원래 고죽국(지금의 해주海州이다)이었다.
주(周)나라에서 기자(箕子)를 봉하면서 조선이라 했다. 한(漢)대에는 세 군(郡)
을 두었으니 곧 현도(玄菟)·낙랑(樂浪)·대방(帶方, 북대방이다)이다."『통전
(通典)』에도 역시 같다. [『한서』에는 진번眞蕃·임둔臨屯·낙랑樂浪·현도玄菟
의 네 군으로 되어 있다. 그런데 여기에는 세 군郡으로 되어 있고, 그 이름도 같
지 않으니 무슨 까닭인가?][6]

『삼국유사』의 작가 일연(1206~1287)은 한국 고려시대의 승려였다. 그의
속명은 김견명(金見明)이며 후에 일연(一然)으로 고쳤다. 자는 회연(晦然),
법명은 보각(普覺)이었으며, 한문 및 제자백가에 정통하였다. 저서는 백여
종이 되나 애석하게도 모두 전해오지 않는다. 일연은 9세에 출가를 하여
20세가 되자 그의 출중한 학문과 덕행은 전국에 유명하였다. 일생 동안 불
경을 공부하고 불법을 닦았으며 많은 제자를 두었으며 학술과 덕행에 뛰어
났다. 그는 국가에서 고승에게 내리는 이름인 "국존(國尊)"으로 봉해졌다.
저서인 『삼국유사』는 고조선과 고구려의 연구하는데 있어 중요한 저작이
다. 이 책에 기록된 단군 설화는 고조선의 개국신화까지 거슬러 올라가며,
그 시기는 약 오천 년 전 중국의 당요(唐堯) 시기에 상당한다. 이 신화에서
고조선의 조상 단군왕검은 천신(桓因)의 아들인 환웅천왕(桓雄天王)과 웅
녀(熊女) 사이에 태어났고 한다. 이 이야기는 고조선의 내력과 곰과 호랑이

---

6) 인용한 문장은 吉林社會科學院이 편찬한 高句麗歷史研究叢書의 하나인 『三國遺事』(校
勘本)에 근거하였다. 원저자는 一然, 校勘者는 孫文範 등이다 . 正德本, 正德本을 교정한
校正本, 朝鮮科學院本, 韓國 李丙燾校勘本 등에 의거하였다. 이전의 판본에 보이는 壇君
의 壇은 모두 檀으로 바꾸었다. 현재 壇君과 檀君은 통용된다.

토템을 숭상하는 원시 신앙을 생동감 있게 묘사하고 있다. 하늘 신 환인은 아들 환웅이 인간세상을 번영시키고자 갈구하여 '천부인(天符印)' 3개를 주어 세상에 내려가 만사를 다스리게 하였다. 환웅은 3천의 무리를 이끌고 있었는데 여기에는 풍백, 우사, 운사, 그리고 곡식, 생명, 질병, 형벌, 선악 등 인간의 360여 가지 일을 주관하는 사람들과 함께 태백산 정상에 내려와 왕이 되었다. 다만 배필이 없어 자손을 퍼뜨릴 수 없었다. 마침 산에는 암컷 곰과 호랑이가 같은 굴 속에 살면서 하늘에서 내려온 환웅에게 인간으로 만들어줄 것을 기원하며 신과 결합하여 아이를 낳고 싶다고 했다. 환웅은 그들에게 각각 신령스러운 쑥 1다발와 마늘 20개를 주면서 말하였다. "너희가 이것을 먹되 백일 동안 햇빛을 보지 않으면 곧 사람의 형상을 얻으리라." 이는 원시인들이 자연을 이겨내는 일종의 법술로, 쑥의 향과 마늘의 매운 맛에는 특수한 효능이 있다고 믿었다. 또한 동굴에서 갇힌 채 백일 동안 햇빛을 보지 못하는 것도 씨앗이 땅 속에서 성장하는 것처럼 사람으로 변한다는 상징이며, 21일 동안 아무것도 먹지 말아야 했다. 곰은 그대로 하여 여자 몸으로 변했으나, 호랑이는 금기를 지키지 못하여 사람으로 변하지 못하였다. 여인이 된 웅녀는 혼인하여 아이 낳기를 바래 "날마다 단수(壇樹) 밑에서 아이를 가질 수 있게 해달라고 빌었다."

환웅이 사람으로 변하여 그녀와 함께 아들을 낳았다. 이리하여 인간(신 환웅)과 곰 사이에 태어난 아들을 '단군(檀君)'이라 하였다. 태백산(太白山)의 박달나무 아래에서 아들을 얻었다 하여 이름을 단군(檀君)이라 하였다. 단군은 중국의 당요(唐堯)가 즉위한 지 50년 되는 때(기원전 약 2311년)에 평양에 도읍을 정하고 국호를 조선(朝鮮)이라 했다. 후에 주(周)의 무왕(武王)이 기자(箕子)를 조선에 봉할 때, 곰과 호랑이를 토템으로 신봉하는 천신 황웅의 아들 단군은 아사달의 산신으로 은퇴하였다. 이는 곰과 호랑이가 산으로 돌아가려는 본성을 설명하고 있다. 그의 나이가 1908살이 되었다고 한 것은 단군을 한 세대만 말한 게 아니라 몇 세대 혹은 십 몇 세대의 단군

을 의미한 것이다. 혹은 『삼국유사』에서 암시했듯이 기자 조선과 위만 조
선의 역사를 포함한 것이다. 이렇게 해야 비로소 이야기가 순조롭게 완성
이 되는 것이다. 단군 시조의 이야기가 끝난 후, 책의 앞에 있는 '왕력(王
歷)' 중의 기사표를 펼쳐보자. 전한 원제(元帝) 건조(建昭) 계미(癸未)년 아
래에 "고구려왕조" 난에 기록이 있다. "제1대 동명왕(東明王)은 갑신년(기원
전 37년)에 즉위하였으며, 18년간 정치를 하였다. 성은 고씨이고 이름은 주
몽(朱蒙) 혹은 추몽(鄒蒙)이며 단군의 아들이다." 역사서에는 다음과 같은
기록이 있다. 지금의 길림성 부여 지방에 건국한 고부여국 왕 해부라(解夫
羅)는 슬하에 아들이 없어 산천에 정성을 다해 제사를 지냈다. 그리고는 어
느 날 금와(金蛙)를 얻어 기른 후 이를 태자로 세웠다. 해부라의 재상(宰相)
아란불(阿蘭弗)은 왕에게 도읍지를 가섭원(迦葉源, 압록강 동해가)으로 옮길
것을 권하였다. 해부라가 죽은 후 금와가 왕위를 계승하였다. 금와는 태백
산 남쪽 우발수(優渤水)에서 한 여자를 만났는데, 그녀의 이야기는 이러했
다. 자신은 하백의 딸로 이름은 유화(柳花)인데 동생들과 놀러 나왔다가 자
칭 천제의 아들 해모수라는 남자를 만났다고 한다. 그는 자신을 웅신산 아
래에서 유혹하여 압록강 가에 있는 집에서 정을 통했으며 …… 그래서 우
발수에서 귀양와 살고 있다는 것이었다. 금와가 기이하게 여겨 유화에게
거처를 주어 살게 하였다. 그런데 햇빛이 비쳐 몸을 피해도 쫓아가며 비추
었다. 이로 해서 잉태하여 알 하나를 낳았다. 왕이 개나 돼지에게 버려도
모두 먹지 않으며, 길에 버려도 소나 말이 피해 갔다. 나중에 들에 버리자
새들이 덮어 주었다. 왕이 깨뜨리려 해도 깨어지지 않으니 도로 그녀에게
주었다. 한 남자 아이가 "껍질을 깨고 나오니 기골이 영특하고 외모가 특이
하였다." 아이가 성장하니 활을 잘 쏘아 이름을 주몽(부여 속담에 "주몽 같이
잘 쏜다"는 말이 있다)이라 하였다. 왕의 다른 아들들이 여러 신하와 함께 주
몽을 헤치려 하자 어머니는 피할 것을 명했고, 주몽은 졸본천(卒本川, 지금
의 압록강 集安 일대)에 가서 나라를 세우고 국호를 고구려(高句麗)라 하였

다. 이는 고(高)씨로 성을 삼았기 때문이다. 이때는 한 원제(元帝) 건소(建昭) 2년으로, 신라 시조 혁거세 21년 갑신년이었다. (기원전 37년)[7]

이렇듯 고조선은 시간을 초월하여 고구려, 신라, 백제의 삼국시대로 발전하게 된다. 단군과 주몽 이야기에는 곰 토템 숭배의 색채가 농후하지만, 호랑이 토템 숭배도 포함되어 있다. 왕검이 웅녀의 소생에다가 나이 들어 산에 들어가 산신이 되었다는 점은 말할 것도 없고, 주몽이 스스로 천제의 아들로 웅신산에서 태어났다는 것도 동물의 왕과 인간의 왕이 결합한 것이 자 인간과 자연의 결합으로, 천인합일(天人合一)의 원시 우주관과 강렬한 무속 신앙을 보여준다. 이 시기에 호랑이는 비록 왕이 되진 못했지만, 당연히 토템의 대상으로 숭배되었다. 현재 평양에는 최근에 만든 단군 묘가 있는데, 그 앞에 두 존의 거대한 호랑이 석상이 앉아있다. 어떤 학자는 고구려라는 민족의 이름이 복합 민족 명칭에 속한다고 말한다. "층층으로 누각을 지은 것이 '고(高)'의 본자"로, 고족(高族)은 고각옥(高脚屋)을 짓고 높은 산에 성을 잘 쌓는 것으로 유명하다. '구(句)'도 하나의 민족 이름으로, 고조선 말로 '암콤'이란 뜻이다. 구족(句族)은 환웅과 짝이 된 웅족(熊族)인 듯하다. '려(麗)'는 사슴 토템의 표지로 려족(麗族)은 미녀가 많이 나와 중원 왕조의 중시를 받았기에 고칭(古稱)으로 '려인(麗人)'이라 하였다. 만약 이 설이 성립된다면 본인은 '려(麗)'가 '호랑이(虎)'를 가리킨다고 본다. 단군 신화에서 호랑이를 숭배하는 것이 분명한 데다, 후세에 호랑이를 아내로 맞이하는 이야기도 바로 호랑이의 "누런 털에 검은 무늬"의 아름다운 '려인(麗人)'의 근원이기에 토템 관념과 일치하는 것이다. 호랑이를 아내로 받아들이는 신화도 있으므로, 호랑이를 "황질흑장(黃質黑章)"의 아름다운 무늬를 가진 "미인"의 근원으로 보며, 곧 위의 토템과 부합하기 때문이다.

그러나 단군 신화는 중국 한족이 숭배하는 호랑이 신 서왕모와 크게 다

---

7) 金富軾, 『三國史記』, 권13 (吉林文史出版社, 2003년) 참조.

르다. 서왕모의 형상인 표범 꼬리에 호랑이 이빨을 하고 휘파람을 잘 불며 그 모습이 사람과 같다고 하는, 하늘의 재앙과 오형을 주관한다는 형신(刑神)의 엄격하고 원시적인 모습과는 크게 다른 것이다. 청해호(靑海湖) 서쪽의 유목민족의 여족장인 서왕모가 표범 꼬리에 호랑이 이빨을 하고, 덥수룩한 머리에 머리꾸미개를 꽂고 있는 모습은 호랑이 가죽을 걸치고 호랑이 모자를 쓴 여왕의 장식으로, 호랑이를 토템으로 하는 모계 사회 번영기의 모습이다. 그러나 단군 이야기는 곰과 호랑이가 여인이 되어 아이를 낳고 싶다는 기원을 기록함으로써, 그 운명은 전적으로 남성 군왕 환웅에게 맡겨진, 모권이 약화된 모습이다. 이는 후세의 기록과 관련이 있다. 그러나 단군 이야기에서 신들이 '삼위 태백'에 내려오는 묘사는 고대 호랑이신 서왕모 이야기의 영향을 받은 부분이 보인다. 왜냐하면 '삼위산'은 본래 중국 서쪽 변방의 곤륜산 부근으로, 서왕모의 시종인 세 마리의 청조(靑鳥)가 거주하던 곳이었다. 여기에서 태백산의 험준함을 "무너져 내릴 듯 우뚝 서있다(蠱危如欲傾墜)"로 묘사하고 있다. 하백의 딸이 낳은 고구려 시조인 주몽의 탄생 신화에서도 또한 고대 한족의 "현조생상(玄鳥生商)"의 난생설과 서주의 후직(后稷)의 "아이 버리기" 유형의 신화가 결합되었다. 이는 당시 모권제에서 부권제로 가는 과도기의 산물로, 모계 사회의 풍속과 신앙이 상당히 남아있음을 나타낸다.

용과 호랑이 문화는 회화 예술 방면에서도 비교적 이른 시기에 중원 지구에서 고구려 민족에게 전해졌다. 이는 길림성 집안(集安)시 부근에 남겨진 고구려 고분 가운데 "사신묘(四神墓)"에서 충분히 나타나 있다. 고구려는 초기에 적석묘(積石墓)를 중시하였다. (적석하여 덮은 것으로 태왕릉, 장군총 등 피라미드 형 분묘가 남아있다) 그 후 한족의 영향을 받아 흙을 덮은 묘를 숭상하였는데, (흙을 덮어 묘를 만듦) 봉토묘 가운데 전형적인 것은 벽화묘이다. 초기의 벽화에서 "수렵도"의 인물 묘사를 중시한 것은 진대(晉代) 화풍의 흔적이 있다. 중기에는 불교의 영향을 받아 연화를 많이 그렸으며,

고구려 말기에는 집안(集安)의 오회분(五盔墳)의 4, 5호 묘 및 사신묘가 대표적이다. 4마리의 신수(神獸)에는 좌 청룡(東), 우 백호(西), 전 주작(南), 후 현무(北)이다. 주제가 되는 사신의 형상은 선명하고 뚜렷하여 한 눈에 들어온다. 청룡이 머리를 들어 올리며 춤을 추고, 백호가 뛰어 다니며, 주작이 날개를 펼치고 울며, 현무는 거북과 뱀에 휘감겨 있다. 모두 생동적이며 대상의 본질이 잘 전달하고 있으며, 색채가 선명하게 살아있는 것이 천여 년이 지났어도 막 칠한 듯 광택이 새로워 높은 예술적 가치를 가지고 있다. 사신도와 용호 토템 숭배는 모두 전형적인 한 문화의 전통이다. 특히 "사신(四神)"은 중원의 전통 문화의 한 부분으로서 사방을 지키며 사악함을 몰아내는 방위신을 상징한다. 이는 한위 육조의 화풍을 흡수했을 뿐만 아니라 하남성 복양현의 '중국에서 가장 오래된 용과 호랑이' 묘의 유풍을 느낄 수 있다. 이러한 영향은 아주 자연스럽다. 왜냐하면 고구려는 원래 중국 북방 민족의 한 갈래 (색리(索離), 부여(夫餘), 예(濊), 맥(貊)의 복합 민족) 문화로, 민족의 분포에 따라 전파된 것으로, 후세 사람들의 국가 경계에 따른 영향을 받지 않았다.

III.

고구려, 신라, 백제 등 삼국시대의 호랑이 이야기는 기이함을 추구하는 요소가 강하며, 그 표현 방식도 후세 사람의 생활에 더욱 가깝다. 여기에서도 역사의 발전을 볼 수 있다.

정인지(鄭麟趾) 등이 편찬한 『고려사(高麗史)』 중의 『고려세계(高麗世系)』에는 첫머리에 김관의(金寬毅)이 쓴 「편년통록(編年通錄)」이 있다.

호경(虎景)이라는 사람은 자칭 성골장군(聖骨將軍)이라며 백두산(白頭山)에서부터 전국을 떠돌다 부소산(扶蘇山) 왼편에 자리 잡은 산골마을에서 장가를 들어 그곳에 정착하였다. 부유했지만 아들이 없었다. 그는 활을 잘 쏘아 사냥으로 날을 보냈다. 하루는 마을사람 아홉 명과 함께 근처에 있는 평나산(平那山)에 매를 잡으러 갔다. 날이 저물어 굴속에서 잠을 청하게 됐는데, 그 굴로 호랑이 한 마리가 찾아들어 입구를 막고 울부짖었다. 열 명의 사람들은 서로 의논하기를 "호랑이가 우리를 삼키려 하니 모자를 던져 호랑이가 무는 모자의 주인이 희생되기로 하자." 그래서 모두 자신의 모자를 호랑이에게 던졌다. 호랑이가 호경의 관을 물자, 호경은 굴 밖으로 나가 호랑이와 싸우려 하였다. 그런데 밖에 나가 보니 호랑이는 보이지 않았다. 그때 굴이 무너지고 아홉 명이 모두 나오지 못했다. 호경은 평나군(平那郡)에 돌아가 이 사실을 알리고, 다시 산으로 올라가 그들의 장사를 지내주었다. 먼저 산신에게 제사를 지낼 때 산신이 나타나 말했다. "나는 과부로 이 산을 주관하고 있는데, 다행히 성골장군을 만났으니 부부의 인연을 맺어 신정(神政)을 함께 펼치고 삼가 이 산의 대왕으로 봉해겠습니다." 말을 마치자 호경과 함께 보이지 않았다. 마을 사람들은 대왕으로 봉해진 호경을 위해 사당을 짓고 제사를 지냈다. 또 아홉 사람이 함께 죽었으므로 산 이름을 구룡산(九龍山)이라 하였다.

이 이야기는 사람 이름부터 줄거리까지 중국의 호랑이 숭배 풍습과 매우 비슷하다. 사람 이름을 보자. 호경(虎景)은 호랑이 대왕(虎大王)을 경앙(景仰)한다는 뜻이다. 호골(虎骨)은 한방에서 유명한 약재로 호랑이가 죽어도 골격은 무너지지 않는다고 해서 '성골장군(聖骨將軍)'이라 하였다. 그가 산의 왕이 된 것은 암호랑이 여신(母虎女神)이 그를 위기에서 구하여 왕을 만들었기 때문이다. 이는 곧 부계 사회의 남성이 여권(女權)을 대신하는 일반적인 법칙이다. 게다가 모자를 던져 희생물을 정하고 화가 복이 되는 반전도 당나라 이래 많이 전해 내려온 줄거리로, 특히 장백산(長白山, 한국에서는 백두산이라 한다) 지역 특유의 풍속이다. 호랑이를 보고 모자를 던지는 것은 만주족, 고구려족은 물론 다알족(達斡爾族), 어룬춘족(鄂倫春族)에서도 마찬가지이다. 중국에는 호(虎)씨 성이 있으며, 동한 응소(應劭)의 『풍속통의(風俗通義)』에서 호씨는 상고 시대 팔원(八元, 여덟 명의 재능과 덕이 있는 사람) 가운데 하나인 백호(伯虎)의 후예라고 적고 있다. 백호는 호랑이 토템을 숭배하는 부족의 족장으로, 호랑이를 때려눕힌 장군이다. 호경(虎景)의 이름이 호랑이를 경앙한다는 뜻인지, 중국 방식을 본떠 호씨 성에 썼는지는 잠시 제쳐두고, 우리들이 더욱 주의할 만한 것은 호경이 암호랑이 산신과 결혼한 다음, 산중왕의 칭호를 받고 고려 왕족의 시조가 되어(시기는 당대 초기인 7세기 전후에 해당) 왕건이 세운 고려 왕조의 탄생을 예비한다는 점이다. 여러 세기에 걸친 비범한 족보에 대해『고려사』에서는 다음과 같이 언급하고 있다. 호경은 "강충(康忠)을 낳고, 강충은 거사 보육(寶育) 곧 원덕대왕(元德大王)을 낳고, 보육은 딸 진의(辰儀)를 낳았다. 그녀는 당나라 숙종(肅宗)과 혼인하여 의조(懿祖)를 낳았다. (이름은 제건(帝建)으로 활쏘기를 잘하며 용녀와 혼인하였다는 이야기가 있다. 용녀가 낳은 네 아들 가운데 큰아들 용건(龍建)은 이름을 융건(隆建)으로 고쳤는데 곧 세조이다. 그리고 세조가 고려 태조 왕건을 낳았다.) 고구려는 서기 668년에 멸망한 후 그 민족은 신라와 중원으로 남하하여 신라 민족과 한민족(漢民族)과 융합되었다. 호경의 이야기는 시조 왕건이 세운 고려의 시조 이야기이다. 고구려가 멸망한 지 250년 뒤인 서기 918년에 조선 태봉국(泰封國) 장수 왕건이 정변을 일으켜 새로운 왕조를 건립하여 국호를 "고려"라 하였다.

왕건 고려가 왜 이전의 고구려 왕조를 따라 "후고구려"라 하지 않고, 단순히 '구(句)'자만 빼버렸는가? 그것은 그들이 이전의 왕조와 세계(世系)상, 혈연상의 관계가 없기 때문이다. 하나는 고씨 성 왕조요 다른 하나는 왕씨 성 왕조로, 양자는 같은 민족이 아니며, 세계(世系) 계승 관계도 없다. 언어학의 각도에서 말하면, 만약 '구(句)' 음이 정말 고조선어의 '암콤(母熊)'의 뜻이라면, 문명이 발전된 후에 곰의 모습은 우아하지 못하나 호랑이는 아름답고 용맹하다고 생각하여 '고려'(혹은 단순히 언어의 축약)라고 했을 가능성이 있다. 그러나 우리는 정사『고려사』에서 전개한 왕건의 보계(譜系)에서 두 가지 두드러진 점을 찾을 수 있다. 그들은 호랑이뿐만 아니라 용도

숭배했다. 게다가 여인이 '귀성(貴姓)'에 시집가서 당 숙종과 배필이 되었다
는 것은, 사람 가운데의 '용종(龍種)'일 뿐만 아니라 모계에서는 그 아들이
용녀와 결합하여 자손을 낳았고, 나아가 고려 왕건의 개국 대업을 이루었
다. 이를 도표로 보이면 다음과 같다.

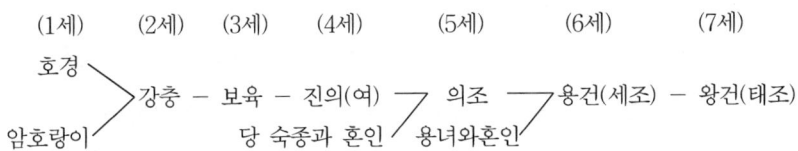

위 보계(譜系)가 얼마큼 사실인지 알 수 없으나, 이 계보를 작성한 목적
은 분명 정치적인 필요 때문이다. 용 그리고 호랑이와 혼인을 맺은 가세(家
世)는 자연히 그 혈통이 고귀하고 무운(武運)이 오래 갈 것이다. 이 보계에
따르면 고려 왕조와 당 왕조는 친척 관계이고 당 현종의 태자인 이향(李亨,
후의 숙종)은 안사지란을 평정한 756~761년에 재위하였다. 그 아들이 용녀
와 결합했다 하니 그녀는 황가의 딸일 것이다. 이 보계에 따르면 고려 왕
조는 남성의 계보를 중시할 뿐만 아니라 똑같이 여성의 계승권도 인정하고
있다. 더구나 고려 왕조와 당 왕조는 문화적인 계승 관계가 있을 뿐만 아
니라 혈통 관계도 가지고 있는 것이다. 이전의 왕조에서 무력 충돌이 있은
후, 두 민족 사이의 문화적 영향력은 더욱 깊어졌다. 더욱 전면적으로 중국
의 용과 호랑이 문화를 흡수하였다. 『삼국유사』와 『삼국사기』에서 호랑이
이야기 이외에 여러 가지 용에 대한 이야기가 있다. 예를 들어 황룡사와
천룡사 등을 세웠으며, 기우제 때 용의 그림을 사용한다든지, 〈용을 이긴
혜통(惠通降龍)〉 등 악한 용과 싸운 이야기 등이 있다.

중국의 전래 호랑이 신앙에서 "호랑이를 신으로 모시는" 과정에 가장 보
편적인 풍속이 바로 사람을 제물로 바치는 것이다. 특히 어린 남녀 아이를

호랑이에게 제물로 바치거나, 가난한 사람을 호랑이에게 바쳐 많은 사람의 안녕을 구한다. 이때 이야기 속의 그 제물로 바쳐진 희생자는 종종 반대로 복을 받는다.

『후한서(後漢書)』「동이전(東夷傳)」에 "예(濊)는 호랑이를 신으로 모신다"고 기록하고 있다. 정성이 지극한 좨주(祭酒)는 사람을 희생으로 한다. (호랑이에게 먹인다) 당대에는 경제가 발전하고 서민문학이 번영하여 기이한 이야기를 좋아하여 각종 종교와 미신이 끼어든 '전기(傳奇)'가 성행했다. 호랑이 이야기 〈협구도사(峽口道士)(『태평광기(太平廣記)』에 보임)는 당대 개원 연간 협구(양자강 삼협)에 호랑이가 많이 살며 지나가는 배들이 모두 피해를 입은 이야기이다. 나중에 사람들이 협곡을 내려갈 때 호랑이에게 사람 하나를 먹이고 가면 배가 탈이 없어, 이후로 이 일이 통례가 되었다. 한 번은 배 안에 탄 사람들이 모두 건장한지라 어쩔 수 없이 가난한 사람이 다른 사람들에 떠밀려 호랑이 밥이 되러 강가에 내렸다. 이 사람은 어쩔 수 없이 호랑이(도사로 변함)와 지혜를 겨루는 싸움에서 이겼고, 옷에 피를 칠하여 호랑이에게 던져줌으로써 목숨은 살게 되었다. 어떤 지방에서는 옷을 호랑이에게 던지고, 어떤 지방에서는 자신의 관(冠)을 호랑이에게 던져준다. 이때 호랑이가 무는 관의 주인이 호랑이의 희생물이 되는 것이다. 그러나 "호랑이는 왕자(王者)를 잡아먹지 않는다.(虎不食王者)"고 한다. 명이 길거나 지혜가 뛰어나거나 덕이 있는 사람은 종종 호랑이에게 잡혀도 살아서 돌아오며 또 나중에는 오히려 크게 성공한다. 장백산의 고려족의 이야기(聖骨將軍)가 이러하며, 만주족, 다알족, 어룬춘족에도 이와 비슷한 이야기가 있다.

전하는 이야기에 따르면 청태조 누르하치는 어릴 적 이름이 소한자(小罕子)였다가 후에 노한왕(老罕王)이었다고 한다. (罕 혹은 汗은 만주 몽골어로 황제라는 뜻이다) 그는 어린 시절 가난하여 요동(遼東) 총독 이성량(李成梁) 집안의 노비로 있었다. 명의 흠천감(欽天監)이 하늘을 관측하고 하는 말이,

동북 지방에 '초룡(草龍)'(지방 황제)이 나타나 명나라를 탈취할 것이니 혐의가 있는 사람은 잡아오라고 하였다. 소한자는 발에 점이 일곱 개 있어 곧 "칠성을 밟으면 명이 길다"는 것이어서 이내 체포 대상이 되었다. 그는 장백산으로 도망 가 인삼을 캐고 사냥하면서 자신의 형적(形迹)을 숨겼다. 어느 날 밤 누르하치를 비롯한 산 사람들이 산의 막사에서 한담을 나누고 있을 때, 문 앞에 호랑이 한 마리가 나타나 엎드린 채 물러가지 않았다. 사람들은 규칙에 따라 잡혀갈 사람을 정하려고 모자를 호랑이에게 던졌다. 소한자는 마음에 아무런 미련이 없었다. 어머니도 일찍 돌아가시고 그 혼자 남은 것이다. 더구나 그는 진심으로 주위의 식구 있고 나이 많은 사람들이 살아남기를 바랐다. 그는 모자를 일부러 호랑이 가까이에 던졌다. 호랑이는 그 뜻을 알고 정말로 그의 모자를 물어 갔다. 소한자는 호랑이를 따라 걸으면서 어떻게 해야 할지 대책을 생각했다. 산을 한 고개 한 고개 넘고 연달아 산을 세 개나 넘으면서도 호랑이는 그를 잡아먹지 않았다. 그렇게 가는데 산 뒤편 붉은 빛이 비치는 곳에 이르니 온통 인삼밭이었다. 잎과 줄기는 무성하고, 잘 익은 인삼은 선홍으로 빛나 보기 좋았다. 그가 미친 듯이 기뻐하고 있을 무렵 호랑이는 사라져 버렸다. 그는 동료들을 불러와 인삼을 캐었다. 그중 가장 큰 것은 이 킬로그램이 넘는 것도 있었다. 그때부터 누르하치는 큰 부자가 되었고, 군수품을 사들여 군대를 조직하였다 그리고는 후에 명나라를 멸망시키고 황제가 되었다. 후에 이 산삼밭을 '봉추영(棒捶營)'(현지인은 인삼을 棒捶라 한다)이라 불렀다. 지금도 장백산에는 '봉추영'이란 지명이 남아있다. 비록 이야기의 세부는 다르지만 고려와 청의 시조 설화는 모두 호랑이가 모자를 물고 가는 특이한 풍속으로부터 주인공의 운명이 변하며, 주인공의 위기는 행운으로 반전되어 하루아침에 대성한다. 이러한 이야기를 통해 사람들은 자신의 이상을 실현하고 바램을 만족시킨다. 또 이 이야기는 사람과 자연의 투쟁에서 사람이 주도적인 위치에서 자연을 지배해온 과정을 반영하고 있다.

어룬춘족에도 호랑이에게 모자를 던지는 이야기가 있다. 또 호랑이를 산신 '바이나차(白那恰)'의 화신이라 여겼으며, 정의를 주관한다고 여겼다. 또한 한 어린아이가 호랑이의 앞발에 찔린 가시를 뽑아 주었기에 호랑이 역시 이 아이를 도와주었다는 이야기도 있다.

이들 호랑이에게 모자를 던지는 이야기는 한국의 고려왕조의 시조설화인 성골장군 이야기가 기록상 최초의 것이며, 그 다음이 누르하치의 이야기이다. 이들 이야기에서 "호랑이는 왕자를 잡아먹지 않고(虎不食王者)" 개국의 대업을 이루도록 도와주고 있다. 민간에서는 백성들의 바람에 부합하여 여러 가지 줄거리와 결합하여 각종의 복합적인 이야기가 만들어졌다. 예컨대 "호랑이의 보은 유형 이야기", "호랑이에게 가시를 뽑아주는 이야기" 등이 있으며, 이들은 재미있고 감동적이며 또 교육적인 면도 많다.

『삼국사기』를 보면 후백제를 건국한 견훤(892년 황제라 칭함)은 어린 시절 호랑이 젖을 먹고 자랐다. 당시 "어머니가 밭을 갈고 있는 아버지에게 음식을 가져다주면서 아이를 숲 속에 두었는데 호랑이가 내려와 견훤에게 젖을 먹였다." 또 고려 시대의 영웅 강감찬 장군의 이야기에도 호랑이 토템과 연관된 이야기가 있다. 이야기에 따르면 그의 어머니가 강가에서 빨래를 하다가 호랑이의 발자국을 밟고서 임신을 하여 그를 낳았다. 이러한 이야기에서 왕족, 장군, 영웅들의 뛰어난 생애에는 모두 짐승의 왕인 호랑이와 관계되고 있다. 이러한 점은 한국 민족의 사유방식과 상상세계가 중국의 전통 사유방식과 공통점이 있음을 알 수 있다. 한국 민족도 호랑이가 있는 곳에 살았으며, 예전에 항상 호랑이와 사귀며, 호랑이와 밀접하고 복잡한 관계를 지녔다. 다른 한편으로 중국의 용과 호랑이 문화의 영향도 받았다.

호랑이가 사람에게 젖을 먹인 이야기는 중국 춘추 시기의 초나라 영윤(令尹)인 자문(子文)의 '두곡어토(斗谷於菟)'의 탄생과 양육을 연상시킨다. 『좌전(左傳)』「선공사년(宣公四年)」에 기록된 내용을 보면, 영윤 자문의 처음 이름은 '두곡어토(斗谷於菟)'였다. 그의 아버지 두백비(斗伯比)는 이웃집 여인 사이에서 낳은 사생아를 운몽(雲夢)의 들에 버렸다. 이때 암호랑이가 자신의 젖으로 이 아이를 길렀다. "초나라 사람들은 젖을 '곡(谷)'이라 하고, 호랑이를 '오토(烏菟)'라 하므로 그를 두곡오토(斗谷烏菟)라 하였다." 양백준(楊伯峻) 선생의 고증에 의하면 '두곡오토(斗谷烏菟)'는 분명히 '곡오토(谷烏菟)'의 잘못이라고 한다. 그의 아들 두반(斗班, 역시 초나라의 영윤이었다)은 그의 아버지가 받은 호랑이의 은혜를 기념하기 위하여 이름을 두반(斗班, 호랑이 반점이란 뜻)이라 하였다. 나중에 이 가문은 모두 성씨를 '반(班)'으로 바꾸었는데 유명해졌다. 『한서(漢書)』를 쓴 반고(班固)는 자서전에서 자신은 호랑이가 기른 영윤 자문의 후손임을 영광이라고 했다. 「반서서전(班書叙傳)」 중에서는 "초나라 사람은 호랑이 반점을 아이에게 칠하여 이름으로 부른다." 요하(遼河) 서쪽의 민간에서는 항우(項羽)조차 독수리가 낳고 호랑이가 길렀다고 전해온다. 그러므로 "산을 뽑아 들어 올리는 괴력"과 "독수리가 품고 호랑이가 젖을 먹인" 생래적으로 보통 사람과 다르다는 속담이 있다. 강감찬의 어머니가 호랑이의 발자국을 밟고 그를 낳은 후, 나중에 장군이 된 이야기는 자연 중국의 "강원(姜源)이 큰 발자국을 밟고 기(棄, 즉 后羿)를 낳았다"는 신화를 연상시킨다. 이 이후에 나온 이야기들은 얼마간 '유치하고' '꾸며낸' 면이 있다.

IV.

이제는 우리의 논의의 초점을 선비와 호랑이 여인 사이의 전기(傳奇) 이야기로 옮겨보자. 이러한 이야기는 아주 많고 줄거리도 뚜렷하고 환상적이기도 하다. 언어는 간략하면서 아름답고 구어적(口語的)이며, 낭만적인 색채가 짙어 재미있다. 종종 모험과 재미가 하나로 통합되어 있어 정신을 도야할 수 있는 예술작품이 되기도 한다. 인정이 넘치면서도 호랑이의 특징을 갖춘 두 나라의 이야기 속 '호랑이 여인'은 따뜻하면서도 강렬한 애정을 추구한다. 도덕적 정조의 아름답고 고상한 모습은 칭송할 만한 것이다. 작품들 속에 옛 풍속과 표현 방법을 보존하고 있다는 점에서 두 나라의 작품은 거의 동일하다.

이러한 이야기로는 『삼국유사』권5 「감통(感通)」 제7에 실려 있는 〈김현감호(金現感虎)〉와 그 끝에 수록된 〈신도징(申屠澄)〉의 이야기가 대표적이다. 우선 원문을 옮긴다.

〈김현감호(金現感虎)〉

신라 풍속에 해마다 음력 2월이 되면 초8일로부터 15일까지 서울의 남녀들이 다투어 흥륜사(興輪寺)의 전탑(殿塔)을 돌면서 복을 빌었다. 원성왕 때에 화랑 김현(金現)이 밤이 깊도록 혼자 쉬지 않고 탑을 돌았고, 그 때 한 처녀가 염불을 하면서 뒤따라 돌다가 서로 눈이 마주쳐, 탑 돌기를 마치자 그들은 조용한 곳으로 가 정을 통했다.

처녀가 돌아가려 하자 김현이 따라가려했다. 처녀는 사양하고 거절했으나 김현은 억지로 따라갔다. 서산 기슭에 이르러 한 초가에 들어가니 늙은 할미가 그 처녀에게 물었다. "함께 온 이가 누구냐?" 처녀는 사실대로 말했다. 할미가 말했다. "좋은 일이긴 하지만 없었던 것만 못하구나. 그러나 이미 저지른 일이니 나무랄 수도 없다. 구석진 곳에 숨겨 주어라. 네 오빠들이 해칠까 두렵다." 처녀는 김현을 이끌어 구석진 곳에 숨겼다. 조금 뒤에 세 마리의 범이 어르릉 거리면서 오더니 사람의 말로 얘기하였다. "집안에 비린내가 나는구나! 요기나 하면 좋겠다." 할미가 꾸짖었다. "너희 코가 어떻게 되었구나. 어찌 미친 소리를 하느냐?" 이때 하늘에서 외치는 소리가 들렸다. "너희들이 남의 목숨을 해치길 좋아하니, 마땅히 한 놈을 죽여서 악을 징계하겠노라." 세 호랑이가 그 소리를 듣고 모두 근심하는 기색을 띠자 처녀가 말했다. "만일 세 오라버니가 멀리 피하여 스스로 악을 고친다면 제가 대신 그 벌을 받겠습니다." 모두 기뻐하며 고개를 숙이고 꼬리를 치면서 도망가 버렸다. 처녀는 들어와 김현에게 말하였다. "처음에 저는 낭군이 우리 집에 오시는 것이 부끄러워 짐짓 사양하고 거절했으나 이제는 감출 것이 없으니 감히 속마음을 털어놓겠습니다. 천첩이 비록 낭군과 같은 족류(族

類)는 아니오나, 하룻밤의 즐거움을 같이 했으니 부부의 의를 맺은 것입니다. 세 오라버니의 악행은 하늘이 미워하니, 우리 집안의 재앙을 제가 혼자 감당하려 합니다. 다른 사람의 손에 죽는 것이 어찌 낭군의 칼날에 죽어서 은덕을 갚는 것과 같겠습니까? 천첩이 내일 저자거리로 들어가 마구 사람들을 해치면 사람들이 나를 감당할 수 없을 것입니다. 그러면 임금께서 반드시 높은 벼슬을 내걸고 저를 잡게 할 것입니다. 낭군은 겁내지 말고 나를 쫓아 성 북쪽의 숲속으로 오시면 저는 낭군을 기다리고 있겠습니다." 김현이 말하였다. "사람과 사람이 사귀는 것은 인륜의 도리지만 다른 족류와 사귀는 것은 정상이 아닙니다. 그러나 우리가 이미 서로 부부의 인연을 맺었으니 진실로 하늘이 준 운명인데, 어찌 차마 배필의 죽음을 팔아서 한 세상의 벼슬을 바랄 수 있겠소?" 여인이 말하였다. "낭군께서는 그런 말을 하지 마십시오. 지금 제가 죽는 것은 하늘의 명이고, 제 소원입니다. 낭군의 경사요, 우리 일족의 복이며, 백성의 기쁨입니다. 제가 죽음으로써 다섯 가지 이로움이 있게 되는데, 어찌 꺼리겠습니까? 다만 저를 위해 절을 짓고 불경을 강(講)하여 좋은 업보를 얻는 데 도움이 되게 해 주신다면, 낭군의 은혜는 이보다 더 큰 것이 없겠습니다." 마침내 서로 울면서 작별했다.

다음날, 과연 사나운 범이 성 안으로 들어와서 사람들을 심하게 해치니, 감히 당해 낼 수 없었다. 원성왕이 이 소식을 듣고 영을 내렸다. "호랑이를 잡는 사람은 2급의 벼슬을 주겠다." 이에 김현이 대궐로 나아가 아뢰었다. "소신이 그 일을 해 내겠습니다." 원성왕은 벼슬부터 먼저 주어 그를 격려했다. 김현이 칼을 쥐고 숲 속으로 들어가니, 호랑이는 처녀로 변신하여 반가이 웃으면서 말했다. "어젯밤에 낭군과 은근히 나눈 말을 잊지 마십시오. 오늘 제 발톱에 상처를 입은 사람은 모두 흥륜사의 장을 바르고 그 절의 나팔 소리를 들으면 나을 것입니다." 말을 마치고 김현이 차고 있던 칼을 뽑아 스스로 목을 찔러 넘어지니 곧 호랑이로 변하였다. 김현이 숲에서 나와 말하였다. "내가 지금 범을 한 손에 잡아 죽였다." 그 사연은 발설하지 아니 하고, 다만 호랑이 말대로 상처를 치료하니 그 상처가 모두 나았다. 지금도 민간에서는 호랑이에게 입은 상처도 이 약방문을 사용하고 있다.

김현은 등용된 후 서천(西川)가에 절을 세우고 호원사(虎願寺)라 하였다. 항상 범망경(梵網經)을 강론하여 호랑이의 명복을 빌고, 또한 호랑이가 제 몸을 죽여 자기를 성공하게 한 은혜를 보답했다. 김현이 죽을 때에 전에 있었던 이상한 일에 깊이 감동하여 전기를 적었으므로 비로소 세상에 알려졌다. 그래서 그 글을 「논호림(論虎林)」이라 했는데 지금도 그렇게 부른다.

〈김현감호(金現感虎)〉 이야기는 고구려 원성왕 시기에 일어났다고 하니 당나라 덕종 연간이다. 시기는 대략 서기 785년 이후의 일이다. (이야기를 편찬한 시기는 8세기 후반) 이 이야기는 『삼국유사』의 저자가 승려라는 점과 매우 어울린다. 이야기는 신라의 사찰에서 일어났으며, 남녀가 절에서 탑돌이를 하며 복을 빌 때 만난다. 이러한 종교적인 활동에서 젊은 남녀들은 접촉할 기회가 많아지고, 사람들은 경건하게 복을 기원하니 심신도 맑아진다. 바로 이러한 때에 맑은 감정이 통하며 자연스럽게 남녀가 서로를 느끼게 된다. 탑돌이는 인도에서 유래한 것으로 여러 불경에 그 기록이 보인다. 『금강경(金剛經)』「이상적멸분 제14(離相寂滅分 第十四)」를 보자.

> 수보리야, 존재하는 것에서 길함은 경(經)에 있고, 일체의 세간(世間) 천인(天人) 아수라(阿修羅)가 공양을 올린다. 이곳의 탑에는 **사람들이 모두 공경을 하고, 서로 탑을 돌며 예를 올리며, 모두 향을 켜고 난 후에야 각자 돌아간다.**

지금 남자와 여자가 "서로 탑을 돌며 예를 올리며, 모두 향을 켜고 난 후에야 각자 돌아간다"는 것은 바로 전형적인 환경 속에서 전형적인 감정(애정)이 일어난다. 이때 성심을 다한 한 남자가 "밤이 깊도록 혼자 쉬지 않고 탑을 돌"아 기이한 만남이 생긴 것이다. "그 때 한 처녀가 염불을 하면서 뒤따라 돌다가 서로 눈이 마주"쳤다. 이 간결한 한 구절로 남녀의 마음이 전달되었음을 표시하며, 감정이 고조되어 "탑 돌기를 마치자 그들은 조용한 곳으로 가 정을 통했다."

두 번째 단락에서 두 사람은 헤어지기 어려울 때, "처녀는 사양하고 거절했으나" 남자는 "억지로 따라갔다." 남자는 여자의 집에 갔고 할미는 딸을 편들어 남자를 밀실에 숨긴다. 세 마리의 호랑이가 돌아와서 할미와 동생과 나누는 대화는 중국 민간설화에서 집에 돌아온 요괴가 (마침 아내 혹은 여동생이 남자를 숨겼을 때) "산 사람 냄새"를 맡고 사람을 잡아먹으려는 장면과 같이 실감나며, 긴장된 분위기가 크게 고조된다. 긴급한 상황 속에서 호랑이 여인은 김현에게 속마음을 말하고, 간결하게 애정을 표현한다. 그 부드러운 마음은 사람을 감동시키고 죽음으로 보답하려는 대의(大義)가 뚜렷하다. 본래 서생은 약한 자로써 폭력 앞에선 무력하기 짝이 없기에 사랑하는 사람이 온갖 방법으로 보호하려는 것이다. 마침 "이때 하늘에서 외치는 소리가 들렸다" 한 대목은 대립이 격화되고 연희의 요소가 강해진다. 한편으론 하늘과 호랑이의 대립이며, 다른 한편으론 호랑이 가족 내부의 선과 악의 대립이자 동시에 사람과 호랑이의 결혼(인간과 짐승의 혼인) 대립이다. 두 번째의 "짐승"과의 결합이 이야기의 주요한 대립으로 이로써 비극으로 결말나게 된다.

대립을 해결하는 결정적인 역할은 여자의 굳센 입장으로, 시비를 명확히 가리고 정의를 지키고 자신을 희생한다. 호랑이 여인은 "목숨은 **하늘의 명**이고, **제 소원입니다. 낭군의 경사**요, 우리 **호랑이 일족의 복**이며, **백성의 기쁨**입니다. 제가 죽음으로써 다섯 가지 이로움이 있게 되는데, 어찌 꺼리겠습니까?"라고 생각한다. 비극을 피할 도리가 없는 상황에서 호랑이 여인과 김현은 대범하게 헤어져 죽음으로써 의로움을 내세워 사람과 호랑이의 결혼이라는 비극적 주제를 완성한다. 호랑이 여인이 죽기 전에 김현에게 절을 짓고 덕을 쌓을 것을 당부하면서, 상처를 입은 사람은 흥륜사의 장을 발라 치료하라고 한다. 가히 지극한 인의(仁義)가 후세까지 미칠 만하다.

이처럼 네 단락의 이야기는 기승전결이 매우 분명한, 완정된 이야기 구조를 가진다. 용감하게 애정을 추구하고, 여러 대립 관계를 원만히 처리하며, 인의가 충만하고, 자신이 사랑하는 사람을 위해 희생을 아까워 않는 형상을 치밀하고 완정하게 만들어내었다. 남자의 사업상의 탄탄대로를 만들어 줌으로써 충절이 넘치고 백성을 사랑하는 의호(義虎)의 형상을 완성하

였다. 게다가 인자한 마음으로 불가피하게 상처를 입은 백성들을 치료하고
있다. '이류(異類)'에 불과한 암 호랑이가 자신의 일생의 정력을 다하여 사
랑과 선량함과 인덕(仁德) 등 모든 미덕을 사람에게 봉헌하였으니, 과연 짐
승이 감정이 있으면 사람보다 더 깊다는 것을 알 수 있다. 호랑이 여인이
나타내 보인 것은 아시아(특히 한국) 여인의 선량하고 다정하며, 충절스럽
고 강인하며, 진정한 사랑을 완성하며, 희생정신에 용감한 형상으로, 중국
의 같은 종류의 호랑이 이야기보다 더 감동적이다. 게다가 사랑에 충실한
서생 김현은 짐승이라 하여 무서워하거나 회피하지 않고, 벼슬에 현혹되지
않고, 절을 세우고 선행을 베풀어 명복을 빌었으니 고결한 사람이다. 이 작
품은 주제와 예술성에 있어 고도로 잘 결합되어 가히 당대 전기(傳奇)에 비
견할 만하다. 요컨대, 처음부터 끝까지 한국 민족의 풍격과 작가의 중생 구
제의 보살심을 잘 표현하였으며, 짐승의 인자함을 칭송하여 인간이 그보다
못함을 부끄럽게 한다.

호랑이 여인에 관한 또 하나의 이야기는 『태평광기(太平廣記)』 권429에
나오는 〈신도징(申屠澄)〉이다. 『삼국유사』의 작가는 내용의 일부 세부를
없애고 몇 글자를 바꾼 외에 전문을 베껴오면서 제목은 달지 않았다. 그러
나 문장 가운데 이미 주인공은 신도징으로 나오며 이야기는 『태평광기』와
같다. 내용은 다음과 같다.

> 정원(貞元) 9년(793년), 중국 당나라 신도징(申屠澄)이 야인(野人)으로서 한주
> (漢州) 십방현(什方縣)의 현위(縣尉)에 임명되었다. 진부현(眞符縣)의 동쪽 10
> 리가량 되는 곳에 이르렀을 때 눈보라와 지독한 추위를 만나 말이 앞으로 나가지
> 못했다. 길가에 초가가 있어 들어가니 그 안에 불이 지펴져 있어서 몹시 따뜻했
> 다. 등불이 켜진 곳에 나아가 보니 늙은 부부와 처녀가 불을 둘러싸고 앉아 있었
> 다. 그 처녀는 열너댓 살 되어 보였다. 비록 헝클어진 머리에 때 묻은 옷을 입었
> 으나 눈 같은 살결에 꽃 같은 얼굴로서 몸가짐이 고왔다. 노부부는 신도징이 오
> 는 것을 보자 급히 일어나 말했다. "손님은 추위와 눈을 무릅쓰고 오셨으니 앞에

와서 불을 쪼이시지요." 신도징이 한참 앉아 있었으나 날은 이미 저물고 눈보라
도 그치지 않았다. 신도징이 말했다. "서쪽 현으로 가려면 아직 갈 길이 멉니다.
부디 여기서 좀 재워주십시오." 노부부가 말했다. "초가집을 누추하다고 여기시
지 않으신다면 감히 청을 받들겠습니다." 그리하여 신도징은 안장을 풀고 침구를
폈다. 그 처녀는 손님이 유숙하는 것을 보자 얼굴을 닦고 곱게 단장해서 장막 사
이에서 나오는데, 그 한아(閑雅)한 자태가 오히려 처음 볼 때보다 나았다. 신도징
이 말했다. "어린 낭자는 총명하고 슬기로움이 다른 사람보다 훨씬 뛰어납니다.
다행히 아직 미혼이니 감히 스스로 중매를 청하오니 어떻습니까?" 노옹이 말했
다. "뜻밖에 귀한 손님께서 거두어주신다면 어찌 정해진 연분이 아니겠습니까?"
신도징은 마침내 사위의 예를 행했다. 신도징은 타고 온 말에 처녀를 태우고 길
을 떠났다. 임지에 가보니 봉록이 적었으나 아내는 힘써 집안 살림살이를 돌보았
으므로 항상 마음에 즐거운 일뿐이었다. 후에 임기가 차서 돌아오게 되었는데 벌
써 1남 1녀를 두고 있었다. 그들이 매우 총명하고 슬기로웠으므로 신도징은 아내
를 더욱 공경하고 사랑했다. 그는 일찍이 아내에게 시를 지어 주었는데 이러했다.
"한 번 벼슬하니 매복(梅福)에게 부끄럽고 / 3년이 지나니 맹광(孟光)에게 부끄
럽다 / 이 정을 내 어디에다 비유할까 / 냇물 위에 원앙과 같구나(一宦慚梅福,
三年愧孟光. 此情何所喩, 川上乳有鴛鴦)" 그의 아내는 종일 그 시를 읊더니 조
용히 화답할 듯하면서도 입 밖에 내지는 않았다. 신도징이 벼슬을 그만두고 가족
을 데리고 본가로 돌아오려 하자, 아내는 갑자기 슬퍼하며 신도징에게 말했다.
"저번에 주신 시 한 편에 대해 화답한 것이 있습니다." 그리고는 이렇게 읊었다.
"부부의 정도 중하기야 하지만 / 산림 속에 은거하려는 뜻이 더 깊어라 / 언제나
근심스러운 건, 계절이 변하여 / 백년해로의 마음을 저버릴까 이네(琴瑟情雖重,
山林志自深. 常憂時節變, 辜負百年心)" 그 후 함께 예전에 아내가 살던 집을 찾
아가보니 사람이라고는 없었다. 아내는 매우 그리워하며 종일 울고 있더니 문득
벽 모퉁이에 호피(虎皮) 한 장이 있는 것을 보고는 크게 웃으면서 말했다. "이
물건이 아직도 여기 있었구나." 마침내 그것을 집어서 뒤집어쓰자 곧 호랑이로
변하였다. 호랑이는 으르렁거리며 할퀴더니 문을 박차고 뛰쳐나갔다. 신도징은
놀라 피했다가 두 아이를 데리고 그녀가 떠난 길을 찾았다. 그는 산을 바라보고
며칠을 크게 울었으나 마침내 간 곳을 알지 못했다.

이야기는 실제 인물과 그 일을 빌어 지은 것으로, 당 덕종 정원(貞元) 9년(793년) 서생이었던 신도징(申屠澄, 申屠는 複姓이고 이름은 澄이다. 분명 漢代 名臣 申屠嘉의 후예이리라)은 사천성 한주(漢州) 십방현(什方縣)에 현위(縣尉)로 임명되었다. 부임 도중에 갑자기 큰 눈바람이 일어 말이 나아갈 수 없어 황량한 마을에서 잘 곳을 찾는 데서 이야기가 전개된다. 전문은 아름다운 한문으로 묘사되었다. 말을 타고 부임하는 선비는 눈바람을 만나 한 치도 걷기 어려운 때 초가집의 따뜻한 불빛을 만나고, 화로 앞에 둘러싸인 세 사람에게서 희망을 빛을 발견하는데, 이러한 정경은 생활의 실감을 준다. 자세히 보니 한 사람은 여자인데 나이는 열너댓 정도이고 "비록 헝클어진 머리에 때 묻은 옷을 입었으나" "눈 같은 살결에 꽃 같은 얼굴로서 몸가짐이 고왔다." 남자가 들어온 것을 보고 화로 앞으로 오라고 예의 바르게 대우한다. 한참 이야기를 나누었어도 눈바람은 그치지 아니하고 날이 어두워졌다. 객이 하룻밤 묵을 것을 청했고 부모가 시원스레 말했다. "초가집을 누추하다고 여기시지 않으신다면 감히 청대로 하겠습니다." (『태평광기』에서는 "만약 초가집을 누추하다고 여기시지 않으신다면 어찌 청을 따르지 않겠습니까"로 되어있다) 처녀는 손님이 유숙하는 것을 보자 얼굴을 닦고 곱게 단장했는데 한아(閑雅)한 자태가 있었다. 신도징은 이를 좋아하여 스스로 매파가 되어 청혼하였고 부모의 승낙을 받았다. 대화도 상당히 공손하며 적절하다.

  신도징 : "어린 낭자는 총명하고 슬기로움이 다른 사람보다 훨씬 뛰어납니다. 다행히 아직 미혼이니 감히 스스로 중매를 청하오니 어떻습니까?"
  노옹 : "뜻밖에 귀한 손님께서 거두어주신다면 어찌 정해진 연분이 아니겠습니까?"

신도징은 사위의 예를 행했다. 신도징은 타고 온 말에 처녀를 태우고 갔다.

이 대목부터 『태평광기』의 〈신도징(申屠澄)〉 원문과 비교할 때, 약혼 자리에서의 인사, 부임 후의 박봉, 아내의 집안 살림, 돈독한 우애, 부부의 대화, 작가의 평가 등 약 2백여 자를 삭제하였다. 신도징이 관리로 다시 이 마을에 왔을 때는 이미 아들 하나와 딸 하나를 낳아 아내에 대한 애정이 더욱 깊었다. 일찍이 시를 지어 행복하고 아름답고 자유로운 것이 원앙과 같다고 했으며, 심지어 한대의 매복이나 양홍 같이 벼슬을 버리고 은거하지 못함이 부끄럽고, 양홍과 맹광이 거안제미(擧案齊眉)로 부부가 서로를 경애하는 정도가 못됨이 부끄럽다고 했다. (그래서 "한 번 벼슬하니 매복(梅福)에게 부끄럽고 / 3년이 지나니 맹광(孟光)에게 부끄럽다"고 했다) 그 처는 종일 읊조리며 묵묵히 화답하려는 듯 했지만 하지 않았다. 나중에 그녀가 본가로 돌아가며 남편에게 준 시에서 이렇게 읊었다. "부부의 정도 중하기야 하지만 / 산림 속에 은거하려는 뜻이 더 깊어라 / 언제나 근심스러운 건, 계절이 변하여 / 백년해로의 마음을 저버릴까 이네" 이때 이미 호랑이가 산속으로 돌아가려는 마음을 드러내었지만, 한 번 헤어진 후 부부 사이의 백년해로를 저버리게 될 것을 걱정하였다. 처가에 돌아가선 사람이 없자 무척 식구들을 그리워하더니 갑자기 벽에 호랑이 가죽이 걸려있자 아직도 이 물건이 있구나 하면서 "마침내 그것을 집어서 뒤집어쓰니" 바로 호랑이로 변하였다. 포효하면서 문을 박차고 나갔다. 이때서야 비로소 여인이 호랑이임이 완전히 드러났다. 이 갑작스런 광경에 신도징은 크게 놀라면서도 두 아이를 데리고 호랑이가 사라진 길을 찾아갔다. 신도징은 그저 산을 향해 크게 울면서 어찌할 바를 몰랐다.

중국에서는 이러한 유형의 이야기가 매우 많다. 대개 육조에서 당대 초기에 지어졌으니 응당 한국의 이런 유형의 이야기의 원천이 될 것이다. 『양양부지(襄陽府志)』에는 다음과 같은 이야기가 실려 있다.

개원(開元) 연간(713~742년)에 최생(崔生)이 과거 시험 보러 가다가 양양(襄

陽) 와불사(臥佛寺)에 들렀다. 마침 해가 저물어 묵을 곳을 찾은 곳이 이곳이었다. 그때 호랑이 한 마리가 절에 들어와 가죽을 벗고 아름다운 여인으로 변하더니 최생에게 잠자리를 청하기에 함께 잤다. 최생은 호랑이 가죽이 우물가에 있는 걸 보고 이를 우물 속에 던져버렸다. 여인이 가죽을 찾았으나 보이지 않자 어쩔 수 없이 최생을 따라 수도에 갔다. 최생은 처음에 현(縣)의 위(尉) 벼슬을 한 후 현의 윤(尹)이 되었다. 6년 간 현에 있으면서 두 아이를 낳았다. 나중에 임기가 차서 돌아가는 길에 와불사를 들렀다. 최생은 아내와 오랫동안 함께 했기에 허물없이 예전에 우물 속에 가죽을 버렸노라고 말했다. 아내는 기뻐하며 사람을 시켜 호랑이 가죽을 찾게 했고, 보니 가죽은 예전 그대로였다. 그리하여 가죽을 입으니 호랑이가 되었다. 호랑이는 크게 포효한 후 두 아들을 돌아보고는 떠났다. 나중에 사람들은 그 우물을 호피정(虎皮井)이라 불렀다.

당대 『집이집(集異集)』에 실린 호피정(虎皮井) 이야기에는 최생의 이름이 나와 있다. 최도(崔韜)는 포주(蒲州) 사람으로 저주(滁州)에 여행가다가 인의관(仁義館)에 묵었는데, 그 이후의 이야기는 위와 동일하다. 그중 여인이 자신을 설명하는 대목이 있다. "군자께서 이상히 여기지 마시기 바라오며 첩의 아버지와 오라버니는 사냥을 업으로 하시며, 집이 가난하여 **좋은 배필을 구했으나 스스로 구할 길이 없어 밤에 짐승 가죽을 입고 몰래 다녔습니다.** 군자께서 인의관에 묵으신다는 걸 알고 몸을 맡기려고 소제를 하였습니다. 이전에 왔던 나그네들은 모두 무서워 놀라 죽었는데, 오늘 밤 천첩은 마침 달인(達人)을 만났습니다. 원컨대 제 뜻을 헤아려 주십시오." 최도가 가죽을 우물에 버리고 여인을 데리고 갔다. 나중에 벼슬을 그만 두고 다시 이곳에 들렀을 때 호랑이 가죽이 우물 속에 그대로 있는 걸 보았다. "건져서 입으니 바로 호랑이가 되었다. 포효하며 상청에 뛰어올라 **아들과 최도를 잡아먹고 가버렸다.**" 이 이야기에선 여인이 호랑이 가죽을 입고 호랑이로 변하자, 호랑이의 본성이 나타나 아들과 남편을 잡아먹고 떠났다고 되어 있는 것으로 보아 초기의 형태이다. 다른 이야기(특히 후기에 나온 이야기)에는 호랑이 가죽을 우물에 버리지 않고 벽에 걸어둔다든지, 숙소가 여관이 아니라 황량한 마을의 민가로 바뀐다든지 하지만 줄거리는 똑같이 기이한 만남으로 되어있다. 신도징의 이야기와 같이 호랑이가 산속이나 황촌에 나타나는 것이 일반 사람들이 사는 자연환경에 더 가깝다. 다만 주인공 신도징은 농민이나 사냥꾼이 아니라, 벼슬을 않거나 혹은 처음엔 관리였다가 나중엔 은거하는 고사(高士)이고 또 시를 지는 문인이니, 이러한 호랑이 아내 이야기 유형은 원래 은일 사상을 가진 지식인의 손에서 만들어졌다는 특징이 있다.

사람과 짐승의 혼인 —호랑이 여인과 남자와의 결혼 구조는 원시 토템 신화 이외에 사람들에게 원시시대 성수(聖獸)의 존귀한 혈통의 신비한 내력을 알려주며, 역사서의 검열에서 제외되어 야사에 기록되었다. 후세에 전해지는 전기(傳奇)에서 인간과 짐승의 결합은 종종 비극으로 결말이 나며, 이는 그러한 야성적이고, 아름답고, 자유로운 생활은 짧으며, 인류학에 있어 무속 시대의 유산이 훨씬 많이 남아있음을 뜻한다. 호피정과 신도징 이야기는 진(晋)의 〈모의녀(毛衣女)〉('백조 처녀'형 이야기)에서 깃털을 벗으니 여인이 되고, 날개를 달자 새가 되는 것과 같다. 새가 미녀로 변하여 사람과 결혼하여 아이를 낳은 후, 일단 원래의 깃옷을 얻어 입자마자 곧바로 날아가 버린다. 짐승도 마찬가지로 호랑이 여인이 자신의 가죽을 얻어 걸치자 곧 호랑이로 변하였고, 짐승의 본성을 회복하여 아들을 잡아먹고 떠나버렸다. 혹은 남편과 아들에 대한 미련 때문에 자꾸 뒤돌아보며 떠나는 것이다. 아들을 **먹거나** 혹은 아들을 **돌아보는** 것은 인간이 된 정도의 차이일 뿐, 마법에 걸린 옷(호피)이 가져오는 비극은 본질적인 것이다. 이는 인류가 조상을 그리워하거나 고향을 그리워하는 마음을 짐승에게 부여하여, 미묘한 상상력과 예술적인 매력으로 그 몸과 마음에 아름다움을 부여한 것이다. 이는 관직에서 돌아와 은거하고, 번성한 세력은 곧 영락하게 되고, 호랑이는 산으로 돌아가고, 원래의 소박함과 진정한 모습으로 돌아간다는 깊은 철리가 담겨있다.

어떤 사람은 묻는다. 인호혼(人虎婚) 이야기에는 어찌하여 호랑이가 아내로만 나오고 남편으로 나오는 이야기는 없는가 라고. 호랑이가 남편으로 나오는 이야기도 있다. 예컨대, 『광이기(廣異記)』에 수록되어 있는 〈호부(虎婦)〉는 진짜 호랑이가 마을의 여인을 납치하여 굴에 데려가 아내로 삼았다는 내용이다. 여인은 12년을 갇혀 살다가 도망나왔다. 이는 현실에서 일어난 일이라고 한다. 다른 한 편은 호랑이가 미남으로 변신하여 여인에게 장가든 이야기로, 남자가 여러 친구들을 불러 잔치를 즐기다가 모두 술에 취했는데, 강을 건너다가 꼬리가 드러나 여인에게 들키니 부끄러워 달아났다는 내용이다. 이들은 줄거리는 너무 간단하여 예술적인 가치가 떨어진다. 한국에도 응당 이러한 유형의 호랑이 남편 이야기가 있을 것이다. 아직 원문을 보지 못했으므로 여기서는 생략한다.

V.

사람과 호랑이가 투쟁해오면서, 호랑이 숭배 문화와 동시에 호랑이 정복 문화도 생겨났고, 호랑이 때려잡기 이야기가 상대적으로 증가하였다. 한대 이광(李廣)의 호랑이 이야기(『한서』「이장군열전」 참조), 송대 무송(武松)의 호랑이를 때려잡기(『수호전』), 그리고 역사서에 기록된 청대 강희제(康熙帝)의 호랑이 때려잡기 등은 모두 유명하다. 강희제는 일생동안 135마리의 호랑이를 잡았으며, 수 백 마리의 곰과 노루 등을 잡았다. 한국의 전적에서는 『삼국유사』권1 「기이(紀異)」에 기록된 진덕여왕의 이야기가 있다. 진덕여왕이 즉위한지 3년이 되던 해, 여왕은 직접 수를 놓은 비단에 〈태평가〉를 지어 당나라 왕(고종)에게 보냈으며, 고종은 그 시구에 감탄하며 시로써 화답하여, 일시의 성대한 문화교류를 이루었다. 또 대신(大臣) 알천공이 조정에서 호랑이를 잡은 이야기도 실려 있다.

왕의 대(代)에 알천공(閼川公)·임종공(林宗公)·술종공(述宗公)·호림공(虎林公)·염장공(廉長公)·유신공(庾信公)이 있었다. 이들은 남산(南山) 우지암(亐知巖)에 모여서 나랏일을 의논했다. **이때 큰 범 한 마리가 좌중에 뛰어들었다.** 여러 사람들은 놀라 일어났지만 알천공(閼川公)만은 **조금도 움직이지 않고 태연히 담소하면서 범의 꼬리를 잡아 땅에 메쳐 죽였다.**

고대 한국의 유능한 대신들은 산처럼 태연하며 완력이 놀랄 만했음을 알 수 있다.

중국에는 모든 사람이 알고 있는 경양강(景陽崗)을 지나가는 술 취한 무송(武松)이 맨손으로 호랑이를 때려눕힌 이야기 이외에, 역사적으로 호랑이를 때려눕힌 영웅은 무척 많으며, 대부분 명대 진계유(陳繼儒)의 필기 소설 〈호회(虎薈)〉에 보이니 여기서는 더 부언하지 않겠다. 역사서를 읽다 보니 요(遼)나라 무사 진소곤(陳昭袞)이 호구(虎口)에서 주인을 구한 이야기가 나오는데, 무송의 호랑이 잡는 이야기보다 더 기지가 있고 용맹하지만, 사람들에게 잘 알려지지 않았으므로 간단히 소개하겠다.

『자치통감(資治通鑑)』 권33에 기록된 이야기이다.

송 진종(眞宗, 趙恒) 대중상부 9년, 요 개태 5년 (1016년), 요의 왕(聖宗, 耶律隆緖)이 적산(赤山)에 사냥 갔을 때 돈목궁(敦睦宮)의 태보(太保) 진소곤(陳昭袞)이 사냥터 관리를 겸직하고 있었다. 왕은 말을 너무 빨리 몰아 화살이 호랑이에 맞히지 못하자, 성난 호랑이가 왕에게 달려들었다. 이를 본 진소곤은 말에서 뛰어 호랑이 등에 올라타 그 두 귀를 잡았다. 말은 놀라 달아나버렸다. 요 왕은 무사들에게 명하여 호랑이를 죽이라 하였으나 진소곤은 큰 소리로 제지하였다. 호랑이는 부일산까지 갔으나 진소곤은 끝까지 땅에 내리지 않았다. 진소곤은 호랑이가 지친 틈을 타 자신이 차고 있던 칼로 호랑이를 찔러 죽였다.

무신(武臣)이 왕을 위해 충성과 용맹을 다 보인 일은 무송이 호랑이를 잡은 이야기보다 더 뛰어나다. 그러나 이 이야기는 민간에 알려지지 않은 탓에 무송보다는 덜 유명하다. 이 이야기와 한국 역사상 남산의 우지암(㝢知巖)에서 맨손으로 호랑이를 잡은 영웅을 비교해보자. 중국은 위급한 상황에서 몸을 돌보지 않고 왕을 구했으며 호랑이를 타고 가서 호랑이를 죽였다. 이러한 충성스럽고 용감한 정신은 두 가지 극히 어려운 조건을 갖추어야 한다. 하나는 위기에 두려워하지 말아야 하며, 둘째는 뛰어난 무예를 갖추어야 한다. 황제가 "말을 너무 빨리 몰아 화살이 호랑이에 맞히지 못하자, 성난 호랑이가 왕에게 달려드는" 순간, 왕을 위해 말에서 뛰어 호랑이 등에 타 그 두 귀를 잡았다. 이러한 어려운 상황은 상상하기조차 힘들다. 계속하여 바로 강인한 힘과 인내력으로 두 손으로 호랑이 귀를 잡았다. 사람을 태운 호랑이가 비친 듯 내달릴 때 태연하게 칼을 빼들어 호랑이를 질러 죽였으니, 참으로 천하무쌍의 뛰어난 솜씨라 할 수 있다. 반면 한국의 대신은 자리에 앉아서 태연히 맨손으로 호랑이를 때려잡았다. 사람과 호랑이 모두 미처 예상하지 않은 상태에서 "산처럼 태연히" 기지를 부려 일을 처리한다는 것은 뛰어난 실력이다. 이들은 모두 호랑이를 잡은 영웅으로 한사람은 문관이요, 한사람은 무관으로, 각기 자신의 실력을 드러냈으니 천고의 영웅이라 할 만하다.

　한국에는 근대에 들어서 구전되는 호랑이 이야기가 적지 않겠지만, 아쉽게도 한글을 몰라 아는 이야기가 극히 적다. 그러나 최근 중국에서 출판된 조선족 여성 이야기꾼 김덕순이 말한 이야기 중에서 (『김덕순 이야기집』, 배영진 기록 정리, 상해문예출판사, 1983) 호랑이에 관한 이야기가 전체의 10%를 차지하며, 그 내용도 상당히 많은데 대해 실로 찬탄할 만하다. 예컨대 〈호랑이를 잡은 농부〉, 〈동짓날 호랑이를 때려잡은 할머니〉, 〈곶감을 무서워하는 호랑이〉('곶감(羔思狙)'은 괴물의 한 종류), 〈허풍쟁이 사냥꾼〉 등이 있다. 대부분의 이야기가 현재 중국의 전래 호랑이 이야기와 그 뛰어남을 견줄 만하다. 그 외에 진(晉)나라 때 중국의 민간에 전해 내려오던 "호랑이 발의 가시 뽑기", "호랑이의 보은"등의 이야기는 거의 대부분 사람들이 다

아는 이야기로, 한국에도 역시 이러한 이야기가 전해졌을 것이다.

현재 호랑이와 호랑이 문화는 인류의 삶에 있어서 많은 공헌을 하였으나, 호랑이는 거의 멸종될 위기에 이르렀다. 이러한 시점에서야 사람들은 각성하여 호랑이를 남획하지 않고, 호랑이 보호를 제창하고 있다. 중국과 한국 사람들은 전 세계 사람들과 함께 이를 위해 유익한 일을 많이 하였다. 예컨대, 중국은 호랑이 공원을 조성하였으며 (북방의 하얼빈과 남방의 매화산(梅花山)) 야생 호랑이를 방생하였다. 또 일부 사람들은 현재 호랑이를 산에 돌려보내고 번식시키기 위한 호랑이 기금회를 만들 준비를 하고 있다. 본인이 호랑이에 대해 글과 책을 쓰는 목적은 호랑이가 인류 문화 발전에 탁월한 공헌을 하였음을 사람들에게 알리고, 사람들의 양식에 호소하여, 다시 한 번 "호랑이 담뱃대 물고서" "조상의 문화를 구하려"는 것이다. 또 인류가 다 함께 문명의 역사를 창조하여 대자연이 빚어낸 풍부한 재산을 보호하면서, 더불어 가장 아름답고 용맹스러운 '성수(聖獸)'의 인자함과 웅혼함에서 영원한 계시를 얻고, 생기 있는 호랑이에서 우리의 전진을 고무하려는 것이다.

한·중 고대 산신설화(山神說話) 비교 연구

—『삼국유사』와 『태평광기』 소재 설화를 중심으로 —

정경주*

Ⅰ. 서론

산악(山嶽)에 대한 제의(祭儀)는 한국과 중국을 포함한 동북아 고대국가 형성초기부터 사전(祀典)에 편성될 정도로 일찍부터 중시된 민간신앙이다. 『상서(尙書)』에 육종(六宗)과 산천(山川)에 제사지냈다[1]는 기록이 있고,『삼국사기(三國史記)』에도 삼산오악(三山五嶽)을 대사(大祀)와 중사(中祀)로 나누어 제사하였다[2]고 기록하였다.

한국의 산신(山神)은 한반도 전역에 걸쳐 오늘날까지 전승되고 있는 민간신앙(民間信仰)의 대표적인 신격(神格)[3]으로서, 고대로부터 널리 중시되었다.[4] 문헌(文獻) 기록으로는 서기 85년경에 건립된 점제현신사비(秥嬋縣神祠碑)에 산신(山神), 산군(山君)이란 말이 나타나며[5], 고조선(古朝鮮)의

* 경성대학교 한문학과 교수
1)『尙書』「舜典」: 禋于六宗 望于山川 偏于群神. …… 歲二月 東巡狩 至于岱宗 柴, 望秩于山川.
2)『三國史記』卷第32 雜志第一「祭祀」.
3) 柳東植,『韓國巫敎의 歷史와 構造』(延世大出版部, 1983) 58頁.
4)『新唐書』卷220 列傳145「東夷」新羅: 朝服尙白 好祠山神.
5) 姜英卿.「한국 고대산신신앙에 나타난 이상인간형」,『종교와 문화』, 서울대학교 종교문제연구소. 2001.

개국신화에도 나타나는 등 산신에 대한 기록과 설화는 매우 오랜 역사를 가지고 있다.6) 한국 민간신앙에는 상제(上帝), 천선(天仙), 선령(仙靈), 신장(神將), 선인(仙人), 정령(精靈), 인귀(人鬼) 등 다양한 신격이 있고, 민간설화에도 귀매(鬼魅), 물괴(物怪), 정령(精靈) 등의 잡신(雜神) 외에 풍백(風伯), 우사(雨師) 등의 자연신격이 있으나, 산신(山神)은 용신(龍神)과 더불어 가장 널리 그리고 빈번하게 등장하는 신격이고, 이에 대한 연구도 많이 축적되어 있다.

산신(山神)에 대한 신앙은 중국에도 널리 분포되어 있는 것으로 알려져 있다. 산동지방 산간 지역의 민간신앙으로 어느 곳이나 산 위에 규모가 작은 산신묘(山神廟)가 있는데, 산에 올라가 하는 작업의 안전과 산 짐승의 피해를 모면하게 해 달라고 매년 한 차례씩 돼지나 양, 생선과 고기 및 각종 요리를 제수로 사용하여 제사를 지내는 풍속이 있고, 이런 습속이 지금까지도 성행하여 어떤 지방에서는 이로 인하여 산불을 일으키기도 한다고 한다.7) 티베트의 장족(藏族) 역시 각 부락의 수호신으로 산신신앙이 널리 퍼져 있는데, 풍요와 평화와 건강과 장수를 기원하는 대상으로 곳곳에 산신의 신사(神祠)가 있다고 한다.8)

중국에서도 산악은 오악(五嶽)을 비롯하여 일찍부터 국가의 공식 숭배대상이었으나, 토지신(土地神)과 같이 하나의 단일한 성격을 가진 신격(神格)으로 추상화된 것은 아니었다.9) 그랬기 때문에 산신(山神)에 대한 관념이 확대됨에 따라 그 신격은 날로 낮아져서 토지신(土地神)과 같은 지방성의

---

6) 孫晉泰,「朝鮮古代山神의 性에 就하여」(震檀學報1, 진단학회, 1934), 문경현,「신라인의 산악 숭배와 산신」(신라문화제학술발표회논문집, 동국대학교 신라문화연구소, 1991)

7) 山曼, 李万鵬 等著,『山東民俗』, 350頁(山東友誼書社, 1990.)

8) 張宗賢,『티베트의 산신신앙』(『한국과 중국의 민간신앙』, 보고사 2004)

9) 許鈺 等編,『中華風俗小百科』416頁(天津人民出版社, 1992): 在我國 早期的各文化區域 都有各自名山崇拜 統一的封建王朝建立以後 國家便以五岳系統爲主 將各文化區域的代表性山岳 納入國家祀典體系 但終究沒有象土地一樣抽象出一個單一的神祇來.

소신(小神)으로 한 지방의 민정사무(民政事務)를 주관하는 것으로 되었고, 그 신격도 인귀(人鬼)로 충당되는 사례가 많다고 한다.

민간신앙(民間信仰)은 정치권력의 교체나 국가체제의 변동에도 불구하고 시대를 뛰어 넘어 끈질기게 전승되는 문화관습이다. 설화(說話)는 이야기의 소재와 주제, 전승의 대상과 지역에 따라 여러 형태로 변형되어 사방으로 전파되지만, 그 속에 반영되어 나타나는 특정한 문화관습은 쉽사리 변개(變改)되지 않는다. 본고는 이런 관점에서 한중 양국이 공유(共有)한 산신(山神)설화에 나타나는 산신(山神) 형상(形象)의 문화적 차이를 살펴보려고 한다.

논의의 편의상 본고에서는 한국과 중국 고대 설화집 가운데 비슷한 시기에 저술된『삼국유사(三國遺事)』와『태평광기(太平廣記)』등 두 개의 화집(話集)을 텍스트로 삼아 그 가운데 나오는 산신설화(山神說話)를 검토하기로 한다.『삼국유사』는 한국의 고려시대에 편찬된 설화집이고,『태평광기』역시 중국의 송나라 초기에 편찬된 설화집으로, 그 편찬된 시대의 간격이 그리 멀리 떨어져 있지 않고, 또한 두 설화집에는 산신설화가 다수 포함되어 있어서, 대조 자료로 삼기에 적절하다. 두 설화집에 수록된 산신설화에 나타나는 산신에 대한 관념에는 어떤 공통점과 차이가 존재하는가? 그러한 차이에는 어떤 사회역사적 문화관습이 반영되는가 하는 문제에 초점을 맞추어 논의를 전개하기로 한다.

Ⅱ.『삼국유사』와『태평광기』의 산신설화

1.『삼국유사』의 산신설화

『삼국유사』에는 산신(山神)이 등장하는 설화가 다수 포함되어 있다. 이들 설화에 나타나는 산신은 대개 두 갈래로 나누어 살펴볼 수 있다. 하나는 현세(現世)의 인간 또는 특수한 신격(神格)의 화신(化身)으로 산신(山神)이 설정되는 경우이고, 다른 하나는 그 내력과 신분이 명시되지 않은 채 특정 산의 산신(山神) 또는 산령(山靈)으로 지목되는 경우이다.

현세(現世)의 인간 또는 특정한 신격(神格)의 화신(化身)으로 산신이 설정되는 경우는, 단군(檀君)이 좌정하였다는 구월산(九月山)의 산신, 중국 제실(帝室)의 딸 사소(沙蘇)가 지선(地仙)으로 좌정하였다는 선도산(仙桃山)의 신모(神母), 석탈해(昔脫解)가 죽은 뒤에 좌정하였다는 토함산(土含山) 산신, 김제상(金堤上)의 부인이 좌정하였다는 치술신모(鵄述神母) 등이다. 이 밖에 현세(現世)의 인간이 아니지만 변재천녀(辯才天女)의 화신(化身)이라는 영취산(靈鷲山)의 산령(山靈)도 여기에 포함시킬 수 있다.

내력이 명시된 이들 산신(山神)들은 대개 호국(護國)의 선신(善神)으로 묘사된다. 태백산(太白山) 신단수(神檀樹) 아래 강림하여 신시(神市)를 베푼 환웅천왕(桓雄天王)과 환웅천왕의 가르침으로 사람이 된 웅녀(熊女) 사이에 태어났다는 단군(檀君)은 세상을 다스리다가 1,500년이 지나 기자(箕子)가 조선왕(朝鮮王)으로 책봉되자 아사달(阿斯達)에 숨어 산신(山神)이 되었는데,[10] 아사달(阿斯達)의 산신(山神)으로서 단군은 그 뒤로 줄곧 개국(開國) 성신(聖神)으로 숭앙되었다. 신라(新羅)의 동악(東岳)인 토함산(吐含山)의 산신으로 좌정(坐定)한 석탈해(昔脫解) 또한 이런 호국(護國)의 선신(善神)에 속한다.

昔脫解 齒叱今이 붕어한 후 27대 文武王 대에 太宗의 꿈에 매우 위엄있는 노인의 모습으로 나타나 말하기를 "나는 석탈해인데 내 骨를 疏川 언덕에서 파내어 塑像으로 만들어 土含山에 안치하라"하였다. 이에 왕은 그 말에 따랐다. 그러므로 지금까지도 나라의 제사가 끊이지 않는데, 곧 東岳神이라고 한다.[11]

---

10) 『三國遺事』 紀異 卷第一 <古朝鮮>
11) 『三國遺事』 紀異第二 <第四脫解王>

단군이나 석탈해(昔脫解)는 군왕(君王)으로 나라를 통치하던 인물이다. 이들 군왕(君王)이 죽은 뒤에 경내의 특정한 산에 산신으로 좌정하는 것은 국가의 정체성(正體性)과 산신이 밀접하게 연관된다는 의미이다. 이런 점은 선도산신모(仙桃山神母)도 마찬가지이다. 선도산(仙桃山) 신모(神母)의 설화에는 그 좌정내력과 신령한 영험이 매우 소상하게 정리되어 있다.

真平王 때 智惠라는 比丘가 安興寺에서 새로 佛殿을 重修하려 할 적에 꿈에 한 女仙이 나타나 말하기를, "나는 仙桃山 神母인데, 네가 불전을 중수하는 것이 좋아서 금 10근을 시주하여 도우려 하니, 내가 있는 자리 아래에서 가져다가 主尊 세 불상을 장식하고, 벽에다 53佛과 6類의 聖衆과 여러 天神과 5岳의 神君을 그려놓고, 매년 춘추 季月의 10일에 선남선녀를 모아 일체 含靈을 위한 占察法會를 크게 베풀도록 하라" 하였다. 지혜는 이에 무리를 끌고 神祠의 神座 아래를 파서 황금 160냥을 얻어 불사를 마쳤다. 神母는 본디 중국 帝室의 딸로서 이름이 沙蘇인데 일찌기 神仙術을 얻어 해동에 와 있으면서 오래도록 돌아가지 않았는데, 父皇이 솔개의 발에 서찰을 써 보내어 이르기를, '솔개가 멈추는 곳을 집으로 삼아라' 하였다. 사소는 솔개가 날아가다 쉬는 곳을 따라 이곳에 와서 地仙이 되었기에 산 이름을 西鳶山이라고도 한다. 神母는 이 산에 오래 있으면서 邦國을 鎭撫하고 靈異가 매우 많았기에, 나라를 세운 이래로 3祀의 하나로서 서열이 뭇 산천의 위를 차지하였다. 景明王 때 왕이 이 산에서 매를 놓았다가 잃어버리고는 神母에게 기도하기를, "매를 찾으면 封爵을 하겠다" 하였는데, 문득 매가 날아와 앉았으므로 大王으로 책봉하였다. 처음 辰韓에 올적에 聖子를 낳아서 동국의 시조가 되었는데, 대개 赫居世와 閼英 두 성인의 所自이다. 일찌기 天仙들로 하여금 비단을 짜게 하여 붉은 물을 들여 朝衣를 지어서 그 남편에게 주었는데, 國人들이 이로 인해 그 神驗을 알았다.[12]

여선(女仙)으로 현몽(現夢)한 선도산(仙桃山) 신모(神母)는 개국 시조를 탄생한 성모(聖母)이자 동시에 방국(邦國)을 진무(鎭撫)하고 불법(佛法)을

[12) 『三國遺事』 感通第7 <仙桃聖母隨喜佛事>

호법(護法)한 선신(善神)으로 묘사되었다. 산신으로서 신모의 능력은 황금의 소재를 현몽하여 알려주거나, 잃어버린 솔개를 돌아오게 해 달라는 기원에 부응하고, 천선(天仙)을 시켜 비단을 짜서 조의(朝衣)를 지었다는 세 가지 일로만 드러난다. 다만 나중에 대왕(大王)으로 책봉되었다지만, 본래의 모습이 중국에서 도래한 신선(神仙)이라는 점이 강조되어 있다는 점에서 토착성(土着性)보다는 외래적인 면모를 갖추었다.

이와 달리 치술신모(鵄述神母)는 정절(貞節)의 화신(化身)으로 나타나는 선신(善神)이다. 나물왕(奈勿王)의 아우를 구원하고 일본에서 죽은 김제상(金堤上)의 처 국대부인(國大夫人)이 김제상(金堤上)이 일본에서 죽은 뒤 그리움을 이기지 못하고 세 낭자를 거느리고 치술령(鵄述嶺)에 올라가 왜국(倭國)을 바라보고 통곡을 하다 죽어서 그대로 신격으로 모셔졌다는 치술신모(鵄述神母)는,[13] 설화상으로는 산신으로서의 영험과 능력이 묘사되어 있지 않다. 그러나 김제상(金堤上)의 충렬(忠烈)과 국대부인(國大夫人)의 정절(貞節)이라는 치열하고 엄정한 도덕성이 선신(善神)으로서의 자격을 담보한다고 볼 것이다.

인도(印度) 아유타국(阿踰陀國)의 공주 허황옥(許黃玉)이 수로왕(首露王)의 금관가야(金官伽倻)로 들어올 적에 별포진(別浦津)에서 배에서 내려 산의 고개마루를 지나면서 능라(綾羅) 바지를 벗어 예를 표하였다는 산령(山靈)이나, 또 일산(日山), 오산(吳山), 부산(浮山) 세 곳에 거주하였다는 신인(神人)과 같이, 명칭과 내력과 역할이 분명하게 나타나지 않는 산신도 있지만, 『삼국유사』에 나타나는 산신은 대개가 선신(善神)이다. 또한 경덕왕(景德王) 때 수시로 대궐 뜰에 나타나 시립(侍立)하였다는 오악(五岳) 삼산(三山)의 신이나[14], 헌강왕(憲康王) 때 왕이 포석정(鮑石亭)에 행차하자 어전에 나타나 춤을 추었다는 남산산신(南山山神), 금강령(金剛嶺)에 행차하였

---

13) 『三國遺事』卷第1 紀異第二 <奈勿王金堤上>
14) 『三國遺事』卷第2 紀異第2 <景德王>

을 때에도 나타나 춤을 추었다는 북악(北岳)의 산신 '옥도령(玉刀鈴)'[15] 등
이 그것이다. 이들 산신 중에서도 신라 초기부터 대사(大祀)의 사전(祀典)
으로 받들어진 나림(奈林), 혈례(穴禮), 골화(骨火) 등 세 산의 호국신(護國
神), 원광법사(圓光法師)를 도와 불법을 펼친 비장산(臂長山)의 산신, 헌덕
왕(憲德王)의 아들로 승려가 되었던 심지(心地)를 도와 동화사(桐華寺)를
창건하였다는 중악(中岳)의 산신, 경덕왕에게 현신(現身)하였다는 삼산(三
山) 오악(五岳)의 산신 등은 그 내력과 신분이 명료하지 않지마는, 설화로
서의 내용이 비교적 갖추어져 있으므로 주목할 만하다.

나림(奈林), 혈례(穴禮), 골화(骨火) 등 삼산(三山)의 산신(山神)은 신라
초기부터 사전(祀典)에 올랐던 산신(山神)이다. 이들 산신(山神)은 당초부
터 호국(護國)의 선신(善神)으로 나타난다.

　화랑 金庾信이 나이 18세에 검술을 닦아 國仙이 되었는데, 그때 白石이란 자
가 있어 郎徒에 소속되어 있었다. 金花郎이 고구려와 백제를 정벌하는 일로 밤
낮으로 부심할 적에 白石이 그 모의를 알고는 김화랑에게 고하기를 "제가 공과
함께 먼저 저곳을 정탐하고 난 다음에 도모하는 것이 어떠할지요?" 하였다. 김화
랑은 좋아하여 백석을 데리고 밤에 길을 떠나 고개 위에 마침 쉬고 있는데, 어떤
두 여자가 花郎을 따라 왔다. 骨火川에 이르러 유숙하는데 또 한 여자가 홀연히
나타나서 왔다. 공은 세 낭자와 즐겁게 담소하였는데, 낭자들이 좋은 과자를 주므
로 공은 받아서 먹었다. 마음이 서로 허락하였으므로 이에 심정을 이야기하였더
니, 낭자 등이 고하여 말하기를, "공이 하신 말씀은 듣겠습니다. 바라건대 공은
白石을 떼어놓고 함께 숲 속으로 들어가서 다시 사정을 말합시다"하고는 같이
숲 속으로 들어갔다. 낭자 등은 홀연 신의 모습을 나타내며 말하였다. "우리는 奈
林과 穴禮, 骨火 등 세 곳의 護國神입니다. 이제 적국의 사람이 화랑을 유인하여
가는데, 화랑은 모르고 길어 나서기에 우리는 화랑을 만류하려고 이곳까지 왔습
니다."라고 하고는 말을 마치자 홀연 숨어버렸다. 공은 그 말을 듣고 엎어질 듯
놀라고는 두 번 절하고 나왔다. …… 공은 이에 백석에게 형벌을 내리고 百味를

갖추어 세 신에게 제사하였는데, 모두 현신하여 祭奠을 받았다.[16]

삼산(三山)의 산신은 모두 여성으로 묘사되었다. 이들 산신 역시 앞에서 살핀 몇몇 산신들과 마찬가지로 앞일을 암시할 뿐 기괴한 권능이나 괴력(怪力)을 나타내지는 않는다. 이런 점은 다음 설화에 보이는 천성산(千聖山)의 산령(山靈) 또한 마찬가지이다.

眞知王 시대에 興輪寺의 승려 眞慈는 매양 堂主 彌勒像 앞에 서원하기를, "우리 大聖께서 花郎이 되시어 세상에 출현하시면 나는 항상 가까이 뫼시고 주위에서 받들겠나이다"라고 하며, 그 기도하는 정성이 지극하고 간절하여 날마다 갈수록 돈독하였다. 하루는 꿈에 어떤 중이 나타나 이르기를, "네가 熊川 水源寺에 가면 彌勒仙花를 만나리라" 하였다. 진자는 깨어나서 놀랍고 기뻐 그 절을 찾아 열흘 길을 떠났다. 한 걸음마다 한 번씩 예불을 하며 그 절에 이르니, 문밖에 티없이 아름다운 한 화랑이 있어서 반갑게 맞이하여 작은 문으로 인도하여 賓軒까지 모셨다. 진자는 한편 올라가면서 한편으로 읍을 하며, "화랑은 평소 모르는 분인데 어찌 이다지 은근하게 접대를 하십니까?"하였다. 화랑이 말하기를, "나 또한 본디 서울 사람입니다. 스님께서 먼 길을 오신 것을 보고 위로할 따름입니다."라고 하였다. 그러다가 문을 나가더니 어디로 갔는지 알 수 없었다. 진자는 우연이거니 하고 그다지 이상하게 여기지 않았다. 다만 그 절의 중에게 지난번 꿈과 이곳에 온 연유를 말하고는, "잠시 이곳에 쉬면서 彌勒仙花를 기다리려고 하는데 어떻겠습니까"하고 청하였다. 그 절의 중은 사정을 듣고 어이없어 하면서도 그 정성이 근실함을 보고는 이에 말하기를, "여기서 남쪽으로 가면 千山이 있는데, 자고로 현철한 이들이 머무른 곳이어서 冥感이 많습니다. 그리고 가시는 게 어떨른지?"라고 하였다. 眞慈는 그 말을 좇아 그 산 아래로 당도하였더니, 山靈이 노인으로 변신하여 맞이하며 말하였다. "이곳에 무엇 하러 왔노?" 진자가, "미륵선화를 보려고 왔소."라고 답을 하자, 노인은, "아까 水源寺의 대문 밖에서 이미 彌勒仙花를 보았는데 또 와서 뭘 찾나?"라고 하였다.[17]

---

16) 『三國遺事』 卷第1 紀異第2 <金庾信>
17) 『三國遺事』 卷第3 塔像第4 <彌勒仙花 未尸郎 眞慈師>

천성산(千聖山)의 산령(山靈)이 노옹(老翁)으로 화신(化身)하여 나타나는 것은 토함산신(土含山神)으로 좌정하는 석탈해가 위엄 있는 노인으로 현몽(現夢)하는 것과 유사하다. 이 설화에서 천성산(千聖山)의 산령(山靈)은 세상의 모든 일을 환하게 보고 있는 전지자(全知者)로서 진실을 깨우치는 친절한 안내자이다. 그러한 자상하고 친절한 보조 역할은 심지(心地)의 불골간자(佛骨簡子) 설화에 나오는 중악(中岳) 산신(山神)의 역할에도 드러난다.

> 心地는 신라 41대 憲德王의 아들이다. 나이 열다섯에 머리를 깎고 스님을 따라 수도에 전념하였다. 中岳[父岳-八公山]에 머무르고 있을 적에 마침 俗離山에서 釋 永深이 眞表律師의 佛骨簡子를 전수하여 果頂法會를 연다는 소문을 듣고 찾아가서 深公으로부터 簡子 두 개를 받아 머리에 이고 산으로 돌아 왔다. 심지가 돌아오자 岳神이 仙子 둘을 거느리고 마중 나와서는 心地를 바위 위에 앉히고 바위 아래 엎드려서 삼가 淨戒를 받았다. 心地는, "이제 장차 성스러운 簡子를 봉안한 장소를 가려야 하겠는데, 우리들이 지정할 바는 아니다. 청컨대 세 분과 더불어 높은 곳에 올라가 간자를 던져 시험하자"고 하고는, 이에 神 등과 함께 산봉우리로 올라가서 서쪽을 향하여 던졌다. 簡子는 이에 바람에 날려 갔다. 그때 神은 노래를 불렀다. "막힌 바위는 멀리 숫돌처럼 물러서고, 낙엽처럼 흩어져 나니 밝은 빛이 나는구나. 佛骨 簡子를 찾아서는 깨끗한 곳에 모셔 정성을 바치리라." 노래를 부르고는 숲 속의 샘에서 간자를 찾아 그곳에다 집을 지어 안치하니 지금의 桐華寺 籤堂 북쪽에 있는 작은 우물이 이것이다.[18]

이 설화는 심지(心地)라는 승려의 신통한 법력(法力)에 대한 이야기이다. 이 설화에서 선자(仙子) 둘을 거느린 중악(中岳)의 산신은 불가(佛家)의 제자로 귀의(歸依)하여 바람에 날려간 간자(簡子)를 찾아주는 역할을 보조할 뿐 특별한 신통력(神通力)이나 괴력(怪力)을 보이지 아니한다. 설화의 주인공의 심지(心地)이기 때문에 산신(山神)의 역할을 드러낼 필요가 없었을 수도 있으나, 어쨌든 사람이 하는 일을 방해하거나 위세를 부려서 두렵게 만

---

18) 『三國遺事』卷第4 義解第5, <心地繼祖>

드는 존재로 인식되지 않았음은 분명하다.

『삼국유사(三國遺事)』에서 산신으로서의 위세가 가장 강력하게 드러나는 것은 비장산(臂長山)의 산신이다. 원광법사(圓光法師)의 설화에 등장하는 이 산신 역시 원광법사를 돕고 나중에서는 그 계율(戒律)을 받는 선신(善神)이자 호법신(護法神)이다.

圓光法師의 속성은 薛氏인데 王京 사람이다. 처음에 중이 되어 佛法을 닦다가 나이 30이 되어 혼자서 三岐山에서 수도하였다. 4년 뒤에 어떤 한 比丘가 와서 멀지 않은 곳에 따로 절 하나를 만들어 2년 동안 거처하였는데 사람됨이 억세고 사나우며 呪術을 좋아하였다. 法師가 밤에 홀로 앉아 經을 외는데, 홀연神의 소리가 나면서 이름을 부르며 말하였다. "잘한다 잘한다, 네가 수행하는게. 수행하는 자 많지마는 법대로 하는 자 드물다. 이제 이웃에 있는 비구를 보니 곧바로 주술만 닦아서 소득은 없고, 시끄러운 소리만 다른 사람의 고요한 생각을 고달프게 하고, 거처하는 곳이 내가 다니는 길에 방해가 되고, 매양 가고 올 때마다 나쁜 마음을 내는구나. 法師는 나를 위해 그에게 고하여 다른 곳으로 옮기게 하라. 만약 오래 머물면 내가 홀연 罪業을 지을까 염려된다."고 하였다. 다음날 법사는 그곳에 가서 고하기를, "내가 어제 산신의 말을 들었는데, 비구는 다른 곳으로 옮기는 게 좋겠다. 그렇지 않으면 아마 재앙이 있으리라"하였다. 비구는, "지극한 수행을 하는 자는 魔에 현혹되지 않는데, 법사는 어찌하여 狐鬼의 말을 근심하는가?"하였다. 그날 저녁에 산신이 또 와서 말하였다. "아까 내가 고한 일에 비구는 어떻게 대답하던가?" 법사는 산신이 진노할까 염려하여 대답하기를, "끝까지 말하지 못했습니다. 세게 말하면 어찌 감히 듣지 않겠습니까?" 하였다. 산신은, "내가 벌써 다 들었는데, 법사가 보태서 이야기 할 것 있소? 다만 묵묵히 내가 하는 걸 보시오."라고 하고는, 그냥 가버렸다. 밤중에 천둥 번개 같은 소리가 있었는데, 다음날 보니 산이 무너져 비구가 있었던 절을 덮어버렸다. 산신이 또 와서 말하기를, "법사가 보기에 어떻소?"라고 하였다. 법사는 대답하기를, "보니 매우 놀랍고 두렵습니다."라고 하였다. 산신이 말하였다. "내 나이 거의 3,000살에 가까운데, 神術이 가장 장하여 이런 작은 일이야 놀랄 게 있나? 다가올 일까지 모르는 게 없을 뿐 아니라 천하의 일도 통달하지 못하는 게 없소.

이제 생각하니, 법사가 이곳에만 있어서는 비록 自利의 실행이 있더라도 利他의 공이 없을 것이고, 현재 세계에서도 높은 이름을 떨치지 못하고 미래 세계에도 勝果를 취하지 못할 것이오. 중국에 가서 불법을 얻어다가 동해의 혼미한 중생을 인도하지 않으려오?" "중국에 가서 도를 배우는 것은 본디 원하는 바이나, 바다와 육지의 길이 멀고 막혀 있어서 스스로는 길을 통할 수 없습니다."

산신은 중국에 가는 방법을 상세히 일러주었다. 법사는 그 말대로 중국에 가서 11년을 머물면서 三藏에 해박하게 達通하고 儒術에 겸하여 통달하였다. 眞平王 22년 경신에 법사는 행장을 꾸려 동국으로 돌아오려고 하다가 마침 중국의 朝聘使를 따라 還國하였다. 法師는 산신에게 사례하려고 앞서 머물렀던 三岐山의 절에 갔다. 밤중에 산신이 또 와서 그 이름을 부르며 말하였다. "바다와 뭍의 먼 길을 다녀오니 어떻소?" "산신의 크나큰 은혜를 입어 평안하게 다녀왔소이다." "내 또한 산신에게 戒를 주어서 생생토록 서로 구제하자는 약속을 맺겠소." 또 청하여 말하기를, "산신의 참 모습을 볼 수 있겠습니까?"하였더니, 산신이 말하기를, "법사가 만약 내 모습을 보고 싶으면, 아침에 동쪽 하늘가를 보시오"라고 하였다. 법사가 다음날 바라보니 큰 팔뚝이 구름을 뚫고 하늘 가에 닿아 있었다. 그날 밤에 산신이 또 나타나 말하였다. "법사는 내 팔뚝을 보았소?" "보았더니 매우 기특하더이다." 이로 인하여 세속에서는 비장산이라 하였다. 산신이 말하기를, "비록 이런 몸을 가졌지만 무상의 해를 면하지 못하오. 그러므로 나는 이제 곧장 그곳 고개에다 捨身하려오. 법사는 와서 영원히 떠나는 혼령을 보내주시오" 하였다. 약속한 날이 되어 갔더니, 한 옻칠처럼 새까만 늙은 여우가 있다가 헐떡거리며 숨이 끊어져 곧장 죽고 말았다.[19)

여기서 비장산의 산신은 원광법사를 도와 그 불법의 성취를 이루게 하는 선신(善神)이다. 이 산신은 주술(呪術)을 일삼는 이단(異端)의 승려를 산사태로 응징하는 괴력(怪力)을 발휘하고, 커다란 팔뚝을 과시하는 데서 나타난다. 그러나 달리 보면 산사태는 산에서 흔히 발생할 수 있는 자연현상의 하나인지라, 굳이 괴이하다 할 것은 없다. 산신(山神)이 스스로 3,000년을 살았다거나 신술에 뛰어나 모를 것이 없다는 것은 오래 살면서 세상의

---

19) 『三國遺事』 卷第4 義解第5 <圓光西學>

온갖 풍파를 겪어 풍부한 경험을 축적한 노인의 통찰력과도 그리 차이가 있을 것으로 보이지 않는다. 그것은 스스로를 새까만 여우의 몸으로 捨身하는 최후의 장면에서 확인된다.

이상에서 살펴본 바와 같이『삼국유사』에 나타나는 산신(山神)은 대부분 호국(護國)이나 호법(護法)의 역할을 하는 선량한 선신(善神)으로 묘사되었다. 이런 점은 한국 민간신앙의 산신이 대개 자연신이며 기능면에서 수호신(守護神)으로 인식된다는 기존의 논의20)와 일치한다.

또한 이들 산신(山神)들은 한 둘의 선자(仙子)를 대동하거나 두셋이 한꺼번에 나타나기도 하지만, 대개 여자나 노옹(老翁)의 형상으로 혼자 나타나서 춤을 추거나 말을 통하여 의사를 전달할 뿐, 그 위세나 기괴한 능력이 자세히 묘사되는 경우는 매우 드물다. 이들 산신들은 대개 선량한 인간에게 스스로 나타나 도움을 주거나 갈 길을 지시해 주는 존재로 묘사되고 있지만, 그렇다고 해서 특정 개인에게 유별난 재능을 부여하거나 특별한 행운을 안겨주는 사례는 찾아보기 어렵다.

『삼국유사』에 나타나는 산신의 또 다른 면모는 세속의 인간이나 승려(僧侶)에게 모두 존중되는 존재라는 점이다. 이들 설화에서 산신이 세속 인간들의 운명을 위협하거나 또는 승려 등 비상한 능력의 소유자와 직접으로 대립하여 갈등을 일으키는 경우는 거의 없다. 비장산 산신설화에 주술을 하는 승려를 경고하고 응징한 사례가 나타나지만, 산신의 일방적인 우세로 정리되어 대립의 여지가 소거되었다. 게다가 이들 산신(山神) 사이의 계층적(階層的) 위계나 상호 갈등이 전혀 나타나지 않는다.

2.『태평광기』의 산신설화

『태평광기(太平廣記)』500권은 송(宋)나라 태평흥국(太平興國) 연간(976-

---

20) 任東權,「山神考」(『韓國民俗文化論』325頁, 集文堂, 1989.)

983)에 유신(儒臣) 이방(李昉) 등에게 명하여 선진(先秦)시대부터 송초(宋初)에 이르는 수백 가의 야사(野史)와 소설을 분류 편집하여 만들게 한 책이다. 이 책은 태평흥국(太平興國) 2년(977)에 시작하여 이듬해 8월에 500권 목록 10권을 묶고 6년(981) 정월에 판각되어 유포되었는데, 이 책의 인용서목(引用書目)만 모두 343종이고 실제로 인용된 서적은 475종에 이른다. 이 책은 여러 설화의 소재를 신선(神仙)에서 잡록(雜錄)에 이르기까지 모두 92류로 분류하고 150여의 세목(細目)으로 나누었는데, 그 중에는 신선(神仙), 귀(鬼), 보응(報應), 신(神), 여선(女仙), 정수(定數), 축수(畜獸), 초목(草木), 재생(再生), 이승(異僧), 징응(徵應) 등 11류의 분량이 많아서 전체의 절반 가량을 차지하기 때문에, 중국 고대 설화에 나타나는 산신(山神) 또는 그에 관련된 내용을 개관하는 데 매우 유용한 책이다.

『태평광기(太平廣記)』에는 산신(山神) 또는 산령(山靈)이 언급된 이야기가 40여 곳에 나타난다. 그 대부분의 이야기에는 단순히 산신(山神)에게 기도한다거나 특정 지역의 산신이 누구라거나, 또는 막연히 산신의 도움을 받는다는 등의 단편적인 삽화(揷話)로 개재되어 있어서, 산신의 정체나 모습이나 능력이 명확하게 드러나지는 않는다. 그 중 산신의 정체나 모습이나 활동이 제대로 나타나는 몇 가지 경우를 중심으로 살펴보기로 한다.

『태평광기(太平廣記)』에 묘사되는 산신(山神)은 선악(善惡)의 양면으로 나누어 볼 수 없을 정도로 성격이 복잡하다. 그 대신 신격(神格)의 신분이나 위상(位相)에 따라 서너 가지로 부류로 나누어 볼 수가 있다. 각 지역 소재의 산악과 그 인근을 점거한 신관(神官)으로서의 산신(山神), 세속을 절연(絶緣)한 신선(神仙)의 한 부류로서의 산신(山神)과, 요괴(妖怪)나 악귀(惡鬼)의 한 부류로서 천박한 산신(山神) 등이 그것이다.

『태평광기』의 설화에 등장하는 산신(山神)은 종종 산에 은거하는 신선(神仙)과 구별되지 않는 경우가 있다. 예컨대 〈신선전(神仙傳)〉에서 채록된 개상(介象)의 설화나 〈기사기(奇事記)〉에서 채록된 종남산(終南山)의 신인이 그러하다. 개상(介象)의 설화에는 호랑이를 앞세운 여선(女仙)이 산신(山神)으로 등장한다. 회계(會稽) 사람 개상(介象)이 선술(仙術)을 좋아하여 산에 들어가 신선(神仙)을 찾다가 피곤하여 바위 위에 누웠는데, 범 한 마리가 나타나 개상의 이마를 핥고 있었다. 개상은 말하기를, "만약 하늘이 너를 시켜 나를 수호하게 하였다면 그대로 머물고, 산신(山神)이 너를 시켜 나를 시험하게 하였다면 빨리 가거라" 하였다. 범이 떠나기에 개상이 따라 들어가다가 산골짜기 깊은 곳에서 나이 열대여섯의 여자를 만났는데 모습이 비상한 신선(神仙)이었다. 이에 개상은 그 신선에게 애걸하여 환단경(還丹經) 한 구절을 받아 와서 마침내 도술(道術)을 깨친다.[21] 이 설화에 나타나는 여선(女仙)이 곧 산신(山神)인지는 명료하게 구분되어 있지 않으면서 산신으로서의 기능을 하고 있다.

〈기사기(奇事記)〉에서 채록된 왕상(王常)의 설화에 나타나는 종남산(終南山)의 신인도 그러하다. 왕상의 설화는 낙양(洛陽)의 왕상(王常)이란 자가 종남산(終南山)에 노닐다가 비바람을 만나 산 속에서 자다가, 한밤중에 혼자 자신의 불우함을 탄식하며 천지 신명을 원망하자, 홀연 공중에서 산신(山神)으로 자처하는 한 신인(神人)이 나타나서 황금을 만드는 비술을 가르쳐 주어, 그것을 배워 많은 사람을 구제했다는 이야기이다.[22] 황금을 만드는 비술은 도가(道家)의 고유한 도술(道術)의 하나이다. 이러한 산신(山神)은 철저히 불노장생(不老長生)의 도술(道術)를 수련하는 도사(道士)의 개인적인 조력자(助力者)일 뿐, 한 지역이나 집단의 수호신(守護神)으로서의 의미는 갖고 있지 않다.

『태평광기(太平廣記)』에 가장 널리 묘사되는 산신(山神)은 산악을 포함한 일정한 지역을 점거하여 그 지역 생령(生靈)의 운명을 좌우하는 신관(神官)으로서의 산신(山神)이다. 일정한 지역을 점거하여 그 지역 유명(幽明)

---

21) 『太平廣記』卷13「介象」
22) 『太平廣記』卷73「王常」

간의 모든 생령(生靈)의 운명을 좌우하기 때문에 이들 산신(山神)의 세계는 인간계와 마찬가지로 위세가 당당한 관부(官府)의 규모를 갖추고 수많은 수종(隨從)들을 거느리고 다니며, 인간의 생사(生死)를 좌우하는 권세를 발휘하는 것으로 묘사된다. 가령 〈유씨이목기(劉氏耳目記)〉에서 채록된 〈이갑(李甲)〉 설화에 나오는 대명산(大明山)의 산신은 황택(黃澤)의 택신(澤神)과 더불어 천지의 운명을 판결하는 권세와 인간세상의 미래를 예언하는 능력을 가진 것으로 묘사되어 있다.23) 이러한 산신의 권세가 잘 묘사된 것은 〈광이기(廣異記)〉에서 취한 〈유가대(劉可大)〉의 설화에 나오는 화산산신(華山山神)이다. 이 설화의 개요는 다음과 같다.

　唐나라 때 劉可大란 사람이 進士 시험에 응시하러 東都에 가다가 길에서 귀공자와 같은 복장을 한 소년을 만났는데, 그 차림새와 從僕과 행차가 매우 거창하였다. 그래서 可大와 가깝게 지내며 몇 일 동안을 동행하였는데, 華陰 땅에 이르러 말하기를 "고을 동쪽에 장원이 있으니 함께 가자"고 하였다. 따라 갔더니 건물이 굉장한데다가, 중문에서 엿보니 한 귀인이 內廳에서 일을 처리하고 있는데 가두어둔 무리가 매우 많고 고문하고 신음하는 소리가 매우 고통스러웠다. 소년이 당초 들어갈 때 可大를 보고는 '몰래 훔쳐보면 누가 될까 염려된다'고 하였는데, 다시 나오더니 하는 말이, "아까 말씀드렸는데 어째서 약속을 어기는지요? 그러나 이제 다시 숨길 수가 없군요. 家君께서는 華山의 山神이신데, 아는 사람에게 이익이 있게 할 것이니 두려워하지는 마십시오" 하였다. 음식을 성대하게 대접받고 유가대는 자신의 운명이 어떠한지 알려달라고 요청하였다. 그랬더니 黃衫을 입은 관리가 장부를 살펴보고는 말하기를 "劉君은 명년에 進士에 급제하고 7政의 관직을 두루 거치겠다"고 하였다. 유가대는 굳이 당년에 벼슬하도록 해 달라고 요청하였다. 관리는 말하기를 "당년에는 단지 일개 縣尉만 될 수

---

23) 『太平廣記』 卷158 <李甲>: 唐나라 때 常山 사람 李甲이 형대 서남쪽의 산 속으로 집을 옮겨 살면서 나무를 해다 팔아서 생계를 이어갔다. 어느날 밤에 大明山 아래에 이르러 비바람이 갑자기 몰아치기에 神祠로 들어가 피하였는데, 묘 속에서 大明山의 山神과 黃澤의 澤神 등이 모여서 천지간의 公事를 하는 것을 엿보다가 대명산 산신이 장차 30년 안에 큰 병란이 일어날 것이라는 말을 하는 것을 듣고는 돌아와 그 시말을 기록해 두었는데, 그 뒤 30년 만에 戰亂이 일어나 참혹한 일들이 거듭되었다는 이야기이다.

있다"고 하면서, 복이 줄어드는 것을 애석하게 여기며 쉽사리 허락해주지 않았
다. 유가대가 굳이 고집을 하자 마침내 그대로 해 주었다. 이듬해에 유가대는 서
울에게 가서 급제를 하고 몇 년만에 滎陽縣尉를 하다가 죽었다.[24]

〈유가대(劉可大)〉의 설화에 묘사된 화산산신(華山山神)은 굉장한 건물에
수많은 사람을 가두어 두고 고문하며 업무를 처리하고, 그 아들도 수많은
종복(從僕)을 거느리고 거창하게 행차할 만큼 대단한 위세(威勢)를 가진 신
격(神格)이다. 화산(華山)은 역대 사전(祀典)에 오악(五嶽)의 하나로 존숭(尊
崇)되었기 때문에 이러한 분식(粉飾)은 허세로 보이지 않는다. 그런 권능을
가지고 있기에 주인공인 유가대(劉可大)의 요청을 받고 그 운명을 알려주
고는 또 그것을 바꾸어 주는 재량이 가능하다고 인식된다. 이런 산신의 위
세는 〈열선전(列仙傳)〉에서 채록한 태산산신(泰山山神)의 설화에는 더욱
거창하게 묘사된다.

臨淄 땅에 蔡支라는 縣史가 있었는데 어느 날 공문서를 받들고 태수를 뵈러
갔다가 길을 잃고 헤매다가, 岱宗山 아래에 이르러 성곽과 같은 모습을 보고 들
어가서는 태수와 비슷하게 시위를 근엄하게 펼친 한 관원을 보고 공문서를 바쳤
다. 그 관원이 주효를 차려 잘 대접하더니 서찰 하나를 주면서 그 서찰을 外孫에
게 전해달라고 하였다. 이에 채지는 말하기를 "明府의 外孫이 누굽니까?"하고
물었는데, 답하기를 "나는 泰山의 山神인데 외손은 天帝이다"라고 하였다. 채지
는 비로소 깜짝 놀라 그곳이 인간세상이 아닌 줄 알았지만, 문을 나와 말을 타니
곧장 天帝가 있는 곳에 이르렀다. 천제가 앉은 太微宮殿은 좌우의 신하들이 모
두 천자와 같았다. 채지가 서찰을 바치자 天帝는 酒食을 주며 위로하며 묻기를,
"그대의 家屬은 몇 사람인가?"하고 물었다. 부모와 처는 모두 죽고 아직 再娶를
하지 못했다고 하니까, 천제가 말하기를 "그대의 처가 죽은 지 몇 년이나 지났는
가?" 하였다. 채지는 "3년입니다"하였다. 천제는 "그대는 만나보고 싶은가?"하였
다. 채지가 "천제의 은총만 바라겠습니다" 하였다. 천제는 즉시 戶曹尙書에게

---

24) 『太平廣記』 卷303 〈劉可大〉

명하여 司命에게 신칙하여 채지 부인의 기록을 生錄에 거두게 하고는 그대로
채지를 따라가도록 하였다. 채지는 집으로 돌아와 처의 무덤을 파서 그 형체를
살펴보니 과연 살아날 기미가 있었고, 잠깐 만에 일어나서 예전처럼 안고 말을
하였다고 한다.[25]

태산(泰山)은 대종(岱宗)으로 고대로부터 오악(五嶽)의 수위(首位)를 차
지할 만큼 역대 사전(祀典)에서 가장 존중되었던 산이다. 오악(五嶽)의 산
신(山神)은 본디 사전(祀典)에 천자(天子)의 경(卿)에 해당하는 위격(位格)을
부여받았거니와, 당(唐)나라 이래로 벽하원군(碧霞元君)으로 존숭(尊崇)되
었다. 그런 만큼 태산(泰山) 산신(山神)의 외손(外孫)이 천제(天帝)라는 발
상이 가능하다. 그런데 가계(家系)의 설정도 그러하거니와, 태산 산신의 심
부름으로 천제(天帝)에게까지 가서 죽은 지 3년이 된 처를 데리고 인간세
상으로 돌아왔다고 하였으니, 유명(幽明)을 마음대로 드나들며 인간의 운
명을 마음대로 좌우하는 권세를 가진 존재인 것이다.

그런데 『태평광기(太平廣記)』의 설화 가운데는 이렇게 대단한 수많은 수
종(隨從)을 거느리고 생사를 넘나드는 권세를 발휘하는 산신들이 뜻밖에도
인간과 마찬가지로 식욕(食慾)이나 기호(嗜好)를 가진 속물적 존재로 묘사
되는 경우가 더러 있다. 〈계신록(稽神錄)〉에서 채록된 앙산(仰山) 산신과
〈하동기(河東記)〉에서 채록된 마계산신(磨笄山神)의 설화가 그러하다.

　　袁州의 시골에 성품이 근실한 한 노인이 있었는데 향리의 존중을 받고 집도
매우 잘 살았다. 어느 날 붉은 옷을 입은 소년에 수레와 종복을 매우 성대하게
거느리고 그 집에 와서 밥을 먹기를 청하였다. 노인은 즉시 맞이하여서는 종자
까지 두루 먹도록 매우 지극하게 음식을 준비하여 앞장서 음식 대령을 하는데,
가만 생각하니 長吏나 조정 사신이 고을에 행차할 적에는 땅에 엎드려 절을 하
는데 이 사람은 어떤 사람인가 하며 의심하는 기색을 띠었다. 소년은 그걸 알고
이르기를 "그대는 나를 의심하는가? 나는 그대에게 숨길 수 없다. 나는 仰山의

25) 『太平廣記』 卷375 〈蔡支妻〉

山神이다." 하였다. 노인은 두려워하며 재배하고는 "앙산의 산신은 날마다 제사를 실컷 받는데 어째서 밥을 요청하시는지요?" 하였다. 산신은 말하기를 "나에게 제사하는 범인은 모두 나에게 복을 구하는데, 내 힘이 미치지 못하는 자나 또는 복을 받을 만한 사람이 아니면 나는 감히 흠향하지 못한다. 그대는 長者이기 때문에 그대에게 와서 밥을 요구하는 것이다"라고 하였다. 식사를 마치고는 인사치레를 하고는 떠났는데 그대로 보이지 않았다.[26]

晉陽의 동남쪽 20리에 臺駘廟가 있는데 黨國淸이라는 목수가 臺駘神의 부름을 받아 그 묘의 지붕을 수리하고 돌아오는 길에 磨笄山의 山神이 100여명의 隨從을 거느리고 李存古라는 사람의 집으로 가는 것을 보았다. 다음날 당국청이 이존고의 집으로 찾아갔더니, 무당이 신을 불러들여 굿을 하고 있었다. 사연을 물었더니 이존고가 군법을 어겨 雁門郡으로 유배되었을 때 그곳에 마계산이 있어서 매양 그 산신에게 살아서 돌아가게 해 달라고 기도하였던 바, 근자에 사면을 받아 고향으로 돌아오게 되자, 마계산신의 도움이라 생각하고 굿을 한다는 것이었다.[27]

시골 장자의 집에 성대한 행차를 거느리고 와서 음식을 얻어먹었다는 앙산(仰山)의 산신이나, 무당의 굿에 100여 명의 수종을 거느리고 찾아갔다는 마계산(磨笄山)의 산신 형상에는 현세의 인간과 다름없는 식욕과 기호가 그대로 반영되어 있다. 이러한 산신의 현세적 속성은 신격을 요괴(妖怪)로 설정한 다음 몇 편의 설화에서는 더욱 노골적으로 나타난다.

宋나라 때 富陽사람으로 王氏 성을 가진 사람이 게를 잡으려고 도랑 가운데 통발을 놓고는 아침에 가서 보았더니 두 자 남짓한 나무막대기가 그 가운데 들어 있고 게는 모조리 나가고 없었다. 이에 막대기를 물가에 꺼내고 통발을 수리하여 다시 놓아두었다. 다음날 아침에 가니 또 막대기가 통발 안에 들어 있고 게는 없었다. 이에 이 막대기가 요상하다고 의심하여 게 통발 가운데 넣고는 머리를 묶어서 지고 돌아오면서 "집에 가서 도끼로 쪼개야지"라고 하였다. 집에 채

26) 『太平廣記』 卷314 <袁州老父>
27) 『太平廣記』 권307 <党國淸>

오기 전에 통발 가운데 꾹꾹 소리가 나서 고개를 돌려보니 아까 그 막대기가 사람얼굴을 한 원숭이로 변신하였는데, 손 하나에 발이 하나였다. 그 괴물이 왕에게 말하기를 "내가 게를 즐겨서 날마다 그대 통발에 들어가서 게를 먹었으니, 바라건대 그대는 용서해 주고, 나를 통발에서 꺼내 달라. 나는 山神인데 그대를 도와주고 또 게를 많이 잡게 해 주겠다"고 하였다. 왕은 "너는 사람을 함부로 범한 것이 전후로 한 번이 아니니 죽어야 마땅하다"고 하였다. 그랬더니 이 물건이 자꾸 애걸해주기를 청하였다. 왕이 돌아보지도 않았더니, 괴물이 말하기를 "그대 이름이 무엇이냐? 내가 알고 싶다"고 하며 자꾸 자꾸 물었다. 왕은 대꾸도 않았다. 집이 가까워지자 괴물이 말하기를 "나를 놓아주지도 않고, 또 나에게 성명도 말하지 않으니 다시 어찌 할 방법이 없이 죽게 되었구나" 하였다. 왕은 집에 오자 이글거리는 불에 태워버렸다. 그 뒤로 이상한 일이 다시 없었다. 토속에 이르기를 山怪라 하는데 사람의 성명을 알면 능히 사람을 해칠 수 있기 때문에 왕에게 자꾸자꾸 물어서 사람을 해치고 모면하려 한다고 한다.[28]

당(唐)나라 때 정주자사(定州刺史)를 지낸 정굉지(鄭宏之)가 처음으로 현위(縣尉) 벼슬을 할 때 그 관사(館舍)에 요괴(妖怪)가 출몰한다고 사람들이 거처하지 말도록 말렸다. 정굉지는 혼자 그 관사에 이틀 밤을 지내는데, 밤중에 어떤 귀인이 백여 명의 수종을 거느리고 와서 "어떤 놈이 당돌하게 이곳에 거처하는가"하며 좌우에 명하여 정굉지를 끌어내리게 하였다. 정굉지는 의연하게 버티며 수종들을 물리치고, 귀인과 마주하여 담소하다가 칼을 뽑아 귀인을 내리쳐서 팔을 상하게 하였더니, 좌우 수종이 부축하여 사라져버렸다. 정굉지는 곧 사람들을 동원하여 그 핏자국을 따라 가서 북쪽 담장 아래 한 치 되는 작은 구멍을 발견하고, 이를 파게 하였더니 크고 작은 여우 수십 마리가 있었다. 그 중 늙은 여우 한 마리가 말하기를 "나는 이미 천년을 살아 능히 하늘과 통하니 나를 죽이면 상서롭지 못하다. 나를 해치지 않으면 너를 돕겠다"고 하였다. 정굉지는 여우를 모조리 잡아다가 불에 태워 죽이고, 늙은 여우 하나만 붙잡아 뜰의 느티나무에 쇠사슬을 채워 묶

---

28) 『太平廣記』 卷360 <富陽王氏>

어 두었다. 다음 날 밤에 산신(山神)을 비롯한 천택(川澤)과 온갖 사당의 귀신들이 나타나 여우 앞에 인사하며 말하기를 "大王이 이런 지경에 이를 줄 몰랐습니다마는 대왕을 벗어나게 할 방법이 없습니다." 하였다. 다음 날 저녁에는 황귈신(黃獥神)이라는 자가 수종 수십 명 거느리고 나타나 "형님이 어찌 이런 지경이 되셨소"하면서 늙은 여우를 채운 쇠사슬을 손으로 끌어 당기자 쇠사슬이 풀리면서 둘이 모두 유유히 사라져버렸다. 정굉지는 다음 날 고을 아전들을 불러 황귈(黃獥)이란 이름의 개를 찾아서 잡다 쇠사슬에 묶어 끓는 물에 삶게 하였다. 그러자 그 개는 사람 말을 하면서 "나는 황귈신인데 나를 해치지 않으면 그대를 따라 돕겠다"고 하기에, 정굉지는 그와 더불어 이야기를 나눈 뒤 개를 풀어주었다. 그 뒤로 정굉지는 황귈신의 도움으로 여러 어려운 사건을 처결하고 정주자사(定州刺史)의 벼슬에 이르렀다. 그 뒤 황귈신이 떠나가자 정굉지의 벼슬도 다하고 마침내 풍질(風疾)에 걸려 사직하였다.[29]

『기회(紀回)』에서 채록한 〈정굉지(鄭宏之)〉 설화에 나오는 산신(山神)은 요괴(妖怪)인 노호(老狐)에게 굴복하여 아첨하는 저열(低劣)한 존재이고,『수신기(搜神記)』에서 채록한 〈부양왕씨(富陽王氏)〉의 설화에서 산신(山神)으로 자처하는 괴물(怪物)은 게를 좋아하는 식탐(食貪)으로 말미암아 사람에게 잡혀 죽는 탐욕스럽고 사악한 존재이다. 이처럼『태평광기(太平廣記)』에는 인간에게 더 이상 경외(敬畏)의 대상이 되지 않는 산신이 더러 나타난다. 『유양잡조(酉陽雜俎)』에서 채록된 애산(崖山)의 산신이나『술이기(述異記)』에서 채록된 적성산(赤城山)의 산신 또한 인간에게 이용당하거나 경쟁하는 신격이다.

太原郡 동쪽에 崖山이 있는데 날이 가물면 土人들이 비를 기원하여 이 산에 불을 지른다. 전해오는 말에 崖山의 山神은 河伯의 딸에게 장가들었기 때문에,

---

29)『太平廣記』卷449. 〈鄭宏之〉

河伯이 불을 보고는 반드시 비를 내려 구원한다는 것이다.[30]

章安縣 서쪽에 赤城山이 있다. 진나라 泰元 연간에 외국인 白道猷가 이 산에 거주하자, 山神이 여러 번 이리를 보내어 기괴한 형상과 이상한 소리로 위협을 하였으나 백도유가 끄덕하지 않았다. 山神은 이에 나타나서 말하기를 "法師의 威德이 엄중하니 이제 이 산을 밀어 넘기고, 제자는 다른 곳에 의탁할 곳을 정하겠소"라고 하였다. 백도유가 "그대는 무슨 신이며 이 곳에 얼마나 있었으며, 이제 꼭 떠나겠다면 어디로 가겠소?" 하고 물었더니, 답하기를 "제자는 夏王의 아들인데 이곳에 있은 지 천여 년이요, 寒石山은 家舅께서 계신 곳인데 나는 장차 그곳에 가서 붙어 있다가 장차 會稽山廟로 돌아오려 하오"라고 하였다.[31]

애산(崖山)의 산신은 하백(河伯)의 사위이고, 적성산(赤城山)의 산신은 하왕(夏王)의 아들이라는 고귀한 신분으로 설정되어 있지만, 토인(土人)들은 애산(崖山)에 불을 질러 비를 구하고, 적성산(赤城山)의 산신은 승려 백도유(白道猷)에게 산을 양보하고 만다. 이렇게 『태평광기(太平廣記)』의 일부 산신들은 신들 상호간의 혈연 관계 속에 산신(山神)으로서의 신성성(神聖性)과 그 권위의 세습(世襲)이 일정하게 담보되고 있기는 하지만, 그러한 신성성이 인간으로부터 부단히 도전받는 모습으로 형용된다는 데 문제가 있다. 이러한 신성성(神聖性)의 퇴락(頹落)은 산신(山神)이 악귀(惡鬼)나 요물(妖物)을 부리는 존재로 형용되기도 한다. 다음은 『법원주림(法苑珠林)』에서 발췌된 〈선율사(宣律師)〉라는 불가(佛家)의 이승(異僧) 설화에 묘사되는 산신의 모습을 요약한 것이다.

涪州의 相思寺 뒷산에 탑이 하나 있는데, 迦葉佛 시대에 羅子明이라 比丘가 있었는데 破戒하는 승려를 미워하여 발원하기를 "내가 죽은 뒤에 큰 惡鬼가 되어 파계하는 자를 물어 죽이리라" 하고는 山神이 되기를 發願하여 마침내 많은 권속을 거느리고 동서 5천리 남북 2천리의 땅을 관장하며 만 명의 사람을 물어

30) 『太平廣記』 卷397 〈崖山〉
31) 『太平廣記』 卷294 〈白道猷〉

죽였다. 그 뒤로는 五戒를 받아서 사람을 물지 않았으나, 혹 뒤에 마음이 변할까 염려하여 부처가 育王을 시켜 白玉으로 탑을 만들어 산신을 숨게 하였다. 또 循州 북산에 靈龕寺가 있는데 여기는 본디 文殊聖者의 제자가 이 산의 山神이 되었는데 惡業을 많이 지었기에 文殊가 가련히 여겨서 이곳에 와서 교화를 하고 남긴 자취이다.[32]

이 설화에서 산신은 비록 불자(佛子)의 화신(化身)으로서 불법(佛法)을 수호한다는 명분이 있기는 하였지만 계율을 어기는 수도자를 물어버리는 악귀(惡鬼)이다. 후반부에서는 산신이 아예 악업(惡業)을 짓는 존재로 규정되어 있다. 『태평광기』에는 이 밖에도 여산(廬山) 산신(山神)이 죽은 사람의 무덤에 명기(明器)로 함께 묻은 목우(木偶)를 측실(側室)로 받아들여 비취 비녀를 구하였는데, 비녀를 구하여 제(祭)를 올리고는 소원을 성취하였다는 이야기[33]나, 거연산(居延山)의 산신이 무덤 속의 오래된 가죽푸대를 령인(伶人)으로 거두어들였다는 이야기가[34] 있다. 이런 이야기들은 모두 오래된 물건은 요귀(妖鬼)가 되어 나타난다는 설화의 본 이야기에 부속된 단편이지만, 산신(山神)이 산 사람과 다름없이 축첩(蓄妾)을 하고 호사(豪奢)를 즐긴다는 발상을 보여준다.

위에서 살펴본 바와 같이 『태평광기』에 실린 설화에서 중국 고대의 산신은 다양한 모습으로 묘사되었지만 일정한 경향을 보여준다. 그 중 가장 주목할 것은 불로장생(不老長生)의 신선사상(神仙思想)과 관련하여 도술(道術)을 추구하는 술사(術士)들에게 비법(秘法)을 전수하는 신인(神人)으로 묘사된 경우를 제외하면, 대개 일정한 지역에 토착하여 그 지방의 생령(生靈)을 관장하는 막강한 권세를 가지고서 수많은 수종(隨從)과 권속(眷屬)을

---

32) 『太平廣記』 卷93 <宣律師>
33) 『太平廣記』 卷371, <曹惠> : 後有人禱廬山神 女巫言 神君新納二妾 要翠釵花簪 汝宜求之 當降大福. 禱者 求而焚之 遂如願焉.
34) 『太平廣記』 卷368 <居延部落主>

거느리는 관원(官員)이나 신장(神將)의 형상으로 묘사된다는 점이다. 인간
세상과 다름없이 수많은 수종들과 함께 관부(官府)의 위의(威儀)를 갖추고
유명(幽明)의 생사(生死)와 운명을 관장하는 산신의 형상은, 인간 세상과
격리된 공간에서 수도자(修道者)에게 접근하는 신선(神仙)의 형상과는 달
리 대단히 권위적(權威的)이고 위혁적(威嚇的)이다. 이런 점은 대개 혼자
출현하여 춤을 추거나 계시를 하고 홀연 사라지는 『삼국유사』의 산신과
대조된다.

　『태평광기』에 묘사되는 중국 고대 산신(山神)의 위맹(威猛)한 권세(權勢)
는 한편으로 사람과 세상의 미래를 예단하고 죽은 사람을 살려내고 사람의
선악을 징벌하는 등의 권능(權能)을 발휘하는 것으로 나타나지만, 또한 탐
욕스럽고 사악(邪惡)하거나 비겁한 모습으로 형용되기도 한다. 이는 한편
으로 보면 유명(幽明)의 권세(權勢)를 장악한 권력자(權力者)의 이면상(裏面
相)이기도 하다. 이런 점은 현세의 인간이나 신의 세계에서도 별다른 갈등
이나 대립을 보이지 않는 『삼국유사』의 산신 관념과 대조적이다.

　또한 『태평광기』의 설화에 묘사되는 산신은 그 권세가 작용하는 범위
내의 유명계(幽明界)에 독자적인 권력으로 군림하면서 인간 개인의 명운
(命運)을 좌우하면서도 현세의 국가나 사회 집단의 운명에 직접으로 관여
하는 경우는 찾아보기 어렵다. 이런 점은 개인의 화복(禍福)에 직접 개입하
는 경우가 드문 대신 국가 사회의 운명을 계시(啓示)하고 호국(護國) 또는
호법(護法)의 선신(善神)으로 좌정하는 『삼국유사』의 산신들과 대조적이다.

Ⅲ. 결론

　한국이나 중국을 막론하고 산악이 있는 지역에는 산신(山神)이나 산령
(山靈) 등 산악(山嶽)을 지배하는 신격(神格)이 민간신앙(民間信仰)의 대상

으로 신앙되고 있다. 본고에서는 『삼국유사(三國遺事)』와 『태평광기(太平廣記)』를 중심으로 한국 및 중국의 고대 산신설화가 양 문화권의 문화적 특성 내지 민족성을 반영하고 있다는 전제 하에서, 이들 설화 속에 나타나는 산신 형상의 공통점과 차별상을 논하였다. 위에서 논의한 바를 요약하면 다음과 같다.

『삼국유사』나 『태평광기』에 수록된 산신설화는 모두 한국과 중국의 고대 산신(山神) 신앙을 두루 포괄하여 보여준다. 각 지역마다 특정 산악(山嶽)에 부착된 신격(神格)인 산신(山神) 또는 산령(山靈)이 있고, 그것이 지역 주민의 민간신앙의 대상이 되었으며, 그 신격이 해당 지역 주민 개인의 생업과 생활과 생애는 물론 그 사회집단의 운명에 여러 형태로 개입하는 존재라는 점은 한국과 중국의 고대 산신설화에서 공히 나타난다. 그러나 여러 점에서 상이한 면모를 찾아볼 수 있다.

한국과 중국의 산신설화의 차이는 산신(山神)의 형상(形狀)과 지위(地位)와 권능(權能)과 기능(機能) 등의 여러 면에서 발견된다. 먼저 양국 산신(山神)은 그 출현(出現)의 모습에 차이가 현저하다. 중국의 산신(山神) 중에 여성(女性)이나 다른 동물이 없는 것은 아니지만 대개 수많은 수종(隨從)을 거느린 군왕(君王)이나 신장(神將), 관원(官員)의 모습으로 형용된다. 한국의 산신(山神)도 혁혁한 신장(神將)의 모습이 나타나는 경우가 없는 것은 아니지만, 대개 단독 혹은 두 셋으로 여성(女性) 또는 노옹(老翁)의 모습으로 형용된다. 중국의 산신이 권세 높은 통치자로 묘사되는 반면 한국의 산신은 노련하고 자상스런 인도자로 묘사되는 것이다.

산신의 지위에 대하여는 일정한 차이가 드러난다. 중국의 산신(山神)은 산신에 따라 천제(天帝)에서부터 지방의 소소한 지방(地方) 소신(小神)에 이르기까지 그 위격(位格)과 등차(等差)가 천차만별(千差萬別)이다. 한국의 산신은 산신끼리 그 위격(位格)과 등차(等差)가 분명하게 드러나지 않고, 대개 대등(對等)한 지위로 보인다. 고래로부터 산신을 천자(天子)에서부터 제후(諸侯)와 공경(公卿)에 이르는 다양한 신분 계층으로 책봉하는 관습이 있어왔던 중국의 문화 관습상, 신격(神格)의 계층분화(階層分化)와 그에 따른 위상(位相)이 명료하게 반영되는 것은 당연하지만, 한편으로 신격(神格)의 계층 분화를 그다지 중시하지 않았던 한국문화의 한 특징을 반영하는 것으로 보인다.

산신의 권능(權能) 면에서도 일정한 차이가 보인다. 『태평광기』의 산신(山神)은 유명의 모든 인간의 운명을 장악하여 인간 개인의 화복에 직접으로 개입하는 사례가 빈번하다. 그러나 『삼국유사』의 산신이 개인의 명운에 직접으로 개입하는 사례는 드물고 대신 국가 사회의 미래를 예시하거나 길흉(吉凶)의 조짐을 예고하는 집단적(集團的) 호법(護法) 내지 호국(護國)의 신으로 기능한다. 이런 점은 산을 인간 개인의 길흉화복(吉凶禍福)보다는 지역공동체의 상징적 구심체로서 인식하는 한국고대문화의 지역공동체적 특징이 반영된 결과로 볼 수 있다.

본고의 논의는 논의의 대상을 『삼국유사』와 『태평광기』라는 특정한 문헌에 한정함으로써 여기에서 발견되는 몇 가지 특징을 그대로 일반화하는 데 일정한 한계가 있다. 문헌에 수록된 설화는 그 문헌의 편찬 의도나 서술방식에 따라 취사될 수 있거니와, 이 문헌에 채록된 설화들이 당대의 산신에 대한 관념을 적확하게 반영하거나 대표한다고 확신할 수 없기 때문이다. 이런 점들은 보다 확대된 다른 논의를 통하여 보완 검증되어야 할 것이다.

中文抄錄

韓中古代山神故事比較硏究

　　無論韓國還是中國, 凡是有山嶽的地方, 都存在對山神、 山靈的崇拜. 這種民間信仰認爲山神或山靈支配着山嶽, 他們具有一種至高無上的神格.

　　本文以『三國遺事』和『太平廣記』爲中心, 以韓國與中國古代山神故事所蘊涵的兩個文化圈的文化特徵乃至民族性格爲前提, 重點論述這些故事所塑造的山神形象的共同性和差異性. 其要點如下:

　　『三國遺事』和『太平廣記』中收錄的山神故事都包容着韓國與中國古代的山神信仰. 各個地方都有特定的山嶽, 都有依附山嶽的山神或山靈. 它具有神格, 成爲特定地區衆多居民民間信仰的對象, 這種神格不僅介入居民的生産、 生活和人生的全過程, 而且以各種形式介入社會集團的命運. 承認這種神格的存在, 是韓國和中國山神故事的共同點. 但是兩國的山神故事, 在許多方面也反映着不同的特點.

　　韓國與中國山神故事的差異表現在山神的形狀、 地位、 權力、 功能等幾個方面.

　　首先兩國的山神其出場時的姿態有顯着的不同. 中國的山神中雖然也有女性和動物, 但在大多數場合則以率領衆人的君王、 神將、 官員的面目出現, 威風凜凜, 令人敬畏. 而韓國的山神雖也有威風凜凜者, 但在大多數場合則以孤身只影、 兩三個女性或白髮老翁的面目出現. 中國的山神被描繪成有權有勢的統治者, 而韓國的山神則描繪成老成持重, 心地慈善的引導者.

其次, 在山神的地位上, 也表現出一定的差異. 中國的山神, 自天帝至地方小神, 其地位和等級千差萬別. 而韓國的山神, 諸神靈之間的地位和等級差別並不明顯, 大體上都是平等的. 中國自古以來對山神的冊封依照其身份、階層的差異, 封爲王子、諸候、公卿等, 神格也受階層分化的影響, 地位的高低有明確的區別, 這是符合中國的文化習慣的. 另一方面, 韓國文化並非看重神格的階層分化,　韓國山神地位的平等關係也正好反映了韓國文化的這一特徵.

再次, 在山神的權力、功能方面也表現出一定的差異. 『太平廣記』裏的山神是掌管一切人的命運的主宰者, 直接介入每個人的吉凶禍福. 這樣的例子太多了. 但是, 『三國遺事』裏的山神則很少直接介入個人的命運, 相反地卻發揮着護法、護國神的機能, 預卜國家和社會集團的未來. 這一點可以看作是韓國古代文化所蘊涵的地域共同體特徵的反映.　它認爲山不是占卜個人吉凶禍福的工具, 而是地域共同體的向心力的象徵.

本文的研究對象限制在『三國遺事』、『太平廣記』兩部特定的歷史文獻上,　因此不能將文獻中發現的幾個特徵作爲普遍的特徵來草率地下結論. 文獻中收錄的故事往往根據編纂者的意圖和敍述方式任意取捨的.　卽使已被收錄了, 也不敢斷定它所反映的當時的山神觀念一定是正確的. 這些問題有待進一步論證、補充和完善.

한 · 중 〈양산백(梁山伯)과 축영대(祝英臺)〉 전설 비교 연구

고희가(顧希佳, Gu Xijia)[*]

양산백(梁山伯)과 축영대(祝英臺)의 비극적인 사랑은 오랫동안 구전 문학과 통속 예술 등 여러 가지 형식으로 널리 전해져 왔다. 구전 문학 분야에서는 보통 '양축 전설(梁祝傳說)'이라 하는데 중국 한족(漢族)의 4대 전설가운데 하나이다. 야나기타 구니오(柳田國南)는 "전설은 말로 전해지기 때문에 발전하고 변하지 않을 수 없다"고 하였다.[1] 실제 현상이 그러한데, 양축 전설도 사람들 사이에 입과 귀로 전해졌기 때문에 장기간 수많은 이문(異文, 변이형)이 나타났고, 사상, 인물 형상, 플롯, 예술 수법 등의 방면에서 큰 차이를 보이고 있다. 이와 동시에 이들의 전파 범위로 부단히 넓어져서 중국의 북방과 강남뿐만 아니라 여러 소수민족 거주지까지 미쳤다. 게다가 국가의 경계를 뛰어넘어 일본, 한국, 월남, 인도네시아, 말레이시아 등의 여러 나라에도 뿌리를 내려 이들 나라의 사람들이 좋아하는 구전 서사의 소재가 되었다.

본문은 중국과 한국 두 나라의 민간에 광범위하게 유포된 양축 전설을 비교 연구함으로써, 두 나라 사람 사이의 문화교류 및 각 나라의 민족정신을 알아보고자 한다.

---

* 中國 杭州師範學院 教授
1) [日]柳田國男, 『傳說論』, 中國民間文藝出版社, 1985年.

I.

먼저 중국 쪽의 상황을 말해 보자.

중국에서의 양축 전설의 형성과 변화에 대해서 우리가 파악할 수 있는 정확한 자료는 여전히 부족하다. 문서상의 기록은 전남양(錢南揚)이 비교적 이른 시기에 자료를 찾아내어 잘 정리하였다. 1930년 그는 이 이야기의 가장 이른 기록 가운데 하나는 송대(宋代) 장진(張津)이 『사명도경(四明圖經)』에서 인용한 당대(唐代) 양재언(梁載言)의 『십도사번지(十道四蕃志)』이며, 다른 하나는 청대 적호(翟灝)의 『통속편(通俗編)』에서 인용한 당대 장독(張讀)의 『선실지(宣室志)』라고 보았다. 그는 또 명대 서수비(徐樹丕)의 『식소록(識小錄)』에서 언급한 양 원제(梁元帝)의 『금루자(金樓子)』로부터 이 이야기가 아마도 육조(六朝) 시기에 생겼으리라 추측하였다.[2] 1950년대 이래 노공(路工), 나영린(羅永麟) 등이 이 전설의 문헌기록에 대해 고증하였지만 기본적으로 더 이른 자료를 발견하지 못한 채 여전히 전남양(錢南揚)의 의견에서 머물렀다. 위에서 언급한 자료를 적어둔다.

의부총(義婦冢)은 곧 양산백(梁山伯)과 축영대(祝英臺)가 합장(合葬)된 곳이다. 현(縣)의 서쪽 십리 접대원(接待院) 뒤에 위치한 사당에 있다. 고대 기록에 의하면 두 사람은 어려서 동문수학했는데 3년이 지나도록 양산백은 축영대가 여자인줄 몰랐다. 그 소박하고 순수함이 이와 같았다. 『십도사번지(十道四蕃志)』에서는 "의부(義婦) 축영대와 양산백의 동총(同冢)"이라 하였는데 바로 이 일을 가리킨다. (宋 張津『乾道四明圖經』)

축영대는 상우(上虞) 축씨(祝氏) 집안의 딸로, 남장(男裝)을 하고 공부하러 갔다. 회계(會稽)의 양산백(梁山伯)이란 사람과 함께 수학하였다. 양산백은 자(字)가 처인(處仁)이다. 축영대가 먼저 고향으로 돌아간 지 2년 후 양산백이 방문했

---

2) 錢南揚, 「關于收集祝英臺故事材料的報告和征求」, 中山大學『民俗』周刊 第92期, 1930.1.
  錢南揚, 「祝英臺故事叙論」, 中山大學『民俗』周刊 第93, 94, 95期 合刊, 1930.2.

는데 이때 비로소 그가 여자임을 알고 놀랐다. 부모에게 말하여 결혼하고자 했
으나 축영대는 이미 마씨(馬氏)의 아들과 결혼하기로 되어 있었다. 양산백이 나
중에 은현(鄞縣)의 현령이 되었다가 병으로 죽으매 무성(鄮城)의 서쪽에 묻었다.
축영대의 가마가 마씨 네로 갈 때 배가 무덤 앞을 지나가게 되었는데, 바람과 파
도 때문에 나갈 수가 없었다. 들어보니 양산백의 묘가 있다하여 축영대는 다가
가 곡을 하였다. 이때 무덤이 저절로 갈라지더니 축영대는 함께 묻혔다. 진(晉)
의 승상 사안(謝安)이 그 묘를 '의부총(義婦冢)이라 해 줄 것을 표(表)를 올렸다.
(淸 翟灝의 『通俗編·白仁甫祝英臺劇』에서 인용한 『宣室志』)

  양산백과 축영대의 이야기는 기이하다. 『금루자』와 『회계이문(會稽異聞)』에
모두 실려 있다. (明 徐樹丕 『識小錄』)

  첫 번째 내용은 영파(寧波)의 지방지로 인용한 『십도사번지』는 초당(初
唐) 사람 양재언(梁載言)이 지은 것으로 당연히 현존하는 자료 가운데 가장
이른 시기의 믿을 수 있는 기록이다. 두 번째 내용은 비록 그 줄거리가 좀더
완정하다고 하더라도 판본에 있어 몇 가지 문제가 있다. 인용한 『선실지』는
어떤 것을 말하는가? 당대 장독(張讀)의 『선실지』는 원본이 이미 산일되
어 없으며, 현존하는 판본에는 인용한 부분이 없다. 혹시 또 다른 『선실지』
가 있는지 명확하지 않다. 양축 이야기를 기재한 『선실지』의 작자와 제작
연대에 대해서 더 자세한 고증이 필요하다. 세 번째 내용에 기록된 연대는
가장 이르지만 일부 말은 명확하지 않다. 『금루자』는 남조 양 원제 소역(蕭
繹)이 지은 저작이다. 그런데 현존하는 판본은 『영락대전(永樂大典)』에 실려
있는 것인데 양축 이야기에 대한 내용은 없다. 한편 『회계이문(會稽異聞)』은
분명 지방 문헌인데 지금은 전하지 않아 찾아 대조해 볼 수가 없다. 우리들
은 다만 명대의 서수비(徐樹丕)가 일찍이 상술한 두 종류의 서적을 보았고
거기에서 양축 이야기가 기재되었으리라 추측할 수밖에 없다. 만약 이게
사실이라면 양축 이야기는 육조 시대에 이미 기록되었다고 할 수 있다. 그

러나 이와 같은 오직 한 가지 증거만으로는 입론(立論)하기가 어렵다.

어떤 학자는 고대 이야기 〈한빙의 아내(韓憑妻)〉와 〈화산의 아래(華山畿)〉를 내세워, 양축 전설이 여기에서 유래하였다고 말한다. 사실 전설의 관점에서 논하자면, 양산백과 축영대 사이의 전설은 전국시대에 일어난 송(宋)나라의 이야기, 진(晉)의 간보(干寶)가 쓴 『수신기(搜神記)』권11에 나오는 〈한빙의 아내〉, 그리고 같은 시기 진강(鎭江) 일대에서 일어난 이야기, 나중에 송대 곽무천(郭茂倩)이 편찬한 『악부시집(樂府詩集)』권46의 〈화산의 아래〉 등과는 서로 관련이 없는 듯하다. 그러나 이야기의 유형이란 각도에서 그 전래상황을 보면 사정은 달라진다. 〈한빙의 아내〉의 서사 구조를 보자. 한빙 부부의 사랑이 위기에 직면하여 파괴되었어도 그들은 시종일관 서로 사랑했으며, 그들이 죽은 후에도 여전히 각자의 묘지에서 '상사수(相思樹)'가 자라나 서로를 감싸 안으며, 나무 위에서는 원앙새가 "목을 비비며 슬피 울었다.(交頸悲鳴)" 어떤 판본에서는 직접적으로 "나비가 되었다(化蝶)"고 말하고 있다. 사람들은 이는 한빙 부부의 영혼이 변화된 것이라 생각한다. 그러나 〈화산의 아래〉의 서사 구조에서는 남서주(南徐州)의 서생의 관이 그가 짝사랑했던 소녀의 집 문앞을 지날 때 관이 움직이지 않았다. 소녀가 곡을 하자 그때에서야 "관이 곡을 듣고 열렸으며, 소녀가 관 속으로 뛰어 들어갔다." 그리하여 집안사람들은 두 사람을 위하여 합장해 주었다. 이러한 줄거리는 양축 전설의 서사 구조에서 다시 한 번 나타나는데, 이는 생각해볼만한 문제이다. 우리들은 다음과 같은 가능성을 배제할 수 없다. 즉, 절강성 영파(寧波) 일대의 사람들이 양축 전설을 만들 당시, 〈한빙의 아내〉와 〈화산의 아래〉와 같은 전통 이야기에 영향을 받아 구조에 있어 그 경험을 채용했으리라. 혹은 일찍이 이러한 서사 구조 형식의 계발을 받았을 수도 있으리라.

명대(明代)부터 양축 전설에 관한 문헌 기재가 점점 많아졌다. 예컨대, 황윤옥(黃潤玉)의 『영파부간요지(寧波府簡要志)』, 장시철(張時徹)의 『가정

녕파부지(嘉靖寧波府志)』, 『의흥현지(宜興縣志)』, 풍몽룡(馮夢龍)의 『정사류략(情史類略)』 권10 "정령류(情靈類)" 속의 〈축영대(祝英臺)〉 등은 모두 언급해둘 만하다. 의화본 소설(擬話本小說) 가운데는 풍몽룡의『고금소설』 〈이수경이 황정녀와 의형제를 맺다(李秀卿義結黃貞女)〉가 양축 전설을 소재로 하였다. 민중들에 대한 영향에 있어 『고금소설』은 지방지보다 더욱 커서 양축 전설의 광범위한 유포에 상당한 역할을 했을 것이다.

청대(淸代)에는 또 문성도(聞性道)의 『강희은현지(康熙鄞縣志)』, 서시동(徐時棟)의 『광서은현지(光緖鄞縣志)』, 오경장(吳景墻)의 『광서의흥형계현신지(光緖宜興荊溪縣新志)』와 『청수현지(淸水縣志)』, 오건(吳騫)의 『도계객어(桃溪客語)』와 『선종기략(仙踪記略)』 등의 문헌에는 대동소이한 이야기가 나오는데, 모두 비교적 간단하게 그 대략의 줄거리만 기재하고 있다. 그 가운데 문성도의『강희은현지』은 송대 이무성(李茂誠)의 「의충왕묘기(義忠王廟記)」를 인용하고 있어 줄거리가 비교적 완정한데, 다음과 같다.

신령은 휘(諱)가 처인(處仁)이고 자(字)가 산백(山伯)이며, 성씨가 양씨(梁氏)이고 회계(會稽) 사람이다. 신령의 모친은 해가 품속에 들어오는 태몽을 꾸었는데 열두 달을 임신하였다. 때는 동진(東晉) 목제(穆帝) 영화(永和) 연간 임자(壬子)해 삼월 일일로, 상서러움을 안고 태어나 어려서 총명하고 기특하였으며, 커서는 배움에 있어 경전을 아주 좋아하였다. 일찍이 훌륭한 스승을 찾아 전당(錢塘)에 갔는데, 도중에 한 남자를 만났으니 용모가 단정하고 행동이 시원스러운데 책상자를 지고 우산을 들고 있었다. 배를 타고 함께 앉아 가면서 물었다. "당신은 뉘시오?" 상대방이 대답하였다. "성은 축씨(祝氏)이고, 이름은 정(貞)이고, 자(字)는 신재(信齋)라 하오." 다시 물었다. "어디서 오는 길이오?" 상대가 대답했다. "상우(上虞)에서 왔소." 물었다. "어디로 가시오?" 대답했다. "스승님이 가까운 곳에 있소." 차분히 함께 하며 토론이 깊어 서로 즐거웠다. 신령이 이에 말하였다. "고향이 바로 이웃이구료. 나는 불민하여 그대의 덕을 보고자 하니 이상하다 여기지 말구료." 그리하여 두 사람은 즐거이 함께 갔다. 3년 간 공부를 한 후 축영대는 부모 생각에 먼저 돌아갔다. 2년 후 양산백 역시 부모를 뵈러 귀향하면서 상우(上虞)에 축영대를 찾으로 갔다. 그런데 그를 아는 사람이 없었다. 갔다. 한 노인이 웃으며 말했다. "내가 그를 알지. 문장을 잘 짓는 그 축씨 집안의 아홉째 딸 영대(英臺)가 아니오?" 직접 찾아가 만나보고 시를 지으며 술을 마시고 헤어졌다. 양산백은 한탄하면서 그제서야 비로소 그가 여자임을 알았다. 돌아가 그 성품이 맑고 깨끗함을 사모하여 부모에게 혼인을 청하였다. 그러나 어찌하랴. 그녀는 이미 무성(鄮城)의 재산가 마씨에 시집가기로 하였음을. 신령은 탄식하며 말했다. "살아서는 벼슬이요 죽어서는 사당에 가야 하거늘 어찌 사소한 것에 매일까?" 나중에 간문제(簡文帝)가 현량(賢良)을 천거할 때 사람들이 신령을 추천하거늘, 은현(鄞縣)의 현령에 제수되었다. 그러나 병이 들어 낫지 않았다. 시종에 부탁하여 말하였다. "무성(鄮城)의 서쪽 청도원(淸道源) 구룡허(九隴墟)에 나를 묻어주게나." 눈을 감고 죽었다. 영강(寧康) 연간 계유(癸酉)년 8월 16일 신시(辰時)였다. 군(郡)의 사람들이 그를 위해 무덤을 만드니 하루가 채 걸리지 않았다. 2년 후인 을해(乙亥)년 늦봄 병자(丙子)일에 축영대가 마씨에게 시집가는데, 배를 타고 서쪽에서 왔다. 파도가 크게 일고 배가 맴돌며 나아가지 못하자 놀라 사공에게 물었다. 사공이 손으로 가리키며 말했다. "다른 이유가 없어요. 양산백의 새 무덤이 생긴 탓이니 이상하게 여기지 마시오." 축영대가 마침내 무덤에 가서 제사를 올리고 슬프게 곡을 하니 땅이 갈라지고서는 그녀를 묻어버렸다. 시종들이 놀라 그 옷깃을 잡으니 구름처럼 바람에 날리더니 동계(董溪)의 서서(西嶼)에 떨어졌다. 마씨가 관리를 시켜 관을 열려고 하였으나 큰 뱀이 무덤을 보호하고 있어 접근할 수 없었다. 군(郡)에서는 기이한 사건을 조정에 알리니 승상 사안(謝安)이 의부총(義婦冢)으로 봉하고 강가에 비석을 세울 것을 주청하였다. 안제(安帝) 정유(丁酉)년 가을, 손은(孫恩)이 회계(會稽)를 노략질할 때 무성(鄮城)에 왔는데 비석을 강에다 버렸다. 태위(太尉) 유유(劉裕)가 이를 토벌하니 신령이 꿈에서 유유를 도와주었다. 밤에 과연 봉수가 휘황하고 무기와 갑옷이 힐끗힐끗 보이니 도적들이 바다로 도망갔다. 유유가 이를 가상히 여겨 황제에게 아뢰니, 황제가 신령의 도움에 대해 의충신성왕(義忠神聖王)에 봉하고 관리를 시켜 사당을 세우게 하였다. 월(越) 지방에는 양왕사(梁王祠)가 있고, 서서(西嶼)에는 앞뒤로 이황거회계묘(二黃裾會稽廟)가 있다. 민간에서는 무릇 가뭄이나 장마가 들거나, 전염병이 돌거나, 장사로 길을 떠날 때, 기도하면 즉시 응험이 나타난다. 송(宋) 대관(大觀) 원년 늦봄, 궁중에서 『구역도지(九域

圖志)』와『십도사번지(十道四蕃志)』를 편집하게 하니 사실을 찾을 수 있었다. 대개 기(記)는 기(紀)의 뜻이다. 이 이야기는 결코 잊혀지지 않을 것이다. 이를 위해 다음과 같이 글을 짓노라. "살아서는 함께 배우고 인륜을 바로 하였으며, 죽어서는 함께 묻혔으니 하늘이 맺어주었도다. 신령으로 나라에 공을 세우고 백성을 윤택하게 하니, 문익충의 시호를 내리어 제사로 받들어 모시는도다. 빛나는 이름은 없어지지 않을지니 날로 새롭고 또 새로우리."

이상의 내용을 종합해보면 우리는 대체적으로 양축 전설이 육조 시대에 이미 싹텄다고 생각할 수 있다. 당대에 이야기가 점점 풍부해지면서 일정한 영향력이 생겼다. 송대에는 이와 관련된 민간신앙도 나왔다. 명청 시기에는 이야기의 발원지인 절강성 영파(寧波) 일대에서 중국 전역으로 확산되어 갔고 그 줄거리도 더욱 생동감있게 변하였다. 사람들은 양축 이야기를 입에서 입으로 전하면서 무덤과 서당 등을 정하여 이야기의 발생지가 현지임을 증명함으로써 이야기의 진실성을 강조하였다.『양축문화대관(梁祝文化大觀)』의 통계에 의하면 중국 각지의 양축 유적지는 무척 많다. 무덤은 약 10개소인데, 절강성 영파 은현(鄞縣) 고교(高橋), 강소성 의흥현(宜興縣) 벽선암(碧鮮庵), 안휘성 서성현(舒城縣) 매심역(梅心驛), 하북성 하간현(河間縣) 임진(林鎭), 강소성 강도현(江都縣), 산동성 가상현(嘉祥縣), 산동성 미산현(微山縣) 마파(馬坡), 하남성 여남현(汝南縣) 마향(馬鄉), 감숙성 청수현(淸水縣), 사천성 합천현(合川縣) 등지이다. 양산백과 축영대가 공부했던 서당은 6곳으로 절강성 항주시 만송령(萬松嶺), 강소성 의흥현(宜興縣) 선권동(善卷洞), 산동성 곡부(曲阜), 산동성 추현(鄒縣) 역산(嶧山), 사천성 합천현(合川縣), 하남성 여남현(汝南縣) 홍라산(紅羅山) 등지이다.3)

특히 지적할 만한 것은 비록 이 전설의 초기 문헌이 대부분 절강성 영파 일대에서 일어난 일로 말하고 있지만, 이야기가 풍부해지고 충실해지는 데

3) 周靜書 主編,『梁祝文化大觀』(故事歌謠卷), 中華書局, 1999年, 286~292쪽.

는 각지 백성들의 공동의 노력이 있었다는 점이다. 예컨대, '나비로 변하기 (化蝶)'라는 중요한 대목은 절강성 영파의 초기 문헌에는 모두 나오지 않다 가 강소성 의흥현 일대에서 처음으로 나오는 것으로 판단된다. 남송 소흥 (紹興) 연간에 설계선(薛季宣)은 〈축릉(祝陵)의 선권동(善權洞)에서 놀며(遊 祝陵善權洞)〉라는 시에는 "춤추는 나비는 산의 혼이 응결되어 이루어진 듯 하고, 약초의 꽃을 보니 옥같은 얼굴이 생각나네"(蝶舞凝山魂, 藥開想玉顔) 라고 하여 이미 '나비로 변하기' 대목에 대한 어떤 연관을 보이고 있다. 아 마도 당시 의흥현의 축릉 선권동 일대에는 이미 "양산백과 축영대가 죽은 후에는 한 쌍의 나비가 되었다"는 구술 이야기가 있었을 것이다. 기록으로 명확히 전해지는 것은 청 광서(光緖) 연간의 『의흥 형계현 신지(宜興荊溪縣 新志)』에 수록된 「축영대 소전(祝英臺小傳)」으로, 작자는 소금표(邵金彪)인 데 당연히 도광(道光) 연간의 사람일 것이다. 그 내용은 다음과 같다.

축영대는 아명이 구낭(九娘)으로 상우(上虞)의 부잣집 딸로 태어났다. 형제자 매는 없으며 재주와 용모가 모두 뛰어났다. 부모가 배우자를 구하려 하니 축영 대가 말했다. "소녀는 응당 밖으로 공부하러 가, 현사(賢士)를 만나 그를 섬기려 하옵니다." 그리하여 남장을 하고 용모를 바꾸었다. 마침 공부하러 가는 회계(會 稽)의 양산백을 만나 함께 선권산(善權山)의 벽선암(碧鮮岩)에 가, 암자를 만들 고 공부하며 동거동숙하기를 삼년이 지나도록 양산백은 축영대가 여자임을 몰 랐다. 헤어질 때가 되자 축영대가 언약하여 말하였다. "모월 모일 우리 집을 방 문한다면, 부모에게 아뢰어 여동생으로써 그대를 남편으로 모시겠다고 말하겠습 니다." 이는 사실 그에게 몸을 허락하겠다는 뜻이다. 양산백은 집안이 가난하여 부끄럽고 행하기가 두려워 기한을 넘기고 말았다. 축영대의 부모는 딸을 마씨의 아들에게 허혼하였다. 나중에 양산백이 근현의 현령이 되어 축영대의 집을 지나 가게 되었을 때 인상을 말하며 찾았다. 집안의 종이 말했다. "우리 집에는 그런 사람은 없고 구낭(九娘)만 있사옵니다." 양산백이 비로소 놀라 깨닫고는 함께 공 부한 정의로 한 번 보기를 청하였다. 축영대는 비단 부채로 얼굴을 가리고 나오 더니 몸을 비껴 인사할 뿐이었다. 양산백은 깊은 후회가 병이 되어 죽고 말았다.

청도산(淸道山) 아래 묻었다. 다음 해 축영대가 마씨 집안에 시집가는 날, 배가 돌아 그곳을 지나게 하였다. 그곳에 이르니 바람과 물결이 크게 일더니 배가 나아가지 못했다. 축영대는 양산백의 무덤 앞에 나아가 실성통곡하였더니 땅이 갑자기 열리고 그 무덤 안으로 떨어졌다. 비단 옷깃과 비단 소매는 나비로 변하여 날아갔다. 승상 사안(謝安)이 이 일을 듣고 조정에 의부(義婦)로 봉할 것을 청하였다. 이는 동진(東晉) 영화(永和) 연간 때의 일이다. 제(齊) 화제(和帝) 때 양산백은 다시 신령으로 영험을 부려 전투에 이기도록 도우니 관리가 은현(鄞縣)에 사당을 세우고 양산백과 축영대를 합사(合祀)하였다. 그들이 함께 공부한 벽선암(碧鮮庵)은 제(齊) 건원(建元) 연간 선권사(善權寺)로 개칭하였다. 현재 절 뒤에 석각으로 크게 '축영대 독서처(祝英臺讀書處)'라 쓰여 있다. 절 앞의 약 일리(里) 떨어진 곳의 마을은 이름이 축릉(祝陵)이다. 산에 두견화가 필 때는 범나비가 한 쌍 날아와 떠나지 않는데 사람들은 두 사람의 정혼(精魂)이라고 한다. 오늘날에도 울긋불긋한 범나비를 '축영대'라고 부른다.

이 문헌은 비록 후대에 나왔지만 초기의 문헌보다는 오늘날 알려진 이야기와 더 가까우므로 소홀히 볼 수 없다. 결말 부분은 특히 지역마다 변화가 많은데, 광동(廣東) 사람들은 종종 양산백과 축영대가 죽은 후 무지개가 되었다고 말하고, 사천(四川) 사람들은 두 사람이 죽은 후 새가 되었다고 한다.4) 또 통속 예술에서는 '환혼(還魂)'으로 처리하기도 하는데, 즉 양산백과 축영대가 죽은 후 혼이 되돌아와 살아난 후 마침내 부부가 되었다는 것이다. 이러한 처리도 구비 문학에 일정한 영향을 주었다.

양축 전설의 전파는 한족(漢族) 지역에만 제한되지 않고 신속하게 여러 소수민족 지역으로도 전파되었다. 게다가 민족마다 다른 문화전통 때문에 이 구비 문학작품은 집단으로 재창작되었고 각 민족 특유의 정신이 스며들었으며, 최종적으로 각 민족의 구비 문학의 정수가 되었다.

그 결과 한족의 구술 이야기에서는 일반적으로 양산백은 문약한 서생이

---

4) 羅永麟, 『論中國四大民間故事』, 中國民間文藝出版社, 1986年, 70~71쪽.

요, 축영대는 대갓집의 규수로 나오는데 비해, 서남 소수민족 지구의 여러 구술 이야기에서는 두 사람은 노동자의 모습으로 나온다.5) 백족(白族) 전설에서 그들은 손수 학당을 짓고 책상과 의자를 만들며, 스스로 물을 긷고 불을 지펴 밥을 하고 산에 올라 땔감을 한다.6) 또 포의족(布依族)의 설창(說唱)에서는 축영대는 산촌의 아가씨로 물을 긷다가 우연히 양산백을 만난다.7) 서남 지역의 여러 소수민족은 모두 남녀 사이 문답 형식으로 마주 부르는 대가(對歌)나 명절 때의 자유연애의 풍습이 있으므로, 양축 전설의 사랑 고백의 대목에서 함축적이고 에둘러가는 게 아니라 무척 솔직하고 대담하다. 수족(水族)의 구술에서는 양산백이 죽은 후 축영대가 무덤을 파는 데 호미를 대자마자 양산백이 살아나온다. 축영대는 양산백을 붙잡고 "산백 오빠. 난 다른 사람에게 시집 안 갈래. 오빠에게 시집 갈래"라고 말한다. 요족(瑤族)의 전설에서는 양산백이 축영대가 손수 저고리에 쓴 편지를 보고 회한이 일어나자 그 저고리를 삼키고는 죽는다.8) 이들 여러 이야기들은 한결같이 각 민족의 문화적 특징을 뚜렷이 새겨 넣고 있다. 여러 지역의 여러 민족들은 양축 전설을 전파하는 과정에서 자신들의 정감을 쏟아 넣었으며, 또 그들 각자의 문화심리와 심미적인 미감과 정취에 따라 양축 전설을 개조하였다. 그 결과 다양하고 화려한 개작들이 나타났으며 '양축 전설'의 세계를 더욱 풍부하게 만들었다.

또 하나 우리들이 특히 지적할 것은 중국에서 오랜 기간 동안 양축 전설이 전해져 오면서 여러 형식이 공존하였다는 점이다. 산문체의 구비(口碑) 서사, 운문체의 가요, 속곡(俗曲), 보권(寶卷), 희곡(戱曲), 곡예(曲藝)의 공연, 연화(年畵), 전지(剪紙), 조소(雕塑) 등의 양식이 유포되어 서로 어울려

---

5) 李子和, 「西南少數民族梁祝傳說的流傳和衍變」, 『貴州社會科學』1984年 第5期.

6) 張文勛 主編, 『白族文學史』, 雲南人民出版社, 1959年.

7) 『貴州民間文學資料集』, 第46集.

8) 賀學君, 『中國四大傳說』, 浙江敎育出版社, 1995年, 第55~58쪽.

빛을 발하였다. 적지 않은 직업 작가와 예술가들이 참여하여 양축 이야기의 개편과 재창작을 해왔고, 영화, 연극, 가극(歌劇), 무극(舞劇), 바이올린 협주곡, 통속소설, 만화 등이 나왔다. 이들 여러 가지 문학과 예술의 양식이 양축 이야기의 발육과 성장에 적지 않은 영향을 미쳤다. 각종 문예 양식 사이의 접촉과 융합이 빈번하게 일어나 마침내 뿌리와 가지가 서로 감기듯 각 장르의 요소를 추출하기 어려운 지경이 되었다.

1980연대에 강소성, 절강성, 상해시의 민간문학 오어(吳語) 작가협회에서는 일찍이 양축 전설 연구를 중요 사업으로 삼았다. 1987년 5월, 절강성 민간문예가협회는 중국 전역에 '양축' 자료의 수집 응모를 하였고, 이들 풍부한 자료를 기반으로 『양축 민간설화 자료선(梁祝民間故事資料選)』을 내부 출판하였다. 1987년 12월, 작가협회에서는 영파에서 양축 학술 토론회를 열었으며, 중국 각지의 학자들이 양축 전설에 관하여 광범위하고 깊이 있는 토론을 전개하였다. 1993년 주정서(周靜書)와 백석격(白石堅)이 편집하여 『양축설화집(梁祝故事集)』(今日中國出版社)을 출판하였는데, 70여 종의 양축 이야기를 수록하였다. 1999년, 주정서(周靜書)는 『양축문화대관(梁祝文化大觀)』(中華書局)을 출판하였는데, 이야기와 가요, 곡예(曲藝)와 소설, 희극과 영화, 학술논문 등 모두 4권으로, 현재까지 양축 전설과 관련한 가장 완비된 자료집이다.

종경문(鍾敬文)이 쓴 『양축문화 대관』 서문에서는 양축 전설 및 이로부터 일어난 문화현상에 대해 높은 평가를 내리며 다음과 같이 말했다.

중국의 사대(四大) 민간 이야기 가운데 하나인 양산백과 축영대는 중화문화의 보배이다. 천여 년 동안 그것은 봉건예교에 반항하고 애정의 자유를 숭상한다는 뚜렷한 주제로 민중의 깊은 사랑을 받았으며, 남녀노소 모두가 다 아는 이야기로 끊임없이 전해지고 칭송되었다. 이 아름답고 감동적인 이야기는 중국의 모든 지역, 모든 민족에 전해졌다고 할 수 있으며, 역대로 주인공을 기념하여 서당, 무덤, 사당 등을 지었으며 오늘날까지 관광지가 되고 있다. 양축 이야기는 한국, 월남, 미얀마, 일본, 싱가포르, 인도네시아 등 아시아 지역에도 광범위하게 전파되었으며, 유럽과 미국에도 영향을 주어, 이제는 동양의 '로미오와 줄리엣'이란 말을 듣는 세계문화의 진귀한 유산이다.

양축 이야기는 깊은 사상을 지니고 있다. 축영대가 남장한 것은 남녀평등과 학문을 연마하기 위해서였다. '부모의 명령'과 '매파의 말'을 감히 어긴 것은 진정한 사랑을 구하기 위해서이고, '지위에 맞게 혼인하다'와 '남편이 귀하면 아내도 영예롭다'는 전통 혼인관념을 버린 것이다. 또 양산백은 축영대에 대해 정의가 깊고 의리가 중한데 이는 사랑과 충정(忠貞)을 바꾸지 않음이요, 청렴한 관리로 백성을 위하는 것은 중화민족의 뛰어난 미덕을 체현한 것이다. 이는 어느 시대를 막론하고 중요한 현실적 의의와 깊은 역사적 의의를 지니고 있다. 또 이렇게 깊은 주제가 안타깝고 감동적인 줄거리를 만나 비로소 강한 매력을 갖게 되었고 천고절창이 될 수 있었다.

양축 문화 역시 수없이 다양하며 백화제방(百花齊放)이다. 이는 풍부하고 다양한 각종의 전설로 존재할 뿐만 아니라 다채로운 가요로 나타나고, 곡조가 다른 희극과 아름다운 곡예(曲藝)로 나타난다. 양축 문화는 중국의 거의 모든 종류의 극과 극에 나타난다고 할 수 있으며, 수많은 민중에게 기쁨과 즐거움을 주고 있다.

이러한 평가는 확실히 적절하다. 2002년 5월초, 영파에서 양축 문화 국제 학술회의가 열렸는데, 중국 내외의 학자들이 한자리에 모여 다시 한 번 양축 전설 연구의 붐을 일으켰다.

이로부터 우리들은 중국의 양축 전설이 어느 대표작 한 편으로 분명히 말할 수 있는 게 결코 아닌, 이미 방대한 서사문학의 체계를 이루고 있음을 분명히 알 수 있다. 분포 지역이란 면에서 보면 전 중국을 거의 다 포함하며, 시대의 각도에서 보면 대체적으로 육조시대에서 시작하여 지금에 이르기까지 여전히 활발히 살아있다. 예술형식의 면에서 보면 구비 문학 영역의 전설, 가요, 설창(說唱) 이외에 통속문예 영역의 여러 양식에 실려 있으며 나중에는 문화의 정수로 일컬어지는 소설, 영화, 연극, 가극, 무극, 바이

올린 협주곡 등의 범주에도 들어갔다. 만약 오로지 구비 서사에 대해서만 말한다 해도 우리들은 이 이야기의 서사구조가 활발하고 여러 갈래임을 발견할 수 있다. 그러므로 우리들은 양축 전설이 중국 민간문학의 대표작 가운데 하나일 뿐 아니라 중화민족이 공동으로 창조한 진귀한 재산이라고 과장 없이 말할 수 있다.

그러나 양축 전설에 여러 가지 변형이 있으며, 활발하고 변화 많은 모습을 보인다고 해도, 대부분의 중국 민중의 마음속에 있는 양축 전설의 줄거리는 분명 아래와 같을 것이다.

상우(上虞)의 축영대는 남장을 하고 항주로 공부하러 갔다. 양산백은 그녀와 의형제처럼 사귀며 삼년 동안 함께 먹고 자며 지내어도 그녀가 여자인줄 몰랐다. 축영대가 공부를 마치고 귀향하니 양산백이 십팔 리(里)를 따라 나오며 배웅하였는데, 축영대가 자신의 평생을 맡기고 싶어 여동생으로 살고 싶다고 가정하여 말하였다. 그러나 누가 알았으랴. 축영대가 귀가하니 부모들은 이미 그녀를 마씨 집안에 시집보내기로 결정한 후였다. 양산백이 축영대를 방문하여 그간의 경과를 알게 되자 회한이 깊어 집에 돌아온 후 오래지 않아 병으로 죽었다. 축영대는 바라지 않았으나 어쩔 수 없이 시집가게 되자 일부러 길을 돌아 양산백의 무덤을 지나갔다. 축영대가 가마에서 나와 제사를 지내고 곡을 하였다. 이때 비바람이 치고 천둥 번개가 크게 일어나면서 무덤이 열리자, 축영대가 뛰어 들어가니 두 사람은 한 쌍의 나비가 되어 날아갔다.

일찍이 1937년 독일 학자 에버하르트는 이미 이 전설에 주의하여 그의 저서 『중국 민간설화 유형(中國民間故事類型)』에서 이 이야기를 "212. 축영대"로 분류하고 그 줄거리 구조형식을 다음과 같이 개괄하였다.

1. 축영대는 남장하고 공부하러 떠나는데, 동창 양산백을 사랑한다.
2. 부친이 죽자 그녀는 귀가하면서 양산백과 헤어지는데 그때까지도 양산백은 그녀가 처녀인지 몰랐다.

3. 나중에 양산백이 그녀를 만나러 가서야 사실을 알게 되었으나, 그녀는 이미 혼인하기로 되어있었다.

4. 그는 그녀를 생각하다가 죽었다.

5. 혼례 당일 그녀는 양산백의 무덤 앞을 지나면서 제사를 지냈다.

6. 무덤이 열리고 그녀가 뛰어들었다.

7. 축영대의 신랑이 사람을 시켜 무덤을 열라고 하자 그 안에서 나비 두 마리가 날아서 나왔다.

8. 무덤 안에는 돌이 두 개 있었다.

9. 두 개의 돌은 버렸는데 나중에 대나무 두 그루가 되었다.

10. 두 그루의 대나무를 베어버리자 이들은 하늘의 무지개가 되었다.

에버하르트는 이 이야기의 출처를 기록하면서 광동, 절강, 복건, 하북, 호남 등지의 문헌을 열거하는 것 이외에『조선 민간설화(朝鮮民間故事)』라는 책도 언급하였다.[9]

덧붙여 보충하고 싶은 게 있다. 중국의 일부 지방에서는 양축 전설의 구비 서사는 민간 전통의 명절 활동과 긴밀한 관계가 있다는 점이다. 이러한 점은 기묘한 분위기를 더하는데, 사람들에게 전설 자체가 더욱 진실되고 믿을만하다고 느끼게 한다. 그 결과 더욱 많은 민중이 동원되며, 민중의 일상생활에 없어서는 안될 부분이 되는 것이다. 예컨대, 절강성 영파에서는 오늘날까지 양산백 사당이 보존되어 있는데, 봄가을에 열리는 양산백 묘회(廟會)는 널리 알려져 관광객들이 구름처럼 몰려든다. 현지에 전해오는 속담에 "부부가 백년해로하려면 양산백 사당에 가보라"는 말이 있는데, 이는 사람들이 양축 전설을 좋아하는 정도가 어느 정도인지 구체적으로 알려준다. 또 강소성 의흥현에는 음력 3월 1일을 '쌍접절(雙蝶節)'로 지내고 있는데, 이날이 축영대의 생일이라고 알려져 있다. 매년 이때가 되면 모두 훨훨 날아다니는 나비를 보러 벽선암(碧鮮庵)에 놀러가, 축영대의 서당을 돌아

---

9) [德]艾伯華,『中國民間故事類型』, 商務印書館, 1999年.

보고 양축 이야기를 나눈다. 이렇게 일부 명절과 민속 활동의 전래는 양축 전설을 상당히 강력하게 전파하는 동인이 되었다.

II.

이제 우리들은 양축 전설의 한국에서의 전래 상황에 대해 이야기해보자. 우리들은 한반도와 중국대륙이 서로 이어져 있으며, 뱃길도 서로 이어져있어 쌍방간의 문화교류에 지극히 편리한 조건을 제공하였다. 문화의 근원이란 각도에서 보면 한국의 고대 문화는 한문화권에 속해 있다. 한국은 고대에 문자가 없어 한자를 빌어 썼는데, 14세기 때 한글을 창제한 이후에도 문인들은 한문을 여전히 사용하였다. 이는 모두 한·중 문화 교류에 지극히 유리한 조건을 만들었다. 한·중 문화 교류와 관련하여 우리는 구비 서사 영역에서도 동일한 상황이 있음을 주의해야 할 것이다. 첫째, 양국의 민중은 오랜 기간 동안 무역, 유학, 종교 전파, 통혼, 이사 등 여러 방식의 빈번한 교왕이 있었다. 이와 동시에 그들은 자신의 구비 문학을 상대 국가에 함께 가지고 갔음을 당연한 일일 것이며, 새로운 환경 속에서 입에서 입으로 계속 전해졌을 것이다. 이러한 예는 이른 시기부터 있었음을 많이 발견할 수 있는데 양축 전설도 예외가 아니다. 특히 지적할 점은 양축 전설의 발원지 영파는 고대에 명주(明州)라고 하였는데, 역사적으로 행상 실크로드을 이루는데 큰 공헌을 하였다. 당송(唐宋) 이래, 명주를 출발한 선박들은 차례로 대량의 화물을 한국, 일본, 동남아 등지로 운반하였다. 당시 한반도의 사람들이 중국에 오려고 할 때도 종종 명주항을 거치곤 했다. 두 나라 사람들은 이렇게 빈번하고 밀접한 교류 속에서 여러 가지 구비 서사도 오가게 되었을 것이며, 양축 전설도 구두 방식으로 직접 한반도에 전해졌음은 필연적인 일이었을 것이다.

두 번째로, 서적을 통한 전파이다. 이는 역사적으로 중국의 도서가 대량으로 한반도로 전해진 사실을 말하는데, 이들 고적(古籍) 중에는 우리들이 앞에서 언급한 양축 전설에 관한 문헌도 포함되었을 것이다. 한국의 고대 문인들이 이들 흥미로운 서적을 읽고 감동을 받아 재창작을 하면, 한국판 양축 전설이 만들어지게 되는 것이다. 이러한 한국판 양축 소설이 민간에 유포되면, 다시 구비 서사 영역에서 새로운 양축 전설이 만들어지도록 촉진하였을 것이다. 우리들은 이러한 민간문학 현상을 '회류(回流)'라고 부른다. 일반적인 상황에서는 먼저 입말로 이야기가 만들어진 후 문인들에 의해 문서로 기록된다. 그러나 또 하나의 상황이 있는데, 글을 읽을 줄 아는 민중이 문헌 자료를 읽은 후 다시 구두로 문헌의 내용을 다른 사람에게 들려주면, 또 한 차례의 구두 서사의 전파 과정을 밟게 되는데 이러한 가능성이 일어나지 말란 법이 없다. 우리는 후자의 상황을 '회류'라고 부른다. 그러므로 우리들이 구비 문학을 연구할 때 한국의 고대 문인들이 양축 소재를 재창작하는 상황에 대해 똑같이 충분히 중시하여야 할 것이다.

바로 이러한 점을 생각에서 우리는 먼저 한글로 쓰여진 고전소설 〈양산백전(梁山伯傳)〉을 언급하고자 한다. 중국의 양축 전설을 고쳐 재창작한 한글소설은 현재 알려진 것으로는 여러 판본이 있다. 목판본도 있고 활자본도 있는데 작자나 출판 연대는 미상이다. 소설에서는 이야기가 명대 성화(成化) 연간에 일어났다고 되어 있으니 적어도 명대 이후에 지어졌음을 알 수 있다. 한국고전소설 〈양산백전〉의 줄거리는 다음과 같다.

명나라 때 남양 땅에 사는 양현은 늦도록 자식이 없다가 천상의 선동(仙童)이 하강하는 태몽을 꾸고 양산백(梁山伯)을 낳는다. 평강 땅에 사는 축씨(祝氏)도 신이한 태몽을 꾸고 축양대(祝陽臺)를 낳는다. 양산백이 자라서 운향사(雲香寺)에 수학하러 떠나고 축양대도 남장을 하고 운향사로 수학하러 떠난다. 두 사람은 운향사에서 서로 만나 의형제를 맺고 함께 공부한다. 양산백은 축영대가 여자임을 알아내고 가연을 맺고자 한다. 이에 축양대는 언약을 하고 집으로 돌아온다. 축양대의 아버지가 심랑(沈郎)에게 정혼시키자 이를 안 양산백은 번민하다가 축앙대가 왕래하는 길에 시신을 묻어줄 것을 당부하고 죽는다. 축앙대와 심랑이 혼례를 올린 뒤 침상에 들려 할 때, 한 선관(仙官)이 내려와 축앙대를 호위하며 심랑으로 하여금 손대지 못하게 한다. 축앙대가 신행길에 양산백의 유서를 받아보고 양산백의 분묘에서 제를 올리니, 무지개가 비치며 분묘가 갈라진다. 그러자 축앙대는 그 속으로 뛰어 들어간다. 양산백과 축앙대의 혼이 함께 저승의 선계, 방장산(方丈山)에 가 태을선인(太乙仙人)을 만나 후생연분을 맺기를 간구하므로, 옥제(玉帝)가 이를 허락한다. 양산백과 축앙대는 황건역사(黃巾力士)로부터 자신들이 삼신산(三神山)의 신선, 선녀였는데 둘이 정을 통하여 상제에게 죄를 짓고 인간세계로 적강(謫降)하였음을 전해 듣는다. 양산백과 축앙대는 무덤 속에서 부활하여 집으로 돌아와 성대하게 혼례를 올린다. 이때 북방 오랑캐가 변방을 침범하여 나라에서 인재를 뽑고자 설과(設科)하자 양산백은 이에 응시하여 문무 양과에 장원급제한다. 그는 병사들을 거느리고 전쟁에 나아가, 적의 무리들을 격퇴하여 큰 공을 세우고 북평후(北平侯)가 된다. 양산백과 축앙대는 부귀를 누리다가 80세가 되어 함께 승천한다.[10]

내용에서 쉽게 알 수 있듯이 한글본 〈양산백전〉은 기본적으로 중국의 양축 전설의 줄거리 구조를 보존하고 있다. 이 자료는 중국 초기의 문헌이 강조하는 전통적인 관점과 그리 일치하지 않지만, 그러나 명청 시대 일부 보권(寶卷)과 설창(說唱) 대본의 서사 구조와는 상당히 가깝다. 이들 통속 문예작품의 문헌에는 환생 모티프가 무척 강한데, 이는 불교의 영향이 양축 전설의 변화에 끼쳐 일어난 현상이다. 오늘날 절강성에서 유전하는 구두 서사 〈삼세불단원(三世不團圓)〉은 바로 양산백과 축영대 두 사람이 원래는 천상의 선동과 선녀였다가 서로 눈이 맞아 인간세상으로 내려온 것으

---

10) 『한국민족문화대백과사전』, 제14권, 753~754쪽. 한국정신문화연구원, 1991년. 이 항목에 붙여진 사진은 고려대학교도서관 소장의 〈양산백전〉이다. 일본 학자 하시야 에이코(橋谷英子)는 일찍이 본인에게 한글본 〈양산백전〉 2종을 복사하여 보내주었다. 이들은 모두 편폭이 길었는데, 한 판본은 중간에 한자가 많이 들어간 좀 오래된 판본이었고, 다른 한 판본의 언어는 비교적 근현대와 가까운데 그래도 한국의 중요한 고전문학작품으로 알려진 것이다.

로 되어 있다. 옥황상제는 이를 미리 알아차리고 그들에게 삼세(三世) 동안 만나지 못하는 벌을 내렸다. 일세(一世)는 맹강녀(孟姜女)와 범기량(范杞良) 이고, 이세(二世)는 백낭자(白娘子)와 허선(許仙)이고, 삼세(三世)는 양산백 과 축영대로 만났지만 두 남녀는 시종 원만한 만남을 이루지 못한다.[11] 다른 지방에서도 비슷한 이야기를 들을 수 있으며, 심지어는 〈칠세불단원(七世不團圓)〉이 있으나 기본적으로 구조는 같다. 노공(路工)의 연구에 의하면 환생의 모티프는 비교적 후대에 나타났으며 대개 명대 만력(萬歷) 연간에 간행된『정선천하시상남북휘지아조(精選天下時尙南北徽地雅調)』 중의 〈환혼기(還魂記)〉가 나오자 비로소 이러한 모티프가 나타났고, 청대 건륭(乾隆) 연간 이후에 설창 대본 속에 '환생'의 모티프가 유행하였다고 한다.[12] 한국고전소설 〈양산백전〉이 창작된 대체적인 시기를 보면, 중국 명청 강창문학(講唱文學) 속의 양축 제재의 작품으로부터 영향을 받고 개편되었음을 알 수 있다.

한국고전소설 〈양산백전〉은 한국의 구비문학 '양축'에 상당한 영향을 미쳤다. 그러나 현재까지 발견된 자료를 보면 한국 민중의 구두 서사 영역에서 널리 유포된 양축 전설의 상황은 한국고전소설 〈양산백전〉보다 훨씬 더 복잡하며 또 더 생동적이다. 유성운(兪成雲)의 통계에 의하면 최소한 17편의 양축 전설의 이문(異文)이 있는데 경상도, 함경도, 제주도, 경기도, 황해도, 충청도, 평안도 등지에 분포되어 있다. 그 가운데 많은 내용이『한국구비문학대계』와 일부 민간설화집에 수록되어 있거나 여러 한국 학자들이 자신의 논문 속에 이들 이문(異文)을 언급하고 있다.[13]

한국에서 오늘날 채록한 민간 이야기에 대해 토론하기 이전에, 먼저 〈맹

---

11) 〈三世不團圓〉,『中國民間故事集成·浙江卷』, 中國ISBN中心, 1997年에 수록.

12) 路工,「梁祝故事說唱集·寫在前面」, 上海古籍出版社, 1985年.

13) 兪成雲,「"梁祝"傳說在朝鮮的傳承流變」, 金東勛 主編의『朝漢民間故事比較研究』에 수록, 遼寧民族出版社, 2001年.

서)(誓約)라고 제목이 붙어진 이야기를 소개할 필요가 있다. 이것은 러시아 학자 니 가이 자린 미하이로프스키가 19세기 후반기 때 한반도에서 채록한 구두 이야기 가운데 하나로『조선 민간설화(朝鮮民間故事)』란 책에 실려 있다. 1898년 러시아어로 출판되었다가 나중에 어떤 사람이 프랑스어로 번역하였고, 중국에서는 유반농(劉半農)의 딸 유소혜(劉小惠)가 프랑스본을 중국어로 번역하여 1933년 상해에서 출판하였다. 책 이름은『조선 민간설화』이다. 한국어에서 러시아어로, 러시아어에서 다시 프랑스어로, 나중에는 다시 중국어로 번역되었기 때문에 와전되는 부분이 있을 것이다. 그러나 이는 필경 중국의 독자들이 비교적 이른 시기에 접촉한 한국의 양축 전설의 판본이다. 조경심(趙景深)은 1930연대에 이미 이 서적에 대해 주목하였고, 그녀의 논문「고령 축영대 산가(牯嶺祝英臺山歌)」에서 여기에 대해 기본적인 비교 연구를 하였다.[14] 그로부터 약 50년 후에 왕지충(王志冲)이 이 텍스트를 더 자세히 분석하였다.[15] 이야기의 줄거리는 아래와 같다.

소년 장복(張福)은 절에 공부하러 가다가 길에서 소녀 왕례(王禮)를 만났다. 왕례는 남장을 하고 있었는데, 장복과 만나자마자 오랜 친구 같은 사이가 되었다. 왕례는 아버지에게 부탁하여 장복과 함께 공부하러 가겠다고 했지만 아버지는 응낙하지 않았다. 왕례는 결코 다른 사람이 자신이 여자임을 알지 못하게 하겠다고 맹서를 하자 아버지는 어쩔 수 없이 그녀가 공부하러 가도록 했다. 가는 길에 장복과 왕례는 두 사람이 같은 해, 같은 달, 같은 날, 같은 시간에 태어났음을 알았다. 그리하여 두 사람은 더욱 가까워졌고 의형제를 맺었다. 그들은 함께 생활하면서 장복은 왕례가 여자임을 몰랐지만, 스승만은 오히려 이 비밀을 알았다. 공부를 마칠 때쯤 해서 스승은 이 비밀을 장복에게 말하였다. 장복은 왕례에게 청혼하였다. 왕례는 먼저 집에 돌아가 자신의 맹서를 깨고 나서 돌아오겠다고 했다. 그녀는 편지 한 통을 남기고 조용히 떠났다. 장복이 왕례 집에 도착하

---

14) 趙景深,「牯嶺祝英臺山歌」,『民間文學叢談』수록, 湖南人民出版社, 1982年.

15) 王志冲,「略論朝鮮梁山伯與祝英臺故事」, 中國民間文藝硏究會上海分會 編,『年會論文選』. 內部資料, 1984. 3)에 수록

자 그녀의 아버지는 딸이 이미 혼약을 정했기에 되돌릴 수 없으며, 장복이 왕례를 만나지 못하게 하였다. 장복은 집에 돌아온 후 병이 났고, 죽기 전에 자신을 왕례가 시집가는 길가에 묻어달라고 하였다. 왕례는 집에서 부단히 자신의 혼인날 예복을 빨래하였다. 결혼 당일에 왕례는 장복의 무덤에 조문을 하겠다고 하였다. 그녀는 무덤 앞에서 말하였다. "지금 저는 이미 아버지께 세운 맹서도 이행했어요. 문을 열어요, 무덤이여. 나를 내가 사랑하고 있고 또 영원히 사랑할 사람에게로 가게 해주오." 이때 무덤이 열리자 왕례는 걸어 들어갔고 그러자 무덤이 다시 닫혔다. 그녀의 신랑이 그녀의 옷을 잡아당기자 옷은 거미줄 같이 얇아 잡자마자 뜯어졌다. 신랑이 무덤을 파서 두 사람의 시체를 나누려고 했으나, 두 시체는 나누어졌다가는 다시 합쳐졌다. 이때 하늘에서 옥황상제의 음성이 들려오더니 무덤 속의 두 사람은 자신의 아들이니 그들을 어지럽게 혼들지 마라고 하였다. 무덤이 다시 합쳐졌고 왕례의 신랑은 할 수 없이 멈출 수밖에 없었다. 음력 8월 15일은 성묘하는 날로 장복과 왕례의 부모가 모두 무덤에 갔다. 붉고 푸른 새가 한 마리씩 날아와 노래하며, 하늘에서 흰옷을 입은 두 아이가 내려왔는데 각각 다섯 송이 꽃을 들고 있었다. 이때 무덤이 열리더니 장복과 왕례가 부활하여 무덤 밖으로 걸어나왔다. 그들은 즐겁게 살아갔으며, 80세가 되던 때 하늘에서 용 한 마리가 내려오더니 그들을 데리고 옥황상제에게로 데려갔다.16)

이 텍스트는 한국고전소설 〈양산백전〉과 일정한 계승관계를 가지고 있음이 상당히 뚜렷하다. 이 텍스트의 제목이 제시하고 있는 것처럼 이야기는 '맹서(誓約)'를 무척 강조하고 있다. 여주인공 왕례(王禮)는 하나씩 맹서를 하고 시종일관 그 맹서를 지킨다. 애정과 맹서 사이의 모순과 충돌이 교묘하게 줄거리를 이끌어나가는데, 이는 당연히 〈양산백전〉에는 없는 것이다. 그럼에도 우리는 여전히 이 두 문헌 사이에 유사한 점을 많이 발견할 수 있다. 특히 이 두 이야기는 후반부에서 '나비로 변하기'가 나오지 않고, 대신 옥황상제가 문제를 해결한다. 두 사람은 다시 환생하여 부부가 되

---

16) 日本學者 하시야 에이코(橋谷英子)가 본인에게 보내준 『朝鮮民間故事』〈誓約〉 복사본을 정리한 내용임. 원서는 上海圖書館에 소장.

며 80세까지 산 후에 하늘나라로 올라가는 것이다.

이로부터 우리는 앞에서 제시한 '회류' 현상을 볼 수 있다. 어쩌면 한국 고대 문인들이 개편하여 재창작한 고전소설 〈양산백전〉이 민간에 널리 유포된 후, 자연스럽게 〈맹서〉와 같은 구두 서사 작품이 만들어졌을 것이다.

그러나 우리들은 또 이로부터 한국 민간의 양축에 관한 구두 서사가 모두 한국고전소설 〈양산백전〉의 영향 아래 만들어지고 전파되었다고 판단할 수 없다. 이러한 설은 분명 지나치게 독단적이다. 앞에서 지적했듯이 한·중 민중 사이의 교류가 빈번하였고 구술의 기회가 많았으니 구두 전파의 방식도 무척 간편한 방법을 채택했을 것이다. 사실이 그러하였다. 지금까지 우리들이 보아온, 적지 않은 한국의 양축 전설의 구두 서사를 기록한 작품을 보면 이야기 구조가 다양하다는 긍정적인 현상이 나타난다. 이러한 현상은 분명 구두 전파와 직접적인 관계가 있기 때문이다.

한국의 양축 전설 구두 서사를 기록한 작품을 종합해 보면, 대다수의 텍스트에는 여주인공의 남장과 함께 남주인공과의 공부라는 단원이 들어가 있다. (이후 '남장 구학'이라 줄인다) 또 일반적으로 남주인공도 상대가 여자인지 모르거나, 혹은 남주인공이 상대의 성별을 알아보려 하지만 상대방이 교묘하게 응대하여 피해나가는 뛰어난 대목이 있다.('의심 피하기'라 줄인다) 또 결말 부분에서 나오는 제사지내기, 무덤에 들어가기, 나비로 변하기 등 세 가지 아주 중요한 모티프가 상당수의 텍스트에서도 나온다. 물론 일부 텍스트에서는 무덤에 들어가기나 나비로 변하기 대목이 없는 경우도 있다. 현대에 채록된 한국의 양축 전설은 이미 상당한 영향력을 지닌 이야기 뭉치를 이루었다. 논문 편폭의 제한으로 여기서 일일이 소개할 수 없어 다만 몇 가지만 예로 들어 비교하고자 한다.

한국의 충청남도 대덕군 일대에는 누에의 유래에 대한 이야기가 있는데, 76세 고령의 할머니가 이야기한 것으로 줄거리는 다음과 같다.

총각이 서울로 공부하러 중도에 목이 말랐는데, 우물가에 처녀가 물을 기르는 걸 보고 물 좀 달라고 그랬어. 처녀가 바가지에다 물을 떠서 주는데 버들잎 세 개를 따서 넣어주더래. 총각이 물을 쭈욱 마시고서는 물었지. "이 버들잎 띄워 준 건 무슨 뜻이오?" 그러자 처녀가 "어디에 뭘 하러 가느냐고 물어보고 싶어." 라고 하지 않나. 총각이 말했지. "서울에 공부하러 가오." 그러자 처녀가 자기 집에 자기하고 똑같이 생긴 오빠가 있는데 같이 가면 안 되느냐 거야. 총각이 좋다고 하여, 처녀를 따라 들어갔지. 처녀는 총각을 잘 먹이고 잘 재웠지. 다음 날 아침 처녀는 남장을 하고 나와 총각에게 말했지. "인제 갑시다." 그래서 두 사람은 서울로 함께 공부하러 갔어.

삼년 째가 되자 처녀는 스스로 이미 공부 다 했다고 생각하고 이제 총각과 내외가 되어 살려고 집으로 돌아가 부모에게 사실을 이야기하려고 하는데 아버지 한테서 편지가 왔어. 집에서는 이미 혼인을 정해놨으니 혼인날 전에 집에 오라는 거였어. 처녀는 가슴이 아파 총각에게 편지 한 통을 써놓고 왔어. 난 본래 너와 결혼하려고 했는데 부모가 먼저 혼약을 해버려서 이를 위배할 수 없어 어쩔 수 없이 집에 돌아간다고 말이야. 부디 혼자라도 공부 잘 해서 성공하라고 말이야. 총각이 책상 위의 편지를 보고는 환장을 해서 공부고 지랄이고 내버려두고 따라 돌아오더니 대번에 자살해 죽어버렸어. 죽을 때 유언하기를 자신을 저 길거리 한가운데에 묻어달라고 했어. 그래서 집안사람들이 길 한 가운데에 묘를 써 주었어.

처녀가 혼인하는 날 총각에게 제사를 하려고 준비했어. 처녀는 비단 치마를 몰래 뽕나무 잿물에다 삶아서 바래고 바랬어. 그리고 술 한 병과 술잔과 은장도를 가져갔지. 처녀가 탄 가마가 묘를 지나갈 때 가마꾼들 보고 묘 앞에 가마를 놓으라고 했어. 처녀는 총각의 무덤 앞에 척 가서 술과 술잔을 내놓고 한 잔을 척 붓더니 장도칼을 술잔 앞에다 탁 꼽으며 "아무개야."하고 부르는 거야. 그러자 무덤이 열리고 범나비 한 마리가 나와 처녀를 끌어안고 빙빙 돌면서 하늘로 올라가버렸어. 나중에 이 범나비가 알을 슬었는데, 사람들이 정성껏 보살피니 누에가 되 버렸어. 누에는 이렇게 생긴 거야.17)

우리는 이 이야기에서 적어도 세 가지 대목이 중국에서 유행하는 내용

---

17) <누에의 유래>, 『한국구비문학대계』(4-2), 한국정신문화연구원, 1981年에 수록.

과 다름을 쉽게 알 수 있다. 첫째, 시작 부분에 '버들잎 띄우기' 대목이 있다. 이는 한국의 다른 양축 전설 기록에도 종종 '버들잎 띄우기' 대목이 나온다. 게다가 흥미로운 것은 이 대목이 다른 상황에서도 나온다는 점이다. 즉 양산백과 축영대 두 사람이 강에서 목욕을 할 때, 축영대가 버들잎 하나를 따서 그 위에 몇 마디를 써서 물위에 띄우니, 이를 받아든 양산백이 비로소 축영대가 여자이고 자신을 사랑했음을 알게 된다.[18] 그러나 안타깝게도 이때는 이미 늦었다.

둘째, 여주인공이 남주인공의 무덤 앞에서 제사를 지내기 이전에 여주인공은 이미 자신의 비단 치마를 빨아 아주 얇게 해두었다는 점이다. 이 대목은 아주 중요하다. 다른 텍스트에서는 이 대목이 더욱 완정하게 묘사되어 있는데, 그녀가 무덤에 뛰어들 때, 다른 사람이 붙잡으니 치마가 찢어지면서 붙잡힌 치마 조각은 나비로 변하였다. 앞에서 소개한 〈맹서〉에서도 비슷한 대목이 있다.

셋째, 결말 부분에서 여주인공이 남주인공의 무덤 앞에서 제사를 지낼 때 무덤이 갈라지는 대목은 중국의 양축 전설과 거의 다름이 없다. 다만 그 다음이 다른데, 범나비 한 마리가 날아와 여주인공을 데려간다는 점이다. 범나비는 나중에 알을 낳는데 그것이 변하여 누에가 된다.

다른 텍스트에서는 다음과 같은 이야기가 있다. 두 주인공의 부모는 각자 아이가 태어나 남녀 아이라면 나중에 그들을 결혼시키기로 하였다. 나중에 여자 아이를 낳은 부모는 약속을 후회하여 사내아이를 낳았다고 속이고는 자신의 딸을 어려서부터 남장시켜 남자 아이로 키운다. 나중에 아이를 공부시키니 그 결과는 위에서 말한 일련의 이야기처럼 된다.[19] 이러한

---

18) 〈양산백과 수량대〉, 경상남도에 전래, 『한국구비문학대계』(8-11)에 수록; 〈남선봉과 채금대〉, 경상남도에 전래, 『한국구비문학대계』(8-14)에 수록.

19) 주 18)과 같음. 이 밖에 慶尙北道에 전해지는 〈축영대와 양산백〉, (『한국구비문학대계』 12권)도 유사한 줄거리이다.

대목은 중국의 다양한 양축 전설에서도 보기 드물다.

이 외에도 한국의 양축 전설에서 자주 보이는 것은 남녀 주인공의 성명이 왕왕 달라진다는 점이다. 일부 텍스트에서 여전히 '양산백과 축영대'라는 이름을 쓰는 외에 어떤 텍스트는 남선봉, 채금대, 수랑대, 수양재, 양산복, 장사복 등등이다. 일찍이 1930년대에 중국에 소개된 『조선 민간설화』〈맹서〉도 마찬가지인데 남녀 주인공의 이름이 장복(張福)과 왕례(王禮)였다. 어떤 학자는 번역중의 와전이라고 보았다.[20] 만약 오늘날 유사한 내용을 채록한다면 고증할 필요가 없을 것이다. 구두 서사 영역에서는 이러한 변화는 아주 흔히 보인다. 한국의 양축 전설 가운데 어떤 것은 아예 남녀 주인공의 성명이 없는데, 예컨대 충청남도에 전해오는 〈흰나비의 유래〉가 그러하다.[21] 한 청년과 한 처녀가 어려서 잘 어울려 지내다가 크면서 서로 좋아하게 되었는데, 처녀의 부모가 이들의 교제를 반대하였다. 이 이야기에는 '남장 구학' 대목은 없지만, 후반부의 제사 지내기, 무덤에 뛰어들기, 나비로 변하기 등 보통의 양축 전설과 거의 차이가 없다. 이러한 점을 보면 우리는 이 이야기가 한국의 양축 전설 가운데 이문(異文)임을 알 수 있다. 다만 이 이문은 더 이상 전설의 특징을 갖지 않고 환상적인 이야기 같이 변하였을 뿐이다.

III.

종합하여 말하면, 한국의 양축 전설의 여러 전파 형태와 서사 구조에 대해 토론할 때, 우리들은 이미 수시로 비교 연구를 진행 한 것이며, 한국의 양축 전설과 중국의 양축 전설 사이의 같고 다른 점을 지적하였다. 우리들은 대체적으로 다음과 같이 판단할 수 있다. 대략 육조시대에 시작된 양축

---

20) 주 15)와 같음.
21) 〈흰나비의 유래〉, 『한국구비문학대계』16권에 수록.

전설은 아마도 당송 시기에 구두와 문헌 두 갈래의 매체를 통해 중국에서 한국으로 전래되었으며, 늦어도 18세기에 한글소설 〈양산백전〉이 나왔다. 또 한국 민간의 구두 서사 영역에서도 양축 전설은 지금까지 여전히 활발하게 이어져 오고 있다. 한국의 양축 전설의 구술은 대부분 중국의 양축 전설의 기본 형태를 유지하고 있으며, 주제와 사상, 인물의 형상, 줄거리의 구조 등의 방면에서 대부분 중국의 양축 전설과 비슷하다. 그러나 세부적으로 분석해 본다면 우리들은 한국 양축 전설 속에는 강렬한 한민족 정신 문화의 특색이 있음을 발견할 수 있다.

먼저 언급해야 할 것은 한국의 양축 전설 가운데 '버들잎 띄우기' 대목이 많이 나오는데, 이는 중국의 양축 전설에서는 결코 나오지 않는다는 점이다. 한국 양축 전설에서 이 대목은 두 가지 서사 형태로 표현된다. 하나는 앞에서 말한 것처럼 양산백과 축영대가 처음 만났을 때 양산백이 축영대에게 물 한 바가지를 달라고 한다. 축영대는 물위에 버들잎 세 개를 띄운다. 다른 하나는 양산백과 축영대가 함께 공부할 때 한 번은 강에서 함께 목욕을 하는데 축영대가 자신의 감정을 버들잎에 글로 써서 준다. 이 두 가지 서사 형태는 모두 시정(詩情)이 넘치는 대목으로 사람들에게 미적 아름다움을 선사한다.

물론 유사한 서사 구조가 고대 중국에도 있었다고 할 수 있다. 예컨대 전자는 중국 전통의 민간설화에서 어떤 길 가는 사람이 길가의 민가에 물을 달라고 청하는 장면으로 자주 등장한다. 주인은 집이 가난하여 따뜻한 차가 없으니 그저 찬물밖에 대접할 수 없다고 말한다. 그가 그릇에 냉수를 받쳐왔을 때 물위에는 쌀겨나 나뭇잎 등이 높여 있다. 행인은 어쩔 수 없이 물위에 떠있는 이들을 불면서 조심스럽게 찬물을 마시게 된다. 행인은 물을 마시고 나서 호기심에 차 주인에게 왜 그렇게 했느냐고 묻는다. 주인은 이때에야 비로소 그 이유를 말한다. 원래 행인이 땀을 뻘뻘 흘릴 때 냉수를 들이키면 병이 날 수도 있으므로 이러한 방법으로 천천히 마시게 했

다는 것이다. 행인은 그때에야 비로소 주인의 깊은 마음을 알게 되었다. 후
자의 경우는 당(唐) 전기(傳奇) 가운데 유명한 '단풍에 시 쓰기(紅葉題詩)'를
연상시킨다. 어느 서생이 우연히 궁중의 담 밖에서 흘러가는 개울에 단풍
한 잎을 발견했는데, 거기에는 어느 궁녀가 자신의 애환과 사랑에 대한 갈
망을 쓴 시구가 쓰여 있었다. 그는 단풍잎 위에 답시를 쓰고는 이를 기념
으로 소중히 보관하였다. 나중에 이 서생은 시를 쓴 궁녀와 부부가 되었다.
당송 시대 작가들은 이 제재를 가지고 잘 알려진 작품을 여럿 남겼다. 당
대 범터(范攄)의 『운계우의(雲溪友議)』와 맹계(孟棨)의 『본사시(本事詩)』를
비롯하여, 송대에는 손광헌(孫光憲)의 『북몽쇄언(北夢瑣言)』, 장실(張實)의
『유홍기(流紅記)』, 『고금정해(古今情海)』 권15에 인용된 『통유기(通幽記)』
와 『오계논사(五溪論事)』, 『신편분문고금류사(新編分門古今類事)』 권16에
서 인용한 『촉이지(蜀異志)』, 장방기(張邦基)의 『시아소명녹습유(侍兒小名
錄拾遺)』에 실린 왕봉아(王鳳兒)의 일 등이 모두 비슷한 서사 형식을 이야
기하고 있다. 내용 가운데의 세부 처리는 각양각색이며 상상이 풍부하다.

　우리들이 주의해야 할 점은 중국 양축 전설의 수많은 이문(異文) 가운데
'버들잎 띄우기' 대목은 보기 어렵다는 점이다. 한국의 민중이 이처럼 '버들
잎 띄우기' 대목을 좋아하였고, 뜻밖에도 시정이 풍부한 내용을 양축 전설
의 서사 구조 속에 기발하게 끼워 넣었다. 이 결합은 천의무봉(天衣無縫)과
도 같이 매우 자연스러워 이 대목은 양축 이야기와 나눌 수 없는 일체가
되었다. 우리들은 한국 민중의 예술적 창조력에 대해 탄복하지 않을 수 없
다. 공정한 마음으로 논하면 한국의 양축 전설 속의 '버들잎 띄우기' 대목은
중국의 이와 관련된 대목과 같은 게 아니다.

　어느 학자는 버들잎은 한민족의 전통 민속 가운데 "완강한 생명력, 청춘,
사랑의 상징"이라고 ·하였다. 그 영향을 받아 한민족의 민간설화에서 버들
잎은 종종 '남녀 인연 맺기'의 상징물로 출현한다. 자청비(紫靑妃), 왕건(王
建), 이성계(李成桂) 등 한 묶음의 전설 속에서 버들잎은 모두 이러한 기능

을 나타내었다.[22] 이 견해는 아주 정확하다. 버들잎을 일종의 독특한 감정
의 기호로 삼고 이야기하는 과정에서 청중에게 풍부한 상상과 강렬한 자극
을 줌으로서 예술적인 분위기를 나타낼 수 있으며, 양축 전설의 주제를 심
화시킬 수 있었다. 이는 한국 민중이 구두 서사 영역 속에서 만들어낸 집
체 창조로 선명한 한민족의 색채를 지닌다. 우리들은 분명 높이 평가해야
할 것이다.

두 번째로, 우리들은 한국 양축 전설 텍스트에서 '옷 닳게 하기(腐衣殉
情)' 대목에 주의할 수 있다. 앞에서 서술했듯이 〈누에의 유래〉[23], 〈흰나비
의 유래〉[24], 〈맹서〉[25] 등의 문헌에서 모두 이 점을 상당히 강조했는데, 오
늘날까지 우리들이 읽을 수 있는 중국의 양축 전설의 수많은 이문 가운데
는 이러한 대목은 거의 없다.

'옷 닳게 하기'의 서사 형태는 사실 중국 고대에도 상당히 유명하였다.
많은 사람들은 진(晉)의 간보(干寶)가 지은 『수신기(搜神記)』 권11의 〈한빙
의 아내(韓憑妻)〉를 기억할 것이다. 한빙이 자살한 후 그 처는 따라 죽기로
맹서를 하는데, 그때 다음과 같은 대목이 있다.

> 그 처는 자신의 옷을 남몰래 썩혔다. 왕과 함께 누대에 올랐을 때 처가 스스로
> 떨어져 내렸다. 좌우에서 그녀를 잡았지만 손에 옷이 잡히지 않아 죽었다……

여기서 말한 "손에 옷이 잡히지 않아 죽었다"는 구절은 『태평환우기(太
平寰宇記)』에서는 "손으로 잡았지만 나비가 되었다"라고 되어 있다. 이후
한빙 부부의 영혼은 연리지(連理枝)가 되었고 원앙새(鴛鴦鳥)가 되었다고
한다. 이는 후세에 이야기와 문인 창작에 커다란 영향을 미쳤다. 『수신기

---

22) 주 13)과 같음.
23) 주 17)과 같음.
24) 주 21)과 같음.
25) 주 16)과 같음.

(搜神記)』〈한빙의 아내〉는 두 종의 판본이 있는데 『태평환우기』에선 그녀가 미리 남몰래 자신의 옷을 닳게 해두고선 누대에 떨어진다고 되어 있다. 주위에서 그녀의 옷을 붙잡았지만 옷은 쉽게 조각나고 그것은 나비가 되었다. 1932년 정진탁(鄭振鐸)은 「나비의 문학(蝴蝶的文學)」을 발표하면서 〈한빙의 아내〉와 양축 전설에 대해 언급하였다. 정진탁은 혹자는 양축 전설은 한빙 부부 이야기에서 변한 것이라고 말하지만, 자신은 이 양자 사이에는 "아무런 관계가 없다"고 생각하였다.26) 만약 지금까지 찾아낸 중국 양축 전설의 텍스트를 가지고 분석한다면, 양자 사이에 계승 관계가 있다는 말은 약간 억지스러워 보인다. 왜냐하면 이들 텍스트는 거의 모두 '옷 닳게 하기' 대목이 나오지 않기 때문이다. 그러나 우리는 지금 한국의 양축 전설의 일부 텍스트에서 이러한 대목을 읽을 수 있으니, 이를 가지고 〈한빙의 아내〉와 비교하면 그 흡사함에 놀라지 않을 수 없다. 이는 우리들이 한 걸음 더 나아가 연구할만한 흥미로운 현상이다. 한·중 두 나라 민중의 구두 서사 영역에서 '옷 닳게 하기 — 옷이 나비로 변하기' 대목이 어떠한 경로로 이어졌는지 현재 우리들은 알 수 없다. 한국의 양축 전설에서 오히려 이 대목을 발견할 수 있거니와, 그것도 한 번이 아니라는 점에서 상당한 영향력이 있음을 알 수 있다. 이러한 묘사가 한국 민중의 깊은 사랑을 받았기에 한국의 구두 서사 영역에서 널리 전파되었고 자주 나오는 것이다. 이 대목은 여주인공의 인물형상을 만드는 데 지극히 중요한 역할을 한다. 한편으로 여주인공의 순애(殉愛)의 결심이 얼마나 군건한가를 알려주고, 다른 한편으로 여주인공의 세심함과 총명함을 나타내준다. 그녀는 누군가가 자신을 저지하리라 예상하고 미리 대책을 마련한 것이다. 결국 그녀의 옷이 조각나 나비가 되는 것으로 구술자의 풍부한 상상력을 표현하고 민중의 여주인공에 대한 사랑과 무한한 동정을 나타내었다. 이같이 완곡하고 섬세하며,

---

26) 鄭振鐸, 「蝴蝶的文學」, 『鄭振鐸古典文學論文集』, 上海古籍出版社, 1984年에 수록.

부드러움 가운데 굳셈이 있으면서 사람에게 깊은 인상을 남기는 표현방법
을 선택하고 구성했다는 것은 한민족 특유의 심미 의식과 민족성을 표현한
것으로 우리들이 충분히 주목해야 할 부분이다.

세 번째로, 중국의 양축 전설 가운데 잘 알려진 '십팔 리 배웅(十八相送)'
이나 '누대에서의 만남(樓臺相會)' 등의 대목은 한국의 양축 전설 서사 구조
속에서는 거의 나타나지 않는다는 점이다. 이러한 차이가 나타나는 원인을
찾아내기란 사실 그리 어렵지 않다. 앞에서 언급했듯이 중국 역사상 오랜
기간 동안 지방의 희곡 및 곡예의 공연과 민중 사이의 구두 서사 활동 사
이에는 빈번하고 밀접한 관계가 있었다. 양축 전설도 예외가 아니다. 양축
전설이 처음 형성될 때는 구두 서사였지만, 나중에는 자연스럽게 희곡 및
곡예의 영역으로도 들어갔다. 중국 역사상 일부 유명하고 민중이 좋아하는
서사문학 작품, 예컨대 백사전(白蛇傳), 맹강녀(孟姜女), 삼국지, 수호전, 서
유기, 포청천(包公), 양가장(楊家將) 등이 모두 그러하다. 이들 구두 서사가
일단 희곡 및 곡예의 영역 혹은 문인의 문학작품 영역 속으로 진입하면, 희
곡 및 곡예 그리고 작가 문학의 거대한 힘은 다시 민간의 구두 서사에 영
향을 미치고, 그 결과 여러 방면에서 깊은 변화를 일으킨다.

일찍이 1930년대에 유만장(劉萬章)은 자신의 글에서 언급하기를 그의 고
향 해륙풍(海陸豊) 일대에서는 다음과 같은 축영대 전설이 전해오고 있다
고 했다.

> 내가 고향에 있을 때, 종경문(鍾敬文) 형이 기록한 것처럼 민중의 입에서 들었
> 을 뿐 아니라, 고향사람들이 말하는 '백자자반'(白字仔班, 해륙풍에서 공연하던
> 희극, 正字도 있었는데 大班이라고도 했고, 白字에는 西秦班과 潮州班이 있었
> 다.)도 들었는데, 이 멋진 극을 공연하였다. ……축영대 이야기의 공연은 대부분
> 두 사람이 만나는 대목이나 말미 부분을 공연하였다. 때로는 이야기의 전체를
> 하는 게 아니라 편단(片斷)을 공연하였다. 해륙풍에 사는 사람들, 특히 부녀들에
> 게 미친 이들 이야기극의 영향은 실로 지대하였다. 그녀들은 축영대 극본 속의

이야기를 가져와 이야깃거리로 삼을 뿐만 아니라, 어떤 때는 축영대 극본 속의
노래나 대사를 가지고 속담을 만들거나 훈계를 만들기도 했다……

오늘날에 있어 이러한 현상은 더 보편적이다. 필자가 절강성에서 민간
자료 조사 차 나갔을 때, 민중들이 양축에 관해 알고 있는 지식은 다른 사
람으로부터 들어서가 아니라 뜻밖에도 무대의 공연을 보고 알았던 것이다.
'십팔 리 배웅'과 '누대에서의 만남' 이 두 대목은 구술 때는 그리 뛰어난
것이 아님을 우리는 잘 알고 있다. 이 대목의 전개는 비교적 느리며 한 장
면에 머물러 있다. 또 작품 속의 주인공도 반복해서 읊조리며 자신의 감정
을 충분히 토로하고 있다. 이러한 예술표현 방식은 무대 공연에 적합하지
구술에는 적합하지 않는다. 일부 나이 든 희곡 예술가들의 기억에 의하면,
이처럼 뛰어난 희곡 공연 대목은 확실히 선배 희곡 곡예 연출가가 심혈을
기울여 창조한 것이라고 한다. 다시 말해 중국 고대의 민중 구두 서사에서
처음에는 '십팔 리 배웅'이나 '누대에서의 만남'과 같은 대목이 없었다가, 선
배 희곡 연출가가 양축 전설을 무대에 올릴 때 희곡 공연의 특징과 배우의
예술적 재능을 충분히 발휘하기 위해서 점점 '십팔 리 배웅'과 '누대에서의
만남'을 창조해내었다. 희곡에서 이들 대목은 심지어 절자희(折子戲)로까지
발전하여 단독으로 공연되기도 한다. 관중들이 양축희(梁祝戲)를 보러갈
때 가장 재미있어하는 것은 바로 이 두 대목이 나오는 극이다. 이는 아주
흥미로운 현상으로 각각의 문학예술의 장르는 각자 다른 장단점이 있음을
보여준다. 구술이라는 형식 속에서 사이에 '십팔 리 배웅'과 '누대에서의 만
남' 대목은 이야기하기에 적합하지 않기 때문에, 대부분 구술자들은 일부
러 이들 단락을 생략하거나 축소시키는데 이를 예술상에 있어서는 보통
'장졸(藏拙)' 혹은 '양장피단(揚長避短)'이라고 한다. 그러나 희곡 연출자에
게 있어서 이는 정반대이다. 그들이 장기를 발휘할 수 있는 것이 바로 '십
팔 리 배웅'이나 '누대에서의 만남'과 같은 단락인 것이다. 그들은 이들 단

락에서 자신들의 예술적 재능을 충분히 발휘할 수 있는 것이다. 이러한 사정이 오래 지속되면 이 두 절자희는 중국 민중의 마음속에 지극히 깊은 인상을 남기게 되고, 그리하여 이는 다시 민중들의 구두 서사 활동에 영향을 미치게 된다. 사람들이 양축 전설 전체를 완정하게 구술할 때도 당연히 '십팔 리 배웅'과 '누대에서의 만남'도 양축 전설의 서사 구조 속에 끼어들어가게 되고, 양축 전설에서 떼어낼 수 없는 일부가 된다. 어떤 때는 구술자가 이 두 대목에 대해 관심이 없다 할지라도 청중과 전통을 존중하는 뜻에서 이 두 대목을 야기하지 않을 수 없다고 여기기도 할 것이다.

그러나 한국의 민강에서는 아마 이러한 상황이 존재하지 않을 것이다. 필자는 한국의 희곡 활동에 대해 아는 것이 적지만, 현재까지 이해하는 바로는 한국의 양축희의 공연은 거의 없기에 이러한 희곡 공연활동이 민중의 구두 서사에 영향을 주는 일이 존재하지 않는 것이다. 다시 말해 한국의 민간에서 양축 전설에 관한 각종 정보는 대부분 그들이 입과 귀로 전해들은 것이지 희곡 활동은 아직 개입되지 않은 것이다. 이로 해서 한국 민중이 양축 전설을 구술할 때 거의 모두 '십팔 리 배웅'과 '누대에서의 만남' 두 대목을 채용하지 않게 된 것이다.

네 번째로, 우리는 서사 양식의 관점에서 한·중 양축 전설의 차이에 주의할 필요가 있다. 지금까지 우리가 본 자료에 의하면, 한국의 양축 전설은 거의 모두 처음부터 끝까지 사랑의 비극 전과정을 완정하게 구술하였다. 비록 일부 텍스트는 그 내용 중에 '남장 구학'이 없거나, '나비로 변하기'가 없는 등 한두 대목이 생략되기도 하였지만, 이야기 자체에 있어서는 그 텍스트들은 하나의 편단이 아니라 완정한 이야기를 이루고 있다.

그러나 중국 민간에서의 사정은 결코 이렇지 않다. 필자가 일찍이 자료 수집할 때 이 점을 강렬하게 느꼈는데, 여러분이 사람들에게 양축 전설을 구술해달라고 할 때, 처음부터 끝까지 곧이곧대로 전설의 전부를 구술하는 사람은 거의 없을 것이다. 구술자들은 종종 다음과 같이 이야기보따리를 풀어놓는다. "양산백과 축영대의 대본 본적 있쑤? 자, 그럼 '십팔 리 배웅'은 어디에서 했는감? ××지방의 그 우물인데, 모두들 그 우물을 '쌍조정(雙照 井)'이라고 하지. 여기에 이야기가 있어……" "초골(焦骨) 모란 이야기 아시 우? 자, 이것도 양산백과 축영대와 연관이 있지……" 이야기하는 사람과 듣 는 사람 사이에는 일종의 묵계가 있는 듯하다. 사람들이 함께 앉아 듣고 싶어 하는 것은 양축 전설과 관련된 한 대목이나 삽입곡, 혹은 양축 전설의 어느 대목에 대한 별다른 해석이다.

이는 현재 중국 양축 전설의 구술의 보편적인 현상으로, 오늘날 우리들 은 현대에 채록한 양축 전설 가운데에서 줄거리가 완정한 판본을 찾아보기 힘들다. 20세기 말에 이루어진 절강성 민간설화 집성(集成) 작업에서 양축 전설에 관한 기록이 몇 천 가지 이상 되었는데, 여기서도 대체로 이와 같은 현상을 나타내었다. 다시 말해 양축 전설의 모체(母體)에서 독립된 작은 이 야기들이 부단히 파생되어 나오는데, 이들은 양축 전설의 어느 한 대목을 구술한 것들이다. 어떤 이야기는 양산백과 축영대의 전생에 대한 이야기이 고, 어떤 이야기는 양산백과 축영대의 사후의 이야기이다. 어떤 이야기는 양산백과 축영대의 사랑 이야기 가운데 한 편단이고, 어떤 이야기는 다만 지명, 기물 이름, 풍속과 관습, 동식물의 습성, 속담의 유래 등을 해설했을 뿐이기도 하다. 이들 이야기들 가운데 어떤 것은 모체(母體)와 어울려 모체 의 줄거리를 풍부하게 하며, 어떤 것은 새로운 가지를 만들어 또 다른 이야 기를 전개하기도 한다. 요컨대, 이들 이야기는 일반적으로 모두 단독으로 구술할 수 있다. 이들 이야기들은 완정하지 않은 작은 이야기들이 모여 있 고 산만하게 흩어져 있는 듯하지만, 사실 이들을 모아 보면 방대한 양축 이 야기 뭉치를 이루는 것을 알 수 있다.

이러한 서사 양식이 만들어진 데에는 여러 가지 이유가 있다. 첫째, 이 는 중국 역사상 양축 희곡 곡예의 공연이 많이 이루어진 것과 깊은 관련이 있다. 이러한 공연은 사람들에게 깊은 영향을 미치기에 사람들은 양축 전설이나 유사한 이야기에 아주 익숙해져 있으며, 나아가 거의 모든 사람들이 알고 있는 문화적 기호(文化符號)가 되어 있기 때문에 처음부터 이야기할 필요가 없는 것이다. 이들 익숙한 이야기 중의 몇 대목에 대해 사람들은 여전히 흥미진진해하며, 혹은 희곡이나 곡예에서 제기하지 않은 내용이나 관점은 이야기로 이해해야할 필요가 있는 것이다. 둘째, 전통적인 희곡 곡예 공연은 종종 절자희(折子戲)나 단편을 창하는 형식으로 이루어지는데, 연예인들은 자신이 잘 하는 대목을 하기 마련이어서 이들이 특히 정채롭다. 이러한 형식은 민중의 구두 서사 활동에 영향을 미칠 수도 있는데 사람들이 이야기를 할 때 비록 지엽적인 대목을 하더라도 지극히 뛰어나기도 한다. 셋째, 이야기를 하는 환경은 희곡 곡예와 달리 수의성(隨意性)이 강하여 언제 어디서든 할 수 있는데, 대다수 구술자들은 짧은 이야기를 하기 좋아한다. 또 한 가지 상황을 다시 한 번 강조해야 하겠는데, 희곡 곡예와 구두 서사는 각기 장단점이 있어, 쌍방의 연예인들은 모두 자기 장르의 장점을 드러내고 단점을 가리는 방향으로 발전시켰다. 대기 위와 같은 이유들 때문에 오랜 기간이 지나면서 하나의 관습이 되다보니, 중국 양축 전설의 구두 서사 영역에서 우리들은 시종 여러 작은 이야기들이 모여 이루어진 이야기 뭉치를 발견할 수 있는 것이다.27) 그러나 이처럼 무척 흥미로운 서사 양식은 한국의 양축 전설에서는 거의 발견되지 않는다.

IV.

여기까지 우리들은 한·중 양축 전설의 예술적인 특생과 서사 양식에 대해 주로 논의하였다. 논문을 마치기 전에 양축 전설의 공통성에 대해 논의할 필요가 있을 것이다. 다시 말해, 우리들은 한 걸음 더 나아가 이 구두

---

27) 顧希佳, 「從梁祝傳說看民間故事與俗文藝的互動」, 『杭州師範學院學報』2004年 第2期.

서사 작품이 어떻게 하여 거대한 예술적 매력을 가지고 있으며, 한·중 두 나라의 민중들이 오래도록 사랑해왔는지 논의해야 할 것이다.

많은 학자들이 이미 이 흥미로운 화제에 대해 토론한 바 있기에 우리들이 여기서 중복할 필요는 없을 것이다.[28] 개괄하면 적어도 아래 몇 가지는 반드시 언급하여야 한다고 본다.

첫째, 우리들은 이야기의 서사 구조 가운데 나오는 '남장 구학' 대목에 대해 주의해야 할 것이다. 봉건 사회에서 젊은 여자가 남장을 하고 공부하러 집을 나가, 남학생과 삼년을 함께 지내며 자신의 모습을 드러내지 않는다는 것은 쉽지 않은 일로 다시 한 번 눈여겨보아야 할 부분이다. 이는 양축 전설의 큰 특징이다. 고금과 국내외를 막론하고 남녀의 사랑 혹은 남녀가 사랑을 위해 죽은 이야기는 수없이 많은데, 양축이 사람들에게 깊은 인상을 주는 것은 '남장 구학'이란 대목이 큰 성공을 이루었기 때문이다. 중국의 각지 여러 민족들은 이 점을 충분히 주의하였다. 여러 민족에게 퍼져 만들어진 양축 전설의 이문(異文) 중에는 우연하게도 모두 이 '남장 구학' 대목이 보존되어 있다. 한국의 상황도 마찬가지이다. 비록 우리는 한국에는 충청남도의 〈흰나비의 유래〉와 같이 '남장 구학'이 나오지 않는 다른 이문이 있음을 발견했지만 이는 특별한 경우라 할 것이다. 대다수 한국의 양축 전설 이문에서 '남장 구학'은 아주 뚜렷하게 반영되어 있다. 심지어 여기에서 나온 '의심 피하기' 대목에서 생동적인 묘사를 전개하는데 이는 사실 청중의 흥미를 끌어내는 대목이다. 중국 고대 구두 서사 가운데 '화무란(花木蘭)'도 널리 알려진 이야기이다. 이들 구두 서사는 일상생활 속에 일반적으로 불가능하다고 생각하는 일을 가능한 일로 만들어 많은 청중을 끌어들이는데, 이것이 바로 구두 서사의 전기성(傳奇性)이다. 나아가 강조해야할

---

28) 周靜書 主編, 『梁祝文化大觀·學術論文卷』, 中華書局, 2000年 참조. 이후 2002년 5월 寧波에서 개최된 梁祝文化國際學術硏討會에서도 상당히 견해가 있는 논문이 발표되었다. 논문집은 조만간 출판 예정이다.

점은 남성 위주의 전통 사회에서 이러한 기적이 나타나는 것은 남성이 여성을 불문하고 극히 관심이 가는 화제이다. 양축 전설의 서사 구조는 이처럼 보통과 다른, 지극히 뚜렷한 우세를 지니고 있어 널리 유포되고 오랜 세월이 흘러도 사라지지 않고 전해져왔다.

둘째, 양축 전설 속에 표현된 반봉건(反封建) 사상은 일정한 시기에 비교적 큰 영향을 미쳤는데 이 역시 양축 전설의 특색 가운데 하나이다. 이점에 대해 20세기 후반기에 중국의 학술계에서 열띤 토론이 전개되었고 거의 이의(異議)가 없었으나 최근에 와서는 이에 대한 반대 의견이 일부 나왔다. 여기서는 자세히 논할 필요가 없을 것이다. 다만 여기서 우리가 인정해야 할 점은 양축 전설이 오랫동안 변해오는 과정 중에 '반봉건'이라는 사상이 언제나 뚜렷했던 것은 아니라는 점이다. 서로 다른 시기, 지역, 민족은 양축 전설에 대해 자기대로 해석할 수 있을 것이다. 앞에서 인용한 송 장진(張津)의 『건도사명도경(乾道四明圖經)』 중의 내용은 '의부(義婦)'만을 제시하였지 부모가 그들의 혼인을 반대했다는 대목은 나오지 않는다. 또 앞에서 인용한 『조선 민간설화』〈맹서〉에서 주인공에게 맹서 준수를 강조한 것은 반봉건의 입장에서 만들어진 것은 아닌 것으로 보인다. 우리가 인정해야 할 점은 반봉건 주제는 근대 이후에 들어서서야 강조되었다는 점이며, 이는 일정한 역사 시기에 적극적인 작용을 발휘하였다는 점이다. 근현대에 채록한 양축 전설 텍스트 중에는 확실히 이러한 사상 경향을 뚜렷이 느낄 수 있다. 이러한 사상 경향은 적극적인 시대정신과 사회적 의의를 가지며, 당시 청년 남녀가 자신의 사랑과 행복을 위해 대담하게 항쟁하는 정신을 고무하고 있다. 물론 이러한 사상 경향도 양축 전설의 전파에 힘을 실은 게 사실이다.

셋째, 우리들은 한 걸음 더 나아가 양축 전설의 문화적 의의를 따진다면 그것은 위의 두 가지 측면에 있지 않을 것이다. 오히려 그것은 남녀 주인공이 운명에 항거하는 정신과 이야기 결말 부분의 '나비로 변하기'가 전하는 영원한 생명관이라 할 것이다.

남녀 주인공이 사랑에 대한 충정을 죽음으로 항거한 점은 여러 사람들이 이미 지적하였다. 운명에의 대항은 세계 각국 문학의 영원한 주제로 우리는 도처에서 이러한 주제의 문학작품을 발견할 수 있다. 양축 전설도 이 점을 무척 강조하고 있기에 여러 나라의 민중들이 강렬하게 공명을 느낀다는 점에서 예외가 아니다.

어떤 학자는 '나비로 변하기' 대목의 의의는 고대 이래로 민간에서 전해 오는 강인한 인내와 영원한 생명관을 표현한 것이라고 지적하였다. 비록 양축 전설에서 주인공들은 생전에는 여러 가지 원인으로 이상적인 결혼은 이루지 못하지만, 그 이상 실현에 대한 정신은 죽지 않고, 무덤이 열리고 나비로 변하면서 이상에 대한 정신은 계속 추구됨을 표현하였다.29) 이 의견은 무척 타당하다. 독일의 학자 에른스트 카설은 원시인의 신화 사유를 분석하면서 다음과 같이 지적하였다.

> 그들의 생명관은 분석적이지 않고 종합적이다. 생명은 류(類)와 아류(亞類)로 나누어지지 않는다. 그것은 중단되지 않고 연속적인 전체로 파악되며, 어떠한 측면으로도 분명한 구별을 허용하지 않는다. 각기 다른 생명 영역 사이의 경계선은 뛰어넘을 수 없는 울타리가 아니고, 대신 유동적이고 정해져 있지 않다. 각기 다른 생명 영역 사이에는 특별한 차이가 절대로 존재하지 않는다. 불변의 정지 상태를 정하는 어떠한 것도 없다. 변형은 갑자기 일어나기 때문에, 모든 사물은 다른 모든 사물로 바꾸어질 수 있다.30)

원시인들은 생명은 변형을 통하여 부단히 지속되어 영원히 유지된다고 생각하였다. 이것이 그들의 생명관이다. 사실 오늘날까지도 중국의 노인들

---

29) 陳勤建, 「梁祝傳說的現代解析」, 未刊稿, 臺北, 2004년 海峽兩岸文學與應用文學學術硏討會.

30) [독]에른스트 카설, 『人論』, 上海譯文出版社, 1985年. 104쪽.

생각 속에서 죽음은 생명의 중단이 아니라 다른 곳에 가서 다른 방식으로 생활을 계속하는 것이라고 보고 있다. 고대에 사람들은 보편적으로 사람과 각종 동식물 사이에는 서로 탈바꿈을 할 수 있다고 생각하였다. 고대에 사람들은 보편적으로 사람과 각종 동식물은 서로 탈바꿈을 할 수 있다고 생각하였다. 예컨대, 말머리를 가진 여자, 생각하는 나무, 뱀이 된 남자, 밭을 가는 개 등 일련의 구두 서사 작품 중에는 모두 변형 대목이 나오며 이러한 발상이 사람들의 의식 속에 깊이 박혀있다. 바로 이러한 생명에 대한 특수한 이해가 양축 전설 속의 '나비로 변하기'와 같은 빛나는 대목을 만들도록 촉진했던 것이다. 그리하여 이 대목이 구두 서사 가운데 명작이 되도록 하였다. '변형'이라는 독특한 예술적 표현 수단을 통하여 남녀 주인공의 사람과 행복에 대한 부단한 추구를 체현한 것이다. 이것이 바로 양축 전설의 예술적 가치가 있는 자리이며, 널리 유포되고 국경을 넘고 바다를 건너 여러 나라와 민족들이 사랑하는 가장 중요한 원인이다.

이 점에서 말하면 예술적 구성과 줄거리 구조는 세계적인 보편성을 가지고 있다. 정내통(丁乃通)이 편찬한『중국 민간설화 유형 색인(中國民間故事類型索引)』에서는 이 이야기를 AT970 '연리지'와 AT970A '나뉠 수 없는 한쌍의 새, 나비, 꽃, 물고기 혹은 기타 동물'로 분류하고 있다. 이 두 가지 이야기 유형은 사실 그다지 큰 구별이 없다. 다만 전자는 두 남녀의 무덤에서 연리지가 자란데 비해, 후자는 두 남녀의 무덤 위에서 한 쌍의 동물이 배회할 뿐이다. 양축 전설의 일부 판본에서는 어떤 때는 이 두 경우가 모두 포함되기도 하여, 양산백과 축영대의 영혼이 연리지로도 변함과 동시에 나비로도 변하였다. 혹은 에버하르트가『중국 민간설화 유형』에서 언급한 이문에서는 나비-돌-대나무-무지개 등으로 여전히 일련의 변형이 나타난다.[31] 이러한 변형은 민간의 구술 중에서는 실제로 무척 자유롭고 다변적

---

31) 주 9)와 같음.

이다. 요컨대, 오래된 변형관념은 구두 서사에서 자유롭게 운용되어 영원한 생명관념을 표현하는 데 사용되었다. 그것도 아주 적절하고 아주 잘 부각되었으며 게다가 무척 감동적인 형식으로 나타났다.

부기(附記): 본문을 작성하는 과정에서 한국 학자 이신성(李愼成), 일본 학자 하시야 에이코(橋谷英子), 한국 유학생 김은경(金恩慶)의 많은 도움을 받았기에 이에 감사를 표한다.

한 · 중 인귀상련(人鬼相戀) 설화 비교 연구

− 중국의 인귀상련 설화와 비교하여 본 한국의 동류 설화 −

서성[*]

고대 설화와 소설 가운데 인간과 귀신의 사랑 이야기는 귀신 이야기 가운데 가장 아름답고, 감정이 깊으며, 예술적인 경우가 많다. 여기에는 비록 성적 결합의 요소가 자주 나타난다고 하지만 그 초점은 여전히 애정이었다. 보통은 하급 관리이거나 서생인 남성과 부잣집이나 신분이 높은 여성 귀신 사이의 이야기이다. 그 결말은 아이를 낳고 부부가 되는 경우도 있지만 비극적으로 헤어지는 경우도 많다. 이러한 이야기와 관련된 발생 배경, 혼인 관념, 설화의 효과, 인귀 이해 등등 흥미로운 주제가 많지만, 본고는 한국에서 어떠한 이야기가 주류를 이루었는지를 중국의 이야기와 비교하면서 알아보고자 한다.

귀신과 관련된 이야기는 자연발생적인 이야기가 있는가 하면, 토속적인 의식과 종교 등에서 나온 여러 모티프(話素)가 섞이고, 소설적 의도적 각색으로 변화되는 경우도 많다. 기본적인 모티프와 유형을 상정한다고 하더라도 분류하기 어려운 경우가 많다. 귀신의 세계는 상상의 산물이므로 시대나 사람에 따라 구체적인 감수가 다르다. 이 유형의 이야기는 AT 분류법에 따르면 귀신이나 이물과의 교혼담에 들어가지만, 인귀상련의 이야기는 결혼에 초점이 맞추어진 게 아니라 사람과 귀신 사이의 애정에 맞추어져 있

* 열린사이버대학교 교수

기에, 세부에 있어서는 학자들에 따라 제각각이어서 아직 통일된 분류가 마련되지 않았다.

한국에서는 이러한 설화를 시애(屍愛) 설화, 명혼(冥婚) 설화, 이물교구(異物交媾) 설화, 인귀교환(人鬼交歡) 설화 등으로 부르지만 이러한 명칭에 대해 다시 한 번 정리할 필요가 있다. 학자들이 귀신 관련 이야기를 연구할 때 그 분류도 다양하다. 한국의 설화 유형을 처음으로 분류한 장덕순(張德順) 교수는 전통적인 소재 위주의 분류에 따라 이를 괴기담(怪奇譚) 속의 '귀신' 항목 속에 모두 포괄시켰다.[1] 박용식(朴湧植)은 영혼의 불멸에 초점을 두고 설화의 내용을 분류하여 이혼설화(離魂說話), 재생설화(再生說話), 환생설화(還生說話), 환생설화(幻生說話), 공창설화(空唱說話) 등으로 나누었고[2], 안병국(安炳國)은 귀신 이야기는 기본적으로 원귀설화로 보고 이를 다시 원사원귀(寃死寃鬼), 정욕원귀(情慾寃鬼), 상사원귀(相思寃鬼), 골출원귀(骨出寃鬼), 미명원귀(未命寃鬼)로 분류한 결과 정욕원귀(情慾寃鬼)와 상사원귀(相思寃鬼) 속에 인귀상련의 이야기를 포함시켰다.[3] 김현룡(金鉉龍)은 귀신설화를 귀거관계(鬼居關係), 신원흉택(伸寃凶宅)관계, 우혼관계(遇魂關係), 인귀교환관계(人鬼交歡關係) 등으로 나누었다.[4]

중국에서 1937년 설화를 처음으로 분류한 볼프람 에버하르트는 『중국 민간설화 유형』에서 인귀련(人鬼戀) 항목을 설정하지 않았다.[5] 구미 학계에서는 이물교혼담을 혼인 문제에 집중했으므로 인간과 귀신 사이의 사랑에 초점을 둔 이야기는 들어설 자리가 그다지 없었다. 정내통(丁乃通)의

---

1) 張德順, 『韓國說話文學研究』, 서울: 서울대학교출판부, 1970.

2) 朴湧植, 『韓國說話의 原始宗敎思想研究』, 서울: 一志社, 1984.

3) 安炳國, 『鬼神說話研究』, 서울: 도서출판규장각, 1995.

4) 金鉉龍, 『韓中小說 說話比較 研究』, 서울: 一志社, 1976.

5) 艾伯華, 『中國民間故事類型』, 北京: 商務印書館, 1999. 제8장 "요정과 귀신과 사람"에는 '요괴와의 관계', '살해당하는 귀신', '귀신의 추적', '귀신 잡기' 등의 항목이 있지만, 귀신과 인간의 사랑에 대한 항목은 없다.

『중국 민간설화 유형 색인』에서도 인간과 귀신의 사랑을 다룬 '인귀부처(人鬼夫妻)' 항목이 없어 최근 고희가(顧希佳) 선생이 이를 보충하고 있다.[6] 남성과 만나는 여인들의 유형에 따라 여신(女神), 여귀(女鬼), 여요(女妖)로 나누어 고찰하는가 하면,[7] 설화의 기본형과 변화 유형에 관점을 두어 이혼형(離魂型), 환혼형(還魂型), 인귀상련형(人鬼相戀型)으로 나누어 고찰하기도 한다.[8] 어느 학자는 고대의 인요연(人妖戀) 소설을 이야기의 결말에 초점을 두고 재생환혼형(再生還魂型), 연진이산형(緣盡而散型), 인귀명혼형(人鬼冥婚型), 생사부처형(生死夫妻型) 등 4가지로 나누었다.[9] 최근 이붕비(李鵬飛)는 인귀조우(人鬼遭遇) 이야기는 인신우합(人神遇合) 이야기의 배경 위에서 나왔다고 보며, 이를 다시 주요한 내용에 따라 재생(再生) 표현, 애정(愛情) 표현, 시문의취(詩文意趣) 표현, 해학의취(諧謔意趣) 표현, 신비포괴(神秘怖怪) 표현, 내심욕망(內心慾望) 표현 등 6개의 아형(亞型)으로 나누고 있다.[10]

이러한 연구 성과는 인간과 비인간 사이의 관련에 대해 풍부한 유산이 있었음을 말해주며, 이를 통해 괴이한 세계에 대한 상상과 인간의 애정에 대한 무한함을 표현하였다. 본고는 한국의 인귀련(人鬼戀) 이야기를 역사적으로 전개하면서, 그 주요한 특징을 중국의 이야기와의 관련성을 통해 살펴보고자 한다. 이를 통해 한국과 중국의 인귀련(人鬼戀) 이야기의 특징

---

6) 顧希佳, 「生與死的戀情─'人鬼夫妻'型故事解析」, 『民間文化』, 2000년 11,12기.

7) 莊戰燕, 「男性視野中的異類女子─『搜神記』婚戀小說中神女鬼女妖女形象文化透析」, 『語文學刊』, 2002-06.

8) 鄧紹基, 「關于'離魂型','還魂型'和純一人鬼相戀型文學故事」, 『江蘇行政學院學報』, 2004년 1기.

9) 謝眞元, 「人妖戀模式及其文化意蘊」, 『重慶師院學報』, 2000-01. 필자는 唐代 人神戀 소설에 대해서도 4가지 유형으로 나누었는데, 仙妓合流型, 挑選面首型, 美滿姻緣型, 婚姻悲劇型이 그것이다. 「唐人小說中人神戀模式及其文化意蘊」, 『社會科學研究』, 1994-04. 이들 분류는 이야기의 결말에 비중을 두고 있다.

10) 李鵬飛, 『唐代非寫實小說之類型研究』, 北京: 北京大學出版社, 2004.

이 드러나기를 희망한다.

I .

한국의 삼국 통일신라시대는 기원전부터 10세기 초에 이른다. 이 시기에 중국은 위진남북조와 당에 해당한다. 한국에서는 토착적인 설화가 유행하였고, 중국에서는 지괴(志怪)와 전기(傳奇) 소설이 성행하였다. 초기의 이러한 상황은 한국에서 중국문화를 받아들이면서 변화가 생기게 되었다. 〈방이전〉과 같이 한국의 설화가 중국에 영향을 미친 경우도 있지만[11] 중국의 영향이 점점 커졌다. 먼저 본격적인 중국의 영향이 있기 전의 인귀상련(人鬼相戀) 이야기에서 한국의 토착적인 설화의 성격을 살펴보자.

한국에 있어 초기의 인귀상련(人鬼相戀) 이야기로 대표적인 것은 〈수삽석남(首揷石枏)〉이다. 이 이야기는 한국 최초의 설화집인 『수이전(殊異傳)』에 실려 있던 것으로 지금은 조선시대 권문해(權文海)가 편찬한 『대동운부군옥(大東韻府群玉)』에 전한다.

신라 사람 崔伉의 字는 石南인데, 사랑하는 첩이 있었다. 부모가 그들 사이를 막아서 만날 수 없었다. 몇 개월 뒤 최항은 갑자기 죽었다. 8일이 지나서 밤중에 최항이 밤중에 여인의 집에 찾아가니, 그가 죽은 줄 모르는 여인은 크게 기뻐하여 맞이하였다. 머리에 석남 꽃가지를 꽂고 있던 최항은 여인에게 나누어주며 말했다.

"부모님께서 당신과 더불어 같이 살기를 허락하셨기에 여기에 왔소"

그리하여 여인과 함께 그의 집에 돌아온 최항은 담을 넘어서 들어갔다. 밤이 지나고 날이 새려는데 오래도록 소식이 없었다. 집안 사람들이 나와서 그녀를 보고선 온 연유를 물으니, 여인이 사연을 말하였다. 집안 사람이 말하였다.

"최항은 죽은 지 8일이 되어 오늘 장례를 지내려 하거늘 무슨 괴이한 말이오?"

---

11) 孫晉泰, 『朝鮮民族說話의 硏究』, 서울: 乙酉文化社, 1947.

여인이 말하였다.

"서방님께서는 저에게 석남 꽃가지를 나누어 꽂으셨으니 이것으로서 徵驗할
수 있을 것이옵니다."

이에 관을 열어 보니, 시신의 머리에 석남 꽃가지가 꽂혀 있고, 옷은 이슬에
젖어 있었으며, 신발이 신겨져 있었다. 여인이 그가 죽은 것을 알고 통곡하며 기
절하려 하자 최항이 다시 살아났다. 그들은 이십 년을 함께 살다가 생을 마쳤
다.12)

이 이야기의 원래 모습은 분명 좀더 자세했겠지만, 대강의 줄거리를 통
해 이야기의 모습을 추측할 수 있다. 이 이야기 속에는 중국의 영향을 받
은 후세의 이야기와는 다른 신라의 독자적인 특징이 잘 드러내고 있다.

첫째, 남성이 혼귀로 나오고 여성이 생인으로 나온다는 점이다. 죽은 최
항(崔伉)이 생자(生者)인 여인에게 나타나 석남 꽃가지를 주고 떠나는 일이
주요한 줄거리를 이룬다. 이는 인귀상련에 관한 많은 이야기가 남자는 젊
은 서생, 여자는 요절한 귀신이라는 유형을 벗어나 있다. 이러한 인물 구성
은 이후 중국과 한국의 인귀(人鬼) 이야기의 기본 유형을 이룬다. 예컨대,
『태평광기』에 수집된 위진 이래의 설화를 보면, 〈노충(盧充)〉(316)13)에서
사냥에 나간 노충(盧充)이 고문와옥(高門瓦屋)에 들어가 최소부(崔少府) 딸
의 귀혼(鬼魂)을 만나며, 〈담생(談生)〉(316)에서 40세가 넘은 서생 담생(談
生)에게 휴양왕(睢陽王) 딸의 유혼(幽魂)이 나타난다. 〈정화(丁譁)〉(360)에서
참군(參軍) 정화(丁譁)이 방산정(方山亭)에 묵을 때 유산기(劉散騎) 딸의 혼
귀(魂鬼)가 병을 고쳐달라고 하며, 〈서현방녀(徐玄方女)〉(375)에서 태수의

---

12) [朝鮮]權文海,『大東韻府群玉』卷八, 서울: 亞細亞文化社, 1976. 新羅崔伉字石南, 有愛妾.
　父母禁之, 不得見. 數月伉暴死. 經八日, 夜中伉往妾家, 妾不知其死也, 顚喜迎接. 伉首揷
　石枏枝, 分與妾曰: "父母許與汝同居, 故來耳." 遂與妾還到其家, 伉踰垣而入. 夜將曉, 久無
　消息. 家人出見之, 問其來由. 妾具說. 家人曰: "伉死八日, 今日欲葬, 何說怪事?" 妾曰: "良
　人與我分揷石枏枝, 可以此爲驗." 於是開棺視之, 屍首揷石枏, 露濕衣裳, 履已穿矣. 妾知其
　死. 痛哭欲絶, 伉乃還蘇. 偕老二十年而終.
13) 작품명 다음의 괄호 안 숫자는『太平廣記』의 권수를 나타낸다.

아들 마자(馬子)의 꿈에 태수 서현방(徐玄方)의 딸이 나타나 갱생(更生)을
해달라고 부탁한다. 〈왕현지(王玄之)〉(334)에서 젊은이 왕현지(王玄之)가 길
을 가다 고밀(高密) 현령(縣令)의 딸을 만나며, 〈정소(鄭紹)〉(345)에서 상인
정소(鄭紹)가 역려(逆旅)에 묵다가 청의(靑衣)의 인도로 대택(大宅)에 들어
가 상서(尙書)의 딸을 만난다. 이러한 예는 무수히 많으며, 인귀상련(人鬼相
戀)뿐만 아니라 인선상애(人仙相愛) 이야기에서도 마찬가지여서 "남성은 서
생, 여성은 신녀(神女)"의 패턴이며, 그 반대는 있긴 있어도 드물다.[14] "남성
은 젊은 선비, 여성은 귀혼"이라는 패턴은 워낙 강력한 것이라서 여러 가지
해석도 나왔다. 예컨대 인신연애(人神戀愛) 이야기는 대부분 남성의 자아확
인과 자아긍정의 의미를 가지고 있으며, 남성의 풍류나 심지어 여성을 완상
하는 태도를 숨기고 있다는 것이다.[15] 또 명청대의 이야기에서도 이런 패
턴이 반복되면서 귀녀(鬼女)가 적극적인 인물로 등장하는 것은 한사(寒士)
의 재능과 고분(孤憤)을 알아주는 지기(知己)로 등장했다는 것이다.[16] 그러
나 〈수삽석남(首揷石枏)〉에서 이러한 패턴은 일어나지 않는다. 남성이 귀혼
으로 나타나는 것은 『삼국유사(三國遺事)』에 나오는 유명한 신라의 이야기
인 〈도화녀 비형랑(桃花女 鼻荊郎)〉에서도 마찬가지이다.[17] 또 신라의 활리

---

14) 李鵬飛,『唐代非寫實小說之類型硏究』, 北京: 北京大學出版社, 2004, 137-151쪽.

15) 陳平原, 『中國小說史論』, 『陳平原小說史論集』下, 石家莊: 河北人民出版社, 1997.
1504-1504쪽.

16) 石昌渝,『中國小說源流論』, 北京: 三聯書店, 1994. 215-219쪽; 林庚,『中國文學簡史』, 北
京: 北京大學出版社, 1995. 650-651쪽.

17) [高麗]一然,『三國遺事』卷一, 서울: 古典刊行會, 1932. 第二十五, 舍輪王, 諡眞智大王, 姓
金氏, 妃起烏公之女知刀夫人. 大建八年丙申卽位. 御國四年, 政亂荒婬, 國人廢之. 前此,
沙梁部之庶女, 姿容艶美, 時號桃花郎. 王聞而召致宮中, 欲幸之, 女曰: "女之所守, 不事二
夫. 有夫而適他, 雖萬乘之威, 終不奪也." 王曰: "殺之何?"女曰: "寧斬于市, 有願靡他." 王
戲曰: "無夫則可乎?" 曰: "可." 王放而遣之. 是年, 王見廢而崩, 後二年其夫亦死. 浹旬忽夜
中, 王如平昔. 來於女房曰: "汝昔有諾, 今無汝夫, 可乎?" 女不輕諾, 告於父母. 父母曰: "君
王之敎, 何而避之?" 以其女入於房, 留宿七日, 常有五色雲覆屋, 香氣滿室, 七日後, 忽然無蹤.
女因而有娠. 月滿將産, 天地振動, 産得一男, 名曰鼻荊.
(신라의) 제25대 舍輪王은 諡號가 眞智大王으로, 姓은 金氏요, 王妃는 起烏公의 딸 知刀

역(活里驛)에 사는 지귀(志鬼)의 이야기 〈심화요탑(心火繞塔)〉도 성격은 좀 다르지만 남성이 귀신이 되는 이야기이다.[18] 이러한 구성은 신라의 독자적 인 문화에 기인한 것으로 보인다.

두 번째, 증물 모티프가 독특하다. 증물 모티프는 인귀(人鬼) 설화의 중 요한 모티프이다. 『열선전(列仙傳)』의 〈강비이녀(江妃二女)〉에서 정교보(鄭 交甫)가 쌍명주(雙明珠)를 받는 것처럼 인선상애(人仙相愛) 이야기에서도 증물 모티프는 나타난다. 원래 증물 모티프는 신녀(神女) 강림(降臨) 이야 기에서 남자가 신녀로부터 이 세상에 없는 물건을 받는 데서 발전하여, 재 생(再生) 설화에서 여성이 자신의 무덤 부장품에 있는 물건을 선사한다.[19] 이러한 증물(贈物)은 애정의 증거이자 나중에 그리움을 위로하기 위한 물 건이지만, 생활에 보탬이 되거나, 유명(幽明) 두 세계를 연결하는데 쓰이기

夫人이다. 大建 9년 丙申(576년)에 王位에 올랐다. 나라를 다스린 지 4년 만에 정치가 어지 럽고 왕이 황음해지자 나라 사람들이 그를 폐위시켰다. 이보다 먼저 沙梁部의 어떤 民家의 여자 하나가 얼굴이 곱고 아름다워 당시 사람들은 桃花郎이라 불렀다. 왕이 이 소문을 듣 고 궁중으로 불러들여 범하려 하자 여인이 말했다. "여자가 지켜야 하는 것은 두 남편을 섬기지 않는 일입니다. 남편이 있는데도 남에게 몸을 주는 일은 비록 萬乘의 권세가 있다 고 해도 맘대로 못할 것입니다." 왕이 말했다. "너를 죽인다면 어찌하겠느냐?" 여인이 대답 했다. "차라리 거리에서 베임을 당하더라도 다른 바램이 없습니다." 왕이 희롱하여 말했다. "남편이 없으면 되겠느냐?" 여인이 대답했다. "되겠습니다." 왕은 그녀를 놓아 보냈다. 이 해에 왕이 폐위되고 죽었는데 그 후 2년 만에 桃花郎의 남편도 죽었다. 10일이 지난 어느 날 밤중에 갑자기 왕이 平時와 같이 여인의 방에 들어와 말했다. "네가 예전에 허락한 말 이 있었다. 지금은 네 남편이 없으니 되겠느냐?" 여인이 쉽게 허락하지 않고 부모에게 고 하니 부모가 말했다. "임금의 말씀인데 어떻게 피할 수 있겠느냐." 말하고선 딸을 왕이 있 는 방에 들어가게 했다. 왕은 7일 동안 머물렀는데 머무는 동안 五色 구름이 집을 덮었고 향기는 방안에 가득하였다. 7일 뒤에 왕이 갑자기 사라졌다. 여인은 이내 태기가 있었다. 달이 차서 해산하려 하는데 천지가 진동하였다, 한 사내아이를 낳았는데 이름을 鼻荊이라 하였다.

18) [朝]權文海,『大東韻府群玉』卷20, 서울: 亞細亞文化社, 1976. 志鬼新羅活理驛人. 慕善德 王之美麗, 憂愁涕泣, 形容憔悴. 王幸寺行香, 聞而召之. 志鬼歸寺, 塔下待駕行. 忽然睡酣. 王脫臂環, 置胸還宮. 後乃睡覺. 志鬼悶絶良久. 心火出, 繞其塔. 卽變爲火鬼. 王命術士作 呪詞曰: '志鬼心中火, 燒身變火神. 流移滄海外, 不見不相親' 時俗帖此詞於門壁, 以鎭火炎.

19) 小南一郎,『中國的神話傳說與古小說』, 北京: 中華書局, 1993. 257쪽.

도 한다. 본인의 생각으로는 고대에는 개인의 애정이 가족의 일이었기 때문에, 애정이 가족 속에서 어떤 관계를 갖느냐 하는 점이 중요했다. 그래서 인귀상련(人鬼相戀) 이야기에서도 후반부를 가족과의 관계를 조정하는데 필설을 할애하는 경우가 많았다. 인귀상련(人鬼相戀) 이야기를 보면, 〈노충(盧充)〉에서 최소부(崔少府)의 딸이 준 금원(金鋺)을 이모집 시녀가 발견하게 되고, 〈담생(談生)〉에서 여인이 준 주포(珠袍)로 인해 군왕(郡王)에게 발견되어 담생(談生)은 사위가 된다. 〈패군인진수(沛郡人秦樹)〉(324)에서 진수(秦樹)는 여인에게서 받은 지환(指環) 한 쌍이 무덤을 나와서도 여전히 걸려 있고, 〈장손소조(長孫紹祖)〉(326)에서 소녀는 장손(長孫)에게 금루소합자(金縷小合子)를 준다. 〈정덕무(鄭德懋)〉(334)에서 최부인(崔夫人) 딸은 홍삼(紅衫)과 금채(金釵)를 주었고, 〈이장무전(李章武傳)〉(340)에서 왕씨(王氏) 자부(子婦)와 이장무(李章武)는 서로에게 두 차례에 걸쳐 선물을 주고받는다. 조선시대『금오신화(金鰲新話)』중의 〈만복사저포기(萬福寺樗蒲記)〉에서도 양생(梁生)은 여인으로부터 은주발을 받은 탓에 하녀가 이를 알아보고 이로부터 여인의 부모를 만나게 된다. 〈하생기우전(何生奇遇傳)〉에서도 금척(金尺)으로 주인공은 여인의 부친을 만나게 된다. 그러나 여기에서 최항(崔亢)이 여인에게 준 것은 낭만적이게도 "꽃가지"이다. 꽃가지는 오래 보관할 수도 없고 팔 수도 없는 물건이다. 그러므로 이는 증물이라기보다는 유명 세계가 통한다는 사실을 확인해 줄 뿐이다. 〈수삽석남(首揷石枏)〉의 증물 모티프는 중국과 연관성이 없지 않지만 나름대로 독특한 특징을 가지고 있다.

셋째, 남자와 여자의 육체적인 표현은 약화되어 있다. 중국의 인귀상련(人鬼相戀)에서 성적(性的)인 요소는 대단히 중요하다. 여성들은 한결 같이 아리따우며, 화려한 의복과 큰 저택과 함께 젊은 남자를 유혹한다. 젊은 여성들은 "容質殊麗", "容態閒婉", "妖麗無比", "麗艶精巧"하다. 게다가 여성과의 성적 결합도 중요한 장면으로 "共展情好", "共寢一日", "甚相親昵",

"留連數宵" 등 직간접적으로 묘사한다. 〈증계형(曾季衡)〉(347)의 경우 방어사(防禦使)인 증계형(曾季衡)은 죽은 왕사군(王使君) 딸의 혼이 백주에도 나타나는데 그 모습이 국색(國色)이라 하는 소문에 만나고 싶어하고,『이견지(夷堅志)』의 〈정희진진비인(程喜眞眞非人)〉에서도 王生은 미인을 만나고 싶어한다. 그러나 〈수삽석남(首揷石枏)〉 이야기는 기본적으로 이 문제를 회피한다. 우리는 최항(崔伉)과 여인이 몇 살이고 어떤 신분이며 어떻게 생겼는지 전혀 짐작할 수 없다. 더구나 최항(崔伉)이 여인 앞에 나타나서도 육체적인 접촉은 하지 않고 꽃가지를 머리에 꽂아줄 뿐이다. 물론 최항과 여인은 남녀가 처음 만나는 경우가 달리 계속 만나는 경우이지만 그래도 최항이 여인에게 나타난 것은 부모의 금지로 여러 달이 지난 뒤였다. 그리하여 이야기는 부모의 허락을 어떻게 얻느냐는 문제로 귀결되며, 애정의 문제도 이를 비켜갈 수 없게 된다.

넷째, 부모의 허락 등 도덕적인 요소가 강조되어 있다. 최항과 여인의 애정에 있어 가장 중요한 것은 부모의 허락이었다. 최항(崔伉)이 유명을 오가며 여인을 만나도 되지만, 최항은 먼저 부모의 허락을 받으려 했다. 그가 유명(幽冥)의 격절을 건너 찾아온 이유도 이 때문이었다. 〈자옥(紫玉)〉(316)에서도 자옥(紫玉)이 한중(韓重)과 결혼하겠다고 하니 오왕(吳王)이 노하여 허락하지 않자 자옥(紫玉)은 기가 막히어 죽었다.(王怒不與, 玉結氣死) 최항의 경우는 부모가 두 사람의 교제를 금지했으므로(父母禁之) 수개월 후 갑자기 죽었다.(數月伉暴死) 최항 부모의 태도는 노하는 정도는 아니었고, 최항 역시 만나지 못하게 된 여러 달 뒤에 죽었으니 감정의 고조와 좌절이 훨씬 완화되었다고 할 수 있다. 자옥(紫玉)의 경우는 한중(韓重)이 다시 돌아와 조문 왔을 때 3일 동안 무덤에서 부부로 지낸 다음(三日三夜, 盡夫婦之禮) 한중(韓重) 더러 오왕(吳王)을 찾아가라 했지만, 崔伉은 만나자마자 부모에게 찾아갔다. 그리고 최항은 여인에게 "부모님께서 당신과 더불어 같이 살기를 허락하셨기에 여기에 왔소."라고 거짓말을 한다. (이 말은 결국 거짓말이 아니라 진담이 되었다.) 최항(崔仇)의 경우 부모에 대한 설득이야말로 애정의 관건이었으므로 시종 이와 관련되어 있다. 그의 해결 방법은 죽음으로 자신의 애정을 보여주는 것밖에 없었다. 우리는 최항이 깨어난 후 부모를 어떻게 설득시켰는지 알 수 없다. 그러나 그들이 20년을 더 살았다는 데서 부모가 결혼을 해주었음을 추측할 수 있다. 〈도화녀 비형랑〉에서도 여인은 죽어도 두 남자를 섬길 수 없다고 말하고, 남편이 죽은 다음에 왕이 혼현(魂現)하여 요구하니 부모에게 허락을 받고서야 응낙한다. 도덕을 중시하는 신라의 이야기는 기본적으로 후세에도 그대로 계승되었다고 할 수 있다. 〈만복사저포기〉에서도 여인은 양생(梁生)에게 "보련사로 가는 도중에 기다리다가 저와 함께 절로 가서 부모님을 뵙자"(請遲于路上, 同歸梵宇, 同覲父母, 如何?)고 한다. 여인은 부모에게 허락을 받는 일이 중요했던 것이다. 이러한 점은 한국의 인귀상련(人鬼相戀) 이야기의 특징으로 삼을 수 있을 것이다.

다섯 째, 이야기의 결말은 해피 엔딩이다. 인귀상련(人鬼相戀) 이야기에서 이야기의 결말은 화자(話者)의 관점과 관념을 살필 수 있는 중요한 대목이다. 이를 다섯 가지로 나누면 다음과 같다. 즉, 1) 남녀의 이별(〈張姑子〉, 〈鄭紹〉) 2) 남성의 죽음(〈鄭德懋〉, 〈獨孤穆〉) 3) 남성의 출세(〈談生〉, 〈盧充〉) 4) 재생 혹은 환생(〈李元平〉, 〈張雲容〉) 5) 재생 후 결혼(〈徐玄方女〉, 〈河間郡男女〉) 등이다. 이 가운데 가장 재생 후 결혼이 가장 긍정적인 결말이다. 신라의 이야기는 5)의 형식을 취한다. 그러나 여기에도 중국의 경우와 다른 점이다. 지괴(志怪) 소설과 전기(傳奇) 소설은 크게 신괴(神怪)의 요소인 기이성(奇異性)과 인간적인 요소인 애정(愛情)이라는 두 가지 이질적인 요소가 결합되어 독특한 미학을 이룩한다. 이러한 점은 간보(干寶)의 『수신기(搜神記)』 속에서 충분히 드러난다. 간보(干寶)는 "신도(神道)를 증명"하기 위해 책을 편찬하였지만,[20] 책의 〈하간군남녀(河間郡男女)〉(161)에서는 "以精誠之至, 感于天地, 故死而復生"이라고 강조하고 있다. 〈수삽석남〉

은 기이성보다는 지극한 애정에 초점을 둔 이야기고 최항(崔伉)의 애정에 대한 신념이 생사를 초월한다는 내용을 그리고 있다. 귀혼(鬼魂)이나 무덤 속 시신이 살아난다는 이야기는 재생담(再生譚)으로 일정한 내력을 가지고 있다. 재생 이야기는 명혼(冥婚)의 형식을 그린다든지(〈張雲容〉, 〈齊推女〉), 많은 경우 성행위를 통해 죽은 자를 살린다는 발상을 가지고 있다.(〈談生〉, 〈徐玄方女〉) 그러나 신라의 이야기에선 이러한 점과 관련이 없다. 최항(崔伉)과 여인의 지극한 애정이 직접적으로 최항의 재생의 원인이 되었다. 이는 명대의 〈모란정(牧丹亭)〉과 상통하다고 할 것이다. 〈도화녀비형랑(桃花女鼻荊郎)〉에서는 왕이 재생하진 않는 대신 비형랑(鼻荊郎)이 태어나면서 재생의 구조를 갖는다. 최항(崔伉)의 재생에는 명혼(冥婚)의 과정이나 명계(冥界)의 반영이 없어 설득력이 약한 대신, 그런 만큼 인간적인 요소가 강하며 그러기에 저승에 대한 관심은 약화되고 이야기 속에도 귀기(鬼氣)가 적다. 이 역시 한국의 인귀상련(人鬼相戀) 이야기의 주요한 특징 가운데 하나이다.

삼국시대의 이들 이야기는 일정한 문화 관념이 확정되기 이전에 이루어진 것이어서 실제 생활과 환상이 자유롭게 섞여 들어 있다. 무엇보다도 이들 이야기에서 애정을 가로막는 장애는 주로 신분상의 차이이며, 이런 이유로 당시의 사회상과 생활 가치가 깊게 배어 있다. 애정을 완성하기 위해 주인공들은 생사를 넘나들며, 인간적인 면모가 강하고 귀기는 상대적으로 약하다. 신라 이야기들이 유형화되지 않았고, 현실적인 요소가 농후한 데서 실제의 이야기를 토대로 했을 가능성이 크다. 이는 삼국 통일신라 시대의 복합적인 문화를 보여준다.

---

20) [晉]干寶, 『搜神記』, 北京: 中華書局, 1979. 及其著述, 亦足以發明神道之不誣也.

Ⅱ.

삼국의 멸망에는 중국과의 관계가 주요한 변수 가운데 하나였고, 당과 관계가 깊은 신라가 삼국을 통일한 이후로 한국과 중국의 교류는 더욱 활발해졌다. 문화와 문학에서도 중국의 영향은 점점 커지게 되었다. 통일신라의 유학생과 유학생들의 활동도 빈번해져 당에 들어와 숙위 학생으로 있거나 賓貢科에 급제하기도 했다. 이러한 추세를 가장 잘 반영한 예가 신라에서의 본격적인 문인의 등장인데, 대표적인 사람이 최치원(崔致遠)이다.[21] 현존하는 이야기 가운데 최치원을 주인공으로 하는 소설이 2편 있는데 그 중 하나는 인귀상련(人鬼相戀)을 내용으로 하는 〈최치원(崔致遠)〉이다.

〈최치원(崔致遠)〉은 작자, 저작연대, 유통 경로 등 여러 면에서 현재 논란이 되고 있다. 현재 이 작품의 수록 상황은 다음과 같다. (A) 신라(新羅) 설화집(說話集)인 『수이전(殊異傳)』의 일문으로, 조선(朝鮮)시대 권문해(權文海, 1534-1591)가 편찬한 『대동운부군옥(大東韻府群玉)』에 〈선녀홍대(仙女紅袋)〉라는 제목으로 전한다. (B) 남송(南宋)의 장돈(張敦)이 소흥(紹興) 연간(1131-1162)에 편찬한 『육조사적류편(六朝事迹類編)』에 〈쌍녀분(雙女墳)〉이란 제목으로 전한다. (C) 조선시대 성임(成任, 1421-1484)이 편찬한 『태평통재(太平通載)』에 〈최치원(崔致遠)〉이란 제목으로 전한다. 이중 (A)는 (C)의 축약본임이 확실하며, (B)는 별도의 판본으로 보인다. (A)와 (B)는 축약본인 데 비해 (C)는 비교적 완정한 모습을 갖추고 있다. 이 (C)의 제목은 〈최치원(崔致遠)〉보다는 〈쌍녀분(雙女墳)〉이라 하는 게 옳은 것으로 보이지만, 3종의 판본을 구별하기 위해 여기서는 〈최치원(崔致遠)〉이라 한다. 그리고 제작시기도 『수이전(殊異傳)』의 언급과 아무리 늦어도 남송(南宋) 이전으로 본다면 신라 말기에서 고려 초기로 보는 것이 타당할 듯하다. 다음

---

21) 신라 漢詩의 성립과정에 대해서는 徐盛·洪恩姫의 「新羅 詩人과 唐代 詩壇」, 『중국어문논총』제28집, 2005. 참조.

은 이 이야기의 간단한 줄거리이다.

    1) 최치원은 12세 때 당에 유학하여 과거에 장원하고 溧水縣尉가 되었다.

    2) 현의 남쪽에 있는 招賢館에 놀러갔다가 쌍녀분에 石門詩를 지어주고 혼백을 위로하였다.

    3) 맑은 달밤에 문득 아름다운 여자가 붉은 주머니를 가지고 들어와, 시를 지어준 무덤에 살고 있는 八娘子와 九娘子의 답시를 전해 주었다.

    4) 최치원이 다시 답시를 써서 시녀 翠襟에게 주었다.

    5) 두 여인이 나타나 자신의 내력을 말했다. 그들은 율수현 鄕豪인 張氏의 딸들로 각각 소금장수와 차장수에게 정혼하였는데 두 여인은 혼처가 불만스러워 우울하게 지내다가 요절하였다는 것이다.

    6) 세 사람은 서로 술을 권하며 달과 바람을 시제 삼아 시를 짓고 시녀 취금의 노래를 들으며 즐겼다.

    7) 세 사람은 한 이불 아래 繾綣之情을 나누었다.

    8) 날이 새자 두 낭자는 한을 풀었다고 사례하며 시를 지어주고 떠나고, 최치원은 두 사람을 애도하는 장시를 지었다.

    9) 최치원은 뒤에 신라에 돌아와서는 여러 곳을 주유하다가 마지막에 가야산 해인사에 은거하였다.22)

---

22) [朝鮮]成任, 『太平通載』권68에 완정하게 전하지만 여기서는 [朝鮮]權文海, 『大東韻府群玉』卷15, 서울: 亞細亞文化社, 1976. 에 실린 문장을 싣는다. 崔致遠西遊, 嘗遊招賢館. 前岡有古塚, 號雙女墳. 致遠題詩石門, 云云. 忽睹一女, 手操紅袋, 就前曰: "八娘九娘, 各有酬答, 謹令奉呈." 公回顧驚惶, 問何姓娘子. 曰: "朝間拂石題詩, 卽二娘所居也." 公見第一袋, 是八娘奉酬. 第二袋, 是九娘奉酬. 又書後幅曰: "莫怪藏姓名, 孤魂畏俗人. 欲將心事說, 能許暫相親." 公旣見芳詞, 頗有喜色. 乃問其女名字, 曰翠襟. 公乃作詩付翠襟, 云云. 又書末幅云: "靑鳥無端報事由, 暫時相憶淚雙流. 今宵若不逢仙質, 判却殘生入地求." 翠襟得詩, 迅若飇逝. 公獨立哀吟良久. 香氣忽來, 二女齊至, 正是一雙明珠, 兩朶瑞蓮. 公驚拜云: "海島微生, 風塵末吏, 豈期仙侶猥顧凡流!" 乃問曰: "娘子居何方, 族序是誰?" 紫裙者隕淚曰: "兒與小妹乃張氏二女也. 先父富似銅山, 侈同金谷. 姉年十八, 妹年十六, 父母論嫁, 阿姉卽定婚鹽商, 小妹卽許嫁茗估. 每說移天, 未滿于心, 鬱結難伸, 遂至夭亡. 今幸遇秀才, 氣秀鰲山, 可與話玄玄之理. 是夕明月如晝, 淸風似秋, 將月爲題, 以風爲韻." 公作起聯云: "金派滿目汎長空, 千里愁心處處同." 八娘繼曰: "輪影動無迷舊路, 桂花開不待春風." 九娘又繼曰: "圓輝漸皎三更外, 離思偏傷一望中." 云云. 竟不知所去.

이야기는 비록 최치원을 주인공으로 하고 있지만, 그가 중국에 있을 때의 일을 그리며, 그 장소도 중국의 남경(南京) 서남쪽에 있는 율수현(溧水縣)이란 점에서 중국의 영향이 크다는 것을 쉽게 알 수 있다. 이러한 배경 외에도 이야기 자체가 당대 인선련(人仙戀)과 인귀련(人鬼戀) 설화의 혼합이란 모습을 가지고 있다. 그동안 학자들은 이 작품과 장작(張鷟)의 〈유선굴(遊仙窟)〉과의 관련성을 많이 논하였지만, 이는 비단 장작(張鷟)의 작품뿐만 아니라 위진남북조 이래의 설화들의 배경 속에 놓고 보아야 이 이야기의 특징이 잘 드러날 것이다.

첫째, 전기(傳奇) 소설이 장편 형식을 취하게 되는 것은 장작(張鷟)의 〈유선굴(遊仙窟)〉 이래의 일로 〈최치원〉도 이 전통 속에 들어있다. 지괴(志怪)와 전기(傳奇)에서 편폭이 늘어난 것은 내용 가운데 시작(詩作), 연음(宴飮), 가무(歌舞), 조소(調笑) 등의 요소가 증가하면서이다. 시작(詩作)만 보더라도 위진남북조의 지괴(志怪)인 〈노충(盧充)〉, 〈정화(丁譁)〉, 〈자옥(紫玉)〉 등에서도 이미 등장하고, 또 당대의 인선상애(人仙相愛) 이야기인 〈맹씨(孟氏)〉(345), 〈사고(謝翱)〉(364), 〈감이기(感異記)〉(326) 등에서도 시가가 늘어난다. 그러나 본격적으로 장편이 시도된 것은 〈유선굴(遊仙窟)〉이다. 여기서는 다량의 시문(詩文)뿐만 아니라, 건축, 음악, 골패, 바둑, 춤, 원림, 가구 등에 대한 묘사로 편폭이 크게 증가하였다. 게다가 주인공이 십낭(十娘)과의 결합 장면도 어느 소설보다도 자세하여 외설(猥藝)스럽다. 이러한 전통은 이후 소설에 큰 영향을 미쳤다. 당말이 되면서 傳奇에서 시가 점점 많아졌고 이는 송대 전기(傳奇)에서는 시문 위주로 되는 작품도 나타났다. 〈최치원〉은 노래가 약간 나올 뿐 거의 시작(詩作) 위주로 이루어졌다. 도입부에 최치원이 초현관(招賢館)에 놀러 가서 무덤에 조문할 때도 칠언율시로 표현하는 등 시로써 주요한 장면을 처리하고 있다. 이는 〈유선굴(遊仙窟)〉이 여러 장면을 많이 넣은 것과 대조된다고 하겠다. 결국 〈최치원〉은 어느 한두 편의 소설에서 영향을 받은 것이 아니라 전기(傳奇) 소설의 형식 속에

이루어졌음을 알 수 있다. 다만 상대적으로 시가 주축을 이루고 주위 환경
에 대한 묘사는 상대적으로 소홀한 점이 특징이다.

둘째, 〈최치원〉은 인선상애(人仙相愛)의 틀 속에 인귀상련(人鬼相戀)의
이야기가 전개되는 구조이다. 이는 당대 들어서 이 두 가지 유형의 이야기
는 서로에게 영향을 주고 섞이게 되는 흐름과 일치한다. 선녀 강림 이야기
는 〈강비이녀(江妃二女)〉 이래로 문인화(文人化)되는 특징이 강하며 시문
(詩文)이 많이 쓰였다.[23] 인선상애(人仙相愛) 이야기는 인귀상련(人鬼相戀)
이야기와 비슷한 구조를 갖기 쉬우나 명혼(冥婚)이나 재생(再生) 이야기가
아니기 때문에 결말에 있어 남녀가 아쉬움을 가진 채 이별하는 경우가 많
다. 이러한 황혜홀혜(恍兮惚兮)한 정서가 인선(人仙) 관계의 기본적인 특징
을 이룬다. 최치원(崔致遠)은 팔낭(八娘)과 구낭(九娘)을 만나는데, 두 여인
을 만난다는 이야기도 인선상애(人仙相愛) 전통에 속한다. 두 여인을 만나
는 이야기도 인선련(人仙戀) 이야기의 특징이다. 〈강비이녀(江妃二女)〉도
그렇지만 〈순이비(舜二妃)〉도 그러하며, 장작(張鷟)의 〈유선굴(遊仙窟)〉도
시종 신선의 거처를 찾아가면서 결국 십낭(十娘)과 오수(五嫂)를 만나고 있
다. 또 〈감이기(感異記)〉도 양(梁)의 동궁상시(東宮常侍)인 심경(沈警)이 장
여랑(張女郎) 자매를 만나며, 〈유자경(劉子卿)〉(295)에서도 유자경(劉子卿)
이 두 여인을 만난다. 이들은 모두 인선상애(人仙相愛)의 구조를 가지고 있
다. 〈최치원〉에서 최치원은 여인들이 귀혼(鬼魂)인지 알면서도 계속 선녀
(仙)라고 부르고 있다. 그는 시작(詩作)에서도 "與君繼賦洛川神", "豈期仙
女問風塵", "今宵若不逢仙質", "感得仙姿侵夜至" 등으로 두 자매를 신선
(神仙)으로 비유하고 있으며 대화에서도 "豈期仙侶猥顧凡流?"라고 말하고
있다. 또 주인공이 여인들을 만나기 전에 시비(侍婢)를 먼저 만나는 것도
상당히 일반적인 처리이다. 인귀상련(人鬼相戀) 이야기에서는 〈이도(李

---

23) 이들 관점에 대해서는 小南一郎과 李鵬飛의 위의 책을 참조하였다.

陶)〉(333), 〈정소(鄭紹)〉(345), 〈최서생(崔書生)〉(339), 〈독고목(獨孤穆)〉(342), 〈최나십(崔羅什)〉(326), 〈안준(顔濬)〉(350) 등에서 청의(靑衣)가 먼저 길을 안내하거나 전갈을 전달하고, 인선상애(人仙相愛) 이야기의 경우 〈유선굴(遊仙窟)〉, 〈감이기(感異記)〉 등에서 시비(侍婢)가 여인들보다 먼저 나타난다. 이러한 점을 볼 때 〈최치원〉은 어느 한 작품의 영향을 크게 받았다고 하기보다는 다분히 당대 전기(傳奇)의 전통 속에 있다고 말해야 할 것이다.

셋째, 인물에 있어서 사실성이 떨어진다. 이는 인귀상련(人鬼相戀) 이야기에 존재하는 일반적인 특징이기도 하다. 〈최치원〉에서는 최치원(崔致遠)의 실제 전기(傳記)를 이야기의 앞뒤에 짤막하게 끼어 넣어 인물의 사실성을 강조하고 있지만 이는 어디까지나 소설적인 장치이다. 주인공은 쌍녀분 앞에서 혼령을 위로하는 시를 짓는데 거기에 "적막한 곳에서 운우(雲雨)를 즐길 수 있다면"(孤館若逢雲雨會)이라고 말함으로써 이미 이 이야기는 짜여진 것임을 말하고 있다. 그는 처음부터 이곳에 유혼(幽魂)이 된 여인과 자기 위해 온 것이다. 여인들도 상인에게 시집가는 일이 싫어 요절하였다는 사실도 설득력이 약하다. 물론 그런 일이 있을 수 있겠지만 독자의 입장에서는 충분히 해명되지 않는다. 이러한 세부는 이야기의 초점인 염우(艶遇)를 위해 간결하게 처리한 셈이다. 여인들의 모습은 "正是一雙明珠, 兩朵瑞蓮"과 같이 아름답지만 품성과 기호에 대해서는 그다지 필설을 쓰지 않았다. 그러므로 다만 여인들은 재치 있는 말을 주고받으며 하룻밤의 즐거움을 도모하며, 그들이 주고받는 시도 유쾌한 한담과도 같은 것이다. 정숙하거나 한아하지도 않고 다만 방탕(放蕩)하고 자유로운 모습은 당시 기녀(妓女)들과 다름없다. 이는 당대에 들어서 '선(仙)'이라는 이름으로 요염한 부인이나 방탕한 여도사(女道士)를 가리키고 더 나아가 창기(娼妓)를 말하는 것과 다름없다.[24]

---

24) 陳寅恪, 〈讀鶯鶯傳〉, 『陳寅恪史學論文選集』, 上海: 上海古籍出版社, 1992, 642쪽.

넷째, 소설의 의도는 지극히 개인적인 염우(艷遇)의 회고이다. 최치원은 서생이자 말단 관리이며, 여인들은 부호의 딸들이다. 당대 전기(傳奇)에서 항용 보이듯 하급관리인 주인공 남자가 고관의 딸인 귀혼(鬼魂)을 만난다는 수성이 아니기 때문에 무의식적으로 문벌의 상승을 의도하는 점은 없다. 또 비록 신선이라고 했지만 두 자매 귀녀(鬼女)는 선녀처럼 고결한 성품을 가졌거나 다다를 수 없는 정도도 아니다. 오히려 평범한 일상의 모습이다. 당대 들어서서 전기(傳奇) 속에 선녀들은 점점 평범한 여인으로 내려오지만 이 소설에서도 그 경향을 볼 수 있다. 이 소설은 결코 귀신의 존재를 선양하지 않으며 현실 속의 생생한 애정을 혼현(魂現)을 빌려 이야기하고 있을 뿐이다. 주인공이 두 자매와 함께 자는 모습도 파격적이다. 〈유선굴〉에서 두 여인과 함께 주연을 벌여도 결국 주인공은 최십낭(崔十娘)과 관계를 맺으며, 〈감이기(感異記)〉에서도 자매가 공후와 거문고를 연주하고 함께 놀아도 심경(沈警)은 동생과 잔다. 〈유자경(劉子卿)〉에서는 주인공은 자매와 하루를 걸러서 관계하고, 나중에는 매순갱지(每旬更至)하기를 수년간 이어진다. 그러나 〈최치원〉에서는 파격적으로 세 사람이 한 이불 속에 들어간다. 결국 이 소설은 풍류 재자의 염우(艷遇)이며, 하룻밤의 꿈처럼 가볍고 달콤한 일종의 '일야정(一夜情)'에 대한 한담(閑談)이다.

다섯째, 결국 〈최치원〉의 성취는 일종의 시적 의경의 창조라고 할 수 있다. 위진남북조에서 당대로 되면서 지괴(志怪)의 기이(記異) 위주는 전기(傳奇)에서 풍부한 감정을 표현하는 쪽으로 바뀌며, 이때 시(詩)는 감정 묘사에 많이 쓰여졌다. 남녀가 시를 증답하는 방식은 돈황 출토의 〈하녀부사(下女夫詞)〉나 오성(吳聲) 〈자야가(子夜歌)〉에서 이미 보이며 〈유선굴〉에서 전형을 만들었다. 시로 주인공의 감정을 전달하는 예는 〈앵앵전(鶯鶯傳)〉, 〈비연전(飛煙傳).〉, 〈이장무전(李章武傳)〉 등에서 잘 보인다. 시는 문예의 요소가 강하고 오락적이며 주관적인 감정과 심리를 표현하기 좋다. 또 선녀나 귀녀의 아름다운 모습과 그 표홀(飄忽)한 정서를 묘사하기 적합하다.

〈최치원〉에서는 시가 오히려 중심을 차지하며, 산문은 인물의 행동을 간략히 서술할 뿐이다. 결말 부분에서는 63구의 장시(長詩)로 주인공의 감회를 표현한다. 15수의 시를 가진 작품은25) 일종의 소시집(小詩集)이라고도 할 수 있다. 물론 소설에는 '인생은 꿈 같다'는 비유도 없지 않다. 그러나 이는 부수적인 것이다. 소설의 끝에서 주인공은 신라로 돌아오는 길에 "浮世榮華夢中夢"이라고 읊고 있으며, 신라에서도 소영풍월(嘯詠風月)에 은거를 하였다고 적고 있다. 그러나 이는 어디까지나 억지스런 결합이다. 하룻밤 이야기에서 진지한 감정도, 깨달음을 가져오는 체험도 없었기 때문이다. 〈최치원〉은 중국의 영향을 받아 제작된 작품으로, 한국의 토착적인 설화 요소는 거의 없다. 다만 주인공이 최치원(崔致遠)이란 한국의 문인이란 점에서 이들 이야기의 유포가 빠르게 이루어졌으리라 짐작된다.

Ⅲ.

고려시대에는 소전(小傳)의 형식으로 소설이 유행하여, 각종 인물의 행적을 적은 지인소설(志人小說)과 사물을 의인화한 가전체(假傳體) 소설이 발달한 반면, 인귀상련(人鬼相戀) 설화는 그다지 많이 지어지지 않은 듯, 현존 아주 드물게 전한다. 현존하는 것으로는 위에서 살펴본 〈최치원〉 외에 〈이인보(李寅甫) 이야기〉가 있다. 전해지는 문학유산이 적어 그 면모를 살피기 어려운 까닭도 있지만 인귀상련(人鬼相戀) 이야기가 한국에서는 상대적으로 많이 유통되지 않았으리라고 추측할 수 있다. 그것은 도학자(道學者)의 관점에서 남녀(男女)의 애정을 금기시하는 경향이 있었기 때문이다. 13세기에 기록된 아래의 〈이인보(李寅甫) 이야기〉는 이를 잘 말해준다.

---

25) 七言律詩 4수, 七言絶句 5수, 五言絶句 1수, 七言六句 聯句 2수, 七言四句 聯句 1수, 七言古詩 1수, 二句詩 1수 등 모두 15수이다. 이 통계는 이동환, 「쌍녀분기의 작가와 그 창작배경」, 『민족문화연구』제37호, 1922에서 참고하였다.

承安 3년 戊午년에 司天監 李寅甫가 慶州道祭告使로서 산천에 두루 제사 지내고 돌아가는 길이었다. 저녁에 浮石寺에 이르니 중 하나가 객실로 맞아들였다. 객사에는 아무도 없어 쓸쓸한데 홀연 한 여자가 건물 사이에 잠시 보이는 것이었다. 사천감은 고을 牧師가 보낸 기생이거니 생각하고 놀라지 않았다. 조금 후 여인이 뜰에 사뿐사뿐 나와 인사하는데 그 모습이 창기 같지는 않아 보였다. 인사를 마치고 섬돌 위를 지나 방으로 들어갔다. 자세히 살펴보니 그 자색이 뛰어난지라 마음을 누르기 힘들었다. 그래서 옷을 입고 문밖에 나가 두루 돌아보았다. 한 곳에 오래된 우물이 있는 것을 괴이하게 여기며 어리둥절한 채 앉아 있었다. 한참 후에 어린 중이 주지의 명을 받고 와서 말하였다. "대감께서 행차에 힘드신데 다행히 여기에 오셨으니 주지실에 두시면 茶湯을 올리겠습니다." 할 수 없이 들어가니 강제로 여자가 시중들도록 하였다. 굳이 사양하였으나 할 수 없어 밖에 나왔다. 사천감과 주지는 환담을 즐기다가 한밤이 되어서야 돌아왔다. 조금 있으니 아까 여인이 다시 왔기에 사천감은 조금 편하게 대하였다. 여자가 말하였다. "대감께서 이미 저를 아셨으니 의심하지 마십시오. 첩은 근처에 살고 있는데 높은 덕을 사모하여 이렇게 왔을 뿐이옵니다." 그 대하는 모습이 슬기롭고 영리하여 몹시 아리따웠다. 마침내 동침하여 즐거운 하룻밤을 보냈다. 사천감은 사흘 동안 머무르고 절을 나왔다. 郵亭에 이르러 자는데 그 여자가 살며시 들어오는 것이었다. 사천감이 말하였다. "내 이미 떠났거늘 어찌하여 다시 왔는가?" 여자가 말하였다. "배에 당신의 씨를 하나 품었습니다. 다시 하나를 더해 주시길 원해 찾아왔습니다." 여인과 다시 동침하고 새벽이 되어 이별하니 남녀의 정의가 더욱 깊어졌다. 興州에 가서 잘 때에 여자가 다시금 찾아왔다. 사천감은 만일 옛정으로 다시 그녀를 만나면 후환이 있을지도 모른다고 생각하여 마침내 여자를 보긴 해도 마음을 두지 않았다. 여자가 눈을 부릅뜨고 한참 동안 쳐다보더니 잔뜩 화가 난 채 얼굴빛을 변하면서 말하였다. "잘 되었습니다. 이후론 다시 뵙지 않겠습니다." 여인은 곧장 문을 박차고 나갔다. 그러자 회오리바람이 땅을 휩쓸고 지나가니 청사 사이의 사립문 문짝을 치고 나뭇가지를 도끼로 자른 듯 부러뜨렸다.[26]

---

26) [高麗]崔滋, 『補閑集』卷下, 서울: 亞細亞文化社, 1972. 承安三年戊午, 司天監李寅甫以慶州道祭告使, 歷祀山川, 旣畢將還. 暮抵浮石寺, 有僧迎入客字. 蕭然無左右. 忽有女乍見廊廡間. 監謂爲近方州牧送妓, 未之訝也. 少選蹁躚來庭下拜之. 屈伸頗不類倡. 拜訖, 升自階

위 이야기는 최자(崔滋, 1188-1260)의 『보한집(補閑集)』에 실려있다. 1254 년에 간행한 『보한집(補閑集)』은 시화(詩話), 전기(傳記), 설화(說話) 등을 내용으로 145칙(則)이 실려 있다. 〈이인보(李寅甫) 이야기〉는 이러한 필기 집(筆記集)에 실려 있는 데서 그 성격이 잘 드러난다. 이인보(李寅甫)가 공 무를 마치고 돌아오는 길에 절에서 일어났던 일을 서술하였다. 이는 앞에 서 본 소설적 형식 속에 들어가 있지 않지만 귀혼(鬼魂)이 나타나 사람을 유혹하고 성적 결합을 한다는 점에서 인귀상련(人鬼相戀)의 이야기에 속한 다. 그러나 여기에서 사람과 귀녀(鬼女)와의 관계는 무척 표면적으로 다루 어졌고, 그 사랑도 형식적이다. 이 이야기의 특징은 다음과 같다.

첫째, 개인적인 기록 속에 이야기가 들어가 있다. 위 이야기는 어디까지 나 이인보(李寅甫) 개인을 중심으로 서술되어 있다는 점에서 이야기는 일 화(逸話)의 성격을 가진다. 『보한집(補閑集)』은 괴이담을 모은 지괴집(志怪 集)도 아니요, 남녀의 애정을 다룬 소설집도 아닌, 시문의 품평과 인물의 일사를 모은 책이다. 이러한 필기(筆記)는 이야기에 대한 일정한 방식을 가 지고 있다. 중국에 있어서 당대(唐代) 전기(傳奇)는 화려한 문장으로 쓴 귀 공자들의 경험담으로 강렬한 감정에 애정문제에 집중해 있지만, 필기류 속 의 필기소설(筆記小說)은 평탄한 문장으로 하층 사인(士人)들이 서민들을 위해 쓴 세속적인 문학형식이다. 그러므로 송원(宋元) 전기(傳奇)는 신괴 (神怪)의 세계보다는 세속의 인간이 많이 등장한다. 이러한 사정은 고려의

徑就室入焉. 細視之, 以其姿色絶代, 不忍拒也. 乃攝衣出戶周覽. 獨有一古井可怪, 復坐愕 然. 久之有一沙彌, 將主公命來報曰: "大監甚勞苦. 幸今戾止. 請臨丈室. 敢以茶湯奉之." 監不得已往. 强以女侍從. 牢讓再三 攝出於戶. 監與主公接殷勤之歡, 至昏夜乃罷歸. 俄而 向女復出. 監稍近狎焉. 女曰: "大官旣悉我無疑也. 妾所居去此不遠. 竊慕高義以是來耳." 其應對慧利甚閑. 遂同衾曲盡綢繆之意. 爲留三日而出. 止郵亭宿焉. 向之女苒苒來至. 監 曰: "已去矣, 何復來爲?" 女曰: "腹有君之息一矣. 乞復添一, 所以至耳." 仍薦枕如故, 比曉 告別. 雲情雨意甚纏綣然. 行入興州將宿, 女復來入. 監自念若以舊好接之, 恐爲後患, 遂面 之而不省. 女瞪目良久, 怫然作色曰: "甚善! 後當不復見也." 則出戶. 回風卷地, 擊毁廳事 間一扉, 截樹秒而去. 如以斤斧斫之.

필기류에도 어느 정도 작용한다고 볼 수 있다. 인귀상련(人鬼相戀) 이야기는 보통 주인공들의 운명 전체와 관련된 중요한 사랑, 출세, 재생 등과 관련이 있는데 여기서는 주인공의 극히 사소한 경험담이란 점이다. 그리하여 이야기 속의 주인공의 태도도 소극적이며, 이야기의 의의도 지극히 미미하다. 우리는 이야기와 함께 고려시대에는 주목(州牧)이 기녀를 보낸다든지, 절에서 여인이 시중들게 한다든지 등의 사실을 알 수 있다.

둘째, 귀혼(鬼魂)에 대한 묘사가 뚜렷하지 않다. 그녀는 처음부터 일반사람과 다를 바 없다. 보통 귀혼(鬼魂)은 무덤이나 살던 곳 등 일정한 연고지에서 등장하거나, 길가던 사람을 이끌어 저택으로 변한 자신의 무덤으로 들어간다. 또 인귀상련(人鬼相戀) 이야기에서 여성은 보통 치열한 감정을 가지고, 품격이 고상한 경우가 많은데, 위 이야기는 여성을 남자의 부속물로 보고 있으며, 오로지 성애에만 굶주린 대상으로 만들었다. 철저히 남성의 입장에서 쓰여진 것이다. 인귀상련(人鬼相戀) 이야기의 뛰어난 점은 운명과 시공을 초월한 사랑이라는 점에서 만남은 필연적이다. 그러나 이러한 이야기에서는 필연성이 전혀 없다. 또 귀녀의 신분에 대해 생각해보면, 승려가 억지로 시중들게 했다는 점을 생각하면, 그녀가 귀신이 아니라는 점이 뚜렷하다. 필기에서 그녀를 귀녀(鬼女)로 보는 것은 주인공이 古井을 보고 놀라고, 말미에서 여인이 나가자 바람이 불어 사립문짝이 쓰러지고 나뭇가지가 부러지는 정도이다. 그것도 귀신의 행위라고 보기에는 문제가 있다. 소설에는 인귀상련(人鬼相戀) 이야기에 흔한 증물이나 흔적 모티프가 없다. 필기의 작자는 그녀를 귀혼이라고 명시할 수도 있었을 터인데 그렇게 하지 않았다. 이런 까닭에 여인에 대한 필묵은 극히 약해졌고, 귀기(鬼氣)가 거의 없으며, 귀녀(鬼女)도 전혀 무섭지 않다.

셋째, 일종의 축귀담(逐鬼談)의 형식을 띠고 있다. 이러한 축귀담은 송대 전기에서 두드러진 특징이라 할 수 있다. 물론 이전의 전기에도 있었지만, 인귀련(人鬼戀)에서의 여귀(女鬼)를 쫓는 경우는 그리 없었다. 〈경사이부인

(京師異婦人)〉(『이견갑지(夷堅甲志)』권8)에서 반 년이나 함께 살고 있는 여귀(女鬼)를 왕법사(王法師)가 부적으로 제압하고, 〈정희진비인(程喜眞非人)〉(『夷堅三志己』권9)에서 희진(喜眞)과 도망가 살고 있는 왕생(王生)을 보고 운유마도인(雲遊馬道人)이 요기(妖氣)가 충만(充滿)하다며 부적을 써 붙이니 여인이 놀라 달아났다. 〈오소원외(吳小員外)〉(『夷堅甲志』권4)에서도 함께 어울렸던 술집 딸(當爐女)이 죽은 후 여귀(女鬼)가 다시 나타나 오생(吳生)과 석 달을 살았는데 안색이 초췌해지자 황보법사(皇甫法師)의 말대로 검으로 찔러 죽였다. 〈불사화상(佛寺畵像)〉(『夷堅甲志』권19)도 절의 빈궁(殯宮)에 있던 그림을 걸어두니 그림 속의 여인이 꿈에 나타나 자고 갔고 그 결과 주인공은 죽었다며 경계담으로 만들었다. 사실 『이견지(夷堅志)』의 맨 처음 나오는 〈손구정(孫九鼎)〉(『夷堅甲志』권1)에서도 귀혼(鬼魂)을 만나면 음기(陰氣)에 손상이 되니 평위산(平胃散)을 복약해야 한다고 말한다. 이와 더불어 또 하나의 현상은 남녀 결합에 관한 묘사가 지극히 적다는 점이다. 이는 송대 전기(傳奇)의 주요한 특징이다. 당대까지 있었던 짤막한 묘사마저 사라지고 간접적으로 묘사하였다. 〈이인보(李寅甫) 이야기〉는 여인을 내쫓는데 중국과 달리 법술을 쓰는 정도는 아니지만, 음계의 현상을 될수록 부정시하고 물리치는 경향과 일치한다. 그러므로 여기에 낭만적인 이야기가 전개될 여지는 거의 없다.

넷째, 이야기 구성의 의도는 교훈성을 강조하는 데 있다. 사실 여인의 귀녀인지 생자인지 중요하지 않다. 어느 경우라 하더라도 주인공이 여인의 유혹을 거절한다는 데 초점이 있다. 여인은 미색(姿色絶代)이고 주인공이 먼저 마음이 동하였고, 절에서 시중들게 해서 관계를 맺었고, 우정(郵亭)에서 감정도 깊어졌다. 그런데 주인공이 여인을 거절하는 이유는 하나밖에 없다. 그것은 막연하게 "후환이 두렵기" 때문이다. 이는 귀신에 대해서라기보다는 인간세상에서의 남녀관계 일반에 일어나는 감정에 가깝다. 이러한 것은 〈앵앵전(鶯鶯傳)〉에서 장생(張生)이 여성을 우물(尤物)로 보는 태도와 일치한다. 여성의 태도도 무척 소극적이다. 거부하는 이인보(李寅甫)에게 여인은 먼저 "잘 되었습니다"(甚善)이라고 말한다. 이는 곧 "그리 하는 게 바른 길입니다"는 뜻으로 비친다. 여인은 상대방의 입장에서 상대방의 행위를 판단하는 것으로 독자에게 말하는 것과 같은 효과를 가진다. 그리고 남자가 여성의 유혹을 거절하면 이루어진다는 메시지도 담고 있다. 비록 강렬한 유혹이 있더라도 이를 끊어야 한다고 말하고 있다. 이러한 의도 때문에 이야기는 처음부터 그 논리성이 약한 채 구성되어 있다. 다시 말해 이 소설은 구성 자체가 권계를 목적으로 처음부터 짜여졌음을 알 수 있다.

다섯째, 강렬한 권계의식이 결국 인귀상련(人鬼相戀) 이야기를 다양하게 발전시키지 못한 것으로 보인다. 이 이야기는 기존의 인귀상련에 나타나는 소재를 인물의 일사에 끼어넣은 형식을 취하였다. 중국의 소설 가운데『유명록(幽明錄)』에 나오는 〈종요(鍾繇)〉와 유사한 점이 있다. 종요(鍾繇) 역시 유명한 인물이고 귀녀 때문에 갑자기 조회에도 나가지 않는다. 료우(寮友)가 귀물(鬼物)이니 죽이라고 하자, 종요는 망설이다가 칼을 쓰지만 微傷을 입힌다. 여기서도 주인공 종요(鍾繇)에 있어 여인은 경계해야 할 대상으로 등장한다. 다른 한편, 송대 야사필기(野史筆記)에서 인귀련(人鬼戀) 이야기에 권계성이 높아진 면과 좋은 비교가 된다. 홍매(洪邁, 1123-1202)의『이견지(夷堅志)』에는 인귀련(人鬼戀) 이야기가 30여 편 실렸는데, 인귀련(人鬼戀)의 결말은 대부분 이별이며, 비극이 많으며, 낭만적인 정열은 약화되고 권선징악과 세인을 교화하는 목적이 두드러진다. 여기에는 송대에는 이학(理學)이 사람의 정욕을 억압했다는 면도 있다.[27] 고려 시대에 중국 송(宋)의 인귀련(人鬼戀) 이야기가 얼마나 알려졌는지 모르지만, 〈이인보(李寅甫) 이야기〉는 지나친 목적의식이 두드러졌으며, 이러한 세속적이고 실제적인 인식으로 인귀련(人鬼戀)의 낭만성은 크게 약화되었으리라 보이며,

---

27) 周楡華·郭紅英,「理學束縛下的潛抑情欲—論『夷堅志』中的人鬼之戀」,『江西廣播電視大學學報』, 2004-02.

나아가 이런 유형의 소설의 쇠미를 가져왔을 것이다.

한국에서 이러한 인귀련(人鬼戀) 이야기가 하나의 선명하고 뚜렷한 인상으로 전개된 것은 여러 이야기에서 알 수 있다. 예를 들면 조선시대 김안로(金安老, 1481-1537)의 『용천담적기(龍泉談寂記)』에 나오는 〈채씨 이야기(蔡氏故事)〉와 유몽인(柳夢寅, 1559-1623)의 『어우야담(於于野談)』에 나오는 〈귀신과 잔 박엽(朴燁故事)〉 등이 그러하다. 이는 가장 일반적인 유형의 '권계형(勸誡型) 인귀련(人鬼戀) 이야기'이다. 그것은 "밤중에 길을 가다가 여인을 만나 함께 저택에 들어가 잤는데 깨어나 보니 무덤가였다"는 이야기이다. 아래의 〈채씨 이야기〉는 인용하기에는 약간 길지만 원문을 그대로 붙여둔다.

최근에 채씨 성을 가진 자가 훈련원 근처에 살고 있었다. 저녁 무렵 길에 나갔더니 행인들이 적었고 달빛이 희미한데, 먼 곳의 사람은 보이기는 했으나 얼굴은 알아볼 수 없는 정도였다. 멀리 한 여인이 길가에 기대어 서 있어 서로 한참 동안 바라보았다. 채생이 천천히 가까이 다가가니 옅은 화장에 낮은 쪽을 진 여인은 눈이 부실 정도 예뻤다. 채생은 저도 모르게 정신이 아득해져 눈과 손을 움직이며 수작을 걸었다. 여인이 놀라지 않기에 조금 더 가까이 다가가 말했다. "아름다운 밤에 玉人을 만나니 마음을 누를 길 없어 광태를 보였습니다. 韓重이 향기를 훔치는 것이 예를 범한다고 생각지 않으시면 용서를 받을 수 있는지요?" 여인은 얼굴이 약간 붉어지더니 낮은 목소리로 대답했다. "군자는 누구인데 저에게 이리 정중하신지요. 만약 천한 저에게 마음이 있다면 저를 따라오시지요." 채생은 기뻐서 말했다. "불감청이올시다. 낭자의 이름과 가문이 어떠한지 모른데 깊은 곳이라면 세상과 격절된 곳일까 걱정됩니다." 여인이 말했다. "이미 마음을 허락했는데 달리 잘못이 있겠습니까." 그리하여 함께 소매를 잡고 걸어갔다. 골목을 돌아 강을 건너니 큰 저택이 보였고, 칠한 담이 둘러있었다. 채생을 잠시 쉬게 하고 여인이 먼저 들어갔다. 사람의 소리가 없이 적막하였다. 채생은 우두커니 서서 기다리며 무엇인가 잃어버린 듯 마음이 안정되지 않았다. 한참 있으니 시녀가 문을 반쯤 열고 들어와 채생을 안내하였다. 겹문을 지나니 색칠한 돌을 기둥으로 한 건물이 나타났다. 그 구조는 우뚝 서 있는 모습이 인간세상의 것이 아닌 듯 했다. 옆에는 밀실에 깊은 방이 있었는데 푸른 창문에 붉은 금박을 입혀 아로새긴 모습이 눈길을 빼앗았다. 부인이 문에서 맞이하면서 말했다. "사람들이 조용한 틈을 타 부르려다 기다리게 했습니다. 놀라실 필요는 없습니다." 소매를 모으고 들어가 앉았다. 사방 벽을 바라보니 병풍을 세우고 그림을 걸었으며, 색칠한 모습이 눈부셨고, 수놓은 자리와 꽃방석 등 배치가 사치스러웠다. 장롱과 화로 등 가득 찬 가구들은 모두 인간 세상에서 볼 수 있는 것이 아니었다. 채생은 기이하고 현혹되어 마치 신선 세계에 온 듯 하여, 스스로 돌아보매 위축되어 거동이 어색해질 정도였다. 여인이 시녀에게 술을 시키니 음식을 갖춘 여러 그릇들이 나왔는데 모두 진귀한 것들이었다. 쌍룡이 조각된 손잡이며 백옥의 술잔으로 술을 가득 따라 채생에게 권하며 말했다. "천한 이 몸은 운명이 기구하여 어려서 부모를 잃고 자라서 결혼을 하지 못했으며, 유모에게 양육되어 규방의 도리도 잘 모르옵니다. 매번 아름다운 밤과 아침에는 경치를 보고 길게 탄식합니다. 함께 지낼 짝이 없이 혼자서 배회하는 차에 다행히 군자를 만났습니다. 아름다운 모습을 바라보며 다만 당신을 뜻을 따를 뿐이었는데 저도 모르게 여기에 이르게 되었습니다. 만약 군자께서 저를 천하다고 생각지 않으시면 아내가 되고자 하오니 이루어진다면 이 몸이 부서져도 여한이 없겠습니다." 채생은 그저 마시며 감사하며 기뻐서 말을 더듬거릴 뿐이었다. 북이 몇 번 울고 술잔과 대화가 끝났다. 시녀가 채생의 허리띠와 모자를 횃대에 걸고 이불을 펴고 촛불을 내갔다. 채생이 여인을 안자 두 사람의 즐거움이 넘쳤는데, 마치 벌이 날고 나비가 춤추는 듯 극진하였다. 이러한 기이한 만남이 어찌 弄玉과 太子의 만남이나 달밤의 만남이 이와 같겠는가. 새벽 물시계가 시간을 알려도 즐거움이 아직 다하지 않았다. 그때 갑자기 천둥소리가 머리 위에서 우릉우릉 나는 것이었다. 깜짝 놀라 눈을 떠보니 돌다리 아래 누워 돌덩이를 베고 헤어진 거적을 덮고 있었다. 악취가 가득한데 벗어놓은 모자와 허리띠는 다리기둥의 틈에 걸려 있었다. 아침해는 이미 올라 사람과 말이 모여들고 있었다. 장작을 실은 수레 두 대가 마침 다리 위를 소리내며 지나가고 있었다. 채생의 두렵고 놀란 마음은 며칠이 지나야 비로소 안정되었다. 그래도 마음은 아득히 하늘에서 떨어진 듯 멍하였고 고개를 빼어들고 다시 만날까 기대하였다. 요괴와 귀신의 환각에 빠지면 스승을 욕하고 피를 뺀다고 알고 있다. 의사가 뜸을 놓고 여러 가지 처방하여

겨우 그 해꼬지를 면할 수 있었다. 다리는 수도에 있는 개천으로 즉 태평교이다.
채생을 본 사람이 자세히 나에게 그 일을 말해 주었다.[28]

〈채씨 이야기〉는 기존의 인귀상련(人鬼相戀) 이야기를 십분 활용하고
있다. 밤길에서의 미녀와의 만남, 여인의 유혹, 고문대옥(高門大屋) 방문,
화려한 기물과 가구, 여인의 처지 술회, 결말의 허환(虛幻) 등이 그러하다.
〈귀신과 잔 박엽〉도 비슷한 구조이나, 결말에서 여인의 해골을 장사하고
제사했다는 점이 다를 뿐이다. 이러한 이야기는 『태평광기(太平廣記)』 등
에서도 적지 않게 보았다. 실지로 무척 비슷한 것으로는 예컨대, 〈도덕리
선생(道德里先生)〉(331)과 〈하간유별가(河間劉別駕)〉(334) 등이 있다.[29] 여

---

28) [朝鮮]金安老, 『龍泉談寂記』, 卷上. [朝鮮]沈魯崇, 『(靜嘉堂本)大東稗林』, 서울: 국학자료
원, 1991. 近有一學生姓蔡者, 居近訓練院. 日晡出衢道, 行路漸稀, 雲月微映. 可見遠人, 而
不可認面. 遙視一婦人倚街而立, 相望移刻. 生徐步就之. 淡粧低鬢, 明艷照人. 生不覺神魂
蕩恍, 目成手挑. 不見驚猜, 則稍以身逼曰: "良宵間, 況邂逅玉人, 情不自抑, 輒露狂態. 韓
掾偸香, 何嫌犯禮, 幸見少恕否?" 婦人色微頳, 低聲答曰: "君子何人, 迺於草次, 垂此鄭重?
若固有意賤質, 能從我行乎?" 生驚喜過望曰: "所謂不敢請者也. 第未知娘子氏系云何. 深
局邃閣, 恐阻凡踵爾." 婦人曰: "旣以情許, 寧有他虞!" 遂接袂幷行. 轉曲巷涉一川, 望見高
門大屋, 繚以粉牆. 止生少憩, 婦人先入. 闃無人聲, 蹤迹悄然. 生徘徊延竚, 若驚若失, 心不
自定. 良久小丫鬟出啓半扉, 引生入. 入重門, 有樓用粉石爲柱. 結構之制, 矗竦之狀, 殆非
人工. 傍有密室奧房, 綠窓朱箔, 玲瓏奪目. 婦人立戶迎謂曰: "乘人靜相候, 以致稽時之立,
得無見訝." 扶袂入坐. 顧瞻四壁, 則竪障懸幅, 丹靑炳燿, 綉褥花筵, 鋪設極侈. 其器具爐燕
之盛, 皆非世間所見. 生心異目眩, 疑必淸都眞境, 自顧椒縮, 容止頗澁. 婦人命小鬟進酒,
略酌數器, 皆珍種奇品, 以雙龍環耳, 白玉斝引滿, 勸生飮欲言曰: "賤質賦命奇舛, 少失怙
恃, 長闕耦侶, 養於乳媼, 不閑閨則. 每値佳辰令夕, 撫景長嗟. 偶隨遊伴相失, 獨立徊徨之
頃, 幸逢君子. 令色相視, 唯知婉意承奉, 自不覺冒範至此. 如不爲君子所賤, 奉箒侍巾, 糜
滅無憾." 生且飮且謝, 顚喜失口, 但吃吃言, 豈意浪迹. 獲此天與□, 複不知止. 夜鼓幾三,
下酒闌語已. 小鬟受生帶笠, 安桃上, 張衾出燭. 生便卽抱持, 歡心兩適, 蜂繞蝶戀, 盡此綢
繆. 自幸奇遇, 以爲雖吹簫之耦, 月池之會, 寧若是乎! 曉漏催報, 歡興未已, 忽聞雷聲轟轟
逼頭上. 驚惶開目, 則臥在石橋卜, 枕塊石, 被毁苫. 臭穢萬前, 所脫巾帶, 懸在橋柱之隙. 朝
日已昇, 人馬坌至. 薪車二兩, 方闐闐渡橋矣. 生悚駭狂走, 累日而定. 猶且惘然心悲如自鈞
天而落, 引頸覬望庶幾復遇. 知爲妖魅所幻, 詛師呵血. 醫者施灸, 餌禳百方, 僅免其祟. 橋
在都中, 開川下流, 卽太平橋也. 人有見生者, 詳道其事于退齋.

29) 金鉉龍, 『韓中小說 說話比較 硏究』, 서울: 一志社, 1976. 104-109쪽.

기서도 마찬가지로 유별가(劉別駕)나 서생(書生)이 길에서 염자절세(艶姿絶
世)의 미색(美色)을 가진 여인을 만나 화당난실(華堂蘭室)에 들어가 여인과
잔다. 아침에 일어나 보니 유별가(劉別駕)는 황량한 정원에서 나뭇잎을 덥
고 있고, 서생(書生)은 석굴(石窟) 속이었다. 이 일이 있고 나서 유별가(劉
別駕)는 고질병을 얻었고, 서생(書生)은 수일 지나 죽는다. 이외에도 유사
한 이야기는 상당히 많다. 〈패군인진수(沛郡人秦樹)〉(324), 〈진아등(陳阿
登)〉(316), 〈장고자(張姑子)〉(317) 등도 여인을 만나지만 나중에 보니 무덤만
있더라는 이야기로 주인공에게 재앙이 다치지는 않는다. 한국의 설화에서
도 박엽(朴燁)이란 인물이 죽지 않은 것으로 각색되었다.

　〈채씨 이야기〉는 여러 다양한 이야기에서 그 내용을 모아 권계성을 갖
춘 이야기 요소를 추린 결과로 볼 수 있다. 이는 김안로(金安老)가 〈채씨
이야기〉의 말미에 달아놓은 자신의 의견에서 뚜렷이 드러난다. "귀녀(鬼女)
가 사람을 잘 유혹함이 이와 같구나. 미모로 추악함을 분장하고, 달변으로
사악함을 가리고, 향기로 악취를 덮고, 아름다운 집으로 더러운 땅을 모르
게 하였다." 나아가 필자는 이로부터 사회의 일까지 유추한다. 천하에는 혹
세무민하는 자가 귀녀(鬼女)보다 더한 자가 많고 미혹된 자 또한 많으니,
이를 누가 바로 잡을 것인가 라고 탄식하고 있다.[30] 이는 마치 두보(杜甫)
가 〈모옥위추풍소파가(茅屋爲秋風所破歌)〉에서 행한 언설과 유사하다. 여
기에는 유교적 의례를 거치지 않고 밤에 낯선 여인과 만나서는 안 된다는
교훈이 있지만, 그럼에도 불구하고 왜 귀녀(鬼女)의 행위가 사회악과 일치
되는지 논리적으로 명확하지 않은 부분이 있다. 필자는 여인의 유혹 자체

---

30) [朝鮮]金安老의 위의 책. 退齋聞而歎曰: "有是哉! 幻婦之善蠱人也. 節醜怪爲美貌, 執邪
　　僞爲善談, 化臭穢而薰馥, 變汚壤而佳宮. 塗心愚目, 百出眩詭, 而欲誘之. 自非至大至剛之
　　氣, 執得以無惑? 方生之喜遇自慶也, 脫使傍視者提耳明告, 生且不悟. 苟欲救之, 將必怒,
　　繼甚者挾鬼以中之. 向非橋上之雷, 終爲橋下之鬼而已. 凡天下之幻世誣民, 甚於鬼婦者多
　　矣. 爲生之惑, 不旣衆乎. 與其持餌禳, 以解生崇. 執若回夏禹之鑄, 照牛渚之燃, 使世之爲
　　鬼婦者, 不得逞妖於白晝, 以解天下群蔡生之爲惑者邪."

를 부정히 하고 있는 듯하다.

〈채씨 이야기〉를 동류의 다른 이야기들과 비교해 보면 재미있는 사실이 있다. 즉 그러한 교훈을 강조하려면 〈도덕리선생(道德里先生)〉나 〈하간유별가(河間劉別駕)〉같이 간결하게 할 수도 있을 터인데, 상당히 묘사가 자세한 점을 알 수 있다. 부분적으로 소설적인 흥미를 가지고 작위적으로 묘사하고 있으며 그 속에는 오히려 필자가 이를 완상하는 태도가 엿보인다. 이러한 점은 오락적인 요소가 강할수록 교훈성이 높일 수 있기 때문으로 보인다. 다시 말해, 저택과 가구와 여인의 유혹이 강렬하면 강렬할수록 교훈이 더 강해질 수 있기 때문이다. 그러므로 여기에는 이질적인 두 요소, 즉 오락성과 교훈성이 강하게 결합하고 있음을 알 수 있다. 이 점이 이전의 『태평광기(太平廣記)』의 소설과는 다른 점이라 할 것이다. 이는 당시 소설의 발전이 어느 정도 반영된 결과라고 할 수 있다.

IV.

조선시대 들어서면 인귀상련(人鬼相戀) 설화는 본격적인 소설로 정착된다. 고려 시대는 비단 인귀상련(人鬼相戀) 설화뿐만 아니라 소설마저 침묵기였다. 그러던 것이 조선시대 초기에 새롭고 다양한 발전이 이루어졌다. 이전과 달리 완정한 결구에 세부적인 묘사와 선명한 주제의식을 가진 작품들이 등장하였는데 현재 김시습(金時習, 1435-1493)의 『금오신화(金鰲新話)』와 신광한(申光漢, 1484-1555)의 『기재기이(企齋記異)』가 전한다. 『금오신화』는 명대 구우(瞿佑)의 『전등신화(剪燈新話)』의 영향을 받아 이루어진 것으로 현재 전하는 총 5편 가운데 인귀상련 소설은 〈만복사저포기(萬福寺樗蒲記)〉와 〈이생규장전(李生窺墻傳)〉 2편이다. 『기재기이(企齋記異)』는 총 4편의 소설 가운데 인귀련(人鬼戀)은 〈하생기우전(何生奇遇傳)〉 1편이다.

인귀상련(人鬼相戀) 소설은 그 모태가 되는 설화와 밀접한 관련을 갖는다. 설화와 소설의 차이에 대한 논의가 있지만31), 작가의 의도와 창작성이 강해지고 세부 묘사가 증가한 형식을 소설로 볼 수 있다. 또 하나 중요한 문제는『금오신화(金鰲新話)』의 성립으로 한국 고대소설에 새로운 단계를 이루었는데, 그 이전의 소설사와 어떻게 연관시킬 것인가 하는 점이다. 중국에서는『전등신화(剪燈新話)』가 나오기 이전에 송원(宋元)의 전기(傳奇)와 화본(話本)의 과정이 이루어졌지만, 한국에서는 그러한 과정이 생략되거나 약화된 채 갑자기『금오신화』의 시대에 도달한다. 인귀상련(人鬼相戀) 종류의 소설에서 특히 그러하다.

그동안의 많은 논의, 즉『금오신화(金鰲新話)』의『전등신화(剪燈新話)』와의 관련성과 비교론은 단순한 언급이거나 한계를 가지는 경우가 많았다. 중국소설사와 한국소설사 전체를 함께 보고 그 관련성과 비교를 해야 하는데 단편적이어서 설득력이 약한 경우가 많았다. 예컨대,『전등신화(剪燈新話)』가 긍정적이고『금오신화』가 비극적이라든지,『전등신화』가 유교적이고『금오신화』가 불교적이라든지,『전등신화』속의 어느 한 편과『금오신화』중의 어느 한 편을 비교한다든지 하는 것은 지나치게 단순화시켰거나 타당성이 부족하다. 또 모티프에 있어서〈취유부벽정기(醉遊浮碧亭記)〉는 역사적인 소재를 사용한 점이 특이하다고 했지만 이 역시 당대의 전기〈독고목(獨孤穆)〉이나〈안준(顔濬)〉에서 오래 전의 귀혼이 나타나 역사의 상감(傷感)을 노래하는 경우가 있었다.『금오신화(金鰲新話)』는『전등신화(剪燈新話)』뿐만 아니라 위진남북조의 지괴(志怪)와 당대 전기(傳奇)에 영향을 받은 것은 잘 알려져 있다.32) 이는『전등신화(剪燈新話)』자체가 이전의 소

---

31) 한국에서는 설화와 소설의 구별을 어떻게 지을 것인가에 대한 논의가 많이 있어 왔다. 주요한 논의 가운데 하나는 독일의 문예이론에 영향받은 것으로, 주인공이 세계에 대한 대결 의식의 유무에 따라 설화와 소설을 나눈다. 조동일, 박일용 등의 논의가 그러하다.

32) 金鉉龍, 위의 책.

설 전통 속에서 성장한 것이기 때문에 너무나 당연한 일이다.

고려해야 할 중요한 점은 송원(宋元)의 전기와 화본에서 명대『전등신화
(剪燈新話)』로 이르는 길을『금오신화』에서는 어떻게 해결하였느냐 하는
점이다. 본인이 초보적으로 판단하기로는『전등신화』의 기초가 되는 사회
구조가 이미 조선시대 초기에 갖추어졌기에 동일한 이행기를 가질 수 있었
다고 본다. 그러기에『전등신화』가 이미 흡수한 송원(宋元) 전기의 특징을
『금오신화』에서도 받아들일 수 잇었던 것이다. 송원(宋元) 전기(傳奇)에서
인물이 귀족 자제에서 서민으로 바뀌었고, 유계의 신비와 경이보다는 현실
의 기구함에 중심을 두게 되었고, 낭만성보다 권계성에 중심을 두게 되었
다. 그러하기 때문에 결말에 있어서 많은 경우 귀혼은 인연의 다하여 스스
로 사라지거나 다른 사람으로 환생한다. 이러한 특징은『금오신화』에서도
똑같이 나타난다. 또 하나 특이한 점은 당대와 송대 전기(傳奇)에서는 현혼
(現魂)과의 만남에서 이야기가 시작되는 경우가 많은데,『전등신화(剪燈新
話)』에서는 먼저 두 남녀의 사연을 전개한 이후 병이나 전란으로 죽은 후
다시 만나는 경우가 많다. 이렇게 되면 소재 자체가 가지는 기이함에서 오
는 역할이 줄어들고, 유명의 만남이 현실의 일부로 삽입되어 나타난다. 나
중에는 〈모란정(牧丹亭)〉과 같이 전체 이야기 구조 속에 한 단락으로 끼어
들게 된다. 본인이 보기에 이는 송대 화본의 형식에 이미 이러한 점이 있어
여기에서 영향을 받은 것으로 보인다. 현존하는 송대 화본 〈연옥관음(碾玉
觀音)〉이나 〈료번루다정주승선(鬧樊樓多情周勝仙)〉이 그러하고, 원대 유행
한 전기(傳奇) 〈교홍기(嬌紅記)〉가 그러하다. 혼현(魂現) 이전에 줄거리가
길게 연장되는 경우로『전등신화(剪燈新話)』에 〈금봉채기(金鳳釵記)〉, 〈애
경전(愛卿傳)〉, 〈취취전(翠翠傳)〉 등이 그러하고『금오신화(金鰲新話)』의
〈만복사저포기(萬福寺樗蒲記)〉와 〈이생규장전(李生窺墻傳)〉이 그러하다.
그러므로 인귀련(人鬼戀)의 내용은 더 확장된 서사 구조 속에 들어오게 되
고, 현실의 삶과 강렬한 관련을 갖는다. 먼저 〈만복사저포기〉를 줄거리 위

주로 요약하면 다음과 같다.

1) 南原에 사는 梁生은 일찍 부모를 여의고 홀로 살고 있었다.
2) 양생은 萬福寺에서 부처님께 배필을 중매해달라고 樗蒲놀이를 청한다.
3) 양생은 두 번 저포를 던져 이기게 되어, 불좌 밑에 숨어서 배필이 될 여인
이 나타나기를 기다렸다.
4) 그 때 문득 아름다운 아가씨가 나타나 부처님 앞에서 좋은 배필을 점지해
달라고 기원하였다.
5) 양생은 여인과 마음이 통해져 하룻밤을 함께 지내게 되었다.
6) 이튿날 여인은 양생에게 자기가 사는 동네로 가기를 권했고, 양생은 거기서
융숭한 대접을 받았다.
7) 사흘 뒤 이별연에서 시로써 화답하고 여인은 양생에게 은주발 한 개를 준다.
8) 다음 날 그들은 寶蓮寺에서 다시 만난 후 여인은 인연이 끝났다며 저승으
로 떠난다.
9) 양생은 처녀의 혼령을 위해 재를 올린다.
10) 여인은 타국에 남자로 환생한다.
11) 양생은 지리산에 들어가 약초를 캐면서 평생을 지냈다.

이 소설은 명대 소설의 영향은 뚜렷하다. 인물의 설정, 삽입시의 사용,
사건의 구성, 배경 설정 등에서 유사한 점이 많다.

그러나 김시습대로의 독창적인 요소도 상당히 많다.

첫째, 가장 쉽게 지적되는 것으로 지명과 인명의 사용이다. 남원(南原),
개녕동(開寧洞), 보련사(寶蓮寺), 지리산(智異山) 등의 지명이 한국이고, 인
물들인 양생(梁生), 하씨녀(何氏女)와 부대 인물이 한국인이다. 그러나 이
러한 요소만으로 진정한 한국적 설화 혹은 소설이라고 하기 어렵다. 중요
한 문제는 인귀상련(人鬼相戀)의 근원 설화를 어떻게 처리했고 어떠한 환
경 속에서 무엇을 말하려 하느냐는 점일 것이다. 〈만복사저포기〉는 중국
소설에 유형화된 화소들을 응용하였다. 예컨대, 두 번 나타나는 공창(空唱)

모티프, 시녀의 노래 장면, 유혼(幽魂)을 신선으로 비유하기, 증물 모티프, 환생 모티프, 주인공의 입산 은거 모티프 등이다. 입산 은거 모티프는 『전등신화』에 특징적인데, 예컨대, 〈등목취유취경원기(滕穆醉遊聚景園記)〉에서 "生後終身不娶, 入雁蕩山採藥, 遂不復還.", 〈녹의인전(綠衣人傳)〉에서 "(趙)源感其情, 不復再娶, 投靈隱寺出家爲僧, 終其身云.", 〈水宮慶會錄〉에서 "後亦不以功名爲意, 棄家修道, 徧遊名山, 不知所終." 등과 유사하다. 그러므로 이는 하나의 패턴이지, 〈만복사저포기〉에서 "生後不復婚嫁, 入智異山採藥, 不知所終."이 그의 생애를 반영한 것으로 보는 것은 타당하지 않다. 사실 소설은 숙명론이 강한데 이는 어디까지나 소설적인 구성으로 보아야 할 것이다. 마찬가지로 결말은 소설의 현실성을 보장하는 하나의 장치이지 실제 필자가 그러한 의향을 가졌다는 것과는 별도의 문제이다.

둘째, 현실문제를 중시한다. 이는 소재의 해석과 사건의 구성에서 독특한 처리로 나타난다. 먼저 부처와 저포(樗蒲)를 한다는 점이 이 소설의 가장 뚜렷한 인상 가운데 하나이다. 저포는 작가 김시습이 특히 좋아했던 놀이이지만 이를 노총각이 부처와 내기를 건다는 해학적인 내용이야말로 이소설의 흥미로운 부분일 것이다. 내기에서 양생은 자신이 지면 법연(法筵)을 열고 제사를 올리겠지만, 자신이 이기면 미녀를 달라고 한다. 이는 상대방의 동의를 구하지 않은 일방적인 내기이지만, 이는 종교적 대상과의 믿음이란 점에서 일방적이라고 느껴지지 않는다. 또 〈이생규장전(李生窺墻傳)〉에서 전반부에 이생의 결혼과정을 자세히 묘사한 것도 현실을 반영하려는 의도가 강하다. 〈만복사저포기(萬福寺樗蒲記)〉에서는 여인이 자신의 성명을 밝히지 않는 점은 중국 소설에서도 흔해 특별하지 않지만 다른 점도 많다. 즉, 절에서 남녀관계를 가진다는 점, 교합을 이룬 다음에 시녀가 나타나고 주연을 베푼다는 점, 여인이 이웃의 네 여인을 불러 양생과 함께 시를 창화한다는 점, 여인이 밥을 먹으며 수저 소리를 내면서 자신이 귀혼임을 부모에게 증명한다는 점 등이다. 특히 양생의 눈에만 귀혼(鬼魂)이 보여 친척과 승려가 믿지 않자, 여인은 같이 밥을 먹자고 하여 그 수저 소리로 다른 사람이 믿게 한다는 세부는 특이하다. 소설에 일정한 길이가 생기면 그 세부는 어쩔 수 없이 작가의 개인적인 경험과 구성방식을 반영하기 마련이다. 신광한(申光漢)의 〈하생기우전(何生奇遇傳)〉도 처음에 하생(何生)이 여인의 집에 갔다가 시아(侍兒)의 거절을 당하는 장면도 일종의 세부라고 할 수 있다. 이들 세부는 사소한 것도 있으나 여기에서 중국의 인귀련(人鬼戀)과 다른 한국적인 자연스러움을 느낄 수 있다. 그것은 김시습(金時習)이 중국의 인귀련(人鬼戀) 설화를 어떻게 이용하였는지를 잘 알려준다. 그는 중국 전기와 소설에 대한 이해 아래 자신의 방식으로 구성하였다.

셋째, 부모와 이웃을 중시한다는 점이 반영되었다. 부모의 권위와 명령에 대한 복종은 중국에서도 자주 나타난다. 그러나 예컨대, 『전등신화(剪燈新話)』의 〈등목취유취경원기(滕穆醉遊聚景園記)〉에서 등목(滕穆)이 귀혼이 된 송(宋) 관인(宮人) 위방화(韋芳華)를 데리고 고향에 갔지만 항주의 양가에서 시집 왔다고 하며 친지와 이웃을 속이는 것과 대조된다. 〈만복사저포기(萬福寺樗蒲記)〉에서 여인이 양생을 부모에게 소개한다. 여인은 먼저 양생에게 은주발(銀椀)을 주면서 다음날 보련사 가는 길에 자신의 부모를 뵙기를 청한다. 이는 곧 자신과의 혼인을 인증해주길 바라는 뜻이다. 양생은 여인의 부모를 만나며, 사실을 확인한 후 다시 그 은주발(銀椀)과 밭을 양생에게 증여한다. 나중에 양생은 여인에 대한 보답으로 여인의 천도를 기원하였다. 소설의 구조는 전체적으로 '기원의 성취'에 맞춰져 있지만 그것은 친지와 이웃(네 여인)까지 미쳐있다. 이는 〈수삽석남(首揷石枏)〉의 전통을 잇고 있다. 이러한 점은 〈이생규장전(李生窺墻傳)〉에 더욱 뚜렷하다. 이생(李生)과 최낭(崔娘)이 시를 교환하며 사랑하게 되자, 이생은 부모의 염려를 걱정하여 집으로 되돌아간다. 또 부친이 경박함을 걱정하여 이생을 영남 지방에 내려보내자 그대로 순종하였다. 홍건적(紅巾賊)의 난 이후에

이생은 혼현(魂現)한 최낭(崔娘)에게 죽은 부모의 유해를 물었고 이들을 안
장해주었으며, 최낭의 유혼이 더날 때에도 이생이 마지막으로 감사한 것은
부모의 유해를 수습하도록 물자를 대준 일이다. 〈하생기우전(何生奇遇傳)〉
에서는 여인의 부친이 불의(不義)한 일을 했기에 상제(上帝)가 다섯 오빠를
죽였다는 말로 권선징악의 관점을 수시로 넣고 있는 셈이다. 이는 〈김현감
호(金現感虎)〉에서 상제(上帝)가 공창(空唱)으로 오빠들을 징벌하는 장면과
극히 유사하다. 부모와 주위 사람들의 인가를 받고 인륜을 중시하는 점은
김시습 소설의 특징이자 한국 설화에서 두드러진 점이다.

넷째, 작가의 의도와 관련하여 김시습의 소설은 인간의 삶을 확장하는
문예적 기능이 크다. 인귀상련(人鬼相戀)은 이러한 생사(生死)와 시공(時空)
을 초월하여 인간의 이해를 넓히고 재구성하는 역할을 하였다. 김시습이
『전등신화(剪燈新話)』를 심취한 사실은 잘 알려져 있다. 그가 쓴 시 〈전등
신화를 읽은 후〉에서도 "한 편만 읽어도 입을 열어 웃을 만하니, 내 평생
뭉친 한을 쓸어 없애 주도다"(眼閱一篇足啓齒, 蕩我平生磊塊臆)라고 한 데
서 알 수 있다. 논자에 따라서는 김시습 자신의 울분을 소설 속에 쏟아 넣
었다고 하는데 이는 지나친 확대 해석이다. 그가 좋아한 이유는 자신의 투
영이어서가 아니라 생사와 시공을 초월하는 문학적인 환기성 때문이라 해
야 할 것이다. 그의 정신적인 탈출구이자 세상을 바라보는 입체적인 눈을
가지게 되는 데서 오는 해방감이다. 소설을 소설로 보아야지 지나치게 양
생이나 이생의 삶과 동일시하거나 자신의 사상적 투영이라 보아서는 안 될
것이다. 이런 각도에서 인귀상련(人鬼相戀) 소설을 보면 『전등신화(剪燈新
話)』는 전통적으로 전해온 "可喜可悲, 可驚可怪"[33]라는 감정의 표현력을
느낄 수 있을 뿐만 아니라 난세 가운 중의 애정 비극을 암울한 색조로 그
려놓았다. 이에 비해 김시습은 "고독과 초월의 형식화"를 특징으로 자신의

---

33) 瞿佑, 『剪燈新話』序文, 上海: 古典文學出版社, 1957.

억압된 고민을 드러내고 이상을 투영하였다.[34] 그러므로 비록 『금오신화』가 비극적이라 해도 그 실질은 기본적으로 해원(解寃) 구조이며, 생사와 역사를 초월한 화해의 공간이다. 〈만복사저포기〉에서 양생(梁生)과 여인은 다같이 자신이 바라는 바를 이루며, 〈이생규장전〉에서 이생(李生)과 최낭(崔娘)은 결혼을 한 후 비록 홍건적 난을 만나 사별하지만, 이생은 다시 유혼(幽魂)이 되어 나타난 최낭(崔娘)과 두 집 부모의 유골을 수습하고 제사를 지내며 수년 간 함께 살았다. 비록 비극의 형식이라 해도 내적으로는 원만한 결말을 유도함을 알 수 있다.

한국의 인귀련(人鬼戀) 이야기를 중국과의 관련 속에서 살펴볼 때 다음과 같은 점들이 발견된다.

첫째, 한국의 인귀련(人鬼戀) 설화는 초기의 독자적인 모습 이후 점점 중국의 영향을 흡수하며 발전하였다. 설화는 의식적인 장편 구성을 하지 않고 단편적인 화소 위주로 만들어지므로 외래의 영향을 쉽게 받게 된다. 특히 한국에서 『태평광기』의 영향은 절대적이다. 그 속의 많은 이야기가 다시 설화로 유포되고, 다시 다른 설화나 소설로 구성되기도 하였다. 〈최치원〉이 당대 전기의 여러 요소를 흡수하여 만들어졌고, 『금오신화』가 명대 구우(瞿佑)의 소설과 당대 전기의 영향 속에서 이루어졌고, 17세기 제작된 〈운영전(雲英傳)〉에도 당대 전기 〈곤륜노(崑崙奴)〉와 〈비연전(飛煙傳)〉의 유사성을 볼 수 있다. 소설의 경우 김시습은 〈전등신화를 읽은 후〉에서 알 수 있듯이 『전등신화』를 읽고 좋아하여 『금오신화』를 썼다. 김시습이 비록 한국의 전통을 흡수하였더라도, 중국의 송원(宋元) 시대까지 발전해온 명대 전통을 중시하고 그 위에 설화를 썼다는 점이다. 이는 비단 인귀련(人鬼戀) 소재뿐만 아니라 한국 소설 전반에 나타난다. 다만 한국의 설화와 소설

---

34) 박희병, 「金鰲新話의 小說美學」, 『韓國傳奇小說의 美學』, 서울: 돌베개, 1997.

이 중국의 영향을 어떠한 방식으로 흡수했으며, 어떠한 독자적인 특성을 발전시켰는지가 관심이 된다.

둘째, 인귀련(人鬼戀) 이야기는 기괴성과 낭만성 두 요소가 가장 두드러진 특징인데 한국에서는 기괴성이 적고 낭만성이 많다. 사실성의 문제에 있어서도 한국의 경우 비록 전란 등의 요소가 추가된다 하더라도 이는 이야기의 신빙성을 높이기 위한 것이지 소설 자체가 담보하는 사실성을 높이는데 있지 않다. 이는 한국에서 인귀련(人鬼戀)에 대해 점점 일정한 경향성을 가진 것을 알 수 있다. 〈수삽석남〉에서는 애정의 숭고함을 강조하기 위하여, 〈만복사저포기〉에서는 운명적인 인생을 표현하는 방식을 표현하기 위하여, 〈최치원〉과 〈운영전〉에서는 낭만적인 감정의 발휘가 주요한 초점이다. 전반적으로 볼 때 기괴성은 부수적이며 낭만성이 중시된다. 이는 한국에서 인귀련(人鬼戀)이라는 독특한 소재를 하나의 문예 감상의 태도로보고 다루었음을 알 수 있다. 이 때문에 사실성은 상대적으로 부수적인 위치로 떨어졌다.

셋째, 한국의 민간에 널리 퍼져있는 설화에서는 권계적인 성격이 강하다. 이는 김안로(金安老)의 언급에서 가장 잘 드러난다. 일정한 윤리적 과정을 거치지 않는 남녀관계를 경계하여, 낯선 곳에서의 염우(艶遇)나 탐닉을 조심할 것을 설교한다. 이러한 윤리적인 강조는 비록 낭만적인 이야기에서도 정의(正義)와 효도를 강조하는 등의 방식으로 삽입되었다. 〈심심당한화(深深堂閑話)〉에 나오는 여섯 가지 이야기나[35] 〈조광조(趙光祖) 이야기〉처럼 여인의 합방 요구를 거절하는 이야기와 함께 그 말미에 평어를 쓰는 것으로 발전한다. 그 결과 인귀련(人鬼戀) 이야기가 다양하지 않으며, 운명적인 요소를 강조하며, 지극히 현실적인 면모를 띤다. 그러므로 욕망자체의 긍정은 인귀련(人鬼戀) 이야기의 중심 축이 아니며, 중국의 명대 후

---

35) 李佑成·林熒澤, 『李朝漢文短篇集』上, 서울: 一潮閣, 1973.

기처럼 정(情)의 긍정도 없진 않지만 뚜렷한 의도성을 가지고 있지 않다. 생사를 넘나드는 지극한 인정(人情)의 찬양은 많지 않다.

넷째, 인귀련(人鬼戀) 이야기에서 귀기(鬼氣)가 적다. 이는 한국 이야기 속의 귀혼(鬼魂)들은 모두 현실 속의 일부로 활동할 뿐, 음계(陰界) 자체에 대한 묘사가 거의 없는데서 잘 나타난다. 이 점은 중국의 설화에서 〈장운용(張雲容)〉이나 〈제추녀(齊推女)〉 등이 재생의 과정을 자세히 서술한다든지, 〈최위(崔煒)〉 등과 같이 여러 가지 신선술이나 보은의 요소가 결합되는 이야기와 비교할 때 뚜렷하다. 한국의 현존하는 작품이 상대적으로 적어서이기도 하지만, 현존하는 작품이 포괄하는 유명(幽冥) 세계에 대한 이해도 풍부하지 못하다. 이 점은 한국에서 도교가 발전하지 못하였고, 명계에 대한 이해도 단순한 데서 기인했지만, 강력한 유가 통치로 인해 괴력난신(怪力亂神)을 경계했기 때문으로 보인다. 그래서 한국 이야기에는 중국에서 흔한 이혼(離魂) 설화도 없으며, 결혼이나 명혼 과정을 자세히 묘사한 경우도 거의 없으며, 응대, 복장, 건물 등에 대한 자세한 묘사도 찾기 힘들다. 죽음이나 저승에 대한 묘사가 간단하기 때문에 자연적으로 鬼氣가 적다. 마찬가지로 양계와 음계가 수시로 변환되는 데서 오는 극적 효과도 적다. 이는 오늘날 채집된 민담에서도 이러한 종류의 이야기가 극히 적은 데서도 알 수 있다.[36] 작품의 중심에서 괴기성은 점점 부수적인 것으로 변하여, 예컨대 〈운영전(雲英傳)〉의 경우 이미 유혼(幽魂)의 처지는 그다지 중요하지 않고 다만 이야기를 전개하는 장치로써 운용되었다.

---

36) 중국의 人鬼夫妻 이야기에 대해서는 顧希佳, 「生與死的戀情—"人鬼夫妻"型故事解析」, 『民間文化』, 2000-11,12.에 잘 소개되어 있다. 20세기에 들어서 수집된 한국 이야기 속에는 人鬼戀 이야기는 거의 없다. 이는 『韓國口碑文學大系 別冊附錄(1) 韓國說話類型分類集』, 서울: 한국정신문화연구원, 1989.에서 이와 관련된 이야기는 "633 사람노릇하는 것과 동침하기 (이물교혼담은 모두 여기 속한다)"와 "633-8 죽은 여자와 동침하기"에 주로 들어있지만 人鬼戀 이야기는 없으며, 崔仁鶴, 『韓國民譚의 類型 硏究』, 인천: 仁荷大學校出版部, 1994.에서는 "310 재생한 처녀"와 "326-346 신과 인간"에서도 人鬼戀은 없다. 한국에서는 20세기에 들어서서 人鬼戀 이야기는 빠르게 쇠퇴하였음을 알 수 있다.

다섯째, 인물들은 대부분 원만한 성격이며, 강렬한 개성을 표현하는 경우가 적다. 이는 소설에서도 극단적인 인물의 전형을 묘사한 것이 적은 점과 어느 정도 일치한다. 한국인은 이상적이고 중성적인 인물을 세우기 좋아하며 성품도 온유하며, 선남선녀를 그리기를 즐긴다. 그러다 보니 현실에 대한 깊이 있는 인식이 떨어지며, 인귀련(人鬼戀)으로 사회의 모순을 드러내는 경우가 적으며, 기껏 해도 간접적으로 나타난다. 갈등의 출발도 혹독한 학정이나 사회적 모순에서 오기보다는 어쩔 수 없는 전란, 부모의 반대 등에서 일어나며, 그 해결 과정도 비교적 온당하다. 그래서 이들이 소설이 되면 감상을 위한 독서물이 되기 쉽고, 필기가 되면 권계를 위한 교훈 이야기가 되기 쉽다.

中文抄錄

韓中 人鬼戀故事比較研究

－－同中國人鬼戀故事比較看韓國同類故事 －

在韓中兩國流傳的故事裏面, 以人鬼相戀爲題材的故事是最美麗、動人的一類. 本文從與中國人鬼戀故事相比較的角度來探討韓國人鬼相戀故事的發展情況以及主要特徵: 韓國古代具有固有面貌的故事逐漸受到中國的影響, 産生新的變化; 韓國故事注重于浪漫性而神怪性較少; 民間廣泛流傳的是勸戒性頗强的「蔡氏故事」這一類; 人鬼戀故事裏面"鬼氣"不多; 由于故事中的人物大多數是性格圓滿, 因而故事容易變爲欣賞性的讀物.

한・중 '야래자'형(夜來者型) 설화 원류(源流) 연구

김동훈(金東勛, Jin Dongxun)[*]

Ⅰ. '야래자'형 설화의 개념과 기존 연구 성과에 대한 검토

'야래자'형(夜來者型) 설화는 동아시아, 특히 중국, 한국 등의 국가에 광범위하게 전해 내려오고 있는 전통 이야기 가운데 하나이다. 중국에선 일반적으로 '노라치(老獺稚, 수달)'형이라 부르지만 한국에서는 '견훤(甄萱)'형 전설이라 부르고, 일본에서는 '미와야마(三輪山)'형 이야기라고 부른다. 이 설화의 기본 내용을 개괄하면 대체로 아래와 같다.

1. 처녀(혹은 과부나 유부녀)는 밤마다 찾아오는 정체모를 사나이와 동침하여 임신한다.
2. 처녀의 부모(혹은 무당, 승려, 목사 등)가 그 사실을 알게 되고, 밤에 찾아오는 사나이의 옷에 바늘실을 꽂아, 그의 정체(수달, 뱀, 거북, 자라, 어룡(魚龍), 도롱뇽, 조개, 지렁이, 굼벵이, 모충, 동삼(童蔘), 참외, 하수오(何首烏), 삼나무, 버드나무, 절굿공이)를 확인한다.
3. 태어난 아이는 부친의 유골을 용맥(龍脉)이 흐르는 명당에 잘 안치하고 나중에 영웅(혹은 천자, 왕, 정승, 국사(國師), 장군, 산신, 부족수령, 씨족시조 등)이 된다.

---

* 中國 上海工商外國語學院 敎授

'야래자'형의 설화에 대한 연구는 일본 학자 토리이 류조(鳥居龍藏)가 1912년 7월호의 『동아지광(東亞之光)』에 「일한(日韓)에 분포된 미와야마(三輪山)의 전설」이란 논문을 발표한 이래 지금까지 비교적 많은 연구가 진행되어 왔다. 그중 이 설화의 전승(傳承) 경로에 대한 선배 학자들의 연구업적은 크게 네 가지 범주로 구별된다.

(1) 중국 북방에서 설화가 발생하여 한국과 일본에 전파되었을 것이다. 토리이 류조(鳥居龍藏, 1912년의 위의 논문에서 발표), 소재영(蘇在英, 「異類交媾考」, 1968), 오바야시 다료(大林太良, 「일본 신화와 조선 신화는 어떤 관계에 놓여 있을까」, 1977), 장덕순(張德順, 「韓國의 夜來者傳說과 일본의 三輪山傳說과의 比較」, 1982) 등의 설이다.
(2) 먼저 일본열도에서 생긴 후 한반도의 남부로 전해졌다. 손진태(孫晉泰, 「견훤식 전설」, 1947)의 견해이다.
(3) 중국 동남 연해지역에서 발생한 후 한국, 베트남, 일본 등지로 전해졌을 것이다. 종경문(鍾敬文, 「老獺稚型傳說的發生地」, 1934)이 제기하였다.
(4) 중국 북방의 유목민족 지역에서 발생하여 한반도와 일본으로 전해졌다. 김화경(金和經, 『한국 설화 연구』, 1987)의 설이다.

선배 학자들의 70여 년간의 연구 성과를 총괄적으로 검토해보면 '야래자' 설화의 전승 지역과 발생지, 전파 경로에 대한 고증에서 아직도 그 견해를 크게 좁히지 못하고 있으며 획기적인 돌파구를 찾지 못하고 있다.

필자는 본 논문에서 그들의 연구 성과에 기초하여 한반도, 중국대륙, 일본열도와 베트남, 몽골 등 동아시아 지역에 유전되고 있는 '야래자' 관계 설화를 더 폭넓게 다루면서 이 설화의 전승 지역과 발생지, 전파 경로, 변이(變異) 및 그에 반영된 가치관을 문화학적으로 조명해보고자 한다.

II. '야래자' 설화의 분포와 전승 지역의 확정

지금까지 조사·발굴된 야래자설화의 총수는 필자가 입수한 것만 해도 200여 편이 넘는다. 이것을 나라 혹은 지역 별로 열거해보면 아래와 같다.

1. 중국 대륙 26편

1) 문헌설화 7편

(1) 〈장방(張方)〉, 남조(南朝) 송(宋) 유경숙(劉敬叔)『이원(異苑)』권8에 수록. 441년 산서(山西) 광릉(廣陵)에서 발생한 설화, 저자는 5세기 사람.

(2) 〈천자의 터를 얻은 손견(孫堅得天子地)〉, 남조 송 유경숙『이원』권4에 수록, 절강 부춘(富春)에서 발생한 이야기.

(3) 〈제(齊) 지방 사람 조씨의 아들(齊人曹氏子)〉, 당(唐) 장독(張讀)『선실지(宣室志)』에 수록. 산서(山西) 임분(臨汾) 평양(平陽)에서 발생한 설화로, 저자는 9세기 대중(大中) 건부(乾符) 연간의 문인으로 하북 심현(深縣) 사람.

(4) 〈진양 동자사(晉陽童子寺)〉, 당 장독『선실지』에 수록. 태원(太原)에서 생긴 이야기.

(5) 〈설이낭(薛二娘)〉, 송(宋) 이방(李昉, 925~926) 등이 편찬한『태평광기(太平廣記)』권470 '수족류(水族類)'에 인용된『통유기(通幽記)』에 수록. 강소 회안(淮安)에서 발생한 이야기.

(6) 〈도원의 여귀(桃園女鬼)〉, 명(明) 축윤명(祝允明, 1460~1526)의『어괴(語怪)』에 수록. 절강 동려(桐廬)에서 발생한 이야기.

(7) 〈버드나무 정령 전설(柳樹精傳說)〉, 청(淸) 이조원(李調元, 1734~?)의『미자총담(尾蔗叢談)』권1에 수록.

2) 구전설화 19편

(1) 〈검은 옷 입은 소년이 밤에 규방에 찾아오다(黑衣少年夜晚闖入閨房)〉, 장창성(蔣昌聲) 기록. 절강성 해염(海鹽)에 전해오는 이야기.

(2) 〈송태조 출생 전설(宋太祖出生傳說)〉, 손가신(孫佳訊) 기록. 강소성 관운(灌雲)에 전해오며, 개명서점(開明書店)에서 출간한 『와와석(娃娃石)』에 수록.

(3)(4)(5) 〈조광윤 출생 전설(趙匡胤出生傳說)〉, 상적(象适), 유금(兪琴), 장립오(張立吳) 등 기록. 중국 동남 연해에 전해오며, 『이자장의 좋은 그림(李子長好畵)』(林培廬 編述), 『황충을 조문하다(弔黃忠)』 등 이야기 집에 수록.

(6)(7) 〈주원장 출생 전설(朱元璋出生傳說)〉, 상지항(象志恒), 무명씨(無名氏) 기록. 중국 동남 연해에 전해오며, 『황충을 조문하다(弔黃忠)』에 수록.

(8) 〈곽도 출생 전설(霍滔出生傳說)〉, 곽벽기(霍壁奇) 기록. 광동(廣東) 일대에 전해오며, 유만장(劉萬長)이 저술한 『광주 민간설화(廣州民間故事)』에 수록.[1]

(9) 〈인삼 요정이 꼬마 스님으로 변신하다(人參精變小僧)〉, 하북 완현(完縣)에 전해오며, 이등귀마(伊藤貴麿)의 『중국민화선(中國民話選)』에 수록.

(10) 〈거북 요정이 소년으로 변하다(龜精變少年)〉, 이등귀마(伊藤貴麿)의 『중국민화선』에 수록.[2]

(11) 〈하수오 정령(何首烏精)〉, 강소성 진강(鎭江), 단양(丹陽) 일대에 전해오며, 임란(林蘭)이 편술한 『세 개의 소원(三個愿望)』(1931)에 수록.[3]

(12) 〈삼나무 정령(杉樹精)〉, 담혜견(譚慧絹), 마소교(馬少僑) 구술, 철응

---

1) 중국에서 구전되고 있는 상기 (1)부터 (8)까지의 '야래자' 설화는 『鍾敬文民間文學論文集』, 下卷, 上海文藝出版社, 1985년, 132~133쪽 참조.

2) 중국에서 구전되고 있는 상기 (9), (10) 두 편의 '야래자' 설화는 伊藤貴麿 편, 일어판 『中國民話選』, 東京講談社, 1933년을 참조.

3) 『中國神怪故事』, 中國廣播電視出版社, 1996년, 346쪽 참조.

(鐵鷹) 기록(1991). 호남성 신북(新北)에 전해오는 이야기.[4]

(13) 〈조씨 천자와 양가장(趙家天子楊家將)〉, 장천정(張天庭) 구술, 장미태(張美太) 기록(1987). 절강성 여수(麗水)시에 전해오는 이야기.

(14) 〈수달 정령(水獺精)〉, 주호근(周浩根) 구술, 진재우(陳才宇) 기록. 절강성 부양(富陽)현에 전해오는 이야기.

(15) 〈자라 정령(鼈精)〉, 맹경정(孟慶定) 구술, 맹금표(孟錦標) 기록(1987). 절강성 제기(諸暨)현에 전해오는 이야기.

(16) 〈송아지가 주머니를 바꿔놓다(小牧牛調包)〉, 응관웅(應觀雄) 구술, 조목인(趙沐人) 채록 (1987). 절강성 제기(諸暨)현에 전해오는 이야기.[5]

(17) 〈한왕 전설(汗王傳說)〉, 김재권(金在權) 기록(1989). 길림성 용정(龍井) 삼합진(三合鎭) 및 토문강(圖們江) 유역에 전해오는 이야기.

(18) 〈한왕산의 이야기(汗王山的故事)〉, 김재권(金在權) 기록(1989). 길림성 용정(龍井) 삼합진(三合鎭) 및 토문강(圖們江) 유역에 전해오는 이야기.[6]

(19) 〈오랑캐령의 전설(五囊洽嶺的傳說)〉, 안화춘(安華春) 기록(1980년대). 길림성 용정(龍井)에 전해오는 이야기.

설화 (19)는 미발표작이므로 아래의 그 줄거리를 요약해서 적어둔다.

두만강 이북에는 오랑캐령이란 고개가 있는데 그 유래에 대해서 아래와 같은 이야기가 전한다. 이곳에는 원래 이좌수란 사람이 살고 있었는데 그에게는 과년한 딸이 하나 있었다. 밤마다 정체모를 사나이가 처녀의 방에 들어와 자고 갔다. 얼마 후 처녀는 태기가 있어 아버지에게 문초를 당하였다. 처녀는 자기가 당한 사실을 그대로 아뢰었다. 이좌수는 딸에게 밤에 찾아오는 그 사나이의 옷단에

4) 『中國神怪故事』, 中國廣播電視出版社, 1996년, 347쪽 참조.
5) 중국에서 구전되고 있는 '야래자' 설화 (13)부터 (16)까지는 『中國民間故事集成·浙江卷』, 中國ISBN중심, 1997년, 110~111쪽에 수록.
6) 길림 용정시 두만강 유역에서 채록한 두 편의 '야래자' 설화 <한왕 전설>과 <한왕산의 이야기>는 1989년 한국 주안교회 출판부에서 출판한 『圖們江龍井傳說集』 162~169쪽에 수록.

명주실을 꿴 바늘을 꽂으라고 명하였다. 다음날 아침 그 명주실을 따라가 보니 실마리가 늪에 들어가 있었다. 늪의 물을 다 파 던지고 보니 그 안에 바늘이 꽂힌 수달이 누워 있었다. 처녀는 만월이 되어 아들을 낳았는데 수달의 자식이라 하여 노라치라 불렀다. 수달은 워낙 짐승의 노린내가 나므로 입과 네 발톱에 다섯 개의 주머니를 해서 씌웠다. 그런 까닭으로 수달 부자가 드나들던 그 고개를 오랑(五囊)캐령이라 불렀다고 한다.

2. 한국 42편

1) 문헌설화 4편

(1) 〈견훤(甄萱)〉, 『신라고기(新羅古記)』(10세기 이전 성립)에 인용.

(2) 〈후백제 견훤(後百濟甄萱)〉, 일연(一然)의 『삼국유사』 권1 "기이(紀異)"(13세기 성립)에 수록.

(3) 〈귀신이 매일 밤 구슬을 찾다(鬼物每夜索明珠)〉, 『청구야담(靑邱野談)』 권1에 수록.

(4) 〈운연 실적(雲淵實迹)〉, 최기남(崔基南) 기록(1908).[7]

2) 구전설화 38편

(1) 〈노화적 출생 전설(老花赤出生傳說)〉, 함경북도 회령(會寧)에 전해오며, 토리이 류조(鳥居龍藏)가 조사하여 1912년 『동아지광』에 실림.

(2) 〈노라치 출생 전설(老獺稚出生傳說)〉, 회령에 전해오며, 학파한인(鶴波閑人)이 조사하여 1926년 『동아일보』에 실림.

(3) 〈노라치(老獺稚)〉, 함경북도 회령에 전해오며, 김능근(金能根) 구술, 최상수(崔常壽)가 1939년 조사, 『한국 민간 전설집』(1958, 통문서관)에 수록.

(4) 〈천자검을 얻은 한왕(汗王得天子劍)〉, 회령에 전해오며, 채관석(蔡寬

---

7) 『鍾敬文民間文學論文集』, 下卷, 上海文藝出版社, 1985년, 132～133쪽.

石) 구술, 임석재(任晳宰) 조사, 『한국 민속 종합 조사 보고서』(1981)에 수록.

(5) 〈천자검을 얻은 한왕(汗王得天子劍)〉, 회령에 전해오며, 김성덕(金成德) 구술, 임석재(任晳宰) 조사, 『한국 민속 종합 조사 보고서』(1981)에 수록.

(6) 〈광적사의 왕거미(廣積寺的大蜘蛛)〉, 함경북도 성진(城津)에 전해오며, 토리이 류조(鳥居龍藏)가 조사하여 1912년 『동아지광』에 실림.

(7) 〈광적사의 왕거미(廣積寺的大蜘蛛)〉, 함경북도 성진(城津)에 전해오며, 학파한인(鶴波閑人)이 조사하여 1926년 『동아일보』에 실림.

(8) 〈광적사의 왕거미(廣積寺的大蜘蛛)〉, 함경북도 성진(城津)에 전해오며, 이인주(李仁珠) 구술, 최상수(崔常壽)가 1936년 조사, 『한국 민간 전설집』에 수록.

(9) 〈종소리와 뱀(鐘聲與蛇郎)〉, 평안남도 평양에 전해오며, 이종복(李鐘復) 구술, 최상수(崔常壽)가 1936년 조사, 『한국 민간 전설집』에 수록.

(10) 〈채씨소(蔡氏沼)〉, 강원도 평강(平崗)에 전해오며, 김종원(金鐘元) 구술, 최상수(崔常壽)가 1936년 조사, 『한국 민간 전설집』에 수록.

(11) 〈횡성녀(橫城女)〉, 강원도 횡성(橫城)에 전해오며, 김중원(金重遠) 구술, 최상수(崔常壽)가 1936년 조사, 『한국 민간 전설집』에 수록.

(12) 〈올량하의 유래(兀良哈的由來)〉, 경기도 의정부에 전해오며, 이항훈(李恒勛) 구술, 조희웅(曹喜雄)이 1980년 조사, 『한국구비문학대계』(1-4)(1981)에 수록.

(13) 〈조계룡 출생 전설(趙繼龍出生傳說)〉, 경기도 여주에 전해오며, 이원복(李元福) 구술, 서대석(徐大錫)이 1979년 조사, 『한국구비문학대계』(1-2)에 수록.

(14) 〈초립동(草笠童)〉, 충청북도 중원(中原)에 전해오며, 김영배(金英培) 구술, 김영진(金永振)이 1979년 조사, 『한국구비문학대계』(3-1)에 수록.

(15) 〈계족산의 지렁이 왕(鷄足山的蚯蚓王)〉, 충청북도 충주에 전해오며, 김화영(金和英) 구술, 김영진(金永振)이 1979년 조사, 『한국구비문학대계』

(3-1)에 수록.

(16) 〈밤에 온 뱀(夜來的蛇郎)〉, 충청남도 영기(永基)에 전해오며, 장덕순(張德順) 조사, 그의 책『한국 민간설화 연구』에 수록.

(17) 〈밤에 온 삼(夜來的蔘郎)〉, 충청남도 대덕에 전해오며, 윤민여(尹民女) 구술, 박계홍(朴桂洪)이 1980년 조사,『한국구비문학대계』(4-2)에 수록.

(18) 〈남지(南池)〉, 충청남도 부여에 전해오며, 이윤의(李潤儀) 구술, 최상수(崔常壽)가 1936년 조사,『한국민간전설집』에 수록.

(19) 〈동삼(童蔘)〉, 전라북도 금산에 전해오며, 정병기(鄭炳基) 구술, 손진태(孫晉泰)가 1926년 조사, 1927년『신민(新民)』잡지에 실림.

(20) 〈동삼(童蔘)〉, 전라북도 금산에 전우며, 김동필(金東弼) 구술, 최상수(崔常壽)가 1941년 조사,『한국민간전설집』에 수록.

(21) 〈죽림의 지렁이(竹林裏的蚯蚓)〉, 전라북도 전주에 전해오며, 이철수(李哲洙) 조사, 1967년『전주야사(全州野史)』에 실림.

(22) 〈견훤 출생 전설(甄萱出生傳說)〉, 전라북도 남원에 전해오며, 임모상(任模尙) 구술, 최래옥(崔來沃)이 1979년 조사,『한국구비문학대계』(5-1)에 수록.

(23) 〈지렁이의 아들(蚯蚓的兒子)〉, 전라남도 광주에 전해오며, 견운룡(甄雲龍)이 이야기 하고, 최상수(崔常壽)가 1934년 조사,『한국 민간 전설집』에 수록.

(24) 〈견훤의 출생지(甄萱的出生地)〉, 경상북도 문경에 전해오며, 동중교(董仲喬) 구술, 유증선(柳增善)이 1966년 조사, 1966년『영남 전설』에 기록.

(25) 〈염산의 지렁이(鹽山裏的蚯蚓)〉, 경상북도 영덕에 전해오며, 조유란(趙有蘭) 구술, 임재해(林在海)가 1980년 조사,『한국구비문학대계』(7-6)에 수록.

(26) 〈조씨 묘지 전설(曹氏墓地傳說)〉, 경상북도 월성에 전해오며, 이석준(李碩俊) 구술, 조동일(趙東一)이 1979년 조사,『한국구비문학대계』(7-1)에

수록.

　(27) 〈강원 홍천 윤씨의 사위(江原洪川許氏之婿)〉, 경상남도 거창에 전해
오며, 이산균(李山均) 구술, 최정여(崔正如)가 1980년 조사, 『한국구비문학
대계』(8-5)에 수록.

　(28) 〈밤에 온 뱀(夜來的蛇郎)〉, 경상남도 동래에 전해오며, 박씨부인(朴
氏夫人) 구술, 손진태(손진태)가 1923년 조사, 일본판 『조선민담집』(1930)에
수록.

　(29) 〈바늘 꼽힌 백사(被針刺的白蛇)〉, 경상남도 동래에 전해오며, 김영조
(金永祚) 구술, 최상수(崔常壽)가 1929년 조사, 『한국 민간 전설집』에 수록.

　(30) 〈김통정 출생 전설(金通精出生傳說)〉, 제주도에서 전해오며, 강태인(姜
太仁) 구술, 현용준(玄容駿)이 1975년 조사, 『제주도 전설집』(1976)에 수록.[8]

　(31) 〈청태조의 부친 전설(記淸太祖之父傳說)〉, 함경북도 경흥(慶興) 노
일(盧鎰) 기록, 1930년 이마니시 류(今西龍)가 제공.

　(32) 〈청태조 아버지 누르하치의 이야기(淸太祖汗之父努爾哈齊故事)〉,
1930년 이마니시 류(今西龍)가 제공.

　(33) 〈누르하치의 신화(努爾哈齊神話)〉, 1930년 이마니시 류(今西龍)가
제공.

　(34) 〈누르하치의 부친 전설(老努爾哈齊之父底傳說)〉, 1930년 이마니시
류(今西龍)가 제공.

　(35) 〈올량하 전설(兀良哈傳說)〉, 1930년 이마니시 류(今西龍)가 제공.

　(36) 〈청실 [9]조상 전설(淸室祖先傳說)〉, 1930년 이마니시 류(今西龍)가
제공.

---

8) 한반도에서 구전으로 전승되고 있는 '야래자' 설화 (1)부터 (30)까지는 金和經, 『한국설화
　의 연구』(嶺南大學出版部, 1987년)를 참조.
9) 한반도의 '야래자' 설화 (31)부터 (38)까지는 鍾敬文의 논문 〈老獺稚型傳說的發生
　地〉(1934) 참조.

(37) 〈만주 시조 출생 설화(滿州始祖出生故事)〉, 1930년 이마니시 류(今西龍)가 제공.

(38) 〈올량하 시조 전설(兀良哈始祖傳說)〉, 1930년 이마니시 류(今西龍)가 제공.

3. 일본열도 140편

1) 문헌설화 6편

(1) 〈미와야마(美和山)〉, 오노 야스마로(太安萬侶)가 지은 『고사기(古事記)』 중권 "숭신천황(崇神天皇)"조(713년).

(2) 〈저묘(箸墓)〉, 사인친왕(舍人親王)이 지은 『일본서기(日本書記)』 권5, "숭신천황(崇神天皇)"조(720년).

(3) 〈니루리야(丹涂矢)〉, 오노 야스마로(太安萬侶)가 지은 『고사기(故事記)』 중권 "신무천황(神武天皇)"조(713년)에 수록.

(4) 〈오도히히메꼬(弟日姬子)〉, 『히노미찌노구니 풍토기(肥前國風土記)』 "송포군 습진봉(松浦郡褶振峰)"조(17세기)에 수록.

(5) 〈야마도도도히메(倭迹迹媛)〉, 『만엽집 주석(萬葉集注釋)』 권1 (17세기)에 수록.

(6) 〈구레후시노야마 신사(哺時臥之山神社)〉, 『히다찌노구니 풍토기(常陵國風土記)』 "나까노고호리(那賀郡)"조(17세기)에 수록.

2) 구전설화 134편

(1) 〈밤마다 숲속에 찾아오는 젊은 남자〉 (沖繩縣 某地).

(2) 〈홍건을 쓴 남자〉 (沖繩縣 宜野灣市).

(3) 〈슈리(首里)의 뱀미녀〉 (沖繩縣 那霸市).

(4) 〈비늘이 붙어있는 미남자〉 (鹿兒島縣 鹿兒島市).

(5) 〈천마리 새끼를 잉태시킨 뱀 남자〉(鹿兒島縣 薩摩郡 上甑島).

(6) 〈홍건을 쓴 남자〉(鹿兒島縣 大島郡喜界島).

(7) 〈절구 속에 들어가 바늘 먹고 죽은 뱀〉(鹿兒島縣 大島郡 喜界島).

(8) 〈굴속에서 사는 남자〉(鹿兒島縣 大島郡 沖永郎部島).

(9) 〈사미센을 켜는 남자〉(鹿兒島縣 大島郡 與論島).

(10) 〈영주〉(大分縣 竹田市).

(11) 〈우전희(宇田姬)〉(大分縣 大野郡).

(12) 〈용자연(龍子淵)에서 태어난 세 용사〉(大分縣 某地).

(13) 〈뱀의 후예〉(熊本縣 熊本市).

(14) 〈어린이 명절의 유래〉(熊本縣 熊本市).

(15) 〈변신한 남자〉(長崎縣 壹岐郡).

(16) 〈선현악(善賢岳) 동굴 속에 사는 뱀여인〉(長崎縣 南高來郡).

(17) 〈용소(龍沼)에 사는 뱀 남자〉(長崎縣 下縣郡).

(18) 〈매일 밤 부자집 딸을 찾아오는 미남자〉(佐賀縣 佐賀郡).

(19) 〈뱀딸기〉(佐賀縣 佐賀郡).

(20) 〈개구리 쫓던 뱀〉(佐賀縣 杵島郡).

(21) 〈여자가 명절 술 마시게 된 유래〉(高知縣 土佐郡).

(22) 〈만(萬)에게 다녀간 남자〉(高知縣 高岡郡).

(23) 〈금속을 금기하는 약등지(若藤池)〉(高知縣 中村市).

(24) 〈용아들을 낳은 박운희(薄雪姬)〉(愛媛縣 西條市).

(25) 〈젊은 남자로 변신한 뱀〉(愛媛縣 北宇和郡).

(26) 〈갓난아이가 술을 마시다〉(愛媛縣 北宇和郡).

(27) 〈뱀 남자에게 물려죽은 촌장의 딸〉(愛媛縣 北宇和郡).

(28) 〈뱀이 변신한 남자〉(愛媛縣 北宇和郡).

*(29) 〈딸의 옷자락에 실을 매어 정체를 확인〉(愛媛縣 北宇和郡).

(30) 〈부자집 딸에게 세 개의 상자를 준 뱀 남자〉(香川縣 丸龜市).

(31) 〈무사〉 (香川縣 三豊郡 志志島).

(32) 〈뱀 새끼를 가득 낳은 처녀〉 (德島縣 三好郡).

(33) 〈할머니를 찾아온 할아버지 모습의 뱀 남자〉 (德島縣 麻直郡).

(34) 〈남자로 변신한 큰 뱀〉 (德島縣 麻直郡).

(35) 〈뱀으로 변신한 야래자〉 (德島縣 勝浦郡).

(36) 〈차거운 것이 나타나 딸과 접촉〉 (德島縣 那賀郡).

(37) 〈새우못(海老池)〉 (德島縣 海部郡).

(38) 〈바느실을 꿰여 난을 피하다〉 (山口縣 長門市).

(39) 〈뱀이 남자로 변신〉 (山口縣 長門市).

(40) 〈남자의 가슴에 바늘을 꽂다〉 (山口縣 大島郡).

(41) 〈남자가 바늘 독에 죽다〉 (山口縣 大島郡).

(42) 〈뱀이 멋있는 남자로 변신〉 (廣島縣 山口郡).

(43) 〈딸도 죽고 변신한 뱀도 죽다〉 (廣島縣 比婆郡).

(44) 〈바늘을 남자의 머리에 꽂다〉 (廣島縣 比婆郡).

(45) 〈딸이 뱀의 알을 가득 낳다〉 (岡山縣 岡山市).

(46) 〈처녀가 술을 마시어 해악을 모면하다〉 (岡山縣 岡山市).

(47) 〈남자의 모자에 바느실을 꽂다〉 (岡山縣 眞庭市).

(48) 〈부자집 딸이 뱀 새끼를 낳다〉 (島根縣 松江市).

*(49) 〈처녀가 결혼을 하고 모시를 따라 뱀굴로 들어가다〉 (島根縣 仁多那).

(50) 〈뱀 남자에게 시집간 외동딸도 뱀이 되다〉 (島根縣 隱岐縣).

*(51) 〈어희룡(御姬瀧) 연기남〉 (和歌山縣 日高郡).

(52) 〈이쿠타마요리히메(活玉依姬)와 미와야마 신사〉 (奈良縣 櫻井市).

(53) 〈백만장자의 딸을 임신시킨 젊은 무사〉 (兵庫縣 揖保郡).

(54) 〈미녀와 미남〉 (京都府 竹野郡).

*(55) 〈어린 여자(小女郎)〉 (三重縣 熊野市).

(56) 〈창포물에 목욕하여 새끼를 떨구다〉 (靜岡縣 賀茂郡).

(57) 〈무사의 팔꿈치에 바느실을 꽂다〉 (靜岡縣 富士市).

(58) 〈칠관촌(七鹽村)〉 (靜岡縣 靜岡市).

(59) 〈천대희(千代姬)와 구지기(久志氣) 신사〉 (靜岡縣 靜岡市).

(60) 〈연꽃의 지킴〉 (靜岡縣 靜岡市).

(61) 〈고가시라(木枯森)〉 (靜岡縣 靜岡市).

(62) 〈무사〉 (靜岡縣 小笠郡).

(63) 〈옹이구멍으로 들어온 남자〉 (靜岡縣 磐田郡).

(64) 〈여자가 창포물에 목욕하게 된 원인〉 (岐阜縣 某地).

(65) 〈뱀 새끼를 떼고 좋은 곳에 시집가다〉 (岐阜縣 大野郡).

(66) 〈촌장의 딸〉 (岐阜縣 大野郡).

(67) 〈오사요와 밀회하는 젊은이〉 (岐阜縣 大野郡).

(68) 〈뱀이 변신하여 요바이로 오다〉 (岐阜縣 大野郡).

(69) 〈남자로 변신한 뱀이 딸에게 홀려 부부가 되다〉 (岐阜縣 大野郡).

(70) 〈산돼지와 지킴의 모습으로 나타난 부자(父子)〉 (長野縣 下伊那郡).

(71) 〈창포와 쑥물에 목욕하여 뱀 새끼를 떼다〉 (長野縣 下伊那郡).

(72) 〈창포와 쑥물을 먹고 뱀 새끼를 낳다〉 (長野縣 上伊那郡).

(73) 〈창포물에 목욕하여 뱀 새끼를 낳다〉 (長野縣 北安曇村).

(74) 〈학이 노는 련못〉 (長野縣 北安曇村).

(75) 〈연못지킴의 아들이 처녀에게 다녀가다〉 (長野縣 北安曇村).

(76) 〈장원지(長原池)의 지킴〉 (長野縣 北安曇村).

(77) 〈부부못의 뱀〉 (長野縣 北安曇村).

(78) 〈젊은 신부와 동침한 뱀 남자〉 (長野縣 北安曇村).

(79) 〈뱀을 죽이고 제사를 지내다〉 (長野縣 南佐久郡).

*(80) 〈대력사(大力士) 산천소태랑(山泉小太郎)의 출생담〉 (長野縣 山縣郡).

*(81) 〈소의 지킴이 여자로 변신하다〉 (長野縣 山縣郡).

(82) 〈창포물에 목욕하여 새끼를 떼다〉 (山梨縣 西八大郡).

(83) 〈개구리가 여자를 구제하다〉 (山梨縣 西八大郡).

(84) 〈소사산(小蛇山)〉 (福井縣 吉田郡).

(85) 〈차가운 남자〉 (福井縣 遠敷郡).

(86) 〈뱀모자(母子)〉 (福井縣 遠敷郡).

(87) 〈짧은 소매달린 홑옷 입은 남자〉 (福井縣 遠敷郡).

(88) 〈인연을 맺는 수건〉 (石川縣 鳳至郡).

(89) 〈목소리만 들리는 정체모를 사나이〉 (石川縣 鳳至郡).

(90) 〈대력사(大力士) 오십람소문(五十嵐小文)의 출생담〉 (新潟縣 南蒲原郡).

(91) 〈겨드랑이에 비늘이 세 개 달린 장수〉 (新潟縣 南蒲原郡).

(92) 〈겨드랑이에 비늘이 세 개 달린 장수〉 (新潟縣 南蒲原郡).

(93) 〈오십람문치(五十嵐文治)의 출생담〉 (新潟縣 見附市).

(94) 〈삼실을 옷자락에 꿰매다〉 (新潟縣 糸魚川市).

(95) 〈뱀이 변신하여 신랑으로 나타나다〉 (新潟縣 佐渡郡).

(96) 〈뱀 모자의 비밀〉 (新潟縣 佐渡郡).

(97) 〈못을 연못에 꽂아두니 큰 뱀이 떠오르다〉 (新潟縣 櫪尾市).

(98) 〈마몰 모자의 비밀이야기〉 (新潟縣 櫪尾市).

(99) 〈몸이 차가운 귀인〉 (新潟縣 西蒲原郡).

(100) 〈몸이 차가운 남자〉 (新潟縣 西蒲原郡).

(101) 〈무사로 변신한 뱀〉 (新潟縣 西蒲原郡).

(102) 〈연못의 지킴이 무사로 변신〉 (新潟縣 西蒲原郡).

(103) 〈남자의 예복어깨에 바느실을 꿰매다〉 (新潟縣 三島郡).

(104) 〈처녀를 요구하는 젊은 남자〉 (埼玉縣 狹山市).

(105) 〈十束이 개구리의 도움으로 목숨을 구제〉 (群馬縣 利根郡).

(106) 〈바늘에 찔려죽은 백사〉 (群馬縣 勢多郡).

(107) 〈창포물에 목욕하여 새끼를 낳다〉 (櫪木縣 芳賀郡).

(108) 〈창포물에 목욕하여 죽은 새끼를 낳다〉 (福島縣 이와끼市).

(109) 〈창포물을 마시고 새끼를 떼다〉(福島縣 相馬市).

(110) 〈창포물을 마시고 구제되다〉(福島縣 相馬市).

(111) 〈창포물을 마시고 구제되다〉(福島縣 相馬市).

(112) 〈승려의 도움으로 뱀의 정체를 알다〉(山形縣 最上郡).

(113) 〈명절 술로 뱀 새끼를 떼다〉(山形縣 新庄市).

(114) 〈콩 졸인 물에 죽은 대구〉(宮城縣 氣仙沼市).

(115) 〈뱀 지장보살의 유래담〉(宮城縣 氣仙沼市).

(116) 〈신부가 창포물에 목욕하자 신랑이 정체를 드러내다〉(宮城縣 鹽釜市).

(117) 〈창포물에 목욕하여 뱀 새끼를 떼다〉(宮城縣 玉造郡).

(118) 〈창포물에 목욕하여 액을 물리치다〉(宮城縣 桃生郡).

(119) 〈뱀 새끼를 떼고 뱀의 무덤을 만들다〉(宮城縣 本吉郡).

(120) 〈뱀은 죽고 아이는 위대한 승려가 되다〉(岩手縣 二戶郡).

(121) 〈무사로 변신한 뱀〉(岩手縣 二戶郡).

(122) 〈오래 묵은 뱀장어〉(岩手縣 二戶郡).

(123) 〈남자로 변신한 두꺼비〉(岩手縣 二戶郡).

(124) 〈무사로 변신한 대구〉(岩手縣 一關市).

(125) 〈수은으로 뱀 새끼를 죽이다〉(岩手縣 遠野市).

(126) 〈바늘에 눈을 찔린 뱀〉(岩手縣 遠野市).

(127) 〈뱀 남자에게 수수경단을 먹여 징벌〉(岩手縣 遠野市).

(128) 〈999일째 밤에 국화 술을 먹이니 뱀이 현신하다〉(岩手縣 遠野市).

(129) 〈뱀 남자는 죽고 아이는 위대한 사람이 되다〉(岩手縣 遠野市).

(130) 〈바느실을 남자의 옷자락에 꿰매다〉(岩手縣 東磐井郡).

(131) 〈바늘로 뱀 남자를 죽이고 창포 술로 새끼를 떼다〉(青森縣 西津輕郡).

(132) 〈남자로 변신한 갈대의 모충〉(青森縣 三戶郡).

(133) 〈잉태한 할머니가 창포물로 뱀 새끼를 떼다〉(青森縣 三戶郡).

(134) 〈머슴이 주인의 딸을 구하다〉 (青森縣 三戶郡.)[10]

4. 베트남 문헌설화 1편

(1) 〈정부령 전설(丁部領傳說)〉, 베트남 『공여첩기(公餘捷記)』 권5에 수록.[11]
이 설화의 주요한 모티프를 요약하면 다음과 같다. (a) 환주(歡州) 자사
(刺史)의 소첩이 늪가에서 빨래하다가 수달과 교합하여 아들 정부령(丁部
領)을 낳았다. (b) 정부령이 외인의 도움으로 물속에 있는 신마(神馬)를 발
견하고 아버지의 유골을 그의 배속에 안장한다. (c) 정부령이 외인이 선물
한 신검(神劍)을 얻어 천하를 평하고 선황(先皇)이 된다.

5. 몽골 문헌설화 1편

(1) 〈징키스칸 10대조 뼈단차얼의 출생전설(成吉思汗十代祖勃端察爾出
生傳說)〉, 1662년 『몽골원류(蒙古源流)』에 실림. (1777년 몽골어에서 중국어
로 번역)
이 전설은 '야래자'형 설화와 데릴사위제 혼속(婚俗)이 반영된 소중한 자
료이므로 아래에 그 내용의 전문을 싣는다.

드디어 그 아우 뭐버무얼건은 아내를 맞이하여 뼈러꺼투어이와 뼈건터이 두
아들을 낳았다. 뭐버무얼건이 죽은 다음에, 그 부인 알룽꾸어하둔은 매일 밤 꿈
을 꾸었는데, 아주 훌륭하게 생긴 한 남자가 와서 잠자리를 함께 하고 날이 바야
흐로 밝아오면 곧 일어나서 달아나는 것이었다. 그래서 그녀는 그 사실을 동서
와 하인들에게 알리었다.

---

10) 일본열도에서 전승되고 있는 상기 구전설화 134편은 김화경의 『한국설화의 연구』 자료편
　　을 참조하였다. 작품의 제목은 편의를 도모하여 필자가 달아놓은 것이고 *부호를 단 설화
　　는 남자 대신 여자의 몸에 바늘실이나 모시를 꿰맨 특수한 실례들이다.
11) 『鍾敬文民間文學論文集』, 下卷, 上海文藝出版社, 1985년, 134～135쪽에 중국어 역문이
　　인용되어 있다.

이와 같은 일이 오래 계속되자, 드디어 뿌꾸허타지와 뻐꺼뙤사러치꾸, 뻐단차얼 등 세 사람을 낳아서 장성하게 되었다. 남의 말을 좋아하는 사람들이 중상하기를 "자고로 과부가 아이를 낳을 리는 없는 것인 즉, 그 남편의 동서인 마허지가 언제나 그 집을 드나들었으니 아마도 그 사람일 것이다."라고 하였다. 이에 뻐러꺼투어이와 뻐껀터이 두 사람도 드디어 그 어머니를 의심하게 되었다.

알룽꾸어하둔은 그 아들들에게 화살 한 개를 주면서 꺾어 보라고 하였다. 그러자 그들은 그것을 꺾어서 던져 버렸다. 드디어 다섯 개의 화살을 주면서 한꺼번에 꺾어 보라고 명하였더니, 마침내 꺾지를 못하고 말았다. 그 어머니가 이르기를 "너희들 두 사람은 옆 사람들의 말을 잘못 듣고 나를 의심한 것이다"라고 하면서, 인하여 꿈속의 정사를 이야기하였다. 또 이르기를 "너희들의 이 세 동생은 하늘이 낸 아들들이다. 너희들 다섯 형제들이 만약에 서로 좋게 지내지 아니하고 각기 그 행동을 달리한다면, 곧 앞에서의 한 개의 화살과 같아서 형세가 고립되어 상처를 입게 될 것이다. 하지만 만약에 같이 행동한다면, 나중의 다섯 개의 화살과 같아서 세력이 불어 상처를 입지 않을 것이다"라고 하였다.

6. 남슬라브족 구전설화 1편

(1) 〈실타래로 조사한 남자의 본 모습(穿苧絲査明男子的原形)〉

일본 학자 다카키 도시오(高木敏雄)는 「미와야마(三輪山)식 신혼설화에 관하여」란 논문에서 클라우스의 저서『남슬라브족의 전설과 동화』에 수록된, 실타래를 이용하여 남자의 정체를 파악하는 이야기를 인용하였는데 그 대의는 이러하다.

죽은 영혼에게 홀린 처녀가 정체를 알 수 없는 연인과 동침한다. 연인의 사는 곳을 알아내기 위해 그 남자의 의복 단추에 모시실을 달아맨다. 날이 밝은 뒤에 그 실을 이용하여 남자의 사는 곳을 알아낸다.

이 이야기는 동아시아의 야래자형설화와 같은 내용의 설화였다고 보기는 어려우나 실타래를 이용하여 남자의 정체를 알아냈다는 점만은 서로 공통된다.

III. '야래자' 설화의 기본형, 확장형, 복합형과 국제 및 동아시아 인근 민족 민담유형분류표에서의 자리매김

제Ⅱ부분에서 열거한 중국, 한국, 일본, 베트남, 몽골을 중심으로 한 동아세아 지역의 '야래자' 관계 설화는 무려 210여 편이 된다. 물론 이 숫자는 극히 불완전한 통계에 기초한 것이므로 실지 민간에서 구승되고 있는 이 유형의 설화는 이에 비해 훨씬 더 많을 수도 있다. 상기 '야래자' 설화들을 형태적으로 살펴보면 크게 기본형, 확장형과 복합형 세 가지로 나뉘어진다.

1) 기본형(단순 '야래자'형)

기본형은 야래자의 신분확인을 근간으로 하고 있는바 대체로 다음과 같은 7개 모티프(단락소)로 구성되었다.

(1) 결핍: 주인공은 결혼할 나이가 된 여자다.
(2) 결합: 밤이면 정체모를 남자가 찾아와 주인공과 동침한다.
(3) 시련: 주인공은 임신한다.
(4) 수단의 획득: 부모가 남자의 정체를 파악하기 위한 방책을 강구한다.
(5) 시련의 제거: 주인공이 남자의 옷에 실을 꿴 바늘을 꽂아둔다.
(6) 분리: 실을 따라가 남자의 정체를 파악하고 주인공은 자연히 분리가 된다.
(7) 결핍의 제거: 주인공이 출산하여 제2주인공(아들)을 낳는다.

이상은 던디스의 "모티프 조직 결합론"을 참고하여 분석한 것으로서, 야래자설화의 기본형은 '결핍'의 모티프에서 시작하여 '결합'과 '시련'의 순으로 전개되어 '수단의 획득'이라는 전환점에 도달한 다음 역의 순으로 발전하면서 '시련의 제거', '분리', '결핍의 제거'등 개선된 상태로 끝낸다.

위에서 수집한 '야래자'형(夜來者型) 설화 가운데 상당수가 이 패턴에 포함된다. 예를 들어 〈장방〉(南朝 宋 劉敬叔의『異苑』권8), 〈제(齊) 지방 사람

조씨의 아들〉(唐 張讀『宣室志』), 〈설이낭〉(宋 李昉『太平廣記』권470 '水族類'에서 인용한『通幽記』), 〈미와야마〉(日本 太安萬侶『故事記』卷中), 〈저묘〉(日本 舍人親王『日本書記』권5), 〈니루리야〉(日本 太安萬侶『故事記』卷中), 〈후백제 견훤〉(高麗 一然『三國遺事』권1) 등의 설화는 모두 이러한 단순 기본형이다.

남조 송의『이원(異苑)』권8에 실린 장방(張方)의 딸 장도향(張道香)의 이야기는 다음과 같다.

송(宋) 원가(元嘉) 18년, 광릉(廣陵) 하시현(下市縣)의 사람 장방(張方)에게 딸 장도향(張道香)이 있었는데, 남편이 북방으로 떠나는 것을 배웅나갔다가 날이 저물어 사당문 아래에서 묵었다. 밤에 어떤 괴이한 물체가 그의 남편인 척 하며 들어 와서 말했다. "정을 버리고 가기가 매우 어려워서, 바로 갈 수가 없었소." 장도향은 이때 정신이 혼미해져서 쓰러지고 말았다. 당시 해릉(海陵)에 왕찬(王纂)이란 사람이 있었는데 삿됨을 물리칠 수 있었다. 장도향이 귀신에 홀린 것으로 보고 치료하려 하였다. 그가 침을 놓기 시작하자 그녀 안에 있던 한 마리 수달이 나와서는 바다로 뛰어 들어버렸고, 장도향의 병도 치유되었다.

이는 현재까지 볼 수 있는 '야래자' 전설 가운데 최초의 문헌 기록이다.

당나라 때의『선실지(宣室志)』에 기록된 〈제(齊) 지방 사람 조씨의 아들〉에 관한 설화는 앞에 소개된 이야기에서 한 단계 발전된 구조를 가지고 있다.

평양(平陽) 사람 장경(張景)은 활쏘기를 잘하여, 평양군의 비장(裨將)이 되었다. 장경에게는 딸이 하나 있었는데, 열일곱 여덟으로 지혜가 뛰어나고 총명하여 부모들의 사랑을 한 몸에 받았다. 딸은 부모의 방 옆에 거주하고 있었는데, 어느 날 밤 그의 딸이 침실에서 혼자 있으며 아직 잠들지 못하였을 때였다. 어느 순간 홀연히 문이 삐걱거리더니, 잠시 후 남자가 들어오는 게 보였다. 흰옷을 입고 살이 쪘는데 여자의 평상에 몸을 기대었다. 여자는 도적인가 두려워 감히 쳐다보지도 못하였다. 흰옷 입은 사람은 가까이 다가와 웃자 여자는 더욱 두려워하며 요괴인가 생각되어 말하였다. "당신은 도적이오? 아니면 이물(異物)이오?" 흰옷 입은 사람이 웃으며 말했다. "그대는 내가 도적이라고 했는데 잘못 보았소, 나를 이물이라 했는데 너무 심하지 않소? 나는 본래 제(齊) 지방 사람으로 조씨(曹氏)의 아들이오. 『시경』에서 말했듯이 '나의 아름다운 풍모와 행동을 그대만 어찌 모르오?' 그대는 비록 나를 거부하지만 난 그대의 집에 깃들어 살 뿐이오." 말을 마치자 평상에 몸을 기대더니 잠들었다. 여자는 그를 싫어하였지만 감히 엿보지 못하였는데, 새벽이 되니 떠나갔다. 다음날 밤 그 사내는 또 찾아 왔고, 여인은 두려움이 커져 다음날 사실을 부친에게 말하였다. 아버지는 필시 요괴라 여기고, 금바늘 끝에 실을 꿰고 끝을 예리하게 하여 딸에게 주면서 말하였다. "괴물이 오거든 이것으로 찔러라." 그날 밤 사내는 또 찾아왔고, 여인이 일부러 좋은 말로 유인하자, 괴물은 말을 잘 하였다. 한밤중에 여인이 바늘로 몰래 그 목을 찌르자 괴물은 놀라서 소리를 지르며 실을 이끌며 달아났다. 다음날 아침 아버지에게 이 사실을 말하고 시동에게 그 흔적을 찾게 하니, 집밖 수십여 장 떨어진 고목(古木) 아래의 동굴 속에 그 실이 이어져 있었다. 안을 살펴보니 깊이가 수척인데 안에는 약 한 척 크기의 굼벵이 한 마리가 앉아있고 그 목에 침이 찔려 있었다. 아마도 제 지방의 조씨의 아들이리라. 장경이 이를 죽이니 이후로 더 이상 나타나지 않았다.

위의 두 이야기는 '결핍', '결합', '시련', '수단의 획득', '시련의 제거', '분리' 등 6개의 모티프를 가지고 있으나, 일곱 번째 모티프인 주인공의 아들 낳기 과정은 나오지 않았다. 8세기의 일본 문헌 『고사기(古事記)』에 수록된 〈미와야마(美和山)〉는 일곱 번째 모티프를 가지고 있는데, 내용은 다음과 같다.

오호타타네코(意富多多泥古)는 사람들이 신의 아들로 알고 있다. 천황이 말한 이쿠타마요리히메(活玉依毗賣)는 용모가 단정하고 아름다웠다. 그 여인에게는 매일 밤 매우 건강하고 기품 있는 사내가 한밤중에 찾아와서 관계를 가졌다. 그 미인은 그 남자와 함께 산지 얼마 지나지 않아 회임을 하게 되었다. 부친과 모친은 딸의 회임을 이상이 생각하고 물어 보았다."어찌하여 남편도 없는 처녀가 임신을 하게 되었느냐?" 그러자 딸이 대답하였다. "매일 밤 건강하고 멋진 이름 모를 남자가 찾아와서 함께 지냈고, 자연히 회임을 하게 되었습니다." 부모는 그 사람이 누구인지 궁금해 하여 딸에게 말하였다. "붉은 흙을 땅바닥에 뿌려놓고 바늘에 긴 실을 꿰어서 그 남자의 옷자락에 꽂아라." 딸이 그렇게 하고나서 이튿날 아침 그 실이 있는 곳을 따라가 보니 어떤 동굴로 통하였으며, 그 동굴의 끝으로 계속 나아가자 미와야마의 신사(神社)에 도착하였고, 그 남자가 신의 아들임을 알게 되었다.

이는 비교적 완정하게 단순 '야래자'형(夜來者型) 설화의 기본 형식을 갖춘 설화이다. 〈니루리야(丹涂矢)〉 역시 유사한 줄거리이나 여주인공 '세야다타라히메(勢夜陀多良比賣)'는 평민에서 아름다운 황후로 승격되고, 남주인공 '오호모노누시(大物主神)'는 붉은 화살로 변하여 미녀의 '대변의 통로(大便之溝)'를 따라 그 음문(陰門)을 찌르고, 이에 놀란 미녀가 붉은 화살을 침대 옆에 두자 붉은 화살은 즉시 영준(英俊)한 남자로 변하였으며, 남자와 미녀가 결혼하여 '후토타타라 이스케요리(富登多多良伊須枝比賣)'를 낳는다. 전체 이야기는 변화가 풍부하며 무사도의 정신을 체현하고 있다. 이 설화에는 민족적 특색이 강하게 살아 있지만, 대신 한밤중에 규방에 침입한다거나 시련을 이긴다는 등의 대목은 빠져 있다.

10세기에 나온 〈후백제왕 견훤〉 설화는 비록 글자 수는 많지 않으나 야래자 유형의 기본 줄거리를 모두 포함하고 있다. 내용은 다음과 같다.

옛날 광주(光州) 북촌에 한 부자가 살았는데 그에게 용모가 단정한 딸이 하나 있었다. 딸이 아버지에게 말했다. "매일 밤 자주색 옷을 입은 남자가 침실에 와서 자고 갑니다." 아버지가 말했다. "긴 실을 꿴 바늘을 그 남자의 옷에 꽂아 두어라." 딸이 그 말대로 한 뒤, 이튿날 아침 실을 찾아가 보니 북쪽 담 밑에서 실 끝 부분이 발견되었는데, 그 바늘은 큰 지렁이의 허리에 꽂혀 있었다. 얼마 후 그녀에게 태기가 있고 후에 아들을 낳았다. 15세가 되자 스스로 견훤이라 이름하였다.

총 70개의 한자로 구성되어 있으나, 이 이야기에는 일곱 가지의 주요한 모티프가 다 포함되어 있다.

2) 확장형

확장형은 '야래자 신분 확인'을 근간으로 한 기본형에다 '천자의 터 쟁취'라는 제2주인공의 과제성취가 결합되어 이루어지는바 12개 모티프(단락소)로 구성된다.

(1) 결핍: 주인공은 결혼할 나이가 된 여자다.
(2) 결합: 밤이면 정체모를 남자가 찾아와 주인공과 동침한다.
(3) 시련: 주인공은 임신한다.
(4) 수단의 획득: 부모가 남자의 정체를 파악하기 위한 방책을 강구한다.
(5) 시련의 제거: 주인공이 남자의 옷에 실을 꿴 바늘을 꽂아둔다.
(6) 분리: 실을 따라가 남자의 정체를 파악하고 주인공은 자연히 분리가 된다.
(7) 결핍의 제거: 주인공이 출산하여 제2주인공(아들)을 낳는다.
(8) 과제: 지장사(地師)가 제2주인공(아들)에게다 아버지의 유골을 수중의 영물에게 거는 (혹은 삼키게 하는) 과제를 부여한다.
(9) 과제의 성취: 제2주인공은 아버지의 유골을 천자의 터에 걺으로써 그의 자손이 천자가 될 운명을 타고나게 된다.
(10) 결핍: 결혼할 나이가 된 비범한 처녀가 있었다.
(11) 결합: 제2주인공은 그 비범한 처녀와 결혼한다.
(12) 결핍의 제거: 제2주인공이 임금이 되거나 임금이 될 아들(제3주인공)을 얻는다.

야래자의 신분 확인과 천자의 터 쟁취가 결합된 이 확장형은 제2주인공의 자손이 영웅으로 태어날 수밖에 없었던 필연적인 이유를 합리화시켰다는 것이 특징적이다.

확장형 구조를 갖춘 전형적인 설화는 중국 남동 연해안 일대에서 구전되어오는 송 태조 조광윤(趙匡胤)의 출생 설화와 동북 토문강(圖們江) 유역에서 전해 내려오는 청 태조 누르하치(努爾哈赤)의 출생 설화가 있다. 이 두 가지 천자의 터(天子地) 전설은 구조가 매우 비슷하다. 예를 들어 볼 만한 것으로, 절강성 여수(麗水)지역에서 전해 내려오는 〈조씨 천자와 양가장〉(張天庭 구술, 張美太 기록, 1987)과 동북 토문강 유역에서 전해 내려오는 〈노라치〉(함경북도 회령 김능근 구술, 최상수 기록, 1939)가 있다. 이 두 편의 설화가 가진 천자의 터(天子地) 쟁탈 줄거리를 비교해 보자.

구조 \ 이야기 명칭	조씨 천자와 양가장 (趙家天子楊家將)	노라치 (老獺稚)
과제	지장사(地師) 양선평(楊先平)은 소년(조씨의 외손)에게 용동(龍洞)으로 가서, 연못 아래의 부친의 유골을 잘 매장하라고 임무를 주며, 또한 그에게 연못의 중간은 황제(皇帝)이며 오른쪽은 무장(武將)이라고 일러준다.	지장사가 용동(龍洞)을 발견하고, 노라치에게 아래로 자라연못에 들어가 와룡석 위에 부친의 유골을 매장하라고 하면서, 그에게 연못의 오른편은 군후의 땅(君侯地)이고 왼편은 천자의 터(天子地)라 일러준다.
과제의 성취	소년이 물 아래로 내려가서 아버지의 유골을 매장할 때만 해도 무장(武將)이 되고 싶었으나, 지장사가 준 가방을 잘못 선택하는 바람에 지장사의 부친의 유골을 오른쪽 동굴에 매장하고, 오히려 자신의 부친의 유골을 중간의 동굴에 매장하여, 결과적으로는 자신이 천자의 터(天子地)를 얻게 된다.	노라치는 물 아래로 내려가서 유골을 매장할 때 지장사의 부친의 유골을 왼쪽에 두고, 자신의 부친의 유골을 오른쪽에 두었고, 그러한 연유로 천자의 터를 얻게 된다.
결핍		종성(鍾城) 수문동(水門洞)에서 한 비범한 여인이 기다린다.
결합		노라치와 그 여인이 혼인을 하여 세 아들을 낳는다.
결핍의 제거	소년이 장성하여 송나라의 개국 황제인 송태조(宋太祖)가 되고, 양선평의 후대는 양가장(楊家將)이 된다.	세 번째 아들인 한(누르하치)이 청태조(淸太祖)가 된다.

위에서 알 수 있듯 두 설화의 첫 번째, 두 번째, 세 번째 모티프는 기본적으로 유사하다. 현재까지 파악된 문헌설화와 구전설화 자료를 분석한데 의하면, 천자의 터(天子地) 줄거리와 결합된 야래자(夜來者)형 설화는 일반적으로 모두 구두로 전해지며, 문헌에서는 거의 볼 수 없다.

3) 복합형

복합형은 상기 기본형, 확장형 뒤에다 '천자검 획득'이란 새로운 내용을 보태서 제2주인공의 아들이 임금이 되는데 필요한 조건을 마련하게 하는 것인데 통틀어 17개의 모티프(단락소)로 구성된다.

(1)~(12)생략
(13) 결핍: 제3주인공에게는 왕권의 상징인 천자검이 필요하였다.
(14) 시련: 천자검을 가진 자객이 제3주인공에게 접근한다.
(15) 획득: 자객은 제3주인공의 위력에 눌리어 천자검을 도리어 선사한다.
(16) 결핍: 제3주인공은 천자검을 얻은 대신 천리마를 잃는다.
(17) 결핍의 제거: 제3주인공은 천자검을 이용하여 천하를 평했다.

이러한 복합형의 설화는 그리 많지 않으나 일반적으로 민족 간의 전쟁이 일어난 변경 지역에서 전해진다. 베트남의 〈정부령 전설〉(베트남『公餘捷記』권5)과 중국과 한국의 변경인 토문강 유역의 〈한왕 전설〉(중국 연변 용정 金在權 기록), 〈천자검을 얻은 한왕〉(함경북도 회령 金成德 구술, 任晳宰 기록) 등이 비교적 전형적인 야래자 + 천자의 터 + 천자검의 복합형 설화이다.

〈정부령 전설(丁部領傳說)〉의 주요한 내용은 다음과 같다.

베트남의 환주(歡州) 자사(刺史) 정공(丁公)의 애첩이 연못가에서 몸을 씻다가 수달과 교합하여 아들을 낳게 되었는데, 곧 정부령(丁部領)이다. 어느 날 북객(北客)이 용맥(龍脉)을 따라 이곳까지 와 후한 상을 걸고 정부령에게 깊은 물속을 살펴보게 하였고 신마(神馬)가 있는지도 보게 하였다. 정부령은 물에 내려간 뒤에 이 신마(神馬)의 입을 풀로 막아 버렸다. 북객이 잠시 자신의 나라로 돌아간 후, 총명한 정부령은 부뚜막에 올려있던 부친의 유골을 풀로 싸고는 물에 내려가 신마의 입 속에 유골을 안치 시켰다. 얼마 후 족장으로 추앙되었다. 수년이 흐른 후 북객이 자신의 선인의 유골을 들고 이곳에 와 안장하려 하였으나 정부령이 이미 그곳에 선조의 유골을 안장하였다는 말을 듣고, 헛되이 시간만 허비한 셈이어서 원망을 품었다. 정부령에게 신검 한 자루를 주고 여러 말의 목 위에 놓아두라고 했다. 정부령이 이를 믿고 물속에 들어가 검을 놓고 돌아오니, 그 후에는 전쟁마다 승리를 거두었고, 마침내 열두 사군(使君)을 평정하였으며, 선황(先皇)이 되었다.

이 설화에서 천자의 터(天子地)와 천자검(天子劍)의 두 내용이 모두 포함되어 있으나, 일부 대목은 충분히 전개되지 못하였다. 예컨대, 야래자(夜來者)가 여인의 침실에 들어가는 대목 역시 찾아 볼 수 없다. 줄거리가 비교적 완정된 복합형 설화는 토문강 유역의 한왕(汗王, 청태조) 전설이다. 현재 필자가 파악한 한왕이 천자검을 얻는 전설은 모두 3편으로, 그중 한 편은 토문강 북쪽의 용정시(龍井市) 삼합진(三合鎭)에서 채록하였고, 다른 두 편은 토문강 남쪽의 회령시(會寧市)에서 채록하였다. 세 편 모두 조선의 무장(한 명은 정충신(鄭忠信), 다른 한 명은 최무사(崔武士))에 대해 이야기하고 있으며, 천자검을 이용하여 한왕을 죽이려 하였으나, 한왕 앞에 이르자 그의 위엄에 놀라 거짓으로 천자검을 바친다고 한다. 결국 그는 천자검을 바치면서 천리마를 얻는데, 이는 다음 내용의 복선이 된다.

상기 세 가지 유형 가운데 기본형을 기준으로 아르네–톰슨의 『세계 민담 분류표』(약칭AT)에 대입해 보면 유형 색인 "425A 괴물신랑"이나 유형 색인 "H36.1 신발로 시험하기"와 일부 유사한 점이 있으나 그것이 '야래자' 설화와 완전히 같은 유형이라고 보기는 어렵다. 아르네와 톰슨은 주로 인도,

유럽, 북미 인디안 설화를 분류 대상으로 하였던 만큼 '야래자' 설화와 같은 동아시아 지역의 특수한 설화가 그들의 분류에서 누락되었다고 볼 수도 있다. 일본의 민속학자 이나다 코우지(稻田浩二)의 『일본 민담 분류표(약칭JT)에서는 "205A 실타래형 뱀사위 영입담(蛇婿入·針絲型)"에 '야래자' 설화를 열거하고 있으며, 한국의 민속학자 최인학(崔仁鶴) 역시 자신이 작성한 『한국 민담의 유형 연구』(약칭KT)에서는 "201 야래자"로 한국의 동류 민담을 열거하였다.

　필자는 중국 조선족 민담을 『한국 민담의 유형 연구』에 대입하여 CKT(중국조선족민담분류표의 약칭)를 작성하였는데 "201 야래자" 항목 아래 3가지 소항목을 설정하였다.

201 야래자
201A 야래자+천자의 터
201B 야래자+천자의 터+천자검

　위와 같이 1개의 원형과 2개의 아형(亞型)을 설치하여 기본형, 확장형, 복합형을 구분하였다.

　중국은 본래 '야래자' 설화가 가장 널리 분포된 지역이지만 유감스럽게도 정내통(丁乃通)이 작성한 『중국 민간설화 유형 색인』(약칭CT)에는 '야래자' 설화가 빠져있다. 이는 무엇 때문일까? 정내통의 CT분류표는 주로 1949년부터 1966년 사이의 중국대륙에서 수집한 구전설화를 분류대상으로 삼았다. 그런데 이 기간에 중국의 민간문학 연구 영역에서는 민간설화의 교육적 작용을 지나치게 강조하여, '야래자'형(夜來者型) 설화와 같은 '신괴 이야기(神怪故事)'는 미신을 선양하는 조악한 찌꺼기로 보았으므로, 설화 구술자들은 구술하기를 꺼려했고, 연구가들은 채록하기를 꺼려하였으며, 출판사들은 출판하지 않으려 하였다. 필자는 이것이 '야래자' 설화가 CT에 반영되지 않은 주된 원인이 아닐까 생각한다. 다행히 종경문 선생이 1934년에 발표한 「노라치 전설의 발생지」란 논문에서 중국의 고대문헌과 구두로 전승되는 '야래자' 설화를 10여 편이나 제시해주고 있어 이 설화의 발생과 전승을 연구하는데 결정적인 기여를 하였다.

Ⅳ. '야래자'형(夜來者型) 설화의 발생지와 전파 경로의 추정

'야래자' 설화의 발생지와 전파경로의 추정에 앞서 무엇보다 먼저 이 설화의 원형을 찾아내는 작업이 선행되어야 한다. 아래에서 필자는 제Ⅱ부분에서 열거한 야래자 관계 문헌설화와 구전설화의 분포에 근거하여 여러 민족과 지역에서의 '야래자' 설화의 변이와 사회배경, 혼인민속, 민간신앙의 차이 등을 종합적으로 분석해 보고자 한다.

1) '야래자' 설화의 원형(原型)에 대한 고찰

'야래자'형 설화의 원시적 형태를 최종 확인한다는 것은 지구와 인류의 탄생 연대를 고증하는 것과 같이 매우 어려운 작업으로서 어찌 보면 무리가 될 수도 있다. 그러나 이미 주어진 자료에 의해 그 원시 형태의 과학적 추정에 부단히 접근하려는 노력을 포기하여서는 안 되리라 생각한다.

'야래자'형 설화의 원형과 변형들을 보다 집중적으로 조감하기 위해 중국, 한국, 일본, 베트남, 몽골 지역의 동류 설화의 기본 형태를 도표로 표시해보면 다음과 같다.

	순서	모티프	중국	한국	일본	베트남	몽골	슬라브족
기본형	1	주인공은 처녀	처녀, 유부녀, 과부	처녀, 과부, 유부녀,	처녀, 유부녀, 할머니	유부녀	과부	처녀
	2	정체 모를 남자와 동침	밤에 남자와 동침	밤에 남자와 동침	밤에 남자(무사)와 동침	낮에 수달과 교합	꿈에 미남과 동침	동침

	순서	모티프	중국	한국	일본	베트남	몽골	슬라브족
	3	주인공 임신	임신	임신	임신	임신	임신	
	4	주인공에게 대책을 말한 사람	아버지 혹은 무당의 지시	아버지혹은 승려의 지시	어머니 혹은 점쟁이의 지시			목사의 지시
	5	주인공의 행동	목 혹은 옷에 바늘 꽂다	옷에 바늘 꽂다	옷단, 머리 혹은 허리에 바늘 꽂다			단추에 실을 매다
	6	남자 정체 확인	수달, 거북, 하수오…	수달, 지렁이…	뱀	수달	신(神)	남자의 정체 확인
	7	주인공 출산	영웅 출생	영웅 출생	뱀, 산신, 역사 출생	영웅 출생	세 아들 출생	
화장형	8	제2주인공이 선인의 유골 안장하는 과제 접수	지장사(地師)	지장사(地師)		북객(北客)	모자의 갈등	
	9	제2주인공이 천자의 터 쟁취	유골을 용의 입(용혈)에 넣다	유골을 와룡석 혹은 물소의 뿔에 걸다		유골을 신마(神馬) 입에 넣다	오형제 화살 꺾기 시합	
	10	비범한 처녀 상대자 출현		비범한 처녀 출현				
	11	제2주인공이 결혼		결혼				
	12	제2주인공이 왕이 될 아들 얻다	천자가 될 아들 얻다	왕이 될 아들 얻다				
복합형	13	제3주인공에게 천자검이 필요		아들에게 천자검 필요			천자검이 필요	
	14	천자검 가진 자객이 접근		아들에게 자객이 접근			북객이 접근	
	15	자객이 천자검을 선사		자객이 천자검을 선사			천자검을 선사	
	16	천자검 얻고 천리마 잃다		천자검 얻고 천리마를 잃다				
	17	천자검으로 천하를 평하다	손자가 천자가 되다	천자 혹은 임금이 되다			임금이 되다	

　이 도표에서 보다시피 몽골이나 슬라브족의 남자의 정체확인 설화는 꿈 속의 정사로 추상화되거나 모티프가 선명하지 않아 원형의 고찰에는 거리 가 멀다고 생각되므로 이 두 민족은 잠시 제외하고 중국, 한국, 일본, 베트 남의 동류설화에 초점을 모아야 할 것이다.

　필자는 '야래자' 설화의 원형에 접근하는 주요 모티프는 아래와 같은 몇 가지 조건이 고려되어야 한다고 생각한다.

　　(1) 주인공은 외동딸에 처녀다. 따라서 주인공이 과부, 유부녀, 할머니 등으로 된 것은 변종으로 볼 수 있다.

　　(2) 변신한 남자는 밤에 규방에 잠입하여 동침한다. 낮에 만나서 직접 동물과 교합하였다는 설화는 변종으로 본다.

　　(3) 남자의 정체를 확인하는 주요한 수단은 바늘을 목에 찌르거나 바늘실을 옷깃에 찌르는 것이다. 바늘실이 결여된 설화는 변종 혹은 축약된 형태로 본다.

　　(4) 확인된 사나이의 정체가 수족류(水族類, 수달, 거북)로 되어있는 것이 원 형에 가깝고 양서류(뱀, 개구리 등)나 지상동물(지렁이, 굼벵이, 모충 등), 식물요 정(하수오, 삼나무, 버드나무, 참외 등)으로 밝혀진 것은 변이된 형태로 본다.

　　(5) 물속의 영물에 아버지의 유골을 거는 모티프에서 용이나 용혈이 원형에 가깝고 와룡석, 물소, 신마(神馬)는 일차적 변이 형태로 보는 것이 타당할 듯싶 다. 유골을 용의 입안에 넣었다는 것이 원형이고 뿔에 걸어 놓았다는 화소(話素) 는 일차적으로 변이된 것이라고 보아도 무방할 것이다.

　　(6) 수달의 아들이 천자가 되었다는 송태조(宋太祖) 출생담은 수달의 셋째 손 자가 천자가 되였다는 청태조(淸太祖) 출생담보다 한걸음 설화의 원형에 가깝다.

　　(7) 중국의 삼합, 조선의 회령을 중심으로 한 두만강 양안에서 발생한 '야래자' 전설에는 제2주인공 노라치와 종성녀가 오줌싸기 시합으로 혼인을 정하는 모티 프가 있는데 무릇 이런 부부시합 화소는 훗날에 첨가된 것이라고 생각한다.

　　(8) '천자검 획득(天子劍獲得)' 모티프는 한반도와 베트남 지역에서 전승되는 구전설화에 고유한 것으로서 오랫동안 중국의 예속국(隸屬國)으로 있었던 이 두 나라 민족의 정치적, 군사적 경계심에서 만들어져 점차 부연된 부분이므로 무릇 이 화소가 첨가된 복합형은 원형과 갈라보아야 할 것이다.

이상의 여러 요소를 귀납해보면 '야래자' 설화의 최초의 형태는 씨족 족장의 출생을 신격화(神格化)하려는 시도에서 만들어진 것이라고 가정할 수 있으며 중국 동남지역의 송태조의 출생담, 한반도 중부지역의 견훤 출생담, 중국과 한국 국경의 두만강 유역의 누르하치전설, 베트남의 정부령 전설은 그보다 좀 뒤에 나타난 것이라고 해도 무방하다. 송태조 출생담과 누르하치, 정부령 전설을 굳이 비교한다면 비록 후자의 모티프가 비교적 완정하기는 하지만 단순형, 원형과의 거리는 전자가 훨씬 더 가깝게 느껴진다.

한국이나 베트남의 '야래자' 설화에서 수중동물인 수달이 정체모를 사나이의 모습으로 나타나는 것이 원형에 가깝긴 하나 (1) 물속 영물이 용혈이 아니라 물소, 신마, 와룡석으로 되어 있다거나, (2) 유골을 영물의 배속에 넣지 않고 뿔에 걸었다거나, (3) 임금이 된 남주인공이 수달의 아들이 아니라 수달의 셋째 손자라는 점 등은 변이된 흔적을 드러내고 있으며, 더구나 뒤에 보충된 천자의 터 쟁취, 천자검 획득 등 전개된 모티프는 그것이 확장되고 복합된 것임을 단적으로 설명해주고 있다.

일본의 '야래자' 설화는 단순형이 대부분이긴 하나 거의 다 민담화(民譚化)된 뱀의 변신 이야기로 세속화되고 있으며 결말에 가서는 산신(山神)이 되었다거나 3월 3일의 복숭아술, 5월 5일의 창포술, 9월 9일의 국화술 등 식물 술의 신력(神力)을 과시하는 민간신앙과 직결되어 있어 동아시아의 동류설화의 원형으로 보기에는 상당한 회의가 뒤따른다.

2) '야래자' 설화의 발생지에 대한 고찰

구전이나 문헌을 막론하고 '야래자' 설화에는 보통 주인공의 이름, 사건의 발생 시기, 장소가 제시되어 있다. 비록 구전설화에 제시된 시간이나 장소는 분명한 것이지만 구전 과정에서의 가변성이 너무나 크므로 구전설화에 제시된 왕조의 조대나 출생지가 곧 그 설화의 발생지나 발생시기가 되는 것은 아니다.

실례로 최상수(崔相壽) 선생이 1939년에 평북 의주군에서 채록한 고구려 재상 을파소(乙巴素) 출생담은 그것이 꼭 을파소가 고국천왕에 의해 등용 되었던 기원 179~197년 사이에 발생한 이야기라고 단정하기는 어렵다. 같은 이치로 17세기에 기록된 『몽골원류』에 칭기즈칸의 10대조 빠던차얼의 출생담이 수록되어 있다 하여 몽골의 '야래자' 설화를 12세기의 몽골 개국 시조 칭기즈칸에서 앞으로 10대를 거슬러 올라가 9~10세기에 발생한 것이라고 단언하기에는 많은 문제가 따른다.

하지만 구두전승의 '야래자' 전설에 반영된 중국의 송태조(927~976), 베트남의 정부령(923~979)이나 후백제의 견훤(?~926), 신라의 도선국사(827~898)의 출생담이 이들 왕조의 실존시대인 9~10세기를 배경으로 하고 있는 것이 우연한 일치가 아닌 것 같다. 이 사실에서 9~10세기가 '야래자' 설화의 전성기가 아닐까 하는 추측이 가능해진다

설화의 발생지와 발생시대 추정에서 구전설화보다 더 설득력이 있는 것은 문헌적 근거이다. 예를 들면 후백제왕 견훤에 대한 설화가 구두와 문헌으로 전하는 두 가지가 있는데 문헌 출처는 13세기의 『삼국유사』에 근거를 두고 있다. 『삼국유사』에 견훤 출생담은 『신라고기』에서 인용하였다는 주석이 있으므로 이를 참조하여 이 '야래자' 설화의 발생 연대를 9세기까지 거슬러 올라갈 수 있는 것이다. 그러므로 문헌설화에 반영된 '야래자' 설화의 지명, 인명, 주인공의 실존 시대를 고구(考究)하는 것은 설화의 원형에 접근하고 발생지를 추적하는 바람직한 경로의 하나이다.

필자가 파악한 중국, 한국, 일본, 베트남, 몽골의 문헌형식의 야래자 관계 설화를 설화의 기록 연대, 전개 장소, 등장인물의 실존 연대별로 정리하여 도표로 표시해보면 다음과 같다.

	문헌과 설화의 이름	기록자	기록시기	설화의 전개장소	주인공과 그의 생존 시기
중국	『이원』 권8 : 장방	유경숙	5세기	산서 광릉(廣陵)	장도향, 441년
	『이원』 권4 : 천자의 터를 얻은 손견	유경숙	5세기	절강 부춘(富陽)	손견(115~191)
	『선실지』: 제 지방 조씨의 아들	장독	9세기	산서 임분(平陽)	조씨의 아들, 평양은 위진 시대(220~420)의 지명
	『선실지』: 진양 동자사	장독	9세기	산서 태원(晉陽)	등규, 진양은 조씨의 식읍
	『태평광기』 권470 : 설이낭	이방	10세기	강소 회안(楚州)	심씨녀
한국	『삼국유사』: 후백제 견훤	일연	9세기 (고기)	전라남도 광주(光州)	견훤, 9세기
	『청구야담』: 鬼物每夜索明珠	?	?	강원도 횡성	방아공이가 변신한 남자
일본열도	『고사기』 중권: 미와야마(美和山)전설	大安萬侶	713	奈良縣 美和山	산신
	『일본서기』 권5 : 저묘	舍人親王	720	奈良縣 櫻井市	大物主神
	『고사기』 중권: 니루리야	大安萬侶	713	奈良縣 向阿多	大物主神이 丹塗矢로 변함
	『肥前風土記』: 褶振峰		17세기	佐賀縣	弟日姫子
일본열도	『万葉集注釋』 권1		17세기	高知縣	倭迹迹媛皇女
	『常陵風土記』: 那賀郡晡時臥之山		17세기	茨城縣	努賀毘咩의 아들
베트남	『公餘捷記』 권5 : 丁部領		?	越南 驩州	丁部領(923~979)
몽골	『蒙古原流』: 勃端察爾		17세기	蒙古	勃端察爾 (칭기즈칸의 10대조)

　　상기 문헌설화의 출전 연대와 주인공의 실존 연대를 상고해본 결과 지금까지 필자가 입수한 문헌 기록으로서 최초의 '야래자' 설화는 기원 5세기

문인 유경숙이 기록한 기원 2세기 손견(손권의 부친)의 천자의 터 획득 설화(절강 부춘)와 기원 441년 장도향의 설화(산서 광릉), 기원 9세기의 문인 장독이 채록한 기원 3~4세기 산서 임분의 조씨 아들의 설화, 산서 태원의 동자사(童子寺) 설화를 들 수 있다.

장독의『선실지』에 수록된 〈조씨의 아들〉을 위진 시대의 이야기라고 하는 이유는 이 설화의 발생지로 '평양(平陽)'이 밝혀져 있기 때문이다. '평양'은 위진 시대 즉 3~4세기의 지명이었는데 수나라 때부터는 '임분(臨汾)'으로 개명하였음에도 불구하고 당나라 9세기 문인이 장독의『선실지』에서 여전히 '평양'의 이야기라고 부른 것을 보면 이 설화의 발생 연대가 위진 시대였음을 알 수 있다. 이로 미루어 '야래자' 설화가 비교적 일찍 발생된 지역은 산서성의 임분(臨汾)과 태원(太原)을 중심으로 한 분하(汾河) 유역과 광릉(廣陵)을 중심으로 한 상간하(桑干河) 유역이었다고 추정할 수 있다.

3) '야래자' 설화의 전파 경로에 대한 추정

중국 산서성의 임분, 태원, 광릉일대에서 발생한 씨족 기원의 '야래자' 설화는 기원 5세기 이후 동서남북으로 전파되면서 부단히 새로운 왕권 관계의 '야래자' 설화를 파생시켰다. 그 주요한 갈래와 전파방향을 화살표로 표시하면 다음과 같다.

(1) 산서→하북→요녕→길림→한반도 북부
(2) 산서→안휘→강소→절강
(3) 산서→산동→한반도 남부→일본열도
(4) 산서→호북→호남→광서→베트남
(5) 산서→몽골→남슬라브민족

위의 갈래와 전파방향을 참조하여 좀 더 깊이 고찰해보자.

(1) 동으로 안휘, 강소, 절강일대에 전파된 '야래자' 설화는 〈천자의 터를 얻은 손견〉 등 모티프와 결합하여 뒷날의 송태조 출생담, 명태조 출생담을 산출하였고, 5세기 이후 강소, 산동을 거쳐 한반도 남부와 일본열도에 전파된 '야래자' 설화는 구전과정에서 서동의 성장, 견훤의 출생, 미와야마 전설 등 다양한 변이와 축약형 설화들을 발생시켰다. 장덕순(張德順) 교수는 고고학적 발굴성과에 기초하여 농경문화를 배경으로 한 백제의 무왕, 후백제의 견훤, 신라의 도선 등의 기이한 출생은 "5~6세기 이요이(彌生)문화의 일본전파와 때를 같이 하는 것"이라고 지적하였는데[12] 시사하는 바가 매우 크다.

(2) 동북으로는 한당(漢唐)문화의 영향과 함께 만주, 두만강, 압록강 유역, 한반도 북부에 까지 전파되면서 을파소(기원 2세기 고구려의 정치가), 누르하치의 기이한 출생담 등 단순형 혹은 복잡형의 허다한 '야래자' 설화를 발생시켰다.

(3) 남으로는 호북, 호남, 광서를 거쳐 베트남 지역에까지 전파되어 10세기의 베트남의 개국시조 정부령의 출생담과 같은 복합형의 '야래자' 설화를 부연시키기에 이르렀다.

(4) 서북으로는 몽골, 남부슬라브족 지역에까지 전파되면서 그 모습이 점차 희미해졌으나 칭기즈칸 조상의 출생담이나 중앙아시아의 환상적 민담의 한 모티프로 이용되기도 했다.

혹자는 일본열도에서 채록된 '야래자' 설화가 양적으로 절대적 우세를 차지하고 있다는 사실을 두고 일본이 곧 '야래자' 설화의 발생지가 아닐까 가정해보는 이도 있다. 지금까지 채록 발표된 일본의 '야래자' 설화는 무려 140편으로서 본 논문에 인용된 동류(同類) 설화 총수의 70%를 차지한다. 문제는 일본을 제외한 기타 여러 민족과 지역에서의 수집이 보편적이 아니

---

12) 장덕순, 「韓國의 夜來者傳說과 일본의 三輪山傳說과의 比較」, 1982년.

었다는 데 있다. 일본에서는 메이지 유신 이후 자본주의 경제의 신속한 발
전에 힘입어 일찍이 전면적인 민속학 조사를 진행해왔으나 한반도와 중국
대륙, 베트남 지역에서는 이 설화에 대한 전면적이고 철저한 조사를 진행
한 적이 없다. 일단 이 설화에 대한 전면적인 조사 작업이 진행되었다면
일본에서 수집한 것보다 훨씬 더 많은 구전설화들이 발견될 수 있었을 것
이다. 종경문(鍾敬文) 선생이 1930년대에 쓴 「노라치 전설의 발생지」에 간
단히 열거한 제목들만 보아도 중국 동남지역의 민간에 상당수의 동류 설화
가 유전되고 있음을 직감할 수 있다. 유감스럽게도 건국 초기에 중국의 구
술자와 채집자들이 한동안 좌파 사상의 영향을 받아 '야래자' 설화를 미신
사상과 동일시하였기에 의식적으로 이 유형의 설화를 묵살해버린 적도 없
지 않았다. 그러므로 이미 채록된 일본의 '야래자' 설화가 양적으로 잠시 우
세했다고 하여 일본열도를 이 설화의 발생지로 보는 것은 타당하지 못한
다. 사실상 일본의 '야래자' 설화는 백제계의 유민 집단에 의하여 5세기 이
후 한반도의 고분문화와 함께 일본에 전파되었다고 하는 것이 합당하다고
볼 수 있다. 중국과 조선의 왕권 또는 씨족의 비정상적인 기원을 설명해주
는 '야래자' 설화가 일본에 건너가서는 일반적으로 신사(神社)에 관련된 사
제형(司祭型) 설화로 변이(變異)되었고 씨족 또는 왕권 표상의 수달과 같은
유력한 수족류(水族類)의 상징물들이 일본에서는 거의 전부 뱀으로 탈바꿈
하여 삼월삼일, 단오, 중양 등 민속명절의 유래와 관련된 세속적인 이야기
로 퇴색하였다.

V. '야래자' 설화의 전승과 변이에 대한 문화학적 조명

'야래자' 설화의 전파경로에 대한 문화학적 시각의 도입은 발생지 추정
에서 또 하나의 유력한 증거가 된다.

1. 유목문화와 농경문화의 병존 교체 과정에서 보면 '야래자' 설화는 먼저 황하 이북의 유목문화권에서 발생하여 남방 농경문화권으로 이동하면서 동아시아 지역의 범민족적 분포를 형성하였다.

중국의 황하 북부지역에는 기원 전후에 이미 북적(北狄)계의 흉노, 동호, 오환, 선비와 함께, 동이(東夷)계의 예맥, 부여, 고구려, 읍루, 물길(말갈) 등의 어로(漁撈)수렵문화에서 농경문화에로 이행하던 여러 부족들이 생활하고 있었다. 그들은 대부분이 북방 내륙지대의 하천이 흐르고 있는 유목과 농경에 유리한 지형을 선택하여 부락, 부락연맹 혹은 민족국가의 기틀을 마련하였다. 신화시대에 그들은 자기의 족장, 부락 추장이나 왕권의 기원을 신비화하기 위해 흔히 천신숭배와 난생신화(卵生神話)로 신격적인 씨족 영웅을 만들어냈다면, 철기 문명의 도래와 함께 그들은 신격과 인격이 결합된 보다 구체적이고 육체적으로 감지할 수 있는 지상영물에 의탁하여 부족적 수령의 출생이나 왕권의 기원을 권위화(權威化)하였다. 북방의 어로 수렵민족에 있어 비정상 출생의 가장 유력한 강자로는 수족류의 수달이 선택되었다. 예를 들면 『이원(異苑)』 권8 〈장방〉 중의 야래자, 『태평광기』 권470 〈설이낭〉 중의 야래자, 〈노라치 출생담〉 중의 야래자… 등이 모두 수달로 지목되어 있는데 이들 설화의 발생지가 대부분이 황하 이북이다. 북방 유목민족의 수달 숭배사상은 일찍 고구려의 주몽 탄생신화에도 나타나 있다. 해모수와 하백이 지혜겨룸을 할 때 하백이 잉어로 변하니 해모수가 수달이 되어 쫓아갔다는 문헌기록이 이를 입증한다.

북방 유목민족들의 수족동물 신앙과 대조되는 것은 중국 동남지역, 한반도 동남부지역, 일본열도 남부지역의 지상동물, 식물정령(植物精) 신앙이다. 이런 지역에서 전승되는 '야래자' 설화의 남주인공은 흔히 뱀, 지렁이, 굼벵이 같은 지상동물과 인삼, 하수오, 삼나무, 절굿공이 등 식물정령들이다. 예를 들면,

한반도 남부(전라 광주) 견훤설화에서 야래자는 지렁이고

일본열도 남부(나라) 미와야마 전설에서 야래자는 뱀이며

중국 장강 하류(강소 절강) 하수오 전설에서 야래자는 하수오 요정이고

중국 장강 이남(호남신화) 삼나무 전설에서 야래자는 절굿공이며

한반도 동부(강원도) 횡성녀 전설에서 야래자는 절굿공이다.

북방계와 남방계 '야래자' 설화의 주인공들을 대조해보면 유목문화를 대표로 하는 북방계 '야래자' 설화의 주인공들은 흔히 수족류로 되어 있고, 농경문화를 대표로 하는 남방계 '야래자' 설화의 주인공들은 흔히 지상동물이나 식물정령으로 되어 있어 '북수남륙(北水南陸)'의 문화적 차이를 엿볼 수 있게 한다. 이 양자는 서로 구별되면서도 또 상호 교차되어 있었다. '야래자' 전설의 발생지인 황하 이북의 분하(汾河), 상간하(桑干河) 일대는 2~3세기 북방 유목민들의 주된 생활 근거지들 가운데의 하나였다. 이 지역의 설화가 문자로 정착된 수당(隋唐) 시대까지도 이 일대가 동호, 오환, 선비 등 북방유목민족과 한족이 혼거(混居)하였다는 사실도 유목문화와 농경문화의 공존 및 교체를 말해주는 중요한 배경적 단서이다.

2. 혼인 풍속의 측면에서 살펴보면 '야래자' 설화는 북방 유목민족들 속에서 일찍 유행되었던 데릴사위제, 봉사혼(奉仕婚) 등 모권(母權) 사회의 유풍을 반영하고 있다.

결혼을 하기 전에 정체모를 사나이가 처녀의 집에 와서 자고 갔다는 내용의 혼인풍속은 그와 비슷한 혼인제도의 산물이라고 보아야 할 것이다. 역사 기록에 의하면 기원 전후 동호, 오환, 선비, 부여, 고구려에는 남자가 주동적으로 여자 집에 가서 거주하는 데릴사위제, 봉사혼(奉仕婚) 등의 혼인풍속이 보편적으로 존재하였다고 한다.

진(晉)나라 시대(3세기)의 역사가 진수(陳壽)가 지은 『삼국지·위지』「동

이전」에는 다음과 같은 고구려의 혼속이 기록되어 있다.

> 그 풍속에 혼인을 할 때는 말로 미리 정한 다음에 여자의 집 큰 건물 뒤에 조
> 그마한 건물을 짓는데 그것을 사위의 집이라고 하였다. 사위가 저녁 무렵에 여
> 자의 집 대문밖에 이르러 이름을 부르고 무릎을 꿇어 절을 하면서 여자와 같이
> 살 것을 청하였다. 이렇게 두세 번을 거듭하면 여자의 부모는 비로소 듣고 조그
> 마한 건물에서 같이 자게 하였고, 옆에는 전백(錢帛)을 놓아두었다. 아이를 낳아
> 장성해지면 부인은 시가로 돌아갔다.

데릴사위제와 비슷한 혼속이 오환(烏桓)이나 선비족(鮮卑族)들 사이에도
있었다. 『삼국지·위지』「오환선비(烏桓鮮卑)전」에 전해지고 있는 오환족
의 혼속을 간단히 살펴보기로 하자.

> 시집가고 장가드는 데는 전부 먼저 사통하였다. 장차 처녀가 떠나려 하면 반
> 년 혹은 백일이 지난 다음에 매파를 보내고 말, 소, 양들을 보내어 그것으로 아내
> 를 맞이하는 예를 표하였다. 사위가 아내를 따라 처가에 가서는 높고 낮음을 가
> 리지 아니하고 아침에 일어나면 모두에게 절하였는데 자신의 부모에게는 절하
> 지 아니하였다. 그리고 처가를 위하여 2년간 일을 해주고 처가에서는 후한 예로
> 딸을 보냈는데 사는 곳과 재물 일체가 처가에서 나왔다.

이러한 풍속이 고구려의 데릴사위제와 그대로 일치한 것은 아니었다.
오환족의 경우에는 아내를 얻어오는 대신, 처가에 일정한 기간 동안 일을
해주는 봉사혼(奉仕婚)의 성격이 두드러지게 강조되고 있다.

고구려나 오환뿐만 아니라 선비와 철륵(鐵勒) 등 동북아시아의 기타 유
목민들 사이에서도 이와 비슷한 혼속(婚俗)이 널리 유행되었다는 사실을
감안하면 '야래자' 설화에 반영된 혼속이 북방 유목민의 생활풍습과 관련된
문화적 산물이었음을 간파할 수 있다.

물론 고대 중국남방의 장족(壯族), 요족(瑤族), 묘족(苗族), 이족(彛族), 백

족(白族) 등 여러 소수민족과 일부 한족들 속에서도 일찍이 이와 비슷한, 밤이면 남자가 여자 집에 와서 자고 가는 불락불가혼(不落不嫁婚) 풍속이 존재하고 있었다고 한다.

이와 같은 사실은 기원 전후 시기에 '야래자' 설화가 발생할 수 있는 데릴사위제, 봉사혼, 불락불가혼 등 민속적 풍토가 황하 이북과 이남의 넓은 지역에 존재하고 있었음을 시사해주고 있다.

3. 확장된 '야래자' 설화의 근간을 이루고 있는 도교적인 풍수(風水) 사상은 후한(後漢) 시대에 기원한 중국 특유의 고유한 민간신앙이다.

풍수사상이 확립된 시기는 중국 후한시대 즉 BC 3세기경이었다. 이 토속사상은 기원 4세기 동진의 곽박(郭璞)이 기록한 『장서(葬書)』를 토대로 점차 체계화되었다. 풍수지리설이 한반도에 전래된 것은 신라의 도선국사(827~898)가 생존하였던 9세기경이었다. 도선국사에 의해 풍수설이 한반도에서 처음으로 완성되고 그 발전형태가 비로소 오늘에 이르렀다. 한반도에는 〈하회 유씨의 묘지 전설〉, 〈송림사 연기 전설〉 등 풍수전설이 적지 않게 유전되고 있으나 일본에 대한 풍수설의 영향은 한반도에 비해 상대적으로 적은 편이며 따라서 일본의 '야래자' 설화에서는 지장사(地師)의 등장이나 천자의 터 획득과 같은 풍수사상과 관련된 모티프를 찾아보기 어렵다.

베트남의 정부령(丁部領) 출생담에서는 설화의 내용 자체에 지장사가 북에서 온 손님, 즉 중국 대륙의 풍수가임을 제시해줌으로써 '야래자' 설화의 발생지가 중국임을 은근히 암시해주고 있다.

VI. 결론

동아시아 여러 민족의 문헌설화와 고대의 물질문화 형태, 혼인풍속, 민간신앙 등을 종합적으로 고찰해보면 '야래자' 설화의 발생지는 고대 유목 문화지역이었던 황하 이북의 분하(汾河), 상건하(桑乾河) 유역, 산서성의 광릉, 임분, 태원 일대로 추정할 수 있으며, 그러한 이야기들이 복합형 혹은 확장형의 전승 경로를 통해 동으로는 중국 동남 연해와 한반도를 거쳐 일본열도에까지 전파되었고, 북으로는 산해관(山海關)을 넘어 만주, 두만강 유역, 한반도 북부까지 전파되었으며, 남으로는 호남, 광서를 거쳐 베트남 지역까지 전파되었으며, 서로는 몽골사막을 거쳐 중앙아시아 지역까지 흘러갔다. 전파과정에서 유목민족 혹은 농경민족의 각기 다른 문화심리와 가치관에 의해 다양한 변이 형태를 보여 주었으며 이를 통해 동아시아 여러 민족의 상호교류와 전통의 충돌, 각기 다른 민족의 문명 기원, 혼인풍속, 민간신앙 등을 다각적으로 조명해볼 수 있는 기회를 마련해주었다고 할 수 있다.

한·중 '방이(旁㐌)' 설화 비교 연구

고희가(顧希佳, Gu Xijia)[*]

9세기 중엽에 완성된 중국의 서적에 고대 신라(新羅)의 민간설화 하나가 실려 있다. 이 사건은 분명 한·중 문화교류사에서 중시할 만한 일이다. 그 설화는 바로 당나라 단성식(段成式)이 편찬한 『유양잡조(酉陽雜俎)』의 속집(續集) 제1권의 「지락고(支諾皐)상(上)」에 수록된 〈방이(旁㐌)〉이다.

이 설화는 다음과 같은 구절로 시작된다. "신라의 최고 귀족은 김가(金哥)인데, 그들 조상의 이름은 방이(旁㐌)였다." 이 구절을 통해 이 설화는 당시 한반도에 전해내려 오는 이야기임을 알 수 있다. 이야기는 이어서 방이 형제간에 일어난 환상적인 이야기를 말하고 있다. 그 내용은 다음과 같다.

방이는 가난하여 동생에게 누에와 곡식 씨를 달라고 했다. 그러나 동생은 그것을 삶아서 주었다. 방이는 그것을 모르고 누에를 키웠는데, 단지 한 마리만 살아나 소만큼 크게 자랐다. 아우는 기회를 엿보다 누에를 죽여 버렸다. 그 누에는 알고 보니 누에 왕이었다. 그래서 사방 백리 내의 누에들이 모두 그 집에 모여들었고 그곳에서 고치를 지었다. 그리하여 방이는 큰 수확을 얻을 수 있었다. 방이는 동생이 준 곡식 씨를 심었더니 역시 하나만 살아남았는데, 새가 날아와 그것을 물고 갔다. 방이가 새를 따라 산으로 올라갔다가 도깨비를 만나게 되었고 금방망이 하나를 얻게 되었다. 금방망이는 무엇이든 원하는 것은 다 얻을 수 있는

* 中國 杭州師範學院 敎授

보물방망이였다. 그리하여 방이는 큰 부자가 되었다. 그 뒤 방이의 동생이 그 사정을 알고서 형이 했던 대로 따라 하려다가 도리어 도깨비를 만나 조롱을 당했으며, 코를 길게 뽑힌 채 집으로 돌아왔다가 부끄러움을 참지 못하고 죽고 말았다.

오랜 기간에 걸쳐 이와 유사한 구전 서사(敍事) 작품이 한·중 양국의 민간에 광범위하게 전해져 왔다. 〈방이〉의 영향을 받아 후세에 전해진 이러한 유형의 이야기들을 통상 '방이' 설화라고 한다. 정내통(丁乃通)이 편찬한 『중국 민간설화 유형 색인』에서는 국제 통용의 AT분류법에 의거하여 이 이야기를 613A "사이좋지 않은 형제와 무슨 물건이든 내놓는 보물"로 분류하였으며, 1960년대 이전의 중국 민간설화 80여 편을 귀속시켜 놓았다. 정내통의 분석에 의하면 그 모티프는 다음과 같다.

    Ⅰ. 누에 왕
    Ⅱ. 살아남은 이삭
    Ⅲ. 필요한 것이면 뭐든 주는 보물
    Ⅳ. 권선징악[1]

여기서 주목할 만한 점은 설화 분류학의 이론으로 분석하자면 이 설화는 사실 복합형이라는 점이다. 『유양잡조(酉陽雜俎)』〈방이〉에는 각자 독자적인 두 가지의 설화 유형이 결합되어 있다. 하나는 "Ⅰ. 누에 왕"이라는 독립적인 구성으로 이를 '용잠(龍蠶)'형이라 지칭하기로 한다. 다른 하나 "Ⅱ, Ⅲ, Ⅳ"의 세 가지 모티프로 구성된 이야기 유형으로 이는 AT613과 매우 흡사하며, 일반적으로 '엿듣기'형 혹은 '두 친구'형이라 지칭한다. 그것은 또 '두 형제'의 이야기들과도 매우 흡사한데, 여기에 속하는 중요한 하위분류는 '긴 코'형이라 할 수 있다. 어떤 때는 그것은 AT555A의 '태양산(太陽山)'형, AT747의 '착한 사람과 은혜 갚은 새'형, AT503의 "도깨비가 떼어버린

---

1) 丁乃通, 『中國民間故事類型索引』, 北京: 中國民間文藝出版社, 1986. 216~221쪽.

혹, 다시 붙인 혹"형, 그리고 다른 일부 유형의 이야기와도 유사한 면을 보인다. 방이 설화의 일부 중요한 모티프는 후세의 구전 서사 작품 속에서 반복적으로 나타났으며, 사람들에게 깊은 인상을 심어 주었다. 현재 필자가 파악한 자료들로 볼 때, 한·중 양국의 민간 구전 작품 영역에서 위에 기술한 두 가지 유형의 이야기는 각기 단독으로 나타나고 있다. 이는 사람들이 이 이야기를 매우 좋아한다는 사실 이외에도, 사람들이 이야기를 할 때 『유양잡조』〈방이〉에 이미 형성된 설화 구조를 따르면서도 실제로는 여러 가지 변화된 설화를 만들어 낸다는 점을 알 수 있다. 일반적으로 사람들이 설화의 앞부분을 이야기하건 혹은 뒷부분을 이야기하건, 『유양잡조』〈방이〉 설화의 전내용을 완정하게 이야기하는 경우는 드물다. 구체적인 세부사항의 처리나 예술적인 특징 등은 말할 것도 없다. 요컨대 한·중 양국의 민간에서 지금까지도 여전히 전해지고 있는 '방이' 설화는 대동소이한 모습을 가진다고 할 수 있다. 설화의 제재와 내용, 주제와 형식에서 큰 차이가 없다는 것은 양국 사람들의 긴 우호적 교류관계와 전반적으로 유사한 역사 문화에 기인한다고 할 수 있으나, 이야기를 하는 과정에서 형성된 차이점은 각 민족의 민족정신의 반영인 것으로 보인다. 이러한 점에서 '방이' 설화에 관련된 대량의 이문(異文, 변이형)을 비교 연구하여 보는 것은 매우 의미 있는 일일 것이다.

I.

우선 한국의 경우를 살펴보도록 하자.

대략 18세기에 완성된 『동사강목(東史綱目)』 부(附) 권상(卷上)의 「괴설변증(怪說辨證)」에서 저자 안정복(安鼎福)은 이렇게 말했다. "동인(東人)이 만든 괴설이 오히려 중국의 역사에서 입전(立傳)되어 전해오고 있다. 대부분 당해 국가의 습속에 따르므로 국가의 특징을 더 이상 변별 할 수 없다.

……『유양잡조』를 보면, 신라 사람 방이에 관한 일이 기록되어 있다." 그 아래에 『유양잡조』〈방이〉의 내용을 그대로 인용하고 있으나 여기서는 생략한다. 그리고 이어서 이렇게 기록했다. "현재 아이들 사이에서도 이 이야기가 전해 내려오고 있다. 아마도 동인(東人)의 전설(傳說)을 믿을만하다고 여겼기에 중국의 호기심 많은 선비가 듣고는 기록한 것일 것이다. 동국의 괴설은 대체로 이와 같으며 특히 웃을만하다." 저자는 역사학의 입장에서 민간설화를 정식의 역사 밖으로 밀어내려 하였으니 꼭 잘못이라 할 수 없다. 그러나 오히려 이로부터 우리는 다음의 두 가지의 사실을 확인할 수 있다. 첫째, 그 당시 중국의 단성식이 쓴 『유양잡조』에 기록된 〈방이〉 설화는 확실히 "동인(東人)의 전설(傳說)"이라는 것이 밝혀졌으며, 오늘날의 용어로 말한다면 한반도의 민간설화라는 점이다. 둘째, 이 설화가 18세기에 이르러서도 "현재 아이들 사이에서도 이 이야기가 전해 내려오고 있다"는 말처럼 조선의 아이들 사이에서 구전되고 있었다는 사실을 알 수 있다는 점이다. 방이 설화는 물론 정식 역사로 볼 수 없다. 하지만 하나의 민간설화로서 그것이 한국 설화사(說話史)에서 차지하는 위치는 확실하다. 더 나아가 이 설화는 한반도의 역사적 문화적 상황을 곡절 있게 반영하고 있으며, 그러기에 여전히 일정한 역사적 사료로서의 가치를 갖는다.

1940년대에 손진태(孫晉泰)는 『한국 민족설화의 연구』를 저술했는데[2], 먼저 "신라의 금방망이 설화"를 언급하면서 이를 "중국에 전해지는 한국의 민간설화"라고 하였다. 그가 근거로 삼았던 텍스트도 바로 당나라 단성식이 지은 『유양잡조(酉陽雜俎)』였다. 그는 또 이 설화는 한반도에 광범위하게 퍼지면서 여러 종류의 변형된 작품인 이문(異文)이 생겨났으며, 일상적으로 사용되는 속담에도 영향을 미쳤다고 했다. 예컨대 "코가 스무 자나 빠졌다"는 말은 일이 잘못되었음을 의미하며, "코가 잘렸다"는 말은 일이 성

---

2) 손진태, 『朝鮮民族說話의 硏究』, 서울: 乙酉文化社, 1946.

사되지 않은 채 갈수록 나빠졌음을 의미하며, 또 "내 코가 석자"라는 속담
은 자신의 입장이 매우 난처하여 자신의 일도 할 수 없는데 다른 사람의
일을 어찌 도와 줄 수 있게냐는 뜻이다. 이러한 여러 속담은 '방이' 설화의
"길어진 코" 모티프가 사람들에게 깊이 영향을 미쳤음을 반영하고 있다. 이
설화는 한민족에게 있어 이미 어떤 상징적인 기호가 되었다.

그렇다면 오늘날 '방이' 설화가 한국의 민간에 전해지고 있는 상황은 어
떠한가? 본 논문에서 한국의 민간설화를 전면적으로 모두 검토해 볼 겨를
은 없으나, 적어도 현재 한국에서 사용되는 초등학교 국어 교과서에 대략
5편 이상의 민간설화가 포함되어 있는데, 이러한 민간설화의 주요한 모티
프는 '방이' 설화와 놀랄만한 유사성을 보이고 있다.

우선 〈흥부와 놀부〉 이야기를 요약하면 다음과 같다.

옛날 마음씨 착한 흥부와 마음씨가 고약한 그의 형 놀부가 살았다. 부모님이
돌아가시자 형 놀부는 많은 유산을 모조리 자기가 차지하고 마음씨 착한 흥부와
그의 아들들과 마누라를 밖으로 쫓아 내버렸다.

겨우겨우 자리를 잡게 된 흥부는 어느 날 다리가 부러진 제비를 발견하고 약
을 발라주고 붕대를 감아주어 제비를 살려주었다. 이듬해 제비는 박씨 하나를
흥부에게 가져다주었다. 정성껏 박씨를 지붕 위에다 심어두었더니 쑥쑥 자라 언
제부턴가는 지붕이 내려앉을 정도로 박들이 커져 있었다. 아내와 자식들을 불러
박들을 다 따내고 톱으로 갈라내었더니 쌀과 양식, 집과 금은보화, 많은 노비와
여식들이 나오게 되었다. 순식간에 흥부가 부자가 되었다는 사실은 소문이 되어
빠르게 퍼져나갔고 놀부의 귀에까지 이르렀다. 흥부에게 찾아와서 자초지종을
듣게 된 놀부는 집으로 돌아가서 눈에 띄는 제비의 다리를 억지로 부러뜨리고는
약을 바르고 붕대를 감아주었다.

이듬해 그 제비는 다시 놀부네 집으로 돌아와서 박씨를 떨어뜨렸는데 이에 놀
부는 얼씨구나 하며 박씨를 심게 된다. 시간이 지나 박이 익었을 때 놀부는 마누
라와 자식들을 불러와 박을 가르게 되었는데 금은보화는 커녕 도깨비와 괴물들
이 나와 그의 잘잘못을 타이르며 매질을 하였고, 집안은 망하게 되었다.

이 이야기는 한국의 초등학교 교과서 『읽기 1-2』, 『쓰기 2-2』, 『읽기 4-1』, 『읽기 5-1』, 『말하기, 듣기, 쓰기 6-2』에 실려 있다[3]. 여기서 덧붙여야 할 점은 한국의 초등학교 교과서가 대단히 특색 있게 편찬되었다는 점이다. 본문에는 종종 이야기가 완전하게 기술하지 않은 채 몇몇 그림만 제시함으로써 학생들에게 어떤 계발을 주도록 하고 그런 다음 학생들 자신이 그와 유사한 이야기를 구술하거나 쓰도록 유도하고 있다는 점이다. 이러한 이야기는 한국의 민간에서 대단히 널리 알려진 것으로, 초등학생들은 교과서가 아니더라도 일반적으로 대부분 이러한 이야기를 들어 알고 있다. 그래서 수업 중에는 선생님이 일단 제목만 말해도 학생들은 활발하게 토론을 하게 되어, 두뇌를 움직이면서 말하기나 쓰기 능력도 함께 연습하게 된다. 이러한 교학 방법과 효과는 분명 고무적일 것이다. 〈흥부와 놀부〉 이야기는 한국의 초등학교 교과서에서 총 5차례 출현한다. 1학년에서 6학년에 이르기까지 초등학생들은 이 이야기의 전개에 따라 각종 다양한 수업 활동을 하게 된다. 고학년의 교재에서는 특히 자신들이 이야기의 인물이 되어 직접 연기하도록 한 부분도 있어 수업 분위기는 대단히 활발하다. 이 모든 점은 이 이야기가 한국인의 일생 생활 속에 매우 깊이 영향을 미치고 있음을 분명하게 보여주고 있다. 한 가지 부연하고 싶은 것은, 중국 내의 조선족 사이에서도 이 이야기가 전해내려 오고 있다는 사실이다. 『중국 민간설화 집성·요녕권』에는 조선족의 유명한 설화 연구가 김덕순 할머니가 구술한 〈흥부와 놀부(亨卜和腦兒卜)〉[4] 이야기가 수록되어 있는데, 이야기의 구조는 한국 초등학교 교재에 실린 내용과 거의 일치한다. 김덕순의 구술에는 그녀 자신의 예술적 창조가 첨가되어 대단히 생동적이지만, 그래도

---

3) 권효명, 「〈旁㐖說話〉 모티프의 교과서 收錄樣相 硏究」, 부산: 釜山敎育大學校, 2003.

4) 이 이야기에 나오는 두 인물의 이름은 『중국 민간설화 집성·요녕권』에서는 통상적으로 나오는 음을 음역한 것이다. 이신성 교수의 의견에 따르면 '부(夫)'가 '복(卜)'보다는 더욱 적당하며, 한국어에서 '부(夫)'는 혼인한 남자를 이르는 말로, 이름에 이 글자가 사용된 것이다. 그리고 실제로 나는 음에 맞추어 본문에서는 〈흥부와 놀부(興夫和惱夫)〉로 하겠다.

기본적으로 이 설화의 원모는 잘 보존하고 있다.

〈흥부와 놀부〉는 AT분류법에 따르면 자신만의 독립된 기호를 가지고 있다. 정내통(丁乃通)은 그것을 480F "선악의 형제와 은혜 갚은 새"[1]로 분류하였으며, 김영화(金榮華)는 이를 747 "착한 사람과 은혜 갚은 새"[2]로 조정했다. 하지만 자세히 관찰하면, 이것과 앞에서 말한 '방이' 설화의 모티프는 매우 비슷하여 심지어 서로 계승 관계에 있다고 할 수 있다. 그것은 우선 두 이야기 모두 선과 악을 가진 두 형제간의 충돌로 이야기가 전개되며, 다음으로 모두가 기이한 보물이 등장하고 있으며, 마지막으로 결국 선한 사람이 복을 받고, 악한 자가 벌을 받는다는 내용이기 때문이다. 이 두 가지 종류의 서로 대립되는 서사 구도는 9세기 『유양잡조』〈방이〉에서 이미 확립된 것이다.

〈혹부리 영감〉의 내용은 다음과 같다.

어느 마을에 목에 혹이 달린 혹부리 영감 두 사람이 살고 있었다. 어느 날 한 혹부리 영감이 산 속에 나무를 하러 갔다가 산 속의 빈집에서 밤을 새우게 되었다. 혹부리 영감은 무서움을 떨쳐 버리려고 노래를 불렀다. 도깨비들은 혹부리 영감의 노래에 빠져들게 되었고, 도깨비들은 어떻게 이렇게 노래를 잘 부를 수 있느냐고 물었다. 그러자 혹부리 영감은 노래가 혹에서 나온다고 하였다. 도깨비들은 그 혹을 떼어 가면서 많은 재물을 주었다. 다른 혹부리 영감이 이러한 과정을 알고서 그도 산 속으로 가 노래를 불렀다. 그러자 도깨비들은 혹이 아무데도 소용없다고 하면서 혹을 그 영감의 혹에다 붙여 주었다. 그 영감은 재물을 얻지도 못하고 도리어 혹만 더 붙이게 되었다.

이 이야기는 『한국 전통 동화집』에도 수록되어 있다. 한국의 초등학교 국어 교재에서는 『말하기 듣기 2—1』에 수록되어 있는데, 6장의 삽화를 배

---

1) 丁乃通, 『中國民間故事類型索引』, 北京: 中國民間文藝出版社, 1986. 155~157쪽.
2) 金榮華, 『中國民間故事集成類型索引(一)』, 臺北: 中國口傳文學學會, 2000. 50쪽.

치하여 교사가 이야기를 학생들에게 들려주도록 되어 있다.

이 역시 독립된 설화 유형으로, 정내통은 이를 AT503 "도깨비의 선물"[3]로, 김영화는 AT503 "도깨비가 떼어버린 혹, 다시 붙인 혹"[4]으로 분류하였다. 이 설화의 유형은 분명 세계적으로 보편적인 것이며, 적어도『인도 민간설화집(제1집)』에 수록된 〈두 마리 낙타〉에도 나타나고 있다.

만약 이 설화의 내용이 선악 양자의 대립이 그다지 명확하게 나타나지 않고 있다고 말한다면, 다시 〈도깨비 방망이〉 설화의 텍스트를 보면, 그 속의 교훈적인 의미가 매우 분명하게 드러나 있음을 알 수 있다. 이야기는 다음과 같다.

> 한 젊은 나무꾼이 한 빈 집에서 비를 피하고 있었는데, 한 밤중에 도깨비들이 몰려왔다. 나무꾼은 다락으로 숨었고, 갖고 있던 개암나무 열매를 깨무는 바람에 큰 소리가 울렸다. 도깨비들은 신기한 방망이 하나를 남겨둔 채 도망갔다. 나무꾼은 그 신기한 방망이를 집으로 메고 왔고, 큰 부자가 되었다. 나무꾼의 이웃에 사는 한 사람은 욕심이 많은 자였다. 그는 이러한 과정을 알고서는 그도 그 빈집을 찾아가 밤을 새웠다. 도깨비들이 찾아와 그에게 방망이를 내놓으라고 했으며, 그를 실컷 두들겨 팼다.

한국 초등학교 국어 교재『읽기 2—1』에 3장의 삽화와 함께 이 이야기의 내용이 실려 있으며, 교사는 학생들에게 이야기의 주인공처럼 분장하도록 하여 연극을 하면서 수업을 진행한다. 생각해 보면 이 역시 매우 흥미로운 수업이 아닐 수 없다.

위에서 언급한 이야기는 〈방이〉 설화와 매우 닮아있음을 어렵지 않게 알 수 있다. 서로 다른 점이라고 한다면 〈방이〉 설화의 첫 대목, 다시 말해 '용잠(龍簪)'형의 내용만 빠져 있을 뿐이다. 하지만 이 설화 역시 의심할 나

---

3) 丁乃通,『中國民間故事類型索引』, 北京: 中國民間文藝出版社, 1986. 157~158쪽.
4) 金榮華,『中國民間故事集成類型索引(一)』, 臺北: 中國口傳文學學會, 2000. 34쪽.

위 없이 하나의 완정한 이야기이다. 중국의 조선족의 설화 구술가인 김덕
순 할머니 역시 〈코 부리 형〉을 구술한 적이 있는데 앞서 말한 〈도깨비 방
망이〉 설화와 대동소이하며, 게다가 〈방이〉 설화의 원형과는 더욱 가깝다.
〈코 부리 형〉 설화에서, 두 주인공은 형제이며 형이 도깨비의 형벌을 받았
을 때 형의 코가 매우 길어지게 되었다는 내용이다.[5] 이 이야기는 김덕순
할머니가 한반도에서 가지고 온 것으로 더욱 귀중한 자료이다.

  그 외에도 한국의 초등학교 국어 교재에는 〈이상한 샘물〉, 〈요술 부채〉
와 같은 민간설화가 실려 있다. 권효명의 연구에 의하면 이들의 모티프는
'방이' 설화와 연원적(淵源的) 관계를 갖고 있다고 한다.[6] 〈이상한 샘물〉은
마시면 다시 젊어지는 샘물에 관한 이야기이며, 마음씨 좋은 노인이 마셨
더니 과연 젊어졌고, 욕심 많은 노인은 물을 너무 많이 마셔 오히려 아이로
변해 버렸다는 이야기이다. 〈요술 부채〉는 한 가난한 사람이 요술 부채 두
개를 얻게 되었는데, 그 부채 중 하나는 코를 길게 만들며, 다른 하나는 다
시 코를 원래 상태로 돌려놓는 마법의 부채였다. 어떤 한 부자가 이 부채
를 손에 넣고자 하였고, 이로 인하여 여러 재미있는 줄거리가 만들어진다.
이 두 이야기는 모두 『한국 전통 동화집』에 수록되어 있는데, 이로 볼 때
이들 설화 역시 한국의 민간설화에 많은 영향을 끼쳤다.

Ⅱ.

  중국에서도 〈방이〉 설화의 서사 전통이 계승되어 사람들의 입으로 전해
오면서 수많은 이문(異文)이 나타났다. 여기서 주목할 점은 양잠(養蠶)하는
지역의 사람들은 특히 '용잠(龍蠶)'형 이야기를 좋아한다는 사실인데, 사실

---

5) 『朝鮮族民間故事講述家金德順故事集』, 上海文藝出版社, 1983년, 133~136쪽.
6) 권효명, 「<旁[img]說話> 모티프의 교과서 收錄樣相 硏究」, 부산: 釜山敎育大學校, 2003. 4
  1~64쪽.

이 설화는 본래의 '방이' 설화에서 한 대목 떼어져 나왔다. 다른 점이라고 한다면 사람들이 이야기할 때 "Ⅰ. 누에 왕"의 이야기만 하였지, '방이' 설화의 "Ⅱ, Ⅲ, Ⅳ"의 모티프는 이야기하지 않는다는 점이다.

이러한 '용잠(龍蠶)'형 설화의 기본 줄거리는 4개의 모티프가 연결되어 구성된다.

1. 양잠을 하던 두 동서 중, 어느 날 계수가 형님에게 도움을 청한다.
2. 형님은 누에씨 종이에다 술수를 부려, 결과적으로 계수는 한 마리 누에만을 기르게 된다.
3. 계수가 기른 그 누에는 무럭무럭 자라 아주 커졌고 형님은 궁리를 세워 그 누에를 죽인다.
4. 누에 왕이 죽자 형님이 기르던 누에들이 모두 계수의 누에 방으로 가서 조문을 하고 실을 켜 주었으며, 이로 인해 아우 내외는 큰 부자가 되었다. 형님은 아우에게 해를 입히려 하였으나, 오히려 자신들만 큰 해를 입게 되었다.

현재까지 파악한 자료들을 본 결과 '용잠(龍蠶)'형 설화는 중국의 절강성, 강소성, 상해 일대에 분포하며, 대표적인 이야기로는 절강성의 〈용잠(龍蠶)〉과 〈둘째 시누가 기른 누에(二姑養蠶)〉[7], 강소성의 〈누에 왕(蠶王)〉[8], 상해의 〈바보가 기른 누에(呆大養蠶)〉[9] 등이다. 그 외에도 운남성의 백족(白族) 거주 지역에서도 이러한 이야기의 흔적을 볼 수 있다.[10] 만약 더욱

---

7) 〈용잠(龍蠶)〉, 동향(桐鄕) 일대에 전한다. 『中國民間故事集成·浙江卷』, 中國ISBN中心, 1997년, 494~497쪽 수록. 〈둘째 시누가 기른 누에〉(二姑養蠶)는 해녕(海寧) 일대에 전한다. 위 책 497~798쪽 수록.

8) 〈누에 왕(蠶王)〉, 『蘇州民間故事』, 中國民間文藝出版社, 1989년, 586~588쪽 수록. 위 책에는 또한 이문(異文)으로 오강(吳江) 진택(震澤) 일대에 전해내려 오는〈바보 아줌마가 기른 누에〉(呆大娘養蠶)도 수록되어 있다.

9) 〈바보가 기른 누에(呆大養蠶)〉, 『中國民間文學集成·上海卷·黃浦區故事分卷(中)』(內部資料, 1989), 837~838쪽 수록.

10) 〈누에 왕(蠶王)〉, 『白族民間故事選』, 上海文藝出版社, 1984년, 44~46쪽.

상세히 수집한다면 아마도 일부 지역에서는 이 유형의 다른 이문(異文)을 찾을 수도 있을 것이다. 지금까지의 대략적인 통계에 의하면 중국 각지의 '용잠(龍蠶)'형 설화의 이문은 20여 편에 이르는데, 이는 이미 소홀히 여길 수 없는 설화군(說話群)을 이루고 있음을 말해준다.11)

고대 문헌을 조사하여도 이러한 변화 추세를 발견할 수 있다. 『유양잡조(酉陽雜俎)』에 〈방이〉가 완정하게 기록된 이후, 우리는 이후의 문헌에서 더 이상 유사한 내용을 완정하게 기록된 예를 발견할 수 없다. 송대 홍매(洪邁)가 지은 『이견지(夷堅志)』에 〈부리 왕씨의 누에(符離王氏蠶)〉라는 제목의 설화가 실려 있는데 이는 송나라 때 안휘성 북쪽에서 전래 내려오는 '용잠(龍蠶)'형 이야기로 볼 수 있다. 이야기는 다음과 같다.

숙주(宿州) 부리(符離) 북쪽 근처에 살고 있던 농민 왕우문(王友聞)은 읍의 채촌(蔡村)에 동생인 왕량(王諒)과 같이 살았다. 그는 읍내의 진표(秦彪)의 딸을 아내로 삼았는데, 그녀는 천성이 욕심이 많고 독해 밤낮으로 동생 왕량을 구박하였고, 끝내 집에서 내쫓았으며, 한 해가 지나도록 서로 만나지도 않았다. 왕량이 일찍이 누에씨를 형에게 부탁하자 형수인 진씨는 그것을 불에 구워서 주었다. 동생 왕량의 아내는 늘 하듯이 누에를 따뜻한 물에 목욕을 시켜 자라나길 기다렸다. 시간이 지나 그 중 한 마리만 살아났고 점점 커 가더니 몸무게가 거의 1백 근이나 되었다. 진씨는 이에 샘이 났다. 그래서 동생 부부가 읍의 동촌(東村)으로 놀러 가면서 집에는 어린 딸만 남은 때를 기다려, 진씨는 남편을 불러 함께 갔다. 동생 집에 도착한 후 질녀를 속여 주방으로 들어가라 하고서는 곧장 누에 방으로 들어갔다. 들어가 보니 누에가 창문 곁에 누워 있는데, 숨소리가 소 숨소리처럼 컸고 뽕잎을 먹는 소리가 마치 비바람 치는 소리 같았다. 진씨가 커다란 몽둥이로 누에를 때렸다. 그러자 한 번 때릴 때마다 몇 근의 실을 토해내는 것이 아닌가? 진씨가 공포에 질려 거의 정신을 잃을 뻔하였다. 남편을 불러 급히 집으

---

11) 顧希佳,「龍蠶故事的比較硏究」,『民間文學論壇』, 1995 ; 顧希佳,「兩妯娌與"蠶王"─"龍蠶"故事解析」(劉守華,『中國民間故事類型硏究』, 武漢: 華中師範大學出版社, 2002에 수록)

로 돌아갔다. 하지만 심장병에 걸려 달포가 지나자 죽고 말았다. 왕량의 누에는
커다란 단지만한 고치를 만들었고, 그것으로 실을 자았더니 1백 근이나 되는 비
단실을 얻을 수 있었다.

인용문의 앞부분에는 『유양잡조』 중의 대목을 언급하고 있는 것으로 보
아, 작가는 의식적으로 이 이야기와 『유양잡조』의 설화를 대조하고 있음을
알 수 있다. 이러한 사실은 신라에만 이러한 이야기가 있을 뿐 아니라 중
국의 숙주(宿州) 부근에도 유사한 이야기가 있었음을 알려준다.

『이견지』〈부리 왕씨 누에(符離王氏蠶)〉와 『유양잡조』〈방이〉를 비교하면
몇 가지 차이점이 뚜렷이 드러난다. 첫째, 전자는 '용잠(龍蠶)'의 이야기만
단순하게 기술했지만 후자는 복합형의 이야기라는 점이다. 둘째, 전자는
동서지간의 모순과 충돌을 강조하며, 비록 형제를 언급하기는 하였으나 단
지 조연에 불과하며, 주요한 인물의 관계는 동서지간이다. 반면 후자는 형
제간의 모순을 나타내고 있다. 셋째, 전자는 결말 부분에서 형과 형수가 누
에 왕을 해치려 하였다가 해치지 못하고, 놀라서 죽는 장면이 나오는데 이
는 후자의 내용과는 다르다. 넷째, 전자에서는 형의 부인이 아우 동서를 괴
롭힌다는 등, 후세에 나온 여러 이문(異文)과 같으나, 후자의 이야기만큼은
동생이 형을 괴롭히는 내용으로 되어 있다.

이로써 우리는 늦게 잡아도 『이견지』〈부리 왕씨 누에(符離王氏蠶)〉에서
부터 '용잠(龍蠶)'형 설화가 하나의 독립된 이야기로 중국 민간 구전 영역
속에 포함되었다고 할 수 있다. 고대부터 양잠은 여성을 중심으로 한 노동
활동이며, 양잠 과정에서 생긴 모순과 충돌은 여성 사이에서 일어나는 것
이 적절할 것이다. 물론 이러한 충돌은 모두 가정의 이익과 관련되며, 동서
지간의 충돌은 결국 형제간의 충돌에 근원을 두고 있다. 게다가 주의할 만
한 것은 〈부리 왕씨 누에〉 이야기부터 시작하여 여러 종류의 '용잠(龍蠶)'
형의 이야기와, 우리가 뒷부분에서 다시 언급할 '엿듣기'형 설화에서는 일

반적으로 모두 형이 동생을 괴롭히는 형태라는 점이다. 한국의 경우라 하
더라도 근·현대에 수집된 이러한 종류의 이야기에서는 형이 동생을 괴롭
히는 이야기가 대부분이나, 오로지『유양잡조』〈방이〉에서만 오히려 동생
이 형을 괴롭히는 내용이다. 이는 한반도의 고대사에서 일정 시기 동안 차
남 상속 제도가 존재했으며, 이 시기는 차남에게 많은 특권을 부여하였으
며, 장남은 오히려 멸시를 당하였던 사실을 반영한다. 그러므로 사람들은
형제간의 모순이나 충돌이 담긴 민간설화에서 약자인 형을 동정하며, 강한
힘에 의지해 사람을 괴롭히는 동생을 비난하는 것이다. 차남 상속제도는
현재 중국의 이족(彝族)에서 볼 수 있으며, 그 외에 인도와 아프리카의 여
러 지역에서 볼 수 있다. 그러나 중국과 한국의 역사에서 주요 상속의 대
상은 장자였으며, 일상생활에서 형이 동생을 괴롭히는 현상을 더 흔히 볼
수 있다. 현재에 우리가 일고 있는 '방이' 설화와 관련된 여러 종류의 이문
(異文)에서는 거의 대부분 형이 '악(惡)'의 상징이며, 동생이 '선(善)'의 상징
으로 되어 있으며, 이원 대립하고 있는 국면에서 이야기가 진행된다. 사람
들은 선량한 동생에게 동정을 느껴 도와주고 싶어 하며, 포악한 형을 미워
하고 비판하고 싶어 한다. 사람들은 이러한 이야기를 들으면서 감정을 발
산하고 마음의 안정을 얻는다. 이것이 바로 민간설화의 문화적 기능의 형
상적 체현이라 할 수 있다.

Ⅲ.

다른 측면에서는 '방이' 설화의 "Ⅱ, Ⅲ, Ⅳ" 세 부분을 모아서 하나의 독
립된 이야기로 만들어지는 현상도 중국의 민간설화에서 보편적으로 나타
난다. 유수화(劉守華)는 일찍이 대량의 이문(異文)을 '긴 코'형 설화[12]와 '두

---

12) 劉守華, 「兄弟糾葛的悲喜劇—"長鼻子"故事解析」(劉守華, 『中國民間故事類型硏究』, 武
    漢: 華中師範大學出版社, 2002에 수록.)

친구'형 설화로 귀납하여 살핀 적이 있다.[13]

'긴 코' 설화는 형수의 구박을 받는 동생이 우연한 기회에 신성한 동물이나 도깨비 혹은 산신이 가지고 있던 보물을 얻게 된 후 돌아와 부자가 되어 행복하게 산다는 이야기이다. 그리고 형이 이 사실을 알고는 동생이 한 것처럼 하지만 도리어 벌을 받는다는 내용이며, 보통 이러한 벌은 코가 길어지게 된다던지, 매를 흠뻑 맞아 못난이로 변한다는 내용이다. 오늘날 수집된 이야기 중 길림성의 〈옥수수 심어 보물 그릇을 얻다(種高粱得寶碗)〉[14], 요령성의 〈소당라(小鐺鑼)〉[15], 산서성의 〈조부와 조보(趙富與趙寶)〉[16], 사천성의 〈긴 코 형(長鼻子哥哥)〉[17], 절강성의 〈공작 징(孔雀鑼)〉[18], 광서성의 〈긴 코 할아버지(長鼻公)〉, 〈보석 한 조각(一塊寶石)〉, 〈금재동(金財洞)〉[19], 토가족(土家族)의 〈금주전자와 은주전자(金壺和銀壺)〉[20], 와족(佤族)의 〈욕심쟁이 형(貪心的哥哥)〉[21] 등이 이러한 이야기의 대표적인 예다. 이러한 이야기의 서사 구조는 기본적으로 『유양잡조』〈방이〉가 확립한 구조를 계승한 것이지만, 대부분 "Ⅰ. 누에 왕" 대목은 나타나지 않는다. 주의할 만한 점은 『중국 민간설화 집성 · 요녕권』에서는 또 "소당라(小鐺鑼)"

---

13) 劉守華, 「因禍得福的旅伴─"兩老友"故事解析」(劉守華, 『中國民間故事類型研究』, 武漢: 華中師範大學出版社, 2002에 수록)

14) 〈옥수수 심어 보물 그릇을 얻다(種高粱得寶碗)〉, 『中國民間故事集成 · 吉林卷』, 中國文聯出版公司, 1992년, 481쪽.

15) 〈소당라(小鐺鑼)〉, 『中國民間故事集成 · 遼寧卷』, 中國ISBN中心, 1994년, 498쪽.

16) 〈조부와 조보(趙富與趙寶)〉, 『中國民間故事集成 · 陝西卷』, 中國ISBN中心, 1996년, 475쪽.

17) 〈긴 코 형(長鼻子哥哥)〉, 『中國民間故事集成 · 四川卷』, 中國ISBN中心, 1998년, 489쪽.

18) 〈공작 징(孔雀鑼)〉, 『中國民間故事集成 · 浙江卷』, 中國ISBN中心, 1997년, 629쪽.

19) 〈긴 코 할아버지(長鼻公)〉, 『中國民間故事集成 · 廣西卷』, 中國ISBN中心, 2001년, 417~418쪽에 수록; 〈보석 한 조각(一塊寶石)〉, 위 책, 제418~412쪽에 수록; 〈금재동〉(金財洞), 위 책, 422~424쪽.

20) 〈금주전자와 은주전자(金壺和銀壺)〉, 『女兒寨傳說』, 長江文藝出版社, 1985년 판.

21) 〈욕심쟁이 형(貪心的哥哥)〉, 『佤族民間故事選』, 上海文藝出版社, 1989년 판.

이야기를 "요령성에서 흔한 설화 유형"의 하나로 열거하였으며, 최소 53개 현(시, 구)에서 이 이야기의 내용이 담겨있는 설화가 존재한다고 지적했다. 『중국 민간설화 집성·절강권』에서도 약속이나 한 듯 "소당라(小鐺鑼)"를 "절강성에서 흔한 설화 유형"의 하나로 들었으며 10개 현(시·구) 설화 집성 집(集成集)에 이문(異文)들을 싣고 있다. "소당라(小鐺鑼)"나 "공작 징(孔雀鑼)"은 보물의 이름만 다를 뿐,『유양잡조』에서의 금방망이와 큰 차이가 없으며, 서사 구조가 매우 비슷하다.

물론 민간설화는 변이성(變異性)이 그 특징으로, 많은 사람들 사이에서 전해 내려오는 동안 이러한 변이성은 더욱 크게 나타난다. 중국은 지역이 광대하고 민족이 다양하여, 서로 다른 지역과 서로 다른 민족 사이에서 설화의 이문(異文)이 전해내려 오고 있는데, 이는 각 지역이나 민족의 특징을 나타내 주고 있다. 예를 들어 티베트 족의 〈큰 호박(大南瓜)〉[22] 이야기에서는 큰 호박을 심은 동생이 사람들이 호박을 훔쳐갈까 두려워 밤에 호박에 구멍을 내고 들어가 그곳에서 잠을 잔다. 원숭이가 호박을 동굴 속으로 가지고 들어가 보물 표주박에 술을 담아 먹으려는데 동생이 호박에서 나와 보물 표주박을 얻게 된다. 형이 이 사실을 알게된 후 자신도 이 보물 표주박을 얻게 되었으나 사용할 줄 몰랐다. 이때 표주박을 치면서, 코로 "홍" 하는 소리를 내었더니 갑자기 코 다리가 되어 버렸다. 이러한 문학작품은 민중의 노동 생활로부터 유래한 것으로 독특한 내용과 재미를 느끼게 하여 구전 문학의 강인한 생명력을 보여 주고 있다.

'두 친구' 설화는 일반적으로 두 친구 간에 전개되는 이야기로 정내통(丁乃通)은 이를 AT613 "이인행(二人行) (진실과 거짓)"[23]으로 분류하였으며, 김영화(金榮華)는 AT613 "도깨비의 부주의로 인한 비밀의 누설(二人行)"로 칭하였다.[24] 1930년대 종경문(鍾敬文)이 「중국 민간설화 형식」에서 처음으로

---

22) 〈큰 호박(大南瓜)〉,『新娘鳥』, 重慶出版社, 1984년.
23) 丁乃通,『中國民間故事類型索引』, 北京: 中國民間文藝出版社, 1986. 212~216쪽.

50여 편의 설화 유형을 제시할 때 이러한 유형을 그 속에 포함시켜 '엿듣기' 형이라 불렀다. 그 대략적인 이야기의 흐름은 다음과 같다.

　一. 두 형제 (혹은 친구)가 있었는데, 형이 나쁜 마음을 먹고 동생을 쫓아낸다.
　二. 동생은 절 혹은 나무속에서 금수(혹은 도깨비 등)들이 하는 말을 엿듣게 된다.
　三. 동생은 그들이 한대로 따라 하여 많은 보물을 얻게 된다.
　四. 형도 동생을 시기하여 동생이 한대로 하지만, 결국에는 그들에게 먹히거나 혼줄이 나고 만다.[25]

　독일 국적의 미국계 학자인 에버하르트는 이러한 이야기를 "27. 원숭이 동굴"과 "28. 동물의 대화"로 분류했다. [26]
　이러한 유형의 설화는 '긴 코' 설화와 마찬가지로 선악의 이원적 대립의 서사 구조를 가지며, 선한 사람은 복을 받고 악한 사람은 선한 사람처럼 따라 하긴 하지만 오히려 벌을 받는다는 내용이다. 다른 점이 있다고 한다면 '긴 코' 설화에는 금방망이, 금도끼, 보물 표주박 등과 같은 보물이 나온다는 점이다. 그러나 '두 친구' 설화에서 관건이 되는 것은 '엿듣기'이며, 주인 공은 우연히 기괴한 동물, 도깨비 혹은 신선이 누설한 몇 마디 중요한 말을 듣게 되고, 이로부터 이야기가 이어지게 된다.
　1930년대, 초기의 중국 민간문학 연구자들은 이러한 설화의 존재를 충분히 주목했다. 하보청(何步靑)이 채록한 〈선보와 악보(善報和惡報)〉 이야기는 중국 절강성 의오(義烏) 일대에 전해 내려오는데, 그 내용은 대략 다음과 같다.

---

24) 金榮華, 『中國民間故事集成類型索引(一)』, 臺北: 中國口傳文學學會, 2000. 46쪽.
25) 鐘敬文, 「中國民間故事型式」, 『鍾敬文民間文學論集(下)』, 上海: 上海文藝出版社, 1985. 344쪽.
26) 艾伯華, 『中國民間故事類型』, 北京: 商務印書館, 1999. 42~47쪽.

선보와 악보라는 두 사람이 살았다. 선보는 3천 원이나 되는 돈을 들고 악보를 찾아 갔는데, 악보는 돈을 받고서 선보의 두 눈까지 빼버렸다. 선보가 산에 오를 때 인적이 드문 한 사당의 신상 옆에서 잠을 자게 되었는데 한밤중에 그곳에서 도깨비 한 무리가 대화하는 것을 듣게 되었다. 날이 밝고 나서 선보는 도깨비들이 말하던 보물을 찾아서 자신의 두 눈을 치료하고, 또한 서울로 가서 공주의 병까지 낫게 해 주어 그 대가로 부마가 되었다. 악보는 선보가 한 일을 듣고 나서 고의로 자신의 두 눈을 파버리고 선보가 갔던 사당으로 갔다. 한밤중에 도깨비들이 다시 나타났고, 그들은 악보를 잡아먹어 버렸다.[27]

위의 설화를 채록하는 기간에 절강성 소흥(紹興)의 〈호랑이 낭중〉(老虎郎中)[28], 부양(富陽)의 〈두 형제(兩兄弟)〉와 〈삼형제(三兄弟)〉[29], 동양(東陽)의 〈조유(助油)〉[30]도 함께 채록하여 발표되었는데, 이들은 중국에서 현대에 들어와 채집된 AT613형 설화의 시작이었다. 이들 설화를 채록한 사람들은 루자광(婁子匡), 섭경명(葉鏡銘), 채구고(蔡九皐) 등으로 그들은 채록 성과와 함께 중국 민간설화사(中國民間說話史)에 길이 기록되었다.

1950년대 이래로 각 지역의 '두 친구' 설화는 계속 채록되었으며, 유수화(劉守華)는 자신의 논문에서 중국의 감숙성, 길림성, 사천성, 호남성, 운남성 등의 지역에 분포하고 있는 한족(漢族), 백족(白族), 푸미족(普米族), 노족(怒族), 묘족(苗族), 장족(壯族), 수족(水族), 마오난족(毛南族), 무라오족(仏佬族), 티베트족(藏族), 몽골족(蒙古族), 우즈베크족(烏孜別克族), 여족(畲族) 등에게도 이 이야기가 전해 내려오고 있음을 밝혔다.[31] 최근에 출판된 『중국 민간설화 집성』의 각 성, 시, 자치구의 분책에서도 우리들은 이러한

27) 〈선보와 악보(善報和惡報)〉, 中山大學 『民俗』週刊 제64기 (1929.6).

28) 〈호랑이 낭중(老虎郎中)〉, 『紹興故事與歌謠』, 臺北東方文化書局, 1971년 재발간.

29) 〈두 형제(兩兄弟)〉, 中山大學 『民俗』週刊 제104기(1930.3)에 수록; 〈삼형제〉(三兄弟), 中山大學 『民俗』週刊 제107기(1930.4).

30) 〈조유(助油)〉, 『民間』月刊 제1권, 제4집(1931.9).

31) 顧希佳, 「兩妯娌與"蠱王"—"龍蠱"故事解析」(劉守華. 『中國民間故事類型研究』, 武漢: 華中師範大學出版社, 2002에 수록)

설화의 여러 가지 종적을 찾아 볼 수 있다. 북경의 〈임장과 임단(任長和任短)〉32), 길림성의 〈작은 돌 인간(小石頭人)〉, 〈착한 형과 나쁜 형(好心大哥和壞心大哥)〉33), 요녕성의 〈소당라(小鐺鑼)〉, 복건성의 〈선구와 악구(善求和惡求)〉, 〈정선과 무심(正善與無心)〉, 〈유정과 무의(有情和無義)〉34), 사천성의 〈왕강과 왕계(王强與王啓)〉, 〈만반과 반점(萬般和半點)〉35), 섬서성의 〈동장서단(東長西短)〉, 〈선회(先悔)가 있으면 후회가 없어(有先悔沒後悔)〉, 〈천리는 있고 양심은 없고(有天理無良心)〉36), 강소성의 〈천리와 양심(天理和良心)〉37), 광서성의 〈대길과 이사(大吉和利士)〉38) 등은 그중에서도 대표적인 텍스트들이다.

어떤 학자는 이러한 유형의 설화에서 인물의 배역은 일반적으로 동업관계의 친구로 설정한다. 이는 많은 이문(異文)에서 그 증거를 찾을 수 있지만, 그것의 변이형이라고 볼 수도 있다. 예를 들어 위에서 열거한 이문 중에 북경의 〈임장과 임단(任長和任短)〉, 산서성의 〈동장서단(東長西短)〉과 〈선회(先悔)가 있으면 후회가 없어(有先悔埋沒後悔)〉, 광서성의 〈대길과 이사(大吉和利士)〉 등도 두 형제간의 다툼이라 할 수 있다. 또 티베트족의 〈첫째와 둘째(老大和老二)〉도 역시 형제간의 이야기가 나온다. 거기서는

---

32) 〈임장과 임단〉, 『中國民間故事集成·北京卷』, 中國ISBN中心, 1998년, 838~839쪽에 수록

33) 〈작은 돌 인간〉, 『中國民間故事集成·吉林卷』, 中國文聯出版公司 1992년, 478~479쪽. 〈착한 형과 나쁜 형〉, 앞의 책, 489~491쪽.

34) 〈선구와 악구〉, 『中國民間故事集成·福建卷』, 中國ISBN中心, 1998년, 545~546쪽. 〈정선과 무심〉, 앞의 책, 546~548쪽. 〈유정과 무의〉, 앞의 책, 614~619쪽.

35) 〈왕강과 왕계〉, 『中國民間故事集成·四川卷』(上), 中國ISBN中心, 1998년, 496~498쪽. 〈만반과 반점〉, 앞의 책, 500~501쪽.

36) 〈동장서단〉, 『中國民間故事集成·陝西卷』, 中國ISBN中心, 1998년, 449~461쪽. 〈선회(先悔)가 있으면 후회가 없어〉, 앞의 책, 532~533쪽. 〈천리는 있고 양심은 없고〉, 앞의 책, 534~535쪽.

37) 〈천리와 양심〉, 『中國民間故事集成·江蘇卷』, 中國ISBN中心, 1998년, 604~605쪽.

38) 〈대길과 이사〉, 『中國民間故事集成·廣西卷』, 中國ISBN中心, 1998년, 548~550쪽.

둘째가 산 위의 작은 절간에서 마귀의 눈을 멀게 하여 그들을 때려 죽였으
며, 그 결과 마귀의 보물 그림을 얻게 되었다. 그 뒷부분의 이야기는 '두 친
구'의 이야기와 거의 유사한 형식을 띤다39). 또 한 예로 강소성 무석(無錫)
의 〈신선을 만난 형제(兄弟遇仙人)〉 이야기 역시 두 형제 사이에 전개된
다.40). 그리하여 '두 친구' 설화와 '긴 코' 설화 사이의 차이도 점점 좁아지
게 되었다.

그 외에도 한국 민간설화와의 비교 연구가 가능한 것으로 다음과 같은
유형의 작품들이 있다. 예를 들어 AT747 "착한 사람과 은혜 갚은 새"형에서
한국 민간설화인 〈흥부와 놀부〉를 가지고 이를 중국 길림성의 〈황금 박씨
(金瓜籽)〉41), 섬서성 〈수박 속에 든 큰 꽃뱀(西瓜裏有條大花蛇)〉42), 복건성
의 〈황금 박(金瓜)〉43), 절강성 해염(海鹽)에서 내려오는 〈수박씨 한 알(一粒
西瓜子)〉44)과 비교할 수 있을 것이다. 김종식(金宗植)은 이러한 유형의 이
야기를 '은혜 갚은 제비'형이라 부르는 것이 더욱 적합하다고 보았다. 이 유
형의 설화는 17세기 경 이미 중국의 광동, 상해 일대에서 전해지고 있었다.
그는 이 시기에 상해에서 한국의 전라도 해안으로 전해진 것으로 여겼다.
그러나 그는 동시에 "흥부전"이 담고 있는 친근한 형상이 이미 한국인의 의
식과 융합되었으며, 민간에서 떠돌던 설화에서 노래 형태로 변형되어 판소
리의 단계로 거듭난 후 소설화가 되기까지 이미 한국 민중 사이에서 뿌리
깊게 막힌 민간설화가 되었다고 여겼다.45) 이 방면의 비교 연구는 앞으로

39) 〈첫째와 둘째〉, 『藏族民間故事選』, 上海文藝出版社, 1980년.
40) 〈신선을 만난 형제〉, 『無錫民間故事精選』, 南京大學出版社, 1991년, 499~500쪽.
41) 〈황금 박씨〉, 『中國民間故事集成·吉林卷』, 中國文聯出版公司, 1992년, 488~489쪽.
42) 〈수박 속에 든 큰 꽃뱀〉, 『中國民間故事集成·陝西卷』, 中國ISBN中心, 1996년, 519~520쪽.
43) 〈황금 박〉, 『中國民間故事集成·福建卷』에 수록, 中國ISBN中心, 1998년, 623~624쪽.
44) 〈수박씨 한 알〉, 『中國民間文學集成·浙江省嘉興市海鹽縣卷』(內部資料, 1987), 490~492쪽.
45) 金宗植, 「"燕子報恩型"故事的源流」, 金東勛, 『朝漢民間故事比較研究』, 瀋陽: 遼寧民族

더 깊이 있게 이루어져야 할 것이다.

AT503형의 "도깨비가 떼어버린 혹, 다시 붙인 혹" 형태에서 우리는 한국의 민간설화인 〈혹부리 영감〉과 중국 사천성 티베트 족의 〈라마승의 민속춤(喇嘛跳鍋莊)〉46), 길림성의 〈혹부리 나무꾼〉47), 절강성 호주(湖州)의 〈동서 두 "다두(多頭)"〉48), 조선족의 〈두 명의 혹부리 영감〉49)을 비교 연구할수 있을 것이다.

그 외에도 〈이상한 샘물〉, 〈요술 부채〉의 이야기 구조와 대체로 비슷한 중국의 민간설화는 마찬가지로 그 예가 많지만 논문이 너무 길어지는 것을 막기 위해 다 열거하진 않겠다. 그러나 이상의 연구와 논의를 통하여 '방이' 설화의 그룹은 중국과 한국 두 나라의 민간 구전 영역에서 광범위하게 유포되어 있음을 생생하게 알 수 있다.

IV.

본 논문을 매듭짓기 전에 한 번 더 숙고해 보아야 할 문제가 있어 학계에 가르침을 청한다.

우선 우리는 '방이' 설화가 도대체 어떻게 발생하였는지, 그의 초기 형태 혹은 그 원형(原型)은 도대체 어떤 것인지에 대해 계속 찾아보아야 할 것이다.

『유양잡조(酉陽雜俎)』는 의심할 나위 없이 고대 민간문학을 널리 채록한

出版社, 2001.

46) 〈라마승의 민속 춤〉, 『中國民間故事集成·四川卷』(下), 中國ISBN中心, 1996년, 1037~1038쪽.

47) 〈혹부리 나무꾼〉, 『中國民間故事集成·吉林卷』, 中國文聯出版公司, 1992년, 477~478쪽.

48) 〈동서 두 '다두'〉, 『浙江省民間文學集成·湖州市故事卷』, 浙江文藝出版社, 1991년, 266~267쪽.

49) 〈두 명의 혹부리 영감〉, 『朝鮮族民間故事選』, 上海文藝出版社, 1982년.

훌륭한 책이다. 노신(魯迅)은 이 책에 대해 "매우 광범위한 내용을 담고 있을 뿐 아니라 수록된 내용들은 매우 가치 있는 것들이다."[50]라고 한 말은 매우 일리가 있다. 『유양잡조』에서는 〈방이〉 설화를 분명 신라의 설화라 하였고, 이미 정론이 되었다. 한반도의 역사상 고구려, 백제, 신라의 삼국은 물론이며, 이후의 통일신라, 고려, 조선 등의 왕조에 이르기까지 모두 중국과 깊은 문화적 교류관계를 맺어 왔으며, 중국 문화의 영향을 많이 받았다. 초기의 한반도에 전해 내려온 민간설화는 단순히 구전되어 오던 것으로서 이후에 한자가 유입된 후에야 비로소 문자로 표기되었다. 당나라 때 중국 국경 내에는 한민족의 문화 사절들은 끊이지 않았으며, 그중에는 외교사절, 승려, 선비, 상인 그리고 기타 거주민 등 많은 사람들이 포함되어 있었다. 그리고 그들은 휴식이나 쉴 틈을 이용해 중국인에게 한민족의 민간설화를 들려주었던 것으로 보인다. 그 이야기들 중에 〈방이〉 설화도 포함되어 있었을 것이며, 그 후 이 이야기는 당나라 때의 작가 단성식(段成式)에 의해 쓰여지게 되었을 것이다. 단성식은 민간설화의 연구와 기록에 깊은 흥미를 보였으며, 이러한 흥미로 인하여 그는 당나라 때의 민간문학의 경전이자 일찍이 학술계의 주목을 받았던 『유양잡조』를 쓰게 된 것이다. 또한 『유양잡조』가 쓰여지기 전 매우 긴 시간 동안, 심지어 그 후 상당한 기간 동안 중국의 민간설화 기록에서는 '방이' 설화와 유사한 이야기가 쓰여지지 않았다는 사실을 토대로 볼 때에도 〈방이〉 설화는 한반도에서 유입된 것으로 보인다.

하지만 그렇다면 왜 『유양잡조(酉陽雜俎)』가 〈방이〉 설화를 기록한 후, 우리가 접하는 그처럼 많은 이문(異文)들은 완정한 형태가 아니라 이야기의 전반부나 혹은 후반부의 일부분만 전해오는 것일까? 특히 앞부분의 '용잠(龍蠶)'형 설화와 같은 경우에는 송나라 때 쓰여진 『이견지(夷堅志)』에서

---

50) 顧希佳, 「吳越蠶絲文化向日本的流播及其比較」, 『農業考古』, 2002, (3). 75쪽.

부터 현대에 채록된 작품집에 이르기까지 대량의 변형된 작품들, 즉 이문(異文)들이 눈에 띄지만, 이러한 것은 한국에서는 오히려 찾아보기 힘들다는 점이다. 일반적으로 누에가 실을 뽑아내는 양잠 기술은 중국에서 한반도와 일본 등지로 전해진 것으로 알려져 있다. 양잠에 관련된 많은 이야기들 역시 이러한 경로를 통하여 동쪽으로 전해졌다.[51] 그러한 연유로 필자는 '용잠(龍蠶)' 설화는 중국 특성이 매우 강한 중국 민간설화이며, 중국과 한국의 문화교류 중에서 이것이 한국의 민간설화로 변하게 되었으며, 어느 순간 '엿듣기'형 이야기와 결합하여, 오늘날 우리가 보고 있는『유양잡조』〈방이〉 설화로 변모하게 된 것이라 생각한다. 물론 이와 같은 사실을 확인하기 위하여서는 더 많은 연구가 필요할 것으로 보인다.

그와 동시에 필자는 '방이' 설화 중의 "Ⅱ, Ⅲ, Ⅳ"의 세 개 모티프는 서로 연결되어 매우 강인한 생명력을 가진 하나의 이야기이자, 게다가 수시로 여러 가지 변형된 이야기들을 만들어 내는 원형이기도 하다. 본 논문에서 이미 언급했던 설화 유형이 거의 모두 이와 관련이 있다. 자세히 분석하여 보면 설화의 모티프와 구성에서 매우 유사함을 알 수 있다. 예를 들어 '두 형제(친구)' 내지 그들 간의 선악의 대립, '삶은 씨앗', '엿듣기', '사람에게 행복을 가져다주는 보물' 등등이 그러하다. 많은 '방이' 설화의 이문(異文)들은 바로 위에서 서술한 이러한 모티프의 기초 위에서 변형된 것이며, 또한 "Ⅰ. 용잠" 역시 앞서 언급한 모티프의 기초 위에서 나온 것이며, 단지 이 설화의 서사 형태가 특수하다는 일면이 있을 뿐이다. 이에 근거하여 필자는 '방이' 설화의 원형은 원래가 "Ⅱ, Ⅲ, Ⅳ"의 3개의 모티프 형식으로 구성되어 있다가, 후에 전반부를 이루는 "Ⅰ. 용잠" 설화와 복합되어 전체 이야기를 구성하게 되었다고 생각한다.

스티스 톰슨의 연구에 의하면 AT613형 설화 유형은 오랜 역사를 가지고

있으며 이러한 종류의 이야기에서 나오는 '엿듣기' 모티프는 유럽과 아시아의 구전문학에서 강한 영향력을 행사하고 있다고 한다. 이러한 설화의 형성은 최소한 1500여 년은 되었으며, 한문으로 된 불교 문헌, 힌두교와 자이나(Jaina)교 저작 및 히브리어 문헌 중에도 볼 수 있으며 이들은 모두 9세기 이전의 것이며 어떤 것들은 더욱 이른 것도 있다. 중세기 문헌인 『천일야화』와 『카타스 문집』, 파시러의 소설화된 이야기인 『최고의 이야기』중에도 이러한 내용이 나타나고 있다.[52] 유수화(劉守華)의 연구에 의하면 중국의 AT613형의 이야기의 근원은 인도라고 한다.[53] 비록 현재까지 이러한 이야기들이 인도에서 중국을 거쳐 한반도에 이르게 되었다는 증거를 충분히 확보할 수는 없지만, "Ⅰ. 용잠"은 AT613형의 설화가 중국으로 전해 진 후 발생된 것으로 볼 수 있다는 가설은 가능해 보인다.

두 번째로 본 연구를 통하여 AT분류법을 이용한 동양의 민간설화 연구는 여러 가지 부족한 점이 있음을 알 수 있다. 예를 들어 '긴 코' 설화와 '두 친구' 설화는 서로 다른 점이 명확히 드러나지 않으며, '두 형제'와 '친구'에서부터 '두 동서'에 이르기까지 이러한 인물의 이원 대립 역시 사람들 사이에 이야기가 전해지는 과정에서 결코 넘을 수 없는 경계는 아니다. 구술가는 수시로 그들을 임기응변식으로 바꿀 수 있다. 중국 현대의 동류 설화 중에서 심지어 "지주와 장공(地主與長工)"이라는 인물 설정이 나타나지만 이야기의 내용 구조는 오히려 전통적인 유형에 근거하고 있다. 주인공은 결국 신기한 말을 엿듣게 되는가, 아니면 신기한 보물을 얻게 되는가? 이 두 가지 모티프는 이야기하는 사람에 따라서 자주 바뀔 수 있으며, 전체 이야기의 흐름에는 영향을 미치지 않는다. 다시 예를 들어 그것들은 "태양산(太陽山)", "선악의 형제와 은혜 갚은 새", "도깨비가 떼어버린 혹, 다시 붙

52) 스티스 톰슨, 『世界民間故事分類學』, 上海: 上海文藝出版社, 1991. 99~100쪽.

53) 劉守華, 「因禍得福的旅伴—『兩老友』故事解析」(劉守華, 『中國民間故事類型研究』, 武漢: 華中師範大學出版社, 2002에 수록.)

인 혹" 등의 여러 유형의 이야기에서 서로 바꾸어질 가능성도 있다. 이렇게 가면 많은 이야기의 유형 간에는 한계점은 비교적 모호해지게 되고 민간설화 분류를 시도하는 사람들로 하여금 따를 수 있는 잣대가 없어지도록 만들고 만다. 이러한 연유로 AT분류법을 수정하여, 중국 혹은 동아시아 민족의 전통 이야기의 실제 상황에 맞은 분류법이나 유형별 색인을 만들어야 할 것이다. 이는 비록 힘든 작업이 될 것이지만 이미 우리의 연구 일정에 올라와 있는 상태이다. 한·중 민간설화의 비교에서 이미 그 연구의 필요성을 급박하게 느끼고 있다.

세 번째로 우리는 한국의 초등학교 국어과 교재에는 한국의 민간설화가 많이 있고 교과서를 편찬함에 있어서 매우 개방적으로 이러한 전통 설화를 사용하고 있음을 알았다. 학생들에게 이러한 전통 설화를 들려줌으로서 초등학교 어문 교육 나아가 초등학교 교육 전반에 이르기까지 큰 이점이 있으며, 매우 연구할 가치가 있음을 알았다. 이를 타산지석의 교훈으로 삼아 중국의 초등학교 어문교육에서도 더 많은 발전이 있어야 할 것이다.

부기: 한국 부산교육대학교(釜山敎育大學校) 이신성(李愼成) 교수는 한국 민간설화에 관한 많은 자료를 제공해 주었고, 또 한국 유학생 김은경(金恩慶) 양은 나를 위해 번역을 해주었기에, 본 논문을 순조롭게 완성할 수 있었다. 이에 두 분께 진심으로 감사의 말씀을 드린다.

〈방이설화(旁㐌說話)〉 모티프의 교과서 수록양상 연구

권효명[*]

I. 머리말

〈방이설화(旁㐌說話)〉는 9세기 중국 문헌인 단성식(段成式)의 『유양잡조(酉陽雜俎)』[1]에 신라의 이야기로 소개되어 전하며, 그 뒤 『유양잡조속집(酉陽雜俎續集)』권1, 『태평어람(太平御覽)』권481 등에 거듭 수록되었고, 우리 문헌으로는 안정복(安鼎福)의 『동사강목(東史綱目)』에 인용되어 있다.[2]

〈방이설화(旁㐌說話)〉는 〈박타는 처녀설화(處女說話)〉와 함께 〈흥부전(興夫傳)〉의 근원설화(根源說話)로 알려져 왔을 뿐, 내용과 구조, 모티프 등의 전승 양상에 대한 연구는 아직 미미하다.

이에 본고에서는 문헌 기록으로 전하는 〈방이설화〉의 전승양상을 살펴보고 내용과 구조, 그리고 유형을 알아보고자 한다. 그리고 그것이 어떤 양상으로 변이되어 오늘날에 전승되고 있는지 밝히고자 한다. 또한 〈방이설

* 초읍초등학교 교사
1) 段成式(?~863)이 지은 중국 唐나라 때의 수필집. 通行本은 前集 20권, 續集 10권. 이상한 사건, 황당무계한 이야기를 비롯하여 도서·衣食·풍습·동식물·의학·종교·人事 등 온갖 사항에 관한 것을 탁월한 문장으로 흥미 있게 기술하였다. 당나라 때의 사회를 연구하는 데 귀중한 사료가 되며, 또한 고증적인 내용은 문학이나 역사연구에서 중요한 자료이다. 『두산세계대백과사전』
2) 국어국문학 편찬위원회 편, 『국어국문학자료사전』, 한국사전연구사, 1994, 2159쪽.

화〉에 나타나는 모티프들에는 어떤 것이 있으며, 그것이 민담에 어떤 모습으로 수용되어 있는지 알아보려고 한다.

초등학교 국어 교과서에 수록된 제재들 중 〈방이설화〉의 모티프를 수용하고 있는 제재들을 찾아서 설화의 특징, 〈방이설화〉가 가지는 특수성에 부합하는 교수·학습 방법을 활용하는지 살펴보고자 한다. 아울러 〈방이설화〉 모티프들이 교과서에 수록된 양상을 살피고, 적절한 학습 방법을 찾아 교재에 대한 이해를 높이고자 한다.

Ⅱ. 〈방이설화〉의 전승양상

『유양잡조속집(酉陽雜俎續集)』과『동사강목(東史綱目)』, 그리고『조선민족설화의 연구』에 기록된 〈방이설화〉를 각각 시원적(始原的) 설화, 교량적(橋梁的) 설화, 현재적 설화로 명명하였다.

1. 시원적(始原的) 설화 -『유양잡조속집(酉陽雜俎續集)』에서

〈방이설화〉가 언제부터 구비 또는 기록된 것인지는 알 수 없으나, 문헌에 처음 나타난 것은 약 천 이백여 년 전인 9세기 당(唐)나라 때이다. 기록문학의 역사는 구비문학의 역사에 비해서 현저히 짧으며, 구비문학을 바탕으로 기록문학이 시작될 수 있었다. 따라서 〈방이설화〉는 기록된 9세기보다 훨씬 더 오래 전부터 이야기되었다고 볼 수 있다. 신라의 이야기가 당나라까지 전해지는 공간적 이동을 고려해 볼 때도 한반도 전체에 널리 회자된 것으로 짐작할 수 있다. 따라서『유양잡조속집(酉陽雜俎續集)』에 실린 〈방이설화〉는 기록된 것으로 찾아볼 수 있는 가장 오래된 문헌 기록이다.

단성식(段成式)이 쓴 수필집『유양잡조속집(酉陽雜俎續集)』의 첫머리에

기록된 〈방이설화〉의 내용은 아래와 같다.3)

　　신라 제일 귀족 김가가 있었는데 그 먼 조상의 이름은 旁㐌이다. 방이는 아우
한 명이 있었는데 아주 부자였다. 형 방이는 아우와 따로 살아서 옷과 밥을 구걸
했다. 사람들이 방이에게 모퉁이 땅 한 이랑을 주어 방이는 아우에게 누에와 곡
식 종자를 구하러 갔다. 아우는 그 종자를 삶아서 주었으나 방이는 알지 못했다.
　　누에가 알에서 깨어날 때, 한 마리가 살아서 나왔다. 이 누에는 하루에 한치씩
자라 십여 일이 되자 소만큼 커져서 여러 그루의 뽕잎을 먹여도 모자랐다. 그 아
우가 이를 알고 틈을 엿보아 그 누에를 죽여 버렸다. 며칠 사이 사방 백 리 안의
누에가 다 날아와 그 집에 모였다. 사람들은 큰누에[巨蠶]라 불렀는데 누에왕이
라는 뜻이다. 모든 이웃들이 함께 누에에서 실을 켰다.
　　곡식이 주어지지 않았는데 오직 한 줄기만 심었더니 그 이삭이 자라 한 자쯤
되었다. 방이는 늘 이를 지켰는데 문득 새가 이삭을 꺾어 물고 갔다. 방이는 새
를 쫓아 산으로 오 리쯤 올라갔는데 새는 돌 틈으로 들어갔다. 해는 지고 길은
어두워 방이는 돌 곁에 그냥 있었다. 한밤중 달은 밝은데 여러 명의 아이들이 붉
은 옷을 입고 놀고 있는 것을 보았다. 한 아이가 말했다.
　　"너는 무슨 물건을 필요로 하느냐?"
　　한 아이가,
　　"술이야."

3)　新羅國有第一貴族金哥其遠祖名旁㐌有弟一人甚有家財其兄旁㐌因分居乞衣食國人有與
其隙地一畝乃求蠶穀種於弟弟蒸而與之㐌不知也至蠶時有一蠶生焉日長寸餘居旬大如牛食
數樹葉不足其弟知之伺間殺其蠶經日四方百里內蠶飛集其家國人謂之巨蠶意其蠶之王也四
隣共繰之不供穀唯一莖植焉其穗長尺餘旁㐌常守之忽爲鳥所折衝去旁㐌逐之上山五六里鳥
入一石罅日沒徑黑旁㐌因止石側至夜半月明見群小兒赤衣共戲一小兒云爾要何物一日要酒
小兒露一金錐子擊石酒及樽悉具一曰要食又擊之餠餌羹炙羅於石上良久飲食而散以金錐揷
於石罅旁㐌大喜取其錐而還所欲隨擊而辦因是富侔國力常以珠璣瞻其弟弟方始悔其前所欺
蠶穀事仍謂旁㐌試以蠶穀欺我我或如兄得金錐也旁㐌知其愚諭之不及乃如其言弟之止得
一蠶如常蠶穀種之復一莖植焉將熟亦爲鳥所衝其弟大悅隨之入山至鳥入處遇群兒怒曰是竊
予金錐者乃執之謂曰爾欲爲我築糖(一作塘)三版乎欲爾鼻長一丈乎其弟請築糖三版三日饑
困不成求哀於鬼乃拔其鼻鼻如象而歸國人怪而聚觀之慚恚而卒其後子孫戲擊錐求狼糞因雷
震錐失所在. (段成式, 『酉陽雜俎續集』, 百部叢書集成, 中國影印, 台北:藝文印書館, 1965,
고려대학교 소장본.)

라고 했다.

아이가 쇠방망이를 내어 돌에 쳤더니 술과 술잔이 다 갖추어 나왔다. 한 아이가 먹을 것을 요구했다. 또 쇠방망이를 돌에 쳤더니 떡과 국과 고기들이 돌 위에 벌여졌다. 아이들은 한동안 음식을 먹고는 흩어졌는데 쇠방망이는 돌 틈에 끼워 두었다. 방이는 매우 기뻤다. 방이는 그 방망이를 가지고 돌아왔다. 방이는 하고자 하는 바대로 쳐서 구했다. 그래서 富가 임금과 같았다. 항상 구슬과 보배를 쓰니 그 동생이 부러워하였다.

아우는 비로소 전에 누에와 곡식 종자를 속인 일을 뉘우쳐 방이에게 말했다. "시험 삼아 누에와 곡식으로 저를 속이시면 저도 형님과 같이 쇠방망이를 얻을 수 있을런지요."

방이는 아우의 어리석음을 알고 그를 깨우쳤으나 미치지 못하여 그 말과 같이 했다. 아우는 누에를 쳐서 누에 한 마리를 얻었는데 보통 누에와 같았다. 곡식을 심었더니 한 줄기만 자랐다. 곡식이 익을 무렵 또한 새가 물고 가서 아우는 크게 좋아하여 새를 따라 산으로 들어갔다. 새가 들어간 곳에 도착한 아우는 여러 아이를 만났다. 아이들은 성을 내어 말했다.

"네놈이 쇠방망이를 훔쳐 갔지."

곧 그를 잡아 말했다.

"너는 세 판[한 판은 여덟 자]의 연못을 쌓겠느냐? 너의 코를 한 자 빼겠느냐?"

아우는 간청하여 연못 세 판을 쌓겠다고 했으나 삼 일을 굶주리고 피곤하여 쌓지 못하고 도깨비에게 애걸하였으나 그 코를 뽑혔다. 아우는 코끼리 코 같이 되어 집으로 돌아왔는데 사람들이 모두 이상하게 생각하여 모여 구경했다. 그는 부끄러워하며 앓다가 죽었다.

자손들이 장난삼아 쇠방망이를 쳐 이리 똥을 구하려 하니 뇌성벽력이 내리쳐서 쇠방망이가 있는 곳을 잃어 버렸다.[4]

이 설화는 전형적인 우애설화로 후대에까지 지속적으로 확인되고 있으며, 속담이나 상투어로 인용되기도 한다.

---

4) 이신성, 『우리 고전문학 교재의 이해』, 보고사, 1999, 302-303쪽 참조. 한문 원문과 한글번역을 참고하여 필자가 문맥에 맞도록 수정했다.

이웃 사람들이 방이에게 땅을 준 것으로 미루어 형 방이는 천성이 착하고 어질고 근면하다는 것을 짐작할 수 있다. 반면에 재산이 많은 아우는 곡식 종자를 꾸러 온 가난한 형을 돕기는커녕 곡식 종자와 누에를 쪄서 주는 심술을 부린다. 형은 그런 줄 모르고 헛고생을 할 터이니 차라리 주지 않음만 못하다. 그러다가 착하게 살던 형이 부자가 된 것을 시기하여 부자가 된 내력을 흉내내다 동생이 망신을 당한 것은, 형과 아우의 사정이 바뀌어 〈흥부전〉에 그대로 확인되고 있다. 이렇게 재산을 대상으로 잘된 쪽의 행동을 모방하는 구조는 여러 구비문학자료에서 확인되고 있는데 이를 설화의 유형 중 '모방담'으로 분류한다.

〈방이설화〉는 모방 행위가, 한쪽은 선(善)하고 다른 한쪽은 악(惡)한 형제지간에 이루어지므로 본고에서는 이를 '兄弟之間 模倣譚'이라고 하였다.

속담에서도 〈방이설화〉의 모티프를 수용하는 경우가 있는데, 제 앞 건사도 힘들다는 뜻으로 '내 코도[개] 석자'라고 하는 것이 그것이다. 무엇을 구하러 가거나, 담판을 지으러 갔다가 성공하지 못하고 오히려 욕만 당하고 오는 경우 '코만 빼이고 왔다'라고 하는 것도 이 이야기에서 유래된 것으로 짐작할 수 있다. 그리고 무슨 일을 도모하다가 아니 되고 오히려 손해를 보거나 잘못되면 '큰 코 다쳤네'라고 하는 것도 이와 관련된 것으로 보인다. 이 만큼 〈방이설화〉는 널리 전파되었으며, 오랫동안 생명력을 갖고 전승되어 왔음을 알 수 있다.

설화가 기록되어 전하는 문헌들은 상당수가 조선시대에 저술되었다. 이보다 앞서 설화의 보고라 할 수 있는『삼국유사』가 고려시대인 13세기에 저술되었고,『삼국사기』의 완성은 이보다 1세기 빠른 1145년이었다.『유양잡조속집(酉陽雜俎續集)』은 이보다 훨씬 앞선 9세기 문헌이다. 따라서 보다 앞선 시기의 〈방이설화〉의 모습을 알 수 있다. 그래서 필자는『유양잡조속집(酉陽雜俎續集)』에 기록된 〈방이설화〉를 '시원적(始原的) 설화(說話)'라 명명(命名)하였다.

2. 교량적(橋梁的) 설화 - 『동사강목(東史綱目)』5)에서

『동사강목(東史綱目)』의 부록 상권 중 '괴설변증(怪說辨證)' 편에 〈방이설화〉가 전하고 있다. 이것은 우리나라의 문헌 기록으로는 최초로 보인다. '주몽의 이야기'에 이어 『유양잡조(酉陽雜俎)』에서 인용했음을 언급하면서 〈방이설화〉를 다음과 같이 기록하고 있다.

旁㐌는 신라 사람인데, 그 아우가 매우 부자로 살았다. 旁㐌는 따로 살면서 의식을 구걸하니, 나라 안의 어느 사람이 그에게 빈 땅 일묘를 주었다. 旁㐌는 곧 그 아우에게 누에와 곡식 종자를 구하니, 그 아우는 그 종자를 쪄서 주었으나 旁㐌는 그 사실을 몰랐다. 뒤에 마치 소만한 누에 한 마리가 나와 두어 나무의 뽕잎을 먹어도 부족하였다. 아우는 그를 알고 그 누에를 죽이니 사방 1백 리 주위에 있는 누에들이 그 집에 날아들어 蠶王이라 일컬었다. 사방의 이웃이 같이 실을 켜 길쌈을 하되 값을 내지 못하게 하였다.

곡식은 오직 한 알이 붙은 이삭이 그 길이가 한자가 넘었다. 旁㐌는 항상 이를 지키고 있었는데, 하루는 갑자기 새 한 마리가 날아와 그 곡식을 물어갔다. 旁㐌는 그 새를 쫓아 산으로 들어가니 새는 돌틈으로 들어가 버렸다. 旁㐌는 하는 수 없이 그 돌 곁에 머물러 있었다. 그러자 밤이 되어 달이 밝았는데, 여러 아이가 붉은 옷을 입고 같이 노는 것이 보였다. 그런데 한 아이가,

"네가 무엇을 원하는가?"

하니, 그 아이의 대답이,

"술을 원한다."

---

5) 조선 숙종 때의 학자 安鼎福이 저술한 국사책. 활자본. 20권 20책. 『資治通鑑綱目』의 체제에 따라 고조선부터 고려까지의 역사를 編年體로 서술한 것으로, 1778년(정조 2)에 완성되어 필사본으로 전하다가 1915년 朝鮮古書刊行會에서 활자본으로 간행하였다. 활자본은 본문 19권, 부록 3권으로 이루어졌으며, 책머리에 스승 李瀷의 미완성 序와 저자의 自序·목록·범례·歷代傳授圖·지도·歷代官職沿革圖가 있고, 부록은 고이(考異)·괴설(怪說)·잡설(雜說)·지리강역고정(地理疆域考正)으로 되어 있다. 箕子朝鮮을 정통으로 삼아 단군조선을 이에 부수시키는 등의 오류를 범하고는 있으나, 역대관직연혁도와 부록 중에 수록된 고증의 일부는 귀중한 성과로 평가되고 있다. 정부지원 고전국역사업의 하나로 민족문화추진회에서 번역, 출간하였다. 『두산세계대백과사전』,

하였다. 그 아이가 하나의 금방방이[金錐]를 내어 돌을 치니 술과 술통이 나와 갖추어지고, 또 한 아이가 음식을 원한다는 말에 또 그 방망이를 치니, 떡, 국, 炙 등의 각색 음식이 돌 위에 나열되었다. 그를 먹으면서 한참 동안 놀다가 흩어지면서 그 금방망이를 돌 틈에 꽂았다. 旁𪛔는 그 방망이를 가지고 돌아와 하고 싶은 대로 그 방망이를 두들겨 장만하였다. 그리하여 그의 富함이 나라와 겨루었으며, 항상 珠璣의 보물로 그 아우를 만족하게 해 주었다. 뒤에 그 아우가 형의 일을 본받으려 하다가 뭇아이들에게 잡혀 그 코가 코끼리 코처럼 뽑혀서 돌아왔다.6)

『유양잡조속집(酉陽雜俎續集)』의 〈방이설화〉와 비교해 보면, 형 방이가 금방망이를 얻어서 돌아오는 부분까지는 큰 차이점이 없고, 이야기 후반부, 동생이 형의 행위를 모방하는 부분에는 차이점이 보인다. 전자는 동생의 모방 행위를 자세히 서술하고 있다.

동생이 형 방이에게 찾아가서 누에와 곡식으로 자신을 속이라고 해서 방이가 그렇게 한 것, 누에가 보통 누에와 같았고, 곡식 역시 한 줄기만 자랐지만 보통 크기였다는 것, 그리고 붉은 옷을 입은 아이에게 들켜 코를 뽑히게 되는 내력 등을 자세히 기록하였다. 그리고 동생은 코를 뽑히고 돌아와서는 부끄러워하며 앓다가 죽고 만다. 방이의 자손들이 장난 삼아 금방망이를 치며 이리 똥을 구하자 뇌성벽력이 치며 방망이를 잃어버렸다는 후일담도 이어진다.

이에 반해 『동사강목(東史綱目)』의 〈방이설화〉에서는 동생이 형의 행위를 모방하는 이야기의 후반부를 '뒤에 그 아우가 형의 일을 본받으려 하다가 뭇아이들에게 잡혀 그 코가 코끼리 코처럼 뽑혀서 돌아왔다'로 끝을 맺고 있다. 그리고 동생의 죽음과 금방망이에 관한 후일담은 전하지 않고 있다.

---

6) 安鼎福, 國譯『東史綱目』, 민족문화추진위원회, 1980, 170쪽. 한문 원문은 생략하고 번역문만 참고하였다.

『동사강목(東史綱目)』의 〈방이설화〉는 『유양잡조(酉陽雜俎)』에 처음 모습을 보인 후 약 900년이 지나 우리나라의 문헌에 처음 나타났다. 저자의 의도와는 상관없이 〈방이설화〉가 현재로 이어질 수 있는 역할을 하였기에 『동사강목(東史綱目)』 소재 〈방이설화〉를 '교량적(橋梁的) 설화'라 이름하였다.

3. 현재적 설화 - 『조선민족설화의 연구』[7]에서

'신라(新羅)의 금추설화(金錐說話)'[8]는 1947년에 간행된 『조선민족설화(朝鮮民族說話)의 연구(研究)』, 제1편 '중국(中國)에 전한 조선설화(朝鮮說話)' 부분에 등장하는 첫 설화이다. 주인공 방이(旁㐌)의 이름 대신 '금방망이' 또는 '쇠방망이'로 해석될 수 있는 '금추(金錐)'를 제목으로 하고 있다. 이 책에 실린 설화는 『유양잡조속집(酉陽雜俎續集)』의 한문 원문을 그대로 인용하고 있는데 의미에 맞도록 자간을 띄어 쓴 것이 다르며, 필사할 때 바뀌거나 첨가된 글자[9]들이 한두 군데 보인다.

---

7) 손진태, 『조선민족설화의 연구』, 을유문화사, 1947. 1981년에 『한국민족설화의 연구』로 재출간됨.

8) 新羅國 有第一貴族金哥 其遠祖名旁㐌 有弟一人 甚有家財 其兄旁㐌 因分居 乞衣食 國人有與其隙地一畝 乃求蠶穀種於弟 弟蒸而與之 旁㐌不知也 至蠶時 有一蠶生焉 日長寸餘 居旬 大如牛 食數樹葉 不足 其弟知之 伺間殺其蠶 經日 四方百里內 蠶悉飛集其家 國人謂之巨蠶 意其蠶之王也 四隣共繰之 不供穀 唯一莖植焉 其穗長尺餘 旁㐌常守之 忽爲鳥所折衛去 旁㐌逐之 上山五六里 鳥入一石罅 日沒徑黑 旁㐌因止石側 至夜半 月明 見群小兒 赤衣共戲 一小兒云 爾要何物 一日要酒 小兒露一金錐子 擊石하니 酒及樽悉具 一日要食 又擊之 餅餌羹炙 羅於石上 良久飲食而散 以金錐 揷於石罅 旁㐌大喜 取其錐而還 所欲隨擊而辦 因是富侔國力 常以珠璣 瞻其弟 弟方始悔其前所欺蠶穀事 仍謂旁㐌 試以蠶穀欺我 我或如兄得金錐也 旁㐌知其愚諭之不及 乃如其言 弟蠶之 止得一蠶 如常蠶 穀種之 得一莖植焉 將熟 亦爲鳥所衛其弟大悅 隨之入山 至鳥入處 遇群兒 怒日 是竊予金錐者 乃執之 謂日 爾欲爲我築糖 (一作塘) 三版乎 欲爾鼻長一丈乎其弟請築糖三版 三日餓困不成 求哀於鬼 乃拔其鼻 鼻如象而歸 國人怪而聚觀之 慚恚而卒 其後子孫 戲擊錐求狼糞因雷震 錐失所在

9) 문맥상 첨가된 글자-旁, 悉. 바뀐 글자-餓 ← 饑

이 설화는 지금까지 여러 설화에 영향을 주면서 전해지고 있다. 어떤 설화에서는 악한 형과 빈곤한 아우로 바뀌어서 형이 곡식의 종자를 줄 때 그것을 쪄서 주기도 하고, 또 어떤 설화에서는 남의 흉내를 내어 도깨비에게 부자방망이를 얻으러 갔다가 다리를 빼어와서 동네 사람들의 웃음거리가 되었다고 전하기도 한다.

방이의 이야기는 코와 관련된 속담과도 관련이 있다. 제 앞도 건사하기 어렵다는 경우 '오비(吾鼻)도 수삼척(數三尺)인데' 또는 '내 코도 석자나 되는데'라는 말이 있고, 무엇을 구하러 혹은 담판을 지으러 갔다가 실패하고 욕만 당한 경우에 '코만 빼이고 왔다'는 말을 쓰기도 한다.

지금까지 전하고 있는 민담들 중 〈방이설화〉와 같이, 도깨비로부터 부자방망이를 얻는 것을 보고 다음 사람이 갔다가 봉변만 당하고 돌아오는 이야기들은 매우 많이 있다.

손진태의 『조선민족설화의 연구』는 현대 한국 설화연구의 본격적인 출발이었다.[10] 이 연구에서 설화의 세계적인 유형들을 두루 망라하면서 문화사적 연구를 통해 우리 민족 설화가 세계적인 보편성을 지니고 있음을 밝히고 있다. 이 연구는 〈방이설화〉가 널리 알려지는 계기가 되었고, 이후에 〈방이설화〉가 〈흥부전〉의 근원설화로 알려지게 되었다. 그래서 여기에 실린 '금추설화(金錐說話)' 곧 〈방이설화〉를 '현재적(現在的) 설화'로 부르기로 하였다.

Ⅲ. 〈방이설화〉의 구조와 유형

〈방이설화〉는 선한 선행자의 행위를 모방자가 흉내내다가 낭패를 보게 된다는 내용의 전형적인 모방담이다. 모방담은 선행자의 행위와 결말이 나

---

10) 成耆說, 『한국설화의 연구』, 인하대학교 출판부, 1988, 5-6쪽 참조.

타나는 제1삽화와 모방자의 행위와 결과가 나타나는 제2삽화로 이루어지며 두 삽화는 '모방' 행위로 긴밀하게 연결된다.

1. 진실과 허위의 대립 구조

〈방이설화〉는 전형적인 '모방담(模倣譚)'이다. 민담 가운데에는 이렇게 '모방(模倣)'에 의한 반복 행위로 사건이 전개되는 이야기들이 다수 있다. 대개 이런 이야기들은, 상반되는 성격의 두 인물을 등장시켜 선행자(先行者)의 행위를 모방자(模倣者)가 의도적으로 반복하는 모방의 형태를 띠고 있다. 그렇기 때문에 선행자의 행위와 그 결과, 모방자의 행위와 결말이라는 두 개의 삽화가 대등하게 연결되고 있다. 제1삽화와 제2삽화는 '모방(模倣)'이라는 긴밀한 관계로 연결된다. 제1삽화는 선행자의 진실을 담고 있고, 제2삽화는 모방자의 허위를 보여준다.

〈방이설화〉의 구조를 살피기 위해서 몇 개의 단락으로 나누어 보면 다음과 같다.

<旁俹說話>『酉陽雜組續集』
① 신라 귀족 김씨의 먼 조상 방이는 구걸하여 연명했는데 동생은 부자임.
② 사람들이 방이에게 땅을 조금 주고, 동생은 방이에게 누에와 곡식 종자를 쪄서 줌.
③ 누에 한 마리만 살아 소만큼 자라자 동생이 이를 죽였고, 사방의 누에가 모두 날아들어 이웃이 함께 누에에서 실을 켬.
④ 곡식 한 이삭만 한 자쯤 자라 방이가 이를 지키는데 새가 물고 날아 감.
⑤ 새를 쫓아 산으로 갔는데 날이 저물자 돌 곁에 그냥 앉아 있음.
⑥ 한밤중에 붉은 옷을 입은 아이들이 금방망이를 돌에 치니 원하는 것이 다 나옴.
⑦ 금방망이를 돌 틈에 끼워 놓고 아이들이 흩어지자 가지고 와 부자가 됨.
⑧ 동생은 금방망이를 얻으려고 방이에게 누에와 곡식을 쪄서 자신을 속이라고 함.

⑨ 동생이 누에를 쳐서 한 마리가 살았으나 보통 누에와 같음.

⑩ 곡식이 한 줄기만 자라니 새가 물고 가서 따라감.

⑪ 금방망이 도둑이라고 아이들에게 붙잡힘.

⑫ 세 판의 연못을 쌓을지 코를 한 자 뽑힐지 선택하라고 해 연못을 쌓기로 하나 쌓지 못하고 코를 뽑힘.

⑬ 동생은 코끼리 코 같이 되어 돌아왔는데 부끄러워 앓다가 죽음.

⑭ 방이 자손들이 장난삼아 금방망이를 쳐 이리 똥을 구하니 금방망이가 사라짐.

위에 단락별로 제시한 〈방이설화〉를 두 부분으로 나눌 수 있다. 방이가 도깨비 방망이를 얻어 부자가 되었다는 ⑦번 단락까지가 도입, 발단, 발전, 결말이라는 하나의 완결된 갈등 구조를 가진 삽화로, 선행자의 행위와 그에 따른 결과로 완결되고 있다. 뒷부분은 동생이 형 방이의 행위를 모방하다가 낭패를 보고 죽게 되는데, 모방자가 선행자의 행위를 의도적으로 반복함으로써 또 하나의 갈등 구조가 완결되는 형태를 갖고 있다.

이를 표로 나타내면 다음과 같다.

<방이설화>의 진실과 허위의 대립 구조

제1삽화의 구조 방이의 이야기 진실	도입	발단	발전	결말
	①, ② 단락	③, ④ 단락	⑤, ⑥ 단락	⑦ 단락
모 방				
제2삽화의 구조 동생의 이야기 허위	도입	발단	발전	결말
	⑧ 단락	⑨, ⑩ 단락	⑪, ⑫ 단락	⑬, ⑭ 단락

모방담에서는 선행자의 진실과 모방자의 허위가 모방으로 연결되어 대립한다. 그러나 결국은 허위는 망신을 당하고 만다. 이렇듯 〈방이설화〉는 진실과 허위의 대립 구조를 보이고 있다.

다음은 『동사강목』의 〈방이설화〉를 단락으로 나누어 본 것이다.

<旁乕說話>『동사강목』
①-⑦『유양잡조속집』과 동일함.
(⑧-⑫) 생략됨.
⑬ 동생은 코끼리 코 같이 되어 돌아옴.

『동사강목』의 〈방이설화〉에는 ⑬단락에 동생의 죽음이 아니라 코가 길어져 집으로 돌아온 것으로 끝을 맺고 후일담인 ⑭단락은 없다. 코가 길어져 부끄럼을 이기지 못하고 죽었다는 것은 가장 큰 징벌이다. 그런데 이 부분은 후대에 갈수록 너그러운 결말로 바뀐다. 『동사강목』에서는 '코가 길어졌다더라'로 끝이 나지만 판소리 〈흥보가〉나 판소리계 소설 〈흥부전〉으로 전승되었을 때는 악한 쪽이 뉘우치고 둘이 재산을 나눠 가지고 우애 있게 잘 살았다고 맺음을 한다.

이러한 모방담의 구조가 민담에 많은 이유는 반복되는 이야기 구조가 기억하거나 구연하기 쉬워서 전승이 용이하게 이루어진 까닭으로 보인다.

이와 같이 모방담에서 선행자는 처음에 고난을 겪다가 보조자의 도움을 받아 의외의 행운을 얻고 고난을 극복한다. 모방자는 대부분 처음에 부유한 상태에 있지만 과욕을 부리다가 보조자로부터 보복을 당한 후 고난을 겪는다.

2. 선행자(先行者)의 성격에 따른 유형

모방담은 선행자와 모방자의 관계에 따라 '형제지간 모방담'과 '이웃지간 모방담'으로 나눌 수 있다. 또 선행자의 성격에 따라 '선빈(善貧) 선행자(先行者)' 유형과 효자임을 드러내는 단락이 들어 있는 '선빈효(善貧孝) 선행자(先行者)'로 나눌 수 있다. 그리고 '형제지간 모방담'은 선행자와 모방자의 형제 서열을 기준으로 '선형악제(善兄惡弟)' 유형과 '악형선제(惡兄善弟)' 유형으로 나누어 볼 수 있다.

〈방이설화〉는 이들 유형 중 '선빈 선행자' 유형과 '선형악제' 유형에 속한다.

1) '선빈(善貧) 선행자' 유형과 '선빈효(善貧孝) 선행자' 유형

한국정신문화연구원 간행『한국구비문학대계』등에는 〈방이설화〉의 내용과 비슷한 이야기가 다수 확인되고 있다. 가난한 형제가 착한 행동을 해서 뜻밖의 행운을 얻고 부자가 되자, 이를 시기한 다른 형제가 그 경험을 흉내내다가 망신당한 이야기들이다. 또 선행자와 모방자가 형제지간이 아니고 이웃지간인 경우도 다수 존재하는데 이 두 가지 모두를 '모방담'으로 묶고, 선행자와 모방자의 관계가 형제지간인 경우를 '형제지간 모방담', 이웃 사이일 경우를 '이웃지간 모방담'으로 나누어 보았다.

모방담은 선행자와 모방자의 성격에 따라 두 가지로 분류할 수 있다. 한 가지는 선행자가 선하고 가난하고, 모방자는 악하면서 부자인 경우, 또 한 가지는 선행자가 효자이고, 모방자는 불효자인 경우가 그것이다. 선행자가 효자인 경우에는 가난하고 선하며, 모방자는 불효자이고 부자이면서 악하다. 그러나 반대의 경우는 성립하지 않는다. 즉, 선행자가 선하고 가난하다고 하여 반드시 효자인 것은 아니다.

선행자가 효자인 경우에는 제1삽화 제시 부분에서 효자임을 분명하게 밝히며 발단 부분에서 효자임을 증명하는 행위가 나타난다. 결말에 가서는 효자이기 때문에 복을 받았다고 결론을 내린다. 이는 선행자가 효자인 경우에 나타나는 유형구조이다.

'선빈(善貧) 선행자(先行者)' 유형의 모방담으로는 〈단 방귀 장수〉, '선빈효(善貧孝) 선행자(先行者)' 유형의 모방담에는 〈도깨비 방망이와 개암〉이 있다.

　　〈단 방귀 장수〉『한국전래동화집』8, 49-55쪽.
　　① 옛날 어느 마을에 부자가 죽으면서 형제에게 재산을 똑같이 나누어 가지라고

　유언함.

② 형이 재산을 다 차지하고 동생은 나무를 해서 파는 가난한 생활을 함.

③ 어느 날 동생이 산에서 호랑이를 만나 도망가다 꿀 구덩이에 빠짐.

④ 꿀을 먹고 나와 방귀를 뀌니 달고 향기로운 냄새가 남.

⑤ 동생은 매일 꿀을 먹고 단 방귀 장사를 해서 부자가 됨.

⑥ 소문을 듣고 찾아온 형이 동생처럼 산에 나무를 하러 감.

⑦ 호랑이를 만나 도망치던 형은 똥 구덩이에 빠졌으나 꿀 구덩인 줄 알고 퍼먹음.

⑧ 단 방귀 장수로 나선 형은 지독하게 구린 방귀를 뀌어 사람들에게 매를 맞음.

⑨ 착한 아우는 형을 집으로 모셔와 행복하게 잘 살았음.

<도깨비 방망이와 개암> 『한국구비문학대계』 6-11, 367쪽.

① 옛날, 한 사람이 나무하러 가 깨금을 따는데 조부, 부모 순으로 어른 몫부터 챙김.

② 도깨비 내력을 알려고 큰 기와집 들보 위에 올라감.

③ 도깨비 노는 것을 보고 깨금을 깨물자 도깨비들이 도망을 감.

④ 이웃 사람이 그 말을 듣고 흉내를 내는데 깨금을 자식, 처 순으로 챙김.

⑤ 도깨비들이 놀 때 깨금을 깨물다 들켜서 죽게 맞음.

⑥ 먼저 사람에게 가니 깨금 주울 때 어른 몫을 먼저 챙기지 않아 그렇다 함.

　이러한 유형의 이야기는 <도깨비와 개암>이라 하여 풍부하게 전해지고 있는데, 이야기에 따라 선행자가 줍는 것이 개암, 깨금, 은행, 밤 등으로 바뀌어 등장을 한다. 구연자의 기억과 기호, 지방의 산물 등에 영향을 받아 각편에서 변이되었다고 생각된다. 그러나 그것의 역할은 모두 같다. 그 역할은 세 가지로 요약될 수 있다. 첫째, 선행자가 숨어있을 때 배가 고파 깨물자 소리가 나고 보조자가 그 소리에 놀라 달아나게 하여 행운을 얻게 해준다. 둘째는, 모방자가 흉내를 내려고 선행자와 같이 그것을 깨물지만, 그 소리는 결국 보조자에게 들키게 한다. 그리고 셋째, '선빈효 선행자'를 가려내는 역할을 한다. 개암, 깨금, 은행, 밤 등을 주울 때 선행자는 부모, 처자, 그리고 자신 순으로, 혹은 연장자 순으로 챙겨 어른을 공경하고 효자라는 성격을 부각시켜준다. 모방자는 그와 반대 순서로 이런 열매들을 챙기고 결말 부분에 불효자라서 또는 어른을 공경하지 않아서 이러한 불행이 닥친 다고 끝을 맺게 된다.

'선빈효 선행자' 유형은 '선빈 선행자' 유형에서 '효'라는 덕목이 더 추가 된 것으로 보인다. 신라의 이야기로 기록된 『유양잡조속집(酉陽雜俎續集)』 의 〈방이설화〉에는 효행이 나타나지 않는다. 유교를 사회 유지의 근본 이 념으로 삼았던 조선시대 이후에, 구연자는 선행자가 '효자'라는 점을 강조 하여 구연했을 것이다. 그래서 개암을 줍는 행위도 단순하게 줍는 것이 아 니라, 열매가 하나 떨어질 때마다 부모 몫부터 챙기는 효자의 모습으로 묘 사하였다. 이와 대조적으로 제2삽화, 모방자의 행위는 효자인 선행자의 모 습과 반대로 나타난다. 그리고 마지막에 복을 받지 못함을, 불효하고 어른 을 공경하지 않은 탓이라고 한다. 따라서 민담의 변이, 전승과정으로 보아 '선빈 선행자' 유형이 '선빈효 선행자' 유형보다 시대적으로 앞선다고 할 수 있다.

2) '선형악제' 유형과 '악형선제' 유형

형제지간 모방담은 선행자가 형이고 모방자가 동생인 경우와 그 반대 경우로 분류해 볼 수 있다. 전자를 '선형악제(善兄惡弟)' 유형, 후자를 '악형 선제(惡兄善弟)' 유형이라고 할 수 있다. 수집된 민담에서는 '악형선제' 유 형이 '선형악제' 유형에 비해 월등히 많다. 신라 설화인 〈방이설화〉가 '선형 악제' 유형인데 반해 〈흥부전〉은 '악형선제' 유형인 것으로 보아 '선형악제' 유형이 보다 근원적이고 원초적인 것으로 생각된다.

그렇다면 이러한 변모는 언제부터 일어났으며 이 변이에는 어떤 의미가 있는가? 그것은 임진왜란 이후, 조선 후기 적장자(嫡長子) 우대의 수직구조 에 의한 가족 제도 및 재산 상속제의 확립이라는 변화와 관련하여 이해하

는 것이 옳다고 본다. '악형선제' 유형은 가족 제도 및 재산 상속제에 있어
서 적장자(嫡長子) 우대의 원칙이 확립되고 난 이후에 일반화되었을 가능
성이 높다. 이러한 원칙이 적장자 한 사람에게 독점적, 지배적 지위를 보장
해 주었기 때문에, 나머지 다수의 형제들은 어쩔 수 없이 피해 의식 또는
소외 의식을 가질 수밖에 없었을 것이다.

반면에 '선형악제' 유형은 이러한 적장자의 우월적, 지배적 지위가 제도
적으로 보장되기 이전의 사회 의식을 보여준다. 이때는 선, 악의 구별을 일
반적인 상식에 따랐을 것으로 생각된다. 형의 경우 기성세대의 가치관을
이해하고 순응적인 태도와 의식을 보이며, 성격이 유순하고 인정이 있는데
반해서 동생의 경우는 그렇지 않다고 생각하는 것이 보편적이다.

각편이 서로 다른 이유 중에서 구연자의 개성적 차이가 가장 큰 비중을
차지한다. 형과 아우의 처지가 바뀌어 나타나는 것도 구연자 자신이 형의
위치에 있다면 형을 선하지만 가난하게 묘사할 것이고, 반대의 경우라면
동생을 착하다고 표현할 수 있는 것이다.

〈단 방귀 장수〉와 〈흥부전〉 등은 대표적인 '악형선제' 유형의 형제지간
모방담이다. 이에 반해 〈방이설화〉는 '선형악제' 유형의 형제지간 모방담이
다. 〈방이설화〉와 같은 '선형악제' 유형의 형제지간 모방담으로 〈도깨비와
뚝떡방망이〉가 있다.

〈도깨비와 뚝떡방망이〉는 가난한 형과 부자 동생이 살았다는 것으로 이
야기를 시작한다. 형이 산에 가서 머물게 되는 곳은 빈 절이고 줍는 열매
는 은행으로 나타난다. '선형악제' 유형의 형제지간 모방담으로 '악형선제'
유형의 형제지간 모방담보다 시기적으로 앞선다. 제2삽화 결말 부분에 동
생이 눈과 혀가 빠지는 욕을 당한다는 '신체 일부 늘이기' 모티프가 〈방이
설화〉에서와 같이 나타나는 것으로 봐서도 다른 유형보다 더 앞선 것을 알
수 있다.

'악형선제' 유형의 형제지간 모방담은 '선형악제' 유형의 경우보다 월등

하게 많이 구전되고 있는데, 그 예는 다음과 같다.

　형제가 길을 가다가 돈 욕심이 난 형이 동생을 나무에 묶어 놓고 가 버린다. 동생은 돈이 없을 뿐만 아니라 언제 생명을 잃게 될지도 모르는 위험에 처해있다. 다른 모방담의 제시 부분에서 볼 수 있는 선행자의 고난보다도 훨씬 더 어려운 처지에 놓여있다. 다행히 지나가던 중이 구해주었는데, 동생은 형의 행동을 말하지 않고 화적떼를 만난 것으로 말해서 형을 두둔한다.

　깨동을 줍게 되는데 이때, 부모와 형을 생각하면서 먼저 그들 몫부터 챙긴다. '악형선제' 유형의 형제지간 모방담이면서 동시에 '선빈효 선행자' 유형의 모방담임을 알 수 있다.

　선행자' 유형은 제2삽화에 모방자가 선행자의 행위를 모방할 때 미처 따르지 못한 부분이 등장하는데, 열매를 주울 때 선행자와 반대 순서로 몫을 챙기게 되는 것이 그것이다. 동생의 몫까지 다 챙긴 형은 부자로 넉넉하게 살면서도 동생이 재물을 얻은 것을 시기하여 똑같이 흉내를 내어 더 많은 것을 얻으려고 한다. 그래서 불효자인 형은 호랑이에게 잡아먹히고 만다.

　〈방이설화〉는 선행자의 행위를 모방자가 흉내내다 낭패를 보는 모방담으로 선행자와 모방자의 관계가 형제지간인 '형제지간 모방담'이다. 선행자인 형은 착하고 가난하며, 모방자인 동생은 악하고 부자이다. 따라서 〈방이설화〉는 '선빈 선행자' 유형의 모방담이고, '선형악제' 유형의 '형제지간 모방담'이다.

Ⅳ. 〈방이설화〉의 모티프

　'모방하기'는 〈旁㐌說話〉의 중요한 모티프이다. '도깨비'와 '도깨비 방망이'도 구전되는 민담의 상당수를 차지하는 모티프이며, 그 외에도 '누에',

'행운을 가져오는 새', '도깨비 沑', '신체 일부 늘이기' 등의 모티프를 찾아 볼 수 있다. '모방하기' 모티프는 모방담 형식을 가진 민담의 주요 모티프 로 앞장에서 자세히 살펴보았다. 잘 된 쪽을 모방하다가 낭패를 당하고 마 는 '모방하기' 모티프는 '형제지간 모방담', '이웃지간 모방담'으로 나타나고 있다.

1. '도깨비' 모티프와 '도깨비 방망이' 모티프

'도깨비' 모티프는 혼자서 존재하기도 하고 '도깨비 방망이'와 함께 나타 나기도 한다. 그러나 '도깨비 방망이' 모티프는 '도깨비'가 주체이므로 항상 '도깨비' 모티프와 함께 이야기에 등장한다. '도깨비' 모티프는 구전되는 민 담에 자주 등장하는데 모방담과 기타 민담에서 그 모티프를 찾아보았다.

1) 모방담에서

도깨비들은 '도깨비 방망이'를 가지고 있는데 이 모티프는 '도깨비' 모티 프와 함께 이야기 속에 등장하지만, '도깨비 방망이' 모티프 없이 '도깨비' 모티프만으로 이야기가 구성되기도 한다.

'도깨비 방망이' 모티프가 등장하는 모방담으로는 〈도깨비 방망이〉(『한 국구비문학대계』 1-4, 119쪽)가 있다.

산에 나무를 하러 간 시골 사람은 착하고 가난한 사람이라는 것이 제1삽 화 제시부에서 생략되었지만 복을 받은 것으로 봐서 착하고 가난한 사람이 었다는 것을 알 수 있다. 이처럼 구연되는 민담에서는 때때로 구연자와 청 자 간에 말하지 않아도 암묵적으로 통하는 제시부는 생략되기도 한다.

선행자가 빈집에서 날이 밝기를 기다릴 때 '도깨비'가 등장한다. 도깨비 들은 와서 시끄럽게 떠들고 먹고 마시면서 즐겁게 노는데, 민담에 등장하 는 도깨비들은 이렇게 노는 것을 좋아하는 것으로 묘사된다.

이와 유사한 이야기들이 『한국구비문학대계』에는 수없이 많이 채록되어 전하고 있다. '모방하기'가 주요 모티프인 모방담이면서 '도깨비'와 '도깨비 방망이' 모티프가 등장하고, 선행자와 모방자의 관계는 이웃 사이인 '이웃지간 모방담'이다. 그리고 선행자가 효자임을 특별히 밝히지 않은 '선빈 선행자' 유형이다.

위의 '도깨비 방망이' 모티프를 수용한 모방담과 같은 구조와 갈등 양상을 보이는 이야기 중에서, 선행자와 모방자의 관계가 형제지간인 경우가 있는데 〈도깨비와 뚝떡방망이〉가 여기에 해당된다.

가난한 형이 은행을 주워 빈 절에 들어갔다가 도깨비들이 오자 벽장에 숨는다. 뚝떡방망이를 가지고 노는 것을 보고 은행을 깨물자 도깨비들은 절이 무너지는 줄 알고 도망을 간다. 형은 뚝떡방망이를 가져와 부자가 된다. 동생도 뚝떡방망이가 갖고 싶어 형의 흉내를 내다가 눈이 빠지고, 혀가 빠지는 욕을 당하지만 개과천선하여 화목하게 잘 살았다.

이 이야기는 모방 행위가 형제 사이에 일어나는 '형제지간 모방담'이다. 그중에서도 선행자는 착하고 가난한 형인 '선빈선행자' 유형과 '선형악제' 유형에 속한다. '도깨비 방망이' 모티프가 있고, 동생의 눈과 혀가 빠졌다는 것으로 보아 다음에 서술하게 될 '신체 일부 늘이기' 모티프도 보인다.

2) 기타 민담에서

방이가 새를 쫓아 산으로 가서 날이 저물자 바위 옆에서 기다리고 있다가 '붉은 옷을 입은 어린 아이들이 함께 놀고 있는 것을 보았다見群小兒赤衣共戱'고 한다. 이야기 후반부에는 또, 방이의 동생이 산에 가서 '아이들을 만났다遇群兒'고 적고 있다. 여기에서 말하는 '붉은 옷을 입은 어린 아이들'이 도깨비의 모습일까? 이야기의 마지막에 방이의 동생은 '귀신에게 애원하였지만 코가 길게 뽑혔다求哀於鬼乃拔其鼻'고 기록되어 있다. 여기에서 알 수 있는 도깨비의 모습은 '어린 아이 형상을 하고 붉은 옷을 입고 있는 귀신'이라 할 수 있다.

다음은 '도깨비 방망이' 모티프가 있는 이야기이다. '도깨비' 모티프는 단독으로 있을 수 있지만 '도깨비 방망이' 모티프는 그것을 가지고 사용하는 주체가 도깨비이기에 항상 '도깨비' 모티프와 함께 있다.

<부자가 된 막내아들> 『우리나라 옛이야기』 2, 163-167쪽.
① 옛날 어느 마을에 부자 영감이 아들 삼형제에게 재산을 물려줌.
② 첫째는 집과 논밭, 둘째는 세간과 보석, 막내는 부모가 물려준 튼튼한 몸이 있으므로 재산은 필요 없다고 함.
③ 첫째와 둘째는 딴살림을 나고 막내는 늙은 아버지를 모시고 살았음.
④ 막내는 날마다 산에 가서 아버지가 좋아하는 버섯을 따옴.
⑤ 어느 날 버섯을 따다가 깊은 산에서 길을 잃고 외딴 빈집에서 묵게됨.
⑥ 밤이 되자 도깨비들이 부자방망이를 가지고 춤추며 노는 것을 봄.
⑦ 막내아들이 그 꼴을 보고 우스워 소리내어 웃다가 도깨비들에게 들킴.
⑧ 도깨비들이 막내를 다그치자 두려워하지 않고 자초지종을 얘기함.
⑨ 막내의 효성에 감동한 도깨비들이 금과 은을 잔뜩 주어, 막내는 형들 보다 더 큰 부자가 되어 아버지를 모시고 잘 살았음.

<부자가 된 막내아들>의 등장 인물은 두 형제가 아니고 삼형제이다. 막내는 착하고 효자이며, 위 두 형은 부모의 재산을 함께 차지해 버린 불효자이다. 그리고 모방담이 아니고 막내의 효성에 감동한 도깨비들이 보물을 주어 잘 살게 되었다는 내용으로 전개된다. 이는 모방담으로 구전되다가 제2삽화가 생략되어 버린 것으로 보인다. 이 이야기 속에 등장하는 '도깨비' 역시 춤추고 놀고 있는 것으로 묘사되었다. 그리고 도깨비에게 들킨 막내아들은 도깨비를 두려워하지 않고 당당하게 자신의 사정을 이야기하는 것으로 보아 역시 도깨비는 두려운 존재가 아니었던 것으로 보인다. 오히려 도깨비는 막내의 효성에 감동하고 보물까지 주어서 아버지를 모시고 잘 살게 해 준다. 도깨비는 착한 행위에 감동 받고, 감동을 준 자에게 보답할

줄 아는 인정을 가지고 있다.

민담 속에서 도깨비들은, 대낮에는 나타나지 않고 으슥한 곳에 나타나며, 특히 비가 축축하게 오는 밤에 잘 나타난다. 인간이 할 수 없는 일도 곧잘 해 내며 '도깨비 방망이'와 '도깨비 감투'를 가지고 있다. 도깨비는 죽기도 하고, 사람처럼 말을 하며, 술·밥·떡을 먹고 춤추고 노래하고 시끄럽게 떠들면서 논다. 성은 김가(金哥)이고 메밀묵을 좋아하며, 말피나 말대가리를 제일 무서워한다. 사람의 말을 곧이곧대로 들을 만큼 단순 솔직하고 사람이 곤경에 빠지면 도와주고, 사람과 쉽게 친해져서 재물을 가져다 준다. 그런데 도깨비는 배신을 당하거나 불의와 부정한 일을 당할 때에는 보복을 한다. 그러나 그 보복은 끈질기고 집요한 보복이 아니라 유치하고 아무런 해를 끼치지 못하기도 한다.

2. '누에' 모티프와 '행운을 가져오는 새' 모티프

〈방이설화〉에는 '누에' 모티프가 등장한다. 방이는 동생이 쪄서 준 누에를 정성껏 길렀는데 한 마리만 살아남았다. 이것이 황소만큼 자라자 동생은 이를 시기하여 틈을 보아 그 한 마리마저 죽여 버린다. 그러자 사방의 누에들이 다 날아와 고치를 치고 사람들이 모여 실을 켜게 된다. 설화에 언급은 없으나 이로써 방이는 부자가 되었을 것으로 짐작할 수 있다. 누에가 모티프로 등장하는 민담은 나비설화에 부수되어 구전되기도 한다. 이 설화에서는 이루지 못할 사랑을 비관하여 죽은 남자 주인공의 무덤 속으로 여자 주인공이 뛰어든 뒤, 나비로 환생하여 날아갔다가 알을 까 누에가 생기게 되었다고 한다. 따라서 이 누에 설화는 나비의 유래담에 다시 누에의 유래담이 중첩되어 이루어진 것이라고 할 수 있고, 전승 지역에 따라서는 누에가 부정을 잘 탄다는 속신의 유래와도 결부되어 복잡한 양상을 나타내고 있다.

또 다른 모티프로 '행운을 가져오는 새'가 있다. 방이는 동생이 곡식 종자를 쩌서 준 것도 모르고 싹이 나기만을 기다린다. 그러다가 딱 한 줄기만 이삭이 패자 방이는 날마다 가꾸고 지키며 정성을 다한다. 그러다가 그것을 그만 새가 날아와 물고 가 버린다. 방이는 정신 없이 새를 쫓아간다. 어느덧 깊은 산 속까지 가게 되고 새는 바위틈으로 들어가 버리고 만다. 이 새를 따라간 덕분에 방이는 도깨비 방망이를 얻게 된다. 이 모티프는 〈흥부전〉에서는 은혜를 갚기 위해 '박씨를 물고 오는 제비'로 변모되지만 곡식을 물고 있고, 주인공인 선행자에게 부(富)를 가져다 준다는 속성은 일치하고 있다.

'행운을 가져오는 새' 모티프가 등장하는 이야기에는 〈젊어지는 샘물〉 (『한국전래동화집』 6, 38-46쪽), 〈보물 쏟아지는 나무 똥 쏟아지는 나무〉 등이 있다.

3. '신체 일부 늘이기' 모티프와 '도깨비 洑' 모티프

방이의 동생이 금방망이를 얻으려고 형을 따라하다가 도깨비들에게 붙잡혔을 때, 도깨비가 코를 뽑힐지, 보를 쌓을지 선택하라고 한다. 여기에서 두 가지 모티프를 발견할 수 있다. 코를 뽑힌다는 것은 신체의 일부분이 늘어나게 되는 것으로 구전되는 민담에서 흔히 찾아 볼 수 있다. 코뿐만이 아니라 팔, 다리, 성기 등이 늘어나기도 하는데 혹부리 영감 이야기의 경우도 혹이 하나 더 늘어나 더욱 비참해 지는 경우이므로, 신체 일부 늘이기 모티프가 수용되었다고 봐도 무리가 없을 듯 하다.

그리고 보를 쌓는다는 것은 '도깨비 보(洑)'에 관한 이야기로 전승되고 있는데, 도깨비들이 쌓은 보는 아무리 큰물이 져도 잘 무너지지 않는다고 얘기한다.

'신체 일부 늘이기' 모티프가 있는 이야기는 〈심술 사나운 공주〉(『한국전래동화집』 2, 150-156쪽), 〈도깨비와 혹부리 영감〉(『한국구비문학대계』 7-16, 496쪽)이 있다.

이 두 이야기는 〈방이설화〉의 코가 늘어나는 '신체 일부 늘이기' 모티프를 수용하고 있다. 붉은 아가위를 먹으면 코가 한없이 늘어나고 누런 아가위를 먹으면 코가 다시 원래대로 돌아간다. 하지만 심술궂은 공주는 누런 아가위를 먹으면 원래대로 된다는 사실을 모르고 평생을 눈물로 보내며 살아야 했다. 방이의 동생도 코를 뽑히고 돌아와 코끼리 코처럼 되어 부끄러워하다 끝내 죽고 말았다.

〈도깨비와 혹부리 영감〉도 '도깨비 방망이' 모티프와 함께 '신체 일부 늘이기' 모티프가 수용되어 있다고 볼 수 있다. 혹이란 것 역시 신체의 일부분이다. 하나 있던 혹도 싫고 떼어버리고 싶었는데, 그것이 둘로 늘어났으니 그 고통이 얼마나 심각했을지 짐작할 수 있다. 신명이 많은 혹부리 영감이 도깨비 노는 것을 보고 그만 참지 못하고, 노래부르며 춤추고 놀게 된다. 하도 신명나게 노는 것을 보고 부러워 도깨비들이 노래 소리 나는 곳을 묻자, 혹부리 영감은 정직하게 목에서 난다고 말하지만 도깨비들은 믿지 않는다. 누구나 다 가진 목인데 어째서 혹부리 영감의 목에서만 그런 소리가 나냐는 것이다. 뭔가 특별한 것이 있을 거라 여기고 남과 다른 혹에서 소리가 난다고 판단한 도깨비들은 혹을 떼어 가고 대신 많은 보물을 준다. 혹부리 영감은 정직하게 말했기에, 즉 진실했기에 복을 받은 것이다.

방이의 동생이 도깨비들에게 붙잡혔을 때 코를 뽑힐지 방책을 쌓을 지 선택하라고 하는 부분이 있다. 방책은 보(洑)를 뜻하는 것으로 보인다. 보(洑)란 논에 물을 대기 위하여 둑을 쌓고 흐르는 냇물을 막아두는 곳을 말한다.

물을 다스리는 것은 논농사에 있어 가장 중요한 것이었다. 물이 부족하면 풍년을 바랄 수 없기에, 흐르는 물을 막아 보를 쌓는 것은 마을 공동의 대대적인 작업이었다. 튼튼하고 깊은 보를 갖는 것은 마을 사람 모두의 소망이었을 것이다. 그러나 보를 쌓았다고 끝은 아니었다. 큰 물난리가 나면 기껏 쌓은 둑은 무너지고 물을 가두어 두는 보(洑)는 사라지고 만다. 힘든 작업이었던 보 쌓기를 짧은 시간에 끝내고자 하는 바램, 한번 쌓으면 무너지지 않는 보에 대한 소망이 '도깨비 보(洑)'로 나타났으리라 생각한다.

적선을 많이 한 사람이 큰물이 지고 둑이 터지자 걱정하는 것을 들은 도깨비들이 방죽을 쌓아주었다는 것은, 착한 일을 하면 복을 받는다는 민담의 주제가 그대로 드러나는 부분이다. 방죽이 터지고 농사를 지을 수 없는 상황이지만 착한 일을 많이 한 사람은 그 무엇인가의 도움으로 위기를 벗어날 수 있다는 믿음이 도깨비 보로 형상화되었다. 아무리 큰물이 져도, 아무리 오랜 세월이 흘러도 무너지지 않는 도깨비 보(洑) 이야기에는 농사를 짓는 사람들의 소망이 그대로 살아있다.

V. 〈방이설화〉 모티프의 교과서 수록 양상

〈방이설화〉의 모티프들이 초등학교 국어 교과서에 수록된 현황을 학년별로 분석하여 표로 제시하였다. 그리고 이 모티프들이 등장하는 〈흥부와 놀부〉, 〈혹부리 영감〉, 〈도깨비와 개암〉, 〈이상한 샘물〉, 〈요술 부채〉 등이 교과서에 수록된 양상을 살펴보았다. 이는 제7차 교육과정기의 초등학교 국어 교과서 전권을 분석하여 작성하였다.

1. 교과서 수록 현황

〈방이설화〉는 선행자와 모방자의 관계가 형제지간인 모방담이다. '도깨비 방망이', '행운을 가져오는 새', '신체 일부 늘이기' 등의 모티프들이 여러 이야기 속에 수용, 전승되고 있다. 이것을 제7차 초등학교 국어 교과서에 수록된 제재를 중심으로 표로 나타내면 다음과 같다.

〈방이설화〉 모티프별 교과서 수록 양상

모티프		관련 제재	방이 설화	흥부와 놀부	혹부리 영감	도깨비와 개암	이상한 샘물	요술 부채
모방하기	형제지간 모방담	선형악제	○					
		악형선제		○				
	이웃지간 모방담				○	○	○	○
도깨비 방망이			○		○	○		
신체 일부 늘이기			○		○		○	○
행운을 가져오는 새			○	○			○	

위의 표는 〈방이설화〉의 모티프 중 '모방하기', '도깨비 방망이', '신체 일부 늘이기', '행운을 가져오는 새'가 〈흥부와 놀부〉, 〈혹부리 영감〉, 〈도깨비와 개암〉, 〈이상한 샘물〉, 〈요술 부채〉 등의 이야기에 나타나고 있는 것을 보여준다. 앞장에서 살펴본 '누에'와 '도깨비 보'의 모티프는 초등학교 국어 교과서에 수록된 민담에서는 찾을 수 없었다.

〈방이설화〉는 '선형악제' 유형의 형제지간 모방담으로 '모방하기' 모티프를 가지고 있다. 또한 '도깨비 방망이', '신체 일부 늘이기', '행운을 가져오는 새' 등의 모티프도 함께 가지고 있다. 이것이 〈흥부와 놀부〉에서는 '악형선제' 유형의 형제지간 모방담으로 변이하여 전승되고, '행운을 가져오는 새'의 모티프가 '박씨를 물고 온 제비'로 수용되고 있다. 〈혹부리 영감〉은 이웃지간에 '모방하기' 모티프가 수용되어 있고, '도깨비 방망이'와 '신체 일부 늘이기' 모티프도 나타난다. 〈도깨비와 개암〉도 이웃지간 모방담이고, '도깨비 방망이' 모티프가 수용되었다. 〈이상한 샘물〉도 이웃지간 모방담이며, '신체 일부 늘이기', '행운을 가져오는 새'의 모티프가 수용되었다. 젊어짐으로써 수명이 더 연장되었기 때문에 이것을 '신체 일부 늘이기' 모티프로 해석하였다. 욕심쟁이 할아버지는 너무 욕심을 부려서, 다시 말해 생명을 너무 많이 늘이려고 하다가 낭패를 보게 된다.

3학년 1학기 『말하기·듣기』에 수록된 〈이상한 샘물〉에는 '파랑새'가 등장하지 않는다. 『한국전래동화집 6』, 38-46쪽에 수록된 〈젊어지는 샘물〉은 같은 이야기인데 '파랑새'가 있다. 이야기 전개상 '새'의 모티프가 있어야함에도 불구하고 교과서 수록 시 분량상의 문제로 중요한 모티프가 빠진 것으로 보인다. 〈요술 부채〉 역시 이웃지간 모방담이고, '신체 일부 늘이기' 모티프가 수용된 이야기이다.

〈방이설화〉의 모티프가 있는 민담들이 학년별로 수록된 빈도 수를 정리하면 다음과 같다.

<방이설화> 모티프 수용 민담의 학년별 수록 빈도

제재 \ 학년	1학년	2학년	3학년	4학년	5학년	6학년	계
흥부와 놀부	6	2	2	1	1	1	13
혹부리 영감	2	2		1			5
도깨비와 개암		2					2
이상한 샘물			1				1
요술 부채				1			1
계	8	6	3	3	1	1	22

국어 교과서에서 〈방이설화〉의 모티프 중 '모방하기', '도깨비 방망이', '신체 일부 늘이기', '행운을 가져오는 새' 등의 일부를 수용하고 있는 민담들은 모두 다섯 종류이다. 〈흥부와 놀부〉, 〈혹부리 영감〉, 〈도깨비와 개암〉, 〈이상한 샘물〉, 〈요술 부채〉가 그것인데 학년별로 수록되는 빈도 수는 위 표와 같다. 〈흥부와 놀부〉는 전학년에 걸쳐 고루 수록되었고, 특히 1학년에 수록된 빈도가 높다. 그 다음으로 〈혹부리 영감〉의 수록 빈도가 높았다.

〈방이설화〉의 또 다른 모티프 '누에', '도깨비 보'는 교과서에 수록되어 있지 않았다. 이는 '누에'와 '보'가 요즘에는 접하기 힘든 대상이어서 이야기의 내용을 이해하는 데 어려움을 느낄 수 있기에 제외된 것으로 보인다.

〈흥부와 놀부〉의 경우는 전 학년에서 모두 다루고 있으며, 전체 22회의 빈도수 중 13회나 차지해서 전체의 약 60%에 이른다. 또 그중 거의 절반인 6회가 1학년에 집중되어 나타난다. 저학년에 집중해서 수록된 이유를 생각해 볼 필요가 있다.

〈흥부와 놀부〉가 그만큼 우리에게 친숙한 이야기라는 뜻이다. 요즘 어린 학생들이 민담을 알게 되는 경로는 주로 독서를 통해서이다. 이 때문에 민담의 전승 방식인 '구비 전승'이라는 속성과는 점점 멀어져가고 있다. 옛날 이야기를 들려주던 할머니는 핵가족화 된 사회에서는 그 역할을 할 수가 없고, 이야기가 끊이지 않던 마을의 사랑방도 이제는 찾아 볼 수 없다. 옛날 이야기는 이제 책 속에 고정되어 더 이상 변이도, 각편도 존재하지 않는 것처럼 보인다. 이렇게 책 속에서 읽게 되는 이야기이지만, 독서량이 많지 않은 저학년 학생들도 다 알고 있는 내용, 그래서 교수·학습 과정에 용이하게 활용될 수 있는 내용이 〈흥부와 놀부〉이다.

그 다음으로 많이 등장하는 것이 〈혹부리 영감〉이다. 1학년에 2회, 2학년에 2회, 4학년에 1회로 총 5회이며 이는 전체의 23%에 해당한다.

그리고 〈도깨비와 개암〉이 2회, 〈이상한 샘물〉, 〈요술 부채〉가 각각 1회씩 수록되어 있다.

그러나 총 22회의 수록 중 이야기의 내용을 직접 다루고 있는 경우는 9회 정도이다. 나머지 13회는 학습 동기를 유발하기 위해 알고 있는 이야기를 떠올려 보는 정도의 활동으로, 작은 삽화 제시에 그친다. 이 이야기들이 누구나 알고 있는 이야기라는 전제를 내포하고 있기 때문이다. 교수·학습의 전개 단계 이전에 사전 지식을 떠올리기 위해서 제시하는 이야기는 모든 학생들이 알고 있을 가능성이 많은 것, 쉬운 것, 재미있는 것이어야 하기 때문이다.

교수·학습 과정 중에서 이야기의 내용을 학습의 제재로 다루고 있고, 본고에서 좀더 자세히 살펴보게 될 이야기에 해당하는 것을 표로 제시해

보면 다음과 같다.

<방이설화> 모티프 수용 민담의 교과서 수록 양상

교과서	제재명	쪽수	내 용
1-2 읽기	흥부와 놀부	56~ 59	놀부가 제비 다리를 묶는 장면 삽화. <놀부의 제비집 찾기> 흥부가 부자된 내력을 듣고 제비집을 찾다가 그냥 제비 다리를 부러드리기로 함.
2-1 말하기· 듣기	혹부리 영감	48~ 49	6컷의 삽화. <혹부리 영감> 내용 전체를 들려줌.
2-1 읽기	도깨비와 개암	142~ 149	3개의 관련 삽화. <도깨비와 개암> 내용 전체를 극본으로 제시함.
2-2 쓰기	흥부와 놀부	38	흥부, 놀부 내외가 각각 박을 타는 삽화. 삽화를 보고 이어질 내용 상상하여 쓰기를 함.
3-1 말하기· 듣기	이상한 샘물	54~ 55	4컷의 삽화. <이상한 샘물> 내용 전체를 들려줌.
4-1 읽기	흥부와 놀부	120~ 121 (쉼터)	<흥부전> 대강의 줄거리를 제시함.
4-2 말하기·듣 기·쓰기	요술부채	102~ 103	착한 할아버지와 욕심쟁이 할아버지가 부채를 들고 있는 장면의 삽화. <요술 부채> 내용 전체를 들려줌.
5-1 읽기	흥부와 놀부	226~ 237	5개의 관련 삽화. <흥부전>을 <놀부전>이란 제목으로 각색하여 극본으로 제시함. 놀부가 박을 탄 후 개과천선하고 흥부와 함께 잘 살았음.
6-2 말하기· 듣기·쓰기	흥부와 놀부	67~ 69쪽	놀부 박타는 장면 삽화. 판소리<흥부가> 중 놀부가 마지막 박을 타는 대목.

총 9회 중 <흥부와 놀부>가 5회로 50% 이상을 차지하고 있고, <요술 부채>, <이상한 샘물>, <혹부리 영감>, <도깨비와 개암>이 각각 1회씩 삽화와 함께 수록되어 있다.

〈홍부와 놀부〉는 1학년 2학기 〈놀부의 제비집 찾기〉란 제목으로, 놀부가 다리 부러진 제비를 찾으려고 제비집을 찾다가 답답해서 그냥 제비 다리를 부러뜨리려고 하는 부분이 수록되어 있다. 2학년 2학기에는 홍부와 놀부가 각각 박을 타는 장면을 삽화로 제시했다. 4학년 1학기에서는 〈홍부전〉 대강의 줄거리를 수록하고, 5학년 1학기와 6학년 2학기에는 놀부가 박을 타고 고난을 겪은 후 개과천선하여 홍부와 함께 잘 살았다는 끝 부분이 수록되어 있다.

〈혹부리 영감〉, 〈도깨비와 개암〉, 〈이상한 샘물〉, 〈요술 부채〉는 모두 전체 내용을 수록하고 있다.

2. 교과서 수록 양상

교과서에 수록된 〈방이설화〉 관련 모티프가 있는 민담, 〈홍부와 놀부〉, 〈혹부리 영감〉, 〈도깨비와 개암〉, 〈이상한 샘물〉, 〈요술 부채〉 등은 모두 모방담에 해당하므로 '모방하기' 모티프는 모두에 나타난다. 그리고 '행운을 가져오는 새'를 수용한 것은 〈홍부와 놀부〉, 〈이상한 샘물〉이다. '도깨비', '신체 일부 늘이기'를 함께 수용한 것은 〈혹부리 영감〉, '도깨비 방망이' 모티프를 수용한 것은 〈도깨비와 개암〉, '신체 일부 늘이기' 모티프를 수용한 이야기는 〈요술 부채〉이다.

1) 〈홍부와 놀부〉 - '행운을 가져오는 새'

〈홍부와 놀부〉는 〈방이설화〉와 같은 형제지간의 '모방하기'가 주요 모티프이다. 선행자인 가난한 형제에게 행운이 찾아오고 이를 시기, 질투하여 모방한 다른 형제가 욕을 본다는 구조가 〈방이설화〉와 동일하다. 그리고 〈방이설화〉가 '선형악제' 유형의 형제지간 모방담인데 반해, 〈홍부와 놀부〉는 '악형선제' 형의 형제지간 모방담이다.

〈방이설화〉에서 방이가 키운 곡식 이삭을 물고 가서 이를 쫓아간 방이에게 행운을 가져다 준 새의 모티프는 〈흥부와 놀부〉에서는 박씨를 물어다 준 제비로 수용되었다. 이는 〈박타는 처녀설화〉에서도 같이 나타나는 모티프이다.

〈흥부와 놀부〉는 교과서에 수록된 빈도 수에 있어서도 으뜸이고, 제시 형태 면에 있어서도 다양한 모습을 보여준다. 〈흥부와 놀부〉는 1학년에서부터 6학년까지 전 학년에 걸쳐 모두 13회 수록되어 있다. 그중 1학년에 6회로 가장 많고 2, 3학년에 각 2회씩 그리고 4, 5, 6학년에 각각 1회씩 수록되었다.

이야기에 대한 단순한 언급과 삽화의 제시가 학습 동기 유발 자료로 활용되는 경우를 제외하고, 교수·학습 활동에서 이야기 내용을 직접 활용하는 5회의 경우를 좀더 상세히 살펴보기로 한다.

1학년 2학기『읽기』셋째 마당 1단원에 수록된 경우는 〈놀부의 제비집 찾기〉란 제목으로 삽화와 함께 다음과 같은 내용이 수록되어 있다.

> 〈놀부의 제비집 찾기〉 1-2『읽기』, 셋째-1, 56-59쪽.
> ※ 학습목표 : 이야기에 나오는 인물이 한 말을 찾을 수 있다.
> ① 놀부는 동생 흥부가 부자가 되었다는 소문을 듣고 찾아가 어떻게 부자가 되었냐며 버럭 소리를 지름.
> ② 흥부가 제비 다리 고쳐준 이야기를 해주자 놀부는 집에 와서 열심히 제비집을 찾음.
> ③ 답답해진 놀부는 그냥 제비 다리를 부러뜨리기로 함.

학습목표는 인물이 한 말을 찾아보는 것인데 저학년의 경우 친숙한 이야기, 누구나 아는 이야기를 학습 제재로 가져와 학습 부담을 덜고자 하는 의도로 〈흥부와 놀부〉가 제재로 쓰였다고 할 수 있다. 이야기 내용에도 흥미를 가지고 접근할 수 있으며 친숙한 이야기와 인물을 통해 대화글에 대한 개념과 이해를 학습 목표로 하고 있다.

2학년 2학기 『쓰기』 둘째 마당의 '더 나아가기'에 수록된 경우는, 흥부 내외가 박을 타는 장면과 놀부 내외가 박을 타는 장면이 각각 삽화로 제시되고 꾸며 주는 말을 넣어 박타는 장면에 이어질 내용을 상상하여 써 보는 활동을 하게 된다.

이 제재가 수용된 것도 〈흥부와 놀부〉의 친숙함 때문으로, 저학년이기에 잘 알고 있는 이야기를 제재로 하여 학습 활동을 전개하고자 함이다. 그만큼 〈방이설화〉로부터 이어진 〈흥부와 놀부〉 이야기가 모든 사람들에게 깊이 각인되어 있다고 하겠다.

그러나 그렇기에 〈흥부와 놀부〉는 '상상하여 이어 쓰기'와 같은 학습 활동에는 맞지 않는 제재라고 할 수 있다. 뒷 이야기를 이미 알고 있는 상태에서 다르게 상상하기란 쉽지 않다. 더구나 저학년이라면 자신이 알고 있는 이야기의 뒷부분을 그대로 쓰는 경우가 많다. 누구나 다 알고 있는 이야기의 뒷부분을 바꾸어 쓰는 학습 활동은 이러한 제재보다는 생소한 이야기가 더 효과적일 것으로 생각된다.

다음으로 4학년 1학기 『읽기』 넷째 마당의 '쉼터'에서 〈흥부전〉을 다루고 있다. '쉼터'는 수업 차시가 배정되어 있지 않지만 〈흥부전〉의 일부분이 아니라 대략 줄거리를 모두 수록하고 있어 흥미를 끈다. 〈흥부전〉의 각 부분 내용에 알맞은 속담을 찾아보고, 그 속담으로 이야기의 제목을 다르게 붙여보는 활동을 하게 되어 있다. 이야기의 제목을 다르게 붙여본다는 것은 이야기 내용을 잘 이해하고 있으며, 다른 관점으로 생각해 볼 수 있게 한다는 장점이 있다. '쉼터'의 활동으로 그치기에는 아까운 학습 제재이다.

5학년 1학기 『읽기』 '국어 교실 함께 가꾸기'에서 〈흥부전〉을 〈놀부전〉이란 제목의 극본으로 수록하면서 연극으로 꾸며보게 하였다. 앞부분의 흥부가 제비 다리를 고쳐주고 부자가 되는 부분은 생략하고 뒷부분에 놀부의 집에 박이 주렁주렁 열린 장면부터 시작하면서 〈놀부전〉이라 이름을 붙였다.

이러한 제시 방법 역시 〈흥부와 놀부〉의 이야기는 누구나 아는 이야기라는 전제에서 가능한 것이다. 구구하게 이야기하지 않아도 앞부분의 이야기 전개는 모두 알고 있다. 뒷부분의 놀부가 박을 타다가 곤욕을 치르고 뉘우친 다음에 동생 흥부와 잘 살았다는 것으로 끝맺는다.

극본으로 제시를 하고 있지만 일반적인 극본과는 많은 차이점이 있다. 극본에는 대사와 지문, 해설이 있고, 주로 대사로 사건이 전개되는 것이 일반적이다. 그러나 5학년 1학기 〈놀부전〉은 대사와 지문을 줄이고 이야기 전개의 상당부분을 해설이 담당하도록 했다. 해설자의 옷차림도 부채를 들고 있는 소리꾼의 복장을 하도록 했다. 해설자는 노래하듯이 해설부분을 연기한다.

〈흥부와 놀부〉가 판소리계 소설의 내용을 가져 왔다면 극본 〈놀부전〉은 판소리의 형식과 내용을 수용했다고 할 수 있다. 판소리를 접하기 전에 연극적인 요소를 먼저 경험하도록 한 점이 극본 〈놀부전〉의 의의라 할 수 있겠다.

판소리란 한 사람의 소리꾼이, 고수 한 사람의 북 반주에 맞추어 서사적인 긴 이야기를 소리와 아니리로 엮어, 발림을 곁들여 청중들 앞에서 구연하는 공연 예술이다. 한국 음악의 갖가지 음악언어와 표현방법이 총 결집된 민속 음악의 정수라고 할 만한 것이며, 연극적인 표현요소까지 구사하는 종합적 예술이다. 이러한 판소리가 초등학교의 교육 과정으로 도입되었다는 것 자체가 큰 의의를 가진다. 음악적으로는 민족, 민속 음악을 일찍부터 접하게 하여 판소리에 대한 흥미를 가질 수 있게 하고, 문학적으로는 판소리와 판소리계 소설의 이해를 돕는다.

극본 〈놀부전〉은 〈흥부와 놀부〉의 마지막 부분을 수용하고 있는데 이것은 6학년 2학기 〈흥부가〉에도 똑같이 등장하는 부분이다. 6학년 2학기 『말하기·듣기·쓰기』, 셋째 마당 1단원에는 판소리 〈흥부가〉 중 놀부가 마지막 박을 타는 대목을 듣고 이야기로 바꾸어 써 보는 활동을 하게 된다. 5학년에 이미 극본으로 접해본 부분을 판소리로 다시 들어보게 된다. 학년 간의 연계성 면에 있어서도 바람직하다고 본다.

판소리를 들려주고 이야기 글로 바꾸어 써 보는 활동은 판소리가 판소리계 소설로 변화하는 과정을 체험하게 해 준다. 그리고 판소리 사설은 음악적 요소가 강하여 운문에 더 가까운데 이것을 산문으로 바꾸는 활동은 장르간의 차이점을 잘 느낄 수 있도록 해 준다.

일반적으로 판소리 사설은 소설 등의 서사물과 구별되는 독특한 존재 양태를 지니고 있다. 판소리 사설에서는 서술자와 작중인물의 일치와 분리가 수시로 일어나서 시점이 자유롭게 이동되며, 서술문이 짧게 단절되고 현재시제의 사용이 현저해지며 감탄종지형 등이 빈번히 쓰인다.11)

이러한 특징이 있는 판소리 사설을 이야기 글로 바꾸어 쓰는 활동을 통해서 시제의 일관성, 시점에 대한 개념 등이 자연스럽게 자리잡게 될 것으로 생각된다.

이상으로 〈방이설화〉의 모티프를 수용한 〈흥부와 놀부〉의 교과서 수록 양상을 살펴보았다. 〈방이설화〉의 모티프 중 '형제지간의 모방'과 '행운을 가져오는 새' 모티프를 수용한 〈흥부와 놀부〉의 교과서 수록 의의, 〈방이설화〉의 관계 분석의 의의를 요약하면 다음과 같다.

첫째, 시대와 사회가 변해도 '우애'와 같이 중요한 가치관은 변하지 않음을 형제지간의 갈등을 통해서 강조하고 있다. 〈방이설화〉가 선형악제형의 형제지간 모방담이었다가 〈흥부와 놀부〉에 와서는 악형선제형의 형제지간 모방담으로 변모하지만 그 속에 담긴 가치관은 변함이 없음을 알 수 있다.

둘째, 학생의 입장에서 보면 〈방이설화〉와 〈흥부와 놀부〉를 비교하면서 이야기가 전승되는 과정을 체험할 수 있다. 나아가서 설화가 판소리로, 판

---

11) 서종문, 『판소리 사설연구』, 형설출판사, 1984.

소리가 다시 판소리계 소설로 변모하는 과정을 자연스럽게 체득하게 된다.

셋째, 교사의 입장에서 보면 〈방이설화〉가 〈홍부와 놀부〉의 근원 설화임을 알고 구비 문학 관련 제재의 교수·학습 방법을 적절하게 선택하여 학생들이 학습 목표에 도달하기 용이하도록 한다. 구비 문학의 특성에 맞도록 읽기보다는 말하기·듣기 위주의 학습 방법을 구사하고, 학생들이 민담의 전승, 변이를 체험하도록 도우며 〈홍부와 놀부〉의 내용을 각색하여 극본으로 만들어 보는 활동의 의의를 알 수 있게 한다.

넷째, 친근한 이야기이므로 이에 맞는 학습 목표에 활용될 수 있도록 한다. 〈홍부와 놀부〉의 교과서 수록 빈도가 높은 것은 누구나 다 알고 있는 내용이기 때문이다. 모두가 잘 알고 있는 내용이기에 학습 동기 유발의 자료로 많이 활용하여 왔다. 그런데 이런 〈홍부와 놀부〉가 2학년 2학기 『쓰기』에서 '이어질 내용 상상하여 쓰기'의 학습 제재로 활용되고 있음은 적절하지 못하다. 결말을 너무나 잘 알고 있기에 다르게 꾸며 쓰기에는 한계가 있다. 이러한 학습 활동은 이야기의 끝을 알지 못하는 생소한 제재를 활용하는 것이 바람직하다.

2) 〈혹부리 영감〉 - '도깨비', '신체 일부 늘이기'

〈혹부리 영감〉 이야기는 〈혹부리 할아버지〉, 〈혹 달린 노인〉, 〈혹 떼러 갔다가 혹 붙인 이야기〉 등의 제목으로 전해지는데, 이야기의 내용이 홍미롭고 교훈적이어서 여러 전래동화집에 많이 수록되어 있다.

1학년에 2회, 2학년에 2회, 4학년에 1회 등 모두 5회가 수록되었는데 저학년에서 많이 다루었다. 5회 중 4회는 학습동기 유발을 위한 삽화나 자료로 활용되었고, 2학년 1학기 『말하기·듣기』 학습 활동에서 이야기 전체를 제재로 수용하고 있다.

이 제재의 학습 목표는 '흉내내는 말을 넣어서 이야기를 꾸며 말할 수 있다'이다. 만화 형식으로 ①에서 ⑥까지 번호가 붙은 6컷을 삽화로 수록하고, 이야기를 들려주는 활동을 전개한다. 들려줄 이야기는 교사용 지도서에 있다. 그림①은 착한 혹부리 영감이 빈집으로 들어가는 장면, 그림②는 혹부리 영감이 노래를 부르고 있는데 도깨비들이 엿듣고 있는 장면, 그림③은 도깨비들이 혹을 떼려고 하는 장면이다. 그리고 그림④는 혹을 뗀 영감이 보물을 가지고 집으로 돌아가고 있고, 그림⑤는 이웃의 욕심 많은 혹부리 영감이 혹 뗀 이야기를 듣고 있는 장면, 그림⑥은 혹을 두 개 붙인 이웃 혹부리 영감이 울고 있는 장면이다.

각 그림마다 흉내내는 말을 넣어 한 문장으로 표현하도록 했는데 그림①에 대해 '혹부리 영감이 밤길을 성큼성큼 걸어갑니다.'라는 예시를 들고 있다.

'흉내내는 말'이란 의성어, 의태어로 다른 언어에 비해 국어에서 특히 발달한 부분이다. 저학년 국어 학습 활동 중 '흉내내는 말'에 관한 부분이 상당수를 차지하고 있는 것이 흥미롭다. 각 그림에 대해 표현을 마치면 〈혹부리 영감〉의 내용을 '흉내내는 말'을 써서 재미있게 이야기해 보는 활동이 전개된다.

민담은 구비 전승되는 것이 가장 큰 특징이다. 말로 전해지기 때문에 수많은 각편이 존재하고 똑같은 각편은 있을 수 없다. 하지만 오늘날의 민담은 구연자에 의해 전해지는 것이 아니라, 전래동화집에서 읽을 수 있는 '읽을거리'가 되었다. 그래서 단 하나의 각편을 수없이 많은 독자가 읽고 있을 뿐이다. 각편은 그것을 읽은 독자마다 갖게 되는 작품에 대한 개성적인 생각으로 존재하게 된다.

따라서 민담 혹은 설화의 교육에 있어서는 반드시 구연해 보는 활동을 하는 것이 바람직하다. 설화는 읽고 감상하고 느끼는 것이 아니라, 전해 듣고 자신의 이야기를 더하거나 빼버리고 다시 제3자에게 '말해' 주어야 생명력을 가지기 때문이다.

이 제재의 학습 활동은 설화를 제재로 한 학습 활동에 적합하며, 학습

목표와도 잘 부합된다고 하겠다.

도깨비 이야기는 어린이들의 무한한 상상력을 자극시킬 수 있는 신비롭고 흥미진진한 이야기여서 〈혹부리 영감〉처럼 '도깨비'를 모티프로 한 설화가 우리나라 전래동화집에 가장 많이 수록된 것으로 보인다.[12]

〈혹부리 영감〉에서 강조하고 있는 가치관은 '정직'이다. 목소리가 어디에서 나오느냐는 질문에 정직하게 '목'이라고 대답했지만 도깨비들이 믿지 않고 혹을 떼어갔다. 혹을 떼어 갔다는 것은 보물을 얻은 이상으로 혹부리 영감에게는 행운을 뜻한다. 평소에 목과 뺨 언저리에 붙은 혹을 부끄럽게 여기고 괴로워했기 때문이다. 따라서 이 이야기는 어떠한 상황에서도 정직하면 복을 받는다는 교훈을 학생들에게 줄 수 있다.

〈흥부와 놀부〉 이야기와 마찬가지로 〈혹부리 영감〉도 교과서 수록 빈도가 높은 편인데 역시 친근한 이야기이기 때문이다. 저학년일수록 새로운 이야기를 학습 제재로 가져올 경우, 그 이야기의 내용 이해에만 치중하여 학습 목표 달성을 위해 제시된 학습 활동을 수행하기가 어렵다. 그래서 설화 또는 전래 동화라 불리는 민담을 학습 활동의 제재로 많이 활용한다. 따라서 〈혹부리 영감〉이 2학년 1학기 『말하기·듣기』에서 '흉내내는 말을 넣어 이야기 꾸미기'에 활용된 것은 바람직하다. 이미 알고 있는 이야기이므로 새로운 이야기 학습에 시간을 뺏기지 않고 흉내내는 말 학습에 집중할 수가 있다. 그리고 흉내내는 말을 넣어 이야기를 꾸민 이후에는 다함께 이야기를 들려주고 듣는 활동이 전개되는데 이는 구전되는 민담의 특징을 잘 활용한 학습 활동이라고 할 수 있다. 여기에 나아가서, 같은 내용의 이야기라도 말하는 사람에 따라 내용이 조금씩 달라질 수 있다는 각편의 생성을 체험하게 하는 것도 구비 문학 관련 제재의 교수·학습 활동 시에 필요하다. 이러한 활동은 언어가 생겨나서 발전하고 소멸해가는 과정까지도

---

12) 최운식 외, 『전래동화 교육론』, 집문당, 1988.

모두 체험해 볼 수 있어 문학 영역뿐만 아니라 국어지식 영역의 학습 활동
에도 도움이 된다.

3) 〈도깨비와 개암〉 - '도깨비', '도깨비 방망이'

〈도깨비와 개암〉은 2학년 1학기 『읽기』, '함께 꾸며 보아요'에 극본의 형
태로 수록되어 있다. 『읽기』 교과서에는 극본의 형태로 제시하여 연극으로
꾸며 보는 활동을 하게 되어 있고, 『쓰기』 교과서에는 연극으로 꾸민 후에
연극에 초대하는 초대장을 써 보는 활동을 한다.

2학년 1학기 『읽기』 교과서의 극본 〈도깨비와 개암〉의 학습목표와 단락
별 내용은 아래와 같다.

> 〈도깨비와 개암〉 2-1, 『읽기』, 함께 꾸며 보아요, 142-149쪽(극본).
> ※ 학습목표 : 인물의 말과 행동에 어울리는 목소리로 글을 소리내어 읽을 수 있
> 다.
> ① 옛날 어느 산골 마을 나무꾼이 나무를 하다가 개암을 발견하고 부모님께 드
> 리려고 주머니에 넣음.
> ② 비가 와서 빈집으로 들어갔다가 잠이 들었는데 도깨비 소리에 놀라 다락방에
> 숨음.
> ③ 도깨비들이 음식을 먹고 노는 것을 보고 배가 고파 개암을 깨물자 요란한 소
> 리가 나며 집 무너지는 줄 알고 도깨비들이 도망을 감.
> ④ 도깨비 방망이를 가지고 와 부자가 됨.
> ⑤ 이웃에 사는 욕심쟁이가 찾아와 얘기를 듣고 산으로 가려고 하자 자신의 것
> 을 나누어 줄 테니 가지 말라고 말림.
> ⑥ 욕심쟁이는 빈집 다락방에 숨어 있다가 도깨비가 오자 개암을 깨묾.
> ⑦ 도깨비들에게 들켜 그들이 방망이를 내놓으라 하자 살려 달라고 애원함.
> ⑧ 도깨비들이 용서해 주자 욕심쟁이는 급히 도망감.

〈도깨비와 개암〉은 착한 나무꾼이 선행자이고 이웃의 욕심쟁이가 모방

자인 이웃지간 모방담이면서, '도깨비'와 '도깨비 방망이' 모티프가 있는 이야기이다. 〈도깨비 방망이〉 이야기라고 하면 흔히 〈도깨비와 개암〉을 일컫는다.

2학년 1학기 『읽기』의 〈도깨비와 개암〉에서는 인물의 말과 행동에 어울리는 목소리로 글을 읽어보게 하고 있는데, 극본에는 인물의 말과 행동이 직접 나타나기 때문에 이러한 형식으로 수록한 것으로 보인다. 위에서도 얘기했듯이 민담 제재는 구연해 보는 활동이 가장 중요하다. 그런데 이와 같은 연극의 대본으로는 각편의 생성이 어렵게 된다. 연극 활동은 집단적 구연을 해 볼 수 있기 때문에, 완성된 극본의 형태보다는 이야기글로 제시하고 그것을 소집단 별로 연극을 해 보게 하는 것이 좋다. 소집단별로 구연된 이야기에서 공통적으로 드러나는 부분이 바로 이야기의 구조와 모티프라는 것을 굳이 학습하지 않아도 활동 속에서 체득하게 될 것으로 기대된다.

단락①을 보면 개암을 발견하고 부모님께 드리려고 주머니에 넣는다는 내용이 나온다. 앞서 모방담의 유형으로 '선빈 선행자' 유형과 '선빈효 선행자' 유형으로 구분했는데 '선빈효 선행자' 유형에서는 제1삽화에 선행자의 효를 나타내는 행동이 제시되고 제2삽화에서 모방자가 선행자와는 반대로 부모님 몫을 챙기지 않는 단락이 반드시 있다. 두 삽화는 똑같은 구조를 가지고 있고 단락이 대구를 이루고 있는데 교과서에 제시된 〈도깨비와 개암〉에는 모방자의 개암 줍는 행동이 빠져 있다.

〈방이설화〉와 〈흥부와 놀부〉에서 강조된 덕목이 '우애'이고, 〈혹부리 영감〉에서 강조하는 덕목이 '정직'이라면 이웃지간 모방담인 〈도깨비와 개암〉은 '효'를 강조하고 있다. 단순히 이웃간에 모방하다가 일이 잘못되어 모방자가 낭패를 본다는 것으로 끝나는 소화(笑話)가 아니고 그 속에는 오랫동안 우리민족이 강조해온 '효'가 녹아 있다. 형제지간 모방담에서 이웃지간 모방담으로 모방의 대상이 변하면서 '우애'가 자연스럽게 '효'로 바뀌었다. 그런데 이러한 과정을 무시하고 교과서에 수록될 때, 제2삽화의 모방자가 효자가 아니라는 단락을 빼버리면 이야기의 가장 중요한 주제인 '효'를 표현하지 못한다.

제재의 교과서 수록은 분량이 관건이고, 적절하게 첨삭하는 것이 당연하나 이야기의 구조로 볼 때 반드시 있어야 하는 것을 삭제한 것은 제재에 대한 이해의 부족이라고 할 수 있다. 따라서 〈도깨비와 개암〉은 선행자가 개암을 주울 때 부모의 몫부터 챙겨 효자임을 강조하는 부분을 제시하는 것과 마찬가지로 이웃의 모방자가 모방행위를 할 때 개암 주우면서 챙기는 순서를 선행자와 반대로 하게 하여 원래 민담이 강조한 '효'의 덕목을 살려야할 것이다.

4) 〈요술 부채〉 - '신체 일부 늘이기'

〈방이설화〉는 모방담의 형식을 가지고 있다. 이 '모방하기' 모티프가 전적으로 〈방이설화〉만의 것은 아니지만, 오랜 시간 동안 구비, 전승되면서 다른 모티프를 가진 모방담과 영향을 주고받았을 것으로 생각된다.

'신체 일부 늘이기' 모티프가 수용된 제재로는 〈요술 부채〉가 있다. 빨간 부채로 코를 부치면 코가 한없이 늘어나고 파란 부채로 코를 부치면 다시 원래 대로 돌아오게 된다. 방이의 동생이 도깨비들에게 코를 빼여 코끼리 코처럼 된 것과 같다.

〈혹부리 영감〉에도 '신체 일부 늘이기' 모티프가 수용되어 있다고 볼 수 있다. 혹도 신체의 일부분이고, 하나에서 둘로 늘어났고, 늘어난 혹은 모방자에게 고통을 주기 때문이다.

4학년 2학기 『말하기·듣기·쓰기』 넷째 마당 '꿈을 찾아서'의 '더 나아가기'에 1회 수록되어 있는데, 학습목표와 내용은 다음과 같다.

<요술부채> 4-2『말하기·듣기·쓰기』, 넷째-더 나아가기, 102-103쪽.

※ 학습목표 : 이야기를 듣고, 말하는 내용에 어울리는 표정과 목소리로 말할 수 있다.

① 옛날 어느 마을에 가난하지만 착한 할아버지와 욕심 많은 부자 할아버지가 살았음.

② 어느 해, 가난한 할아버지가 부자 할아버지에게 보리 한 가마니를 꾸었는데 반 이상이 모래였지만 나중에 잘 익은 보리로 한 가마니를 갚음.

③ 부자는 이자로 한 가마니 더 내라고 해 형편이 어려운 착한 할아버지는 매일 나뭇짐 한 단을 해 주기로 함.

④ 어느 날, 초라한 노인이 가난한 할아버지를 찾아와 재워달라고 해 재워 주었더니 다음날 부채만 두 개 놓여 있었음.

⑤ 가난한 할아버지가 빨간 부채로 부치자 코가 길어지고 파란 부채로 부치가 원래대로 돌아옴.

⑥ 주인을 만나면 요술부채를 돌려주려고 부채를 가지고 나뭇짐을 해 부자 할아버지에게 가자 부채를 본 부자 할아버지가 억지로 요술부채와 집을 바꿈.

⑦ 부자 할아버지는 부채로 떼돈 벌 생각을 함.

　〈요술 부채〉의 학습 목표와 학습 활동도, 이야기를 듣고 말하는 내용에 어울리는 표정과 목소리로 말을 하는 것이다. 민담은 학습 활동 중 계속 구연하게 하는 것이 바람직하다고 앞서도 말하였다. 표정과 목소리를 바꾸어가면서 이야기를 재미있게 구연해 보는 활동은 할머니라는 구연자가 없는 요즘에 꼭 필요한 활동이다.

　〈요술 부채〉는 이야기 전체를 들려주지는 않는다. 단락⑦을 보면 부자 할아버지가 요술 부채를 억지로 얻어서 부자가 될 꿈을 꾸는 것으로 끝이 난다.

　4학년 2학기 『말하기·듣기·쓰기』의 〈요술 부채〉는 〈파란 부채 빨간 부채〉라는 제목으로 『한국전래동화집』3에도 수록되어 있는데 교과서 내용과는 차이점이 있다. 그 내용을 살펴보면 다음과 같다.

〈파란 부채 빨간 부채〉『한국전래동화집』3, 165-175쪽.

① 옛날 어느 나무꾼이 나무를 하다가 파란 부채와 빨간 부채를 주움.

② 빨간 부채를 부치자 코가 높아지고 주먹만해지면서 화끈거리고, 파란 부채를 부치면 코가 본래 대로 돌아옴.

③ 동네 부잣집 주인의 환갑 잔치에 가서 춤추고 있는 부자를 빨간 부채로 부쳐줌.

④ 코가 커진 부자는 온갖 수를 써도 낫지 않자, 코를 고쳐주는 사람에게 재산의 반을 준다고 방을 붙임.

⑤ 나무꾼이 찾아가 파란 부채로 코를 고쳐주고 부자가 되어 빈둥거리며 지냄.

⑥ 어느 날 나무꾼이 부채를 옆에 두고 평상에서 낮잠을 잠.

⑦ 비밀을 알고 있는 부잣집 고양이가 부채를 주인에게 가져다 주고 시범을 보임.

⑧ 부자가 콧병의 이유를 알아차리고 나무꾼을 잡아 관가에 넘겨 벌을 받게 됨.

『한국전래동화집』에 수록된 〈파란 부채 빨간 부채〉는 모방담의 형식이 아니고 우연히 얻은 신기한 물건을 잘못 사용하여 화를 입는다는 권선징악적 내용을 담고 있다. 여기에 선행자와 모방자가 있는 모방담으로 바꾸어 교과서에 수록되었다.

〈흥부와 놀부〉의 경우와 마찬가지로 교과서에 수록된 〈요술 부채〉는 뒷이야기를 상상하여 보게 하는 활동을 하는데 이러한 학습 활동은 많이 알려진 이야기일수록 한계가 있다. 알고 있는 이야기의 진짜 결말이 자꾸만 간섭을 하기 때문에 마음껏 상상을 할 수가 없다. 이런 민담의 경우는 뒷이야기를 상상하여 쓰는 활동보다는 이야기를 듣고 전하는 활동, 이야기를 전하면서 달라지는 부분을 찾아보는 활동, 목소리를 다르게 하여 인물의 성격에 맞게 이야기하는 활동 등이 더 적절할 것이라고 생각된다.

5) 〈이상한 샘물〉 – '행운을 가져오는 새'

〈이상한 샘물〉은 3학년 1학기 『말하기·듣기』 셋째 마당 '생각하는 생활'의 '되돌아보기' 54, 55쪽에 1회 수록되었다. 원인과 결과를 생각하며 듣

고, 생각을 분명하게 말하는 것이 학습 목표이며 '되돌아보기'는 평가 부분
에 해당한다. 네 컷의 삽화가 제시되고 이야기를 들려주도록 학습 내용이
구성되어 있다.

> <이상한 샘물> 3-1『말하기·듣기』, 셋째-되돌아보기, 54쪽.
> ※ 학습목표 : 일이 일어난 원인과 결과를 생각하며 이야기를 들을 수 있다.
> ① 옛날 옛적 어느 산골에 착한 할아버지와 할머니가 자식 없이 살았음.
> ② 어느 날 산에 나무하러 갔다가 샘을 발견하고 마셨더니 젊은이가 됨.
> ③ 이튿날 할머니도 샘으로 가서 샘물을 마시고 젊어짐.
> ④ 같은 동네 욕심쟁이 할아버지도 젊어지려고 샘으로 감.
> ⑤ 욕심쟁이는 너무 많이 마셔 아기가 됨.
> ⑥ 착한 할아버지 부부는 욕심쟁이 할아버지가 돌아오지 않자 찾으러 갔더니 샘
>   가에 어린 아기가 울고 있어 데리고 와 잘 길렀음.

모두 네 컷의 삽화가 만화처럼 수록되어 있다. 그림①은 할아버지가 샘
물을 손으로 떠서 마시는 장면이고 그림②는 젊어져서 산을 내려오는 장
면, 그림 ③은 욕심쟁이가 바가지로 물을 계속 마셔 배가 불룩한 장면이고
그림④는 샘가에서 갓난아기가 울고 있는 장면이다.

그런데 교과서 수록 부분에는 '행운을 가져오는 새'의 모티프가 없다. 같
은 내용의 이야기를 『한국전래동화집』에 수록된 <젊어지는 샘물>에서 찾
아볼 수 있다.

<젊어지는 샘물>에서는 '행운을 가져오는 새'의 모티프가 '파랑새'로 나
타나고 있다. 착한 할아버지가 산에 나무를 하러 갔다가 파랑새를 보고 따
라가서 젊어지는 샘물을 발견하게 된다.

그런데 교과서에 수록된 <이상한 샘물>에는 파랑새가 등장하지 않아서
착한 할아버지가 이상한 샘물을 발견하게 되는 원인이 사라지고 만다. 이
단원의 학습 목표는 '일이 일어난 원인과 결과를 생각하며 이야기를 들을

수 있다'이다. 이야기 속에서 샘물을 발견하게 되는 원인인 '파랑새'를 빼버리고 원인을 찾으라고 하는 것은 학습 목표와는 맞지 않는 제재의 수록 방식이다.

교과서의 제재 수용에는 '분량'이라는 제약이 있다. 하지만 이 이야기에서 '파랑새'는 중요한 모티프이다. 이야기를 듣고 원인과 결과를 가리는 활동은 이야기의 내용을 잘 알아야 가능한 활동이다. 따라서 이 제재는 학습 활동 중에 내용을 중심으로 학습해야 한다. 그런데 이야기의 중심 모티프 중 하나인 '행운을 가져오는 새' 부분이 빠져 있기 때문에 '착한 할아버지가 샘물을 발견하게 되는 원인'을 찾을 수 없다. 네 컷으로만 수록하고자 하는 데서 무리가 발생했다고 본다.

따라서 〈이상한 샘물〉도 『한국전래동화집』의 〈젊어지는 샘물〉처럼 '행운을 가져오는 새'의 모티프인 '파랑새'를 등장시켜 수록해야 한다.

VI. 결론

〈방이설화〉는 9세기, 당나라 문헌인 『유양잡조』에 최초로 기록된 것으로 보아 구전의 역사는 이보다 훨씬 더 오래 되었다고 할 수 있다. 우리나라 문헌에는 『동사강목』에 처음으로 그 기록이 나타나고, 그것이 『조선민족설화의 연구』에 이어지고 있다.

〈방이설화〉는 설화의 분류상 민담에 속하며, 선행자의 행동을 모방자가 모방하다가 낭패를 당한다는 모방담의 하나이다. 〈방이설화〉의 선행자는 방이이고 모방자는 방이의 동생이다. 선행자인 방이의 행위는 진실하나 모방자인 동생의 행위는 형을 모방하여 재물을 얻으려는 허위의 행위이다. 이 두 행위는 '모방'이라는 긴밀한 관계로 연결된다. 이를 '진실과 허위의 대립 구조'로 파악하였다.

〈방이설화〉는 한쪽은 선하고 한쪽은 악한 형제 사이에 모방행위가 이루어지는 '형제지간 모방담'이고 '선빈 선행자' 유형과 '선형악제' 유형에 속한다.

〈방이설화〉에 등장하는 모티프는 '도깨비', '도깨비 방방이', '신체 일부 늘이기', '누에', '도깨비 洑', '행운을 가져오는 새' 등이 있고, 각각의 모티프들은 민담에 수용되어 왔다.

초등학교 국어 교과서에 수록된 민담들 중 〈방이설화〉의 모티프들을 수용한 민담은 〈흥부와 놀부〉, 〈혹부리 영감〉, 〈도깨비와 개암〉, 〈요술 부채〉, 〈이상한 샘물〉이 있다. 〈흥부와 놀부〉는 '형제지간 모방담'이고 '악형선제' 유형에 속한다. '행운을 가져오는 새'의 모티프는 '박씨를 물고 온 제비'의 모습으로 나타난다.

〈혹부리 영감〉은 '도깨비' 모티프와 '신체 일부 늘이기' 모티프를 가지고 있고, 〈도깨비와 개암〉은 '도깨비'와 '도깨비 방망이' 모티프가 있는 이야기이다. 〈요술 부채〉는 〈방이설화〉와 마찬가지로 코가 늘어나는 '신체 일부 늘이기'가 중요한 모티프이다. '행운을 가져오는 새'의 모티프를 수용한 이야기는 〈이상한 샘물〉인데 이것은 〈젊어지는 샘물〉을 축소하여 수록하는 과정에서 중요한 모티프인 '행운을 가져오는 새'의 모티프가 빠진 것으로 보인다. 이는 제재에 대한 이해가 부족한 때문으로, 시정하는 것이 옳다.

〈방이설화〉의 모티프 중 '누에'와 '도깨비 보'는 교과서에 수록되지 않았다. '누에'와 '보'가 오늘날에는 거의 찾아보기 힘들기 때문에 저학년 학생들이 이해하기에 무리가 있어 보이나 고학년의 경우에는 가능하리라고 본다. 민담 제재가 저학년에 편중되어 있는 것을 감안하여 고학년에 '누에'나 '도깨비 보' 모티프가 있는 제재들을 수록하여도 좋을 것이다.

〈방이설화〉의 모티프들이 수용된 민담의 교과서 수록 의의 및 시사점은 다음과 같다.

첫째, 시대와 사회가 변해도 중요한 가치관은 변함 없이 지켜져야 함을 알 수 있게 해 준다. 〈흥부와 놀부〉에서는 '우애'를, 〈혹부리 영감〉에서는 '정직'을, 〈도깨비와 개암〉에서는 '효'와 같은 덕목을 찾아볼 수 있다.

둘째, 학생의 입장에서 보면, 〈방이설화〉와 〈방이설화〉의 모티프가 수용된 민담의 대비를 통해서 이야기가 전승되는 과정을 체험할 수 있게 해 준다.

셋째, 교사의 입장에서 보면, 〈방이설화〉의 모티프들이 수용된 민담의 근원 설화가 〈방이설화〉임을 알고, 구비 문학 관련 제재의 교수·학습 방법을 적절하게 선택하여 학생들이 학습 목표에 용이하게 도달하도록 한다. 구비 문학의 특성에 맞도록 읽기보다는 말하기·듣기 위주의 학습 방법을 구사하고, 학생들이 민담의 전승, 변이를 체험하도록 학습 방법을 다양하게 적용할 수 있다.

넷째, 〈방이설화〉 모티프를 수용한 민담들은 친근한 이야기이므로 이에 맞는 학습 방법을 찾아 학습 목표 도달할 수 있도록 활용한다. 이러한 민담들을 '이어질 내용 상상하여 쓰기'와 같은 학습 활동에 활용하는 일은 적절하지 못하다. 이 민담들은 학생들이 결말을 너무나 잘 알고 있기 때문에 이야기를 다르게 꾸며 쓰기에는 한계가 있다.

본고는 〈방이설화〉의 문헌 기록을 통하여 구조와 모티프를 살피고, 구비되는 민담들을 분석하여 그 유형을 고찰하였다. 그리고 이런 구조와 모티프들이 국어과 교과서에 수록된 양상을 밝히고 문제점과 그 의의를 살펴보았다.

〈방이설화〉에 대한 연구는 문헌 기록을 토대로 한 역사적 연구가 필수적이다. 따라서 문헌에 기록된 〈방이설화〉를 가능한 범위 내에서 모두 수집하여 전·후대의 이야기를 비교하며 변이 양상을 살펴야 한다.

본고는 〈방이설화〉가 전하는 또 다른 문헌이 발견된다면, 더 보완해야 되리라고 본다.

中文抄錄

在中小學『國語』敎材中收錄〈旁㐌故事〉的母狀況研究

〈旁㐌故事〉見於唐·段成式的『酉陽雜俎』和『酉陽雜組續集』，該書注明它是來自新羅的故事. 最早被韓國文獻轉引的是安鼎福的『東史綱目』. 學術界一般認爲〈旁㐌故事〉是〈興夫傳〉的最早原形, 但對其傳承過程至今還沒有進行深入的硏究.

〈旁㐌故事〉因最早見於9世紀唐代文獻, 記錄年代相當久遠, 因此一般都說它是口傳故事的原形, 把『酉陽雜組續集』裏的〈旁㐌故事〉命名爲〈興夫傳〉的"始原故事". 『東史綱目』所收〈旁㐌故事〉是在『酉陽雜俎』出刊900年之後首次被轉引, 它起了承上啓下的作用, 因此被命名爲 "棟梁故事". 〈旁㐌故事〉以今天的文獻形式首次出現是在孫晉泰的『朝鮮民間故事硏究』一書中, 因此把收錄于孫氏硏究著作裏的〈旁㐌故事〉叫做 "現在故事".

〈旁㐌故事〉是一篇典型的仿效故事. 模仿者盲目地效法善良人的行爲, 結果被弄得狼狽不堪. 由先行者旁㐌的行爲和結果所構成的第一個故事和由模仿者弟弟的行爲和結果所構成的第二個故事, 均以模仿行爲爲主線緊緊地聯繫在一起. 旁㐌的行爲是眞誠的, 而弟弟的行爲是虛僞的, 通篇故事可以用眞實與虛僞相對立的結構來解釋.

仿效故事可以按照先行者和模仿者的關係以及先行者的性格分成若干類型. 〈旁㐌故事〉屬"兄弟之間的模仿", 可劃爲 "善貧先行者" 類型或 "善兄惡弟" 類型.

"模仿"是〈旁㐌故事〉的中心母題, "鬼怪"、"金錐"也是在口承故事中佔有較大比重的母題. 此外, 還有 "蠶"、"招來幸運的鳥"、"鬼怪狀"、"拉長身體的一部分" 等母題.

收錄<旁乇故事>母題的中小學『國語』教材中, 常見的同類故事有<興夫與玩夫>、<長瘤子的老漢>、<鬼怪與榛子>、<奇異的泉水>、<玩弄魔術的扇子> 等. 這是對於第七次教育過程期小學國語教材的全部課文進行定量分析所得出的結果.

中小學教材收錄包含 <旁乇故事>母題的民間故事有如下兩方面的意義:

第一, 告知人們無論時代和社會如何變化, 都應堅定不移地遵守正直、友愛、孝道等基本的價值觀念.

第二, 使學生通過比較<旁乇故事>與接受<旁乇故事>的母題而改編的其他同類故事, 瞭解故事的傳承與演變過程.

本文着重探討<旁乇故事>母題的傳承及其被教材所採用的情況, 特別指出因篇幅所限未能採用的其他母題在故事的情節發展中也起重要作用. 總之, 教師在指導此類課文時, 讓學生瞭解該故事的原始形態, 對課文所採用的故事的母題持愼重態度, 不得隨意增加或刪除, 尤其對那些重要母題不能輕易地丟掉.

한국 야담류문학과 중국측 문헌자료의 관련 양상

-『양은천미(揚隱闡微)』와『금고기관(今古奇觀)』의 관계를 중심으로 -

정명기[*]

Ⅰ. 들어가는 말

본고에서 사용되는 '야담류문학'이란 용어는 전통적인 견지에서 본다면, 『천예록(天倪錄)』·『동패락송(東稗洛誦)』·『청구야담(靑邱野談)』 등과 같은 야담 자료집은 물론이거니와 이에 덧붙여 그 출현 배경과 세계관, 향유 방식 등에서 나름의 차이를 드러내는 것으로 보고된 '패설문학(稗說文學)'을 통칭하는 의미로 사용된다.

그러나 논제로 삼고 있는 한국 야담류문학과 중국측 문헌자료의 관련 양상이라는 문제는, 한국 고전소설 작품과 중국측 문헌자료의 영향·변개에 대한 논의가 비교적 이른 시기부터 활발히 한국 학계에서 논의되어 왔던 점[1]에 비하여, 상당히 뒤늦은 시기인 극히 최근에 들어와서야 비롯되었다는 점에서 볼 때 아직은 본격적인 단계에 도달한 것으로는 여겨지지 않는다. 논제와 같은 시각을 가능토록 한 구체적인 논의는 대만(臺灣) 문화대학(文化大學)의 김영화(金榮華) 교수에 의해 비로소 제기되었다. 그는 조선

---

1) 본격적인 논의의 출발점을 대략 천태산인의 증보『조선소설사』(학예사, 1939)로부터 따진다고 해도 꽤 오래 전부터 이런 류의 작업이 제기되었음을 익히 알 수 있다.

후기인 1869년에 이원명(李源命, 1807∼1887)에 의해 산출된 『동야휘집(東野彙輯)』 소재 일련의 이야기들이, 조선의 사회 현실을 바탕으로 이루어진 다른 대부분의 이야기들과는 달리 청(淸)의 문인인 심기봉(沈起鳳)이 엮은 『해탁(諧鐸)』의 영향 아래 이루어졌다는 사실을 구체적으로 밝히고 있는 바[2], 이런 언급을 통하여 한국 야담문학과 중국측 문헌자료의 관련 양상에 대한 학계의 관심을 촉발했다는 점만으로도 그의 논의는 나름의 의미를 충분히 갖는다고 하겠다. 김영화(金榮華) 교수의 이런 소중한 지적을 밑바탕으로 하여, 뒷날 다시 이병찬, 이강옥 교수 등[3]은 이에 대한 보다 구체적인 논의를 개진한 바 있다.

이러한 작업과는 별도로, 최근 들어서는 한국 패설문학(稗說文學) 작품에 영향을 끼친 중국측 문헌자료에 대한 논의 또한 활발히 제기되고 있는 실정이다. 그 논의의 중심축에 자리잡고 있는 중국측 문헌자료가 바로 『절영삼소(絶纓三笑)』라는 자료집이라는 사실은 최용철(崔溶澈)[4]에 의하여 근자에 들어와 새로이 확인된 바 있다. 한편 그에 앞서 패설문학의 역사적 변전(變轉)과 그 의미를 정치(精緻)하게 따져본 김준형은, 당시까지 그 국적(國籍) 문제가 분명하게 밝혀지지 못했던 『종리호로(鍾離葫蘆)』라는 자료집의 실제 면모와 몇몇 방증 자료로부터 이 작품집의 국적이 한국에 있으며, 이 작품집과 『소낭(笑囊)』, 『파수추(破睡椎)』 등으로 대표되는 패설문학 작품들이 또한 일정한 이상의 관련성을 갖고 있는 가운데, 이들 작품집들의 원천이 바로 『절영삼소(絶纓三笑)』라는 사실 또한 일부 언급한 바[5]

---

2) 김영화, 「해탁과 동야휘집」, 모산학술연구소 주최 <한·중·일 소설문학 비교연구> 발표 요지, 1993.10.

3) 이병찬, 「동야휘집연구 - 청대 문언소설집 『해탁』의 수용을 중심으로」, 성균관대 박사학위논문, 1994.
  이강옥, 「동야휘집의 해탁 수용 양상」, 『구비문학연구』 2집(한국구비문학회, 1995).

4) 최용철, 「명대 소화 『절영삼소』와 조선 간본 『종리호로』」, 제1회 동아우언연구 국제회의, <우언의 인문학적 지위와 현대적 활용의 가능성>, 한국학중앙연구원, 2005.2.

5) 김준형, 「조선조패설문학연구」, 고려대학교 박사학위논문, 2003.6.

있다.

　이런 두 방향에서의 접근을 통하여 한국 야담류문학과 중국측 문헌자료의 관련 양상은 어느 정도 분명히 드러났다고 할 수 있다.

　그런데, 본격적인 논의 전개에 앞서서 여기서 한 가지 밝혀야 할 사실은, 논자 자신 이런 비교문학적 연구방법에 대해 그동안 별도의 관심을 쏟은 바 없기에 이 논제를 다루는 데에 적임자가 아니라는 점이다. 그렇다고 해서 근자에 들어와 어느 정도 논의가 활발히 전개되고 있는 이런 분야에 대해 애써 나 몰라라 할 수도 없는 상황은 논자로 하여금 이 논제에 대해 좋든 싫든 한, 두 마디 쯤은 언급할 필요성을 갖게 하였다. 그러나 논자 자신이 이 논제를 깊이 있게 다루거나 또는 더 나아가 나름의 성과를 예비할 여건과 능력을 갖고 있다고는 여겨지지 않는다. 다만 여기서는 이러한 논의가 보다 구체적인 성과를 획득하기 위해서라도 우리들 연구자들이 지금까지의 논의에서 얻어진 성과에만 만족하고 말 것이 아니라, 그 대상 자료와 논의 영역의 폭과 깊이를 보다 심화·확장할 필요성이 있다는 인식을 환기하고자 할 뿐이다. 이에 침소봉대의 위험이 있음에도 논자는 한, 두 단편적인 경우를 통하여 이 논제에 대한 나름의 견해를 피력해보는 것으로 논의를 국한할까 한다.

　이런 인식의 바탕 위에서 논자는 『양은천미(揚隱闡微)』[6] 소재 4화 〈이부사계전황보고(李府使計全皇甫孤)〉의 존재를 주목하고자 한다. 이 작품은, 검토 결과 명나라 포옹노인(抱甕老人)이 엮은 『금고기관(今古奇觀)』 3회 〈등대윤귀단가사(滕大尹鬼斷家私)〉와 일정 정도 이상의 관련 양상이 있는 것으로 확인되었다. 양자 사이에서 발견되는 이러한 관련 양상에 대한 비

　김준형, 「파수추의 존재양상」, 『고전문학연구』 23집(한국고전문학회, 2003.6).
　김준형, 「종리호로와 우리나라 패설문학의 관련양상」, 『중국소설논총』 18집(한국중국소설학회, 2003.9).
6) 이신성·정명기 공역, 『揚隱闡微』(보고사, 2000.1)

교 검토를 통하여 양국 문학의 거리와 의미는 무엇인지를 나름대로 규명해
볼 때, 본 논고의 의도는 어느 정도 미약하기는 하지만 달성될 수 있을 것
이라 기대된다.

Ⅱ. 『금고기관』의 한국 서사문학에 끼친 영향
―선행 연구성과와 번역 상황을 통해 본―

1. 선행 연구성과의 검토

『양은천미(揚隱闡微)』소재 4화 〈이부사계전황보고(李府使計全皇甫孤)〉
와『금고기관(今古奇觀)』3회 〈등대윤귀단가사(滕大尹鬼斷家私)〉를 비교하
기에 앞서 그동안 한국에서 산출된 이 작품집에 대한 연구성과를 우선적으
로 살펴볼 필요가 있다. 이 문제는 자연히『삼언(三言)』『이박(二拍)』을 위
시하여『금고기관(今古奇觀)』의 한국적 수용과 영향에 대한 연구로 귀결될
수밖에 없다. 그렇지만 그동안 한국에서『삼언(三言)』·『이각(二刻)』·『금고
기관(今古奇觀)』 등을 대상으로 하여 이루어졌던 선행 연구성과들을 제한
된 지면 내에서 구체적으로 다 검토할 수는 없을 듯하다. 다만 대표적인
연구자들, 곧 김태준(金台俊), 이명구(李明九), 서대석(徐大錫), 김기동(金起
東), 이상익(李相翊), 이혜순(李慧淳), 조희웅(曺喜雄), 신동일(申東一), 김정
육(金政六), 손병국(孫秉國), 유연환(游娟鐶), 증천부(曾天富)[7] 등을 드는 것
으로 그치고, 본 논의에서는 해당 작품에 대한 보다 심도 있는 이해를 위하

---

7) 이 중 신동일 이하 4인은 각자 다음과 같은 박사학위논문으로 그들의 관심사를 구체적으
   로 개진한 바 있다.
   신동일, 「한국고전소설에 미친 명대 단편소설의 영향」, 서울대, 1985.
   김정육, 「삼언소설연구」, 성균관대, 1987.
   손병국, 「한국고전소설에 미친 명대 화본소설의 영향」, 동국대, 1989.
   유연환, 「한국고전번안소설의 연구」, 고려대, 1990.
   증천부, 「한국소설의 명대 화본소설 수용연구」, 부산대, 1995.

여 검토의 범위를 〈등대윤귀단가사(滕大尹鬼斷家私)〉에 대한 선행 연구성
과만으로 좁혀 살펴볼까 한다. 곧 이혜순의 작업, 「한국 고대 번역소설 연
구 서설－낙선재본 『금고기관(今古奇觀)』을 중심으로－」[8]과 「신소설 『행
락도(行樂圖)』 연구－중국소설의 〈등대윤귀단가사(滕大尹鬼斷家私)〉와의
관계를 중심으로－」[9]가 바로 그것인 바, 전자에서는, 〈이상의 소설(주 :
〈兩縣令競議婚孤女〉를 포함, 한국에서 번역된 7편의 작품들)들이 『금고기관
(今古奇觀)』의 다른 작품들보다 번역가들에 의해 먼저 번역된 데는 이들
작품이 포함하고 있는 어떤 요소들이 그 당시의 독자의 취향과 기호, 그리
고 새로운 것을 지향하던 시대정신과 부합되었기 때문〉일 것으로 추단하
는 가운데, 다음과 같이 구체적으로 나누어 설명하고 있다.

첫째, 번역자에 의한 내용상의 의도적인 변형이 발생한다－윤리적인 차원에 바
탕을 두고－,
둘째, 내용의 첨가가 발생한다－우리 문학 전통에 접근시키기 위한 역자의 의
도적 작용－,
셋째, 修辭상의 첨가가 발생한다－이는 한국적 표현에 가깝게 하려는 의도－.
넷째, 원문의 내용을 생략한 부분이 발생한다.
다섯째, 번역상의 誤譯이 발생하기도 한다.

이런 다양한 변이의 양상을 노정하는 가운데 〈이조 후기에 즐겨 번역된
중국소설은 대부분 인간의 성실한 노력과 지혜가 강조되었다는 것〉과 〈우
리에게 없었던 새로운 주제의 작품들을 선택하면서도 특히 우리의 전통적
윤리관과 상충하지 않도록 가필을 하고 있다는 점〉, 〈내용에서뿐 아니라
수사(修辭) 표현에서도 외국적 요소들을 생략하고 우리식의 표현을 집어넣

---

8) 『한국고전산문연구』(장덕순선생 화갑기념논총, 동화문화사, 1981), 217~230쪽.
9) 『국어국문학』 84호(국어국문학회, 1980). 이혜순, 『비교문학』 1(중앙출판, 1981)에 재수록
되어 있다.

음으로써 번역의 냄새를 없앴다는 점) 등등의 결론을 도출해내고 있다. 한편 후자에서는 신소설 『행락도(行樂圖)』와 〈등대윤귀단가사(滕大尹鬼斷家私)〉를 비교하면서, 양자 간에는 주 플롯이 일치하는 가운데서도, '새로운 부 플롯의 첨가'와 '인물유형상의 변형'이 나타나고 있다는 점을 해당 문맥을 통하여 구체적으로 밝힌 바 있다. 나아가 첫째 영웅소설 구조에로의 전환, 둘째 악인 모해형의 강화의 수법을 통해서 이 번역소설이 비로소 한국의 전통적 소설형태에 접근할 수 있었던 것으로 주장하고 있다. 이상의 주장에 대하여 논자가 다만 한 가지 이견(?)을 제시한다면, 이교수가 주장하고 있듯이 신소설 『행락도(行樂圖)』가 〈등대윤귀단가사(滕大尹鬼斷家私)〉의 영향 아래 출현한 작품이라는 점은 결코 부인할 수 없는 사실이겠지만, 과연 이 작품이 창작, 수용되면서 한국 영웅소설 구조에로의 질적 전환이 일어나고 있는가에 대해서는 의문의 여지가 있다고 하겠다.

2. 『금고기관』의 한국에서의 번역 상황

『금고기관(今古奇觀)』이 정확히 언제, 어느 때 한국에 전래되었는지에 대해서는 아직 정설은 없지만, 대략 인조조(仁祖朝) 무렵일 것으로 여겨지고 있다. 이후 오랜 세월이 흐르면서 『금고기관(今古奇觀)』은 우리 독자층 사이에서 상당히 폭넓게 향유된 작품으로 보여진다. 그것은 필사본의 형태로 남아 전하는 다양한 작품들의 면모10)로부터 익히 확인된다. 여기서는 그것에 대해 자세한 논의를 펼 수가 없기에, 다만 대표적인 몇몇 이본 자료들과 아울러 근자에 새롭게 현대어로 번역된 자료들을 제시, 한국에서『금고기관(今古奇觀)』가운데 어떠한 작품들이 번역되었는가만을 간략히 보이는 것으로 대신하고자 한다.

---

10) 이에 대한 보다 구체적인 논의는 앞에서 든 신동일, 김연호의 연구성과로 미루어둔다.

화수	大字足本 『今古奇觀』	필사본		구활자본		현대어 번역본	
		정문연본 『今古奇觀』	고대본 『今古奇觀』	신구서림본 『今古奇觀』	정음사판 『今古奇觀』	宋文 편역 『今古奇觀』	김용식역 『今古奇觀』
1	三孝廉讓産立高名			2		1	6
2	兩縣令競議婚孤女				5	2	5
3	滕大尹鬼斷家私	1				3	4
4	裴晉公義還原配			4		4	
5	杜十娘怒沉百寶箱				2	5	
6	李謫仙醉草嚇蠻書			3	1		3
7	賣油郎獨占花魁				3		
8	灌園叟晩逢仙女				6	6	1
9	轉運漢巧遇洞庭紅				4	7	7
10	看財奴勻買冤家主						
11	吳保安棄家贖友			6			
12	羊角哀捨命全交			5			
13	沈小霞相會出師表						
14	宋金郎團圓破氈笠		1				
15	盧太學詩酒傲公侯				9		
16	李汧公窮途遇俠客				7		
17	蘇小妹三難新郎			8			9
18	劉元普雙生貴子		3	10			
19	俞伯牙摔琴謝知音			7			10
20	莊子休鼓盆成大道		2	9	8		
21	老門生三世報恩						
22	鈍秀才一朝交泰	2					
23	蔣興哥重會珍珠衫						
24	陳御史巧勘金釵鈿						
25	徐老僕義憤成家						
26	蔡小姐忍辱報仇				10		
27	錢秀才錯占鳳凰儔						
28	喬太守亂點鴛鴦譜						
29	懷私怨狠僕告主						
30	念親恩孝女藏兒				15		
31	呂大郎還金完骨肉						13

화수	大字足本『今古奇觀』	필사본		구활자본		현대어 번역본	
		정문연본『今古奇觀』	고대본『今古奇觀』	신구서림본『今古奇觀』	정음사판『今古奇觀』	宋文 편역『今古奇觀』	김용식역『今古奇觀』
32	金玉奴棒打薄情郎		4		14		
33	唐解元玩世出奇						2
34	女秀才移花接木				16		
35	王嬌鸞百年長恨				11		
36	十三郎五歲朝天						14
37	崔俊臣巧會芙蓉屛						
38	趙縣君喬送黃柑子						
39	誇妙術丹客提金						
40	逞錢多白丁橫帶						

* 1) 정문연본 3화는 <댱운용통니셩혼> ⇐ 唐 裵鉶의『傳奇』에 수록. 『태평광기』권 69.
  2) 신구서림본『今古奇觀』1화 <權翁智慧整家法> ⇐ 조선 후기 다수의 야담집에 수록된 <畏嚴舅猓婦出矢言>의 유화.
  3) 정음사판『今古奇觀』12화 <白夫人記> ⇐『警世通言』28화, <白娘子永鎭雷峰塔>
     13화 <吳公子記> ⇐『醒世恒言』권 28, <吳衙內鄰舟赴約>

Ⅲ. 『양은천미』의 서지 상황과 4화 <이부사계전황보고>의 서사 내용

1. 『양은천미』의 서지 상황

논의의 편의상, 『양은천미』의 서지 상황을 우선 제시하기로 한다. 이 자료는 고(故) 나손(羅孫) 김동욱(金東旭) 교수가 소장하고 있던 자료인데, 현재는 단국대 천안도서관에 갈아 있다. 총 230면(앞·뒷 부분에 걸쳐 각 1, 2면 정도 탈락된 상황을 고려할 때, 그 부분이 남아 있다면 총 235면 분량으로 이루어졌을 것으로 여겨진다), 매면 10행, 매행 20~24자 내외(평균 23자)로 이루어진 단권 단책의 한문 필사본으로 현재 유일본으로 존재한다. 총 36화로 이루어져 있다. 각 화(話)는 독립된 이야기들로 이루어져 있으며, 각 화(話)

의 제목은 대부분 7~8자로 이루어져 있으나, 18화 〈이장업거증일문경회
(李長業據證一門慶會)〉와 36화 〈김연광동방재회기처(金演光洞房再會其妻)〉
의 경우 9자로 이루어져 있다.

이 자료가 정확히 어떤 사람에 의해, 어느 시대에 이루어졌는지는 분명
히 알 수 없다. 다만 본 자료에 실려 있는 이야기 가운데 맨 마지막 이야기
인, 제36화 〈김연광이 동방(洞房)에서 아내를 다시 만나다.〉(金演光洞房再
會其妻)의 다음 문면을 통하여 대략 그 간행 년대의 하한선을 미루어 짐작
해 볼 수 있을 뿐이다.

> "---(전략)--- 하루는 집에서 책을 보는데, 대포 소리가 사방에서 일어나며
> 함성이 우뢰같아, 크게 놀라 길거리로 달려 나오니, 행인들이 모두 미쳐 날뛰어
> 급히 달려가며, "난리가 났다!"고 했다. 집집의 남녀노소가 남부여대(男負女戴)
> 하고 다투어 성 밖으로 나가니, <u>이는 조선 태왕(太王) 때의 임오군란(壬午軍亂)
> 이었다.</u> ---(하략)---."(밑줄·필자 표시) [忽一日, 在家看書, 聞砲響四起, 喊聲
> 如雷. 金生大驚, 走出街路, 則路上之人, 擧皆狂奔疾走曰: "亂離出也." 見人家
> 老少, 莫不男負女戴, 爭出城外, <u>此是朝鮮李太王壬午軍亂也.</u>]

가 그것으로, '임오군란(壬午軍亂)'이 이야기의 시대 배경으로 등장하고 있
다는 점에서 이 자료집의 간행년대는 '임오군란'까지는 결코 소급할 수는
없다는 사실을 알게 된다. 그러나 이 책의 편찬 년대를 밝히는 데 이보다
더 결정적인 문면으로 우리는 '태왕(太王)'이라는 용어에 주목할 필요가 있
다. 이에 대해서는 이신성(李愼成) 교수의 적절한 논급[11]이 있으므로 자세
한 논의는 그리로 미루겠다.

---

11) 이신성, 『천예록연구』(보고사, 1994.) 41쪽의 註 55 참조. "아래로는 '태왕(太王)'이라는 명
   칭이 고종(1852~1919, 재위 1863~1907)이 임금 자리를 물러난 후에나 사용이 가능한 것
   이고, 아울러 고종이 승하하기 전임을 의미한다. 따라서 『양은천미』의 편찬 연대는 고종이
   순종(1874~1926, 재위 1907~1910)에게 양위한 <u>1907년에서 고종이 승하한 1919년 사이로
   추정</u>할 수 있다."

2. 『양은천미(揚隱闡微)』 4화 〈이부사계전황보고〉의 서사 내용

『금고기관(今古奇觀)』 3화 〈등대윤귀단가사(滕大尹鬼斷家私)〉와의 비교 검토에 앞서서, 논의의 효율성을 높이기 위하여 『양은천미(揚隱闡微)』 4화 〈이부사계전황보고(李府使計全皇甫孤)〉의 서사 내용을 정리하면 다음과 같다.

1. 관동 강릉부에 사는 황보인준(皇甫仁俊)이라는 벼슬아치의 사람됨.(군수로 나이가 많고 재산도 누만금(累萬金)으로 산수 유람을 즐기는)

2. 아들 계선(繼善)의 그른 성정. -앞으로 있을 예비 갈등의 내재-

3. 군수가 병으로 죽기에 앞서, 자신들의 처지를 슬퍼하며 통곡하는 계술(繼述)의 모자(母子)에게 그 자신 미리 생각한 방책이 있다고 한 뒤 두루마리를 내주며 잘 간수했다가 계술이 자라 15세가 되면 부임할 명철한 사또에게 그것을 가지고 정소(呈訴)하도록 이르고는 기세함. -갈등을 푸는 직접적인 계기로서의 '행락도(行樂圖)'의 존재, 곧 복선(伏線)-

4. 부친의 기세 후 계선(繼善)의 계속되는 악행으로 고난을 겪으며 살게 되는 계술 모자. -주인공 모자의 고난-

5. 계술이 15세가 되매 그 모친이 전일의 소장과 두루마리를 신임부사 이씨에게 바침. -해결자의 등장-

5. 1. 두루마리를 보고, 억울한 사연을 알리고자 함을 알았으나 그 뜻을 분명히 알지 못해 고민하던 부사는 사동(使童)에게 차를 오게 한다. -해결의 실마리-

5. 2. 사동의 실수로 찻물이 두루마리에 떨어지자, 부사가 그것을 말리던 중 두루마리 속에 글자가 있음을 발견하게 된다. -우연한 해결책의 마련, *〈행락도(行樂圖)〉[12]*의 내용 소개-

---

12) 그 구체적인 내용을 간추려 보이면 다음과 같다. 황보인준 자신에게는 두 아들이 있는데 장남은 형제간의 우애가 없어 제 아우를 노상인과 같이 여기매, 그 자신이 계술 모자를 후일을 염려하여 이런 방법을 동원했음을 이르고, 집 후원의 정각 네 벽 벽장 속에 은 몇백

5. 3. 획책(劃策)의 방도를 마련한 부사가 사리를 들어 다음날 계선의 집에 와서 처리하겠다고 한다.

6. 부사의 치밀한 책략 시도와 계선의 서약서 작성. -구체적인 해결책의 제시와 그 성취-

6. 1. 행락도를 통해 알게된 황보인준의 모습을 그대로 재현하여 설명하는 가운데 사리를 들어 계선에게 후원에 있는 정각(亭閣)을 아우 계술에게 주면 좋을 듯하다고 타이르는 일방, 그곳에 있는 물건에 대해서는 전혀 간섭치 않겠다는 내용의 서약서를 쓰도록 명한다.

6. 2. 잇속을 따지고 난 계선은 부사의 명을 선뜻 받아들여 서약서를 써서 준다.

7. 계술의 횡재(橫財)와 계선의 낙망한 모습.

8. 부사는 금을 갖지 않고 계술에게 부친의 부탁을 어기지 말도록 당부하고 떠나감.

9. 계선이 개과(改過)한 뒤 계술과 우애를 회복한다.

증시부(證示部)[13]

Ⅳ. 『양은천미』 4화 〈李府使計全皇甫孤〉와 『금고기관』 3화 〈滕大尹鬼斷家私〉의 비교 검토

『양은천미』 4화 〈이부사계전황보고(李府使計全皇甫孤)〉(이하 李府使로

낭과 금 몇십 냥을 감추어둔 사정을 밝힌 뒤, 그곳에서 나온 은으로 계술 모자가 살아갈 방편을 삼도록, 금은 사또에게 바친다는 내용으로 이루어져 있다.

13) 그 형태는 "有詩爲証"의 언표로 나타나는 바, 이 용어가 또한 『今古奇觀』 소재 이야기들 중 5, 7, 11, (13), 17, 18, 23, 27, 30, 37화의 10화에서도 똑같이 나타나고 있다는 점 등만으로도, 『揚隱闡微』와 『今古奇觀』의 상호 관련성은 어느 정도 확보된다고 할 수 있다. 13화에 ( ) 표시한 것은 이와 거의 같으면서도 약간 변이된 경우를 일컫는 것으로, 여기에서는 "有詩爲証"에 덧붙어 "詩曰"이 출현한다는 차이를 표시한 것이다.

줄임)와 『금고기관(今古奇觀)』 3화 〈등대윤귀단가사(滕大尹鬼斷家私)〉(이하
滕大尹으로 줄임)를 비교하기 위해 우선 두 작품의 서사 구조가 어떻게 같
고 어떻게 달리 나타나는가를 일목요연하게 살펴볼 필요가 있겠다. 논의의
편의상 두 작품을 비교하여 표로 나타내면 다음과 같다.

일련 번호	〈滕大尹鬼斷家私〉	〈李府使計全皇甫孤〉	비고
1	서설	×	
2	永樂年間에 北直 順天府 香河縣에 倪太守(名은 守謙)가 살았는데, 집안이 부유함. 부인 陳氏와 더불어 善繼를 낳음. 예 태수가 79세가 되었지만 집안일을 손수 맡아봄.	皇甫 仁俊에게 繼善이라는 아들이 있음.	
3	10월에 세금을 거두러 갔다가 한 여인을 보고 후처로 삼음. 여인은 梅氏로 17살임.	×	
4	태수가 후처를 얻자, 善繼 부부는 마음에 불만을 가짐.	×	
5	매씨는 9월 9일 아들을 낳고 善術이라 이름 지음. 善繼는 80세에 아들을 낳을 수 없다며 매씨를 의심함.	인준은 70이 넘어 妾에게서 繼述이라는 아들을 낳음. 계선은 아우를 미워함.	
6	일년 후 선술의 돌잔치에 선계는 일부러 나가 손님을 맞지 아니함. 이는 선계의 마음이 포악하고, 선술과 재산을 나누는 것에 대한 불만임.	×	
7	선술이 5살이 되었을 때 스승을 모시는데, 선계의 아들은 보내지 않음. 아들을 보내면 선술에게 삼촌이라고 해야 하기 때문. 그리고 선계의 아들은 다른 데서 교육을 시킴.	×	
8	태수는 갑자기 중풍을 맞음. 선계는 자신이 주인 행세를 함. 태수는 어쩌지 못함.	×	
9	태수는 선계를 불러 재산을 모두 맡기는 유언을 남김. 매씨는 선술에게 아무 것도 주지 않는 것을 보고 슬퍼함.	×	

일련 번호	〈滕大尹鬼斷家私〉	〈李府使計全皇甫孤〉	비고
10	절개를 지키겠다는 매씨에게 태수는 行樂圖를 줌. 그리고 며칠 후 태수는 84세로 죽음.	인준은 갑자기 병을 얻어 두루말이 축을 하첨에게 주고 죽음.	
11	선계는 선술 모자를 작은 집으로 쫓아냄. 매씨는 어려운 환경에서도 선술을 공부시킴.	계선은 계술 모자를 행랑채로 내보냄.	
12	선술이 14세가 되는 날, 매씨에게 옷을 사달라고 함. 그러면서 부친이 남긴 재산을 왜 형만 가져야 하는가를 따짐.	×	
13	선술은 이에 선계를 찾아가 따지니, 선계는 유언장을 내보이고 이들을 쫓아냄.	×	
14	쫓겨온 선술에게 매씨는 태수가 죽기전에 행락도를 주었음을 말함.	×	
15	선술이 행락도를 보니 한 노인이 어린 아이를 안고 땅바닥을 가리키는 그림이었음.	×	
16	이후 선술은 滕府尹이 억울함을 풀어주러 왔다는 소식을 듣고, 이들은 행락도를 등부윤에게 보여줌.	15살이 된 계술은 신임부사에게 가서 인준이 남겨준 두루말이 축을 주고 처결을 구함.	
17	등부윤이 그림을 보고, 노인은 예태수임을, 아이는 선술임을 알았지만, 그 내용을 알지 못함.	신임부사는 그 내용을 알지 못함.	
18	어느 날 하인이 가져다준 찻물이 그림에 쏟아졌는데, 그 그림을 말리던 중에 그림 속에 숨어 있던 글자들이 보임.	어느날 하인이 가져다준 찻물이 그림에 쏟아졌는데, 그 그림을 말리던 중에 그림 속에 작은 글씨를 봄.	
19	그림 속에는 예태수의 유언이 들어 있었음.	그림 속에는 인준의 유언이 들어 있음.	
20	등부윤은 예선계를 불러 그동안의 정황을 듣고, 유언장을 가져오면 자신이 판결을 하겠다고 함.	부사는 계선을 불러 뒷날 판결을 하겠다고 함.	
21	다음 날 등부윤은 마치 옆에 누가 있는 것처럼 이야기를 하고 행동을 함. 사람들은 귀신과 이야기를 한다고 생각함. 예태수의 혼령으로 인식하게 함.	인준은 옆에 마치 인준이 있는 것처럼 하고 후원의 亭閣을 아우에게 주도록 함.	

일련 번호	〈滕大尹鬼斷家私〉	〈李府使計全皇甫孤〉	비고
22	등부윤은 모든 재산이 선계의 것이 맞다고 함. 그러면서 뒤편에 있는 허름한 집 하나가 선술의 것이라 하자, 사람들은 모두 허탈해 함. 선계는 기뻐함.	계선은 기뻐함.	
23	등부윤은 선술의 집에 은이 묻혀 있음을 말하고, 그것은 선술의 것이라 함. 그리고 자신도 이백 냥을 가짐.	그 정각에는 은이 몇 백량이 됨. 신임 부사는 자신에게 주겠다는 돈도 가지지 않고 감.	
24	선술은 이로써 부자가 됨. 뒤에 선술은 아내를 맞아 세 아들을 낳고 예써 집안은 흥성함. 선계의 아들은 유탕하여 가산을 탕진함.	계선은 전의 잘못을 깨달음. 이후 형제가 가업을 지켜나감. 그 자손이 면면히 이어져 옴.	
25	선계가 죽자, 모든 일은 선술이 주관함.	×	
26	증명하는 시.	증명하는 시	

위의 표를 보면, 『양은천미』 4화 〈이부사(李府使)〉와 『금고기관』 3화 〈등대윤(滕大尹)〉의 관계가 어떠하다는 것이 분명히 드러난다. 곧 〈이부사(李府使)〉는 〈등대윤(滕大尹)〉의 뼈대를 그대로 따르되, 부분적인 개작만 있을 뿐이다. 즉 두 이야기는 다음과 같은 공통 뼈대를 갖고 있음이 확인된다.

① 한 늙은 관료가 늘그막에 후처를 얻고, 후처로부터 아들을 낳음.
② 본처에게서 낳은 아들은 후처에게서 낳은 아들을 미워함.
③ 늙은 관료는 재산을 모두 본처에게서 낳은 아들에게 주고, 후처에게는 한 폭의 그림을 주고 세상을 떠남.
④ 본처의 아들은 후처의 아들을 방치함.
⑤ 후처에게서 낳은 아들이 성장하여 부친이 준 그림을 현명한 관리에게 주고, 처분을 바람.
⑥ 관리는 그림을 해석하지 못하던 차에, 우연한 계기로 그림의 의미를 파악함.
⑦ 관리는 죽은 관료의 자식을 불러 모든 재산을 전처의 아들에게 주고, 후처의 아들에게는 작은 건물 하나를 줌.

⑧ 작은 건물에는 상당히 많은 돈이 숨겨져 있어서 결국 후처의 아들은 부자가 됨.
⑨ 후일담.

두 이야기 모두 위와 같은 공통 뼈대를 가지고 있다는 점에서 두 작품의 직접적인 관련성은 거듭 확인된다. 나아가 주인공의 이름 또한 선계(善繼)와 선술(善術)이 계선(繼善)과 계술(繼述)로 달리 나타나고 있다는 점에서도 『금고기관(今古奇觀)』의 흔적을 여실히 확인할 수 있다. 이러한 점에서도 〈이부사(李府使)〉가 〈등대윤(滕大尹)〉의 영향으로 출현되었다는 점은 쉽게 부정할 수 없는 사실로 보여진다. 그렇지만 여기서 보다 더 중요한 것은 두 작품이 지닌 이러한 유사성보다는 차별성에 있다. 한편 두 작품 사이에서 확인되는 차별성은 곧 하나의 이야기를 수용하는 태도에서 비롯되는 것이다. 특히 외국의 이야기를 수용할 때, 그 나라의 특수성에 맞춰서 변개·수용하는 양상이 나타나는 것은 당연하기까지 한 사실이다. 따라서 두 작품간의 차이점을 드러내고, 그에 따라 그러한 차이가 왜 생겨났는가를 살펴보는 일이 우선적으로 검토되어야 한다고 본다.

거칠게나마 〈이부사(李府使)〉와 〈등대윤(滕大尹)〉를 대비해 보면 다음의 세 가지 측면에서 큰 차이를 읽어낼 수 있다. 첫째, 〈이부사(李府使)〉는 〈등대윤(滕大尹)〉를 상당히 축약하고 있다는 점. 둘째, 작은 부분이지만 내용을 변개하고 있다는 점. 셋째, 형식적인 면에서 이야기 시작 부분의 처리 양상에서의 차이가 발생하고 있다는 점 등을 들 수 있다. 이 양상에 대해 순차적으로 살펴 보자.

첫째 〈이부사(李府使)〉에서 〈등대윤(滕大尹)〉가 상당히 축약되었다는 사실은 위의 〈표〉를 통해서도 쉽게 확인할 수 있다. 그렇다면 〈이부사(李府使)〉에서 〈등대윤(滕大尹)〉를 수용하면서 생략한 부분은 어떠한 곳인가? 〈표〉를 통해 볼 때, 늙은 관료가 첩을 얻는 과정, 늙은 관료와 전처의 아들 간의 갈등 양상, 후처의 아들이 전처의 아들을 찾아가는 장면 등이 빠져 있음을 알 수 있다. 그런데 이러한 부분은 이야기를 전개하는 과정에서 큰 의미를 갖는 부분은 아니다. 이야기의 틀을 바꾸거나 이야기의 방향을 바꾸기보다는 단지 이야기의 흥미를 돋우는 역할을 할 뿐이다. 이 점에서 〈이부사(李府使)〉는 이야기의 큰 줄거리에만 관심을 가지고 있었고, 그 주변적인 내용에는 상대적으로 관심이 적었음을 알 수 있다. 즉 〈이부사(李府使)〉는 이야기가 지닌 흥미로운 줄거리만을 수용하였고, 그 줄거리에 영향을 미치지 않는 내용은 굳이 이야기로 수용하지 않았던 것이다. 이러한 현상은 어디에서 비롯되는가? 그 원인으로 우선 '야담'이라는 갈래가 지닌 특성을 기억할 필요가 있겠다. 야담은 삶의 한 단면을 그려내는 데, 그 배경은 일상에 두는 것이 일반적이다. 야담은 이야기 주변의 곁가지를 모두 배제하고, 오로지 그 의미를 전달하는 데 필요한 궁극의 목표점을 향해서만 전일하게 나아가는 경향성을 지니고 있다. 따라서 야담에서 이야기의 주제와 직접 관련이 없는 부수(附隨) 삽화가 소략하게 처리되는 것은 이러한 이유에서 지극히 당연한 일로까지 여겨진다.14) 이러한 이유로 인해 〈이부사(李府使)〉에서는 원작의 서사 내용 가운데 상당 부분이 자연스럽게 축약되었던 것으로 보여진다. 다음과 같은 경우도 마찬가지라고 할 수 있다.

過了几日, 只聽得師父說: "大令郎另聘了個先生, 分做兩個學堂, 不知何意?" 倪太守不聽猶可, 聽了此言, 不覺大怒, 就要尋大兒, 子問其緣故. 又想到: "天生活般逆種, 與他說也沒干, 由他罷了!" 含了一口悶氣, 回到房中, 偶然脚慢, 拌着門檻一跌, 梅氏慌忙扶起, 攙到醉翁床上坐下, 已自不省人事. 急請醫生來看, 醫生說是中風. 忙取姜湯灌醒, 扶他上床. 雖然心下清爽, 卻滿身麻木, 動揮不得. 梅氏坐在床頭, 煎湯煎藥, 殷勤伏侍, 連進几服, 全無功效. 醫生切脈道: "只好延框子, 不能全愈了." 倪善繼聞知, 也來看觀了几遍. 見老子病勢沉重, 料是不起, 便呼么喝六; 打童罵僕, 預先裝出家主公的架子來. 老子聽得, 愈加煩

---

14) 반면 이야기의 주 내용과 직접적인 관련이 있을 경우에는 지루하다 할 정도로 길게 늘이거나, 장황하게 묘사하는 경우도 많다.

惱. 梅氏只得啼哭, 連小學生也不去上學, 留在房中, 相伴老子. 倪太守自知病篤, 喚大兒子到面前, 取出簿子一本, 家中田地屋宅及人頭帳目總數, 都在上面, 分付道: "善述年方五歲, 衣服尙要人照管; 梅氏又年少, 也未必能管家. 若分家私與他, 也是枉然, 如今盡數交付與你. 倘或善述日后長大成人, 你可看做爹的面上, 督他娶房媳婦, 分他小屋一所, 良田五六十畝, 勿令飢寒足矣. 這段話, 我都寫絶在家私簿上, 就當分家, 把與你做個執照. 梅氏若願嫁人, 聽從其便; 倘肯守着兒子度日, 也莫强他. 我死之后, 你一一恢我言語, 這便是孝子, 我在九泉, 亦得瞑目." 倪善繼把簿子揭開一看, 果然開得細, 寫得明, 滿臉堆下笑來, 連聲應道: "爹休憂慮, 恁兒一一依爹分付便了." 抱了家私簿子, 欣然而去. 梅氏見他走得遠了, 兩眼垂淚, 指着那孩子道: "這個小冤家, 難道不是你嫡血? 你卻和盤托出, 都把與大兒子了, 敎我母子兩口, 異日把什么過活?" 倪太守道: "你有所不知, 我看善繼不是個良善之人, 若將家私平分了, 連這小孩子的性命也難保; 不如都把與他, 像了他意, 再無護忌." 梅氏又哭道: "雖然如此, 自古道子無嫡庶, 武殺厚薄不均, 被人笑話." 倪太守道: "我也顧他不得了. 你年紀正小, 趁我未死, 將兒子囑付善繼. 持我去世后, 多則一年, 少則半載, 盡你心中, 揀擇個好頭腦, 自去圖下半世受用, 莫要在他

們身邊討氣吃." 梅氏道: "說那里話! 奴家也是懦門之女, 婦人從一而終; 況又有了這小孩兒, 怎割舍得抛他? 好歹要守在這孩子身邊的." 倪太守道: "你果然肯守志終身么? 莫非日久生悔?" 梅氏就發起大誓來. 倪太守道: "你若立志果堅莫愁母子沒得過活." 便向枕邊摸出一件東西來, 交與梅氏. 梅氏初時只道又是一個家私簿子, 卻原來是一尺闊一尺長的一個小軸子. 梅氏道: "要這小軸兒何用?" 倪太守道: "這是我的行樂圖, 其中自有奧妙. 你可俏地收藏, 休露人目. 直持孩子年長, 善繼不肯看顧他, 你也只含藏于心. 等得個賢明有間官來, 你卻將此軸去訴理, 述我遺命, 求他細細推詳, 自然有個處分, 盡勾你母子二人受用." 梅氏收了軸子. 話休絮煩, 倪太守又延了數日, 一夜痰撅, 叫喚不醒, 嗚呼哀哉死了, 享年八十四歲. (『今古奇觀』, <滕大尹鬼斷家私>)

修短有命, 郡守偶嬰無何之疾, 漸至瀕死. 繼述之母, 抱子泣訴曰: "公若不諱, 妾之母子, 何處將依乎?" 郡守愀然曰: "汝母子之情境, 吾籌之熟矣." 因自篋中, 出示一軸曰: "此乃汝救命之寶也. 愼藏之, 待繼述年至十五, 必有明官莅郡, 持

此呈訴, 則可以得生矣." 母子泣而受之. 未幾, 郡守歸天. (『揚隱闡微』, <李府
使計全皇甫孤>)

장황하게 인용하였지만, 이를 통해 <이부사(李府使)>가 어떻게 <등대윤
(滕大尹)>를 수용하고 있는가를 엿볼 수 있다. <등대윤(滕大尹)>에서는 예
태수(倪太守)가 병을 얻게되는 장면, 병을 얻었을 때 전처의 아들인 선계
(善繼)의 행위, 유언을 하는 장면, 후처를 시험하는 장면과 절개를 지키겠
다는 확고한 의지를 보여주는 후처의 행위 장면, 그리고 두루마리 축(軸)을
내어주는 장면 등이 세세하게 잘 그려져 있다. 이러한 내용은 이야기를 전
개하는 데에 필요하지만, 경우에 따라서는 장황하고 지루하게 읽힐 수도
있다. 결국 <이부사(李府使)>에서는 이렇게 장황한 부분을 불과 150자 안
팎으로 요약해 놓은 것이다. 그렇지만 이야기의 전개 과정에서 결코 무리
는 없어 보인다. 이는 곧 야담의 경우, 철저하게 이야기의 줄거리 중심으로
요약, 정리되는 경향이 강함을 잘 보여주는 한 예이다. 즉 중국의 이야기가
한국으로 수용될 때, 특히 비교적 편폭이 긴 이야기가 야담으로 수용될 때
에는 상당히 축약되는 경향이 있음을 우리는 확인할 수 있다.

둘째, <이부사(李府使)>에서는 작은 부분이지만 원 작품의 내용을 변개
하기도 한다. 특히 <등대윤(滕大尹)>에서 보여준 정서가 한국적 정서와 다
를 때에는 줄거리의 큰 틀에 놓인 부분일지라도 내용을 변개시키기도 한
다. 다음과 같은 것이 그 한 예이다.

又分付梅氏道: "右壁還有五壇, 亦是五千之數. 更有一壇金子, 方才倪老先生
育命, 送我作酬謝之意, 我不敢當, 他再一相强, 我只得領了." (『今古奇觀』,
<滕大尹鬼斷家私>)

府使命之曰: "汝先親之, 只給小閤爲教者, 有此銀金故也. 然而俄者命教 金
則雖曰 送我, 我豈受此? 汝持此金銀, 母子相依, 經營産業, 勿負汝親黃泉之托
也." (『揚隱闡微』, <李府使計全皇甫孤>)

〈등대윤(滕大尹)〉에서는 일을 처리한 대가로 등부윤(滕府尹)은 일정한 액수를 보상받는다. 그러나 우리나라에서는 일을 처리하고 돈을 받는 행위는 의롭지 못하다고 본다. 때문에 〈이부사(李府使)〉에서는 이부사(李府使)가 일을 처리하고도 굳이 돈을 받지 않는 것으로 변개되어 나타난다. 또한 〈이부사(李府使)〉에서의 결말 또한 〈등대윤(滕大尹)〉과 전혀 다른 양상을 보여준다.

　　后來善述娶妻, 連生一子, 讀書成名. 倪氏門中, 只有這一枝極盛. 善繼兩個 兒子, 都好游蕩, 家業耗廢. 善繼死后, 兩所大宅子, 都賣與叔叔善述管業. 里中 凡曉得倪家之事本末的, 無不以爲天報云. (『今古奇觀』, 〈滕大尹鬼斷家私〉)

　　繼善亦感悟前非, 兄弟相愛, 謹守家業, 至今其子孫綿仍云. (『揚隱闡微』, 〈李府使計全皇甫孤〉)

두 이야기의 결말은 전혀 다르다. 〈등대윤(滕大尹)〉에서는 선계(善繼)의 가업이 황폐해지고, 결국 선술(善術)이 집안을 관장하는 것으로 서술되고 있다. 그러나 형제간의 화해를 중시하는 우리의 입장에서는 이러한 결말에 대해 결코 우호적인 시각을 드러내지 않는다. 따라서 〈이부사(李府使)〉에서는 〈등대윤(滕大尹)〉과는 달리 그 이후에도 형제간에 서로 사랑하며 가업을 지켜 나갔고, 그 결과 그 자손들이 지금까지도 이어진다고 밝히는 것으로 이야기가 종결된다. 이처럼 작은 부분일지라도 우리 나라의 정서와 맞지 않는 원작의 특정 부분에 대해서는 일정한 개작이 시도되고 있는 것이다. 이러한 양상은 비록 사소한 문제로 볼 수도 있겠지만, 그 의미는 결코 적지 않은 것으로 생각된다. 외국의 이야기가 국내로 유입되어 향유될 때에는 맹목적인 수용도 있을 수 있겠지만, 그렇지 않을 경우에는 대체로 그 나라의 정서에 맞게 변개될 수 있음을 적실하게 보여주기 때문이다. 〈이부사(李府使)〉에서는 이러한 양상이 극히 작은 부분에 국한되고 있지

만, 경우에 따라서는 전혀 다른 이야기로 원작이 변개될 가능성 또한 상존
함을 예시해준다. 따라서 이후 이 작품이 신소설 『행락도(行樂圖)』로 변모
되어 나타날 수 있었던 것도 이러한 가능성의 또 다른 구체적 표출로 이해
할 필요가 있다.

셋째, 형식적인 면에서 이야기의 시작 부분의 처리 양상에서도 〈등대윤
(滕大尹)〉과 〈이부사(李府使)〉는 서로 다른 양상을 보인다. 원래 『금고기관
(今古奇觀)』의 형식은 이야기 전개에 앞서 시(詩)나 사(詞)를 통해 주제를
현시(顯示)한다. 그리고 이어서 입화(入話)를 드러내고 그에 따른 경귀(警
句)를 적는 경우가 일반적이다. 그리고 나서 본격적으로 본화(本話)가 시작
되는 것이다. 그러나 우리나라 야담에서는 이러한 방식으로 이야기가 전개
되지는 않는다. 바로 인물에 대한 소개, 즉 "關東江陵府, 有一官, 覆姓皇
甫名仁俊, 官至郡守, 年老家居, 積貲累萬金, 山水自娛."로 시작된다. 이
점은 앞에서도 논의했지만, 야담이라는 장르가 지닌 특성에서 비롯되는 것
이라 하겠다. 그것은 곧 굳이 앞부분에서 주제를 현시하는 것보다는 이야
기를 읽어가면서 그 주제를 스스로 도출하게 하는 방식을 취하는 것이다.
따라서 〈이부사(李府使)〉에서 말하고자 하는 바에 대해 독자들은 누구나
각기 나름대로 해석할 여지를 갖게 되는 것이다. 〈등대윤(滕大尹)〉의 경우
이야기가 지닌 의미가 처음부터 제시되고, 그에 따라 드러나게 되는 이야
기의 의미에 긴박되어 있는 방식을 취하는 것이라면, 〈이부사(李府使)〉는
최종적으로 이야기가 끝맺어져야지만 이야기의 의미가 제대로 파악되는
방식을 취하는 것으로 달리 나타난다고 할 수 있다.

이상에서 〈이부사(李府使)〉와 〈등대윤(滕大尹)〉을 간략하게 살펴보았는
데, 두 작품은 실제 큰 차이를 보이지 않는다. 그렇지만 작은 차이를 통해
중국의 이야기가 한국의 야담집에 수용되면서 어떠한 방식으로 수용되고
있고, 그 차이는 어디에서 비롯되었는가를 엿볼 수 있었다. 실제 논자가 논
의한 〈이부사(李府使)〉와 〈등대윤(滕大尹)〉의 비교는 단순히 두 작품간의

동이점만을 찾자는 데에 최종 목적이 있는 것은 아니다. 작품 대비를 통해 다른 나라의 어떤 한 작품이 국내로 유입되었을 때, 이야기가 어떻게 변모되며 또한 우리나라의 정서와는 그것이 어떻게 변별이 되는가를 찾는 일에 있었다. 그것은 동아시아 보편주의(普遍主義) 속에서 살고 있는 우리들에게, 보편과 특수라는 층차(層差)를 어떻게 이해해야 할 것인가에 대한 해답을 구하는 문제이기도 하다. 이 문제는 앞으로 더 많은 개별 작품간의 비교를 통해 동이점을 찾아내고, 그 차이의 원인을 밝히는 일이 지속적으로 이루어질 때 가능한 일이 될 것이다.

V. 맺는말

『양은천미(揚隱闡微)』 4화〈이부사계전황보고(李府使計全皇甫孤)〉와 『금고기관(今古奇觀)』 3화〈등대윤귀단가사(滕大尹鬼斷家私)〉의 비교 검토를 통하여 한국 야담류 문학과 중국측 문헌자료의 관련 양상을 살펴본 결과를 요약하면 다음과 같다.

『금고기관(今古奇觀)』 3화〈등대윤귀단가사(滕大尹鬼斷家私)〉는 한국에서 번역된 고소설이 남아 있고, 나아가 신소설로까지 개변, 수용되기도 한 점으로 보아『금고기관(今古奇觀)』 소재 다른 작품들에 비하여 한국에 끼친 영향의 정도가 매우 큰 작품이라고 할 수 있다.

〈이부사계전황보고(李府使計全皇甫孤)〉와 〈등대윤귀단가사(滕大尹鬼斷家私)〉를 대비한 결과, 다음 세 가지 측면에서 큰 차이를 지니고 있음이 확인되었다. 첫째,〈이부사계전황보고(李府使計全皇甫孤)〉는〈등대윤귀단가사(滕大尹鬼斷家私)〉를 상당히 축약하고 있다는 점. 둘째, 작은 부분이지만 원작의 내용을 변개하고 있다는 점. 셋째, 형식적인 면에서 이야기 시작 부분의 처리 양상에서의 차이 등이 그것이다.

補論) 논의 영역의 확장을 시급히 요청한다.

한국 야담류문학과 중국측 문헌자료의 영향 관계를 보다 구체적으로 논의·정립하기 위해서라도 그 원천이 아직껏 분명히 밝혀지지 아니한 많은 자료집들에 실려 전하는 이야기들의 소종래와 그 변용 양상 등에 대한 보다 정치한 작업을 뜻하는 것으로, 여기서는 새로이 찾아낸 몇몇 자료만을 우선 간략히 제기해두고, 이에 대한 자세한 논의는 후일로 미룰까 한다.

첫째,『청구야담(靑邱野談)』소재 이야기 가운데 한 편인 〈수형장조대풍월(受刑杖措大風月)〉을 들 수 있다. 이 이야기는 소화(笑話)의 범주에 드는 것으로 생각되는데, 그 원천에 대해서는 일찍이 검토된 바 없다.

최근에 들어와서『청구야담』의 원천에 해당하는 몇몇 자료들이 연구자들에 의하여 소개된 바[15] 있다. 그러나 아직도 상당수 이야기들의 원천이 확정되지 않은 상태라는 점을 유의할 때, 이런 작업은 여전히 나름의 의미를 충분히 지닌다고 할 수 있다. 그러나 한편으로는 여기서 그 원천이 아직도 밝혀지지 아니한 이야기들의 원천을 분명히 밝혀낸다는 작업은 그리 녹녹치 않은 일로 사료된다. 검토 결과, 위 이야기의 원천으로는 바로 명(明)나라 낭영(朗瑛)이 엮은『칠수유고(七修遺藁) 기학류(奇謔類)』과 풍몽룡(馮夢龍)이 엮은『고금담개(古今譚槪)』가 해당되는 것으로 드러났다.

본격적인 검토에 앞서『청구야담』소재 〈수형장조대풍월(受刑杖措大風月)〉의 원문을 들어 보이면 다음과 같다.

---

15) 조희웅,『조선후기 문헌설화의 연구』(형설출판사, 1981)

정명기,「『靑邱野談』에 나타난 전대문헌 수용양상 연구」,『연민학지』2집(연민학회, 1994)

임완혁,「동패락송 관련 자료의 검토」,『한문학보』1집(우리한문학회, 1999)

임완혁,「청구야담에 대한 문헌학적연구」,『한국한문학연구』25집(한국한문학회, 2000) 등을 들 수 있는데, 이들 성과를 통하여『靑邱野談』의 원천으로『溪西雜錄』·『靑邱野談』·『鶴山閑言』·『厚齋全書』등이 새로 밝혀진 바 있다.

有一鄕曲措大 短文詞 而好風月 邑倅遇旱禱雨 乃作詩曰 太守親祈雨 萬民
皆喜悅 半夜推窓見明月 人有告之者 邑倅以爲嘲戲官家 捉來杖臀 又作詩曰
作詩十七字 打臀十五度 若作萬言疏撲殺 邑倅聞之大怒 論報營門 勘以土民
凌辱官長律 遠配北道 其渭陽來別 又作詩曰 遠別數千里 何時更相見 握手淚
潸然三行 盖其舅眇一目故也 舅見其詩 大怒而去 彼措大者 眞所謂識字憂患
始也一作詩而受官杖 再作詩而被營配 三作詩而逢舅怒 人之不愼於文字上者
可不戒哉16)

한편 이 작품의 원천에 해당하는 두 종의 자료집 소재 원문은 다음과 같다.

가) 『칠수유고(七修遺藁)』 소재 <십칠자시(十七字詩)>

正德間徽郡天旱, 府守祈雨欠誠, 而神無感應. 無賴子作十七字詩嘲之云. "太
守出禱雨, 萬民皆喜悅, 昨夜推窓看, 見月." 守知, 令人捕至, 責過十八, 止曰
"汝善作嘲詩耶?" 其人不應. 守以詩非己出, 根追作者. 又不應. 守立曰 "汝能再
作十七字詩則恕之 否則罪置重刑." 無賴應聲曰 "作詩十七字, 被責一十八, 若
上萬言書, 打殺." 守亦哂而逐之. 此世之所少, 無賴亦可謂勇也.17)

나) 『고금담개(古今譚槪)』 소재 <십칠자시(十七字詩)>

正德間有無賴子好作十七字詩, 觸目成咏. 時天旱, 府守祈雨未誠, 神無感應,
其人作詩 嘲之曰 "太守出禱雨, 萬民皆喜悅, 昨夜推窓看, 見月." 守知, 令人捕
至, 曰 "汝善作十七字詩耶? 試再吟之, 佳則釋爾." 卽以別號西坡命題, 其人應
聲曰 "古人號東坡, 今人號西坡, 若將兩人較, 差多." 守大怒, 責之十八, 其人又
吟曰 "作詩十七字, 被責一十八, 若上萬言書, 打殺." 守亦哂而逐之18)

이들 자료들은 비록 그 구체적인 서술문면에서는 약간의 출입이 나타나
고는 있지만, 그 전반적인 내용은 다음과 같이 요약될 수 있는바, 같은 모

---

16) 栖碧外史 海外蒐秩本 『靑邱野談』 上 (아세아문화사, 1985), 384~5쪽.
17) 『中國笑話書 七十一種』 (世界書局, 民國 74년), 172쪽.
18) 위의 책, 301~2쪽.

본 아래에서 산생·유포된 자료로 보여진다. 곧 부수(府守)의 기우 행위(祈雨 行爲)를 조롱하는 십칠자시(十七字詩)를 지은 무뢰자(無賴者)가 수(守)의 노여움을 입어 처벌을 받게 되자, 그가 이내 다시 십칠자시를 지어 부수를 조롱하다가 결국 쫓겨나게 된다는 이야기이다. 한편 논자는 이 두 편의 이야기 가운데 그 서술단락의 출입 유무[19]를 고려, 가)가 나)에 비하여 선행하여 나타난 자료인 것으로 보고자 한다.

그렇다면 여기서 낭영(朗瑛)이 찬한 『칠수유고(七修遺藁)』 소재 〈십칠자시(十七字詩)〉와 명(明) 풍몽룡(馮夢龍)이 찬한 『고금담개(古今譚槪)』 소재 〈십칠자시(十七字詩)〉 자료 가운데 어느 자료가 『청구야담(靑邱野談)』 소재 〈수형장조대풍월(受刑杖措大風月)〉의 원천으로 작용한 것인가 하는 의문을 갖게 된다. 그러나 이 문제를 해결할 결정적인 증거가 없는 이상, 우리는 다시 조선 중·후기의 문화지형도(文化地形圖)를 통해 이 점 유추해볼 수밖에 없으리라 본다. 그런 가운데 우리는 여기서 풍몽룡이란 존재가 우리들에게 결코 낯선 존재가 아니라는 점을 유념할 필요가 있다. 그렇다면 바로 그의 저작이 우리에게 수용, 유통되다가 뒷날 『청구야담(靑邱野談)』 소재 〈수형장조대풍월(受刑杖措大風月)〉에 수용된 것이 아닌가 여겨진다.

한편 『청구야담(靑邱野談)』 소재 〈수형장조대풍월(受刑杖措大風月)〉의 경우, 이들 자료들에서 확인되는 것과 같은 서사상황[20]과 특정한 문맥[21]을

---

19) 이렇게 추단하는 근거는 나)에는 가)와는 달리 다음과 같은 삽화 "卽以別號西坡命題, 其人應聲曰 "古人號東坡, 今人號西坡, 若將兩人較, 羞多."가 또한 덧붙어 있다는 점과 아울러 가)의 끝 부분에서 드러나는 <u>此世之所少, 無賴亦可謂勇也</u>"(이것은 세상에서 드문 바이지만, 무뢰배 또한 용기가 있다고 이를 만하다)와 같은 평결부를 지니고 있지 않다는 점 등을 들 수 있다.

20) 그것은 이 이야기 또한 府守의 기우 행우를 조롱하는 십칠자시를 지은 한 조대(무뢰자)가 수의 노여움을 입어 처벌을 받게 되자, 이내 다시 십칠자시를 지어 부수를 조롱하다가 결국 쫓겨나게 된다는 내용으로 이루어져 있다는 점을 말한다.

21) "太守親祈雨 萬民皆喜悅 半夜推窓見明月"라는 첫번째 시와 "作詩十七字 打臀十五度 若作萬言疏撲殺"라는 두 번째 시를 가리킨다. 물론 시귀상에 걸쳐 미세한 차이는 분명 존재하지만, 그 드러내고자 하는 바는 동일한 것으로 이해해도 별반 무리는 없을 듯하다.

공유하고 있다는 점에서도 앞서 든 두 자료의 영향 아래 이루어진 자료임은 부정할 수 없을 듯하다. 그러나 설혹 이들 자료의 영향 아래 이루어졌다고 해서 이 자료가 원천을 그대로 전재한 데서 그치는 것은 아니다. 이런 점에서 그 나름의 의미는 충분히 주목받아 마땅하다. 그것은 조대(措大)가 다시 "又作詩曰 遠別數千里 何時更相見 握手淚濟然三行"라는 시를 지어 외눈백이인 그 외숙(外叔)의 신체적 결함(身體的 缺陷)을 은연중 드러내어 외숙의 노여움을 얻게 되는 또 다른 상황을 덧보태는 가운데 그 의미가 앞의 원천이 지니고 있는 의미와 다른 방향으로 굴절·수용된다는 점에서도 익히 확인된다. 곧 "人之不愼於文字上者 可不戒哉"(문짜 샹의 조심ᄒ 는 재 가히 경계롤 삼을지어다.)[22]에서 확인되는 평결부(評決部)가 바로 그것이다.

둘째, 『기리총화(綺里叢話)』(연대본) 소재 4화 〈전사옹(田舍翁)〉의 경우, 명(明) 유원경(劉元卿)이 지은 『해록(諧錄)』에서 전재한 것으로 되어 있으나, 검토 결과 그것은 『응해록(應諧錄)』의 오류, 또는 약칭일 가능성이 높아 보인다. 먼저 『기리총화(綺里叢話)』의 해당 원문을 들면 다음과 같다.

明劉元卿所著諧錄曰 汝州有田舍翁 家富千金 而累世不識字 「一日」聘楚士 訓其子 楚士搦筆 書一劃曰 一字 書二劃曰 二字 書三劃曰 三字 其子輒欣然擲筆 歸告其父曰 兒得矣 兒得矣 可無煩先生重費館穀 請辭去 其父遂遣楚士 他日 其父設小酌 欲召姻友萬氏者 令子晨起治狀 久而不成 父趣之 子恚曰 天下姓字甚夥 奈何姓萬 自晨起寫 纔完五百劃云 聞者奉腹 ///[余在童髫 偕從兄舍伯及傔僕之子數人 肄學於家塾 而余諸昆季 以學業不進日速 世父誨責 且客或有進問者曰 貴家芝蘭課程何如云 則世父必憂形於色曰 專未 專未 余曹以是悶鬱 少效惜寸之意 而傔僕之子 則却被其父之極口獎詡 每逢人輒曰 吾兒文史成就 已與宿儒軒輊云 其子因其言 而自滿 亦以盡美自許 不思進修 而余曹則以

---

22) 규장각본 『청구야담』 6권 〈슈형장됴대풍월〉

不及此數子 恒自枨然 而庶從祖郎廳 自兒少嬰病 未曾讀一字 嘗慎自家無學
送其次子于楊峽再從家 以便攻書者 且十年矣 郎廳自楊歸路 盛言其子之爲神
童 日責余曹曰 何若曹之不如吾兒也 余曹心甚愧惡 每聞此言 無地自容及 郎
廳之子 以事上洛 余曹待之以師表 仰之若神明 若得他一劃一字 則遞視噴〃恨
已之不若也 及余曹次第成冠 經史旣皆訖工 而傔僕之子 則尙不出史畧二卷 通
鑑三卷 誠未知其間何所事而然也 尋又懶散 廢閣不工 至今未有一箇記姓名者
郎廳之子 旋卽下楊近 纏入城故 討其所學 則識字不滿數百 吁亦怪矣 今者追
惟 則曩日余曹所修 未必不若此數子 而徒信渠父之過獎 不暇料己料人 只緣且
愧且羞 直竪降幡甘趍下塵 噫 若非世父嚴訓 余昆季 何以辨得銀根而實 郎廳
及數子之父 激而成之也 然郎廳及數子之父 可與汝州田舍翁 遙〃相對 故此贅
筆]///

한편 그 원전에 해당하는 유원경의 『응해록(應諧錄)』의 원문은 다음과
같다.

    <萬字>

    汝有田舍翁 家資殷盛 而累世不識之乎 一歲聘楚士訓其子. 楚士始訓之搦管
臨朱, 書一劃訓曰 一字 書二劃訓曰 二字 書三劃訓曰 三字. 其子輒欣然擲筆
歸告其父曰 "兒得矣 兒得矣 可無煩先生, 重費館穀也, 請辭去." 其父喜從之,
具幣謝遣楚士. 逾時, 其父擬徵召姻友萬氏姓者飲, 令子晨起治狀 久之不成. 父
趣之. 其子恚曰 "天下姓字伙矣, 奈何姓萬? 自晨起至今 才完五百劃也." 初機
士偶一解, 而卽訑訑自矜有得, 殆類是已.

『기리총화(綺里叢話)』(연대본) 소재 4화 〈전사옹(田舍翁)〉에서, 그 출전
이 명(明) 유원경(劉元卿)이 지은 『해록(諧錄)』임을 밝히고 있는 이상, 이
두 자료 사이에서 발견되는 거리는 그다지 커 보이지 않는다. 그럼에도 완
전 전재가 아니라 부분부분 다른 문면을 사용[23]하고 있다는 점과 아울러

─────────────

23) 家資殷盛(家富千金), 其父喜從之, 具幣謝遣楚士(其父遂遣楚士), 天下姓字伙矣, 奈何姓
萬(天下姓字甚夥 奈何姓萬) 등과 같이 문맥을 한국적 상황에 맞는 방향으로 보다 평이하

후반부에 별도의 삽화가 첨입되어 있다는 점 등에서 본다면, 이 이야기 또
한 그 원천의 수용 과정 내에서 나름의 변이를 겪는 방향으로 나아가고 있
음을 알 수 있다(이야기의 기대 효과가 '聞者奉腹'과 '初機士偶一解, 而卽訑訑
自矜有得, 殆類是已'로 달리 나타나고 있다는 점도 또한 우리의 관심을 끈다.)

한편 이 이야기의 유화로 우리는 다시 명(明) 묵감재주인편(墨憨齋主人
編)『소부(笑府)』상 소재 자료를 들 수 있다.

　一富翁 世不識字 人勸以延師訓子 師至 始訓之 執筆臨朱 書一畫 則訓曰 一
字 二畫 則訓曰 二字 三畫 則訓曰 三字. 其子便欣然投筆 告父曰 "兒已都曉字
義 何煩師爲?" 乃謝去之 踰時, 父擬招所親萬姓者飮, 令子晨起治狀 久之不成.
父趣之. 其子恚曰 "姓亦多矣, 奈何偏姓萬? 自朝至今 纔完得五百餘畫."[24]

검토 결과 이 자료는 별도의 경로를 통하여 일본에도 건너가서 향유되
었던 것으로 확인된다. 바로 명화(明和) 5년(1768년) 동(冬) 10월(十月)에 부
훤재주인(負暄齋主人)이 쓴 〈제소부(題笑府)〉의 기록을 볼 때, 이 책의 일
본 전래는 1768년 이전의 일로 보여지는 바, 이는 1825~1827년 사이에 편
찬된 것으로 보고된『기리총화(綺里叢話)』보다 약 60여 년 정도 앞서 이 이
야기가 일찍이 일본에 수용되었음을 알려주는 좋은 예라 하겠다(양국 내에
서의 이 이야기의 수용 양상의 차이를 거칠게 정리하자면, 일본 소재 자료집 이
야기는 명(明) 묵감재주인편(墨憨齋主人編)『소부(笑府)』상 소재 자료를 원천
으로 하여 형성된 반면,『기리총화(綺里叢話)』소재 자료 이야기는 명(明) 유원
경(劉元卿)의『응해록(應諧錄)』을 그 원천으로 하고 있는 차이가 있음을 알 수
있었다.)

게 고쳐 기술하고 있다는 점이 바로 그것이다. (괄호 안의 부분이『綺里叢話』(연대본)에서
　드러나는 문면이다.)
24)『中國笑話書 七十一種』(世界書局, 民國 74년), 233쪽.

셋째, 일제 강점기에 간행된 『월간(月刊) 야담(野談)』에 실려 있는 중국 야담 자료의 원 모습과 이 자료에 수용된 자료들 사이에서 발견될 수용·굴절·변형의 모습을 보다 꼼꼼히 따져볼 필요가 있다. 그러나 여기서는 해당 작품의 목록을 거칠게나마 제시하는 것으로 그치고, 보다 자세한 논의는 후일의 작업으로 미루기로 한다. 그 목록은 다음과 같다.

---

25) 『김탁운야담집』(성문당서점, 1943), 102~153쪽.

26) 위의 책, 55~75쪽.

一波(生), 中國野談 馮燕傳, 『월간 야담』 46호(소화 13년 11월 10일)
無聲學人, 中國野談 富翁과 名畵, 『월간 야담』 51호(소화 14년 5월 10일(?))
牧丹燈記 51호, 『월간 야담』(소화 14년 6월 10일)
杏村洞人, 中國怪談 娶鬼女爲駙馬, 『월간 야담』 44호(소화 13년 8월 10일)

이상에서 든 목록을 통해서도, 우리는 중국 야담을 한국에 소개하는 데에 가장 적극적인 태도를 지니고 있던 인물이 양백화(1889~1944 : 白華는 號, 本名 : 梁建植)임을 알 수 있다. 그 밖에도 김탁운(金濯雲), 윤백남(尹白南), 일파(一波)(生), 무성학인(無聲學人), 행촌동인(杏村洞人) 등이 주로 그 역할을 담당했던 것으로 파악된다. 그러나 이들 간에도 일정한 나름의 편차는 있었던 것으로 생각된다. 그 근거로는 다음과 같은 사실을 들 수 있다. 곧 오로지 중국 야담만을 소개하는 데에만 많은 노력을 쏟고 있던 양백화에 비하여, 김탁운의 경우 그 자신이 당시에 몸담고 있던 시대적 환경의 영향, 또는 세계관의 차이를 드러내고 있는 것인지는 모르겠지만, 내지 야담(內地 野談)에도 일정 부분 관심을 경주하고 있는 것[27]으로 보인다는 점이다. 검토 결과 우리는 이런 편차의 양 극단(兩 極端)에 양백화와 구송(丘松)이란 인물이 버젓이 자리잡고 있다는 사실을 알게 되었다. 일제 강점기 시대에 중국 야담의 적극적 소개자로서 양백화[28]를 거론해야 한다면, 그 대극점(對極點)에 해당하는 존재로 우리는 내지 야담의 적극적 소개자로서의 구송(丘松)이란 인물을 또한 주목할 필요가 있다고 본다. 그러나 양백화와는 달리 특히 구송(丘松)이란 인물이 과연 누구인지? 또 그 자신의 삶의 행적이 현재 거의 남아 있지 않은 오늘의 현실 아래서 이들 인물들의 사상적 궤적과 아울러 이야기관, 야담에 대한 인식 등에 대한 검토는 현재

---

27) 그 구체적인 증거로 바로 앞의 책에 실린 <軍國어머니>를 들 수 있다.
28) 양백화에 대한 구체적인 연구성과는 김영금, 『백화양건식문학연구』(한국학술정보, 2005.7)로 미루어둔다. 특히 4장 번역문학의 3절 "중국고전문학의 번역과 번안"은 본고의 입론에 한 도움이 된다.

로서는 거의 무망한 일로까지 비쳐진다. 다만 여기서는 왜 이러한 현상이
나타나게 되었는가, 곧 그 요인(환경)은 무엇이며 나아가 아울러 그로 인하
여 우리 야담이 어떻게 질적으로 변화를 맞이하게 되었는가에 대한 진지한
고민이 요청된다는 점만을 제기하며 논의를 맺을까 한다. 이해를 돕기 위
하여 구송(丘松)이 남긴 내지 야담(內地 野談) 자료의 목록만을 우선 제시
해둘까 한다.

> 內地野談 雨夜劒光,『월간 야담』47호(소화 14년 1월 10일), 雄鷄의 暗示, 48호
> (소화 14년 2월 10일)
> 妖艶花, 49호(소화 14년 3월 10일), 山中奇遇, 51호(소화 14년 5월 10일(?))
> 墻內의 賊, 51호(소화 14년 6월 10일), 金剛神의 妖變, 52호(소화 14년 7월 10일)
> 刀劒觀相, 53호(소화 14년 8월 10일), 讓金兄弟, 54호(소화 14년 9월 10일)
> 繪馬의 疑問, 55호(소화 14년 10월 10일)

中文抄錄

韓國野談文學和中國文獻資料的相關情況
以『揚隱闡微』和『今古奇觀』爲中心

通過比較『揚隱闡微』第4回"李府使計全皇甫孤"和『今古奇觀』第3回＜滕大尹鬼斷家私＞, 概括比較韓國野談文學和中國文獻資料的相關情況.

如今在韓國普遍流傳『今古奇觀』第3回"滕大尹鬼斷家私"的翻譯文, 后來又改編成新小說, 這與收錄在『今古奇觀』的其他作品相比較, 是對韓國影響最深刻的一面.

比較"李府使計全皇甫孤"和"滕達尹鬼斷家私", 有以幾個個不同點.

第一、"李府使計全皇甫孤"是"滕大尹鬼斷家私"的縮減.

第二、改編了其內容.

第三、形式上, 故事開始部分有些差異.

這些差異是因爲韓國野談固有的特性, 野談往往會把故事重新改號, 根据韓國的文化特徵改寫, 因此故事展開方式上的特性會有變異.

最後, 爲了確保論題的成果, 議論領域擴張的必要性的事實, 通過研究未受到重視的幾篇資料, 期待日後的研究.

『소부(笑府)』·『절영삼소(絶纓三笑)』·『종리호로(鍾離葫蘆)』의 상관관계와 한국 패설(稗說)로의 변용에 대한 고찰

김준형*

Ⅰ. 문제제기

1622년,[1] 유몽인(柳夢寅, 1559~1623)은 『어우야담(於于野談)』에 다음과 같은 글을 남긴다.

> 금년 봄에 새로 간행된 중국 책 중에 70여 편의 소설을 수록한 책이 있는데, 그 제목은 『종리호로』다. 關西 지방 觀察使가 들여온 것인데, 음설스러워 차마 보고들을 수가 없다. 그렇지만 그 중 두 가지 이야기는 世敎에 도움이 될 만하다.[2]

그런데 유몽인의 『어우야담』이 편찬되고 40여년이 지난 1664년, 정태제 (鄭泰齊, 1612~1669)는 『천군연의(天君演義)』 서문에 다음과 같은 기록을 남긴다.

---

* 고려대학교 강사

1) 『어우야담』의 편찬시기는 1621년으로 확정되었다가, 다시 1621-1622년으로 수정되어 있다.(이경우, 『한국야담의 문학성 연구』, 국학자료원, 1997) 그렇지만 『어우야담』은 아무리 빨라도 1622년 봄 이전으로 책정할 수 없다. 그것은 1622년 초봄에 편찬된 『종리호로』에 대한 이야기가 『어우야담』에는 버젓이 실려있기 때문이다. 이 점에 대해서는 김준형 a 의 「종리호로와 우리나라 패설문학의 관련양상」(『중국소설론총』 18, 한국중국소설학회, 2003)에서도 언급한 바 있다.

2) 柳夢寅, 萬宗齋本 『於于野談』 3卷 學藝篇 <文藝> 81話. 今年春新刊中原書七十小說, 目曰鍾離葫蘆, 自西伯所來, 淫藝不忍覩聞, 獨其二事, 可觀世敎.

근래의 소설 잡기 중에는 세상에 전해지는 것이 참으로 많다. 그 중 대표적인 것으로 말한다면 중국에서 들어온 것으로『剪燈新話』와『艶異篇』이 있고, 우리 나라에서 나온 것으로『종리호로』와『禦眠楯』등이 있다. 이들은 귀신이나 괴이한 이야기가 아니면 모두 남녀의 만남 이야기로, 사서에 미치지 못한다.3)

유몽인은『종리호로(鍾離葫蘆)』가 중국의 것이라고 한 반면, 정태제는 그것이 우리나라의 것이라고 밝힌 것이다.『종리호로』에 대한 국적 시비가 당대부터 있었음을 짐작케 한다. 그래서인지 지금의 연구자들도, 구체적으로『종리호로』에 대해 언급은 하지 않았지만, 이 문제에 대해 흥미롭게 여겼던 것도 사실이다. 그렇지만 많은 관심과 달리 정작『종리호로』의 실체가 확인되지 않았기 때문에『종리호로』에 대한 관심은 그저 관심과 추측으로만 끝날 뿐이었다.

근래 최용철은 아단문고(雅丹文庫)에 수장되어 있는 목판본『종리호로』를 찾아내고,4) 또한 그를 영인·번역해 냄으로써5)『종리호로』에 대한 연구는 새로운 국면을 맞게 된다. 최용철은『종리호로』를 소개하는 데에 그치지 않고 중국 소화와의 관련 양상, 특히 풍몽룡(馮夢龍, 1574~1646)의『소부(笑府)』와 밀접한 관련이 있음을 언급함으로써『종리호로』의 형성 동인까지 엿볼 수 있게 했다는 점에서 그 연구사적 의의가 자못 크다.

최용철이 소개한『종리호로』에는 총 78편의 이야기가 수록되어 있지만, 마지막 이야기인 78화 중간 이후는 낙장이다. 그래서『종리호로』에 수록된 이야기의 총 편수나 그 외『종리호로』의 형성과 관련한 어떠한 부대 정보도 확인할 수 없다. 이러한 이유로 인해『종리호로』에 백화(白話)가 쓰이

---

3) 鄭泰齊,『天君演義』序, 翰南書林, 1917. 近來小說雜記, 行於世者, 固多. 而以其中表著者, 言之, 來自中國者, 剪燈新話艶異篇, 出於我東者, 鍾離葫蘆禦眠楯等書, 非鬼神怪誕之說, 則皆男女期會之事, 其不及諸史遠矣.

4) 최용철,「朝鮮刊本 中國笑話 鍾離葫蘆의 發掘」,『중국소설논총』16, 한국중국소설학회, 2002.

5) 최용철 역,『종리호로』, 선문대 중한번역문헌연구소, 2002.

고, 풍몽룡의『소부』와도 긴밀한 관련을 보인다는 점에서『종리호로』의 국
적은 자연히 중국으로 귀결되는 듯하였다.

『종리호로』는 우리나라 패설(稗說)에도[6] 많은 영향을 주었다. 실제『파
수추(破睡椎)』에 수록된 12편의 이야기가『종리호로』의 직접적인 영향 아
래 놓여 있음도 확인되었다.[7] 그런데 보다 중요한 문제는『종리호로』가 우
리나라에 어떠한 영향을 주었는가 보다 그 실체가 무엇인가를 따지는 일일
것이다. 『종리호로』가 중국의 것이라면 왜 우리나라에서 판각되었고, 또한
『종리호로』는 어떠한 배경에서 형성될 수 있었을까에 대한 의문이 여전히
남기 때문이다. 이 문제는 중국 笑話가 어떻게 우리나라에 유입되고, 그것
은 또한 어떠한 과정을 겪으면서 향유될 수 있었을까 하는 사회·문화사적
측면에서 반드시 확인되어야 할 것이다. 이 문제를 해결하기 위해서는 우
선『종리호로』와 관련된 부대 자료의 등장이 절실하게 요구된다. 최근 김
준형은 김휴(金烋, 1597~1639)가 편찬한『해동문헌총록(海東文獻總錄)』에
서 그 단초를 발견하였는데,[8] 김휴는『해동문헌총록』에는 다음과 같은 기
록을 실었다.

　　그 後에 스스로 쓰기를,
　　『絕纓三笑』는 명나라 사람의 웃음의 도구다. 예전에는 네 본이 있었는데, 지
금 내가 더하고 깎아 그 셋은 버리고 하나만 취하여 이름을『종리호로』라 하였
다. 무릇 78편의 이야기는 비록 정권을 잡거나 국가의 大計를 결정하는 데에는
관계하지 못하지만 정신을 수렴하는 데에는 도움이 될 것이다. 宰予가 썩은 나
무에서의 꾸짖음을 면할 수 있고, 邵子가 周나라로의 걸음을 수고로이 하는 않
기에 이것은 大曆으로 어찌 조그마한 도움이 되지 않겠는가? 천계 임술(1622)년

---

6) 이 글에서 쓰는 '稗說'은 인간의 행동을 모방하여 그려내되 그 미의식이 골계미에 놓인 일
　련의 작품을 지칭하는 의미에 한정하여 사용된다. 이에 대해서는 김준형의『한국 패설문학
　연구』(보고사, 2004)를 참조할 것.
7) 김준형b,「파수추의 존재양상」,『고전문학연구』23, 한국고전문학회, 2003.
8) 김준형a, 앞의 논문, 2003.

에 笑山子가 箕城의 可村에서 쓰다.[9]

김휴의 기록은 바로 『종리호로』의 발문(跋文)이었다. 최용철에 의해 소개된 『종리호로』는 78화 중간부터 낙장이 되어 있어 그 발문을 볼 수 없었는데, 공교롭게도 그 발문이 『해동문헌총록』에 남아 있었던 것이다. 이로써 『종리호로』와 관련된 주변적인 요소가 완전히 해결되었다. 『종리호로』에 수록된 이야기가 총 78편이었다는 점은 물론이고, 『종리호로』의 형성시기 및 형성 배경에 대해서도 그 일단이 드러난 셈이다. 즉 『종리호로』의 간행 시기는 1622년 초봄이고, 찬자는 비록 실명이 아니지만 '소산자(笑山子)'라는 필명을 쓴 인물임도 확인되며, 『종리호로』가 간행된 곳이 바로 평양[箕城] 가촌(可村)이라는 점도 분명해진 것이다.

앞서 언급한 『어우야담』의 기록, 즉 "금년 봄에 새로 간행된 중국 책 중에 70여편의 소설을 수록한 책이 있는데, 제목은 『종리호로』다. 관서(關西)지방 관찰사(觀察使)로부터 들여온 것이다[今年春新刊中原書七十小說, 目曰鍾離葫蘆, 自西伯所來]"이라는 해석 역시 "七十小說"은 『종리호로』에 수재된 이야기 78편을 지칭한 것이고, "自西伯所來"는 평양 지방에서 판각한 『종리호로』를 관찰사가 서울로 가지고 왔다고 보아야 할 것이다. 당시의 관찰사는 박엽(朴燁, 1570~1623)으로 추정된다. 왜냐하면 박엽은 1618년부터 계해반정(癸亥反正)으로 복주(伏誅)된 1623년까지 평안도 관찰사로 있었음은 물론이고, 재임 연도가 확인되지 않지만 그 곳에서 서윤(庶尹)으로 있기도 했다는 점에서[10] 박엽이 『종리호로』 간행에 주도적인 역할을 했을 것이란 추정은 타당성을 갖기 때문이다. 또한 『종리호로』의 내용과 무관하게

9) 金烋, 『海東文獻總錄』. 학문각, 1969. 自書其後曰: "絶纓三笑, 明人之笑具也. 舊有四本, 今余增損筆削, 去三而爲一, 名之曰鍾離葫蘆. 凡七十八說, 雖不關於謀王斷國, 亦有裨(補?)於收斂精神. 宰予免誅於朽木, 邵子不勞於周步, 此其大曆也, 豈曰小補之哉. 天啓壬戌春, 笑山子, 壽(書?)于箕城之可村.

10) 한국학문헌연구소 편, 『邑誌』 平安道篇 ①, 아세아문화사, 1986.

이 책은 분명히 우리나라 사람의 손에 의해 주도적으로 만들어진 것임이 명확해진다. 『종리호로』를 전적으로 중국의 것으로 볼 수 없게 된 것이다. 김휴 역시 『종리호로』를 우리나라의 것으로 여겼기에 굳이 '해동문헌'총록에 『종리호로』의 후기를 실었던 것이다.

그렇지만 『종리호로』 후기(後記)[跋文]의 발견은 또 다른 문제를 낳았다. 그것은 바로 『종리호로』 발문에 씌인 『절영삼소(絕纓三笑)』라는 책 때문이다. 후기에 따르면 『종리호로』는 명(明)나라 사람이 찬집한 『절영삼소』의 발췌본에 해당하기 때문이다. 하지만 당시 중국과 우리나라에서는 『절영삼소』라는 책의 목록조차 확인되지 않았다. 그래서 김준형은 『절영삼소』 대신 풍몽룡의 『소부(笑府)』에[11] 수재한 이야기들과 『종리호로』를 대비하였는데, 그 결과 『종리호로』의 이야기 78편 중에 62편이 『소부』와 유사하거나 동일함을 확인하였다. 무려 80%에 해당하는 이야기가 유사성을 보인 셈이다. 이 점에서 『절영삼소』는 『소부』의 다른 이름이거나, 『소부』의 발췌본일 가능성이 높다는 추정이 제기되었던 것이다.[12]

최근 최용철은 다시 일본 동경대학에 수장되어 있는 『절영삼소』를 발굴하고, 이에 대한 정밀한 고찰을 하였다.[13] 그 결과 『절영삼소』는 서문(敍文)이 병진년(丙辰年)(萬曆44년, 1616) 중추일(中秋日)에 호로생(胡盧生)에 의해 쓰인 책인데, 삼소(三笑)는 곧 '시소(時笑)'(445편)·'석소(昔笑)'(150편)·'유소(儒笑)'(132편)를 말하며, 『종리호로』는 이 중 '시소(時笑)'에서 70편, '석소(昔笑)'에서 1편을 발췌하였다고 밝혔다. 즉 『종리호로』 78편 중 71

---

11) 馮夢龍의 『笑府』는 총 13책으로 구성되어 있는데, 거기에 수록된 이야기는 600여편이다. 또한 각 이야기에는 본이야기 외에 評語를 기록하고 있는데, 평어에도 상당 수의 이야기가 실려 있다. 『소부』의 이야기 순서는 장미경의 「馮夢龍의 <笑府> 연구」(성균관대 중문과 박사학위논문, 2000)을 따른다.

12) 김준형 a, 앞의 논문, 2003.

13) 최용철, 「明代笑話『絕纓三笑』와 朝鮮刊本『鍾離葫蘆』」, 第1回 東亞細亞寓言研究國際會議 발표요지문, 2005년 2월, 韓國學中央研究院. 이 발표문은 이후 『중어중문학』 36집(한국중어중문학회, 2006. 6)에 실렸다.

편이『절영삼소』에서 수용되었음이 확인된 것이다.14) 수용 과정에서 나타
난 변이의 폭은 그리 크지 않을 뿐더러,『종리호로』에 실린 이야기의 배열
순서도 거의『절영삼소』의 순서에 따라 나타남도 확인되었다. 이로써『종
리호로』의 실체는 보다 분명해졌다.

『절영삼소』의 등장은『종리호로』의 실체를 확인케 해준다는 점에서도
흥미로운 자료가 아닐 수 없다. 그렇지만『절영삼소』의 등장이 보다 중요
한 의미를 갖는 것은 이 책이 우리나라에서 '분명히' 향유되었다는 점 때문
이다.『절영삼소』가 향유되는 과정에서『종리호로』와 같은 책의 모태로 작
용되기도 했지만, 대부분은 새로운 형태의 책으로 편집되지 못한 채 개별
적인 이야기로 향유되었고, 그 과정에서『절영삼소』에 수재한 이야기는 우
리나라 패설문학에 산발적으로 수용되기도 했다. 중국 이야기가 우리나라
에 수용되면서 어떠한 변화를 보였는가를 엿볼 수 있다는 점에서『절영삼
소』의 가치는 더욱 높아진다.

또한『절영삼소』에서는『소부(笑府)』에 대한 언급도 한다.『절영삼소』에
실린 이야기 중 일부가『소부』의 영향 아래에 있음을 방증한다. 따라서『
소부』의 이야기를『절영삼소』가 어떻게 수용하고 있는가의 일단도 확인할
수 있게 된 셈이다.

『소부』와『절영삼소』의 관계,『절영삼소』와『종리호로』의 관계,『절영
삼소』와 우리나라 패설과의 관계 등을 살피게 됨으로써 중국 문학 간에는
상호간 넘나듦의 양상이 어떻게 나타나며, 또한 그 양상이 국경을 넘어서
면, 즉 중국문학이 우리나라로 수용되면서 어떠한 모습으로 변모되어 나타
나는가에 대해서도 엿볼 수 있게 되었다. 이러한 고찰은 동아시아 문학간
의 수용과 전파라는 측면에서 어떤 부분이 두드러지게 나타나는가를 확인
케 하는 대목이기도 하다. 특수와 보편이라는 측면에서 어떤 부분이 강화

---

14) 실제『절영삼소』에서 수용한『종리호로』의 이야기는 총 75편 이상이다. 이 점에 대해서는
　　뒤에서 다시 논의된다.

되고 있고, 그 양상이 무엇인가를 살필 수 있다는 점에서 이러한 논의를 펴는 것은 일정한 의미를 갖는다고 하겠다.[15]

Ⅱ. 『소부』·『절영삼소』·『종리호로』의 상관관계

『절영삼소』 서문(敍文) 말미에는 "丙辰中秋日 胡盧生題"라는 기록이 씌어져 있다. 병진년(丙辰年)이 1616년이라는 점을 고려하면, 『절영삼소』의 서문은 1616년 8월에 호로생(胡盧生)이 썼음이 확인된다. 하지만 이 책의 편자는 호로생이 아니다. 호로생의 서문에는 "은연재 주인이 落魄하여 무료하던 중에 마음에 담아두었던 것을 붓으로 간단하게 기록해 두었다"는[16] 기록이 있는데, 이 기록을 신빙한다면 『절영삼소』의 편자는 곧 은연재주인(听然齋主人)이기 때문이다.[17] 즉 『절영삼소』는 1616년 8월 이후에 은연재주인이 편찬한 책으로 이해할 수 있겠다.

풍몽룡이 『소부』를 언제 편찬했는지는 명확하지 않다. 다만 풍몽룡(1574~1646)이 30대 후반부터 소위 통속문학에 관심을 가졌다는 점을 고려한다면, 『소부』 역시 그가 30대 후반이던 1610년 이후에 편찬되었을 가능성이 높다. 그렇지만 『소부』가 『절영삼소』보다 앞서 편찬되었음은 확실하다. 왜냐하면 『절영삼소』 서문에는 "사람의 마음을 강하게 끄는 것은 '童癡三弄' 중의 『소부』다"라는[18] 기록이 있기 때문이다. '童痴三弄'이 구체적으로 무엇을 의미하는지 명확하지 않지만, 『소부』가 『절영삼소』보다 선행했다는 점만큼은 분명하다. 따라서 『소부』는 적어도 1610년 무렵~1616년 8월

---

15) 이 글을 쓰는 데에는 최용철 선생님의 도움을 많이 받았다. 『절영삼소』를 비롯하여 주변의 여러 가지 자료를 선뜻 제공해주신 선생님께 깊은 감사의 말씀 올린다.

16) 听然齋主人, 落魄無聊間, 取胸中所憶者, 付之管城箚記.

17) 그렇지만 胡盧生이 听然齋主人을 가탁한 것일 가능성도 전혀 배제할 수 없다. 필자는 둘이 다른 인물일 것으로 보지만, 확정은 할 수 없다.

18) 其强人意者, 則童癡三弄中笑府.

이전에 편찬되어 향유되고 있었다고 볼 수 있다.

『종리호로』는 앞에서도 살펴보았지만, 1622년 초봄에 소산자(笑山子)가 조선 평양에서 판각한 것이다.

편찬 시기로 보면 불과 10여 년 동안에『소부』(1610년~1616년)·『절영삼소』(1616년)·『종리호로』(1622년)는 상호 긴밀한 관계를 맺었고, 또한 국경을 넘어서면서까지 향유되고 있었던 것이다. 『소부』가 중국에서 형성되고, 『소부』의 영향을 입되 나름대로 변모를 꾀한 소화집『절영삼소』가 다시 중국에서 판각되고, 그 작품이 국경을 넘어 조선으로 유입되어, 유입된『절영삼소』가 우리의 기준에 따라 새로운 형태의 책『종리호로』로 변모되어 등장하기까지 걸린 시간은 불과 10여 년에 불과했다.

특히『절영삼소』의 서문이 쓰여진 1616년 8월에서『종리호로』가 조선에서 판각된 1622년 초봄까지는 불과 5년 반이라는 시간밖에 걸리지 않았다. 그것도 희작이라고 할 수 있는 웃음을 이야기한 책이 중국에서 들어와 조선에서 향유되다가, 조선의 정서에 맞춰 새로운 형태로 판각되는 데에 걸린 시간은 불과 5년 정도에 불과했던 것이다.

이는 달리 말하면 중국에서 책이 판각되어 향유됨과 동시에 그 책은 조선으로 바로 유입되었고, 조선에서는 유입된 책을 우리의 안목에 따라 새로운 형태로 재편찬할 수 있는 문화적 토대가 17세기에는 이미 마련되어 있었음을 뜻하기도 것이기도 하다.

그렇다면 이제『소부』·『절영삼소』·『종리호로』가 어떻게 상관관계를 맺고 있고, 또한 이들은 어떠한 방식으로 이야기를 수용하고 재편집하는가에 대해 보다 구체적으로 살펴보기로 하자. 특히『소부』와『절영삼소』에 대한 전반적인 내용은 이미 장미경과 최용철에 의해 상세히 논의된 바 있다.[19] 이 글 역시 이들의 논의를 긍정적으로 수용한다. 다만 논의의 초점은

---

19) 장미경, 앞의 논문, 2000.
최용철, 앞의 논문, 2005.

중국 작품집간의 관련 양상보다 우리나라 작품집으로의 수용과 변이에 놓는다.

1. 『소부』와 『절영삼소』의 상관 관계

『소부』는 총 13권 13부로 되어 있다. 13부는 고염부(古艶部)·부류부(腐流部)·세휘부(世諱部)·방술부(方術部)·광췌부(廣萃部)·수품부(搜稟部)·세오부(細娛部)·자속부(刺俗部)·규풍부(閨風部)·형체부(形體部)·류오부(謬誤部)·일용부(日用部)·규어부(閨語部) 등이다. 『소부』에 수록된 이야기는 600여 편이다. 이 중 상당수는 『절영삼소』에 수재한 이야기와 동일하다. 이 점만으로도 『소부』와 『절영삼소』의 관계는 분명해진다. 하지만 『소부』는 부백주인(浮白主人)이 선(選)한 『소림(笑林)』이라든가, 조남성(趙南星)이 찬(撰)한 『소찬(笑贊)』 등과도 긴밀한 관련을 맺는다. 『소림』은 『소부』에 실린 이야기와 절대 다수가 겹칠 뿐 아니라, 이야기의 순서까지도 거의 동일하다. 또한 『소부』에서 볼 수 있던 〈전모(氈帽)〉·〈작(雀)〉·〈갹금(醵金)〉·〈합종전(合種田)〉·〈피타(被打)〉·〈인혜(認鞋)〉·〈착화(着靴)〉 등과 같은 이야기들은 『소찬』에서도 볼 수 있다.[20]

따라서 『절영삼소』에 실린 이야기 중 일부가 『소부』와 겹친다 하더라도, 그 이야기의 출처를 반드시 『소부』로 귀결시킬 수 없다는 주장이 나올 수도 있다. 그렇지만 그 가능성은 극히 희박해 보인다. 즉 『절영삼소』는 『소부』에서 이야기의 취했다고 보아야만 하는 것이다. 그 이유는 우선 『절영삼소』에 쓰인 '집삼소략(輯三笑略)'을 통해 확인할 수 있다.

'집삼소략(輯三笑略)'은 호로생의 서문에 이어서 쓰인 것으로, 일종의 일러두기라 할 수 있다. '집삼소략'에는 총 6개의 항목이 쓰여 있는데, 이 6개

---

20) 『笑贊』에 실린 이야기는 본래 제목이 없다. 여기에서는 편의상 『소부』에 쓰인 제목을 그대로 쓰기로 한다.

의 항목은 당시 유행하던 소화서(笑話書)에 대한 포폄이라는 점에서 상당히 수준 높은 비평문이기도 하다.[21] '집삼소략'에 언급된 책은 모두 明代에 편찬·향유되었던 것으로, 『소림평(笑林評)』·『소찬(笑贊)』·『소부(笑府)』·『광소찬(廣笑讚)』·『사서소(四書笑)』 등이 포함되어 있다. 이 중 『소림평』과 『광소찬』은 소화에 대한 개념조차 모르는 책이라며 신랄하게 비판을 한다. 반면 『소부』에 대해서는 다음과 같이 쓴다.

　　사람의 마음을 강하게 끄는 것은 '童癡三弄' 중의 하나인 『소부』다. 이 때문에 운치 있는 선비들이 편찬한 것에는 우스운 이야기가 아니면 수록되지 않았고, 또한 덧붙이고 간결하게 하고 더하고 깎아내는 데에도 각각 격식을 갖추었다. 하지만 그 책은 유형별로 나누어, 한 부류의 인간을 조롱하는 모든 이야기들이 한꺼번에 모여져 있으니, 재미가 금방 없어지는 듯하다. 차라리 이야기의 品을 나누어 조롱의 대상이 그 안에 뒤섞여 존재하는 것만 못한 셈이다. 비유하자면 王丞相이 江左를 다스리면서도 그저 여항의 골목이나 돌아다니는 것이니 깊은 생각이 있겠는가. 열 개의 이야기 중에 다섯 개만 채록하였는데, 버린 것들은 新陳과 濃淡 사이에서 약간의 차이가 있기 때문이다. 『소림평』이나 『광소찬』과 같이 크게 어그러진 책과는 다르다.[22]

은연재 주인은 『소부』에 대해 상당히 우호적이다. 그렇지만 『소부』외의 다른 작품집에 대해서는 혹독하게 비판한다. 『소림』도 그러하다.[23] 그런데 『절영삼소』의 찬자 자신이 '집삼소략'에서 비판한 책을 자기가 편찬할 책의

---

21) 최용철, 앞의 논문, 2005.

22) 其强人意者, 則童癡三弄中笑府. 此故自有韻之士所輯, 非笑語不錄, 又煩簡筆削之間, 各自有致. 但彼以類列, 所嘲一種人, 諸話悉集, 一盤托出, 翻覺昧之易罄. 不若以話分品, 而所嘲者雜見其內. 譬王丞相營江左而縈紆其巷曲, 爲有深長思也. 爲採十之五, 所芟去者, 以新陳濃淡之間, 小有異同耳. 非若笑林評廣笑讚之大舛也.

23) 『絶纓三笑』 <輯三笑略> 1, "笑話舊俗刻無論, 近刻收稍廣, 而加以議論者, 自笑林評始. 然識淺而見迂, 古與今雜, 雅與俗雜, 實有與烏有雜, 可笑與無與於笑者雜, 謂之雜錄漫記等則可, 不可云笑林也. 評語亦有可解頤處, 而不倫者居多. 至于方言調語, 胸中不明. 妄爲註疏, 如湊氛爲抽豐之類, 難爲識者鄙."

취재원[텍스트]으로 사용했을 리는 만무하다. 이러한 점을 미루어볼 때, 『절영삼소』에 수록된 이야기 중 『소부』와 겹치는 이야기는 모두 『소부』에서 왔다고 봐도 무방하다 하겠다.

또한 위의 인용문을 통해 『절영삼소』가 『소부』를 뛰어넘는 새로운 소화집으로 거듭나고자 했음도 엿볼 수 있다. 은연재 주인은 『소부』를 긍정적으로 평가한다. 그러면서도 『소부』의 편제에 대해서만큼은 문제를 제기한다. 즉 『소부』에서는 같은 유형의 이야기가 계속해서 나오기 때문에 흥미가 떨어진다는 점을 지적한 것이다.

한 예로 『소부』에는 돌팔이 의사에 대한 이야기가 한 번 나오면, 계속해서 돌팔이 의사에 대한 이야기가 나온다. 실제 『소부』에서 돌팔이 의사 이야기는 4권에 25편 이상이 연속해서 수록되어 있다. 이러한 이유 때문에 은연재 주인은 『소부』의 편제를 따르지 않겠다고 선언한 것이다.

실제 은연재 주인은 이야기를 유형별로 구분하지 않고, 品에 맞춰 유형화한다. 그 품은 서문에서도 언급하고 있듯이 6품, 즉 담어(澹語)[24]·천어(舛語)[25]·조어(調語)[26]·풍어(風語)[27]·영어(影語)[28]·서어(敍語)[29]를 말한다. 이 6품은 웃음의 종류에 따라 나눈 삼소(三笑), 즉 시소(時笑)·석소(昔笑)·유소(儒笑) 중에서 '시소(時笑)'의 하위 유형이다. 즉 은연재 주인은

---

24) 下士曰: "笑有本有其理, 似有其事, 語在目前, 致在意外, 怒而若喜, 罵而若笑, 其味則澹, 其趣則濃, 此笑品之最高者也. 總名之曰澹語."

25) 下士曰: "無端謬誤, 出之者若不覺, 而聆之者可絶倒, 或轉喉觸諱, 或啓寵納侮, 皆語境所時有也. 名之曰舛語."

26) 下士曰: "人我相當, 機鋒特發, 或一語嘲譏, 無可置對. 或有意調笑, 無故設端. 皆有勝場, 總曰調語."

27) 下士曰: "本係調笑, 實關世風, 微言切中膏肓, 令人味之有省, 未可謂笑之無補也. 名之曰風語."

28) 下士曰: "自古有寓言, 謬悠其論, 迂遠其詞, 而所指固別有在. 名之曰影語."

29) 下士曰: "恒言曰笑話, 是笑必因話也. 然間有述其事, 遂可絶倒, 而非有可笑之話. 名之曰敍語."

『절영삼소』의 형식을 삼소(三笑), 즉 시소(時笑)·석소(昔笑)·유소(儒笑)로
나뉘고, 또한 시소(時笑)에는 담어(澹語)·천어(舛語)·조어(調語)·풍어(風
語)·영어(影語)·서어(敍語)의 6품으로 다시 나눈 것이다. '시소(時笑)'의
하위 유형에 속하는 6품에 속하는 상당수의 이야기가 바로『소부』와 관련
을 맺는 것이다.

『절영삼소』 '시소(時笑)'에는 담어(澹語)에 90편, 천어(舛語)에 155편, 조
어(調語)에 55편, 풍어(風語)에 62편, 영어(影語)에 75편, 서어(敍語)에 6편으
로, 총 445편의 이야기가 실려 있다. 이 중『소부』의 '직접적인' 영향을 받
은 이야기는 대략 250여 편으로 50%가 조금 넘는 수치다.30) 앞서 '집삼소
략'에서 말한 "열 개의 이야기 중에 다섯 개만 채록하였다[爲採十之五]"와도
맞아 떨어진다. 그렇다면『절영삼소』는 구체적으로『소부』를 어떻게 수용
하고 있는가?『소부』를 단순하게 전재한 것이라면 그 이유는 어디에서 비
롯되는가에 대해 좀더 구체적으로 살펴보자. 논의를 보다 효과적으로 하기
위해 우선『절영삼소』의 6품 중에 '담어(澹語)'에 해당하는 이야기 90여 편
의 존재 양상을 도표로 제시해볼 필요가 있다.

---

30) 여기에서 말한 250편은『소부』를 옆에 두고 보지 않고서는 쓸 수 없는 이야기를 말한다.
즉 표기법이 거의 동일한 작품들을 말하는 것이다. 이 외에『절영삼소』에는 이야기의 정조
가『소부』와 혹사한 작품도 있다. 하지만 표기법이 다른 경우에는『소부』의 직접적인 영향
아래 놓였다고 보기 어렵기 때문에 그러한 이야기는 논외로 처리한다.『소부』와 직접적인
영향을 갖는 작품은 부록으로 처리하였으니 참조하기 바란다.

笑府	絕纓三笑	笑府	絕纓三笑	笑府	絕纓三笑	笑府	絕纓三笑	笑府	絕纓三笑
×	1 館師	8-9 蘸酒	19 醃魚	×	37 盜牛	3-53 拿屁	55 拿屁	8-71 學樣	73 學樣
×	2 初婚女	×	20 自家說	3-50 門子	38 門子	4-4 身熱	56 身熱	9-26 雙斧劈柴	74 酒色
9-14 揩呼痛	3 又	9-24 嗔兒又	21 東家伯母	×	39 童精	4-6 包殯殮	57 包殮	9-29 夜約	75 夜約
10-34 大脚	4 大脚	×	22 一高一低	8-6 名好客	40 三千客	5-3 硬	58 硬	9-31 反目	76 反目
×	5 睡鞋	6-53 好內	23 妙事	×	41 好手	5-13 蝦	59 蝦	9-39 隣人間	77 人看
×	6 取耳	×	24 開當	13-37 親嘴	42 調婦	×	60 修鞋	10-33 臭脚又	78 臭脚
7-5 賭	7 再醮	×	25 鋸僧	×	43 嫁鬍子	5-46 修靴	61 修靴	×	79 驢卵
4-25 乳癰	8 醫乳	3-2 初靠	26 初靠	×	44 葷酒僧	5-48 木匠又	62 木匠	10-46 善屁	80 善屁
×	9 莫逆	×	27 撒屁		45 夾麻布被	5-51 栖麻雀	63 樓雀	12-1 破網巾	81 破網巾
×	10 蘇人請客	×	28 姑嫂	1-20 公子	46 公子	6-3 性急又	64 性急	12-19 餛飩	82 餛飩
×	11 蚊符	×	29 賞曆	2-16 四等親家	47 四等親家	6-4 易怒	65 易怒	12-20 饅頭	83 饅頭
9-27 多男子	12 寡欲	3-2 遇儉(評)	30 呼賊	3-1 貧士過冬	48 貧士過冬	6-15 獨行生意	66 獨行生意	12-35 攜燈	84 攜燈
×	13 父幫	×	31 急酒	3-4 儉兒又	49 儉兒	6-18 夾被	67 夾衣	12-39 釀酒	85 釀酒
6-8 好靜	14 遷居	9-38 官話	32 官話	3-7 被	50 蓋網	6-23 着靴	68 着靴	12-41 酸酒	86 酸酒
×	15 父子扛酒		33 應賊	3-10 說出來	51 說出來	8-23 合做酒, 8-24 合種田(評)	69 合做酒	12-43 借茶葉	87 借茶葉
6-1 性剛	16 崛彊	6-11 好飲	34 夢酒	3-15 扛	52 扛去	8-44 十兄弟 8-53 正夫網	70 十弟兄	12-44 河魨	88 河魨
8-62 討謙獎	17 謙獎	6-53 好內(評)	35 酒色	3-36 歲首妓	53 歲首妓	8-59 說謊又	71 說謊	13-11 猪頭	89 猪頭
8-24 快揖	18 性緩	×	36 新婚	3-49 義民官	54 義民官	8-67 賭咒	72 賭呪	13-32 好漢	90 好漢

위의 표를 통해 『절영삼소』 담어(談語)에 해당하는 90편 중에 63편이 『소부』와 관련이 있음을 확인할 수 있다. 그런데 표를 좀더 꼼꼼하게 보면 두

가지 점에서 흥미로운 현상을 읽어낼 수 있다.

첫째, 『절영삼소』 1~45화까지는 『소부』와 유사성을 보이는 이야기가 20편인데, 46~90화까지는 43편이 유사성을 보인다는 점이다. 또한 1~45화까지는 단 3편만 『소부』에 수록된 이야기와 동일한 제목이 쓰인 반면, 46~90화까지는 35편이 『소부』에 쓰인 제목이 그대로 쓰이고 있다는 점이다. 이는 1~45화까지의 이야기의 수용태도와 46~90화까지의 이야기 수용태도가 달랐음을 의미한다. 즉 『절영삼소』 46~90화까지의 이야기를 수용할 때에는 『소부』의 이야기를 단순 전재하는 데에 초점을 두었다면, 1~45화까지는 『소부』의 이야기를 변용하여 수용했거나 혹은 『소부』가 아닌 다른 소화집에서 그 이야기를 수용했던 것으로 보인다.

실제 1~45화까지의 이야기 중에 『소부』와 동일한 제목을 쓰고 있는 이야기조차도 그 표기는 『소부』와 전혀 다른 양상을 보인다.

① 一婦左乳生癰, 醫往視, 乃弄其右乳, 婦怒詰之, 醫曰: "像了此乳有甚事來?"
(『笑府』 4-25. <乳癰>)
→ 婦患乳癰, 延醫者至. 醫者請看乳而後用藥. 旣露其胸, 醫乃以手拊其不. 患者曰: "只似這一隻, 有甚得說."
(『絶纓三笑』 8. <醫乳>)

② 有大脚婦乘轎, 置脚於外. 轎夫恥之, 懇其縮進. 婦曰: "若是縮得進, 何消你說."
(『笑府』 10-34. <大脚>)
→ 女人乘轎而露足于外. 路人見者, 以其大也, 頗有指摘. 轎夫覺之, 而輕語曰: "娘子收進尊足." 轎中人曰: "裏頭放不去了."
(『絶纓三笑』 4. <大脚>)

③ 小兒患身熱, 服藥而死. 其父詣醫家咎之, 醫不信, 自往驗視, 撫兒尸, 謂其父曰: "你太欺心, 身子幸已凉矣." (評) 此與醫駝背用來板者同. 人但知此是笑話, 不知執古方治病, 頭痛醫頭, 脚痛醫脚者, 皆此類也.
(『笑府』 4-4. <身熱>)
→ 小兒患身熱, 服藥而死. 其父詣醫家咎之, 醫不信, 自往驗視, 撫兒尸, 謂其父曰: "你太欺心, 身子幸已凉矣." (評) 此與醫駝背用來板者同. 人但知此是笑話, 不知執古方治病, 頭痛醫頭, 脚痛醫脚者, 皆此類也.

(『絶纓三笑』56. <身熱>)

④ 有欠債屢索不還者, 主人怒, 命僕輩潛伺, 扛之**以**歸. 至中途, 僕暫歇. 其人 **謂僕**曰: "快走罷, 歇在此, 又被別家扛了去, 不關我事."

(『笑府』3-15. <扛>)

→ 有欠債屢索不還者, 主人怒, 命僕輩潛伺, 扛之**而**歸. 至中途, 僕暫歇. 其人 曰: "快走罷, 歇在此, 又被別家扛了去, 不關我事." (『絶纓三笑』52. <扛去>)

인용문 ①과 ②는『절영삼소』1~45화에서『소부』와 유사한 이야기를 비교한 것이다. ①은 내용은 유사하지만 제목이 다른 경우다. 두 작품을 대비해 보면 문헌을 통해 직접적인 영향을 논할 수 없을 정도로 변이의 폭이 크다. ②는『절영삼소』1~45화에서『소부』에 수록된 이야기와 유사한 내용이며, 제목도 같은 경우다. 제목이 같다는 점에서 두 작품의 영향을 논할 수도 있지만, 변이의 폭이 워낙 커서 직접적인 영향을 고려하기에 주저된다. 즉 ①과 ②는 비록 내용이 유사하고, 경우에 따라 제목까지 동일한 이야기도 있지만, 그렇다고 해서 이들이『소부』의 직접적인 영향 아래 놓였다고 볼 수 없다는 결론이 나온다.

반면 인용문 ③과 ④는『절영삼소』46~90화에서『소부』와 유사한 이야기를 비교한 것이다. 먼저 ③을 보면『소부』와『절영삼소』에 쓰인 이야기의 제목은 물론 내용까지 완전히 동일하다. 심지어 내용에 이어 쓴 평까지도 글자 하나 바뀌지 않았다.『절영삼소』의 찬자가『소부』를 직접 보고 쓰지 않는다면 불가능하다. ④는 내용은 동일하지만, 제목이 다르게 표기된 경우다. 제목이 다르다고 해도 〈강(扛)〉과 〈강거(扛去)〉로, 그 차이는 거의 없다. 내용에서도 인용문에 굵게 표시한 부분, 즉『소부』의 '이(以)'가『절영삼소』에서는 '이(而)'로 바뀌었고,『소부』에 '위복(謂僕)'이 첨가되었다는 사실을 제외하면 완전히 동일하다. 이러한 양상은 46~90화 모두에 해당한다.31) 이는 곧『절영삼소』에 쓰인 46~90화는『소부』와 직접적인 영향을 입고 쓴 것임을 입증한다.

위의 논의를 통해『절영삼소』담어(談語)에 해당하는 90편의 이야기 중에 전반부에 해당하는 1~45편은『소부』와 직접적인 관련이 없고, 후반부에 해당하는 46~90화만『소부』와 직접적인 관련이 있음을 확인하였다. 이 양상은 6품에 모두 해당한다.

천어(舛語) 155편에서는 87~155화까지가, 조어(調語) 55편에서는 32~55화까지가, 풍어(風語) 62편에서는 26~62화까지가, 영어(影語) 75편에서는 23~75화까지가『소부』와 직접적인 관련을 맺는다. 서어(敍語) 6편에서는 순서가 다소 뒤섞여 있지만 5~7화가『소부』의 영향 아래 있다. 즉『절영삼소』의 뒷부분 50% 정도는『소부』를 발췌하였다고까지 말할 수 있다. 그렇다면 앞부분 50%는『절영삼소』의 찬자인 은연재 주인이 직접 채록하여 수록한 것인가?

그렇지는 않은 것으로 보인다. 왜냐하면『절영삼소』의 '삼소(三笑)' 중에 '유소(儒笑)'는 이지(李贄)의『사서소(四書笑)』에서 거의 모두를 발췌하였고, '석소(昔笑)'는 작품 말미에 거의 대부분 출전을 밝히는데 그 종수가 무려 74종이나 된다.32) 즉 삼소(三笑) 중에 '이소(二笑)', 즉 '유소(儒笑)'와 '석소(昔笑)'는 다른 책에서 발췌한 것이다. 또한 남은 '일소(一笑)', 즉 '시소(時笑)'에서도 후반 50% 정도는 풍몽룡(馮夢龍)의『소부』에서 발췌하였다. 그

---

31) 이 중『절영삼소』60화 <修鞋>와 79화 <驢卵>의 출처는 찾지 못했지만, 이 역시 판본이 다른『소부』에는 실려 있을 가능성이 아주 높다. <수혜>는 갖바치 이야기로 볼 수 있다. 61화 <修靴>는 갖바치 이야기로『소부』의 5-46화 수록되어 있다.『소부』5-45화 역시 <皮匠掌鞋>로 갖바치 이야기다. 따라서『절영삼소』60화인 <수혜>는『소부』에 있었던 이야기인데, 향유 과정에서 누락되었을 것으로 보인다. 79화 <여란>도 마찬가지다. '알 [卵]'과 관련된 이야기는『소부』10-36화~40화까지 연속적으로 수록되어 있는데, <巨卵>·<小卵>·<向卵> 등이 그러하다. <여란> 역시 이 유형에 속해 있었던 이야기였다고 볼 수 있다.

32) 최용철, 앞의 논문, 2005.

렇다면 남은 50% 정도는 은연재 주인이 직접 채록하여 수록하였을까? 물론 그럴 가능성도 있지만, 그보다는 이들 역시 당대 유행하였던 다른 소화집에서 발췌한 것으로 보는 것이 더 타당성을 갖는다.

실제로 『절영삼소』 천어(舛語) 30화 〈송약(送藥)〉의 평 마지막 부분에는 "진나라 사람이 오석산을 복용하였다는 것도 **또한 마찬가지다**[晉人服五石散**亦然**]"라는 기록이 있다. 진나라 사람이 오석산을 복용했다는 이야기가 앞에 수록되어야만 이러한 평이 나올 수 있다. 그런데 『절영삼소』 어디에도 진나라 사람이 오석산을 복용했다는 이야기는 없다. 그런데 이 이야기는 『계안록(啓顔錄)』에서 근거를 찾을 수 있다. 『계안록』에는 '이삼로(李三老)'의 일화가 연속적으로 나오면서 이들 일화 뒤에 이 논평이 붙어 있다. 그런데 『절영삼소』에서는 이들 중에 여러 일화 중에 한 일화만을 발췌하면서도, 『절영삼소』의 찬자는 전대의 논평까지 무비판적으로 옮겨 적었던 것이다. 그러다보니 이런 현상이 나타난 것이라 하겠다.

또한 『소부』와 관련을 맺지 않는 이야기 중 일부는 『소찬(笑贊)』에서 볼 수 있다는 점에서[33] 『절영삼소』의 남은 50%도 중국의 전대 문헌에서 발췌하였을 가능성을 높인다.[34] 이러한 점을 고려할 때 『절영삼소』의 성격은 명확하게 드러난다. 『절영삼소』는 새로운 이야기를 채록하기보다 당대에 유행하는 이야기를 선별한 소화집인 셈이다. 또한 '時笑'의 중심에 『소부』

---

33) 『절영삼소』 舛語에 속한 〈診脈〉은 『소찬』에 기록된 이야기와 표기법에서 거의 동일하다. 즉 『소찬』에는 醫者至人家, 爲病人診脈, 時大雨. 醫者曰: "一家都了不得." 有問者曰: "如何診一人脈, 說一家都了不得." 醫者曰: "這等大雨, 淹壞田苗, 一家如何了得."이 『절영삼소』에는 一醫至病家診脈, 時天大雨. 醫者曰: "一家了不得." 問曰: "如何診一人脈, 說一家都了不得." 醫者曰: "這等大雨, 淹壞田禾, 一家如何了得."으로 쓰여져 있다. 둘은 표기상에서 차이가 없다.

34) 필자가 참조한 책은 王利器·王貞珉이 選編한 『中國笑話大觀』(北京出版社, 1995)을 주로 참조하였다. 이외에 李曉·愛萍이 編한 『明淸笑話十種』 上·下(三秦出版社, 1998), 楊家駱이 編한 『中國笑話書』(世界書局, 1996), 楊曉明이 編한 『中國歷代笑話大觀』(四川人民出版社, 2001)도 참조하였다.

를 놓았고, 『소부』에서 볼 수 없는 흥미로운 이야기들은 다른 다양한 중국 소화서에서 발췌하였다고 볼 수 있겠다.

둘째, 위의 표에서 읽어낼 수 있는 흥미로운 요소는, 『절영삼소』 46~90 화까지는 『소부』의 1권에서부터 13권까지의 이야기 중에서 흥미로운 이야기를 '순차적으로' 뽑아 수록하였다는 점이다. 46화는 『소부』 1권, 47화는 2권, 48~55화는 3권, 56~56화는 4권, 58~63화는 5권, 64~68화는 6권, 69~73화는 8권, 74~77화는 9권, 78~80화는 10권, 81~88화는 12권, 89~90화는 13권에서 각각 발췌하여 수록하였다. 7권과 11권에서는 한 편도 뽑지 않았지만, 1권에서부터 13권까지 순차적으로 이야기를 발췌하여 수록했음은 명확하다.

또한 한 권에서 수록된 이야기도 『소부』의 순차가 다르지 않다. 예로 들면, 『절영삼소』에서 『소부』 12권에서 발췌한 이야기의 순서는 1, 19, 20, 35, 39, 41, 43, 44화로 되어 있다. 『절영삼소』는 『소부』의 순차에서 철저하게 벗어나지 못한다. 여기에서 『절영삼소』의 편자 은연재 주인의 『소부』 수용 태도를 엿볼 수 있다. 즉 은연재 주인은 『소부』를 순서대로 읽으면서 자신이 6품으로 나눈 이야기의 품에 맞는 이야기를 임의로 발췌하여 써넣었던 것이다. 그렇기 때문에 이런 현상도 나타났던 것이라 하겠다.

이러한 양상은 비단 '담어(談語)'에만 한정되지 않는다. 6품 중에 가장 많은 이야기를 담고 있는 '천어(舛語)'에서도 이러한 현상은 그대로 나타난다. 천어(舛語)의 86화부터 155화까지는 거의 모든 이야기가 『소부』와 겹친다. 그리고 수용 양상도 '담어(談語)'와 동일하다.[35] 『절영삼소』 '천어(舛語)'에서 『소부』 6권에 수록된 이야기를 선별한 양상만 봐도 이는 분명하다.

---

35) 물론 舛語에는 <僧宿娼>·<待穿>·<性急> 등처럼 변이의 폭이 비교적 큰 경우도 있다. 하지만 이들 역시 핵심적인 부분에서는 『소부』에 쓰여진 자구와 완전히 동일하다는 점에서 직접적인 영향 관계에 있다고 봐야 할 것이다.

『絕纓三笑』113 性急 ← 『笑府』6-2 性急

『絕纓三笑』114 性懶 ← 『笑府』6-5 性懶

『絕纓三笑』115 性畏 ← 『笑府』6-6 性畏

『絕纓三笑』116 燒了 ← 『笑府』6-13 問令尊

『絕纓三笑』117 一字 ← 『笑府』6-14 一字

『絕纓三笑』118 愁文王 ← 『笑府』6-16 愁文王

『絕纓三笑』119 看戲 ← 『笑府』6-19 看戲, 『笑府』6-20看戲又.

『絕纓三笑』120 糟餅 ← 『笑府』6-27 糟餅

『絕纓三笑』121 搽藥 ← 『笑府』6-31 搽藥

『絕纓三笑』122 凍水 ← 『笑府』6-33 凍氷

『絕纓三笑』123 穿肚皮 ← 『笑府』6-34 穿肚皮

『絕纓三笑』124 守楊芋 ← 『笑府』6-36 守楊芋

『絕纓三笑』125 看茶 ← 『笑府』6-37 看茶

『絕纓三笑』126 掌嘴 ← 『笑府』6-44 掌嘴

『絕纓三笑』127 噴嚏 ← 『笑府』6-47 噴嚏

『絕纓三笑』128 好乘馬 ← 『笑府』6-51 好乘馬

은연재 주인은 『소부』의 이야기를 읽으면서 자신이 나눈 품(品)에 맞춰 이야기를 순차적으로 발췌하였음이 명확해진다. 이러한 양상은 단지 '담어(談語)'에만 한정된 것이 아니라, 6품 모두에 해당된다. 즉 『절영삼소』의 편자는 앞부분은 다른 소화집에서 이야기를 발췌하여 수록하였고, 중간(대략 50% 지점) 부분부터 『소부』의 이야기를 무비판적으로 수용하였던 것이다.

이상의 논의를 통해 『절영삼소』가 어떻게 『소부』를 수용하였고, 『소부』와 어떠한 관계에 있었는가를 확인할 수 있었다. 즉 『절영삼소』는 당대에 만들어진 모든 소화집을 대상으로 하여 흥미로운 소화들만을 발췌하여 수록한 결정체였던 셈이다. 그런 책이 1616년 8월 이후에 만들어지고, 이 책이 판각되고 얼마 되지 않아 바로 조선으로 유입되었다. 그리고 그 책은 조선에서 인기리에 향유되었고, 그 과정에서 『절영삼소』는 또다른 얼굴로 등장한다. 그것이 바로『종리호로』다. 이에 대해서는 항을 달리하여 논의하자.

2.『절영삼소』와『종리호로』의 상관 관계

『종리호로』후기에는『절영삼소』의 이야기 중 ¾은 버리고, ¼을 취하였다는 직접적인 언급이 있다.『종리호로』의 원천이『절영삼소』에 있음을 분명히 한 것이다.

최용철은『절영삼소』와『종리호로』의 관계를 꼼꼼하게 살폈는데,『종리호로』의 78편 중에 71편이『절영삼소』의 직접적인 영향 아래 있음을 밝혔다. 그리고『절영삼소』를 그대로 전재한 것이 아니라, 부분적으로 변개가 있음도 확인하였다.36) 그렇지만 실제로『종리호로』에 수재한 〈니종(泥鍾)〉은『절영삼소』에 천어(舛語) 83화 〈함단(醎蛋)〉의 평 부분을 전재한 것이고, 〈대소두(大小肚)〉는『절영삼소』'영어(影語)' 45화 〈좌석(坐席)〉의 평 부분을 발췌한 것이다. 〈쇄처사중(鎖妻寺中)〉은『절영삼소』석소(昔笑)에서 〈진황(陳貺)〉을 부분적으로 개작한 것이다. 따라서『종리호로』78편 중에『절영삼소』의 직접적인 영향을 입고 형성된 작품 수는 총 75편이 확인된 셈이다. 즉『종리호로』에는 74 〈치자해(痔字解)〉, 77 〈익문(溺門)〉, 78 〈여부(呂婦)〉 등 3편을 제외한 모든 이야기가『절영삼소』의 영향 아래 놓여 있는 셈이다.37) 최용철에 의해 소개된 표를 토대로 이를 다시 정리하면 다음과 같다.

---

36) 최용철, 앞의 논문, 2005.

37) 이 세 편 역시『절영삼소』에 수재되어 있지만, 필자가 아직 찾지 못한 것이 아닌가 한다. 실제로 〈痔字解〉나 〈呂婦〉는 '昔笑'에 그 정황이 유사한 작품도 있다. 그렇지만 직접적인 영향 관계를 고려할 수 없기 때문에 여기에 제시하지는 못했다. 이에 대해서는 좀더 시간을 두고 고찰해보기로 한다.

鍾離葫蘆	絕纓三笑	鍾離葫蘆	絕纓三笑	鍾離葫蘆	絕纓三笑	鍾離葫蘆	絕纓三笑	鍾離葫蘆	絕纓三笑
1 初婚女	瀟2 初婚女	17 着靴	瀟68 着靴	33 凍氷	舛122 凍水	49 喫素	調24 吃素	65 讓鴆酒	風36 豁拳妓
2 又	瀟3 又	18 獻臀	瀟73 學樣	34 穿肚皮	舛123 穿肚皮	50 請神	調26 請神	66 夜啼	風38 夜啼
3 再醮處女	瀟7 再醮	19	舛1 初婚女	35 戒馬尾	舛124 守楊芋	51 擔僕	調28 擔僕	67 射虎	風54 射虎
4 醫乳	瀟8 醫乳	20 誇猪	舛14 誇猪	36 罵噎	舛127 噴噎	52 送匾	調31 送匾	68 穿新裙	風55 新裙
5 寡慾	瀟12 寡欲	21 睡窓	舛20 跳窓	37 各餐	舛133 各爨	53 妓夢	調34 妓夢	69 節哀酒	風56 節哀酒
6 性緩	瀟18 性緩	22 亡鋤	舛35 亡鋤	38 新婦産兒	舛134 産兒	54 討還春色	調44 不勸酒	70 稀網巾	風59 希網
7 自己說	瀟20 自家說	23 睡妓	舛59 睡妓	39 餘慶	舛135 餘慶	55 捉螢	風1 囊螢(名讀書)	71 齋字辨	影46 齋字
8 東家叔母	瀟21 東家伯母	24 腿痛	舛75 腿痛	40 請黥子	舛141 請黥子	56 遺命	風7 遺命	72 大小肚	影45 坐席
9 妙事	瀟23 妙事	25 泥錘	舛83 醶蛋	41 搜牛	舛144 搜牛	57 要大眼	風8 要大眼	73 後推行房	敍5 胖子
10 夢酒	瀟34 夢酒	26 親家祭文	舛91 作祭文	42 薄席	調3 薄席	58 造人	風9 造人	74 痔字解	?
11 酒後行房	瀟35 酒後	27 餘姚先生	舛94 餘姚先生	43 相僧	調11 相僧	59 孫眞人傳術	風12 孫眞人	75 鎖妻寺中	昔笑44 陳覡
12 三千客	瀟40 三千客	28 藥闘	舛99 藥闘	44 怕放屁	調14 怕冷熱	60 破尿甖	風13 打尿甖	76 二人讓路	昔笑92 明年同歲
13 公子	瀟46 公子	29 經驗方	舛103 抄方	45 弄童	調16 弄童	61 食河豚	瀟88 河魨	77 溺門	?
14 拿屍	瀟55 拿屍	30 燒父	舛116 燒了	46 三盃送客	調17 送客	62 求春方	風44 春方	78 呂婦	?
15 僧蝦	瀟59 蝦	31 一字兒	舛117 一字	47 犬客	調18 共席	63 堵子神	風28 堵子		
16 易怒	瀟65 易怒	32 愁文王	舛118 愁文王	48 又	調21 共席又	64 産喩	風29 産喩		

위의 표를 보면 대체로 『종리호로』는 『절영삼소』를 읽으면서 순차적으로 이야기를 선별・수록하였음을 확인할 수 있다. 특별한 경우가 아니면 제목 역시 『절영삼소』를 그대로 따랐음을 알 수 있다. 또한 작품의 내용 역시 『절영삼소』의 내용에서 크게 변개되지도 않았다. 이러한 점을 고려한 다면 『종리호로』는 『절영삼소』에서 흥미로운 이야기를 발췌하여 수록한

작품집으로 보아도 큰 무리는 없겠다. 그렇지만 중요한 것은 『종리호로』가 『절영삼소』 수용했다는 사실 확인에 있지 않다. 수용 과정에서 어떠한 변모를 꾀하였는가 하는 점이 더욱 중요하다.

실제 『종리호로』에 수록된 이야기는 『절영삼소』의 것에서 크게 달라진 것은 없다. 그러면서도 부분적으로 일정한 변모를 꾀한다. 그 작은 변모는 곧 중국 이야기가 조선으로 수용되면서, 즉 동아시아 보편 문학이 조선이라는 특수한 환경에 유입되면서 나타나는 독자적인 면모가 된다. 이 점은 동아시아 문학에서 보편과 특수라는 층위를 설명하는 한 계기가 될 것이다.

『종리호로』에서 『절영삼소』를 수용하는 방향은 크게 두 가지 층위에서 설명할 수 있을 듯하다. 그 하나는 표기의 문제이며, 다른 하나는 내용의 변개라 하겠다.

먼저 표기 문제를 보자. 『종리호로』에서는 〈역노(易怒)〉처럼 글자 하나도 바뀌지 않고 『절영삼소』의 이야기를 그대로 표기한 경우도 있지만, 대부분은 표기가 완전하게 동일한 경우는 없다. 특히 백화(白話)가 쓰일 경우에는 대부분 표기를 달리한다. 낯선 백화(白話)는 한문으로 바꾸어 놓는 경우가 일반적이다. 이러한 양상은 너무 많아서 하나하나 예시할 수 없을 정도다. 그 중 대표적인 몇 가지 양상만 보자.

① 多子**也**是一累 (『絶纓三笑』濟12 〈寡欲〉) → 多子**亦**是一累 (『鍾離葫蘆』5 〈寡慾〉)
方才多是你自已說**的** (『絶纓三笑』濟20 〈自家說〉) → **纔**是你自已說. (『鍾離葫蘆』7 〈自己說〉)
一日小**似**一日**了** (『絶纓三笑』濟2 〈初婚女〉) → 一日小一日**也** (『鍾離葫蘆』1 〈初婚女〉)
我**要睡**矣 (『絶纓三笑』濟68 〈着靴〉) → 我**則欲宿**矣 (『鍾離葫蘆』17 〈着靴〉)
甚麼響, 拿過來 (『絶纓三笑』濟55 〈拿屁〉) → **此是何聲**, 急急拿來 (『鍾離葫蘆』14 〈拿屁〉)

<u>便冷的吃了也罷</u> (『絶纓三笑』滄34 ＜夢酒＞) → <u>雖冷亦飮爲妙也</u> (『鍾離葫蘆』
10 ＜夢酒＞)

桌上一些東西也不得了. (『絶纓三笑』調3 ＜薄席＞) → <u>卓上一肴一饌, 見不得</u>
<u>也</u>. (『鍾離葫蘆』42 ＜薄席＞)

② <u>頭一晚姑娘</u>哭 (『絶纓三笑』滄3 ＜初婚女 又＞) → <u>初夕新婦</u>哭 (『鍾離葫蘆』
2 ＜初婚女 又＞)

兩<u>親翁</u>, 一性急, 一性緩. (『絶纓三笑』滄18 性緩) → 兩<u>親家[俗言査頓也]</u> 一
性急, 一性緩. (『鍾離葫蘆 6 ＜性緩＞)

忽手句郎頸而<u>親一嘴</u>. (『絶纓三笑』舛1 ＜初婚女＞) → 忽手擁郎頸而<u>親嘴[俗</u>
<u>言適口也]</u> (『鍾離葫蘆』19 ＜初婚女＞)

③ <u>我不曉得就是他</u> (『絶纓三笑』舛1 ＜初婚女＞) → <u>我初不覺得新郎也</u> (『鍾
離葫蘆』19 ＜初婚女＞)

一人好誇, 每對人曰: "孟嘗君三千客, 何足爲奇. 我家之客, 亦自不少." 他日有
人, 造其家. (『絶纓三笑』滄40 ＜三千客＞) → 一人好誇. 人曰: "孟嘗君有客三
千, 眞是英雄." 其人曰: "我家之客, 亦有三千." 他日人, 造其家. (『鍾離葫蘆』
12 ＜三千客＞)

其人曰: "不妨. 再是一遭, 仍舊翻了轉來." (『絶纓三笑』滄35 ＜酒色＞) → 其人
曰: "不妨不妨. 初則正是飜覆, 再行一遭, 則更飜仍舊, 有何不好事?" (『鍾離葫
蘆』11 ＜酒後行房＞)

新婚之次日, 兩親媽對坐無可語. 女家者曰: "親媽是積善之家必有餘慶, 他日生
了令孫, 可取名餘慶." 其女在旁忽笑, 母問何笑, 女曰: "想昨夜餘慶的." 父親可
笑耳. (『絶纓三笑』舛135 ＜餘慶＞) → 新婚之次日, 舅姑對坐語新婦曰: "尊親家
是積善之家, 豈無餘慶? 他日新婦必生貴兒." 婦笑而對曰: "想昨夜積善, 豈無
餘慶?" (『종리호로』39 ＜餘慶＞)

　위의 인용은『종리호로』앞부분에 수록된 이야기들만 임의로 발췌하여
『절영삼소』의 표기와 비교한 것이다. ①을 보면 白話에서 많이 쓰이는 '也'
'的' '了' '罷' '要' '些' '甚麼' '怎麼'와 같은 표기가『종리호로』에서는 가급적

달리 표현되어 있음을 알 수 있다. 중국에서는 상투적으로 쓰고 있는 말인데도 이러한 표현이 우리나라에서는 낯설게 느껴졌기 때문에『종리호로』에서는 이런 표현을 달리 표기한 것이다.

이러한 양상은 제목을 다는 데서도 나타난다. 실제『절영삼소』에 쓰인 〈소료(燒了)〉는 전형적인 중국어인데, 이것이『종리호로』에서 이를 〈소부(燒父)〉로 표기한 것도 이러한 이유에서 설명할 수 있겠다.

인용문 ②는 중국에서는 일반적으로 쓰이는 단어라 할지라도 우리나라에서 자주 쓰이지 않을 경우에는 본문에서 직접 그 단어를 바꾸거나, 때로는 쌍행세주(雙行細註)로 그 단어에 대한 설명을 붙이는 양상을 나타낸 것이다. '고낭(姑娘)'은 오(吳)나라 사람들이 친정에서 자신의 딸을 부르는 말이다.[吳人母家稱女, 皆曰姑娘] 그런데 이 말은 우리나라에서 쓰지 않기 때문에『종리호로』에서는 '고낭(姑娘)' 대신 '신부(新婦)'로 바꾼 것이다. '신랑(新郎)'을 뜻하는 '관인(官人)' 역시 우리나라에서는 잘 쓰지 않기 때문에 '관인(官人)'을 모두 '신랑(新郎)'으로 바꾼 것이다. 중국에서는 흔히 쓰는 말이라 할지라도 우리나라에서 자칫 오해를 불러올 수 있는 단어는 본문에서 직접 우리에게 친숙한 단어로 바꾸어 놓고 있음을 알 수 있다.

『종리호로』에서는 본문에서 우리말로 직접 바꾸기도 하지만, 경우에 따라서는 중국에서 쓰는 말을 본문에 직접 드러내고 그에 대한 주석을 붙이기도 한다. 예컨대 '친가(親家)[親翁]'은 우리말로 '사돈[査頓]'이라고 한다고 한 것이나, '친취(親嘴)'를 '입맞춤[適口]'이라고 주석을 붙인 것은 그 예라 하겠다. 이러한 사소한 배려는『종리호로』가 누구를 대상하여 하여 책을 편찬하였는가를 명확하게 말하는 것이다. 즉『종리호로』는 우리의 독자들을 위해 편찬된 책임을 분명히 한 것이다.『절영삼소』에서 〈반자(胖子)〉, 즉 중국어로 뚱뚱보를 뜻하는 제목을『종리호로』에서 굳이 제목을 〈후추행방(後推行房)〉으로 바꾼 것도 같은 맥락에서 이해할 수 있겠다.

인용문 ③은『절영삼소』의 내용을 변개시켜서『종리호로』에 수용하는 양상을 보여준다. 첫 번째 것은 "나는 그가 누구라는 것을 깨닫지 못하였지 [我不曉得就是他]"나 "나는 처음에 신랑이란 것을 깨닫지 못하였지[我初不覺得新郎也]"는 그 의미가 다르지 않다. 다만 디테일이 조금 달리 나타날 뿐이다. 두 번째의 것은 맹상군(孟嘗君)에 대해 이야기하는 주체가 누구인가가 달리 나타나지만, 그 내용은 큰 차이가 없다. 그렇지만『종리호로』의 내용이 더 풍자적임은 부인할 수 없다. 또한 세 번째의 경우처럼 내용에 다소 미흡하다고 여겨질 때에는 일정한 부분을 첨가하기도 한다. 네 번째의 경우는 다른 이야기에 비해 변이의 폭이 비교적 크다. 그렇지만 이야기의 본질에서 크게 벗어나지는 않는다.

　이처럼『종리호로』에서는『절영삼소』의 이야기를 크게 변개시키지 않는다. 하지만 내용에 따라 작은 부분이지만, 일정한 첨가를 하고, 주체를 바꾸고, 변화를 꾀하고 있다는 점은『종리호로』가 단순하게『절영삼소』를 수용한 것이라고 말할 수 없음을 반증한다. 즉『종리호로』는『절영삼소』를 수용하면서도『절영삼소』가『소부』를 수용할 때처럼『소부』의 이야기를 단순 전재하는 방식은 따르지 않았던 것이다. 이는『종리호로』가 단순히『절영삼소』의 발췌본이면서도 발췌본이라고 말할 수 없음을 뜻하기도 한다. 『종리호로』는 작은 변화지만, 한국의 독자들을 향해 조금이나마 문을 열어 놓았기 때문이다.

Ⅲ. 『소부』·『절영삼소』·『종리호로』의 상관 관계로 본 한국 패설의 존재 의미

　앞서 살펴본 논의를 통해 이제『소부』·『절영삼소』·『종리호로』의 관계에 대해 정리하고, 이들 관련이 갖는 의미에 대해 파악해 보자.

　먼저『절영삼소』는 당대에 향유되던 소화서에서 흥미로운 이야기를 발

췌한 작품집으로 정의할 수 있다.『절영삼소』에서는 웃음을 삼소(三笑)로
나누었는데, 이 중『소부』와 관련을 맺는 웃음은 '시소(時笑)'다.38)『소부』
와『절영삼소』를 대비해보면,『절영삼소』는『소부』의 이야기를 대체로 단
순 전재하였음이 확인된다. 이야기를 수용하면서 어떠한 변이의 양상을 드
러내지 못하였던 것이다. 이러한 양상은 단지『절영삼소』와『소부』의 문제
만이 아니다. 이와 비슷한 시기에 형성된『소찬(笑贊)』이나『소림(笑林)』에
도 전대의 이야기를 변형시켜 수용하는 경우는 극히 적다.『소림』과『소찬』
에 실린 예를 하나씩 보자.

　① 一人問封君與公子孰樂. 答曰: "做封君齒已衰矣, 惟公子最樂." 其人急趨
而去, 追問其故. 曰: "欲送家父上學."(『笑林』<公子>)
　→ 一人問封君與公子孰樂. 答曰: "做封君齒已衰矣, 惟公子最樂." 其人急趨
而去, 追問其故. 曰: "欲送家父上學."(『笑府』1-20 <公子>)
　→ 一人問封君與公子孰樂. 答曰: "做封君齒已衰矣, 惟公子最樂." 其人急趨
而去, 追問其故. 曰: "欲送家父上學."(『絶纓三笑』澹46 <公子>)
　⇒ 一人問封君與公子孰樂. 答曰: "做封君齒已衰矣, 惟公子最**好**." 其人**疾**趨
而去, 追問其故. 曰: "**家父書生也, 欲令急急入學.**"(『鍾離葫蘆』13 <公子>)

　② 鷂子追雀, 雀投入一僧袖中, 僧以手搦定曰: "阿彌陀佛, 我今日吃一塊肉."
雀閉目不動, 僧**只說死矣, 張開手時**, 雀卽飛去. 僧曰: "阿彌陀佛, 我放生了你
罷."(『笑贊』無題)
　→ 鷂子追雀, 雀投入一僧袖中, 僧以手搦定曰: "阿彌陀佛, 我今日吃一塊肉."
雀閉目不動, 僧**謂已死. 才縱手,** 雀卽飛去. 僧曰: "阿彌陀佛, 放生了你罷."(『笑
府』5-12 <雀>)

　一貧士冬月穿袷衣, 有謂之者曰: "如此**嚴氣**, 如何穿袷衣?" **貧**士曰: "單衣**更**
冷."(『笑贊』無題)

---

38) 물론 '昔笑'와도 부분적인 관련을 보이지만, 그 핵심이 '時笑'임은 부정할 수 없다.

→ 貧士冬月穿夾衣, 有謂之曰: "如此天氣, 如何穿夾衣?" 士曰: "單衣太冷." (『絶纓三笑』澹67 〈來衣〉)

인용문 ①에서 『소림』·『소부』·『절영삼소』에 실린 이야기는 글자 하나의 차이도 없이 완전히 동일하다. 반면 ②는 표기의 차이만 있을 뿐 동일한 이야기다. 당대에 향유되었던 이야기들은 대부분은 한 소화집에 실린 이야기가 다른 소화집에 그대로 실리는 경우가 일반적이었음을 미루어 짐작할 수 있다.

반면 『종리호로』는 그와 유사하면서도 부분적으로 다른 양상을 보인다. 동일한 내용의 다른 표기가 아니라, 경우에 따라 부분적으로 내용을 변개시키기도 한다. 위의 〈공자(公子)〉 역시 『종리호로』에서는 기존 이야기의 내용에서 조금은 변모된 모습을 보여주고 있음을 엿볼 수 있다.

중국에서는 하나의 이야기가 만들어지면, 그 이야기는 저작권을 가지지 않은 상태로 어느 책에나 실릴 수 있었음을 알 수 있다. 다만 중국 소화집에서 중요하게 여긴 것은 전대의 이야기가 어떻게 다른 형태로 나타나는가가 아니라, 그 이야기를 어떻게 이해할 것인가에 더 논의의 중점을 두었던 것으로 보인다. 그랬기 때문에 『소부』의 찬자인 풍몽룡(馮夢龍)은 우스운 이야기를 내용에 맞춰 13책으로 나누고, 그 내용 안에 유사한 이야기를 한 유형으로 묶어 모두 펼쳐 보여주는 것이 최선의 소화 수집 방식이라고 이해했던 것이다.

그렇지만 『절영삼소』의 편자인 은연재 주인은 내용보다는 웃음의 형식에 따라 이야기를 구분해야 한다고 여겨 '시소(時笑)'를 6가지로 유형화했던 것이다. 실제로 은연재 주인이 '집삼소략(輯三笑略)'에서 "하지만 (『소림평』은) 식견이 얕고 견해가 우활하여 옛 것과 오늘날의 이야기가 섞이고, 아(雅)와 속(俗)이 혼재하며, 실제 있었던 일과 허구로 꾸며진 일이 잡다하게 섞여 있고, 우스운 이야기와 웃음과 무관한 것도 섞여 있으니, 『소림평』

은 잡록(雜錄)이나 만기(漫記)라고 부를 수는 있지만, 표제처럼 '소림(笑林)'이라고 말할 수는 없다"고[39] 한 것은 이야기를 어떻게 분류하고 유형화할 것인가에 무게를 두었기 때문에 나올 수 있는 비판이라 하겠다.

실제로 명대에 만들어진 이야기가 청대에도 글자 하나 바뀌지 않고 그대로 향유되는 양상은 쉬 찾아볼 수 있다. 다음과 같은 예도 그 하나다.

> 夫子策宰予以朽木糞土, 宰予不服曰: "吾自要見周公, 如何怪我?" 夫子曰: "日間豈是夢周公時候?" 宰與曰: "周公也不是夜間肯來的人."
>
> (『笑府』 2-30 <晝寢 又>)
>
> 夫子策宰予以朽木糞土, 宰予不服曰: "吾自要見周公, 如何怪我?" 夫子曰: "日間豈是夢周公時候?" 宰與曰: "周公也不是夜間肯來的人."
>
> (『四書笑』 29 <宰予晝寢>)
>
> 夫子策宰予以朽木糞土, 宰予不服曰: "吾自要見周公, 如何怪我?" 夫子曰: "日間豈是夢周公時**節**?" 宰與曰: "周公也不是夜間肯來的人."
>
> (『絕纓三笑』 儒笑 38 <宰予晝寢>)

> → 淸 때에 출간된 『時尙笑談』
> 夫子策宰予以朽木糞土, 宰予不服曰: "吾自要見周公, 如何怪我?" 夫子曰: "日間豈是夢周公時候?" 宰與曰: "周公也不是夜間肯來的人."

널리 알려진 재여(宰予)의 이야기다. 향유과정에서 변화가 있을 법도 하지만, 오랜 시간동안 이야기는 전혀 변모하지 않았다. 이러한 현상이 나타날 수 있는 것은 중국에서는 개별적인 이야기 그 자체보다 유형화된 이야기 안에서 전체적인 의미를 드러내는 것이 더욱 중요하다는 사유에서 비롯되었다고 볼 수도 있다.

그렇지만 우리나라에서는 이야기를 분류하고 유형화하는 데에 큰 의미

---

39) 自『笑林評』始. 然識淺而見迂, 古與今雜, 雅與俗雜, 實有與烏有雜, 可笑與無與於笑者雜, 謂之雜錄漫記等則可, 不可云笑林也.

를 두지 않았다. 이야기는 그대로 다양한 삶의 모습 중에 하나의 모습을 담은 것으로 이해하여, 어느 작품집에든 그 이야기가 들어갈 수 있었다. 우리나라에서 소화를 중심으로 찬집된 책에 소화로 볼 수 없는 이야기가 상당히 많은 것도 이러한 이유에서 비롯된다. 따라서 필자는 이를 좀더 넓은 개념으로 포괄하여 '패설(稗說)'이라고 명명하였던 것이다.[40] 실제로 웃음과는 전혀 무관할 듯한 이야기가 소위 패설[소화]집이라 할 수 있을만한 작품집에 버젓이 들어가 있기도 하다. 한 예로 장한종(張漢宗)이 편찬한 『어수신화(禦睡新話)』에는 다음과 같은 이야기가 들어가 있다.

> 소의문 밖에 홀아비로 두 딸과 함께 사는 홍생원이 있었다. 홍생원은 가난하여 살아갈 수 없었기에 항상 훈조막의 역부들이 있는 곳에서 걸식하였다. 역부들이 각각 한 술씩 덜어 주면 홍생원은 겨자 잎으로 그 밥을 싸 가지고 와서 두 딸을 먹였다.
> 하루는 홍생원이 또 와서 걸식을 하니 역부놈 하나가 술에 취해 말하였다.
> "생원이 이 훈조막의 부군당이요, 우리들의 상전이오? 어찌하여 날마다 와서 밥을 달라 하시오?"
> 그러자 홍생원은 눈물을 머금고 돌아갔다. 그리고 5~6일 지나도록 문은 항상 닫혀 있었다.
> 한 역부가 문을 열고 들어가 보니 홍생원은 두 딸과 함께 혼미한 상태로 누워 눈물만 흘리고 있었다. 역부는 불쌍히 여겨 급히 나가서 죽을 끓여 가지고 와서 홍생원에게 주었다. 그러자 홍생원은 13살 된 딸에게 말하였다.
> "너희들은 이 죽을 먹겠느냐? 우리 세 사람이 굶주림을 참은 지 6일이 되어 죽음이 임박하였는데 이제 이 죽을 먹으면 그 동안 참았던 것이 아깝지 않겠느냐? 지금 이 죽을 먹고 저 사람이 계속 가져다주면 좋겠지. 그렇지 않다면 내일부터 당하게 될 욕들은 어찌 하겠느냐?"
> 이처럼 이야기를 할 때에 5살 된 아이가 죽 냄새를 맡고 억지로 머리를 들었다. 그러자 13살 된 언니는 손으로 다독거리고 눕혔다.

---

40) 패설에 대한 정의와 범주, 그리고 사적 전개 양상에 대해서는 김준형의 앞의 책(2004)을 참조할 것.

"자자, 자자."
뒷날 역부들이 다시 와서 보니 세 사람 모두 죽어 있었다.[41]

위의 이야기를 우스운 이야기로 보기에는 무리가 따른다. 하지만 이 역시 우스운 이야기다. 다만 그 웃음이 한바탕 껄껄대고 웃는 호탕한 웃음이 아니라, 눈물이 섞인 싸늘한 웃음이라는 차이가 있을 뿐이다. 그런데도 이러한 이야기가 버젓이 소위 '우스운 이야기 모음집[笑話集]'에 들어갈 수 있는 것은 이야기의 유형보다는 그 작품이 지닌 '내용'에 있었기 때문이다.

『절영삼소』를 통해 형성된 『종리호로』는 우리나라 패설집에 영향을 미친다. 『종리호로』에 실린 78편 중에 23편은 우리나라 패설과 밀접한 관련을 맺는다. 『파수추(破睡椎)』에 실린 12편이 『종리호로』의 영향 아래 놓여 있는 것을 비롯하여, 『이야기책(利野耆冊)』·『성수패설(醒睡稗說)』·『소낭(笑囊)』에 각각 3편, 『교수잡사(攪睡襍史)』에 2편, 『속어면순(續禦眠楯)』·『명엽지해(蓂葉志諧)』·『파수록(破睡錄)』·『진담론(陳談論)』·『어수신화(禦睡新話)』·『기문(奇聞)』에 각 1편의 이야기가 『종리호로』에 실린 이야기와 유사성을 보인다. 수용 양상은 단순 전재에서부터 개작까지 다양하다.[42] 물론 수용 양상의 중심은 단순 전재가 아니라, 개작에 놓인다. 이러한 현상은 바로 이야기를 있는 그대로 수용하기보다는 상황에 따라서 여러 가지 형태로 변모시킬 수 있다는 사유에서 비롯된 것이라 하겠다. 논의를 보다 효과적으로 이끌기 위해 다음의 이야기를 먼저 읽어볼 필요가 있다.

---

41) 張漢宗, 『禦睡新話』 <洪生餓死>. 昭義門外, 有洪生員者, 鰥居有二女, 而貧不能生, 故嘗乞食於燻造幕諸役人處, 則役夫等, 各收一匙飯而給之. 洪生以芥葉, 裹飼其二女矣. 一日, 生又來乞飯, 則役夫漢, 醉而辱之曰: "生員乃是燻造幕府君堂耶? 吾輩之上典子耶? 緣何日日討食乎?" 生員含淚退去後, 遂入其門, 過了五六日, 門扉常閉. 一役夫推扉入去, 見之, 則生員與二女兒, 昏臥流淚而已. 役夫憐而急出, 煮粥而進之, 則洪生謂其十三歲長女曰: "汝等欲喫此粥耶? 吾三人, 艱辛忍飢此, 有六日工夫, 死將迫矣. 可謂前工, 可惜. 今食一器, 而彼人繼給, 則好矣. 奈此後日辱, 何哉?" 如是酬酢之際, 末女五歲兒, 旣嗅粥臭, 强起擧首, 十三歲兒, 以手押而臥之曰: "可宿, 可宿." 翌日, 役夫等, 更往見之, 則皆死也.

42) 이에 대해서는 김준형a의 앞의 논문(2003)을 참조할 것.

어떤 사람이 교외에서 해골이 밖에 나뒹구는 것을 보고 불쌍히 여겨 그것을 묻어주었다. 그 날 밤에 문을 두드리는 소리가 들리기에 누구인가를 물었다. 그러자 응답하기를 "비"라 하였다. 다시 누구인가를 묻자, 대답하기를 "첩은 양귀비입니다. 馬嵬의 난을 만나 유골조차 수습하지 못하였더니, 고맙게도 당신이 묻어주시니 와서 寢席이라도 받들고자 합니다." 라고 하였다. 그리고는 그와 더불어 지극한 즐거움을 나누고 가버렸다.

이웃 사람이 그 소문을 듣고 몹시 부러워하였다. 이에 온갖 교외를 두루 찾아 다니다가 또한 유해 하나를 얻어 땅에 묻었다. 그 날 밤 문을 두드리는 자가 있어서 누구인가를 물었다. 그러자 응답하기를 "비"라 하였다. "너는 양귀비냐?"고 하자, "나는 장비다."고 하는 것이었다. 그 사람은 매우 놀라 억지로 대답하였다. "장장군께옵서 어찌하여 이 곳에까지 납시었는지요?" "내가 閬中의 난을 만나 유골을 수습하지 못하였는데, 고맙게도 당신이 묻어주니 특별히 엉덩이라도 바치려고…."[43]

위의 이야기는 원래『소부(笑府)』8권에 수록된 〈학양(學樣)〉인데,『절영삼소』에서도 이 이야기를 뽑아 전재하였다. 이 이야기는『종리호로』에도 수록되어 있는데, 제목만 〈헌둔(獻臀)〉으로 바뀌었을 뿐이다. '흉내내다'는 의미의 학양(學樣)보다 '엉덩이를 바친다'는 헌둔(獻臀)이 보다 직설적인 표현이지만, 그렇다고 내용의 변화가 있는 것은 아니다. 즉 이 이야기는『소부』에서『절영삼소』로,『절영삼소』에서 다시『종리호로』로 수용되는 과정에서 몇 글자의 출입만 있을 뿐, 그 내용은 완전히 동일한 셈이다. 하지만 이 이야기는 우리나라에서 향유되는 과정에서 다음과 같은 이야기로 변모한다.[44]

---

43) 『絶纓三笑』 澹73 〈學樣〉. 有於郊外見遺骸暴露, 憐而瘞之. 夜聞叩閘聲, 問之, 應曰: "妃." 再問, 曰: "妾楊妃也. 遭馬嵬之難, 遺骨未收, 感君掩覆, 來奉枕席." 因與極歡而去, 鄰人聞而慕焉, 因遍覓郊外, 亦得遺骸瘞地. 夜有叩門者, 問之, 應曰: "飛." 曰: "汝楊妃乎?" 曰: "俺張飛也." 其人懼甚, 强應曰: "張將軍何爲下顧?" 曰: "俺遭閬中之難, 遺骨未收, 感君掩覆, 特以鹿臀奉獻."

44) 이 이야기의 원문은 길어서 본문에 넣을 수 없기 때문에 부록으로 처리하였다.

① 한 선비가 유해를 발견하고 묻어줌.

② 그 날 밤 무덤가에서 자는데, 꿈에 양귀비가 나타나 장사를 지내준 것에 대해 감사함.

③ 선비는 잠에서 깨어 白樂天의 <長恨歌>를 읊고 집으로 돌아옴.

④ 집에 온 후 며칠 동안 양귀비가 와서 선비와 잠자리를 함.

⑤ 선비는 이 일을 친구에게 말함.

⑥ 이 말을 들은 친구는 일꾼들을 거느리고 선비가 말한 곳에 가서 유해를 찾아 묻어줌.

⑦ 그러면서 친구는 유해의 주인이 虞美人이기를 기도함.

⑧ 그 날 밤 項羽가 와서 그 연유를 묻자, 그 친구는 경국지색과 즐거움을 나누기 위한 것이라 함.

⑨ 항우는 양귀비의 음란함과 우미인의 절개를 장황하게 이야기하며, 그 친구를 꾸짖고 돌아감.

⑩ 친구는 이에 굴하지 않고 사람을 시켜 다른 사람의 뼈를 묻음.

⑪ 그 날 밤 뼈의 주인인 呂馬童이 와서 고맙다고 하며 황금 백냥을 내놓음.

⑫ 그 때 項羽가 다시 와서 여전히 우미인을 찾는 친구를 욕함.

⑬ 그러다가 여마동이 있음을 보고 너를 미워하지 않겠다고 하고 돌아감.

⑭ 새벽이 되자, 여마동이 놓고간 황금 몇 봉지가 남아 있었음.

『어수신화(禦睡新話)』에 수록된 <엄구득보(掩口得報)>의 서사분절이다. 이 이야기는 <학양(學樣)>에서 <헌둔(獻臀)>으로 이어지고, 이 이야기가 조선에서 항유되면서 어떻게 변모되었는가를 보여주는 적절한 자료라 하겠다. <학양>이나 <헌둔>은 모두 남색(男色)에 초점이 놓인다. 하지만 <엄구득보>에서 그러한 요소는 없다. 오히려 항우(項羽)가 나타나 장황하게 우미인(虞美人)의 절개를 높이 평가한다는 점에서 우미인을 위한 변론으로 보이기도 하고, 후반부에는 여마동(呂馬童)이 은혜에 보답하는 양상을 통해 보은담으로 이해할 여지도 있다.

이러한 현상은 이야기가 항유되면서 어떻게 그 나라의 정서에 맞게끔 이야기가 변모되는가를 보여주는 한 예라 하겠다. 남색은 중국 문학에서 그리 큰 거부감 없이 자주 쓰이는 소재 중의 하나다. 그렇지만 우리 문학에서 남색이 소재로 쓰인 작품은 극히 드물다. 야담과 필기는 물론이고, 소설에서도 남색은 거의 쓰이지 않는다. 패설에서도 이러한 현상은 그대로 나타난다. 그것은 남색에 관해서는 금기가 아닌 부정으로까지 이해했기 때문에 이야기 향유 과정에서도 이 부분을 의도적으로 개작했던 것이다. 단순하게 전대의 이야기를 전재하면서 향유했던 것이 아니라, 상황과 정서에 따라 이야기는 큰 폭으로 변화할 수 있음을 적실하게 말해준다.

『절영삼소』는 우리나라에서 실제로 향유되었던 중국 소화집이다. 그 중 78편의 이야기는 『종리호로』라는 책으로 판각되어 우리나라에서 널리 향유되었다. 그리고 그 과정에서 많은 이야기는 우리의 정서와 환경에 맞춰 변모되었다. 여기서 우리는 다시 한 가지 문제를 생각해볼 필요가 있다. 그것은 『종리호로』로 발췌되지 않은 나머지 이야기는 우리나라에 영향을 주지 않았겠는가 하는 점이다.

이 문제는 이 글에서 하나하나 논의할 수 있는 성질의 것이 아니다. 물에 빠진 아버지를 구해주면 얼마의 돈을 주겠다며 흥정하는 이야기를 다른 『교수잡사(攪睡襍史)』 수재 〈구부쟁가(救父爭價)〉는 『절영삼소』 풍어(風語) 54화 〈사호(射虎)〉와 혹사하며, 두 도둑놈이 '자신이 손에 고삐를 잡고 갔는데 그 뒤에 송아지가 있었다'는 식으로 자신의 결백을 주장하는 이야기는 『절영삼소』 담어(譫語) 54화 〈도우(盜牛)〉와 비슷하며, 근대전환기에 널리 향유되었던 〈비지 먹은 돼지〉 이야기는 『절영삼소』 천어(舛語) 130화 〈흘강(吃糠)〉와 유사하다. 또한 널리 알려져 있는 "학이 잘 우는 것은 목이 길어서고, 소나무와 잣나무가 푸른 것은 중심이 꽉 차있기 때문이다"라는 구절을 "개구리가 잘 우는 것이 목이 길어서이고, 대나무가 푸른 것은 중심이 꽉 차있기 때문인가?"라고 반론하는 이야기 역시 『절영삼소』 '석소(昔笑)'에 수재한 〈산동서(山東壻)〉에서 볼 수 있다. 비교적 우리에게 널리 알

려져 있는 이야기들이 『절영삼소』에서 많이 보인다는 점은 무엇을 의미하
는가?

『절영삼소』가 우리나라 패설 문학과 깊은 관련을 맺고, 경우에 따라서는
많은 영향을 주었음을 말하는 것이기도 하다. 그렇다고 해서 그 양상이 일
방적일 수만은 없다. 실제로 『절영삼소』 '석소(昔笑)' 〈기계(騎鷄)〉는 인색
한 주인에게 자신의 말을 잡아서 술 안주하자고 하자, 주인이 그러면 어떻
게 돌아갈 것인가를 묻기에, 손님은 저 마당에 노는 닭을 타고 가겠다는 내
용의 이야기다. 이 이야기는 우리에게도 널리 알려져 있다. 그렇지만 이 이
야기는 『절영삼소』가 향유되기 훨씬 이전인 서거정(徐居正)의 『태평한화골
계전(太平閑話滑稽傳)』에 수록되어 있다. 그렇다고 해서 『절영삼소』가 이
이야기를 『태평한화골계전』에서 수용했다고 볼 수도 없다. 즉 『절영삼소』
가 우리나라에 향유되면서 다양한 형태로 영향을 주었겠지만, 그렇다고 해
서 내용이 비슷하다고 해서 일방적인 수수 관계를 논할 수는 없다.

『절영삼소』에 수재한 이야기와 우리나라 패설에 수재한 이야기 중에 유
사한 작품을 조사하고 그 양상이 어떻게 나타나는가를 밝히는 일은 당연히
요구되는 문제다. 하지만 이 글에서는 이에 대한 구체적인 논의는 차후의
과제로 남겨둘 수밖에 없다. 다만 앞서 살펴본 〈학양〉이 우리나라의 정서
에 맞춰 〈엄구득보〉로 변모되어 존재하고 있듯이, 그러한 양상을 보이는
다른 이야기를 한 편 더 제시하는 것이 오히려 『절영삼소』의 이야기가 우
리나라에 수용되면서 어떠한 양상으로 변모되는가를 더 적실하게 보여준
다고 할 수 있겠다.

　한 중이 비구니 암자에서 하룻밤 머물고자 하였는데, 비구니는 거절하며 말하
였다. "여승들이라 불편하네요." "나는 몸을 닦는 중이니 무방하오." 이에 중은
그 곳에 들었다. 잠자리에 들 무렵, 비구니가 중에게 물었다. "몸을 닦은 후로 얼
마만큼 자라나요?" "수도를 않았는데도 자랐지요." "얼마요?" "일년에 한 치
쯤." "당신은 몇 년 동안 수도를 하지 않았는데요?" "대략 7~8년쯤." 그러자 비

구니는 합장을 하며 말하였다. "아미타불! 알겠습니다."[45]

〈니암(尼庵)〉에서 흥미로운 요소는 수도를 하면 남자의 성기가 일년에 조금씩 자란다는 설정에 있다. 이와 유사한 이야기는 우리나라 패설집에서 볼 수 없다. 그런데 이와 비슷한 정서를 느끼게 하는 작품이 최근 발견되었는데, 그것은 이명선이 1936년에 조사한 설화 자료인 〈공부대(工夫台)〉라는 작품이다. 이 작품의 서사분절을 나누면 다음과 같다.[46]

① 한 청년이 산골에 막을 치고 공부를 함.
② 마침 그 곳 근처에는 젊은 처녀가 공부를 하는데, 그 처녀의 책 읽는 소리에 청년은 심란해 함.
③ 어느 겨울, 청년은 처녀를 범하기 위해 일부러 처녀의 집에 있는 불씨를 없애 버림.
④ 처녀는 추워서 청년에게 불씨를 빌리러 옴.
⑤ 청년은 처녀를 불러 공부를 많이 했으면 '工夫臺'가 얼마만큼 자랐냐고 함. 처녀가 의아해하자, 청년은 공부를 많이 하면 다리 사이에 공부대가 자란다고 함.
⑥ 청년은 이에 처녀에게 자신의 공부대를 보여줌. 처녀도 보여주었지만 공부대가 없어 좌절함.
⑦ 청년은 처녀에게 자신의 공부대를 나눠서 쓰면 된다고 하고 성행위를 함.
⑧ 이후 처녀는 청년에게 공부대를 빌리러 옴.

〈공부대〉의 핵심적인 요소도 공부를 많이 하면 성기가 자란다는 설정에 있다. 〈공부대〉나 〈니암〉은 다른 작품이지만, 그 본질은 동일하다. 중과 비구니라는 문제가 〈공부대〉에서는 청년과 처녀의 이야기로 변개되었다는

45)『絕纓三笑』舛語 107 〈尼庵〉 一僧往尼庵借宿, 尼拒曰: "女僧不便." 僧曰: "我是淨身僧, 無妨." 尼乃納之. 臨寢, 尼問僧曰: "淨後還長些否?" 僧曰: "不脩, 仍要長." 尼曰: "長幾何?" 曰: "一年長一寸." 尼曰: "汝幾年不脩了." 僧曰: "約有七八年." 尼合掌曰: "阿彌陀佛! 勾了."
46) 이 작품의 원문 역시 부록에 넣었다.

차이가 있을 뿐이다. 그러면서도 〈공부대〉는 〈니암〉처럼 특정한 부류의 인물에 대한 비판으로 읽히지 않는다. 오히려 남녀간의 정을 긍정하고 있다는 점에서 해학미가 잔뜩 배어있을 뿐이다.

이러한 양상이 바로 중국 작품이 우리나라로 수용되면서 변용되어 나타나는 한 모습이라 하겠다. 즉 중국의 작품을 단순하게 전재하는 것이 아니라, 상황과 정서에 맞게 특정한 부분을 개작하다보니 이미 작품에 그려진 얼굴은 바로 내 얼굴, 우리의 얼굴, 한국인의 얼굴로 만들어져 갔던 것이다. 중국 작품을 읽으면서 느껴지는 낯선 거리감, 그리고 괜히 어색한 부분들. 그것은 어쩌면 같은 동아시아 보편적인 문학권에서도 여전히 존재하는 한국적 특수라는 요소 때문은 아닌지? 동아시아 보편적인 문학권에서도 여전히 타자의 문학은 존재하고 있었던 것이 아닌가?

Ⅳ. 맺는 말

이 글은 풍몽룡(馮夢龍)의 『소부(笑府)』, 은연재주인(听然齋主人)의 『절영삼소(絶纓三笑)』, 그리고 조선에서 간행된 『종리호로(鍾離葫蘆)』를 통해 이야기가 어떻게 변모되고 수용되는가를 살핀 것이다. 이 글의 내용을 요약하면 다음과 같다.

1. 17세기 초에 조선에서 쓰여진 유몽인(柳夢寅)의 『어우야담(於于野談)』에는 『종리호로』가 중국의 것이라고 한 반면, 정태제(鄭泰齊)의 『천군연의(天君演義)』 서문에서는 『종리호로』를 조선의 것이라 밝힌다. 하지만 그 실체가 나타나지 않아 이를 확인할 수 없었다. 그런데 최근 최용철이 『종리호로』를 발견하고, 김준형이 그 발문을 『해동문헌총록(海東文獻總錄)』에서 찾아냄으로써 『종리호로』의 실체에 접근할 수 있게 되었다. 하지만 『종리호로』는 『절영삼소』를 발췌하였다는 발문에 따라 『절영삼소』의 존재를 찾

아야만 했다. 최근 최용철은 일본 동경대학에서 이 자료를 발굴하였다. 이로써 『소부(笑府)』·『절영삼소(絕纓三笑)』·『종리호로(鍾離葫蘆)』의 관계를 좀더 명확하게 따질 필요성이 제기된 것이다.

특히 『절영삼소』는 1616년 8월에 쓴 서문이 있어서 이 책이 1616년 이후에 간행되었다는 사실과 그 찬자가 은연재주인(听然齋主人)이라는 점을 알 수 있다. 또한 이 책에는 『소부』에 대한 언급을 하고 있다. 이 책이 『소부』보다 늦게 만들어졌음을 말해준다. 반면 『종리호로』는 1622년 초봄에 조선 평양에서 간행된 것이다. 불과 10여 년 동안에 소화집이 한국과 중국을 넘나들면서 향유되고 있었던 것이다.

2. 『절영삼소』의 삼소(三笑)는 '시소(時笑)'·'석소(昔笑)'·'유소(儒笑)'로 되어 있다. 이 중 『소부』와 『종리호로』와 관련이 깊은 것은 '시소(時笑)'다. '시소(時笑)'는 다시 6품으로 나뉜다. 담어(譫語), 천어(舛語), 조어(調語), 풍어(風語), 영어(影語), 서어(敍語)가 그것이다.

『절영삼소』의 '시소(時笑)'는 앞의 50% 정도는 당대에 향유되던 소화집을 발췌하였던 것으로 보인다. 반면 뒤의 50%는 『소부』의 이야기를 순차적으로 뽑았다. 그 중 한 예로 『절영삼소』 담어(譫語)에 수록된 90편의 이야기를 보았을 때, 46~90화에서 43편이 『소부』의 이야기를 그대로 전재하였음이 확인된다. 또한 이야기 수록 순서도 『소부』의 순서에 준한다. 즉 『절영삼소』는 『소부』를 중심에 두고 당대의 흥미로운 소화들을 재수록한 결정체라 할 만하다.

『종리호로』는 발문에 『절영삼소』의 이야기 중 ¾은 버리고, ¼을 취하였다고 해서, 『종리호로』의 원천이 『절영삼소』임을 분명히 하였다. 실제 『종리호로』에 수록된 78편 중에 73편이 『절영삼소』의 '시소(時笑)'에서 볼 수 있다. 그렇지만 『절영삼소』에 쓰인 이야기와 다른 표기를 하고, 경우에 따라서는 부분적인 변개를 꾀한다. 이는 『종리호로』가 비록 『절영삼소』를 토대로 만들어진 것이지만, 그 향유층은 분명히 조선을 염두에 두었음을 말

한다. 이 점에서『종리호로』를 단순히『절영삼소』의 발췌본이라고 말할 수
는 없는 것이다.

　3. 중국에서 개별적으로 존재하는 이야기 그 자체에 무게를 두지 않는
것으로 보인다. 하나의 이야기는 유형화된 이야기 안에서 전체적인 의미를
드러내는 역할을 하는 데에 무게를 두었다고 보인다. 따라서 한 편의 이야
기는 큰 변이를 보이지 않고 오랫동안 그 모습 그대로 향유되어 올 수 있었
던 것이다. 또한 한바탕 껄껄대고 웃을 수 있는 '우스운[笑]' 이야기가 아니
면 소화집에 수록될 수 없었다. 그러나 우리나라에서는 이야기의 유형화나
분류보다는 당시 상황에 맞게 이야기를 변개시켰다. 그 단초는 이미『절영
삼소』를 수용하는『종리호로』의 태도에서도 볼 수 있었다. 그것은 곧 우리
나라에서는 향유과정에서 본래의 모습과 다른 전혀 새로운 이야기로 변모
될 수 있음을 말하는 것이기도 하다. 실제로『어수신화(禦睡新話)』에 수록
된 〈엄구득보(掩口得寶)〉는『소부』·『절영삼소』에서 보았던 〈학앙(學樣)〉
이나『종리호로』에서 보았던 〈헌둔(獻臀)〉과는 전혀 다른 방향으로 변모하
였던 것도 이러한 차이에서 비롯된 것이라 하겠다.

부록 1 : 張漢宗의 『禦睡新話』에 실린 〈掩口得寶〉

一士人, 於山谷中, 失路徘徊之際, 見有一堆枯骨, 露在山上, 心甚矜憐, 取土掩之, 負莎草而覆之, 不覺日暮, 迷失歸路, 故遂宿塚邊矣. 夢有一女人, 進拜於前曰: "此乃馬嵬城舊址, 妾姓楊, 唐皇妃也. 一自死後, 唐皇輾轉思想, 使臨筑道士之類, 遍求致魂魄之術, 而猶不暇及於改葬, 妾身於深谷之中, 至今年久日深, 風透雨洗, 骸骨綻出, 無人收護矣. 幸賴君力, 更得掩土, 此恩無以報也. 吾將一往謝之, 君其勿訝焉." 夢覺, 其容貌之美妍, 語音之琅琅, 尚在耳目之中矣. 白樂天長恨歌云'回首一笑百媚生 六宮粉黛無顏色'之句, 正得之矣. 士人歸家之後, 夜至三更, 万籟俱寂, 鬼嘯遠聞, 凉風忽起, 而有人搖月. 士人問曰: "誰也?" 門外人答曰: "我是楊貴妃也." 士人開戶, 則妃卽入坐于前, 垂淚而言曰: "昔時, 唐宮所儲珠玉寶貝, 皆吾之所有, 妾之出宮時, 一無持來之物, 則今也欲報君恩, 措手無處. 妾本以傾國之美色, 以爲事人者也. 願一奉巾櫛, 以代結草之誠也. 惟君能容之否?" 士人初雖不敢輕許, 徐觀其態度, 則魂迷心惑, 不得已與之同宿焉. 至於鷄鳴, 則妃卽去. 而翌日, 復來如此數十日而謝去矣. 士人心切異之, 說于其友, 其友乃是貪淫好色者也. 故聞甚欽羨, 乃多持金銀, 領率役夫, 而遍訪露骨, 隨卽掩土, 心中暗思曰: "願逢虞美人之朽骨而掩之後, 虞美人來謝於我, 亦如楊貴妃之於吾友, 則好也." 一日, 寒風蕭瑟, 月色沈沈, 門外有兵馬喧動之聲. 其人穴窓窺之, 則一員大將騎烏騅馬, 在前後有騎馬二十八人, 從焉. 大將大呼曰: "主人出來也!" 主人戰戰慄慄, 蒼黃出伏於馬頭下, 則大將責之曰: "汝有何所望, 多費錢財, 以掩露骨耶?" 其人曰: "小人之友人, 適於馬嵬舊坡, 見一枯骨, 心深憐之, 而掩土歸來矣. 其後夜, 逢楊貴妃之神, 數十日同枕繾綣云, 故小人以年少銳氣, 亦復好色, 而閱盡今世之婦女, 一未入眼, 故妄生不可成之念, 多將錢兩, 掩土露骨者, 欲逢美色女姬之神故也." 大將大喝曰: "古之所謂美色, 指不勝屈也. 汝之仰慕者, 何女

耶? 吾已知之矣, 直言無諱, 可也!" 其人曰: "所願逢者, 果是虞美人也." 大
將曰: "予卽西楚覇王, 虞美人卽予之佳姬也. 我烏江臨死時, 能不忘此女,
故力拔山歌末句, 曰'虞兮虞兮奈若何'云者, 此也. 彼二十八人, 皆是耳聞目
睹者也. 汝以么麼匹夫, 安敢妄生此念乎? 虞人本以秦宮侍人, 埋在始皇塚
中, 吾掘皇塚而得之, 爲姬, 則貞潔自守, 豈與淫穢楊貴妃等, 同耶? 貴妃則
生於唐室君臣父子之淫行時, 唐皇陷於迷魂之中, 見瞞於貴妃之美, 天將下
雨, 地自先濕等說, 而不知襁褓安祿山, 及妃甥楊國忠之罪矣. 及唐皇形歸
窀穸, 龍賀昇天之後, 豈不知其汚褻哉? 是以父皇子王及義子楊男, 皆不敢
更近焉. 楊妃則今爲無主之物, 而空爲啼呼馬坡之魍魎, 則今與汝友同寢,
假使唐皇見之, 必可抵首避去也. 然虞姬則與吾宿緣未盡, 而不幸早値天亡
我之時, 旣失鹿於劉郞, 而千載之下, 又失虞姬於汝輩乎? 此後, 則更勿出
妄念, 可也." 遂回陣而去. 其人入于房內, 則汗出沾背, 氣塞食頃, 方甦. 俄
而三役夫告曰: "某山深谷中, 有一堆枯骨, 而其骨碩大, 色不靑而白, 似是
男子之骨也. 將何爲哉?" 其人曰: "多負土莎, 堅堅封築." 遂因昨夜之事曰:
"貴妃乃大唐萬乘天子之寵妃也, 吾友與之同寢, 虞姬不過一伯者之姬妾,
項羽之預用作戲, 誠可怪也. 必是虞塚, 在於近處, 故遂巡圖免如此也. 汝
輩當窮搜遍訪也!" 役夫奉命而出, 往深谷中, 負土封築後, 遍踏諸谷矣. 此
夜三更, 有一丈夫, 曳履升堂, 直入房中, 氣宇軒昂, 衣冠甚偉, 跪坐於前曰:
"吾乃大漢騎司馬呂馬董也. 自漢亡以後, 吾之墳墓, 崩頹毁傷, 無人看護
矣. 今也, 幸賴君子之德, 而使人加土, 不勝感激, 故以此爲謝也." 遂出黃
金百兩而進之. 其人固辭相讓之時, 漏鼓已深. 童子入告曰: "昨日項將軍又
來矣." 項羽大聲曰: "主人主人! 汝終不聽吾言, 使人搜尋虞塚耶?" 遂排戶
直入, 見有呂馬董, 乃退一步曰: "汝是劉邦之騎司馬呂姓漢耶? 當時秦失
其鹿, 天下共逐之時, 各爲其主, 盡忠而已, 則吾不可以汝, 爲嫌也. 吾亦不
足以汝, 爲畏也. 然昔日烏江自刎之後, 遙想汝之舞劍前進之事, 則頭髮竦
然., 不忍正視耳!" 遂去不復見而已. 村鷄報曉, 呂神亦去後, 案上只有黃金
數封而已矣.

부록 2 이명선 채록·정리 〈工夫台〉 (1936. 10. 21)

前에 어는 산골에서 人家에서 멀리 떨어진 無人之境에 조고마한 幕을 짓고 世上의 모-든 雜念을 버리고 工夫에 精進하려하는 篤實한 한 靑年이 있었다. 그런데 幸인지 不幸인지 이 靑年이 있는 곧에서 얼마 머지않은 곧에 한 젊은 處女가 이도 亦是 工夫하기 爲하야 조고마한 幕을 짓고 이 속에서 每日 冊을 읽었다. 이 處女의 글 읽는 고흔 목소리가 들이게 되매 靑年의 마음은 漸次로 어지러워저서 冊은 冊床 우에 펴놓은 채 멍-하니 앉어서 밋칠듯한 情慾의 불길 속에 마음을 태우게 되였다. 靑年은 死力을 다하야 피투셍이가 되여 이 붉꽃같이 타올르는 情慾과 싸웠다. 밤낮없는 이렇한 死鬪의 날이 數日間 繼續되였다.

그렇나 이 靑年은 그여히는 이 情慾 앞에 넘어저버리는 제 自身을 發見하고야 말었다. 工夫고 修養이고 精進이고 父母고 世上이고 다 될대로 되느라 卽今 저에게 있는 것은 몸과 精神이 한데 뭉처서 要求하는 것은 이미 情慾 外에 아모 것도 아니다. 다음에 어떠한 結果가 오든지 눈이 오든 비가 오든 그것이야 올 때로 오느라 나는 이 속〃드리로부터 묻어나는 要求의 굿센 要求를 拒絕할 수는 없다. — 靑年은 그여히 決心하고 한 게교를 꾸밀여고 집을 나섰다. …….

읽은날 아츰 일즉이 處女가 밥을 지으랴고 어제밤에 파묻어놓었든 숫불을 아모리 삿〃치 헤쳐보아도 이상하게 모조리 껒어있었다. 아츰도 아츰이려니와 그 때가 마츰 嚴冬雪寒이라. 취위가 몹시 甚하야 화로불 없이는 단 한참을 그대로 앉어 있을 수 없었다. 그렇다고 또 十里 以上이나 떨어진 洞里까지 불씨를 얻을어 이 치위에 나슬 수도 없었다. 處女는 할 수 없이 얼마 떨어저 있지 않은 靑年 있는 데로 불씨을 얻을어 가게 되였다. 處女가 靑年의 집 집문을 두달겨쓸 때 靑年은 임의 벌서 일어나서 衣冠을 整正하고 端正히 앉어서 소리를 가다듬어가며 글을 읽고 있었다. 處女는 滿身의 勇氣를 다하야 불씨 求할어 온 事意를 말하였다.

"네 그렇십니가? 何如튼 치운데 暫間만 들어오십시요. 곧 불씨를 나노와 들일테니—"

靑年은 處女를 맞어들여 앉이고 다시 말을 이어,

"요새 여서 듯느라면 當身의 글 읽는 소리가 밤낮없이 들여오는데 그만치 篤實히 工夫를 하시는 貌樣의 工夫臺 기럭지는 얼마나 되옵닛가?"

물었다.

"工夫臺라니요?—"

處女는 生前에 듯도보도 못한 工夫臺라는 말에 무슨 영문인지 몰녔다. 그렇나 工夫臺라니 必然코 工夫에 關한 것이라 生覺하고 工夫를 좋아하는 이 處女는,

"都大體 工夫臺라는 것이 무었이요닛가?"

다시 물었다. 그리하였든이 靑年은 嚴肅한 語調로 對答하였다.

"工夫하는 사람은 누구나 工夫臺를 가졌읍니다. 누구에게나 두 다리 사이에 달여있습니다. 그리고 이 길억이는 工夫를 많이 한 사람은 길고 조곰한 사람은 짧어서 이것만 보면 그 사람이 얼마나 工夫하였나 하는 것은 確適히 알 수 있습니다. 제 工夫臺를 보시럼닛가? 아즉 한 자도 안됩니다만—."

靑年은 이리 말하여 골머리를 까고 P를 내놓았다. 工夫에만 精進하여온 이 處女가 前의 男子의 P를 보았을 理致가 없다.

"當身의 工夫臺를 좀 求景식혀 주싶시요."

靑年은 處女에게 自己와 같은 工夫臺를 내놓기를 請하였다.

"저한테는 그런 것은 없는데요?"

處女는 이리 對答하며 V를 내보였다.

"아즉도 工夫가 먼- 것입니다 그려. 훨신 더 工夫하여야 됩니다. 인제 겨우 싹이 텄습니다."

靑年은 處女의 V를 슬〃 만지며 말하였다.

"十年을 工夫하야 겨우 요러하니 내 工夫臺는 언제나 當身같은 길억지가 되어봄닛가?"

處女는 제 自身의 짤고 짧은 工夫臺를 들여다보며 恨嘆하였다.

"글었습니다. 여간 工夫하여서는 길어지〃 않습니다. 그렇나 工夫臺를 길게하는 데는 좋은 方法이 없지도 않습니다."

"무었입닛가? 좋은 方法이 무었입니가? 부데 좀 알이켜주셔요."

處女의 請願에는 熱心이 가득차 있었다.

"그것은 그러게 얼여운 일은 아닙니다. 긴 工夫臺를 갖은 사람이 짧은 사람 工夫臺 갖은 사람의 工夫臺에다 가-ㄴ 工夫臺를 대고 빕여대면 한참만 이렇게 하면 짧었든 工夫臺가 漸次로 길어집니다. 이렇게 하면 工夫하는데 그다지 큰 힘 안들이고 듬북〃〃 工夫를 늘일 수가 있습니다."

"그렇면 제 工夫臺를 부데 좀 길게 해 주셔요."

工夫의 熱心인 處女는 몸을 밧삭 들이대며 熱心으로 請하였다. 靑年은 이 請에 마지못하여 P를 處女의 V에 빕여대었다.

"工夫臺와 工夫臺가 부대치닛가 어떠타 形容 못할 快感을 느끼게 됩니다 그려."

"그뿐입니가? 當身은 이로써 듬북〃〃 몇 해를 두고 할 工夫를 외이게 됩니다."

둘이 다 滿足이었다.

한 번 이 快感을 알게된 處女는 어떻게든지 하야 工夫를 늘클랴 애쓰는 處女는 이 後에도 자조〃〃 靑年한테 가서 工夫臺를 빕여주기를 請하였다. 그리고 그 때마다 靑年은 조끔도 실허지 않고 언제나 處女의 請대로 하여 주었다.

부록 3 : 『笑府』와 직접적인 관련을 맺는 『絕纓三笑』이야기

I 澹語

『絕纓三笑』	『笑府』	비 고
46 公子	1-20 公子	鍾離葫蘆 13 公子
47 四等親家	2-16 四等親家	
48 貧士過冬	3-1 貧士過冬	
49 偸兒	3-4 偸兒 又	
50 蓋網	3-7 被	
51 說出來	3-10 說出來	
52 扛去	3-15 扛	
53 歲首妓	3-36 歲首妓	
54 義民官	3-49 義民官	
55 拿屁	3-53 拿屁	鍾離葫蘆 14 拿屁
56 身熱	4-4 身熱	
57 包殮	4-6 包殯殮	
58 硬	5-3 硬	
59 蝦	5-13 蝦	鍾離葫蘆 15 僧蝦
60 修鞋		
61 修靴	5-46 修靴	
62 木匠	5-48 木匠 又	
63 棲雀	5-51 栖麻雀	
64 性急	6-3 性急 又	
65 易怒	6-4 易怒	鍾離葫蘆 16 易怒
66 獨行生意	6-15 獨行生意	
67 夾衣	6-18 夾衣 評	
68 着靴	6-23 着靴	鍾離葫蘆 17 着靴
69 合做酒	8-23 合做酒, 8-24 合種田	
70 十弟兄	8-44 十弟兄, 8-53 正夫網	
71 說謊	8-59 說謊 又	

72	賭呪	8-67	賭呪	
73	學樣	8-71	學樣	鍾離葫蘆 18 獻臀
74	酒色	9-26	雙斧劈柴	
75	夜約	9-29	夜約	
76	反目	9-31	反目	
77	人看	9-39	隣人看	
78	臭脚	10-33	臭脚 又	
79	驢卵			
80	善屁	10-46	善屁	
81	破網巾	12-1	破網巾	
82	餛飩	12-19	餛飩	
83	饅頭	12-20	饅頭	
84	攜燈	12-35	攜燈	
85	釀酒	12-39	淡酒 又	
86	酸酒	12-41	酸酒	
87	借茶葉	12-43	借茶葉	
88	河魨	12-44	河魨	鍾離葫蘆 61 食河豚
89	猪頭	13-11	歲首謝怪謝怪	
90	好漢	13-32	好漢	

Ⅱ 殳語

『絶纓三笑』		『笑府』		비　고
87	眷制生	1-10	眷制生	
88	封君	1-19	封君	
89	畫形	1-29	縣丞	
90	問館	2-26	問館	
91	作祭文	2-34	作祭文	鍾離葫蘆 26 親家祭文
92	川字	2-36	川字	
93	師吃屁	2-41	兄弟延師	
94	餘姚先生	2-42	餘姚先生	鍾離葫蘆 27 餘姚先生
95	又	2-43	又	
96	童			

97 龍陽新婚	3-32	龍陽新婚		
98 皀隷新婚	3-52	皀隷新婚		
99 藥鬪	4-5	藥鬪	鍾離葫蘆 28	藥鬪
100 看脉	4-14	看脉		
101 診脉				
102 診僧	4-21	診僧脉		
103 抄方	4-27	經驗方	鍾離葫蘆 29	經驗方
104 巫	4-34	巫		
105 僧宿娼	5-1	和尙宿娼		
106 對穿	5-8	對穿		
107 尼庵	5-28	尼庵		
108 吹手	5-39	吹手		
109 剃頭	5-40	侍詔剃頭		
110 又	5-41	又		
111 篦頭	5-42	篦頭		
112 漁婦	5-53	漁婦		
113 性急	6-2	性急		
114 性懶	6-5	性懶		
115 性畏	6-6	性畏		
116 燒了	6-13	問令尊	鍾離葫蘆 30	燒父
117 一字	6-14	一字	鍾離葫蘆 31	一字兒
118 愁文王	6-16	愁文王	鍾離葫蘆 32	愁文王
119 看戲	6-19	看戲, 6-20 看戲 又		
120 糟餠	6-27	糟餠		
121 搽藥	6-31	搽藥		
122 凍水	6-33	凍氷	鍾離葫蘆 33	凍氷
123 穿肚皮	6-34	穿肚皮	鍾離葫蘆 34	穿肚皮
124 守楊芋	6-36	守楊芋	鍾離葫蘆 35	戒馬尾
125 看茶	6-37	看茶		
126 掌嘴	6-44	掌嘴		
127 噴嚏	6-47	噴嚏	鍾離葫蘆 36	罵嚏
128 好乘馬	6-51	好乘馬		

129 見稍	7-8 稍	
130 吃糠	7-17 糠	
131 佛手柑	7-18 佛手柑	
132 置味	8-10 海味	
133 各爨	8-56 各爨	鍾離葫蘆 37 各餐
134 産兒	9-10 産兒	鍾離葫蘆 38 新婦産兒
135 餘慶	9-12 喜郎	鍾離葫蘆 39 餘慶
136 摸脚	9-13 摸脚	
137 抹唾	9-19 抹唾	
138 論理	9-51 父子論理	
139 近視	10-6 近視 又	
140 諱聾啞	10-11 諱聾啞	
141 請鬍子	10-18 請鬍子	鍾離葫蘆 40 請鬍子
142 矮	10-27 矮, 10-28 矮	
143 小卵	10-39 小卵	
144 搜牛	11-1 訟失牛	鍾離葫蘆 41 搜牛
145 行令	11-3 行令	
146 趂船	11-8 四人趂船	
147 海蜇	11-14 海蜇	
148 劈柴	11-19 劈柴	
149 煞半價	11-24 煞半價	
150 梅花	11-30 梅花	
151 早赴席	12-33 早赴席	
152 殺天	13-36 殺天	
153 爺伯叔		
154 抆字		
155 買辦僕		

Ⅲ 調語

『絕纓三笑』	『笑府』	비 고
32 債夢	3-11 債夢	
33 戒狗丐	3-19 乞兒 又	

34 妓夢	3-37	夢	鍾離葫蘆 53 妓夢
35 咬虱	3-39	咬虱	
36 門子	3-51	門子 又	
37 相相	4-31	相相	
38 强盜頭	5-14	强盜頭	
39 誦經	5-18	代誦經	
40 吹簫	7-24	吹簫	
41 行樂圖	8-14	行樂圖	
42 錫馬桶	8-19	錫馬桶	
43 引避	8-36	引避	
44 不勸酒	8-61	不勸酒	鍾離葫蘆 54 討還春色
45 偸媳	9-50	換床	
46 椅響	10-47	椅響	
47 嘿	10-50	嘿	
48 破網	12-2	破網巾	
49 破帽	12-5	破帽	
50 撒網	12-16	撒網	
51 淡酒	12-37	淡酒	
52 又	12-38	又	
53 酸酒	12-40	酸酒	
54 短方巾	13-14	短方巾	
55 親家公	13-15	親家公	

Ⅳ 風語

『絶纓三笑』	『笑府』		비　고
26 官生日	1-13	官府生日	
27 新替職	1-23	新替職	
28 堵子	1-24	堵子	鍾離葫蘆 63 堵子神
29 産喩	2-13	産喩	鍾離葫蘆 64 産喩
30 求籤	2-15	求籤	
31 上任	2-24	上任	
32 沒坐性	2-40	沒坐性 又	

33 保債	3-13	保債	
34 世襲小官	3-29	世襲小官人	
35 女龜			
36 豁拳妓	3-37	豁拳	鍾離葫蘆 65 讓鴆酒
37 吏借桌	3-45	吏借桌	
38 夜啼	4-3	夜啼	鍾離葫蘆 66 夜啼
39 罵醫	4-16	罵	
40 瘡藥	4-20	疥藥	
41 風水	4-33	風水	
42 響屁	5-7	響屁	
43 天報	5-9	天報	
44 春方	5-11	春方	鍾離葫蘆 62 求春方
45 酆都	5-16	酆都	
46 坐功	5-17	禪僧	
47 銀匠	5-49	銀匠	
48 酒店	5-52	酒店	
49 媒人	5-56	媒人 又	
50 好外	6-54	好外	
51 賭妻	7-5	賭	
52 除夜	7-14	除夜	
53 望烟	7-21	望烟囱	
54 射虎			鍾離葫蘆 67 射虎
55 新裙	8-26	新絹裙	鍾離葫蘆 68 穿新裙
56 節哀酒	8-55	節哀酒	鍾離葫蘆 69 節哀酒
57 搧屍	9-46	扇尸	
58 咬牙	9-47	咬牙	
59 希網	12-4	稀網巾	鍾離葫蘆 70 稀網巾
60 妻給食	12-31	妻給食	
61 金銀錠	13-9	金銀錠	
62 富翁不用	13-20	不幸富	

V 影語

『絶纓三笑』		『笑府』	비 고
23 富翁戴巾	1-1	富翁戴巾	
24 江心賦	1-4	江心賦	
25 打釘	1-7	監生打釘	
26 避暑	1-17	避暑	
27 吃糧	2-9	喫糧 又	
28 做不出	2-10	中	
29 貼出			
30 沒坐性	2-39	沒坐性	
31 [糸彭]補	3-3	遇偸 又, 3-5 遇偸 又	
32 爭坐位	3-23	爭坐位	
33 賣草紙	3-26	賣草紙	
34 屁眼痒	3-27	屁眼痒	
35 老[毛丫]			
36 小娘	3-42	小娘 又	
37 贖身	3-43	贖身	
38 做牌	3-47	做牌	
39 醫人	4-1	醫人	
40 歪嘴	4-18	歪嘴求藥	
41 星相	4-30	星相	
42 聞香囊	5-5	聞香袋	
43 開葷	5-10	開葷	
44 疏簿	5-19	遇虎	
45 坐席	5-20	坐席	
46 齋字	5-29	齋字	鍾離葫蘆 71 齋字辨
47 入觀	5-31	入觀	
48 裁縫	5-44	裁縫	
49 中人	5-57	中人	
50 搭頭	5-58	老翁	
51 性不飲	6-10	性不飲	
52 箋片	7-20	開路神	

53 蜘蛛
54 劣簫管　　　7-25　　劣簫管
55 私吃　　　　8-4　　　私吃飯
56 門神　　　　8-7　　　門神
57 不辭醫　　　8-8　　　不辭醫
58 桌脚　　　　8-13　　　卓
59 千斤　　　　8-21　　　千斤
60 造厠　　　　8-22　　　造方便
61 撒酒風　　　8-60　　　撒酒風
62 變臉　　　　10-3　　　番臉
63 齇鼻　　　　10-13　　齇鼻
64 無鬚　　　　10-22　　無鬚
65 臭嘴　　　　10-24　　臭嘴
66 床榻　　　　11-21　　床榻
67 求剩　　　　12-17　　日食
68 慣撞席　　　12-24　　慣撞席　又
69 吃素
70 和頭多　　　12-45　　和頭多
71 銀喩　　　　13-12　　銀喩
72 妻化銀　　　13-13　　妻化銀鑿
73 魔王反　　　13-17　　魔王反
74 外太公　　　13-30　　外太公
75 香臭屁

VI 敍語

『絕纓三笑』	『笑府』	비　고
5 胖子	10-29　胖子	鍾離葫蘆 73 後推行房
6 千里馬	13-3　千里馬	
7 掌鞋	5-45　皮匠掌鞋	
8 討		
便宜		

中文抄錄

『笑府』、『絶纓三笑』、『鍾離葫蘆』的關系
對韓國稗說變異的考察

本文通過馮夢龍的『笑府』和听然齋主人的『絶纓三笑』, 還有在朝鮮出版的『鍾離葫蘆』, 研究故事是怎樣演變的.

1. 17世紀初, 柳夢寅在『於于野談』中提到『鍾離葫蘆』是中國的. 而鄭泰齊的『天君演義』序又說『鍾離葫蘆』是朝鮮的. 遺憾的是, 因爲沒有原文, 所以無法進一步考証. 隨着崔溶澈發現了『鍾離葫蘆』, 金埈亨在『海東文獻總錄』中找到了跋文, 這有點接近『鍾離葫蘆』的原文. 但是, 『絶纓三笑』的存在, 只能根據『鍾離葫蘆』是從『絶纓三笑』節錄的跋文才可以找到. 隨着崔溶澈在日本東京大學發現了此資料, 提到了研究『笑府』、『絶纓三笑』、『鍾離葫蘆』的必要性.

根据1916年8月的序, 可以知道『絶纓三笑』是1916年以後出版的, 撰寫人爲听然齋主人. 這本書又提到『笑府』是提前出版的. 而『鍾離葫蘆』是1622年初春在朝鮮平壤出版的. 僅相隔10年時間, 笑話集已在韓國和中國盛行.

2. 『絶纓三笑』的三笑是'時笑'、'昔笑'、'儒笑'. 其中, 『笑府』与『鍾離葫蘆』有關聯的是'時笑'. 時笑又分爲6品：澹語、舛語、調語、風語、影語、叙語.

『絶纓三笑』的'時笑'前半部分是從當代流行的笑話集裏摘錄的. 後半部分則是依次從『笑府』的故事中摘錄. 擧個例子, 收錄在『絶纓三笑』'澹語'中的90篇故事中, 46至90篇的43篇是直接轉載『笑府』故事的. 其故事的順序也是依據『笑府』順序排序. 卽『絶纓三笑』是以『笑府』爲中心, 并收錄了

韓國當時一些笑話的結晶體. 在『鍾離葫蘆』的跋文中, 丟弃了『絶纓三笑』
的四分之三, 摘取了四分之一. 這表明了『鍾離葫蘆』的來源是『絶纓三笑』.
收錄在『鍾離葫蘆』的78篇中, 73篇可以在『絶纓三笑』'時笑'中找到. 但是,
與『絶纓三笑』文字已并不完全相同, 根據情況不同會有一些變體. 雖然,
『鍾離葫蘆』是以『絶纓三笑』爲基礎改寫的, 但是分明考慮到朝鮮本土民
衆的欣賞習慣. 從這一點不能簡單說『鍾離葫蘆』是『絶纓三笑』的摘錄文.

　3. 在中國不會注重個別存在的故事. 着重于一個故事在類型故事中,
在全文起到的作用. 所以, 一篇故事才可以無任何變化, 持久盛名. 再說,
如果不是捧腹大笑的笑話, 也不會被收錄在笑話集里. 在我國(朝鮮), 故事
的類型是根據當時的情況改編的.『鍾離葫蘆』受到『絶纓三笑』影響也是其
一. 在流行的過程中, 可以變爲與之前完全不一樣的故事.『御睡新話』的
<掩口得寶>不同于『笑府』『絶纓三笑』中的<學樣>或『鍾離葫蘆』中的
<獻臀>, 這也是因爲差異所造成的.

한·중 『백유경(百喩經)』 설화의 전래와 변형

이관복(李官福, Li Guanfu)* · 김동훈(金東勛, Jin Dongxun)**

　문학의 교류는 역사의 범주에 포함된다. 때문에 세계의 어떠한 민족의 문학도 고립적으로 발전할 수 없으며, 오직 상호 교류하는 과정에서 외래 민족문학의 정수를 흡수하여 자신의 민족문학을 부단히 보충하고 발전시킬 수 있다. 고대 아시아 한자 문화권 안에서 한역(漢譯) 불경은 한국, 일본, 월남 등지의 문학 발전에 중요한 영향을 미쳤다.

　문학과 종교는 인류에 있어서 각기 다른 의식형태이지만, 인류 문화가 발전하는 과정에서 서로 밀접한 관련을 맺어왔다. 동양의 문화와 문학에 끼친 불교의 영향은 실로 막대하고 심원하다. 『성경』한 권이 서양의 문학과 문화를 이해하는 '거대한 암호'이듯이[1], 인도의 불경은 동양 문학의 보고(寶庫)로, 불교의 전래는 중국문학에 큰 영향을 주었다. 그 주요한 점을 구체적으로 말하면, 풍부한 상상의 세계, 설화 요소의 강조, 반절(反切)의 사용과 사성(四聲)의 발견, 어휘의 확대, 문학 관념의 다양화 등이다.

　한국 문학에 대한 불교의 영향은 주로 불경 설화를 통해서 나타났으며, 불경 설화는 한국 민간설화에 풍부한 이야기 모티프(母題)와 제재를 제공

---

　* 中國 延邊大學 朝鮮韓國學學院 副教授
** 中國 上海工商外國語學院 教授

　1) 梁工·盧永茂, 『比較文學槪論』, 河南大學出版社, 2000년 3월, 148쪽.

하였다. 본고는 한역 대장경(漢譯大藏經)의 백미(白眉)이자, 동양의 '이솝우화'라 불리는 『백유경(百喩經)』 속의 불경 설화와 중국과 한국의 민간설화를 비교 분석하고, 한국의 민간설화와 불경 설화 사이의 관련 양상을 고찰하고자 한다.

I.

불경 경전의 내용은 무척 풍부하여, 불교 이외에도 문화, 정치사상, 윤리, 철학, 문학, 예술, 풍속, 의학 등을 광범위하게 포함하고 있다. 『대장경(大藏經)』은 불교의 경전으로 대량의 불경 설화를 수록하고 있다. 불교의 전래와 함께 불경이 들어오면서, 이들 불경 설화도 각국의 민간설화 속에 유사한 소재의 이야기로 변하였다. 한국은 중국의 이웃으로 고대부터 중국과 경제, 정치, 문화에 있어 밀접한 관계를 맺어왔다. 일연(一然)의 『삼국유사(三國遺事)』에 의하면 불교가 한국에 가장 먼저 전래된 때는 고구려 소수림왕(小獸林王) 2년인 372년이며, 백제에 전래된 때는 침류왕(枕流王) 원년인 384년이고, 신라에 전래된 때는 이들 이후이다. (417-458년) 한국의 여러 민간설화의 원형은 『고려대장경(高麗大藏經)』에서 찾을 수 있다. 『백유경』은 『고려대장경』의 일부로 그 속의 불경 설화는 한국의 민간설화에 영향을 미쳤다.

『백유경』의 원래 이름은 『백구비유경(百句譬喩經)』으로, 간략히 『백유경』 혹은 『백비경(百譬經)』이라 부른다. 『백유경』은 대승 불법(佛法)을 알리는 경서이다. 양대(梁代)의 승우(僧佑)가 지은 『출삼장기집(出三藏記集)』 권9에 의하면 중천축(中天竺, 고대 인도의 중부)의 법사 술나비변(術那毗邊)이 수다라장(修多羅藏) 12부 경전을 분류하면서 그중에 비유 부분만을 모아 책을 만들었는데 모두 100편의 이야기였다. 나중에 천축의 승가사나(僧伽斯那) 법사가 재차 편찬하면서 각 이야기의 말미에 필요한 해설을 붙여 불교의 설법을 풀이하였다. 남제(南齊) 영명(永明) 10년(492년) 천축의 법사 구나비지(求那毗地)가 한문으로 번역하였다. 구나비지는 인도 말 'Gunavi ddhi'를 음역한 것으로 의역(意譯)을 하면 '덕진(德進)' 혹은 '안진(安進)'이 된다. 그는 중천축 사람으로 남제(南齊) 무제(武帝) 영명(永明) 연간(483~493년)에 중국에 와서 여러 종의 불경을 번역하였다. 그에 대한 전기는 『역대삼보기(歷代三寶記)』 권11, 『양고승전(梁高僧傳)』 권3, 『개원석교록(開元釋教錄)』 권6 등에 보인다.

현존하는 『백유경』에는 98편의 이야기가 실려 있다. 여기에 책머리의 권두언과 책 말미의 게송(偈頌)을 더하면 마침 1백편이 된다. '백유(百喩)'라는 말은 아마도 이러한 숫자에서 붙여졌을 것이다. 백 편의 이야기를 모아 책을 만든 목적은 불교 교리를 풀이하기 위해서이다. 채용한 이야기는 대부분 세속의 잡사로, 배를 잡고 웃게 되는 이야기가 많다. 표현이 쉬워 이해하기 빠르며, 구체성을 지니고 있어서 설득력이 강하다. 이 책은 우언(寓言) 성질의 작품이다. 책이 사람들에게 깨우치려는 종지(宗旨)는 책 말미에 있는 게어(偈語)에 잘 드러나 있다. "나뭇잎에 싸여 있는 아가타약(阿伽陀藥, 불교에서 말하는 만병통치약)은 약을 바른 후에는 나뭇잎은 버린다. 비유하면 이야기는 약을 싸는 나뭇잎과 같아서, 깊은 뜻이 바로 그 속에 깃들어 있다." 그러므로 일부 이야기는 요즘 읽어보아도 신선하며, 문필도 소박하고 정련되어 있어 여전히 우리들이 읽고 연구할 가치가 있다.

비유는 불교에서 불법을 해설할 때 자주 사용하는 방법이다. 불경에서는 이치를 증명하고 불교의 입장을 나타내기 위해 여러 가지 이야기를 인용한다. 만약 표면만 본다면 어떤 이야기는 지극히 과장된 수법을 채용하였으며, 사람이나 사건이 근거 없고 황탄스럽다. 그러나 그것은 확실히 현실 사람들의 생활상을 반영한 것이다. 이들 이야기들은 인물의 비천함, 사소함, 어리석음, 타성 등을 통하여 그 내심세계의 공허함과 비겁함을 드러내었다. 여기에는 종교가 지닌 특유의 설교적 성질도 포함되어 있다. 그러나 우리는 세속 사회에서 사는 사람들과 마찬가지로 자신의 정신세계를 어떻게 높일 것인가, 어떻게 저급한 취미에서 벗어나 고상한 사람이 될 것인가 등의 문제는 회피할 수 없다. 또 사람들은 바로 이야기를 통해 불법도 이해하지만 동시에 현실 인생의 처세 원칙과 생활의 태도를 읽어낸다. 이것이야말로 내가 수많은 불교 전적 가운데『백유경』을 찾아낸 이유이며,『백유경』과 한국 민간설화를 연구하는 이유이기도 하다.

II.

〈떡을 서로 먹으려는 부부(夫妻爭餅)〉 이야기는 부부가 떡 하나를 서로 먹으려고 내기를 거는 이야기이다. 소화(笑話) 중에서도 바보 이야기에 속하는데 한국에 널리 퍼져있다.[2] 줄거리는 다음과 같다.

옛날 어떤 곳에 영감 할머니가 있었다. 하루는 이웃집에서 제사밥을 가지고 왔다. 밥은 같이 먹었으나 떡이라고는 오직 송편 한 개밖에 없었으므로 그것을 부부가 서로 먹겠다고 싸우다가 필경은 "누구든지 먼저 말을 하는 자는 이 떡을 먹지 못하기로 하자."고 약속하였다. 영감 할머니는 떡을 앞에 두고 서로 입만 쳐다 보고 있었다. 그때 마침 밤중이라 도적놈이 들어 와서 집안을 뒤지기 시작하였다. 그러나 부부는 서로 떡을 빼앗기지 않겠노라고 아무 소리 없이 앉아 있었다. 도적은 두 사람의 꼴을 보고 그들이 눈 뜬 장님이오 귀머거리 벙어리인줄 알았다. 물건을 모두 도적한 뒤에 도적은 그것을 묶어서 짊어지고 일어났다. 그것을 보고도 영감은 모르는 체 하였다. 할머니는 급하기도 하고 기가 막혀서 "망한 놈의 영감 이 꼴을 보고도 가만히 있단 말이오."하고 소리를 쳤다. 영감은 얼른 송편쪽을 집어 입에 넣으면서 "할멈 이 떡은 내 것이지요." 하였다.[3]

---

2)『한국민족문화백과대사전』, 제10권, 웅진출판사, 1999년, 18쪽.

3) 손진태,『조선 민족설화의 연구』, 을유출판사, 178쪽.

이 설화의 원형은 『고려대장경』 권4에 나오는 『백유경』의 제67번째 설화 "부부가 떡을 먹으면서 서로 약속하는 비유(夫婦食餠共爲要喩)"에서 찾을 수 있다. 내용은 다음과 같다.

> 옛날 어떤 부부가 떡 세 개를 가지고 서로 나누어 먹고 있었다. 각기 한 개씩 먹고 하나가 남았다. 그래서 서로 약속하였다. "만일 말을 하는 사람은 이 떡을 먹을 수 없소." 이렇게 약속하고는 그 떡 하나 때문에 아무도 감히 말을 하지 못하였다. 조금 있다 한 도둑이 그 집에 들어왔다. 집안의 재물을 취하니 일체의 것이 도둑의 손에 들어갔다. 그러나 그들은 약속이 있기 때문에 눈으로 보고도 말하지 않았다. 도둑은 그들이 말하지 않는 것을 보고 남편 앞에서 그 부인을 범하려 하였다. 그러나 남편은 그것을 보고도 말하지 않았다. 아내는 곧 '도둑이야!' 하고 외치면서 남편에게 말하였다. "어리석은 사내, 어쩌면 떡 한 개 때문에 도적을 보고도 외치지 않는단 말이오?" 그 남편은 손뼉을 치고 웃으면서 말했다. "이제 떡은 내 것이다. 네게는 주지 않겠다." 세상 사람들은 이 일을 듣고 모두 그들을 비웃었다. 범부(凡夫)들도 그들과 같다. 조그만 이름이나 이익을 위하여 거짓으로 잠자코 고요히 있지만 헛된 번뇌와 갖가지 악한 도둑의 침략을 받아 선법(善法)을 잃고 세 갈래 나쁜 길에 떨어지게 되면서도 전연 두려워하지 않고 출세할 길만 구한다. 그래서 바로 오욕에 빠져 놀면서 아무리 큰 괴로움을 당하더라도 환난이라 생각지 않는다. 그것은 저 어리석은 사람과 다름이 없다.4)

불경 이야기와 한국의 부부 이야기를 비교해보면, 이야기의 줄거리가 무척 흡사하다. 다만 떡의 내원에 대해서 한국 이야기는 이웃의 제사에서 가져온 것이라고 구체적으로 기술하고 있는데 반해 불경 이야기는 내원을 기록하지 않았다. 게다가 불경 이야기는 결말에 교훈적인 내용이 많다. 즉 세속 사람도 이렇게 작은 이름과 이익을 위하며 겉으로는 조용하고 관용적인 태도를 보이지만, 실제로는 마음속에 시종 도적과도 같은 여러 번뇌의 침입을 받는다고 하였다. 비록 이 때문에 불법을 잃고 삼악도(三惡道)에 떨어

---

4) 『高麗大藏經』 제30권, 동국대학교출판부, 1976년 6월. 『百喩經』 권4, 67.

진다고 해도 그들은 조금도 두려워하지 않는다는 것이다. 그들은 줄곧 세속을 벗어나는 방법을 추구하였으나, 다시 오욕(五慾)의 쾌락에 빠졌으며, 미래에 대재난이 온다고 해도 대비하지 않으니, 이는 곧 어리석은 부부와 아무런 차이가 없다.

『고려대장경』 제30권, 『경률이상(經律異相)』 권44에는 『백유경』에서 옮겨 온 작은 이야기 하나가 실려 있다. 즉 〈부부가 먼저 말하지 않기로 약속하였으므로 도둑이 물건 훔치는 것을 보면서도 남편은 말을 아니 하다(夫婦約不先語見偸取物夫不能言)〉란 제목으로, 원문은 다음과 같다.

> 옛날, 어떤 부부가 함께 세 개의 떡을 먹고 있었다. 각각 한 개씩을 먹고 나머지 한 개를 나누려고 하는데 아내가 말하였다. "나누지 마세요. 당신과 함께 내기를 해요. 서로 말을 하지 않기로 하되 먼저 말한 이는 먹지 못하고 뒤에 말하는 사람이 먹기로 합시다." 이리하여 입을 다물고 있었는데 한밤이 되어 흙을 무너뜨리고 도둑이 들어왔다. 두 사람이 앉은 채 말을 하지 않는 것을 보고 '크게 무서워서 감히 소리를 내지 못하는구나' 여기면서 물건을 거두어 챙겨 메고 문을 나가려했다. 이때 아내가 크게 소리쳤다. "당신이 장부인데 어찌 물건을 가지고 가는 것을 그대로 둡니까?" 남편이 말했다. "내가 이겼다, 내가 이겼어. 이제야 큰 떡 하나 얻게 되었군." 여러 사람들이 꾸짖고 조소하면서 말하기를 "몹시 바보로구나"고 하였다. [『百句譬喩經』 제2권에 나온다][5]

『경률이상』은 불교의 유서(類書)로 50권이며, 별도로 목록이 5권으로 되어 있다. 남조 양대(梁代)의 승려 보창(寶昌) 등이 편집하였다. 모두 669개의 이야기가 실려 있다. 당대(唐代) 도세(道世)의 『법원주림(法苑珠林)』과 『제경요집(諸經要集)』은 바로 이 책을 기초로 하여 편찬한 것이다.[6] 여기에서 『경률이상』을 인용한 것은 『백유경』과 비교해 보기 위해서이다.

---

5) 『高麗大藏經』 제30권, 동국대학교출판부, 1976년 6월, 81쪽, 『經律異相』 권44.
6) 『中國大百科全書』宗敎卷, 中國百科全書出版社, 21쪽.

여러 불경 설화가 중국을 통해 한국에 들어간 것과 마찬가지로, 불경 속의 우언(寓言)들도 인도에서 중국에 들어가 한문으로 번역되었고, 나중에 적지 않게 재창작되었으며, 한족의 생활 풍속 및 생각과 감정이 섞여들어 중국의 우언에 새로운 피가 들어갔다. 후세에 중국의 민간에서 유포된 소화 '말 않기로 내기한 부부(夫妻打賭不說話)'는 정내통(丁乃通)이『중국 민간설화 유형 색인』에서 1351형으로 분류하여 고금의 이문(異文, 변이형) 6편을 수록하고 있다.[7] 중국에서 1980년대에 간행된 호남성 석문현(石門縣) 민간설화집성 자료본에는 〈게으른 부부〉가 있는데 줄거리는 다음과 같다.

> 두 사람이 있었는데, 모두 게을러 매일 점심까지 자면서 침상에서 일어나려고 하지 않았다. 배고파 죽을 정도가 되어서야 기어가서 밥을 지어 먹었다. 하루는 두 사람이 자고 있는 걸 보고 손님으로 이 집에 와 유숙하던 사람이 말하였다. "내일 아침 일어난 후 먼저 말하는 사람이 불 지펴 밥 짓기로 합시다. 어떻소?" 남자가 말했다. "좋소!" 다음날 날이 밝을 무렵 이 집에 강도가 들어왔다. 상자를 뒤지고 뒤주를 뒤집으면서 우당탕 소리가 났다. 두 사람이 이를 보고도 말을 않는 사이, 강도가 한 보따리 가득 싸 가지고 달아나버렸다. 손님이 참지 못하고 말하였다. "당신은 남자인데 집안의 물건이 도둑맞도록 말 한 마디 않는군요!" "됐소! 오늘은 당신이 아침 식사 준비해야 하오!"[8]

위의 이야기는 줄거리와 세부 나아가 일부 대화까지 아주 일치하고 있어『백유경』의 이야기에서 유래했음을 알 수 있다. 다만 떡 하나로 내기하는 장면 대신 먼저 일어나는 사람이 아침밥을 짓는 것이 바꾸어졌을 뿐이다.

에버하르트는『중국 민간설화 유형』에서 이 유형의 이야기를 "골계담 1 바보 XV"로 분류하였다. (1) 남자와 처가 내기하여 먼저 말하지 않는 사람이 간식을 먹기로 한다. (2) 도둑이 집안의 물건을 다 훔쳐가도 두 사람은

---

7) 丁乃通,『中國民間故事類型索引』, 春風文藝出版社, 1983년 11월, 135쪽.

8)『中國民間故事集·湖南卷石門縣資料本』, 47쪽, 石門縣民間文學集成辦公室, 1998年編印.

묵묵히 보고만 있다. (3) 결국 처가 말하자 바보는 자만하면서 내기에 이긴다.[9]

이 이야기와『백유경』설화는 무척 유사하다. 불경 설화에서의 떡이 여기서는 간식거리로 대체되었고, 도둑이 처를 희롱하는 세부가 생략되었다.

위의 이야기들을 살펴보면, 한·중 두 나라의 설화이건 아니면 불경 설화이건 간에 말을 않기로 내기한다는 모티프는 일치한다. 다만 불경 설화가 전래되는 과정에서 이를 받아들이는 나라의 민족문화가 결합되어 일정한 변화가 일어났다.

한국 설화와 불경 설화를 비교하면, 내용과 줄거리가 지극히 유사하다는 사실을 발견할 수 있고, 나아가 한국 설화가『백유경』설화에서 변화되었음을 알 수 있다. 『백유경』은 이를 빌어 "오욕에 빠져 비록 큰 고난에 빠졌어도 이를 재난으로 여기지 않는" 세상 사람들을 풍자하면서, 세속의 정욕을 버리고 부처를 믿고 수행하기를 촉구하고 있다. 비록 한국의 민간설화는 이러한 종교적 의미는 이미 탈각되고 없지만, "작은 이익을 탐하다가 큰 손해를 입는다"는 인생의 교훈을 붙이고 있어 음미할 만하다.

〈떡을 서로 먹으려는 부부〉 이야기는 일본에도 전래되었지만 여기서는 부연하지 않기로 한다.

III.

일본학자 다카키 도시오(高木敏雄)는 그의 저서『일본 신화 전설의 연구』에서 다카하시 도루(高橋亨)의 저작『조선의 속담-부록: 이야기』에서 한국의 "처음 보는 거울"을 인용하고 일본의 "마쯔야마 거울(松山鏡) 설화"와 비교한 후 이들은 기원이 같다고 하였다. 이 유형의 이야기는 중국에서는

---

9) [독일]에버하르트,『中國民間故事類型』, 商務印書館, 1999년2월, 318쪽.

『북몽쇄언(北夢瑣言)』 및 기타 서적에서 보이는데, 한국과 일본의 이야기와 대동소이하다.

한국에서 "처음 보는 거울"에 대한 가장 완정한 기록은 현종 시기 홍만종(洪萬宗)이 지은 소화집『명엽지해(蓂葉志諧)』에 나오는데 그 줄거리는 다음과 같다.

두메산골에 사는 어떤 여자가 서울 시장에는 청동거울이란 게 있는데 보름달 같이 둥글다는 소리를 들었다. 한 번 보고 싶었으나 기회가 없었다. 마침 남편이 상경을 하게 되었다. 때마침 보름인지라 여자는 거울 이름을 잊어버리고는 지아비에게 말했다. "서울 시장에 저 달과 같은 물건이 있다고들 합디다. 꼭 사와서 내가 한 번 보게 해주어요" 남편이 서울에 다다랐더니 달이 이미 하현달이었다. 반달을 쳐다보고는 비슷한 것을 찾느라 이리저리 기웃거리다가 여인들이 쓰는 빗을 고르며 아내가 사고자 하는 게 이거라고 생각하였다. 나무빗을 사가지고 돌아오니 달이 또 보름이 되었다. 남편이 빗을 내놓고 아내에게 말했다. "서울 시장에 달과 같은 것이라곤 이것뿐이었소. 그래서 곱을 주고 사 왔오." 그 아내는 자신이 구하는 것이 아니어서 남편을 꾸짖으며 말했다. "이 물건이 어째서 저 달과 같소?" 남편이 말했다. "서울의 하늘에는 달이 이와 같았는데, 집에서 보는 달은 닮지 않았으니 참 이상하오." 그리하여 다시 사려고 보름 때 서울에 갔다. 하늘을 올려보니 밝은 달이 거울처럼 둥그스름해서 거울을 샀다. 그러나 얼굴을 비쳐보는 것임을 알지 못하였다. 집에 도착하여 펼쳐놓고 아내에게 보여주었다. 아내가 비치어 보니 남편 옆에 어떤 낯선 여자가 앉아 있었다. 평생 동안 자신의 얼굴을 본 적이 없는지라 남편 옆에 있는 게 허상인지 알지 못하고, 남편이 새로 각시를 하나 얻어온 줄 알았다. 이에 크게 화내며 다투기 시작하였다. 남편은 놀랍고도 기이하게 생각되어 말하였다. "내가 한 번 봐야겠소!" 이에 거울을 보니 그 아내 옆에 남자가 앉아 있었다. 남편 역시 일찍이 자신의 얼굴을 본 적이 없어 허상이 옆에 있는 줄 모르고 아내가 정부를 하나 얻었다고 생각하였다. 매우 화가 나서 서로 붙잡고 싸웠다. 그리하여 거울을 가지고 관가에 가서 소송을 벌렸다. 아내가 말했다. "남편이 새 각기를 얻었사옵니다." 남편이 말했다. "아내가 다른 정부를 얻었습니다." 관리가 말했다. "그러면 거울을 올려라." 부부가 거울을 책상 위에 올리니 관리가 열어보았다. 관리도 일찍이 거울을 본 적이 없는지라 자기 얼굴이 어떠한지 몰랐다. 위의(威儀)와 관복(官服)이 자신과 같은 자가 앉아 있으므로 신관(新官)이 온 줄 알고 급히 시동을 불렀다. "신관이 이미 왔으니 속히 봉인(封印)하라." 그리고는 관아를 물러났다.

이런 유형의 "처음 보는 거울" 이야기의 원형은 불경이다. 『고려대장경(高麗大藏經)』 제30권에 실린 『잡비유경(雜譬喩經)』 권하(卷下) 제29의 〈독 속의 그림자〉의 원문은 다음과 같다.

옛날 장자(長者)의 아들이 신부를 맞이하여 무척 사랑하였다. 남편이 아내에게 말하였다. "주방에 들어가 포도주를 가져와 함께 마시세." 아내가 독을 여니 독 속에 자신의 그림자가 비치기에 또 다른 여인을 둔 줄 알고 무척 화가 났다. 돌아와 남편에게 말하였다. "당신이 여자를 독 속에 감추어 두고 어찌 나를 부인으로 맞이하였소?" 남편이 스스로 주방에 들어가 독 속에 자신의 그림자가 있는 걸 보고 거꾸로 그 아내에게 남자를 숨겨두었다고 화를 내었다. 두 사람은 더욱 화가 나서 서로 자신이 옳다고 하였다. 한 범지(梵志)가 있었는데 평소 장자(長者)의 아들과 친분이 두터웠다. 찾아가 보니 부부가 함께 싸우고 있어 그 까닭을 물었다. 가서 보니 역시 그림자가 있어 독 속에 친구를 숨기고 있으면서 어찌 거짓으로 싸우느냐고 했다. 그래서 범지는 돌아가 버렸다. 또 장자가 모시는 비구니가 있었는데 그들이 다툰다는 말을 듣고 가서 보니 독 속에 비구니가 있거늘 역시 화를 내고 떠나가 버렸다. 잠시 후 도인(道人)이 역시 가서 보니 그림자뿐임을 알고, 한숨을 쉬며 말하였다. "세상 사람들이 어리석고 미혹되어 공(空)을 실(實)로 여기는구나." 여인을 불러 함께 들어가 보았다. 도인이 말하였다. "내 응당 너를 독 속에서 꺼내오리다." 큰 돌을 하나 가져와 독을 깨뜨리니 술이 모두 흘러 아무 것도 없게 되었다. 두 사람은 비로소 이해하게 되었다. 그림자인 줄 알고서는 모두 부끄러워하였다.[10]

한국의 "처음 보는 거울" 이야기는 불경 설화 중의 술독을 거울로 바꾸

---

10) 『高麗大藏經』 제30권, 동국대학교출판부, 1976년 6월, 34쪽, 『雜譬喩經』 卷下, 제29上.

어 다른 이야기를 만들어 냈다. 술독이든 거울이든 비춰진 것은 자기 자신
이란 점에서 같으나, "거울을 몰랐다"는 점에서 우스개가 되었다.

『백유경』권2에서는 또 다른 종류의 "처음 보는 거울" 이야기인 〈보물
상자의 거울〉(寶篋鏡喩, 36번째 이야기)이 있는데 원문은 다음과 같다.

> 昔有一人, 貧窮困乏, 多負人債, 無以可償, 便欲逃避. 至空曠處, 值篋, 滿中
> 珍寶. 有一明鏡, 着珍寶上, 以蓋覆之. 貧人見已, 心大歡喜, 卽便發之, 見鏡中
> 人, 便生驚怖, 叉手語言: "我謂空篋, 都無所有, 不知有君在此篋中, 莫見瞋也!"
> 凡夫之人, 亦復如是. 爲無量煩惱之窮困, 而爲生死、魔王、債主之所纒着,
> 欲避生死, 入佛法中. 傍行善法, 作諸功的, 如值寶篋, 爲身見鏡之所惑亂, 妄見
> 有我, 卽便封着, 謂是眞實, 於是墮落. 失諸功德、禪定道品、無漏諸善、三乘道
> 果, 一功都失. 如彼愚人, 棄於寶篋, 着我見者, 亦復如是.[11]

이 이야기의 내용을 풀이하면 다음과 같다.

옛날에 한 사람이 있었는데 아주 가난하여 많은 빚을 지고 있었다. 집안
에는 이미 갚을 물건이 하나도 없어서 사방으로 피해 다녔다. 그가 넓고
황량한 지방으로 도망갔을 때 상자 하나를 발견하였는데 상자 안에는 보물
이 가득 들어 있었다. 게다가 상자에는 보물들 위에 밝은 거울이 하나 놓
여 있었다. 그 사람은 보물 상자를 보고 지극히 기뻐 바로 상자를 열었는
데 이때 거울을 보게 되었고, 그 속에 사람이 있음을 알게 되었다. 그는 갑
자기 놀라고 두려워 황급히 두 손을 모으고 말하였다. "저는 안에 아무것도
없는 빈 상자인줄 알았고, 당신이 이 상자 안에 없는 줄 알았습니다. 부디
화 내지 말기 바랍니다."

세상의 일부 범부(凡夫)도 이와 같다. 헤아리기 어려운 욕망과 번뇌에 묶
여 생사의 윤회, 악마, 채무 가운데 칭칭 감겨 벗어날 수 없다. 생사의 윤회
에서 벗어나기 위해 그들이 불문(佛門)에 들어가 수행하고 수많은 공덕을

---

11) 『高麗大藏經』 제30권, 동국대학교출판부, 1976년 6월, 『百喩經』 권1, 36.

쌓는다고 하더라도, 그들이 뜻밖에 보물 상자를 발견한 그 가난한 사람과 마찬가지로 거울 속의 자신에 미혹되어 허환을 실제의 사람으로 본다. 상자 위의 거울 속 사람을 보물 상자를 지키는 사람으로 보고 감히 이를 건드리려 하지 않으니 손안에 든 보물조차 전부 잃어버리게 된다. 그들이 수행을 위해 법문에 들어가는 것도 거울 속에 자신을 다른 사람으로 보는 것과 같아, 끝없는 자신의 번뇌 속에 빠지게 되고 마침내는 불법에서 멀어지고 닦아온 공덕도 잃게 된다. 몇 년 간 선정(禪定)으로 얻은 수행, 허물 많은 몸을 허물없는 몸으로 만든 선법(善法), 대승과 중승과 소승의 도과(道果) 등도 모두 잃게 된다. 그 어리석은 가난한 자와 같이 그지없이 바라던 재물이 가득 찬 상자를 얻었으면서도 결국에는 그것을 내던지는 것과 같다. 자신의 망상 속에 빠져드는 사람도 종종 이렇게 변한다는 이야기이다.

중국에도 "처음 보는 거울" 이야기가 있다. 예컨대 『태평광기(太平廣記)』 권262를 보자.

有民妻不識鏡. 夫市之而歸, 妻取照之, 驚告其母曰: "某郎又索一婦歸也." 其母也照曰: "又領親家母來也." (出『笑林』)[12]

어떤 백성의 아내가 거울이 무슨 물건인지 몰랐다. 그 남편이 시장에 가서 하나 사왔다. 아내가 거울을 가져다가 비쳐보다가 깜짝 놀라 그 어머니에게 일렀다. "남편이 다른 여자를 하나 데리고 돌아왔어요." 그 어머니 역시 거울을 비춰보더니 이렇게 말했다. "사돈댁도 모시고 왔구나!"

우리들은 명대 부백주인(浮白主人)이 선집한 『소림(笑林)』에서 또 다른 "처음 보는 거울" 이야기를 찾아볼 수 있다. 원문은 다음과 같다.

객지에 다니며 장사하는 사람이 있었는데, 처가 돌아올 때 빗을 하나 사달라

---

12) 李昉, 『太平廣記』, 제6책, 中華書局, 1961년 9월, 2051쪽.

고 하였다. 남편이 그 형상이 어떠냐고 물으니 처가 초승달을 가리키며 알려주
었다. 남편이 물건을 다 팔고 장차 돌아가려할 때 갑자기 아내가 한 말이 생각났
다. 마침 달이 보름 때여서 거울을 하나 사들고 돌아왔다. 처가 자신을 비쳐보더
니 욕을 하였다. "빗은 사오지 않고, 어찌 하여 첩을 데려 왔소?" 시어머니가 이
를 듣고 달래려고 갔다가 문득 거울을 보았다. 자신을 비쳐보더니 말하였다. "내
아들이 무슨 마음으로 돈을 들이면서도 노파를 데려왔담?" 마침내 송사를 일으
키게 되었다. 관에서 아전이 사람들을 데리러 왔는데, 거울을 보더니 황망히 말
하였다. "어찌하여 법을 위반한 사람이 따로 있는가?" 사건을 심의하매 거울을
궤안 위에 올려 두었다. 관리가 이를 보더니 크게 노하며 말하였다. "부부가 화
목하지 못하여 건 송사 같이 작은 일에 어찌하여 중앙의 관리가 내려와 판결한
단 말인가?"[13]

정내통은 『중국 민간설화 유형 색인』에서 이 유형의 이야기를 1336B "농
부, 친척, 거울"에 넣고 있다.

『소림』의 편찬과 『백유경』의 번역 시기를 보면, 가장 이른 『소림』은 삼
국 시기 위(魏)나라 사람 한단순(邯鄲淳)이 편찬하였으며, 『백유경』은 남조
제(齊)나라의 구나비지(求那毗地)가 번역하였다. 저작 시기로 보면 『소림』
이 『백유경』보다 앞선다. 그러나 『수서(隋書)』「경적지(經籍志)」와 『양당서
(兩唐書)』「문예지(文藝志)」의 저록(著錄)을 보면, 『소림』은 원래 3권이었으
나, 송대에 10권으로 늘어났으니 후대에 보충된 바가 적지 않았음을 알 수
있다. 『백유경』은 비록 남제(南齊) 때 번역되었지만 그 속의 이야기는 12부
경전에서 모아져서 편집되었기에 『백유경』이 번역되기 이전에 그 속의 이
야기는 일찍부터 각지에 전파되었을 것이다. 이렇게 보면 『소림』의 이야기
원형이 불경에서 나왔다고 말해도 크게 비난할 수 없다. 『소림』은 설화의
원형에서도 불경에서 유래되었을 뿐만 아니라 이야기의 구조에 있어서도
『백유경』을 수용하고 있다.[14]

---

13) 劉世德, 『中國古代小說百科全書』, 中國古代百科全書出版社, 1993년 11월, 608쪽.

한국과 중국의 이야기를 비교해보면, 이야기의 재료는 모두 "처음 보는 거울"에서 유래하였다. 이로부터 보면 한국이나 중국이나 모두 불경 설화에서 유래하였고, 다만 불경 설화와 각 나라의 문화가 구체적으로 결합할 때 미세한 변화를 나타내고 있다.

IV.

조선 후기의 한글 소설 〈배비장전(裵裨將傳)〉은 한반도에 널리 유포된 민간 이야기로 문헌에 기재된 〈쌀궤 이야기〉와 구전설화 〈말하는 쌀부대〉에 기원을 두고 있다. 비교를 통해 알 수 있듯이, 한국의 민간설화는 『백유경』의 94번째 이야기 〈마니 수채 구멍〉에서 기원했으며, 게다가 중국의 민간설화를 변형시켜 만들어졌다.[15]

문헌에 기재된 〈쌀궤 이야기〉는 한 남자가 유부녀와 통간하다가 그 남편에게 들킬까 두려워 쌀궤에 숨었는데 나중에 발견되어 수치를 당한다는 이야기이다. 풍자의 의미가 담긴 이 소화는 문헌 이야기로 『동야휘집(東野彙輯)』에 〈쌀궤에 갇힌 관리〉라는 제목으로 실려 있다. 그 줄거리는 다음과 같다.

경주(慶州)에 새로 부임하는 관리 가운데 기녀(妓女)를 더럽고 천하다 여기고 색을 멀리하는 사람이 있었다. 부윤(府尹)은 오히려 이에 대해 불만이 많아 누가 나서 이 관리를 유혹하는 사람이 있으면 후한 상을 내리겠다고 말했다. 이때 한 기녀가 바로 일어서 나섰다. 기녀는 보통 여염집 여인으로 분장하고 거짓으로 계교를 꾸며 관리를 자신의 집으로 데려왔다. 풍성한 저녁 잔치에 초대하여 술과 음식을 실컷 먹은 후 등불을 끄고 잠자리에 들려고 할 때, 사전에 모의한 가짜 남편이 집안에 들이닥쳤다. 여인은 일부러 당황한 모습을 보이며 관리에게

---

14) 普慧, 『南朝佛敎與文學』, 中華書局, 2002년 2월, 256쪽.
15) 손진태, 『조선 민족설화의 연구』, 을유문화사, 3쪽.

쌀궤에 숨으라고 하였다. 가짜 남편은 방에 들어와서는 우리는 지금 비록 별거하고 있지만 자신의 소유인 쌀궤는 가져가야 하겠다고 말했다. 기녀는 안 된다고 강하게 저지하자 결국 부윤 앞에 나가 재판을 받아야겠다고 했다. 부윤이 말하였다. "싸우지 말게. 쌀궤를 반으로 잘라 한 쪽씩 가져가면 되지 않겠나." 그러면서 톱을 가져오라 명령하였다. 쌀궤 속에 있던 관리는 톱 켜는 소리를 듣고 살려 달라고 크게 소리를 쳤다. 주위에 둘러 선 사람들이 어리둥절하여 있는데, 황망히 쌀궤를 열어 보니 알몸의 관리가 쌀궤에서 기어 나왔다. 이리하여 관리는 여러 사람 앞에서 추태를 보이고 체면을 크게 상하였다.

구전설화 〈말하는 쌀부대〉는 위의 문헌설화와 좀 다르다. 즉, 이야기의 주인공으로 관리가 아니라 스님이 나오며, 이야기의 전개도 기녀가 관리를 유혹하는 게 아니라, 상인의 처가 남편이 외출한 사이 스님과 통간하는 것으로 나오며, 남편이 몰래 사실을 확인한 후 일부러 쌀궤를 버린다고 말하고는 절에 가서 고가로 스님을 팔아 부자가 된다. 게다가 구전설화에서는 부부가 스님의 재물을 빼앗기로 공모하는 대목 등도 세부에 있어 다른 점이다.

요컨대, 문헌설화는 해학과 풍자를 이용하여 양반의 위선을 폭로하는데 초점을 두고 있는 반면, 구전설화는 넓은 아량과 지혜가 있는 남편 때문에 결국 부자가 되는 점에서 다르다.

〈쌀궤 이야기〉는 〈말하는 쌀부대〉와 어느 정도 유사하지만, 간통을 징계하는 주제가 약간 약해졌거나 혹은 변화가 있었다고 할 수 있다. 특히 문헌설화에서 고정된 윤리관을 풍자하는 것은 인성(人性)에 대한 새로운 해석을 부여한 것이라 할 수 있다. 어떤 학자는 이 점이 소설 〈배비장전〉의 형성에 중요한 영향을 미쳤다고 말하고 있다.[16]

조선 후기의 한글소설 〈배비장전〉의 줄거리는 다음과 같다.

---

16) 『한국민족문화백과대사전』, 제14권, 웅진출판사, 1999년, 200쪽.

김경성(金敬成)이 제주 목사(濟州牧使)로 부임할 때, 배선달이 비장(裨將)으로 동행하였다. 떠나기 전 배선달의 아내가 제주도에는 미녀가 많으니 유혹에 빠지지 말라고 신신당부하였다. 그는 결단코 마음을 움직이지 않을 거라고 대답하였다.

김 목사는 부임지에 도착하자마자 매일 관기(官妓)와 취생몽사로 놀아났지만, 배비장은 아내에게 한 말을 굳게 지켰다. 목사는 배비장의 고고한 태도가 불만이어서 관기 중에 예쁜 애랑(愛娘)을 찾아, 다음날 한라산 유람 갈 때 배비장을 유혹하기로 모의하였다. 유람 중에 배비장은 목사 일행이 희희낙락하는 모습을 비웃으며 혼자 떨어져 앉아 있었다. 그때 배비장은 숲 속 맑은 시내에서 선녀 같은 미인이 옷을 벗고 목욕하는 걸 발견하였다. 그녀가 곧 미기(美妓) 애랑이었다. 그는 정신을 잃을 정도로 반하였다. 저물녘이 되어 산을 내려갈 시각이 되자 그는 배가 아프다며 떠나려 하지 않았다. 목사는 배비장의 마음을 알고는 미리 정해둔 방자더러 배비장을 모시라고 말하고는 산을 내려갔다. 목사 일행이 산을 내려간 후 배비장은 방자의 중개로 밤중에 여인의 집에 갔다. 그와 여인이 술잔을 주고받은 후 등불을 끄고 자려고 할 때, 갑자기 어떤 사람이 고함을 치며 문을 치고 들어오는 소리가 들렸다. 배비장은 여인의 남편임을 알고 대경실색하여 여인에게 살려달라고 하였다. 여인은 알몸인 배비장을 구석에 있는 포대 속에 들어가라고 했다. 남자가 방안에 들어온 후 여인에게 구석에 서있는 포대 속에 무엇이 들어있냐고 물었다. 여인은 현학금(玄鶴琴)이라고 말하였다. 남자가 포대를 힘껏 치니 배비장이 현학금의 소리를 내었다. 남자가 다시 한 번 쳐보니 "핑" 하는 소리가 들리자 남자는 현학금의 줄이 끊어졌으니, 오늘 밤 거문고를 뜯고 술을 마시며 즐기자고 여인에게 준비하라고 하였다. 남자는 말을 마치고 측간에 간다며 방을 나갔다. 남자가 나간 후 배비장이 자신을 다른 곳에 숨겨달라고 말하자 여인은 뒤주 속에 숨으라 하였다. 남자가 밖에서 들어오더니 어젯밤 꿈에서 들었는데 집안에 있는 뒤주를 바다에 던지면 운수대통이라 하더라 말하면서 배비장이 들어있는 뒤주를 관헌으로 가져다 놓았다. 배비장이 물소리를 듣고 바다에 도착한 줄 알고 큰 소리로 사람을 살려달라고 외쳤다. 배비장이 알몸으로 뒤주 속에서 기어 나오고서야 넓은 관헌에서 목사 일행이 둘러보며 웃고 있음을 알았다.17)

---

17) 崔雄權, 『韓國小說鑑賞』, 延邊大學出版社, 1995년 10월, 115쪽.

비교를 통하여 알 수 있듯이, 소설 〈배비장전〉은 문헌설화 〈쌀궤 이야기〉와 구전설화 〈말하는 쌀부대〉에서 유래하였다. 게다가 이들 민간 이야기는 불경 속에서 그 근원을 찾을 수 있다. 즉『백유경』의 94번째 이야기인 〈마니 수채 구멍〉인데 원문은 아래와 같다.

　　옛날 어떤 사람이 남의 아내와 정을 통하고 있었다. 아직 일을 마치기 전에 그 남편이 밖에서 오다가 그것을 알고 문밖에 서서 그가 나오기를 기다려 죽이려고 하였다. 부인이 그 사람에게 말했다. "내 남편이 이미 알고 있어 따로 나갈 데가 없습니다. 오직 저 '마니'로 해서만 나갈 수 있습니다." [마니란 말은 제(齊)나라 말로 수채구멍이다.] 그 사람으로 하여금 수채 구멍으로 나가게 하려고 했다. 그런데 그 사람은 그 '마니'를 '마니주(摩尼珠)'로 잘못 알고 그것을 찾다가 그것이 있는 곳을 알지 못하여 말했다. "마니주를 찾지 못하면 나는 결코 나가지 않을 것이다." 잠시 수 그는 남편에게 죽임을 당하였다.
　　범부(凡夫)들도 이와 같다. 어떤 사람이 말하였다. "나고 죽는 동안은 언제나 괴로움(苦)과 공(空)과 무아(無我)가 있다. 거기서 단(斷)과 상(常)의 두 가지 치우친 견해를 떠나서 중도(中道)에 살면서 그것을 지나서야 해탈을 얻을 수 있다." 범부들은 이를 잘못 이해하여 세계에 한정이 있는가 한정이 없는가, 중생은 '내'가 있는가 '내'가 없는가를 구한다. 그러다가 마침내 중도의 이치를 보지 못하고 갑자기 목숨을 마치고 덧없이 죽어 삼악도(三惡道)에 떨어진다. 그것은 마치 어리석은 사람이 '마니'를 찾다가 남에게 죽는 것과 같다.[18]

불교는 중국에 전래된 다음 한국, 일본, 월남 등지로 전해졌다. 우리는 중국의 민간설화 중에서도『백유경』의 94번째 이야기인 〈마니 수채 구멍〉과 유사한 이야기를 찾을 수 있다.
　　중국의 명대 사조제(謝肇淛)의 『오잡조(五雜俎)』권16을 보자.

　　연(燕)나라의 이계(里季)의 처는 미인이지만 음탕하여 이웃의 청년과 사통하

---

18) 『高麗大藏經』제30권, 동국대학교출판부, 1976년 6월, 1쪽, 『百喩經』권4, 94.

였다. 이계가 이를 듣고 불의에 쳐들어가려고 하였다. 어느 날 몸을 엎드려 기다리니 청년이 방에 들어와 문을 걸기에 일어나 방문을 두드렸다. 처가 놀라 말했다. "내 남편이오. 어떻게 하죠?" 청년은 창문이 있느냐고 물었다. 처가 말했다. "여기에 창문은 없어요." 구멍이 있느냐고 물었다. 처가 말했다. "구멍이 없어요." 그러면 어떻게 나가느냐고 하자 처가 벽 사이의 포대를 보고 말했다. "이것이면 충분해요." 그리하여 청년이 포대에 들어갔고, 처는 이를 침상 옆에 걸어두며 말했다. "물어보면 쌀이라고 하지요." 문을 열고 이계가 들어와 찾았지만 사람이 보이지 않았다. 천천히 침상 곁에 가보니 포대가 쌓여있는 게 보였다. 만져보니 무척 무거워 처에게 따져 물었다. "이게 무엇이오?" 처는 크게 두려워하여 입을 다물고 오랫동안 답을 하지 못하자, 이계가 소리를 높여 계속 물었다. 청년은 일이 발각될까 두려워 자기도 모르게 포대 속에서 말하였다. "나는 쌀이오." 이계는 이를 쳐서 죽이고 처도 죽였다. 애자(艾子)가 이를 듣고 웃으며 말했다. "예전에 진(晉)나라에선 돌이 말하더니 이제 연(燕)에선 쌀이 말을 하는군!"19)

정내통은 『중국 민간설화 유형 색인』에서 이 유형의 이야기를 1725A에 편입시키고 '궤 속에 갇힌 어리석은 중'이라 명명하였다. 그 주요한 모티프는 다음과 같다. 농민과 처가 모의했는데, 처가 거짓으로 중을 유혹하여 재물을 취하기로 하였다. 농민이 일보러 가는 척 하여 나갈 때 중이 와서 그의 아내와 만난다. 농민이 갑자기 집으로 돌아오자 중이 황급히 상자(혹은 찬장) 속에 숨는다. (a) 그 속에 가시가 있는 식물이 있어 중이 그 위에 앉거나 누워야 했다. (b) 농부가 그 속에 뜨거운 물을 붓는다. (c) 결국 농민은 상자를 절로 끌고 가서 자신이 빌린 적이 있는 돈에 대해 상자 속의 물건으로 갚겠다고 한다.

V.

위에서 언급한 한국의 민간 이야기 〈떡을 서로 먹으려는 부부〉, 〈처음

---

19) [明]謝肇淛, 『五雜組』, 권16, 中華書局上海編輯, 1959년 3월.

보는 거울〉, 〈쌀궤 이야기〉 등의 주요 줄거리는 불경 설화 〈부부 모두 떡을 먹으려함〉, 〈보물 상자의 거울〉, 〈마니 수채 구멍〉 등에서 기원했으며, 불경 설화 속의 근원 모티프를 수용하여 이루어졌다. 이는 한국 민중이 불경 설화를 널리 수용했음을 알려주는 동시에, 불경 설화와 한국 민간설화가 얼마나 친화성이 있는지를 말해준다. 그리고 불경 설화가 한국 민간설화에 끊임없는 활력을 주었음도 말해준다. 물론 전승 과정에서 이루어진 중국의 중개 역할도 가벼이 여길 수 없을 것이다.

불교는 기독교, 이슬람교와 함께 세계 삼대종교의 하나로 알려져 있으며, 석가모니가 불교를 창립한 이래 오랜 기간 동안 인류의 문화에 깊은 영향을 미쳤으며, 특히 동양문화에 그러하였다. 불경은 동양문학의 근원 가운데 하나로 동양 각국의 민간문학을 풍부하게 하였다. 한자문화권에 속하는 중국과 한국에 있어 불경 설화는 두 나라의 문학, 특히 전통 서사문학에 대량의 설화 소재, 줄거리, 모티프를 제공하는 등 적극적인 작용을 하였다. 그 가운데 『백유경』은 한역 대장경의 백미로 한국 민간설화에 미친 영향을 연구하는 일은 동양문화를 전반적이고 정확하게 이해하는 일종의 시도로 무척 매력적이고 학술적 가치가 높은 과제이다. 그러나 본인의 학술 수준의 한계로 현 단계의 연구는 비교적 얕다. 다만 여기서 미숙한 견해를 내놓아 여러 전문가들의 고귀한 의견을 받고자 하며, 앞으로 『백유경』에 대해 더 심화된 연구가 계속 이루어지기를 간절히 기대하는 바이다.

찾아보기

ㅈ

필자 소개

顧希佳	中國 杭州師範學院 教授
權孝渶	草邑初等學校 教師
金埈亨	高麗大學校 講師
金東勛	中國 上海工商外國語學院 教授
萬建中	中國 北京師範大學 中文系 教授
徐 盛	열린사이버大學校 助教授
辛源琪	東天高等學校 教師
楊振良	臺灣 花蓮教育大學 教授
延敬叔	中國 復旦大學 大學院 碩士課程
汪玢玲	中國 東北師範大學 教授, 吉林省民俗學會 名譽理事長
李官福	中國 延邊大學 朝鮮韓國學學院 副教授
李愼成	釜山敎育大學校 敎授
鄭景柱	慶星大學校 敎授
鄭明基	圓光大學校 敎授
劉守華	中國 華中師範大學 文學院 教授
鄭土有	中國 復旦大學 教授
趙 丹	中國 杭州師範學院 研究員
千斗鉉	前 東義大學校 教授

한·중 민간설화 비교 연구

2006년 8월 31일 초판 발행

編 者 李愼成·顧希佳
펴낸이 김흥국
펴낸곳 도서출판 **보고사**

등록 1990년 12월(제6-0429)
주소 서울시 성북구 보문동 7가 11번지
편집부 922-5120~1, 영업부 922-2246, 팩스 922-6990
홈페이지 www.bogosabooks.co.kr
메일 kanapub3@chol.com

ISBN 89-8433-452-9 (93810)

정가 35,000원

▶ 잘못된 책은 교환하여 드립니다.